内蒙古自治区第十届文学创作"索龙嘎"奖

获奖作品

内蒙古作家协会 ◎ 主编

上

内蒙古出版集团
远方出版社

图书在版编目(CIP)数据

内蒙古自治区第十届文学创作"索龙嘎"奖获奖作品/内蒙古作家协会主编.—呼和浩特：远方出版社，2015.1
ISBN 978-7-5555-0339-2

Ⅰ.①内… Ⅱ.①内… Ⅲ.①中国文学－当代文学－作品综合集 Ⅳ.①I217.1

中国版本图书馆CIP数据核字(2014)第282145号

内蒙古自治区第十届文学创作"索龙嘎"奖获奖作品

主　　编	内蒙古作家协会
责任编辑	云高娃
封面设计	吉　雅
版式设计	韩　芳
出版发行	内蒙古出版集团　远方出版社
社　　址	呼和浩特市乌兰察布东路666号　邮编 010010
电　　话	（0471）2236471 总编室　2236460 发行部
经　　销	新华书店
印　　刷	内蒙古爱信达教育印务有限责任公司
开　　本	710×1000　1/16
字　　数	1000千
印　　张	66
版　　次	2015年1月第1版
印　　次	2015年5月第1次印刷
印　　数	1—1 000册
标准书号	ISBN 978-7-5555-0339-2
定　　价	98.00元（全二册）

如发现印装质量问题，请与出版社联系调换

编委会名单

主　任　张　宇　巴特尔

副主任　特·官布扎布　包银山

成　员　锡林巴特尔　赵富荣

　　　　　苏布道　斯日古冷

contents 目 录

诗　　歌

张天男　005　…………　**没有墓地的伟人**
敕勒川　019　…………　**草叶上的海**（组诗）

散　　文

刘志成　029　…………　**陕北，陕北，歌悠悠**
侯伊玲　071　…………　**天上拉萨**
赵云东　081　…………　**国歌赋**

短篇小说

海勒根那　087　…………　**寻找巴根那**
王建中　105　…………　**遍地风情**

中篇小说

张雅琴　143　…………　**女儿行**
空特乐　173　…………　**猎人与麦子**

报告文学

田培良　195　…………　**门前一卜槐**

儿童文学

王存喜　马端刚　345　…………　**迷失在玩偶城堡**

文学评论

巴特尔　443　…………　**草原文化与北方民族文学艺术**
阚小琴　457　…………　**草原画卷的多彩描摹和审美超越**

文学翻译

海　风　481　…………　**四胡之神**

诗歌

张天男

获奖感言　　拒绝修改的诗论

一、百分之九十九

几乎没有一个活人堪称最优秀的诗人。优秀的极限是百分之九十九,那百分之一是死。在我们的时代,有些人主动完成了最后的百分之一,比如海子、昌耀;有些则是被动的,比如我的朋友雁北。苦难、流亡和耻辱代替不了这最后的百分之一,狂暴的谩骂和无耻的下流更不行。没办法,我们只好赞美那些死去的伟大诗人,就好像死去的不是他们,而是我们。那些死去的诗人,变成了我们的尸体。

二、关于纯诗

纯诗是一个梦想,是摆脱现实的精神鸦片。如果一首诗让我们震惊得忘记了生活,如果它闪电般铲除了记忆,只留下赤裸裸的激情,那就是纯诗。总之,纯诗是天边外,是不可能的可能,是水底的火焰和最近的远方。

三、关于激情

激情是不可摧毁的,在贫乏的日常生活中,激情遭到压抑,却从未真正消亡。河流穿过旷野和巨石下的阴影,耐心的人,会在壮阔的入海口重新听到它的歌唱。写作使我拥有了双倍的时光,我可以在春天还没有到来的时候,提前站在那里。不朽的诗歌必是不死的激情,它把我从平庸和习惯中解放出来,并且让我对自己的判断深信不疑:诗歌不在诗人双脚站立的地方,而在诗人目光到达的地方。

没有墓地的伟人

一

正像毛泽东所说
黑暗的旧中国
山河破碎　满目疮痍

正像艾略特所说
那时候　整个世界
都被麻醉在
一个巨大无比的
手术台上

九十二年前
一艘法国邮船
驶离吴淞口岸

甲板上
一个十六岁的少年
含泪告别了

自己的家乡

青翠的竹林

和风雨飘摇的祖国

你的行李箱里

装着一串

四川辣椒

鲜红热烈

吃下去

血液就会燃烧

三十九天后

你钻出鸯特莱蓬号

底层的货舱

走进了波德莱尔的

忧郁的巴黎

在施耐德军工厂

肥胖的法国军火商

把沉重的钢铁

压在你的肩上

从此

你的个子

再也没有长高

一天深夜

在意大利广场旁边

那个小小的咖啡馆里

你听到了
十月革命的枪声

二

在雨果的悲惨世界
你创建了
旅欧少年中国共产党

在俄国小个子列宁的指引下
你走上了
中国革命的道路

从百色起义到浴血太行
从挺进中原到决战淮海
从横渡长江到挥师西南
你率领刘邓大军
把老同学蒋经国的父亲
赶到了台湾

三

我出生那年
你还是个好人
在中南海
为国家日夜操劳

我上中学时

你突然变成了坏蛋
在滕王阁下
用那双巨人的手
为我们中国
修理拖拉机

高中毕业时
你又变成了好人
手捧大学录取通知书
我真的好感谢你
没让我这个优秀的诗人
去接受贫下中农的
再教育

大学毕业后
我教了八年书
我的学生都不肯相信
在火红的年代
曾上演过
那么多的悲剧

那时候家里没有电视
也没有望远镜
我们不知道
世界的模样

那时候我们喜欢打架
不喜欢上学

脚下是金光大道
头顶是艳阳天

那时候
共和国总理
穿的是打补丁的衬衣
党的好儿子焦裕禄
吃的是红薯白菜窝窝头
雷锋叔叔
每天坚持写日记

那时候我们的时代
有点儿发疯
可是我们
正在发育
每月只有半斤肉
每月只有二两油

那时候　一件衣服
新三年　旧三年
缝缝补补又三年

那时候
抬头望见北斗星
心中想念毛泽东

坐在电影院的第一排
瓦西里通知我们

面包会有的
牛奶也会有的

那时候
列宁在一九一八
小平在一九七八

唉　那时候啊那时候
被保尔抛弃的冬妮娅
是我的梦中情人

四

在生命的最后二十年
你让中国
像刘翔一样
开始飞奔

嫦娥一号
从遥远的太空
发回了
神秘的月球照片

冰天雪地的南极
升起了
第一面五星红旗

辽阔的冀东大地

发现了
储量十亿吨的大油田

第一架自主产权的巨型客机
飞上了
蔚蓝的天空

第一批中国舰船
加入了
世界船王包玉刚的
环球舰队

不久
从秦城监狱的档案里
我们找到了
失踪多年的
国家主席

老诗人艾青
在黑暗中
接到了黎明的通知

春风吹绿了北疆田野
阳光照亮了东海渔村

中国人民
告别了集体宿舍
搬进了自己的新居

聪明的温州人
最听你的话
所以
他们最先富了起来

中国的市场经济
像一副桥牌
牢牢掌控在
你的手里

深圳　厦门　珠海
向世界推开了
眺望大海的窗子

站在国贸大厦的最高层
你看到了
碧蓝的维多利亚港湾
妈祖阁金色的屋顶
和迎着朝阳起飞的
第一只海鸥

浦东
每分钟起落一架飞机
深圳
每一天崛起一座高楼

从温饱到小康

从小康到富裕

二十年　中国人民

完成了一个世纪的跨越

而你在万岩植物园种下的

十二棵南洋杉

转眼间

已经根深叶茂

成片的椰林

用修长的睫毛

覆盖着

世界上最蓝的眼睛

五

大洋彼岸

你深情地抱起

一个演唱中国歌曲的

美国儿童

你的泪水

感动了世界

东瀛归来

你把樱花的芳香

带回了中国

舌战铁娘子

你让傲慢的女王陛下

再也无法重温
帝国的荣耀

你敞开
西郊宾馆四一四的房门
就像敞开了
上海的怀抱

你拍板
法航西线直飞中国
北京时间
又加快了一百五十分钟

为了和平
你下达了
裁军百万的命令

因为爱国
你变成了中国的
头号烟民
一生只抽
熊猫牌香烟

六

晚年　你把中国的钥匙
交到了人民手中

七十五岁
你畅游在黄海之滨

七十九岁
你伫立在黄山之巅

八十八岁
你把中国
领进了又一个
万紫千红的春天

七

啊　你是故乡山溪里
一朵晶莹的浪花
沿着清澈的嘉陵江
奔向长江
穿云雾　过三峡
几番起落
几番风雨
最终汇入了
浩瀚的海洋

在那里
你获得了永生

敕勒川

获奖感言

  一直以来,我都认为:真情真爱是最好的技巧,老实朴素是最大的技巧。一直以来,我都做着这样的努力:在心灵宁静时写作,力求达到自然、人、诗歌三而合一的境界。

  在我看来,每一首诗都应该是一场日出,从一个人的心中捧出来,温暖、明亮、美好、鲜活……给人以安慰与感动,更给人希望与信心。

  我一直为写出这样的诗而努力着。

草叶上的海（组诗）

一只蚂蚁在大地上奔跑

一只蚂蚁在大地上奔跑
一只蚂蚁在青草的刀刃上奔跑

它要跨过日出与日落
一只蚂蚁像一匹骏马一样奔跑

唯有一只蚂蚁可以像一匹马一样奔跑
唯有一只蚂蚁信心十足地搬运着大地……

不会因为小和轻，命运就减少
它的奔波、劳累和责任

羊皮鼓

让一只活生生的羊变成一张羊皮
这是一种不太难的手艺

但是,把一只羊的心跳,从一只羊身上
剔除出来,却并非易事

这就像剔除奔跑,而只留下奔跑的声音
剔除人生,而只留下人生的意义……

一次,即是无数次
一生,即是永生

命运的鼓槌,反复敲打着
像是某种暗示,又像是某种结果

难道,生命仅仅是一具空空的壳
只能被疼痛敲响

越空,敲得越响
越响,越空

而敲多疼,那些走散的灵魂
才会回来

喜 悦

牛羊都已归了圈,但还没有完全安静下来
窸窸窣窣的声音,泄露了一个人
内心的喜悦

一匹马静静地站着，时不时抬起头
望一眼远处的大山，仿佛那大山
是它的一个伙伴，一不小心，就会溜走

一缕炊烟，悠闲地踱向天空
落日的余晖里，一个孩子
精灵一样，一闪而过

仿佛喜悦，一下子
漫过了一个人的
身体

仿佛那些劳累和忧伤啊
也是喜悦的
一部分

凋　零

像是谁漫不经心一瞥，一片叶子
散步似的落了下来，趁人不注意时
又是一片

仿佛它们来到这个世界，就是为了
此时的凋零，仿佛凋零
是一种回味无穷的游戏

最后一场雨还没有来,秋风
就有些紧了,那些落叶就有些纷纷了
赶集似的

仿佛是一刹那间的事情……
哦,如果不是这些落叶,那又会是谁
在这里凋零

谁,像我一样,眼睁睁,目睹了自己
一生凋零,却又
无能为力

一匹单独的马

不知道什么原因,一匹马
远离了马群、牧人和栅栏……

在丝绸般平铺直叙的草原,一匹马
高大的身影,分外显眼,也分外孤单

它默默地站在那里,仿佛只是为了
和远处的大山,有个呼应

一匹马被众多的青草和花朵簇拥着
但它却和天空一起,低下了头

似乎用不了多久,它就会成为

众多青草和花朵的一员

似乎它也会为春天
掏出内心的芬芳

而当它抬头,不远处的河水,闪电一样
照亮了它的眼睛

一匹单独的、默默伫立的马,让一座草原
自始至终,保持着警惕……

马头琴

用尽全部力气,他才把自己的一生
拉响……

苍凉,忧伤,辽阔,坚韧
他打开一颗心,像打开跳动的时光

哦!那些眼泪、汗水、奔波
那些沉默、无奈、决绝

哦!一匹马终于代替一个人
说出了人生的秘密

有些梦,即使做梦的人醒了
它也仍在……独自前行

散

文

刘志成

获奖感言

德谟克利特曾说："具有一个好灵魂的故乡，就是整个世界。"可对于一个一九七三年出生在陕西神木北部，一九九八年至今生活在内蒙古东胜的人来说，是很难划分行政上的故乡的，但这两个陕蒙接壤的地方，有一个共同特点，都属于鄂尔多斯台地。这片像一团揉皱的纸样的陕蒙地界，在我爷爷手上，还是一片植被茂密的地方。由于人们无限制地垦荒、放牧、砍伐树木，生态环境一年年恶化，天上飞的大雁，地上跑的黄羊，都越来越少了，甚至连狐狸、兔子也很少见到。这里还是世界八大煤田之一的神府东胜煤田的出产地。成为矿区的地方，带来的污染相当严重。老乡们富得流油，但精神贫乏，而没有资源的地方仍很苦。

是创作让我完成了一次真正意义上的心灵抵达。我虽进了城，开始了"文明人"的生活，但仍像川端康成对伊豆半岛的钟爱一样，一直穿行在陕蒙界地，始终关注着身边的一事一物和陕蒙界地的万事万物。我的感性世界、理性思维贴近生命的本身，以陕蒙界地上现在风沙恣肆般的粗犷不羁、苍凉热烈为契机，挖掘着黄土文化与草原文化真正的精髓与风味。

"黄芥芝麻能出油，土疙瘩里头甚都有。" 陕蒙界地深厚的文化沉淀，陕蒙界地人浓郁的生活气息，独特的语言就是我正在寻找的散文本色。我深刻地认识到我的散文要想自立于林，应该是对这块地域上浓烈大文化的勾勒和艰难生存的描述，父老们与生俱来的坚韧、淳厚、勤劳的品质和千年来形成的那种不堪容忍的固执、狭隘、封闭的精神边界。只有这样，才能真正穿凿民族灵魂、骨骼和精神，在吸收、融合、兼蓄中，形成其独树一帜的东西。在今天这个物欲横流的世界，面对人们对艺术的虔诚正在一点一滴瓦解的大背景下，我坚持良知的心灵，之所以死死地揪住陕蒙界地人所普遍存在的劣根性不放，关注当代新旧撞击复杂多变的现状，关注弱势群体，目的正是为了人反省我们自己，以期不断超越，走出闭塞。我的散文集《魂牵梦系黄土地》、《塞北风情录》、《边地罹忧》、《大道通天》的相继问世，即是我砥砺志行的过程。

这片土地使我内心世界的倾诉，远离了矫情和做作，并力求把文字打磨得如一块块沉甸甸的炭块一样，外简而内纯。正是生活与艺术合二为一，我的散文《怀念红狐》才被收入每年发行一百万册的苏教版高中语文选修课本《现代散文选读》。

陕北，陕北，歌悠悠

一

在北京鲁迅文学院读书的日子里，一次酒摊场上，同学们要我唱陕北民歌。面对着一张张期待的面孔，从没见过世面的我紧张得手心都出汗了。我试着调整了一下心态，闭了眼豁出去地吼出了一股陕北的磅礴之气："朝前了妹妹天有点雾，朝后了妹妹山堵住；远远地瞭见不敢吼，扬了把黄土风刮走。"我是用一贯在家乡神木之北的那个小村唱民歌时的民间节奏唱的，是用带着风声、带着水声、带着山野清新之气的手势，扭秧歌一样且歌且舞的。闭上眼的那刻，我的紧张就没有了羁绊，像天空中自由走过的流云和沙蒿林中惊起的飞鸟一样随意。我感觉到我是面对着陕北的山和水在唱。我觉得这样唱着就是幸福的、宁静的。

民歌有时候真像一件远古的器物，它带着泥土的痕迹、爱情的痕迹、山和水的痕迹、带着人类童年时期的痕迹。我唱着唱着想起了陕北那块土地，想起了儿时的一些事情……我出生在陕北信天游的故乡，神木县的一个偏僻的小山村。听母亲说，那个七月的早晨，正值一轮红日冉冉升起在沙丘尖上时，"哇……哇……哇……"我的一声动听的声音打破了这个不知沉寂了多久的小山沟！"乖乖，好大的嗓门！有种。来了——他来了——"我爷爷按捺不住期盼已久的喜悦，一个人蹲站在门槛上吧嗒吧嗒地抽着他那老旱烟嘴，口里还不停地嘟囔着，嘟囔着嘟囔着就开怀地吼出了信天游："太阳哟，出来哟，一竿子高噢，我照见我的个孙孙他来了……"这最美妙动人的信天游，也许那时我根本就没听见，也许就是打那时候起,信天游就在心里扎下了根。

在农村,每年整个正月是闹社火的日子。"吃饭端个黑老碗,粗布衣衫身上穿,锣鼓唢呐一哇哇的声,扭秧歌拧烂脚后跟。"扭秧歌只是腰鼓、霸王鞭、踢场子、水船、龙舞、狮子舞、打花秆等一百七八十种陕北民俗舞蹈中的一种。古书上记载"秧歌"的"秧"是"阳光"的"阳",同时,"秧歌"的"秧"也是"插秧"的"秧",这说明秧歌与生产劳动有关,是老先人在侍弄庄稼、寻常过日子中创造并发展起来的。秧歌舞步简单,基本动作有"十字扭"、"扭腰步"等二十多种,虽然形式简单,一看就会,可舞起来却丰富多彩,其乐融融。它的基本形式有集体性活动的扭大场秧歌、敬神秧歌、正月十五晚上表演的转灯秧歌(也叫转九曲)等十多种。打记事起,每年正月整个乡村燃起的都是熊熊的热情之火,几百几千人的队伍踢踢踏踏地过来了,人没有到,遮天蔽日的黄尘先来了,漫天飞扬的黄尘把日头燃成了一片金黄,把乡村的历史也燃成了一片耀眼的金黄……"对对锣来对对鼓,对对唢呐叫号头","四十里响声三十里炮,五十里路上好热闹"。汉子们头上系的白羊肚手巾迎风飞舞,黑红黑红的脸上汗珠挥洒而下,扑簌扑簌地落在脚下的土地上。他们张嘴呐喊,声震天宇,惊飞了枝上落着的鸟儿。他们绽开的笑,宛如这土地上随意生长的植物,朴素、自然,却又给人希望和力量。几百条汉子迎风而立,手端冲天的唢呐,古铜色的脸上是充满力度与淳朴的开怀之笑,腮帮子一鼓,惊天动地、如泣如诉的唢呐声响起来了,汉子们的双眼眯缝着,豆粒大的汗珠扑扑而下,古铜色的脸庞真如天人下凡了,真像西北大地上迎风矗立的箭杆杨,给这大地上增添了充满力量的一景。

"一圪嘟葱,一圪嘟蒜,一圪嘟婆姨一圪嘟汉,一圪嘟秧歌满沟转,一圪嘟娃娃就捽上看。"我的堂哥是闹社火的鼓王,这让我幼小的心灵深处涌起了莫大的荣耀感。我跟在队伍的后面,肩挎着与自己极不相称的大腰鼓,跟着跳、跟着敲、跟着叫,俨然一个小鼓王。红绸子飞舞着过去了,扳旱船的摇摆着过去了,踩高跷的大踏步过去了。后面跟着的我也眯着双眼,跟在这雄壮的队伍后面扭着。我的眼里,燃起了一片扭动的火焰,漫卷着风声、漫卷着人们的呐喊和跳跃,席卷了整个心灵。

那时,村里每年都要请戏班子来唱戏。这是乡村盛大的节日,对于村里人来说，这意味着大家又可以见到十里八乡的熟人、亲戚。人们扶老携幼，全家老小都来了，他们站在戏台下，手搭凉棚，望一望远近周围有没有相熟的人，一旦看见了，大家便惊喜地凑在一起，家长里短地开始拉起来。戏台上下是拥挤的、热闹非凡的。老人们神情凝重，耐心地等待着节目的开始。俊俏的后生和漂亮的女子们则交头接耳，你扭我一下，我掐你一下，场地上不时传来小伙子爽朗的笑声，再看时，一朵红云飞到了姑娘们的脸上，她们把头一低，两手缠搅着衣角，还不时地用脚蹭一下地，然后又着急地抬头望望台上，盼着演员出台。盛会是大人们的节日，更是小孩子们的节日，看那些半大小子，还有那些唇边挂着鼻涕的小娃娃们，他们满场跑来跑去，绕着大人们的腿，一会儿在这边，一会儿在那边，有的踩了大人们的脚，青皮脑瓜会被啪地拍一掌，他们不在乎，反正好玩就行，照样儿疯跑疯跳。小商小贩们的吆喝声此起彼伏。各种风味小吃的味道缓缓地钻到了人们的鼻子里。有人实在没有耐心等了，就蹲在摊边儿，要一碗凉粉，撒一层通红的辣椒面儿，埋头吸溜一阵儿，鼻尖上就渗出一层密密的汗珠，那个痛快劲儿。

小孩子们成群结队逛来逛去，跳着、叫着、闹着，像过年一样快乐。每当这时，别人在玩，我却着急地站在戏台下等着开始。炸麻花的香气、凉粉汤的香气、姑娘们的脂粉气，这么多的味道都往我鼻子里钻。可最打动我的味道，还是戏台上那些角儿们身上穿的和嗓子里散发出来的味道、锣的味道、鼓的味道、梆子的味道、钹的味道，这些欢乐的味道，最令我心动。终于等到戏开场了。台下的人们把等待的那股劲儿都用在了鼓掌上。场中叫好声会不绝于耳，好像旱地惊雷，响彻全场。站在前面的人不停鼓掌，站在后面的人看不见了，纷纷跳起来，探头探脑。有人踩了别人的脚了，有人碰了别人的头了，咣一声，孩子们以为台上发生什么事了，哭叫着让大人把他举过头看。遇到演文戏，我就和着锣鼓的节奏，摇头晃脑，仿佛在品一碗老也喝不够的黄酒。台上的演员伸出双手十指乱抖、须发散乱，台下的我也咦咦呀呀，手之舞之、足之蹈之。武戏开始了。孩子们不再满场乱跑了，他们开始争着抢着往前挤，跳起来看。台上热烈绚烂，台下人声鼎沸，台上台下一片热烈欢腾的气氛，一片欢乐的海洋。我也目不转睛，看演员们穿着的厚底官靴，看他们的龙袍玉带和冠冕。台上演绎的那些奸臣害忠良、秀才找姑娘的悲悲喜喜，在我的心灵深处折射出无数神奇而绚丽的光芒，在我幼小的心灵里深深地扎下了根。在前台看还不满足，顽皮的我就钻到后台去，掀起帐篷，将头伸进去，看人家化妆，一招一式都看得很仔细，有时候看得出神会忘了是在人家的后台上，人家几次喊让我下去，都像没听见一样，所以经常被戏子们用细棒条打肿额头。

　　看完戏，我回到家就开始自己唱戏，先是一个人打扮成各种角色：老生、小生、武生、小丑、花旦等，有板有眼、有模有样地吼上一气，次日是和小伙伴们一起唱。没有服装道具、锣鼓器乐，就自己想办法制作。田野里生的长的那些植物就成了我们最好的道具。玉米缨子成了老生的胡须，将向日葵秆子连根拔起，用斧子劈掉侧根，再把主根劈成扁状，把秆子削光滑了，就是猛张飞的丈八蛇矛点钢枪。到干木匠活的邻居王二那里央求王二用废木片子削成刀或剑，再用烟盒的锡箔纸一粘，那刀、那剑锃光瓦亮，与真的一样。再将向日葵盘子做成冲锋陷阵的头盔，拿着刀剑、挥着长矛，扮演武生，就彰显出十足的威风、满身的豪气。接着把破床单一披，就唱上了："北关当马杨门将……"有时甚至连家里人纳鞋底的衬里也安在了帽子的两边，成了七品芝麻官的乌纱帽翅："苏三起解好凄凉……"起初害羞，只是小伙伴们自己玩或唱给家里人看，家里人乐呵呵地看，觉得自家的孩子唱得还真是那么回事，有板有眼的。后来，村里人也知道我会唱戏，纷纷来看，看得有滋有味，说这孩子唱戏是把好刷子哩……

　　小孩子爱热闹是天经地义的事儿，可我爱热闹却爱得和别的孩子有点不一样，热闹完之后，一定要把这热闹重复一遍。村里有时来个耍猴的，我第一个冲出去看，猴子往哪儿跑，我往哪儿跟；猴子跳，我也跳；猴子颠，我也颠，之后就开始学，学什么是什么。有时候，学校里排练一些诸如《兄妹开荒》、《赶牲灵》之类的小演出，我大老远跑去看。学生们在台上正式排练，我就站在底下暗暗地学。孩子们有时候成群结队出去玩儿，玩着玩着就恼了，恼了就开始打。可打归打，我从不恃强凌弱，很仗义，总是帮着那些弱小的孩子去打那些大孩子。小小年纪毫不示弱，打胜了就欢呼雀跃；打败了，一个人疯跑一气，跑到河边，独自伤心一阵，有时也掉眼泪，但过一会儿就忘了，忘了就又高兴起来，对着高高的山崖开始喊"崖洼洼"。我喊一声"哇"，山崖也向着我回应"哇"，这一下我更高兴了，索性开始对着山崖唱大戏，唱信天游，把自己从戏台上学会的词挨个儿唱一遍，山崖同样回应我一场演出。唱完了，就默默地对着缓缓流过的河水想心事。最后，喊累了，也玩够了，站起来，对着山崖撒一泡长长的尿，跑回家去了。

  在辽阔的陕北大地上，丰富多彩且有着悠久文化传统的各种民风民俗的种子总是随风飘扬，并在每个角落生根发芽。我的七叔是说书迷，也擅说书。说书，这不仅是一项单纯的技能，更是困苦之时，人们赖以生存糊口的一项技艺。至今都很清楚地记得，我曾跟着七叔去外村说书的情景。那是在一间普通的窑洞里，一群人或蹲或坐，围绕着炕上盘腿而坐的七叔。伴着老旱烟那种辛辣的味道，七叔声情并茂地讲开了："那武松武二郎在酒馆里一口气喝了十八碗酒，头戴毡笠，手提哨棒，摇摇晃晃走上景阳冈来。只见红日西坠，玉兔东升，呜的一声狂风过后，啊噢一声虎啸，好似晴天一声霹雳，说时迟，那时快，忽然从松林里跳出一只吊睛斑斓猛虎……"七叔绘声绘色地讲述，听众们凝神屏气地听着，两眼瞪得老大，两耳竖得倍儿直。老者忘了磕旱烟锅里的烟灰，旱烟早就熄灭了，还在用嘴吸着。我的鼻涕流出老长，忘了吸溜，毛眉竖眼，惊恐万状，老想往大人身边圪凑。窑洞内气氛紧张，就好像那猛虎马上就要扑过来一样……说到哀婉处，听得我禁不住泪光闪闪。七叔可以极为流畅而又神形兼备地把一个个传奇中的人物栩栩如生地表现出来，让我时而高兴、时而悲伤、时而紧张、时而轻松，时常让我听得如醉如痴。从此，我喜欢上了听书。在我的心灵深处，听书不仅给了我莫大的乐趣，更因为说书中的英雄人物的喜怒哀乐、悲欢离合在心里打上了深深的烙印。在得到快乐的同时，我时常学着七叔给家里人说书，家里人每听到关键处，我头一摆："要知后事如何，且听下回分解。"这句说了百年千年的套话，直教弟弟、妹妹们着急万分，却又无可奈何……

  歌唱完了，来自五湖四海的同学们都说我的身体像一台振鸣箱，歌声中有山的影子、有水的喧哗和山间的风声过耳。从此，我的陕北小调就成了每次鲁院文学沙龙中的一个保留节目。同学们说我每次虽然是唱同一首歌，出来的味道却不一样。可他们哪里知道，我每次之所以唱同一首民歌有不确定性，是因为我知道唱歌就如一只自由的飞鸟，它的舞台在天上、在云间，它演唱的角度是俯瞰大地、仰望苍天，而不是猥猥琐琐地表演，它是唱给世间万物的，唱给自己的心灵听的，把太多的牵挂和羁绊放到自己的歌唱里面，美丽的歌声就不能如火中的凤凰、镜中的水月而自由自在……

我想，我对唱歌的理解（也可以说是文学的理解）来源于童年所经历的一切，来源于一九九八年前一直生活在那块土地上的河流、沙丘、朴实的乡邻、鸡鸣狗吠，这些最接近自然的事物。尤其是民歌和民俗舞蹈，给我烙下了深深的印痕。

二

陕北民歌《信天游永世唱不完》里有一句："背靠着黄河面朝着天，陕北的山来山套着山。红崖圪岔胶泥地，谁不说这是金疙瘩来银疙瘩。"的确，神奇的陕北大地，创造了无数神奇。在起起伏伏的山山梁梁，秦长城和明长城的遗址像长龙般蜿蜒，向世人展示着世界建筑史上的伟大奇迹。号称"天下第一台"的镇北台就在榆林城北不到十公里的地方。世界上第一条"高速公路"——秦直大道经陕北毛乌素沙漠、横山山脉、白于山东段支脉、子午岭而过，至今，它仍具有获得世界文化遗产的资格，对沿途交通、旅游、生态事业有综合利用价值。它像一头巨兽静静地横卧在连绵起伏的沙海中的统万城，它的险峻，它的沧桑，像院子里的鸡鸣在我们童真的心里植入了一粒充满了诱惑的种子。延川县有个伏义河村，据说原本是叫伏羲村，传说这里正是伏羲的生存之地。站在一座叫讲经台的山冈上向下望去，黄河和两岸的大地刚好就构成一幅生动的太极图，令我们不能不对大自然的鬼斧神工发出啧啧赞叹。而在离此不远的上游，白云山道观作为西北地区出名的道教圣地之一，每天在晨钟暮鼓里，向人们诠释着道家的真谛。再往北行进，有一望无际的沙漠内陆淡水湖红碱淖，一幅裸露在现实之上的蓝色意象画，会将旅人的心扩展成一脉清水的……皇天厚土，养育了这一方人、这一方水、这一方土。你只有到过陕北，你才能知道天底下有如此多延展不尽的山峦，不能尽揽的沟壑峰峦，空旷荒凉的丘磊，你也才能感觉自己的卑微与矮小。常年无雨的干燥，冬季如刀割般的寒冷，广种薄收的无奈，与外界相隔的大山，滚滚无尽的黄河，造就了陕北人不屈、坚毅的性格。"麻柴秆来豆柴火，三口两口吹不着"般渴望柔情、渴望宣泄的情怀。那天籁般的音色、奔雷般的鼓声、婀娜的扭姿和信天游里该柔则柔、该刚则刚、该粗则粗、该细则细、该泣则泣、该笑则笑的韵律节奏,不仅能让你读懂自然、读懂地域,亦能读懂它所具有的文化、民俗与风格,更能读懂人性,人性的压抑与奔放,人性的柔绵与宽纵……

山是雄伟的象征。生活在"山套着山"的陕北人本身就是一座座大山。陕北男人最忌讳说他尻包、没出息的。陕北男人无论做什么,个个都是一顶一。一顶一在陕北方言里是"能干"的意思。明代吕坤《续小儿语》曰:"做第一等人,干第一等事,说第一等话,抱第一等识。"这话好像是专为陕北男人写的。陕北男人的自信和自豪就是"仰不愧于天,俯不愧于人"。出生在陕北的人文始祖轩辕黄帝是陕北的一座大山,也是中华民族的一座大山。轩辕黄帝的出现,才有了中华民族五千年文明的出现。从衣食住行说,《世本》说:"黄帝作旒冕。"《古史考》:"黄帝始蒸谷为饭,烹谷为粥。黄帝作瓦甑。"《白虎通》记载:"黄帝作宫室,以避寒暑。"《汉书》载:"黄帝作舟车以济不通。"黄帝对农工商也做出了贡献。《路史》记载:"(黄帝)命西陵氏劝蚕稼。"《拾遗记》记黄帝伐尤时"炼石为铜,铜色青而利"。关于文字、图画、弓箭、音乐等的发明,则有"仓颉作书"、"黄帝门户画神荼、郁垒虎"、"黄帝作弩"、"昔黄帝令伶伦作为律"等等。自黄帝之后,强壮而剽悍的英雄像桥山上的一株株轩辕柏般一茬一茬地生,一茬一茬地长,他们的体内流淌着高傲不屈的血液。这与陕北的民族大融合有关。陕北这块地方,从来就是中原农业汉民族与西北游牧民族长期战争、杂居、融合之地。先后有猃狁、鬼方、白狄、楼烦、羌、稽胡、鲜卑、女真、蒙古、高丽、龟兹、粟特、匈奴、党项等二十多个少数民族在这里奔突、厮杀,而后融入汉民族的河流。公元五世纪初期,匈奴族单于赫连勃勃从内蒙古草原旋风般挥兵南下,于公元四八一年一举攻克长安,并且在陕北兴建起都城,命名"统万",国号大夏。公元一〇三八年,从陕北米脂出生的党项族首领李元昊再一次崛起,建立起党项民族的大夏国(后称西夏)。金戈铁马、烽火连天的宋代,陕北更是英雄辈出,神木出了精忠报国的杨家将,绥德出了一代名将韩世忠,清涧出了李显忠,保安出了刘延庆、刘广世,清涧出了王左桂、赵胜,安塞出了高迎祥,定边出了张献忠,而米脂的李自成则叱咤风云,竖起一面闯字大旗漫卷天下，差点儿建立了中国历史上的一代王朝。到了如火如荼的革命时期，武将依然层出不穷。保安出了刘志丹，安定出了谢子长、阎红彦，横山出了高岗，佳县出了张达志，神木出了贾拓夫、李子奇、李智胜、王兆相、张秀山。陕北的子长是有名的将军县，一下子涌现出了九位将军。加上国民党方面的，米脂还出了杜聿明。

武将济济，文豪亦然。远如绥德汉子马汝骥（一四九三——五四五年），他的《西子集》选收入《四库全书》，为我们留下了一份弥足珍贵的精神食粮。近有榆林张季鸾，他是中国新闻界的一代宗师，是"对时代有大影响"（于右任语）的报刊政论家，孙中山就任临时大总统时发布的一大批文告，就是出自他之手。后来，他在担任《大公报》总编辑的主要岁月里，围绕爱国抗战，几乎每天写一篇社论和一则短评，每天都拨动着国人的思维。神木出了王雪樵，其书法名列陕西第二。在一九三六年北平笔会中，其书法又名列全国第六。《陕西志》称其："幼有神童之誉，时与李裹、于右任齐名。"吴堡出了柳青，试看《创业史》营造的曾使无数读者疯狂倾倒的全新艺术，哪个同代作家可以与之比肩？清涧出了路遥，他的《平凡的世界》获得了中国最高小说奖"茅盾文学奖"。延安出了刘成章、史小溪。刘成章的散文集《羊想云彩》获得了国家最高散文奖"鲁迅文学奖"，作品入选了中学语文课本；而像牧师布道的史小溪，从二十世纪八十年代至今的中国散文跨度史中，一直保持着第一流散文家的气度和个性，在陕北，在大西部空白的散文领域，建起了意象的堡垒，绘出了西部散文本体意义上的首次巨大革新与走向的线路图，重续了继三十年代后中国断代散文史的辉煌，作品入选了大学、高中、初中语文阅读课本，使后学悉悟了散文用笔墨法之道。由他主编的《中国西部散文》（上、下卷），被中国散文界誉为"一九九八年中国散文十大事件之一"。佳县出了高景德，他是我国留苏学生中出现的第一个博士，高压输变电专家，清华大学第二十四任校长，中科院院士。这样的科技精英，在满目疮痍的陕北这块土地上冒出来了。而那些经陕北皇天厚土滋润而出的名人则更是不胜枚举。毛泽东在陕北闹革命十三年，是憨厚的陕北儿女用小米饭和南瓜汤养育了中国革命。

日出而作、日落而息的生活方式，塑造出了陕北人民勤劳、朴实、淳厚、容忍的个性。在陕北人的心中,"马驹驹撒欢羊羔羔跳,哪哒也不如这山沟沟好"。在陕北人的眼里,这里的男人是世上最好的男人,这里的女人是世上最好的女人:"陕北的山陕北的沟,好婆姨好汉就出在这沟里头。男有闯王举义旗,女有兰花花盖九州。陕北的婆姨陕北的汉,要多风流有多风流。"歌声成了一条充满信心的路途,伴着风声雨声,从拥有生命的日子开始,充满了阳光味道的信天游就已经孕育在这片厚实的土壤里。在起伏的山峦之间,在奔腾的黄河之畔,人是那样的渺小,但又是那样的伟大。人们面对的是干燥,是寒冷,是广种薄收的无奈。在与世隔绝的世界里,他们面对的只有给他们雨水、日头、干旱、苦难的苍天。"荞麦辣子菜籽油,老婆娃娃热炕头"成了陕北人人生追求的最高境界。但黄河与黄土地,造就了他们钢铁的意志、如水的情怀、如天的阔大、如地的苍远。哭就哭,笑就笑,生就生,死就死,这是一种活法,更是一种精神。在歌声面前,所有的语言都是多余的,所有的崇拜都是软弱的。因为它来自一方水土深处,来自这方水土上生活着的人们心灵深处……

我的一个堂哥是一个很优秀的民歌手,但因长年在城市里的那种乌烟瘴气的歌厅当歌手,常陪人喝酒抽烟,引发了扁桃体发炎,不得已做了扁桃体手术。手术后他的嗓子竟然失声很严重,不要说唱歌了,就连平时和人说话,别人也要很费力才能听清他说什么。他就买了一架旧钢琴,回到老家投入到勤奋地练习发音中,不停地练,近乎疯狂地练。窑洞里,经常能看到他孤独的身影,一边弹着琴,一边用鼻音练习发声,一个音符、一个音符,一个音节、一个音节。刚开始的练习无异于白费功夫,练了半天,发出的声音还是喑哑而无力,还是听不清。堂哥当着我的面流下了痛苦的泪水:歌唱对于我来说意味着什么?意味着生命、精神的食粮,意味着我这个人做人的生命价值和尊严,意味着今后的道路。为安慰他,我就经常陪他一块练。堂哥为了练嗓子,饭吃不下,觉睡不好,人明显瘦了,憔悴了,情绪也不好,常常唉声叹气。我就经常给他说宽心话,鼓励他。堂哥仍处于一种痛苦和无望的状态,像一个黑暗中的舞者,在寂寂的夜色中孤独地起舞;像一只折断了双翼的天鹅,无法在自己心仪的天空自由飞翔。在村里的秃尾河边,我陪着堂哥时常在那坐着冥想,有时黑漆漆的夜色洪水一样漫卷了乡村的天空,直到那些树木的枝枝杈杈几乎看不清了才回去。在河边坐着坐着,堂哥的泪水就簌簌地落下来，一颗一颗，敲打着地面。每每此时，我心里也特别难受：难道堂哥真的就这样消沉下去，一了百了，从此与歌唱艺术道别吗？堂哥还是努力练了下去，人练瘦了，树练黄了。孤独的窑洞里照旧还是孤独的他，单调的音符从钢琴里迸出来，暗哑的声音从嗓子里挤出来，只有坚定的信念在陪伴着他。人练瘦了，树练绿了。单调的音符从钢琴里淌出来，有些响亮的声音从嗓子里唱出来。有一天，突然从琴房里听到嘹亮的歌声，我跑到窑洞里，看到堂哥沉稳地坐在钢琴边，双手十指有力地按下去，优美的声音从琴间流泻而出，堂哥张开嘴，一串更加优美的歌声从他的嗓间流泻而出。我不相信，揉揉自己的眼睛，的确只有堂哥一个人在唱。堂哥一会儿唱民歌，一会儿唱流行歌，唱得汗如雨下，唱得泪如雨下。半天，堂哥才转过头对身边的我说："我又能唱了……"

"土里头埋着金疙瘩，珍珠玛瑙满山洼。"（陕北民歌《陕北是个聚宝盆》）陕北高原是华夏大地上一片充满野性和力量的村庄，也是生长纯真和厚道的黄土地，不论什么样的种子，落到这片土地上，总会以最具个性的姿态和力度，把人从歉收的梦中唤醒的。让人惊奇的是盛产贫穷的陕北，同时却藏着很多宝贝疙瘩。名彻寰宇的神府煤田，开采出了一代代布衣的梦想；世界级的靖边气田，也延延绵绵地传出了机声的惊喜；府谷圪里圪崂的高岭土折射出七彩的光，昭示着这块雄性高原的阳刚内力。陕北人乘风破浪的背后蕴藏着"东亚病夫"这个民族不屈不挠的精魂所在，我相信这种恢宏的音符曲调能够和着激涌腾飞的鼓点起舞，亦能随着奔流不息的黄河气势讴歌坚韧不拔、永不屈服的精神。给我最真切的是二〇〇六年九月十日的那一次首届榆林·中国陕北民歌艺术节。那时，我的好友，一个浑身上下洋溢着激情与浪漫的民歌手、中国东方歌舞团独唱演员赵大地给了我几张票，说有他的演出。我们一家三口前去观看。回到久违的生长爱情、收获民歌的这片黄土地，又是熟悉的风土人情和山川河流，又是四面八方熟悉的乡音，许久都不曾看过这样隆重与热闹的我，眼泪唰的一下下来了。偌大的体育场里，是人的海洋、人的浪潮。此情此景，使我又想起了少年时的那偌大的山野场地上人挨人、人挤人的热闹情景。眼前的荧光棒像一片茂密生长的森林，不停地闪烁出大家内心的激情与期盼。那天，好友赵大地唱的是自己创作的陕北新民歌《陕北人》："都说咱陕北人是座山，出门是山，在家是山，陕北人说话都带着山。"一嗓子冒出，好似三伏天的一瓢山泉水兜头扬下来，观众爆发出一阵热烈的嗷嗷的声波，像海浪一样席卷了全场。荧光棒挥成了一片彩色的海洋。大地的歌声是有根的，而这根粗壮的根就深深地扎在陕北这块大地之上。他像平时乡人扭秧歌一样且歌且扭的。尽管大家第一次听到这首歌，但依然情不自禁地跟着哼了起来："男人真，女人憨，陕北人祖祖辈辈爱大山。说也是山，唱也是山，陕北人就爱喊大山。站着是山，躺下是山，陕北人生来他就是座山。山连着山，山套着山，龙的故事代代传。山连着山，山套着山，黄土地儿郎个个是好汉……"许久都不曾有过这样的激情与澎湃了！大地的歌声将我"俘虏"到生我养我的那个村，这种感觉是写意的，泼墨一般浸润了记忆的宣纸……我不由得鼓起掌来。我知道大地是一个充满了传奇色彩的陕北汉子。胡锦涛总书记曾在二〇〇六年元宵晚会上听完他的陕北民歌后，亲切地拉着他的手说："小伙子，我认得你，你来自黄土高原，你是陕北人，你叫赵大地吧。你的高音很厚重，很高，不错！不错！"陕北民歌实现了赵大地的人生梦想，让他站在了民歌的巅峰，让他从陕北的山乡之间，走向了世界艺术之旅的舞台。他唱出了陕北的形象——新时期陕北的形象……现在流行"代言人"一词，我想大地就是陕北的代言人，用自己的歌声为陕北大地上这些祖祖辈辈勤苦劳作、生生不息的人们代言，还有我身后的黄河和陕北。

"面打的糨糊糊比不上个胶，油点的灯瓜瓜比不上个电灯泡"，"大囤子圪堆小囤子满，新窑箍得齐崭崭"。是的，陕北这片高天厚土告诉人们，这千沟万壑将有着怎样的未来，一代又一代的陕北人，将在未来悠远的日子里，用自己跳动的心灵，编织属于自己的梦想；用自己的低咏徘徊、用自己的仰天高歌，和千千万万的中国人一样，诉说同一个故事，演唱激荡人心的同一首歌。我想，这种精神不仅仅是陕北的，它也是全中华的。它塑造着欢乐、塑造着中国走向世界的民族之魂和盘古开天地的冲云豪气……

三

《道德经》说："道生一，一生二，二生三，三生万物。""一"表示调和而均匀的整体。无疑,陕北人就是一个竖着大写的"一"字与"二"字的组合。陕北的人与歌都可以用一个"土"字所概括。土得清新,土得可爱,土得热烈。陕北这块黄土地,不似江南水乡小囡的灵秀甜雅,但有巴山蜀水中马帮的豪爽亮直,即使不相识的人,他们也会做到"对面的好汉你过来,咱好吃好喝好招待,大碗举那个小碗端,杯杯满咱盅盅干,酒喝完再斟满,今朝不醉咱不还,扭一扭咱抖一抖,抖一抖就扭一扭,划拳喝酒交朋友"(陕北民歌《酒汉子》),他们会用"滚滚的米汤热腾腾的馍"、"红豆角角熬南瓜"招待你的。

是的,陕北是一块憨厚的土地。陕北人的淳朴像是站在田头地畔招手张望的二妹子,悠扬、婉转、缠人、动人。延安,曾是春秋五霸之一的晋文公重耳母亲的故乡,当年晋国发生内乱,沦为丧家之犬的重耳四处碰壁,其至连农夫也用泥捏的馒头戏弄他时,是延安接纳了他,并一留便是十二年,使他得以东山再起,做了中原霸主。公元七五五年,安史之乱爆发,延安也深受其害,人口由开元年间的十万零四十八户锐减为九百三十八户,就是这样凄苦不堪的陕北,当颠沛流离的大诗人杜甫挈妇将雏来到富县羌村时,陕北母亲依然默默无言地接纳了他。

"石榴榴开花石榴榴红,我实心心留红军哥哥你不盛","红军来了滚下一锅水,小日本来了埋下铁地雷"。一九三五年十月,中国工农红军以敌报上偶然披露的消息,一路烟尘来到陕北。这时的红军队伍在敌人的围追堵截和二万五千里的长途跋涉下,由出发时的八万六千人锐减为衣衫褴褛的区区六千人。陕北,这位贫困潦倒的母亲依然敞开胸怀接纳了这些远道而来的游子,一留就是十三年。一九四七年,国民党投入数十万兵力,对陕北根据地进行空中轰炸和疯狂的地面围剿,人民领袖毛泽东率中央机关在陕北佳县驻留九十八天。这个贫瘠的小山城根本就拿不出多少粮食来,毛泽东问当时的佳县县委书记张俊贤:这么多军队吃什么?张俊贤回答:粮食吃完,还有一千头大牲畜,一千多只羊。毛泽东感动万分,欣然挥毫:站在大多数人民的一面。

就是在儿时,中国因"文化大革命",整个国家处于极端贫困状态的时候,陕北人的淳朴依然如旧。那时,吃粮定量,到食堂吃饭要粮票,穿衣服要布证,大部分人都吃不饱。我至今清楚地记得家里每个月总有几天会断顿无粮的。每当遇到锅底朝天这种情况,还有点粮的邻居会毫不吝啬地借给母亲。遇到村里断顿无粮，母亲就无能为力，只能眼瞅着锅碗发呆。我则不然，当看到母亲发呆的时候，就一声不吭地拿上大黑碗，拿条红柳棍，走七八里山路，到别的村子去乞讨。我乞讨的方式是进了人家院子，先打招呼，很有礼貌地爷爷、奶奶、叔叔、大爷、婶子、大娘甜甜地叫着，然后亮开童音，唱几声山曲。其实那时大家都在挨饿，但厚道的乡亲们可怜我，就从自己的牙缝里省一些剩饭剩菜或果子枣子等给我。要上了，赶紧回来和家里人一起吃。有时候天气不好，不能出去要，就只能饿着，挺着，坚持到下月能买粮为止。一次给生产队干活，母亲晌午回去喂猪，六岁的我将分给母亲的一铜瓢菜饭一个人就吃完了。母亲回来没吃的，是邻居巫家婶婶给了自己家的一块窝头。

在我五岁那年，只有十多岁的堂姐饿得实在受不了了，离家出走，杳无音信。为此，婶婶得了精神病，有时候，她一起来脸不洗，头不梳，走出家门，逢人便问："你看见我的女子了吗？她穿得半新的红袄袄，绿裤裤……"不管碰到什么人，她都重复着那句话。有时她会反复唱着"干石板上栽葱扎不下根，我女子走了影无踪。心上难活对谁说，半夜抱住个枕头哭。洋铁桶桶担水爬不上坡，尘世上的苦命人少有我。"婶婶的声音中始终弥漫着一种烫人的液体。唱音低时，如泣如诉，藕断而丝连；唱音高时，裂帛断金，悲号之声斥人耳鼓。那声音是物质的、是可感的、是可见的、是充满画面感的，勾得村里的婆姨们常常一个劲儿地抹眼泪。伯父怕婶婶走丢，就让我们一帮小孩子跟着照（跟踪），但我们跟着跟着就玩去了，婶婶会疯走出几十里地去寻堂姐，往往是邻村人看见了送回村里来。有时候，婶婶听到天上有飞机飞过，她会兴奋地飞身奔出窑洞，像个孩子似的张开双臂，对着天空大喊大叫："噢！快来看啊！我的女子当大官了，她坐飞机回来了！是我的女子回来啦——"飞机早飞没影了，她还叫个不停，不论哪个邻居婶婶看见了，都会过来劝说好一阵，让她平静下来。

我上了小学后，生活依然困苦，可活儿却很多，乡间总有许多做也做不完的活儿。我人小力气大，打连枷、扬场，许多农活做起来有板有眼，毫不落后。那时，村里遇到谁家春种秋收没完，做完营生的乡亲们会主动过来帮忙。一九九〇年，我上了初三，假期家里箍窑，匠人们只管施工，工程用水要到一里地以外去一担一担地挑回来。一挑水一百六十多斤，我一天要挑五十多挑。可边挑水，边和相帮的乡亲们讲笑话、唱山曲儿。晚上，家里摆上摊场，辛苦了一天的乡亲人们会自娱自乐一番："大碗大碗咱摇一摇，大发大财那么那么笑。咱哥俩划拳讨了一份情，二人相好讨了一份情。六六大顺讨了一份情，你输了，我赢了，这盅盅烧酒算你喝了，喝完这烧酒咱拳来了。"富有层次感的划拳声一浪一浪涌来，像是夏日温暖的水波漫过人的心房，逐渐浸润，让人的内心变得明快、变得浪漫。那歌声是一种金属质地的声音，仿佛太阳的碎片，掠过金色的天空，为漫漫长途中的跋涉者高悬了明亮的航标，让一天的疲劳在拳来拳往中如礼花一般绽放……

一九九五年，高中毕业的我在河湾的一个村子当民办教师。那个地方两边是沙梁，中间夹着一条窄窄的平川，川里散居着几十户人家。学校是坐落在村子中央的一排破土房，不远处还有一间破旧的土地庙。全校十几名学生，就我一个教师。那个地方的蛇特别多，有的蛇毒性很大，而且还主动攻击人，说不定什么时候，草丛中、屋梁上窜出一两条蛇来，吐着红红的舌信子，瞪着狰狞的圆眼睛，叫人毛骨悚然，浑身起鸡皮疙瘩。我特别怕蛇，有两个高年级学生就主动来跟我住在学校里。遇到上厕所，他俩的手里常拿着一根红柳棍子，一蹦一跳地在前面开路。一旦遇到毒蛇，他们也不怕，红柳棍不抵事，就搬起石头砸，砸中了，蛇必死无疑；砸不中，也能把它吓走，就这样，他们成了我的贴身小卫士。村里的农民也相当厚道，不管是家里有没有学生在学校读书，锄地回去路过学校时，总会热情地给我丢下两苗白菜或是几掬豆角，几颗山药蛋。

这些生动的情景日日夜夜以恍恍惚惚的方式不停地栖息在我的梦境中，以至于我情不能自已。时下虽然是物质的时代，但陕北人的淳朴一如黄河水平静而汹涌地流过，到过那里的人都会感到黄河的水气，淡而无味，淡而有味。那淳朴让去过的人有如春风拂过面孔。乡亲们表达出的热情是那样的细腻，表达方式和所要表达的内容在他们的歌声里达到完美的统一……从一九九八年后，走出陕北的我听过好多舞台上的陕北民歌，但演唱者都是在表演，千篇一律地罩着白羊肚手巾，穿着羊皮袄，对着话筒唱，没有一点活泼性。每每这时，我的思绪像枝头的飞鸟，会以迅捷的方式呼啦啦飞翔在思念的天空，飞回到故乡亲人的身边。我仿佛又走进了安塞腰鼓那扇门，走进了陕北高原的内部。我又看见了那种生命中的张扬——在尘土飞扬的斜坡上,几百条汉子铿锵有力地起舞了,白羊肚头巾衬着红腰带,黝黑的脸膛洒落着明晃晃的阳刚,嘴里发一声喊,瞬间就似几百株箭杆杨戳向了头上的那片天,腰间那晃荡的腰鼓如同战鼓,响彻了整个高原……

信天游是吼出来的,信天游更是像水一样流出来的。是的,有些时候,唱歌并不仅仅是唱歌,一首民歌也并不仅仅是由词和曲组成,在这之外,还有很多东西,是人们所忽略和很难把握的,这就是歌曲的地域色彩,它的成因、它的表现手法的随意性等。如果不了解这些因素,那仅仅只能是张开嘴、发出声。歌者和歌曲之间是两张皮,无法很好地融合在一起,是很难达到纯熟完美的表现的。但有谁会注意山野间的清唱是陕北人骨子里的东西呢?有谁会注意陕北山野的每首歌就是一条河流呢?

四

"白生生胳膊巧个溜溜手,人里头就数二妹妹风流","白个生生脸脸太阳晒,苗格条条手手拔苦菜"。陕北民歌里的这些"白生生"、"巧个溜溜""苗个条条"词儿都是赞美人貌美的。人体美是美中之至美。罗丹在《艺术论》中说:"没有比人体的美更能激起富有感官的柔情了。"马雅可夫斯基也说:"世界上没有更美丽的衣裳,像结实的肌肉与新鲜的皮肤一样。"中国古代就有西施、王昭君、貂蝉、杨玉环四大美女,享有"闭月羞花"之貌、"沉鱼落雁"之誉。而"闭月",就是形容陕北米脂姑娘貂蝉般容貌之美。

是的,"米脂婆姨绥德汉"。陕北人的美,首先是形象之美,"我妈妈生我人人爱,长头发剪成短毛盖","说你好来本来一个好,走起路来水上一个漂;白布衫衫来黑夹一个夹,爱的哥哥哟一个没办法"。陕北人早在生殖完成、养育伊始时,就是以他们的文化观念希冀使人的头部美化的。在处置婴儿的头型上,陕北人和中原人大异其趣。中原人头后部都有突出的一块,俗名"脑勺把子"或"后脑勺",谁没有此一块,则被讥为"平脑"。所以婴儿一落地,便令其侧卧,禁绝仰睡。经过挤压,后脑勺自然形成。陕北人正好相反,最忌后脑突出,讲究"板脑"或"圆脑"。如果谁脑袋后部不平、不圆,则又被讥为"梆子脑"，意即此突出的一块恰似旧时更夫的梆子，只能任人敲击。陕北人为达头部平、圆之目的，婴儿一落地便给予特殊处置，控制其睡姿，保证其仰卧。主要的器物是沙袋。沙袋呈长条形，长约六十厘米，直径约十厘米。两头装上纯净的细沙，中间空起来，搭在婴儿胸腔上，装沙的两头紧披置于婴儿两侧的炕上，因中间是虚而松的空袋，没有压力，不影响胸部的发育和肺部的呼吸。婴儿一旦翻滚，由于两头的控制和中间的牵扯，不易反侧。同时还在正对婴儿头部高处挂一个大而鲜艳的悬浮物，这也是避免婴儿斜视和侧卧而采取的一种积极诱导办法。婴儿和母亲睡的位置也是或一天、两天周期性调换，以免形成"偏脑"。中国古代讲究"天庭饱满，地阁方圆"，陕北人在长期的观察和摸索中，注意到这全与太阳穴的充盈与否有关。仰睡有助于通过挤压，使肌肉前移，两鬓和两腮丰满，颧骨收缩，呈富态相。陕北人希冀使人的头部美化观念体现了中国人对头面美的理想追求。

"满天星宿一颗颗明，十三省挑下妹子一个人"，"三苗苗白菜一苗苗高，人里头挑人就数妹子好"。在陕北，美女就是土豆萝卜，产量相当可观，用"人间春色"四字形容毫不过头。她们不像南方美眉有一种小猫样的温柔，隐隐地散出一种淡淡的、慵懒的、休闲的味道；也不是《西厢记》中崔莺莺那种"淡白梨花面，轻盈杨柳腰"；更不是《红楼梦》中林黛玉那种"闲静似娇花照水，行动如弱柳扶风"。那些婆姨、女子不会浓妆艳抹，甚至连轻描淡画也谈不上。她们的皮肤细腻而白净，凝脂一般。那毛花眼眼若月临水面，静而不荡；那红嘴唇唇如山野间的山丹丹花，素而不俗；那小巧鼻鼻似沙梁梁上野生的沙奶奶，匀而不隆；那眼眉像春蚕，曲而不滞，完全符合"一看眼，二看嘴，三看鼻筒四看眉"的评美标准。她们身材窈窕，天生丽质，一见就让人有一种惊艳的感觉，过目难忘。在第五十六届世界小姐选美赛中国赛区，米脂姑娘杨冉就获得了最佳仪态奖和最佳上镜奖两项国际大奖。我在二〇〇六年九月的那一次首届榆林·中国陕北民歌艺术节上见过一次杨冉。"二妹子好像一盆盆花，迷的个年轻人回不了家"的杨冉的确是"天然去雕饰"的原生态之美，用曹植《洛神赋》的句子形容，毫不为过："其形也，翩若惊鸿，婉若游龙，荣曜秋菊，华茂春松。仿佛兮若轻云之蔽月，飘飘兮若流风之回雪。远而望之，皎若太阳升朝霞；迫而察之，灼若芙渠出渌波……秾纤得衷，修短合度。肩若削成，腰如约素。延颈秀项，皓质呈露。芳泽无加，铅华弗御。云髻峨峨，修眉联娟。丹唇外朗，皓齿内鲜。明眸善睐，靥辅承权。瑰姿艳逸，仪静体闲。柔情绰态，媚于语言。"

杨冉亭亭玉立，高洁如荷、如梅。用陕北方言讲，那真是"坐有坐相，站有站相"。虽没开口说话，但站姿就表现了她内在的精神。举手投足，气质优雅，给人无限遐想。在这样的纯情和活力面前，任谁都无法躲避，任谁都无法遮掩自己的感动。目光停留在她"樱桃口口鹅眉眼"、"鸡蛋眉脸白生生牙"间，我恍若梦中，仿佛涉过黄色的荒野，倾听那些逝去的季节里山丹丹花开放的声音，热情拔节的姿态。从此，我落满尘埃的记忆，就有了生命中的那次灿烂的郑重摆放……直至"醋意大发"的妻子在背后扭了我一下，我才尴尬地收回风筝线一样长的惊讶。

"要穿蓝来一身蓝，倒像个吕布戏貂蝉。"是的，貂蝉是陕北米脂姑娘，而吕布也是陕北绥德的汉子。陕西作家肖云儒对陕北人的美有着十分确切的见解。他讲到陕北汉子的英武："那颀长、魁雄，在微卷的头发和疏密恰到好处的连鬓胡髭环绕中，中原汉人面部柔和的曲线不见了，全部化为充满力感的折线，而平滑的曲面则被一块块起伏有致的具有力感的棱面所替代。挺拔的鼻梁支起额头上微微的斜面、支起高耸的眉棱眉骨下略呈黄褐色的眼珠。眼光那么有神，那么有穿透力，每每使我懂得了，为什么黄色车灯被选为雾中行驶的专用灯。"那年，我的一个高中同学、民歌手乔振丰去宁夏参加一次全国民歌手大奖赛，我去助威。振丰一嗓子冒出"白布衫衫哟白又白，你把你的白脸脸调过来；白布衫衫哟新又新，白脸脸带笑怪惹亲"时，路过赛场的游人纷纷止步，站在远处看他唱。振丰的歌声是灼人的、诱人的、烫人的，仿佛进入了梦境，梦境中的人，思维是无拘无束的，是天马行空的，是可以无限辽远而阔大的。在这样的境界中，振丰的歌声进入了一个高度自由的状态（这是艺术的状态和灵感迸发的状态），他的歌哀而不伤，充满了粗犷之风，他把一个陕北汉子的风采深深地烙在那里人的心间。人们听了他的歌声情不能自已，他们热泪盈眶，他们心神激荡，他们欢呼雀跃……当晚的篝火晚会上，主办方安排了一个小小的插曲，就是让一个在当地工作的壮族姑娘抛绣球，而这个绣球安排好了是抛给观众席上的一位领导。这位壮族姑娘手捧鲜红的绣球,她甜甜地笑着,乌黑的大眼睛扑闪扑闪的。她把手中的绣球端起来,人们屏住呼吸盯着她。我和振丰也不例外,我们目不转睛地盯着鲜红的绣球。她微笑着,顾盼之间,用力把手中的绣球抛了出去,人们一片欢呼。然而令人意料不到的结果出现了,这个绣球稳稳地落在了台下站着的乔振丰怀里。全场顿时一片安静,但仅仅几秒钟之后,全场爆发出了更为热烈的欢呼,中间还夹杂着人们开心的笑声。这个结果是振丰也没有想到的,他在那里愣怔了片刻,激动得傻了。抬头看去,那个姑娘正含情脉脉看着他笑呢。这个陕北汉子脸刷一下就红了,多少大舞台上他也没有这么害羞过,他抱着绣球站在那里不知所措。后来还是主持人及时站出来打圆场,说:"这位陕北后生歌唱得太好了,都把我们壮族姑娘迷倒了,大家快来娶亲闹洞房哩……"振丰穿上竹鞋,穿上壮族衣服,背着新娘跳,击出咔咔咔咔的声音,大家尽情地欢乐。进"洞房"时,振丰忘了低头,在门框上当地撞了一下,额头上碰起了一个包,疼得眼泪珠都出来了。但他激动得忘了疼,背着"新娘"乐。"抢红蛋哩。"随着主持人的一声喊叫,人们便争先恐后地拥向洞房,争抢礼品,抢到红蛋的人一一向"新人"祝福。临别时,"新娘"依依不舍地送了"新郎"一个手绣的壮族拎包(在壮族,那是姑娘的定情物)……

五

我的民歌手朋友赵大地兄来鲁院看我。席间敬酒,他唱了那首已成为中国经典民歌的陕北民歌《三十里铺》。大地兄情发自内心,气出自丹田,音随情走,情真意切,悲怆的曲调,节律中顿挫分明的哽咽,时而高亢昂扬,时而又柔细如丝的低吟,又时而像奔流不息的黄河的咆哮。歌声响彻充满温馨之气的雅间,声音起伏跌宕,惹得服务员都跑进来听。那种不带任何功利色彩的纯情,让只会重复"I LOVE YOU"的摩登女郎绝对自惭形秽。跟随着大地那种金子般回响的歌声,我仿佛又回到了陕北,走在了故乡幽远而质朴的路径上。

"提起个家来家有名,家住在绥德三十里铺村。四妹子儿爱上一个三哥哥,他是我的知心人。三十里铺来遇大路,戏楼这拆了修马路。三哥哥今年一十九,咱们二人没盛够。三哥哥今年一十九,四妹子今年一十六。人人说咱二人天配就,你把妹妹闪在半路口。叫一声凤英你不要哭,三哥哥走了回来哩。有什么话儿你对我说,心里不要害急。洗了个手来和白面,三哥今天上前线。任务摊在那定边县,三年二年不得见面。三哥哥当兵坡坡里下,四妹子儿崖畔上灰塌塌。有心拉上两句知心话,又怕人笑话。"

  歌声在雅间里回荡,歌声中有一种冥冥的声音在对我说:天之高远,地之厚重……承载、诞生、养育了这样一个民族,孕育着这种恒长、绵远的一种情爱精神……歌声带着泥土的清香味道,泛着铁青色的光芒,像是沾染了神的灵气,在向普天之下的爱情召唤,要人们看到爱情神秘而欢快的光……那年高中毕业的我去尔林兔吧吓采当村姑姑家,路过一个大草甸子。我边走边哼着信天游,唱着唱着,总觉得有什么地方不对劲儿,好像有一双眼睛在有意无意之间老是盯着我看。带着略微吃惊的心情抬头,没看见有人,只有一群黑白羊子在低头吃草。可正当又唱时,又觉得有人在看。这种感觉很奇怪,我能感觉到这目光中有探寻、有追问、有好奇,也有仰慕。当我再看时,原来是一株柳树后有一个拖着长辫子的女孩子探出头正向着我的方向看过来。这时,我心中突然一震,一种略微异样的感觉从心底深处一点一点升腾起来,像是一种暖流,又像是一股清凉,我觉得自己的手在微微发抖,心跳的节奏也有点不一样了,忽快忽慢的,就连草甸子上羊的叫声也忽然从我耳朵里消失了,世界在一刹那间静下来,静到只能听见自己心跳的声音。我觉得自己的额头上沁出一层细密的汗珠,腿也在微微发抖,耳边响起一阵炫目的声响,像是小时候在老家听到飞鸟一掠而过的声音,又像是隔山传来放羊人的山曲,一丝一丝传过来。我有一种不知所措的感觉,不知道自己怎么了,我有些害怕,以为自己病了,快要倒下了,甚至听到了河水的声音在头脑里哗哗作响。就在我发愣的工夫,我突然听到那姑娘在喊:"唱呀,怎么不唱?"回过神儿来,发现那姑娘正在看我呢。我有些不相信似的揉揉眼睛。她正注视着我,眼睛里带着轻微的笑意,仿佛也在催促,你怎么不唱。那一刻,我鼓起勇气喊出了一嗓子:"这么长的个辫子辫子探呀么探不上个天,这么好的个妹妹呀见呀么见不上个面。这么大的个锅来锅来下呀么下不了两颗颗米,这么旺的些火来呀烧呀么烧不热个你。三疙瘩的石头石头两呀么两疙瘩瘩砖,什么人呀让我心呀么心烦乱，什么人呀让我心呀么心烦乱。"

既然唱开了，就什么也不想了，我的心里就盛满了歌声。她在短短的时间内就盛满了我的心，仿佛西天上的那轮夕阳，深藏在心底，让我通体清澈，忍不住回头看她，看到远处站着的那妹妹像是一株兰草，或是一株芙蓉，气质高雅、神态恬静，秀美的长发缀满飘逸，明亮的眼睛闪烁着聪慧。我仿佛是一个虔诚的信徒站在阔大的教堂里，听到了长长的赞美诗……第二天下午，我去村里的小卖部买烟，卖货的竟然是那个牧羊姑娘。那时，那个叫梅的姑娘在西安外语学院进修，假期刚回来，说读过我的散文集《魂牵梦系黄土地》。在这令人激动落泪的时刻，我孤独跋涉的心终于进入了长长的雨季，甜蜜的爱情就在这时带着天使一般的翅膀降临了……

我的心随大地的一口陕北方言而波动，有如清香的茉莉花茶，细细咀嚼，从舌根至双唇之间的清香便会散发开来……我知道《三十里铺》既是一首情歌，又是一首革命民歌。让人唱起就心里酸酸的《三十里铺》，现在常在电视里被歌唱家们演唱，但很少有人提及这首民歌的作者常永昌，也几乎没有人知道这首歌的产生背景。一九三七年，只有三十户人家的三十里铺村，有一对年轻人四妹子王凤英与三哥哥郝增喜自由相爱了。"三颗颗荞麦九道道埝，人世上就看见三哥哥亲"，"半碗黑豆豆半碗米，泪珠珠掉到饭碗里。墙头高来妹妹低，照见墙头照不见你"。这在"父母之命，媒妁之言"的传统习惯面前，无疑是一种过头的举动。他们最终还是"满天的云彩风吹散，咱俩的婚姻人搅乱。脚踩上石头手攀墙，眼泪珠珠滴在布鞋上"。郝增喜的父母坚决不同意儿子同凤英来往。郝增喜被迫与父母包办的另一女子结了婚。增喜与凤英的两颗相爱的心并没有因此而改变，但他们只有在心底默默地相爱。一九四〇年，已属解放区的绥德县征兵，增喜当兵走时，凤英站在自家的硷畔上依依不舍，流泪为他送行，增喜也是一步一回头。此情景被村里擅长编民歌的常永昌看到了，他根据这一情景编成了《三十里铺》这一民歌。之后，常永昌又邀请了另外几位长工，你一言我一语，改改唱唱，最后仍由常永昌配曲，用男女声对唱的形式编成了最早版本的《三十里铺》。从此，《三十里铺》就流传开来。它那像绵延的黄土塬一样悠长酸楚的曲调，向人们娓娓诉说着三哥哥的善良，叹息"四妹子为三哥哥受了凄惶"。

陕北人是从不忌讳谈情说爱，他们敢恨敢爱，敢做敢当，"不挑丑不挑俊，单挑那实心的有情人"。但直至现在，陕北依然还有那种"父母之命，媒妁之言"的传统习惯。我就差点成了《三十里铺》里的三哥哥。那时，梅的家人知道了我们的事情后，就开始出面阻挠。据梅说，她父亲曾苦口婆心地劝她："如今找对象不时兴门当户对，更不能父母包办，讲的是自由恋爱，这些我们也很赞成。这自由恋爱，双方的条件也应大致相当，不应相差太大吧？经我们调查了解，小刘这个人倒是不错，但他无职业，他本人及家里的经济条件实在是太差了。他文凭也不高，将来有甚出息？他的父母是农民，自古到今穷农民，能有多少积蓄，将来自己能养活自己就不错了，肯定给你们也贴补不了多少。这样，将来的生活肯定也好不到哪里。现在是经济社会，物质年代，虽说钱不是万能的，但没钱可是万万不能的。你有大学文凭，不愁有称心如意的工作。为什么要降低标准，找一个各方面都不如自己的土棒子后生呢？"梅还告诉我，她母亲也用同样的内容开导教育她，母亲以过来人的身份，从正反两方面列举了许多生动的事例，其情真意切、用心良苦简直无与伦比。但不管岳父岳母如何施展他们的才能，梅就一个主意："我看中的是他那淳朴敦厚的秉性，善良诚实的心地，而不是其他。我觉得他有责任心，有责任心的男人才是我将一生相托的伴侣……"我的岳父岳母见他俩劝说无效，就叫亲戚们轮番劝说，并分头四处给梅物色他们认为的好后生，今天你引来一位漂亮的小伙，让梅相看，明天他带来一个英俊的后生，要梅去会见，但梅始终不为所动。

　　梅给我说这些时，我深深地为之感动，为了这份美好而纯真的爱情，我决心和碌碌无为告别，立志在文学上有所作为，有所成就。我决定为梅写一本书，越想写，越是写不出来，连一点感觉都没有。我索性放下笔，来到了无人的秃尾河对面的长满沙蒿的沙梁上。一个牧羊人的歌声飘了过来："咱地方是个聚宝盆，祖祖辈辈挖不尽。"那声音像从遥远的地方一点一点慢慢升起，像朝阳初升的情景，先是一种灿灿的光芒，然后是温暖的色彩，像条丝线，从高远的天际一点一点被抛出来，然后越来越近，越来越近，哗一下到了你的眼前，真有黄河之水天上来的气势与感觉。我心里忽然一动，觉得民间的东西不就是很好的写作题材吗！于是，一本《塞北风情录》的民俗散文集在我脑海里开始构思……一年后，我带着写完的书稿想拿去给梅看，可那天梅不在家。后来我就把书稿给了梅。翻了书稿，梅安慰我说："放心，我决不会离开你的。我当初看中的不是其他，就是你这个人。你的眼睛告诉我，和你这样的人将来生活在一起，能让人有依赖感。我从你的眼睛里就能看到大山的影子、大河的影子，能看到一个坚定、踏实、有上进心的男人的影子。"听了这话，我觉得无比激动，为自己能够找到这样一个好恋人而感到由衷的喜悦。我们俩就这样拖着，从不轻言放弃。我们的诚心感动了梅的家人，经过一番周折，我们俩最终幸福地走在一起。

因为大地的歌声，回到鲁院三〇二那个房间后，我又上网查了民歌《三十里铺》的资料。我这才更清楚地知道三十里铺村位于陕北绥德县城东部，因距县城十五公里路而得名。《三十里铺》里的主人公郝增喜参军走后的第二年，同样是由父母做主，凤英嫁给了绥德辛店乡黑家洼村的一位农民。之后，"把妹剁成八疙瘩，魂灵也要跑到哥哥家"的凤英仍然进行过抗争，但最终她都没能与她钟爱的三哥哥走到一起……它唱尽了天下的缠绵悱恻。爱情能到了"盘畦子韭菜清水浇，泼上性命咱好到老"的忠贞不渝，我无法想象和体会，四妹子和三哥哥在面对人生这两桩绝难融合的事物时，是怎样的心境。不经意向窗外看去，就看见了托在远楼顶上的半钩弦月。我关了灯，月光凄清而孤冷地射了进来。《三十里铺》里的风花雪月、风清月白随着万籁俱寂的月光流进了我的心里。增喜与凤英离别的身影，像孤寂的树木缠绵在月影里。在瞬间，爱情在歌声里舒展、开放。这种悲怆之中的欢愉，带着泪花在欢笑……

##

周末晚饭后，同学们在鲁院餐厅自发组织去跳舞了，因我不会跳舞，就一个人在校园中的那个仅有二三亩地的小花园里心情萧索地散步。餐厅里的卡拉OK声一浪一浪地涌来，尽管他们那种潇洒、那种浪漫叫我心驰神往，羡慕不已，但不太喜欢流行歌的嗜好还是排斥我去接近。后来，音乐突然转成了陕北民歌《兰花花》："青线线那个蓝线线，蓝个英英的彩。生下一个兰花花，实实地爱死人。五谷里那个田苗子，数上高粱高。一十三省的女儿呦，就数那个兰花花好。"

歌声尽管是稍有些陕北的味道，但我的人在小花园里站着，心却早已飞到了故乡那块土地。我知道《兰花花》是一首十分动人的反封建情歌，是陕北民歌中流传最广的典范作品之一。民歌里的兰花花不甘于封建势力的压迫，自找了"情哥哥"，并信誓旦旦地宣布"咱们俩死活长在一搭"，其实就是陕北人对性生活毫不忌讳、行为放纵的体现。他们骨子里豁达乐观，是把人生视为行乐的。我曾在解读陕北民歌的一篇文章里谈到这方面的认识："《走西口》不是一般的情歌，它不仅表达了陕北女人对朦胧的、陌生的远方的惧怕和向往，更重要的是对一个晚上又一个晚上荒睡时无法抵挡孤寂的另一种恐慌：家园的荒芜，尚能和男人共同承受；夜晚的荒芜，一个人堵在心里，又有谁来分担呢？年轻的时候，那种把夜晚收拾得水灵嫩秀的尖叫和呻吟的激情正旺得很，人却要分开了。老了，即使在一起，它也蔫了，夜晚除了尴尬和干燥，还会有什么呢？"是的，性爱是爱情的最高境界。在陕北民歌里，这种境界表达得淋漓尽致，"只要和妹妹搭对对，铡刀剁头不后悔"、"一疙瘩云彩朝后走，谁要丢谁瘟神爷收"，就像不敢背叛天上的太阳，谁敢背叛这样的歌声和爱情呢？

"食色，性也。"食和性是人类生存的两大要素，陕北人活动最基本的就是生产活动和性活动。陕北人对性交的崇拜绝不是像现代人所认为的是猥亵、下流和色情狂，而是能使人享受其他任何事物都难以替代的一种快乐。"我要拉你的手，你要亲我的口。拉手手，亲口口，咱俩山圪崂崂里走。圪崂崂里走，胸前的白馍馍没揣个够。"性，人们往往趋之若鹜，这可以说是人的一种自然本性。陕北人本身就有一种欢乐和活泼的本性，他们常常是直率地表露自己的情欲，追寻生动而强烈的快感，"一搭死来一搭里埋，一搭里咱上望乡台"、"走不完的大路过不完的河，快刀也斩不断你和我"。

在中国古代的语言文字中，常用"阴"、"根"泛指男女的生殖器，如男阴、女阴、男根、女根。"阴"有时专指女性生殖器，而"根"则明显具有崇拜的意味。在《聊斋志异·林氏》中，林氏要求丈夫和她过性生活，笔语曰："凡农家者流，苗与秀不可知，播种常例不可违，晚问耕耨之期至矣！"陕北多山，陕北人对"根"的崇拜就是"山"。陕北人也是以田地象征女阴，以种子象征男精的，把男女性交称为"播种"、"耕耨"，习惯于把某人的子女说成这是他的

"种"。陕北人认为如果男人不同婆姨交配,婆姨就不会生孩子,男人对创造一个新的生命享有完全的荣誉。胎儿完全是由男人的种子形成的,婆姨只为它的发育提供了一个场所,就像一个植物的种子植入大地可以生长一样。陕北人讲究吃啥补啥,把子女多视为男人性功能好的一种炫耀方式。性爱对于陕北人来说,不仅是快乐,而且是为造就财产和血统的继承人,发展生产力。陕北人在精神上和心理上倾向于把子女看作一种自我复制品和自我延续。这种男欢女爱是黑暗中的舞蹈,虽然舞姿谁也看不见,可是黑暗看得见,夜色看得见,夜色中的那些精灵看得见。即便是真的在自己手上没有实现理想,他们也会把希望寄托在子女身上。陕北人对生殖和性的崇拜,使得性文化深深渗透在了每一个领域。陕北的大唢呐就是一个男人的阳具形状。唢呐吹起来的确高亢悦耳,尖利直达天宇,有一种男人的气魄。没有这种气魄,吹出的声音是缺乏钙质的,无法站立,更无法行走,在城市的水泥地上摔一跤就骨折。那些吹唢呐的汉子,将唢呐高举在手,眯缝着双眼,鼓起腮帮子,用尖锐的语言,虔诚地祭拜着头上的苍天。娶媳妇儿时,他们用唢呐迎回一个新的希望和开始;埋死人时,他们用唢呐送走一份哀婉和孤独。悲也吹,喜也吹,他们用唢呐和先人的灵魂交流,他们用唢呐向身边的黄土地释放自己满是汗味和尘土的能量。

  餐厅里的乐声在热烈地蔓延:"手提上(那个)羊肉怀里揣上糕,拼上性命我往哥哥家里跑。我见到我的情哥哥有说不完的话,咱们俩死活呦长在一搭。"那词让我听得有一种张开臂膀、拥抱高山的冲动……这首歌太能彰显陕北民歌的气派了,它向人们打开了一扇通往陕北的真正的大门。农人的多少粗糙的真诚、带着热血的呼喊在时光流逝中浓烈而炽热地涌来。我感觉出这歌是一种注解,是对生命快乐的深刻注解。我是在一九九四年为我的梅写那本《塞北风情录》的民俗散文集,去采风时知道《兰花花》的创作背景。一九一九年出生于延安南川临镇街的兰花花原名姬延玲,小名叫叶子。她从小就心灵手巧,长得俊秀,到十五六岁的时候已出脱得端正水灵,像雨后马兰花一样惹人喜爱,人们给她送了个绰号"兰花花"。当时,红军中有个搞宣传工作的战士与兰花花一见钟情,偷食禁果。因红军过山西东征,红军战士只得和兰花花难舍难分地暂时告别。兰花花与红军战士相爱偷情的事被张扬开来。兰花花的父母认为女儿败坏了自己的门风,便托媒人把十七岁的兰花花许给临镇后街富户任老五的小儿子任小喜。兰花花不从,在父母的威逼下响吹细打抬进了任家。任小喜长得很小,吃喝嫖赌无所不为,后因在宜川抢劫杀人被处决。第二年,兰花花又被父母强迫嫁给了临镇一个姓石的富户人家。石家的小子生得十分丑陋,满脸大麻子,他看上了兰花花的美貌,不惜花钱把兰花花买去。兰花花在石家受尽折磨,她日夜思念自己的红军情人。因精神过于苦闷,终于在一九四二年正月病死,死时二十四岁。红军战士东征胜利后回到陕北,得知兰花花被迫嫁人,非常难过,但又怕给兰花花带来麻烦,故也没敢去看望兰花花,只有苦在自己心里,以后又听到兰花花病亡,悲痛欲绝,一病不起,在医院治疗中暗自构思怀念兰花花的相思之歌。出院后,他恰好又转业到固临县(今延安市临镇)。他还朝思暮想兰花花,便把在住院时编的《兰花花》歌曲整理出来(全长八十四句),把任家改为周家,教人们演唱、传诵。《兰花花》很快在全国传唱开来。从二十世纪三十年代唱至今天,受到几代中国人的喜爱,家喻户晓,久唱不衰。

  《兰花花》对心灵的召唤,对爱情的召唤是含蓄的,又是热烈的。歌里涌动着一方百姓的苦闷、欢乐、满足与期盼,如同那绵延千里的黄土高原一般深厚。爱情的影子若有而若无,爱情的呼唤那样微弱而渺小,胜过死别的生离,令人无可奈何的、悲怆而深情的呼喊。这样的表达胜过多少捶胸顿足、胜过多少仰天长号呀……走在小花园环形的石板小径上,我的心里是沉甸甸的:今天的陕北,就像一年后鲁院将要搬迁的别处,不再拥有这块小花园一样,不会再有产生做爱一样痛快的民歌土壤了。物质的冲击,让一拨一拨的年轻人都拥向了城市,一个又一个村子都快成了废墟,过去上千人的村子里只能见到几个颤颤巍巍的老年人。我知道是那块贫瘠土地上的闭塞与沉闷使人性中自我表现、感情抒发等受到了压抑,而人们又无时不在寻求机会来宣泄情绪,体现自我意识,喊、唱和做爱的方式才形成了特定条件下陕北人的唯一选择。他们只有俯下身来,攥住一把黄土,捧起一掬水,歌声从心中飞出,像自由的飞鸟,不受任何羁绊,就以温柔的身姿和锐利的速度,到达相爱着的男女心灵深处……

  我知道陕北民歌像文学一样已经越来越边缘化了。鲁院毕业回去后,我想,自己应该为民歌的传承再做点什么了。

七

梦境是人类留给自己的一块私人空间，陕北人的梦境就是经由民歌这条小径释放出的。对陕北人来说，民歌是奔腾的大河之水飞溅而起的浪花，大山之脊为人们立起的精神坐标。"一声信天游，八尺的汉子热泪流，出嫁的婆姨也回头。"陕北男人的特点是粗犷，女人的特点是细腻。唱起歌来，男人站得稳，挺得直，吼得响，拉得长，顺风势歌声可达十里之外，在那沟里梁上荡漾不息，回荡着陕北空阔的独特凄凉与悠长……

二十世纪九十年代初，我曾有过一次长达三年之久的走村串户的采风。我走访了陕北榆林地区的十二个县。关于这次刻骨铭心的记忆，我曾在一篇写陕北民歌的散文里说过："我像一只鹰，滑翔在陕北的山山峁峁里，在三年多痴迷的搜集中，那望不到头的山梁，时常令我热泪盈眶地看不够。骨子里氤氲着山间大寂静的我，在走访三百九十多位民歌手中，心中总是涌动着一股无法表述的亢奋，一生中，这或许是唯一的一次。"是的，一生中，这或许是唯一的一次。那些隐藏在民间的艺人，他们朴实而厚道，他们面色黧黑，深如刀刻的皱纹里藏着如海深、似山高的民歌宝藏。可他们又是腼腆的、藏而不露的，面对着我热诚的目光，他们面色发红，木讷无言。可他们的眼神分明是热烈的，是跃跃欲试的。那天，我在瑶镇乡黄土庙村采风，走近那个村子时，正是黄昏日落之时，黄尘弥漫的沟壑间，一种极具穿透力的声音伴着姹紫嫣红的彩霞，迷漫的暮霭，扑面而来，飞进了我的耳朵："好事难成咱功夫缠，最难不过是光棍汉。满身的灰土一脸的汗，再熬也得自个儿做饭……"

唱歌的是位三十多岁，腿有点瘸的羊倌，他边走边唱，浑厚高亢的男中音带着风声、带着土声、带着水声，更带着心声。那来自天籁的声音，宛如在我眼前摊开了一幅朴素的铅笔画，凸现出很强的质感。听着歌，我进入了一个澄明的世界。我分明觉得瘸腿羊倌是一个行吟诗人。他在怀念世世代代生于斯、长于斯，在这片土地上奋斗、歌唱、流血流泪的陕北人；怀念一群在歌声中延续生命、在苦难中咀嚼苦难，在黄河之畔、高山之巅唱响欢乐之歌的有着坚韧质地的伟大的歌者。

　　当晚，我就借宿在羊倌的家里。热情豪爽的羊倌用黄米捞饭、炒鸡蛋款待了我。饭罢，羊倌又拿出一瓶老白干，捞了一盘淹苦菜，两人盘腿坐在炕当中的小桌旁，开怀畅饮……羊倌告诉我，他的妻子，曾是一个容貌俊美、温柔贤惠的媳妇，前几年因难产去世了。心灵受到难以抚平的创伤的他，只有用唱山曲的形式来表达自己对妻子的怀念，来宣泄心中的苦闷："前半夜想你睡不着个觉，后半夜想你泪个蛋蛋泡。想妹子想得迷了窍，抱柴火跌进那山药窖……"

　　月光如水，泻在窗格上。歌声如树生长，仿佛从时间的起点出发，一路春风相伴，一路驼铃相随。我听到了动人的爱情满山绽放，看到旺盛的生命漫天漫地而来。在陕北，女人就是男人的月亮。在莽莽苍苍的高原之间，月亮之上，它照亮高原上每个孤寂的夜晚。歌声像这片宁静的山村中所有的风景和人，朴素、纯洁，一如原始，一如村边的秃尾河滔滔而去，一如每天的太阳喷薄而出，但在爱情的天空中，它划破了那片空蒙和宁静。我知道，只要陕北男人们心里有一轮山里的明月，这歌声就不会衰老，会一直伴着他走到生命的尽头。

　　那羊倌是标准的男中音，嗓音浑厚高亢，音域宽广、优美，山曲儿唱出来，有的借物抒情，有的直抒心意，有的哀婉倾诉，余音袅袅中，我享受了一顿别开生面的民歌艺术的美餐……羊倌上过中学，才思也很敏捷，肚子里装得尽是山曲。他和我谈一阵，唱一阵，凌晨四点多两人才睡，几乎唱了一夜，可唱了这么多，那羊倌也没唱过重复的。

　　第二天，热心的羊倌又让我去相约二十里的早早沟村找一姓王的民歌手。翻过一个又一个沙梁，我被毒辣的日头晒得喘不过气来。就在我绝望地想往回返时，我突然看见了一汪水，强打起精神，冲了过去，一看，原来是个只有两米方圆的水洼，洼里的水浑浊不堪，水面上漂浮着一些来路不明的生物，呈现出灰黄的颜色。太阳光强烈地照射在水面上，发出阵阵难闻的气味。最令人感到不可思议的事情是，这样的水里竟然有两条金色的小鱼，在微微地摆动着身躯游来游去。举目四望，沙梁周围基本看不到一星半点儿的绿意，虽然才是五月的天气，但这里的灼热已经让人感到难以忍受。就是在这样一个地方，竟然有这么一片水洼还没被晒干，在这没被晒干的水里竟然还有两条鱼在游。水洼里剩下的水也不多了,这两条小鱼在水中呼吸困难,金红色的身躯微微摆动,嘴巴一张一合,吐着一个个的小气泡,眼看是不行了。可即便是在这样的情况下,两条鱼还是用嘴巴互相碰着,安慰着,仿佛在为自己的同伴打气,又仿佛在发出阵阵无声的哭泣。我是个好动感情的人,看到这里,眼眶不禁有些湿润。我不忍心再看下去了,我被两条小鱼之间这种相濡以沫的深厚感情所打动,我为自己打退堂鼓的想法羞愧。我想起了做出搜集民歌决定前和爷爷的那一次谈话。

那一天,在家门前的那株三个人都抱不住的老柳树下,私塾出身的爷爷和我闲谈。"你说艺术对于一个艺术家来说,究竟意味着什么?"我想了想说:"对于一个艺术家,那就是他的生命,他的全部。"爷爷笑了笑说:"你只说对了一部分,那不仅是他的生命,而且是他生命的延续。你想啊,历史上有多少搞艺术的人,在他们死了之后,他们的艺术还被后人代代相传,他们的事迹还被人们津津乐道。这是为什么?就是因为他们的艺术,他们的成就,这就是文化的传承与积淀的功能。他们活着叫名家,死了叫丰碑,这样的艺术生涯才令人无憾哪。否则,人死了以后就连这遍地的石头都不如。多少年后,石头经过风吹雨敲会变得更加坚硬,人就烟消云散了,在世上什么痕迹也没有了。总的一句话,你娃娃记住:人活得要比石头强。"这一席话给我的触动太深了。我一个人来到绵延不息的秃尾河边,望着流淌不止的河水,陷入对人生、对艺术深深地思索之中。我觉得自己在很长一段时间以来,变得有些疏于读书写作了,成天忙于一些琐碎的俗事,惰性开始一点点侵蚀自己曾经无比坚强的意志。人的生命不过是短暂的过程,不可能像这河水一样万古奔流,怎么样才能抓住这短暂的一生做一些自己感兴趣的事情,这才是最重要的。我知道一个作家的写作资源就是他的根,就像河与岸的关系,失去了岸的制约与引导,河水只能四散漫开,像脱缰的野马,最后只能不知所终。我的根在陕北。陕北是龙山文化的发祥地,但其丰富、深厚的民俗文化,由于受经济漩涡中泛起的虚无主义、实用主义、享乐主义的冲击,许多民俗传统和民歌正在传承中逐渐消亡。我觉得该为这块土地做点什么了……

终于到了早早沟村。但那个汉子听说我是来采风的,腼腆地不敢唱。我就出来,买了酒去拉话。几杯酒下肚,胆子壮了,话也多了。他朴实的面容也像外边儿的那些树一样,绿意盎然,迎风飘摇。如水的音乐先是慢悠悠地漫出来了,继而如火一样燃烧起来了,把每个人的脸膛都烧得红扑扑的。我就把随身带的小录音机偷偷开了:"羊肚子手巾哟,三道道蓝,咱们见了面面儿容易,哎呀拉话话难。一个在那山上哟,一个在那沟,咱们拉不上那话儿,哎呀招一招手。瞭见那村村哟瞭不见个人,我泪个蛋蛋儿抛在沙蒿蒿林,我泪个蛋蛋儿抛在沙蒿蒿林。"

在浩如烟海的陕北民歌中,这首歌算是一首老牌的情歌了。也正因为其老,才更具有了如此魅力。那个姓王的汉子唱得宽放豪纵,又能够如细水柔流,该高则高,该喊则喊,该哭则哭,歌声像老家闹社火时的鼓点,一声一声都敲打在人的心底深处,医治了我一个现代都市人在压抑、紧张、激烈、茫然的氛围中的那种浮躁。我觉得我的内心已经被喜悦盛满,被陕北大地的风声、梦想和音乐盛满。我把自己听成了一道风景,听成了一朵绽放的诺言,萦绕于怀,久久也不能散去……

在陕西有个说法,不曾学得两句《三十里铺》,不曾听得一曲《走西口》,乃枉去陕西一遭也。从前陕北经济落后,农民生活艰苦,男人成群结伙到外省给人揽工,即走西口。丈夫临走之前,妻子多方叮咛,娓娓动听,情意绵绵,抒情色彩极浓:"走路你走大路,莫要走小路。大路上人儿多,拉话解忧愁。住店你住大店,不要住小店。小店里贼娃子多,操心把你偷……"走西口的人一去几年不回,家里的妻子想起丈夫时,或手摇纺车,边摇边唱,或立于门前,低吟浅唱,抒发她们对远方亲人的眷恋之情。这首歌我是在经过一块糜地时,听一个老妇人唱的。那声音是流淌出来的,如丁香一般动人和委婉。老人边唱边流泪。那声音像驶在水上的犁,犁开了黄河这无始无终的泥浪,犁开人生这无边无际的苦难。听着歌,我仿佛看到眼前飘扬着一面旗帜,红得夺目,黄得耀眼;仿佛在眼前打开了一坛陈年的老白干,喝一口,就像喝进了一堆火,在瞬间燃着了胸膛。我知道《走西口》是一首通体透明的诗歌。如一轮圆月,用自己清冷冷的光芒映照着心上人的眼睛,让所爱的人心如大海,通体澄澈。老人的一曲《走西口》,萦绕在我耳畔的是爱情召唤,是斑驳的道路,是充满生机和活力的愉悦在飞奔而来,是深沉的节奏在耳畔回响。在一种尽情地宣泄中,遥远的西口变得触手可及。它是妹妹的红衣裳,它是哥哥的白羊肚手巾,它是满山摇曳的山丹丹花。它是思念、是距离、是追寻、是满足、是宁静、是奔放、是天真、是淳朴,是我们今天的年轻人无法企及的梦想。

这片动人的梦想漫过黄河、漫过草原、漫向大青山。想到小妹妹在那遥远的那一头，哥哥心头能不泛起如黄河波涛一样惊天动地的情愫吗？发一声喊，那声音能不赛过声势夺人的安塞腰鼓吗？我知道这是生命在燃烧，是爱情在开放，是可供我咀嚼一生的粮食。我仿佛在歌声中看到怜悯、看到无奈、看到凄凉、看到无穷的思念，如水一般涌来。多少奔波流离的爱情在歌声中相聚，多少望穿秋水的眼睛在歌声中复明，多少躁动不安的心在歌声中变得清凉。远在千里之外的家乡，因为有了爱情的召唤，似乎一日就可以回还。这是只能在黄土地上生长起来的歌声，这是只有黄河水才能养育出的歌声。这是风和帆，这是云和月，这是浪和岩，叶和花。歌声和陕北高原的沟沟壑壑依依恋恋、恩恩怨怨，是倾吐、印证、寻找，是撕心裂肺。老人的声音是跃动的，又是宁静的。跃动的是生命，宁静的是心态。动静之间，摇曳生姿。隔着歌声，我听见了寂寞中的喧闹，为爱跋涉千里的冲动，若隐若现的美丽。老人的声音也是敞开的，阔大的，只有这样的声音才配得上纯洁的爱情。老人天籁一般的声音在向我们昭示，等待不是一种形式，等待就是爱情，就是忠诚，就是生命的本质，就像一股清凉的泉水注入干涸已久的土地，让人心变成绿叶，让世界变成春天……

那些日子，我急步流星地奔走在乡间，一次又一次聆听了黄河水日夜不息的声音，仰望了大山深处那些流云一样飘过的民歌，一次又一次地参与到家乡的闹社火等活动中，热火朝天地扭秧歌，英姿勃勃地打腰鼓……在跟陕北民俗艺术及民歌老艺人们请教民间艺术、人生信仰等一系列的东西中，我重新审视和认识了陕北这片充满神奇与魅力的土地上长起来的民歌，这一伴我长大的事物的内在精髓和神韵，让我深深领略到了这片土地之上风土人情之美妙、民间文化之厚重、人性之淳美善良。我觉得在我和陕北民歌之间存在着一种天然的默契和缘分。从前陕北民歌好像在远处默默等待自己的一位知己，现在，我们终于相遇了，相遇在家乡这片圣洁而又充满热烈的土地上……

八

《东方红》是一首充满了色彩的歌，赤橙黄绿青蓝紫，绚丽夺目，光彩照人。这首歌以陕北黄土地的历史变迁为脉络,以陕北生活为背景,从纵横两个方面着力表现陕北民歌的大苦大乐、大喜大悲、大情大义,它的惊人魅力产生了史诗般的效果,达到了弘扬黄土文化、弘扬民族精神的目的。

这来自高原的天籁之音,这充满了阳刚的、粗犷的、质朴和彪悍的气息,这充满了魔力的精灵,早在孩提时爷爷的无数次如月亮般阴晴圆缺,如海水般潮起潮落的歌声里,就打湿了我的心房。一九九四年的那次采风中,在陕北佳县,我找到了《东方红》词作者李有源的孙子李景鹏。这个中年汉子很热情地告诉了我举世闻名的《东方红》产生的大背景:"二十世纪三十年代,中国大地上卷起了一场特大的风暴,那就是中国共产党领导的土地革命。这场风暴也毫无例外地席卷了陕北高原,它把那里的社会彻底翻了个个儿,把'世事颠倒了'。社会的激烈动荡、变革,为陕北民歌的演变和发展谱写了新的一页。我的爷爷李有源出生在佳县城北五里的张家庄,我们祖上家贫无田,三辈佃户。老爷爷(李有源的父亲)常年给地主当长工,家境非常贫寒。为了一家老小有个安身的地方,全家人一块块地打石头、背石头,才箍好了一孔窑洞。老爷爷终因生活贫困,劳累成疾而死去。老娘娘(李有源的母亲)带着三个孩子挣扎在死亡线上。爷爷他老人家从幼年起就担负了全家的田间劳动。他老人家仅上过一冬学,但生活的重担,并没有阻挡他念书识字的愿望,炕上、地下、河边、山坡都是他学习的课堂,说本、唱本都成了他学习的课本。经长期自学,他竟能看书写字。一九四〇年佳县民主政权建立以后,爷爷翻身得解放,满怀激情编创了许多民歌、快板、小剧宣传革命。但他总觉得自己的歌还没有把自己和劳动人民对共产党毛主席的深厚感情充分表达出来,他朝思暮想要创作一首歌颂党和毛主席的好歌。一九四二年冬天的一个早晨,爷爷担着桶到县城去担粪。此时一轮红日从东方冉冉升起,霞光万丈,浑身觉得温暖起来,他心中一动,兴奋地自语道:'对!把毛主席比作太阳最好不过了。'党和毛主席的英明伟大,正像这东方升起的太阳,红光普照着大地,温暖着每个劳动人民的心房,引导人民永远向前进!想到这儿,他不由得笑起来。然后,甩开大步,继续向县城方向走去。到了城里,又见到'毛主席是中国人民的救星'的标语。晚上,他在土窑洞的煤油灯下开始构思一首新歌,经反复推敲,他套用陕北著名的民歌《骑白马》的优美曲调,完成了一首新歌《东方红》：'东方红，太阳升，中国出了个毛泽东，他为人民谋生存，他是人民大救星。'"

在李景鹏的叙说里，我开始还原李有源创作陕北民歌《东方红》的场景。我想，李有源的表情一定像是原始部落在举行一场盛大的庆典时一样虔诚。是啊，这些朴实的农人，他们在一年之初，是要向着供给他们雨水、温度、大风、雪花的上天顶礼膜拜；是要向着供给他们粮食、丰收、喜悦、爱情的土地顶礼膜拜；是要向着让他们翻身做主、挺起腰杆做人、抖开嗓子高歌的党和人民致谢。李有源胸中满溢的是无尽的喜悦、无尽的感激。他这种朴素的情感让他的身上充满力量，让他的歌声充满力量，让他的舞姿充满力量。

陕北民歌《东方红》原曲有几种版本，我曾听爷爷唱过几个版本。

"蓝个莹莹的天飘来一疙瘩云，三哥今天要出远门，红豆角角双抽筋呼尔嘿哟，谁也不能昧良心。"（《东方红》原曲）

"骑白马，跑沙滩，你没有婆姨我没有汉，咱们俩好比一圪嘟嘟蒜，到死也分不成个瓣。"（《白马调》）

"骑白马，挎洋枪，三哥吃了八路军的粮，有心回家看姑娘，打日本就顾不上。"（《骑白马，挎洋枪》）

"山川雄，天地兴，送咱亲人去延安城。"（《移民调》）

这让任何具有生命的牲灵都颤栗不止、啼泣不止的音符，同样以那难以名状的情感留给我一种特殊的美感享受。尽管爷爷的嗓子是嘶哑的，但异常炽热、丰富、复杂的感情流露和冲奔出来，明快直接的倾吐，给人以更加强烈、有力的感受和影响，灌注生命和寄寓着一种和传统文化联结的悠长人生的色彩，并且让我窥视到陕北人怎样去爱和恨，怎样去繁衍和生育。但有谁会知道像河水一样缓慢而悠长的信天游，竟然承载起了那么久远而厚重的性历史，那么朴素而动人的乡土爱情呢？

我知道《东方红》的几个版本，是陕北大地上响彻耳鼓的高音。它是用心、用血写成的，它是用来唱的，它更是用来诉说和起舞的。它有着横扫一切的气势，它又有着伏地而拜的虔诚。刚与柔、歌与舞，一切力量和气势都蕴含其中。听着这样的歌声，我们只能被其中耀眼的光芒和灼人的温度所慑服感染、所泪下，热血沸腾。

而《东方红》则是用如椽的大笔绘就的一曲绝唱和心音。从产生之初到现在，许多位艺术家不知唱过多少遍，每个人的演唱都取得了很大的成功，都唱出了自己的特点。一首好歌固然可以久唱不衰、魅力无穷，但是随着时代的发展，也应该在其中注入新的元素，以此来适应人们新的欣赏品味。而我的好友，被誉为新一代"西部歌王"的赵大地就做到了传统与时尚并存，城市与乡村共融。我曾在全国七大古都艺术节上听过大地的演唱。那天，天气正好有些阴沉，灰雾雾的。他像洪荒时代的原人，头顶日头、脚踏黄土，站在古拙的长城垛上，面对着黄灿灿的土地，他张嘴一吼："我说东方你就一个红，太阳你就一个升。"一嗓子刚抖出去，就惊起了附近树上的一群鸟儿……他不仅是在唱，更是在演。他起舞，伸手之间带来了陕北高原上呼呼的风声；他跳跃，飞扬的身姿让人看到了黄河的影子。他的一举一动、举手投足间都是浓浓的陕北味儿……他刚把"东方红，太阳升"两句唱完，太阳竟然穿过云层，慢慢地升起来了，眼前就晃动着一片耀眼的红。这首歌在赵大地的口中唱出来，仿佛变成了一匹色彩绚烂的丝绸，哗一下展开在观众眼前，不仅对人的听觉是一种震撼，对人的视觉也是一种极大的冲击。在耀眼的日头下，赵大地赤裸着自己的灵魂，用充满蛊惑的身姿翩翩起舞，他的声音像风拂过无垠的田野，像梦悄然降临在失眠之人的眼里，像印记深深地烙在陕北这块充满苦难、充满野性、充满希望与力量的大地的胎记……

《东方红》经由赵大地唱出来，如高山之巅的一株兰草，生长在多雨的季节，美不可言。和这歌声比起来，河水的声音太弱，流沙的声音太弱，时间的声音也太弱。歌声中有一颗光彩夺目的心灵，耸然站立在蓝天的鼓舞里，歌中的一切，像一首古老的诗谣，被闪亮着青春的脸时而低咏，时而高歌；像一种怀想、一种渴望，在期盼辉煌的日子；像是一句庄重的承诺，期盼它能像晨曦中的朝阳，冉冉升起在心的海洋，让炽热的生命在乐观与向上中盛开。在扭秧歌那样一种充满动感的氛围中，他完成了对陕北那片土地的演绎和歌颂，完成了对伟人近乎顶礼膜拜的虔诚仪式。他的声音具有强烈的画面感，仿佛不仅是用来听的，也是用来看的，深情款款的浅吟高唱，直叫人泪下。李有源的一首老歌谣，在他的歌喉里流出来就有了闪亮的青春，有了生命的绽放。他的歌声有物质的、朴素的引领精神，我仿佛看到了羊群、爱情、谷物、黄土这些让人魂牵梦绕的事物。《东方红》成了唱给阳光和雨露去听的歌声。

"一九四三年春节闹秧歌时，由叔父李增正在佳县山城第一次演唱出去。"李景鹏的声音打断了我的思绪，"一九四四年春，叔父任佳县移民队副队长，带领我们村农民到延安开荒种地，走一路唱一路，传到了延安，经文艺工作者加工整理，形成后来的《东方红》，唱出了中国人民的心声，唱红了全中国，成为不朽的传世之作。"在李景鹏的叙说里，我听得悠然神往，并对《东方红》有了一个更加深刻和全面的认识。

"李有源是第一代'陕北歌王'。"陪同的佳县宣传部部长插话说。

"那第二代呢？"我禁不住好奇地问。

"第二代'陕北歌王'是李治文（一九三一——一九九四年）和马子清。李治文是绥德县城关镇人，被誉为'黄土高原的歌王'。他七岁开始学唱民歌，嗓音特好，能编善唱，很有才气。二十世纪五十年代初入中央农民歌功颂德合唱团，一时唱红大江南北。'三年困难时期'，返乡务农。他多次参加了地方和全国会演并多次获奖，还曾为《人生》、《黄河谣》、《巍巍昆仑》等影视片配唱。李治文很有创作才能，《拉骆驼》、《跑旱船》、《天下黄河九十九道湾》等许多陕北民歌经他加工再创作，格外增辉，妙趣横生。"

"《天下黄河九十九道湾》是不是咱演秧歌里的那首歌词？"我问。

"是了。《天下黄河九十九道湾》的作者是我们佳县荷叶坪人李思命，他家贫无地，弟兄四人皆以扳船为业，常年奔波于包头至潼关的黄河惊涛骇浪之中。李思命性格豪放，才思捷敏，嗓子特好，是佳县当地出色的民间艺人，也是唱秧歌、扳水船的高手，深受当地群众欢迎。一九二〇年左右，他与张士铭同演《扳水船》。李思命以老船工与陈姑娘对歌的形式，唱出了《天下黄河九十九道湾》和《扳船难》，观众纷纷叫好。后经著名学者李绍华记录整理，词曲基本固定下来，很快流行于陕北和晋西北各地，同时也成为陕北闹秧歌的传统曲目。"

"您接着说。"我忍不住插话说。

在我的催促下，那位佳县宣传部部长又开始了他的介绍："李治文的演唱独树一帜，以情带志，声情并茂，体现了朴实、自然、真切的美学原则。权威专家称他是'真正的中国民歌演唱家'。同时代的歌唱家马子清,她是绥德县人,一九三五年生,天生一副好嗓子,从小爱唱民歌。一九五三年入中央歌舞团民歌合唱队任领唱,后到陕西省歌舞剧院歌舞团合唱队。她演唱的陕北民歌质朴无华,独具风韵,有创造、有改革。尤其是她演唱的《三十里铺》、《兰花花》、《走西口》、《红军哥哥回来了》等影响甚广,唱片、录音带很受欢迎。她还为电视片《万里长城》、《黄土魂》、《黄土舞诗》等配唱了民歌。可以说马子清对陕北民歌的普及和提高有突出的贡献。

"第三代'陕北歌王'是贺玉堂和王向荣。贺玉堂是安塞县人,一九四八年生,他继承传统又不断改革创新,是极负盛名的陕北民歌改革者、演唱家。他曾把《走西口》、《摘南瓜》等很多传统民歌进行修改,形成自己高亢、宽广、深沉的独特风格,多次在地方和全国比赛中获奖,被中宣部授予'全国民歌大王'的光荣称号。他曾为《黄土地》、《黄河》等影视片配唱,震撼了音坛。发行的演唱磁带,深受欢迎。

"而王向荣是一九五二年出生在府谷县一个父母都是民歌手的农民家庭。他从小跟着大人学唱民歌,上学时已显露了唱歌的艺术才华。他因生活拮据而中途辍学。在掏炭、烧砖、赶牲灵、跑口外的艰苦生活中,他结识了许多陕北、山西、内蒙古的民间艺人,向他们学会了许多山曲、蒙汉小调和二人台曲目。他在国内外演出很受欢迎,曾荣获过全国优秀节目奖,并参加了《黄河在这里转了个湾》、《悬崖百合》、《泥土芳香》、《陕北民间艺术》等电影电视片的摄制和配唱,引起强烈反响。他擅长编山曲、改民歌,老歌经他一唱便有了新意。他音域宽广,真嗓假声变化自如,给陕北民歌增加了新的光彩和时代气息。《你把哥哥心扰乱》、《一年四季浪里钻》、《十对花》、《上香》、《参神》等旧民歌,经他修改再创作而演唱,热情奔放,神韵独特,轰动了国内外歌坛。"

听着那位部长的介绍,我陷入了沉思中,我知道陕北民歌这一艺术奇葩,是黄土地的母语和精神家园,更是黄土文化的特色和精粹,但更应该成为各种文化腾飞的羽翼……

一个成熟的艺术家,总是在艺术之路上做着不断地思考和总结,总是把生活中的所有感悟、所有历练,都化为艺术的动力和有效成分,最终变为一种艺术的高度自觉。我开始重新揣摩《东方红》这首歌。我觉得《东方红》是一首起航的高歌。我终于理解了好友赵大地歌声里为什么会有生长饱满的谷物的香气,会有漫天飞舞的黄土气息……

九

"千年的老根黄土里埋","黄河畔上灵芝草"。听民歌,知民风,陕北是民歌的世界,民歌的海洋。民歌就是深扎于这块土地上的千年老根,是乡亲们心中的一棵灵芝草。有什么心里话,他们总是说给它听;有什么愿望,总是讲给它听。他们的生命像燃着的大火,他们的歌声就是供这大火熊熊燃烧的木柴、河炭。他们的歌声更是旗帜和力量,是乡人们的血气和魂魄,尊严和奋斗。

记得童年时,无论是站在高山头,还是走在弯弯曲曲的山道里,或者行进在一马平川的大路上,到处都可以听到顺风飘来的悠扬歌声。匠人们用土生土长的歌声来装饰那单调的石夯声:"头一下轻,二一下重,三一下就把那土打定。"(《打夯歌》)农民们用歌声来驱逐寂寞和忧愁:"青草开花一寸高,唱上个山曲解人焦。"赶牲灵的人将那悠扬的歌声洒满崎岖的羊肠小道:"白脖子哈巴朝南咬,赶牲灵的哥哥过来了。"多愁善感的小媳妇用如泣如诉的低婉吟唱倾吐心中哀怨:"太阳临落放着个火,因上抱柴了哥哥。"就是日常生活服务中,也能听到民歌的倾诉。货郎用歌声来叫卖:"打开一包明朗朗,赛过王贵和李香香;打开两包明晃晃,赛过孔明诸葛亮。"(《卖针》)农民用歌声来祈雨:"咚咚咚,雨点点,龙王想吃个揪片片;咚咚咚,雨点点,扁豆捞饭献卷卷。"逢年过节时用歌来庆祝、娱乐:"单品定宰,双耳又挂铃,鹿鹤定同春。七巧八马,底洞有九门,冷酒一口吞。五魁首呀两眼红。"男婚女嫁用歌来举行仪式,用歌来讲述历史故事,用歌来搞社交,用歌来记述重大历史事件,用歌来记述新人新事,甚至上坟哭灵也以歌代哭。

那时小孩子嘴馋,没一点儿油水的饭怎么能填饱正在发育中的我的肚子。我和小伙伴们跑到田野里捡骨头,一边捡一边唱:"骨头也能换钱哩,一换换下半簸箕。"捡够一定的数量,就去小卖店换零食,和小伙伴们一起分享。小孩子嘛，也没觉得有多么艰苦、多么辛酸。那个时候，因为嘴馋，更因为饿，一群孩子走在外面，想得最多的总是怎么能弄到更多好吃的东西。扫视一圈，没找到什么可吃的东西，最后一群小孩把目标锁定在我爷爷的果树上。怕被认出来，我们找来湿泥巴抹在脸上，像猴子一样爬在树上，边吃边乐："出哩出拉爬上树呀，大红果果摘下来呀，你一颗哟我一颗哟，倒叉叉就鼓起来呀。"我虽说吃不饱，但精神很好，不愿在家里待着。大人一不注意，就出去玩了。陕北黄土高原，一出门不是山就是沟，我跑出去不是上树摘果子、掏鸟蛋，就是下沟底的小溪里捉蝌蚪，夏天要经受风吹日晒，冬天则会冷寒受冻。如果不小心掉下悬崖，更是九死一生。另外，由于爷爷是地主成分，我也受到牵连，出去玩，邻家的孩子就欺负我，骂我是"狗崽子"，有时还追着打我取乐。有一次，有一个半大小子端着半盆滚烫的开水，硬把我的手按到滚水里说洗我的"狗爪子"。那天母亲正好在家，是她听到了我没命地号哭，才赶走了那个愣小子，将我被烫伤的手放到冷水里浸泡了一会儿，又给涂抹了几次鸡油才没脱皮，但留下了永久的疤痕。

不久，我又不幸得了黄疸肝炎，家里没钱送去医院治疗，略懂医道的爷爷就搜集了一些民间偏方，利用当地出产的草药给我治。六十几的爷爷，走遍了村子周围的山山岭岭，沟沟岔岔，采来了阴陈、麻黄、艾叶，服用了两个多月，病情开始好转，三个月以后，黄疸肝炎被彻底治愈。只是吃了三个多月的中草药，非常虚弱，一贯调皮聪慧的我显得无精打采，还有点木讷呆滞的样子。爷爷为了让我的身体强健起来，又常常到山上逮刺猬，捉半翅，捉到了给我烧着吃。这样吃了几次，我的身体果然好多了。

爷爷年轻时有炸麻花、烙月饼、做糕点的技术。那一年，爷爷在家私下制作了一些麻花，逢集赶会，爷爷每次走都把我带上，一是为了锻炼我的体力和毅力，二是让我帮忙。这样，我跟着爷爷走山路，身子骨越来越强壮了，几十里山路，我活蹦乱跳地跟着爷爷，比走平路还快。

稍大些时，冬季一到，如果下了雪，一大帮孩子就到山地里套野兔或野鸡，套的办法是我从爷爷那里学来的。买一根指头粗细、十多米长的尼龙绳子，再买点细米丝（即铁丝），用细米丝制成带有活扣的圈套，把这圈固定在尼龙绳上，再把安有圈套的尼龙绳固定在兔子出没的小路上，然后几个伙伴绕远了，咿咿哇哇地唱着瞎编的词："下了个这边坡坡哟，过了那边河。撵起个大灰兔兔哟，美美地吃顿那个肉。"从四周围赶轰兔子或野鸡，赶起的兔子路经埋绳子的小路时，百发百中地被套住，大家就能美餐一顿兔肉。有一次，我只叫了一个同学去套兔子，那天运气好，我俩套住一只肥大的公野鸡，我俩兴奋地争着去解那只野鸡，我抢到了，只顾高兴，一不留神，脚底一滑，滑倒在地，并顺着山坡滚下去。同学连忙来拉我，不想也被带倒了。两人一路滚，刹也刹不住。那可是陕北高原上的山坡，摔下去是什么后果，谁都不敢想象。但我一只手死死地抓着野鸡不放，惹得野鸡叫声呱呱惊起，洒下一路。惊出一身冷汗的我经过一团被雪覆盖的植物时，不由自主地探出双手去抓。那是一株柠条，因滚势太猛，抓住的两枝柠条被连根带起，套来的野鸡也跑了。值得庆幸的是，半山腰上恰好有一棵树，这棵树正好拦在路上，我只觉得腰间一痛，就停了下来，树在同一时间也晃了几晃，摇落了一树雪花，落在了脖子里，我觉得冰凉冰凉。正想站起，随后滚下来的同学又撞在了我的身上，惹得树在同一时间又晃了几晃，又摇落了一大片雪花。这棵树救了我俩的命，我们站起，才看到雪地上留下了一片多么令人心有余悸的痕迹。这时，我才发现手已被柠条刺扎得稀烂，满手是血。我们俩的衣服都被滚破了，滚湿了，寒风一吹，冷得直打哆嗦。

童年关于民歌的记忆，让我更加相信在这块土地上的确是"女人们忧愁哭鼻子，男人们忧愁唱曲子"。歌声里有躁动、有期盼、有分离、有相聚，有缠绵悱恻、有向往。乡人们的喜、怒、哀、乐，每一种情感，都是用民歌的形式来表达，朴素、自然、大方，充满了原生态民歌特有的那种风味。乃至丑闻千里，以歌传之；奇人怪事，以歌颂之。陕北的地域、民俗，让人震颤。陕北民歌之所以有力而又绵软多情，是因亢奋坚毅的曲调同独有的陕北地理、民风、文化结合在了一个完整的体系里。

"东山的糜子西山的谷，咱黄土里笑来黄土里哭。山曲儿好比没梁子的斗，甚会儿想唱甚会儿有。"我知道信天游是由浓厚的陕北味道组成的歌。苦难的味道、欢腾的味道、挣扎的味道、奋争的味道、黄河的味道、黄土的味道，流淌在心灵漫溢而成了歌。在城市待久的我，已很清楚地认识到陕北民歌那种民间艺术的特有的可贵品质，在奢华旖旎的流行城市里无疑是一阵清新自然的大风，它不仅为我吹散了那种软绵绵的毫无力度和美感可言的流行音乐里不好的因素,更让我重新审视到一个毫无遮拦的朴实无华而又凝重大气的陕北。

十

傍晚,我站在鲁院的那棵参天的银杏树下,咀嚼着"越是民族的越是世界的"那句话陷入了沉思……陕北是我的故乡,那片高原让人真的有一种魂牵梦绕的思念,二妹子思念三哥哥一般。盘腿坐在炕上纳鞋底,将绵绵的思念和恩爱全都纳在厚厚实实的千层鞋底里,灯花花一跳,赶牲灵的三哥哥回来了。这是盘旋在我脑海中涂抹不去的一幅图景。"三春的黄风数九的冰,心难活不过人想根。心里头想来心里头念,睡在半夜还梦见。"这片高原到处都在生长阳刚的呐喊和撩人的思念,山丹丹花一般,长满红艳艳的野性和风姿。陕北汉子的歌声最适合长在陕北的厚嘴唇里,栖息在陕北的咽喉里。这种呐喊、逼人的张扬,气势恢宏,非陕北汉子们不能发出。在电视中,只能听到掺着颜料和糖分的信天游,陕北高原是无法移植到别处的,人工是造不出壶口瀑布那份飞扬的气势的,城市喧嚣的子宫是无法孕育出高原的沉静和厚重的。我想,这也是信天游里为什么会有一种浑然天成、不饰雕琢的大气之美。

德谟克利特曾说:"具有一个好灵魂的故乡,就是整个世界。"我知道我的成长与陕北浓厚的民间文化气息和丰沃的文化土壤是分不开的。灵魂的颤栗必将要有一片生长的土壤,从拥有生命的那一天开始,我的生命就已经和这块土地结下了不解之缘,文学道路上所产生的文化之痕、教化之痕、艺术之痕的影响是深远而不可估量的。我的文学梦想将与大地、森林、河流和天空一起,寂静而又热烈地活在美丽而舒展的陕北民俗舞蹈之梦里……

银杏树已落光了叶子。枝丫间粘着的几片,也已枯黄微卷。冬天的寒凉与萧肃一如我此刻的心情。我想,鲁院回去后,我的创作该到了真正在民歌中寻找穿凿民族灵魂、骨骼和精神的时候了。

侯伊玲

获奖感言

  生命是首无字的歌，我们选择了文学，便用文字记录生命。每个人的岁月都有歌，不管你是喜欢文学，还是不喜欢文学，生命前行如同起伏的旋律，有激情处的振奋，有低回的消沉，但人生正如歌般从第一个音符开始，便不断地唱到尾声，然后在歌声散尽后仍在人间留下一些回响。只不过当喜欢文学的人回头时，旋律更丰富一些。文学就是这样一位不动声色的朋友，不打扰你却用它独特的方式暗暗抚慰你。文学以它独有的生命力熏陶着我，潜移默化地影响着我，也在不知不觉中改变了我的人生路径与方向。是文学让我在平凡琐碎的柴米油盐之外，又多出一个天地，并让我在浮躁的尘世中寻找心灵的栖息地，这该就是文学魅力之所在吧！

  不妨放飞思绪，在今日去想那今后的十年、二十年……仍有诸种可能。选择了文学这条船，身后已经没有了岸。

散　文

天上拉萨

拉萨那高原万山环抱中的古城，使多少人为之魂牵梦绕，只能以回忆或想象的形式存在着。而今，当我驱车行进在天高云阔的青藏高原，站在喜马拉雅山脉上时，感到离天居然如此近，近在咫尺的拉萨已不再只是一个遥远的梦。

如果生命真的有轮回，我相信我的前世一定和西藏的这片土地有着深厚的渊源。

我常想，一千年以前，我是不是曾经翻越万水千山，随着文成公主进藏？或者，我是一只随着季节迁徙的黑颈鹤，曾经在雪域高原湛蓝的天空和清冽的风中翱翔或翩翩起舞……

"日光城"拉萨，唐朝，文成公主远嫁吐蕃，清朝活佛转世须由清廷金瓶掣签……小时候，对西藏的印象来自于课本。世界屋脊到底有多高？那里离我们到底有多远？所有的好奇都只是在脑海里一闪而过。西藏，只不过是课本里两个没有生命、冰冷的铅字与读音而已，而西藏从此便封冻在我的印象中。

成年后，对于西藏，我总是怀着几许敬畏，它的至高、至远、至大，它的莽莽苍苍，它的深沉、圣洁、庄严、雄浑、庞大、坦荡、野旷、原始、神秘……常常在不经意间牵动着爱好旅行的我的灵魂中的某个部分……在力所不达的情况下，我所钟爱的文学便补偿了我旅行的那份无法抵达的缺憾，是文学延伸了我旅行的脚步。

从此，我爱上了《尘埃落定》、《不要对我说你到过西藏》这样的小说。工作之余，开始收集像《小活佛》这样的电影，见到有关西藏的书籍、画册，我总是爱不释手，我一本接一本地往回买。一部《红河谷》的电影首映足让我连续看了两遍才释然。而电影那全景式的蔚为壮观的雪山，浩浩荡荡的雅鲁藏布江，奔腾万状的牦牛群久久在我的脑海中定格着。我被电影中宏大的场景，气势磅礴的景象所深深感动着，而那凄美、悲壮的故事情节更是感人至深，让人荡气回肠……我想去西藏！我要去西藏！我内心的声音越来越强烈，也越来越清晰。

五一长假，我终于坚定了我要去西藏旅行的想法。《回到拉萨》那首旋律优美的歌曲，早已在我心底熟稔、盘旋了许久。冥冥之中，我觉得西藏是离太阳最近的地方，大概也是离天堂、神灵最近的地方，从那里飞下来的音符也好像有一种特殊的力量。

"要么抵达，要么在路上"的旅行信念，让我这个身体素质不是很强壮的女子驾车三天半，行程近三千五百公里，竟然把车子开上了唐古拉山。当汽车在翻越青藏高原海拔最高五千二百四十三米的唐古拉山口时，车子都因为高原氧气稀薄的原因陡然间降下了速度。我降下车窗，想透一口气，霎时，一股强烈而刺眼的亮光直射进来，与此同时一种太阳的味道扑鼻而来。这就是我多年前憧憬过的西藏的味道吧！我心里自语。

走出车，一阵风扑面而来，我想这风只有这片高原才有，抬起头，眯着眼睛。我长久地仰望着天空，你能看到别处无法看到的蓝天，这天蓝得让人难以置信，这天蓝得如此真实、如此透彻，这天蓝得几乎让人醉心。我开始在心里大叫：西藏，我终于来了！

蓝天的背后加之皑皑雪山的映衬，你会觉得天地间一切都显得如此渺小，如此静谧，如此简单。此时，那近在咫尺的白云仿佛可以触手可得。洒在你周身火辣辣的太阳，让你油然感到全身有一种力量存在着，这便是拉萨被誉为"日光城"的由来吧！于是格外蓝的天、格外白的云、格外碧的水、格外圣洁的雪山交织成带有东方神秘色彩的西藏便呈现在你眼前。雅鲁藏布江宽阔、宁静，安详地缓缓流淌，蓝天白云下，苍山如海，直达天际。可可西里那善于奔跑有着小鹿般健美身躯的藏羚羊被长鸣的汽笛声打断，蓦然回首，久久地凝望着打破高原宁静的远方来客，仿佛童真般的大自然，伴随你一路奔跑走向拉萨。

行进在壮美的高原，在通往拉萨的道路，大凡路可达的高原山口上，都冽冽招展着红、黄、蓝彩色强烈而鲜明的经幡，并以高山之石堆砌成一定高度以为之崇拜的玛尼堆。对此，让人感到陌生，也感到新奇。这种高原的经幡，它向每一个人昭示着生命的伟大，并同时默认面对死亡的坦然。

在西藏这块被视为人类生命禁区的土地上，让人感叹藏族的生命历史就是一个奇迹。而红、黄、蓝三大基本色也正是太阳的三原色，这色彩强烈的大色块，在藏族的服装中、经幡中及饰品中，让人感悟到西藏那种太阳般坦荡的胸怀全部呈献给你。西藏人因更接近太阳而显得灿烂。西藏人的性格大概也因地势的凌空高越，使人格变的高拔雄奇。

极目远眺，拉萨城近在眼底。走近拉萨，拉萨明朗清澈，丝毫没有烟笼寒水月笼沙的暧昧。坐落在群山怀抱中的拉萨轮廓分明，如同生活在这高原上的人们一样，一切的一切都充满了明媚的阳光。拉萨河由东向西流淌，周围则是绵延的群山。群山之外，依然是群山，让人真正知道了什么叫山外有山。一片片金灿灿的油菜花和处处红彤彤耀眼的格桑花孕育着高原奇迹般的生命。

走进高原古城，南腔北调，衣着各异的人们，上至国际政要，下至平民百姓，操着自己各自的语言，自由自在地穿行在拉萨的大街小巷，体会着高原古城独特神奇的风韵。

庄严、神奇的布达拉宫吸引着无数不远万里来自世界各地的朝圣者的脚步。所有来到拉萨的旅行者，都要去朝圣那红衣摇曳、香烟袅袅的寺庙——布达拉宫。沿石阶而上，站在浩大的朝圣者人群中，仰视眼前这座山一样宏大的建筑群，你会感到自己的渺小。布达拉宫则巍然屹立在拉萨城，这座寺庙依山建在佛教圣地拉萨的红山之上。红山又叫普陀山，这是一座典型的藏式建筑宫殿，分有红白两宫。在这座山城一样的寺庙里，据说是由数千吨黄金、珊瑚、翡翠、绿松石、红宝堆砌雕饰而成，还有无数的艺术珍品、历史文物、藏经典籍。透过楼檐比邻、法气弥漫的佛楼，在此才真正感受到西藏文化博大精深。在这里终年香火缭绕不断，一千多年来，不知有多少善男信女留下他们虔诚的膜拜。

在这里没有人不会发自内心为这千年古城默默祝福。

走出布达拉宫，当我再次回首观望红衣摇曳中那庄严的寺庙，小喇嘛们依然静坐在那里，同样清澈无辜的眼神，一如既往的淡定，远离当今这个喧嚣都市，任一群陌生人的游客用着不惑的目光通身打量着他们，猜测着他们。只是，他们自己的样子安静极了，内心安静极了，好像根本就听不到尘世里的纷乱杂音。

究竟是一种什么样的力量，让这芸芸众生，抒发着一种同样的信仰。这也许就是雪域高原的宗教所特有的神圣力量与定力吧！

平静地走在八廓街上，走在远道而来的朝圣者、观光客和生意人熙熙攘攘的人群里，让人会有一种跟随这个城市缓缓流动的感觉。在这种流动中，感到这些人对时间和阳光的消费有些奢侈，你也会发现昨日才在内地大城市，甚至国外兴起的一些时尚，今日也一样在这个城市流行。与此同时，你必定会对那些纯手工绘制的唐卡，那些羊毛制品，以及那些五光十色的旅游纪念品留下深刻的印象。在这里，你可以和那些精明的商贩讨价还价，你可以低价购进一件心仪已久的古董，同样也可能是高价买进一件一文不值的赝品。

八廓街历史悠久，准确地说它是为建大昭寺，并与大昭寺一同发展起来的。这里是西藏物质社会的集结地，也曾是西藏社会本来面貌被表现得最为深刻、最为突出的地方。即使现在走进八廓街，你仍然能够触摸藏族先民保留至今的浓郁生活方式和传统习俗。

八廓街准确的概念，不仅是这个环形的街道，而是围绕着大昭寺这一浓郁生活气息的藏民族街区。在这个多达三千个店铺的街区之中，曲径通幽，街巷相连，那一座座略显不同的石屋、石楼，依傍古寺，给人以宁静祥和之感。

他们用自己的方式，演绎着人类社会多姿多彩的画面。

到了西藏，如果你喝不了青稞酒，喝不惯酥油茶，你等于没到西藏，等于不了解我们的藏族同胞。因为青稞酒与酥油茶中传递的是热情与真诚。尽管他们为你敬酒的双手还沾满了和酥油的粘粑，还没来得及洗，可他们会把自己封冻了一冬的风干牦牛肉炖熟给你端上来，让你分享。这就是他们的坦诚。

要么就请喝酒，
要么就请唱歌，
任你挑一个。
请听吧，文成公主，

请唱吧,伦布噶瓦,

你就是当今的西藏人。

这是一首藏同胞为你敬酒时唱的一首歌,这是一首包含了丰富历史内涵和浓浓民族风情的歌。唱会了它,你会觉得自己抓住了藏族文化的核心内容,了解到藏族同胞的真实性格特征了。

这时,藏族同胞用他们夹生的汉语对你讲述着文成公主与松赞干布,这都是西藏历史上和酒有缘的故事。文成公主进藏时带着酒匠与酿酒技术,那酒浆不知给他们这对夫妻带来多少欢乐……

在西藏,你能感受到酒是语言的源泉,灯是黑夜的眼睛。

藏族对酒有着独特的青睐、了解和认识,为西藏酒文化的发展指出了一种思维走向。在西藏,人们大概喝了酒便找到了语言,于是就手舞足蹈围着篝火唱起了歌,跳起了舞。夜晚来临,你会惊奇地发现,这里的夜晚的天空,仿佛是蓝墨色的天鹅绒,盘子般的月亮和比世界任何地方都要硕大的星星镶嵌在夜空中。那星星颗颗都耀眼,颗颗都璀璨。这些闪烁的星光与篝火晚会上我所看见的十几双眼睛相呼应。那眼睛黑白分明,大、圆而亮,镶在只有喜马拉雅山的儿女才会拥有的黝黑脸庞上。他们在夜色中一闪一闪,像启明星一般,让城市浮躁的霓虹灯暗淡无光。

关于灯,所有的文明中都是和光明相连的,西藏离天最近,离太阳最近,当他们找到灯时,光明就从佛陀的智慧中找到了藏民的现实世界,找到藏民的性格。

在西藏,酒其实已经不再仅仅是酒,而是一种载体,一种人与人交流的媒介,一种情感,一种表达,一种宣泄,一种抒发。

酒与歌已无法分开,歌借美酒,酒乘着歌。每到这种时候,藏区绝对是一片欢乐的海洋。在藏同胞看来,生活中如果没有酒、没有歌,那生活便是没有盐巴的白开水。

这歌与酒酿造出一个最为勇敢、乐观的民族。只是他们把生活的苦难和苦行的教义装在生命的另一面。

如果说青稞酒给了藏族人一份精神的分享,那么酥油茶便给了人们忙碌生活之余后的闲暇与消遣。在西藏，酥油茶馆变成了人们生活中的别样风景线。

走进酥油茶馆，让人发现这里是拉萨社会的缩影，是拉萨民间的信息中心。人们把各种信息汇聚到这里，又从这里传播出去。在这里大到国际社会里的各类消息，各国政要的各种传闻，小到某人的花边新闻，个人故事轶闻，都有人在这里绘声绘色地描述。在这样的场合中，你的听力、口才和想象力将会得到极致充分的锻炼。你经常会在这里听到一些言之凿凿但又未经证实的传闻，就像来自乡间野花野草散发出的原汁原味的气息，但又若有若无。在这个民间信息会馆，传闻的真实无论有还是没有已经不重要了，而是每天来茶馆饮茶、品茶已形成的一种习俗，一成定势便难以改变。

在漫步西藏的旅行中，我们有幸遇见一位周游世界的旅行家阿里克斯，他留在拉萨久久不愿离去，他用夹生的汉语深情地说："如果世界上除了你的故乡之外，还有让你流连忘返的地方，那这个地方就是你一生该去的地方，西藏就是这样一个地方！"

冬天，西藏大雪纷飞、银装素裹，整个世界像是童话，烤着炉火、翻着书稿，累了就在这个雪域高原冬眠上整整一个季节，期待着春天。

春天的脚步虽然缓慢却坚定，在这份等待中寂静了一个冬天的冰雪开始融化，有了春天的温暖……

夏天，格桑花开遍青藏高原，一年中难得的葱绿漫山遍野，美不胜收。

秋天的西藏步履匆匆，林中的树叶五彩斑斓，你还没有看够，它便一闪即过。秋日的最后一抹余晖，在一场霜过后，候鸟们很快就消失在天边的云隙，飞走了！而旅行家却长久地留下来了。是西藏这里奇异的景色让他旅行与流浪的脚步在此驻足，而且这一驻就是八年。

这座一千三百多年的古城拉萨，竟如此让人难以忘怀，她像一部读也读不完的书，像一幅赏不尽的画儿，给人风云漫卷般的回味……

顺着盘山往复的高原公路，我踏上归程，身后的拉萨古城背负着一千三百多年的辉煌历史，沐浴在高原明媚的阳光下，布达拉宫依然静静地矗立着，远处大昭寺的诵经声若隐若现。八廓街依然是古老的，却为今天的拉萨编织着一派繁华。

　　历史与现代，宗教与世俗，安宁与躁动，竟如此和谐地统一在这座高原古城中。以回忆与想象的形式漫步在拉萨高原古城，你会感到这里独有的古典与淳朴。

　　我想，我灵魂中的某个部分一定随着我的前世，在离天堂最近的地方，离地最近的天堂口，长久地驻足过。

　　拉萨——这令人魂牵梦绕的高原古城。

赵云东

获奖感言

文化灿烂，历史悠久。物华天宝，地灵人杰。这是我的祖国。

屡遭磨难，历经坎坷。奋发砥砺，凤凰浴火。这是我的祖国。

百年耻辱，贼寇分割。民族凝聚，英杰拼搏。这是我的祖国。

天健地坤，大道直行。不忘历史，祝愿祖国。

这是创作《国歌赋》的初衷。

散　文

国歌赋

　　壮哉，国歌！"起来，不愿做奴隶的人们……"诞于抗日硝烟烽火，一曲同仇敌忾之歌。成于公元一千九百三十五年之岁月，适逢四万万五千万中国人救亡图存之时刻。回肠荡气，田汉奋笔填词；玉盘珠落，聂耳呕心谱歌。抒中华民族誓死不屈之心志，振文明古国力挽狂澜之气魄。上溯百年，积贫积弱；物华天宝，涂炭列强魔爪；利炮坚船，迫启鸦片先河。血雨腥风，赤县唯余萧瑟；疮痍遍体，巨人罹患沉疴。一朝神龙见缚，怎敌东洋战车？壮哉，国歌！最后的吼声，冒着敌人的炮火！雄狮仰天长啸，怒吼还我山河！浴血疆场，青山处处埋忠骨；九死不悔，残阳缕缕染血色。多少英雄儿女，于今无名可索；多少义勇忠魂，难觅青春几何。壮怀激烈，凤凰浴火；慨当以慷，永志开国。领袖庄严提议，政协推敲定夺。岁在新中国奠基之前夜，《义勇军进行曲》遂成共和国之国歌。由是矣，国旗伴国歌猎猎迎风，国徽共国歌熠熠生色；由是矣，屈辱之历史一去不返，民族之尊严屹立巍峨。

　　壮哉，国歌！"把我们的血肉筑成我们新的长城……"诞于家园铁蹄踏破，一曲血肉凝聚之歌。堂堂中华家庭，民族五十六个。五千年血脉交融，五千年携手开拓；五千年休戚与共，五千年同心同德。雅鲁藏布之惊涛，伊犁河畔之村落；南沙送归舟唱晚，北疆拥银装朔漠；白山黑水林海松涛，宝岛椰林妩媚婀娜……地灵人杰，盗寇休逞奴役；锦绣鱼米，窃贼岂容分割！壮歌既起，鼓角相和。壮士戎装赴死，贤达锦囊献策；四海金兰结义，八方铁马挥戈。玉汝于成，赴汤蹈火；戮力同心，匹夫有责。壮哉，国歌！海纳百川之襟怀，众志成城之气魄。

　　壮哉，国歌！"中华民族到了最危险的时候……"振聋发聩，资治警册。事成于勤勉，业败于骄奢；外祸起于内乱，贪腐必致亡国。"进京赶考"，言犹在耳；励精图治，借鉴前车。鞠躬尽瘁，当以先天下之忧而忧；卧薪尝胆，切记后天下之乐而乐。居安思危，颠扑不破；常思此理，千秋立国。壮哉，国歌！洪钟大吕之绝响，筚路蓝缕之鞭策。

　　壮哉，国歌！文质表里，大气磅礴。曲贯黄河长江之壮美，词秉三山五岳之雄阔。其歌发乎心底，其韵天成平仄。彰显万众一心之气概，砥砺坚贞不渝之品德。壮哉，国歌！民族曲式，中国风格；铸吾傲骨，孕吾性格。斯为大美，日月同辉；斯为大美，天地镌刻。飞扬于健儿之赛场，回旋于浩瀚之银河；流淌于游子之血脉，萦绕于华人之心窝。"起来，起来，起来……"莫忘国史，齐唱国歌；任重道远，高唱国歌；民安国泰，永奏国歌；国歌永奏，和谐家国！

短篇小说

海勒根那

获奖感言

"寻找"作为文学的主题,已不鲜见。但对于我而言,"寻找"竟成了我毕生文学诉求的一种。《父亲鱼游而去》里走失的父亲,《哀号遥远的白马》里曾经拥有却再无从追寻的白马,《母亲的青鸟》中的青鸟和母亲……那些寻找指向了不同的精神期许和生命困惑,指向了终极的答疑,甚至是神秘的未知。

而在巴根那这里,我找寻的却是我自己:那个受尽生活厄运和苦累的少年,当他把目光越过现实的境遇,他并没有前瞻,而是向身后观望,他望到了蒙古祖地,那水草丰美、大野苍茫的故乡,遍地的牛羊躬身食草,天鹅大雁展翅翱翔,而我们的族人正在纵横浩荡的河边自由自在的游牧,自由自在的歌唱,眯着细长的眼睛微笑,或者仰躺在草原上饮酒,晒太阳。此刻,只有俯身为羊,去亲近这牧草,亲自这无忧的自然,才是生命之极乐。这是像鱼一样回溯,也是自然玄机的一种。

寻找巴根那

一

巴根那和我家羊群失踪的那几天，正赶上我父亲的哮喘病犯了。春天干冷的大风裹挟着铺天盖地的沙尘差点要了父亲的命。母亲瞒过父亲，求乡人到四野和邻村各处去找，都没有哥哥的一点消息。因为昏天黑地的沙尘暴，人们很少出屋，都躲在各自的家里睡觉，或者三五一起喝酒、赌牌，看黑白电视（那几天正上演《西游记》）。唯有查干村的那顺老头提供了一点线索，那天他邻村的亲家杀猪请吃，他喝得醉醺醺，趴在驴车上，冒着五米之外不见人影的沙尘暴回走，冷不丁听见有羊群咩咩地大呼小叫，趔趔趄趄地相拥前行，却没见人驱赶。那顺奇怪，以为是被大风刮失的，正欢喜捡了这大堆外财，后来一琢磨不对，若是被风刮走的羊应该顺风走，而这群羊分明是顶着大风拼命北移，没有牧羊人是不可能成行的。那顺没敢轻举妄动，满脸狐疑眼见着这群羊与自己失之交臂了，愣是没看见牧羊人的踪影。当寻找哥哥的乡人不耐烦地打断老头的喋喋不休，直截了当地问他那群羊是不是十一只时，老头糊涂了，说当时风太大，他看得不是很真切，也许比十一只要多得多。

那年苦春头上，我家真是祸不单行。由于头年的干旱歉收，加上勒肚子还父亲治病欠下的外债，我家过了正月就缺了吃食，更甭说牲畜。母亲养的一口老母猪正巧下崽，没有正经的饲料可喂，母猪一天到晚只能喝一些米汤和清水糠食，这根本无法抵挡九只猪崽的吃奶所需。骨瘦如柴的母猪甚至走路都打晃，整天因饥饿而满院子号叫。而我家的唯一一头乳牛和那几只羊的情况与母猪相差无几，每天傍晚由哥哥从野外赶回来都东倒西歪，几致被风吹倒。我们家乡属于科尔沁沙地，野外除了遍地白沙就是割过秸秆的庄稼地，牛羊根本无草可食。可我贫寒的家境又哪来的饲料可喂它们呢？

苦盼着的青草仍未发芽……终有一天夜里，我家牛圈里发生了惨剧：饿疯眼了的母猪竟然向卧在牛圈里的那头乳牛发起了进攻，瘦骨嶙峋的乳牛连站立起来的力气都没有，被母猪掏开肚子，活活吃掉了一条后腿，等我父亲发现已是第二天清晨，那头牛倒在血泊的地上还眨动着眼睛……

乳牛死去的一个星期后，我家的三只小羊也相继死去，一只饿死，另外两只因为在村边的垃圾场误食了大量废弃塑料，肠梗肚而死。父亲在剥开它们的肚皮时拽出了至少十几斤各式塑料袋。

更为蹊跷的是，我家那两只已长到半大的家鹅，一天傍晚在我哥哥风风火火地驱赶下，跑着跑着竟然扑棱棱地腾空而起，一直越过邻居的房顶和院落里高大的柳树，飞到晚霞红艳的天边去了……

家鹅飞走在我们的民俗里意味着不祥：谁家的鹅飞走，谁家就有大的祸端。被疾病和贫困闹得脾气暴躁的父亲把这一切都归罪于哥哥，那天傍晚，父亲向垂头丧气的巴根那大发雷霆，骂他是个不中用的东西，连几只鹅都看不好。父亲乱发脾气只能伤害哥哥，要知道，巴根那有多么要强，而他的倔强也是村里有名的，谁若是招惹了他，他会一条路跑到黑。

二

说起我哥哥巴根那，因为家境贫寒，他初中毕业就放弃了学业，并自动挑起了家庭的大梁。哥哥还煞费苦心，用耕种之余卖冰棍挣得的钱买了五只兔子，发展养殖业。哥哥以为靠这几只兔子或许能改变家境，这让他在农闲时还要付出更多的劳动：挖兔菜，收拾兔舍。

在最初半年里，貌似忠良的兔子们也确实为哥哥带来了希望，它们以老鼠一般的繁殖力生下了一窝又一窝的兔崽儿，让我的家人皆大欢喜。求成心切的哥哥乘胜出击，一次，母亲抓了几只猪崽让他拿到集市上卖，结果卖猪崽的钱让哥哥私自截留，从集上又买了五只母兔回来。然而就是这几只兔子惹来了祸患，让哥哥前功尽弃，所有的努力成了徒劳。这几只兔子一旦进入兔舍，就把一种口蹄都长疮最后因烂掉而死的疾病传染给了所有兔子，并且任由怎样拯救都无济于事。哥哥和父亲当时像两个专业的兽医，翻阅了村里所有能找到的兽医书籍，给兔子施以各种药方药品，在兔舍里里外外又喷洒了不知多少遍消毒液；爷俩又日夜守候在兔子身边，把兔子一遍一遍抓来用消毒水洗澡……结果是兔子照例一只一只死亡，疾病无以阻挡。

面对这样的结局，年轻的巴根那始料不及，那些天里他意志消沉，形容枯槁。母亲看在眼里，疼在心里，只有苦口婆心地劝说。后来好长时间巴根那才从失败的阴影中缓过劲来。严寒的冬天，哥哥又重振斗志，搭别人的四轮车与人合伙做起了买卖。从东镇收了鱼去西镇卖，又从西镇上了菜卖往东镇。谁料，又一件意想不到的祸事打碎了哥哥的致富梦：一次去东镇的途中，满载土豆的四轮车驶过一段该死的冰面公路，就翻下了路基，把巴根那的三根脚趾断送了。我的哥哥花掉了他含辛茹苦做买卖挣下的一点钱治好了脚，却落了个终身残疾：那条伤了脚筋的左脚成了跛足。

转眼到了娶媳妇的年龄（乡里年轻人大都十八九岁订婚），巴根那本来长相英俊，在村里又有吃苦耐劳的好名声，只因为家境不好，又有脚疾，就没有姑娘肯嫁给，这更使哥哥的心境添忧。这期间命运仿佛也变着法作弄巴根那，那几年科尔沁连年大旱，因为草原和湿地全部变为耕田，灌溉又耗尽了枯瘦的河流，干旱无雨已是必然。巴根那种瓜不得瓜，种豆不得豆，想搞点副业去临乡挖药材被罚款，到城里盖高楼做小工又被工头骗，本乡的工头卷了所有民工的钱逃之夭夭……原本活泼好动的哥哥彻底被厄运击垮了，打那时起他就忧郁成性、沉默寡言了，一天到晚只知干活、睡觉，跟家里人和乡人都不再说话，偶尔独自去村外沙地里像个老人那样晒太阳。要知道这片沙地几十年前还是草甸子，更曾是清代赫赫有名的孝庄皇后、僧格林沁的故乡——水草丰美的科尔沁草原。七十年前，我们家乡还出了一位赫赫有名的英雄嘎达梅林，他为了反对蒙古王公和军阀放垦草原，战死在我们村子边上的新开河里。如今连新开河也早已干涸，成了满床白沙。而我的族人也曾是蒙古族中最古老的姓乞颜的部族，当年追随圣主驰骋天下，现在却成了地道的农耕汉人，连母语都忘记了。

父亲眼睁睁看着儿子日益消瘦，心下焦急，可一着急哮喘病就犯。父亲睡不着觉，喉咙里拉着风箱和母亲说："去哈达盖他舅舅家一趟吧。"

母亲说："做什么？"

父亲说："赊几只羊回来。"

母亲说："赊羊干什么？"

父亲冲巴根那努努嘴，母亲就会意了，第二天一早出去，五天后真的拉回几只羊来。

如父亲所料，看见羊群的哥哥，脸上终于露出了久违的微笑。那天巴根那像个孩子一样把几只羊端详来端详去，接着连饭也不吃就去为羊们收拾羊圈。他把我家那头灰骒驴从驴棚牵出来，拴在了一边，然后把羊赶进去，这样驴棚就变成了羊圈。又连夜割来谷草，耐心喂给羊，细眉细眼地看着六只羊抢吃，直到母亲把米饭端到他跟前，他才感到饥饿。（哥哥后来对羊的痴迷竟然达到了与羊同居羊圈的地步，这件事一度成为我们乡村的笑谈）

那年的旱灾更加严重，让我家乡几致颗粒无收：禾苗生长的整个暑期，滴雨未下。多年的抽水灌溉，使地下水枯竭，临到干旱年头，机井竟然也哑了喉咙，稀溜溜地叫个不停，就是抽不出水来。乡人苦守着了火的田地，长吁短叹，没有任何办法。可怜我哥哥已经发展到十四只的羊群，熬过了没有草料和粮食可喂的冬天，也注定熬不过苦春……

这种情形之下，挨了父亲一顿训骂的哥哥，竟然和他的羊群一起失踪了。

三

找不到巴根那的线索，母亲和乡人束手无策。我和哥哥曾经同住一屋，对巴根那的举动稍有了解。那一年里，一向不爱看书的哥哥忽然迷上了一本叫作《蒙古秘史》的书，那是在外上大学的堂兄从学校图书馆带回来的。显然书里的内容无数次激动了巴根那，在我俩不到十平方米的小屋里，他读着读着就突然一跃而起，像个哲人那样满地徘徊，或者猛地合上书本，瞪大眼睛望着我家黄泥土墙出神……有的时候他会忽然问我："你知道成吉思汗吗？"

当时我只是一个五年级的学生，我摇摇头说不知道。

哥哥表情严肃，说："他就是我们的祖先，八百多年前，他骑着马征服了世界。"哥哥说这些时太一本正经了，我以前从来不知道自己的祖宗这么了不起，所以震惊不已。

巴根那说："知道吗？我们的先人原本是生活在大草原上的。大草原知道吗？一望无际，都是草，根本不用愁羊没草吃，也不用咱们天天到庄稼地里猫腰弓脊地割草喂羊，只要把羊放在大草甸子上，羊就吃了睡、睡了吃，直到撑破肚皮……而那儿的马都不用架子车干活、套犁耕地，那些马甚至连缰绳都不戴，自由自在，想去哪儿就去哪儿。我们的族人也不种地、做买卖、给城里人盖楼房，他们是骑着马到处闲逛的牧人，每天只要把成百上千只牲畜放在随便哪一片草场，然后看着牲畜吃得五饱六足、顺着嘴角淌草汤，自己则可以天天吃手把肉、喝酒，也可以躺在阳光下睡大觉……"

这些话把我听得愣眉愣眼，特别听到哥哥说那里的天上地下都是天鹅、野鸭、大雁，我就更目瞪口呆了。在我们家乡，别说这些鸟，就连乌鸦这几年也越来越少见了。春天，乡人为了防止鸟类盗吃，把播地的种子都浸泡上毒药；秋冬又用尽各种方法捕鸟卖钱，慢慢地，鸟们都不见了踪迹。

我问哥哥："像这样的草原，现在只有在书里能见了吧？"

哥哥诡秘地说："堂哥说了，草原还有，从咱家往北走，在数千里地之外的地方，还有草原……"

这样的天堂世上还有，我听了如同看见一大锅肉一般高兴。哥哥接下来就神情肃穆了，他哀叹："可惜我们这辈子都见不到草原了……"

我说："怎么会呢？既然世上有草原，我们长大了就可以去呀？"

哥哥苦笑："说得轻巧，咱们穷得都快尿血了，哪来的盘缠。"

我听了就不言不语了。

作为蒙古人的后裔，我的父母本来会说蒙古语的，只是他们和我的众多乡人一样入乡随俗，讲起了伸卷舌不分的"辽宁汉语"。而属于我们的母语，只有父母说一些悄悄话时才被使用。那些日子里哥哥巴根那总缠着母亲教他蒙古语，什么"必巴蒙古仑珲"（我是蒙古人）、"三拜诺"（你好）等等。有一段时间他甚至拒绝和我说汉话，当我问他："哥，咱家饭好了吗？"他就拿出我母亲说汉话时那种特笨的口音来："巴大幼（饭哪），没好呢。"他半拉蒙古语半拉汉语的腔调叫我莫名其妙。更过分的是，我家的收音机也被他霸占了，天天听起了叽里咕噜的蒙古语台。在我最想听《隋唐演义》的时候，收音机里却响起他也听不太明白的又拉又唱的蒙古书。为此我不知向我的父母哭闹抗议过多少回，可父亲和母亲不仅不为我做主，反而眉开眼笑了。

有一次，巴根那神秘兮兮地跟我说："你知道吗，我们蒙古人最早的祖先并不是人……"

这句话叫我目瞪口呆，我说："不……不可能，不是人会是什么？"

哥哥压低了声音说："是狼和鹿！"

我就心惊肉跳了，我战战兢兢地问："这也是书里说的？"

哥哥使劲点点头，他的表情此时越发凝重，满腹心事地踱出门外。这些话也让少年的我陷入了迷茫，我感到往日平静的阳光都不那么平静了。也就是这个时候，哥哥把他的行李搬到了羊圈。对此我父母也曾阻拦，母亲说："孩子，好生生的人怎么能和羊住在一起呢？"

哥哥却一本正经地说："人本来就是狼和鹿变的，睡在羊圈里有什么不好？"

这话让母亲费解。结果任由父母怎样劝说，哥哥就是铁了心肠，最后他基本拒绝与任何人说话，从此缄口不言，当起了真正的哑巴。我父母无可奈何，拿这样一个佛爷谁又有什么办法。

如今哥哥和他的羊群一起失踪，我冥冥中有种不祥的预感。母亲此时则是有病乱投医，她找到"罪魁祸首"——我的堂兄，在母亲的心目中堂兄应该是我们村最有学问的人。哈思把拳头放在额头上思索了一下，说："这件事情就交给我吧，解铃还须系铃人，我会把他找回来的。"

母亲听了感激涕零，对堂兄说："找到巴根那告诉他，这个世界上已经没有狗屁草原了，嘎达梅林都死了，还哪来的草原……"

四

　　堂兄和我第二天就上路了。我们村没有别的机动型交通工具，也只有骑驴。可我和堂兄骑驴的样子着实不雅，哈思感慨地说，圣主大汗有言，他的后人有一天由骑马改成骑驴时，蒙古人就走不了天下了。哈思就是这样一个酸气十足的人，说话总爱引经据典，到头来只是纸上谈兵。一路上他还一再埋怨自己，不该把书借给巴根那，按他的说法，借书给哥哥就等于给马蹄子钉了马掌。

　　哈思首先为我俩的寻找指明了方向，他决定先到哈达盖我舅舅家摸一摸线索。因为那些羊毕竟是从我舅舅家赶来的，说不定老羊识途回它们的故乡去了，哪只羊不往好草赶呢。哈达盖牧场在西北面，距我家大约二百公里，那也是科尔沁现存的唯一一片还没有彻底沙化的草场，虽然也已经马莲草遍地、草尖贴地皮。

　　舅舅家也和我们一样，住着黄泥土房，只不过他们的房子方圆几里才有一家，不像我们的连了一片又一片。哈思来过我舅舅家，所以轻车熟路。我们到舅舅家时已是第三天下午，穿着一件绿色军用上衣的舅舅正在用水泵抽水饮他们的羊群，我的最小的表弟巴特在一旁哀伤地哭泣。

　　巴特小时去过我们家，我问舅舅怎么了。舅舅瞥了一下拴马桩旁的一匹老马，对他的小儿子说："让你的两个哥哥看看，那匹马该不该卖掉，都老成什么样子了，有什么舍不得的。"

　　巴特说："可是它是咱家唯一的一匹马了……"

　　舅舅急了，说："那又怎么样？卖了它我还要买化肥呢，不买化肥，那兔子不拉屎的地能长出粮食来吗？"

　　舅舅扭过头来问明我们的来意，就蹲坐下来，点了根旱烟低头不语了，半天才哆哆嗦嗦地说："也就十几天前，赊给你们家的羊回来了……"

　　堂兄听了沾沾自喜，忙问："那巴根那呢？"

　　舅舅说："说的就是巴根那，没有，我没看见巴根那，只有羊……"

　　堂兄和我都愣了，堂兄说："不会吧，巴根那和羊一起失踪的，怎么可能只见羊，不见巴根那呢？"

舅舅说："我也奇怪，羊都赊给你家两年了，它们也不是马，怎么会认识回家的路呢？"

堂兄紧锁眉头，说："那现在羊在哪儿？"

舅舅说："我一看这些羊瘦得不行，就想先在我这儿放几天吧，第四天大早，我正要把它们给你家送回去，到羊圈一看，来的那十几只羊一只也不见了……"

舅舅又点了支烟，说："我最后数了数我家的羊群，你猜怎么的，它们还拐走了我家八只羊呢……"

舅舅家的草库仓里也一半种上了苞米和大豆。整个冬天没怎么下雪，哈达盖草场除去秋割剩的苞米和大豆茬根，也不见一根露头的春草。傍晚，舅舅带着家小去祭拜敖包，祈求春雨。我和哈思一同前往。

落日西沉，在哈达盖最高的沙坡上，春风凛冽，四野静穆。单调而枯黄的扎木稞、刺棱草迎风鸣诉，舅舅的衣衫也猎猎作响。我和哈思紧随舅舅一家，舅舅念念有词，不断往敖包石堆上泼洒酒、炒米和奶食。祭祀敖包原本是围转三圈，结果舅舅转了九圈还不停止，舅舅说："心诚则灵，没准今晚就能下雨呢。"

老天并不如舅舅所愿，天空月朗星稀。舅舅大概喝了一斤老白干，最后喝得有些东倒西歪了，絮絮叨叨地说："你知道你家羊群里的那只头羊，它可真稀奇，长得比一般羊都要矮，白身黑脸……它那双眼睛可不像羊的眼睛……"

堂兄乐了，说："不像羊的眼睛，难道像狼的眼睛？"

舅舅说："比狼眼睛……温柔。我那天宰杀了一只病羊，那个头羊见了，走到我跟前定定地瞅我，满眼含泪。我看了别扭，用脚踢它好几下，它才一瘸一拐地跑开。它的一只后腿不知被谁打坏了。我想，也就是那天晚上它领着羊群走掉了。"

舅舅一边唠叨一边用羊嘎拉哈为哥哥占卜了一卦，他把那七个羊骨头抛了七次，最后舅舅惊呆了，对我们说，他这辈子不知为多少人占卜过，可从来没有这样的卦相。这是一盘迷卦，嘎拉哈最终的指向是相互抵销，也就是没有去向！

堂哥说："此话当真？"

舅舅说："不是我丧气，巴根那已经凶多吉少，你俩还是别去寻他了，不会有什么结果……"

五

既然巴根那没和羊群在一处，舅舅又预言他无处可寻，哈思第二天一早就要打道回府了。这令我气急欲啼，这样回去又怎么向父母交代？我和堂兄正相执不下，眼泡红肿的表弟巴特追了上来，他怀抱一个旧马鞍递给堂兄，说这是他爸爸要他送来的，那匹老马一大早就让舅舅卖了，留马鞍也没用，说完扭头走了，走几步他又回过头来，说他爸爸捎话给我俩，从这往北走，离此三百里的白音查岗有个女萨满，或许她能预测巴根那的下落。

那个女萨满在我们科尔沁赫赫有名，方圆几百里没有人不知道她，她是我们科尔沁最后一个萨满了。小时候一旦不听话，父母就以这个老太婆恐吓我们，据说她整天披头散发，昼睡夜出，专吃小孩肉。听说去找女萨满，堂兄来了精神，是的，谁不想亲眼见见这个传说中的老太婆，现在却要我们亲自去找她，这件事本身就充满刺激。

路途的孤寂和辛苦着实令人无法忍受。昏黄的大风几天就把我和堂哥吹干了，吹得满脸雀黑，皮肤和嘴唇干裂冒血。口袋里的炒米和奶干也刮进了沙子，咀嚼起来嘎巴巴直响，又没有别的可吃，无奈干吞整咽。胯下的毛驴走得疲累，任凭百般打骂，也打赖不肯快行。堂哥又发表感慨，说："真不知道堂吉诃德当年是怎么与大风作战的。"

走了四五天的路程终于看见白音查岗的炊烟了。就在村子外面，我和哈思就巧遇了那个老太婆。

一条同羊肠子般又弯又细的河边上，几十头猪正东拱西拱，把河水弄得污浊不堪。她差不多有八九十多岁了，银发如丝，牙齿全无，面部的褶皱比猩猩还多，可两只眼睛却闪闪发光。这副平常老太婆的模样出乎我们的意料，堂哥甚至认为认错人了，是那个放猪的小孩听说我俩找女萨满，二话没说直接把我和堂兄带到她身边的。后来从老太婆额头的一条月牙形胎记辨认出正是其人，她的这个特征无人不晓。

女萨满正拄着拐棍朝猪们扔石块，口中不停地咒骂，走近了才听清她是嫌那些黑乎乎的猪们弄脏了河水。萨满说："你们这些肮脏的东西，知道这条河原来有多大吗？别说让你们在里边打泥，就是走到河边也会淹死你们！现在你们又来冒充蒙古人的五畜，你们把牛、骆驼、山羊、绵羊、马的家园都侵占了，你们长个丑陋的鼻子到处拱地，把草拱没了，连草根都吃掉了，拱得草场就剩下沙子了，接下来我看你们还能吃什么？"

堂兄上前诚惶诚恐向萨满问好，女萨满像没听见一样，继续她的谩骂，瞅都不瞅我俩一眼。堂兄没辙，硬着头皮走近一些，放大声音说："萨满奶奶，能向您问个事吗？"

许是哈思的声音过大，惊扰了女萨满，她瞪大眼睛望了望堂兄，随后狠吐了三口吐沫，转身离去了。她走路速度之快，像小孩子一般。

这是个蒙汉杂居的村落。我和堂兄一后一前，尾随萨满走入一户人家的院落。这家的中年男人后来在昏暗的灯光下说的话让我和堂哥毛骨悚然，他听说我俩刚才是跟随女萨满而来，摇头说，这不可能，因为他妈妈一个月前就去世了。

"你瞧，"他指着左臂的青纱说，"直到现在我还戴着孝呢。"

夜晚哈思和我就在女萨满的儿子家借宿了。我和衣而眠，心重如铁。好不容易睡着，夜半却被堂哥推醒了。堂哥神情诡秘，对我窃语说："我想明白了，那个女萨满其实已经告诉巴根那的下落了！"

我惊了，说："何以见得？"

堂兄说："你记不记得我问她话时，她吐了三口吐沫，那三口吐沫都是往一个方向吐的，而且一口比一口远，那个方向就是北方！"

六

世上有很多玄机本无常理可循，堂哥一口咬定他破译了女萨满的暗示，我也只能跟着他。接下来的日子里，哈思俨然成了女萨满的替身，他说往东就往东，他要右拐就右拐，而且一反刚起程时的惰性和抱怨。

一路北行下来，不知不觉又追赶上了那群走失之羊的足迹。堂兄预言说，瞧瞧，巴根那的行踪还是和这群羊有关，只要找到这群羊就能找到答案。在追逐羊群的路上，类似舅舅家的事情也不断传来，情形大同小异。故事总是从那些人先拾到一群羊开始，然后没过两天不仅外来羊消失无踪，还拐了他们的几只羊一起走掉了。只不过有一点不同，那就是后来的拾羊者一家比一家拾到的多，这说明被我家的羊群拐走的羊也越来越多了。他们中的一些人听说我们找羊也活了心，打了行囊就跟上我们，一起向北方进发。只有我和堂兄心里知道，这些人是怕我们找到羊把他们的也占为己有。结果我们的队伍越聚越多，一个月之后，起码有三十个人跟在了我们的屁股后头。那年的春天，顺着春风吹绿的北方田野，人们会看见一列人群像北迁的大雁，风尘仆仆，日夜兼程……

行色匆匆的人们先前还知道自己是去寻回自家丢失的羊，可走上几天之后，就忘记了因何而来……甚至还有更莫名其妙的跟随者，他们与丢羊无关，却不顾家里的阻拦偷偷尾随来，他们对我们说："带上我们吧，我们跟你们走，去看看热闹。"

人们很久没有旅行了，他们早已不再游牧，生下来就固定在了方圆几十里的地方生活，从没有机会也没有理由去更远的地方走走。他们一辈子守着家、守着自己的那点牲畜过活，每天看见的只是同一片颓败的草场或庄稼地，和头顶上的同一片天空，对外面的事知之甚少，心胸也变得越来越狭隘……而现在，他们终于为自己找到了离家出走的理由，所以只要前行，索性不管去哪儿，只要走下去就乐此不疲……这时候如果有人问其中一个人干什么去时，他会茫然地告诉你说："噢，我们……不知道要去哪里……"

我们风餐露宿，一路风光无限。这么多人一起去找丢失的羊群叫路人稀奇。大人们放下手中的活计驻足瞩望，小孩子则像看秧歌一样追在我们后面大喊大叫。我们在日月轮回间穿行，途经一个个村庄、小镇，路过浩瀚的沙漠、刚刚播种和生出嫩嫩禾苗的田野、连绵不绝的丘陵，以及怪石林立的石岗。荒原上壮丽的日出和田野间鼠群乱窜叫我们大开眼界，和暖的阳光与阴雨连绵的风寒又让我们大喜大悲。饿了就朝身边的村庄要口吃的，总有好心的慷慨解囊者；渴了就随便找一碗水喝……

可是离家日渐遥远时，我的心情就越不轻松，眼下虽然一直在尾随丢失的羊群前行，甚至连羊群的粪便都依稀可辨，但没有一点关于哥哥的消息。与此相反，在我们的队伍里，有关舅舅形容过的那只头羊却越传越奇。人有时就是这样，当一件事情离谱时，风传的人就更会添油加醋，横生枝节。

白音呼硕的韩金山是赶着自家的勒勒车上路的，他一边吆喝着牲口一边吐沫横飞，说："那群百八十只羊到我家的井旁饮水，我家的那三只牧羊犬认生，扑上前去驱赶，这时你猜怎么的，羊群里的一只黑脸头羊忽然就闪身出来，冲着我家的狗发出两声奇怪的叫喊，那分明不该是羊发出的声音……结果三只牧羊犬像听懂了头羊的话，灰溜溜地闪开了……"

韩金山还说起那天晚上他被尿憋醒到屋外小便所见的事，刚说到一半就被吉雅老太打断了，吉雅老太是寻羊队伍中最年长的一个，这从她那张黑羊皮般的脸上就能看得出来。她弯着背，老眼昏花，两条腿像两个半圆左右摆动，并且双手拄着拐杖。她也是一只羊没丢，自愿跟随来的。吉雅老太不想听这些怪里怪气的事儿，她对韩金山大声说："佛爷会让你闭嘴的，我放了一辈子的羊，从没听说过你说的那种羊……"

而和我一起朝夕相伴的哥哥啊，你又到底在哪里？难道你真的讨厌我们的家了吗？你可知道母亲和我多么想念你……

七

遇到尼玛活佛时，大概走到了哈日汗山的地界。

吉雅老太心地虔诚。在她七岁时，她的祖母曾经带她来过这里的达喜庙，如今她记忆犹新。那时尼玛活佛也是个八九岁的小孩子，对此，童年的吉雅老太还很好奇，她掖着祖母的衣角羞怯地问，活佛怎么也是和她一样的小孩子，却被祖母捂住了嘴巴。七十多岁的祖母领着吉雅跪在小活佛的脚下，小活佛闭目诵经，然后为她俩做抚顶礼。吉雅那会儿吓得差点尿了裤子……

这些都是过去的事情了，现在吉雅老太已是一把年纪的人了，可这本不可实现的愿望终于实现了……在她的怂恿下，人们费尽周折找到了这个当年曾恢宏一时的庙宇，只不过现今它一如吉雅老太的牙齿，已是残垣断壁一片废墟了。吉雅老太望着眼前的一切,老泪纵横。她哭了一气又一气,最后哭累了,抬起头问那个当地的向导:"尼玛活佛还在世吗?"

向导指了指不远处一个地窨子,说:"在世呢,喏,就在那儿。这老头倔,'文革'时扒达喜庙,他说啥不出来,要不是好心人硬抬他出来,他的坟就该是这片土堆……"

吉雅老太忙不迭地向地窨子走去,堂哥和我紧随其后去看个究竟。吉雅老太路上宣扬着活佛的大慈大悲,据她讲,尼玛活佛比龙王还神,他只要念经让哪块云彩有雨,哪块云彩就有雨;他还知道怀孕的乳牛要生的是公是母,以及吉雅的祖母何时何地栽个跟头,就死在了春天的归流河里……

借着门开处的昏暗光线,我们看到的是怎样一个活佛:一个肮脏不堪的老头蜷缩在土炕上的毛毯里,他瘦骨嶙峋,张着空洞的嘴喘气,孱弱得如同一只病猫。看到我们进来,他哆哆嗦嗦伸出一只枯木枝般的手,声音微弱,"是吉雅来了吗?"

吉雅老太本来还在惶惑之中,听见呼唤,她抖着胆子问:"你是尼玛活佛?"

老头说:"我就是……"

吉雅老太这才扑通跪倒,一边又像个孩子似的哭号起来。老太说:"我的活佛,你怎么也老了呦……"

尼玛活佛似要把老太搀起,却已动弹不得,说:"我的这把老骨头命中注定是一个叫吉雅的老太婆来收的,我就等着这一天呢。"

吉雅又使劲磕头。尼玛活佛说:"起来吧,现在已经不兴这个理了。"

我忙凑到活佛跟前,说:"佛爷,我想问问我哥哥的下落……"

活佛说:"是那个一只脚有点跛的人吧,他正在一个阳坡上睡觉呢,不过你们会找到他的。"

我听了眼泪就落下来。还有一个问题困扰我很久了,我问活佛:"家鹅可能变成天鹅飞走吗?"

活佛说:"佛看见牧人没有吃的,就把芦苇絮变成了羊群,世上没有可能与不可能。"

这话我不甚懂，还要问些什么，却被活佛一阵剧烈的干咳打断了。活佛后来断断续续告诉吉雅，三三重叠、天上日月同时对称出现的时候，就是他归天之日。他说："我死后，哈日汗草原就不会再有活佛了，没人再俘云降雨，这片草原更会黄沙漫漫……"

我们告别了活佛，吉雅老太自己留下来，她要侍候尼玛，直到活佛圆寂。

八

那片绿沁心脾的草原出现在我们面前时，是在一场连绵的雨后。湿漉漉的人们从一片樟子松林里钻出来，趔趔趄趄地登上耸在头顶的山冈，就被眼前无垠的草原惊呆了：那莽莽苍苍的草原浑然横亘在黛色的天空之下，九曲蜿蜒的藏蓝色大河正在它辽阔的怀抱中缓缓奔流；那些盘旋飞翔在河流上空的自由自在的鸟儿，是湖鸥，是野鸭，是天鹅，而碎银、玛瑙一样铺陈于草原的是一群群牛羊、一簇簇骏马。那些散落的白色蒙古包，在这一片博大的郁葱中、广袤的青翠中，仿佛一朵朵雨后新鲜的白蘑，丰沛的地气形成的薄雾正在它身间徐徐环绕，而它的头顶正悬挂着奇幻的壮丽彩虹……

这是在梦中才见的情形，堂哥从驴背上无意识地滑下来，就扑倒在了山冈……

我听见人群里有人轻声哭泣，那是久违的泪水，是丢失的孩子终于见到母亲而洒下的热泪……

人们手舞足蹈，在草丛里尽情打滚、开怀歌唱！他们忘记了所有的不快、隔阂、嫉妒、怨恨，谁见到谁都互相热切地拥抱……

那是怎样的几日时光啊，人们白天与本地的满面乌红的老乡晒晒太阳、聊一聊家常，乐此不疲地和牧羊人共同分享一瓶烈酒、一管儿鼻烟；晚上点燃篝火无休无止地载歌载舞，彻夜不眠……人们简直把寻找羊群的事抛到了九霄云外，只有我和堂哥心中惦念巴根那，找遍了所见的羊群，打听了一个个怕生的牧人，结果都未有进展。

这天下午，我一个人去一片草岭的背面解手，就在我无意间向远处瞭望时，我看见了那片白云一样飘在岭底的羊群，冥冥中的预感使我不顾一切地奔下岭去……

正是在这几百只生机勃勃的羊群里我认出了我家的羊，对，是我家的，这绝对没错，只是它们已不再瘦弱，而是圆圆滚滚的，肥壮极了，要不是它们耳朵上被巴根那剪出的特殊标记，我差点认不出它们来……可是我的哥哥呢？我急切地环顾了羊群左右，四下里奔跑着寻找巴根那的身影，可是没有，哪里也不见我朝思暮想的哥哥，难道真像人们所说，这千里迁徙的羊群根本没有牧羊人吗？情急之下的我哇地大哭失声……

也就在这个时候，我突然间看见了羊群里那只黑脸白身的矮羊，它躲闪在群羊后面，正转头小心地看我，我就惊呆了，因为那眼神我再熟悉不过，它属于乞颜姓氏的我的家族……我下意识地捂住了嘴巴，以免自己叫出声来……

那只头羊与我深情地对视了片刻，似有无数话欲说又止，又有几多欣悦交织，可它却忽然转过身，跛着一只腿踉跄而去，一直挤到众羊的前面，领了羊群向远方浩荡涌去……

当时的我不知所措，心中更无有所想，只有站在草原上目送着羊群渐行渐远，直到消失无踪……无意间一低头，就瞥见头羊离去的地上，一本书籍正随风作响，我弯腰拾起来看，这书已残破不堪、无头无尾。我正欲翻阅它，却不小心滑落了，直滚到山坡下的激流河里，顺水漂走。

此时再看苍穹之上正有日月同时辉映，而一只鹰从草原上空盘旋许久，终于落去……

后来我就擦干了满脸的泪水，重新回到我们的队伍。我向人们指了指那个羊群行走的方向，人们又跟了我和堂哥整装上路了，我们走向了纵深的茫茫草原。

王建中

获奖感言

　　一种生活，不期而然与你相遇，看似偶然，其实是必然。因为因果与逻辑早在你选择之前或者行为之中便已注定了。创作也一样，在你写下第一个字的时候，目标已经确立，你只是不断地去接近它而已。至于结果，它早在那里存在了，你的意志也许一时还无法左右它来时的模样，但在它来临之后，你可以改变它，不同人便会有不同的结果，这大概就是所谓的命运。那么命运也便是你自己的因果。文字是有生命的。一种事物、一个人抑或一个故事，原本可能并不存在，因了你的文字，它就存在了。我想，这大抵就可以称之为创作了。百善开源，感恩便是了。

遍地风情

民国年间,晋陕蒙边地的走窑汉忽然多起来,在数不清的沟谷川道里,在起伏沉落缠来绕去的梁峁塔塬间,在官道上,经常可以看见赶着大马车,穿着白茬皮袄,头戴毡帽,套着黑布棉裤,抱着鞭杆,豁着衣襟的红脸汉子,这就是走窑汉。出乌素沟,越过兔岭兔梁,就是四十里长川了。再往前便是准格尔的街镇了。

准格尔的街是条大道,是走西口趟出来的。因此到了民国初年,这里真是很热闹。"声闻胡地三千里,鸣贯晋陕十六州"就是指这里的。一条青石街被车马行人蹭得光溜溜的。早上,青楼的女子和唱戏的配角,可以边走路边低着头照着石面梳头抹粉。常常有赶路的车会冲着空中甩个响鞭,鞭花炸得很脆,会把这些女子的粉盒惊到地上去。往往有一声女子的尖叫,缩了身子收拢肩膀促在墙角,小袄就会提起来,露出一截雪白的腰肢。野一些的车夫就会用鞭杆搔搔女子裸露的腰肢,吆喝着牲口若无其事地过去。有的女子经不住这一搔,会失声笑出来,惹得行人都向她看,不明白这女子一惊一笑是为了什么。这女子羞红了脸,捂着桃花一样的腮跑了。若有人这时伸出一条腿挡一脚,这女子便彻底地闪了,身子扑在青石街上,红衣、青石,很有些别的意思,一街人会笑起来。女子的首饰什么的就会掉在地上,这时也顾不得去拾了,爬起来就窜,一窜就不知窜到什么地方去了,找都找不见。附近的人会将这些东西拾起来,瞅机会再交给这女子。有时好长时间也瞅不见这女子,这人就会寻上门去。这时,女子自然很感激,送出街门。就见那女子站在青石的山墙下,一身红衣,眉目含情地送那人远去。更有些情意的女人就会留住这人，这人还有些犹豫，女子柔得像水一样，这人的心就有些湿了。女子有些扭捏，男人有些心动，半推半就中不知不觉已风情难解了。

也不知是街上的买卖行多，还是街太窄小，白天就行不了车。拉炭的车就只能很艰难地从人群中蹭过去，蹭得人一身炭黑，惹得一些人很不高兴。赶市的多是附近的乡下人。我们这里的乡下人有一个习惯，平日在家粗衣褴褛，出门的时候，必是将家里最好的衣衫穿在身上，一身光鲜地去赶市。平时舍不得穿，因此穿在身上格外地珍惜，落一点尘赶紧掸去了。河东人常常嘲笑河西人："不怕家里被偷，就怕路上摔跤。"常常见人在衣服上拍拍打打，外地人就说准格尔人爱干净。最麻烦的是炭从车上掉下来，砸了行人，轻者还好办，最多埋怨几声；重者就难说了，伤了人，难免就要有纠纷，谁愿意平平安安的日子里有什么官司呢？

因此很烦这些炭车，但没办法，这是车夫的生计之道，又是民生之道，谁家能不烧火做饭呢？因此人们对炭车是很小心的，但人实在太多了，两边的生意摊点挨着摊点，炭车防着行人，行人防着炭车。赶市赶得小心翼翼的，都不舒服。后来，就有了一条不成文的规定，白天不准炭车在街市上行走。

这就苦了赶炭车的车夫，也苦了掏窑的窑工。白天不能过车，只能下午装车，晚上行夜路。车夫们装好炭后，闲在窑边的几家店里，盼着天黑，牲口的料不能少，还不敢套车。哪个牲口能驮着上千斤的炭，站上个把钟头呢？窑工们就要在店家的屋子里山南海北地瞎侃，总有侃腻的时候，慢慢就有人去传女人。

那时的晋陕蒙一带，这样的女人是很多的。除了青楼的女人外，她们都被唤作粉头。粉头就是涂脂抹粉的意思。因为这一带土地贫瘠、干旱少雨、生活苦焦，一般人家的闺女媳妇没有多余的钱涂脂抹粉，涂了抹了给谁看呢？只有这一类女人才这样，也是一种标志和装束。沟大山深，窑道山场，只要见到这样的女人，不用问，这便是粉头。

粉头一般有两种。一种是帐子有些规模，至少有三袭以上，人数也较多，粉头的年龄和姿色要好一些，连粉头带把子、大条子、二条子、刀子就十几个人。所谓帐子，就是帐篷，有客的时候，这就是客房，闲下就是睡觉歇息的地方。赶会的时候，便扎在离人群相对较远的地方，但为了打眼，门上吊一块红绸子，做帘子，稍遇风起，帘子便像旗子一样飘飘扬扬，很像是幌子一样，又被老乡称作红房子。把子就是老板，取茶壶把儿的谐音，拿得起放得下的意思。做这一行的，没个三下两下不行，多是这一带的重要角色。大条子就是做饭的师傅，没什么家什，到哪儿都带着一条长长的案板。民以食为天，干什么都为了混口饭吃，吃是第一的。做饭师傅被形象地唤作大条子，形象与内容统一在一起了。刀子就是打手，这种人一般长得较凶，灯笼裤、绾头巾、黑护手、紧马夹，腰里扎一条宽皮带，俗称板带，皮带左右各别一把刀子，为的是造势。当然有不平事，这些刀子就要将事理摆平，护场子，保把子，为本班的粉头讨公道。二条子就是跑腿的皮条客。有生意时，碎着步子为人家勤着腿脚服务，介绍粉头，笼络嫖客。粉头一般除了怕把子外，格外讨好的便是二条子，生意的好坏，全凭二条子的"啰嗦"了，特别是到了一个新地方的时候，二条子捧粉头的本领就出来了。因此就有"把子的水，二条子的嘴，刀子的心眼，大条子的腿"之说。水就是本钱，嘴不必说，肯定是天花乱坠和落井下石，就是一个损。刀子的心眼就是不使坏，若刀子使坏，粉头自然就要吃亏，嫖客就要受惊。嫖客最怕炸马，粉头最怕夹生。一行有一行的规矩，炸马是忌讳的事，夹生便没了灯油钱，灯油钱就是身体钱，搞不好是要砸饭碗的。大条子的腿，是指勤快程度的，这一带山深沟大，这山望见那山高，望山跑死马。粉头出去了，点了吃喝，大条子要送过去。客人多的时候，能跑断腿，稍有差错，还要受粉头的气。粉头生气，往往二条子就要生气，二条子一生气，把子也得生气，刀子就要使性子，因此都牵连着经济效益。在这个行当里，吃虽然是最重要的，但地位却是最低的。这类粉头，一般都各有几套漂亮衣服，以跑大一些的窑场和小集镇为主。客人也多为窑主、老板，差一些也是个小摊主，灯油钱较多。这类粉头，一般都是职业性的，也就是一年到头只挣灯油钱，靠灯油钱吃饭穿衣。人员也相对固定，穿戴打扮也讲究些。这种粉头，多半都有后台和靠山，不是拜了码头，就是认了什么人做干爹，要不就是什么人的斗子。斗子就是什么都可以装，斗子主是什么人，不说也清楚是哪一类角色了。到了一个新地方，先遣二条子给有关人士送信递帖子，说明来路和靠山，为的是生意好做些，也是寻求"当坊犬地"的保护和捧场，省去一些不必要的麻烦。

　　第二种粉头是临时性的。大家平日里都有正经活儿，或种田，或缝衣浆洗，或打短工做帮手，农忙时在地里、雨里、风里，家里家外都是一把好手。农闲和逢年过节时，临时凑一块儿，人数多少无碍，几个人走拢到一块儿，就可以上路了，没有帐子和衣物，随身只一个小包，小包里一条薄毯，这是家里最值钱、最光鲜的衣物了，或许里面还有一块两块的补丁。一只粉盒是不能少的，就像行医的悬壶、算卦的蒙幌一样，是必不可少的标志，也是吃饭的本钱。这种粉头不计较地方，不在乎什么人，只要有人传，晒谷场或一丛柠条后，架一块门板就可以行事。有的干脆连一块门板都没有，铺一条薄毯便可以了。更简陋和可怜一些的，是每到一个地方临时加进来的。这些粉头都是良家妇女，在家为人妇、为人母，趁着农闲，背着家人出来挣几个舒身钱。随行就市，有生意就多做，没生意就悄悄回家，挣多挣少不计，回去该干什么还干什么，有机会有生意时，再出来无妨。这种粉头，多半家里生活焦苦，说不准还有一个病公公或病婆婆，常年抱着药罐子。更惨一些的，怕还有一个半伤残的丈夫，说不定家里还等她们的灯油钱来养家糊口，救命渡难关呢！连一盒粉也置不起，更别说有一条薄毯了。这样的粉头中就有很多人是瞒着亲人含着辛酸出来做生意的。碰到生意好，就多做些日子；生意不好，客人寥寥，反应冷淡，就做一个算一个，做不下去，就寻一些杂活、脏活，甚至累活、苦活、险活干，有收入为准则。这样的粉头聚也快，散也快，一个夜晚下来，可能就没什么人了。比如碰到人家出丧，没有儿女摔孝盆子，这些粉头便争着抢着去了。哭声凄惨，真像是自己的爹娘逝去了，其实是哭自己的遭遇和身世。这样的粉头最受欺负，往往受了欺负无处诉说，只能忍气吞声，祈祷着能碰上一个好一点的主儿，听凭命运了。

　　这些粉头的灯油钱是多种多样的，大到几块炭，小到一块头巾、一只筐、一条扁担，再小到一双鞋、一双袜、一只篦梳、一条腰带，甚至几片干馍片、一盒粉。这都是走窑汉早备下的。甚至还可以赊欠，过一段日子或来年还上等价或不等价的灯油钱，甚至还可以在第二年的春天、秋天或什么时候帮着这家女人家里春种秋收或做杂工，无耕牛的甚至还可以将牛具拉来犁地，或是逢年过节去女人家里替她到庙上供神还愿送布施……

这些粉头常年行走在晋陕蒙边地一带的沟谷川道里，只要有走窑汉的车辙印，就有她们的身影。她们对每一个走窑汉都是笑脸相迎，媚眼轻抛，掐着腰，扭着屁股，晃着一张粉底过重的白脸，唱着曲儿，摆着柳一样的身段。那媚笑粗看是讨好，细看是辛酸。只要走窑汉们停下车来，她们便会凑近上来。

"想来？"

只要走窑汉们有一点点的意思或暗示，哪怕只是脸红一下，咳嗽一声，她们便笑了。

"那就来一下！"

生意做完了，两人也融洽多了。女的一笑，千娇百媚，风情万种。

女人就笑了，"什么时候还想的话，就传个灯（就是传个话的意思）。"眼帘就垂得很低，脸上落了一抹红霞。男人望了那红霞，嗅到的却是萦回的暗香，也笑了，一脸的潮红，似乎那红霞洇染开来，袭上了男人的脸。

天底下静悄悄的女人一面娇俏的背影，在空旷的梁峁上款款的、挺挺的，像一只红蜻蜓，袅娜出无限的含蓄，心头一热，禁不住说了一句，真是好女人，也便收紧脚步，很快就没到沟下，怕羞似的。

走夜路很辛苦，也危险。准格尔山架大，深沟大壑常常等在一条道的回头拐角处，牲口脚力不足，或是车夫打瞌睡都是很危险的事。常常有车、牲口、人、炭一齐落到沟壑里去，很惨。

这些做买卖的人就想出个办法，众人筹款，均摊油费，在街里置了很多的灯盏。但风一摆，盏上的灯便熄了。一街里很黑，走夜的炭车就有点摸不着东西南北，常常撞到人家的墙上去，把这家人惊得不轻。也有把牲口撞伤的，一车炭就堵在街心了，青石的街面被击出一些黑点子，费上一阵功夫才能清理掉，有时还耽误了事情。最坏的莫过于将屋子撞坏了，撞出一个大洞，灯光从房屋里射出来，斜映在炭上。主人一家惶恐而无奈地看着毁坏的屋子，一脸的无奈，哭笑不得。车主人则灰头灰脸地袖着手，缩在车辕辘上，牲口死了，这个车夫差不多也就破产了，抵上一年的工钱也还不起炭行的牲口车钱的。

夜疯子就成了看管这些灯盏的人。

夜疯子是个上了年岁的人，年轻时在这一带卖碗饦，很多人都吃过他的碗饪，瘦长的身子就像被风吹着的柳条一样，总是直不了身子。他的脸上皱纹交错，像一个苦瓜一样，白天你很难见到他的影子。白天他睡觉，晚上就出门捡破烂，拎着一条羊皮口袋，沿街翻拾。有月的夜里，像一条棍子一样，影子会擦到人家窗子上，会把人家屋里的孩子或女人吓着，但人家对他很和气。不知道的外地人初次遇见他，还当他是疯子，就叫他疯子。夜疯子是个很勤快的人，他捡完破烂会把一地垃圾收拾得很干净。前半夜，拾他认为有用的东西；后半夜用一把手推车倒垃圾，也有一些回头探宝的意思，就像牛的倒嚼一样，怕漏掉有用的东西。他倒垃圾倒得很远，他的方式很有意思，先挖一个坑，然后将垃圾倒掉，再用土填上，这倒不是他有什么环保意识，他想在垃圾上种树。城里的垃圾就是他倒掉的，时间长了，大家就会将一些有用没用的东西送给他。他不要没办法，大家只好在他来之前，将东西放在垃圾里。

灯盏很高，是怕孩子们淘气取了火种玩火。个儿小的大人也是很难够着灯盏的。

每到夜晚，夜疯子就一路拎着油桶去点这些灯。若是有点风，一路灯盏飘摇成线，闪闪晃晃，很让人寻味。点灯盏，也只有夜疯子才能够着。若是刚将灯点过，忽然一阵风又将灯吹熄了，附近的人家想帮忙，就得从屋子里搬一些凳子出来，上了凳子，才能将灯点着。

城里人家也很爱惜这些灯盏，一是这是公用的，二是很体谅这些干夜活的车夫，他们生存的确很艰难。就听前面的黑暗里车夫喊："夜疯子，灯熄了。"其实人们当面不叫他"夜疯子"，叫他名字，他的名字叫燕凤子。有一年县警察局将他的籍贯弄错了。他去说理，不知怎么和警察就打起来了。警察是什么人，有理也不让人，把夜疯子打了一顿。商会里的一些正直人看不下去，就摆了一桌酒席，请警察局的人，夜疯子也来了。他和警察论理，"我是河南渑池人，不是绳池人。"人们这才明白是警察将他的籍贯弄错了，他去纠正，正好那个警察不认识那个"渑"字，就念"绳"。他纠正，警察也火了，说就是"绳"，他执意说"渑"，两人就纠缠在一起了。正好警长从外面进来，听了情况，就说夜疯子无理取闹，"这分明是'绳子'的'绳'，你就要说'面池，面池'，饿疯了你！"夜疯子也急了。他是在山东长大的，将"渑"念成"面"。他上去就抓警长，警长一脚就将他踹倒了。他像棍子一样倒下时，将屋里的东西撞了个七零八落，茶碗也打碎了。

警长当着众商家的面，给他赔了个礼。夜疯子不接受。以后警察局的垃圾他也不去捡，也不倒，闹得警察局的垃圾像山一样高。众人劝他，他就是不听。

夜疯子听有人喊，就急忙往过赶，就听后面有人喊："夜疯子，灯熄了！"这个车夫，大概是等得时间久了，火了。

夜疯子就回头应一声，他有点左右为难了，不知该点前头，还是后头。众车夫就发火，因为长长的车队堵死了，前面一辆车撞了人家墙。大家都埋怨他，他也不恼，黑灯瞎火，苦寒受冻的，谁不留恋那个热炕头呢。很快，近处一家人搬了个凳子将灯点了。

天寒地冷，落了大雪后，青石路面的雪被压瓷实了，滑得很，牲口钉了掌还是摔跤。常有牲口倒伏在街面上，第二天一早，人们就会看到留在地面上的一摊血，红、白、黑，实在是触目惊心。夜疯子待了半天，想拿一把铁锹清除干净，一使劲，血没铲净，自己却倒了，爬了几次没爬起来，人们就见他捂着左脚脖子拉长了脸。人们急忙将他扶起，他还是站不住，急忙去唤大夫。大夫说可能踝骨裂了。

夜疯子躺了半个月。

半个月里，夜疯子夜里眼瞅着别人小心翼翼地爬上凳子点灯，心里很难受，一个劲儿用手抹自己的脸。

花了不少药费。

众商家要帮他还，车夫们也要帮他还，夜疯子不让，说脚好了，捡垃圾还。大夫一摆手说，免了免了，治病是本分，收钱是次要。夜疯子不肯，要是这样就拒绝吃药。大夫也没法，大家也直叹气。

等他病好后，脚却有点瘸。人们想帮他，就把一些东西放在他来之前的垃圾堆上，他却没有力气捡了。夜疯子还是没有将欠的药费还上。看他很难受的样子，众人商量一番，那就象征性地还一把打炭斧子吧。夜疯子就去磨斧子，磨了好长时间，斧子磨得铮亮铮亮。

大夫接过斧子，一把抓住夜疯子的手，眉目放光。夜疯子嘴里直说："对不住了，对不住了。"很惭愧地晃了晃大夫的手，扭头拐了脚离去。

大夫的儿子说："真是一把好斧子，多硬的炭也劈得开。"

大夫慢慢摇摇头，目送夜疯子一瘸一拐远去了，才收回目光，寻了一块绸子铺在桌子上，郑重地放在药王的神像下，又对儿子说："这把斧子，不是劈柴打炭的，这是用来正人的。"

全家人忽然明白了什么。

儿子像是悟到了什么，便也晕红了一张脸，眉目生光。

灯盏一盏盏地亮，炭车一车车地过，这时夜疯子双目失明了。人们常常看见他拎着一盏灯笼，在漆黑的夜里沿着青色的长街慢慢走过去，他的臂上挂了好多盏灯。他是去给人送灯。灯光照在青石的路面上，一地青光温温暖暖，灯光笼在夜疯子的身上，罩成一个光团，远远望去，便见一个蹒跚的老人独行，光晕里的人，如同一种命运一样，让人深思。赶车的车夫们，都停下车，伫立在路旁，等老人慢慢过去。那些青楼里的女子，也会轻轻地走过去，将老人前面的一些细小障碍捡拾干净，有时姐妹们也会替夜疯子洗洗衣服，收拾一下屋子。这时一个女子从一面墙下闪出，将一件衣服披在他的身上。

夜疯子问："谁，谁啊！"

没有人说话，夜疯子听了一会儿，只好转过身去摸索着身上的衣服，继续向前走去。

年轻的看灯人迎过来说："疯大爷，说好我去取，你又送来了。"

夜疯子将手上的灯递过去，挨个将熄了的灯盏换好，打着灯笼又步履蹒跚地向家走去，一会儿，他又会将灯盏送过来。

车夫们给他让开道。

夜疯子从大夫家过，正巧一个年轻的车夫歇在大夫家门下。车夫悄悄对另一个年轻的车夫嘀咕："一个瞎子，打什么灯笼，打了也白打，瞎费油。"两人在墙根下嚼舌头，渐渐话就难听了。

大夫实在听不下去了，咳嗽了一声，说："你以为那灯笼是给他自己打的吗？"

车夫一听是大夫的声音，忙向大夫问好。就听前面的车夫喊："灯熄了，传灯。"

那个年轻的点灯人一路赶过去，脚步敲击着青石路面，发出橐橐的声音，年轻人喊着："传——灯——喽——""看——道——走——好——嘞——"

夜疯子侧耳听了一阵，他将灯笼高高地挑起来，一条青石路面朦胧地在他脚下伸展到黑处……明亮的世界也温温暖暖地围裹在他周围，他像一捻长长的灯芯，灯焰如同一团金色的毛茸茸的雏鸡一样……

走窑汉

解开裆的一刹那，刀子风长驱直入，一下子就捅到胸腔里来了，在膛里兜个圈，弥漫开来，一股寒气贯彻周身。嘴一龇，牙是紧了，嗞地吸一口凉气，冷不丁打个寒颤，红唇一咧，黑头黑脸上绽开一排白森森的牙齿。眼白大，就看眼睛凹在深处，两个眼球乱眨，几柱尿便从裆里拽出来，风粗暴地掠过来，湿了裤裆。冷风一激，又是一哆嗦，反穿的羊皮袄的毛被风抽得很直，黑猩猩一般乱颤。

牲口的鼻子里喷着白气，被山风顷刻间瓦解。坡顶上歇了一溜骡驮垛子，车上尽是黑炭疙瘩。

大闺女撅了撅那玩意儿，塞回裆里，叠了大裤腰，红裤带绾个结，扎死了。一截红裤带垂在裆间，极显眼。"真是个驴，爱女人爱的，真是个驴！"忽然又吼了一嗓子，"二叫驴作害了个人！"听到喊声，断坎处露出半个脑袋，被唤作二叫驴的那个人慌忙系紧了裤子，回转身来。黑乎乎的脸上落了一层汗，亢奋使他眨了眨眼睛，把手上鼻涕一样的东西抹在屁股后面的裤子上。

黑板片三蹿二绕一长蹦就到了二叫驴隐身的那道断坎下，上去就是一脚，不偏不倚，正踹在二叫驴刚才抹鼻涕的地方。二叫驴腰一塌，顺着坎儿栽过去，脸杵在坎壁上，一脸土。

二叫驴爬起身，呸呸地吐掉嘴里的沙石炭渣。

"我日你妈，你妈的，又不是你妈让爷作害了！"

黑板片看着土崖上黏稠的鼻涕，狠狠地踢铲冻土，用脚将坎上的鼻涕抹去。

"我日你祖宗，日你一万辈祖宗！不孝有三，无后为大，你作害完了，娶了老婆叫狗日呀！"说完恶狠狠地一蹿，就跃上了土坎。

二叫驴四处寻石块，却抓到一块土疙瘩。

黑板片眼梢一立，凶恶得很。

二叫驴失了张牙舞爪的吼，断落了声势，土疙瘩狠狠向土崖砸去。

便见红骡子的头从峁后一晃一摆地冒出来，脖子梗着，抵在骡子的后臀上，每一较劲，几条粗壮的蚯蚓便在脸上蠕动不已。红骡子吭吭哧哧沙哑着嗓子吆喝牲口，破锣一样难听。

大闺女又骂："真是个驴，爱女人爱的，真是个驴！"

红骡子汗水沐漓，对襟大黑袄一敞一敞的，渍得发亮的疙瘩扣子随着身体的摆动，像一排身着马褂、头戴瓜皮小帽的老地主，摇头摆尾，恶意地讪笑着。红骡子使出浑身的劲儿搬着轮子，帮着骡子上坡，铁辐条冷得像刀子一样，硌得手生疼。骡子弓腰撅腚四蹄猛蹬，蹄扣如碗，把坚硬冰冻的窑道叩下许多白印子。

黑板片袖了手，嘲弄地笑着，忽然阴阳怪气地唱起了曲儿：

黄牛黑牛耕坡地，

娶不下老婆打伙计。

你道稀奇不稀奇，

自个儿和自个儿打伙计。

众人一听嗷地爆起一阵讪笑。

红骡子全当没有听见，使劲抠着车轮辐条，脸上的蚯蚓再一次爬满了全脸，忽然膀子一斜，将皮袄甩在了地上，浑身冒着热气。

这车炭拉得不轻，圈了围板还冒尖老高，豁豁牙牙的，高低不平。车轮子是彻底窝在一个不浅的凹坑里，骡子徒劳无益地使着劲儿，始终保持着一种奋力的姿势，鼻息喷得很重，一缕缕的热气喷出来，在嘴和腭周围结成了厚厚的白霜，脚下一滑，扑通一声卧倒了。

红骡子霜打一般傻眼了，索性一屁股坐到了地上，浑身冒着热气，汗水顺着脖子滑到背上，小袄热气腾腾的，像烟一样被冷风吹散。

"狗日的！"

二后生大喝一声，噗的一口吹掉烟锅里的烟灰，三缠二绕系紧了烟袋口，收了烟锅缠巴缠巴，往腰里一掖，"真是群二半吊！"冲着哂笑着袖手看热闹的面目有些古怪的走窑汉们喊了一嗓子。

"还看球甚，尽一圪堵灰鬼！"

一脚把拖在车后的顶木踢倒在轮子下。

骡子骤然觉得轻松多了，腰却塌了下去，彻底卧垛了，吐出一缕一缕的白气。

二后生一膀子便将红骡子挤歪在一边了，用头抚摸着骡子头。骡子大汗淋漓，鼻息粗重。刚才红骡子只顾拽着缰绳猛扯，嚼子把骡嘴箍破了，口里满是血沫子，一滴滴地滴在苍白的窑道上，蹿起一股腥味，清冽的冷风一漫，很冲鼻子。骡子身上尽是汗，先前下去的汗珠子，结成了冰粒子，冰结在乱毛上，坠在肚脐下，满肚皮上全是冰粒子。身上的汗水还在往下淌，温化了冰粒子，掉落下去，后续的汗珠子很快又结成了冰粒子。冰粒掉在道上，一粒一粒被风吹得动起来，闪耀着光芒。

二后生听骡子喘息得匀称了，用手捂了骡子眼，用自己的老脸蹭着骡子的黑脸，口里念念有词，将骡子身上的缨套全解了，骡子终于平缓下来，喷着鼻息，不断地打喷。二后生脱下皮袄，披在大汗淋漓的骡子身上，骡子的气终于顺过来，塌下去的脊梁渐渐蠕动开来，腿也不再打颤，尾鬃也像刷子一样扫动开来，拂尘一般优美，忽然站了起来。

二后生喊了一声："添手！"

众人不敢怠慢，风旋着冰粒子从骡子胯下穿过。这是一匹相当漂亮、矫健、壮硕的骡子，大鼻翅，阔嘴巴，胸肌发达，四肢关节廓大，充满了弹性。

歇息的走窑汉们渐渐拢了过来。

黑板片说："还看球甚，抬你祖宗哇！"

大闺女推了二叫驴一把，"狗日的，作害人货，抬你老祖宗！"

二叫驴的兴奋劲儿过去了，软了巴叽地奄拉着身子，像个大烟鬼。反穿的黑山羊皮袄脏兮兮的，沾满了草屑粪粒，散发出呛人的气味儿。皮帽子上的毛掉落了不少，露出癣一样的皮板，反扣在头上活像一个倒霉的土匪。

黑板片冲着红骡子骂："你妈的，看爷爷们歇一会儿，眼红咧！"

众人推推搡搡，大懒指二懒，二懒溜边站，骂骂咧咧一阵，才动手帮红骡子抬车套车。

二后生用手挠着骡子，亲切地吆喝着，骡子才没有抗拒。谁都知道，卧垛的骡子跳墙的驹，是会伤人的。大闺女和黑板片左右各蹲一个，二叫驴和红骡子一前一后各站一个，就听大闺女喊："一——二——起！"

众人一齐发力，肩与胸抵着车帮子，嘴一龇，脸憋成醋葫芦，眼睛凸暴着，似盈了水，腮上的腱子肉上下抖动，车子终于被抬了起来。

二后生不失时机地猛拍骡子一把，骡子猛然向前一蹿，头便昂了起来，车子骤然离了凹坑，冲出了坎坷之地。

黑板片拍打拍打手上的泥土，走过去，一撩腿，冲着二叫驴很响地放了一个屁。众人正笑，冷不防黑板片的手便掏到大闺女的怀里去了，嘴里说着："斜眼汉，点角牛！出点血吧！"拽出一个烟荷包。大闺女心疼地眨巴着眼睛，没一点办法。众人忙说，好烟，好烟。每人匀了一点，装到了烟锅里。黑板片将烟袋杵到二后生跟前，二后生挥挥旱烟袋，不要又瞅着烟荷包，眼亮了一下。

"软了巴叽的，不过瘾！"

黑板片将剩下的烟倒进自己的衣襟里，愣是没给二叫驴，然后把空烟荷包扔给大闺女。

大闺女接了，看众人将烟点上香甜地吸着，大闺女抽了抽鼻子，心疼得很，就拿眼睛仇恨地剜黑板片。

红骡子抬胳膊擦脸上的汗，唇上爬一条鼻涕，像一条青绿色的小爬虫，非常胆怯地蠕动到洞口，被红骡子用袖口粗暴地擦去了，抽一下鼻子，吐出一口痰。

二后生说："真是痴球不胀，胀了没样！"

黑板片不着边际地说："二梦唐看戏，母猪下蛋，八叉流星扑死哩！这路是为女人扑腾开的？就你这样，跌凹坡咋过？"

一句话，说得大家都不言声了，抬了头看天，天脏乎乎的，呼呼的西北风在他们头顶的山梁上不停地穿过，一片一片苍荒的云朵马群一样掠过，顿觉风打在身上冷了起来。

不知谁又放了个响屁,拐了个弯后才不见了动静。

"进夹皮沟了!"

众人都笑了。

黑板片讪讪一笑,"穷山恶水夹皮沟,就这二庙半水地,天天种,夜夜收,一日不耕,凄惶哩!"

"你裆里白养了一条牛!"

大闺女瞅准空子,一爪子便叼到了黑板片裆里的那吊肉。大闺女觉得黑板片裆部的牛正冲撞着,嘶吼着要冲出来。

大闺女说:"拿来。"

黑板片动弹不得,只好将烟还给了大闺女。大闺女不罢休,又将黑板片的浑身搜了一遍,忽然从黑板片贴身的肚兜里拽出一条绿头巾来。黑板片也顾不了许多了,劈手去夺,挣脱了大闺女的束缚。大闺女便一步蹿开了,眼瞅着黑板片又将头巾塞到了怀里。

二叫驴想奚落黑板片两句,见黑板片红头涨脸的恼怒样,没敢,只咧了咧嘴,算是找回一点平衡。

走窑汉们却肆无忌惮地笑起来。

"走啦——"

"上路啦——"

"啾——"

一片吆喝牲口和车马启动的声音,鞭花也炸响了,清脆的爆音在山谷里激起一阵回声。这回声被风撕碎了,在塬上、峁顶、川道间盘旋,俯冲,回复。

"噼啪——"

"噼啪——"

"噼噼啪啪——"

仿佛山梁上点起了一挂爆竹。

铃铛摇响时,一条长长的炭车队浮动在山梁上,远远望去,就像一条黑色的长蛇一样,在苍茫的天空下缓缓蠕动……

每年冬季，种地的人家闲下了，挂了锄，牲口也歇了。四方八邻的人家就用冬天的空闲时间到窑上拉炭，安排一年的炭火。也有去卖钱的，换回日常的生活用品。一般人家，通常要拉五六车，每车千斤左右，也就够一年的用了。这是条险道，每年冬季，总有运气不好的人，连人带车摔到沟里去，有时难免车毁人亡。一旦遇雪，麻烦就更大了。有经验的走窑汉一般都赶在落雪之前结束这营生。

这是今年的第五回了，前四回红骡子都拼命往上装，众人都有点看不顺眼，牲口也是人，不能作践。于是人们就作践他，红骡子就是不听，每回如此。其实大伙也是为他好，怕他使性子，半道里出事儿。

后来，大伙看他实在犟，就共同抵制他，限制窑工给他装炭。还是二后生大爷劝住了众人，说由他去吧，但要悠着点儿。大伙发现，一过跌凹坡，红骡子的炭就少了许多。这些走窑汉什么没见识过，知道他半道有相好的女人，就是没瞅见送谁了，好生奇怪。

天阴沉沉的，西天上堆起一团云絮，看方向正堵在跌凹坡上。

红骡子悻悻地走在车队的后面，怀里抱着鞭杆一言不发只顾闷着头走路。

"王大，王大……"有个妩媚的声音在唤他。

红骡子四下望了望，什么也没有，窑道上空荡荡的，山塬无穷无尽。他勾紧脑袋，一个红蜻蜓似的俏影就盈盈地飞进他落雨的眼眶。

红骡子踉跄了一下。

黑板片悄悄对大闰女说："看他失魂落魄的样子，今儿不要让这小子得手，看是哪路菩萨，有这么大的骚劲儿！"

大闰女说："天一黑，揪着他的骚丢子，无论如何不能让他逮着空跑掉！"

两人便合计好了。

二叫驴探过头来说："要在干的时候抓，准有好戏！"像抽足了洋烟，一脸的邪精神。

黑板片哧的一声，将一团浓浓的鼻涕擤了二叫驴一身。

大闰女阴阳怪气地看着二叫驴，不怀好意地笑了。

走窑汉们并不在一村，晋陕蒙边地宽展着呢，素日无缘，但每年冬天，只要赶车拉炭，便遇在一块儿了。彼此并不问姓名，只随便叫个绰号就是一个人的名字了，走上两回，也便是熟人了。但对许多事不是很明了，只听说红骡子帮衬着人家拉边套，误了娶老婆了，大伙都想见见这个勾魂的女人。

昨夜歇下的时候，二后生老汉用烟锅狠戳了下红骡子，"看你这吊丧样儿，头垂在裆里！"

红骡子就抽吸了一下鼻子，缩着脖子，袖了手，抱紧了鞭杆。鞭杆上扎了红缨子，红缨子是用红头绳扎成一束，很抢眼。

"王大，"女人用心说，"你慢走。"

"王大，"女人用心说，"你再来。"

"王大，"女人用心说，"这棉袄你穿吧，这棉鞋，这鞭梢……"

那天，她躺在炕上。红骡子给她送上一口袋粮，她的眼睛闭着，她的心却敞开着。但红骡子听到了她的心里话：王大，你！红骡子眼睛一亮，回答说："我放不下你。"女人听到了他的话，忽然睁了一下眼，"王大，你过来。"红骡子的眸子一亮，"杏花儿……"女人的眼里噙满了泪，终于滚满了一脸。

他们的心在彼此抚摸。

走窑汉中间就他的鞭杆上系了条红缨子，老远一看，像一株红高粱的穗子，在长长的白晃晃的窑道上，像一团火。

"王大，王大……"有个妩媚的声音又在唤他。

"哎——"红骡子说，"我听到了。"

山野茫茫，一眼望不到头，红骡子觉得心伤透了，漫漫窑道，像走不尽的离愁路。

杏花儿情深意长，红骡子满面苍凉：

> 五道包点灯乌素沟明，
> 四十里沟川瞭不见个人。
> 你在家病来我在路上哭，
> 称下的梨儿送不上个门……

"王大，王大，我听到了……"

"哎——"红骡子说，"杏花儿，杏花儿，杏花儿……"

咱们又用心说话了。

"你过来亲亲我。"杏花眼里噙着泪，红骡子站着不动，身子像被冷水激了一样，不停地颤动。

"你是嫌俺了吧，好，你走……"杏花儿的泪像小河。

红骡子呜咽一声，走向杏花，那脚步轻得像蝴蝶飞过空气。

"啪——"一声长鞭炸响，红骡子的梦被震飞了，长路坎坷，心上一片忧，他像受了伤一样，心痛得抽搐了一下。

二后生是这伙走窑汉中年龄最大的，干这营生最长。年轻时是这一带方圆百里的"神吹"，唢呐吹得极好。人长得俊秀挺拔，宽肩，蜂腰，蛮风流的一个小伙子，自然身后有不少的女人跟着跑。年轻时，一天三换衣，洗八遍脸，光顾了红火，没顾上娶老婆，现在依然是光棍一条。他拉炭的车，是借人家的。二后生在这一带人缘极好，生性豪爽，疏财仗义，无牵无挂一身轻。平常一身衣，一张口，一人吃饱，全家不受饿。方圆百里有许多相好的，一年四季转山头，走川道。年轻时跟一个毡匠学了手艺，到老派上了用场，到哪个村就住哪个村，手里也不缺钱花。他拉炭不图烧，纯粹图个洒脱、自在、热闹。人到老年，总有许多怪毛病，他拉的炭，多半送了人。晋陕蒙边地山长地阔，有时天黑路断，摇一下柴扉，道一声主人家好，就住下了。无须客套，主人家多添一瓢水，多下半碗米，一切都是主人家的生活，没有忌讳。在人家的火炕上猫一夜，把腰身烫热了，浑身舒坦了，第二天起身，扔一块炭，道一声别，上路自去了。若遇相好的，便多住几日，一车炭也便完了。有时也给烧不起炭的人家扔几块，一路下来，沿途的光棍寡妇也就不会受冻了，回了，主人家也不过数，二后生说个数，吃罢饭，喝罢茶，就要酬谢他，自然要留他住，好吃好喝。这时全凭他的兴致了。若遇上年成歉收，有些生活苦寒的人家求他，他也不收炭钱，反正窑上的炭他是能赊出的。什么时候这家人有了，什么时候还上。实在还不上的，年成好时，便挖几升米，送上二斤好旱烟，便也财情两清，谁也不欠谁，各走各的路，还是好朋友。年成实在差的，摆摆手，抱声歉，便也搁起来了，该干什么干什么。谁没个为难处呢？过一段时间，他也忘了，当人家再求他时，他又是满口应允，过不多久，就又给人家办了，弄得人家反倒不好意思起来，总觉欠他什么似的。他依然东家夕宿，西家朝食，北家擀毡，南家吹唢呐，热热闹闹，洒洒脱脱一年又一年，也不觉老，大家称他二后生。

路边开始出现一些古旧的砖石，竟有一截平平展展的，一眼望过去，直直的，竟有几个山口连成一条线。

黑板片忽然问："年年走了几回回，这是啥道儿？"

"听说是秦始皇修的。"

"那有几千年了哇？"

"那么说，这是皇帝走过的道？"

"咱也走嘛。"

"还走女人！"

"走好女人！"

众人哈哈笑起来。

路边有几个灰堆，大伙纷纷将鞭杆向灰里搔，果然就拨拉出几颗热乎乎的山药蛋来，众人都争着吃。

二后生喝住众人："留着吧，今儿天早，后面的窑汉们到这儿就天黑了，饿的是那伙儿！"

众人忙将山药蛋重新又埋进了热乎乎的灰堆里，有人急忙从车上抱下一些柴草，燃着了，众人急忙凑过来取暖，脚把冻地跺得空空响，火光照在人们冻得青紫的脸上。等大家暖过手，火也便渐渐收了火焰，红红的一堆灰烬。走窑汉们塞进去一堆山药蛋，用灰埋严实了，车队才缓缓走开。

在晋陕蒙边地冬天的大路边，常常能碰到这样的灰堆，不经意间，灰堆就出现在前边不远的一些避风处，随手扒一扒灰，便有热乎乎的熟得焦黄的山药蛋露出来，你不必客气，自管吃。这多是附近人家为走夜路的走窑汉们备下的。多少年来，走窑汉们也遵循着这条规矩，吃过别人煨熟的山药蛋后，自己也要燃一堆或几堆火，为后面的走窑汉备下口粮。每一个走窑汉的车上都备着这样的柴草和山药蛋。无论何时何地，见着这样的灰堆，只要你觉着肚里需要，你尽管享用。扒开灰，焐热煨熟的山药蛋热乎乎的，它就是为你，为任何一个过路的人备下的，你就像回家吃老母亲为你热在锅里的饭食一样，不用有一点客套，心安理得。

转过山脚，走窑汉们忽然兴奋起来，尽管风吹得大多了，就像有无数的小刀子迎面扎来一样，走窑汉们的脚步快得像风一样，眨眼便到了一处院子前。有的连车辕都顾不上支架，便迫不及待地嚷嚷开了：

"喝水。"

"喝水。"

"把人渴得够呛！"

众人纷纷拴了牲口，弃了车，豁着大皮袄，大步向屋里走，惊得院里的一只狗狂吠起来。

"人情不好哇，喂的狗子尽瞎咬！"

"掌柜的，开门来！"

窗子后探过一张脸，倏忽不见了。一只白猫一塌腰从窗子边的猫道里消失了。哗啦一响，一扇门打开了。

"野鹊鹊叫来，小狗狗咬，我当是送喜的，原来是一群闹鬼的！"当当又一响，双扇门全打开了。

一个眉脸白净、身体壮硕的女人出现在门口，毛花眼眼扑棱扑棱闪来闪去，大圆脸，俏鼻头，一脸的喜气。这是张精心修饰过的脸，能看出脂粉的痕迹。香气便袭了过来，直浸到人肺腑里去。众人吸了吸鼻子。

"给谁抹的油？"

"给爷！"

"给爷！"

众人争执不下，你推我搡。

"公鸡头，母鸡头，不在这头在那头。"人们在红骡子头上抹一把。

大家都笑，便到了屋门口。

"咦，二嫂，满房的烧酒气！"

"就等你们开席的了！"

"二哥哩！"

"甩爪子佯脚片子去了！"

被唤作二嫂的女人仄身让开门，把众人让进门，众人带着一股寒气进了屋。

"准是夜里又接下个人，把二哥挤在炕沿下了！"

黑板片把脖子一斜，就把半个身子贴在二嫂鼓胀胀、突突乱颤的胸脯上了。

二嫂重重地抽他一笤帚，"没大没小的，甚会儿能学下个省事呀！"丢下一个媚眼。

众人说着话，踢踢腾腾进了屋。后面的推着前面的，前面的故意磨蹭着，"进屋，进屋，看看过的甚日子！"

进了屋，地下站着个小女女，大花眼扑闪扑闪地望着走窑汉们。

炕上摊了一炕的山药淀粉，白得刺人眼。炉子里的火舌吸溜着，一把大铜壶咝咝冒着热气，把壶盖顶得不停地跳动。

走窑汉们把帽子脱了，拿在手上，"往哪坐了？"

"就外头那朦尿圪崂是给你备下的！"

"心疼死我那个二哥哩！"

"那还当你爷爷待？"二嫂手脚麻利地收拾好杂七杂八的东西，用笤帚将炕扫干净了，众人也不客气，坐了一炕沿，连锅台上也坐了四五个。

黑板片稍迟了一步，没地方坐，一撩腿，抬脚便上了炕，随手把帽子丢在了红躺柜顶上，坐了个正当对面，就像回到自己的家一样。

二嫂家女女从凉房里端来一盆冻海红，一盘醉红枣。女女在院子里走得小心翼翼，碎步子迈得款款的。

冻海红一进屋，热气一激，蒙了一层薄薄的白霜，一会儿就结了一层薄冰。

二嫂从水瓮里舀了一瓢凉水放在炕沿上，将海红倒进了瓢里，冰凌被激得像裂开的盔甲一样。这样吃开胃，清火。众人伸手捏了，擦也不擦，塞嘴里去了，海红寒牙，咝咝呀呀的一片吃海红声。

二嫂从地下的柜子里取出一摞碗，递给女女一只，"挖一碗葵花。"

女女款款离去，亭亭入了凉房。

二嫂将碗挨个排了一溜，提起大茶壶，注满了茶。

"光给茶喝，不给肉吃！"

走窑汉们又哄地笑开了，正巧女女端着一碗葵花籽进来，水汪汪的大眼睛忽闪闪地瞅着众人。

"老伙计甚没吃过？"

"想吃甚有甚！"

"吃奶！"

"你叫我一声妈，我喂你一口奶！"

二嫂麻利地给瓷碗里注上了茶水，"女女你先出去，不吼你不要进来。"

女女转身要走。

黑板片拽过女女的胳膊，"大爷看。咦，长得不赖呀，活脱脱一个模子里刻出来的。"黑板片冲了众人问："像谁，像我哇！"黑板片笑着。

众人纷纷扳了女女的肩，左扭右转，端详了半天，都说："像我！"

二嫂豁开众人的手，女女笑着一扭身，麻溜地跑出屋。

"又有传人了！给咱男娃娃又留下恕头啦！"黑板片还要往下说，二嫂甩了他一掌。

黑板片夸张地叫一声："哎呀，给咱挖咬咬啦！"

众人都笑了。

黑板片顺势揽过二嫂，拥在怀里。大家一哄而上，将二嫂裹在中间。二嫂招架着，想突出重围。众人忽然发出一声吼，将二嫂撂口袋一样撂在炕上，走窑汉们互不相让地摸揣起来。二嫂抵挡着，冲门口喊："女女你不要进来，去你二大娘家借块茶来……"忽然没了声音。

闹了许久，二嫂尖叫了一声，就听二后生在锅台上扣烟锅，"二半吊子们，差不多就行了！"二后生也不看众人，装了烟，点着了，吐得满家烟雾。

众人这才纷纷起身，住了手，一个个红眉敞眼，像刚刚喝过一碗蜜。

二嫂站起来，扣好衣服扣子，系好裤带，拢了拢乱糟糟的头发，下地穿鞋，才发现一只脚上的袜子不见了。

"一群饿鬼，像一辈子没见过个腥！噎上脖子也堵不住你们的嘴，占不住你们的手！"二嫂满地找鞋。

"不用穿了，黑夜给留着门。"

"尽些枪打货，不怕天黑跌了崖头！"

"二妹妹身下死，做鬼也风流！"

"有心有劲儿给咱家妹子留着哇，给咱大妹子捎个话，闲下了，来串门，冻海红、醉枣给她留着呢！"

…………

又上路了，走了许久许久，盘上一座高坡，不用回头，他们也知道身后的那道坡下有一个女人向这边张望。走窑汉们像是吃了什么似的，忽然长了力气。牲口也吃过了草料，正蓄满了精神，他们纷纷驱动大车，发出喊声：

"嗷——"

"嗷嗷——"

"嗷嗷嗷嗷——"

喊山的号子为他们陡然增添了信心、勇气，这声音在山谷间回荡着。山鸣谷应，四野回声，一切显得那么生机勃勃。

二嫂看驮炭的长阵终于在山梁上消失了，钻到更深的沟谷里去了，听着他们的啸叫，眼泪忽然莫名其妙地落下来了，就折转身，唤了声："女女——家来！"

这喊声细若游丝般传进走窑汉们的耳朵里，缠绕在他们心头。这会儿他们确实想家了，想他们的女人了。于是众人一齐吆喝牲口，鞭子甩得像炸雷一样，一会儿就越过了一道山梁。

高高的梁上出现了个穿红袄的女子，远远看像一个飘游着的红蜻蜓。走窑汉们兴奋了，红骡子忽然抖了一嗓子：

> 对面那圪梁梁上那是一个谁，
> 　那就是我那要命的那二小妹妹。

见女子只是那么袅袅地、款款地走着，红骡子并不甘心。走窑汉们怂恿红骡子："再来，再来。"

红骡子甩了一鞭，又抖了一嗓子：

内蒙古自治区第十届文学创作"索龙嘎"奖获奖作品

> 妹妹在那圪梁梁上哥哥我在沟,
> 亲不上那个嘴嘴你就招一招手。

梁上那个红袄女子显然是听到了,迟疑了一下,终于停下身,一会儿她向川道里的走窑汉们挥了挥手,闪在坡下了,清脆的山曲儿却扔下了坡:

> 头一道圪梁梁二一道道洼,
> 三一道圪梁梁拉一拉话。

红骡子兴奋极了,脱了棉帽子拿在手上。走窑汉们都静了声,就听红骡子亮了长调,二人便对唱开来:

> 男:咱二人相好手拉着手,绵膀膀靠在妹妹怀里头。
> 女:我看见你袭人你看见我爱,前脯脯贴住妹妹的后脊背。
> 男:牵牛牛爬上花椒树,小妹妹把哥缠搅住。
> 女:连枝枝花花连根根树,咱二人相好胶粘住。
> 男:一千道梁梁一万道沟,一心心跟着哥哥往前走。
> 女:咱二人相好双骑上马,天边边安家走在一搭搭。

忽然没了声息,天地间静得掉根针都听得清。

走窑汉仰头看了许久,听了许久,脖子都酸了,再没看到那女子,也再没有歌声。

二后生便笑了,"走路哇,吃葱想蒜,心思碎纷纷的,天下的好女人多着哩!"

众人闷了头走路,好长好长的山路上,铃声阵阵。

忽然起了风。

风在树上呼啸着制造着尖冷的哨声,渐渐夹杂着雪粒子扫过来。风不算太大，但犹如万把钢刀在耳朵上割来割去，沙砾尘石被风扬起来，直往人怀里钻，偶尔一些雪粒子会钻进人眼窝里，扎得人生疼生疼。脖子处的雪粒子融化后，顺着脊背爬行，凉凉地直往人骨髓里入，走窑汉们一个个都像酒糟了鼻子，一串串的清涕抽丝拉线一般挂在胡子上，不时被风掠去，呼出的气全结在两侧的帽耳上，雪白一片。

气温陡然下降，走窑汉们的心里一下子有了阴影。

二后生抬头看天时，大堆大堆的云块从山背后奔突过来，天公正在调兵遣将，正酝酿着一场大风雪。越来越大的雪粒子开始稠起来，寒风逼迫得人迈不开步子，如湍急的山洪一样，随时都有被卷走的可能。

黑板片终于沉默了。紧随在他身后的大闺女抱着鞭杆显得焦躁不安。红骡子鞭杆上的红缨子被风吹披了头，像要被掠去一样。二叫驴不停地吆喝着牲口。

牲口忽然嘶鸣起来，整个沟谷都跟着回应。这是一道缓坡上的高地，每到这里，再烈性的牲口不用人调教，几乎都会安静下来，迈着同样的步子稳稳地行进。前面就是跌凹坡了。

雪大起来，穿沟风在坡面上滑着，雪成片成片地被扯起来，漫进沟里，没到谷中。凹下去的地方，被雪填上了，凸起来的地方，没有一点雪，光秃秃的，就像牛皮癣一样。风制造着尖锐的啸声，撕扯着走窑汉们的衣衫。牲口都斜着身子前行，很吃力地往前拱着。

二后生吆喝车队停车。雪下得紧了。

风像一张阔大的舌头，舔着世界，将坡顶舔得干干净净，舔得走窑汉们睁不开眼。走窑汉们开始检查各自牲口身上的缨套，眼石，辕杆，车毂。大多的走窑汉给车子支了顶木，使牲口歇口气，用手刷刷牲口的鬃毛，牲口在风雪中不停地摇动着尾巴，刷刷的，在风中发出一片好听的声音。

走窑汉们谁也没有说话，纷纷坐在避风那面的车轮下，抽起了旱烟。雪一阵紧似一阵地落下来，像满天爬动的毛毛虫，风却小了，一会儿就织起了满天的雪幕。顷刻间，地上就全白了。

二后生猛地吸一口烟，抬头望，跌凹坡全白了。风在坡面上打着旋，整个跌凹坡像一只正在发情的公牛，眼瞅着就要咆哮起来，现在正甩蹄漾胯地踏着焦躁的步子，喷着响鼻。回身看，走窑汉们正缩头拢肩地垂着头遮挡着袭来的风雪，不停地跺着冻僵麻木的脚。牲口的草料袋子被风揪翻了，草叶在雪地上翻卷着，不知被风带到什么地方去了。二后生将烟袋别到腰里。黑板片走过来说："二叔，今天咱过不了这坡了，雪把路封死了，牲口也乏得厉害。"

走窑汉们纷纷聚拢过来。

二后生说："不能在这儿待着，雪越下越大，再想退也退不回去了。再待下去，怕是一步都动不了啦。牲口没带多少草料，过不了夜，赶明儿都得冻趴下。"

大闺女说："二叔，要不卸了垛，叫牲口先过去，喂饱了，明天再来拉车。"

众人也都说这样好。

二后生说："今儿是什么节令？"

众人忽然想起今早的烙饼粉汤。这地方有个习惯，进入三九天的头一天早晨，要吃烙饼粉汤，以示寒冬的到来。一般人家在这一节令里就不再做什么了。从这一天起，庄稼人就进入了一年里最消闲的时候。

二后生说："这么大的雪，往年也没见过，今年老天爷疯了，一把一把往下扬白面，让咱过个好年，咱不备下这些炭，能吃烙饼？"

众人都笑了，被风噎得又马上闭上了嘴。

二后生说："咱把车卸了，牲口好赶，炭丢了，车咋办？等这雪一停，坡上立马就冻了冰，今年冬天只好就扔在这儿了！"

黑板片说："二叔，你说咋办咱咋办。"

二后生说："咱赶快动身，乘雪没冻结实将车带炭拉过跌凹坡，你们看这风，坡的那面雪也薄不了。听天由命吧！如果那面坡上雪厚，就只好扔了。"

于是众人起身，各自回到自己的车旁，他们几乎是匍匐在雪地里，用肩膀死命抵着车尾的横杠，几乎是扛着车子，和着牲口跟跄的步子，向跌凹坡进发。车子动起来时，雪地被踏出一道坑来。走窑汉们不敢有丝毫懈怠，艰难地向坡顶推进着。风从高处夹裹着雪霰劈头盖脸打下来，让人喘不过气来。

走窑汉们一个个弓腰撅腚，每走一步都要付出沉重的代价。只听见一片片吭吭哧哧的喘息声和牲口的鼻息。走窑汉们哈出的气都结在帽子上、眉毛上，眨眼间像苍老了二十年。

　　红骡子觉得自己的肩膀出血了，他感觉到了那黏稠的汁液在肩膀上向下滑动的温暖的感觉。一种火辣辣的疼痛迅速向他的全身扩展，他觉得他实在顶不住了。他甚至觉得自己快要被风吹起来了。他后悔昨晚不该装这么多的炭，但他一想到女人那张苦苦的脸，有一种力量从他的身体深处升上来，似乎肩膀也不那么痛了，只觉得头上的汗落进了眼里，嘴里，像女人给他沏的浓浓的、酽酽的茶，很快他又品出了甜甜的味道。他知道，就快要过这道坡了。

　　"王大……"有一个妩媚的声音在唤他，"你来了。"杏花说。

　　"哎——"红骡子说，"我来给你送炭！"

　　"路上冷吧？"杏花说。

　　"我暖着呢，你的棉袄很厚……"红骡子说。

　　"年年几回回……"杏花儿哽咽着。

　　"我心里乐着哩，敞心着呢。"红骡子说。

　　"看你，像个娃娃，咋又有泪了……"杏花说。

　　"来，我给你擦擦。"杏花体贴地说。

　　红骡子觉得有一只温温的、软软的手贴在他脸上了。

　　他们的心贴在了一起。

　　前面忽然想起了欢呼声，他知道有人已上到坡顶了。

　　"嗷——"

　　"嗷嗷——"

　　"嗷嗷嗷——"

　　红骡子也激动起来。但他忽然听到一声闷响，紧接着是牲口凄厉的嘶鸣声，就在他抬头的一瞬间，看见一辆炭车正轰然砸向地面，牲口被掀翻了，炭飞快地滚落下来，激起一片片的雷尘。

　　"让开！"

　　红骡子爬起来喊了一声。飞速下滑的车子拖着一条炭沫袋子摩擦冻土地的声音刺耳嘹亮。车子上下跳跃着，不时有炭块被摔出来，击在路面，碎了，紧接着向着车队横冲直撞过来，而下面的人竟浑然不知。红骡子几乎是本能地搬起一块炭，迎着下滑的车冲去……

一声沉闷的响声过后，车子止住了。一车炭全部被倾倒出来，砸在红骡子的身上，又向山谷里滚去。山鸣谷应，爆出几声巨响。

"兄弟，兄弟……"

走窑汉们唤着红骡子，红骡子静静地卧在雪中。白雪，红血，触目惊心。

"兄弟，兄弟，你挺着，我不是人，我不该一路作践你……"黑板片颤着声，带着哭音。

红骡子的嘴翕动着，想说什么，二后生急忙将嘴凑上去，没听清。黑板片几乎是将红骡子抱在怀里，终于听清了。

这时，风雪似乎小了些。走窑汉们终于聚在了山顶。人们纷纷问黑板片，红骡子说了什么。黑板片脸色铁青，像一截黑塔。他的皮袄盖在红骡子身上了。黑板片抬起头，说了一个女人的名字。

走窑汉们都大眼瞪小眼的，全傻了。红骡子相好的那个女人，是远近闻名的一个瘫子。十几年前和红骡子相好过，有情人被拆散后，和另一个男人结婚了，瘫了后被男人遗弃，日子过得跟黄连一样。红骡子这车炭就是为她拉的。

"兄弟、兄弟，你挺着，我就是背也要把你背到她家……"黑板片说。红骡子似乎笑了一下，嘴角咧了咧，没有说出话。

忽然，走窑汉们看到，在跌凹坡的长长的山道上，有几个蠕动的黑点，他们终于看清了，那是七八个女人，正一扫帚一扫帚地清扫着积雪。风雪中，这些女人的动作有点夸张，走窑汉们明白了，她们是要为男人们扫出一条安全的通道，他们落泪了。泪眼中，男人们望着那些女人，那些他们心爱的女人，相好的女人……

陡然一声，女人的曲儿就传了过来：

千里雷声万里闪，

揪心挂肚的是走窑汉。

走窑汉们全没有一点迟疑，一路积聚起来的豪气一下子迸发出来，几乎是异口同声，喊山调子在天地间回荡开来：

> 露水地里穿红鞋，
> 你是哥哥的心尖尖。

吼声一出口，连他们自己都没想到，这歌有了一种不同寻常的韵味和内涵。他们忽然觉得，这吼带着地气和血脉，久久地冲撞在每一个人的心头……

七里沙

  沙城在沙岗的后面，过沙，足七八里，便是清河了。登船，竹篙一点，数丈开外，清流破处，堆起一蓬碎雪，望得见对岸掩在丛绿中的泥墙、瓦舍、草垛，树则团团状状，抱了屋舍，绿得庄重。多是独院，一重瓦檐不经意探出一角，鸟儿扑过，生机勃勃。野花偎岸，堆得台阶一般，倾斜至河岸，铺展开来，洇染一片，随了河风灵秀，湿漉漉的，拧一把，水淋淋的，扑上岸，渗入瓦墙，青苔绒绒，袭上面庞，浸入肌骨，香了清河。

  舍船，一投足，便是秦砖汉瓦的皇天厚土了。缘岸迤逦，烟柳雾中，足点花深，香湿鞋袜时，猛抬头，已是胡天胡地了。秦风晋俗，蒙地情态，这里是鸡鸣三省之界。

  早些年，沙城没有人烟。一丘丘黄沙，一线线柔肌，丰丰腴腴的曲出天下最美的线条。风一吹，轻烟一样的白沙水一样流向低处。一缕缕，一缕缕，若风掠少妇的薄纱一样，若隐若现。清河如镜，呈现的多是愁颜郁面，愁肠百结，生出无限相思。晴天丽日，偶露天姿粉黛，一河两岸无颜色。

  这里是走口外的地界。

  当年太春辞别玉莲走西口，过了黄河，第一晚就宿到这儿，孤身荒旅，四野风声，回望故里，牵肠挂肚，不觉泪长流。他不知道，多少年后，一曲《走西口》便缘着他的脚印，回肠荡气地攥过来，碎了多少离人泪。也不知有多少人就是怀着这曲子离开故土，演绎出多少人生的悲欢离合。

走时,一步一窝土,拔脚时,全没有痕迹,风过沙扬,依然陌路。这一年来了个走草地的先生,到这儿病了,便歇一宿。第二天一早,起不来了,躺在路边。一拨儿一拨儿的人走过去,看他实在没有气力支撑了,知道他今生走不断这片黄沙了,就留些吃食放在他身边,道一声珍重。有人便问了籍贯、姓名,告他安心,日后有机会告他故里亲人。有多带衣服的,便送他一两件多余的衣服,抵御风寒。也奇,白天沙子晒得滚热,蒸了一天,慢慢地,他居然有了好转,举目荒野,四面黄沙,拖着这病重之躯能到哪里去。眼瞅着走西口的人实在苦,不如就在此地搭个窝棚,也使那些后来人有个歇脚的地方,也算报答世人的好心。他渴极了,便想挖一些湿土,凉一凉起泡的嘴唇,没想到水如泉涌。尝一口,清冽甘甜,汩汩不断,后成一泉,扩地成积潭。于是便取土和泥,搭一草棚。渐渐便繁衍成一店,孤零零地于黄沙中独立。到夜晚便有旅人歇脚,这漫漫黄沙中第一次有了烟缕灯火。有了灯火,便渐渐生出一条小街,骡马店、草料房、酒坊,慢慢有了豆腐店、醋房、缸房、油坊、小饭馆,百货自然便云集到一处了。从口里往口外谋生的人便不往前去了,就在这里住了下来,缘路便多了些高低错落、参差不齐的房子。为生计,有一些积蓄的,便买卖一些零碎,针头线脑,油盐烟草,撑一面幌子,书号,标识,一街幌儿红。有苦力的,便辟出一块地,随便挖一个坑,泉水突突的,种蔬菜。几年后,便人烟繁茂,官家便来取税。人多了,自成一镇,渐聚财富,屋舍积安,殷实人家便有了。正好是晋陕蒙交合处,南来北往,走一线,达包头;过阴山,往后套,通宁夏;依水路,顺河而下,便可下到汴州,晋陕边地沿河州府可泊河船,人货两旺。

繁杂间,清朝便过了鼎盛之时。

民国来得急些,几声枪响,便是又一朝代。

到二十世纪三十年代,沙城便闻名晋陕蒙,"声闻胡地三千里,名贯晋陕十六州"。

正月里,每家商号门口堆一堆旺火,高跷、龙灯、旱船,围了旺火狂欢。大户人家家家门前挂一盏红灯笼,小户人家便挂一盏灯。实在没办法的人家,也要放个碗,碗里搁点油,浸一捻,点了,整夜红红的。一街爆竹,噼噼啪啪,二踢脚嗵嗵地炸一天纸屑。夏夜,沿街摆了许多小桌,注一壶新茶,闲说聊斋。也有注一壶酒的，谈天说地，戏谑论趣，老了岁月，茂了草木。

　　街两沿的树合了拢，枝繁叶茂便自封了顶。人在中间走，不见天日，阴阴地凉。春天则满树爆绿芽，不用多时，满城风絮，人在街上走，如同在雪中穿行。秋天则一地黄叶，满街秋色，用扫帚扫了，喂羊、喂牛，一城树叶香。冬天，树杈密结，朔风将枝杈梳理得简洁朴素，撑出一片杂乱的天空，遮风挡雪，一街干爽。街面的人家支了窗棂，打起扇子，便是一家店了，卖小吃，凉粉、碗饦、豆面、油炸糕、红枣、花生……炭车过来了，一声吆喝，这头那头，全听见了。有需要的，从窗后探首一望，炭家便识得了，便喝了牲口，缓缓地停在人家门口，也不说价，只说："掌柜的，卸哪儿？"掌柜的指指，便撑开一口袋草料喂牲口。一会儿工夫，炭卸完了，牲口也肚儿圆了，车夫拍打拍打手上的黑，门扉一响，门帘轻挑，进屋。一碗热茶，滋滋地冒热气，一口喝下，寒气全消。一碗面条便端上来了，正吸吸溜溜地吃，两个鸡蛋便显出来。汉子热了眼，正逢着主人善意的目光。这时，便付钱。汉子放了碗，数一数桌上的钱，脸有些红，推给主人。"一车贱炭，值不了这么多。"主人便舍了手中的活计，又推给汉子。汉子再推，推来推去，便将汉子推出门外。这时，主人便红了脸，"看我，中。"

　　四嫂才松了一口气，慈了眉，柔了眼，嗔怪明子。

　　明子忽然又冒出水面，喊了一声："妈！"

　　四嫂惊喜了半天，才哎地应一声，脸一甜，泪便下来了，再看明子，又不知哪里去了。

　　明子在河里疯够了，鱼一样跃上岸，再吃，几个大西瓜又被他吃个精光。

　　四嫂就和明子做游戏。

　　四嫂说："明子，你会唱歌不？"

　　明子就看四嫂，看了半天，明子忽然沙着嗓子鼓着劲儿吼：

　　　　　　猴娃娃，

　　　　　　搬石头，

　　　　　　一搬搬到牌楼后，

　　　　　　砸了猴娃娃脚趾头。

> 猴娃娃,
>
> 猴娃娃,
>
> 你别哭,
>
> 妈给你说个花媳妇儿。
>
> 铺啥呀,
>
> 铺筛子。
>
> 盖啥呀,
>
> 盖簸箕。
>
> 枕啥呀,
>
> 枕碌碡。
>
> 碌碡滚得咕噜噜,
>
> 猴娃娃睡得呼噜噜。

四嫂听得哈哈大笑,直笑得坐到地上去,眼泪汪汪的。

正在这时,陈四爹卖菜回来了,门开处,阳光浓烈地扑进来,一只箩筐先进来了。陈四爹随手将筐子卸下,扁担立在门后,转回身来,便腆出一张笑脸,憨憨的,嘴拢不上,从筐里取一包东西欲塞到明子手上,忽然又忙收了手,陈四爹显然是听到了明子刚才的一段。陈四爹说:"再来一个,再来一个就给你!"

陈四爹笑得眼眯成一道缝,憨憨的样子让明子也笑起来。四嫂就鼓励明子,明子直瞅陈四爹手上的东西,陈四爹就冲明子扬了扬,明子舔了舔嘴唇。陈四爹就那么憨憨地笑着,四嫂就又鼓励明子。明子实在是馋这包东西了,明子就看四嫂,四嫂也看明子,明子忽然唱了起来:

> 说东头,
>
> 道西头,
>
> 一个老汉担箩头。
>
> 箩头里头放斧头,
>
> 担上箩头上山头。

砍了柴头下山头，

扁担担在肩膀头。

一走走在街里头，

一拐拐在院里头。

扁担立在门外头，

筲头担在家里头，

脚踏锅台上炕头。

一手揭笼屉吃馒头，

一手揭锅盖啃羊头。

羊肉吃在肚里头，

骨头扔在墙外头。

两个狗子抢骨头，

大狗咬住小狗的头。

老汉下地出外头，

拿起扁担打狗头。

一棍打破两颗头，

看你还抢不抢这干骨头。

明子说完，陈四爹已笑得没有了眼睛，口水也涎了一嘴，赶紧将手上的东西塞到明子手上。明子接了，也不客气，随手就往口里塞，是麻叶酥。明子吞了两口，一蹦就到了门外。

明子忽然回身喊了一句："气死你这破老头！"

陈四爹和四嫂看着明子逃得远远的，陈四爹才缓过气来，阳光涂了一脸。暖暖的、橙色的黄昏很亮，园子里的菜叶子上跳动着一片金色的光点。

黄昏便落了下来。

陈四爹的担子歇在路边。陈四爹不说话，别人说话他却爱听，静静地站在人群边上，默默地吸烟，一脸的烟雾。大家因什么事吵起来了，他就一个劲儿地磕烟袋，也还是不出声，样子却很急。大家和解了，安静了，他又吐出一缕缕烟雾，满脸笑。大家散了，他便挑了担子悠悠上路。若是说书的说得正得劲，陈四爷必也听得正得劲，嘴张着，烟也顾不得吸，有人喊："陈四爷，你的菜不卖了？"陈四爷忽然被人提醒似的，动将起来，众人都笑，其实这书也就散了。说书的师傅说："陈四爷，误了大家吃菜，我们可吃罪不起！"

陈四爷很快便过了牌坊，到了四牌楼一带，陈四爷就要上裁缝店看看老裁缝。老裁缝已经干不动活了。老裁缝看陈四爷来了，就递上两副手套。陈四爷说不要多心，不要多心，放了青菜便走。附近的人家赶紧出来，替陈四爷收了手套。陈四爷这样分文不取地给老人送菜已经好几年了。

陈四爷的菜挑子就这样一路芬芳下去。田野上的风柔柔地吹过来，菜叶上的露珠闪耀着太阳光。鸟一声声地鸣着，清亮的早晨正一点点展开，晶莹的露珠一颗一颗地滴落。陈四爷从菜地里直起身子，脱下衣衫拧了把汗，四嫂正坐在一张马扎上摘青菜，四嫂忽然说："明子叫我妈了！"

陈四爷起初没有反应过来，没有动，过了一会儿，陈四爷的手脚便有点僵，终于失了脸，摸出了一个旱烟荷包点上，吧嗒吧嗒地吸起烟来。陈四嫂想收明子做儿子很久了，陈四爷就是没有答应，两人已闹了好几回了，一时很寂静。等到太阳很高的时候，阳光便在草叶上、豆荚上噼噼啪啪地爆响起来。

陈四嫂说："真热啊！"

这时，外面有人喊："陈四爷！"

陈四爷就起身出屋，看见远处阳光下的瓜地旁站着一个人，一地的西瓜如斗一样，正逢着一天的好阳光。陈四爷并不认识，就听来人说："陈四爷，赶路口渴了，讨个西瓜吧！"

陈四嫂也出现在门口，正向那人张望，是个过路人。

陈四爷挥挥手。四嫂便说："摘大的。"

两人便回到了屋。正午的阳光下，七里沙像一堆火一样，刺眼地燃烧着。

陈四爷和陈四嫂听着声音的时候，明子已被扔出了门外。陈四爷狠狠地一甩手，站了起来，向那边望。四嫂也住了手，搭凉棚往那边看，就看见明子家的破房子像条搁浅的破船一样，正在麦浪中跋涉。金色的阳光在麦穗上跳动着，如同起伏的波浪。

明子爹二水河正凶神恶煞般出现在门口，明子大哭着，赤裸着身子向西南跑了，黑不溜秋的薄身子，一会儿便消失在七月蒸腾的暑气中了。

陈四嫂觉得心里痛得很，便没有和陈四爹说话。

吃饭的时候，四婶就吃得很少，陈四爹吃了几口，也将碗放了。两人就这样默默坐了一中午。炎热的中午，时间就像凝固了，瞌睡就袭上来，却都没有睡。

苇叶参差了水面，白水一片，不见流动，寂静的村子里连一声鸟叫也没有。林子茂密着，深深地幽着一林凉爽，慢慢就浸一河霞光，晕了一河的水汽。似乎连水声也听不到了，便见碧绿的菜畦中棚篱上结满了丝瓜，暮色涂满了河面。

屋子的门开着，像空张着口喘气，一声鸟叫，天便黑了下来。灯亮起来时，水声、蛙声、月光都随了水轻轻缓缓地流动，便看见火光一闪，与满天的星星一样。熟悉的人都知道，那是陈四爹在院子里的石桌边吸烟，一河月光，两岸蛙声，十里荷香。

"歇吧。"

"歇吧。"

两人收了板凳，回屋睡觉。

陈四爹依旧挑着担子卖菜，依旧和人们打着招呼，依旧憨憨地笑着。

雁转春秋，天河调角，又是一天风好时，陈四爹顶着白花花的太阳一推门，陈四爹便呆住了。二水河抓了衣服赤身裸体慌慌地窜到门外去了，边跑边惊恐地回头看，将衣服和鞋穿了，生怕陈四爹的扁担会落在他身上。

陈四嫂病了。

河水涨得满满时，黄叶便铺满了水面。

陈四爹闷闷不乐地从地里回来，日头晃晃的，陈四爹的脸却阴阴的。陈四爹已有好些天没有卖菜了，日日守着陈四嫂，眼见着地里的菜荒下去，陈四爹心里很难过。

陈四嫂说："对不住你了！"

陈四爹没有说话。

陈四嫂说："你别守着了，这样的事，只要想做，守是守不住的。"

陈四爹这回喏声喏气地说："我就这样守着，不信守不住个你！"

陈四嫂忽然笑了，笑得很难看，便哭起来，号啕大哭，终于哭得陈四爹手足无措起来。

陈四爹说："我不守你了，我卖菜去！"

陈四爹真的就要走，搓了搓手，去拿扁担。

陈四嫂反而不哭了。陈四嫂说："四哥，我对不住你，咱俩把话说白了，你答应我一件事儿，我要是办成了，你就听我主一回事儿！"

陈四爹便点了头。

陈四嫂说："你甭守我，哪一天我想干这事儿，你还得给我解裤带，解开不算，还得给我系上！"

陈四爹便僵了脸。

陈四嫂说："你别生气，我就是想要明子做我的儿子，才答应二水河的！"

于是陈四爹和陈四嫂就达成了这个哭笑不得的协议。

中午的时候，日头火辣辣的。陈四嫂正和面，陈四爹在院子里收拾一些锄把、镰刀，就看陈四嫂扎煞着一双面手说："我要解个手，你给我解解裤子！"四嫂一副着急难忍的样子。陈四爹便给解了，陈四嫂匆匆出去了。

这时，陈四爹听有人在河边喊："有人进你家菜园子了！"

正寻思谁进了菜园子呢，陈四嫂夹着裤子扎煞着两只面手回来了，脸红扑扑的，说："给我系上。"陈四爹便给陈四嫂系上了裤子。陈四嫂忽然一笑说："你输了，你看！"陈四嫂将陈四爹拉到窗前，二水河正提着裤子顶着阳光乘兴而去。明晃晃的沙丘像着火一样。

陈四爹差点气昏过去。

陈四嫂的泪也下来了，"我就是想让明子做我的儿子！"

"作孽，我这是作孽！"陈四嫂放声大哭。

中篇小说

张雅琴

获奖感言

少年时，对故乡，我一度憎恨，永远半死不活的煤油灯，单调的年复一年的垄上行，像期待过年一样期待一场电影……我立志逃离它，去远方。

后来，我如愿以偿。

再后来，曾经的远方并没给我留下多少记忆，倒是故乡，常常入梦来，唤醒我的悲悯，我对生命的爱惜和眷恋。这便是《女儿行》的缘起。

二〇一三年七月四日，站在"索龙嘎"奖领奖台上，我的眼前幻化出一条大河，岸上农舍错落，白杨树成排，暖风充满春天的味道，吹过树梢，呼啦啦地响彻安静的乡村大道……感谢故乡，给我充足的时间，让我学会愧疚和感恩。

感谢第十届"索龙嘎"奖评委们对《女儿行》的厚爱。在我看来，这是一份温暖的期待。

尤其感谢多年来一直鼓励我写作的朋友们！

女儿行

有春燕的梦总是中途醒来。

我跟在她的后面跑。好像是冰封的河面,却满地碎石,又恍惚是在一条小巷里,巷子很长,曲里拐弯。到处都是高大的白杨树,秋风吹过,树叶的声音萧瑟而苍凉。

"春燕,这是在哪儿呀?"我在梦中大声问她。

春燕不回答,只是跑。我也跑。跑着跑着,她就不见了。而我的面前,这时便横过一条河流,仿佛日暮时分,高矮树木在柔和的天光中仰俯生姿,河流的尽头,若干熟悉的景象,都罩在一片苍茫的暮霭中。在哪儿见过这条河呢?在哪儿呢?我急得几乎醒来,经过一番艰难的辨认,最终才确认它是老哈河——世上再没有比它更让我熟悉的记忆了。烟霞渐渐散开,落日余晖从河岸西边的斜坡浮上来,将万道殷红的霞光铺射在白亮亮的土路上。成排的白杨林,辘轳井,错落有致的低矮房舍,悠闲地甩着尾巴的老牛,步履蹒跚的鸭鹅,以及包着花头巾的媳妇都渐渐明晰。再看我面前的老哈河,早已宽得没有边际。

"春燕——"我茫然四顾。春燕正站在水中央向我招手。

"你等等我!"我一着急,醒来。

我朋友神秘而玄虚地做万幸状,"亏得梦醒了,亏得你没追着她一起去。"

我知道她话里的意思。许多往事便在这时浮现出来,隔在我和时光之间的滚滚红尘瞬间烟消云散。当年的一切如大雾散开的早晨,清晰、澄澈而晴明。我甚至还看见了下在我十六岁那年的一场雨,先是星星点点,渐渐变得细致而绵密。

春燕和我面向后坐在一辆破旧的牛车上。我们缩着脖子，头顶上是一块塑料布。春燕和我一人抓着塑料布的两个角。绵绵细雨，唰啦唰啦地打在上面。

梦中的河流和村庄都叫老哈河，这并不矛盾。最初，为了区别于那条河流，人们不嫌麻烦地称村庄为老哈河村，渐渐地，就去掉了"村"。再后来，这个村子名传到山外，因一些卑微的人和琐碎的事儿。人们再说老哈河，就直接指那个村子了，而名副其实的老哈河，正急急地从山谷里冲出来，袒露着宽阔的胸怀，打着层层波浪向山外流去，不舍昼夜。二十多年前，少年的我曾无数次想象：在千辛万苦的跋涉中，经历了渗透和蒸发的阵痛，终究，老哈河是一直奔跑在路上，还是在一个万物复苏的春天汇入了海洋？

一

一九八〇年的春天，当老哈河又一次挣脱严寒，携裹着湍急的白沫从沟里冲出来，大厂中学初三年级有了老哈河的四个女儿——春燕、玉兰、凤霞和我。每天早晨，我们步行十六里到大厂中学。书包里装着焦黄的玉米饼子和黑黢黢的咸菜疙瘩，那是我们的午饭。

三月一日的早晨，我去找春燕上学。春燕家和我家只隔着一个菜园子，以往，我跳过墙，穿过园子，再过春燕家的矮墙，就能进到春燕家的院子，但那天，我不能跳墙了。夜里下了一场大雪，地面、房顶、甚至光秃的白杨树上，都盖着厚厚的白雪，墙头上也是。我系好围巾，走出院子。

春燕家的院子已经打扫出来，我在空地上跺了两下脚，挂在棉鞋上的雪纷纷落地。四眼狗懒洋洋地抬起头，瞟我一眼，又继续垂头假寐。我撩开门帘进到里屋，春燕她爹头冲炕里低着头抽烟，她妈倚着被垛抹眼泪。炕桌上摆着一碗咸菜，半纸笸箩莜麦炒面，一瓷盆米粥。瓷盆千疮百孔，米粥有一搭无一搭地冒着热气，像弥留之际的病人。春燕的大嫂站在柜子边，双手交叉着抱在胸前，冷着脸说："我看柳春燕就别去念书了。十七了，还不该自己养活自己？"

春燕像没听见，手脚麻利地收拾着书包。她爹凑到窗台边，磕去烟袋里的烟灰，说："只剩半年了，就让她念完初中吧。"她大嫂反问："那家里的活儿谁干?"春燕才转过脸,一双溜圆的黑眼睛盯着她大嫂说:"用你管?不是分家了吗?"她大嫂的脸马上变得难看起来,"靠别人养活着,还有脸顶嘴!"春燕一声冷笑,"没吃你的!以后你少往我家凑合。"春燕她爹忽然吼了一声,春燕住了嘴,使劲去扯柜子上的书包,一个茶杯飞到地上,摔得粉碎。门砰的一声响,春燕已拉着我出来了。

"我不想念了。"闷闷地走了半天,春燕突然说。

"那怎么行。"我有些着急,找不出劝她的话。上学期期末考试,春燕考了全县第一。我们教导主任,也就是教我们化学的刘老师都说过多少次啦,大厂中学要是有一个考上高中的,也是柳春燕。

春燕叹一口气说:"我大嫂看我念书眼气,总去我家折腾。看我爹妈对她低声下气的,有时就想,干脆不念了,又不甘心。唉,也许,这就是命。二丫儿你说,不念书了,我们怎么才能走出老哈河呢?"

雪后响晴的早晨,空气清冽甘甜,我们的心里却布满阴云。是啊,不念书了,怎么才能走出老哈河,实现我们心中的理想呢?老哈河的女孩子能坚持到初中毕业就不错了,可春燕我们却发过誓:考高中,上大学,然后到城里去生活。

"你多好,没嫂子管你。"春燕的口气充满羡慕。我苦笑一下。其实,春燕哪里知道,我爹也巴不得我不念书呢!尤其我大姐得肺病死后,他变得不讲道理。

在那头一天晚上,我收拾好书包,又把新裤子找出来,抓住两条裤腿摊开,平整地放在毡子下,想象着明天早晨它笔挺的裤线,心里美滋滋的。我妈早睡了,我妹三丫儿在炕头用扑克牌占卜,我爹还没回来,他几乎每天都出去打牌,这个时候是不会回来的。我又检查了一遍书包,确信所有的作业再也没有遗漏时,我重新装好,准备上炕睡觉。恰在这时,我爹回来了,看我还没睡,就说:"正好,你帮我算算咱家西大川一共有多少地。"说着,摘下帽子,随手放在柜上,脱鞋上了炕。三丫儿赶紧收拾起扑克牌,钻进被窝。我一听要算数,心里有些打怵。我一直讨厌数学,在我的大脑中,所有的概念和公式都是混淆不清的。我从来都没弄清过分和亩的换算关系。我磨磨蹭蹭扯下一页纸,拿着笔等我爹说数。我爹用手指甲使劲抠着脚后跟,嘴一咧一咧的——这是他多年的习惯,因为这,我妈没少挖苦他:"你的手就不能离开脚后跟儿?"我爹就回应一句:"扯他妈蛋，我抠我的脚，碍他妈谁啥事儿了？"同往常一样，他抠着后脚跟儿，对我说："后晌，村里重新分了地，西大川那道趟子，一口人七分二，咱家五口人，你算算分几亩。"我算了半天，最后稀里糊涂地报出一个数来。我爹正卷烟，听了我的话很不高兴，问："你这是咋算的？"

我吭哧了半天，说："我设了一个X。"

"什么？"

"X。"

我爹卷烟的手顿时停下来，气势汹汹地说："你咋没设马克思呀？"接着，就开始了惯常的那一套，"你说，这些年，你把那么多墨水都喝到哪儿去了？啊？连几亩地也算不出来，还念什么书！甭去了！明天甭去了！"

这是我最怕听到的一句话，可也是我听到的最多的话。这些年，只要我做的事稍微不合他的意，他就气急败坏地不许我再去念书，有一次还把我的书包锁在柜子里。我妈从枕头上抬起头心疼地看我一眼，不耐烦地冲我爹说："她没学那些东西，能给你算出来？"

"她没学，你学啦？你算！"我爹顿时火冒三丈，一脚把枕头踹到地下。

我妈不甘示弱，大声说："你输了钱回来拿我们出气？"

我爹的骂声就起来了。

夜里，我不停地做梦，都是梦见我找不到书包了。几次醒来，再入睡，接着做同样的梦。最后一次，终于看见了我的书包，挂在老哈河对岸的那棵老榆树上。老榆树细窄的树叶被一阵微风拂动，在阳光一闪一闪的间隙里，我的紫花书包若隐若现，就挂在最高的枝丫上。我脱掉底上已经磨出洞的鞋子，挽起裤腿，向对岸趟过去。趟着趟着，我就漂了起来。不知什么时候，紫花书包已经背在我的肩上。我听凭河水带着我冲过丛林和山谷，一路颠簸向前。

二

老哈河绕村而过后，就向着更开阔的大厂方向奔流。冬天，不下雪的日子，我们从老哈河上滑冰去学校，十多里的路程仿佛缩短了许多。那天河面有雪，我们只好走土路。

玉兰和凤霞已在村口等我们。路上还没有人走,春燕在前面开道,我们循着她的脚窝跟在后面。雪不时钻进鞋里,脚脖子一阵冰冷,渐渐地就木了。先前,脚趾头还像针在扎,后来也没了反应,动一下脚趾,心里别提有多别扭。我们走着,说的都是丧气的话,和上学第一天的心情极不相符。

我爹对我还算好呢。三丫儿更倒霉。去年,我爹就不让她念了。"一个丫头片子,念那么多书有啥用?"我爹谁也不瞅,蹲在炕头,双手捧着粗瓷大碗,哧溜喝一口水,一副无所谓的表情。这是他一贯的观点。对我念书,他还能容忍的主要原因,是那张旗里的奖状。这样的奖状,整个大厂公社只我一个人有。我拿着奖状回家的那个下午,设在我家的牌局正热火朝天。一进屋,满屋的旱烟味就径直冲我的肺管灌进来。我不住地咳嗽,看见一圈人挤在我家土炕上。我爹靠窗台坐着,手里抓一把牌,嘴里叼一根很粗的旱烟卷,以至于他说话时必须歪着嘴,"快点!到底吃不吃?"他眯着眼,样子滑稽。挤在炕沿边的几个人,都冲着桌子伸长脚子,目光兴奋而期待。有人还时不时指点几句,引得炕上的一个秃头胖子发出不满的抗议。

那天,"小先生"也在。"小先生"是我们老哈河的秀才,过年时每家的对联都他写,红白喜事,他是万万不能缺的人物。我奶奶死时,所有的"文告"都是他写的。黄纸黑字,古文多,白话少,没人看得懂。我疑心那是鬼话。那天,他把我的奖状拿过去,细细看了一回,立刻伸出大拇指,"二丫儿真有本事!"又转脸对满屋人说,"这丫儿将来准保有出息!"

屋里的人一个个传看我的奖状,念过书的,没念过书的,都赞赏我。轮到我爹了,他依然叼着烟,半眯缝着眼睛,煞有介事地在奖状上盯了半天,好像他识字。我等他说点什么,谁知他抬手向后一挥,那张奖状就落在了他身后的炕上,无声无息。随后,我爹眼神夸张地盯着桌子上的牌,小心翼翼地抓起一张,一路把牌拖到跟前,好像拖着千斤重的东西。刚才还对我赞不绝口的那些声音,一下子消失了,所有人的注意力都跟着我爹去了,专注而渴望。我爹一脸神秘,偏偏不把牌翻过来,直到人们快要松懈的时候,他才突然发一声喊:"起,带响声的!"随即把牌一翻,牌面上是整齐鲜红的四道杠。我爹定定地看着手里的牌,满眼失望，然后放下，习惯性地搔一把后脑勺，努力挤出一脸比哭还难看的笑。别的人则释然地呼出一口气，仿佛躲过了一劫。土炕上，空气重新活跃起来。

从那天以后，尽管我每天早晨起来捡一筐牛粪的任务没变，可我爹的脸色好看多了。一次，他对几个邻村来的人说："我们二丫儿作文得全旗一等奖呢。"正好我进屋，他立刻停住，端起带豁的粗瓷碗喝了一口水，再喝一口。我迈进屋的脚又退了出来，心里充满了怨恨。在老哈河，我爹好吃懒做出了名，家里穷得叮当响，就算我考上高中，他拿什么供我？

直到同村的王玉柱和马小军从身边经过，我才闭了嘴。

三

说不上从什么时候开始，班里男生和女生不说话了，特别是到了大厂中学，彼此竟莫名其妙地成了仇家，要是在路上遇见，会绕着走，实在绕不开，就各自把脸转向一边。有一次，班里只有我们几个女生，马小军推门进来，抬头一看，脸腾地红了，返身往外走，站在门外的男生们起着哄往屋里挤他。马小军拼命抵抗，到底寡不敌众，被推进了屋。马小军踉跄几步，站稳后就恼了，红头涨脸地骂了一句娘，抡起拳头，朝离他最近的一个学生打去。两人扭作一团。桌凳东倒西歪，乒乒乓乓响成一片。那个倒霉的男生被马小军打落了一颗门牙，右眼眶也一片瘀青。那次，马小军差点被开除。

表面上，男女生总是没来由地吵架，每次都气势汹汹。暗地里，我们女生起劲地唱《泉水叮咚》："请你告诉我的心上人，不要想我也不要想家乡，只要他听到这泉水叮咚响，这就是我愿他时刻紧握手中枪……"每唱到这几句，我们心里都有一种异样的感觉。那个年代，在老哈河，爱情和我们都是用来被遗忘的，没人过问我们，就连我们的母亲也不。她们要和男人们一样耪地、割麦、抬石头。总算熬到了农闲，可伺候完一家人的吃喝拉撒，应对完鸡鸭猪狗，母亲们依然有她们自己的活计。每个阳光普照的日子，她们互相招呼着，聚在不定是谁家的大门口，那门口一定是有棵柳树的——且又粗又壮，撑起一大片浓荫——一起纳鞋底，一边扯着家长里短，不时发出一阵笑声，还往往抬起头瞭望一眼。恰好过来一个男人，慢慢地在日头下走着，母亲们揣摩好辈数，就放肆地用话语挑逗他。大多时候，男人都不敢正面回应，只假装懦弱地呵呵几声，温顺地敷衍一句，低眉顺眼地走过去。偏偏有不信邪的，在阳光下停住，两腿一叉，大咧咧地笑着，亮开嗓门，接过女人们的话题。母亲们毫不含糊，当即就有几个放下手里的活计，一窝蜂似的冲上前去，七手八脚把那个男人放倒，再使劲往下扯他的裤子。

"让你知道知道老娘的厉害！"男人终于被脱了裤子，双手捂着裆求饶。母亲们就仰起脸，开心放荡地大笑，奶子一颠一颠的，在被汗泥浸渍的脏兮兮的背心里。

老哈河的母亲们都用这种方式来打发贫穷和劳苦，我们早已习惯了被她们忽视，要是偶尔被她们关注，竟然心里别扭。那次，我妈薅草回来，我正弯腰低头往灶里添柴火，感觉我妈在我身边站了一瞬。待我直起身子，她已走进里屋。

"二丫儿，你来。"她说。

我跟进去，她拿出一张褐色毛糙的纸，卷了几下，递过来说："垫在裤子里，把这条裤子换下来，用凉水，热水洗不掉。"

她努力表现得不在意，说话时也并不看我。我固执地不接她递过来的纸，倔强地站在那里和她对峙，满心没来由的屈辱，泪水滚滚而落，"你不是不管我吗？"

"唉！"我妈叹了口气，把纸放在柜子上，转身出去了。

那天晚上，我用碱使劲搓裤子，然后再学我妈的样子，和一把黄土泥糊在上面。第二天，泥干了，搓掉，涂泥的地方颜色和别处不一样，外围还有一道曲里拐弯的紫痕。又一次，春燕还把经血弄到了凳子上，老老实实坐了一上午，等放学人都走光了，才敢站起来。就是从那时起，我们学会了用半尺花布把前胸勒得又紧又平。上体育课或课间跑步时，喘气十分费劲，像不小心摔在旱地上的鱼。

我们开始不知好歹，无端地和父母怄气。忧伤和烦恼很快席卷了我们，同时席卷我们的，还有那种叫爱情的东西。

四

我们几个，最先进入爱情的是玉兰。顺便交代一句，我们老哈河的人都说玉兰是一等一的美人。放学的路上，充满春天味道的暖风吹过树梢，呼啦啦地响彻安静的乡村大道。玉兰把象征爱情的纸条拿出来给我们看。她脸色寡白，仿佛到了世界末日。

纸条是马小军写的，只有两句话：

玉兰：

　　我过两天就去当兵了，走前，咱们找时间说说话吧。我有很多话想对你说。

马小军

"就这么点儿？"春燕很失望，把纸条翻过来又看了看。

"咋办？"玉兰害怕地问。

"啥咋办不咋办的，约你就去呗，怕啥。"春燕毫不在乎。

玉兰不再说话，脸涨得通红，低下头，一只脚尖踢蹀着地下的碎石子。

玉兰终于去赴约，是在马小军入伍的前一天晚上。她的心怦怦跳，简直就是怀揣个小兔子。为了不被她妈撞见，她选择了跳墙，顺着老哈河的堤坝走。谁承想，玉兰刚拐下堤岸，就和一个人撞了个满怀。

"这黑灯瞎火的，走道也不看路！"竟是她妈的声音。

玉兰大吃一惊，看见她妈背着一个布口袋站在面前。黑暗把玉兰的惊慌包裹得严严实实，"我爹让我来接你。"

"那死鬼，知道惦记人啦？"

玉兰赶紧接过口袋，背在自己身上，转身和她妈一前一后往回走。身后传来一声咳嗽，玉兰只当听不见。

大雁回来的时候，布谷鸟开始鸣叫，老哈河打着湍急的漩涡，尽情地释放着压抑了一冬的期待，我们的心愿也更加明了——走出大山，像老哈河，或者，像马小军。唉！马小军走后，我们再唱《泉水叮咚》更加情真意切，也更加向往外面的世界。我们再也不愿意像母亲们那样活着了——面对黄土背朝天，蓬头垢面，为了打发无聊的时光不知廉耻——我们的，可这没关系，只要有梦想，追求的脚步就再也无法停下来，就连老哈河水都日夜急急地往外奔流呢！

我们第一次公开谈论各自的理想。春燕说她将来要当独唱演员。凤霞的理想是当大夫，给她爹和弟弟治病。玉兰正要开口，我们就不约而同地制止了她，几乎是异口同声："将来你就去随军了。"我们对部队的生活并不了解，可我们居然像谈论自己家里的事情一样胸有成竹。轮到我时，春燕抢了过去说："二丫儿作文写得好，以后就当作家吧！"

暖融融的春风从老哈河上游的草滩吹来，固执地吻着我的脸，可却唤不醒我对这里的爱恋，哪怕一丁点儿。我不知自己能不能当个作家，但我发誓：将来一定离开老哈河。话刚一说完，我的眼里就涌满了泪水。所有和我妈一起薅草的日子也都从记忆中跳出来。因为薅草，我的十个手指头都肿胀了，以及我的腿。我蹲不住，就一下一下往前爬。山野的热风把我裹得严严实实，夹杂着蒿草的气息。日头毒毒的，脸晒得发痒，每吸一口气都烫嗓子。我多想跑到老哈河，一头扎进去。那该多舒坦！我想着老哈河的激流，一边使劲往地里抠，抠出一把潮乎乎的土，再往脸上捂。我妈回头看了一眼，什么也没说，又继续转过头，一双手在田垄间利落地忙乎。过一会儿，她再回过头，说："水在地头，你去喝点，也歇一会儿。"

我抬起头，不远处，凤霞也在薅草，像我妈那样蹲着。我望她时，她正抬起胳膊擦汗。望不到头的谷地上，零零散散地蹲着几个人，都以蜗牛的速度向前移动着，不，比蜗牛还慢。我的一生就注定消磨在这里了？日复一日，年复一年，无穷无尽，直至老死？我想。我的心里充满悲哀和绝望，任凭泪泉涌流，像线一样不断下落的泪珠悄无声息地掉在垄沟里，有的打在谷苗的叶片上，令叶片微微颤动。我最伟大的想法就在那一刻坚定起来：把生命消耗在田垄里毫无意义，不管怎样，我都要离开老哈河。青春年少的我天真地认为，只要离开老哈河，我的世界就会遍野芬芳。

五

几场春雨过后，树叶油绿。老哈河水从山谷里奔出来，欢快地冲刷着河底的石子。河边，空气整日湿乎乎的。北坡的杏树舒张开身子，将所有的蓓蕾都炫耀地摆在枝头，耐心地等待着一场和风，一阵细雨，然后释放出霞光般的灿烂。

马小军的信来了。

我们坐在杏树林里的石头上，春燕让我念。我接过玉兰递过来的信，手竟然有点哆嗦。

"你激动什么呀？又不是给你写的！"春燕乐得前仰后合。

马小军的信写了满满三页。开头称呼"玉兰同学"，接着是"你好"，然后是一系列的问句，"近来身体好吧？学习紧张吧？生活愉快吧？"等等。"嘻嘻——"春燕笑出了声，"这开头，咋和咱语文老师讲的范文似的？"我们跟着笑了一回，玉兰羞得不敢抬头。

问候结束，马小军开始用密密匝匝的文字介绍部队的情况，几点起床，每顿饭吃什么，每天干什么，中间还写了几个有趣的事。信快结尾时，他告诉玉兰，前一天，部队首长来看新兵，带着一个摄影师，每个新兵都站在军营门口照了相，下星期洗出来他就给玉兰寄，希望玉兰也给他寄一张照片。

马小军的信通篇没有一个"爱"字，可爱情的气息还是扑面而来。他只写给玉兰，而没写给我们任何人，并且吃喝拉撒睡交代得那么详细，落款写着"小军"，而不是"马小军"，还让玉兰给他寄照片，这不是爱情是什么！

我读完信，她们又拿过去聚在一起研究，研究来研究去，好像我遗漏了内容，又好像马小军的字里行间隐藏着什么"计划"或者"阴谋"，其实，马小军的信里倒是隐藏着许多没藏住的错别字。

至此，我们确信无疑：部队的大门已经为玉兰敞开！这也更加坚定了我们的雄心壮志：一定要走出去，离开老哈河。有部队的门为玉兰敞开，就一定会有别的门为我们敞开！

当时，老哈河还没拉上电，家家都点着煤油灯，只有过年或家里来了客人才用蜡烛。就是煤油灯，晚上用的时间长了，我妈也心疼，她常常就着月光给我们纳鞋底。好在她白天累得筋疲力尽，晚上常常头一挨枕头就起鼾声。我就偷偷点着灯看书。有时，她翻一下身，迷迷糊糊地说一句："灯快没油了。"话语里有明显的心疼，但往往是我还没来得将灯熄灭，她香甜的鼾声又起了，煤油灯也就继续亮着。我爹一生都对纸牌着迷,通常后半夜才回家。要是凌晨回来,准会把三丫儿和我叫醒,然后盘起腿,端坐在炕头上,美滋滋地翻开白布袜筒,并起两个手指头捏着,随后,三丫儿和我的面前就有了一堆皱巴巴的毛票。他很认真地分给我俩几张。

有一次,我爹凌晨才回来了。那次,我们不是被他叫醒的,而是喊醒的。他的声音大得出奇,"这是咋啦?啊?咋啦?"

我睡眼惺忪地看着他。他满脸愤怒,站在地中间,一手叉腰,一手点着被窝里的三丫儿和我说:"别看我,看你们自个儿!"咬牙切齿,一副气急败坏的样子。

三丫儿和我吓坏了,赶忙翻身爬起来,揉着眼睛,互相看。我的天!三丫儿的两个鼻孔黑熏熏的,那黑从鼻子里钻出来就扩散在上嘴唇边。在三丫儿的眼中,我看到了同样的惊讶。这是怎么了?睡意彻底消失了,我一下子坐起来。

我爹气势汹汹地扯下帽子,使劲摔在发黑的柜子上,骂声随之而起:"小二丫儿,你个败家的玩意儿!我就说嘛,那瓶煤油咋耗得那么快!是不是你夜黑又点灯啦?啊?是不是?你个败家的玩意儿啊!"

六

我一大早挨了骂,心里很难受,到了学校才知道还有更难受的事。

那天,我们本来要去栽树,可到校后,却改成了开班会。班主任韩老师三十多岁,一张苦瓜脸从来挂不上笑容,像别人借她高粱还了糠麸。这句话是王玉柱说的。

韩老师走上讲台,先用那双小眼睛扫了一眼,才说:"今天的劳动取消。开班会,整顿纪律。"她稍微停了停,一句话就从她嘴里蹦了出来,炸雷般,"咱们班个别女生不自重,和当兵的来往!"

我一惊,脸一下子就红了。

"必须把一切不健康的东西都扼杀在——"韩老师一顿,接着说,"萌芽状态!"语气非常坚决,却把"萌"字说成了"明"。后来,"明牙"成了我们班的典故。她接着又说了些什么，我就听不进去了。

本来安静的教室突然骚动起来。同学们交头接耳，喊喊喳喳。玉兰就在我的右边，可我不敢转过头去看她，只是悄悄地把腿向她那边靠过去。玉兰的腿在抖，我的腿紧贴着她的腿。我希望紧靠在一起的两条腿，能给玉兰一点坚持住的力量和勇气。

教室里的嗡嗡声好像很让韩老师过瘾，她也因此毫不顾忌地继续披露着事实："还寄来了照片。太不像话了！看看吧！"

我心里咯噔一下，但还是鼓足勇气，装作若无其事的样子抬起头。韩老师手里拿着一封信，封口已被撕开。因为距离远，信封上字迹模糊，但我清楚地知道，那是谁给谁写来的。韩老师把信举了好大一会儿，开始了更令我惊恐的动作——从信封里往外抽信！她从容镇定，不慌不忙，而我的心就要蹦出来了！我看着她，有一种绝望，脉管里的血刚还在流，现在仿佛凝固了。

韩老师终于抽出一张照片，自己先研究般端详着，歪了一下头，饶有兴味，再用一副大获全胜的眼神扫大家一遍，举起了拿照片的手。教室里死一般寂静，所有的目光都盯着韩老师。她的手还没举到一半，玉兰就铅块似的跌在了地上。大家像被捅了窝的马蜂，纷纷离开座位，拥向玉兰。春燕最先挤过来。我们共同抱起玉兰。她面条一样柔软，裤子湿漉漉的，地下一汪泥迹。

第二天，玉兰就不念了。

尽管我们对玉兰的事守口如瓶，可真相还是忽如一夜春风来，瞬间就从大厂传到了老哈河，从河北岸照直刮到河南岸。那天夜里，全老哈河的人几乎都听见了玉兰她爹的叫骂声："丢人现眼！"

夜风断断续续地传送着玉兰的哭声。老哈河的夜被她哭得昏昏沉沉，连月亮都不愿露面了。三丫儿和我从后山找羊回来，深一脚浅一脚地摸黑往家走。过桥时，我俩都从桥上掉了下来。正值倒春寒，河水刺骨。我俩湿淋淋地跑回家，坐在老屋的炕头，围着破棉被，哆哆嗦嗦地啃冷硬的玉米饼。玉兰悲切的哭声隐约传来，煤油灯半死不活地耗着，偶尔炸开一星半朵灯花。父亲倚在炕里剔牙，母亲不时揉着干涩的眼睛，给我们往裤子上缀补丁。

其实，人们哪里知道，更让老哈河丢人现眼的事还在后头呢。

七

　　早自习过后，韩老师站在台上，往上推了推眼镜，开始传达学校的通知，初三学生一律住校。我们是下午到学校去的。车上堆满了春燕、凤霞和我三个人的行李、书包、脸盆、炒面袋子。

　　上午，我刚收拾完东西，我爹又和我妈吵了起来，不知为啥。我厌烦透了，就跳墙去找春燕。春燕家锁着门，我就想去看看玉兰。刚过河，玉兰正好端着簸箕出来倒灰，看见我，就站在大门口等着。我很难受，听说他爹想把她嫁给那个来老哈河养蜂的四川人，如果四川人今年再来。

　　见到我，玉兰的泪就下来了，"二丫儿，你一定要好好念书。"还没等我说话，就听她爹粗着嗓子喊她。我抬头看，玉兰他爹披一件夹袄站在屋门口。

　　玉兰赶紧擦去眼泪，"你走吧。"说完，先转身走了。

　　我满心惆怅，不想回家，就算家里没有我爹的叫骂，也有永远干不完的零碎活儿在等我。只要我一看书，我妈就会说："去，给鸭子添点食。"要不就是，"还不把猪送到小洼地？"说来也怪，她本来一直低头给我爹缝裤子，可是，只要我看书，她准会及时发现，好像浑身都长着眼睛。有时还很没好气地说："一点眼色都没有！满眼的活儿就看不见？倒是干着这样想着那样啊！多大的人啦，还用指使？"

　　我妈说的满眼的活儿我一个也找不见。碗洗了，屋子收拾了，猪鸡喂了，还有什么活呢？我妈就随手挑一样指给我，"这不是活吗？"尤其她从田里收工回来，端起我为她盛好的饭，就问我，这件事干了没有，那件事干了没有。中间夹杂着我爹的叫骂。他最常说的一句话就是："挑灶！挑灶！"因此，只要走出家门，我就不想回去。和玉兰分开后，我又去了凤霞家。凤霞正端土，准备和泥。

　　"大柱发烧呢。我抓了药，大夫让用铝锅熬，只好临时搭个灶台。"凤霞说。

　　"来，我帮你和。"我拿起铁锹，把那堆土弄成一个"凹"字形。凤霞先往"凹"里倒水，然后再撒穰子，说是为了增加泥的黏度。我又慢又小心地用锹从

"凹"的最里圈切着土，等水渗没了，凤霞再倒。这样做了几次，水兑得差不多了，再用铁锹铲着，上下翻动。

和好的泥要放一会儿才好用。我和凤霞先去门口搬石头。石头搬够了，就开始搭灶台。凤霞的娘死得早，父亲又是瘸子，弟弟大柱从小痴呆，家里的事都是凤霞做，垒灶台也难不倒她。她挽起袖子，掂量着，把石头都放平稳了，再用泥勾缝。临时灶台搭得方方正正。我们欣赏了好半天，凤霞才去找铝锅。铝锅许久不用了，找到后，先抓一把沙土放进去，使劲把锅里蹭了一遍又一遍。等把沙土倒掉，铝锅便发出了锃亮的光泽。凤霞舀一瓢水倒进去，我在灶膛里点着火。火苗携着浓烟蹿得比人还高。凤霞朝外边扭着脸，把铝锅放上去。等了一会儿，铝锅发出刺啦刺啦的声音。玉兰再把铝锅拿下来，仔细洗几遍，才进屋拿出一包药拆开倒进锅里。

"大夫说这些药要添大半瓢水呢。"凤霞一边往锅里倒水，一边比量着。

火苗欢快地舔着灶膛四壁，湿气自由自在地蒸发。不一会儿，锅里汩汩地冒起了气泡，药味也随着四下弥漫。在苦涩的气味里，凤霞和我谈论着将要开始的住宿生活。我们都有些激动，好像要去多远的地方，又好像这一去永远都不再回来了。

"永远不回来才好呢！"我发着狠说。

我眼中的老哈河是寒碜的，死寂的，永远的煤油灯，永远日出而作、日落而息的垄上行，绝望而没有出路。我一年四季只有一身北京蓝外套。冬天，我用它套厚厚的棉裤，夏天，没有了厚厚的棉裤，我的双腿细了许多，那条裤子就显得阔阔的，甩来甩去。我把这一切都归罪于生在老哈河。凤霞的想法比我复杂。她一面渴望出去，渴望当个大夫，好给她爹和大柱治病；一面又对她爹和大柱有无尽的牵挂，又犯愁下雨淋湿了柴火，就抱了一些引火柴放在屋里。

"也背一些干牛粪放在屋里吧，万一下雨，他们忘了苫塑料布，粪堆湿透了，怎么办？"我说。

凤霞马上响应，还连连夸我："真是点子多，怪不得作文写得那么好。"谁料想，这个点子竟成了我终身的悔恨。

我们卖力地背牛粪，都出了汗。直到外屋垒起了一个又高又方正的牛粪堆，我才回家。家里正吃午饭，我爹白我一眼，狠狠地咬一口玉米饼子，"还知道回来吃饭？没玩儿饱？"

我不吭声，坐在炕边拿起筷子。我爹说什么，我都不在乎了。因为下午，我就要离开这个家，离开该死的老哈河了。

吃过午饭，我爹又抽了几袋烟，才摔摔打打、骂骂咧咧地把我的东西扔到车上。春燕的行李、炒面袋子和发黑的小木箱子，是在她大嫂指桑骂槐中搬到车上的。大柱发烧，凤霞走不了，只拉上了她的东西。春燕还夸了那个方正的牛粪堆，说去了给凤霞占地方。天阴下来，凤霞拿一块脏兮兮的塑料布跑着追出来，扔在车上。刚出老哈河，雨就稀稀拉拉地下起来。春燕和我一人抓着塑料布的两个角，顶在头上。我爹先还不肯进来，后来，雨点密了，他才勉强往里靠了靠。细绵绵的春雨窸窸窣窣地打在塑料布上，拉车的老牛不紧不慢，老哈河就在旁边，不离不弃地陪伴着我们。它跋山涉水，终究会流向哪里呢？走出去的念头又一次撞击着我，那么强烈。对未知远方的无限向往，越过漫天雨帘，在一片朦胧中，无限铺开。

在宿舍占铺时，春燕说凤霞我们三个的铺位必须挨着。为此，我们和另两个住宿生吵了起来。她们说要去找老师。春燕说："找吧，找谁都不怕。"春燕学习好，谁都知道老师向着她。那两个人也知趣，最终没去找。春燕头也不抬地把别人的行李扯到一边，随手摊开了凤霞的，然后铺我的，最后铺她的。

那天晚上，我和春燕几乎都整夜没睡。不知是因为和别人吵架，还是第一次住宿的兴奋。隔一会儿，春燕就把手伸到我的被窝里，捅捅我，压低声音问："二丫儿，睡着了吗？"

我用更低的声音回答："没有，睡不着！"

春燕悄悄地爬起身，看着窗外，说："今晚的星星真多、真亮啊！"

"可不是么。"我也爬起来，和春燕一起悄悄地开始找自己的星星，给玉兰和凤霞也找了。我们还看见了流星，我爹管这种星星叫贼星。他曾煞有介事地说过，天上有贼星，那是要出不好的事。

内蒙古自治区第十届文学创作"索龙嘎"奖获奖作品

八

早晨,学校食堂里挤满了人,乱哄哄的。春燕和我值班,负责给宿舍的二十八个住宿生打饭菜。我端着盛满小米饭的大盆子,站在门口等着打菜的春燕。突然,王玉柱大步流星地走过来,凭直觉,他是冲我来的,我马上转过脸。有了玉兰的教训,我们和男生的交往更敏感也更谨慎了。王玉柱根本不在乎我的态度,在我身边停了下来。

"吕二丫儿!"他连着叫了两遍,我都没搭理他,直到他第三次叫出我的名字,我才假装吃惊地转过头。

王玉柱表情严肃,严肃得甚至有点古怪,好像要说什么,又说不出。旁边有人看我们,我正害臊,王玉柱说话了。他的话令我大吃一惊。

"你说啥?"我忘了男生女生的隔膜,甚至想过去使劲摇他的胳膊。

王玉柱张了张嘴,想再说一遍,可还没说出来,眼圈就红了。他像个小孩子一样抽抽搭搭地哭起来。我的胳膊和腿都突然软绵绵的,手里的大饭盆掉到地上,金黄的米粒满地飞溅。王玉柱说的那句话是:凤霞死了!

他又说了一些。我才知道,凤霞和我背进屋的干牛粪不知怎么落上了火星,半夜起了烟,凤霞和她的瘸子爹、痴呆弟弟都被熏死了。把干牛粪弄进屋里——这是我的点子!是我让凤霞把那些干牛粪背进屋的啊!

班主任带着春燕、王玉柱和我回到了老哈河。村子上空笼罩着巨大的悲恸,凤霞家的院子里站满了人,密密麻麻。每个人都满脸哀伤。我们撞开沉重的空气,挤进院子,眼前的景象惨不忍睹:三具尸体并排放在院子里,上面盖着白粗布。春燕和我立刻哭成一团,一向威严的班主任哭得连声音都变了。我们一哭,好多女人又都加入进来。

那个晚上,整个世界仿佛都随着凤霞去了,连狗也不叫一声。煤油灯无精打采地摇曳着,好像随时会熄灭,我妈的声音听起来很遥远,"是你爹第一个瞅见的。"她揉了揉红肿的眼睛,接着给我讲述,"你爹一大早去凤霞家,送你落在家里的语文书。刚走到大门口,就看见一股一股的烟从凤霞家的门缝往外冒。

你爹觉得不对劲,紧走几步,去推门,门从里面闩着。他又走到窗下,一边敲窗户一边喊,还没动静。你爹说他心里咯噔一下,知道出事了,就赶紧出去叫人。人们砸开门,屋里全是烟,什么都看不见。你爹刚进屋就被绊倒了,一摸,是个人,抱起来就往外走,是大柱,人早没气儿了。旁的人也从屋里抬出了凤霞和她爹……"

我妈说不下去了,撩起前襟擦眼泪。外面传来一两声狗叫,乡村的夜晚昏沉暗淡。

"准是老瘸子抽着烟从外面回来,把火星弄到了粪堆上。"不知过了多久,我妈叹一口气,又说,"唉!这丫头,怎么往屋里背了那么多牛粪呢!"

我用被角使劲堵住嘴,怕自己哭出声。那晚后半夜,下雨了,也起风了。风呼呼刮得很响,似乎没有方向。雨的路线也不定,七零八落地打在窗棂上,发出噼里啪啦的响声。

九

五月转眼就来了。这是老哈河最舒心的季节,从空中到地上,都给人一种干净透明的感觉。温煦的风清爽地吹着,绿草延伸到了天尽头。花儿遍野,紫的苜蓿,红的山丹,白的芍药,还有车前子、蒲公英……都像比赛似的,摇摆着、颤动着,散发着浓香。天空显得更加高远。下过雨的午后,燕子剪起翅膀穿梭。老榆树枝繁叶茂,这一棵,那一棵,撑起片片的浓荫。老哈河似乎流得更欢快了,仿佛要去远方约会。

凤霞死后,春燕我俩和王玉柱的关系一下子拉近了。路上遇见,再不扭头躲避,偶尔还打个废话一样的招呼:"刚走啊?""嗯,刚走。"填志愿时,我拿不定主意,王玉柱说:"报卫校吧,将来当大夫多好!"王玉柱报了财校,春燕报了艺校。

星期一晚自习,本来是填志愿的日子,可恰恰没电。学生三三两两地回了宿舍,也有点着煤油灯在教室看书的。春燕情绪不好,我和春燕坐在教室前的花坛边,听她说家里的气人事。

事情发生在星期天。中午吃饭时，春燕说起了住校的一些开心事。她全没在意她大嫂怎样黑了脸色，"我就知道，啥去住宿了，分明是躲心静去啦。"春燕正在喝水，没吭声。她大嫂又说："哼，有脸吗？一天到晚，总是想让别人养活。那敢情好，我还想找人养活呢。"春燕放下水碗，从鼻子里哼了一声，说："出去找啊！"觉得不解气，又加了一句，"没人拦你，就怕你没那个能耐！"她大嫂的肺都气炸了，跺着脚开始骂养汉的，说："柳春燕你有能耐，明天就找野汉子去。"一边骂，一边哭天叫地的，收拾东西要走，春燕妈拼死拼活拽着她，苦苦哀求："你消消气，死春燕不懂事，看在妈的面子上，就别了。"

春燕大嫂死活不干。家里顿时乱成一锅粥。春燕爹勃然大怒，拿起一个大碗朝春燕抡去，一股鲜血顺着春燕的额头流下来。春燕一动不动，倔强地站在那里，任血一滴一滴地滴在前襟上。她爹更来气了，一边骂，一边撸胳膊挽袖子，还要打春燕。春燕她妈拼死抱住老头子的胳膊说："她爹，别打了。"春燕却嚷了起来："让他打，让他打，打死才好呢！"

正闹着，春燕大哥春江回来了。见了自己的男人，春燕的大嫂哭得更凶，春江蹿过来，就要打春燕。春燕妈挡在中间，哭着说："你们打死我好了！"一家人这才住了手。

晚风徐徐吹来，夜空神秘。星星不知人间忧患，眨着亮晶晶的眼睛。我陪着春燕叹气，正不知怎么劝她，王玉柱走过来，说要去他表哥家。

"文凯？"春燕问。

"是。"王玉柱老老实实地回答。

我们都认识文凯。他从小就会拉马头琴，后来去了乌兰牧骑，比我们大不了两岁。我们上小学时，他每年暑假都去王玉柱家，管我们叫小屁孩儿。文凯一来，小屁孩儿们就往王玉柱家跑。文凯拉着马头琴，让我们一个个唱歌。我们每人唱完一首就退到后面，只有春燕唱时，才一首接一首。文凯说就春燕唱得好。很多时候，大人们也来听，也都夸春燕唱得好。上初中后，我们在老哈河就见过文凯一次。他留着像女孩子一样的长发，穿着白的确良衬衣，塑料凉鞋，干干净净的袜子。那是在村口的树林边，文凯正看着我们笑。我有些害臊，脸一红，就加快了脚步，瞄一眼春燕，她的脸也红了。走几步，我禁不住回头，文凯也正回头。

有一次，老哈河的几个女人在一起唠嗑儿，提起文凯，春燕大嫂马上说："那小子，眼睛贼亮贼亮的，一看就不是个好东西！"

春燕暗中触我一下，扭过头，咬着我的耳朵，低声说："八成全世界只有她是好东西。"

"他放假啦？"春燕又问。

"是。"王玉柱再答，完了又说，"上次，他还问起了你们，听说柳春燕考艺校，他很高兴，说那才对。"

春燕无声地笑了一下，扭头问我："咱们去看文凯？"

我拿不定主意说去还是说不去。

"走吧走吧。"春燕就用胳膊撞我。

文凯的个子比原来高多了，眼睛也更黑，还长了胡须。他完全像个大人了，热情地欢迎我们，给我们倒水，哈哈地笑着，叫着我们的小名。文凯说了很多乌兰牧骑的事：他们的演出，男女队员搞对象，等等。我们听得心怦怦直跳，连眼睛也不知往哪儿放。看我们的窘迫样，文凯很开心，笑得肩都抖了，露出白灿灿的牙齿，随后，把一双黑眼睛转向春燕，说："过几天，乌兰牧骑要招考独唱演员，你考吧，肯定能考上。"

"我报艺校了。"春燕说。

"我知道。"文凯点点头，"可是，要是被乌兰牧骑录取了，也是铁饭碗，去了就能挣钱，省得再花钱念书了。和艺校有什么不同吗？"

春燕点点头。

文凯真热心，立刻就给春燕选了要练的歌，还教春燕考试时怎么站，手放在哪儿。春燕先还羞答答的，很快就照着做了。

又过了几天，我们再去文凯家，春燕把练的歌唱给文凯听，文凯指点后，春燕再唱，唱着，唱着，他们就停下来，开始说话，说得很投缘。王玉柱和我偶尔加上几句，也只是个点缀，我们的声音融不进他们的话语。那个晚上，我看见文凯的眼睛果然贼亮贼亮的。

后来有好几天，我们放了学就去文凯家，在他家做饭吃，到上晚自习时再匆匆跑回学校。文凯给春燕和我每人做了一盏灯。他把墨水瓶的塑料瓶盖丢掉，用铁皮裁个圆形，再把周围用钳子折回来，做个瓶盖，瓶盖中间穿个眼儿，用棉花搓个捻子，顺着眼儿穿过去。没电的晚上，我们就点着那盏小灯看书。

终于，文凯要走了。我们答应他走的前一天晚上去给他送行。可那天下午，还没放学，我就被语文老师叫到了办公室，让我帮他判卷子。可能是快毕业了，老师们都很忙。王玉柱也没去成，他是体育委员，得帮体育老师填同学们三年的体育成绩。就剩春燕自己了，春燕先说也不去了，可还没上晚自习，文凯就来找她了。

晚自习时，值周老师来点名。点到春燕，我按提前的约定替她撒谎："病了。"

快下晚自习时，班主任竟然来了。真倒霉！她站在门口，威严地向教室扫了一眼，然后慢慢走进来。我一下子就觉得她是来找我的。果然，她在我身边站住，用中指轻敲了两下桌子。我抬起头，她向我点一下头。我跟在她后面，走出教室。刚进办公室，她就说："我想找你谈谈。"

哗的一下，我觉得血照直向脸上涌来，心突突直跳：莫非她知道了什么？班主任看我一眼，并不着急，拿起杯子开始喝水。一定是行踪露馅了。我听见自己的心咚咚咚地跳个没完，跳得我呼吸都困难。怎么办？我希望班主任快点开口，可她偏偏喝个没完，等了半天，她好歹说话了："马上就要毕业了。"

我胡乱地点头，不知她为啥说这个。

"这些天，你们都在抓紧复习吗？"她又问。

我再次点头，努力掩饰着内心的慌乱。班主任意味深长地看我一眼，又问："柳春燕呢？她怎么没来上晚自习？"

"她病了，在宿舍躺着呢。"我不结巴地说了谎话，估计这会儿春燕该回来了。老师没再说什么，盯了我一眼，就让我回教室了。

有两个人正在我的座位翻看试卷，我没好气地扯过来，因此扯撕了一页卷子，心里更乱，沸沸扬扬地翻涌着很多事，其中就有玉兰的事。如果班主任知道我们每天去文凯家，还在那里做饭吃，她会怎么处置我们呢？尤其今天晚上……我越想越害怕，在给卷面合分时，几次加错了分数。

回到宿舍，春燕竟然还没回来。宿舍的人闹哄哄地刷牙洗脚，同时交换着一天的见闻，没刷完牙的，也呜里哇啦地接上一句。脸盆的相撞声、倒水的哗哗声、笑声，不绝于耳。大家都无忧无虑，只有我急得像热锅上的蚂蚁。突然，有人从后面拍我一下。我扭过头：春燕！我所有的负担刹那间都卸了下来，"我的姑奶奶，你总算回来啦！"

不知为什么，我觉得春燕的眼神与往常不大一样，我甚至都有点不认识她了，想再仔细看看她，可灯就在这时熄了。

躺在被窝里，我把班主任的话悄悄告诉了她。奇怪的是，春燕居然什么也没说，似乎没听见，半天，才从被窝里把手伸过来，紧紧地抓住了我的手。黑暗中，我突然发现，春燕的眼睛和文凯的眼睛一样，贼亮贼亮的。

十

夏天的到来，是老哈河上游的那片油菜花告诉人们的。黄灿灿的油菜花一摇，夏的气息就随着弥散。紧接着，养蜂人来了，在地头安营扎寨，摆出许多方方正正的小盒子，蜜蜂们嘤嘤嗡嗡地忙碌着。

毕业考试结束后，我们回家拿户口本。在油菜地头，看见了养蜂人的窝棚，然后看见养蜂人从窝棚里走出来。我们赶紧低下头。春燕小声问我："你说，玉兰她爹真会让玉兰和他结婚吗？"

"要是真让，那咋办？"

"要是我，我死活都不干。"春燕发着狠说。

回到家里，我听到的第一件事竟然就是这件事。是三丫儿说的，她的口气听上去好像玉兰订婚是一件很好玩的事。说那天她去帮着倒茶了，玉兰的眼睛肿得像桃子。我正吃一口饼，往下咽时噎了嗓子。

晚上，我和玉兰坐在老哈河岸。月光白亮亮地照着，河床里铺满碎石的老哈河，时而幽暗，时而明亮，哗啦哗啦的水声，夹杂着悠长的蛙鸣。玉兰哭完了，说："我一天也不想在这地方呆了。我要走得远远的，越远越好。"我不知怎么劝她，两个人默默地坐着。黑暗释放着无穷无尽的忧伤，压迫得我们喘不过气来。远处，掩映在层层树木下的村子，黑黝黝的，死一样沉寂。

乌兰牧骑选演员来了。春燕以一首《唱支山歌给党听》进入决赛。复赛在旗里进行，时间定在七月五号。

春燕唱歌时，教我们音乐的杨老师也在场。杨老师出来就说，其实已经定下来了，春燕参加复赛只是走形式。原来，来招考的那两个人说，很多年没遇到这样的好苗子了。春燕去乌兰牧骑已经是板上钉钉。这以后，春燕对学习不像从前那么感兴趣了，有时上课还睡觉，老师叫醒她，不一会儿，她的头又磕到桌子上。

中考一天天逼近。很多人都熬夜备考，加上天气热，课堂上打瞌睡的人越来越多。春燕看起来比别人更疲倦，不但上课睡觉，平时也无精打采，还经常吐，吐完了，也吃不下饭，喝藿香正气水成了她的另一门功课。

在藿香正气水的味道中，七一如期而至。学校举办歌咏比赛，我们班选了春燕的独唱《唱支山歌给党听》。我们抬着凳子，排着队，走进操场。操场上，已经挤满了人，我们鱼贯而入。场内气氛很热烈，临时搭起的演出台边插着几面国旗，四周是彩旗，迎风舞着，猎猎作响。拉二胡的在调弦，吹笛子的在试音。不时有人从台上跑过，抱着衣服、拿着凳子，坐在台下的人就冲台上嗷嗷叫几声。我坐下后开始找春燕。春燕下午又吐了，喝了两瓶藿香正气水都不管事儿。我想春燕一会儿在台上一张口，熏了藿香正气水的歌声是什么味道呢？

演出开始了。第一个节目是三句半，锣鼓很提神，每说完最后半句，场内都哄堂大笑。第二个节目就是春燕的独唱。

这么多年，我一直觉得，那晚的夜色，是我今生见过的最美的夜色。身边的人们看上去无比兴奋，不停地大声说话，可我好像什么都听不见，四周那么静。月光很好，天地之间显示出一种神秘的幽暗。飞虫们在舞台前面的灯泡周围飞来飞去。白天的热气已经散尽，凉风习习。花坛里，甬道上，刺梅的香气一阵浓似一阵。一时间，我觉得自己长了翅膀，正不知向哪里飞升，总之，好像离这个世界越来越远，心里是一种别样的感觉，我无法描绘。

如果不是报幕员报出春燕的名字，我根本不相信走上台的是她。她一出现在台上，我们初三二班的那片领地就骚动了，每个人都用各自的方式告诉旁边的人：站在台上的柳春燕是我们班的。其他班的同学都伸长脖子，羡慕地朝我们这边望。也有人看不惯我们的嚣张，冲我们大吼。正乱哄哄地闹着，音乐起了，春燕嗓子一亮，雷鸣般的掌声顿时响起。

春燕唱完，有人大声喊："再来一个！"更多的人就跟着一起喊："再来一个！再来一个！"

春燕再上来，唱的是《妈妈的吻》。我出神地望着台上的春燕。杨老师给她化了妆，还给她借了一件白色连衣裙，领口和袖口镶着金边；一双白色塑料凉鞋，站在台上，亭亭玉立，仿佛她专门为舞台而生。我又欣慰又伤感。再有四天，春燕就走了。当初一起来的四个人，现在只剩下我了。操场静悄悄的，只有春燕的歌声在飘，还有夜的气息。大家目不转睛地望着台上的春燕，谁也不知道热泪怎样烫伤了我的眼睛。

春燕唱完《妈妈的吻》，就挤过人群，在一路羡慕的啧啧声中找到了我们班的位置。她挨着我坐下后，就说肚子疼。当时我没太在意，以为过一会儿会好。谁知她竟然疼出了汗，使劲抓着我的手说："二丫儿，我受不了了。"我赶忙拉起她，猫着腰到后面去找班主任。

班主任带我们去了医院，一起去的还有王玉柱和另外两名女生。值班大夫听我们汇报完情况，说可能是急性阑尾炎。我们把春燕抬到检查室的床上，大夫开始摁春燕的肚子，一边摁，一边问她疼不疼。春燕脸色苍白地肯定着，有时也否定着。渐渐地，大夫的脸色严肃起来，又摁了摁春燕的肚子，抬起头说："是阑尾，不过……"他说得吞吞吐吐，转向我们班主任，"请你跟我来一下。"

班主任再出来时，神情慌乱。她结结巴巴地叫王玉柱借辆自行车，找上班长李强，马上去老哈河，通知春燕的家长来医院，然后又让我和另一个女生去操场找我们校长。

"快点，快点，都快点！"班主任说，同时，用一块兰花手绢擦着汗。我看见她的手在抖。

校长一到医院，班主任就带他匆匆进了值班室，值班室的门迅速关上。

春燕的大哥春江来时，我正在医院的大门外向老哈河方向张望。夜色如浓稠的墨，深沉难化，一切都那么压抑。同校长一样，春江到了以后，就被领进了值班室，值班室的门再次迅速关上。我们站在门外，里面先喊喊喳喳，后来就是死一般静。不知过了多久，突然传来春江的叫骂："真是丢人现眼！你还有脸活着！"

我心里打了一个冷战，猛然想起了文凯那双贼亮贼亮的眼睛。

接下来的几天，全校学生都知道春燕怀孕了，还知道她爹打断了她的腿，闹到了乌兰牧骑。后来又有人说，文凯被乌兰牧骑开除了，被开除了的文凯去了哈尔滨。从那以后，我再也没看见过文凯。

两个星期后，我的初中生活结束了。我爹来接我，依然赶着那辆破旧的牛车，车辕、车厢、架杆，都磨得光滑锃亮。车厢底板断了几处，露出大小不一的窟窿，上面孤零零地放着一卷行李。我默默地坐在车上，突然有一种曲终人散的感觉。

十一

回到老哈河，人们看我的眼光奇怪而陌生。有好事人拉住我说话，一开口就是春燕，又装出不知原委的样子，东打听，西打听，眼神诡秘。我很反感，后来就很少再和别人说话，遇见人，就远远地低着头绕过去。我爹说我越长越抽抽，家里来人，也没个话。他无比气愤地又把那句老话抬出来："白喝了一肚子墨水。"

我想去看春燕，可爹不让。老哈河的大人都不让自家的孩子和春燕接触，好像春燕是瘟疫。太阳下山后，我站在大门口望着春燕家，等确信只剩她自己了，才偷着跳墙过去。我推开门，春燕在炕上躺着，没动。

"春燕！"我轻轻喊了一声。春燕抬起头，看见是我，坐起来，要下地。我知道她的腿还不好，就拦着她，贴着炕边挨着她坐下。我想和她说点什么，可眼泪先扑簌簌落下来。她不哭，还安慰我，然后说，过些日子，她就走了。我问她去哪儿。她说："出去打工。"我一惊。那时，"打工"在老哈河还仅仅是个传说。我们挤扁了身子贴在村支书家的窗口看电视时，隐约听到过这个词，那可只是发生在南方的事，离我们很遥远。我心里难受死了，说："如果考不上，我就和你一起走。"春燕苦笑了一下,"你肯定能考上。不像我,一条淤泥里的鱼,不挪地儿,只有死。你一切都会顺顺当当的,就像老哈河的水,没人能挡得住。"我摇摇头,眼泪稀里哗啦地落下来。

说也怪,从春燕家回来,我不但不再伤感,心里反而觉得很踏实。因为不管考上考不上,我都要离开这个地方了。到那天,我会大声说,老哈河啊,你这个兔子不拉屎的地方,我再也不会回来了!很多年后,当我艰难而顽强地生活在别人的城市时,老哈河竟成了我心中最柔软的部位。我夜以继日地想念它,想回去,尽管它依然死寂和贫穷。

接到卫校录取通知书的那天,我正和我妈、三丫儿一起割麦子。八月的午后,麦地闷热得让人喘不过气来。三丫儿、我努力跟在我妈后面。腰疼得好像要断,回头一看,才割了几丈远,朝前面一望,麦地没有尽头。这大一片地,啥时候才能割完啊!我绝望地想着,同时去看割在前面的我妈。她正用右胳膊夹住镰刀,弯腰薅起一把长得很高的麦子,再抬起左脚,将麦根朝下,冲着脚底使劲摔着,待麦根上的土纷纷落尽,再对半一分,两手利索一拧,抬起左胳膊迅速一夹,一个麦捆叐子就打好了。她把叐子放到地上,直起腰,目光正好与我对接。她冲我大声说:"你要是考上了,我一天也不用你干活!"

这些年,我妈一直都这样说,可每次下田依然大声冲我喊:"二丫儿,走啦!"我妈当然希望我考上。在我们家族,我的婶子、大娘头胎都生了儿子,只有我妈生了我大姐。更糟糕的是,接着,又生了我和三丫儿。在那个传统家族里,生不出儿子的她备受歧视。有一次家庭大战,我六叔就因此对她旁敲侧击。我妈突然拉过我,嘴唇颤抖着说:"哼,我们二丫儿顶十个小子,等着吧,你们会眼热的,总有一天!"

我正想着这些,听见有人喊,抬头一看,是"小先生"。他正往这边走,"二嫂,你家二丫儿考上卫校了,让去拿通知书呢!"我还没反应过来,三丫儿就扔下镰刀跑到我身边,使劲抱住我,又蹦又跳。我们都仰着脸。八月的天空蓝得像一块水晶。老哈河的上空,水鸟欢快地自由穿梭。

王玉柱也考上了。我去学校拿通知书时,遇见了他。第一眼,我们就感觉到彼此都在回避对方,好像我们一张口就会谈到文凯或者春燕,因此我们只是慌乱地打个招呼，就走开了。匆忙的一瞥里，我看见王玉柱的一张脸晒成了古铜色。走到大厂供销社门口，从老哈河方向下来的班车正停在那儿。路过班车，我无意中抬头向车里望了一眼。

玉兰！我看见玉兰了！她正向外望，一脸茫然。我一愣，赶紧跑过去，踮起脚，一跳一跳地从外面敲着车窗的玻璃，"玉兰！玉兰！"

玉兰猛地站起身，费力挤过密密匝匝的人，打开窗子，可她刚拉开一个小缝，车就启动了。她从车上看着我，使劲招手。我一下子就明白是怎么回事了。因为我同时也看到了挤在车里的玉兰她爹、她叔和她家别的一些亲戚，特别是那个养蜂的四川人。我拼命挥手，追着车跑。班车在乡村土路上卷起一股烟尘。

一路上，我失魂落魄。在村东的麦地边，我遇见了去割地的春燕。她又黑又瘦，原来眼睛亮晶晶，现在一点神采都没有。我把刚才的一幕告诉了她，她的眼神更加暗淡。远远地，过来几个人，我们就拐进路边的麦地，穿过它，一直走到老哈河边。我们脱了鞋，坐在河边的石头上。春燕摩挲着我的通知书，"等你走了，我就走。"说完，红着眼圈儿，用镰刀头有一下没一下地在石头上磕着。我也忍不住了。清澈的老哈河荡着涟漪，将阳光打碎，再带着无数的碎光，流向春燕和我都不知道的远方。

十二

临近开学的日子，我爹每天出去给我张罗学费，可每次回来都两手空空。那天，我们正在包饺子，他一句话也没说，就上了炕。我知道他又没借到钱。我爹上炕后，开始包饺子，包着包着，骂起了三丫儿，说她的皮擀得薄厚不均。"就知道吃死食。"他说得咬牙切齿。

三丫儿抬起头，冲我做个鬼脸。这几天，她一直为我考上卫校高兴，再倒霉的事都不影响她的心情。我有些心酸，眼泪就涌了上来。煤油灯的光线昏沉暗淡。他们都低着头包饺子，我以为没人看见，就转过脸偷偷擦了一把眼泪。谁知，我的眼泪越流越涌，竟然扑簌簌地没个完。我不敢再去擦，怕我爹看见。可就在这时，突然响起一声吼，是我爹的声音，带着极大的愤怒，"就知道哭丧！

好像谁欠你似的！这是委屈的哪门子？啊？你说！"

我一惊，抬起头。我爹刚把馅儿放到饺子皮儿上，准备捏合，他猛然把手抬起来，筷子、饺子馅儿和饺子皮儿就都从他手里飞了出去，随后，他用脚使劲一踹，馅子盆就嗖地蹿到了地下。

第二天，我爹像前几天一样，早早地就出去了，快天黑时才回来。我正在锅台边盛饭。他一进屋就向我走来，然后张开攥着的手。我不相信是真的，去看他的脸。他黝黑的脸上没有什么表情，只是眼神和往日不一样。我懂又不懂，鼻子一酸，赶紧移开目光。我爹手里，是一沓皱巴巴的十元、五元的票子。

那天晚上，要下雨。我从没见过那么黑的夜，睁着眼静静地躺着，一丝睡意都没有。在我爹如雷的鼾声中，我妈絮絮叨叨地嘱咐我，说来说去只有一个意思：长心眼儿，好好念书，将来吃一辈子皇粮。我真的要走了吗？像老哈河一样奔出山外？我反复问着自己。这多像是一场梦啊！泪水顺着我的脸颊无声欢畅地流在花格子枕头上。突然，我家的大公鹅嘎嘎地叫起来。

"是我，春江。二丫儿在家吗？"春江敲着窗户问。我妈说在。他说："春燕不见了，还以为她和二丫儿在一起呢。问问二丫儿，今儿晌午，春燕来找过她吗？"

我坐起来，无边的黑暗包裹着我，也包裹着我的声音，我说没有。春江哦了一声。随后，我听见他离去的脚步声，还有气势汹汹的一句话，"等找着非扒了她皮不可！"然后，一切都归于岑寂。

春燕就那样走了。三天后，我也离开了老哈河。

到学校不久，我接到了三丫儿的信。信中说春燕死了。三丫儿的字歪歪扭扭，我看得很费劲。关于春燕的那段，大意是这样：春燕家突然接到了从天津发来的电报，说春燕病危了。等春江昼夜兼程赶到天津，春燕躺在一个肮脏诊所的病床上。她紧紧抓住哥哥的手，眼眶里蓄满了泪水，断断续续地说了最后一句话："哥，我……要回家……"

那个黄昏，我孤独地顺着马路走。城里女孩子七彩飘飘的裙裾在我身边如溪如流，不时有银铃般的笑声飘过，和路边的花香混在一起。

空特乐采访白玉花（右）

获奖感言

我们鄂伦春人没有抓住本民族血脉中的那个文化，对传统文化仅仅是有保留的概念而没有传承的概念和商品的意义，比如服饰等。过去鄂伦春人在森林里生存，林子的声音是他们的眼睛，引导他们走向远方。

鄂伦春文化是生态文化。一位鄂伦春族老阿妈说，立冬之后的第一场雪大片地下了一阵子，之后的雪花像颗粒似的，就像现在的颗粒面，林子里的山神爷看到颗粒似的雪花都流泪了，流下的眼泪没有散开，因为大地上没有干净的地方，山神爷的眼泪只好落在白桦树梢上，冻成两个小圆珠。过去夏天第一场雨下过之后，大地叹气声爽爽的，干净，特别好闻。现在呢？下雨之后大地病态的叹气声让她的骨头缝疼痛，老人不明白现代人怎么会和四季的风无情地打上死结。对老人而言，人与自然与林子为亲缘，这是世界的本相。在老人的心中，林子、大地与她是有亲缘的关联，自然这个母体依然延续着，这是我们传统文化骨子里的东西。作为一个民族文化的代言人，挖掘和传承本民族的传统文化就是我创作的本源。

猎人与麦子

古兰奇最初与麦子有一面之缘是在他幼年的时候，那是在定居的前两年，妈妈给他做了叫面片儿的饭。这种饭他是从来没吃过的，软软的，它不像狍子肉，烧着吃或者是煮了之后吃，但真好吃。妈妈说这是面，其实妈妈也不知道那个叫面的东西是面粉，面粉就是麦子。从此之后，古兰奇就知道这世上还有叫面的很好吃的饭，那时候古兰奇也不知道这就是粮食。鄂伦春人是食肉家族，生生世世在林子里狩猎，那时候能吃到的只有小米，就像鄂伦春《赞达仁》里唱的那样："我想念小米了，也想念着你的心，我的好姑娘。"就是那时候，这个叫面的东西给他留下了很深的记忆。

希日特奇河缓缓地从山那边流过来，绕着林子绕着猎人们的心，希日特奇猎民村坐落在不太高的山坡上，猎民村并不像其他汉族村庄一样，却极其有规律性。几十户人家，东边是柯特依尔氏族，西边是白依尔氏族。中间一条唯一的沙土公路，也叫街。这沙土公路又向两边延伸，西边直通向旗所在地阿里河，东边一直通向四方山，这样就出现了一个弓形，像鄂伦春人的鹿哨。秋日的午后，古兰奇从旗里开会回来，看见父亲索特和在院子斜仁柱旁边摆满了各式各样的已经很破旧的狍皮、犴皮，这些昔日狩猎用的皮衣等积年放在斜仁柱里边，被针叶林的林区气候侵蚀成了更加破旧的样子。父亲的猎狗库列则蹲在那一堆狍皮的中间眯着眼睛望着远处，仿佛在回忆着昔日狩猎的情景。父亲对古兰奇的到来只投以漠然的一瞥，并没有理睬儿子，索特和从昨晚风的气息里就嗅到了儿子会带来不好的消息，继续摆布着那些皮衣皮绳子。在父亲的眼界里只有林子和他的猎枪，昔日的斜仁柱及狍皮衣服只有父亲执著地守着。

吃过晚饭，古兰奇小心地对父亲说："不让打猎了。"古兰奇说这句话时不敢看父亲的眼睛，"要我们猎民放下猎枪。"

索特和直愣愣地看着儿子，半天没有说出话。

古兰奇把头低得深深的，此刻他是怀着出卖的心情，仿佛这一切是他让父亲放下猎枪似的。

索特和像是没有听清楚，眼睛里带着问号望着儿子。

"明天乡里就公布了。"古兰奇又小声地说。

"你说话大声一点，怎么，你要把你说的话咽到肚子里吗？"

索特和低沉的声音，像远处的雷声闷闷地把古兰奇吓了一跳。

古兰奇又把刚才的话重复了一遍，又说："不仅不让打猎了，还要把猎枪上缴。"

"这是真的吗？"此刻索特和欲哭无泪地望着窗外的云朵被秋风吹来吹去的，就像此时他的心境。

"是真的。"古兰奇又小声说，"过几天，乡里就会开会公布了，不仅不让打猎，还要把猎枪上缴。"

这下索特和相信了。

回到家，索特和气冲冲地对古兰奇说："没有了枪，你让我怎么活？这一生我只会打猎啊！"

古兰奇就怕父亲发火，父亲发起火来气性可大了，此时父亲大声地对儿子撒气，就像在斜仁柱里烧了干透了的松树枝噼里啪啦地四处跳着。"枪上缴了，我们吃什么？"还大声地说，"枪我不能缴，你老弟还在外地上学呢，没有了枪，我拿啥供他上学？捧根儿身体本来就很弱，他用钱的地方多着呢。"

古兰奇说："那不是每一户都给几垧地吗？"

索特和气呼呼地说："我的祖宗八辈子都没种过粮食，你种啊？"

古兰奇一句话都没说出来。

乡长和书记走进索特和家时，正午的阳光也照了进来，同时索特和的神灵也从窗户的缝隙里蹿了进来，像一缕烟雾一样飘进了索特和凌乱的头发上，此刻他看上去像是跑累了的傻狍子。乡长和书记都是中年人，是受过教育的。他们很客气地说着无关紧要的话，比如身体好之类的。而索特和从乡长说话的口气里就已经嗅到他们的来意，这种气味是从乡长的大脑传过来的，之后是从他说话的声音传达的，这种气味是让他的目光暗淡的气味，这时各种嗅觉从他们的口中传出来，就像索特和的母亲搓的狍皮筋线条一样，一条条的，在他的鼻子里不断地喧闹着。其中最有特点的气味时时扰乱着老人的神态，让他心神不宁。乡长刚要开口说收猎枪的事，索特和用手示意他什么也不要说了……

就这样，索特和一直坐在炕头上不厌其烦地翻过来倒过去地在烟袋里装烟又倒出来，像个喝了酒的半醒半醉的人。也许是烟的包皮脆了，卷好的烟爆裂开来，他又撕下一片烟叶，放在嘴里呵了好长的气，终于把烟插进烟袋锅里，也不吸烟，又倒出来，一会儿又用纸卷烟，因先没卷好，那纸烟被火烧得爆裂开来，他便猛地甩了手中的纸烟，因为烟卷得没有黏上，烟丝散开来，撒在炕上都是烟丝，这样反复弄了一下午，一句话也不说，脸上了无表情。

乡长看到索特和这么舍不得猎枪，也很心痛，就像自己的父亲，不知怎样好。

只有古兰奇理解父亲此时的心情，如果把父亲的猎枪收走了，等于把父亲的希望都收走了。古兰奇看出父亲的心里非常难受，看见父亲一生只触摸过猎枪和树木的手，那样烦躁地、反复地抚摸着烟袋锅，仿佛有人要抢走他的烟袋，父亲的手像一片枯叶微微地抖着。

古兰奇小声地跟乡长说，能否缓一缓，让老人的心有个转变的过程。

乡长也就没说什么。

整个秋天索特和在院子里，把那些放在斜仁柱里的狍皮们搬来搬去。在秋日的阳光下，只有父亲和猎狗库列忙着。猎枪收走了，从父亲眼中流露出的情绪里看，他的心灵里全是泥泞的小路，他之所以摆弄着这些已过时了的狍皮衣和皮绳子，就是在遵循着过去心灵的路程，因为那里没有泥泞的路，他的心中流动着清澈的河流，流水中闪烁着猎人们的身影。从父亲忧郁的眼睛里，他像跑累了的老狍子，不知什么缘故流落到这儿了。

索特和神经质地每日摆弄着这些皮衣皮绳子。他第一次感受到狍子、犴达罕这些动物们的归宿,而这些动物的归宿就在他的手里,在他的猎枪里。他以人特有的心境抚摸着他曾经穿过的皮衣、用过的皮绳子,他抚摸到了生为猎人的味道,他细细地摸着这些狍皮,并摸到了狍皮衣上他自己的体温,带着林子里风的味道和树木的味道,还有他那个秋天猎到的犴达罕。他还很清楚地记起,当他猎到犴达罕时,没有一枪打中,等他跑步走到犴的跟前,犴惊恐的眼睛和它的前爪还在空中挣扎着。索特和当时的心很慌乱,但他是猎人,打的猎物很多,可是那个犴总在他的眼睛里闪来闪去,像个幽魂。就在那个秋天,他儿子古兰奇出生了,就是因为那个犴达罕,索特和的老伴给儿子起名字叫古兰奇,古兰奇是犴达罕秋天的皮子。那是定居前,柯特依尔家族在诺敏河的北岸狩猎。这一年的冬天雪很厚,出猎都很困难,索特和的父亲说这样的大雪天连野猪都跑不动了,乌里楞里的猎人很久没有出猎了,出猎就意味着全家人的口粮。天黑了,索特和的母亲做的饭汤中只有几片肉,家里几天都没有肉吃了。吃过饭,父亲在斜仁柱正中间的那一堆火塘里多加了些木柴烘烤着后背,直到把后背烤得通红。余火渐渐地熄灭了,变作一堆灰烬。父亲钻进狍皮被子里面,屋子已经很暗了,他直了腰之后,就像大口地吃犴大腿一样把黑暗中的空气吸进肚子里,仿佛是冬眠了的黑熊。然后他慢慢地睁开了眼睛,看着斜仁柱越往上越小的口,斜仁柱里漆黑一片,其他什么也看不见。没有了肉吃,一大家子人,老的老小的小,这可怎么办?翻过来倒过去怎么也睡不着,后来呢,他就干脆什么也不想了,就看着斜仁柱上面那小小的口向外一角不太大的天空,无奈又听林子里风的脚步还那么硬,仿佛风是林子的骨头似的。直到他睡着了,风的脚一直在林子里散步,风是否也像自己一样为了明日寻食彻夜未眠?

索特和跟着父亲去林子里找猎物,天冷得出奇,他和父亲走了一天也没看见猎物。雪原上白茫茫的,刺得索特和的眼睛一片白,白得让他害怕,林子里静得只有风的声音,像山神在吹着,这时候的风不会给你带来猎物的信息,你什么也闻不出来,除了林子和风以外就没有其他的生灵,林子里的动物们不知转哪里去了。没有寻到猎物就意味着这一天的口粮没有了,索特和饿得慌,就随手抓一把雪送到嘴中,像吃着肉干一样很有味道地嚼着,他的嘴里像真的散发着刚嚼完狍肉干的余香。不知不觉中,阳光飘落到树梢上,一闪一闪的,像爷爷说的某个神灵。

"我们回去吧，这林子里除了雪什么也没有，这么厚的雪，狍子再傻也不会出来。"

父亲说："咱们过这条河，那边的林子里，也许傻瓜狍子在等着我们呢。"

索特和不情愿地嘴里小声嘟哝着，雪太厚了。

父子俩在雪地里艰难地走着，过了冻结的河床后，父亲突然站住了，冲着林子那边吸了一下鼻子，神色有些异样地说："你闻到什么味了吗？"

"没有啊。"这时候索特和的意识处在单一的白色中。

风阵阵地吹来，那种气味说不清是猎物的还是猎人的，总之风吹来的气味越来越近了。他们就顺着这个气味走下去，果然在林子边看到一个猎人躺在雪地上，雪地上一片撕打过的样子。走到跟前一看，索特和啊了一声，只见大爷乌热格的大腿受伤了，他左腿全是血，伤得不轻。大爷冻得话都说不出来了，他已经被冬季的风泡了很久。大爷指了指林子左边野猪的蹄印，父亲看着那蹄印，对索特和说："你背着你大爷先走，我去找野猪，它就在附近……"傍晚时分，索特和背着大爷才到家。他刚进斜仁柱，大娘问："你背的什么啊，是冰块吗？"因为大爷在他的后背上全身是雪霜，大娘没看清。过去在林子里生存的鄂伦春人，冬季饮水只能到冻结的河船上取。索特和这时又冷又累，好不容易把乌热格大爷背回来了，大娘见到丈夫的腿血糊糊的，吓得瘫在地上起不来了。奶奶赶紧先用雪搓着乌热格的身子，这样大爷才渐渐地暖和过来，也有知觉了。他左腿的伤，奶奶用叫嘎黑毛的一种树的树皮包上，然后把树皮煮了，用汁水擦洗伤口，这样就不会发炎。这时，索特和的父亲也到家了，带回了那个伤了大爷的野猪。乌里楞里有肉吃了，尽管就一只野猪。这也是一大家子，三个乌里楞的大人孩子见到一头野猪，孩子们的眼泪哗地溢出来，不停地滴在本来就很暗的火塘上，奶奶也不知怎么就呜呜地哭着，嘴里不知诉说些什么。

好不容易收住伤心的情绪后，妈妈去外面抱了一抱柴来，她舀了一桦树皮桶水倒进铁锅中，然后把父亲预先弄好的野猪肉加了一些盐放在锅里煮熟后，便一碗碗地递给弟妹们。"吃吧，"妈妈说，"索特和饿了一整天了。"索特和的确饿极了，这时却端着桦皮碗好久了也不肯埋下头去喝肉汤。妈妈明白了索特和的意思，自己也盛了半碗细肉汤，凑到嘴边就喝。妈妈喝肉汤时没有弄出响声，但索特和知道妈妈的碗里清汤寡水。这时，父亲与奶奶的泪水流了下来，滴进碗里面，但都埋下头去，连同泪水一齐把肉汤喝进肚里，那年的冬天真难熬啊……

　　索特和每天都把狍皮衣皮绳子从斜仁柱里搬出来到晚上又搬回去，在秋高气爽的日子里用桦树皮一样的手指抚摸着这些皮衣。狍皮衣服上，他的老婆绣了云卷图样，他摸着这些图样的纹理就像摸着老婆娇小的手指，感受到老婆深深的爱。狍皮衣服上两边图案是表示神灵的，当他摸到这儿时想起了骑在猎马上飞奔在林子里沙沙的声音。他那时正追赶着狍子，当他猎到狍子之后想起狍子用哀求的眼睛看着他，现在想起来他的心不由得隐隐作痛。猎狗库列对索特和的这种做法早已不耐烦了，它想着它的主人怎么会变得这么麻烦，一点都没有了昔日打猎时的那种勇敢了。库列每日都显得无可奈何的样子，索特和正低头看着犴皮大哈，那是他母亲和姐姐给他娶亲时做的，犴皮大哈很旧很旧，都没有原来的颜色了。

　　那年柯特依尔家族搬迁到珠得利，这是一座山的名字，按现在的地图上说位置在大兴安岭的南坡上。珠得利这个地方即使是夏季也不是很美的地方，是非常怪异的地方，出了两件直到现在都解释不清的事情。这是索特和的萨满爷爷选中的。据爷爷说，这是一个有灵气又很静的山，为此每年的冬末时都会来这儿扎营到春季来临。那是林子吐青的季节，风吹来了云朵的味道，真爽啊，春来了，风早已把云朵们羞涩的绿意吹来了。那年索特和才十岁，索特和只依稀记得事情的轮廓，他的姐姐和哥哥都去林子寻找猎马了，乌里楞里只有他一个人，突然不知从哪儿有人在叫他"索特和——索特和——"非常亲切。那个时候他正在斜仁柱里躺着数斜仁柱用多少根桦树和多少张桦树皮搭成。正午的阳光照了过来，斜仁柱立刻变得比平常亮堂，叫他名字的声音也闪闪发亮了，他赶紧起来看谁在叫他，找了半天也没见到人。他找了一根松枝紧紧地握在手中，又躺下继续数着没有数完的斜仁柱的桦皮，那个叫他名字的声音又出现了，"索特和——索特和——"发出了令人难以捉摸的音色。只有在林子里生活过的人才会有这样的声音，那是被森林的阳光长年照耀过的声音，沙哑低沉。索特和握着松枝的手都感到发烫了，他快速地跑出去寻找那个声音，怎么找也没找到。正在他茫然的时候，才发现叫他名字的声音是从地底下传来的，在斜仁柱左面的一角。这时太阳正向那个叫他名字的地方移动着，每叫一声，那个地底下松软的地方就突突的，有人在那里面呼吸似的，是那种厚重的呼吸。那个声音一显一隐地面对着他叫着，从那个叫他名字的声音里流露出非常急切的情绪，声音在传达着某种气息。索特和当时一点都没害怕，还很好奇地观看着正在眼皮下发生的一切，根本就没有想到一场更大的灾难正在向他靠近。这时他突然发现从南面方向有火从天而降，直冲着乌里楞来，他还没反应过来怎么回事，火已经来了，到他家了。突如其来的大火没有商量的意思，把索特和狍皮衣的后襟都燎了一下。乌里楞的前面有条河，索特和急速地跑进河里。过了许多年之后，索特和已经长大了，想起那场大火，他就后怕。索特和的父亲经常说起那场火，还有地底下出来的声音，说："那是山神救了你，因为你是萨满的传承人。地底下出来声音说你快跑吧，跳进河里你就能安全。"

夏季来临的时节，索特和的家族搬迁到珠得利河的对岸，夏日的阳光情不自禁走进你不假思索的心境，这种情境会把你带到很远很远的——夏天的风才能到达的地方，那是能把你的心托付的地方——风的境地。索特和的萨满爷爷曾经说过："别忘了把你的心放到风能到达的地方，在那里你可以把心放开，让她像花朵一样盛开，你会看见你的心怎样与风在一起。你千万不要把你的心放在别处，如果把你的心放错了，神灵都找不到你的心了，一个没有心的人，怎么活在世界上呢？"爷爷说这是他的神灵告诉他的，萨满的子孙，最重要的是应该能看见自己的心怎样行走，在你一生的路途中，要走得像落叶松一样直，可别走得像柞树，这样你才能看见生命倾诉的样子，当你的心想哭泣的时候，你就让它哭泣吧，你的骨髓会倾听，那时候你就会懂得，身体为什么会流泪。

夏天的傍晚，林子里蚊子很多，猎马都受不了，到了晚上用干草或碎木柴点上一堆火熏蚊子，这些都是女人们的活儿，一般熏蚊子都熏到天快黑的时候才算结束。大姐奇合列和二姐熏完蚊子回家。夏天，林子很潮湿，说话的声音都是潮湿的。她们快走到家的那条小路上有一棵很老的桦树，就在那棵树后面，有声音在小声地叫着"奇合列"。奇合列和二姐没在意，因为一晚上蚊子嗡嗡的，她们俩的耳膜这个时候有些麻木了，那个声音还在叫着"奇合列"，一声比一声大，

内蒙古自治区第十届文学创作"索龙嘎"奖获奖作品

声音越来越清晰，就在那棵老桦树后面。这时奇合列和二姐站下仔细地听，谁在叫呢？"奇合列，奇合列"，这个叫奇合列的声音可熟悉了，但姐妹俩没听清是谁的声音。二姐有些害怕了，叫奇合列的声音潮潮的，都能把她们俩淹没了。二姐吓得浑身发抖，奇合列好像没有什么感觉，对她来说好像是家里的人在叫她，没有害怕的样子，好像那棵树后面叫的不是奇合列，而是二姐似的。这时奇合列面色表情淡淡的，眼睛也淡淡的，淡得她好像不是活人，二姐更害怕了。第二天，天还没亮，奇合列的婆婆急匆匆地来了，语无伦次地说奇合列走了，一边哭泣着一边说昨天还好好的一个人怎么就走了呢？二姐在被子里都不大敢喘气，她想着昨天叫奇合列的声音，想着那个潮湿的声音就毛骨悚然。奇合列的婆婆说，她走的时候很安详，一点都没有痛苦或者说难受，就说了一句话，她说她到时候了，应该回家了。奇合列的婆婆反复就是这一句话。奇合列那年刚结婚几个月。索特和的母亲总是念念不忘地说着大姐，说着那个离奇的往事。那时家族在珠得利的南面，他们一个氏族的乌里楞只有四五家，在一个山坡上，离河不远的地方。夏天林子里的雾很美妙的，也很轻，奇合列就出生在那个山坡上，她出生的傍晚雾格外厚也很大，把乌里楞都盖住了，人在斜仁柱外看不清，虚虚幻幻的，说话的时候你只能听见声音但看不见人，你伸手抓一把就能握住很多。在你的手心，那些雾像精灵一样跳跃着，把你手心弄得痒痒的，待你伸开手掌，手心里什么都没有，但是伸开手的一瞬间能看见一股淡淡的烟雾，细细的，像一条线打着旋儿随风飘走了。母亲说那个细细的旋儿，就是雕刻在桦皮盒上的云卷纹……

春天，干爽的风，悄悄地吹绿了天空的云，所有的一切，幽幽微微的浮云承接着属于猎人真正的春天。当阳光照在大地上，那是另一种生命的声音，是给猎人希望的声音，还有颜色和空气。人们就这样生生死死地呼吸着阳光的气息，即使阳光被云朵挡住了，在云朵的缝隙里仍然有阳光的呼吸声。

春风吹绿了的猎民村，旗政府给猎民分了地，也给了些补助。索特和家的地在离托扎敏乡几十里之外的一个山坡上，猎民队给父亲还有两个儿子分了几十晌地。索特和没有去两个儿子的麦点，他和老伴儿还有小儿子在猎民村住着。古兰奇还特意请了风水先生看了，之后古兰奇高兴地对父亲说："给咱家的地是风水宝地，猎民队给我们家选的地也好。"

在一个不太高的山坡上，后面是高高的一座山，前面希日特奇河淙淙地流淌着。这是个风景宜人的小山坡，到处都是柞木和白桦树，还有满山的棒子树。走下山坡就到了对面的希日特奇河，这林地有很大的空地，就是索特和家的地，土质很好，四周是柞树、小白桦，还有只有在林子里生长的高高的衰蒿杂草。古兰奇请来了泥瓦匠，很快把屋架支起来了，土木结构的屋架，儿子们在这里盖小泥屋，很郑重其事地盖了起来。古兰奇很快就盖好了土木结构抹着黑泥的房子了。这时索特和的儿子们很荣耀。其实儿子们的理想，不仅仅是竖起屋架，儿子们要竖起更高结构的生活，这也许是人生的最高结构。很快索特和的儿子们住进自己盖的房屋里。古兰奇的媳妇是个很精明的人，什么都是精打细算的，她有一个厚厚的本子记账，里面记了很多支出。另外盖起了车库、猪圈等，都是用盖房子剩余下来的材料盖的。古兰奇还买了手扶拖拉机，索特和不会叫它的真实名字，就叫它"蹦地蹦"。他说这个"蹦地蹦"时，那汉语说得很标准，而且音色也很美。

　　古兰奇是一个地地道道的猎民，他从来都没有种过地，但从他的神态中看出来他和弟弟很有成就感，当然种地也有风险和艰辛。从此，古兰奇和他的弟弟爱上了这个亲手盖的小泥屋。第一年种了黄豆，赔了，一点收获都没有。古兰奇和弟弟很失望，尤其是古兰奇，有生以来从来都没有感到过寂寞，也没有感到过沮丧或郁闷，这时他真的感到寂寞了，放下猎枪之后，他感到心态上的失落，这种寂寞时常来压迫他。猎民祖辈都没种过地啊，他们自古以来没有动土的习惯。在鄂伦春人的观念里，大地是供人们步行的，或者说是骑上猎马走在大地上。他们从来没听说过，这个大地还能种叫面粉的粮食。也没有对土地挖掘的习俗，他们只会用一段柞木制作一个楔子，或者用桦树皮制作桦皮桶等。也许还没有挖掘他们另一方面的潜力，可是一旦被唤醒，就一定能上升。过去的游猎中，在那样的生存状态下，猎民的日常生活除了简单地吃肉加上点盐或者煮手扒肉蘸着盐吃外，没有什么吃法。那时候的猎民还能有什么呢，还能期望什么更多的食物呢？他们也会稍稍变换花样，也就是烤肉之类的，为了换换口味，并不是为了健康。然而他们猎获不到猎物，就会经常忍饥挨饿。他们不知道土地里还能种些什么吃，比如菜呀什么的。

索特和一直没去看儿子的麦地，他和老婆住在猎民村。他在家制作鹿哨，那弯弯曲曲的鹿哨像他一生走过的路。他十分看重这鹿哨。他的鹿哨与别人的不同。开春了，又一个顺着河流漂游的季节，他便认认真真地在腰带上插一把刀，到河边去，瞄准一棵胳膊般粗细的叫开拉顺的树，把它砍下来，将干上的刺和皮一一地剔下。索特和剔干和刺很讲究，既不把它削平，也不留得太长，且将皮剔去，剔得光亮光亮的，接下来趁着干皮湿润，把树皮剥下，又趁着干的湿度，把光裸裸的一根鹿哨曲成弯状。这时候的木干本来就坚韧，他回家后烧一堆柴火，把鹿哨在火苗上细心地烤，直到它烤得白一处黑一处，直到曲成了很好看的鹿哨，这样索特和的鹿哨就做成了。做成后他就握了鹿哨走到外面，朝空中一吹。那悠远的仿佛是远古的声音传达出一种人与自然的和谐、宁静，近乎神秘的信息。鹿哨一旦吹起，不光使你激动、感动，更让你感到有种神秘的力量在左右着你。这大概与在天空中，四面都是山，还有那个远远地流淌着希日特奇河流的特定环境有关。这种原汁原味的鹿哨声，聆听后，会让人悟到另外一个生命存在⋯⋯

儿子捧根儿刚刚从呼和浩特的技工学校毕业回来，分配到离猎民乡不远的一个小镇的畜牧站。索特和看到捧根儿终于分到工作了，高兴得嘴都合不上了。捧根儿对父亲不满地说："我学的专业是技工，怎么会分到畜牧站？我对畜牧一窍不通，真是莫名其妙，那个人事部门有没有搞错。"索特和只知道高兴，根本就不理捧根儿，他对儿子很严厉地说："爸爸给你找了吃饭的地方，有什么不好啊！听着儿子，以后还娶媳妇呢，你还用你这个畜牧站的工作让你媳妇吃饭呢，这多好的事，别人想找都找不到你这样的工作，你这个孩子还不想去好好工作？"

捧根儿理解父亲，他是纯纯的猎民，现在猎民刚刚放下猎枪，猎民都做起农民了，要改善生活，就像他的大哥二哥，他们全家都搬到麦点了，整日就知道麦子，就像父亲说的那样，他们一回来满屋子都是泥土的味道，父亲还说，那个泥土味还挺香的呢。父亲不想让他做农民，父亲有父亲的理由。父亲说："捧根儿你不行，你就像林子里没有长开的松树营养不良，林子里的那些树木的养分年年都在减少，我老儿子的身体也跟林子里松树一样体内里的养分不足啊！"父亲一直都在担心着捧根儿的身体，总是把儿子跟林子里的树木比较，林子里的树木缺少养分了，父亲以为自己的儿子也缺少了养分了。捧根儿想的是另外的事，他特喜欢一个女歌手，他不知道女歌手的名字，只喜欢听那个声音。女歌手唱得也许不是很好，但音乐好听，他可以把四处飘游的心寄存在音符里。捧根儿从小到大感到他的心和肉体总是分离着，心始终没有着落的地儿，为此他特苦恼。这个困惑是从他六岁那年开始的，他跟着萨满爷爷出猎了，那时风把夏日最后的深绿渐渐地吹淡了，爷爷在林子里的一棵刻着白那查的桦树上不知在寻找什么，不停地看啊看，还用手抚摸着那棵树。爷爷告诉捧根儿，他已经很久没有亲近他的神灵了，有的神灵都摸不到了。那天的风很大，爷爷摸着摸着整个身子就抖起来了，捧根儿听见爷爷的呼吸和飘浮的话语在空气中飘来飘去，神灵的话语在空中动着，恍如火苗，往空中飘去的像是捧根儿眸子中的影子。爷爷的话语来历不明也听不懂，那些话语试图要说出捧根儿的一生，突如其来的低声吟唱揉搓着他的耳膜，那些话语使他的心漫无边际地怒放。爷爷上演着永久的传唱，在那林地上，把他的灵魂掏出来，爷爷嘴里哼唱着"布日堪，布日堪"，爷爷的头发就一条条丝线纷扬，爷爷唱的这个神灵来自遥远的住着很多神灵的地方，林子里的树叶被风吹得像传自神灵界的一阵雨声。爷爷一会儿唱着一会儿又挥着手，像是飞翔着的神灵。

索特和关心的只是他的林子，他的林子比他的生命都重要，天天去林子里转悠，回到家时脸总是阴阴的，好像谁欠了他什么似的，唉声叹气地对老伴说："林子被砍得四面漏风，我的牙齿也漏风了。"每次去林子，索特和总是这样。

捧根儿在小镇的畜牧站工作，周末回来。他工作的小镇其实就一条街，街道的中间是自由市区，也是这个小镇的商业街，镇政府就在道旁。在镇政府工作的年轻人不多，有两个家在外地，捧根儿在镇政府宿舍住宿。这儿的年轻人都不是很上进的，他们谈论最多的话题是谁和哪个领导有亲属关系，这样可以提干等。刚从学校毕业的捧根儿，有些适应不了这种环境。畜牧站四个工作人员，一个站长，只有两个是畜牧学校毕业的。春天来临的时候，站长领着他们到各猎民乡去看一看。给猪牛马打疫苗，这是站长的强项，他是老畜牧了，捧根儿他们只有帮着摁倒猪或者马之类，听着猪马歇斯底里地叫喊，那种愤怒的叫喊真的受不了。这个声音会在捧根儿的耳朵里持续很久，怎么甩都甩不掉，然后会走进他的身体里，就像小时候在林子里爷爷唱的神灵的歌声。这会让捧根儿难过很久。为此他会时常请假回去。回到家父亲就跟他磨叨："跟你一般大的孩子们都有对象了，你也找对象吧。儿子，我在你这个年龄都做爸爸了。"之后就调动大哥二哥张罗着给捧根儿找对象。在一年当中，捧根儿不知见了几个女孩子，自己也记不清了。他一个也没相中，父亲更加担忧了。其实捧根儿喜欢草地的蒙古族女孩。几年前，他在畜牧学校的同学结婚，他去了，他是第一次去草原，那是远近闻名的呼伦贝尔大草原，他见到了草原的蒙古族姑娘，他都看呆了，她们那么丰满、那么美、那么健康，捧根儿想着草原上的女人就像草地上的奶牛，是那种马上就有奶水溢出来的奶牛。他跟二哥说的时候，二哥气得大声地说："你要吃奶啊？让爸给你买一头奶牛行吧！"捧根儿没吱声，默默地走出去了。

  外面的阳光真好，春天来了阳光好妩媚，就像草地上奶牛的奶香飘逸，走着走着捧根儿走到了希日特奇，心中的不快也被阳光晒没了。走进阳光里是不一样，心情也像阳光一样明媚，坐在河边想起了那个女歌手，他特喜欢走进那个歌的音符里，在那个音符里他就没有呼吸了，他的心也有着落了，这时候才是真实的捧根儿。很多时候捧根儿为此苦恼，记得第一次去呼和浩特上学，他不仅不适应那个城市，也不适应那里的风，那里的风让他感到恐惧，他不明白呼和浩特的风为什么会那么大，犹如无数只狐狸的手爪子在撕裂着他的脸、手、身体，使他感到周身的骨骼都火辣辣的刺痛。所以他融入不进城市人的路，因为他灵魂的头颅走进了更深更悠远的地方。在那个城市里，风一扬手就能挥出一袋子的沙子，就像一道闪电的无数鞭子，而人的灵魂却在悄悄地消隐，比如，捧根儿身上时时掠过祖上隐秘的神灵，再比如，捧根儿情绪不佳时，他身上就会闻到荒草的味道，即使夏季也会闻到荒草的气味。捧根儿坐在河边，在他的影子里，一个老人闭目坐着，就像他此刻坐的姿态，他的心中落满了风的阴影，一条属于他祖辈的不该丧失的记忆，这个不该丧失的记忆时常来找他，他的心时时不安，让他真实的躯壳变得空空。为此，他只记得二十多年中一段时光中某个姿势，仅此而已。他听凭神灵的摆布，而这个神灵总是让他在一个城市中生活暗淡，却照耀了一只飞翔着的小鸟。而谁会料想他就是孤独地冥想着，他就是从林子来的，不是一个人来到呼和浩特的，而是他身上的神灵也来了。

他梦见苍老的萨满爷爷抚摸着神灵的影像，爷爷的手里闪出老萨满跳神的咚咚的音节，而爷爷吟唱着的萨满歌是流淌在林子上空的水，水被太阳的呵气声弄得在他的头顶喧哗不已，这一次次的漫步也许是属于捧根儿的歌谣。

当林子里的蘑菇鲜活的时节，蘑菇上面滚动着晨露，纯洁得使人不忍去触碰它。每每望见纯洁透彻的露珠，就会想起猎人们，认认真真地做着土地的主人，这对一个猎民来说是很艰难的事情。开始猎人们向其他民族学着怎样种麦子和黄豆等，人家种了多少年了，祖祖辈辈都在种地，而猎民刚刚开始接近土地，对于古兰奇来说，这个土地是陌生的。

起初，猎民们都很好奇，在翻地后，间或是劳作歇了的时候，在地头忙农活的时候，说一些关于农活的很时髦的话，或点上一支香烟悠闲地吸着，只把一双双眼睛看那属于他们的土地，现在便也习惯了，猎民过上了真正庄稼人的日子，这庄稼人的日子也就渐渐地光亮起来。

古兰奇的媳妇是精打细算的，过日子是细水长流的，头一年多亏古兰奇的媳妇，她和弟媳妇都分工了。因为古兰奇的媳妇是汉族人，她养猪。说起养猪，索特和说啥也不让养，老婆说养猪有什么不好，为了养猪还跟索特和吵架了呢。索特和坚决不让养猪，养什么都行。孩子们小的时候，索特和和老伴养过猪，别人家养的猪肥大而健壮，一窝又一窝地下小猪崽。索特和家的猪就不行，怎么喂都喂不好，从来都没有肥壮过，好不容易下了一窝小猪崽，当天就全死掉了，索特和气得喝了好几天酒，迷糊了好几天。猎民村里的人跟索特和开玩笑说："你喝那么多酒，是为你的猪们举行葬礼呢。"从此之后，索特和发誓再也不养猪了。这回又不让她养，不让大儿媳妇养猪。二儿媳妇是达族，让她养鸡、鸭。古兰奇领着弟媳妇就这样辛辛苦苦地奋斗了一年，大儿媳妇把猪喂得肥肥壮壮的。

又一个春天来了，猎民们种地的季节来临了，种地的准备工作迫在眉睫了。古兰奇从讷河请了一个种地专家，是汉族人，让他来指导他们种地。古兰奇用不太利索的汉语对种地的专家说："你教了我们种地，也就帮助了我们这个家庭。今年的黄豆和麦子丰收了，多少还是赚了一些。"儿子们学会了种地，也得到了种地的乐趣，尽管这让他们很累也很疲惫，他们还是找到了情趣。古兰奇从没想过种到地里的麦子还有黄豆会吃到自己的肚子里。那天古兰奇让老婆用刚磨好的面给他做了他最爱吃的面片，他坐在一边静静地看着老婆做面片。古兰奇时常就爱吃面片，可总是没有他小时候母亲做得好吃，那时他母亲做的面片那才叫面片呢，他始终在想着这个问题，他的老婆还有他的弟媳妇都没有他母亲做得好吃。也许他母亲没有用面板，母亲用的是一张桦树皮当面板，是一张崭新的桦树皮改变了面片的味道，使面片有一种淡淡的野百合的清香。他闲暇的时候也想象过，这面粉是否和野百合一样呢，也许比野百合还美的。他真是没想到他会和弟弟种这个叫面粉的很好吃的麦子。也许古兰奇的祖宗做梦都没想过他们的子孙们会在地里种这个叫面粉的很好吃的麦子，并以此为生。那土地和麦子是他们未来的希望。古兰奇的麦点真的做大了，他也爱上了亲手建成的土木结构的房子，这个叫麦子和黄豆的物质让他更能精打细算了，而且细水长流。古兰奇不再是一个纯粹的猎人，而是诚实地用黄豆和小麦养活自己和儿子们，他还找来很多本民族的孤儿，让他们有事可做，还资助贫苦的孩子上大学的学费。黄豆和麦子让古兰奇拥有了更多的精打细算和思想。其实黄豆和麦子不仅仅是一个单纯的猎民的未来，更是属于儿子们的未来，这个生存方式的转变会把儿子们的脚步送上更远的远方……

古兰奇想起了他的爷爷，想起了那个悠远的对古兰奇的儿女们来说像个童话故事一样的鄂伦春人过去的生活，他的父亲是卡达里河海位尔流域很有名的萨满。走惯了林子河流，把山视为生命的老萨满，或许是因为天性的因素，父亲十分地醉心于马蹄踩在松软的落叶上，祖祖辈辈都享受这美妙的原生态，一步一个脚印走过来的，脚下的土地几乎全被茂盛的青草覆盖，大朵大朵的白云堆积在林子上空，愈发衬托出森林的绿、山谷的青、树林的苍。血脉里习惯了这样的空间，既单纯又新鲜，就连呼吸都有了林子的气息、云的气息。这个世界上赖以谋生的手段有许多种，鄂伦春人曾经就是以这样一种谋生方式养活自己，并担当着家庭的责任。那是刚定居的时候，政府动员猎民下山，爷爷不愿意下山，他不愿意离开他的山神，那是鄂伦春人的灵魂，是他们的血脉。人怎么能把自己的灵魂说扔掉就扔掉呢？在林子里住惯了，说什么也不肯下山。鄂伦春人走惯了林子和河流。河流与河流之间的距离看似很近，但河流总是绕来绕去的，过于曲折，要想走过一条河流，往往要走比林带直线距离多几倍甚至更远的路，鄂伦春人就是这样每天穿梭于河流与河流之间。老萨满此刻的心境就是这样的，在林子里无论是多么难走的河流和林子，对猎民来说没有过不去的，要让猎民下山，让他们离开林子，那太难为他们了，一下子让他们转变观念，对年轻人可以，但是对老年人，尤其是对老萨满来说很难。

　　记得那是一个夏日的午后，阳光灿烂，照耀着每一个将要下山住暖和土屋的鄂伦春人。古兰奇找不到爷爷了，整个乌里楞里找也没找到，把一家人急的，政府的领导也急坏了，已经两天没回来了。这时，古兰奇的奶奶说："他肯定在莫格吉山呢，那是你爷爷生命中的山。"乌里楞里的人们都跟上去找爷爷，去寻找他们的萨满，爷爷果真在莫格吉山。还没走到莫格吉山就听见了，爷爷在吟唱萨满调儿，唱得那么悲壮。这时太阳快落山了，父亲索特和听着爷爷唱萨满唱得那么悲伤，等他们走到跟前时，爷爷还在唱，声音都湿透了，就像毛毛细雨淋湿了莫格吉山的一草一木，也淋湿了在场的每一个人，父亲跟着爷爷也哭了，真的，而且非常伤心，爷爷是在心里哭泣的，只有爷爷才能拧干那湿透了的声音，爷爷把这个想法告诉了站在身边的儿子。爷爷说："儿子，你拧不干的，一个沧桑的而且是湿透了的声音任何人都拧不干的，那湿了的声音里有着很深的皱纹，会拉伤你的手，我的好儿子。"当时的情景，把所有在场的人都惊呆了，萨满哭泣得像个泪人似的。老萨满在莫格吉山的四周，分别安放了鄂伦春人最重要的布日堪，也是属于萨满的神。索特和走到父亲的跟前说："我们回去吧。"老萨满说："我祖辈都在这个山和林子里生存，从来都没离开过这个林子和山。我们离开了林子和山之后，这儿就不再属于我们鄂伦春人了。这个山，是我们的骨头，这个林子是我们的脊梁骨，这林子里所有的生灵包括林子里各种植物都是我们鄂伦春人身子里的全部。"说着说着又哭泣了。老萨满说什么也不下山，老萨满冲着政府的人使劲大喊大叫着说："你们无论有什么样的好政策，怎么能让我们离开这个多少年来我们赖以生存的家呢？"哭着哭着就晕过去了。之后老萨满病倒了，等病好了后，那时已住在政府给鄂伦春人盖的土房子，暖暖的屋子里。爷爷自从病了之后，越来越瘦弱了，在下山之后的土屋子里，每天只吃一点点的食物，连话都懒得说，坐在土屋子里发呆，要么就是好奇地看着这个用泥土盖成的泥屋，还时不时地用鼻子使劲闻着泥土的味道。政府给他们拿来了那么多吃的，这里有一种叫糖的东西爷爷特别喜欢，那时候爷爷像孩子似的，他常常用这种叫

内蒙古自治区第十届文学创作"索龙嘎"奖获奖作品

糖的东西甜蜜着他的嘴唇，让他回味无穷。他的孩子们更爱吃，把小嘴吃得甜甜的，说话的语气也更加甜甜的了，原本是奶声奶气的声音，现在变得甜甜的又黏黏的，没有了那种吃肉的味道了。刚定居的时候，他们对什么都很新鲜好奇，没想到还有这种活法，保暖的屋子住，吃饭还有那么多的花样，还有蔬菜之类的。时间长了，吃得好是好，只是没有在露天里烤肉那样被熏的味道，其他民族的这种生活习惯影响了爷爷的子孙们。

  猎人自豪地做起农民了，尽管每年的收成都不一样，土地干旱了，雨水多了，这些也让当今的猎人感到烦恼。他们就会想起狩猎的日子，在林子里他们没有感到过沮丧或郁闷，寂寞也不来压迫，林子里的灵性陪伴着这个宁静健康的林子，不会让猎人在心态上失落。尽管这样，古兰奇在种地中还是找到了情趣，虽然种地很累很疲惫，但亲手种到地里的麦子黄豆吃到肚子里是那么甜美，为此，失落感会很快消失，让古兰奇很快又回到正常的情绪里去了。雨柔和地滴洒下来，麦子让古兰奇突然觉得受到了土地的恩赐和关爱，当然与森林不一样，与神灵与树木做伴是多么幸福。雨滴滴答答地下着，就像古兰奇最初种地时那样，滴滴答答的，一点一点地学着种地，心态上还羞羞答答的，一年年，终于种出样子来了，古兰奇感到了麦子和黄豆的声音，还有它们生长时的景象，又感受到麦子和黄豆无尽的爱，这种地的氛围给了古兰奇那么多的希望，一粒粒黄豆，一粒粒麦子，在他的精心的劳动中，它们成了他另类的朋友。

  春末时节，索特和第一次来到儿子们的麦地边，在这儿住了好些天。他整天在麦地里转悠，看着那些黄豆怎样从地里长出来。有一天索特和不经意间看见黄豆从地里面冒出来的时候，居然低着头，索特和想这真是不可思议。从那一天开始他天天去地里转悠，而且总是笑眯眯的，还慢声低吟地不知在嘴里说着什么。古兰奇也觉得父亲的行为很是不一样，晚饭后，古兰奇对父亲说今年又是好收成，麦子和黄豆都长得好极了。索特和乐呵呵的，有些不好意思地问："那个黄豆从地里长出来的时候是低着头啊，那么害羞啊！"说完这话他嘿嘿地乐着，又说着："我所有的神灵都没有告诉过我，那个叫黄豆的从地里长出来的时候是低着头，而且还那么害羞，哈哈哈……"索特和笑得脸都红了。

  从那之后，索特和就愿意在麦地边住，在索特和的心灵深处，一种非常奇特的感觉弥漫开来,犹如早春红色的太阳刚出生时的呼吸声,在他的身体里跳跃着,一点点的……他的眼泪不觉流淌下来。古兰奇看父亲这种莫名其妙的样子,很是奇怪。儿子们的麦地,一粒粒麦子,一粒粒黄豆,一阵阵风低低地吹着,麦子默默无语,具有一种神秘莫测的感染力,这里的劳动气氛,使索特和看到儿子们另一番生存情境,这么美好,他失声地哭了起来。他的泪水告诉他,儿子们终于找到真正的生产方式,而且找了这么漫长的路啊,也已经找到了儿子们梦寐以求的家园,融入了另一种生活芬芳气息里。渴望着另一种生命方式的儿子们,朝着希望的方向聚拢了,在未来一圈一圈永无止息的人生路中,这一群猎人,在一片越来越响的割麦子的声响中,还有那诗一般照耀着的阳光中,花朵般的生存姿态,这是儿子们生命中的亮点。

报告文学

田培良

获奖感言

  我从十来岁时就开始做文学梦了。由于命运的驱使，直到五十岁才如愿以偿。此前写出的文字是不少，全是清一色的公文，跟文学毫不沾边。

  现在，我已进入花甲之年，从年龄上讲，属于"老兵"了，但在文学这个行当里，却是一个"新手"。就是这样一个"新手"，今天得到广大读者的认可，得到众多专家的好评，得到自治区政府的嘉奖，荣获如此高规格的大奖，我内心的喜悦是不言而喻的。

  我将以党和政府的激励为动力，自觉担当起文学工作者的责任与使命，更加辛勤地耕耘，更加忘我地奉献，争取写出更多好作品来，回报时代，回报社会，回报读者，回报党和政府！

报告文学

门前一卜槐

  一九七二年十月十七日,原本是个再普通不过的日子。然而,对于本书的主人公白进勤来说,却是刻骨铭心的一天。就是这一天,彻底改变了这个十五岁少年的命运,由此演绎出下面这段催人泪下的故事。

——题记

> 门前一卜槐,
> 青枝绿叶罩起来,
> 这么好的人才从哪来?
>
> 门前一卜槐,
> 身高树大惹人爱,
> 走南路的哥哥快回来。
>
> 门前一卜槐,
> 刮风下雨没遮盖,
> 缺条腿的人儿呀苦难挨。
>
> ——陕北《酒曲》

内蒙古自治区第十届文学创作"索龙嘎"奖获奖作品

第一章

出事那天，白进勤比往日醒得分外早。他是被人从睡梦中一脚踢醒的，踢他的是睡在他旁边的王慧雄。

这个从子洲来的整整比白进勤大了七岁的小伙子，什么都好，就是睡觉不老实，白进勤睡梦中被他"拳打脚踢"已经好多次了。

白进勤揉了揉被踢疼了的左腿，回手照着王慧雄的脑门上用力一弹，这个贪睡的家伙眉头皱了皱，嘴里含混地说了句什么，连眼睛也没睁，一翻身又接着睡了。白进勤一挺身坐起来，三下两下穿上那身受苦的衣裳，轻手轻脚地从破窑里走出来。

时间已经是阴历的九月十一，天开始见短，一早一晚都有些凉意了。

阳婆刚从山顶上露出半张脸来，把东边的天空照得越来越红，越来越亮，远处起伏不平的梁峁和梁峁下面的筑路工地，近处缺门少窗的土窑和土窑顶上光秃秃的树干，此刻都笼罩在晚秋时节越来越浓的晨光里。

这里就是少年白进勤眼下的栖身之地。这个地方叫洪洞窑，离著名的南泥湾只二里之遥，离革命圣地延安也不过八十华里。由延安公路段承建的南泥湾到延安城的柏油路正好经过洪洞窑村，白进勤所在的这支包工队就住在村口的这几眼土窑里。土窑好久没人住了，缺门少窗不说，还潮湿，又不通电，工人们找村民要了些麦秸垫在地上，再把自个儿带的羊皮褥子一铺，也就顶如是炕了。外出揽工的这些人，还能有甚讲究。从小过惯苦日子的白进勤没有觉出打工的生活有多么艰难。

从土窑里出来的白进勤，见别的窑里都还安迷静悄地没一点动静，就站在墙圪崂里酣畅淋漓地尿了一泡，然后，一个人沿着弯弯曲曲的羊肠小道爬上了崖头。

崖头上长着一卜两人多高的槐树，树叶已经掉光，许多树荚还留在上面。看见眼前这卜树，白进勤就想起了自家门前的那卜槐，一股思乡之情一下子润湿了他的眼睛。

三个月前，郭家砭中学放了暑假的第二天，正读初中二年级的白进勤就离开养育了他十五年的山硷塄村，踏上了外出打工的路。他背着铺盖步行三十里，先去了镇川，又从镇川坐了几百里班车才来到延安。

那天，还没等他走出自家的院门，娘就哭成了泪人，拉住他的手，千叮咛，万嘱咐，若不是生活所迫，娘哪能舍得让自己的娃走这么远的路呀！上了村边那条土路后，白进勤没敢回头看，直到出了村要拐弯儿了，才回头瞭了一眼。他瞭见，他的娘还站在门前那卜槐树下，手搭凉棚不住气地朝这边瞭……

原本打算在这儿就干一个月，一赶开学就回去。主要是想利用暑假的时间，把他和三弟的学费、书费刨闹出来。可是，临到开学，娘又让山硷塄小学那个侉侉老师写过信来，说："米脂今年春夏秋三季连续干旱，四乡农民都谋划着走南路逃荒，学校已经上不成课了。与其回来挨饿，不如就在南泥湾工地上干，一总等秋后结了工再回来吧。"这样，白进勤就在工地上继续干下去。从今天起就进入第四个月了。这里按日工算，管吃管住一天两块钱，三个月下来，一百八十块钱就挣到手了。听包工头讲，这里上冻迟，大概能一直干到十一月底，这样，一赶回家，白进勤就能挣到二百大几十块钱。这对山硷塄村缺吃少穿的老白家来说，可是一笔不小的收入！他拿手揣了揣装在腰子上小倒衩衩里的那沓票子，想到将来把它们交到娘手里时娘的那个乐活劲儿，十五岁的白进勤不由得笑出声来。他背靠崖头上这卜两人多高的槐树，面迎已经升起老高的阳婆，亮开嗓子唱了起来：

　　　　　　花篮的花儿香，
　　　　　　听我来唱一唱，
　　　　　　唱一呀唱。
　　　　　　来到了南泥湾，
　　　　　　南泥湾好地方，
　　　　　　好地呀方。
　　　　　　好地方来好风光，
　　　　　　好地方来好风光，
　　　　　　到处是庄稼，

内蒙古自治区第十届文学创作"索龙嘎"奖获奖作品

遍地是牛羊。

…………

"娃们站住，娃们站住，把我的拐棍给我放下，把我的拐棍给我放下……"白进勤正准备下去吃饭，猛听见崖那头传来几声呼喊。

他顺住声音瞭过去，原来是住在崖后的那个老残废军人正站在自家茅房跟前声嘶力竭地喊，两个背书包的男娃一人提溜着一条拐棍从崖头爬上来，一边跑还一边回头冲老人做着鬼脸。

一见这情形，白进勤就迎头赶过去，把两个男娃截在半道上。他大声喝道："站住！快给老人把拐棍送回去！"

别看白进勤只有十五岁，他长得身高树大，体态魁梧，又站在居高临下的位置，那两个男娃一声没敢吭，扛起拐棍乖乖地给老人送了回去。临到老人跟前，两个男娃把拐棍往地上一撂，回头就朝另一条小路扬长而去。

白进勤走过去，把撂在地上的拐棍捡起来，递到老人手里。老人一边感激地点头，一边无奈地叹道："人活在世上，缺下甚也不要缺下腿，自个儿不能利利索索地行走就不要说了，连刚断了奶的娃们也想欺负你……"

听见崖那头传来王慧雄喊他吃饭的声音，白进勤一边应答一边跟老人告辞。他爬上崖头时，见老人坐在院里的碾盘上，又唱起了那首陕北人都会唱的《酒曲》：

门前一卜槐，
青枝绿叶罩起来，
这么好的人才从哪来？

门前一卜槐，
身高树大惹人爱，
走南路的哥哥快回来。

门前一卜槐，

刮风下雨没遮盖，

缺条腿的人儿呀苦难挨。

    白进勤在的这个包工队一共三十来个人，包工头是子洲人。白进勤从米脂来到延安后，先投奔的是他的三舅。他的三舅叫杜修道，曾经当过贺龙的警卫排长，从部队下来后，被安排在延安工作，当过乡长、镇长，市物资局长，眼下是延安市的农机局长。白进勤来延安后，当农机局长的杜修道委托熟人把外甥安排到洪洞窑的工地上打工。工头看他年龄小，先是让他筛砂子、筛石灰，开始碾压后，又让他拿白铁皮做的喷壶，跟在压路机后面往碌子上喷水。压路机的碌子在碾压过程中常常会把路面上的砂土粘起来，影响碾压质量。那时候的压路机不能自动喷水，老得有人跟在后面喷。在工地上这是个最轻松的活计，工头出于人情上的考虑，让年龄小的白进勤和另一个男娃干这个活。

    吃过早饭，要出工了，白进勤提溜上那把白铁皮做的喷壶，把头天残留的水滴一晃一晃地喷洒到王慧雄的身上。别看身高体壮，毕竟只有十五岁，还有那个年龄段的孩子特有的猴性，况且，他还记着睡梦中王慧雄踢他的那一脚。

    "机器跟咱们喂的那牲灵一样，说变脸就变脸，你成天跟那个大家伙打交道，一定要时时注意。"王慧雄一边躲闪着喷过来的水珠，一边叮咛他。

    "谁也比你强，睡着了还不老实。你要再踢我，我就拿根绳子把你小子五花大绑地捆起来……"

    说着话，两个人就分了手。王慧雄干的是烧沥青的活儿，就在住地附近。白进勤跟那个男娃一左一右簇拥着他们的师傅朝停在远处的压路机走去。师傅是个三十出头的壮汉，临上车还叮嘱这两个十几岁的娃："这台机器老得快没牙了，浑身毛病，你俩甚不甚操点儿心。"

    压路机在铺了砂石的路上来回碾压，一会儿前进，一会儿后退。白进勤跟在压路机的后尾，那个男娃在压路机的前面。压路机前进时，白进勤从后面往上喷水；压路机后退时，白进勤随着压路机一边退一边喷。按照操作规程，压路机改变行进方向时，先停车，后鸣笛，然后才启动。这段时间，两个男娃跟他们的师傅已经配合得很默契了，从来没出过差错。

然而，这天却偏偏出了岔子。

半前晌的时候，压路机正稳稳当当地前行，那个男娃在前头退着走，白进勤在后面跟着喷。突然，压路机改变了方向，由前进变成了后退。慌乱中，跟在后边的白进勤本能地往右边一跳，谁知脚下一滑，身子失去了平衡，一个趔趄倒在地上，上半身和右腿尽管闪了出去，多半条左腿却被压在下面，要不是手里的喷壶缓冲了一下，左腿恐怕当时就完了。等师傅按下制动，把压路机停稳，从车上下来，白进勤已经动不了了。

闻讯跑来的工头和众多工友一齐上手，才把白进勤从碌子下边抱起来。王慧雄跑到便道上拦了一辆大卡车，把白进勤抱上去，赶紧往延安医院送。

送到医院后，大夫简单地做了一下处置，让先拍个片子，看看骨头伤着没有。等到片子拍出来，大夫对着荧光屏看了半天，轻描淡写地说："骨头没事，用不着住院，开些止痛药、消炎药，回去养着吧！"

王慧雄一听就急了，指着白进勤对大夫说："你看病人疼成甚了？咋能说没事哩！好不容易从车轱辘底下捡回条命来，你们可不敢给娃耽误了。"

众人也一齐帮着说，好说歹说，总算说得大夫动了心，"那就留下来观察观察吧，不过，病房里住得满满的，只能待在走廊里了。"

王慧雄说："走廊也行，只要能看病，总比我们住的那个土洞窑强。"

白进勤就这样在医院住下来，工头让王慧雄在这里照护，就等于是陪床。这弟兄俩又待在了一起。

发现白进勤的病情加重，是他被撞的第三天。

入院那天，从片子上确认骨头没有受伤之后，医院就把他完全当一般病号对待了。看到他疼得浑身冒汗，连话也说不成，王慧雄五次三番地找值班大夫，求他们给好好儿查一查，看到底伤着哪啦，既然骨头没断，人咋能疼成这样。

穿着白大褂，身上一股药水子味儿的大夫，对他这个穿一身破烂衣衫，身上一股臭汗味儿的农民似乎有一种天生的排斥，对躺在临时加床上的那个同样脏兮兮的病号根本不屑一顾。王慧雄催得急了，竟能换出这样不近人情的话来："皮没伤，骨没断，至于这样嘛，还农民哩！"

王慧雄恨得直咬牙，可还得挤出一副笑脸来，谁怨咱是农民哩？谁怨咱遇上这天灾人祸哩？万一把人家惹恼了，连走廊也不让咱待，那不更瞎了？

唉，这就是农民，这就是中国的农民。多少年来，他们用自己的辛劳和汗水为这个社会创造了那么多财富；他们用自己的肩膀和脊梁，替国家分担了那么多压力，轮到自己，他们只要求人们能平等地对待他们，能让他们享受一点城里人的待遇。然而，就是这样的要求，他们也总是得不到。

眼下这位大夫，如果他对生活在社会底层的这个可怜的农民工稍稍给一点关照、稍稍尽一点责任，十五岁的白进勤也不至于从此就站不起来。然而，当入院第三天早上例行查房，主治大夫揭开盖在白进勤身上的被子时，大错已经铸成，一切都无法挽回了。在场的所有大夫、所有护士看得真真切切：白进勤的小腿肿得快赶上大腿了，大腿肿得快有腰粗了，更严重的是，整条左腿从上到下变成了黑色。大夫们互相交换了一下眼神，不约而同地吐出四个字：血管断裂。

半小时后，医院拿出了准备给白进勤实施截肢的手术方案，要求病人家属尽快做出决断。

陪床的王慧雄当时就慌了。他避开白进勤赶紧去给工头打电话，要求公路段的领导一块儿来。同时，他也通了白进勤三舅的电话。

白进勤出事那天，白进勤的三舅正在远离延安的乡下检查工作，那时还没有手机，等他辗转接到信息从乡下赶回来，已经是第二天的上午了。听完医生的介绍，当舅舅的才放了心。当时所有人都觉得不过是受了点外伤，是不幸之中的万幸，将息个十天半月，又可以回去干活了。

那天，白进勤的三舅还跟外甥商量，要不要告诉他娘。白进勤说什么也不让告诉。他知道，自己的娘吃不住这样的惊吓，再说，来回一千多里，本来就穷，瞎折腾什么。当舅舅的也觉得外甥的话在理，就没再坚持往米脂打电话，只是安顿自己的儿子杜成亮和王慧雄替换着在这里照护进勤，有什么情况，随时给他打电话。

这天上午，一接到王慧雄的电话，白进勤的三舅就立马赶到医院来了，同时赶来的还有公路段的领导、包工队的头。

在他们几个面前，医生是这样介绍的："经过再次复查，我们认为患者得的是事故造成的血管断裂，由于当时处置不当，导致现在血脉不通，如不及时处置，有可能危及患者生命。所以我们的意见是尽快截肢……"

一听"截肢"二字，农机局长的脸当时就白了。这位当年跟着贺龙同志在枪林弹雨中冲锋陷阵的警卫排长，清楚地知道截肢对一个十五岁少年将意味着什么。

一听"截肢"二字，包工头和公路段的领导当时就急了，他们大声质问："既然是血管断裂，前天入院时为什么不做处置？今天的血脉不通，完全是你们处置不当造成的，你们在拿患者的生命当儿戏！我们要追究你们误诊的责任，病人截肢后造成的一切后果都得你们承担……"

农机局长杜修道用手势打断了他们，神色冷峻地问医生："除过截肢，还有没有别的办法？"

"没有了，这是唯一的方案，而且必须尽快进行。"

"后天给你们回话晚不晚？因为他的爹娘都还在米脂农村，这事儿没有他们同意谁也不好做主。"

"最晚只能等到明天下午，再拖下去，病人的情况就不好说了。"

"好吧，明天下午下班前，一准给你们回话。"

从医生办公室出来，农机局长径直来看自己的外甥。发现病情恶化后，医院已经把白进勤安置到了特护病房。农机局长走进去时，护士刚给量完体温。他从护士手里要过体温计看了一下，是三十九度五。

看见舅舅进来，白进勤笨拙地往里挪了挪身子，让舅舅坐到床上来。仅仅两天时间，小伙子就瘦了一圈似的，显得那么憔悴，嘴唇上起了一层燎泡，眼睛看上去懒懒的，没有一点精神。撩开被子，那条左腿肿得又黑又亮，摸上去都有点烫人。一想到两天后这条腿就要被锯掉，可怜的小外甥从此就成了残疾，舅舅的心一阵阵难受，泪水不由得转满了眼眶。

想到得赶快给米脂那边打电话，农机局长没敢在病房里耽搁，简单安顿了外甥几句，就赶紧告辞而去。

进勤从小就是个聪明伶俐的孩子。

那天机器突然失灵，他倒在地上的一刹那，看着那个扑面而来的巨大的轮子，他当时的第一反应是，自己在这个世界上怕是彻底没事了。后来听得喀嚓一声响，心想准是自己的脑袋被压碎了。再后来听见好多人在叫自己的名字，心想不对呀，人死了是不可能听到声音的，既然能听到声音，看来还是没死。他想动动自己的脚，一点儿动不了；想动动自己的手，好像也动不了。对了，听娘说过，人要是死了，眼睛就发了迟了，自己使劲睁大眼睛看，除过一个比磨扇还大的东西，别的什么也看不见。看来就是死了，彻底没事了……

进勤从幻觉中醒悟过来，是他被抬上汽车之后。这时候，他才意识到自己戳下大拐了。在医院里检查、拍片的过程中，他懵懵懂懂的，被人们抬来抬去、搬上搬下。但大夫最后的那句话他还是听清了——"骨头没事，用不着住院"——就是那句话，让他放了心，说什么也不让三舅告诉娘。

那天晚上，疼痛折磨得他无法入睡，黄豆大的汗珠子擦也擦不完，疼得忍不住的时候，他一遍遍地喊娘，喊得陪在他身旁的王慧雄也哭了。

"要不等天明了，给你三舅打个电话，还是让你娘来吧！"王慧雄含着眼泪说。

"不。"白进勤摇着头说，"我成了这样，娘见了不是更伤心？"

那两天，支撑着白进勤的，就是大夫的那句话，再就是他小时候听村里的大人们说过，伤筋动骨，最难挨的是头三天，把头三天熬过去，就好受些了。

可是，三天之后，病情反倒更重了。清早查房，那群大夫的眼神就不对。紧跟着，三舅也来了，公路段的领导也来了，又把他安置在这么一个单独的病房里。三舅来病房看他时，眼里尽是泪，一个从战场上下来的人，甚事没经见过，不是遇上特别伤心的事，他的泪是随便流的？慧雄的眼神也不对，老是躲着他，像是有什么事情瞒着他。能有什么事呢？还不是他的腿？莫不是他这条腿在不住了？

身上烧得难受，像在蒸笼里一样，把胳膊伸出去晾晾，又冷得发抖，上下牙不住气地打颤。高烧！这就是高烧……

那天晚上，白进勤就这样，一会儿清楚，一会儿糊涂，什么时候睡着的，他自己也不知道。

睡梦中，白进勤忽然发现，自己不知什么时候变成了瘸子——跟那个残废军人一样的瘸子,也拄了那样的两根拐棍,在山硷塄的土路上艰难地行走。突然觉得憋尿,就放下双拐,进自家的茅房里撒了一泡。可是,等他从茅房里出来,发现那两根拐棍不见了。听见崖头上传来男娃们的笑声,是那两个背书包的男娃扛着他的双拐一路飞跑,还不停地回头朝他做着鬼脸。进勤又急又气。他想追上去,就是迈不动腿;他想大声喊,就是张不开嘴。就在他无可奈何的时候,娘不知从什么地方跑来了,从两个男娃手里夺过拐棍,朝着他飞快地跑过来。进勤一肚子委屈,放声哭起来。娘说:"俺娃不哭,娘给娃把拐棍要回来了。"进勤拼命推开娘递过来的拐棍,边哭边喊:"我不要拐棍,我要我的腿……"

"进勤,进勤!"王慧雄一边叫着他的名字,一边往醒推他。

睁开眼,进勤才知道刚才是一场梦。

"梦见甚啦,又喊又叫的?"王慧雄用毛巾擦进勤满头满脸的汗,一边关切地问。

"做了一个梦,一个特别不好的梦。"停了半晌,进勤又问,"慧雄,你跟俺说实话,俺这条腿是不是保不住了?"

"半夜三更的,你咋想起问这么个话?"

"唉,俺有预感。慧雄,俺现在特别想俺娘,一会儿等天亮了,你去邮局打个电话,让俺娘来吧,俺就想见她……"

说着话,弟兄俩头抱头哭在一起。

第二章

进勤娘得到信儿已经是第三天,也就是十月十九日的晚上了。

那年头往乡间打电话可没现在这么方便。进勤的三舅只能把电话打到郭家砭公社,公社到大队,电话和广播用的是一条线,得等广播结束才能打过去。到了大队,接电话的是大队的老支书,老支书把电话里说的大致内容记到脑子里,再到家里去转达。这样三转二转,就耽误了时间。

老支书摸黑走进进勤家那眼土窑时,进勤的娘老子、进勤的哥哥、姐姐和弟弟正吃夜饭。老支书先是不咸不淡地拉了几句家常话,等全家老小把那碗饭倒进肚,才把进勤三舅才刚来电话让进勤娘去延安的事说出来。

老支书的话音还没落,进勤娘双膝一软就圪团儿在地上了。

进勤的姐姐进香赶紧把娘搀起来,同时盯住老支书问:"我弟弟到底伤着哪啦?要紧不要紧?他现在是住在医院还是住在我三舅家?"

老支书一边回忆一边小心谨慎地回答:"电话里说,伤的是左腿,是压路机碰的,骨头没断,就是疼,娃想让你娘去。你三舅说,顺便让你娘去延安住上几天。"

老支书尽管说得轻描淡写,进勤娘心里却明镜儿似的,哥哥的做事她最清楚,儿子的脾性她最知底,不是伤得厉害,决不会惊天动地地打长途电话来,儿子要真是想家了,想让娘去住几天,写封信不就行了,还用得着打电话?

送走老支书返回来,进勤娘对一家老小说:"三丑怕是戳下大拐了。前儿早起一起来,我这眼皮子就不住气地跳。进喜,现在几点了?"

进勤的大哥进喜朝闷柜上的马蹄表看了一眼,说:"快十一点了。"

"今儿太迟了,明儿一早起来我就走。"进勤娘说。

"娘,让我跟你一块儿去吧!"进喜说。

"让我也去吧……"进香也说。

"延安那儿是红是黑还不知道哩,都走了咋呀?进喜还下煤窑,一天也不要耽误。进香在家给你老子、给你哥哥弟弟做饭。明儿让你老子赶上驴把我送到镇川就行了。"

进勤娘打年轻时候起就是个性格刚强、做事果断的人,别看是个婆姨,大凡小事,向来拿得起、放得下。进勤爹人老实,不爱言语,家里大一点的事一满都是婆姨做主。此刻,他一边在炕沿上磕打烟袋,一边对站在地上的三个儿女说:"就依你娘说的办吧,时候不早了,都睡吧,明儿还得早起哩。"

那天晚上,进勤娘一夜没睡。

人常说:"十指连着心哩。"儿就是娘心头上的肉。儿在几百里外的工地上戳下大拐了,为娘的哪还有心思睡觉哩?一合上眼睛,翻过来倒过去,眼面前尽是进勤的影子。睡在炕头起的进勤爹也是不住气地长吁短叹,心里有事睡不着,就爬起来抽烟,烟呛得一声接一声地咳嗽,又躺下接着睡,还是睡不着。一晚上就这么来来回回地翻煎饼，老两口谁也没睡着。眼看着窗棂上的麻纸发白了，广播匣子里也唱起了《东方红》，老两口索性穿上衣裳，收拾得早一点起身。

进香在那边窑里熬好了钱钱稀饭，还烙了几个进勤最爱吃的干烙儿，把罐罐里攒下的十来颗鸡蛋也都煮上了。

老两口扎挣地一人喝了碗稀饭，吃了半个干烙儿，就再也吃不下了。进喜在院子里已经备好了驴，进香把给娘准备好的东西都归整在一个包包里。临出门，娘又挨个儿安顿了他们姊妹三个一气，这才上了驴。

下午四点多，进勤娘坐的班车才进了延安城。在出站口等她的是进勤的表哥杜成亮。小伙子让姑姑在后衣架上坐稳，一撇腿蹬上自行车就直奔医院。

躺在特护病房里的白进勤已经处于半昏迷状态，体温升到四十一度。

听到娘的声音，进勤睁开了眼睛，两手抱住娘的胳膊，呜呜地哭出了声。

娘要撩开被子看到底伤成了什么样子，进勤不让。他从贴身穿的娘亲手做的夹腰子里取出那个用手绢包着的小包，递到娘的手里说："娘，这是这几个月挣下的工资，俺一分也没花……"

话音刚落，就又昏迷过去。

趁这工夫，娘揭开了进勤的被子。

尽管一路上做了各种各样的猜测，包括最坏的猜测，可是，当她撩开被子，看到儿那条肿得像紫茄子一样的大腿时，还是软团团儿地歪在病床上，再也站不起来了。

众人把她搀扶到斜对面的医生办公室，医生用尽可能直白的话语向她介绍了进勤的病情，最终提出了那个无法回避的话题——截肢。

没等大夫再做进一步解释，进勤娘就从凳子上站起来，疯了似的朝大夫扑过去："不行，俺娃不能没有腿，不能！不能……"

在寂静的走廊里，这声音是那样的瘆人，就像是森林里的母狮在狂叫；这声音是那样的绝望，就像是大山里的老虎在哀鸣；这声音是那样的凄惨，这是一位母亲在撕心裂肺地呼救……

随着一声呼叫，进勤娘头一歪，身子无力地倒了下去，幸好进勤的三舅站在她的身后,他护住了自己的妹子。在众人的一片慌乱声中,进勤三舅一边用力地掐住妹子的人中,一边朝围上来的大夫挥手说:"准备手术吧,我代表家属签字!"

经过好一阵折腾,进勤娘才慢慢苏醒过来,刚安静了几分钟,又哭闹起来。对进勤将被截肢这样一个现实,老人无论如何接受不了,"十五六的娃,才待活人呀,咋能没有腿呢?欢蹦乱跳的个人,生个蹭蹭地就把一条腿给锯了,这是硬往下揪娘的心哩嘛!好端端地把一条腿没了,这就成了废人、成了残缺人,娃这辈子可咋活呀?是我油糊了心,放着平平安安的日子不过,让娃跑到这地方来。来就来吧,学校开了学就该让娃回去,为挣人家那两个钱,这是硬把娃往苦井里推哩!是我害了娃……"

进勤三舅见谁也劝不住,只好让四兄弟两口子和自己的婆姨连哄再拽地把妹子接回家里去了。

走廊里这才安静下来。

进勤三舅站在走廊的僻静处连抽了几根烟,然后,轻轻推开特护病房的门。在手术之前,无论如何得跟外甥很好地谈一次。一则,作为病人,他有权知道自己的病情;二则,截肢这样的大事,一定要事先征求外甥的意见,得到外甥的认可。妹子已经失去理智了,当下根本商量不出个结果来,只能跟外甥本人谈了。

听见有人进来,进勤睁开了眼,见是自己的三舅,他用手指了指椅子,让三舅坐。

进勤三舅把椅子搬到离床最近的地方,挨着外甥坐下来。

"三丑,"他叫着外甥的小名,"情况你也都知道了,俺娃这条腿得取。你娘解不开,更舍不得,可是,没办法,但凡有一点办法,三舅不会同意医院这么做。这事全怪三舅,你娘把你交给我,我只顾忙局里的工作,对你没有照护到,三舅对不起俺娃……"

三舅的声音哽咽了,眼泪像断了线的珠子一颗一颗地落到进勤的手上。

进勤握住三舅的手说:"三舅,不要这样说,这事哪能怪你?这是命,是俺生来就命苦……至于手术,大夫说做就做吧,俺同意。书上说,没事别生事,有事别怕事。已经走到这一步了，俺不怕。就是俺娘那边，你让俺四舅他们多照护着些，做手术的时候不要让她来，俺就怕她想不开，受不了……"

"这你放心，三舅会安排的。你今儿晚上不要胡思乱想，尽量早一点睡，养足了精神，明天好做。"

白进勤的手术是十月二十二日上午做的。

手术前，进勤的三舅曾一再要求大夫能设法保住膝盖以上的部分，这位从硝烟炮火中杀进杀出的野战军排长，曾有多少战友失去了胳膊，截去了腿脚。从战友们身上，他看到过伤残人员生活的艰难，最懂得残肢对他们日后生活的重要，哪怕多保留一寸呢，总比光秃秃的什么也没有要强。然而，院方权衡再三，还是决定从膝盖以上截，大腿根部只能留下二十五厘米左右的残肢。

手术进行得还算顺利，早上八点多进去，中午不到两点就推出来了。

手术过程中，在门口等候的，只有进勤的三舅，进勤的堂兄和表哥，再就是他的工友王慧雄。

进勤的娘没有来，进勤说什么也不让来，进勤三舅也不敢让她来。那天从医院回去后，任凭哥哥嫂子讲今比古地苦劝，弟弟弟媳挖空心思地开导，她始终不能面对这个现实。老人家水米不进，枕头不沾，就那样痴痴呆呆地坐着，任你说下大天来，她一句也听不进。她就执迷地认住一个理：娃是她害的，是她让山硷塄小学侉侉老师写的那封信害的，是她为了贪图那一百多块钱硬把娃塞到了压路机的碌子底下……

她还说："娃出来的时候全全活活的，如今把一条腿没了，娃咋回山硷塄？我也不回去了，你们给我寻上一根打狗棍，我就背上俺娃在这延安市面上讨吃要饭呀……"

从白天到晚上，她就是这样，言语错乱，哭笑无常，竟有些癔症的模样了。

看她这副样子，进勤的两个舅母替换着守在跟前，横竖不敢离人。进勤的三舅又给郭家砭那边打过电话去，把妹夫叫了下来。妹子成了这个样子，白家的正经人一个也不在跟前，这么大的事，全由自己这个当舅舅的做决断，毕竟不合适。

在这期间，白进勤自己倒是一直很安静，既不哭，也不闹，就那么一声不吭地躺着。那天临进手术室，三舅握着他的手嘱咐："听大夫的话，不要紧张。"他也只是点了点头。做完手术的那天晚上，从麻醉状态中完全醒悟过来，真真切切地感觉到自己的左腿已经没有了的时候，他也没有掉一滴眼泪。他的三舅跟人说："俺娃是个男人。男人眼里没有泪，心里长着牙哩！"

其实，可怜的进勤何尝不想哭？这个十五岁的少年，眼里咋能没有泪呢？他只是觉得，事到如今，哭已经没有一点用了，泪只能悄悄地往自个儿的心里流。那几个晚上，在那间只放了一张床的宽宽大大的特护病房里，我们的进勤睁着那双稚气未脱的眼睛，整夜整夜失眠。他来到人世间十几年来经历的件件往事，像电影一样一幕一幕地重现在病房白白净净的天花板上……

白进勤出生在米脂县无定河西边一个叫山硷塄的小山村，那里山高、坡陡、路窄、人稀，是一处靠天吃饭的穷地势。

山硷塄离米脂城整整六十里。在出门全凭步走的年代，山硷塄的村民要想进趟县城确实是件很辛苦的事。那年月，这地方别说通汽车，有钱人家拴上辆胶皮轱辘大车都赶不进来。直到二十世纪六十年代初，人们进进出出还是靠步行，条件好的人家，顶多能骑个毛驴。

在山硷塄的东边，有一个很有名的集镇叫龙镇。龙镇出名出在李自成身上。相传这位农民起义领袖成事之前在这条沟里放过羊，尽管他只坐了几十天的龙庭，但在米脂人眼里，他就是坐过皇帝宝座的"真龙天子"。沾这位农民起义领袖的光，这里得了个响亮的名字——龙镇，"真龙天子"来过的集镇。龙镇是离山硷塄最近的繁华去处。村民们过个时时节节，或者家里来了稀罕亲朋，割斤肉，打壶酒，买点油盐酱醋，跑趟龙镇就都有了。

白进勤的先人并不在山硷塄住，而是住在白硷村。白硷村就在去龙镇的路旁，离山硷塄五里远。

白家是白进勤的爷爷那一代来的山硷塄。那时，山硷塄才十几户人家，雷姓居多。雷家地多人少，自己种不过来，白进勤的爷爷就过来给雷家打工，后来买了雷家三十来亩坡地，自己打了几眼土窑，就把家安到了山硷塄。

白进勤是一九五七年出生的，属鸡，他的生日是四月十五，村里人都说阴历，按阳历，应该是五月十四日。

　　他是山碰塄老白家的第三代，是他娘老子生的第四胎。头胎是他的哥哥白进喜；二胎也是个小子，生下来没活下，不等满月就撂了；三胎是他的姐姐白进香。他虽然是第四胎，但排下来是老三，娘怕他又走了前一个的路，就给他起了个谁也不待见的小名——三丑，为的是好抬掇。他的大名儿是后来上户口时大队会计给起的，但家里人到现在也还是叫他三丑。

　　名字虽然叫三丑，人长得可一点也不丑，身高树大的，谁也不把他当个十五六的孩子看。加上他打小就勤快、老实、仁义，村里老老少少都很喜欢他。进勤娘常跟人们说："俺这四个娃，大小子小学没念完就下窑挖了煤，那叫蚂蚁尿到书本上——没识（湿）下几个字。进香是个女娃，能认得自个儿的名字、进了米脂城别走错茅厕就行了。三小子进永脑子倒是聪明，就是过于活泛，不肯吃苦。将来有点长进，也就看俺三丑吧，这娃脑子灵泛，爱琢磨事，大人们干个甚，他站在跟前看上几遍，不用教，自己就会了。"

　　正因为这样，家里再穷，娘老子也要供进勤上学。进勤自己倒也争气，小学四年级以前一直是他们班上的前两名。四年级那年赶上了"文化大革命"，学校里整个放了羊，别的学生娃一天到晚"打红闹黑"，他却抱上本书，独自坐在自家门前那卜槐树下安安静静地看。后来进了郭家砭中学，尽管教学秩序还没有完全恢复过来，但总算是可以学一点东西了。

　　上小学的时候，白进勤就给自个儿的将来选下个目标。这个目标其实就是少年白进勤最务实的人生理想。这个理想他深深藏在自个儿心里，作文本上只字未写，跟自个儿的娘老子也一句未提。他的理想就是——从书本里面学一点真本事，一点能帮助自己安身立命的真本事。靠着这个真本事，他想离开这个穷山沟到山外去闯荡，最少要到米脂城里去，最好能到榆林、延安、西安这些大地方去，像三舅那样当个国家干部，或者当个医生、教授，每月能领到一份工资。到了那个时候，一定要把爹娘都接到城里去，用自己的工资养活他们，让他们不再受农村里的这份苦……

　　白进勤的这个理想，是总结了他最敬重的两个男人——他的爹爹白存有、他的三舅杜修道——的相同身世、不同结局之后形成的。

一九四六年,爹本来是和三舅一起参的军。因为有点文化,三舅很快就当上了贺龙的警卫员,一九四九年复员后,被安排到延安,成了国家干部。自己的爹,却在一九四七年打忻州城的战斗中,被敌人的子弹打中脑袋,也是命不该绝,尽管流了好多血,人完全失去了知觉,但总算保住了一条命。那颗子弹假如再低哪怕是一厘米,爹就彻底没事了。爹没事了,他自然更没事了,根本不可能来到这个人间。

打扫战场时,民工们把爹当作阵亡将士抬到存放尸体的空房里。两天后,前来认领遗体的阵亡将士家属忽然发现他在动,这才把他从死人堆里抬出来。这时候,他所在的部队已经为他举行了追悼会,追认他为中共党员……

在太原住了几个月医院后,因脑部重伤落下了残疾,他已不适合在部队继续打仗。一九四八年初,他被定为二等乙级残废,从部队复员,回到米脂县的山碥塄,又当起了农民。

尽管获得解放的农民都分到了土地,但在山碥塄这样的穷苦地方,单指那几亩薄田,老百姓是很难得到温饱的。赶上年景不好,村民们依旧过得凄凄惶惶的。好在龙镇这地方出煤,村里身强力壮的男人都到窑里当窑工,挣点血汗钱养家。

进勤爹回村不久也下了窑,他年纪虽然不算大,但毕竟是"半路出家",加上受过重伤,没明没黑地干下来,人累得筋疲力尽,挣的钱却连别人的一半儿也抵不上。

二十世纪六十年代中期,进永已经出生,家里大大小小六张嘴。偏赶上收成不好,又在人民公社那种体制下,秋后分粮,每人只分了两斗毛粮。没等过年,好多人家就揭不开锅了,饿得娃们一声接一声地哭,饿得大人们十个有几个浮肿。有些人家眼看抗不住,就又"走南路"奔延安逃荒。

刚进腊月,进勤三舅就写信让妹子领上娃去延安过年。他怕妹子要强不肯去,就找了个"来给娃们做几身过年的衣裳,纳几双过年的新鞋"的由头。这样,进勤娘就领着进勤、进永弟兄俩去延安过了个年,实际上就是去舅舅家"度荒"去了。

娘会织布，会纺花。她给舅舅家的孩子每人做了一身新衣裳，每人做了一双新布鞋。见两个外甥穿得破破烂烂，当舅舅的心上过不去，让给他俩也各做一身。娘不肯，只是把进勤表哥的旧衣裳拆洗出来，往小改了改，权当是他俩过年的新衣裳，这弟兄俩已经乐得美滋滋的了。

那年头，像白进勤这样的农家，过年别说给娃们换新衣服，就连双新鞋也做不起呀！单是那鞋面就买不起，别说条绒、大绒这样的好布料买不起，就连最普通的花达呢也买不起！

过罢二月二从延安回来，正是一年当中青黄不接的时候。为了维持生活，保证这个六口之家能度过春荒，进勤娘琢磨出个做小买卖的主意。

她去龙镇的集上买来荞麦，在自家磨上磨碎了，做成碗饦儿，拿出去卖；又买上黑豆，做成豆腐卖。卖这两样东西，除了可以挣点儿小钱，做碗饦儿滤出的荞麦渣，磨豆腐滤出的豆腐渣，还是全家人很好的饭食。手里有了一点小本钱后，进勤娘又开始打干烙儿卖。打干烙儿得白面，她听说后山的粮食便宜，就一个人到后山的五家坡集上去买。五家坡归横山，离山硷塄有四十里，来回八十里，全是山路。进勤娘半夜就得从家走，天明到了五家坡正好能赶上早集，买上麦子返回来也就快晌午了。在磨盘上磨成面，麸子自家吃，面打成干烙儿拿到煤窑上卖。卖回钱来第二天再去买麦子……每次不敢多买，也就买个四升五升，一来没那么多本钱，二来在山路上走，一个妇道人家，多了也背不动。

当时在山硷塄的五十几户村民中，人口最多、劳动力最少、家里最穷的有三户，白进勤家就是这三户中的一户。靠着进勤娘的精打细算，辛勤操持，一家人竟也挺了过来，好也罢，歹也罢，汤汤水水的总能填饱肚子。这都是娘的功劳！

受了半辈子苦，娘早早儿就显出了老相，不到五十的人，皱纹就在脸上爬满了，两鬓顶出的白发挡也挡不住。爹从窑里上来，一进屋就在炕上躺下了，一黑夜哼哼哼的，让人听了心疼。

俗话说："小子不吃十年闲饭。"自己已经虚岁十六了，该替娘老子分担一些压力了。

暑假前，进勤背过娘老子，给三舅写了封信，想利用假期去延安打几天短工，请三舅给找点活干。

三舅回了信娘才知道，虽说心里舍不得放不下，临到走起哭哭嚓嚓的，但没有硬拦阻。自己卖干烙儿的事，被公社当作"投机倒把"，当作"资本主义尾巴"，横竖不让卖，家里刚刚松动的日子又紧起来了。现在儿子想出去闯荡闯荡，就让他去吧，终归是件好事，况且又不是去了别处……

唉！谁能料到，一场好事竟做下个这！

钱没挣下几个，倒把身体残了。这一残不要说替老人分担压力，反倒加重了他们的压力，成了娘老子一辈子治不好的心病。这是做下个甚？

唉！自责没一点儿用了！埋怨更没用！怨谁呢？怨医院误诊？又能怎样？怨公路段设备老化？又有什么用？唉，还是从实际出发，面对眼前的现实吧！

现实是什么？现实就是作为一个残疾人——对，自己已经是个残疾人了——今后的路怎么走。

爹就是个残疾人。人家是在战场上残的，是为中国人民的解放事业残的，是正儿八经的革命军人，政府每年还给几十块钱的抚恤金。我这算甚呢？是在工地上做小工残的，是在一次意外事故中残的，顶多算个工伤，将来，一切的一切，都得自己刨闹。穷山沟里的农民，在社会上本来就够低微的了，再缺上条腿，今后的日子就更难了。自个儿定下的那个目标，这辈子怕是没办法实现了……

一想到这些，白进勤又流起泪来，他不想让人发现，蒙上被子，紧紧地闭上眼睛……

不知什么时候，他发现自己又来到了延安枣园，来到了毛主席早年住过的那几眼窑洞。这地方他是来过的，是来延安的第二天三舅领他来的。那天这院儿里人那么多，今天却安安静静的，除过他，一个人也没有。他轻轻地撩开窑洞门口挂着的白布帘儿，蹑手蹑脚地走了进去。

毛主席正在窑洞里，就坐在那把椅子上，趴在桌子上聚精会神地写字。

白进勤一眼不眨地盯住毛主席看，看着看着，忽然发现毛主席手里夹着的烟头快要烫着手了，他失声喊起来："主席，烟头……"

听到声音，毛主席发现了他，一边把烟头掐灭，一边走过来，紧紧地握住白进勤的手。

毛主席的手那么粗大，那么温暖，那么有力。

毛主席发现他的左腿没有了，关切地问："小同志，你是在哪个战役中负的伤？"

白进勤又是羞愧，又是激动，又是伤心，当着毛主席的面哭了。

毛主席安慰他："小同志不要悲观，不要失望，更不兴哭鼻子。一条腿虽然没有了，我们还有两只手嘛！一只可以用来学文化，另一只可以用来学手艺。将来，自己动手，一定可以丰衣足食嘛！来，我把这个送给你。"

说着话，毛主席把他刚才写好的一张纸当礼物送给了白进勤，白进勤一看，上面写了八个字：自己动手，丰衣足食，下面是毛主席的亲笔签名。

白进勤高兴地笑起来，这一笑就把自己笑醒了，原来是一场梦。

虽然是场梦，白进勤却像真的见过毛主席一样，身上顿时有了精神。他回忆着梦中的情景，自言自语地说："毛主席讲得真好，自己动手，丰衣足食。一只手学文化，一只手学手艺，自己动手，一定可以丰衣足食。爹一辈子穷苦，就是因为没有文化；娘善于操持，凭的就是自己的手艺。我要像毛主席教我的，回去先上学，下决心把文化学扎实，而后再学门儿手艺，不愁这辈子活不出个人样儿来！"

人真奇怪，思想上的障碍要是排除了，现实中再大的问题也不再是难题。白进勤把脑子里的这些疙瘩解开后，人就立马变得开朗起来，情绪一好，话也多了，饭量也有了，还老是问大夫什么时候可以出院。

见他自己能把这事看开，众人也都松了一口气，连进勤的娘也终于从牛角尖里钻出来，开始理性地接受这件事了。

进勤手术后，在医院养了一个多月就办了出院手续。医药费全是公路段出的。医药费之外，段里又给补偿了一千块钱，这事就算了结了。

依他三舅的意思，是想让他们母子在延安过罢年再走。进勤不肯，执意要回米脂。谁也拗不过他，只好按他的意思来。

临走的前一天，进勤跟三舅提了个要求，想办法搞一张毛主席写的字：自己动手，丰衣足食。进勤三舅满口答应。那时候复印机还没普及，进勤三舅通过关系，请纪念馆的同志搞了一个复制品，还装了框子，亲手交到外甥手里。

第三章

白进勤是冬至那天回到山硷塄的。

听说三丑回来了，村里的男女老少、老白家的亲戚六人都来看他。老白家出了这么大的事，大家都想过来走走，表示个关心，表示个同情，表示个人情。再说都知道三丑把一条腿让锯了，锯掉一条腿的三丑成了个甚模样，人们也都想过来看个究竟。因此，一连五六天，老白家那三孔窑里，白天黑夜，人挤得满满的，窑里、院里，透着那么一股子乡间特有的浓浓的亲情。

但凡从白家出来的人，没有一个不对三丑的遭遇感到惋惜，没有一个不为三丑的前景感到担忧。特别是那些上了年岁的婆姨们，总要聚在白家门前那卜大槐树下，你一言我一语地拉谈一番：

"多好的个娃，这辈子就算完了。"

"谁说不是呢！生在咱这穷地方，全胳膊全腿儿的还填不饱肚哩，缺上条腿，后几十年可咋活呀？"

"娘老子在咋也好说，老人但凡有口吃的就饿不起他。谁家的老人能守住儿女过一辈子？娘老子一下世，这娃可就不抵了。"

"听说那条腿齐根儿锯了，也不知道将来能不能留根传后？"

"还留根传后，跟谁留根，跟谁传后去？谁家的女子能给他？"

…………

池塘里的水是最容易平静的，你扔进再大的石头去，也溅不起多高的水花来，用不了多大工夫，它就会重归平静，就像什么事也没有发生。

半个多月后，有关三丑锯掉一条腿的话题就很少有人再提叙了。随着腊月的临近，圪蹴在向阳坡坡上拉闲话的山硷塄的男男女女们，拉的又都是过年的话。

然而，对于白进勤和他的娘老子来说，却没有一时一刻能绕开这件事，更没有一时一刻能忘记这件事。清早一睁开眼睛，裤子怎么穿，下地怎么下，茅房怎么上……都需要他们仔仔细细地做，谁也不敢大意。

白进勤偏又是个分外要强的人，在亲亲的娘老子名下也是多心得很。怕晚上起夜，吃夜饭的时候，汤汤水水的"和和饭"只喝多半碗，能压住饥就不敢再吃了。上茅房，宁自己挂根棍子也不让娘在跟前站着。下了大雪，娘怕他上茅房摔倒，让他就在家里解手，他说甚也不肯，自己找了块烂布，缠在拐棍着地的头子上，又用细铁丝绑结实了，还是挂着自己去了。宁肯自己有千般难，他也不愿意给别人添一分烦。

从延安带回来的毛主席题词的复制品，他端端正正地挂在窑洞的墙上，一抬头就能看见。那八个字，就是他的座右铭，就是他的主心骨，他用它们激励自己战胜生活中的困难，克服心情上的沮丧，鼓起走下去的信心，燃起对未来的希望……

毛主席让"一手学文化，一手学手艺"，现在，先得把文化学好，开学以后，说什么也得回班里接着上学，至少要把中学念下来。

那天，他们初二一班的班主任领着十几个同学来窑里看他，他跟老师说了自己的想法。老师想了想，对他说："初二的第一学期你一天也没上，已经误下了，第二学期开学后，我怕你跟不上。再说，你眼下走路还很困难，咱们学校又不能安排住宿，你索性从下一学年跟着下一届上吧。过起年来，你一面在家复习，一面做一些适应性训练，等秋天开了学，学习上也不会吃力，身体上也能吃得消。"

白进勤听老师讲得有道理，也就不再坚持自己的意见了。

第二天，班主任托班上的同学给他捎来一书包书，里面除了初二第一学期的全套课本，还有老师为他精心挑选的几本课外读物。里边有吴运铎写的《把一切献给党》、缪敏写的《方志敏战斗的一生》、萧三写的《毛泽东同志的少年时代》，还有一本是外国人写的，作者的名字一大串，叫尼·奥斯特洛夫斯基，书名是《钢铁是怎样炼成的》……

在那个知识匮乏的年代，这位乡村中学的班主任老师是从哪儿找到这么多书的，她又怎么会舍得把它们全部借给她的这位残疾学生，这应该是个谜。

在当时那样的社会环境下，在那个连汽车都开不进去的偏僻山村，对这位刚刚遭遇了横祸的残疾少年来说，这几本课外读物，简直就是最可口、最解馋、最管用的精神大餐，它们给这位少年带来的，是人生路上最好的伙伴，是今后生活中最好的榜样，是在崎岖山路上艰难登攀用不完的力量！

也就是从那一天起，白进勤的生活变得有滋有味儿了，安排得井井有条了。清早起来吃罢饭，他先拄着双拐，在自家院里锻炼一个钟头，然后回屋复习功课；午后歇起晌来，看两个钟头课外书；晚上吃过夜饭，又在院里锻炼一个钟头。他好像听谁说过，天上星宿全了，在星光下面锻炼对人筋骨的恢复最有好处。且不管它是不是有道理，进勤反正一吃罢夜饭，就到院里锻炼，一天也不拉。

最困难的是开头那半个月，最疼痛的地方是两个胳肢窝底下。你想，一百多斤的分量全凭那两个地方撑着哩，不疼才怪！两天走下来，两个胳肢窝底下又红又肿，拐棍把子往那儿一挨，疼得钻心，疼得冒汗，疼得人立马就想躺下。

娘旁边看了心疼他，让他歇上两天再练。进勤不肯，说："一歇更疼，把这几天忍过去，等顶起死肉来就好了。"

娘要在旁边扶着，他更不让，说："让人扶惯了，自个儿就不想用力了，将来没人扶了，怎么办？"说得娘不住气地在旁边擦眼泪。

把那半个月扛下来，胳肢窝果真不疼了。接下来，进勤就锻炼自己的耐力。在自家院子里，他先是坚持一次走够十圈，后来加到十五圈、二十圈、三十圈……等一口气能走到一百圈的时候，就不在院子里练了，他沿着门前那条大路，往山碚塄的村口走，再从村口走回来。他一边走，一边在心里计算着：从山碚塄去郭家砭中学，一趟是五里，来回是十里；从自家门口到村口，来回有一里，什么时候能走上十个来回，就可以去郭家砭上学了。

一九七三年五月四号那天，白进勤实现了自己的体能训练目标，在自家门口到山碚塄村口之间，整整走了十个来回！那天，小伙子哭了，激动地哭了。他对娘说："儿可以拄着拐棍自己去郭家砭中学念书了！"

就在那年秋天，白进勤重新回到了学校。

刚开学，娘不放心，儿前脚走，她后脚也出了门，就在后边远远地跟着，直瞭得进勤进了校门才返回来。半后晌快放学的时候，又早早儿在学校跟前等上了。这样跟了几回，见什么事也没有，才放了心。

学校里也有那些顽皮的孩子，放着白进勤这样的大名不叫，偏要七声二气地喊他"白拐子"、"白瘸子"……放学回家的路上,白进勤拄着双拐在前头走,他们拄根棍子在后头学,一边学一边还喊着:"白拐子,像不像?白拐子,像不像?"

对这类事情,白进勤自己倒不是很在意,大不了笑上一面,该干什么还干什么。你不理他们,他们喊一阵闹一阵,也就没劲了。你跟他们急,甚至跟他们撩气,那还有个了结的时候?再说,为这样的事情生气,太不值!

但是,有一回,真把白进勤给逼急了!

那是在去学校的路上,他忽然觉得肚子拧得生疼,不知什么东西没吃对,要上茅房。他前后左右看了看,就找了个墙圪崂进去解手。等他解完出来,立在墙外的拐棍却不见了,他四下里瞅了半天也寻不见,抬头往高处看,见两根拐棍一高一低地吊在一卜枣树上,不知又是哪个泼皮小子搞的恶作剧。近处一个人也瞭不见,他只好一跳一跳地来到那卜树下,捡了两块土坷垃,一只手扶住树,另一只手扔起土坷垃想把拐棍打下来。两块土坷垃掉在地上都摔碎了,两根拐棍还在树上吊着。他又把脖子上挂的书包解下来,两只手使足了劲,照住拐棍扔上去。谁知只顾扔书包了,手忘了扶树,书包倒是扔得挺高,拐棍儿也砸中了,身子却失去平衡,重重儿地跌在地上,从树上掉下来的一根拐棍和书包一齐砸在他的脸上,又疼,又气,又委屈,白进勤放声哭起来。

正在这个时候,他的班主任骑着自行车正好从这儿路过,发现了倒在树底下的白进勤。老师把自行车打在路旁,跑过来先把他扶起,又帮他把吊在树上的另一根拐棍取下来,把他扶上自行车,带着他去了学校。

那天正是期中考试,要不是老师帮助,他一准把考试也误了。

那件事本来是坏事,可是,坏事有时候也能变成好事。

周末的下午,学校专门针对这件事搞了一次德育教育,要求全校同学都要"帮残助弱,相互关爱",绝不能把自己的快乐建立在别人的痛苦之上。打那以后,白进勤在学校里再没有遇到类似的情形,连"白拐子"这样的歧视性称呼也再没有听到。

不久,学校还腾出两间屋子,安排路远的同学以及因特殊情况上学不便的同学住校,饭就在教工食堂吃。这样,白进勤就再不用每天来回跑了。

一九七五年七月,白进勤拿到了郭家砭中学的初中毕业证,成为他们白家四个子弟中文化最高的一个。

白进勤初中毕业那年,周岁十八。

该让这个十八岁的初中生干些什么,不仅进勤的娘老子犯愁,刚刚接任山碰塄支部书记的白进强也同样犯愁。白进强是白进勤的叔伯哥哥。在上一代的五个弟兄中,白进强的父亲排行老二,白进勤的父亲排行老三。一九四六年参军走的时候,老弟兄五个就有过一个约定:老三参军后,家里的地由弟兄四个帮着种,家里的营生由弟兄四个照护着做;老三万一回不来,弟兄四个要负责孤儿寡母的生计。后来老三挂花回来,成了二等乙级残废,弟兄几个就把家里的三十亩地全部让给老三耕种,生活上也给了老三不少帮助。现如今,老三的老三也残了,而且残得更厉害。作为支书,作为堂兄,于公于私都应该主动地照护这个可怜娃。

该让娃干些什么哩?

没等白进强琢磨出道道来,白进勤自己不声不响地找到了最适合他干的活——铁匠炉上扇风匣。

山碰塄原本没有铁匠炉,因为县里在这一带修水坝,集中了几十名石匠来凿石垒坝。石匠全凭副好锤錾。錾子一秃,再好的匠人也干不出活来,这就得回铁匠炉上往尖了碾。于是,公社就在山碰塄安起了铁匠炉。铁匠炉上自然离不开扇风匣的,缺一条腿的白进勤别的活干不了,扇个风匣应该是富富有余。

这就是初中毕业的白进勤给自己找到的第一份工作。

别人扇风匣,只是磨道里的驴——光听吆喝,白进勤扇风匣,却是草原上的马——连踢带打。他手里拉着风匣的杆儿,两眼却盯着师傅手里的活儿,怎样加温、怎样翻个儿、怎样下锤、怎样碾尖儿……他看了个仔仔细细,记了个真真切切。

十几天之后,他就想自己上手干了。那一天,火生好了,师傅去龙镇赶集没回来,工地又急催着要,白进勤就凭着记忆,尝试着干起来。一个,二个,三个……等师傅从龙镇回来,他已经打好八九个,晾在地上了。

师傅吃惊地问:"这是谁打的?"

"我。"他说。

师傅猫腰捡起一个来,拿在手里来回地掂,又盯住尖子仔细地看,然后问:"你甚时候学的?"

"就这几天。"

"谁教的你?"

"你。"

"我又没教你。"

"你一边打,我一边看,不就会了?"

师傅不信,把锤子递给他,一边拉风匣,一边说:"来,你再给咱打一个。"

白进勤接锤在手,三下五除二,成了。

师傅高兴坏了,他拍打着白进勤的肩膀说:"行啊三丑,你小子好悟性啊!你这叫无师自通,你知道不知道?"

师傅又夹起白进勤刚碾的那个錾子看了一气,说:"你小子是块干铁匠的料,下点辛苦好好儿学,这辈子就指这门手艺吃饭吧,包你饿不起!"

阳婆落山的时候,山硷塄村至少有一半的人听说了三丑学会铁匠的事。第二天早起,好多人执意绕几步路,来铁匠炉上看老白家这个缺了一条腿的三小子是怎样扇风匣、怎样把磨秃了的錾子重新碾出尖儿来的。

几天后,铁匠师傅离开铁匠炉,到工地上干石匠去了。这样,白进勤就在铁匠铺里一直干到大坝完工。

工程结束后,公家的铁匠铺就收摊了。白进勤买来风匣、买来砧子,想在门前那块空地上开个自家的铁匠铺。

给大坝上打铁,干的活比较单一,反正见天起来就是个碾錾子。自己要是开铁匠铺,干的可就杂了,什么活也得做。这样,白进勤单指原来那点手艺根本不够用。咋办哩?还得出去学。

那年头,乡间百姓日常用的铁器家具比现在多,但也用不着三天两头跟铁匠炉打交道,所以,铁匠铺并不多。在山硷塄周围,也就是后中庄有一家,再就是龙镇和郭家砭各有一家。白进勤学手艺,瞅准的就是这三家。

俗话说:"同行是冤家","教会徒弟,饿死师傅"。所以,匠人的看家手艺向来不外传,连自家的闺女都不传,更何况两旁外人。你要正式拜师,人家不收;你要登门求教,人家不教。咋办哩?白进勤只能是偷偷地学,慢慢地悟。

一九七五年入冬以后,每天吃罢前晌饭,白进勤就挂着双拐出去学艺了。他去的就那三处地方。也不是每天老去一处,三处地方倒替着来,今儿去后中庄,明儿去郭家砭,后儿去龙镇,外后儿再去后中庄……

匠人看他挂着双拐,都以为是冬日里在家闲着没事干跑到铁匠铺来拉话、取暖、打发时光的,也就一边干活,一边有一句没一句地跟他闲扯。他在铁匠铺里一待就是一天,有时看见师傅忙不过来,也帮着扇个风匣,打个下手。后来跑的趟数多了,彼此也就熟悉起来,白进勤看似无心地也问一些没解开的问题,对方见他是个残疾,并不防备,也就实捣实地全告诉了他……

转年开春,白进勤的铁匠铺在山碰塄的路畔上正式开张以后,人们才明白:白存有家那个一条腿的三小子,一冬天并不是悠出来晃进去地闲转悠,他是在不声不响地学手艺。人们发现,这个新开的铁匠铺,从下地用的小锄、大锄、老镢头,到屋里用的刀子、剪子、勺子、礤子、笊篱、铁匙,包括喂牲口用的铡刀,当石匠用的锤錾,没个干不了的。这个十八九岁的小伙子,平素不显山不露水的,从来没听说拜过师学过艺,咋一下子就成了匠人?

看见儿子学下了可以养家糊口的手艺,进勤的娘老子从心里往外高兴。在健全人都吃不上、穿不上的年代,残疾儿子能有这么一门手艺,这辈子至少不用饿肚子了!

铁匠炉上不能没有扇风匣和捣大锤的,可是,进勤初开张,本钱少,活儿又不多,他雇不起,进勤老子就给儿子打下手。当时,队里为照顾这位二等乙级残废军人,让他给大伙儿放羊。冬日里,羊群出坡迟,老汉就用出坡前的空闲时间,清早起来先在铁匠炉上叮叮当当地干上一阵,帮助儿子把那些大的物件大头模览地打出个形状来,他上山后,儿子再一锤一锤地细敲打。有时手头的活儿多,进勤就让三兄弟进永给他捣大锤,让他娘在旁边拉风匣。

进勤人巧,心细,又舍得下辛苦,打下的铁器做工细致、样式中看,比街上有些老匠人打的都好用。因此，这道沟里三村五地的乡亲们有了铁匠活都来找他。进勤又是个重情重义的人，来些小的活儿，不用贴料、不太费事的，他从来不要钱，硬给也不要。他有话："闲着也是闲着，几锤子的事，给甚钱哩！"

二十世纪七十年代初，这山硷塄村满打满算也就五十几户人家，三百来口人。虽然都是些跟土坷垃打交道的山里山汉，行事做人竟也三般两样。在村里，但凡大大小小当上个官，多多少少有两个钱，光景过得滋润些，别说是人，连狗见了还摇尾巴哩。像三丑和他娘老子，早些时候，日子过得憋憋屈屈，手里头那两个钱花得圪圪抽抽，在村里说话办事就跟旁人错下了。可是，自安上这个铁匠炉，进勤娘老子觉见村里的大人娃娃见了他们跟从前就起了些变化。到底变在哪儿，他老两口也说不清，反正是不一样了，他们真真致致地能觉见。

三丑自己早把这个事情解开了：从娘来说，手头有了两个活泛钱，居家过日子，就显得有了些底气，这是主要的；至于村里人，谁家也免不了有个需要敲敲打打的铁匠活儿，咱就是个干这的，在众人名下，也就显得有些用项了，还不就是个这！

三丑虽然也是个庄户人，到底念下些书，考虑事情就比别人看得远、谋得大。他觉得，安起铁匠炉，要是单指这些零打碎敲的小物件，终究没发展，成不了个气候。他想的是，最好能揽些成宗的大活儿，寻些固定的业务，这才能把铁匠铺持续不断地开下去。而要做到这一步，就得眼尖、耳灵、腿脚快，还得拉挂些这方面的关系。

他首先想到了煤窑上的铁器活儿。大哥进喜十五岁就下了窑，跟矿上熟得很。他一出面，很快就给揽回不少营生来。

矿上的活儿还没干完，那天听后沟一个过路的后生说，老榆山村架电线，需要不少固定电线的墙带，这正是铁匠干的活儿，打一个就能挣两块来钱。老榆山村紧紧儿就在山硷塄的村后，和山硷塄隔着一道梁。三丑有个叔伯外甥叫孟士光，就在那个村当会计，只要这个营生没包出去，找他说说话，应该问题不大。三丑当下就给孟士光写了个两指宽的条子，让后沟那个后生顺路捎了去。

孟士光接过条子一看，连连拍着自个儿的后脑勺说："我真是忙昏头了，咋就没想起我那个开铁匠铺的二舅来。"他赶紧去找大队支书。支书说："这事儿你咋不早言喘，我今儿下午刚包给郭家砭的那个铁匠。这该咋着哩？"孟士光说："快推了吧，我二舅瘸上一条腿，好不容易学下这么点手艺，又头一回跟我擩嘴，无论如何不能给顶了。我那二舅又是个极要脸面的人，我连这么个事也帮不了，愧对我二舅哩！"两人商量了半天，生硬把营生一劈两半，这样，两头都能交代了。

八月十五那天，在米脂县城工作的五爸回来了。见三丑开了铁匠炉，父子两个一递一锤打得滋水汗流，五爸高兴地说："这个行当正适合俺三丑子干，既不用爬高下低，又不要搬沉抱重，如流自水地就把营生做了。"

晌午吃饭的时候，进勤娘对兄弟说："你在外面工作，认下的人多，看能不能给三丑寻些占长的营生，省得他三天打鱼两天晒网的。"五爸说："这个容易，我回去操些心就是了。"

没出一个星期，五爸就捎过话来，让三丑打些做饭的铁勺、门上的门栓，拿到县城交给农副公司去批发。农副公司在城里、乡下有很多门市部，一年销的量大得很，足够三丑子做的。

三天后，三丑子拿毛驴车拉着做好的第一批货送到了县城。农副公司的收购人员验过货后，对产品的质量非常满意，当下就付了款。三丑用这些钱又买成生铁，赶着驴车拉了回来。

从这以后，三丑的铁匠铺就有了比较稳定的销售渠道，可以无冬立夏地干下去了。

跟农副公司打交道，得三天两头往县城跑。那时的交通哪有如今这么方便，虽然一九六四年县里就从镇川给修了条土路，可以一直通到郭家砭去，那也只能走个自行车、驴车，班车还是开不进来。

为跑县城，三丑硬学会了骑自行车。只有一条腿，又在山路上骑，是很需要一些技巧和体力的。我们的三丑，就靠自个儿那条右腿在山硷塄到米脂城六十华里的山路上，轻轻松松地一天打来回，还不误去农副公司办事，去国营食堂喝碗味道鲜美的"拼三鲜"，或者是十里铺的羊肉面！

一年后，除过正常的周转，三丑手里已经有了一些富余钱。眼看着老白家的光景一天比一天好，山硷塄的乡亲们对这个无师自通的小铁匠再也不敢小看了。

内蒙古自治区第十届文学创作"索龙嘎"奖获奖作品

第四章

人都说,母子连着心哩!

一九七二年,白进勤的左腿被锯断后,他娘眼睛里那根拴着泪珠子的线也同时被锯断了。因为自那以后,他娘的眼泪就再也没有止住过。

是啊,我们的三丑什么时候也忘不了,在这个世界上,为他那条腿,见天起来哭得最惨的就是他的娘,整夜整夜愁得睡不着觉的还是他的娘。

他娘最愁的是两件事:头一件,儿这辈子拿什么养活自己;二一件,儿这辈子还能不能娶上个婆姨,拉扯个家业。两件事,就像是两顶千斤重的帽子,白明黑夜地箍在娘的头上。

一九七六年春天,当老白家的铁匠铺在门前那卜大槐树下红红火火地开起来后,随着儿子骑着那辆自行车在山硇塄到米脂城的山路上跑的趟数越来越勤,随着打好的铁器和买进的生铁倒腾得越来越快,随着中窑闷柜里积攒的票子越来越多,这两顶帽子总算摘掉了一顶,进勤娘头上轻快得多了。可是,剩下的这一顶还戴着哩!在娘老子眼睛闭上之前能摘掉吗?这些日子,进勤娘日里夜里盘算的,尽是这件事。

其实,早在三年前,就已经有一个人把这件事情应许下了,明明白白地应许下了。

应许下这件事的人叫王慧雄。

王慧雄,列位都认识,就是白进勤在洪洞窑打工时和他住在同一眼破土窑里的那位工友,睡觉极不老实的那位。

一九七三年过惊蛰那天,正是农历的二月二。半后晌的时候,这后生走了两百来里山路到山硇塄看他的老朋友白进勤来了。

王慧雄叫着白进勤的名字走进老白家那眼土窑洞的时候,白进勤正坐在炕上,借着从窗户里照进来的后半晌的充足阳光,在看老师借给他的那本外国人写的长篇小说《钢铁是怎样炼成的》。

听见有人叫，白进勤赶忙把书放下，一面答应，一面张罗着下地。正这工夫，王慧雄已经从腰门里走了进来。

"啊呀呀，慧雄，好稀罕的个人！你这是从哪儿来？"

"子洲。"

"要走哪儿？"

"就来你这儿看你。"

"过了个年，你还没把我忘了？"

"忘了谁哇能忘了你？"

这两个在洪洞窑工地上结成患难之交的小伙伴，还不习惯握手，更不会拥抱，只是互相久久地盯着对方，你使劲儿搗我一拳，我随后还你一掌，他们就用这种特别的动作，表示着各自的喜悦和彼此的亲热。

听见来了客人，进勤娘老子还有他姐进香，都从那边窑里跑了过来。

"干爹，干娘！"进勤的娘老子慧雄在去年陪床的时候就已经认识了，他亲热地和两位老人打着招呼。轮到进勤的姐，他不知道该怎么称呼，回过头来盯住进勤看。

"这是我姐。"进勤说。

"干姐……"

"姐甚哩，比你还小四岁哩，就叫进香吧！"进勤说。

"进香……"

同年仿佛的青年男女，一下子都窘在那儿了。慧雄闹了个大红脸，在地下坐不是站不是，进香更是满脸飞红，大辫子一甩，躲到了娘的身后。

进勤娘跟慧雄客气了几句，就领着闺女回那边窑里做饭去了。进勤爹陪着客人抽了几锅子烟，也打声招呼出去了。这边窑里，就剩下慧雄和进勤。

慧雄把进勤从延安回来以后的情形详详细细地问了个够，进勤一五一十地给老朋友说了个全，还破例地褪下裤子，让老朋友看了看已经长利索的秃秃的残肢。"有秃的护秃，有疤的护疤。"除过慧雄，就是自个儿的娘老子，进勤也是不愿意让看的。

看罢伤口，两个人陷入长久的沉默，谁也不想说话，只是一口接一口地抽烟。

半晌，慧雄眼睛看着立在炕沿边上的双拐，问进勤："往后的事情，你有甚盘算？"

进勤长长地吁了口气，然后说："开了春，先接住念书，至少把初中念下来。等毕了业，无论如何得学门儿手艺。在这穷苦地方，没点儿看家本事，别说你是个瘸子，就是有胳膊有腿的也没法儿活呀！"

慧雄抬起头看了看挂在墙上的毛主席写的那八个字，又拿起进勤放在炕上的那本书，"《钢铁是怎样炼成的》？咋？你想当铁匠？"

进勤愣怔了一下，然后说："哪呀，那是本小说，是激励人克服病痛，战胜困难的。它从精神上真给了我不小的帮助，已经是我离不开的朋友了。"

"那你到底想学甚手艺？"

"米脂这地方，历来出匠人，我们这道沟，傍上山大石头多，差不离村村有石匠。到时候看哇，一个石匠，一个铁匠，都也不赖，只要学下一门，这辈子就不愁没饭吃！"

"问题是你的腿……"

"唉，慧雄！老古人早就留下那句话了，钱难挣，屎难吃。人来世上走，哪能怕吃苦哩！我腿上虽然不如人，手上有的是力气，身上有的是辛苦，一样样儿的活，比别人多出点力、多吃点苦都有了。你说哩？"

两人拉得正高兴，进香从腰门里走了进来，说饭做便宜了，让他俩过那边窑里吃。

吃罢饭，进香在那边洗涮碗筷，进勤娘端了一盘刚炒的南瓜子，也过这边窑里跟小弟兄两个拉谈起来。

先是进勤娘问寻慧雄家里的情况。慧雄说，兄弟姊妹们一共九个，他是老大，底下有三个兄弟，五个妹妹。大妹妹、二妹妹已经聘了，别的都还小。

接着又问到慧雄的婚事，问找下对象没。慧雄说，还没，娘老子也是成天在愁哩！

说着说着，话题就转到了进勤身上，转到了进勤娘的那块心病上。

"我就愁他这辈子咋活个人呀！我和他老子在世咋也好说，好赖总能让他有口饭吃、有件衣穿。过罢这年，我俩也都是奔五十的人了，我们还能陪伴他多久。将来，我们两眼一闭，他可怜的拐上条腿，咋刨闹这点吃喝呀？有个灾灾病病、头疼脑热，谁给他端屎送尿呀？"说着说着，娘的声调就带上了哭腔，眼里的泪眼看又要流下来。

慧雄说："干娘，放心哇，到时候自有婆姨伺候他！"

不说婆姨还好，一说婆姨，进勤娘愈发控制不住自己了，她一把鼻涕一把泪地说："慧雄，咱这地方本来就养不住人，咱家又穷得要甚没甚，他还把条腿残了，你说，谁家的女子跟咱哩？不就是个一辈子打光棍？"

"干娘，你这话说得可不对。"慧雄说，"进勤不是那没出息的人，虽说缺了条腿，他可是心残志不残！今儿后晌我俩在窑里拉谈，他心劲儿高着哩！我这次，一是不放心，想亲眼看看他的伤口到底长成甚样了；二是怕他心里憋闷，想开导他不要让眼面前的事情难住，心往大处想，眼往远处看，挺直自个儿的腰，硬硬挣挣地往前走。谁知他比我还看得开哩，后头的路咋个走法，进勤早就谋算好了。他有这个心计，这辈子绝对赖不了。干娘，你们要是不嫌弃，就让我家三妹子跟了他吧！"

末了这句话，说了进勤娘个破涕为笑，说了白进勤个目瞪口呆。

"慧雄，你这是跟你干娘逗笑话哩！"进勤娘一边擦脸上的泪一边说。

"干娘，不是逗笑话。"慧雄很认真地说。

"要不是逗笑话，那干娘问你，你妹子今年有多大？"进勤娘也认了真。

"今年十二，比进勤小五岁。"

"你说的是虚岁哇？"

"咱们庄户人哪有说周岁的。"

"那倒是。可是，你这当儿子的能做了你娘老子的主？"

"能。"

"你妹子现在还是个娃，过几年长大了，娃还认不认这门亲？"

"干娘，这你放心，我们王家人不干那没屁眼子的事！"

话一出口，慧雄自己也笑了，进勤娘更是乐得前仰后合，眼泪也出来了。

只有进勤没笑。他一边往炕沿边蹭，一边说："你们这是说的些什么事，快睡觉吧，我困了。"

从这边窑里回去，进勤娘乐得眉梢子上都带着笑，她拽上进勤爹，来到进勤的堂兄进荣家，又让人把进勤的大爸、二爸、大哥也都叫过来，她把刚才在窑里拉的话给众人又学了一遍。

听前半截的时候，众人也跟她一样高兴，可是一听说人家的女子才十二岁，都觉得这事有日无期，怕是靠不住。进勤的堂兄、大队支书白进强，更觉得这不过是水中的月亮镜中的花，绝对信不得。

唯有进勤娘深信不疑。这个有主识意的女人，还提出了更深一步的主张："我想把咱家的进香给了那后生，一来，我看见那个小子长得端端正正，人也实实在在，为人又有情有义。跟咱三丑子不过是在一个工地上受苦认下的朋友，自三丑子伤了腿，人家娃跑前跑后，打里照外，在医院里端屎送尿，今儿又千乡百里地跑来看咱，人跟人相处，就是处个情处个义吧，亲兄弟顶上个这也顶尽了。老话说：'不看穿，不看戴，就看男方人实在。'这样的后生，咱进香跟上，我放心。二来咱进香聘过去，那就顶如在他家安了咱的人，万一有个风吹草动、山高水低，咱立马就能知道……"

"知道了又能咋？"进勤爹说，"咱的闺女已经成了人家的婆姨，人家的女子到时候不进咱的门，咱还不是干瞪眼没办法？款款儿把自家的女子闪进去了。再说，子洲那地方比咱米脂还穷，把闺女聘到那儿，不是在娃们名下落一辈子埋怨哩？"

"怨也怨我哩，跟你没关系。"进勤娘见老汉说的尽是些一面子的理，当下就急了，她也不顾两个大伯子还在那儿坐着，就把老汉呛得犯不上一句话来，"三丑要不是残了那条腿，我比你们也沉得气匀。在咱这道沟里，缺胳膊少腿的男人们，十个有九个是光棍汉，有那一个半个娶上的，那婆姨不是秃眉瞎眼，就是丑姿八怪，要不就是痴傻憨愣，反正没有一个能走到人前头来。如今但凡像点样的女子寻人家，动不动就是'一军二干三工人，说甚也不寻受苦人'。人家说的这三样咱能占上一样也行，咱不是一样也占不上？咱人不做主，钱能做主也行，你是攒下金了还是攒下银了？家里要甚没甚，还想挑三拣四？平日里没人给你提叙这事，你是见天起来唉声叹气，现如今人家把女子给咱送上门来，天大的喜事，你反倒拿捏起来了……"

见进勤爹脸上红一股白一股地没法儿下台，大队支书白进强只好出面替三爸解围："三妈，我三爸的意思是怕让人家日哄了、骗了……"

"怕？"进勤娘的犟劲儿上来，支书的话也照顶不误，"你们这也怕，那也怕，就不怕俺娃娶不下。就打上人家要骗咱，骗还有人骗了，平素不是连个骗的人也没有？你们有本事也找个骗的人来让我看看。今天，咱白家老的小的都在这儿哩，我把话给你们说明白，这个主我做定了，谁说也不行！"

"你说了半天，也得问问咱进香愿意不愿意，闺女大了，这事可不能强来。"进勤爹不温不火地说。

进勤娘看了老汉一眼，回头对大儿子说："进喜，回咱院儿里把你妹子叫过来！"

"娘，俺在这儿哩！"进喜还没应声，进香先接应了。原来，她进到这屋已经有一会儿了，只是众人只顾了听她娘说，谁也没注意她。

"进香，过娘这儿来。"进勤娘把闺女拉在自己跟前，当着众人的面一字一板地问，"娘想把你聘给你哥的朋友王慧雄，你是愿意还是不愿意，给娘一句话。"

进香没有正面回答，她转过身来，对住爹说："爹，就依俺娘的意见办吧。"

一听这话，众人也就不好再说啥了。

第二天早起吃饭的时候，王慧雄就说道着要回子洲。进勤娘哪能让他走，"大老远的好不容易来了，着什么急？冷天寒月的，回去也没甚事，你就和俺三丑子安安稳稳地住上两天，小弟兄两个好好儿拉谈拉谈！"进勤、进勤爹和进勤姐也都不让他走。他见人家一家子都实心实意地留，也就不再张闹了，吃罢饭，两个人一前一后又回到这边窑里来。

进勤娘把客人留下了，她自己却一整天没露面，谁也不知道她去了哪儿，更不知道她干什么去了，直到太阳落山才回来。

原来，老人去了趟下盐湾。

下盐湾就在无定河的西边，离山碴塄二十多里路。那儿有个瞎子，姓薛，米脂人都叫他薛先生。薛先生算卦远近闻名。据说，只要把生辰八字告诉他，把要问询的事情告诉他，他能把你一辈子的事情算得清清楚楚，包括过去的坎坎坷坷，未来的吉凶成败，都能算出来。有那算过的，都说灵验得很。

去年冬天从延安一回来，进勤娘就要去下盐湾，想让薛先生给三丑打一卦，硬让进勤爹拦住没去成。这位从死人堆里爬出来的共产党员，这辈子只信毛主席，只信共产党，其他的，包括天上的神、地下的鬼，一概不信。这回，进勤娘怕老汉又下绊脚绳，干脆连招呼也不打就走了。夜儿黑夜在进强的窑里，她话头子虽然很冲，把所有人的嘴都封死了，后来回到这边窑里，心里也在嘀咕：自己做主把进香聘过去后，万一老王家不守信用，或者是人家女子长大后嫌咱儿瘸，说死说活不进咱的门，这事可就做瞎了！她躺在炕上翻肠倒肚，一夜没咋睡。临明的时候又想到了薛先生，于是，避过众人，照直去了下盐湾，她要让这个能掐会算的瞎老汉给三丑好好儿把把脉……

找人算卦，进勤娘这也是头一遭。她怀里揣了件进勤替换下的红腰子，据说这可以代替本人。

来算卦的还真不少，等轮到进勤娘，已经快晌午了。

进勤娘报了进勤的生辰八字，又递上还带着她的体温的进勤的那件红腰子。

瞎老汉先是用大拇指的指头在另外四个手指上掐算了半天，又在进勤的腰子上捏揣了一气，这才说："你是想问些甚？"

进勤娘说："问问这个娃这辈子能问下个婆姨不，能过成个人家不？"

瞎老汉说："这娃后半辈子好着哩！婆姨娃娃什么也有哩。他的婆姨如今还在学校念书哩。你这娃远路的财脉重，小时候伏不住，十六上有过一场大难，要吃十几年的苦。苦尽甘来，四十岁以后就开始翻身呀！后半辈子的光景好着哩！别看他哥现如今脚蹬朝廷比他强，四十岁以后就追不上他了。这娃命里有贵人帮哩！"

…………

算卦老汉的这番话在进勤娘听来，简直就是真龙天子的金口玉言，不仅使这位慈母对残疾儿子的生活前景有了精神上的寄托，更让她在把闺女聘到子洲这件事上有了足够的底气!

老百姓的生活中,精神上的激励有时候远比物质上的激励来得快,作用也大。你看,眼下这位走在乡间土路上的农村妇女步子迈得多么轻盈,身子显得多么轻快,谁能看下这是个劳累了多半辈子的快五十的人。

王慧雄是进勤娘从下盐湾回来的第二天离开山硷塄的。

头天晚上,当着进勤爹、进香、进勤的面,进勤娘跟王慧雄把话彻底挑明了。意外的惊喜,使这个二十三岁的小伙子兴奋得一晚上没睡着。

临走那天端上来的早饭是炒鸡蛋、烙油饼。王慧雄明白,人家已经在按米脂的乡俗把他当女婿招待了!

众人把他送到门口那卜大槐树下,小伙子正要上路,进香拿着几个刚打好的干烙儿追出来,往他手里递时,顺手塞给他一个用花手绢包着的小包,悄悄对他说:"那是俺去年夏天照的一张相,带回去让老人看看。"

……

进香和慧雄的婚事是一九七五年冬天办的。当时,两头家里都很穷,婚事办得很简朴。

一年后,进香坐月子。进勤娘在去子洲伺候闺女的同时,也见到了未来的儿媳王慧敏。尽管早先已经见过姑娘的照片,并且多次听进香跟她说孩子长得不错,但亲眼见了本人,还是让她忍不住连声夸起来:"好俊的闺女!快过来让娘看看!"

那年,王慧敏才十三岁,对于结婚生子这样的事情哪能解得开,更不可能对她跟几百里外那个瘸腿男人的婚事表示自己的态度。当她被未来的婆婆揽在怀里仔细地端详、疼爱地抚摸时,她一点不觉得尴尬、难堪甚至害羞,只是觉得哥哥的这位丈母娘待人倒是很亲热的。

王慧敏和白进勤第一次相见已经是一九七六年了。

那年夏天,老白家搞了一次规模不小的"基本建设"。因为老人们手上传下来的那三眼土窑眼看就不能住了,进勤爹领着他们弟兄三个用公社修大坝拆下来的石料，把自家的三眼土窑简单地加固了一下，还接上了面子石。这就给三眼土窑上了一个档次，成了当时很时髦的接口土窑。

按米脂的乡俗，修窑建宅有一个很隆重的仪式叫合龙口。合龙口就是当窑口的拱石砌到中间时，中窑正中的那块拱石要空出来，等到晌午，匠人帮工都齐了，窑的主人须焚香拜神，敬献酒食，燃放鞭炮。匠人当中的老师傅头披红布，手撒五谷，嘴里念念有词，用这样的方式祈祷主人全家平安。然后，再把窑口正中预留出来的那块拱石砌好，把历书、红筷、五色线钉在龙口处，这就叫合龙口。合龙口的下午就不动工了，主人要设宴招待工匠，同时招待亲戚朋友。

借着这个机会，进勤未来的丈母娘领着十五岁的王慧敏从子洲赶来参加亲家的合龙口席面了。已经长到二十岁的白进勤见到了比他小五岁的王慧敏，山硷塄的男女老少也见到了老白家用自家闺女给残疾儿子"换"来的这个还没过门的"小婆姨"。

"小婆姨"王慧敏虽然只有十五岁，那个头、身架、走路、说话，已经是大姑娘的模样了，加上人长得标致，身体壮实，脸上有红是白，说话知情达礼，白家所有的远亲近邻没一个说赖的，白进勤自己更是偷着笑。

众人越说好，进勤娘心里越着急！

她清楚，人家娘母俩这次来，说是给咱合龙口贺喜，实际是来看咱的儿哩！说句实在话，人家的女子经得住看，咱家的儿可缺着条腿哩！虽然人家娘老子甚时候说起来甚时候承应这件事，今儿当面见了咱的儿、看了咱儿的那两步走，谁敢担保人家不反悔。就打上为娘的念前念后能认下这码事，人家闺女不认你又能有甚办法。所以，尽管那年那个算卦老汉的话让人欢喜，可是，真正静下心来，连进勤娘说上，也是一时信一时又不信，毕竟是个算卦的，灵验不灵验，只有天知道！

进勤娘心里打着这些小九九，眼睛可一直在那娘母俩脸上盯着哩！她从白天盯到天黑，也没看出个眉高眼低来。还是自家闺女跟她一条心，晚上洗碗筷的时候，进香趴在娘的耳朵上说："我问过了，慧敏说她听娘的。她娘说，进勤人忠厚，手又巧，能吃苦，闺女跟上他赖不了。娘，你就放心吧！"

听了进香交的实底儿，进勤娘总算吃了颗定心丸。可她嘴上却说："好我的闺女哩，洞房一天不入，娘这心哪能放得下，就在这脯子上挂着哩……"

三年后，进勤娘挂在脯子上的那颗心总算放下来了。

那年的十二月二十六日，是进勤、慧敏的喜日子。

一清早，白家门前那卜大槐树上就落了一对喜鹊，喳喳喳地叫个没完。

半前晌的时候，山硵塄的村口忽然响起一阵噼噼啪啪的爆竹声，随后炸响的是几个惊天动地的大麻雷。

炸碎的炮末子还没有完全落地，山硵塄的大姑娘小媳妇们就一齐朝村口跑去。

"引媳妇的队伍回来了！"

"三丑子的新娘进村了！"

受到爆竹惊扰的那对喜鹊在空中兜了两个圈，又双双对对地落回白家门前那卜槐树上，冲着从院里跑出来的进勤娘老子和随后走出来的白进勤喳喳喳地叫。

细心的人们发现，当了新郎的白进勤今天没有挂他的双拐，他是一步一步从窑里走出来的。一个多月前，他独自去了趟西安，用自己打铁挣下的钱安了一副假肢。尽管这假肢做工还很粗糙，技能也显低劣，走起来仍很吃力，但它毕竟让我们的新郎甩掉了对双拐的依赖，能以接近健全人的姿态站在妻子面前了！

在欢快嘹亮的唢呐声、锣鼓声和男女老少的嬉笑声中，引亲的队伍离开公路，折上小路，直朝着白家门前的大槐树走来。引亲队伍中穿着最艳丽，因而也最引人注意的自然是已经长到十八岁的新娘王慧敏。

眼前的这一幕，六七年来在进勤娘的眼前已经出现过无数次了，但那都是在梦里，是在老白家土窑洞炕上酣睡时所做的梦。当她被这撩人的喜庆场面一次次笑醒时，眼前除过黑洞洞的窑顶，什么也看不见；耳朵里除过三丑爹沉睡的鼾声，什么也听不见。这回，莫不是又在梦中？她把自己的手指塞进嘴里用力咬了一口，分明感觉到了疼，疼得她竟流出了生泪。看来，这回确实是真的了，三丑的媳妇真的娶进门了。

…………

那大拜堂以及婚宴的所有程序，进勤娘一概记不清了，她只觉得自己就像个木偶，完全让人操控着机械地进行着。她的脑袋，像是喝醉了酒一样，朦朦胧胧的，昏昏沉沉的，云山雾罩的。人太高兴了，大概就是这样，晕了。

直到天色完全黑尽，所有的亲朋都离去了，那小两口也回到了他们的洞房——这才真叫洞房，窑洞之房——院子里也彻底安静下来，进勤娘才又恢复了平日的清醒和精明。

一丝新的忧虑又从她的心底升起。她侧着耳朵注意听着那边窑里的响动。当然，她此刻关注的绝不是这对新婚夫妻的床笫之欢，她担心的是儿媳妇看到儿子那圪截光秃秃的残腿后，会跟儿子闹起来，甚至一个人跑出来，哭着喊着要回人家子洲去……

所有这些动静都没听见，只听见那些听房的半大小子们和年轻婆姨们按捺不住的咻咻的笑声和轻移轻放做贼一样的脚步声。

随着这声音，三小子进永和大儿媳妇失眉拉笑地跑进来。大儿媳妇拽住她的手说："娘，你猜俺们听见甚啦？"

"当嫂子的一点沉稳劲儿也没，听见甚啦？"进勤娘故意本着脸问。

"俺哥给俺嫂子念保证书哩！"进永抢过大嫂的话头对娘说。

"什么保证书？"进勤娘一头雾水。

"俺给你学。"进永捏着嗓子，学着他二哥的腔调说，"我这条残腿你今天都看见了。别看我只有一条腿，我不会让你跟上我受委屈受穷的。靠我这身力气，靠我这份辛苦，靠我学下的铁匠手艺，别人有甚咱也得有甚，我总要让你走到人前头去！"

"你二哥说完后，你二嫂说甚来？"

"甚也没说，立马就把灯拉灭了。"

"这两个憨娃，新结婚的窑里哪能不点灯哩。"

"看娘说的，人家小两口亲热，还能明灯腊水地叫人看……"

那天夜里，进勤娘的心总算跌到肚子里了。六七年了，她头一回瓷瓷实实地睡了个安然觉。

进勤和慧敏结婚后，两个人见天都欢眉笑眼的。进勤娘察言观色地注意了一个多月，从二媳妇的眉脸上、言语间，她没看出对进勤一丝一毫的嫌弃。她对自己的老汉说："人家娃越是这样，咱越不能让娃受一点委屈。"

顺心的日子过得真快。过完大年好像才几天，正月十五就到了。在米脂乡间的年轻人眼里，这是一个比大年更让他们期盼、更让他们上心的节日。

十五那天，还不到晌午，住在后沟里的少男少女们就三个一群、五个一伙地往龙镇走上了。站在门口的槐树底下，就能瞭见村边大路上尽是去看红火的人。骑自行车的年轻夫妻们，男人在后衣架上驮着婆姨，婆姨搂着男人的后腰，双双对对地说笑着朝龙镇去了。

进勤娘迟迟不见进勤两口子行动，就推开门进到那边窑里，"天不早了，你两个咋还不动身？"

慧敏说："进勤腿脚不利索，今儿龙镇人又多，我俩就不去了。"

进勤娘说："咱龙镇的灯可好看哩！在家坐着也是个坐着，三丑也能带你，骑上咱家的自行车，说话的工夫就到了。"

慧敏说："娘，俺俩不去了。"

见两个人都不想去，进勤娘只好作罢。她一边往出走，一边心里想：准是媳妇嫌自己的男人拐着条腿，相跟上出去，在大庭广众当中不体面。要不，年轻轻的，哪有不爱红火的。

想到这里，她就去崖上进勤大爷的院里，硬拽了本家的两个年轻婆姨下来陪进勤两口子打扑克牌。慧敏看出了婆婆的用意，满满端了一盘花生、一盘葵花招呼众人吃，又把放在脚地的炕桌搬到炕上，四个人分成两拨，玩起打百分来，直打到看红火的人们从龙镇回来。

进勤结婚的第二年，土地就承包到户了，山硷塄的村民们也开始有了自个儿的园子地。

园子地刚种那几天，漫山遍野的尽是挑水浇园的情形：男人们担着茅粪桶在前边走，婆姨担着空水桶跟在后面。家家都是这样。

唯有老白家例外。

进勤腿有毛病，爬高下低的活儿根本不能指他。进勤娘就把儿子不能干的活自己揽过来，她担着茅粪桶在前头走，媳妇担着空水桶跟在后面。

半道上歇息的时候，慧敏见婆婆脸上的汗像瓢泼了似的，心里实在不落忍，就说："娘，重桶还是让俺担吧，俺比你年轻。"

进勤娘哪里肯让，她指着地里干活的人们对媳妇说："你看看这满世界浇园子的人家，哪有个让婆姨担重桶的哩！"

"娘也不是个男人嘛！"

"唉，三丑的腿不顶事，娘就是帮你们再多干些，也不想让俺娃心里受一点儿委屈。"

娘的这句话，说得慧敏胸口上一个热浪扑上来，鼻子一阵阵发酸，眼泪止不住流了下来。

慧敏过门的第二年冬天，就生下了她的大小子国庆。

按陕北的乡俗，闺女坐月子，都是娘伺候。可进勤娘说什么也要把这个营生揽到自己身上来。慧敏娘见亲家母对慧敏像亲闺女一样，婆媳两个一点也不隔心，在闺女坐月子的三天头上，就放放心心地回了子洲。

那年，慧敏虚岁才十九。进勤娘怕她不会带孩子，白明黑夜不敢离开半步，直到孩子过了百岁，才搬回这边窑里来。

进勤娘在二媳妇名下花的心血、下的辛苦、给的偏爱，老白家族上上下下几十口子，包括山硷塄的所有婆姨们，都看得清清楚楚。他们明白，这是这位慈祥的婆婆在用自己的行动替儿子弥补媳妇心上的亏欠哩！

这就是世上的母亲！在儿女们面前，她们的爱才真正是无私的，毫无保留的，不要任何代价的。为了儿女，她可以不顾自己的健康，花尽自己的积蓄，甚至舍出自己的性命……

第五章

俗话说："女人置穿戴，男人置宅院。"

确实如此。你看，人一辈辈传下来，哪个女人不爱穿衣打扮，哪个男人不爱修宅造院。

不过，在米脂这地方，修宅造院倒也不是件太让人犯愁的事。不是这地方的人手头有钱，而是这里的老百姓住的大多是最省钱不过的窑洞。人们只要舍得卖力气，修一处能够栖身的住处应该是不成问题的。

窑洞大概源于原始人藏身的山洞石穴。它取材方便、造价低廉、经久耐用、冬暖夏凉，最适合穷苦百姓居住。经过千百年的发展变化，现如今的窑洞也形成了不同的风格，拉开了不同的档次，从最简陋的土窑、接口土窑，已经发展到石窑甚至砖窑了。我们走进某一个村庄，不用细打听，单从窑洞的档次上就能大致判断出这个村落以及每户村民的穷富来。

土窑是在靠崖的地方挖的，最是简陋，几乎不用花多少钱就可以建成。窑内呈圆拱形，小门方窗，黄泥抹壁，黄土盘炕，暖和是暖和，就是不通风，光线暗。旧社会，穷苦百姓住的都是这种窑。白进勤的爷爷留给他们的也是这样的窑。我们的白进勤从出生、上学直到二十岁前，就住在这样的土窑里。

接口窑比土窑又高了一个档次，窑面用上了石料，窑口大了，窗户也大了，窑内敞亮了许多，又有了类似于石窑或砖窑的外形，比传统的土窑更耐用也更好看。过去，处于中等生活水准的农户住的就是这样的窑。一九七六年，白存有不是领着他的三个儿子搞了一次规模不小的家庭基本建设嘛，就是把父辈留给他的那三眼土窑改造成了旧社会中等农户才能住上的接口窑。我们的主人公白进勤娶亲生子住的就是这样的窑。

石窑摆脱了对土崖的依赖，完全是在平地上用石料砌成的，窑口也安上了木制的门窗，窗棂的样式也更好看，窑的内壁多用白灰抹就。跟前两种窑相比，石窑更美观也更牢固。在旧社会，只有富裕人家才能建得起。

砖窑则是用砖和白灰垒砌起来的。在缺少石料但不缺少煤的平川地带，人们都是建这种砖窑，它比石窑更洋气，更好住，当然造价也更高。

二十世纪七十年代，在山硷塄的五十九户村民中，能够券起石窑的还没有一家。一九七六年，给三眼土窑做完接口后，就在合龙口的那天，当着众位亲友和众位村邻的面，白进勤的父亲白存有对他的三个儿子讲了这么一排子话："你们的爷爷把这三眼窑传到我手上的时候，是三眼土窑。在我手里，总算给你们做成了接口土窑。要在旧社会，在咱们这道沟能住这样的窑就算是差不多的中等人家了。将来在咱这个院子里能不能再券起几眼石窑来，就看你们弟兄几个的本事了。你老子这辈子修宅造院的事就做到这儿了。"

当时在山硷塄，券石窑的事真还没有几家敢想望。可是，仅仅几年工夫，当石匠的雷光明就第一个券起了石窑。紧跟着，从龙镇到郭家砭的这道沟里住上券窑的人家一年比一年多了。

每回卖罢铁器从米脂城回来，白进勤见好多人家都在张闹着券石窑，他的心也开始动了。

他首先想到的是：别看我缺了一条腿，别人能办到的事，我白进勤照样要办到！在村邻们面前，就是要争这么一口气，不能让人下看；在婆姨名下，就是要兑现当年的承诺，不能让她受了委屈。

再说，老人们留下来的那三眼窑也实在住不开了。虽然大哥早就搬到矿上去了，姐姐也嫁到了子洲，可是，自己和三弟加上两个老人，在这三眼窑里都也住得不展活。自己要是券上几眼石窑搬出来，三弟一家和两个老人，就都能宽宽展展地住了。

细细盘算，券窑这营生其实主要靠的是点辛苦，咱这地方石料有的是，只要把石匠的营生自己学着做下来，真正花钱的地方也并不多。这几眼窑要券成了，自己兴许还能学成个匠人哩！真要那样，这辈子可就更不怕饿肚子了。人常说："艺多不压身。"李向阳还双手打枪哩，咱也来他个"左右开弓"！

白进勤打小就是个心里拿事的人，嘴上从来不爱张扬。券石窑的事，他只跟娘老子、跟三兄弟进永、跟婆姨慧敏分别打了声招呼，就一个人悄没声地干起来。

这件事前后干了四年。

头一年是打根基。

打根基需要动大量的土工，这不是一个残疾人能干得了的。每天前晌，把铁匠炉上的营生忙活完，他就回到自家院子里，一遍一遍地量盘，一寸一寸地计算，凡是自个儿能干的营生，先把它一件一件地做了。准备工作都便宜了，这才选了个合适的日子请村邻们来帮忙。

米脂乡间历来有变工这一说。你家有活儿干，我们众人来帮忙，有人工的出人工，有驴工的出驴工；等到我家有活儿干了，你们众人也来帮。农户之间这种约定俗成、自然形成的互助形式，既解决了小户人家因缺少资金、缺少劳力遇到的困难，又密切了邻里之间的情感，加深了相互间的来往，它体现出来的其实正是咱们先人那种互助友爱的传统美德。早些年，村民们挖土窑、做接口窑，采取的都是这种互助形式。

三丑家动土工活儿，来帮忙的人更多！一则白存有家人缘好，老少三代出来进去的都那么和人，和谁家也处得跟亲戚似的，大家从心里愿意来帮；二则众人都欠人家三丑子的情哩，自打老白家开了铁匠铺，山碰塄的村民们几乎家家都让三丑子做过活，甚时候去了人家娃甚时候干，除过大件活器，人家娃从没要过咱一分钱……

动工那天，帮忙的人早早儿就来到老白家。村里人干这种活儿都是轻车熟路，白进勤给大家大致分了一下工，人们就如流自水地干开了。

第二年是打石头。

白进勤先请人上山把石头开下来，雇人一车一车拉回自己的小院儿，再下来的营生就是出面子石了。出面子石是匠人们的行话，说白了，就是按照一定的规格尺寸，把拉回来的荒料用锤錾加工成券窑所需要的石块、石条、石板。

这就是匠人们干的活儿。

我们的白进勤准备自己干！

面子石也分好多种，其中最难做的是口子石和腿子石，因为它们都在窑的关键部位，又都在大面上，丝毫马虎不得！看匠人的手艺好赖、功夫软硬，就看他做的口子石和腿子石。

白进勤从最容易的地方做起。因为不往大面上放，即便刀工差一些，样子丑一些，只要凿得周正，不圪摺，将来并不影响使用。白进勤初学手，出的都是边棱拐角上用的面子石。

这可是他第一次干石匠活儿。好在这人从小就好悟性，那年雷光明券石窑他去帮工，看过人家匠人们咋出面子石，他脑子里曾记下个大概。"长木匠，短铁匠，不长不短是石匠。"光是凭个大概印象，白进勤还是不敢直接上手。他骑着自行车前村后庄地跑了几家，像当年学铁匠那样站在旁边看人家怎么打。端午下雷光明回来过节，还专门跑过来，手把手地教了他一气，又把券五眼窑每种规格的石料各用多少，详详细细地给他拉了个单子。这样一来，我们的白进勤可是茶壶煮饺子——肚里有数了。

做面子石的营生从春一直干到秋，越干尺寸把握得越好，纹路凿刻得越直，凿出的石头方方正正的，很难挑出大毛病来。等把口子石和腿子石做完，白进勤自己也觉得手上有点吓数了。

八月十五的后响，雷光明路过进来，把院里院外码得齐齐整整的面子石仔仔细细地看了一遍，又搬起一块腿子石掂过来掉过去地端详了半天，然后朝刚从铁匠炉上回来的白进勤父子俩说："行，三丑子的石匠手艺学成了！快不用在铁匠炉上敲打了，过罢年，跟上我出去干石匠吧！"

第三年是往起券窑。

券窑需要的人多，营生也相对集中，白进勤又请了不少人来帮忙。等把五眼窑券起来，大的营生就算做完了。至于脑畔上和窑里面的那些零碎营生，白进勤就没再请人。只要是自己能干的，他都不愿意麻烦别人，今天干一点儿，明天干一点儿，无非比别人起得早点儿，睡得晚点儿就是了。

白进勤干出的营生比别人分外细致。像垫脑畔、套锅台、铺地板这些活儿，他就比那些老匠人做得棱格。因为自个儿腿脚不方便，家里吃的水总是婆姨到井台上去担，白进勤就琢磨得在院里打了口水井，在崖头上做了个水塔，把井水吸到水塔上去，再通过管道引进窑里来。这样，婆姨一拧锅台跟前的水龙头，水就自个儿流出来了。他还从米脂城里买回一个大浴盆，安在中窑里，女人们爱洗涮，自家窑里有了浴盆，什么时候想洗什么时候便宜。

白进勤是一九八六年的十月搬进新窑的。

按米脂的乡俗，新窑修造完毕、晾晒干燥后，要选择好日子正式乔迁，米脂人把这种乔迁叫作烧新窑。这一天，主人得摆设酒宴招待亲朋。受到邀请的亲友们会带着各种各样的礼物来和主人一起暖窑。

白进勤用四年时间实现了对婆姨的承诺，成了山硷塄村能住起石窑的人家，自然更看重烧新窑的仪式，什么五簋、八碗、十三花、四四席，反正是能上的他都让上，把个暖窑的酒宴搞得要多丰盛有多丰盛。进勤的远近亲戚、山硷塄的村邻，能请的都请到了。

就在那天的宴席上，进勤的父亲白存有又想起了十年前的那顿宴席，想起了他在那顿宴席上说过的话。这位已经六十一岁的伤残军人，在三杯烧酒下肚之后，发表了一番感慨："一九七六年，俺父子们住进那三眼接口窑时，俺白存有就知足了。谁承想，十年工夫，俺三丑子又券起这么五眼石窑来，这在旧社会是地主老财才能住起的宅院嘛！俺三丑这么个可怜娃也能住上这么好的石窑，凭甚哩？全凭国家的好政策，凭众位亲戚邻居们帮助，凭俺三丑子的苦数哩！俺今天要感谢咱们共产党改革开放的好政策，感谢亲戚朋友，感谢众位乡邻哩……"

那天，白存有喝醉了，彻底喝醉了。不过，酒醉心明，人醉成那样，还不住气地感谢哩……

五眼石窑券起来后，白进勤就跟上雷光明做起了匠人的营生。

他们干的是日工，一天三块钱，一个月下来能挣到八九十块，这比他在铁匠炉上零打碎敲强多了。在二十世纪八十年代中期，一个月挣八九十块，别说在农村，就是在城市也是很可观的收入了。

然而，对于白进勤来说，这些钱挣得实在不容易。要知道，他是一位只有一条腿的残疾人，而他干的是我们这些健全人都觉得怵头的整天跟石头打交道的笨重的体力活儿。

列位，在我们生活的这个世界上，残疾人是最值得人们同情的。一般情况下，他们是不愿意跟别人谈论自己的残疾的，更不愿意暴露自己的残肢。即使是在亲人面前，他们也不愿意讲述残疾给自己的生活和劳动带来的诸多不便。也许是自尊，也许是自卑，也许是自闭，反正他们很忌讳这个话题。正因为这样，即使和他们相识多年，如果你不细心观察，不用心体味，不近距离接触，你也不会知晓他们的生活到底有多么艰难，他们的内心究竟有多少辛酸！许多年来，好多苦他们默默地吃了，好多气他们无声地忍了，好多泪他们悄悄地咽了……

我们的白进勤就是最有代表性的一个。

跟雷光明出来的头一天，他就感受到了吃石匠这碗饭的艰难。

那天，他们干的是出面子的营生，白进勤最拿手。加上雷光明，他们一共十六个人，除了白进勤是个残疾人，人家都是全胳膊全腿的健全人。

从山里拉回来的石头小山一样堆在院子里，匠人们管这种石头叫荒料。荒料有的较为齐整，大小也适中，做起来就相对省工、省力、省时间；有的个头大不说，还长得歪三仄棱的，你得先把那些多余的部分削砍掉，修整出个大致模样来，才能按尺寸修凿，所以，分外地费工、费力、费时间。人家腿脚利索的，满大堆里挑那些好加工的料做，省劲儿不说，还出数。白进勤就不行了，拐着条腿，只能是身跟前有甚做甚，劲儿费得最多，干出的营生还赶不上别人。

一块荒料，匀匀常常都在一百斤以上，遇上那大家伙，能接近两百斤。人家腿脚利索的，两手一用劲，蹭一下搬上就走了。白进勤哪能，他得先把石头立起来，对付着放在自个儿右腿的膝盖上，两手搬住以后全靠右腿的支撑才能站起来，一步一步地挪着走。他又是个要样的人，自己出的面子石总要码得方方正正的，你说费力不费力？

大堆上好用的石头挑得差不多了，别人就跑到窑上垒墙、砌石去了，出面子的就剩下白进勤一个人。爬高下低的活儿他干不了，跑跑跳跳的活儿他更干不了，只能坐在这里，一锤一锤地砸，一錾一錾地凿，靠技术吃饭，靠辛苦挣钱……

一整天就这样吭哧吭哧地受，黑将来收工的时候，从地下往起一站，浑身上下没有一处不疼的。

那天，他们干活儿的地方在郭家砭的西边，离山硣塄有三十多里，来回都是骑自行车。按理说，白进勤头几年去米脂城送铁器、买生铁都是骑自行车，来回一百二十华里，跑得轻轻松松的，可是，今儿晚上这三十多里路，跑起来竟是这么吃力。

雷光明的一个本家兄弟，做营生磨磨蹭蹭的，半天凿不出一块口子石，可是，骑上自行车，谁也撑不上他。雷光明后面直喊："你骑那么快干甚去呀？婆姨也没娶下，对象也没搞上，有甚着急的事情哩？骑慢些，等等三丑子。"

白进勤确实跟不上。

别人是两只脚倒替着蹬，一只比一只有劲，他全凭右边那只脚发力。平路还凑合，一走上坡路，就跟不上了。平时走米脂是他一个人，走快走慢全由自己，今儿受了一天，本来就乏得全身无力，又跟众人一起走，你一条腿咋也撵不上人家那两条腿。尽管雷光明一再吆喝慢些骑，白进勤还是跟不上。他编了个假话，说自己要解手，就让他们几个前头先走了。

白进勤在路畔上的一块大石头上坐下来，掏出自己那杆半尺长的烟锅子，一口气抽了三袋烟。

抽着烟，他又想起了娘老说的那句话："钱难挣，屎难吃，世上哪有好挣的钱哩。"咱想挣人家这两个钱，就得泼泼儿地受哩！今儿头一天，荒身子，再受上五六天，等身子打熬下来，就可像今儿这么乏了……

月亮已经升起来，把条山路照得亮晃晃的。

庄户人说："羊棒烟能解受苦人的乏哩！"三锅子抽进去，身上到底精神了，脊背上的汗也落了，后背上凉津津的。白进勤这才骑上自行车，一个人不紧不慢地往回走。

万事开头难！

经过月数天气的打磨，白进勤渐渐适应了外出揽工的生活，半年以后，这支由雷光明牵头组织起来的十几个人的包工队，竟然成了米脂县有点名气的专业券窑队。他们活动的范围，除了郭家砭、龙镇这一带，后来还探到了无定河以东的沙家店、杨家沟那一片。

他们就是走村串户地给改革开放后生活日渐宽裕的村民们券石窑。

乡村里向来是村看村，户看户。谁家做了个甚，别人看见不赖，众人都要跟着来。起窑造院的大事越发是这样。

就拿山硷塄来说，自打雷光明、白进勤两家券起一扑溜石窑，村里凡是经济上有力量的，都想券几眼石窑住。这道沟里其他村的村民们路上路下见山硷塄大兴土木，也都坐不住了，这样，雷光明他们这支专业券窑队，成天是东村请西村叫，营生排得满满的。

白进勤券他那五眼窑时，除过打石头、拉石头、券窑那些大桩营生请人做，其他像出面子、垒脑畔、套仓子等细致营生都是他自己干。农村里像他这么巧的人不多，再说也没他这辛苦，因此，券石窑的人家一般都是一揽大包干地包给券窑队，像割碾子、割磨、打驴槽、套锅台、套石仓、做门台这些活儿，也都是白进勤他们干。

在雷光明领的这十几个匠人中，论手艺，谁也顶不上白进勤，尤其是做腿子石、口子石，雷光明首先就不凭信他们。慢慢儿地，连主家也看出来了，都说："姓白的那个匠人，别看腿有毛病，干出来的营生可精致哩！他出的面子石，像机器裁出来的一般，码到窑上去，一卯顶一楔，可牢固哩！"一些细致活儿，指名道姓地就让他干。白进勤技术上给扛大头，雷光明自然不会亏待他，第二年白进勤的日工资长到了五块，以后又很快长到了十块。

可是，石匠这种营生，一到冬天就不能干了，券窑队的匠人们又都坐回村里来。都是些年轻人，家里哪能坐得住，不是聚在一块儿喝烧酒，就是钻在窑里打扑克，要不就偷偷摸摸地赌两把。

这类活动白进勤一概不参与，谁叫也不出来。他不出来有不出来的理由，"我一年四季在外面跑，家里的营生都撂给婆姨了，好不容易回来住两天，咋也得帮着归整归整吧！"

其实，家里的营生根本用不着他。婆姨慧敏虽然年纪不大，但毕竟是穷人家里受出来的，男人不在家，大凡小事，从来不等不靠，里里外外，拾掇得利利索索。再说，旁边还有个娘哩！因此，家里确实没有多少值得白进勤忙活的营生！

几天后，闲不住的白进勤又支起了他的铁匠炉。

从此，每年天暖和的季节，白进勤就跟上雷光明出去当石匠，天冷了，石匠活儿干不成了，他又继续当他的铁匠，一年四季不识闲。

说起白进勤过日子的辛苦，山硷塄的男人们没有一个不宾服。说起白进勤家的光景，山硷塄的婆姨们没有一个不羡慕，"别看三丑子是个残疾，人家那小日子过得，要多滋润有多滋润……"

第六章

白进勤要外出打工了。

这回，他不是去米脂，也不是"走南路"，当然更不是去延安，而是"走北路"，要到内蒙古的伊克昭盟去。

白进勤琢磨上这个事有段日子了，可他在家里跟谁也没说，包括婆姨王慧敏他也只字未漏。

在米脂这地方，老百姓历来都是喜安居乐业，重安守本分的，他们习惯于居家守园，从来不好离家远出。一代一代传下来，人们宁肯在本乡地面上苦巴巴地受煎熬，也不愿背井离乡地到外面去，这就叫穷家难舍，就像米脂人自己说的"金圪崂，银圪崂，撂不下自个儿的穷圪崂"。

当然也有例外的时候。一九三九年——老辈人叫民国十八年——米脂从春到秋滴雨未下，入秋以后颗粒无收，不等过年，好多百姓就家无隔夜之粮，身无蔽体之衣，到了饥寒交迫、走投无路的地步。只有到了这种时候，保守的米脂人才肯离开祖祖辈辈生活的地方外出逃荒。

那年头，他们都是往南走，米脂人叫"走南路"，近一点的是延安，稍远的是黄龙、黄陵，已经靠近洛川了。那一带地广人稀，能够接纳北边过来的这些灾民。当时，米脂人很少有往北边走的，在他们眼里，北边尽是沙漠，又是蒙古人待的地方，荒蛮不说，语言还不通，去了怕受欺负。所以，他们光是"走南路"，不"走北路"。

如今，我们的白进勤却要"走北路"，要到蒙古人住的伊克昭盟去。

走出山圪崂，到大地方去闯荡，这是白进勤打小就有的想望。那时候，家里穷得要甚没甚，在亲戚六人中，他家大人小孩说话没人听，办事没人理，有难没人帮。爹虽然在部队上干了几年，除过落下一身残疾，甚好处没得上，甚本事没学下，在村里，种地不如别人在行，挖煤不如别人会干，显得人也就窝囊了，因此在白氏族人里，总也走不到人前去。娘倒是个处处要强、事事要样的人，可摊上这么一个男人，又赶上六七十年代那样的政策环境，她就是浑身是铁，又能打出几颗钉来。一个妇道人家，起五更，睡半夜，披星宿，戴月亮，今儿卖碗饦，明儿卖豆腐，后儿卖干烙儿，该想的办法想尽了，天下的苦楚也受遍了，可还是没把穷光景变过来。当时，看见娘老子活得这么艰难，白进勤在心里暗暗发誓：自己长大以后，一定要走出这个穷山沟，到大地方去发展，让受了半辈子苦的娘老子好好儿享享福，让窝囊了几十年的白家人在村民们面前展展腰，扬眉吐气地

内蒙古自治区第十届文学创作"索龙嘎"奖获奖作品

过几年舒心日子……

可是,洪洞窑发生的那场事就像一场从天而降的瓢泼大雨把白进勤的梦想火花彻底浇灭了!从此,那样的好事,他不敢再去想;那样的好梦,他不敢再去做,只求能平平安安地生活、衣食无忧地度日。在他看来,这辈子能走到这一步就算烧高香了。

随着铁匠炉上的生意越做越火,加上石匠的营生长年不断,白家的光景一天天好起来。在山硔塄的三百来口人中,白存有家的人也开始受人尊重、被人高看了。冬日消闲下来的时候,在大槐树下的铁匠炉旁,这位在忻州战斗中受过重伤的二等乙级残废军人,也可以在村邻们面前摸着下颏子说两句硬气话了:"我老汉前半辈子,那真是黄连树上挂苦胆——苦得没法儿说!娘老子白给起了个'白存有'的官名儿,受了几十年,是既没存下,更没富有。后半辈子,自俺三丑学会铁匠、干上石匠,俺这光景,那真是芝麻开花——节节高啦!"

见娘老子活得这么舒心,心上这么展活,进勤心里自然高兴,经过这些年的奋斗,自己的爹娘、自己的婆姨总算能在山硔塄展油活水地做人了!他觉得,像他这样一个生活在大山里的农民,一个缺了一条腿的残疾人,能活到这个份儿上,确实很不错了!

然而,没过多久,白进勤的心又开始不安分了,十几年前被浇灭了的梦想之火又重新燃烧起来:他还是想到山外面去,到大地方去,他要让自己的爹娘、自己的婆姨、自己的儿女最终也能离开这个穷地方,像城里人那样,有滋有味地享受现代化的城市生活,而不是像他的祖先那样,一代一代地再在这大山里苦巴巴地受煎熬。

要说白进勤心中的理想之火能够重新燃起来,还是缘于下面的两件事。

头一件,白进勤给婆姨说过的那句承诺。

列位朋友大概没有忘记,在那个新婚之夜,我们的白进勤是这样说的:"别看我只有一条腿,我不会让你跟上我受委屈受穷的。靠我这身力气,靠我这份辛苦,靠我学下的铁匠手艺,别人有甚咱也得有甚,我总要让你走到人前头去!"

白进勤是个重厚寡言、诚实守信的人。几年前讲过的话,他至今没有忘记,一个字也没有忘记。

白进勤更是个重情重义、有前有后的人。说句良心话，论当时的条件，慧敏那么好的个女子，来白家做媳妇，真的有点委屈。可是，人家一没嫌咱家穷，二没嫌咱人残，甚条件也没提就应了这门亲。结婚九年了，人家一门心思地跟咱过光景，从来没有过个二心；人家知冷知热地和咱处夫妻，从来没嫌过咱身残。如今，咱儿也有啦，女也有啦！作为婆姨，人家管对得起咱啦！咱作为个男人，当初说下的话还没全都兑现哩，咱还得猫倒腰好好儿受哩，还得抬起脚往远处走哩！

二一件，打工的匠人们从北路带回来的撩人的信息。

这两年，跟上雷光明走村串户地干石匠活，打交道的人多，看到听到的事情也多。腊月里听北路回来的匠人说，内蒙古那地方可不是老辈人说的那么不好待，尤其是伊克昭盟那一带，据说随便挖开个地方就是煤，几辈子也挖不完。要把挖出来的煤拉到外面去，路就是个问题。国家拨了好多钱，又是开铁路，又是修公路。修路就得做护坡、做桥涵，这些活儿都离不开石匠。内蒙古那地方还偏偏缺石匠。听到这些消息，米脂的匠人们都不想再走村串户地干这些鸡零狗碎的猫头营生了，他们都想"走北路"到内蒙古去，整整桩桩地干些大营生，成千成万地挣两个好银钱！

在郭家砭这道沟里，说起白进勤的手艺、辛苦和他的为人，匠人们没有一个不宾服的。别看他少了一条腿，谁也愿意跟他合伙干。

年跟前，雷光明、雷光来弟兄俩三天两头圪蹴在白进勤的铁匠炉旁，一遍一遍地撺弄他关了铁匠炉到内蒙古打工去。

其实，白进勤心里早就把这件事认准了，他认为自己多年来盼望的机会终于来了！他要抓住这个时机，实现自己少年时的梦想。考虑到自个儿手头缺资金、腿脚不方便，对内蒙古的门头夹道又两眼一摸黑，所以，他也愿意跟雷氏兄弟们一块儿干，一则知根知底，二则彼此有个照应。

主意倒是拿稳了，就是不知道该跟娘老子咋开口。年前那几天，他不敢说，怕娘哭哭喳喳的，全家过不好这个年。正月十五以里，他试了几试没敢张嘴。过罢元宵节，眼瞅着要过二月二了，他还是没有开口。直到二月初三的早起，实在不能拖了，他才绕绕弯弯地跟娘老子说起这码事。

果不其然，没等他把话说完，娘就坚决反对。是啊，九年前的那场事在老人心里留下的伤口至今没有愈合，甚时候想起来甚时候痛。不提叙打工的事还好，一提这码事，老人脑子里全是那条肿得像紫茄子一样的腿，老娘心上的那块病眼瞅着又要犯了。

"三丑，"娘眼里转着泪说，"你也三十多岁的人了，咋这么不长记性哩？这辈子打工的亏还没吃够是不是？家里才待过了几天舒心日子，你又要给我出去生事！我今天实话告诉你，你们要是想让我陪伴你们多活几年，你就给我老老实实在家待着；你要是想让你娘早死几年，你就走，想往哪走往哪走！"

"大新正月的，说两句吉利话行不行？死呀活呀的，到底是怕哩还是咒哩？"进勤爹朝着婆姨很不高兴地说。

"呀呀呀，今天这阳婆是从哪出来了，连我们这位革命军人、共产党员也讲起迷信来了？"进勤娘一句话把男人顶了回去，紧接着就高一声低一声地哭诉起来，"你们老的小的站着说话不腰疼。当初三丑子把腿碰了，一把屎一把尿的，谁伺候来？自他伤了腿，我这当娘的过的是甚日子，你们知道不知道？我每天都是拿泪洗脸，拿泪泡饭，我眼睛里流的泪比别人尿的尿还多，你们知道不知道？为让他能像旁人一样成上个人家，我是伺候了男的伺候女的，伺候了老的伺候小的，我脑袋上流的汗比房檐上滴的水还多，你们知道不知道？"

见娘越说越激动，越哭越伤心，进勤知道今儿个无论如何说不成个话了，他朝婆姨使了个眼色，和爹一前一后从窑里出来，父子两个又上了铁匠炉。

一白天，在铁匠炉上，父子俩一边叮叮当当地捣铁，一边一递一句地合计这个事；在窑洞里，那婆媳俩也是一边紧一针慢一针地做针线，一边圪圪塌塌地拉谈这个事。

晚上吃饭的时候，见娘眼睛又红又肿，进勤没敢再提那件事，悄没声地喝了一大钵碗和和饭，把碗一放，就想走。

娘瞥了他一眼，叫住了他："三丑，你这回出去，想跟谁们一起走，到什么地方，做什么生活，你都跟娘详详细细地说一说。"

进勤一听，知道娘的态度有了转变，脸上立时有了笑眉眼。他重新回到炕上，坐在娘的对面，把自己盘算好的事情一五一十地跟娘拉了一遍。临了他又说："虽然也是在公路上，可我们不跟大机器打交道，就是给人家做护坡、安道牙石，全是石匠的活儿，跟在咱们米脂干其实没什么两样，苦轻得多哩！再说，雷光明也不让我干活儿，就让我给他当个带班……"

"带班是个干甚的？"

"实际就是个现场指挥，指指嘴，跑跑腿，把把关，不用咱们自己干。"

"你跟娘说的可是实情？"

"是实情，儿哪能哄娘哩！儿想今年出去先探探路，等把路踩开，儿想单另领支工程队自己干哩，到时候就更不用受苦了。过个十年八年，儿在那边干好了，把你们两位老人也接出去，咱们好好儿地享几年福……"

"你尽捡那好听的话给娘宽心哩，老古人早就说下那话啦，好出门不如歹在家，世上哪有好挣的钱哩？俺娃既然把主意拿稳了，娘也不能硬拦你，想走就走吧！你也三十多岁的人了，出去以后挣多挣少搁在其外，关键是要照护好自己……"

见娘终于放了话了，进勤像是吃了喜鹊子肉似的，娘说什么他都答应。答应了半天，娘安顿的话一句也没记住，他的心早跑到怎样跟雷光明搭班套、拉队伍的事情上去了。

白进勤是一九八八年三月二十三日离开米脂的，那天按阴历是二月初六。本来，他和雷光明初五就想走，娘硬让推后一天，说："不为别的，就图个顺顺利利，平平安安。"

一共十几个人，雷光明雇了辆拖拉机，底下装的是行李和锹、镢、锤、錾等劳动工具，上头坐着他们这些受苦人。

一群人在拖拉机上摇摇晃晃地走了三天，初八下午才到了伊克昭盟。他们做营生的这个地方叫贺家石畔，在伊克昭盟准格尔旗的薛家湾附近。国家在这一带修国道，大大小小的工程队把公路沿线的村庄住得满满的。

雷光明和白进勤找到贺家石畔的村长求人家帮着租两间民房。那位村长把脑袋摇得跟拨浪鼓似的，"没有了，没有了，凡是能住人的，都让前头进来的工程队租走了。"

雷光明赶忙从身上掏出盒还没拆开的红塔山，一边往村长兜里装一边说："求你再给找找,只要能住人就行,凉房也不怕,牲口棚也不怕。我们的工地就在这跟前,只能在你们村想办法了。我们这个伙计还是个残疾,冷冬寒月的,住在荒郊野外不是个事儿……"

也不知是他的恳切言辞感动了对方,还是那盒烟起了作用,村长的脑袋不再摇晃了,一边盯着白进勤那条腿,一边把手指伸进长长的头发里使劲挠了半天,然后说:"贺老四家倒是有个猪圈,大是挺大,就是脏,你们要是不嫌,就在那儿凑合吧!这个要是不行,我可再想不出办法了。"

"有顶子没有?"雷光明问。

"有,就是味道差一些,本来就是个猪待的地方……"

"你领我们去看一下吧!"白进勤说。

村长在前头领路,一左一右拐了两个弯,来到一处敞豁子烂院。说是院,其实既没院墙,更没院门,靠北一溜三间正房,南边有间南房,南房旁边是间茅房。村长指着那间一人多高的南房说:"喏,我说的就是这间。"

白进勤扒在门上看了看,里边确实圈着一口猪,门用一块烂门板挡着,顶子上搭着一些椽棒,屋里黑不说,感觉潮乎乎的,一股浓烈的猪粪味儿、尿臊味儿扑鼻而来。

"我看就在这儿吧!让拖拉机开过来往下卸东西吧!"白进勤对雷光明说完,回头又对村长说,"你让房东给猪另找个地方,这间房我们租了。麻烦你给找些干草,再借几块门扇做床板……"

村长答应着转身走了。

白进勤招呼从拖拉机上下来的民工用锹把屋里的猪粪、尿泥、杂草铲出去,铲出底下的硬底子来,在硬底子上垫了一层干土,铺上村长让人送来的干草。又从附近搬来一些片石支在下面,上面搭上木板、门扇,一个大通铺就搭起来了。十几个人躺上去虽然挤一些,但总算有个睡觉的地方了。

大师傅借用房东的炉灶,满满儿熬了一锅和和饭,就上从米脂带过来的干烙儿、驴板肠,晚饭吃得也还热热乎乎。

吃过晚饭,颠簸了一路的受苦人都上床睡觉了,小屋里顿时鼾声大作,一声比一声响亮,只有挨门躺着的白进勤没睡着。

内蒙古这地方，到底比陕北冷。入夜以后，冷风从烂门板上吹进来，吹得头皮凉飕飕的。这样的风吹上一黑夜，还不把人给冻坏了？他披上衣服又起来，把从家带来的羊皮褥子从身底下抽出来，摸摸索索地挂到门上，这才把风挡住。

经过这么一折腾，白进勤一点睡意也没有了。他卷了根烟，一口接一口地抽起来。身边的伙伴们一个个鼾声如雷，有谁在吱吱地咬牙，还有谁在叽里咕噜地说梦话。

我们中国数以千万计的农民工们，用自己的体力和智力，默默无闻地为这个社会做出了多少贡献，像老黄牛一样为生活在城里的人们提供了多少服务。至于他们自己，要求却很低，只要有口饭吃，只要能拿到工资，他们就满足了，至于住，能有个睡处就行，受上一天，跌倒头就睡了，好哇咋呀，赖哇咋呀！

"嗨……"白进勤长长地吁了口气，他把烟头掐灭，一边往被窝里钻，一边在心里对自己说，"明天该给娘写封信了，报个平安。不过，睡猪圈的事绝对不能写，要不娘又该说好出门不如歹在家了……"

第二天早上吃罢饭，白进勤就带着他的队伍上了工地。工地就在贺家石畔，离他们住的地方半里多地。做护坡的石料已经卸在那里，白进勤简单地分了一下任务，说了些该注意的事情，民工们就叮叮当当地干起来。

在石匠这个行当里，做护坡、垒道牙子是比较粗陋的活儿，用不着太多的技术，对做惯了口子石、腿子石、凿磨扇、凿石槽等细活儿的米脂匠人来说，干这些营生跟玩耍似的。尽管如此，白进勤仍然一个一个反复叮咛："一定要按技术员的要求干，按做护坡的操作规程干，把粗活当成细活干，无论如何不能让人家挑出毛病来。"

工地上安顿便宜了，他又跟雷光明去了趟村长家，把从米脂带来的狗头枣、小米子、小杂豆见样儿拿了一些，又从小卖部买了条红塔山，用纸包了一起装在一个大袋子里，多少是个心吧。出门在外矮三分哩！夜儿个要不是那盒烟，怕是连这么个猪圈也寻不下。

村长正在家，见他俩提了不少东西，显得十分高兴，又是让烟，又是让茶，又招呼着一起喝酒。他俩见人家一家子正吃饭，把东西放下就要走。村长也没硬留，一边往门口送一边说："你们不要客气，有甚事情只管找我，出门在外的不容易。"

白进勤说："别的眼下倒没甚，就是门上没个遮挡，黑夜冷得够呛！村长看能不能给找个旧门，挡挡风。"

村长满口答应："这没问题，我下午就让他们办！"

毕竟都是农民，互相都不嫌弃，彼此都能照应。村长答应的门，下午就让木匠过来安上了。房东两口子更是问问寻寻、照照护护的，说出来的话透着那么一股子热乎气儿，让人听了心里熨帖。

工地上的有些人可就不一样了。他们仗着自己是城里人，从心眼里看不起这些穿着破衣烂衫、讲着方言土语、抽着自制旱烟、身上一股汗臭味儿的"老陕"。他们仗着自己是端着铁饭碗的国营职工，对这些跑到城里来找活儿干的乡下人有一种与生俱来的嫌弃，特别是多多少少有点实权的人，总觉得他们收留了这帮农民工，给了农民工一碗饭吃。因此，在农民工面前，他们没来由地摆出一副有恩于人的架势，说话办事处处居高临下、颐指气使、盛气凌人，更有那般野蛮人，动不动就立眉竖眼地出口伤人、开口骂人，什么牲口话都能从他们嘴里吐出来。

白进勤他们来贺家石畔几个月头上，就遇了这么一件事。

管他们这个标段的有一个小领工员，是个二十刚出头的姑娘。那姑娘对工地上的事情压根儿就不懂，只是认下个管点儿事的姐夫，硬给安插到项目办来。作为领工员，她几乎从来不下工地，成天钻在项目办那间房子里，跟一群年轻后生打情骂俏。你有事情去找，她连个好头脸也没有，脸黑愤愤的，就像你欠下她几百块钱似的；她偶尔也到工地上转转，瞅眉剜眼地见谁挑谁的刺儿，众人见了她，就像见了传染病人似的，躲得她远远的。

那天，她来到白进勤这个工地，打着一把旱伞，戴着一副墨镜，穿着一双高跟儿鞋，嘴里头嚼嚼刹刹地不知道吃着些什么东西。她圪扭圪扭地转了一圈，扯起嗓子喊道："你们这儿谁是带班儿？"

"我是。"白进勤一边答应一边朝她走过去。

她盯住白进勤从头上看到脚上，又从脚上看到头上，然后说："你们工程队再找不出人来了，让个拐子当带班儿！"

白进勤忍住，没接应。

那姑娘开始找碴儿了，"像这种有水锈的石头，得拿水好好儿洗一遍，你们为什么不洗？"

白进勤看了她一眼，不紧不慢地说："操作规程上没这么写呀……"

"你是听操作规程的还是听我的？"

"谁说得对听谁的。"

"白拐子，告诉你！"姑娘开始发飙了，一跳三尺高，"我是这儿的领工员，你必须听我的，说得对你得听，说得不对也得听！"

白进勤又看了她一眼，还是不紧不慢地说："听你的，这容易。你说对的咋也好说，你说错了还照你说的做，万一出了问题算谁的？"

"你拐七趔八的，心眼儿倒不少，你还想往住套挽人？"

白进勤收起笑脸，正言厉声地对姑娘说："咱们打了盆说盆，打了碗说碗，现在说的是工程上的事，跟我的腿没有一点关系，请你不要拿我的腿说事……"

"就说，就说！"那姑娘开始撒泼了，"你个白拐子，白瘸子，瘸拐子！上辈子没干好事，老天爷硬把你的腿弄断了……"

"你……你……"白进勤气得七窍生烟，嘴抖得一句话也说不出来。

工地上的几个愣头小伙子再也看不下去了，提着铁锹就冲过来，为首的一个，举起铁锹指住那个姑娘说："闭上你这张臭嘴，你再敢胡嚼一个字，老子今天一锹劈了你这个有人养没人教的王八羔子！"

那姑娘哪见过这个阵势，她嘴张了几张没敢再吭声，倒提着那把旱伞气咻咻地走了，走了几步，可能实在气不下，又返回身来把工人们刚垒好的几块道牙石踢了个东倒西歪，这才朝远处的项目办一撅一撅地走了。

不一会儿工夫，一辆嘉陵摩托疯了一般从远处呼啸而来，卷起一泡黄尘。从摩托车上下来的是一个长得五大三粗的中年人，工地上的人都认得他，外号叫"杨大头"，在公司里多少管着些事，正是才刚那姑娘的姐夫。那姑娘就跟在他的身后，走路一瘸一拐的，准是刚才踢道牙石崴的。

"杨大头"径直来到白进勤跟前。

"白拐子，刚才怎么回事？"

白进勤指着跟在他身后的领工员说："你问她吧。"

"我问的是你！"

"既然你要问，咱们找个地方坐下，我把刚才的过程详详细细地给你说上一遍。"

"过程我不听，我只问你一句，你们还想不想在这儿干了？"

"哎，说到这儿，我倒想听听，想干怎么样，不想干又怎么样？"

"姓白的，你给我听清楚，不想干，就卷铺盖走人，从哪来的还滚回哪去；想干，就得听我妹妹的，她就是代表公司在这儿监督你们、领导你们的，哪个敢不听，没你们的好果子吃！"

在这种灰人跟前，白进勤毫不示弱，"姓杨的，你也听清楚了，你不要脖子上安个驴头，就把自己当大牲灵看！你头上那个烂帽子值几钱重，众人都明白。我们在这儿干与不干，不是你能说了算的。就凭你姓杨的这副德行，想让我们伺候我们也未必干。从陕西走到个内蒙古，一路上甚牲灵没见过？你要是言感正经地拉工作，咱们咋也好说；要是横行霸道不说理，想在我们头上拉屎拉尿，怕是没那么容易！谁要不信，咱们就骑驴看唱本——走着瞧！"

那个姓杨的原本是来给他的妹子做主的，没想到这个缺了一条腿的农民工比他还硬，又见手里头握家伙的后生们站下一圈，真要闹起来，未必能占上便宜，于是，也撂了句"走着瞧"的话头，领着他妹子没朽没朽地走了。

当天黑夜吃罢饭，白进勤怕那两人背地里使坏，就和雷光明相跟上去项目办找到那儿的正经领导，把白天发生的事详细说了一遍。那个领导是个正派人，人家一听就明白了，一边给他俩往杯里倒水一边说："那闺女是个半吊子，我们准备另外安排她的工作。你们放放心心地干吧！老白这个带班当得不错，活儿干得也地道，我们心里都有数。"

听了这两句话，他俩才彻底放了心。

几个月以后，白进勤他们又来到柳林沟。

这回是给包府公路做护坡。住的地方更差劲，民房好好赖赖寻不下一间，连贺家石畔那样的猪圈也没寻下，他们只好在河滩上搭了顶帐篷做宿舍。河滩上潮得厉害，白进勤只好把工地上做养护用的稻草袋子铺在地上，一共铺了三层。住进来的时候已经是阴历的八月初二了，河面上结的冰凌有一指多厚。为省钱，不舍得生火，晚上睡下又冷又潮。白天受上那么重的苦，黑夜睡在又冰又冷的河滩上，不要说白进勤这样的残疾人，就是那几个二十多岁的壮后生，清早起来，也是一个个腰僵得像是插了根木头。翻开最底下那层草袋子，几天工夫就沤得变成了黑色。就是在这样的环境下，他们硬干到阴历九月尽了才收工。

完工以后，白进勤安顿弟兄们先回，他和雷光明留下来跟公司结算工钱。公司就在东胜市里面，他俩连住等了三天。白天去公司跟人家磨嘴皮子，到了晚上，最便宜的旅店也住不起，就住进了澡堂子。澡堂子还真是个穷人过夜的好地方，价钱便宜不说，还能水宽宽地洗个热水澡，热乎乎地不用受冷冻。

三天头上，公司财务科的人跟他们说："资金不便宜，你们先回吧，过罢元旦再来。"

回去住了一个多月，元旦一过，雷光明就打发白进勤坐班车来到东胜，他又住进澡堂子，第二天一上班就来到公司。谁知还是来迟了，结算工钱的人已经从三楼的财务科一直排到一楼的楼门口。拐着一条腿的白进勤只好排到最后边。他从上午排到中午，又从中午排到下午，快下班的时候才轮到他。

财务上的两个女同志在计算器上孔搭了半天，给他结了一万多块钱。白进勤蘸着唾沫一张一张点了一遍，扒在窗口问："咋就这么一点钱？"

"钱不多了，各家都是先发一点，其余的等过罢年再说吧。哎，下一个！"

白进勤下到一楼的时候，迎头碰上贺家石畔工地上紧挨他们的那两家邻居，一家是横山来的，一家也是米脂。那两个也说给的钱太少，正圪蹴在那儿商量办法哩。白进勤也圪凑过去。

横山的老张压低声音说："我听人们私下议论，这工钱要想结算得痛快，就得给人家送哩！你不送，人家就象征性地给你这么一点。"

"送？送多少是个合适？"白进勤问。

"他还差你多少？"

"十八万。"

"今天给你结了多少？"

"一万六。"

"那你少说也得给他这个数。"老张伸着食指对老白说。

"一千？"

"抓牢你那一千吧，是一万。"

"好家伙！给个千数八百的不行？"

"不行。现在家家都送，你送得少了，头头点点的，那跟没送一样。不信你就试一试。"

"他们咋这么黑哩？"

"现在都是个这。你没听人说挣下要不下，辛苦全白下；要想能要下，先把老本下？"

白进勤闹明白了：人家先给的这一万多是做药引子哩，你舍不得这一万，就别指望要后边的那十几万！

白进勤卷了一根自制的旱烟，靠住墙一边抽一边盘算：看起来怀里这万数块钱还得掏出去，舍不得孩子套不住狼，这点儿生本儿得往里贴。可是，正经掌柜子是人家雷光明，咱只是个跑腿的，这一万块钱送出去，人家又不给咱打收条，回了米脂，咱咋给雷光明往清楚说哩？

一根旱烟抽完了，他也没打起个调来，又卷了一根，又抽起来。这笔钱怕是省不下，迟早得送。与其迟送闹个不痛快，不如早早儿送了早些利索。要都是这么个行情，雷光明也得认这个账哩。他把抽剩下的烟头在水泥地上拧灭，心里对自己说：快一狠二狠地送吧……

主意拿定，白进勤进厕所把那个整捆的一万元单另装在一个信封里，在信封上大大地写了"雷光明"三个字，又把信封装在外衣口袋，这才赶紧从厕所出来，站在空荡荡的走廊里静静地等。

等了足有一袋烟的工夫，听见三楼有锁门的声音，紧接着，穿着高跟鞋的财务科长和戴着近视眼镜的小出纳嘎噔嘎噔地下来了。

白进勤赶紧迎上去，"你们两个才忙活完？"

财务科长愣了一下，但她很快就认出是下午领钱的那个残疾人，"你咋还没走？"

"我们老雷让我给你捎了一封信哩,下午人多,我忘记给你了。"

"信?什么信?"

"我也不知道,他说是有两句要紧话要跟你说哩!"白进勤好像是忘记装哪了,一个兜一个兜地掏。

小出纳看明白了,跟科长打了声招呼,一个人前头先走了。

白进勤趁机把信封塞到科长手里。

科长一边用手捏一边说:"这是写了些甚?"

白进勤说:"你回去慢慢看吧。"

科长一边往怀里揣一边说:"肯定又说工钱的事哩,那样哇,明儿中午快下班的时候你再过来一趟,我看能不能再给你们匀兑两个。"

财务科长一说这个话,白进勤心里有底儿了。果不其然,第二天中午,那十八万块工钱一分不差地全部给他兑现了。

第三天下午,白进勤怀里揣着雷光明分给他的一万块工钱回到了大槐树底下的券窑。在娘老子面前,他讲的都是内蒙古那地方的钱如何好挣,伊盟地面上的人如何好处,以及工地上的吃喝油水如何大,味道如何香。至于住猪圈的事,住河滩的事,在工地上受人欺负,挣下钱要不上的事,他一句也没有讲,都烂在肚子里了。

见三丑子半年多时间挣回这么多钱,人也精精神神的,浑身上下没一点磕碰,娘老子自然高兴。过罢年,白进勤又走了北路。

这样的打工生活他整整干了十一年。先是跟上别人干,后来是跟别人合伙干,从一九九六年开始,索性拉起队伍自己干,一直干到一九九八年。

第七章

舒心的日子过得真快,一转眼,白进勤跟上东方路桥干活已经六年了。

他是一九九九年春天进东方路桥的。

那是他头一年拉上自己的队伍干。当时,四十二岁的白进勤一心想找个正经单位跟个正气点的人，安安稳稳地干，放放心心地干。他不想再像前十年那样，跟个没头的苍蝇似的瞎跑乱碰，走哪算哪了。

现如今在内蒙古，受苦的地方多的是，关键是要选对单位跟对人。"跟上好人学好人，跟上巫婆跳大神。"咱这些打工的，受苦不怕，怕的是受气；干活不怕，怕的是白干。这几年打工，最让白进勤寒心的是对方根本不把他当人看，让他在人格上受尽了污辱；最让他伤心的是挣上拿不上，要那两钱比要命还难，本来是对方欠咱的，咱还得赔上笑脸、揣上红包给他送……所以，这回他一定要找个正经单位，跟个正气点儿的人！

过罢二月二，白进勤就一个人来了东胜。他想先找单位，等单位找好了，再回去拉队伍。

跟以往一样，他又住进了澡堂子。

这世界说大也大，大得没边没沿；说小也小，小得就像个山硷崂。这不，他正愁一晚上没个拉话的，偏就有一个人站到了他的面前。这人正是跟他合伙干了四年的雷光来。雷光来也是上来寻营生的，而且已经找好了地方，正说明儿一早就回米脂去。

在白进勤眼里，眼前这个雷光来就是个很正气的人。"人用钱试，金用火烧。"他跟白进勤合作了四年，两人从没因为银钱上的事闹过圪捣。那时，钱都是雷光来管着，白进勤一点儿心不用操，年底算账，人家给你交代得清清利利的，没有一点疑疑惑惑的地方。好多合伙人一开始好得跟一个人似的，干着干着就干不下去了，最终闹得黑血为仇。因为啥？就是因为钱。像他俩这样能长期合作下来的真不多。两人合作了四年，手上都积攒下两个，都想领撂上一摊儿单独干，一九九八年底结完账，这才商商量量地分开。

今天，在东胜街上相遇，用文化人的说法，也叫"他乡遇故知"，白进勤别提有多高兴。他叫跑堂的小后生酽酽儿地沏了一壶小叶儿茶，斜靠在澡堂子的小床上，跟他的老伙计脸对脸地拉起来。

几句话就拉到了找地方做营生的话题上，白进勤讲了自己的打算。雷光来听了，一连声地赞成："对着哩！对着哩！跟不上个正气人，你是生不完的气，受不完的罪，闹不好还得落个鸡飞蛋打一场空！"

白进勤抽出一支红云扔给雷光来，他自己却从当时最便宜的白公主盒子里抽了一支，一边点一边说："我还是想寻揣个国营单位，至少它叨不了咱。像先前那些私人企业，说叨就叨了，你连个脚踪还寻不见！"

　　"那倒不见得。"雷光来说，"国营单位也可有那不像样儿的了，再说，如今真正的国有企业也没几家了，都变成个人的啦！其实，民营企业里也可有不错的哩。说到这儿，我倒是想起一个人来……"

　　"谁？"

　　"丁新民！"

　　"你说的是伊盟公路工程局的那个丁局长？"

　　"正是此人。你认得他不？"

　　"我哪能认下那么大的官儿，光是听人们说公路工程局有个丁局长。"

　　"那可是个好人，如今少有的好人。正气，不是一般的正气。今儿黑夜咱俩正好闲着没事，我给你好好儿拉一拉这个丁新民！

　　"丁新民正是土默川上的蒙古人。他的娘老子都是跟共产党打天下的老革命。抗日战争的时候，他爹就加入了共产党，是八路军里边一个大干部的贴身警卫，在土默川上建立联络点，开展游击战，参加过好多次惊险的战斗，打仗可勇敢哩！丁新民的娘更厉害，十几岁上就给咱们的地下交通站当交通员，三天两头往根据地送情报、传文件。她的堂兄吉雅泰，正是跟咱们国家原来的副主席乌兰夫同时代的老一辈革命家。解放战争开始后，丁新民他娘就跟上丈夫进了野战部队，从内蒙古打到东北，从东北打到河北、打到山西，一直打回内蒙古，最后一仗就是在伊盟打的。新中国成立后，丁新民他爹一直在交通上工作，是伊克昭盟交通局一个资格很老的局长。

　　"别看丁新民是这样人家的子弟，在他身上没有一点干部子弟的娇气。一九六八年就下乡了，他去的是兵团。你猜兵团的人叫他甚哩？丁铁人！王铁人你知道哇，对，就是大庆的那个，可能受哩。丁新民跟那人一样能受，干活一样不要命！掏大粪，他跳到茅坑里一桶一桶往上提；拌混凝土，五十公斤的水泥袋他一个胳肢窝夹一袋；别人一天上八个小时的班，他是二十四小时连轴转，连吃饭还是别人帮他打回来，他就在车间里吃。

"他从兵团回来就进了交通系统。按理说,老子是交通局的局长,人家娃在兵团干得又不错,入了党,立了功,还提了干,咋说哇不给安排个一官半职?他老子就是不给这个方便,硬把他放到养路段,从最普通的养路工开始干起。要不说父子们一样样的正气,现在有些当官儿的连人家的脚后跟也比不上!

"丁新民在公路段干了多少年?干了二十三年,从一个二十多岁的毛头小伙子干成一个年近半百的半截老汉,直到四十六七岁的时候才提成公路工程局的局长、党委书记。

"最近这人也下海了,不当公路工程局的局长了。要不说这人正气哩!前年年底,他就领着公路工程局的十几个业务骨干成立了东信公司。现在的东方路桥就是在那个公司的基础上发展起来的。东杨公路就是他们修的,咱们也在那条路上干过——那是内蒙古第一条BOT公路。这两年,丁新民既是东信公司的董事长,又是公路工程局的局长,职务两头兼,工作两头干。上面的领导,包括丁新民的朋友,都希望他就这样两头兼着,两头都保险,两头都得利。丁新民自己不干。他说:'公私必须两分开。我既然来东信公司干了,公路工程局的职务就不能再兼,这叫刀割水清。'他最近辞了,彻底下海了。过去有些人说丁新民拿的是双份工资,现在人们闹清楚了,人家只拿公路工程局一头的工资,在局长这个职务没免之前,东信公司的工资一分也没拿过!甚叫刀割水清,这就叫刀割水清!

"丁新民这个人最大的好处是可怜穷人,不吃独食。小时候娘老子给颗糖蛋蛋,他也要跟同学们一人一半分着吃。家里来了要饭的,宁肯自己不吃,也要给要饭的端出去。在养路工区,他见有个道班工人大热天穿着条烂棉裤,大半个屁股在外头露着,晚上回到家,就翻箱倒柜找出以前穿过的衣服,从里到外收拾了两套,第二天就给道班工人送去了。在养路工区,有好多道班工人工作十几年了户口还在农村,孩子八九岁了还没上学,他就托朋友找关系,给这些道班工人落户,帮他们的子女入学。办这些事情落下的人情,都是丁新民自己补报。工人们披上两个钱硬要塞给他,让他去酬谢对方,他哪肯要!道班工人来东胜开会,丁新民总要把他们请到自己家,让婆姨三般六样地备上一桌菜,弟兄们痛痛快快地喝一顿。他这人就这么重感情、讲义气,没有一点官架子!

"丁新民的东方路桥公司也用着不少农民工哩!去年就有大几千,今年兴许上万哩！农民工在别处受欺负，在他这儿没人敢欺负，有他给做主哩！他给他的技术员、领工员、项目经理下过死命令：谁敢欺负农民工，他就砸谁的饭钵子！他对咱们这些受苦人心可软哩，见你受可怜他就流泪；可对那些灰人、赖人，心硬得就像包公，谁也怕哩！上回有个技术员欺负一个匠人，那匠人也是咱们米脂的，宁折不圪溜，不干啦，要卷上铺盖走人。那技术员除不赔礼道歉，还诈唬人家哩：'想走你走起，现在三条腿的蛤蟆不好找，两条腿的民工多的是！你以为死了你这张屠夫，我们还不吃浑毛猪呢！'这事不知咋就让丁新民知道了，把那个技术员叫到办公室，训得他腿还抖哩！到了儿还是把那人的饭钵子给砸啦，把那个匠人留下啦！

"丁新民还把这件事拿到公司大会上讲。人家那话讲的，句句往咱心里钻哩，'咱们东方路桥指谁活着哩？你们一准会说，指公司领导，指管理员、技术员。是，你们说得也有道理，我们这些人是起了很大的作用。但是，我要提醒你们，干工程说到底还得靠农民工。没有他们流血流汗，别说几个亿的工程完不成，就是几百万也完不成。所以说，不是东方路桥养活了农民工，而是农民工养活了咱们，他们才是咱们的衣食父母，是咱们企业的功臣，是东方路桥的上帝！'"

"进勤，"雷光来见白进勤听得入迷了，就站起来，一边往杯里倒水一边说，"你说，像丁新民这样的人算不算好人？"

"好人，真正的好人！要不是你今天亲口跟我说，我真不敢相信现如今还有跟受苦人这么一心的官儿呢！哎呀，谁要是能进东方路桥跟上这样的人干，真是走了大运了！"白进勤感慨地说。

"好多人都想进哩，进不去哇！除非是有扛硬人引荐。"雷光来说，"哎，我好像听你说过，你认识刘忠义。"

"认识了哇，那年在一〇九线上，他是我们的领工员，我跟他干了两年多哩。那也是个好人。"

"刘忠义如今也去东方路桥了，是丁新民的左膀右臂，两人关系好着哩！他要是能给你说句话，我保证你能进去！"

世上的路其实都是自个儿铺哩！有的人一边走路一边铺路，脚下的路就越走越宽；有的人却光走不铺，甚至干那过河拆桥的事。这种"偷工自倒灶，哄人自断道"的人，脚下的路就越走越窄，最终走的路断难行。

我们的白进勤就属于一边走路一边铺路的人，他的路就越走越宽。眼下，当他为找不见进东方路桥的路在这儿发愁时，雷光来帮他想起了五年前曾经铺过的一条路，通过这条路，白进勤也许就能如愿以偿地进入让他羡慕不已的东方路桥。

这条"路"就是刘忠义。

五年前，刘忠义还是公路工程局工程二队的一名领工员，正领着一帮工人在一〇九东线上筛白灰。那时筛白灰全凭人工干，要是赶上刮风天，全身上下沾得全是白灰。到了大夏天，白灰末灌进鞋里，能把人的脚烧烂，所以，这个活谁也不想干。正在这个时候，白进勤领着二十几个人来了，刘忠义就把筛白灰的活儿交给了他。刘忠义估计，不出三天，这帮人准定撂挑子。谁知道，人家一干就是一个月，从工头到工人，没有一个找他叫苦的。后来是刘忠义心里过意不去，主动把他们调到了做护坡的工地。

当时一起在工地上做护坡的有六家。有人趁刘忠义外出开会，就干起了偷工减料的勾当，把石料一劈两层，一块顶两块用，既节省了成本，又加快了进度，包工队受益了，工程的隐患却埋下了。刘忠义开会回来很快发现了这个问题，查一家不合格，再查一家还是不合格，六家全查下来，除过白进勤实打实地没捣鬼，其余五家都做了手脚……

有这两件事在这儿放着，白进勤在刘忠义的心里就有了分量、有了位置。那一阵子，刘忠义逢人便讲："老白虽然腿残了，人家心没残，干出的营生能经得住历史检验。我们有些人，看上去倒是全胳膊全腿的，他们的心坏了，尽干那葬良心的事！"

这就是白进勤给自己铺下的路。有了这个基础，他今天去找刘忠义，心里是很有底气的。

他直接去了刘忠义的家。刘忠义好像正要出门，汽车就在门外停着，门口放着一个鼓鼓囊囊的旅行包。

白进勤一进门，刘忠义就认出了他。虽然当了项目经理，对他这个受苦人还是那么亲热，给他单另搬了把椅子让他舒舒服服地坐下，又把烟点上，茶沏上，这才问询起他这几年都在哪忙活。

白进勤怕刘忠义误了飞机,就长话短说,讲了自己的来意。

刘忠义打了个定醒,对白进勤说:"我也是今年从工程局刚过来。现在通过各种关系想进东方路桥的确实不少。那样哇,丁总派我去上海采购设备,大概走个六七天。等我出差回来,先把领导们介绍过来的安排了。只要还有位置,我一定安排你。你回去等着吧,一有结果我就给你打电话。"

见人家答应得这么痛快,话又说得这么实在,白进勤就扶着椅子站起来准备告辞。刘忠义提起白进勤放在沙发上的袋子问:"你这是提了些甚?"

"没别的,就两条烟,两瓶子酒。"

"这信封里装的甚?"

"给娃们留两个压岁钱……"

"老白!"刘忠义的脸当下就变了,变得非常难看,"你这是打我的脸哩!你老白这么实在的人,咋也闹起这来了?你要这么做,你的事我就不管了!咱俩今后也不要再交往了……"

说着话,连兜子带信封一齐往白进勤怀里塞,闹了白进勤个大红脸,走不是,在不是,接不是,推不是……

两人僵持了半天。白进勤只好把信封取出来,一字一顿地对刘忠义说:"行,听你的,钱,我拿走,这点东西你就让我留下哇,行不行?你多多少少也给上我点面子。"

…………

十天头上,白进勤就接到了刘忠义打来的电话。第二天,他就领着自己的队伍进了东方路桥。

这地方果真和别处不一样!

从公司领导到项目经理,一直到技术员、领工员,跟农民工都是"站起一般高,坐下一般低"。人家说出来那话,让人听了心里热扑扑的。

前几年待的那几个地方,人们一张嘴就骂人,眼睛瞪得牛蛋大,根本不跟你讲理,更不把你当人看。他认为你就是他花钱买来的牲灵、雇来的长工,就得任他打骂、由他使唤。人家这地方，白进勤来了三年了，别说打人的事从来没有，就是骂人的事他也没遇上。公司里的男女老少，甚时候见了你都是笑吃喜喜的。就拿称呼来说，以前那几处，开口闭口就是"白拐子"、"白瘸子"、"瘸拐子"；人家这里，上点年岁的、处得惯熟的叫你声"老白"，年轻人都是客客气气地叫你"白队长"。人就是个相互尊重。人敬咱一分，咱敬人十分。这样，才越走越近、越处越亲！冰揣在怀里还要化哩，石头揣在怀里还要热哩，何况人心。

心上顺畅了，白进勤的话也比平日多了。黑夜歇下，他老跟弟兄们说："我老白认得自个儿哩！咱来东胜，自身带着三分怯哩。首先，咱是外省人，'物离乡贵，人离乡贱'，陕北人跑到人家内蒙古找饭吃，咱总觉得理亏着哩！第二，咱是农民工，身上穿得破破烂烂，说话尽是方言土语，肚子里又没多少文化，在人家城市人、文化人跟前，自己觉得矮三分哩！第三，咱还是个残疾人，走路一颠二晃，坐下歪三仄棱，人家像样的地方还嫌咱影响市容哩！所以我对人要求不高，只要不给我气受，能尊重我的人格，能跟我平起平坐，我就知足了！出门在外，还图甚哩？就图个这！"

白进勤对东方路桥的要求很低，而东方路桥对自身的要求却很高，而且高得出奇！

白进勤他们来到东方路桥的三个月头上，就遇了这么一件事。

东方路桥承建的杭南路眼看就要完工了，老总丁新民却发现了问题：有三十五米混凝土路面的平整度没有达标。平整度是工地上的行话，用土话讲就是路面没抹光，看上去不受看。这事搁在别处，根本就不是个事儿，因为它已经达到了行业内的通行标准。可是，丁新民却不放过，他说："咱们对质量的要求不能停留在达标这个层次上。对东方路桥来说，达标就是次品，就是不合格。更何况，杭南路就在东胜街上，是咱们东方路桥的形象工程，东方路桥的工程干得到底怎么样，东胜人都在看着呢！"他要求把这三十五米路面用铁锤砸碎重铺。这还不算完，公司还对跟这起事故有关的所有责任人做出严肃处理：现场主管技术员降成了领工员，罚两千元；现场领工员立即辞退，扣发一个月的工资；项目副经理、项目经理、公司副总经理、总经理都承担了附带责任，每人罚款三千元；

具体干这个活的民工联队长、民工也都让罚了款。

这件事对白进勤的震动很大。

这十来年他走了那么多地方,没见过对工程质量管得这么严、抓得这么细、罚得这么重的。好多地方别说这么点小毛病,就是出了真正的责任事故,也都是一级瞒一级,一级哄一级,实在包不住了,才皮不疼肉不痒地发上个文件,大事化小,小事化了,哪有这么顶真的!

这段路是另外一个联队干的,但决定返工时,项目经理刘忠义不敢再用那个联队了,他点名让白进勤联队上。

工人们两人一组,一个手扶钢钎,一个悠起大锤,一锤一锤地砸。白进勤看得清清楚楚,除了外观质量差一些,内在质量一点问题也没有。大锤砸下去,只有一个小小的白点,砸得路面火星子乱迸,震得工人们虎口发麻。

工程全部干完后,白进勤把他的几十个弟兄召集在一起开了一个会。他先把公司发下来的事故通报一字一句地念了一遍,然后让大家都说说自己的感受。这帮人干活都是好手,就是不爱开会,尤其不会发言,你让他正儿八经地说几句,比拉他上杀场还难。

"你们要是都不说,我就说两句。"白进勤对他的弟兄们说,"我要说的是,东方路桥跟咱们以往走过的所有单位都不一样。到底哪儿不一样,我老白今天也说不太清。咱们慢慢品吧,反正是好多地方不一样。跟过去的国营单位不一样,跟现在那些民营企业也不一样。这儿的领导不是一般的人,尤其是丁总,可真有些吓数哩!"

这些和白进勤朝夕相处的农民工们,从来没见他们的队长像今天这么严肃、这么动感情。他们不再悬躺顺卧地闲拉呱了,一个个坐直了身子、仄棱起耳朵,认认真真地听他们的白队长讲话。

白进勤喝了口水,清了清嗓子,又接着说:"我今儿想说两个意思。一个意思是,人家这里路子正、规矩多、要求严,咱们必须遵守人家的规矩,按人家的要求做事,上人家的正道,可不能再像以往那样信马由缰,满不在乎。这回的事故就是个教训!事情虽然不是出在咱身上,惩一儆百,咱们都得经心哩!另一个意思是,我琢磨着,咱们也得改变自己哩!城里人嫌弃咱、小看咱虽然不对,咱身上也有毛病哩！咱们有时候自己就摆下个山汉、穷汉、瞎汉的架势，说话不文明、穿戴不齐整、吃住不卫生，人家谁待见哩？所以，要想在城市里头长在，要想在东方路桥发展，就得改变咱们自己。改啥哩，改咱们的衣食住行，改咱们的做人行事，还得把脑袋里那些不合时宜的旧东西倒腾出去。你们不要撇嘴，我今天把话撂在这儿：谁守东方路桥的规矩守得好，谁改自己的毛病改得快，谁就能在东胜城里待得长，谁就能在东方路桥发展得好。要是不遵守人家的规矩，不改变自己的毛病，迟早得让人家淘汰了！"

白进勤在杭南路工棚里说的这番话几个月后就应验了。

这一年的最后一天，白进勤接到项目办通知，让他去东胜最大的影剧院开会。打电话的是项目办那个很斯文的小后生。开什么会，那后生也匆忙，没有细说；白进勤也木讷，没有细问。他按小后生说的时间提前半小时去了，影剧院门前已经人山人海，张灯结彩，像米脂城里赶庙会一样热闹。

在会场的入口处，一说自己的姓名，工作人员就把他搀扶着领进了会场，让他坐到会场正中的第一排。两个年轻姑娘迎过来，给他又戴红花，又披绶带，当下把他打扮成个新郎的模样。

坐在他右首的是横山的张金保，左首那个好像叫刘世奇，也都跟他一样的穿扮。他跟张金保熟，悄悄地问："这是做啥？"

"把咱评成'绿卡联队'了，今儿要给咱发奖哩！"

"甚叫'绿卡'？"

"我也是刚闹机迷。你看过《北京人在纽约》那个电视剧哇，中国人一拿到绿卡，就可以在美国常年住下去啦！咱们有了东方路桥的绿卡，以后就可以跟着丁总常年干下去啦！"

"噢！这可真是好事。"白进勤高兴地说，一边说一边抬头朝主席台望去。横幅上的会标是：东方路桥集团总结表彰大会。集团的领导们已经在主席台上坐好，也正高兴地朝这边望哩。

颁奖仪式结束以后，集团又在东胜当时最大的酒店天骄大酒店会餐。饭厅那个大，饭桌那个宽，饭菜那个多，白进勤活了四十多岁，头一次参加这么排场的事宴。集团把他们这些获奖代表专门安排在主桌，集团的领导们、项目办的经理们，还有公司的技术员、领工员，都一轮一轮地过来给他们敬酒。宴会上喝的是茅台，是国酒，是国家领导人宴请外宾用的酒。

哎呀呀，山硷塄的三丑子今天可是开眼了！米脂来的穷匠人今天可是上了正经席面了！

我们的三丑子从来没喝过这么多的酒，喝得多，还没醉，更没难受，这是咋回事？噢，都说"酒好不醉人"。其实，喝多了还有不醉的？还是人心上展活！

"自那年在洪洞窑出了那场事，二十八年了，自己心上总是压着座山哩！走到哪儿也是尽量往边上靠哩！唯有今天，东方路桥的领导们把咱体体面面地扶上正席，让咱在人前头得得劲劲地活了回人！为人在世，还有比这更展油活水的事哩？"

…………

二〇〇〇年的元旦，白进勤是在东胜过的。工地上早已收工，工人们也都回家了。白进勤不能回，他得结算工钱。工钱没拿上，他哪能回家哩！跟他受了一年的几十个弟兄，还有他们的婆姨、老人、儿女，都眼巴巴地盼着哩。

早就听人说，东方路桥结算工钱容易得很，甚猫腻也没有，那天在表彰会上，好几个民工队长也都这么说。尽管如此，白进勤心里还是没有底。

昨儿晚上在小酒馆里吃饭，有人给白进勤掏耳朵，"老白，你得给丁总送两个了，你不提前表示个意思，人家能把工钱给你？"

白进勤想想也对，如今这社会都是个这，别人都送，就我不送，那不就把我撂一边儿了？

张罗的中间，白进勤又有了顾虑，老听人说东方路桥风清气正，自己来了这一年天气也亲眼看见这地方就是比别处正色，不要送不成叫人顶回来，让丁总对我有了看法就不划算了。唉，自古道："官家还不打送礼的了。"还是去上一趟吧，就是让顶回来，心里也就踏实了。

晚上吃过饭，白进勤准备了一万块钱去了丁总家。丁总不在，接待他的是丁总的夫人胡承惠。那女人说话慢声细语的，待人热情，给他又点烟又剥橘子，不像有些当官儿的老婆，见了这些农民工，脸上像是挂了一层霜，冷冰冰的，不说话。

　　白进勤先做了个自我介绍。听说丁总去呼市开会了，三五天内不回来，他就不准备再等了，吭吭哧哧地把来的意思说了个大概，就抖抖擞擞地掏出那一万块钱来，要给胡承惠往下放。

　　胡承惠哪里肯收！她把那一万块钱使劲塞进白进勤的衣兜，态度坚决地说："老白，咱们东方路桥可不兴这一套，丁新民最恨的就是欺负可怜人、坑害农民工。你可不敢这么做！你这么做顶如是小看他、污辱他哩！今天他正好不在家，要是在家，这道门你可是好进难出哩！工钱的事你只管放心，只要到了日子，一总发给你们。我就在咱们集团财务部上班，要是有谁刁难你，你告诉我，我给你做主，行不行？"

　　从丁总家回来的第三天头上，白进勤就收到了集团财务部发来的短信，告诉他款已回来，让他明天上午去结账。

　　第二天一大早，他就去了集团办公大楼。财务部的门大开着，只有几个人在等。原来，财务部为方便各民工联队取款，提前就排了顺序，哪几家今天取，哪几家明天取；哪几家上午取，哪几家下午取，排得顺顺畅畅，谁来了也不用排长队。财务部墙上，还贴着一个《民工联队工资支付办法》，大致意思是：各联队当年的工资今年先付百分之六十，剩余的百分之四十从第二年起，分两年付清。家家如此。

　　"这个办法好，既透明，又公道！"白进勤对排在他后面的那位民工队长说。

　　很快就轮到了他。

　　窗口里边一位女同志笑着问："墙上的支付办法看明白没？"

　　"明白了，明白了。"白进勤说。

　　"你今年的工资总额是四十四万元，按百分之六十计算，应该付你二十六万四千块，你算一下看对不对？"

　　"对着哩，对着哩！"

　　"这是二十六万四，你再仔细点一下。"女同志一边往出递钱，一边说。

　　就这么痛快，从进来排队到拿上钱往出走，没用十分钟。

半个钟头后,我们的白进勤就坐上了回米脂的班车。

这么多现金带在身上,他丝毫不敢大意。怕让车晃悠得睡着,他低低地哼起歌来。这回他没唱陕北的《酒曲》,他唱的是内蒙古的山曲儿:

打工的爱唱个爬山调,
谁听了谁也睡不着觉。

前半句嫩来后半句脆,
唱上三天三夜也不瞌睡。

山曲儿好比没梁梁斗,
甚会儿想唱甚会儿有。

醋碟子浅来蒜钵子深,
甚时候留下个人品人?

你品我来我品你,
凭良心做事谁哄谁?

…………

第八章

白进勤老爱跟人说,他这辈子有三个日子记得最牢,到死也忘不了,"头一个是我出生的日子——一九五七年五月十四日,俺娘就是那天生的我。第二个是我出事的日子——一九七二年十月十七日,俺那条腿就是那天让撞坏的。第三个是我出头的日子——二〇〇一年九月二日,俺和丁总就是那天认识的。就是从那一天起,丁总拉引上我,把我从一个遭人下看的农民工、受人欺负的残疾人,一步一步解脱出来。如今成了受人敬重的共产党员，成了有大几百万资产的富裕户，成了领着几百号民工勤劳致富的带头人，过上了出人头地的好光景。丁总是帮助我改变了命运的福星，是拉扯我过上富裕日子的贵人……"

白进勤和丁新民认识，就在东胜的天骄路工地上。时间是二○○一年。

二○○一年，东胜发生了一件在鄂尔多斯发展史上具有里程碑意义的大事：撤销伊克昭盟，设立鄂尔多斯市。为了隆重、热烈地庆贺这件盛事，向客人展示鄂尔多斯的新貌，市里从年初开始就紧锣密鼓地搞道路拓宽、市政改造、城区美化，东胜街上到处是工地，到处在建设。因为"撤盟设市"的庆典定到了九月二十八日，所以，所有工程必须在这之前竣工。东方路桥承建的天骄路自然不能例外。

依丁新民的行事风格和东方路桥的施工实力，拿下只有五华里长的天骄路原本不是个难事，可是，在这年的九月初，天骄路工程竟成了丁新民面前一件火烧眉毛的急事，一件可能影响东方路桥形象和声誉的大事。

事情走到这一步有两个原因，一个在"地下"，一个在"天上"。

"地下"是因为拆迁。拆迁涉及众多老百姓的切身利益，需要条分缕析，因势利导，一点不能急。可是，政府部门的有些同志非要霸王硬上弓，如今的老百姓又不吃这一套，双方就僵在那里，一僵就是半个月，丁新民的队伍干急开不了工。

"天上"是因为下雨。好不容易谈妥了，开工了，老天爷又出来捣乱。一连二十天，天空像是让谁捅了个窟窿，瓢泼似的一场接一场地下。修路就怕这种天，路槽里的雨水排不出去，下一道工序就没办法做，工人们拉来沙砾刚垫进去，还没来得及苫，又开始下了。老天爷就像跟东方路桥为难似的，整得人们哭不得笑不得，一点辙没有。

谢天谢地，总算晴了！这时候离九月二十八日只剩下二十多天。丁新民决定抓住这二十多个昼夜，在天骄路上组织一场决战，不惜一切代价，一定要如期完工。

大决战的动员会已经通知下去了。开会的头天下午，他又来到工地，想再实地看看。

在丁新民的想象中，雨停之后，工地上应该是一个清泥浆、垫沙砾、争时间、抢进度的大干场面。可是，眼前的情景却让他大失所望：干活的人稀稀拉拉，工地上显得冷冷清清，根本看不到往日的那种忙碌和喧闹。

见丁新民一脸的不高兴，项目经理刘忠义赶紧给老总解释："今天是七月十五，好多民工都回去跟老婆孩子过节了，路远的前天就走了，大部分是昨天走的。不过，明天一赶这会儿差不多就都回来了。"

"一个七月十五也值得这样？那八月十五呢？"丁新民一边往前走一边说。

"丁总，"刘忠义一脸无奈，"你当是城里人呢，过七月十五大不过给下世的亲人们烧张纸，摆点果品祭奠祭奠。农村人可是要当个节的过呢，你拦也拦不住，不要说普通民工拦不住，连民工队长也拦不住。"

丁新民叹了口气，一声没吭，继续朝前走。

在一处四十多米长的桥台前，丁新民站住了。这里的彩旗依旧在呼啦啦地飘，干活的工人一点也不比平日少。老总的脸上有了一丝笑意。他指着正在干活的工人问跟在身后的刘忠义："那是哪个联队？"

"白进勤的联队。"

"就是那个腿有残疾的米脂人？"

"对，就是他。"

"他现在在哪儿？"

刘忠义手搭凉棚，朝工地上四处张望。

"在那儿。"

丁新民大步流星地朝着白进勤走去。

在落日的余晖中，白进勤正在桥台旁干活。他习惯性地歪着上身，拖着那条安了假肢的残腿，费力地抱起一块几十斤重的石方往护面墙上放，放上去后，朝左瞅瞅，朝右看看，直到石方对得严丝合缝了才又搬另一块。再看他身上，滚得又是泥又是水的，豆大的汗珠从脸上不断地落下来……

"老白，歇一会儿哇，丁总看你来了。"刘忠义对白进勤说。

白进勤回头看时，丁新民已经站到他的跟前，笑呵呵地朝他伸过手来。

"不要握了，尽是土。"白进勤一边往衣服上蹭手上的泥土一边腼腆地说。

"老白，我走了一路，就数你这儿人多，这是咋回事？"丁新民问。

"也有想回的，我提前派了个代表，给家有念书娃的预支了些工资，前两天就让捎回去了。与其走个三天两天，来回大几百里，尽跑了路了。咱们工地上忙忙儿的，紧赶还怕误了工期，再放上两天假，更不赶趟了……"

一席话，说得丁新民频频点头。这个残了一条腿的陕北汉子，不单营生做得精致，队伍也带得齐整，还很会琢磨事，里里外外摆布得甚也不误。在东方路桥的一百多家民工联队中，像白进勤这样的，眼下还不多！

丁新民就是这样跟白进勤认识的，两人一认识就成了朋友，很要好的朋友。

决战天骄路的动员会是第二天上午开的。丁新民在他的动员讲话中，讲得最多的是他刚刚结识的白进勤和由白进勤引出的一个新话题——民工联队建设。他说："昨天在工地上，我确实很生气，生谁的气呢？首先是生农民工的气。你是我的工人，在我工程最吃紧、最需要大干的时候，你撂下工作回老家过节去了，你心里还有没有这个企业？再就是生管理人员的气，气他们把队伍带成了一盘散沙，带成了一群散兵游勇。

"晚上回去以后，我慢慢儿琢磨，觉得自己生气其实没多少道理。因为就现状而言，我们和农民工的关系其实就是个临时打伙计的关系，而不是像两口子那样准备长期过日子。大家不要笑，例子举得粗了一点，实际情形确实如此。从农民工来说，我来干活，就是为了挣钱，只要付了我工资，企业的事儿我一概不管，因为企业是你们的，跟我没有关系。从咱们企业来说，录用农民工，就是让人家给咱们干活，只要按我们要求的质量、要求的进度把活干完，我们就付给人家工资，别的一概不管。我们现在跟农民工就是这么一种关系。大家想想，这是一种什么关系？说白了，就是一种雇佣关系。用我的话说，就是一种临时打伙计的关系。凭良心讲，咱们现在除了发给农民工工资，还替农民工设身处地地考虑过什么？什么也没考虑。在我们这些人的内心深处，确实没把农民工当回事。从农民工来说，你企业不把我当回事，我当然也没有义务把你当回事。所以，你搞你的决战，我过我的十五，事情就这么简单。

"这么一想，我就想通了，我没有理由生农民工的气，同样的道理，我也不应该生管理人员的气。因为我过去只要求你们抓质量、抓安全、抓进度、抓效益，并没有要求你们抓农民工的队伍建设。这方面存在问题，责任不在你们。"

"昨天这件事，其实是向我们提出了一个崭新的课题：这就是企业应该怎样和农民工处关系。

"我们东方路桥的发展目标是把自己打造成一个长寿企业、一个百年企业。在这个过程中,我们承揽的工程将越来越多,我们完成的产值将越来越大,我们对农民工的依赖程度也将越来越高。在这种情况下,我们东方路桥必须使自己成为一块巨大的磁石,把民工联队紧紧地吸在我们身上,别人想拽也拽不开,想拉也拉不走。同志们,这也是一个工程。什么工程?民心工程。我们把这个工程搞好了,把民工的心拴住了,那么,在东方路桥这面旗帜下,就会集合起一大批施工能力强、垫资能力大、技术水平高的优秀民工联队。他们会发自内心地跟上我们干,打也打不散。这就叫铁杆儿骨干!

"我们打仗也好,搞工程也好,都不能没有这样一支铁杆儿骨干。古人说得好:'打虎亲兄弟,上阵父子兵。'越是到那个马高镫短、龙口夺食的关键时刻,越得靠这样的铁杆儿骨干。手里有了这样的队伍,我们今后揽到再大的工程,也不用为手里没有过硬的施工队伍而发愁了。从农民工来说,能沾傍上我们这样的企业,在这个城市里,他就有了依托,有了归属,不再是居无定所、四处漂移的游子,只要舍得卖力气,就不必再为找不到工地、领不到工资而发愁。他们当中一些有本事的,很可能会因熟练地掌握了技术而成为可以拿到很高工资的技工,有的会由现在的'乞丐头'、'民工头'成为联队长,成为小老板,甚至成为百万富翁、千万富翁。

"那么,怎样才能进入我讲的这样一种境界呢?我的招数就是五个字——二心变一心。从咱们企业来说,要真心实意地善待农民工,要把他们当成我们的兄弟、我们的朋友、我们的合作伙伴,当成企业的主人,保证对他们政治上平等、生活上关心,让他们经济上增收。这种关心要真正用心去做,用行动去做,而不是'狗啃门帘,全凭那张嘴'。咱们这些当领导的,要了解他们吃饭有没有油水,回家有没有路费,娃们上学有没有学费。只有把心交给他们,让他们真真挚挚地感动了,才能换回他们对我们企业的关心、热爱和自觉自愿的奉献。这就叫民心工程。我们要像抓路桥工程一样抓好这项民心工程。"

…………

那天在动员会上，丁新民虽然没有对决战做具体部署，但他那段关于民工联队建设的讲话在民工思想上激起的火花，远远超过了常规的动员。

天骄路决战一结束，丁新民就召开集团党委会，专题研究民工联队的建设。会上，他向党委各成员系统地谈了自己的基本思路。

丁新民说："咱们东方路桥成立时，就抱定一个信念：要带领所有跟随我们的员工和民工共同致富。基于这个理念，我们提出要加强民工联队建设，并且要把它作为民心工程、党心工程来抓，因为这是企业发展的需要。不抓这项工程，我们的企业就没有发展后劲；不重视这个问题，我们的企业就会头重脚轻。

"我预计，实施这项工程不比修路架桥轻松，抓起来一定会遇到好多困难、好多阻力。为了战胜这些困难、冲破这些阻力，我提议把这项工程定为'一把手工程'，由咱们这些大大小小的一把手们亲自来抓。我是集团党委的一把手，我要亲自抓。抓谁呢？抓各公司的一把手、各项目部的一把手，这些一把手再抓他下面的一把手，这样，我们的工作就有希望落到实处了。

"这项工程究竟怎么抓？党办的同志们拉出一个很细的实施方案。对这个方案，大家可以充分讨论。衡量这项工程抓得怎么样，我列了五条标准。这五条标准是：一看民工在政治上是不是平等了，二看民工的生活是不是改善了，三看民工在收入上是不是增加了，四看民工在技术上是不是提高了，五看企业对民工的凝聚力是不是增强了。年底考核各位一把手，就看这五条。

"政治上平等怎么考核？主要看民工是不是跟员工平起平坐了，在评选先进、奖金发放、组织发展、参与管理这些具体问题上，是一视同仁了还是三般九样。生活上改善怎么考核？主要看民工们吃得怎么样，住得怎么样，文体娱乐怎么样，有个磕磕碰碰、头疼脑热的，能不能及时救治。收入上增加怎么考核？就看他们最终拿到的钱增加了没有。他们远天远地地跑到我们这儿来干活，不是就为混个吃喝，他们为的是挣钱，挣很多很多的钱，我们应该让他们实现这个起码的愿望。技术上提高怎么考核？主要看两个东西，一是实际操作能力，二是拿到上岗证书的比例，用这个办法来鼓励民工们学技术，使他们成为技术骨干。至于企业对民工的凝聚力，平时不明显，主要在风口浪尖上看民工联队跟你东方路桥是不是一条心。什么叫风口浪尖？比如：东方路桥遇到困难和挫折时，民工联队能不能和衷共济、共克时艰；东方路桥的大工程到了龙口夺食的关键回合，民工联队能不能义无反顾地勇往直前；这就是'一把手工程'的检验标准。今后，我们就拿这五条考核我们的干部，检验大家的工作成效。"

丁新民的这番发言，获得了党委各成员的一致赞同。那天的党委会还做出两项决议：一是设立民工联队建设办公室，专抓民工联队建设；二是集团党委各成员、董事会各成员，每人至少帮扶一个民工联队，帮助他们做大做强，尽快向"十佳民工联队"发展。

在确定具体的帮扶对象时，丁新民选择了白进勤。他说："论装备水平，老白是典型的'锹头队'；论富裕程度，他们来自最穷的米脂山区；论身体状况，老白还是个残疾，真正的弱势群体。我就帮扶他。"

丁新民年轻时就雷厉风行、风风火火，定下的事情说干就干；进入中年后，依旧锐气不减，风格不变。这不，党委会前脚刚散，他后脚就去了白进勤的联队住地。

走之前，他跟谁也没说。他要给他的帮扶对象一个突然袭击，为的是能了解到下面的真实情况，亲眼看看民工们到底住得怎么样，吃得怎么样，收入怎么样，他们最需要他这个老总从哪些地方来帮扶。

天骄路决战结束后，白进勤跟着刘忠义又来到阿大线上的大王庄。这一带住户稀少，住房更少，他和他的弟兄们只能住在老乡的羊圈里。

丁新民是下午四点多到的，民工们还没有收工，他让司机把车直接开到民工的住地。

听到汽车进院的声音，一个五十多岁的民工从屋里迎出来。他挽着袖子，两只手上沾了不少和好的面，一看就是工地上的大师傅。

"老师傅，白进勤他们是在这儿住吗？"丁总的司机张志鹏问。

"是哩，是哩……你们是……"

"这是咱们集团的丁总！"张志鹏指着丁总向老师傅介绍。

"丁总？知道哩，知道哩！老白常跟我们念叨哩！丁总，老白他们还在工地上做营生哩，你看是领你们去工地呢还是叫他回来？"老师傅笑着问。

"不用叫了。"丁新民一边给老师傅递烟一边说,"你领我进屋先看看你们的住处吧。"

"丁总,快不用看了,受苦人住的个地方有甚看头哩!"

"老哥,我今天来,就是想了解一下你们到底住的些什么房、吃的些什么饭,一年能挣多少钱,哪能不看呢,快前头领路哇!"丁总拍着老师傅的肩膀说。

老师傅领他们进了其中的一间。尽管住了人,羊圈的痕迹依旧随处可见。"屋"里低矮、潮湿、阴暗,大白天还得开着灯。没有炕,更没有床,只在砖地上铺了些麦秸,工人们就在麦秸上打地铺。被褥那个脏,那个烂,黑亮黑亮的,已经很难看出原先的颜色了。地上这里扔一双秋鞋,那里撂一个饭盆,乱得连个下脚处也没有。一股难闻的气味,又像是羊粪味、尿臊味,又像是脚臭味、汗酸味,扑鼻子扑鼻子的,呛得张志鹏不敢往里走了。

丁总却在一个砖头垒成的小台子上坐下来,他数了数地铺上卷得松死破肚的盖窝问老师傅:"这屋住了十个人?"

"十二个。"

"盖窝咋就十卷儿?"

"老赵家出来三个人,可怜就带了一床盖窝,父子三个就那么拉扯着伙盖哩!"

"你们白队长在哪住?"

"就在这屋,一进门那卷子盖窝就是他的。"

"他咋睡在门口?"

"还不是为黑夜起来方便。"

"人们黑夜上厕所怎么办?"

"门口放着个桶哩,解小手就在桶里。"

"澡咋洗?"

"洗甚澡哩!上些岁数的,受上一天苦,一吃罢饭,跌倒头就睡了;年轻些的爱干净,十天半月打上盆水擦洗擦洗也就行了,还咋洗哩!"

"能不能看上电视?"

"漫不说没有电视机,就是有,往哪放哩?"

"那你们饭在哪吃？"

"天气好就圪蹴在院儿里，天气不好就回这屋里。"

"厨房不能吃？"

"一点点大个地方，进去五个人就转不开了，哪能吃饭哩！"

"你领我进去看看。"

厨房果然小，也就八九平方米的样子。

"老师傅，今天晚上吃什么？"丁新民问。

"烩菜，馍。这不是菜已经烩上了。"

丁新民揭起锅盖，拿饭勺搅了搅，锅里除了土豆就是白菜，一点油花花也看不见，就是个清水煮白菜。他说："老师傅，咱们这烩菜少油没水的，缺的东西多了哇！"

"丁总，临出锅搁上一勺子大油都有啦！就这也比在家里头吃的强多啦！"

"工人们能不能仅饱吃？"丁总又问。

"能，想吃多少吃多少。"

"最多的能吃多少？"

"这么一搪瓷盆烩菜，四个馍。"

"一个馍有几两？"

"半斤。"老师傅一边揉面一边说，"工人们受的苦重，菜里头又没油水，全凭拿馍补哩……"

丁新民听明白了，他使劲点了点头。

白进勤听到信儿从工地上赶回来时，丁新民的"微服私访"已接近尾声。白进勤紧紧握着丁总的手说："你甚时候来的，咋不提前通知我们一声？"

丁总夹耍带笑地说："就想给你个突然袭击，看看你这儿的真实情况。"

"那我今天可是露了丑啦！"白进勤转着身子，想寻摸个跟丁总拉话的地方，寻摸了半天，来到一处用砖头垒成的长条"桌子"跟前，这是工人们的"露天餐桌"。

丁新民一边往下坐，一边掏出烟来让老白抽。老白非让丁总抽抽他的。

"抽我的哇,也是好烟。"

丁总接过来看了一眼,是中华,他拿眼角一瞥,发现老白正从另一个盒里取烟。

"那你抽的是甚?"

老白脸微微一红,自我解嘲地说:"也不赖,苁蓉。"

"好你个老白,还这么仔细!"

两个人哈哈大笑。

丁新民给老白介绍了集团党委关于帮扶民工联队的决定,说了他的来意。他说:"这回咱俩成了'对儿红'了,从今往后,你跟我可不能客气。需要我从哪些方面帮助,你尽管说。"

也许是事先没有一点儿准备,也许是从来就没跟人张过嘴,丁总问了几遍,白进勤也没提出任何要求。倒是丁新民想起一件事来,"听说你们队里有父子三个伙盖一床盖窝?"

"就是,那父子三个可凄惶哩,那床盖窝已经稀巴烂了,眼看就盖不成了。"

"我看,你们吃的、住的都也不行。"

"丁总,"白进勤说,"说实话,我们这些外出打工的,对吃住都不讲究,肚子不挨饿,黑夜有睡处就行了。我感觉最丢人的是脊背上那卷子烂铺盖,走到哪让哪笑话。等一二年缓过来,我咋也得给工人们一人买一床新被褥,再不用背这卷子烂铺盖了……"

白进勤说这句话时,完全是随口说的。然而,无心的他却被有心的丁新民牢牢地记到心里去了。

二〇〇二年春天,一个天晴气朗的好日子。早晨刚上班,就有一辆越野车和一辆大货车一前一后从集团后院开出,一路朝南沿着阿大线向大王庄方向开去。

越野车里坐着的是新上任的民建办主任李时和一公司党支部副书记范培新。后面那辆大货车上满载载地装着一百五十套迷彩服、一百五十套被褥、一百五十套架子床,还有没开包装的洗衣机、电视机、电冰柜。这些东西都是集团老总丁新民用他个人的奖金给他的帮扶对象买的。今天,他们两个就是受丁总委派,去白进勤联队发放这些物品的。

丁新民这个人在少年时曾经有过受人歧视的痛苦经历。他的父亲被打成"走资派"、他的母亲被打成"内人党"后,他这个一向受人高看的干部子弟一夜之间成了"黑七类",有些同学、不少朋友离他而去,路上见了避之若浼,让他小小年纪饱受了人情之冷暖、世态之炎凉。

因为有这样一段经历,丁新民甚时候也忘不了被打入另册、遭人白眼儿、受人欺辱的辛酸。他曾经发过誓:这辈子说什么也不能当"人下人",但也绝不做"人上人",就做一个真正的人,一个有爱心、有善心、有同情心的人,一个能给别人解除烦恼、带来快乐的人。

创办东方路桥后,他最不能容忍的是在企业里头"货分三等价,人分上中下"。为了给农民工创造一个能跟员工平起平坐、并肩创业、共同致富的环境,他在今年春上破天荒地想出了召开民工联队代表大会的主意,就是要让民工代表们体体面面地出席集团的会议,理直气壮地参与企业的管理。

上回在白进勤住的羊圈里,亲眼看了民工们的那份凄惶,亲口尝了他们常年吃的水煮菜的那个味道,亲耳听了白进勤这个残疾人十几年来外出打工所受的艰难。从那儿回来,丁新民心上难受了好些天。他下决心帮助农民工首先解决好吃的问题、住的问题。人吃好了才能有个好身体,住好了才能有个好精神,身体好、精神好才能泼泼地受哩!

现在跟着集团干的民工联队大大小小有百十来个,全面帮扶一下子还做不到,只能先从"绿卡联队"来,从领导们帮扶的弱势联队来,从自己帮扶的白进勤联队来。

他给白进勤联队的民工每人买了一套迷彩服,从帽子、秋衣、秋裤、秋鞋,都配得全全的;每人一套被褥,他怕买上那种"黑心棉",让他兵团时的战友到车间里现场监制;每人一张架子床,从此再不用在阴冷潮湿的地上受罪了;他还定做了几间活动板房,买了电视机、电冰箱、洗衣机,买了VCD机……有了这些东西,民工们住的问题就解决好了。

吃的问题咋解决呢?丁新民提出发放伙食补贴,每个民工一天补五块钱,由帮扶领导、工程公司和项目部各拿一部分。在和李时、范培新商量时,这两人都主张补贴实物，不能发钱。范培新说："陕北人苦惯了，在吃喝上向来抠，咱们把钱发给他，他又装在兜里存起来了，以前吃啥还吃啥。直接买成东西他就没办法了，不吃也得吃。咱们多买个冰箱就是了。"

李时说："再帮他们把伙食管理委员会成立起来，每周拉出食谱，每天至少要有一顿肉，每月公布一次伙食账，让民工一起来监督。"

丁新民笑着说："这几个办法都很好。你们明天下去，跟老白商量着都把它落实了。忙完这一阵子，我要过去检查。"

快中午的时候，李时和范培新来到了大王庄的白进勤联队住地。车还没有停稳，民工们就像一群孩子似的围上来。

还是白进勤办事细致，提前就准备了一个大红横幅，上面还写了十二个大字：丁总情系民工服装发放仪式。他让民工们排成四列，听李主任、范书记讲话。

李时向民工们介绍了这件事的大致经过，介绍了老总的良苦用心，转达了老总对大家的问候，然后，把一百五十套迷彩服、一百五十套被褥亲手发到每一位民工手上。

半小时后，穿戴整齐的农民工们都从宿舍里出来了。这哪里是修路架桥的农民工，分明是野营拉练的大部队！工人们你瞅瞅我，我瞅瞅你，一个个带着几分高兴，又带着几分羞赧。白进勤一声吆喝，一百多人重新排成四列，整整齐齐地集合在横幅下面，拍了一张漂漂亮亮的全家福。

一年一度的端午节又到了。

这天，丁新民带着妻子胡承惠买的江米粽子，拉着儿子丁鼎买的各种水果，提着自个儿攒下的几瓶烧酒，又来到阿大线上的筑路工地，和他的"对儿红"白进勤过端午节来了。

这回，丁新民没搞突然袭击。他的越野车刚刚露出个影子，白进勤就带着他的队伍迎候在住地门口了。

我们的白进勤联队已经今非昔比！

农民工们全都住进了活动板房，蓝顶、白墙，四周是红砖垒起的围墙，围墙的垛子上、院门的门楼上，插满了东方路桥的红色旗帜，在夏日空旷的荒原上显得分外醒目、分外有生气。离大门还有一截，丁新民就让司机把车停下来，他要和随行的同志步行走过去。

高高的门楼下，身穿迷彩服的农民工们摆开了夹道欢迎的架势。这些来自大山里的农民，还不会讲那种言不由衷的漂亮话，喊那种千篇一律的时髦词儿，他们只是憨憨地却又是真挚地笑着，两只粗大的手掌使劲地拍着，从他们的笑脸上，我们分明看到了他们对自己老总的那种发自内心的感恩之情，我们分明看到了群众与领导之间那种自然流露的而不是矫揉造作的久违了的真情实感。

从门楼子进来，是一排排蓝白相间的活动板房。走进民工们的宿舍，全是统一的架子床、统一的被褥，屋子擦得亮亮堂堂，被子叠得整整齐齐，地面扫得干干净净，简直是准军事化的水平。丁新民猫倒腰瞅了瞅床铺底下，除过脸盆、换洗的鞋子，看不到其他的东西，拿鼻子闻闻，闻不到以往那种难闻的气味。

丁新民撩开门帘儿进了厨房，还是上回那个老师傅，正往笼屉里放揉好的馒头。

"老师傅，还认识我不？"

"认的，认的，咱们的丁老总嘛！"

"今儿中午给我们吃甚呀？"

"四荤四素，尽是硬菜。"

"是专门招待我呢，还是平时也这么好？"

"今儿是二碰了一啦，又过端午又待客。不过，平时的饭也比过去强多啦！你看黑板上，拉着菜谱哩！"

"工人们还能一顿吃下两斤馍吗？"丁新民又记起了老汉上回说过的话。

"如今可吃不行了。不要说两斤馍吃不下，半斤馍还紧吃哩！你相情一锅烩菜有半锅是肉，这东西吃上可耐消化哩！"

跟在后边的白进勤对丁新民说："刚开始，工人们吃上服不住，尽拉稀哩，如今都习惯啦！"

说得丁新民哈哈哈地笑个不停。

从厨房出来，他们又进了餐厅。

餐厅的小黑板上写着一周的菜谱,一日三餐,有荤有素。小黑板旁边,是伙食管理委员会的名单。餐厅里摆着丁总送给他们的电视机、VCD机、洗衣机、电冰箱、小药箱。

院子里,穿着迷彩服的民工们出来进去的,见他们人人脸上都是笑模样,丁新民觉得比穿在自己身上都舒坦。"人是衣裳马上鞍。"迷彩服一穿,小伙子们当下就变样了,邋遢的也显得干净了,稀松的也显得精神了。丁新民拍着小伙子们的肩膀说:"别人看不起民工,咱没办法,咱们不要自己看不起自己。衣裳穿得干净点儿,走起路来也精神,干起活来也利索。你们说对不对?不要以为民工天生就该受穷,就该穿得破破烂烂的,像群逃难的灾民,咱们也是人!"

丁新民的这排子话,句句说到了民工们的心坎儿上。年轻人不住地点头,稍微上点年岁的被触动了心里的痛处,不由得两眼转满了泪水。

丁新民看见一个五十多岁的民工还穿着原来的衣服,就问他:"你咋没穿,是不是没给你发?"

那人不好意思地说:"发了,我刚脱……"

旁边的白进勤替那人解释:"发了,他舍不得穿,他们父子三个都也不舍得穿。他的两个儿子是想过年的时候穿,想给村里人显摆显摆,告诉人们俺在东方路桥干着哩!这身衣服就是老总给我们买的!他自己是想秋后拿回去让他上高中的娃穿,老说这么好的衣裳穿上干活作踏了……"

一句话说得丁新民胸口立马翻起一股热浪,连说话的声音都哽咽了。他拉住那位民工的手说:"老哥,不要舍不得,只要好好儿干,咱们不光要让娃们吃好的、穿好的,还要让他们住咱自个儿的楼房,坐咱自个儿的汽车,像城里的有钱人一样体体面面的生活!"

…………

第九章

熟悉丁新民的人都知道,他是个爱琢磨事儿的人。

丁新民自己也说:"咱们这些当头的,就得吃着碗里、看着锅里、想着店里、瞄着地里，这就跟下棋一样，得把后三步提前想清、提前谋到、提前看准。"

二〇〇五年春节过后，一连几个晚上，他抽烟抽得特别凶，觉睡得分外少，话也很少说。早已经摸住他脾气的胡承惠明白：新民又在琢磨事儿了。

是的，丁新民是在琢磨事儿，琢磨东方路桥未来发展的大事儿！

他在想：东方路桥创办起来后，这几年发展势头一直很好，现在已经成为一个有一定实力的企业集团了。作为企业的创办人，最终要把它办成一个什么样的企业呢？国有企业的老路肯定是不能走了，但是，那种传统意义上的以赚取利润为唯一目的的私人企业的路他也不想走，他不愿意把自己发展成一个思想上跟党离心离德、感情上跟老百姓薄情寡义、目标上跟社会主义背道而驰的"新式资本家"！

说句也许是过时的话，他可是老革命的后代。父辈们当年跟着毛主席一路走来，推翻了三座大山，从地主、资本家手里剥夺了生产资料，把它分给劳苦大众，而后领着翻了身的无产者们走社会主义道路。到了他这一代，从小受的应该说是正统的马列主义、毛泽东思想的教育，那就是接过父辈的班，跟着共产党走，为实现共产主义奋斗终生。这个信念，在他脑子里是扎了根的，挖也挖不出来。如今，班是接过来了，父亲活着时不就是交通局局长吗？他也是公路工程局的局长了。跟父亲不一样的是，他在接过班的同时，不经意间竟然成了股东。股东是干什么的？就是资本金的持有者吧！资本金又是干什么的？就是能给持有者带来剩余价值的那种资金吧！天哪，他不是离资本家不远了？他的父亲闹了一辈子革命，打倒了资本家；几十年后，他的儿子竟也要变成"资本家"了。早知今日，何必当初呢？将来，总有一天父子俩得在那个世界见面，到时候这事儿该咋说呢？

年轻时学习马列著作，脑子里记得最牢的一句话是："全世界无产者联合起来！"联合起来干什么？当然是推翻旧制度，建立新制度。建立起新制度以后又该干什么？按小平同志的观点，是"解放生产力，发展生产力，消灭剥削，消除两极分化，最终实现共同富裕"。老人家的这个话是对的。如果我们的新制度搞了五十年、一百年，无产者还是一穷二白，还是解放初期那个水平，咱这个社会主义制度的优越性拿什么体现呢？咱搞社会主义又图了个啥？总不能就是为了继续受穷、共同受穷哇！看起来，无产者最终还得成为有产者，成为富裕者。当然，我们是要让大多数人富有，而不是少数人富有。这就是共产党人的奋斗目标。

按小平同志的说法，咱们中国现在还只是社会主义的初级阶段。听他那意思，这个初级阶段长得很，比当年的二万五千里长征长多了。长征再长、再苦，一年多时间也就走出来了。现在这个初级阶段，据说要几代人才能走出去。在这么长的时间里边，咱们共产党主要干什么？就是带着中国的老百姓共同致富。

这个道理丁新民闹明白了！中央不是让一部分地区、一部分人先富起来嘛，先富起来的怎么办？要回过头去帮助那些没有富裕的人，这叫先富帮后富，最后一起富。这就像当年开辟红色根据地一样，这里一块，那里一块，小块变成了大块，大块连成了整块。中国革命不就是这样成功的吗？搞社会主义，看起来还得用这个老办法！小时候听父亲说，当年在战场上，谁消灭的敌人多、谁抓获的俘虏多，谁就是英雄；现在，在共同富裕这条路上，谁拉扯的穷人多，谁帮扶的弱者多，谁就是好样儿的。对，就是这个理！

第二天一大早，丁新民就把他的左膀右臂们叫到办公室，他把这几天梳理出来的思路详详细细地给他们讲了一遍。

丁新民说："前年，我就提出要把'以人为本，共同富裕'作为咱们的办企宗旨。今年的工作会议，我看重点就探讨刚才说的这个思路，我想把它提炼成一句话，'让无产者变为有产者'。你们看怎么样？"

"好，这个口号提得好！这就是咱们东方路桥的一面旗帜。今后，集团的所有员工，包括民工，都可以集合到这面旗帜之下。"在场的几位助手都赞成丁总的思路。

二〇〇五年三月十七日，一年一度的读书会在江西的庐山、井冈山举行。就是在这次会上，丁新民正式提出"让无产者变为有产者"。

作为民工联队的代表，本书的主人公白进勤也参加了这次工作会议。

这是他第一次出这么远的门、走这么远的路，第一次听集团的领导们像拉家常一样商量事。那么大的老总，说的全是咱受苦人爱听的话，出的全是教咱致富、帮咱发财的好主意。

读书会开了四天。白天，白进勤都是听别人讲，晚上睡不着，翻来覆去地盘算，越盘算越觉得一九九九年来东方路桥这步是走对了。他在心里叫着自己的名字说：三丑啊，这辈子咱哪也不去了，就在东方路桥干，就跟上丁总干。干个十来年，咱也闹他个百万富翁，住上自己的楼房，坐上自己的小车，让山硷塄的乡亲们好好儿看看咱！

散会的头天晚上，丁新民来到白进勤的房间，一进门就问他的"对儿红"："开了几天会，我想听听你有些甚想法？"

白进勤说："你讲得真好，都在替我们考虑哩！我也想慢慢儿地往大发展哩！"

"老白，慢慢儿地甚时候能发展起来？紧着发展还撵不上别人，哪能慢慢儿地来呢！你在东方路桥干了几年啦？"

"今年是第六年。"

"去年干了多少工程？"

"刚刚一百万。"

"你自己挣了多少？"

"是个十大几万。"

"太少，太少。照这个速度，再过十年也发展不起来，你得加快脚步，跨越式发展哩！我给你算上一笔账，"丁新民扳着指头说，"你一年干一百万，就按百分之二十的利润算，你顶多能挣二十万。你要是一年能干一千万，利润减半按百分之十算，还挣一百万呢！你看哪个多？"

"好我的丁总哩，就我这几十号人，累死哇能干一千万？"白进勤说。

"你看你这个老白，现在干工程，全凭大型机械哩，靠人工能干多少？这几年你添置了些甚设备？"

"哎，甚也没添，还是些锹、镢、斧头。一台挖掘机几十万，我自个儿连十万也拿不出来，到银行贷款，人家谁敢贷给我哩！再说，就算钱有啦、机械也买回来啦，一旦寻不下营生，那可就做过了，活钱变成死宝啦……"

"哈哈哈哈。"丁新民不由得笑起来，他拿食指敲着自己的脑袋说，"看来你这里头还是没开窍，我得先帮你解放思想哩！"

说得白进勤也不好意思地笑了。

接下来，丁新民给他的"对儿红"讲了自己的打算："集团机械队有一台旧挖掘机、两台旧装载机，我准备按六十万处理给你们，银行贷款集团出面帮你们办。这样做，一不用动你自个儿的存款，二不用找担保，只管拿这些设备挣钱就行了。你看怎么样？"

"甚怎么样？"没等白进勤回答，外边有人抢过了话头。两人回头一看，进来的是刘忠义。他有急事找丁总，到处找不见，听司机说丁总正和白进勤说事呢，就找到这里来，"丁总又给老白吃甚偏饭呢？"

丁新民把刚才说的话又给刘忠义讲了一遍。

"这样一来，老白可是鸟枪换炮了，一年下来，少说也得干他个大几百万。"刘忠义也是替老白高兴。

"忠义，你不要光说好，老白是你一公司的'绿卡联队'，你是他的顶头上司，你也得有点表示了哇！"丁新民夹耍带笑地在将刘忠义的军。

刘忠义打了个定醒后说："向老总学习，我帮老白三台翻斗车，这就配套了。价格尽量便宜，老白也不用朝银行贷款，先欠着，将来从工程款里慢慢儿扣就是了，还能给老白节省两个利息。"

"好！还是忠义的帮扶力度大！"

丁新民从白进勤的眼神中看出了犹豫不定的意思，他知道陕北人持家过日子向来精打细算，老白这个人尤其抠得细，没有绝对的把握，决不会拿上银钱去冒险，所以，他没让老白当时表态。他估计刘忠义找他有事，就把手里的烟头掐灭，一边往起站一边对白进勤说："这对你是个大事，自个儿好好儿定夺定夺，等会散了，回去再跟婆姨、跟弟兄们商议商议，商议好了给我个话。"

丢了欢喜捡了个愁！

这天晚上，为添置大型设备的事，白进勤一眼没合。

同屋住着的那人压根儿就没回来住，晚饭也没在会上吃，一散会就让人叫上到外面吃饭去了。一顿饭能吃一晚上？如今人们吃饭不过是个引子，吃饱了，喝足了，各有各的去处，各有各的干项。有那好赌的，一吃罢饭就支起摊子赌上了，不玩够八圈是不会回来的；有那好色的，一撂下饭碗就进了洗浴城。那种地方白进勤是没去过，听回来的人说，早不是原先澡堂子的概念了，人家如今是让女人们给按摩哩，说是按摩，脱得红麻溜棍的，估计甚也做哩！人来到世上，各有各的活法，各有各的爱好。白进勤别说腿脚不利索，就是利利索索的，他也不去那种地方，不花那种钱！

想到花钱，白进勤的思绪又回到添置设备的事情上来了。

自从初中毕业回了村，白进勤一直是指辛苦吃饭、凭手艺挣钱。二十多年时间，他把别人几辈子的苦吃了。凭个人的辛苦，他使老白家的光景从山碚塄最穷的一家变成了最富的一家，他使自己的地位从最深的沟底攀上了山梁，在东方路桥集团的一百多支民工联队中成了众人仰慕的先进人物。改变自己的命运，他靠的是自个儿的辛苦、自个儿的技术、自个儿的为人，他从来没想过要靠设备，靠几十万、上百万的设备！

"吃不穷，穿不穷，掐算不到一世穷。"家里的豆腐账，在他脑子里算了无数遍了！是的，这些年交到婆姨手里的钱，一年比一年多，一摞比一摞厚了。在他的脑子里，这些积蓄早就派上了用场：两个小子说话就到了谈婚论嫁的年纪，到时候，这得花两个好钱哩！两个儿娶过媳妇，山碚塄那窑怕是谁也不想住了，你还不得在米脂城一人给他们买套楼房？慧敏跟上自己受了一辈子了，老来不能再返回山碚塄住那几眼券窑吧？索性漂漂亮亮地在东胜市里买套楼，让她也像城里的女人们那样享享福吧！到时候再买辆小汽车，老两口出来进去的坐上，想去哪就去哪！原来想着把娘老子接出来，谁承想两老人没这个福分，没等他在这儿干出个模样，就先后下世了。如今，就让婆姨、儿女们跟上他享福吧……

在白进勤的算盘上，钱是要这样用哩，谁知丁总帮他算的却是另外一本账！

说哇，按丁总的算法，也不用挖他的生本，存在中窑里的钱照样可以娶儿聘妇、照样可以买房置地，原先盘算好的事一件也不耽误。买设备的钱，丁总帮他贷呀，贷下的钱，用设备挣回来的钱慢慢地还哇……

哎，这可就有了债了！老辈人说："没甚不要没了钱，有甚不要有了债。"一背上饥荒，人活得可就不自在了。

内蒙古自治区第十届文学创作"索龙嘎"奖获奖作品

这事该咋办哩?

白进勤盘算了一晚上,也没拿出个准主意来。好在丁总并不急着要他回话,等读书会散了再回趟米脂吧,跟婆姨、跟儿女们好好儿商量商量,多听听他们的意见,毕竟这是个大事!

白进勤从江西回到山硷塄的当天黑夜,就和婆姨招呼大哥进喜、三弟进永过来一起开了个家庭会议。外甥孟士光正好来串门,也参加了他们的会议。

议题只有一个:丁总和刘忠义说的那几台设备到底买不买?

持反对意见的是大哥进喜和婆姨慧敏,三兄弟进永和外甥孟士光则主张他买下来,四个人正好二对二。

在龙镇的煤窑里挖了半辈子煤的进喜对工程上的事一窍不通,但他记得老年人说下的话,"天冷冷在风里,人穷穷在债里"。就因为这句话,他说什么也不让自己的兄弟塌上饥荒买这些机器。在他看来,机械这东西,跟村民们喂的牲口一个样,出过大力、受过重苦以后就不好养啦!闹不好人家这是"趁老婆没死,想卖两个活人钱哩"!要不跟咱们一不沾亲二不带故的,还能拿上便宜往咱门上送哩?

"哥,你快不要胡猜乱想啦,我们的丁总可不是你想象的那种人,人家全是为咱好哩!"白进勤觉得大哥的话太不中听,很不高兴地顶了他一句。

"你们外边的事我就闹不机迷了,反正按咱们的常理推,这事叫人解不开。"

慧敏虽然也是不赞成买,但她没大哥想得那么多,她只是担心男人把这几年辛辛苦苦攒下的血汗钱变成一堆铁圪蛋,等给儿问下媳妇以后,没钱给娃娃们办事宴。后来听说买机器不用存在她这儿的这笔钱,人家丁总另外给贷款呀,她这才放了心。只要不动这笔钱,不误给儿娶媳妇就行。至于别的,她不想去操心,那是男人们谋划的事,她凭信自个儿的男人。

外甥孟士光跟上白进勤在东方路桥打工已经三年了。这个在老榆树村当了十几年大队会计的老高中生,比他二舅还大两岁。要论打小算盘,这几个人捆到一起也不如他。他清楚,丁总也好,刘忠义也好,都是为他二舅了。单是集团那三台设备，少说也值八九十万，人家按六十万算账，一眼看到底是照顾咱了，用丁总的话说是"帮扶"了。咱要是小心吃气地不敢接，那可真成了扶不上墙的死狗了。想到这儿，孟士光对他二舅说："我的意思是，硬硬挣挣地把机器接下来，把人家那份儿情领了。一分的现钱也不用咱拿，你怕甚了？机器到了咱手后，咱们根据情况看着办了哇，工程多，赚头大，咱们就养着；工程少，赚头小，咱们再处理也不迟哇。我敢保证，就这几台机械，一转手，至少能挣二十万！"

一听这话，白进勤不干了，他说："人家是让咱发展了，不是让咱倒卖。事情长圆不能这么做！"

"我也不是说让你现在就卖，我是说，万一养不住，咱还有这么一条路哩！快买下哇，不要再打定醒了！"孟士光说。

"士光说得对着哩！"

说话的是三弟白进永，白氏三弟兄中头脑最灵活的一个。这家伙从小就无所顾忌，什么都敢说，什么都敢做，就是不爱念书，初中还没毕业，就扔下书包不念了。家里一天也不想在，地里的营生一件也不想干，就谋着往外跑。一九八二年，刚二十岁就跑到内蒙古倒腾买卖去了。先是倒腾粮食，倒腾衣服，后来也进了一家路桥施工企业。二十年跑下来，心越跑越野，胆越跑越大。跟白进勤相比，他完全是另一路人，能挣能花能享受，从来不委屈自己。眼下，他自己就养着台装载机。在座的这五个人，说起机械设备，就他能讲出个子丑寅卯。

"上门的财神还往外推哩？"白进永说，"你们这眼光差着哩！现在干工程，全凭大设备了，靠老镢小锄，一天能刨下几块土坷垃来？那是给土地爷挠痒痒哩！受上一年，顶多刨闹点儿散金碎银，一万辈子也别指望发财！像咱们这种人家，新设备根本买不起，一般的二手货，不是质量不可靠，就是价格不合适。现在有丁总帮咱，咱还抽架甚了？要是连丁总也凭不来，这世上怕就再没个可信之人了！"

"我不是不凭信丁总，我是寻不下个合适人替我领料这些机器。"白进勤对三弟说。

"管机械的人好寻摸，你要是放心，我就可以过来给你管这个摊子，顺手把我那台装载机也带过来，你手上的设备就更扛硬了。"白进永毛遂自荐，要给二哥管机械。

"你要能来,最好不过。这就把个愁帽子替我摘了。"白进勤高兴地说。

"二舅,就这么定了吧,你赶紧给人家丁总回上个话。"孟士光说。

第二天下午,白进勤就返回了东胜。

一出长途汽车站,他就拦了辆的,直奔刘忠义办公室。

尽管丁总跟他是"对儿红",跟他又那么随和,他在丁总面前总是有那么一点圪怯。在刘忠义面前,他就没有那种感觉。

二人一见面,没等白进勤说话,刘忠义先开口了:"正要给你打电话呢!集团布置下新任务来了,要在各个民工联队实行定额管理。丁总说你是他的'对儿红',让我亲手帮你,一定要把这个事情做好。"

"甚是个定额管理?"白进勤问。

"实际上就是咱们说的计件制,这是丁总为增加民工收入出的新招。"刘忠义说。

接下来,刘忠义详详细细地介绍了集团实行定额管理的来龙去脉。

这件事自始至终是丁新民一手倡导的。

丁新民说,他这辈子最看不起的是两种人,一种是只说不干的人,一种是爱吃独食的人。东方路桥一组建,他就提出"要带领所有员工和民工共同致富"。今年,他又把这个理念确立为企业的宗旨,叫作"以人为本,共同富裕"。东方路桥搞"以人为本"可不是赶时髦。对这四个字,他们有自己独到的见解,这就是他们提出的"金字塔理论"。

在他们看来,东方路桥就是一座金字塔。塔的顶端是决策层,中间部分是几百名员工,最下面那层就是每年跟随他们干活的成千上万的农民工。这些农民工在塔的底层,是塔的根基,东方路桥就是靠这个根基的强有力支撑,实力才越滚越大,品牌才越打越响。

丁新民说,在东方路桥这个金字塔上,三个层次之间目前收入差距还比较大。几百名员工,多数有了自己的小轿车,住的房子也很宽敞,每年的收入,连工资带奖金,再加上分红,应该说相当可观。而民工当中,除过联队负责人和少数技术骨干，绝大多数人收入还很低。他们实现共同富裕就是要缩小这个差距。但是，缩小差距绝不是古时候的杀富济贫，不是从高收入者那里砍一块出来分给低收入者，而是通过一种机制，激励农民工多劳多得，这种机制就叫定额管理。他们把工程量按单价细划，根据每个人完成的工程量来计算各自的报酬，干得越多，挣得越多，用这种办法来调动农民工的积极性。

跟定额管理配套的是创"绿卡"、评"十佳"。创"绿卡"是从施工能力强、垫资能力大、技术水平高的民工联队中评出在安全、质量、进度、效益上达标的联队，给他们授予"绿卡联队"的称号。"绿卡联队"可以享受承揽工程优先、施工结算优先、工资兑付比例高等优惠政策，用这样的方式来调动民工联队争先创优的积极性。评"十佳"，则是从"绿卡联队"中集中选优，评出十名最佳民工联队长、十名最佳民工。对评出的"双十佳"，集团不仅授予相应的荣誉，还要从经济上给予重奖。

听完刘忠义的这番介绍，白进勤首先想到的是自己咋贯彻。一眼看到底，丁总这尽是想方设法地让民工们多挣钱哩！作为丁总的"对儿红"，自己只能比别的联队干得更好，而不能落到别人后面去。

在这之前，白进勤对他的民工实行的是"工分制"，有点像生产队时的"大寨工"。民工之间也有差距，但那是老师傅跟小工子的差距，是壮劳力跟弱劳力的差距，跟实际完成的工程量并不直接挂钩。再就是工分的工值也不是很清晰，就是说，一年干下来，这个联队一共挣了多少，联队长自己挣了多少，民工们都不知情。现在一搞定额，这一块就全亮在大天白日之下了。这是联队长们不大情愿的。

民工们也有顾虑：那些技术不抗硬、干活不发力的，还是想吃大锅饭，继续打混工；那些技术好、身体差、出手慢的匠人，过去是凭技术吃饭、凭资格吃饭，现在要是顶一把二地全拿数量说话，他们也怕干不过年轻后生们去。

白进勤说出了这些顾虑。他跟刘忠义不耍心，有甚说甚。再说，这些事情不盘算到，实行起来也是个麻烦。

"你说的这些问题别的联队也存在，集团领导已经估计到了。丁总的意见是，只要大方向正确，就先干起来，干的当中，遇到甚问题解决甚问题。"刘忠义说。

"既然丁总有这个话,我就甚也不说了,坚决执行!"白进勤干巴利脆地说。

刘忠义对老白的这个表态很满意。人就应该这样,心里有甚说出来,不藏着、不掖着;干甚事情,行就行,不行就是不行,干脆而不黏糊,痛快而不拖拉。

他又想起了买机械的事,"那个事你考虑得咋样啦?"

"我今天上来就是要说这个事哩!买吧,就按你俩的意见办。"白进勤说。

"跟婆姨商量好啦?"

"商量好啦!一听说是丁总、刘总让买的,她知道一定赖不了!"白进勤这句话既夸了领导,又夸了自个儿的婆姨,"不过,机械一下子添了这么多,刘总今年在工程上可得多照护我哩!"

"这个你放心,丁总早安顿过啦!"刘忠义说,"你对机械不熟,最好是寻揣个懂行的人替你管起来……"

"我想让我三兄弟过来,那家伙闹这行,他自己也养着台装载机哩!"

"那就没问题了。老白,我荒估了一下,你今年下来,肯定能上这个数!"刘忠义伸出五个手指说。

"托你们众人的福哇!"白进勤一边憨憨地笑着,一边站起来准备告辞。

"对了,还有件事。"刘忠义已经把他送到门口了,又想起什么来,"今年工地上完工以后,集团准备从各个联队精选一批业务骨干,请劳动部门组织他们搞技术培训,考试合格的发上岗证书。你提前把联队里面有培养前途的滤出来到时候参加培训,这些人将来都是你的左膀右臂。"

几个月后,丁新民又来到了白进勤联队。跟他一起来的,还有党办和民建办的同志。

他这个人从来不喜欢蹲在办公室听汇报。抓路桥工程,他就不在办公室待,就要蹲到指挥部去,而且要把指挥部设到工地、设到现场、设到推开窗户就能看见工人们干和能听到马达响的地方去。抓"一把手工程",他同样要往下面跑、往基层跑、往实施这项工程的一线跑。他要亲眼看看下面的一把手们抓没抓、是怎么抓的，再下面的一把手们干没干、是怎么干的，他要直接听听民工联队的队长们对这件事到底怎么看、怎么想，他期待的效果出现没有，应该带来的实惠民工们得到没有……

丁新民对只顾忙着招呼众人的白进勤说："吃的喝的摆下一桌子啦，谁想吃、谁想喝让他们自己动手哇！你快坐下歇一歇。我今天来，别的不听，就想听你说说定额管理的事。"

"从这几个月的情况看，定额管理还真是个好办法！"白进勤一边往下坐一边说，"我品验它至少有四个好处：一个好处是民工的积极性高了。过去一遇个刮风下雨，你喊破嗓子也叫不出人去，出去也不给你好好儿干。现在，披上雨衣也要干，为什么？干得多挣得就多嘛！我们把能量化的营生都量化了。你们看，干甚多少钱，都在墙上贴着哩！有了这个东西，工人们一天干了多少，能挣多少，自个儿都能算出来。所以，不抹油自转哩，根本不用人催。

"第二个好处是质量有保证了。过去打混工，质量上出了问题找不见责任人。现在，哪个营生谁干的都有记录，不合格就得返工，不要说工钱挣不上，返工的损失还得他自个儿承担。这个账谁也能算过来，所以在质量上每一个工人都操上心啦！

"第三个好处是施工进度快了。过去是有些云彩就盼下雨，一下雨就不用出去受啦！现在是就怕下雨，一下雨就没收入啦！过去，交给些营生磨磨蹭蹭暂且做不完，现在是争着抢着跟你要营生，就怕让他坐下。

"第四个好处是收入提高了。我知道这是丁总最想听的！现在全年收入还说不好，我就说到这个月底的数儿吧！我们这儿有个最能干的——丁总知道，就是父子三个伙盖一床盖窝的那家的大儿——去年七个月挣下一万四，今年进场这才三个月，已经挣下九千八了。到年底，咋也能上两个整数。能挣这么多，就是因为实行了定额管理。只要加加班，三天的营生两天就干完了。年轻人有的是力气，省下也没用！"

这些活生生的例子，这些热扑扑的话语，让丁总越听越高兴，越听越兴奋……

内蒙古自治区第十届文学创作"索龙嘎"奖获奖作品

第十章

二〇〇五年,是白进勤心上感觉最舒展、日子过得最美气、出来进去最风光的一年,从年初开始,平日做梦也梦不见的好事,就连二赶三地来到他的身边。

过罢二月二,他就跟着丁总上了庐山。集团在那里开读书会,丁总请他和张金保、刘世奇以民工联队代表的身份参加。那是他第一次游览祖国的名山大川,参观党和国家领导人住过的地方。在这之前,我们的白进勤连北京也没有去过。这回,跟着丁总,他享受了从来没有享受过的待遇,见到了祖宗八代也没见过的世面!

从庐山回来没几天,他就接下了丁总和刘忠义转给他的六台设备。六年前他带着四十几个弟兄进东方路桥的时候,手里只有四十几张锹、十几把镐,再就是锤子、錾子这样一些随手用的劳动工具,至于机器设备,别说挖掘机、装载机,就连最简单的搅拌机也没有,那可真是名副其实的"锹头队"。现如今,自己的老本儿一分没动,跑银行的贷款自己甚心没操,六台大型设备就齐刷刷地开到自己跟前了,从前的"锹头队"当下就变成了具有相当实力的机械化部队。我们的白进勤能不神气吗?

就在这六台机械开进白进勤联队的同时,按照丁总的交代,刘忠义把东乌铁路线上的十一个桥涵、三公里长的标段也交给了他,把个白进勤乐的,这回他不用愁这堆铁圪蛋没用场了,第二天就带着队伍开进了工地。靠这六台大型机械,他今年的工程量比二〇〇四年翻了一倍还多。在工程量翻番的同时,利润也上来了,因为设备是自己的,费用低,成本低,账咋算咋合适。在东方路桥的一百多支民工联队中,白进勤联队走到了前头,无论是装备水平、施工能力,还是完成的工程量、民工的收入水平,都把众多联队远远地甩到了后面,白进勤联队成了众人追赶的排头兵!

到了这年的年底,集团从"绿卡联队"好中选优,评选"十佳民工联队长"、"十佳民工",我们的白进勤毫无悬念地被评为"十佳民工联队长"。

东方路桥破天荒地拿出四百万元重奖农民工!其中,奖励"十佳民工联队长"每人一台价值二十五万元的圣达菲越野车，奖励"十佳民工"每人一辆本田摩托车。

这场特殊的颁奖仪式就在东胜区天骄大酒店门前的广场上举行。

颁奖那天是十二月四日。一大早，富丽堂皇的天骄大酒店就装饰一新，广场上铺了红色的地毯，十辆越野车和十辆摩托车依次排列，汽车的机器盖上、摩托车的车把上，披上了红绸绾成的喜花，更显得喜气盈人、光彩照人，吸引得看稀罕的东胜市民里三层外五层地挤在天骄大酒店广场四周。广场上人山人海，热闹非常。

八点刚过，一辆辆干颜刮净的轿车鱼贯而入，一群群西装革履的代表如期而至，大大小小的官员们、各路媒体的记者们应邀而来，使这场颁奖仪式更显得非同一般。

光是上边的领导就来了十几位，有自治区党委的宣传部长、自治区人大的副主任，有自治区劳动和社会保障厅、自治区工商联的领导，还有鄂尔多斯市、东胜区的领导，主席台上坐得满满当当。

二十名获奖民工，肩披绶带，胸佩红花，一个个被打扮得像新郎一样鲜亮。工作人员安排他们提前站到汽车和摩托车旁边等候颁奖。这群成天滚战在筑路工地上的受苦人，从来没有上过这样的排场，更没见过今天这样的阵势。面对大姑娘、小媳妇们评头论足的围观，面对摄像机、照相机没完没了的拍照，他们也不知道是激动、是自豪，还是心慌，只觉得黄豆般大小的汗珠子顺着脖颈流下来，擦也擦不迭。

还是丁新民心细，他怕腿有残疾的白进勤坚持不住，嘱咐工作人员从主席台上搬了把椅子给他的"对儿红"送去。工作人员让白进勤坐下，白进勤不肯，在今天这样的场合，他不愿意让人把他当残疾人对待，他不想搞特殊。工作人员朝主席台上指了指，大概是说这是丁总让他搬的，白进勤这才落了座，同时回头朝主席台上深情地望了一眼。

正这工夫，颁奖仪式开始了。在宣布完获奖名单后，主持人请从呼市专程赶来的自治区党委的宣传部长莫建成讲话。

在这种场合，领导们讲话都很短，中间那几句最吃劲的话，白进勤一字不落地全记下了:"这几年,丁新民创造性地摸索出一个很新鲜的理论叫'东方金字塔'。这个理论的核心是,尊重民工的人格,重视民工的智慧,承认民工的价值,珍视民工的感情,维护民工的尊严,提高民工的素质,保护民工的权益。它的最终落脚点是带领广大民工共同富裕。丁新民的这个治企理念跟我们党以人为本的执政理念完全一致。自治区党委充分肯定丁新民这些年在创建中国特色社会主义新型企业方面所做的一系列探索,充分肯定东方路桥这个先进典型,充分肯定丁新民这个先进人物。我们将把这个先进典型推到全国去!"

接下来就开始发奖。领导们从主席台上走下来,走到获奖者面前,发"十佳民工联队"的牌匾,发汽车、摩托车的钥匙。

给白进勤发奖的正是刚才讲话的那位姓莫的宣传部长。莫部长紧紧握住白进勤的手,对着他的耳朵大声说:"听丁总讲你是他的'对儿红'。你是个苦命人,他是个好心人。遇上他这个好心人,你这个苦命人也就成了幸运的人、幸福的人。你要抓住这个机遇,快速发展,快速致富,尽快成为民工弟兄们学习的榜样!"

…………

当天晚上,内蒙古电视台的新闻就播出了白进勤身披绶带、胸佩红花的获奖场面。电视里的白进勤,看上去更精神、更年轻、更帅气,他的腿也看不出瘸了,身子也看不出歪了,完全是个体格健全的人!

远在陕北老家的亲人们也都从电视里看到了,看完电视就给他打电话。头一个打进来的就是他的宝贝闺女白云苗和他的婆姨王慧敏。这娘母俩已经搬到了米脂县城。

"老爸上了电视好漂亮,简直像个新郎官儿!"闺女苗苗在电话里跟他开起了玩笑。三个孩子当中闺女最小,从小就惯得赖,长成大姑娘了,说话还是没轻没重的。

婆姨接过电话以后,头一句就问他,给他发奖的那个大领导是谁,扒在他耳朵上尽跟他说了些甚。他一五一十地跟婆姨学了一遍,婆姨在那头听到也是心里热乎乎的。

紧跟着打进来的是他的堂兄白进荣、他的三舅杜修道、他的姐夫王慧雄。白进荣的电话是从山硷塄打来的,他现在是村里的支部书记。杜修道的电话是从延安打来的,这位当年的农机局长退休后,一直在延安住。王慧雄早从黄龙搬回了子洲,不过,他一年四季都在外面打工,刚回到子洲没几天。

大家都为白进勤高兴,都说来内蒙古才几年工夫,三丑子竟活得这么风光,又是上电视,又是得大奖,那么一台汽车,少说也得二十几万吧!那么大的领导,跟他又是握手,又是拉话,亲热得像是弟兄。这样的事,老辈人谁能想到呢?

白进勤的三舅说得最动情:"可惜你娘老子死得早,他俩要是多活几年,能看到今天这样的喜事,两老人该多高兴……"

一句话,说得那边泣不成声,这边泪流满面……

那天晚上是什么时候睡着的,白进勤自己也不知道。等他睁开眼睛,屋里已经亮了,枕巾上湿了好大一片,不知上面是泪水还是汗水,昨天发给他的汽车钥匙还在手里紧紧地攥着。

他摸摸索索地穿上衣服,戴上假肢,脸也没洗、口也没漱,就从屋里走出来,头一眼就看见了昨天停在院子里的那辆漂亮的圣达菲。他走过去抚摸着那一尘不染的车身,那瓦蓝瓦蓝的车漆,总不相信自己会是它的主人,总不相信他三丑子也能这么快成为有车族的一员。

就在这个时候,兜里的手机响了,来电话的是丁总的司机张志鹏。张志鹏除了开车,还兼着总裁办的主任,"白队长,你好,我是志鹏。咱们出国的手续都已经办好了。丁总让我告诉你,六号下午三点在集团办公楼前集合,统一乘车去呼市。七号一早,丁总就要带着咱们坐飞机进京了。"

放下电话,白进勤不住气地骂自己:快五十的人了,一点儿也不成稳,昨天那场喜事简直把自己冲昏了头了,竟把出国旅游这档子事忘得一干二净。昨天的颁奖仪式上丁总还讲,要带上他们这些"双十佳"民工坐飞机出国旅游。这可是老白家多少代人想都不敢想的美事!过去光是从电视上看别人坐飞机去外国,就是不知道人飞到天上是个什么感觉,外国人住的地方是个什么模样。如今,跟上丁总,自个儿也要出去见这个世面,享受这样的美事了!

想到这里,我们的白进勤一刻也待不住了。他回屋叫醒还在贪睡的二小子云涛。他要让儿子开上自家的圣达菲，父子俩一起回趟山硷塄。他要让山硷塄的乡亲们亲眼看看他白家的小轿车，让他们知道，缺了一条腿的三丑子如今也成了屁股后头冒烟的有钱人。他要让婆姨给他在米脂城里置办一身漂漂亮亮的好行头，他要穿上这身行头，跟上丁总进北京、去外国，在外国人面前当两天老外！

由丁新民带领的这支二十多人的旅行团是二〇〇六年一月七日一早从呼和浩特白塔机场起飞的。

头天晚上，自治区副主席郭子明在富山湾大酒店为这些即将出国的远行者们专门设宴饯行。郭子明在鄂尔多斯当过市委书记，对家乡父老的些微变化都十分牵挂，更何况像农民工出国、受苦人受奖这样的大事喜事！

当郭子明来到富山湾酒店时，丁新民和他的二十名"双十佳"弟兄已经迎候在酒店大厅。这些打扮得漂漂亮亮的旅行者们，仅仅在几年前，都还是些睡地铺、住羊圈、穿破衣、着烂衫、饥一顿、饱一顿，成天被人喊过来、骂过去的可怜人。就是这样一些可怜人，居然开上了属于他们自己的几十万元的小轿车，住上了城市里的几十万元的新楼房，置办了成龙配套的大机械，今天，竟然又要坐上飞机、走出国门、去老外们住的地方去游山玩水了！天哪！倒退十几年，盖上十床盖窝也梦不见这么好的梦，喝上几瓶白酒壮起胆子也不敢想这么美的事情呀！这都是改革开放的好政策带来的，都是丁新民这位与民共富的模范共产党员给大家带来的！

郭子明在鄂尔多斯当书记时就是豪饮，今天心里高兴，一端杯就进入了状态。在他的带动下，所有人也都进入了状态，能喝的、不能喝的，端的全是白酒，酒量大的、酒量小的，凡喝必干，干了再满，把两个服务员忙得团团转。所有人都要给丁总敬酒，谁敬的酒丁总都要干。胡承慧在一旁悄悄提醒他："一高兴就忘了自个儿的糖尿病了，再说，明天一早还要上飞机……"丁新民哪肯听她的，"人逢喜事精神爽，我逢喜事酒量长，你放心，今天晚上绝对不会醉的！"

…………

第二天一早，旅行团的成员就登上了从呼市去北京的飞机。

白进勤的座位正好跟丁总挨着。丁新民知道白进勤是头一次坐飞机，就让他坐到自己那个挨窗户的位置，让他好好儿看个够。

透过飞机的舷窗，我们的白进勤把飞机怎样滑行、怎样加速、怎样起飞、怎样穿越云层，看了个清清楚楚。直到飞机爬上几千米的高空，地面上的高山大川变成了一幅没边没沿的巨大的山水画，京包铁路、京藏公路变成了两条弯弯曲曲、依稀可见的细线，公路上行驶的汽车变成了像蚂蚁一样慢慢爬行的小黑点，白进勤才回过头来，扭了扭又酸又困的脖颈，无限感慨地对丁总说："丁总，咱们今天都变成神仙了！我记得小时候听我娘说，只有神仙才能飞到天上去，才能踏着彩云飞……"

丁新民被白进勤的话逗乐了，他说："老白，老人们说的神仙，都是古时候的人按自己的想象编排出来的，脑子里想下个甚就编成个甚，你说是不是？其实，要论真本事，咱们现在的人可比那些神仙本事大。咱们坐着飞机到处飞，日行几万里，这都是实实在在的事。说神仙可以踏着彩云在天上飞，谁见来？谁也没见过，纯粹是老古人想象中的事！唐三藏去印度取经，还不是得一步一个脚印地走？"

两个人一递一句拉得正热闹，飞机上的喇叭里说话了："本次航班将在二十分钟以后降落首都机场，现在，飞机已经开始下降高度……"在白进勤的感觉中，从起飞到现在，顶多也就一袋烟的工夫！

老白顾不迭跟丁总拉话了，又把脸紧紧地贴在舷窗上，一眼不眨地盯着下面看。他要从天上看看我们伟大的首都到底有多大，他要从飞机上看看北京的楼房到底有多高，他还要亲眼看看这架装了二百多人的飞机到底怎样降落……

丁新民领着他的民工弟兄走出北京机场时，时间还不到上午九点，而他们乘坐的飞往泰国的航班要到晚上十点才起飞。他知道这二十位民工弟兄都是第一次进北京，他不想把这十几个小时白白浪费，就领着大家来到了天安门广场，登上了天安门城楼。

这里就是当年举行开国大典的地方。毛主席就是站在这里，向全世界庄严宣布："中华人民共和国成立了！中国人民从此站起来了！"

扶着城楼上的扶手，站在几代领导人检阅群众游行队伍的地方，看着长安街上川流不息的车流、人流,白进勤感到了从来不曾有过的幸福。

从天安门城楼下来,他们又来到天安门广场,大家都想在这个神圣的地方拍个合影。

二十位民工,紧紧地簇拥在他们的老总身旁,以雄伟壮观的天安门城楼和迎风飘扬的五星红旗为背景,拍下了他们一生中最为珍贵的镜头。从镜头里看去,一张张黑里透红的脸上,绽开了按捺不住的笑容,这是社会主义的建设者们收获丰收果实时幸福的笑容,这是生活在社会底层的打工者们受到社会尊重时满足的笑容,这是好人丁新民向他的民工弟兄们播撒爱心后唯一期待的笑容。

在广场上照完相,丁新民又领着大家走进毛主席纪念堂。

在白成光、樊有柱的搀扶下,白进勤忍着疼痛拖着残腿瞻仰了毛主席的遗容。望着安卧在水晶棺中的毛主席,白进勤虔诚地献上一束鲜花。他的眼前又浮现出三十四年前的那场梦境:毛主席还是坐在延安枣园的窑洞里,手里还是握着那支羊毫笔,宣纸上写下的还是那八个让他一辈子也忘不了的大字:自己动手,丰衣足食。

他又想起了梦境中毛主席跟他说过的话:"小同志不要悲观,不要失望,更不兴哭鼻子。一条腿虽然没有了,我们还有两只手嘛!一只可以用来学文化,另一只可以用来学手艺。将来,自己动手,一定可以丰衣足食嘛!"

想到这里,白进勤由不住热泪盈眶,向着毛主席的遗容,他深深地鞠了三个躬,一边鞠躬,一边默念:"按照您老人家教我的话,我不仅学下了文化,而且学会了手艺,成了一个完全可以自强自立的人。这些年,靠改革开放的好政策,靠与民共富的丁老总,我这个穷山沟里出来的残疾人,也脱贫致富,过上好日子了。今天晚上,我们就要坐上飞机出国旅游了!"

从天安门广场回到机场,天已经黑了下来。大家简单地吃了一点快餐,就开始通关,登机。

通过海关的时候最有意思!

望着这群穿着西装革履、讲着方言土语、长得五大三粗、肤色黝黑发亮的游客,连见多识广的海关关员们也有点摸不着头脑了:说他们是白领吧,显然少了点文气;说他们是蓝领吧,显然多了点土气;说他们是圆领吧,似乎不该有这么大的谱气。

一位年轻的关员出于好奇，朝拐着一条腿的白进勤试探地问："请问你们出去这是……"

"旅游！"

"那你们一定是企业员工了？"

"不是员工，是民工！"

"啊？民工也……"

"对，民工也要出去旅游！"

白进勤的回答是那么铿锵有力，让人感觉到他是那么自豪、那么自信、那么自得。这个苦命的人活了半辈子了，从来没有今天这么腰粗气壮，这么舒坦、展趣！这倒不是因为腰里装了几万块现金，而是他第一次尝到了被人尊重、被人羡慕的那么一种——那叫什么？对，成就感！

"祝你们旅途愉快！"

年轻的关员一直目送他们远去。

当天晚上就到了曼谷。第二天一早，就开始了紧张的旅游观光。

湄公河上的水上人家，金沙岛上的阳光沙滩，素有"东方夏威夷"之称的巴堤雅美景，还有金碧辉煌的大皇宫，惊险刺激的鳄鱼表演……让这些第一次走出国门的民工们眼界大开，什么都觉得稀奇，什么都想看，什么都看不够。

然而，对白进勤来说，旅游的滋味却越来越不好受。

旅游团的行程都是快节奏的，虽然没有爬高山、过大河那样的高强度体力活动，但这个景点接着下一个景点，你得马不停蹄地紧着跑，根本没有一点歇空，体格健全的人尚且觉得累得慌，更何况拐着一条腿的白进勤呢？

白进勤腿上的假肢其实只能起一个支撑的作用，说白了，就是个"隐形的拐棍"，平日少量的活动还能对付，像这两天这种连续的急行军，说什么也吃不消。他的步子倒腾得太慢，好歹撑不上大部队，假肢与残肢结合处的皮肤磨破了，创口被汗水一渍一浸，钻心地疼。

左腿的残肢昨天下午在天安门广场游览时就破了，只是当时自己处在极度兴奋的状态下，浑身上下有一股强大的精神力量在支撑着，那种疼痛还能忍住，今天就不同了，一迈步就疼，疼得嘴里嘶嘶的，咋忍也忍不住。

世上的残疾人，好像都有这么一种特性，凡是自己能承受的疼痛和艰难，他们一般都不愿意让外人知晓，就那样默默地忍受着。生性要强的白进勤更是这样。更何况这是在国外，大家都是头一回出国，谁不想多走走、多看看，所以，但凡有半分奈何，他不愿意扫众人的兴，不愿意耽误大家的行程，就这样咬住牙硬扛。越扛，流的汗越多，对创口的刺激越厉害，创面也扩展得越大，后来实在扛不住了，他才避开众人悄悄对导游说："这个景点我就不进去了，有点累，想坐这儿歇一歇，顺便抽袋烟。"

细心的丁新民发现，接下来的两个景点白进勤也没有进去，而且他走路的速度更慢了，走几步就想扶住个什么东西休息。看得出来，老白在忍受着巨大的疼痛，头上、脸上全是汗，连宽松的沙滩服也被汗水湿透，整个儿贴到身上了。

"老白，腿上的伤口是不是又发了？"丁新民关切地问。

"不咋，能跟上。咱们走哇！"白进勤就怕丁总为他的事分心。

"那样哇，导游！"丁新民转着身子找导游，"你能不能帮我们租一辆轮椅，费用我出！"

"丁总，不用，我能跟上！"白进勤还嘴硬。

轮椅租来了，众人扶白进勤坐了上去。

轮椅是景点上的，离开这个景点就得给人家还回去，到了下一个景点接着再租。丁新民嫌租来租去太麻烦，当天的行程结束后，在回酒店的路上，他跟导游商量："你干脆帮我们买一辆轮椅吧，要最好的，今天晚上就买。"

"明天再租一辆得了，何必花这个钱？"导游说。

"一个景点一个景点租太费事，又耽误时间，还是买一个吧。"

当天晚上，丁新民就打发司机张志鹏跟着导游去买轮椅。

等白进勤知道，轮椅已经买回来了。他问张志鹏买轮椅花了多少钱，他要把钱交给张志鹏。

张志鹏说什么也不肯要，"钱是丁总出的，你只管坐就是了。"

白进勤眼里转着泪花说："丁总对我太好了！我该咋样报答他呢？"

张志鹏回答："要说丁总对你的关照、体贴，那可真是没得说，连我看着还眼红呢！我给他开车这么多年了，对我虽然也不错，但要跟你比，差得可不是点儿些儿！就拿这次旅游来说，安排房间，他让给你挑楼层最低的；安排座位，他让给你选离门最近的；上下飞机、上车下车，他指定让我跟着你，就怕把你走丢了！"

从第二天开始，直到旅游结束，白进勤都是坐着轮椅"走"下来的。开头几天，推轮椅的人多半是丁新民。小伙子们都要抢着推，丁新民对他们说："你们年轻，多照点相，多看看。我推得稳，还能跟老白一边走一边聊。"后来，年轻人不干了，说："你这么大的老总，哪能尽让你推。"大家分成几个小组，两人一组，每组推一天，这才把丁总替下来。

坐上轮椅，腿到底不疼了，头上的汗也少了许多，但白进勤的脸上还是湿湿的，水水的，那是他眼睛里流下来的泪，心里流出来的泪……

"丁总，"坐在轮椅上的白进勤对推着他走的丁新民说，"在这个世界上，从前最关心我这条腿的人是我娘。一九九九年老娘下世后，我估划再也没人像娘那样关心我了，没想到遇上了你。夜儿黑夜我跟志鹏还说，你对我的关心超过了我的娘。为甚这么说哩，老娘只能经常问寻我疼不疼，不住地提醒我不要太劳累，要不就是抱住我这条腿伤心地哭；你是从根子上扶持我，从路子上指引我，从经济上拉扯我，从思想上开导我。从一九九九年跟上你，为了帮助我更好地发展、更快地致富，你花了多少心血、动了多少脑筋、帮了我多少资金？这个账，别说拿算盘子算不清，就是拿上计算器，一时半会儿也很难刮搭清！我给东方路桥要是做下顶一把二的贡献啦，也算上，我心里清楚，甚贡献也没做下。跟你丁总一不沾亲，二不带故，我老白又不是那种会甜言蜜语糊弄领导的人，更不是那种揣上银钱贿赂领导的人，跟你认识六七年了，一块钱的红包也没给过你，对你最大的贿赂就是那年那一箱子干烙儿和十来斤驴板肠，加起来不值四百块钱！说一千，道一万，我老白究竟何德何能，值得丁总这么抬爱，这么关心？"

"丁总，"白进勤声音哽咽地说，"我十五岁上把腿碰断后，俺娘找我们米脂下盐湾的薛先生打过一卦，据那个老汉说，我四十岁以后才开始翻身呀，后半辈子的光景好着哩，命里有贵人帮着哩！这个话俺娘跟我说过无数次，我一直不相信。去年二月咱们去江西开会，参观滕王阁那天，你们都上去了，我一个人在下面休息，过来个算卦的——也是个瞎子——非要给我算，我想算就算吧，反正坐着也没事。谁想那人跟下盐湾薛先生说得一模一样，都说后半辈子的光景可要好哩，命里有贵人帮哩！这回我信了。我一个人盘算，自一九九九年进了东方路桥，我的光景一年比一年好。自跟上你丁总，我感觉自己是头上有了大树，身后有了靠山，想甚甚成，干甚甚行。你就是我来到这个世上遇到的最好的人，最关心我、最体贴我的人，就是算卦的说的那个贵人！"

"老白，算卦的待理就是那么个说法，给谁算也是那两句话，你快别信。我是从来也不信。"丁总说，"叫我看，这些年你我都也在变。倒退十年，我丁新民不也是个穷光蛋？这些年富裕起来，全凭改革开放的好政策。这是个大背景，咱们都在这个大背景下面活着哩！至于说我对你的帮助，我这个人你也知道，从小就不吃独食，从小就不能看别人受可怜，见了可怜人，由不住就想帮，这是天性。我又是个共产党员，是个领导干部，更应该这么做。再说，你这个人本分、正直、要强，虽然有些残疾，事事不落人后，值得一帮。就是这么个事情，你快不要太往心里去！"

两人就这么一边走一边聊，越聊，心里面越舒坦；越聊，感情上越贴近。

第十一章

二〇〇六年底，白进勤联队又被评为"十佳民工联队"，白进勤本人再次成为"十佳民工联队长"。

过罢元旦，丁新民又要领着受到表彰的"双十佳"民工弟兄出去旅游了。这回是去菲律宾，去香港、澳门和台湾。

接到通知，白进勤就准备打退堂鼓，他不想再拖累众人了。出去旅游，图得就是个轻松自在，摊上他这么个残疾人，让他自个儿走吧，自己遭罪不说，腿迟脚慢、歪三仄棱的，别人看了也不得劲；坐着轮椅走吧，自己心里克凉，给众人也确实是添乱哩。因此，他随便编了个理由，说今年就不去了。

名单到了集团，丁新民一看没有白进勤，心里就知道是咋回事儿了。他让张志鹏拨通白进勤的手机,亲自跟老白说:"你可是为咱们东方路桥做出贡献的有功之臣。今年集团遇到那么大的困难,你跟企业共渡难关,付出那么多的心血,我都记着哩!我领你们出去旅游,也有回报你们的意思,让你们跟我一起分享企业的发展成果!所以,老白你不能不走!你不要取心,无非是你吃点苦,大家出点力。名,我已经给你报上了,你就做走的准备哇!记得把轮椅带上。"

丁总把话讲到这个份儿上,白进勤就不好硬坚持了。他想让慧敏跟他一块儿走,省得路上麻烦别人,无奈闺女苗苗进了高三,婆姨实在走不开。好在同行的队伍里有同样被评为"双十佳"的他的本家孙子白成光,那后生也一再跟他讲:"别人推着你,你不好意思;我推上你,你总不用多心哇!快不要取心犯事的啦,一狠二狠地走哇!再不走,丁总该不高兴了。"

就这样,白进勤又参加了第二次出国游。

这回出去,年轻人说甚也不让丁新民亲自推轮椅了。集团团委书记对丁总说:"这样的好事你让我们也做做,这样的好人你让我们也当当。"大家分了六七个组,每天轮着推。

白成光说让他一个人"总承包"得了,众人不答应,丁总安排他跟白进勤住在一个屋,洗洗涮涮,一起一落的琐碎事,全都靠给他了。这样,白进勤也不别扭,丁总这儿也放心。

丁新民的手虽然闲下来了,他的眼睛可没闲着,脑子更没闲着。他发现,尽管洗洗涮涮的零碎事有白成光照料,出来进去有众人推着,可是,白进勤还是克克凉凉的,总也不得劲。他知道,老白这个人生性过于要强,总不愿意成为别人的包袱和负担,坐在轮椅上,他那颗心总在半空中悬着,甚时候也下不去。看起来,要想彻底解决老白的问题,还得在他那条腿上做文章,让老白真正站起来,像健全人一样用自己的腿走路!听说现在已经研究出高智能假肢,安上以后跟健全人的腿几乎一模一样,花点儿钱,朝这儿帮帮老白哇!

旅游团返回内蒙古的当天晚上,在蒙古风情园给他们接风。就在那天的接风酒宴上,当着旅游团所有团员的面,丁新民说出了他的计划:"我想给老白换个假肢,最好的假肢,彻底提高一下他的生活质量,让他摆脱这些年的痛苦,找回原先的感觉,能像健全人一样,用两条腿走路!"

丁新民的这番话，深深地打动了白进勤，也打动了在场的所有领导和所有民工。对于丁新民的提议，在场的人没有一个不赞成，没有一个不响应。

两天后，光是民工联队，就给白进勤安假肢捐了二十二万。这个结果连丁新民也没想到。

丁新民最初的想法是，在出游的这十个民工联队中提个倡议，你三千，我二千，一共捐个三万五万，大头还是集团拿，集团最后兜底儿。他这样做，为的是在民工联队中倡导一种"我为人人，人人为我"的关爱氛围，没想到光是民工联队就捐了这么多。

看到这个情景，丁新民特别高兴。他高兴的不是集团省了钱，而是自己多年来倡导的那种"不吃独食，相互关爱"的精神已经形成，那种"我为人人，人人为我"的氛围已经出现。这是最让他高兴的。

丁新民当即让财务人员把这二十二万元捐款一分不剩地全打到银联卡上，亲手交给白进勤，让他跟婆姨去技术条件最好的上海装一副最好的假肢。

考虑到白进勤两口子从来没去过上海，到了那地方，两眼一摸黑，不要再出什么闪岔，为了稳妥，他又把集团民建办的主任杨勇、集团党办的主任霍春利叫来，让他俩专程去上海帮老白安假肢。他对两个小伙子说："到上海后你们多走几处，要货比三家，比的目的不是为省钱，而是为把假肢彻底安好，真正给老白解决问题。"

当天晚上，丁新民和他的老伴胡承慧在东胜街上最有名的全聚德酒楼设家宴给白进勤夫妇送行。他还招呼了集团在家的几位领导和为白进勤安假肢捐款的民工联队长们一起过来作陪。第二天一早，又让司机把白进勤两口子接到他家，请他们吃了顿真正的蒙古特色早餐，这才派车把他们送到几百里外的呼和浩特白塔机场。

丁新民的这一系列举动，把王慧敏感动得直抹眼泪儿。这个在子洲县的穷山沟里长大的陕北婆姨，是头一回跟丁总见面，以前光是听进勤回去念叨，他们的丁总对民工如何如何好，这回亲眼见了，才知道丈夫说的没有半句虚话。

在去机场的路上，平日少言寡语的王慧敏破例地打开了话匣子。她对自己的丈夫说："人家那么大的老总，对咱这么个农村来的穷小子，谁也不待见的残疾人，就像是对自个儿的家人似的，那么上心，那么惦记，前前后后的事情考虑得那么周到，安排得那么细致，这样的好人哪找去！怪不得娘在世时老说，你后半辈子要有贵人帮扶呀，我看丁总就是咱娘说的那个贵人！

"你看丁总的长相，肚子大大的，笑声朗朗的，长得慈眉善目的，一看就是个爱见穷人的人。他婆姨跟他也一般般的，说话那么和气，待人那么随和，穿扮那么朴实，哪像个富裕人家的婆姨？遇上这样的好人，真是咱俩这辈子的福气！"

霍春利他们动身前，白进勤的一个在北京工作的本家哥哥就联系了一家叫上海天弓公司的假肢安装企业。他们四个一出虹桥机场，天弓公司的人就把他们接到了公司附近，帮他们找了一家旅店先住下来。

那天正好是周末。按照丁新民的嘱咐，两个年轻人没有急于跟天弓公司接触。他们打听到上海胶州路有家规模很大的假肢企业，很有些年头了。他们还听说好多假肢企业在胶州路开了各自的门市部，使那条街成了"假肢一条街"。四个人一商量，决定先去那条街上探探行情。

他们是第二天上午找到"假肢一条街"的。果然名不虚传，经营假肢的专业门市部一家挨着一家。他们先走进那家大企业，规模确实很大，牌子也很响亮，许是星期六的关系，给人的感觉生意不是很火，问了两个穿白大褂的，态度也是不冷不热的。他们扭头进了几家临街的门市部，家家都说自己的产品最先进，自己的功能最完备，自己的价格最合理，弄得他们四个也不知该信谁的。

还是霍春利有办法，一转身进了一家裁缝铺。老板娘是一位头发花白的上海妇女。霍春利先脆脆儿地叫了一声师傅，然后讲了自己的来意。老板娘告诉他，论牌子，谁也比不上对面的这一家，毕竟是几十年的老企业。只是这些年好多技术骨干都出去自己干了，像武宁路上的天弓，从老总到副总，都是从这儿出去的，现在的实力、业务，跟这儿也不差上下了。因为天弓是民营企业，服务好、讲诚信，有些客户就奔那儿去了。

听了裁缝师傅的介绍，加上白进勤堂兄先前的推荐，四个人一商量，决定立即打道回府，直奔天弓。

天弓公司就在武宁路上，离他们住的旅店只有几百米的距离。公司的全称叫上海天弓假肢矫形器有限公司，成立于一九九四年，是一家获得中国康复器具协会、上海市民政局资格认定核准的假肢矫形器装配单位。规模不算大，但管理得井然有序，处处充溢着人性化的味道，让人觉得特别温馨。三千多平方米的厂区，分为办公区、生活区和康复区三大块。前台接待厅的工作人员热情、友好，样品展示厅里琳琅满目、花色齐全，小型会客室干颜刮净，一尘不满。接待人员领着他们来到生产区，这里有手皮、脚皮生产基地，有假肢装配、调试中心，虽然是双休日，身穿白大褂的专业技师们还在忙着为客户制作各种各样的假肢矫形器。在生活区，有干净整洁的客房，有可以容纳几十个人就餐的餐厅，走上二楼，还有一个供客户悠闲小憩的花园。他们又来到一楼的康复区，在宽敞明亮的训练大厅里，好多病人正在工作人员的引导下进行康复训练，理疗室里，专家正用各种仪器为病人治疗……

这样的地方，霍春利和杨勇是头一次来，感觉既稀罕，又新鲜。前几次安假肢，白进勤两口子倒是去过西安和呼和浩特的假肢厂，哪像这里这么正规，这么规范，这么温馨！

他们返回会客室的时候，主管业务的副总经理薛伟明已经在那里迎候了，不一会儿，技术总监顾之江也赶了过来。

霍春利向两位专家说明了来意，但没有介绍他和杨勇的身份，只说是老白的亲戚，来帮助老白选一副适合他的假肢。

已经过了退休年龄的技术总监顾之江，个头高高的，讲话温文尔雅，一看就是一个专家型人物。他详细地检查了白进勤的残肢以及腰椎、脊椎、胯骨，询问了致残的时间和经过，又和薛总商量了半天，这才对他们四个人说："咱们中国人对安假肢一直有一个认识上的误区，总认为得在截肢三个月，甚至半年之后，等伤口长好了，体力恢复了才能装假肢。这个理念是错误的。在国外，伤口一拆线，只要不感染，马上就可以装。因为这个时候装假肢，可以很快恢复原先的功能。所以国外的医生在给病人做截肢以前，怎么截、截了以后装什么样的假肢，就已经有了一个完整的考虑。咱们国内的医生却是铁路警察各管一段，而且国内截肢常常是以救命为主，为保住性命，先截了再说，根本不考虑病人以后怎么安假肢。

"老白就是个典型的例子。他原先用的是那种老假肢，除了价格便宜，再没有一丁点好处，又笨又重，每天要消耗病人很多体力。这种消耗完全是无谓的，这是一。二是它全靠那条皮带在腰上固定，病人行走时依靠胯部的摆动拖着假肢走、甩着假肢走，不仅走路的姿势难看，而且时间长了极易导致腰椎变形和肌肉萎缩。刚才检查，老白的腰椎、胯骨，包括脊椎都已经变形了，右腿的残肢也萎缩得很厉害。三是这种老假肢的接触腔做得非常不好，病人只能短距离做一些轻微的活动，走的路稍多一点，残肢部分就磨破了，病人相当痛苦……"

顾之江的一席话，说得白进勤不住点头。

"顾总监，"霍春利说，"根据老白的情况，你看安个什么样的假肢比较合适？大概得多少钱？"

顾之江跟薛总交换了一下意见，说："这个问题，让薛总给你们讲吧！"

薛总个头不高，脸黑黑的，虽然戴了副眼镜，但看不出有太多的文气，也没有上海人的那种秀气，倒是显得很朴实，说话也实在。他说："你们从那么远的地方跑到上海来，图的就是选择余地大一些，尽可能装得合适些。所谓合适，首先是功能上能满足，再就是经济上能承受。讲到功能，从病人的角度，主要考虑这么三个因素，一是轻便，不能再像老假肢那么笨，那么重；二是灵活，不能再像老假肢那样全凭那根儿皮带拽着，更不能像老假肢那样拖着走、甩着走；三是舒适，新假肢的接触腔要跟残肢尽可能地融为一体，避免与残肢摩擦。做到这三条，病人就不会像以前那么痛苦了。"

"像你说的这种得多少钱？"杨勇问。

"也分不同的档次、不同的价位，便宜一点的两万多元，贵一点的十万多元，处于中间档次的是个五万多元。我建议你们选择五万多元的，刚才说的那些功能，它都能满足。目前在咱们国内，就算很不错的了。当然，十万元的用起来会更好些，多一分钱好一分货嘛！不过，我觉得必要性不是很大。"

"除过你说的这三种，咱们这儿还有更好的没有？"杨勇又问。

"当然有。"顾之江总监接过了话头，"最贵的是德国奥托博克公司生产的高科技假肢，那是世界一流，任何产品比不了。特别是那种智能型的，再配上美国产的飞毛腿脚掌，走起路来简直跟真腿一样。价格也高啊，大数二十八万，一般人根本承受不起，据我掌握，这个产品进入咱们国内三四年了，目前也只销出十套去。装这十套假肢的都是些什么人呢？三种人，一种是大企业老板，出了车祸，花钱不计数，专挑贵的买；一种是在械斗中致残的人，对方拿出重金，花钱摆平；再一种就是医疗事故赔偿，病人赖住医院了，达不到要求就不出院，医院没办法，只好按对方的要求来……这种假肢的价格对咱们普通老百姓来说，简直是天价，不是咱们能安起的。你们选个比较普通的就行了。"

看看该问的都问清楚了，霍春利跟杨勇相互交换了一下眼神，就跟两位专家告辞："我们回去先商量一下，明天上午给你们回话。"

商量的结果，四个人的意见出奇地一致：就安那个五万元的！

然而，他们说了都不算，这事儿最终还得丁总拍板。

霍春利要通了丁总的电话，把这边的情况详详细细地做了汇报。

丁总的表态相当明确："要装就装世界上最好的。咱们成天讲农民工是企业的上帝，既然是上帝，那就要享受上帝的待遇！"

第二天上午，当他们返回天弓公司，告诉对方要安德国奥托博克公司最贵的智能型假肢时，天弓公司的几位技术大拿——技术总监顾之江，业务副总薛伟明、周功刚，包括刚从市里回来的总经理徐志明——都惊呆了。他们问："费用是你们自己出吗？"

霍春利回答："不是。"

事已至此，他和杨勇没有必要再隐瞒自己的身份了，就一五一十地向天弓公司的朋友们交了实底儿。

那天，年轻的党办主任霍春利把他这些年搞宣传工作练就的口才发挥到了极致。他从白进勤当年如何致残讲起，讲白进勤怎样自学手艺、自强自立，怎样进了东方路桥，怎样跟丁总结成"对儿红"，怎样被评为"双十佳"，怎样跟着丁总出国旅游，丁总怎样关心照顾，怎样动员大家捐款，一直讲到昨天在电话里拍板，为老白安最好的假肢……

天弓公司在场的所有领导、所有技术人员都停下手里的工作静静地听着，他们被这个传奇般的故事,被这位丁新民老总的办企理念和人格魅力深深地打动了。霍春利已经讲完了,他们几位还沉浸在这段故事的情节之中。

半晌,他们才回到现实中来。"老白,霍主任讲的这一切都是真的吗?"漂亮的硅胶产品制作师郑维美问。

白进勤已经哽咽地说不成话了。他的婆姨替他做了回答:"是真的,每一句都是真的。"

不善言辞的徐志明总经理沉思了片刻,握住白进勤的手,情真意切地说:"一个民营企业的老总,能这样关爱他的民工,花这么大的价钱为你安装假肢,我干这行几十年了,这样的事情从来没有遇见过。更何况,你致残是三十五年前的事,跟这个企业没有任何关系,人家纯粹是在尽一种人道主义的义务,是在做一件功德无量的善事。老白啊,你遇上好人了!就冲这一点,你老白是幸运的,更是幸福的!"

徐志明总经理又对他的副手周功刚说:"咱们也要向这位丁总学习,把他对民工的关爱用到对老白的康复性治疗和适应性训练上。你马上给老白做拓样,做好后,立即发到德国定做,同时打电话给德国公司,请他们派专业服务总监来,亲自给老白装产品,输程序,并进行适应性调试。"

徐志明总经理又对霍春利、杨勇说:"这个产品在德国定做得四天,加上空运的时间得六天,你看你们是先回内蒙古呢,还是就在上海等?要在上海等,我建议你们搬到我们公司来,吃住都很方便,还能节省一笔费用。"

"就五六天时间,我们就不来回跑了。"霍春利说,"老白夫妇头一回来南方,我们就用这几天时间,陪他俩在上海周边转一转吧!"

天弓公司的人是讲究诚信的,他们为白进勤从德国奥托博克公司定做的假肢,在六天头上果然如期运到。周功刚副总指着一个包装得严严实实的箱子对刚从苏、杭两市旅游回来的霍春利说:"箱子里面就是为老白定做的假肢。"他还告诉霍春利,德国专家乘坐的飞机已经降落,这会儿正在浦东机场来他们公司的路上。

德国专家的工作确实是高效率的,那位名叫乔治·霍夫曼的服务总监,一下飞机就直奔公司，一进公司，连口水都没喝，就开始拆包、安装。德国专家的工作又是一丝不苟的，那么多的零部件，他一件一件地摆开，一件一件地检验，又一件一件地组装，从始至终，不让任何人插手。直到组装完了，要在病人身上调试了，他才抬起头来，盯着站在他面前的这位皮肤黝黑的中国人，通过翻译问道："白，你的腿不是在丁先生的公司致残的？"

白进勤回答说："是。"怕他不明白，又使劲点了点头。

"那他为什么要给你安这么贵重的假肢呢？"

对霍夫曼的这个问题，白进勤一时不知该从哪讲起，心想这哪是三句话五句话能讲清的事。

还没等白进勤琢磨出合适的话来，德国专家伸着自己的大拇指又开口了："这位丁先生是这个！你们中国人是这个！你这位白先生也是这个！"

霍夫曼连说带比划的特殊表述，把在场的所有人都逗乐了。

…………

为白进勤装的这副假肢，其实是一套组合后的产品，腿的部分用的是德国奥托博克公司的产品，脚掌板的部分用的是美国飞毛腿公司的产品，两家的产品组合到一起后功能更全，而且它能根据人的生理数据做相应的调节，形成几乎接近于真腿的效果。调试完毕后，霍夫曼又对老白进行了从穿着、安装、站立，到小步走、快步走、下楼梯、上下斜坡、骑自行车等一系列适应性训练。

假肢也好，脚掌板也好，它们的性能确实名不虚传。德国人也好，美国人也好，天弓人也好，在产品宣传上没说半句虚话。遗憾的是，我们的白进勤在三十五年的漫长岁月中，受先前那种老式劣质假肢的影响，已经形成了一种畸形的坐姿、站姿和行走习惯，整个身体完全变形了。现在让他回到正常人的轨道上来，端端正正地站立，平平稳稳地行走，对他来说，反倒成了难事。这种矫正性的训练，变得特别艰难。

一旁最着急的是总经理徐志明和他的业务副总薛伟明。他俩明白，现在对老白来说，真正的对手不是右腿的残疾，而是他自己，如果他不能彻底改变多年来形成的行走习惯，这套假肢的许多独特功能就会处于闲置状态无法发挥作用，和原先那种劣质假肢相比，只能是分量轻便了许多，行走灵活了许多，痛苦减少了许多，仅此而已！而这三个功能，用几万元的国产假肢就完全可以解决。假如最终的结果真是这样，那就意味着二十八万元的巨资等于白花！

这是谁都不愿意看到的结果。

两位老总把这个道理反复地讲给白进勤听，鼓励他用坚强的毅力战胜自己，像幼童一样，重新学步！

他俩讲的这个道理以及道理后面隐含的内涵，白进勤心里最清楚：花了这么多钱——光是交给天弓公司的就是二十八万，再加上来来回回的盘缠，三十万怕也打不住，等于是一辆高级轿车的钱哩——假如最后的效果不理想，最失望的就是丁总，心里最愧疚、最自责的将是自己。为了让最牵挂自己这条腿的丁总心里满意，为了让捐出那么多钱款的民工弟兄们满意，自己就是再难也要闯过适应性训练这道关去！无非是吃点苦、受点累吧，比起当年学铁匠、学石匠来，应该容易得多吧！

内蒙古东方路桥的老总为他的残疾民工花巨资安装高档进口假肢的事，在天弓公司引起了不小的轰动。

这些做事精明的上海人，用他们的习惯思维和逻辑推理，无论如何搞不明白，这位民营企业的老总为什么要这么做？这位民工致残是发生在三十五年前，与东方路桥扯不上一点关系。这位民工在这个企业里连个正式的员工都不是，仅仅是个连录用合同都没有签的临时性的农民工，而这样的农民工在这个企业里据说有几千人。这位农民工跟老总又没有任何亲戚关系，他本人也没有这方面的任何要求，完全是老总单方面的一个愿望……

"搞不明白……"徐志明说，边说边摇头。

"阿拉不晓得……"薛伟明说，一脸的莫名其妙。

"实在想不通……"顾之江说，他耸耸肩，摊摊手，表示确实找不到答案。

"这位老总是不是在作秀？也许他有某种政治上的需要？"周功刚说，一脸的疑问。

第二天，周功刚自己把这个疑问推翻了，他从霍主任、杨主任以及白进勤无意中谈论的许多事情上了解到：这位老总不仅在这件事上关照白进勤，在许许多多事情上一直在关照这个残疾人;这位老总不仅关照白进勤这一个民工,对企业里的其他民工也都是一样的关照……

最后,他们得出了一个共同的结论:这位叫丁新民的民营企业老总是一个好人,一个真正的好人,一个充满爱心的好人,他在孜孜不倦地做许多善事,惠及众多老百姓的善事,这才是真正为人民服务的共产党员!

由丁老总所做的善事,他们想到了这些年为客户装假肢所见到的一桩桩恶事、一件件怪事!

"去年冬天来的那个浙江余杭的姑娘,才十八岁,好漂亮的一个姑娘,也是在民营企业工作,在一次事故中受了重伤,把一条腿截了。"顾之江总监说,"那是一次责任事故,责任完全在厂方。装假肢的时候姑娘看中个两万元的,厂方说什么也不同意,只答应给安个五千的,一分也不多给,一点商量余地都没有。"

"我们成天给客户装假肢,这种事接触得很多。患者中十个有九个是工伤,而且大部分是民营企业的。企业老板来了,住的是大饭店,吃的是大餐,坐的是宝马、大奔,每天的消费都在万元以上。可是,在病人身上装假肢的时候,他们能抠则抠,能赖则赖,实在让人看不下眼去。现在不是有社会保障嘛,他就往社保推。去年有个江苏南通来的女病人。老板对她说:'像你这种情况,社保规定可以装一万元的。但是这个钱由社保出,你得自己跑。'病人一听牛年马月才能跑下来,就求公司先给垫上,等社保的钱跑下来再还。那个老板根本不答应……"薛伟明说。

天弓的几个老总里边,最数周功刚年轻。他对白进勤说:"我年龄小,没见过旧社会的地主、资本家是什么样子。但我觉得,现在有些民营企业老板在有些事情上比过去的地主、资本家也好不到哪去。咱们楼下住着的那个福建来的小伙子,他那个老板就是我说的这种人。小伙子在上班的路上出了交通事故,按规定属于工伤,我们国家在这方面是有法律规定的,安假肢的费用通过打官司由保险公司来赔偿。这个小伙子家里很穷,根本没钱装假肢。像这种情况,单位完全可以先把这笔钱垫上,等保险公司的赔偿金到了再还。但是,单位就是不给出。小伙子在我们这儿已经住了三个多月了,装假肢的钱到现在也没着落。按规定,工伤期间单位应当给他发工资的,单位现在什么也不管。好多病人看这小伙子可怜，就捐钱给他，他现在吃饭都是靠大家捐款。昨天我给他讲了丁总给老白装假肢的事，把小伙子羡慕的，一个劲儿地跟我说：'这样的好人我咋遇不上！'所以说，老白，你真是个幸运的人……"

　　白进勤的适应性训练进行了整整半个月，他终于战胜了自己，可以像健全人那样端端正正地走路了！可以戴上新安装的假肢返回内蒙古了！

　　年轻的德国专家乔治·霍夫曼向他祝贺！训练大厅里相处了半个多月的病友们（包括那位假肢钱至今没有着落的来自福建山区的小伙子）向他祝贺！天弓公司的各位老总、各位技师向他祝贺！

　　"关键是要长期坚持，"不善言辞的徐志明总经理紧紧握着白进勤的手嘱咐他，"尤其是半年以内，千万不能走回头路。否则，这半个月的努力将前功尽弃，三十万元的巨资等于白花……"

　　白进勤使劲点了点头。

　　白进勤和王慧敏是三月二十三日踏上归途的。在上海飞往呼和浩特的航班上，白进勤透过舷窗望着机翼下那无边无际、变幻莫测的云海，陷入了沉思。

　　这是他致残后第五次安假肢了。第一次是一九七九年，致残后的第七个年头，在西安，花了七十元，是那种最简单、最便宜的铝制品，一九七九年冬天结婚戴的就是那一副。安的时候，厂家就说这种假肢最多能用五年。白进勤是铁匠出身，哪坏了修哪，修修补补地竟用了十二年，直到一九九一年，烂得实在没办法修了，才换了第二副。这回是在呼市的假肢厂，花了四百元，也是铝的，价格翻了几倍，比头一副也好不到哪去，戴上以后还是直的，根本打不了弯，质量还比不上头一副，四年头上就用不成了。一九九五年又安了第三副，还是在呼市的假肢厂，花了一千三百元，比以前的倒是有些改进，锁子也好用了，但还是直的。第四次是二〇〇一年，已经进了东方路桥，经济条件好多了，花了四千元，接触腔换成了玻璃钢的，这在当时就算是很不错的了。仔细算下来，四次安假肢花的钱加起来是五千七百七十元，跟这回的三十万相比，只是个小小的零头。

　　三十万，可不是个小数目，等于是屁股底下坐了辆高档轿车哩！

　　前天下午，杜成明从米脂打来电话，专门跟白进勤靠实这件事哩！他住的村子叫麻地沟，也在龙镇那道沟里，离山碫塄不到两里，也是个石匠。他在电话里说："听山碫塄的人闲拉，说三丑子去上海安了条进口假腿，加上盘缠一共花了三十万，是不是有这个事。"白进勤告诉他有这个事，"我现在还在上海哩。"他听了能说出甚话来，他说："早知道这样，哪如把我这条腿剁下来给你安上呢！我把这三十万挣了，一辈子再不用动弹了……"

回想自己这多半辈子走过的路，真是一言难尽：要说幸运吧，十五岁上就把一条腿没了，成了个可可怜怜的残疾人；要说不幸吧，四十四岁上遇见丁总，这几年拉扯上自己，由穷变富，成了拥有大几百万家产的富裕户，成了山碫塄村光景过得最好的一个。这几年，又是出国又是受奖，要多风光有多风光。昨儿个下午，来自福建农村的那个小伙子握住白进勤的手咋也不放，眼泪流得哗哗的，说是非要沾沾白进勤身上的福气不可！

所有这些变化都是咋来的？还不是全靠人家丁总！人得讲良心，得知恩图报。咋补报丁总呢？白进勤也可琢磨来，只有一个办法，那就是像丁总一样做人，像丁总一样做事，善待联队里的民工兄弟，像丁总拉扯自己一样，把他们也都拉扯出来，这才是对丁总最好的回报。这样做，丁总才最高兴。

飞机开始下降高度了！临上飞机前听霍主任说，丁总要带上集团的各位老总，还有公司的、各个联队的头儿们到机场迎接白进勤。白进勤说什么也得硬硬挣挣地走两步，让丁总高兴，让众人高兴。

第十二章

二〇〇七年正月初七，白进勤民工联队发生了一件大事：他的党支部书记白进彬去世了。

读者朋友可能会问："你可能搞错了吧？民工联队怎么会出来共产党的支部书记呢？"

没有搞错，在东方路桥的民工联队里边确确实实建立了我们党的支部，确确实实有我们党的支部书记。这是丁新民的一大创新！

熟悉中国革命史的同志都知道，当年毛泽东同志在井冈山有一个开天辟地的创造就是把支部建到连上,为的是强化党对军队的绝对领导,提高红军的战斗力。二〇〇五年从江西开会回来以后,丁新民就把这一招成功地用到了东方路桥,他把支部建到了民工联队。

说起来,这件事的起因是这样的:

东方路桥组建不久,它的工程量就成倍地扩大,由最初的几千万上到一个多亿、几个亿,一直干到十几个亿。随着工程量的增加,跟随他们干活的农民工也由最初的几百人发展到几千人,最高年份上过一万六千人。这些农民工大部分来自跟内蒙古相邻的陕北和晋西北的贫困山区,也有一些是内蒙古当地的农民和下岗职工。他们刚来东方路桥时都是典型的"锹头队",十几个人、几十个人就是一个工程队,包括工头在内,没有多少专业技术,更没什么施工设备,就是几把锹、镢、镐头。

二〇〇二年以后,东方路桥"筑路铁军"的名声在社会上已经叫得很响了,好多技术含量高、施工期限紧、垫资额度大的项目纷至沓来。丁新民是个善于深谋远虑的人。有一阵子,他脑子里考虑的头一件大事就是东方路桥如何建立一支属于自己的过硬的施工队伍。这支队伍,除了各个工程公司、各个项目部的工程技术人员,大头应该是民工联队,因为说到底,所有的工程最终都得民工联队来完成。自己手下如果没有几十支彼此了解、相对稳定、能打硬仗、技术过硬的民工联队,等有了工程才到社会上急抓现找,那是不赶趟的。实践证明,现抓的队伍互相不托底,彼此不信任,遇到急难险重的任务,根本指不上。用什么办法来培养一支能接受东方路桥理念,能体现东方路桥意志,能符合"筑路铁军"要求,能和东方路桥同呼吸共命运、打不离拆不散的农民工队伍呢?丁新民白明黑夜在琢磨这件事。

就在这个时候,他接到了去西安参加全国民营企业思想政治工作经验交流会的通知。他就带着这个问题上了会,想看看全国的同行们在这方面有什么高招。没承想,自己的问题没解决,又碰上了新问题。

在跟同行们的交流中,丁新民发现,在全国所有的大中城市里,在全国所有的工厂、矿山,尤其是像路桥施工、建筑施工这样的劳动密集型企业里,都是农民工在唱主角。那种传统意义上的产业工人队伍,已经被越来越多的来自偏远农村的农民工取代了，他们成了现代产业工人的主体。如何提高现代产业工人的整体素质，加强对他们的正确引导，成了那次会上很多人感兴趣的话题。应当说，在这个问题上，我们的丁新民是最有发言权的，这些年他在民工联队建设上的一整套独具匠心的做法，就是对这个问题的最好回答。可是，我们的丁新民不是那种自以为是的人，更不是那种夸夸其谈的人，他没有浅薄地卖弄自己的经验，他还在悄没声息地做更深一步的思考。

这几年抓"一把手工程"，农民工弟兄们在生活改善、收入增加、技术提高上确实尝到了实实在在的甜头。当时自己提出的五条标准，现在看，至少有三条做到了，也做好了，另外两条做得就没有这三条这么实、这么到位。自己当时提出的五条标准中，头一条就是对民工政治上要平等，思想上要有很强的凝聚力。现在在东方路桥，欺负农民工的情况确实没有了，农民工得到了他们应有的尊严。但是，如何从政治上加强对他们的领导，思想上增强对他们的凝聚力，还是没找到一个好的办法。最好是能建立一种机制，一种长效机制，靠这种机制对我们的农民工进行有效引导，在这个过程中，逐步形成对他们的凝聚力和吸引力。这就又回到上会前的那个问题上去了。

从西安回来，丁新民就带上他的助手，到各个公司、各个工地搞党建调研去了。这也是丁新民的一个创造，是东方路桥的一大特色。

丁新民把他从西安会上带回来的问题作为这次党建调研的主题，走到哪，问到哪，结果，调研还没结束，答案就找到了。

好多民工联队向他反映：民工中有不少共产党员，有的还曾经是农村的党支部书记，是县直机关、乡镇机关退到二线的党员干部，是企业转制前的车间领导……都是丁新民需要的人才。大家问，这些流动党员的组织关系怎么办？他们的党费往哪缴？

丁新民当即拍板：学习老红军的光荣传统，在民工联队中建立党的支部。党支部成员，本联队有党员的从本联队产生，本联队没党员或党员太少的，由几个联队组成联合党支部，或由集团党委从工程公司的年轻党员中选派。这真是个好主意！没有多久，民工当中的一百二十一名流动党员就像单飞的孤雁一样找到了回家的感觉，过上了正常的组织生活。他们的党费也都纳入了正轨。他们当中的好多人，还被选为支部书记、支部委员、党小组长。有十二个"绿卡联队"成立了党的支部，有十八名员工党员被选派到民工联队担任了党建指导员，党的基层组织就这样在东方路桥的民工联队中建立起来了。

这可急坏了本书的主人公白进勤！

作为丁老总的"对儿红"，这几年白进勤干什么工作也没有落后过，可这回，眼瞅着要落后了，他干急没办法。本联队倒是有两个党员，就是要文化没文化，要能力没能力，除了能受，好好儿地连个话也说不了，干脆不能考虑。自己呢？这几年连个申请也没写过，更不要说入党了。工程公司的专职副书记范培新跟他商量："不行就从工程公司先给你派个指导员吧！"白进勤说："先别派，我再想一想。"

憨人自有憨人的福！

就在白进勤为找不下支部书记的合适人选而发愁的时候，有一个人从几百里外的米脂找到东胜来了。

来人正是个共产党员，他叫白进彬。

白进彬是白进勤的本家兄弟，比白进勤小两岁。可是，人家比他文化程度高，又在部队锻炼了两年。复原回来后，一直在米脂县卫生系统工作，当过县医院的副书记、卫生局的副书记、药监所的所长，最后的角色是地病办主任。县里边的地病办主任基本上是个闲职，他很少去办公室上班，去了也没事，大部分时间就在家里待着。这对一个四十六岁的干部来说是件非常痛苦的事。白进彬偏是个闲不住的人，儿子考大学家里又塌了些饥荒。为把这些饥荒打清，也给自己找些干项，他就想起个来内蒙古投奔当着民工联队长的本家哥哥白进勤。

白进彬的到来，对正为找不下支部书记而怵头的白进勤来说，简直是瞌睡给了个枕头，口渴端来壶热茶，乐得他从心里往外笑。

"搬砖遛瓦、端锹和泥的力气活儿我是干不好，写写算算、搭里照外的苦轻营生应该没问题，我就这么块儿料，你看着安排吧！"白进彬对本家哥哥说。

"别的营生不用你，你就给咱坐在这儿当支部书记哇！公司让我们成立党支部，我正愁得寻不下个当书记的人哩，你这一来可给我把个愁帽子摘了……"

地病办主任白进彬就这样当上了白进勤联队的党支部书记。

对白进勤这些成天跟沙灰水泥、石头瓦块打交道的民工联队长们来说，工地上活再多、苦再重，他们从来不会皱一下眉，可是，让他们四平八稳地坐在会议室开会、学习，特别是在大庭广众当中发言、在上级领导面前汇报，他们贵贱是愁得不行。而对在县直机关里当了十几年专职书记的白进彬来说，这样的工作完全是轻车熟路，简直是小菜一碟，干起来一点儿不吃力。没过多久，白进勤联队的党支部工作就做得有模有样了。

白进彬初上手的时候，心里也犯嘀咕：都是些受苦的，受上一天累哇哇的，闹这做甚？他学着机关的做法，只拣脸面前的营生做了几件，应个景、罩个面而已，后来看见从集团到公司三番五次地布置，三天两头地检查，才知道这地方跟县里面不一样，党建工作是真抓、真做、真信，白进彬这才拿出自己的真本事，认认真真地抓，当回事儿地做。

白进彬这人脑子聪明，肯下辛苦，做工作又有部队上雷厉风行、说干就干的特点，公司布置下来的工作，他做得有板有眼，相当规范；公司没有布置的，他但凡想到了也能主动去做，这样，他们的支部工作就做得分外与众不同。

七一前夕，丁新民带着大队人马来这里调研，惊异于他的"对儿红"怎么会在党建工作上取得这么好的成绩。白进勤指着坐在他旁边的白进彬说："这是我的本家兄弟，工作都是他做的，我吃的是现成饭。"在七一表彰会上，白进勤联队党支部被评为优秀党支部，白进彬被评为优秀党务工作者，受到集团党委的隆重表彰。

二〇〇六年的中秋节，白氏三兄弟——白进勤、白进永、白进彬都在三北羊场的工地上，弟兄三个在那儿过了个八月十五。那天他们的叔伯外甥孟士光正好也在。

那天半前晌，丁总就派人送来了过节的礼物——西瓜、月饼、羊肉、烧酒，加上工程公司刘忠义送来的慰问品和他们自己置办下的吃喝，那天的会餐搞得特别丰盛。

会餐结束后，民工们都回各自的房间休息了，他们四个谁也不想睡，都想再坐一会儿,再拉一会儿。白进勤让两个儿子把桌椅搬到院子里,四个人一边赏月,一边喝茶,一边拉话。

那天晚上,四个人当中,最数白进彬话多,也最数白进彬的话动情。他说的最多的是七一受表彰的事:"在咱们老家,我是个甚?名义上是个在任的科局级干部,可是,在官员们的心目当中,我甚也不是,有我也五八,没我也四十。来了东方路桥,我是个甚?是个打工的民工,是社会上最低贱的人,可是,东方路桥的领导把我评为优秀党务工作者,对我又是表扬、又是表彰,又发奖状、又发奖金,让我实实在在地享受了一回做人的尊严。

"人来世上走一遭,什么最珍贵?不是银钱,不是房产,是尊严。尊严是个甚?尊严就是人的价值,就是人的分量。人活得没了分量,你就坐不稳、站不直、立不住,谁也不把你当回事,谁也想在你头上摸一把。人活得没了尊严,你就活得少滋没味,活上一百岁,又有什么意思!我今年快五十了,在东方路桥找到了做人的尊严,东方路桥这三年没有白干,我白进彬这辈子没有白活,现在就是死了,也值……"

大过节的,又是团圆之夜,白进勤最忌讳这个"死"字。他赶紧转移话题。可是,白进彬根本不容他插话,"二哥,你听我说。兄弟我比你多念了几年书,有些事比你看得明白。你记住,历朝历代的老百姓都是最没有地位的。只有在共产党的领导下,老百姓才找到了当家做主的感觉。这就是共产党的伟大。当然,共产党里边也有那混饭吃的,有些党员连普通老百姓都不如,有些党组织弄得很不像个样子,但这毕竟是少数。在东方路桥,像丁总他们这些共产党员,才是真正跟老百姓一心、真正替老百姓办事的共产党员!所以,当兄弟的今天要劝你一句,你应该要求入党了。我现在这个位置,原本应该是你的。你没有入党,才由我临时干着。我干不了多长时间的,迟早还是你的。所以,你得尽快要求入党,你要是同意,我今儿黑夜就帮你写入党申请。这也是我这个支部书记的责任……"

白进彬的这番话引起了外甥孟士光的共鸣。在白氏三兄弟面前,论年龄,他比白进勤还大两岁;论辈分,他是晚辈,所以,说话做事,还得按外甥的礼数来,"今儿黑夜三个舅舅都在,我也说两句。你们都知道,我高中毕业后,在村里当了十几年会计。那时候，人也年轻，思想也进步，光入党申请就写了五六回。人家就是不批。后来我也就死了这条心了。其中的原因其实也简单，就是我发现村里有些党员连我这个群众也不如。为什么这么说呢？我举个例子你们就明白了。当时，农村党员一年的党费是二毛五，正好是一个干烙儿的钱，就是这么一点钱，村里的党员也不想缴，还得我这个群众给垫。为什么让我垫呢？因为我是大队的会计，他们没缴上去，公社就找我要，让我先给缴上，回来再找他们要。一人就二毛五分钱，你们说我咋好意思找他们要，只好给他们垫。全村十几个党员，我连住垫了三年，垫了十一块钱。从那以后，我就再也没有入党的心思了。来东方路桥后，见人家这儿的党员一个赶一个先进，带动得民工当中的党员也不能落后。我这个联队现下就有两个党员，是我的带班，是我的左膀右臂。最近，公司给他俩奖励了几百块党员津贴，两人谁也不要，最后都补到民工的伙食里面去了。受他们的影响，我最近又有了想入党的念头。两个助手都是党员，自己不是，长久下去终究不是个事……"

那天晚上，这四个人越拉话越多，越拉越心亮，要不是怕耽误第二天的工作，他们真想就这么拉下去，一直拉到太阳出山。

对于白进勤来说，那天晚上是他的党支部书记跟他拉得最深的一次，也是他们两个谈得最后一次，因为过罢八月十五没多久，他们就收摊子了。回到米脂几天头上，白进彬就觉见身上不对劲儿，到医院一检查，说是得了赖病，赶紧就往西安走，紧看慢看，人就不行了。腊月二十几从西安回来，凑合地刚过了个年，正月初七就去世了。

白进彬去世的当天，白进勤就打电话告诉了刘忠义。刘忠义转手就向丁总做了汇报。

照理说，一个民工因病去世，是不必惊动老总的。刘忠义向丁总汇报，是因为白进彬是白进勤联队的党支部书记，而白进勤联队又是丁总亲自抓的点，对白进彬的工作，丁总一直很认可，多次表扬他。现在白进彬去世了，他觉得应该向丁总报告一声，让丁总知道。在报告的同时，刘忠义也讲了自己的意见："以公司的名义送个花圈，给家属两千元慰问金，同时委派公司的专职副书记去米脂专程吊唁……"

"你的意见不可取。"刘忠义的话还没说完,就被丁总在电话那头彻底否定了,"白进彬在西安住院的时候,我就想带上些人过去看看,春节前事情太多,一直没有腾出时间。他住院时我们没去看成,现在去世了,长远得去一趟。不去送送他,我心上下不去。我的意见是集团的主要领导、你们公司的主要领导都去,一个是祭奠白进彬,表达我们的哀思;再一个是通过这个举动,在集团上下,在东方路桥的全体民工当中,包括在社会舆论上,要造成一种影响,让社会上的人们亲眼看到,我们说的'民工是企业的上帝'绝不是一句空话。民工的主人翁地位,民工的产业工人形象,企业对民工的凝聚力,拿什么来体现,就要在这些具体事情上体现!"

丁新民领着他的吊唁队伍是正月初九从东胜出发的。

吊唁队伍里,有集团副总经理武新民,集团党委副书记李颖梅、李时,集团党办主任霍春利,民建办主任杨勇,一公司总经理刘忠义,二公司总经理张换树,三公司总经理陈培新,东信公司总经理杨保才……加上七个司机,一共十八个人。

春节刚过,包茂高速路上跑的车还很少,他们坐的又都是大几十万甚至上百万的好车,几百公里的路,三个多小时就到了。

集团老总们这个超乎寻常的举动在白氏家族中引起的震动是可想而知的。

从初八下午接完刘忠义的电话,听说丁总要亲自下来,白家大大小小几十口子人就开始忙活上了。

负责操办这个事的总代东叫高龙。论公,他是县卫生局的副局长、县医院的院长;论私,他和白进彬是世交,父辈们就相处得不错。老白家拿主意的自然是白进勤。

白进勤定了米脂县最好的两班子鼓匠,从纸匠铺定做了十个最大的花圈,召集了白家几个门子上的所有孝子,他要按米脂人最古老的风俗、按米脂人最隆重的礼节来接待他的老总。

丁总的车队是在米脂城边上的王沙沟停下来的。

全身戴了重孝的白进彬的独子白宇匍匐在地，向远道而来的各位长辈逐一叩头。在他身后，一字排开的是以集团、公司和各位老总名义敬献的花圈，花圈两旁是两班子正使劲吹打的鼓匠。

丁新民弯腰搀起已经哭哑了嗓子、哭成个泪人的白宇，一再地叮嘱他不要过于伤心，要注意照护好自己的母亲。李时、刘忠义把集团和各位老总的礼金交代给白进彬的家人。

简单的仪式结束后，由孝子、鼓匠引路，人们举着花圈、抬着挽幛，缓慢地朝着白家的住处行进。

生活在这座小县城里的老百姓，还很少看见今天这样的场面。尽管他们当中的多数人并不晓得跟在队伍后边的那七辆汽车那昂贵的价格，更不晓得坐在车里那几位老总的上亿元身价，但他们看出了今天这不同寻常的阵势，更看清了那张由两个人抬着的大大的礼账。他们相互打听死的到底是个什么人，当着多大的官，能惊动这么多当官的来送葬，来的这些人能给他这么重的礼金。

有个人盯住礼账上的名单大声念起来："东方路桥两万元，丁新民两千元，武新民一千元，李颖梅一千元，李时一千元，刘忠义一千元……"

这边有人念着，那边就有人计算出了总数："好家伙，光是这十来个人，就给搭了三万五，这是些什么亲戚，能行这么重的礼？"

当中有那嘴快的，紧走了几步，撵着抬花圈的人问："死的是个干什么的？这些搭礼的是他的甚？"

问出结果的马上就当起了新闻官，向他周围的人现场发布，一传十，十传百，这条口口相传的消息立马在米脂街上传开了："死的人叫白进彬，是咱县医院原来的书记，这两年跑去内蒙古打工，来的都是他打工的那个单位的老板……"

人人都觉得这事稀罕，人人都想看个究竟，反正是大新正月里，谁也没多少事干。一时间，这条街上绝大多数路人，步行的，骑自行车的，开二轮儿的，还有挂着拐棍的，都跟在这支吹吹打打的队伍后面，一直走到了白进彬生前住的地方。

总代东高龙一开始就上了丁总的车，他要向内蒙古来的老总汇报一下葬礼的安排，顺便也想向他老朋友的领导表达自己的谢意，"丁总的大名我早就听说了。进彬每次从内蒙古回来，我俩总要在一起喝两顿酒，一喝酒就说起你，说你才是真正的好人，真正的好官，对他这样一个外出打工的人，就像对自个儿的朋友似的。他说，在内蒙古的这三年，是他心上最展活的三年。唉，他要是知道你今天亲自来给他送行，不知道会高兴成啥样哩！"

说着话，车队停下来了。高龙朝外一看，白进彬的家到了。他赶紧招呼丁总他们从车上走下来。

远远瞭见，当街跪着两个女人，一边号啕大哭，一边朝丁总他们磕头。高龙告诉丁总，那是白进彬的婆姨和他婆姨的姐姐。丁总紧走了两步，把两个女人搀扶起来。众人簇拥着他，朝白进彬住的院子走去。

那是一个方方正正的小院，白进彬的灵堂就搭在院子里。高龙他们招呼丁总进窑里歇着，丁总却照直朝着灵堂去了。一见白进彬的遗像，两行热泪就滚落下来，他大声叫着白进彬的名字，扑通一声就跪了下去，"进彬，我看你来了。你在西安住院的时候，我就想来，七事八事，总也走不开，不等我来你就走了。进彬，你原谅我，我丁新民来晚了……"

一见丁总跪下了，老白家的所有孝子们也都跪下一片，白洼洼的。白进彬的儿子白宇跪在丁总的正面一边哭，一边磕头还礼。

丁总前边刚跪下，跟他来的各位老总们也都跪了下去，他们依照伊克昭盟那边的乡俗，一边烧纸，一边默默地向逝者道别。

他们这群人刚刚起身，后边又齐刷刷地跪下一片。这回下跪的人更多，足有大几十个。他们一色水地全穿着迷彩服，迷彩服上全部印着"东方路桥"的红字。丁新民不明白怎么会一下子跑出这么多东方路桥的民工来。白进勤赶忙向他介绍："大部分是我们联队的，也有孟士光联队的、雷光来联队的，还有赵维庭联队的，都是米脂人。咱们东方路桥在米脂的民工有三百多人哩，今天来的还不到一百人，都是龙镇这一带的。他们是夜儿个后晌听到信儿的，都要来迎接丁总，都要跟丁总一起给进彬送行……"

丁新民的眼泪又流下来了。他在心里感叹：多好的一群弟兄啊！朴实不过农民工，真诚不过穷弟兄。在东胜的时候，他就老听人们说，他发给弟兄们的迷彩服，好多人不舍得穿，要等到年下当过年的新衣服穿，要在亲戚六人面前当成一件体面事情来张扬。他当时听了还惑惑疑疑，今天可是亲眼看见了。这满满儿站下一院的穿着迷彩服的米脂人，可都是跟着他丁新民共同致富的民工弟兄呀！他平日里讲的"以人为本，共同富裕"的办企宗旨，他多年来为培育"企业对民工的凝聚力"、"集团党委对民工的感召力"播撒下的种子和浇灌过的汗水，想不到在今天这个特殊的场合意外地显现出了丰硕的果实。作为一个播撒爱心的企业家，还有比这更让他满意的事情吗？

高龙他们再次招呼他回窑里歇息。他对他们说："不是今天就要开追悼会么，能不能现在就开？反正窑里也没这么多坐处，省得众人站在院儿等，冷冬寒天的。"

大家采纳了丁总的建议，白进彬的追悼会很快就开始了。

这是一个土洋结合的追悼会，既有米脂乡间的做法，又有如今官场上的程序。

先是让两班子鼓匠热热闹闹地吹了几段曲子，接下来播放哀乐，除过孝子们以外，所有人都面向灵堂向逝者默哀。然后，由高龙代表组织介绍白进彬的生平，为他短短四十九岁的一生做出评价。最后是白进彬的儿子代表家属发言。

小伙子声泪俱下的发言，既表达了他对慈父离世的无限哀痛，又表达了对众多亲友，特别是东方路桥的领导们远道而来的真诚感激。他说："敬爱的爸爸，你睁开眼看看，你最敬重的领导丁新民大爷从内蒙古看你来了，东方路桥的各位老总看你来了，和你一起干活儿的民工联队的叔叔大爷们看你来了，为你送行的汽车就停在咱家门外的巷子里。

"敬爱的爸爸，你活着的时候不止一次地跟儿说，你这辈子最怕的是在别人心里没有地位，你这辈子最担心的是在世上活得没有尊严。儿在这里告诉你，儿从今天来的叔叔大爷们的眼睛里看到了你在他们心中的地位，儿从今天的葬礼上看到了你在这个世上得到的尊严，爸爸，儿为你感到骄傲……"

听到这里，在场的所有人，无不为之动容，无不为之下泪，无不为之痛哭失声……

追悼会结束以后，天已经很晚了，白进勤安排丁总他们在县宾馆住下来，所有的民工也都没有走，他们在米脂的县城和自己的老总痛痛快快地喝了一顿酒。

从宾馆出来后，白进勤没有回自己的家，他让二小子云涛把车又开到白进彬这边来。按米脂的习俗，明天一大早就要下葬了，他要跟他的本家兄弟、他的支部书记、他的入党介绍人再待上一晚。

院子里比下午安静得多了，灵堂前只有两个侄儿在守灵，女人们仍在窑里忙着准备第二天的杂事。

白进勤拉了个凳子在材头前坐下来，他从身上掏出半瓶酒，从供桌上拿过两个杯子倒满，就跟白进彬拉起话来："进彬，我腿脚不利索，不能给你下跪了，咱弟兄俩就这样坐着拉吧！这酒是刚跟丁总他们喝下的，我专给你拿回半瓶来。来，咱弟兄俩先干上一杯！"

说着话，他端起一杯自己先干了，又端起另一杯猫腰洒在地上，然后再一一满上。他又抽出两支软中华，给进彬点上一支摆在牌位前边的香炉里，一支给自己点上，使劲儿吸了一口，接着又拉起来："进彬，我又想起了去年八月十五晚上你跟我说过的话。那天，你动员我入党，还说要当我的入党介绍人。后来我才知道，你当天晚上就替我写好了入党申请书，第二天一早，就到公司找范培新书记商量我入党的事情去了。

"进彬，自你当上支部书记，我把这一摊子都交给你了。集团里表扬咱、奖励咱，那都是表扬你、奖励你哩。如今你一撒手走了，你让我从今往后再靠人家谁去？

"进彬，那天晚上你跟我说，人在世上，不能活得没有分量，不能活得没有尊严。你还说，你来东方路桥才找到了做人的尊严，这辈子就是死了，也值。当时，我不让你说这个话，嫌不吉利。今天，当哥的要替你把这句话说完。兄弟，正像你那天说的，东方路桥这三年你没有白来。今天下午，丁总来了，刘总来了，那么多的领导、那么多的民工都来了，还搭了那么重的礼。丁总带头给你下跪……这个场面，咱老白家各门子上的人都看见了，你们卫生系统来上事宴的人都看见了，你的街坊邻居也都看见了。你这辈子活得有骨气，走得有尊严，人有这么个结局，这辈子就算没白活，你放放心心地走吧……"

内蒙古自治区第十届文学创作"索龙嘎"奖获奖作品

第十三章

　　二〇〇九年,对白进勤和他的老总丁新民来说,都有点不寻常的味道,这一年,丁新民亲手创建的东方路桥整整十岁了,白进勤进东方路桥跟上丁总共同致富也整整十年了。

　　这年的三月二十一日,集团党委在美丽的蒙古风情园开工作会议,总结前十年的成果,谋划后十年的发展,丁新民在会上做了一个特别鼓舞人的报告。

　　按照会议的安排,当天下午是分组讨论。丁新民端着他的茶杯,照直来到了民工联队长们讨论的地方。

　　他今年五十九岁了,尽管精力充足,身体也不错,但已经不大过问集团的具体事务了,除了抓党的建设(因为他是集团的党委书记)和民工联队的发展,业务上的事都交给年轻人了。

　　参加讨论的联队长们有二十多个,都是星级"绿卡联队"和"双十佳"联队的队长。参加这样的会议,他们也像员工一样,穿上了西服,打上了领带,看惯了他们在工地上的穿扮,不细端详,一下子真还认不出来。

　　见老总来了,联队长们一齐站起来打招呼。过完春节,好多人还是头一回见。丁总让大家都坐下,一个一个地问询了一遍。他跟这些人都很熟,不光能叫上他们的名字,清楚他们的外号,记得他们的典故,还知道他们都有几个娃,娃们在干啥。他最喜欢跟他们在一起拉话,听他们讲联队里的故事,看他们那种质朴的神态,帮他们算一年的收支。跟他们在一起,他觉得时间过得特别快,自己的心情特别好。

　　因为要讨论,丁新民没有像往常那样由着性子拉谈,他打住了话头,让主持会议的杨勇组织大家接着发言。

　　杨勇很聪明,他对大家说:"咱们是不是先请丁总讲几句?"队长们一起鼓掌表示赞同。

　　丁新民没有推辞,他先给队长们每人发了支烟,然后才说:"我上午的报告讲了那么多,其实最关键的就两句,一句是坚持办企宗旨,一句是实现二次创业。大家发言，就围绕住这两句讲就是了。

"咱们先说头一句，坚持办企宗旨。咱们的办企宗旨是'以人为本，共同富裕'。对大家来说，归根到底，就是要让你的左膀右臂们跟你一起致富，不能是你自己肥得流油，他们在那儿饿得发抖。这里的关键是要搞好二次分配。这几年，集团为扶持民工联队，先后拿出大几千万，包括给你们的奖励，包括给你们的补贴。奖励也好，补贴也好，可不是光给你们这些联队长的，而是发给所有的民工的。你们知道，我最见不得吃独食的人和耍嘴皮子的人。我把企业的很大一块利润，包括我个人的很大一块奖金让给了你们，你们要是把它全装进自己的倒衩衩，那你这个人——包括你的人格、你的人品——就彻底完了，我们把你就彻底看瘪了。今年年底，集团将对二次分配的具体情况进行督察。对那种吃独食的人，我的态度是，干脆撇开他，直接扶持他的左膀右臂，把他晾起来，让他成为孤家寡人。当然，我相信经过集团党委这么多年的培养教育，大家应该具备了最起码的觉悟，不会成为我说的这种孤家寡人。上回老白讲过一句话，说他是东方理念的受益者，他也要做东方理念的实践者。我特别赞同这句话。我相信老白能成为东方理念的实践者，我也希望在座的各位都能成为这样的实践者！

"咱们再说第二句，实现二次创业。实现二次创业，对大家来说关键是要做大做强——规模要大，实力要强，收入要高。你们当初进东方路桥的时候，大多数是典型的'锹头队'，规模小，实力弱，收入低。经过这几年的打拼，有了一定的规模，有了相当的实力，收入也还过得去。但是绝不能就此满足，一定要二次创业。对大家来说，二次创业的核心除了做大做强，还要转换身份。过去，你们是秋去春来的大雁，东方路桥也好，鄂尔多斯也好，只是你们打工的地方、挣钱的地方，不是你们的家，收工以后，挣上钱以后，你们还是要回到自己的老家去。这是以往的情景。从现在开始，随着国家的发展，社会的进步，农民工将逐步成为现代化的产业工人，而不再是农村的农民。现在，你们是民工联队的队长，这是咱们东方路桥的叫法，社会上还管你们叫工头。今后，随着规模的扩大，实力的增强，资金的雄厚，你们就会成为工程公司名副其实的老总，成为企业的老板。到那个时候，你们就不仅仅是东方路桥这个企业的主人，而且是鄂尔多斯这个城市的主人。既然是这个城市的主人，那就不仅要在这里打工，而且要在这里居住。不仅你们自己在这儿居住，你们的婆姨，你们的儿女，都要在这里居住。这就是二次创业的目标！大家都要朝着这个目标谋划各自的发展。"

丁新民的这段发言，就像是一石击起千层浪，会议室顿时就像开了锅一样，大家争着讲、抢着讲，按也按不住。是呀，丁总给他们谋划的这条致富路，谁不愿意争着抢着往前走呢？

工作会议开了三天。

会散了，白进勤还是推推拉拉地不想走。他找到丁总的司机田慧军。张志鹏到集团下属的物资公司当老总去了，田慧军接了张志鹏的班。他对田慧军说："我在蒙古风情园定了一桌饭，晚上想请丁总、刘总和崔俊平，我有几句心里话想跟他们几个拉一拉。"

田慧军把他的意思跟丁新民说了。丁新民笑了笑，说："老白一准是想表示个意思哩，就按他说的办哇，你帮他准备准备，忠义跟俊平那儿，你也替他通知一下。"

因为是老白请客，丁新民早早儿就到了。他刚坐下，刘忠义和崔俊平也叨叨拉拉地进来了，跟他走了个前后脚。

白进勤请的这三个人，是经过精挑细选的。丁新民是他的"对儿红"，是他的贵人，这没得说。刘忠义是他进东方路桥的领路人，不是刘忠义，他也许到现在也进不了东方路桥，更不可能跟丁新民成为"对儿红"。崔俊平，最早是刘忠义手下的技术员，后来提成项目经理，今年杭锦旗一带工程量大，他就成了指挥部的指挥长，相当于工程公司的副经理。白进勤自进了东方路桥，就跟这人打交道，十年时间走下来，两人成了特别要好的朋友。所以，他今天一定要把崔俊平请上。

客人都到齐了，酒也满上了，白进勤扶住椅子站起来，想来一段祝辞，"今天，是我白进勤进东方路桥的日子。一九九九年，我就是这一天进的东方路桥。十年了，我想好好儿庆贺一下。原先想多请些人，摆上几桌，后来就请了你们三位，不是舍不得花钱，更不是请不起，主要是人一多，尽顾了喝酒了，好好儿拉不成个话。

"一九九九年刚进东方路桥时,我是个最没地位的受苦人,最让人嫌弃的残疾人,最受人欺负的穷光蛋。今天,我成了东方路桥几千号民工当中沾光最多、受益最大的一个。政治上,你们培养我入了党,当了支部书记,上了报纸,上了电视,跟那么大的领导站在一起照相,坐在一起吃饭;经济上,我有了车,有了房,有了存款,有了属于自个儿的机械设备,成了有大几百万资产的富裕户。为让我增长见识,丁总领上我坐了飞机坐轮船,上完庐山又上井冈山,还连住两年出国旅游,祖祖辈辈没见过的世面我见了,娘老子没享受过的福分我享受了。为让我能跟健全人一样利利索索地走路,丁总花几十万给我安了世界一流的假肢,让我成了残疾人当中最幸福的一个……所以我说,我是东方路桥所有民工当中沾光最多、受益最大的一个。

"我这个人你们都知道,茶壶里煮饺子——肚里有嘴上倒不出来。今天借这杯酒,表示我个心意。我白进勤从内心里感谢你们。我连干三杯,你们随意!"

白进勤把面前的三杯酒一一干完,这才扶着椅子坐下来,身子还没坐稳,又要往起站,他要跟他的"对儿红"和贵人单独干一杯,他要跟他进东方路桥的领路人单独干一杯,还要跟他现在的顶头上司单独干一杯……这几杯连着干进去以后,本来不善于饮酒的白进勤就显得有些多。老白喝多了倒没别的毛病,就是爱张罗着给人们唱《酒曲》,《酒曲》的词还都是现编的。你听:

门前一卜槐,
酒缸才打开,
北路的朋友你快些儿来!

门前一卜槐,
好酒端上来,
相聚一回不喝不应该!

门前一卜槐,
十年长成材,

内蒙古自治区第十届文学创作"索龙嘎"奖获奖作品

贵人的恩情我记心怀!
············

见白进勤喝得有些高,丁新民就让田慧军搀扶着先回房间休息去了。他们三个又接住聊起来,聊的还是白进勤。

"丁总,别看你跟老白是'对儿红',你对他的了解还是不深。我们成天在一块儿滚战,对他的脾气、性格,揣摸得最清楚。"说这个话的是崔俊平,"人们都说老陕抠,叫我看,他们抠的是自己,对别人,从来不抠。就拿老白来说,这几年咱们发给他的奖金,加起来少说也有十来万,他从来没有独吞,大部分用到了民工身上,不是补贴了伙食,就是买成了防暑降温的用品。周围几个联队的伙食,数他那儿抓得好。我们看得很清楚。工资也是这样,从来不亏待弟兄们,对他的左膀右臂,除了该得的,到了年底每人还要多给个三千两千。十年了,年年不拖欠,一赶过小年总要挨家挨户地给弟兄们送到手上。正因为这样,工人们都愿意跟他干。他的好多工人我都认识,有的还能叫上名字来,因为干得年头长了,年年都是这帮人。他要是对工人们不好,工人早跑了!所以说,实践咱们东方路桥的理念,老白是最坚决的一个,也是最自觉的一个。

"他这个人忠诚,重情义。前年咱们集团工程不多,资金又紧,好多联队跑到外边干去了。有两个地方也拉拽老白,给的价还不低。老白说甚也不去。他说:'我是丁总一手培养起来的,漫不说现在还有活儿干,明天就是坐下了,我也不走,坐也要在东方路桥坐。'去年有一个项目,需要自己垫资,别的联队都不想干。老白一声没吭,回老家走了一趟,拿来两百万,自己垫资干上了。到了年底,集团的工程款没要回来,民工们的工资付不了,别的联队长一天几遍地催,老白一遍也没催。他知道集团当时钱紧,就回米脂自己贷了些款,先给民工把工资发了。这就叫关键回合见真情!单是这一点,好多联队就做不到。

"老白的工程质量更没问题。他从来不干那偷工减料的事,你就是让他干,他也不干。所以,这么多年我们对他的质量是百分之百地放心!他自己也说:'我是刘总介绍来的,是丁总亲自扶持的,质量上要是出点闪差,别说自个儿这张脸没地方搁,影响得两位老总脸上也不好看,这种事情可做不得!'

"老白这个人为人实在，干活儿也实在。有的联队长，挣钱少的不干，不好干的不干，有些营生干下一半扔下就走了。遇到这种情况，就得让老白带上人去擦屁股。人家老白从来没说过个'不'字，让干什么就干什么，从来不讨价还价，从来不挑挑拣拣。他跟丁总是'对儿红'，跟刘总关系也不错，这要换成别人，早兴得放不下了，我们能领导了？人家老白在我们跟前，包括在我们的领工员跟前，从来不靠这层关系，总是以老为实地凭自个儿的辛苦吃饭！"

"也不能因为老实就让人家见甚干甚，"丁新民替他的"对儿红"说话了，"你指挥部也好，工程公司也好，该扶持的一定得扶持，绝不能让老实人吃亏！"

"扶持着了！"刘忠义说，"我们已经商量过了，乌海那个五千万的工程就准备交给他干。这个工程要是干下来，老白的技术、实力、效益，整个儿就上去了。"

"关键是老白能不能拿下来？"丁新民有些担心。

"技术上问题不大，必要时，我们派技术员再带一带；设备这两年陆陆续续地也添了不少，今年又投进两百万，基本上成龙配套了，连桥梁、涵洞带防护，都能拿下来了。关键是资金。"刘忠义说。

"几千万的项目光靠老白哪能行！到时候，你工程公司得拿大头，集团再帮一块，几头一齐来吧。"丁总说，"我总的想法是，对骨干联队——不只是老白，我指的是所有的'绿卡联队'——都要重点帮扶，帮助他们做大做强，帮助他们加速发展，要让他们按照股份制工程公司的要求发展，朝着现代化产业工人的目标迈进。"

"丁总，你下这么大的力气培养民工联队，我总是有点儿顾虑……"崔俊平迟迟疑疑地说。

"你讲！"

"前两天有个同学来找我，让给他推荐两个'绿卡联队'，他要花重金往走挖。他说他们缺的就是像东方路桥'绿卡联队'这样的队伍。"崔俊平说，"我当然不会干这种挖自家墙角的事。但是，我不干误不住别人干。所以我担心，咱们辛辛苦苦培养出的'绿卡联队'，闹不好成了别人炕上的媳妇，别人碗里的肥肉……"

"哈哈哈哈！"没等崔俊平说完，丁新民就放声笑起来，就笑就说，"你这是瞎操心。小伙子，放心哇！像白进勤这样的，他给的钱再多也不会走。那些走了的，对咱们来讲也不一定就是坏事！为甚么说呢？第一，他走到哪，就会把东方路桥的理念带到哪，这对宣传东方路桥的理念、扩大东方路桥的影响，只有好处，没有坏处，你怕甚了？第二，他就是走出鄂尔多斯、走出内蒙古，也还是建设社会主义哇，等于是咱们替国家培养了几支高素质的施工队伍，这也不是坏事哇？再说，老的走了，咱们再培养新的，你还怕东方路桥后继无人了？三十多岁的人，比我这五十大几的人思想还保守！"

见崔俊平有些不好意思了，丁新民把面前的酒杯一端，说："来，把各自门前的酒干了，结束！"

今天是清明。每年的清明，白进勤都要回老家给娘老子上坟。今年是老娘下世十周年，他更得回去。

跟往年不同，他今年是从鄂尔多斯往回走。东方路桥在东胜的青春山建起民工创业园后，他买了一套，领着婆姨搬到东胜住了，三室两厅，一百三十多平方米，闺女前年到西安上大学后，家里平时就他们老两口，要多宽敞有多宽敞。两个儿子都把媳妇娶过了，都在米脂县城住，一家一套楼房，各住各的。山碰塄那五眼窑和那处院子，如今都闲下了。闲下就没人住了，不要说三个娃谁也不回去住，就是自己将来老了，也不可能回去了。

白进勤和婆姨是吃过早饭从东胜动身的，就开着丁总奖励他的那辆圣达菲。开车的是他的二小子云涛。他自己也会开，就是没本儿，在工地上跑跑还行，正经上了路不安全，让交警拦住就瞎了。

夜儿黑夜国庆打过电话来，说他和他婆姨，还有云涛的婆姨从县城走，父子们十一点左右在镇川的路口汇合。

如今自己有了车就是方便，从东胜回米脂四五百公里，跑起来也就几个钟头的事儿。

十一点刚过，他们就到了镇川。镇川归榆林，一过镇川就进了米脂地界，顺着国道往南是去县城，往西去龙镇。

国庆开的车已经停在路口。云涛给他哥按了声喇叭，一打轮儿就拐上了去龙镇的乡间公路。国庆从后边跟了上来。

这就是白进勤当年去延安打工走过的路。他就是从这条路去的镇川，去的延安，去的南泥湾。当年，他是孤身一个；如今，他领着婆姨，领着两个儿子和儿子的婆姨。当年，他是穿着布鞋，背着盖窝，一步一步走出去的；如今，他是开着自个儿的汽车，二十几万的汽车，从几百里外开回来的……

白进勤忽然有了一种衣锦还乡的感觉！望着两旁那起起伏伏的梁峁和一个连一个的村庄，这种感觉越来越浓！山湾湾里的向阳坡坡上，村民们三个一群、五个一伙，还在那里晒太阳，还在那里拉闲话，身上那身穿扮还是那么破破烂烂，浑身上下还是那么土眉浑眼……唉！自己十年前要不是跑到内蒙古去，要不是进了东方路桥，今天估计也就是那个样子吧，说不定还不如他们哩！

龙镇到了！街还是那条街，房还是那些房，人好像不如从前多了，街上显得冷冷清清。这是从前的供销社，这是卫生院，这是豆腐坊、铁匠炉……这儿成了农贸市场了，哎呀，数这儿人多，有卖菜的、卖肉的，还有卖干烙儿的……哎，对了！娘活着时就爱吃个干烙儿，给娘买两个干烙儿吧！

"云涛，停一下！"

白进勤从车上走下来，他要给娘亲手买两个刚做出来的干烙儿！

"这样的小事哪用老爸亲自动手！"云涛让他就在车跟前等着，自己跑了过去。

白进勤掏出一根芙蓉烟点上。发现斜对面有一帮人盯住他看，手里还指指点点的，好像在议论他。他朝那些人看看，一个也不认识。

"那不是老白吗？甚时候从内蒙古回来的？"白进勤回头一看，一个干部模样的人朝他走过来。他看了看，也不认识。

"我叫申宝林，咱们龙镇的党委书记。前些天，内蒙古的记者专门来龙镇，点着名要采访我，说是要给你拍电视剧哩！内蒙古领导给你发汽车的镜头，我们也都看到了。我给记者们说，龙镇的外出务工人员有六千人，光老白就带着两百多哩，他是我们龙镇乡外出务工的带头人哩！你今天这是回来给老人上坟的吧？

上完坟返出来，中午饭就在咱们乡里吃吧！咱们好好拉一拉，你现在成了咱们龙镇的名人了！"

白进勤最怵头跟官员们打交道，自个儿拙嘴笨舌的，寻不下个说上的，坐在一起别扭得很。他见云涛已经把干烙儿买回来，就客客气气地谢绝了申书记的邀请，坐上车继续往山硷塄走。

白家的坟地就在山硷塄后边的山坡上。白进勤把车停在自家的院子里，领着婆姨、儿子、儿媳朝山坡上走去。

米脂的春天比东胜来得早，清明时节山坡上就泛起一片一片的绿色了，有些勤快的人家已经在地里头忙活开了。

这两年，受鄂尔多斯人的影响，白进勤也学得时尚起来。夜儿后晌，他特意让云涛去东胜街里买了一个鲜花编成的花篮，今儿临走又喷了些清水，到现在还是水灵灵、香喷喷的，他让云涛把它摆到两位老人坟头的正中间。他又让国庆把从东胜带回来的西瓜切开，把芒果、香蕉、樱桃、木瓜这些稀罕水果都摆上。他新打开一包软中华，抽出两根，亲手给爹点上，亲手放在爹的坟头。他又把刚买的干烙儿给娘摆上。他还打开一瓶茅台酒，给两位老人一人满了一杯……坟头上摆得满满的了。

他觉得上坟祭奠老人就应该这样。他不想像早些年那样，尽拿些地摊上买的冥币应付先人，那些纸片子，这边还用不上，到了那边更是废纸一堆。倒不如摆些有用的东西，两位老人苦了一辈子，累了一辈子，什么好东西也没吃过，什么世面也没见过，可可怜怜地走了，窝窝囊囊地走了。像这么好的东西，他们活着的时候见也没见过，如今，尽管吃不成了，摆在这里让老人看一看，也算是尽自己的一片心吧……

把香点着以后，白进勤领着全家，给两位老人深深地磕了三个头。磕罢头，他正要扶着儿子的肩膀往起站，跪在旁边的婆姨哇的一声就哭起来。她哭得那个伤心，那个投入，那个真诚，把两个儿媳妇也带得流下眼泪来。十年前娘下世的时候，她就是这么哭的，拉也拉不住，拽也拽不起，劝也劝不止。村里人说，媳妇哭婆婆，假哭的多，真哭的少；干号的多，下泪的少。慧敏这是真哭，她真的流泪了。白进勤清楚，这是娘用自个儿的真情把媳妇感动了，把媳妇的心焐热了。娘下世这么多年了，慧敏今天往坟头一跪，还哭得这么伤心。

见慧敏哭得那么痛，白进勤心里也难受起来。他强忍住泪，又掏出烟，给爹点了一支，给自己也点了一支，找了块石头在坟地旁坐下来。

他装了一肚子的话要给娘老子说，他不能像婆姨那样放开声地哭诉，别说娃们都在跟前，就是不在，光他一个，他也不能，他只能在心里跟娘老子默默地诉说。

"爹！"他在心里对爹说，"一九七六年，咱们父子给那三眼土窑做完接口合龙口那天，你对我们说：'你们的爷爷把这三眼窑传到我手上的时候是三眼土窑，在我手上总算给你们做成了接口窑。旧社会在咱这道沟里能住上这种窑的就算是差不多的中等人家了！'说完这话才十年，我又券起五眼石窑。你又说：'这在旧社会是地主老财才能住起的宅院。'爹，儿跟你的孙子、曾孙们如今住的都是楼房，东胜有一套，县城有两套，楼上楼下，电灯电话，要甚有甚。旧社会地主老财们住的房算个甚！儿如今住的比他们当年强过多少倍哩！儿如今还有了自个儿的汽车，今儿就是坐着咱家的汽车回来的，这会儿就在咱院里停着哩！儿在内蒙古还置了装载机、挖掘机、翻斗车，光这些东西就值几百万哩，加上存款，加上房产，儿如今在咱龙镇也是个有点儿名气的富裕户啦！儿还上了报纸，上了电视，俺三舅在延安还从电视上看见来！儿给咱老白家可长了脸。今儿路过龙镇，镇党委的申书记还特意从车上跳下来跟儿握手，要请儿吃饭哩……"

"娘！"白进勤又跟他的老娘说，"自从俺把腿碰了，你为俺的生活操尽了心，流尽了泪，就像你说的，你眼睛里流的泪比别人尿的尿还多，你脑袋上流的汗比房檐上滴的水还多。你就怕俺拉扯不成个人家，不能跟旁人一样像像样样地生活。儿今天告诉娘，儿如今成了祖孙三代八口之家的大家长了，咱家成了山硷塄过得最好的人家了！为甚哩？儿遇上贵人了！娘那年从下盐湾回来，说儿这辈子有贵人帮哩，儿当时不信，说娘讲迷信哩！儿如今真遇上贵人了，这个贵人就是共产党培养出来的好干部，俺们东方路桥的好老总丁新民。他帮的可不只俺一个人，帮的是几千几百号人，他要领着这些人一齐往富路上走哩！

"娘，你听俺跟你说。这些年，丁总领着俺去了北京，进了人民大会堂，上了天安门，领着俺去了庐山、井冈山，对，就是毛主席当年闹革命的那个地方，还领着俺去了马来西亚、新加坡、泰国，对，那都是外国人住的地方。你问俺那么远的地方是咋去的，当然是坐飞机、坐轮船。丁总怕我走不动路，就给俺买了轮椅，推着俺走。后来，又花了三十来万给俺装了个假腿，世界上最好的假腿，是德国人和美国人做的，装上跟真腿一模一样，走路比过去方便得多了！俺今天上山看你们，就是自个儿走上来的，谁也没用他们扶！

"娘，你知道俺自小就有个志向，后来腿断了，俺也没改变这个志向，这个志向就是离开山硷塄这个穷地方，到山外面去，到大地方去，像城里人那样有滋有味地生活，不再像老辈人那样苦巴巴地受煎熬。今天，俺要告诉娘，儿这个志向实现了！你亲手带大的两个孙子都住到了县城，俺和慧敏住到了内蒙古，我们在城里不光安了家，还有了自己的车，有了自己的企业！那年，儿去内蒙古的时候就说过，等儿在外边干好了，一定把你们两位老人接出去，让你们好好儿地享几年福……如今，儿在外边立稳了，站住了，过好了，两位老人却撇下我们走了。没有让两位老人跟我们一齐享受，这是儿这辈子最痛心的事……"

白进勤一家子正在这儿祭奠，进喜一家子、进香一家子、进永一家子也都上来了，老少三代二十几口子，跪下一片。白存有老两口若是地下有知，看到今天儿孙满堂的这个场面，该多么高兴！

从山上下来，他们一起来到堂兄白进荣的窑里。白进勤弟兄几个陆陆续续出外面谋生后，山硷塄老白家就剩这一支了。老白家先后出过两任支部书记，白进强是第一任，白进荣是第二任。如今，白进荣这个当年的大队支书成了老白家的"留守司令"。白进勤每次回来，都是在他这儿落脚。今天人太多，他不想再麻烦堂兄，只把带回来的礼物放下，稍微坐会儿就想走。

不承想进荣早做好了准备。两个窑里，炕上、地上共摆了四张桌子，坐两大家子人富富有余。见这情景，白进勤就不好再走了，他这两年的光景眼见得比堂兄强多了，走了堂兄会多心的。他只是叫云涛过来，让把后备厢里的那些熟制品、半成品都搬下来，做了一起吃。

"今儿是咱老白家的一次大聚会。"年近古稀的白进荣，今天显得分外高兴，虽然不当支书了，一举一动，还是干部的做派，他端着酒杯说，"七十多年前，咱们的先人孤身一个从白硷村来到山硷塄，到如今，咱老白家三个门子发展下大小几十口子了。今天在家的，论年龄最数我大，我想说这么两个意思……"

众人让他坐下说，他不肯，非要站着讲。

"头一个意思，在三丑子弟妹四个当中，过去最受可怜的就是三丑子，我三爹三妈当年最不放心的也是他。当时村里人都说，娘老子在靠娘老子照护，娘老子下世了靠兄弟姐妹照护。现在的情况倒过来了，他根本没用咱们照护，他反过来尽照护咱们了！三丑子发展成今天这个样子，谁也没想到，我三爹三妈要是活到现在，两老人不知要咋高兴哩！

"我说的第二个意思是，山硷塄是咱们白家四代生活了几十年的地方。我记得前些年咱村人口最旺的时候有五十九户人家，三百来口子人。现如今剩多少了？论户还有二十一户，论人只有五十九个了。这五十九个都是些什么人？都是些老汉、憨汉、瞎汉，最老的八十九岁，最小的四十二岁，平均下来五十九岁。说句不怕娃们笑话的话，如今村里杀个猪，连个按猪的人也寻不下了；谁家老下人，连挖墓的也得到镇子上去雇。你们看看活下个甚了！这还是现在。再过十年、二十年，这五十九个也都不在了，到时候，咱山硷塄就彻底地关门歇业了……

"我当了十几年支书，跟山硷塄感情最深。咱村儿走到今天这个地步，我要说心里不难受那是哄人哩！可是，我有时候又很高兴，为你们这些出去的人高兴，为咱们这个国家、为咱们这个社会高兴。我经常一个人琢磨，咱们老白家在这儿生活了七十多年，山硷塄当年是个甚样如今还是个甚样。咱们老白家在这儿住了四代，咱们的先人受穷受了一辈子，咱们的父辈受穷受了一辈子，到了咱们这一代，要是不往出走，还在这儿刨土坷垃，也还是个受穷。所以，该往出走还是得往出走。我听乡里的申书记说，这叫农民工进城，叫城镇化进程，是社会向前发展的一个总的方向。既是方向，咱们就都朝着这个方向走吧！"

白进荣的这段开场白，为老白家的这次大聚会增加了深层次的内涵。老兄弟、老姊妹们手里端着杯，眼里转着泪，嘴里说着相互祝福的话，大家一仰脖，都把杯里的酒喝干了。

进荣、进喜、进勤、进永、慧雄，他们老弟兄几个一桌；慧敏、进香这些妯娌、姊妹们一桌；国庆、云涛这些小弟兄们一桌；再就是年轻媳妇们和孩子们一桌。依着进荣和进喜，一大家子好不容易聚到一起，今儿个一定得喝个一醉方休，进喜甚至想把晚饭放到县城吃，他做东。

白进勤说，他今天还得返回东胜去。今年集团给的工程多，摊子铺得大，几百号人在那儿等着哩，不敢耽搁。进荣知道堂弟不说虚话，也就没有硬留，"要走就早些起身，尽量少走夜路。"

几十口子都从窑里出来了。国庆、云涛弟兄俩忙着去发动车。

"刚喝完酒，你俩开车小心些。"白进荣跟过去，对两个小侄儿说。

"我爹预先关照过了，我俩都没喝。"

人们正要上车，白进勤说他去自家院儿里再看一眼。进荣陪着走过来。

门前那卜槐树长得更旺了。一九九九年去内蒙古的时候，它才一人多高。如今，光是它的树冠，就已经把门楼子罩了个严严实实。

进荣打开有些生锈的门锁，弟兄两个进到院里来。虽然一年四季没人住，进荣他们三天两头过来打扫，五眼窑还是那么结实，院子还是那么干净，石碾、石磨、石槽都还在原来的地方放着。

上回丁总来米脂，听说这院里所有的东西都是白进勤当年亲手制作的，曾一再叮嘱他："你一定要把这些东西保存好，将来咱们在蒙古风情园搞一个民俗博物馆，把这些东西原封不动地搬进去！"

此刻想起丁总的这个话，白进勤心想：社会发展得真快，二十年前用的东西就要进博物馆了……

因为要赶路，老弟兄俩不敢再耽搁，就从小院里返身走出来。他们拍拍对方的肩膀，相互告别。

白进勤回身上了汽车，回手又摇下车窗，向院里的亲人一一道别。

白进荣就站在堂弟门前的那卜老槐树下，一直瞭着白进勤领着他的儿女们，开着他的圣达菲，离开山碛塄，拐过白碛村，穿出龙镇乡，朝着很远很远的地方开去……

儿童文学

王存喜

马端刚

获奖感言　　献给未来的礼物

一位著名儿童文学作家说："文学是心灵的终极抚慰，儿童文学应该是一切文学的渊源和铺垫。"我们希望用自然的笔调，淳朴流畅的语言，像一道清亮的小溪绕山流淌，潜引潜行，清新朗润，涤去现代工业文明里的浮躁与尘埃，留下朴实、真诚和温暖，使得这部长篇儿童小说更具意蕴，能够陶冶滋润读者的心灵。

文学创作上有一个最简单而朴实的术语：我手写我心。我们知道，只有充溢真情的东西才能感动读者。它会让我们躁动的灵魂真正地安静下来；它会让我们真正走进一个孩子的心灵世界；它会让我们找到那种孩童时久违的、简单的快乐；它会让我们用淡定的心情去看窗外沥沥细雨，倾听风的声音……

是的，当今孩子所面临的学习和社会压力确实太大了。从孩子们喜欢看的方面入手，牢牢地把孩子们吸引进去，又给孩子们讲述着一个个道理，用真实、生动的故事打动读者的心灵，是我们创作的追求。

小说中我们塑造了一个又一个可爱的人物，一个又一个生动有趣的故事，把大读者和小读者带进一个童话世界和现实生活，在那个美好神奇的世界和激烈竞争的现实里，让他们从中学会知识，学会做人，走好人生的步履。未来就是希望，希望这本献给未来的礼物带给孩子们不一样的人生体验。

迷失在玩偶城堡

神奇的护身符

夏令营的最后一天,是在草原上一个叫黑城的遗址上度过的。

在艾玛看来,黑城远没有当地向导说得那么神奇,那里光秃秃的,与它周边的草地形成了鲜明的对比。远远看去,它更像草原上一块丑陋的疤痕。紧挨着黑城的是一条缓缓流动的小河,它有一个奇怪的名字,叫额尔娜河。听向导说,这条河曾经走的都是大船。田甜听到向导的话撇了撇嘴,对一边的艾玛小声说:"向导在骗人!"艾玛也不相信,因为那河连小腿肚子都没不过,最宽的地方也不过五六米,他清楚地看到几头黄牛悠闲地从河这边蹚到河的那边。路天宇说:"今天肯定没意思。"张小春百无聊赖地甩着手中的悠悠球说:"千万别让我们在这里待一天,那样我会痛苦死的。"看着张晓菁,丁大鹏他们屁颠屁颠地尾随着向导在看一块石碑,艾玛把目光投向了这个遍地瓦砾的废墟。站在高处,黑城的轮廓非常清晰,方方正正的,分成内外两环,看上去相当大。

艾玛最想做的一件事,是到河里去摸鱼,但他不敢,夏令营是有纪律的。不一会儿,路天宇兴冲冲地跑过来说:"艾玛,你看,我找到一枚古代的钱,你也去找啊!听说很值钱的。"艾玛看了看路天宇手中那枚锈迹斑斑的钱摇了摇头说:"这叫制钱,是清朝的,我奶奶家可多了。"

一个小时后,大队辅导员宣布自由活动,不许跑远。张小春说:"艾玛,咱们去河里玩。"这个建议正合了艾玛的胃口,于是,他和张小春淌着水顺河而下。走出不远,河便分成了几个岔口,最细的那股河水不到一米宽。艾玛喜欢玩水,更喜欢修大堤了,他蹲下身子决定筑一条大坝。于是,从旁边挖泥向河里填,但总是被水冲散,后来,他想起了《动物世界》里河狸修筑大坝的经验,拔来些青草又寻了些石头,总算是把大坝的雏形固定了。雏形修好后,艾玛又从河底掏出淤泥去完善自己的大坝。水在不断地上涨,艾玛被迫不断地去加高自己的大坝。他拼命地挖泥,挖着挖着,手忽然碰到一个硬硬的东西,艾玛用力一抠,一块火柴盒大小的石头出现了。那石头呈椭圆形,摸上去很光滑,艾玛在河水里涮了涮,看到那石头呈暗绿色,正面居然刻着一个笑眯眯的佛像,背面还有几个篆刻,石头的正上方有一个小眼,恰好能穿过一根细绳。艾玛也没多想,取下脖子上拴夏令营标牌的绳子,把那石头穿在了上边。

下午三点,夏令营的生活就要结束了。

车队从黑城遗址出发,顺着额尔娜河南下,一个小时后,进入山区。艾玛知道,他们的最后一站是灵塔寺,一个小型的喇嘛庙,在那里逗留一小时,然后就回家。张小春在打呼噜,路天宇跟张晓菁打着嘴仗,丁大鹏和其他几个同学围着向导询问灵塔寺一些情况。向导在讲灵塔寺的传说,艾玛从他的嘴里得知,灵塔寺是一个西藏的喇嘛跟着一只白鹤的足迹找到的圣地,后来,草原上的一些王爷捐了一大笔钱,用了三年的工夫才修好的。

听他那么一说,艾玛觉得灵塔寺准是金碧辉煌的大寺庙。可等到了那里,艾玛失望极了,寺庙建在一个山坳里的半山腰上,这里除了树比其他地方多外,没有什么神奇的,尤其是庙宇,破破烂烂的。

从车里出来,太阳正毒,大家跟着向导看了一遍就回到了车上。艾玛坐下不久,路天宇气喘吁吁地上来说:"我看到济公了,我看到济公了。"艾玛以为他又在吹牛,懒得搭理他。丁大鹏说:"我还看到唐僧了呢。"听丁大鹏这么一说,周围的同学都笑起来。见大家都不相信,路天宇走到艾玛跟前说:"真的,那人和济公长得一样,不信,我带你去看他。"田甜的好奇心最重,她说:"你带我去看看。"路天宇带着田甜下了车,其他的同学见他们下车,也跟着走了几个。他们走了很长时间都没有回来,天忽然阴下来,还没等彻底阴透,豆大的雨点噼里啪啦落了下来。

艾玛忙从车上扯过几件雨衣提了自己的伞下车了,他找了好一会儿,也没看到路天宇他们,正准备回来,忽然听到有人喊:"艾玛,艾玛……"艾玛顺着声音找去,看到路天宇他们被雨截在了一个单独的小房子的屋檐下。那屋子很隐蔽,四周是几棵硕大的榆树,屋子后面的山梁上居然有一棵松树,松树旁是一块大条石,条石上半躺半卧着一个喇嘛,他的僧服脏得都快看不清颜色了。

艾玛跑到小房子那边,几个同学接过他的雨衣,他们三两个用一件雨衣,前边的揪着雨衣的帽子,后边的揪着雨衣的下边,中间再夹上一个人,像舞狮子似的跑向汽车。艾玛准备走时,无意识地扫了一眼那边的喇嘛,立刻惊呆了,他发现雨下得太奇怪了,几乎是以条石为界,这边的雨哗哗地下个不停,而那边一滴都没有下。条石上的喇嘛跷着二郎腿优哉游哉的,由于他的鞋破了,一个大脚趾头裸露在鞋的外边。

艾玛不自觉地走了过去,你还别说,那喇嘛与电视里的济公还真有几丝相像。他目不转睛地看着喇嘛,那喇嘛却无动于衷。风大起来,雨水被风卷到了喇嘛的身上。艾玛说:"你怎么不回屋子里?"喇嘛并不理他,他的一只手缓慢地搓着胸前一串颜色暗黑的珠子。艾玛觉得喇嘛可怜,把手中的伞向喇嘛头前的石缝里插去。喇嘛猛然翻了翻眼珠说:"你的心倒挺好的!"风很大,伞被吹得歪斜了,艾玛找了几块石头去固定那伞。他低头的时候,脖子上挂着的石头触到了喇嘛的脸。

喇嘛一把揪住了艾玛的石头凶狠地说:"从哪里弄来的?"艾玛吓坏了,结结巴巴地说:"是从……从河……河里捡来的。"喇嘛的神色异样,手颤抖着,他轻轻地摩挲着石头自言自语道:"不可能,不可能……"连说了几个不可能,神色又恢复过来,他摸了摸艾玛的头说:"你是个善良的孩子,就让这个护身符伴着你吧。孩子,千万不要跟人炫耀它,贴身藏着,它很神奇的。"艾玛正要问它有什么神奇的,喇嘛豁然起身,头也不回地走了……

天气太热了,艾玛百无聊赖地躺在床上摸着胸前的石头。

暑假已经过去了三分之一,简直太无聊了,爸爸被单位派到外地一家公司学习一项新技术,妈妈每天都上白班,家里只有他一个。他曾强烈要求去奶奶家,但因为暑假里有课外英语和奥数，被妈妈否决了。

困意袭来，艾玛的思维离开了石头，他搓着石头想，铁蛋、润生他们在做什么呢？他曾答应过他们，暑假要去他们那里的，哪怕只有一天也好。这样想着，他的中指停留在石头的一个突起部位，他知道那是佛像的鼻子。忽然，一个声音像是从很遥远的地方传来："我的小主人，你的这个愿望很容易实现的。"艾玛吓了一跳，大声说："是谁？是谁在跟我说话？"那声音说："是我，是你捡来的那块石头。"艾玛低头看自己手中的石头，石头上的佛像居然在发光，他忙说："那你前些天为什么不说话？你叫什么名字？从哪里来？"石头说："我在地下已经沉睡了快一千年了，只有通过你的身体才能得到你们这个社会的灵气，灵气积蓄到一定的时候，我就能复活说话了。我叫地灵。"艾玛忙说："你真能帮我去奶奶家？"地灵说："你只要闭上眼睛，心里默念着你要去的地方，就能去了。"艾玛说："那你快带我去，快带我去！"地灵说："你先别着急，去之前，我想告诉你一点，你千万不要动坏心眼，否则的话，非常危险。切记，切记！"艾玛说："你放心吧。"说完，他闭上了眼睛。

艾玛的眼睛刚闭上，脑袋便忽悠了一下，身体立刻变得轻了起来，飘飘荡荡地浮在了空中，耳边的风声骤起，没一刻，听到地灵说："好了，你已经到了。"艾玛猛地睁开眼睛，觉得自己的身体在急速下坠，他恐慌地喊叫中，扑通一声掉到了麦垛上。摸摸自己的脑袋，又摸摸自己的腿，完好无损。艾玛站起身左右看看，不远处真是奶奶家。他高兴地跳了起来说："太好了，太好了。"地灵的声音传过来，听上去很虚弱："从现在开始，我就是一块普通的石头了，没有什么法力，遇到什么问题，都需要你自己解决，直到我们回去，不要对任何人讲你是怎么来的。"艾玛吻了一下地灵，发觉他的颜色变得暗淡无光了。

正午的村里静悄悄的，一只老母鸡咯咯地叫着，它的身边是十几只唧唧叫的小鸡。艾玛看那些小鸡可爱，追过去抓。老母鸡一边用自己的翅膀护着小鸡，一边咯咯地冲艾玛叫着，当他的手触到一只小鸡后，老母鸡扑扇着翅膀不顾一切地冲过来，重重地啄住了艾玛的手用力一拧，艾玛"妈呀"一声叫，噌地跳到了一旁。那老母鸡并未追赶，而是领着它的子女，蹒跚着走远了。艾玛再看自己的手，虎口处一片紫黑。他揉着手向奶奶家走去。

奶奶家的大门没有关，院子里的山羊和黄狗都不在，旁边小园子里的树上还挂着几个金黄的杏。他向前走了几步，推开屋门，家里依旧没有人。艾玛奇怪，奶奶和爷爷去哪了？从屋里出来，艾玛的肚子咕咕地叫着，瞅着树上的杏馋得直流口水。他找来一根竿子跳上园子的矮墙，连着捅下两颗杏，蹲在地上正狼吞虎咽着。忽然，一双毛茸茸的爪子搭在了他的肩上，艾玛回头，大黄没头没脑地舔着他的脸。艾玛一把搂住大黄的脑袋说："大黄，大黄，我奶奶去哪了？"他的话音未落，奶奶兴奋的声音传过来："他爷爷，他爷爷，你看谁来了？"

艾玛站起身，看到奶奶和爷爷一前一后进了院子，爷爷的手里还捧着一个小西瓜。奶奶拉过艾玛说："我娃是怎么来的，吃没吃饭？"艾玛怕奶奶接着问，忙打岔说："奶奶，我饿了。"爷爷说："你个死老婆子，快去做饭，没听孩子说饿了。"艾玛跟着爷爷奶奶进了屋子，爷爷取来一个菜板，把西瓜放到上面，刚要切，艾玛见那西瓜上有动物啃过的痕迹，忙说："爷爷，这西瓜怎么啦？"奶奶笑着说："是地里的田鼠啃的，那东西才鬼呢，哪个瓜甜，它啃哪个。"瓜已经切开，爷爷拿了一个小勺递给他说："吃吧，在你们城里是吃不上这么好的瓜的。"西瓜简直太甜了，艾玛三下两下就把一个瓜吃掉了。这时，奶奶的面条也做好了，她端上面条，边往碗里舀着汤边问："我娃是怎么来的？"艾玛头疼了，地灵说过，不允许说谎，还不能告诉她真相，他含糊地嘟囔着说："奶奶，你别问了，润生、铁蛋他们在干啥呢？"爷爷说："我回来的时候，见他们在水塘里耍水呢。"艾玛慌忙扒拉着面条说："我也去。"奶奶说："我娃不去，昨天刚下过大雨，塘里水深！"艾玛说："我会游泳，我不怕。"说话的工夫，他推开碗筷跑了出去。出门时，他听到奶奶喊："我娃不要下水！"出了大门，艾玛发现大黄也跟着他在跑。一人一狗飞快地出了村子，穿过树林，就看到水塘了。水塘很大，西边长着密密麻麻的芦苇，东边的岸上有几个娃娃，润生和铁蛋都在，他们清一色地光着屁股，一个接一个地扎入水中。铁蛋的中指噙在嘴里，满是羡慕地看着那些比他大的娃娃。他犹豫了片刻，也一头扎进了水里。艾玛太佩服铁蛋了，他也敢扎猛子。

到了岸边，那些娃娃都已经游了回来，可铁蛋半天都没有动静。接着，水面剧烈地波动着，铁蛋的头探了探又沉了下去。艾玛立刻醒悟过来，铁蛋溺水了。他大声喊着:"润生,润生,铁蛋淹着了!"在游泳课上,艾玛学过救人的常识,老师说过,救溺水的人非常危险,溺水的人只要抓住你,就不会松手,如果水性不太精通,千万不要冒险救人。岸上的几个娃娃拼命呼喊着"救人啊",但没有一个敢下水的。艾玛三下两下扒掉自己的衣服,一头扎进了水里。因为离岸边较近,他没费什么周折就抓到了铁蛋的一个胳膊,与此同时,铁蛋的另一只手紧紧攥住了艾玛的另一只手。他带着艾玛沉了下去,艾玛一慌,呛了一口水。他松开铁蛋的手,用一只手奋力划着水,划着划着,手触到了一个东西,于是用力拽住向回游。等他的脚挨着地面,头从水里上露出,才看到自己拽的东西是大黄的尾巴。

爷爷和村里的几个大人来了,他们从岸上跑到水里,拉上了艾玛和脸色铁青紧闭着嘴的铁蛋。铁蛋被抬到树下,几个大人轮番救治着,水顺着铁蛋的鼻孔和嘴角淌了出来,过了好一会儿,铁蛋缓缓睁开了眼睛。艾玛见他的眼睛睁开,站起身子,忽然看到了杏花。杏花一声尖叫跳到了树后,艾玛低头,才发现自己还光着屁股。

傍晚,艾玛一家被铁蛋爸爸请到了家里,他家为感谢艾玛,特意杀了一只羊。吃饭时,艾玛显得心神不宁,不时地去看墙上的表。他知道妈妈快下班了,如果妈妈回家见不到他,准会急得发疯的,可他怎么回去呢?这时,贴在胸前的护身符跳了跳,地灵的声音传过来:"咱们现在得回家了,若等到月亮出来,我们就回不去了。"艾玛说:"我忽然消失了,我爷爷奶奶会着急的。"地灵说:"要走就快走,他们不会着急的,你走后,他们觉得自己只是做了个梦。"杏花见艾玛嘴里不停地叨咕着,就问:"艾玛,你在跟谁说话呢?"艾玛忙抓起一块大棒骨说:"我在跟自己说话。"地灵说:"时间不多了,快闭上眼睛。"艾玛忙闭上了眼睛,轰隆一声响过后,他再睁开眼睛,已经在自己的床上了。若不是看到手中还冒着热气的羊棒骨,艾玛真以为自己做了个梦。

进入游戏

从奶奶家回来已经三天了,艾玛每天都想着再去奶奶家一趟。可自从他回来后,地灵失去了灵气,任凭艾玛说什么,它既不发光也不说话。

这天上午，艾玛写完作业，把该复习的功课都复习完后，意外地接到了田甜的电话。田甜说："艾玛，你干什么呢？"艾玛说："没事儿干。"田甜说："我有一本书给你看。"艾玛说："什么书？好看吗？"田甜说："我爸爸前天给我带回一本《玩偶城堡》，特有意思，是讲四个小孩历险的故事。"艾玛看过许多历险故事，也没当回事，随口说："你要是有工夫就给我送来吧。"电话那边的田甜听出了艾玛的敷衍，她恼恨地说："艾玛，你这是什么态度，好像我非巴结着你看这本书似的！告诉你，这本书真的很神奇，我爸爸也是费了很大力气给我弄来的。"她的话勾起了艾玛的好奇心，他忙说："那你给我送来好吗？"田甜忽然妩媚地笑着说："你真想读？"如果田甜说得那么肯定，书一准儿好看，但艾玛知道她现在不会轻易给他送来了，因为她刚才的笑，也因为他自己刚才说话的语调。想到这里，他淡淡地说："有点想，关键是想知道有你说得那么神奇吗？"透过电话听筒，田甜的呼吸重了，艾玛知道她生气了，他要的就是这种效果。过了好一阵儿，电话那边都没有声音，艾玛按捺不住了，说："你说话呀！"田甜嘿嘿地笑着说："着急了，跟我耍小心眼，你以为你很聪明是不是？你以为刺激得我生气了，我会不顾一切地给你送过去？做梦吧！我跟你说，那书真的好看，你读着读着，就像是真进到了书里，最奇怪的是，这本书没有结尾。"艾玛被她说得心痒痒的，他嬉皮笑脸地："我家没人，我出不去，再说，你爸爸有车，也方便，够意思，给我送来吧。"田甜犹豫了半晌，勉强说："那好吧，最好能把路天宇和张小春叫来一起看，这本书还配有一张游戏光碟，我们还能玩游戏。"艾玛说："张小春去旅游了，我现在给路天宇打电话。"田甜好像有些不甘心，但也没办法，只好说："那我一会儿就去你家。"

收线后，艾玛又拨通了路天宇家的电话，过了好久，才听到路天宇妈妈的声音。艾玛说："阿姨，我是艾玛，路天宇在家吗？"那边说："路天宇刚刚下楼，说准备找你们班长丁大鹏去游泳。"艾玛说："谢谢阿姨。"撂下电话，艾玛来到阳台一边等着田甜一边想：路天宇准是跟他妈妈说谎了，因为路天宇不喜欢跟丁大鹏玩，他曾经说过，他妈妈喜欢他跟好学生在一起，他有时为了能出来玩，经常打着找好学生玩的旗号。

就在这时，一辆小汽车停在了楼下，艾玛认识那辆车，他知道那是田甜爸爸公司的车。田甜下了车向楼上看，艾玛探出头喊："上来吧。"田甜一蹦一跳地消失在楼门口。艾玛转身去给田甜开门时，猛然看到路天宇和张晓菁向这边走来。他大声喊着："路天宇，路天宇……"听到喊声的路天宇向这边张望，艾玛冲他挥挥手，家门被田甜擂得震天响，他忙跑出去给田甜开门。

　　进了门的田甜上前就给了他一记掏心拳说："先是在电话里刺激我，又这么半天不给我开门！你啥意思？"艾玛解释："我看到路天宇和张晓菁了。"田甜说："行了，行了，别找理由，快热死我了，你家有什么雪糕？"艾玛说："你自己去找吧。"田甜放下手中的手提袋，拉开冰箱找出一根芝麻开门，撕掉包装纸吃了起来。艾玛从手提袋里拽出一本看上去很破旧的书说："就是这本？"田甜点点头。楼道里传来嗵嗵的脚步声，听上去很杂乱，艾玛说："他们来了。"话音未落，路天宇已经冲进了屋子，后边的张晓菁涨红了脸也跟着冲进来。艾玛知道路天宇又捣乱了，果然，跟着进来的张晓菁抓住路天宇就是一顿拳打脚踢。

　　田甜已经打开了艾玛家的电脑，把一张光盘放入了光驱。艾玛听到他家电脑的光驱吱吱嘎嘎地响个不停，忙过来说："你这是什么破光盘呀，还能不能读了？"田甜说："你家的破电脑太老了。"艾玛说："我家的电脑刚升完级，声卡、显卡和光驱都是新换的。"说话时，光盘已经打开，还好，能勉强读盘。艾玛心疼自己家的电脑，他挤过来说："咱们先把它存到电脑上，这样，玩起来不损坏光驱了。"看到有游戏玩，路天宇牢牢地占据了电脑旁的一把椅子。艾玛装完游戏，张晓菁不见了，他说："张晓菁呢？"路天宇说："刚才拿了本书去你的房间了。"艾玛来到自己的屋子，张晓菁正在读田甜拿来的书。艾玛一把夺过书说："你倒挺快的。"张晓菁忙不迭地说："咱们一起看。"两人脑袋凑到一起开始读书，读着读着，就忘记了客厅里的田甜和路天宇。

　　天不知何时阴了下来，艾玛胸前的护身符忽然剧烈地颤动着，接着，地灵的声音传过来："艾玛，艾玛，你快去看看你的同学，他们已经进到游戏里了。"艾玛说："怎么会呢？"地灵说："这本书的原型是一个古老的传说，是西域的一个魔法师写出来的，你现在读的是那个故事的翻版，游戏又是用这本书的故事制作的。这些本来也没什么，但由于我的存在，就有可能被吸到游戏中去，尤其是定力差的孩子。"艾玛说："那田甜前些天怎么没有被吸进去？"地灵说："我能感应到那个魔法师，那个魔法师是通过我的这个空间过来。"张晓菁见艾玛自言自语，看书的速度慢了，把书拽到了一边。艾玛跑到客厅，电脑前的椅子上一个人也没有了，屏幕的画面上是一个三面临海的峭壁，峭壁上有许多硕大叶子的藤，叶子中间或有几个犹如小船大小的葫芦，看上去美极了。沙滩上有两个小孩，他们用一把刀在刨开一个葫芦，细瞅，是田甜和路天宇。艾玛的背后冒着凉气，他惊恐地喊："张晓菁，张晓菁，你快看呀！"张晓菁倒提着书跑过来，她也看到了画面上的路天宇和田甜，她推了推鼻梁上的眼镜不相信地说："那两个小孩怎么那么像路天宇和田甜呀！"艾玛说："什么像呀，他们就是，他们进到游戏里去了。"田甜和路天宇正仿造着书里的故事在造船，用不了多久，他们就要向玩偶城堡出发了。地灵说："艾玛，快去准备你的玩具，我带你们进去救他们。"艾玛说："带玩具干什么？"地灵说："到了那边，我会让你所有的玩具都变成真的，你们能用得上。"匆忙中，艾玛只找到了一辆超级战车，和一个塑料小武士，还有一把魔剑。

　　田甜和路天宇的船造好了，他们在往水里推，到了水里，两人都跳了上去。画面忽然变了，本来平静的大海瞬时波涛汹涌，葫芦小船在上下颠簸着，一个巨大的浪拍过来，浪尖上的葫芦小船倏然不见了。张晓菁的鼻尖渗出了汗珠，她的一只手紧紧攥住了艾玛的手，另一只手却打开了音响。葫芦小船再次出现，路天宇和田甜惊恐的声音传过来："救命啊！救命啊！"张晓菁抬起手狠狠咬了一口，没觉得疼，难道这是虚幻的？艾玛惨叫了一声说："你干什么咬我？"张晓菁低头，发现自己咬的是艾玛的手，艾玛疼了，说明眼前这一切都是真的。

　　地灵说："艾玛，快去准备呀，一会儿就来不及了。魔法师已经发现了我们的动机，他马上就要关闭入口。"艾玛跑回屋里，从床下拖出自己的玩具背包对张晓菁说："你去不去救他们？"张晓菁犹豫着。地灵急忙地催促道："快点儿，再过一分钟就永远见不到你的同学了！"张晓菁似乎下了决心，她说："那我们就去救他们吧。"她刚说完，艾玛觉得一股巨大吸力把他拉向了黑暗，扭头看张晓菁，张晓菁也在看他，两人同时发出了一声惊叫。原来，他们的脸被巨大的吸力揪得变了形，看上去异常恐怖。听着张晓菁的尖叫声，艾玛慌忙堵住自己的耳朵，闭上了眼睛。

当艾玛再次睁开眼睛，已经在游戏里了。他站起来，见张晓菁紧闭着眼睛倒在一边，走过去拍了拍张晓菁说："张晓菁，张晓菁，我们到了。"张晓菁的睫毛颤了颤，睁开眼睛，抽泣着说："我要回家，我要回家，我太害怕了。"艾玛不知该怎么安慰她，手足无措地站在她旁边。地灵虚弱的声音传过来："孩子，你现在已经回不去了，要想回去，你们必须齐心协力，从玩偶城堡闯出来才有机会。"张晓菁噌地跳到艾玛的身边说："是谁在跟我说话？"艾玛说："是我的护身符。"说完，艾玛左右看看，自己的背包摔开了，超级战车翻倒在一棵大树下，草丛里散落着他平时最喜欢的一个小丑武士和一瓶过期的矿泉水。

瞅着这些，艾玛想起了地灵的话，他说："地灵，你不是说能把我的玩具变成真的吗？"地灵有气无力地说："我本来能的，但你们刚才的速度慢了些，我被迫与魔法师交过一回手，他伤了我，不过，他自己也受了伤。"艾玛说："那你什么时候才能恢复法力？"地灵说："我也说不准。"艾玛说："我们现在做什么？"地灵说："按书里的故事去做。"

艾玛与张晓菁重复着路天宇和田甜刚才的工作，船造好后，张晓菁说什么也不上去。地灵说："你要是不上去，更回不了家。现在，你们两个必须要勇敢。再说，如果艾玛走了，把你自己丢在这里，你不害怕？到了夜里，这里有许多凶猛的动物出现，它们会把你吃了的。我告诉你们，从你们进入游戏的那一刻起，你们就是游戏中的人物了，你们无法退缩，随时都有危险，懂了吗？"

张晓菁点了点头。

绝　地

海是那样辽阔。

海是如此静谧。

海鸥的双翅剪开了远处的迷蒙，艾玛和张晓菁暂时忘记了恐惧，他们都很兴奋，竖起用叶子做的帆向南驶去。忽然，张晓菁指着前方喊："艾玛，你看，你快看呀，那是什么？"艾玛顺着她指的方向看去，那边的天空黑压压的一片，铺天盖地的，近了，才看清是大群的海鸟。海面不再平静了，不时有鱼儿跃出水面，海鸟群更近了，艾玛他们小船旁的海面沸腾起来，甚至有几条鱼跳到了他们的船里。

艾玛说："是迁徙的飞鱼。"

张晓菁兴奋地叫着，扑打着从她脸前飞过的鱼，一条、两条、三条……海鸟如风一般从艾玛他们身边、脸前掠过去，一根艳丽的羽毛旋转着坠落下来。船里的鱼很多了，它们拼命扑腾着，有的再一次回到了大海。一条鱼的嘴巴张大了，艰难地喘息着。张晓菁说："这鱼太可怜了，我们把它放了吧。"艾玛说："这是我们的晚餐，我们要烤鱼吃。"张晓菁抓起那条鱼扔到了海里，接着一条又一条地扔着。艾玛急了，飞身扑在了剩下的几条鱼的上面。张晓菁拉开他，艾玛身下只有三条了。她刚要再扔，艾玛急急地说："它们都死了，扔到海也是喂鱼吃。"

张晓菁这才停下了手。

船行了半日，艾玛干渴极了，但他不敢说，他知道张晓菁也遭受着同样的煎熬。太阳太毒了，晒得艾玛的嘴唇都裂了，他放下了树叶做的帆，用来阻挡阳光。

张晓菁可能快晕了，她说："艾玛，我渴……能给我点水喝吗？"经她一提，艾玛打开装玩具的手提袋，探手进去摸了半响说："这里有瓶水，就是过期了，不知还能不能喝？"以前很挑剔的张晓菁的眼睛一亮，夺过水瓶咕嘟咕嘟地喝着。艾玛的嗓子在冒烟，他眼巴巴地看着水瓶里的水快速下降着。喝足了水的张晓菁有了精神头，她看到艾玛的样子说："你也喝点吧。"说话时，她犹豫着，并没有把瓶子递过去。艾玛一把夺过瓶子："你真自私，怕我喝光是不是？"张晓菁大声说："才不是呢！我怕你一下子喝光了，一会儿没水喝。"艾玛也不理她，高高地举起瓶子。张晓菁的眼睛直了，她的手动了一下，好像要抢艾玛手中的瓶子。艾玛笑了，笑得很天真，他只是抿了一下，又拧上了瓶盖，递给了张晓菁。张晓菁好像在掩饰自己刚才的动作，说："我从来没喝过这么好喝的水，你怎么不喝了？"艾玛摇了摇瓶子说："我还不太渴。"其实，艾玛太渴了，但他不清楚这船还要漂流多久，他舍不得喝。

天渐渐暗了，海上的风大起来。

恐惧再一次袭来，张晓菁泪汪汪地说："艾玛，我要回家，我要回家！"

艾玛也想家了。地灵说："现在谁也回不了家。"听到地灵的话，张晓菁哭得更响了，她说："就怨你！要不是你，我也不会跑到这个鬼地方。就怨你，就怨你！"

风更大了，小船上下颠簸着。艾玛和张晓菁爬在船上，死命地抠紧船帮。一个大浪排山倒海地涌过来，艾玛觉得天旋地转，瞬间失去了知觉。

再次醒来，艾玛被眼前的景象惊呆了。满眼的绿，各种鸟的叫声此起彼伏，他用力揉了揉眼睛，看到自己在海边的沙滩上。沙滩的尽头是碧绿的草地，草地上有两头可爱的梅花鹿低头吃着草。再往前，是两棵巨大的桃树，树的顶端还挂着几个鲜红的桃子。桃树的后边是一片树林，树林的背景是高耸入云的峭壁，峭壁上爬满了紫藤。

天上有太阳，说明已经过去了一天，想起昨天海上的情景，不由得想起了张晓菁。张晓菁呢？难道她死了？他一骨碌爬起来，大声喊着："张晓菁，张晓菁，你在哪里？"他边喊边在沙滩上没头没脑地奔跑着。没有张晓菁的回答，只有他的声音在山里回荡，回荡的声音充满悲伤，两头小鹿受了惊吓，一溜烟钻到了树林里。

艾玛喊着喊着，就哭了起来。

哭了一阵儿，他仔细打量着四围，又是一个三面环海一面临山的地方。峭壁的南边直插入海，北边转了弯也插入到海里，和书中的场景一样。按书中所说，峭壁中应该有一个狭小的山洞，通过山洞，就进入了玩偶城堡。正打量着，一个声音从北边传过来："艾玛，艾玛……"是张晓菁！艾玛跑向北边，转了个弯，他就看到张晓菁了。张晓菁的身旁倒扣着他们的小船，看到艾玛，张晓菁快速地跑过来，一把搂住艾玛说："艾玛，你去哪了？我们是怎么来到这儿的？"艾玛摇了摇头，张晓菁急迫地说："那我们现在怎么办呀？"艾玛说："我们好像必须自食其力了，首先得修一个能遮雨的地方，然后在寻找玩偶城堡的入口。"

两人先熟悉着地形，快到中午时，他们找到一个很浅的山洞，山洞旁是一条细小的瀑布。山洞的入口很窄，只能容纳一个人进去，从石缝长出的青藤像门帘一样遮住了半个洞口。艾玛试探着进去，里面非常干燥，见艾玛没有危险，张晓菁也进去看了看。之后，他和张晓菁抬回他们的小船挡在洞口，权且当门，接着又抱回松软的干草铺在里边当床。做完这些，艾玛的肚子咕咕地叫着，太饿了。从来到这里，艾玛忽然觉得自己长大了，一切都要靠自己的双手。张晓菁累坏了，她躺在干草上又哭了。艾玛说："哭是哭不出吃的东西的，你在山洞等着，我出去找点东西吃。"听说他要出去，张晓菁忙说："我也去，我可不敢一个人留在这里。"

他们出了山洞，艾玛提议去沙滩找一找，看能不能找到昨天的鱼。你还别说，他们真就找到了两条快成了鱼干的鱼。回来的路上，艾玛又寻了些干树枝，张晓菁意外地找到了四个比鸡蛋还大的鸟蛋。

到了山洞前的青石上，艾玛看着手里的东西又犯愁了，他们没有火种，总不能生吃这些东西吧！张晓菁像变戏法似的从口袋里摸出一个打火机说："你是不是要这个？"艾玛欣喜若狂地跳起来说："你太伟大了！居然知道带打火机。"张晓菁的脸微微一红说："昨天，我爸爸让我给他买烟和打火机，路上碰到了路天宇，所以，打火机一直揣在身上。"

鱼烤焦了，他们吃得却很香甜。只可惜，鱼太少了，这样，他们反倒更饿了。艾玛说："你吃过生鸡蛋吗？"张晓菁摇了摇头说："你是不是想生吃这几个鸟蛋？"艾玛没吱声，但那意思是肯定的。张晓菁说："我们把鸟蛋扔到火里，一会儿不就熟了？"艾玛说："根本不可能，鸟蛋扔到火里，用不了一会儿就炸了。"张晓菁说："那怎么办呀？"艾玛说："我正在想，噢，有了，我们这么做。"说完话，艾玛满地找东西。张晓菁说："你找什么？"艾玛说："我们找一块大一点薄一点的石头，把它架在火上，像我妈妈烙煎饼那样，把鸟蛋烤熟。"石头找到了，可没有艾玛说得那么简单，磕开一个鸟蛋，只有一小部分流在了石头上，其余的都流到了地上。烤得也远不是个味，有的地方焦了，而有的地方还没熟。艾玛叹了口气说："你知道我现在最大的愿望是什么？"张晓菁摇头。艾玛说："我以前最喜欢玩具了，可现在，我最迫切想得到的是厨房里的锅。"

张晓菁的眼前一亮，她说："艾玛，沙滩边有许多的大贝壳，我们找一个回来，用它煮鸟蛋。"艾玛一拍大腿说："好主意！我们现在就去。"

海滩上的贝壳太多了，最大的比艾玛家的澡盆还大，小的只有鸡蛋大小。艾玛推了推那个大的，纹丝不动，他搬了一个脸盆大小的贝壳刚要走，张晓菁说："先别忙，咱们试试，看漏不漏水，省得白搬。"说着，在海水里试了试，贝壳不漏。艾玛把贝壳里的水倒了，扛着它往回走。张晓菁捡了两个碗一样大的贝壳跟着他走着。

中途，艾玛说："我们再去找几个鸟蛋。"张晓菁点头，两人走了很远，连根鸟毛都没有找到。他们换了个方向往回走，希望能够有点收获。转过一个巨大的青石，张晓菁猛然看到一个猴子在挣扎着。艾玛也看到了，那猴子的个子很大，样子也很凶，它的爪子被一个大河蚌夹得紧紧的。

艾玛说："我们应该帮帮它。"张晓菁说："我可不敢过去，要是像它一样被河蚌夹住就完了。听说被河蚌夹住后，你越是挣扎，它夹得越紧。"猴子在痛苦地叫着，艾玛不忍心了，他找来一根长树枝，慢慢走过去。猴子见到他，不挣扎了，而是充满敌意地瞪着他。艾玛的心怦怦地跳着，他缓缓把树枝塞进了贝壳里，用力一撬，只听嘎嘣一声，树枝断了。张晓菁不知什么时候也过来了，她递给艾玛一根更粗的树枝。树枝太粗了，根本无法塞到河蚌的两片壳之间，艾玛回身把树枝别在一个粗大的树杈间，用力一掰，树枝杈子断了，断的地方出现了一个尖。艾玛拿着这根断了的树枝再次回到河蚌边，一点点把树枝塞进去，使劲撬着。河蚌的力量太大了，艾玛吃奶的力气都使出来，也只是把河蚌壳撬得松了松，借着这股劲，猴子的爪子向外拉出一些。艾玛喊："张晓菁，帮帮我！"张晓菁与艾玛两人一起喊着："一、二、三！"河蚌壳被撬松的一瞬间，猴子拔出了自己的爪子。接着，咔嚓一声响，树枝被河蚌夹断了。

猴子一瘸一拐地走出不远，又回转身，它的两个前爪搭在一起做了个鞠躬的动作，然后跳着隐入黑黢黢的树林。艾玛说："这准是个猴王！"张晓菁说："你怎么知道的？"艾玛说："你在公园里见过这么大的猴子？"张晓菁说："我在《动物世界》里见过，这猴子真聪明，还知道谢我们。"

鸟蛋煮熟了，从来都不吃蛋黄的艾玛一口气吃了两个蛋黄。

午后，艾玛和张晓菁在他们自己的"房子"里睡了一觉，下午，他们又出去找吃的。艾玛记得沙滩边的桃树上的桃子，领着张晓菁径直来到了那里。树太高了，艾玛还不会爬树，他们使尽浑身解数，才勉强用石块打下一个桃子。两人倒在树下看着树上的桃子，只能望桃兴叹。张晓菁说："看着了吃不上，比看不着还难受。"艾玛说："我要是猴子就好了。"张晓菁眯着眼睛说："刮场大风就好了。"艾玛说："为什么？"张晓菁说："风可以把树上的桃子刮下来，正好掉我的嘴里。"艾玛笑了，他说："最好是掉馅饼，牛肉味的。"

忽然，一个东西砸在艾玛的身上，他一低头，是一个鲜红的大桃子，比他们用石块打下的那个大多了。艾玛左右看看，并没有刮风，他狠命地咬了一口，桃汁顺着他的嘴角流了出来，太甜了，他从来都没吃过这么甜的桃子。张晓菁在舔自己的嘴唇，艾玛忙把咬了一口的桃子递给了她。

没过一分钟，桃子便被他们吃光了。就在这时，桃子像下雨一样落了下来。艾玛和张晓菁抬头看时，树上跃过三个猴子，两大一小，其中的一个大猴子正是被河蚌夹住的那个。艾玛和张晓菁太高兴了，两天来，他们头一次填饱了自己的肚子。

打着嗝的艾玛也学着猴子中午的动作，把两手搭在一起做了个谢谢的动作。树上的猴子见他的样子，喜得手舞足蹈，眉飞色舞。

这时，又有几个猴子来了。张晓菁眼尖，他看到其中一个小猴子拿着一本书，她忙说："艾玛，你看，它拿的是咱们的《玩偶城堡》。"艾玛也看到了，他着急地跑到树下，打着手势要书。这本书现在太重要了，因为他们没有读完，接下来要发生什么，必须从书里才能知道。无论他怎么着急，那小猴子就是不给他。艾玛跑到他们救过的猴子的树下，指指小猴子的书，又指指自己，连连给老猴子鞠着躬。老猴子歪着脑袋看了半响，终于明白了他的意图，它灵巧地跃到那棵树上，一巴掌就把小猴子打到了树下，然后吱吱叫了几声，那小猴子恭恭敬敬地把书交给了艾玛。书拿到手后，艾玛说了声："糟糕！"张晓菁说："怎么啦？"艾玛把书递给了她，张晓菁翻开了书，只剩了不多的几页，他们该看的那个章节是《术馆》，而那个章节只有一个标题，后面的章节全没有了。

和尚与馍

两天过去了，艾玛和张晓菁还是没有找到玩偶城堡的入口。

书上说，玩偶城堡的入口是在一棵白果树下，他们也找到了那棵白果树，可那里根本就没有入口。艾玛也曾多次去问地灵，但地灵就是不说话，幸好有猴子的帮忙，艾玛他们的吃喝问题总算解决掉了，可以一门心思地去找入口。

又是一个下午，张晓菁坐在白果树不远处的一块大石头上百无聊赖地丢着石头，她旁边的一个小猴子也学着她的样子往树上丢石头，艾玛背着背包背对着张晓菁沉思着。背包里有书和玩具，来的时候怕淘气的猴子把他们的东西拿走，就随身携带着。阳光很好，张晓菁的石头一块接一块地投向白果树的树洞，砸得树干砰砰地响。扔了半天没有一块命中目标，张晓菁心烦了，她抱起一块更大的石头，走近白果树，用力一丢。

轰隆一声巨响把艾玛吓得跳了起来，等他回转身，白果树下只剩下一个发呆的猴子，从猴子的眼神中，艾玛看到了恐惧，还没等艾玛做出反应，小猴子尖叫着跃上大树不见了。

张晓菁在急速向下翻滚着，她以为自己要死了，连喊都喊不出来。砰的一声，张晓菁落地了。她缓缓睁开眼睛，四周出奇地静，静得令人毛骨悚然，滴答滴答，好像有滴水的声音。眼睛适应黑暗后，张晓菁看到了一条幽长的隧道，每隔三五米，隧道两边的墙壁上都有一盏闪闪烁烁的灯，忽明忽暗的灯光更像姥姥讲的鬼火。

张晓菁的心剧烈地跳动着，她甚至能听到心脏那嘣嘣的声音。憋了好半天，她带着哭腔喊着："艾玛，艾玛，你快救救我呀！"任凭她喊破喉咙就是没有艾玛的回答，张晓菁的声音越来越小，越来越微弱，她已经精疲力竭了。

地阴冷潮湿，张晓菁慢慢向前爬着，一步，两步……终于见到了一盏灯，张晓菁站了起来，一缕阴风吹过，好像还有大声喘气的声音。鬼，有鬼，张晓菁撒腿就往前跑，而后边的声音忽远忽近，一直尾随着她。张晓菁越跑越快，跑着跑着，眼前豁然一亮，脚下猛然踩空了，接着，她便失去了知觉。不知过去了多久，一阵嘻嘻哈哈的笑声惊醒了她，睁开双眼，张晓菁发现自己像鱼一样被网在一张网里。网离地有两米多高，两个和她一般大小的侏儒正指着她笑呢。侏儒的穿着一模一样。

意识清醒后的她想起书里的情节，知道这两个侏儒是看守玩偶城堡的侍卫。见她醒来，一个侏儒说："快，快去报告楼主，我们又抓到一个小孩。"另一个侏儒说："这是第三个了，听楼主说还有一个呢。人家都在吃喝，偏偏让我们做这苦差事。"这个侏儒说："快别抱怨了，小心楼主处罚你的。"两个侏儒说着话，放下绳索，拖着张晓菁走上一条卵石铺就的小路。

整个下午，艾玛像没头苍蝇似的在白果树四周乱撞着，直到太阳落到海面上都没有结果。大猴子又给他送来桃子，艾玛看着大猴子说："谢谢你，我不想吃，我的朋友丢了。"大猴子挠挠头，奇怪地看着他，一个小猴子从后边闪了出来，它跑到树洞跟前看了看又慌忙转回身，躲到了大猴子的身后。艾玛眼前一亮，忙过去说："小猴子，你知道我的朋友去哪里了是吗？"小猴子指指地上大石头，又做了个扔的动作，然后惊恐地跳到了树上。

艾玛抱起了地上的石头，边往前走边回头看小猴子。小猴子吱吱地叫着，示意他往树洞里丢。艾玛丢石头那一瞬间，小猴子捂住了自己的双眼。又是轰隆一声巨响，艾玛跌了下去。跌落的过程中，艾玛的脑海中浮现书中的情节，他知道自己也进入了通往玩偶城堡的通道，他还知道通道口有一张网在等着他，而把守通道口的两个守卫最大的嗜好是贪睡，只要天一黑，他们就要睡觉。

艾玛一点点向前爬着，连续拐了两弯，他见到了亮光。一个声音传过来："余下的那个不会来了，我们收网走吧。"另一个说："楼主吩咐了，说最后一个比较难对付，让我们小心。"另一个打了个哈欠说："晚饭早开了，我们回去晚了，准没吃的，走吧。"一个说："不行，要走也得先把下面的陷阱机关打开，他来了只要往下一跳，不就成了我们的俘虏了吗？"另一个说："好主意。"两人说着，收了网往回走。艾玛探出了头，两个侏儒已经转入树林中的小木屋。

这是一次机会，艾玛想也没想，奋力从隧道口跳了出来。还好，并没有摔伤，落地后的他猫着腰钻入了左边的竹林。

天暗下来，艾玛不晓得下一步该做什么，书里的情节和他现在的处境不一样了。人只要松懈下来，一些其他的东西会立刻填充他的脑袋，艾玛现在最需要填充的是他的肚子。他想：自己要是熊猫就好了，因为竹林很大，有吃不完的竹叶。

艾玛不是熊猫。

他漫无目的走出好远，一处灯光倾泻出来，蹑手蹑脚地走过去，竹林中居然有一处房子，如同一个小庙。艾玛低下身子上前，见门檐上方有一块黑底金字的牌子，上书"术馆"两个大字。窗子上没有玻璃，是很多好看的木头小格子，小格子上糊着艾玛他们写书法时用的草纸。艾玛用舌头舔了舔窗子上的纸，一个小洞出现了，他把左眼贴上去，一个红衣皂靴的童子对着一块小黑板发呆，小黑板的左边有两个圆凳，圆凳上有两个丫鬟装束的女孩捧着花撑子在绣花。他们上方的炕上有一张红颜色的小炕桌，炕桌上有几样精致的点心和水果。

童子在黑板前走动着，嘴里还嘟囔着什么。此时的艾玛已经看清黑板上的字，上边写着：一百个馍，大和尚一个吃三个，小和尚三个吃一个，问有多少个大和尚，多少个小和尚？

艾玛笑了，这道题的答案不只是一个。童子转过身，艾玛看到他的脸后，大吃一惊，那根本就不是一个童子的脸，就算自己的爷爷也比他年轻十岁。童子盯着艾玛这边，唰拉打开了扇子，不停地扇着。看他的样子好像在冥思苦想，想着想着，他对两个丫鬟说："去找一百个馍过来！"一个丫鬟放下手中的活出去了，时间不长，端着一个黑漆盘子进来，盘子上整整齐齐地码着一堆小馒头。那馒头太小了，连艾玛玩的玻璃球都要比它大许多。

童子大声说："你过来！"随着他的叫声，艾玛不自觉地走了进去。进了屋子，童子和两个丫鬟并未惊异，就像没有他这个人似的。童子说："现在开始吃，你们是小和尚，我是大和尚。"丫鬟掩嘴笑道："就算我们是小和尚，也缺一个呀！"艾玛太饿了，他忙说："我算一个小和尚。"童子惊喜地说："哈哈，那个小妖精这回没办法了，现在我们有三个小和尚了。"说到这里，他又叹了口气说："不行，不行，和尚是光头，你有头发。噢，有办法了，你们快去准备剃刀和僧衣。"艾玛说："干什么？"童子说："给你剃度。"艾玛忙摆着手说："不行，不行，就算给我剃了头还缺三个和尚。"童子说："那我也剃了头。"艾玛说："你剃了头也不够。"童子说："那怎么办呀？"艾玛说："我们假装一回和尚不就行了吗？"童子连连摇头说："不行，不行，怎么能假装呢，是就是，不是就不是。"他说着话，把目光投向了两个丫鬟。丫鬟见他瞅她们，慌忙躲到一边说："少爷，你可别打我们的主意，我们剃了头最多是个尼姑。"童子自言自语道："和尚和尼姑本就是一家，给你们俩剃度了就够了。"

一切是那样的滑稽，艾玛差点笑出了声。

可接下来发生的事就一点也不滑稽了，童子一声吆喝，四个青衣小帽的汉子走了进来。他吩咐道："去准备东西，我们四个要剃度。"艾玛慌了，转身想往外边跑，早被一个汉子一把抓住，艾玛急了，连踢带打地说："你这个笨蛋，干什么非得剃度才行，这么简单的一道题，我最少能告诉你三种答案，再说，四个和尚根本就不够。"

童子根本就不理他，两个青衣汉子很快就把他们的头发剃光了。

灯光下的四颗光脑袋童山濯濯，闪着亮光。童子摸摸艾玛的头，又摸了摸一个丫鬟的额头，天真地笑着说："真好玩，真好玩，我还没玩过四个和尚挑水吃的故事呢。"

既然头发被剃光是没有办法的事，艾玛迫切希望自己能当大和尚，他说："我当大和尚，所以，我一次吃三个。"也不等童子说话，他抓起三个小馒头塞到了嘴里。童子见他抢馒头，也劈手去抢盘子里的馒头。

没等两个尼姑动手，盘子上早已空空如也。

吃光馒头，童子舔着食指意犹未尽地待了半晌，忽然坐到地上拍着大腿号起来。艾玛见他哭得伤心，说："你哭什么？"童子说："你吃了几个馒头？"艾玛还真想不起自己吃了几个馒头，挠挠头说："没记住。"童子说："那只能割开你的肚子看一看了。"艾玛以为他在开玩笑，说："割开肚子不就死了吗？"童子任性地说："我不管，我不管，我就想割开你的肚子看一看。"艾玛说："那你怎么不割开你的肚子看看呢？"童子想了想说："也是，割开我的肚子，就能算出你肚子里的馒头了。"于是，他大声喊："来人，备刀！"艾玛见他动真格的，慌忙说："别……别……割谁的肚子都很疼的。"听到吩咐，两个青衣汉子用一个银盘子托着一把牛耳尖刀进来了。童子抓起盘子上的刀，转过刀锋割向自己的胸膛，艾玛阻挡不及，只听得刺啦一声响，他赶紧闭上了眼睛。哗啦啦一阵响过后，艾玛慢慢睁开眼睛，血淋淋的现象并没有发生，那童子正一个、两个地数着地上的小馒头。艾玛弯腰左右打量着童子，他的红袍虽说坏了，可他的胸膛却完好无损。

童子连着数了三遍，抬起头傻傻地看了看艾玛说："地下有三十三个，那你的肚子里应该有多少呢？"艾玛想：明明把馒头吃到了肚子里，怎么一下子又出来了，他实在搞不明白。

发愣之际，童子拍着手说："我知道了，我知道了，你的肚子里有五十七个馒头。"一个丫鬟说："不对，不对，你算错了，他的肚子里应该有六十七个馒头。"童子说："五十七！"丫鬟说："六十七！"童子说："五十七，五十七，就是五十七！"丫鬟说："六十七，六十七，就是六十七！"童子对艾玛说："你说是多少呢？要是五十七，就不用割开肚子看了。"艾玛叹了口气说："你让我怎么说，我要是说五十七，是在撒谎；说六十七，你又要割我的肚子。"童子不耐烦了，"那到底是多少？"门大开着，艾玛的旁边只有童子一个人，看到这里，他撒腿就往外跑，边跑边说："丫鬟算得对，就是六十七！"一面墙挡住了艾玛的去路，艾玛抬头，四个青衣汉子并排站在门口，他们的腿形成了一道密不透风的人墙。

童子擎着刀笑嘻嘻地过来了。

艾玛真害怕了，他的衣服已经被解开，冰凉的刀贴在他的胸膛。肚子咕噜噜一阵响，一个响亮的屁打了出来，刚才还得意洋洋的童子掩鼻转身便逃。跑出不远，他站在上风口说："你还有没有屁了？"艾玛脸色苍白地说："我也不清楚。"童子远远地转着圈，转了几圈，他又笑了，笑得满脸的皱纹开了花。他说："有了，我让他们割开你的肚子。"艾玛的脑筋转得很快，他说："不行，割开肚子，我的屎尿就会流得满地，那更臭了。"听他这么一说，吓得童子又跳出好远。

看到童子怕臭，艾玛说："你是想知道这道题的答案，为什么不再拿一百个小馒头呢？"童子恍然大悟地拍拍脑袋，对光头丫鬟说："去，再准备一盘子。"一个丫鬟愁眉苦脸地说："楼主说过，你算不出这道题，不许吃东西。"童子强词夺理道："我没有吃东西，我是在算题，你说是吗？"童子把目光丢向艾玛。艾玛也想拖延时间找机会逃走，他含糊着说："严格地讲，这不能算吃，我们在用原始的方法计算这道题。"童子拍着手笑道："你看，我没说谎吧，快去拿馒头！"一个丫鬟不情愿地出去了。

她们出去后，青衣汉子也放开了艾玛。艾玛依旧在拖延时间，他说："你叫什么名字？"童子说："我是天才童子。"艾玛撇撇嘴说："还天才童子呢，这么简单的一道题都算不出来。"天才童子说："那你说怎么算？"艾玛说："我不能告诉你，我要告诉了你，小馒头是不是吃不上了？"天才童子点头说："那当然了，既然已经算出来了，又何必再让她们拿馒头呢。"艾玛说："我饿，我想吃东西，我又怕你再割我的肚子。"

天才童子说："那你怎么才能告诉我呢？"

艾玛的眼睛盯着炕桌上的点心和水果。

天才童子跳起来拍着手笑着说："你想吃那些？"

艾玛有点不好意思地点着头。

天才童子说："好，你告诉我就可以吃了。"

艾玛说："你必须保证不再割我的肚子。"

天才童子说："我保证！"

艾玛说："第一种答案，是三十三个大和尚和三个小和尚。"说完，他就冲向了炕桌。天才童子又在苦思了。艾玛抓起炕桌上的点心急迫地送到嘴里后，只听得嘎嘣一声，险些把门牙崩掉，再看那些点心和水果，原来都是石头做的。

天才童子好像已经想明白那道题了，他说："我答应过不割你的肚子，但我现在想割你的脑袋了。"艾玛说："为什么？"天才童子说："这道题是你算出来的对吧？"艾玛点头。天才童子说："你会算，而我不会，那谁聪明？"也不容艾玛回答，他接着说："你若是比我聪明了，我怎么能称作天才童子呢。"

艾玛说："所以，你要杀我。"

天才童子笑了。

艾玛说："你知道老虎为什么吃不掉猫吗？"

天才童子说："猫会上树。"

艾玛说："你再想想。"

天才童子还没说话，剩下的丫鬟说："他想告诉你，还有好多答案没有跟你说呢。"

听到丫鬟的话，天才童子的脸皱在一起，看上去像个抽巴的苦瓜。

馒头端了进来，艾玛抓起来便吃，吃光所有的馒头，他才说："第二种答案,三十二个大和尚和十二个小和尚。"

天才童子的脸越发苍老了,他摆摆手说:"你们带他去睡觉吧。"

水晶小人

红墙碧瓦,青砖甬道。

这是一个僻静的院落,院落的月亮门上书写着四个字:听雨小筑。

艾玛被光头丫鬟领进了居中的屋子,这里的布局与术馆非常相似,但让人觉得怪怪的。屋里所有的东西几乎都是圆的,矮几是圆的,炕桌是圆的,墙上挂着的一把琴也是圆的,地下的两个墩子还是圆的。一个绿裙女孩在五彩墩子上坐着,两手托着下颚在沉思。

丫鬟小声说:"小姐,主人让我把他送过来的。"

艾玛知道她说的主人是天才童子,听到声音,女孩哦了一声抬起头,看到他们的光头,咯咯地笑了起来。艾玛偷偷打量着眼前的女孩,圆圆的脸,圆圆的眼睛,就连额前的刘海都圆的。艾玛也笑了。

女孩的眼睛瞪得更圆,她说:"你笑什么?"

艾玛说:"你的名字应该叫圆圆。"

女孩说:"那你叫什么名字?"

艾玛说:"艾玛。"

女孩说:"挨骂?你怎么有这么怪的一个名字呢?你是不是很想当和尚?"

艾玛摇了摇头说:"不想。"

女孩说:"那你为什么剃个光头呀?"

艾玛说:"你怎么知道是我自己剃的呢?"

女孩笑了,"我知道了,准是那白痴童子干的。你肯定比先前抓来的那个戴眼镜的女孩好玩多了,要不然,他不会给你剃个光头的。小荷,你先把他带到客房。"

丫鬟应了一声,揉了艾玛一把说:"走吧!"艾玛听到她说戴眼镜的女孩,急切地说:"喂,喂,那个女孩叫什么?你们把她怎么啦?"绿裙女孩一脸坏笑地说:"我们也没把她怎么了,你是不是很想见到她?"艾玛不止一次见过这种笑容,田甜这样笑过,张晓菁笑过,最后她们都捉弄了他。

艾玛点点头头又摇摇头。

女孩说:"你又是点头又是摇头,到底是什么意思?"

艾玛老实地说:"我想见到她,因为她是我的朋友,所以我点头;而我摇头是因为你的笑,你不可能让我见到她的,对吗?"

女孩说:"你想救她?"

艾玛说:"是的。"

女孩说:"你很坦诚,我要是你,就不会这么说,你不说的话,我们可能不大会防备你,你也有机会救她,但你说了,连一丝机会都没有了。"

艾玛说:"我不会说假话。"

就在这时,远处传来了浑厚的钟声,一声连着一声。女孩脸色变了,她急促地喊了一声:"来人!"门外进来一胖一瘦两个青衣侍卫。女孩道:"把他送到太极房,好好看管,千万不能让他跑了。"两人答应着,押解着艾玛出了屋子,他们连着转了三个弯儿,艾玛被投进了一所石头房子。

石头房子很小,里面没有灯,月光顺着窗子爬进来照在了地上。靠近窗户的下面有一个厚草垫子,看来是用来睡觉的。艾玛很累也很困,倒在了草垫子上,却怎么都睡不着,折腾了一会儿,他隐隐听到外边的说话声:"西子楼出大事了,要不然不会在夜里连敲三次钟的。"嗵嗵嗵,脚步声响起,一个嘶哑的声音说:"小姐有令,让你们即刻赶往西子楼!"

杂乱的脚步声远去了。

艾玛悄悄站起身,隔着窗子的铁栏杆向外看去,一个人都没有,青灰色的月光透过竹梢斑驳地洒在地上。这是一个机会,艾玛用手试了试铁栏杆,铁栏杆很密,根本推不动。他又来到门口,试探性地推了推门,门居然嘎吱一声开了。

艾玛犹豫了一下,从门里走出来,快速闪到一株梧桐树后。他想:我必须去救张晓菁,她会被关在哪里呢?沿着刚才来时的路,艾玛一步步往回走,将转过一个弯儿,前面传来了杂沓的脚步声。艾玛左右看看,根本就没有藏身的地方,靠近甬道的边缘有两个带盖的大木桶。他想都没想,跑过去揭开一个大木桶的盖子跳了进去。

伴着一声惊呼,艾玛的手触到了一个光光的脑袋。木桶里有人,这让艾玛做梦都没有想到。脚步声已经到了跟前,艾玛忙用手去堵那人的嘴。等到脚步声过去后,木桶里的那人说:"嘿,快把你的手放开,我快憋死了。"艾玛说:"我要是放开你,你会喊人的。"那人说:"你是不是傻呀!你为什么跳到木桶里来?"艾玛说:"躲避别人呀。"说到这里,艾玛猛然醒悟,既然自己是怕被别人发现跳到木桶里的,那这个人也准是的。他略略将盖子推开了一个缝,借着透进来的月光,看到了一张小巧的脸,居然是刚才送艾玛来的那个丫鬟小荷。

"那小子逃了,那小子逃了,快去报告小姐!"

声音和脚步声远去了,艾玛有些奇怪,他对小荷说:"你为什么会在这个木桶里?"小荷诡秘地笑着说:"木桶里好,木桶里有吃有喝的,为什么不在木桶里呢?"木桶比看上去大多了,装两个人绰绰有余。小荷说:"我知道你很饿,想不想吃牛肉?"艾玛说:"我现在想吃一头牛。"小荷的手里多了一块牛肉,她递给了艾玛。艾玛好久都没有吃过这么香的牛肉了,他狼吞虎咽地吃着。

一阵轻快的脚步声由远而近。一个熟悉的声音在说:"他跑不远,就在附近。"听到这个声音,艾玛身边的小荷浑身发抖,艾玛听出这是天才童子的声音,他停止了咀嚼。砰砰砰,有人在敲木桶的盖子。小荷的手抖动得更厉害了,她把一个东西塞到了艾玛的口袋里。

天才童子说:"我要是他,准会躲在木桶里。"

一阵咯咯地笑声响起,"木桶是用来装粪的,打死我也不会进去的。"这是绿裙女孩的声音。

天才童子说:"我的朋友,你出来吧,里面是不是有点闷。"

随着话声,木桶的盖子被揭开了。就在盖子揭开的一瞬间,小荷嗖地飞了出去,天才童子一声断喝,追了过去。绿裙女孩还是笑眯眯的样子,她说:"艾玛,我还真的不敢小瞧你了,出来吧。"在木桶里被人抓到,多少有点尴尬,艾玛举着半块牛肉跳出了木桶。

绿裙女孩说:"你猜一猜,那个木桶里会是什么呢?"

艾玛把最后一口牛肉咽到肚子里说:"总不会是我的朋友张晓菁吧。"

绿裙女孩咯咯地笑着说:"我越来越喜欢你了,你真聪明。"说着话,她揭开了另一个木桶的盖子,张晓菁闭着眼睛蜷缩在里面。艾玛的嘴巴张得老大,他跑上前趴在木桶边大声喊着:"张晓菁,张晓菁……"绿裙女孩说:"她在睡觉,听不到你喊她。"艾玛用力拉了张晓菁一把,等他一松手,张晓菁软绵绵地倒在了桶里。艾玛的眼圈红了,他以为张晓菁死了。他大声喊:"你们为什么杀了她,为什么?"绿裙女孩说:"我们高兴!谁让她一点情趣都没有的。"

听到张晓菁真的死了,艾玛哭出了声。

绿裙女孩刮着脸说:"羞羞羞,一个大男人还哭。"

他转身向绿裙女孩冲过去,胖瘦两个青衣侍卫同时挡住了艾玛的去路,砰的一拳过来,艾玛犹如一个破口袋,横着飞了出去。倒地后的艾玛再次冲过来,又被打了出去。绿裙女孩的脸变得难看了。当艾玛又一次冲过来时,胖瘦两个青衣侍卫抓住了他的双臂,绿裙女孩冷冷地说:"我本来不想杀了她,现在,你让我嫉妒了。来人!把张晓菁弄醒。"

听到张晓菁并没有死,艾玛停止了挣扎。一个青衣侍卫过来,他含了一口水噗地喷向张晓菁的头。张晓菁啊的一声张开双眼,满是迷茫地看着四周。艾玛见张晓菁好端端的,抽噎着说:"张晓菁,张晓菁,你没有死。"张晓菁也看到了艾玛,她哇的一声哭着跑过来,又过来两个青衣侍卫抓住了她。

绿裙女孩黑着脸说:"我讨厌这个女孩,把他们押到太极房,把她也变成和尚。"说毕,转身走了。艾玛和张晓菁被押到了石头房子,灯亮了起来,张晓菁使劲儿挣扎着,喊道:"艾玛,快救救我,千万别让他们剃我的头发呀!"

房子外一个冰冷的声音说:"我讨厌大喊大叫,把她的舌头割了。"

闪着寒光的刀逼近张晓菁,艾玛用力挣脱胖瘦两人的手,哗啦,他的背包开了,挤眉弄眼的小武士掉了出来,艾玛又被紧紧地抓住了。张晓菁的舌头被拉了出来,刀已经接近她的舌头。张晓菁似乎傻了,呆呆地看着越来越近的刀,身子慢慢软下来。

"住手!"艾玛顺着声音看过去,却原来是天才童子。

天才童子说:"先把他们关在这里,你们四处搜一搜,看那个贱人藏到哪儿了。"

胖瘦两个青衣侍卫寻来一根绳子,把艾玛与张晓菁绑到一处说:"小子,我看你再怎么跑!"绑好艾玛和张晓菁,那两个青衣侍卫走了出去,四周静下来,静得都能听到竹叶沙沙的声音。张晓菁醒过来,她嘤嘤地小声啜泣着说:"艾玛,怎么办呀?一会儿他们又要割我的舌头了。"艾玛也无计可施,他四下瞅瞅,一个奇怪的东西吸引住了他的眼神。地下有个发亮的东西在一点点长大,艾玛眯着眼睛细看,是他的那个挤眉弄眼的武士。片刻工夫,武士长得和他快一般大小了,艾玛喊了声:"小丑!"那武士缓缓转过身子看了看艾玛说:"主人,你有什么吩咐?"

艾玛说:"快!快过来解开我们的绳子。"

小丑走过来,唰地抽出背后的剑,随手一挥,艾玛与张晓菁便获得了自由。艾玛兴奋地对张晓菁说:"我们有救了,地灵把我的武士变活了。"张晓菁走到武士跟前,摸摸武士的脸,又摸摸他的剑,居然都是真的。艾玛说:"小丑,去把门打开。"武士上前两步,又是一剑劈出,门哗啦开了。

他们三个刚出了门,胖瘦两个青衣侍卫恰好回来。艾玛不清楚小丑有没有一个对付两个的本事,但他知道自己绝对打不过他们的。胖瘦两个青衣侍卫已经看到了他们,两人怪笑着向他们靠近,艾玛喊了声:"小丑,挡住他们!"只见寒光一闪,一个人倒在了地上,另一个惊恐地后退着,发出一声尖叫。

随着这声尖叫,四周的尖叫声此起彼伏,绵绵不绝。张晓菁说:"不好了,他已经报警了。"她的话音未落,又有三个青衣侍卫已经到了。小丑说:"主人,你们快退。"艾玛拉起张晓菁就跑,厮杀声骤起,艾玛边跑边回头看,小丑已经被围在当中。

逃跑永远不是件容易的事,每当他们快坚持不住的时候,就有追兵赶过来。张晓菁跑不动了,她气喘吁吁地说:"艾玛,我跑不动了,你千万别甩下我。"艾玛也快跑不动了,但他看到前边是大片的榕树,忙回头拉起张晓菁说:"再坚持一会儿,我们必须到那边才好藏身。"

东边的天渐渐泛白了,艾玛与张晓菁躲进了一个树洞。这个树洞看上去很隐蔽,入口很小,茂密的青藤遮挡住了洞口。"嘻嘻,自以为很聪明,躲到这里,只能是被人家瓮中捉鳖。"听得声音,喘息未定的艾玛跳了起来,头重重地撞在了树洞突起的地方。一个轻飘飘的身影落了下来,艾玛透过青藤的缝隙看到了小荷。

小荷说:"在这个岛上,没有天才童子找不到的地方,用不了半个小时,他就能抓到你们。"艾玛说:"你不是也在逃亡吗?天才童子为什么要抓你呢?"小荷笑着说:"因为我偷了他一样重要的东西。"艾玛说:"既然这里没有他找不到的地方,你也肯定会被抓到的。"小荷说:"我只要挨过今天,就能离开这个地方了。"张晓菁说:"那你来这里做什么?"小荷说:"你的朋友拿了我的东西。"艾玛说:"什么?"小荷说:"就是我塞到你身上的那个东西。"艾玛隐约记得她从木桶里飞出去的那一瞬间,塞到了他口袋里一样东西,于是摸了摸,一个水晶小人出现在手里。

太阳从东边的云雾中现出了半边脸,艾玛看着手里的小人说:"就是这个?"小荷的眼睛放着光,她说:"是的,是的。"艾玛说:"那就还给你吧。"他的手刚伸出去,张晓菁一把夺过小人说:"不能给她。"艾玛看了看张晓菁。张晓菁说:"这个小人是他们这里权力的象征,在七月十五那一天,谁拿到它,谁在这一年就是这里的首领。"小荷的脸色变得很苍白,她说:"你怎么知道的?"张晓菁说:"我在来的时候,无意中在书上翻到的。"小荷说:"今天是七月十四,还有一天的时间,你们要是拿着它,他们会拼着命抓你们的,尤其是天才童子,你们根本逃不出他的手心。而这东西要在我的手里,天才童子必然会分散精力去找我,那样,你们还有机会。等到了明天太阳升起的时候,我就是这里的主人,我可以送你们过去救你们的朋友。"

艾玛几乎相信了小荷的话。

张晓菁却死死地盯着她说:"你在说谎,不要再向前靠,否则我就把它摔烂。"这时,艾玛才发现小荷在悄悄地靠近他们。

听说张晓菁要摔水晶小人,小荷停下来说:"这样吧,我现在带你们去一个安全的地方,等到了明天,你们再给我。"说到这里,小荷忽然停顿了一下,凝神听了听说:"快走,他们向这边过来了。"张晓菁还在犹豫,艾玛拉起她说:"跟她走吧,我好像也听到了脚步声。"小荷领着他们从榕树林里穿出来,沿着一条小道向前走着,三转两转,他们又回到竹林里,再往前走,艾玛看着熟悉,是了,前边那幢房子正是他昨天来的地方，因为他已看到了"术馆"两个字。

小荷说："现在最危险的地方就是最安全的，他们绝不会想到我们敢去天才童子的住处，而他们找遍整个小岛大约需要半天工夫，我们利用这半天时间养养神。"

艾玛说："那个丫鬟不会发现我们？"

小荷神色黯然，她说："她昨天已经被天才童子杀了。"

术馆里还是老样子，小荷领着他们进来后说："你们躲到炕上去，我给你们找点吃的。"张晓菁满是疑虑的样子，艾玛说："躲一时算一时吧，好赖我们能吃上东西了，我们有时必须要相信别人的。"小荷出去又进来了，她手里端了个大盘子，盘子上有水果、点心，还有切好的牛肉。张晓菁的警惕性很高，只要小荷接近他们，她就高高地举起水晶小人。

填饱肚子，困意袭来。

艾玛真想好好地睡上一觉，当他看到张晓菁的眼皮也在打架，就说："你把小人给我看管，你先睡一会儿，等你醒来再替换我。"张晓菁说："不行，你太实在，我怕她骗走这个小人。"话虽这么说，但张晓菁实在坚持不住了，没一会儿，她便歪倒在炕上，地下的小荷也在打盹，艾玛从张晓菁手里接过小人强撑着。

张晓菁睡得很死，艾玛太困了，他的头不时地碰在炕桌上，小荷醒了，她担心地看着艾玛手里摇摇欲坠的小人。可她每次走到艾玛身边，艾玛总会醒过来，小荷恨得牙根都痒痒，但又没有什么好办法。

太阳很高了，艾玛推了推张晓菁，他想让她接替自己一会儿，可推了半天，张晓菁都没有醒。小荷看出了艾玛的意图，她用低低的声音道："你不是说人与人之间有时应该互相信任吗？"艾玛说："你想说什么？"小荷："你说这个水晶小人落到我的手里好呢，还是落到天才童子的手里好？"艾玛想也没想地说："当然是在你的手里好，但你也保全不了它呀，要不然你不会把它塞到我的身上。"小荷说："我既然能把它藏在你的身上，当然也可以把它藏到别的地方。"艾玛的眼睛快睁不开了，他知道只要自己睡着，绝对比张晓菁睡得还死，那样，别说拿走自己手中小人了，就算把自己抬出去，自己都不会知道的。与其让她那么拿走，还不如现在就给她。再者，人有时必须相信人。想到这里，艾玛说:"那你先看管着吧,我相信你!"犹如天上掉下一个馅饼,小荷抢上一步拿走了艾玛手中的小人。

艾玛沉沉地睡去了。

他还做了个梦,梦见好些人在喊他。一声叱骂,艾玛醒过来,醒来的艾玛觉得屋子里的人很多,他揉揉眼睛,看到三个雕塑一样的人站在地上,他们形成一个圆圈,手里都握着一把剑,天才童子的剑指着小荷,小荷的剑搭在绿裙女孩的脖子上,绿裙女孩的剑顶在天才童子的腰间,他们中间的青砖地上是那个水晶小人。

三个人互相牵制着,谁也不能动了。艾玛走过去,三个人的眼神同时转向他,艾玛大着胆子捡起地上的小人说:"鹬蚌相争,渔翁得利。我不想做渔翁,也不想看到你们三个流血,我怕见到血,我只想救回我的朋友,你们谁能帮帮我?"

天才童子说:"只要你把小人放到我的胸前,我帮你救你的朋友。"

绿裙女孩说:"他在骗你,只要你把那小人放到他的胸前,他会把我们所有人都杀了。赶快把小人放到我的头顶,我知道你另外两个朋友的下落。"

小荷说:"他们都在说谎,真正能帮助你的只有我,你在昨天不就把小人交给我保管了吗?"

那两个人同时说:"她一直都在利用你,利用你的诚实。"

艾玛好像不大相信。

天才童子说:"前天夜里,我抓到她后,她骗我说水晶小人在另一个丫鬟的手里,结果,我错杀了那个丫鬟,她乘机溜掉了。"

小荷说:"你别忘了是谁要割你的肚子,是谁要割你朋友的舌头。"

艾玛说:"你怎么知道他们要割我朋友舌头的事呢?"

小荷张了张嘴,没说出话来。

天才童子说:"她明明看到有人要割你朋友的舌头,却见死不救,你能相信这样的人?"

艾玛被他们搅糊涂了,他看看这个,满脸的真诚,瞧瞧那个,一脸的实在,他真不知道该相信谁了,于是捧着那个水晶小人说:"你说我该相信谁呢?他们为什么都不说真话呀,如果这个世界的人都说假话多可怕呀!"说到这里,艾玛忽然想出了一个主意，他说："你们发个誓吧，如果你们说了假话，就会变成一个和它一样的水晶人，谁先发誓，我就把这个小人给谁。"

三个人的声音同时响起："我发誓，我如果说的是假话，我就会变成一个水晶人。"他们的话音未落，一个苍老的声音说："你是一个好孩子，诚实是过这一关的必需条件，你可以过关了。"是水晶小人在说话。艾玛奇怪地问："你是谁？"水晶小人说："我就是这里的楼主，快去叫醒你的朋友去吧。"

艾玛放下水晶小人，转身摇醒张晓菁，再回头，地下多了一个须发皆白的老爷爷，还有三个水晶小人，那三个水晶小人居然是天才童子、绿裙女孩圆圆和小荷。老爷爷手里拿着一样东西说："这是你的吧？"艾玛看了看，是他的小丑武士。

沙漠绿洲

与那个老爷爷道了别，艾玛和张晓菁刚出了术馆的大门，就听到一种奇怪的声音，像是黑夜里狂风的尖啸，尖啸声中夹杂着一种无法承受重物的嘎吱声，他们还来不及有所反应，眼前腾起一片烟雾。透过烟雾，所有的一切都在晃动，艾玛和张晓菁待在原地都不敢动了。

烟雾越来越浓，浓到伸手不见五指之后又一点点淡了，全部散尽后，他们两个都傻了。所有的一切都不见了，他们好像是在沙漠里，远处、近处全是大大小小的沙包，一望无际。张晓菁说："艾玛，我们是不是在做梦呀？"艾玛揉揉眼睛说："不知道。"

张晓菁忽然指着远处说："艾玛，你快看，海市蜃楼。"顺着张晓菁指的方向看过去，一个画面出现在天边，看上去异常真切，就如同一个超大的电影屏幕。屏幕上的场景定格在刚才的一瞬间，张晓菁在炕上酣睡，艾玛举着水晶小人，旁边是天才童子、小荷和绿裙女孩圆圆围成一个圆圈，他们互相牵制着。还没等他们细瞅，画面忽转，是一处水波荡漾的湖泊，湖泊中央是一个小岛，岛上绿树掩映中有几个红房子。画面转得快了，一个巨大的棋盘出现了，棋盘上所有的棋子都是一个小孩。路天宇身穿黑衣在左边，他的前胸后背都绣了一个"兵"字，田甜身着红装站在右边，她的前胸和后背绣着一个"卒"字。艾玛不由自主地喊:"路天宇,路天宇!"

他的话音还未落,所有的画面都消失了。

张晓菁说:"艾玛,你看懂了吗?"

艾玛摇摇头。张晓菁说:"你注意到棋盘上的棋子了吗?"艾玛说:"所有的棋子都是活人。"张晓菁说:"你只说对了一部分,棋子是活人,他们好像来自不同的国度,棋盘上还空着两处,一处是黑方的炮,另一处是红方的马,再者,黑方都是由男孩组成,红方全部是女孩。"

艾玛还是不大明白。

张晓菁说:"你个大呆瓜,缺的那两个棋子有可能就是你和我。"

艾玛豁然醒悟,他大声说:"他们在指引我们前去那里,这每一个画面都是一个关口,无论我们在哪个关口被俘虏,就会变成棋盘上的一颗棋子了。"

张晓菁说:"艾玛,你虽然很勇敢也很诚实,但你的观察力太差了。你往往不注意细小的东西,你知道我们的下一关是哪里吗?"

艾玛说:"湖中的小岛。"

张晓菁说:"那你知道怎么去吗?"

艾玛摇了摇头。张晓菁说:"你把第一个画面和第二个画面连起来想,湖泊在我们的东南方,小岛又在湖的东南部,可画面上西北部的芦苇荡有一个小船。也就是说,他们想让我们绕到东北方乘小船上岛。"

艾玛说:"你的意思是说,如果我们乘船上岛,必然会有埋伏等着我们是吗?"

张晓菁说:"我想应该是这样的。"

艾玛说:"那我们不会绕过那个湖泊吗?"

张晓菁说:"你根本就没有看仔细,如果我没有猜错的话,路天宇和田甜就在岛上。"

艾玛着急说:"那我们赶紧去吧。"

张晓菁说:"我们反着方向走,再绕到东南方,才不会被他们发觉。"

艾玛点头说:"好,听你的。"

太阳毒辣辣地挂在半空中,滚烫的沙子把热量隔着鞋底传过来,烫得快站不住了。更要命的是干渴，艾玛的嗓子在冒烟，张晓菁沙哑地说："艾玛，你的背包里还有水吗？"艾玛摇了摇头，张晓菁说："艾玛，我坚持不住了，我不想走了。"艾玛拉住她的手说："张晓菁，我以前最不服你了，现在才发现你身上有好多优点，我知道你能坚持的，你吃过杨梅吗？"张晓菁虚弱地说："不要用望梅止渴这个典故，我现在就想喝水！"艾玛说："我有一回看到这样一个故事，说几个人穿越一个大沙漠，这其中有学者也有教授，还有一个傻子，他们被干渴折磨得快走不动的时候，看到了一个巨大的沙包，没有人再坚持了，他们都停留在沙包的下面，唯独那个傻子爬了上去，你猜猜结果？"张晓菁有气无力地说："只有傻子活了下来。"艾玛说："你看过这个故事？"张晓菁说："我猜的。"艾玛说："是那个傻子活下来了，可那些渴死的人离水源不过两公里，也就是说，翻过那个大沙包就能看到水源了。"

又是一个高高的沙包横亘在眼前，艾玛连拉带拽地把张晓菁拖了上去。站在高高的沙包上，艾玛傻了，前边并没有水源，而是一个更大的沙包。此时的艾玛也开始绝望，张晓菁说："艾玛，我的眼发花，我看到水源了，就在那里，就在那里！"艾玛没有看到，他知道那是张晓菁的幻觉。

艾玛默念着："坚持、坚持……"

他几乎是半背着张晓菁爬上那个沙包的，前面依旧没有水源，但一个破烂的茅草屋出现了。艾玛的腿一软，栽倒在地上，沙包很陡，两个人叽里咕噜地滚下去。当艾玛再次站起身，茅草屋就在眼前。艾玛想：管他有没有水，这茅草屋毕竟能遮挡太阳的，就算爬也得爬进去。虽然这么想，他还是盼望着奇迹出现。

奇迹是在他们爬进茅草屋里出现的，茅草屋的地上真有一个罐子，艾玛冲过去抓起罐子摇了摇，"有水！有水！"他迫不及待地端起罐子就往嘴边送，听到有水，张晓菁呻吟着说："我渴，我渴……"艾玛的心头一震，端着罐子走向张晓菁。

罐子里的水太少了，张晓菁抢过艾玛手中的罐子，几乎把整个罐子扣在了自己的脸上。艾玛喊："给我留点，给我留点。"但当艾玛接过张晓菁手里的罐子后，里面早已空空如也。艾玛倒在了地上，他不甘心地倒举起罐子，等了很久，罐子沿上一滴晶莹的水珠似滴非滴。

放下手中的罐子，艾玛艰难地站起来四处找着，茅草屋里空荡荡的什么都没有。他再一次绝望地倒在了地上，绝望中的他忽然想起电视中的一句广告词："最后一滴水是人的眼泪。"有风吹过，一叶黄表纸飘过来落到了艾玛的脸上，喝过水的张晓菁有了精神，她内疚地过来揭起艾玛脸上的纸看了看，忽然失声痛哭。

艾玛瞧了瞧她说："别哭了，我不怨你，都是我不好，硬把你拉到游戏中来。"说着话，他微微闭上了眼睛。张晓菁趴在他的胸前哭着喊："艾玛，艾玛，你睁开眼睛，千万睁开呀！"无论张晓菁怎么说，艾玛的眼睛始终闭着。

黄表纸上的字一个个再次印到张晓菁的眼里、心里：这些水本来能够让你们两个同时坚持到下一个水源，因为你的自私，你的朋友没有喝到水，他只有死路一条了。落款是一张笑眯眯的脸。

泪水顺着张晓菁的脸上滑过，滴落在艾玛的脸上，其中有几滴落在了艾玛的嘴唇边。艾玛的嘴唇嚅动着，他梦呓般说着："水……水……"张晓菁跳了起来，她抓起地上的瓦罐冲出了茅草屋发疯似的跑起来，一次次地跌倒，又一次次地站起来，干渴再一次来临了，张晓菁终于倒在了沙漠上。

也就在同一时刻，她看到了一片绿洲，就在不远的地方。此时的张晓菁没有了一丝力气，她想站起来，但身体却不听她的指挥。艾玛的声音出现在耳边："水……水……"张晓菁一点点地向前爬着。

绿洲近了，她已经看到了一个月牙型的湖泊，但她的腿脚都软绵绵的，似乎再向前爬一步都很困难。张晓菁不停地给自己打气，说："坚持，坚持，只要坚持下去，艾玛会喝到水的。"

湖泊终于到了，张晓菁一头扎尽水中狂饮着。喝饱了水，张晓菁的神志恢复过来，她把罐子沉到水底，满满地舀了一下子。想着艾玛喝水时的情景，想着想着，她笑了。可等她提上罐子，笑容立时消失了，没有水，罐子里没有水。再看那罐子，底子漏了一个大大的窟窿。

张晓菁看着那个漏底罐子呆了，放声大哭。自己真没用，自己真没用，要是换作艾玛总有办法的，要是艾玛被渴死了，自己肯定也活不下去。就是因为自己的自私，把水罐里的水喝光了才造成这种结果的。活该，张晓菁你活该！你明明听到艾玛说给他留点水，你偏偏要喝光，你这不是活该又是什么。你也不想想，如果艾玛要喝水的话，你根本就没有机会喝，那渴死的肯定是你。张晓菁边哭边往湖里走去，她嘴里嘟囔着："艾玛，你别怪我，我实在想不出什么办法了，我也死了得了。"

水没过了张晓菁的脚脖子、小腿肚子……当水快没到她的脖子时，一个声音传过来，是地灵的声音："你怎么能死？你死了，你的朋友艾玛就白白把那罐子水给你喝了；你死了，你的那两个同学就永远留在这里。快，快出来想想办法，我相信你有办法的。"声音远去了，张晓菁怔在了那里。

良久，她又一步步挪向岸边，上岸那一瞬间，她鞋里的水被挤了出来。张晓菁的眼前一亮，她忙脱掉自己的鞋，舀满了两鞋壳水，又脱掉身上的外套放到湖里，外套吸足水后，她团成一团轻轻放在罐子里，然后又把两只鞋摆在衣服的上面。

失去鞋的保护，脚更烫了，由于脚烫，张晓菁只能不停地倒腾着脚，因而回来的速度便快了许多。到了茅草屋，张晓菁先把鞋放到一边，拿出外套轻轻地拧着，清凉的水一滴滴流到艾玛的嘴边，艾玛的嘴唇翕动着。外套完全拧干后，张晓菁拿起地上的鞋，把一鞋壳子水缓缓倒进了艾玛的嘴里。

艾玛的眼睛睁开了。

张晓菁兴奋地喊着："艾玛，你醒了，你醒了，你真的醒了！"

羊皮卷

已是黄昏，太阳像一个巨大的红火球，紧贴在月亮湖西边那一望无际的草地上，草并不是很高，将将没过膝盖。每到黄昏，最是思家。张晓菁望着缓缓落下的太阳痴了，她喃喃道："妈妈，妈妈，我想你了。爸爸，爸爸，你在哪里呀？"听到张晓菁的呼唤，艾玛泪眼婆娑，他也想妈妈和爸爸了。

只有四处飘荡的游子才能最深刻地体会到家的温暖。家里可能有许多不如意的地方，爸爸的责骂，妈妈的唠叨，无休止的作业，但现在想来，那些真的都很无所谓。

一阵悠扬的笛声在草尖滑动，跟着笛声找过去，远远看见一个年龄与他们相仿的蒙古族少年。紧接着，三条犹如牛犊子大小的大狗箭一般出现在艾玛他们左右。它们没有狂叫，而是阴冷地逼视着艾玛和张晓菁。领头的一条花斑狗开始向他们靠近，张晓菁惊恐地尖叫了一声，撒腿便跑。艾玛知道糟糕，他也想跑，但他更清楚他根本跑不过这三条狗的，下意识的，他迎上一步挡住了花斑狗的去路。花斑狗脖子上的毛立了起来，它发出一阵低吼。

笛声停了，随着一声吆喝，三条狗退了回去。一头黄牛从草丛里钻出来，黄牛上的蒙古族少年惊异地看着艾玛，艾玛这才发现那边的草很高，甚至比黄牛还高。艾玛见那少年没有敌意，他大声说："你是谁，能帮帮我们吗？"

少年翻身下了牛说："你是谁？我怎么从来都没见过你？"艾玛说："我叫艾玛，来自另一个世界。"少年摇了摇头表示自己不懂，他说："你需要什么帮助？"艾玛拍拍自己的肚子说："我和我朋友太饿了，一天都没吃东西了。"

少年笑了，笑得很天真，他说："那你跟我走吧，等我找到妹妹就带你们到营地。"说着话，他又是一声吆喝，三条狗都聚拢到他的身旁。他拍了拍狗的脑袋，指着艾玛和不远处的张晓菁说："他们，朋友。"狗听到他的话，都欢快地摇起尾巴来。

他们说的话，张晓菁都听到了，她一瘸一拐地走了过来。又有几头牛出现了，少年拉过一头大黑牛说："你们骑这个。"艾玛有过骑牛的经历，他可不敢再尝试了，于是摇了摇头说："我不会骑牛，就骑过一回还险些从牛背上掉下来。"

少年又笑了，他说："这是我们这里最温顺的一头老牛了，它很听话的。"艾玛还是有些胆怯，少年对牛说了句什么，那牛便卧在了地上，他回身又从自己的牛身上找了一根缰绳套在了牛的脖子上说："上来吧，很稳的。"

艾玛看看张晓菁说："你敢不敢骑？"张晓菁说："你看那边的草那么高，好像不骑也不行。"艾玛有些紧张地跨上了牛背，张晓菁是被少年扶上来的。牛慢慢立起身，张晓菁紧紧搂住了艾玛的腰，而艾玛则死命地攥着缰绳。

天很快黑了下来，他们走着走着，草便低了，最低的地方只能没过脚脖子。冷不丁，一条狗蹿了出来，那狗受了伤，整个头都血糊糊的。看到那狗，少年有些慌乱，他说："这是我妹妹带的狗，她肯定遇到危险了。"他的话音还未落，身边的三条狗狂叫着向西跑去。艾玛说："你妹妹会遇到什么危险，是狼群吗？"少年跳下牛背，把耳朵贴在地上听了听，又匆忙跳上牛背。所有的牛都向艾玛的黑牛聚过来，它们把它围在了当中。张晓菁忽然说："看，那么多的灯。"

艾玛也发现周围到处都是绿莹莹的光。

一道闪电亮起，周围瞬间如同白昼。艾玛看到好些狗，他说："怎么有这么多的狗呀？"少年的脸色越发凝重了，他低沉地说："那不是狗，是狼。"听到是狼，张晓菁的身子开始发抖，而且越抖越厉害。就像感冒传染一样，艾玛也跟着抖起来。

又是一道闪电，艾玛忽然看到北边有一处奇怪的景象，十几头牛围成了一个圆圈，它们的角都对着外边，蹄子在不停地刨动着脚下的土地。圆圈中间是一个小姑娘，她的身旁是三条狗。

少年说："你们必须紧紧搂住牛，千万别掉下来，那边是我妹妹，我们必须冲过去与她会合，才有可能抵御这些狼。"说过这话，他竖起笛子鼓起腮帮子吹了起来。笛声异常刺耳、凄厉，连着吹过三回，他又从怀里摸出一个筒状的东西说："看到火焰就低下身子搂紧牛。"一串艳丽的火焰升上了天空，还没容艾玛有所反应，身下的牛狂奔起来。

艾玛的心提到了嗓子眼，剧烈的颠簸，屁股刺骨地疼。猛然，一声尖叫，张晓菁掉下了牛背，紧跟着，艾玛也被甩了下来。张晓菁惊恐地喊着："艾玛，艾玛，千万别丢下我。"艾玛忙猫着腰跑过去，张晓菁倒在一丛灌木的旁边。

绿莹莹的光忽左忽右，艾玛知道那是狼的眼睛，他现在真的不知如何是好了。忽然，一个声音传过来："我的朋友，你在哪里？"艾玛听出是蒙古族少年的声音，大声喊着："我在这里，我在这里。"那边在喊："扎亚，快往这边来。"那边喊："不行呀，我的牛群已经被狼分开了。"

绿莹莹的光更近了，艾玛已经嗅到了一种腥膻味。一阵疾风掠过，艾玛觉得背上的包仿佛被谁拽了一把，猛然，地下闪出两团耀眼的白光，绿莹莹的光在后退，两团白光越来越大，张晓菁大声说："我们的小丑武士复活了。"艾玛同时看到的是自己的玩具战车已经变得像真的一样大了。地灵急切地说："快，快上车，光一弱，这些狼马上要进攻的。"艾玛冲上一步拉开车门，连推带搡地把张晓菁推到了车里。与此同时,他的腿剧烈地痛了一下,一头狼已经咬住了他的腿。情急的艾玛喊了声:"小丑,快救我。"寒光一闪,那狼倒在了地上,血喷溅到艾玛的脸上。四五条狼冲了过来,小丑武士喊:"主人,快关门,快关门!"艾玛关门的瞬间听到了小丑武士惨叫。

地灵说:"快打开大灯,你的朋友现在非常危险,你会开这辆车吗?"艾玛说:"要是遥控器在的话,我能开的。"地灵说:"就在你的背包里,快开车。"张晓菁从艾玛的背包里取出了遥控器递给艾玛,艾玛拉出天线按动上边的前进按钮,车前骤然一片雪亮。一条狼已经跃到了车窗上,张晓菁大叫着说:"狼,狼……"车子已经开动了,那狼被甩了下去,又是一头狼扑了上来,它的头重重地撞在了挡风玻璃上。哗啦,挡风玻璃碎了,艾玛听到了蒙古族少年的呼喊声,他掉转车头向那边驶去,借着车子的大灯,艾玛看到几十条狼在退却着。

开出不远,艾玛看到了更恐怖的景象,所有的牛都在狂奔,每头牛的后边都有一到两条狼,有的牛的肠肚都流了出来,仍在没命地狂跑。蒙古族少年和一个女孩出现了,他们背靠着背,手里都有一条木棒,身边是六条正在与狼搏斗的狗。艾玛开着战车横冲直撞,扫清周围的狼后,他大声喊:"快,快上来!"蒙古族少年也看到了他,他拉着妹妹向这边跑过来,艾玛用遥控器打开车门,他们都上了车。

这里的雨来得又快又急,去得也干净利落,就像听到命令一般,说停便停了。一轮满月挂在了天空,副驾位置的蒙古族少年扎合给艾玛指着路,车子约莫走了半个小时,一条狼也没有看到。月光明亮,明亮的月光下,外面如同白天一样,什么都看得很清楚。越过一个高岗,眼前出现了一条湍急的小河。艾玛看了看河对扎合说:"我们过不去了。"扎合说:"这条河是绕不过去的,但河里的水在天明之前就会变得很小。"艾玛说:"那我们只能等待了。"扎合摇摇头说:"我相信那群狼并没有走远,它们的报复心理非常强,我能感觉到它们一直在跟着我们,我们只有过了河才安全。"艾玛说:"那我开着车沿河看看,如果有平缓的地方,我们是能过去的,因为我的战车可以变形。"

逆河而上,刚走出不远,就看到一个高岗上或蹲或站着几条狼,它们中间那条狼浑身雪白,但跛着一条后腿。扎合的目光中有些不安,他小声说:"看,那是头狼，它们正在商议怎么对付我们呢。"

白狼站了起来，它转头对着天上的月亮发出了一声号叫，听上去令人浑身发冷，张晓菁又在啜泣了，她旁边的扎亚小声安慰她道："别怕，我阿爸他们会听到狼的号叫的，他们很快就会过来救我们。"扎合拿出了笛子，他连续吹着。

随着白狼号叫，四野里的狼号声此起彼伏，声音越来越近，也越来越大。又是一声苍凉的尖啸，正面、侧面各有十几条狼冲了过来。看着那么多的狼，艾玛的手在颤抖，他的车也跟着颤抖着。一条狼扑到车窗前，脑袋从破碎的车窗上挤了进来。艾玛"妈呀"一声，扎合和扎亚的棒子同时捅了出去，那狼发出一声惨叫跌下车去。

由于太多不顾死活的狼，艾玛的战车被挤得原地动不了，正面上狼的尸体已经高过了车窗，它们还在不顾一切地进攻着。忽然，侧面的车窗也被狼撞破了，三面都有狼在进攻，要命的是车能动的方向只有后面，而后面又是湍急的河水。

扎合、扎亚和艾玛都受了伤，更关键的是他们的手臂酸软，快没了力气。慌乱中的艾玛一下子扳错了遥控器上的按钮，战车咔咔响过几声变形了，由车变成船，他们完全暴露在狼的利爪之下，张晓菁被抓伤了。艾玛不顾一切地摁着后退，船挪动着进到了河里便不动了。

因为有水，狼也停止了进攻。

没过两分钟，狼又开始进攻，前边的狼沉下去的瞬间，后面的狼借踩踏前边狼的力气再一次跃上了船。艾玛知道快完了，他已经丧失了抵抗的意志。就在这时，急促的马蹄声敲破了沉寂，扎亚大声喊着："我们再坚持一下，阿爸他们来了。"

"哦儿哈哈、哦儿哈哈……"这声音随着几十匹马向这边冲过来。河对面的白狼又是一声长长的号叫，所有的狼都退去了，艾玛也失去了知觉。

再次醒来，艾玛看到自己在一个圆形房子里，他的胳膊上、腿上都缠着白布。他试着动了动手脚，好像没什么大问题，于是起身下地，撩开厚厚的毡帘，刺眼的光让他又闭上了眼睛。过了一阵儿，听到有人说话："艾玛，你好了吗？"艾玛慢慢睁开眼，看到了扎合与扎亚关切的眼神。艾玛说："我的同伴呢？"

扎合说:"你的同伴很危险,她到现在还是昏迷不醒。"

艾玛说:"快带我去看看她。"

扎合说:"你跟我来吧,我的阿爸请了最好的喇嘛在给她看伤呢。"

他们来到一顶巨大的帐篷前,扎合撩开毡帘,艾玛和扎亚进到里面。张晓菁脸色苍白地躺在红毡子上,她的左边是一个面色清秀的蒙古族女人,右边是一个大胡子男人。一个红衣喇嘛在说话:"想救这孩子,只能使用羊皮卷了。"艾玛走过去看着张晓菁,他轻轻地喊着:"张晓菁,张晓菁……"大胡子男人说:"我听扎合说了,你非常勇敢,是草原上的鹰,我会想尽办法救你的朋友的。"

红衣喇嘛出去了,大胡子男人也出去了。过了好长时间,红衣喇嘛用一个银盘子托着一卷东西走进来,跟在他后边的是三个蓝衣喇嘛,最后进来的是大胡子男人。大胡子男人说:"你们都出去吧。"

艾玛他们很顺从地走了出去,当太阳再次偏西时,帐篷里传来了张晓菁的哭声。扎合、扎亚一下子把艾玛围到了当中,他们又是唱又是跳。四个喇嘛出来了,他们满是疲惫的样子。大胡子男人出来了,他爽朗地笑着说:"菩萨保佑,你的朋友没问题了。"

由于有伤,艾玛与张晓菁在这里整整住了半个月。

这天下午,张晓菁神秘地对艾玛说:"你知道那羊皮卷上写的是什么吗?"艾玛说:"不知道。"张晓菁说:"羊皮卷上有六幅画,和我们那天看到的海市蜃楼差不多,他们每天用这羊皮卷给我疗伤,我看得很仔细,咱们现在好像走出了故事。"艾玛说:"那我们怎么去救田甜和路天宇呀?"

张晓菁说:"我也问过那个喇嘛,但他只要听到这个话题,脸色就变了。昨天他跟我说了,每到月圆时,月亮湖上都有一艘小船,坐上那船就去了。但他跟我说,但凡去的人再没有回来过。"

玩偶城堡的小主人

有了扎合一家以及周围牧人们的呵护,艾玛和张晓菁的伤恢复得很快。他们在养伤的时候,还学会了骑马。与扎合、扎亚一家相处了这么久,艾玛深刻地体验到了他们的真诚善良，他真有点舍不得走，但他必须要走，好几次梦里，他都听到了路天宇和田甜的呼唤。扎合与扎亚也舍不得他们。为了不伤害朋友，艾玛决定偷着离开。

圆月。深夜。

艾玛和张晓菁偷偷地溜出了帐篷，他们蹑手蹑脚地溜向湖边。看着渐渐远去的帐篷，艾玛很是伤感，张晓菁又哭了，她的眼泪永远是那么多。他们在这里学会很多东西，最大的收获是知道了什么是友情。如果有马的话，只需要半个小时就到了，但他们不想惊动自己的朋友。

走出不远，见两匹备好鞍子的马在地上甩着尾巴吃草。这是扎合与扎亚的马。马看到艾玛与张晓菁，欢快地打着响鼻跑过来与他们亲昵着。艾玛摸了摸长长的马鬃说："马儿呀马儿，等我们走后，你告诉扎合与扎亚，我会想念他们的。"拍着拍着，艾玛看到一块羊皮，上面歪歪扭扭地写着："知道你们要走了，让马儿送送你们吧。"

艾玛的鼻子酸酸的，他回头看了看蒙古包对张晓菁说："他们真善解人意。"两人跨上马勒住缰绳又恋恋不舍地看了看后边的蒙古包，策马远去。

湖边的月亮更是皎洁，艾玛与张晓菁下了马，拍拍马的脖子说："你们回去吧，谢谢你们。"两匹马儿嘶鸣着掉转头远去了。等了好久，湖面上都平静如初，放眼望去，根本就没有来船的迹象，艾玛与张晓菁耐心地等待着，他们相信自己朋友的话。忽然，有马蹄声传来，艾玛回头，四匹马向这边奔来，为首的是大胡子男人，后边是红衣喇嘛与扎合、扎亚。四人到了他们近前都翻身下马。

红衣喇嘛下马后撑开了一个油布伞，那撑开的油布伞缓缓变大，直到把他们几个全部罩住。艾玛好奇地说："大师傅，你撑开伞做什么？"红衣喇嘛说："这伞能够躲避邪恶城堡的千里追踪术。"

扎合走上前说："艾玛，我们找到了你的战车，还有这个小人也被我们修好了，都给你。你能把战车再给我变大一回吗？"

艾玛没想到遗失的战车和小丑武士能回到自己的手里，他兴奋地说："谢谢你，扎合，但我也不知道能不能把它再变大。"他的话还没有说完，扎合手中的战车从他的手里掉了下来，接着白光闪动，战车变大了，又过了片刻，战车恢复到原状。扎合噙着指头羡慕地说:"真是个神奇的东西。"扎亚走上前吻了吻艾玛的额头说:"艾玛,这是我和哥哥送你的礼物。"说着话,她摸出一个亮晶晶的小球递给了艾玛。艾玛接过小球说:"我来得匆忙,没什么送给你们的,等我救出我的朋友,就把这战车送给你们。"

红衣喇嘛走上前说:"我的孩子们,你们去的是一个邪恶的地方,一会儿船如果出现,你们千万别上去,这是两根芦苇管,你们含在嘴里,先潜在水下等那船,船到了以后,你们悄悄抓紧船帮……"

大胡子男人摸摸他们的脑袋说:"孩子,我为你们祝福,因为你们勇敢,我相信你们会救出自己的朋友的。"说完这些,四个人跨上马离去,那伞依旧留在原地。

他们走后,艾玛与张晓菁把芦苇管含在嘴里潜到了水下。水很清澈,他们甚至能够看到天上的月亮,当他们向岸上看时,油布伞旋转着飞走了。过了好长时间,月亮隐到云的后面,平静的湖面忽然泛起了波澜,一艘画舫没有一丝征兆地出现了。艾玛和张晓菁慌忙潜过去紧紧抓住了画舫凸出的地方,画舫并没有立刻开动,月亮歪了下去,画舫上有人在说话,一个人说:"主人说得不对,那两个小鬼可能不会来了。"另一个人说:"再等等吧,主人说他们聪明得很,能够脱出他掌握的范围这么长时间,不容小瞧。"一个人说:"照主人现在的法力,他们不可能逃脱出他的控制,他们是如何做到的?"另一个人说:"我听主人跟一个巫师说,那个男孩的身上有一个神奇的护身法老,令主人奇怪的是那个自私的女孩在月亮湖的表现居然也能够破了他的千里操控术,后来是红衣教跟部落头人帮了他们。"

月亮偏西了。

画舫上的一个人说:"我们必须回去了,否则时间、空间隧道都要关闭了。"

他们刚说完,湖面的上空腾起了一道七彩光,犹如彩虹一般。艾玛与张晓菁脑袋一阵晕眩,骤然间什么都看不到了。片刻,视觉、知觉再次回到艾玛的身上,他发现船在一片茂密的芦苇荡外,船上的人在高声喊着:"月亮船回归城堡,希拉里之门打开。"密密的芦苇唰啦啦分出一条水道,船急速前行。由于没有准备，船又走得太快，艾玛和张晓菁同时被甩脱了。

张晓菁从水里探出脑袋向后看了看，身后的芦苇正在慢慢合拢，艾玛也探出了头。张晓菁小声说："快跟着那船往前游，要不然会迷路的。"两人拼命地向前游着，但没过五分钟，他们已经陷到密密的芦苇中。在这样密的芦苇中根本无法游泳，艾玛用脚试探着水的深度，水并不是很深，脚落地后，水只没过了他的头顶。旁边的张晓菁慌乱地扑腾着，当她的头再一次出现在水面上后，艾玛大声说："水不深，把苇管竖起来就能呼吸了。"

两个人手拉手在水下艰难地走着，因为没有方向，他们有好几次都陷到了更深的水里，水顺着苇管涌进来，呛了艾玛好几口。后来，艾玛发现，越往南走，芦苇越高，但水越来越浅。又走了一段，水只能没过他们的脖子。沙沙沙，一阵响，他们左边的芦苇剧烈地摇摆着，张晓菁拉了艾玛一把说："快沉到水里，好像有船来了。"两人沉到水底，一艘两头翘起的小船从他们身边掠过去。小船过后，芦苇再一次合拢，艾玛和张晓菁从水中露出脑袋，见小船慢了，他们借着芦苇的遮掩尾随着小船，一袋烟的工夫，一片开阔的水面出现了，水面上是大片的荷花，荷花的尽头有一座简陋的浮桥。张晓菁小声说："快退回来，他们会发现我们的。"听到张晓菁的话，艾玛才发现他们已经走出了芦苇荡。

隐回到芦苇里，艾玛看到浮桥上走来一个佝偻着身子的老头。船已经停到了浮桥的下边，船上的两个人押解着一个小女孩走上了浮桥，艾玛眼尖，他吃惊地说："是我们的朋友扎亚。"张晓菁说："我们得过去！"艾玛说："怎么过去呀？这么过去还不是羊入虎口。"张晓菁说："你潜到那边，揪一片大荷叶，我们就能过去了。"艾玛直直地看了看张晓菁说："你不戴眼镜的时候，挺漂亮的，我一直没发现你有这么漂亮。"张晓菁的脸红了，她噘着嘴说："你胡说什么呢，快去摘荷叶呀！"

艾玛蹲下身子含着芦苇管潜到水下，走出不远，就看到了荷叶粗粗的茎，他折了两根，拖着慢慢潜了回来。到芦苇丛中，张晓菁嗔道："你看你采的是啥呀？"艾玛回头，却是一片荷叶和一朵盛开的荷花，荷花、荷叶都有洗脸盆那么大。艾玛把荷花递给她说："一样的，一样的，我们举着它们就能过去了。"

水面很宽，宽宽的水面上是密密匝匝的荷叶，颜色各异的荷花高傲地挺立，有的洁白如雪，有的娇红似火，有的粉中透红，还有的金灿灿的……微风吹来，水面上的荷花摇曳着，就算仔细看，也不会发现这众多的荷花荷叶中，有一片荷叶和一朵荷花正一点点向浮桥靠近。

船上的那两人又回到了船上，他们解开缆绳，驾着船驶进了芦苇荡，和艾玛他们来时一样，芦苇快速分开，慢慢合拢。这时，艾玛和张晓菁已经到了浮桥边，依着艾玛的意思，是立刻上桥，因为周边没有一个人。张晓菁却说："这是一个小岛，我们不能从这里上，去那边再看看。"他们各举着自己手中的东西沿着岸边移动，果然是一个不大的小岛，小岛的西南角有几棵柳树，枝条垂到了水面上，柳树的下边有几个光洁的石头墩子，能看出经常有人坐。

这里看上去比较隐蔽，张晓菁说："我们从这里上去，有躲藏的地方。"艾玛点头，于是，两人扔掉手中的荷花、荷叶爬上了岸，向柳树后面躲去，将将藏好，听到咦的一声笑，两人四下看看，并没有人。惊异间，一个稚嫩的声音说："放着好好的桥不走，偏偏要从这里上来，像两个落汤鸡，真是好笑。"此时，艾玛才看到树上坐着一个扎着冲天辫的小男孩，约莫只有六七岁，他的脚在树上一荡一荡的。张晓菁警觉地左右看看，小男孩笑嘻嘻地说："你找啥呢？不用怕，这个岛上只有两个人，哦，不对，刚才又送来一个，哦，还是不对，加上你们两个是五个，哦，这么说也不对，刚才送上来的那个已经不能算人了。"

张晓菁笑眯眯地说："那究竟是几个？"

小男孩依旧笑嘻嘻地说："你要骗人了，你现在有点害怕，怕我把别人招来。我知道你们是谁，你叫艾玛，她叫张晓菁，你们准备救你们的朋友路天宇和田甜。"

艾玛吃了一惊，"你怎么知道的？"

小男孩说："因为我是玩偶城堡的小主人。"

张晓菁说："你在吹牛，我不相信。"

小男孩鼓着腮帮子说："我没有吹牛，我就是。"

张晓菁说："你就是在吹牛。"

小男孩说："你看，我这块玉佩，只有小主人才有的。"

张晓菁眯着眼睛说："哪儿呢，我怎么没看着？"

小男孩拽出脖子上的玉佩在他们的眼前晃了晃，张晓菁说："我是近视眼，看不清楚，所以我还是不相信。"小男孩掉转屁股向树下滑来，张晓菁扯了扯艾玛的衣角，用低低的声音说："他只要下了树，咱们就把他抓住。"快滑下树的小男孩又噌噌两下爬到了树上说："哈哈，我听到了，你们要抓我。"

张晓菁说："别找借口了，你这个冒牌货，你是怕我们看出你不是玩偶城堡的小主人，不敢让我们看你的玉佩。"

小男孩说："我就是不下树也能让你们看到我的玉佩。哦，给你！不过看完后马上要还给我。"说着，小男孩摘下玉佩扔了过来。张晓菁捡起玉佩看了看，递给艾玛说："你看，他在骗人吧，不就是一块绿色的破石头呗，这种破石头我们家有的是。"

小男孩急了，涨红了脸结巴着说："你在骗人，你家才没有这种石头呢，整个玩偶城堡只有这么一块石头，快还给我！"

艾玛反复看着那块鸽卵大小的石头，通体嫩黄，没有一丝杂色，正面是一张笑眯眯的脸，反面是一条弯弯曲曲的线勾勒成的一个轮廓，有点像地图上的铁道线。艾玛小声说："这张笑脸我见过，沙漠里茅草房中的黄表纸上就有这样一个图形。"

树上的小男孩得意洋洋地说："这回你们信了吧，快还我玉佩！"张晓菁一把夺过艾玛手中的玉佩说："哼！还给你？门儿都没有。"小男孩的嘴瘪了瘪，好像要哭。艾玛说："张晓菁，你快还给她吧，咱们说话得算数。"

张晓菁说："还给你当然可以，但你必须告诉我们刚才被押解上来的那个小女孩关在哪里了？"

小男孩说："那个小女孩太凶，我把她变小，放在我的沙盘里了。"

艾玛着急地说："那她还能变大吗？"

小男孩说："当然能了，不过，那得我爸爸施法才行，快还我玉佩！"

张晓菁说："这个玉佩有啥用？"

小男孩说："这我不能告诉你们。"

张晓菁说："那我就不还给你。"

小男孩忽然笑了，"你现在不还给我也没用了，我现在想起了使用这个玉佩的口诀，它会自动回到我的手中的。"说着，小男孩的嘴又动了动，张晓菁觉得一股巨大的力量从玉佩上传过来，她大声喊："艾玛，快帮我拽住这东西。"艾玛一把拽住了玉佩的绳子，这时，那玉佩已从张晓菁的手里脱了出来，艾玛的身子骤然间被玉佩提起来飘向空中。树上的小男孩拍着手笑着喊："好玩，好玩，真好玩，我从来都不知道能用它荡秋千。"

艾玛吓坏了，他已经飘到了树的半截腰，小男孩还在喊："往高飞，往高飞，再往高飞。"

地下的张晓菁也慌了，她喊着："艾玛，快松手！"

艾玛说："松不开，绳子粘住我的手了！"

张晓菁急切中顺手抓起身旁一个软乎乎的东西向男孩扔过去，小男孩"妈呀"一声怪叫，险些从树上掉下来。那软乎乎的东西顺势缠住了树，张晓菁看到树上那东西后，一个劲儿地甩着手，原来是两只青绿色的毛毛虫。

小男孩这一惊叫，艾玛的手从绳子上脱开了，他扑通一声掉在了地上。玉佩再一次回到了小男孩的手里，他抓住玉佩对着张晓菁和艾玛嘟嘟嘟地说出一串话。艾玛和张晓菁眼前的所有东西都在长大，一只浑身雪白的长毛老虎跑了过来，喵地叫了一声扑向他们。

都被变小了

艾玛拉起张晓菁撒腿便跑，可没跑出两步，便被老虎一爪子拍倒在地上。一双大脚嗵嗵地逼过来，老虎一步步地后退着，大脚猛然抬起，老虎惨叫了一声飞了出去。艾玛仰起脖子向上看去，一只巨手向他伸过来，来不及跑，他和张晓菁便被巨手抓在了手里。

艾玛被高高地举了起来，他看到一张巨大的脸，就和他在云冈石窟看到的佛像一样大。张晓菁在那巨手里挣扎着说："艾玛，他把我们变小了。"那张巨脸坏笑着说："是的，我把你们变小了，现在我只需一个小指头就能把你们杀掉。好了，我现在饿了，要回去吃饭。"

说完，艾玛觉得眼前一黑，掉进了一个软软的口袋里。当眼睛完全适应了黑暗后，他看到张晓菁倒在不远的地方。口袋开始颠簸，艾玛连滚带爬地跑到了张晓菁身边。张晓菁也看到了艾玛，她惊恐地说："艾玛，怎么办呀？我们现在这么小，就是一只猫都能把我们吃掉。"艾玛说："刚才向我们扑来的是不是猫？"张晓菁说："肯定是的，那是一只波斯猫。"艾玛说："那我们现在应该在那个小男孩的口袋里对吧？"张晓菁点头。艾玛说："他会带我们到哪里去呢？"张晓菁说："他会把我们放到他的沙盘里，就像扎亚一样。"

他们正说着话，上边忽然亮了一下，紧接着，几根长短不一的棍子进来了。那几根棍子来回划拉，艾玛拉着张晓菁躲闪，可口袋的空间实在太小了，几根棍子触到他们后立刻收拢，当五根棍子完全收拢后，张晓菁剧烈地挣扎着，她越是挣扎，那几根棍子越紧，艾玛的呼吸紧迫了，快喘不上气来。他说："张晓菁，你别动了，这是那小男孩的手。"刚说完，他们就被拉了出去。张晓菁情急之下重重地咬住了一根棍子。一声大叫震耳欲聋，艾玛和张晓菁同时飞了出去。

艾玛被摔得眼前全是亮闪闪的星星，等他的神志完全恢复过来，发现自己在光洁的地面上，一对比他小不了多少的眼睛正盯着他看。一个声音说："你们刚才谁咬我了？"听到声音，艾玛才看到自己的旁边是还没有醒过来的张晓菁。那声音又重复了一遍，张晓菁醒过来。"我知道是谁了，肯定是你，男人不咬人的。"声音当然是小男孩发出的。

巨手攥着两根筷子伸过来夹起张晓菁走了，艾玛随着那巨手跑过去，没跑多远，他又停下来，原来前边已经悬空，自己是在一张桌子上。他趴在桌子的边缘向下看，张晓菁被丢进了一个盛满水的铜盆里，她在拼命地游着。小男孩说："嘿，你还会游泳，我让你游，我让你游！"筷子伸到了盆里，张晓菁被筷子摁到了水里。连续几次，张晓菁的脸色发紫。艾玛大喊着："快把她拿出来，咬你的是我！"

听到他喊，小男孩用筷子把张晓菁夹出来放到了桌子上。他用筷子拨拉倒艾玛说："真的是你？"艾玛说："是的。"小男孩说："那我就把你扔到盆里。"这时，一个弓着背的老头进来了，他端着一个红漆方盘子，盘子上有几样精致的小菜。老头说："少主人，开饭了。"小男孩说："好吧。"老头又说："少主人，我替你把这两个玩偶送到你的沙盘里好吗？"小男孩说："这两个玩偶很狡猾也很凶，千万别让他们跑了。"老头说："是，小主人。"

说过话，他撩起自己的前襟把艾玛和张晓菁划拉到上边。几声门响后，老头把艾玛和张晓菁托到手里，叹了口气说："可怜的孩子，你们怎么会落到这个小魔王的手里，前两天他刚把犯了错的天才童子和圆圆姑娘折磨死，我那可怜的女儿小荷不知道现在在哪里，这下轮到你们了。"艾玛说："老爷爷，我们怎么才能逃出去？"老头似乎被艾玛的声音吓了一跳，他左右看看小声说："你们逃不出去的，这里没有人能逃出去。"艾玛说："老爷爷，你说的小荷是不是天才童子的丫鬟？"老头的眼睛一亮忙说："是的，你见过她？"艾玛说："她被西子楼的主人变成了水晶小人了。"

老头的眼神暗淡了。

他忽然问："你怎么知道？难道你们就是破了西子楼的那两个小孩？"

艾玛点点头。

老头把艾玛和张晓菁放到地上说："孩子们，你们千万别试图逃出去，只要你们从这个沙盘的围墙上出去，就非常危险。这个岛上有一百零八种动物，最少有一百种能够把你们杀死吃掉，尤其是那只讨厌的猫，不论你们跑到哪里，它都会找到你们的。将来，你们如果有机会见到我的女儿，你们告诉她，她爸爸很想她。记住，对你们来说，这个岛上最安全的地方就是这个沙盘。"

艾玛说："那我们难道永远要留在这个沙盘上？"

老头说："是的，当小魔王对你们失去兴趣的时候，他就会把你们喂了猫。不过，他暂时不会这么做的，因为他被老主人关到这个岛上后，几乎没有什么可以玩的东西。你们要讨他欢心，才能多活些日子。"

张晓菁醒来了，她说："那个小男孩真的是玩偶城堡主人的儿子？"

老头说："是的。"

张晓菁说："他为什么会被关到这里？"

老头说："他太贪玩了，老主人让他读书，他吵着头疼，后来还在书房里玩火，把整个书房都点着了，老主人一气之下就把他关到了这里。"

艾玛说："我们还能变回原来的大小吗？"

老头唉了一声说："除非你们像我一样完全被驯服以后，才有机会。"

张晓菁说:"老爷爷,你也是被他们抓来的?"

老头点点头说:"我来这里快六十年了。"

艾玛不甘心地说:"难道没有别的办法让我们变大?"

老头仰起头想了想说:"我在无意中曾听到过红衣教的火龙球能够解除你们身上的魔咒。"说到这里,老头侧耳听了听说:"我得走了,小魔头吃完饭了。"

老头走后,艾玛和张晓菁沿着墙向前走着,张晓菁说:"我们现在在一个沙盘模型上,那扎亚也应该在,我们去找一找。"艾玛点头。他们走出不远,就看到了一个大房子,进了房子,里面有床有桌子,桌子上有一个大盘子,盘子上是一只烤得焦黄的鹅。大盘子旁边有一个小盘子,盘子上是几个雪白的馒头,馒头的上边还点着一个红点。艾玛饿极了,他坐到桌子前抓起东西吃了起来。

张晓菁说:"艾玛,你还有心情吃?你知不知道我们现在在什么地方?"

艾玛说:"管他呢,先吃饱再说,你也吃点,只有吃饱了才能想办法。"

张晓菁说:"我没胃口。"

吃饱了的艾玛有点犯困,他唯一的念头是倒在床上睡一觉。张晓菁看出了艾玛的意思,她生气地说:"艾玛,你不能睡觉,必须去找扎亚。"艾玛的两个眼皮在打架,没一会儿便合在了一起。张晓菁见艾玛睡着了,气得过来扯他的耳朵、揪他的鼻子,可无论张晓菁怎么折腾,艾玛的鼾声依旧。

张晓菁气恨恨地摔上门向外走去,出了门,她的眼泪又忍不住落了下来。漫无目的地走了不知多远,她看到一个小女孩在一个院子里跳皮筋,是田甜。张晓菁边喊边跑向那个院子。田甜看到满是喜悦的张晓菁后说:"你是谁?你怎么跑到我家来了?"张晓菁说:"田甜,你不认识我了?我是张晓菁,是来救你的。"田甜撇撇嘴说:"我不认识你,我也不是田甜,我是白雪公主。"张晓菁从上到下仔细看了一遍,眼前这个女孩分明是田甜,她怎么会不认识自己呢?田甜说:"你快出去,我讨厌别人进我家。"

也不容张晓菁再说什么,她把张晓菁推出了院子。张晓菁纳闷极了,回身想去告诉艾玛,可走着走着就迷了路。转过一个假山,张晓菁远远看到一个木头笼子,笼子里面关着一个人,那人背对着她。张晓菁跑过去,见笼子里也是一个小女孩，她想：该不是扎亚吧。女孩蹲在那里，披散下来的头发遮住了她的脸，张晓菁大着胆子去撩那披散下来的头发，嗬的一声，张晓菁的指头被笼子里的人咬住了，笼子里女孩一甩头发，张晓菁看清了她的面孔，是扎亚。

女孩也看清了眼前的人，她忙不迭地松开口说："对不起，张晓菁，我还以为是那个女孩呢。"张晓菁说："你说的是田甜吧。"扎亚说："不是，是白雪公主。"张晓菁说："我怎么才能把你救出来呢？"扎亚说："笼子锁头的钥匙在白雪公主的手里。"

张晓菁回身跑向刚才的那个院子。到了门口，她看到门是虚掩着的，悄悄推开一条缝，田甜仍旧在跳皮筋，她的脖子上挂着一个大大的铜钥匙。张晓菁推开门闯进去说："田甜，快把钥匙给我！"田甜迷瞪瞪地看了看她，挥舞着手里的皮筋冲过来，张晓菁的脸上身上被抽得火辣辣地疼。她不顾一切地拽住了田甜胸前的钥匙，用力一拉，绳子断了。拿到钥匙后，她回身就跑，田甜在后面追赶着。

到了笼子前，田甜已拽住了张晓菁，两人厮打着翻滚在地上。张晓菁被压在了身下，她的脖子被田甜卡住了，扎亚急得在笼子里团团转。田甜的眼神里透着疯狂，张晓菁奋力把钥匙扔向笼子。见钥匙飞向了笼子，田甜松开张晓菁去抢那钥匙，张晓菁一把拖住她的腿。田甜连蹬带踹，仍然没有脱出张晓菁的手，她发出一声怪异的叫声，回头又把张晓菁摁在地上，张开嘴咬住了张晓菁的肩头。

扎亚从笼子里伸出手去捡钥匙，可就是差了一点，说什么也够不着。张晓菁的肩头一阵剧痛，她松开了田甜。她的手一松，田甜又冲向钥匙，可能是跑得太猛了，脚把钥匙踢向了前边，扎亚就势抓住了钥匙，探出手去开笼子的门。田甜从身上摸出一把雪亮的刀，从笼子的空隙中去捅扎亚。

扎亚的手被刀刃划破了，钥匙再一次掉在了地上。也不知哪里来的力气，张晓菁再次爬起来抱住了田甜。田甜疯了一样咬住了她的手，张晓菁惨叫着，可她就是不松手。扎亚得了空子打开了笼子，她捡起一根木棍打在田甜的头上，田甜倒在地上。张晓菁的手血淋淋的。看到张晓菁的手，扎亚挥舞着棍子又去打田甜。张晓菁抢上一步说："别打，她是我的同学。"

扎亚说："她吃了失心草，谁也不认识，必须趁她没醒之前把她绑起来，要不然等她醒来，我们是对付不了的。"

张晓菁说："那可怎么办呀？我们是来救她的。"

扎亚说："艾玛呢？"

张晓菁说："别提他了。"

扎亚说："他怎么啦？"

张晓菁说："他吃了一个房子里的烤鹅和馒头就睡着了，我怎么叫他都不醒。"

扎亚说："他吃的是不是带红点的馒头？"

张晓菁说："你怎么知道的？"

扎亚说："快，我们必须赶紧找到他，要不然等他醒来也会和你的这个同学一样的。"

两人把田甜锁到了笼子里，一路跑着去找艾玛。这里的房子很多，几乎都是一样的，她们找了很长时间都没有发现艾玛在哪里。张晓菁明明觉得那个房子就在附近，可就是找不到。两个人绕了半天，又来到一所房子前，还没到房子里，就听到了鼾声。张晓菁说："就是这里，就是这里。"

两人推开房门，艾玛还在鼾睡着。

扎亚忙说："你知道我给你们的那颗珠子在哪里吗？"

张晓菁说："好像在艾玛的背包里。"

扎亚说："快找出来，要是他醒来的话就坏了。"

张晓菁打开艾玛的背包，从里到外翻了底朝天，还是没有找到珠子。艾玛翻了个身，缓缓醒过来，这时，扎亚看到了珠子。她一把捞起珠子说："张晓菁，快跑！"张晓菁迟疑的工夫，被艾玛一拳打倒。艾玛跳起来追扎亚，两个人围着桌子转来转去，扎亚跑到桌子的另一边，把手里的珠子投进了一个水杯里。这时，艾玛的手也抓住了她，倒在地上的张晓菁看到了一副奇怪的景象，桌子上的水杯闪出了七色的光柱。

扎亚喊了声："含口水喷在他的身上。"

张晓菁起身跑到桌子前端起水杯含了一大口喷向了艾玛，艾玛扑通一声摔倒在地，过了好一会儿，他才睁开眼睛。扎亚说："好了。"艾玛看到扎亚，惊奇地说："你怎么到这儿的？"扎亚说："别问了，我们快去救你的同学。"三个人到了笼子边，田甜早已醒了，她正踢打着笼子。张晓菁又含了口水喷向她的脸，田甜也清醒过来。

田甜醒来看到了艾玛他们，眼泪一滴滴地落下来。

沙　盘

沙盘布置得井然有序，该长树的地方长着树，该长草的地方长着草，房屋错落有致，小亭别致精雅，还有潺潺的流水，犹如世外桃源。沙盘不大，但对于几个只有一拃高的孩子来说简直太大了，站在沙盘的高处向外看去，这所房子大得简直不可想象。

艾玛说："我们要是能变回原来的大小就好了。"

扎亚说："这也不难，我们只要在看到月亮的时候，每个人都喝一口杯子里的水，就变回了原来的大小。不过，只要过了今晚，就不灵了。"

田甜说："那是为什么呀？"

扎亚说："这颗火龙珠能感应到我们的心理，它的法力只有一次。你们看，它在变小，一会儿就要消失了。"

艾玛说："这就是火龙珠？刚才那个老爷爷说只有红衣教的火龙珠能够解除我们身上的魔咒，他说的是这个珠子吗？"

扎亚说："是的，这珠子是摩天长老让我送给你们的。"

艾玛说："那你是怎么被他们抓来的？"

扎亚说："昨天晚上，我们从月亮湖边回来后，我有点替你们担心。因为摩天长老说你们去的地方十分凶险，就偷着跑回来看你们，结果不知怎么就来到了这里。"

艾玛对田甜说："路天宇现在在哪里？你们是怎么被抓住的？"

田甜说："我们进入游戏后就出海了，可没走出多远就遇到了风浪，我和路天宇在海上就失散了。后来，我漂到了一个岸边，接着，我按照游戏中的规则叩开了白果树的大门进入了隧道，然后就被俘虏了。"

张晓菁说:"你玩过这个游戏,应该知道这个隧道口有埋伏,怎么还会被抓住呢?"

田甜说:"我当时太害怕了,只知道往前跑,就掉进了一个网里。"

艾玛说:"那你见过路天宇吗?"

田甜摇摇头说:"没见过,在没来这里之前,我只记得自己是棋盘上的一个兵,但我看到对面的一个卒很眼熟。"

张晓菁说:"那你是怎么来到这里的?"

田甜说:"那些天,我们白天都在棋盘上演练,晚上就被变小装到一个盒子里。有一天夜里,我被一个小孩偷着揣到了口袋里,之后就来到这里。到了这里后,有个小孩对我说:'你是白雪公主,你是白雪公主。'"

张晓菁说:"然后你就觉得自己是白雪公主了。"

田甜点点头。

一直没有说话的扎亚说:"你们看,好像有月光。"几个人顺着扎亚指的方向看去,一个大窗户上透进了皎洁的月光,月光照在沙盘的西北角,艾玛说:"我们快向那边跑,到了那边就有可能见到月亮。"听了艾玛的话,他们三个跟着艾玛跑起来,跑到西北角,他们并没有看到月亮。扎亚说:"窗户太小了。"田甜说:"那么大的窗户,你怎么会说小呢。"张晓菁说:"不是窗户大,而是我们小。"

沙盘上的月光在缓缓向东南移动着,四个人抻着脖子盼着能够看到月亮。当月光快到沙盘的围墙上时,他们仍旧没有看到月亮。艾玛忽然明白什么似的说:"我们不能等了,在这个沙盘里是见不到月亮的,我们必须出去。爬到窗户上才能看到月亮。"

田甜看着那高高的窗户说:"别说爬到窗户上了,我们现在连这个沙盘都出不去。"

扎亚说:"我们必须出去,如果等到月亮下去,就没有机会了。"

他们沿着围墙走了一圈,又都泄气了,沙盘的围墙很高,根本就没有出口。看到艾玛他们已经丧失了信心,扎亚着急地说:"我们部落里有这么一句话,只要你想做一件事,总会有办法的。如果我们在今天晚上出不去,我们可能永远出不去了。"

张晓菁听到扎亚的话,立刻想起了老头的话:"当小魔王对你们失去兴趣的时候,就会把你们喂了猫。"想到这里,她跳起来说:"我可不想再到铜盆里游泳了,我也不想做猫食。"

人在被逼到没有退路的时候,办法也就有了。

艾玛他们四个找来了钎子和铲子开始挖围墙。围墙并不是很坚硬,当窗户上现出铅灰色时,他们终于把围墙挖出了一个洞。从沙盘里出来,艾玛又傻了,那个窗户太高了,根本就没有爬上去的可能。扎亚看着垂下来的窗帘说:"我来试试。"说着话,她噌噌噌地沿着窗帘爬了上去。艾玛他们在底下仰脖子看着扎亚,他们的心里都替扎亚捏着一把汗。扎亚在他们提心吊胆中爬到了窗台上,田甜喊了声:"糟糕!她没有带杯子里的水。"艾玛喊:"扎亚,快下来,你没有带水。"

扎亚又顺着窗帘下来。水根本无法带上去,扎亚不可能用一只手爬上窗台。几个人在地上商量了半天都没有结果,看着天色渐渐明了,张晓菁在地上打着转转,艾玛一个劲儿地搓着手,田甜一屁股坐在了地上。

艾玛看着杯子里的水,情急地说:"扎亚,你含一口水上去,见到月亮后再咽到肚子里行不行?"他的话给了扎亚提示,扎亚含了一口水又爬了上去,快到窗口时,一个阴影出现了。张晓菁大声喊:"扎亚,快下来,危险,那个猫来了。"

扎亚也看到了那个比自己大十几倍的猫。

窗户是开着的,猫蹲在窗外作势欲扑,它的身子挡住了月亮,那硕大的尾巴来回摇摆着。喵呜一声,猫扑了过来,窗帘大幅度地摇晃着,扎亚紧紧抓住窗帘向下滑动。她还没有落地,扑通一声响,猫跳进了房里。

艾玛、田甜、张晓菁同时惊叫着狂跑起来,落地后的猫一时不知该追谁了。田甜跌倒了,猫看到她离自己最近,猛然扑了上去。张晓菁侧身拉起她向前跑,前边有一个洞口,张晓菁想都没想,拉着田甜钻了进去,她们刚进了洞,猫巨大的爪子已经探了进来。张晓菁和田甜拼命向里爬着,爬了一段,里面豁然开朗。猫的爪子早就够不着她们了,两人喘息未定,田甜一声尖叫,张晓菁抬头,一双圆溜溜的眼睛正盯着她们，是老鼠，张晓菁又拉着田甜向回跑。

失去目标的猫蹲在洞口等着，躲在一边的艾玛喊："扎亚，快上去，快上去！"扎亚又向上爬，猫看到窗帘上晃动的扎亚，转身向那边追去。此时的艾玛很清楚，只有扎亚看到月亮把水咽到肚子变大才是关键，在扎亚变大前，猫很容易就会把她扑下来。

想到这里，他跳了出来，对着猫大喊大叫。猫转过身有些好奇地看着他，艾玛不知哪里来的勇气，抓起身旁的铲子冲向那猫。猫向后退了一步，又退了一步。艾玛给自己打气说："你就是一只猫，有什么可怕的，猫在变小，变小，再变小。"猫连退了几步，又冲过来，艾玛挥舞着铲子打向那猫，他的力量太小了，猫抬起爪子轻松地把他摁到了地上。艾玛想：这下完了。他闭上眼睛等着猫来吃自己。

猫见他不动，用爪子来回拨拉着他。

艾玛昏头涨脑地睁开眼睛，猫正低头看他，它的眼睛离艾玛是那么近。艾玛想都没想，举起铲子戳向猫的一只眼睛。猫被吓了一跳，噌地跳开了，随后，它又用爪子摁住了艾玛，张开血盆大口咬了下来。

张晓菁与田甜手足并用向前爬着，后面是一只大老鼠在追赶，快到洞口时，田甜的衣服被老鼠咬住了。它用力向里拖着田甜，田甜拽着张晓菁的手变了声地喊："张晓菁，快用力，我可不想被老鼠吃掉！"张晓菁的半个身子出了洞口，她使尽全身力气拉着田甜，哧啦一声，张晓菁和田甜摔到了洞外。

一股腥味迎面扑来，猫那锋利的牙齿在接近艾玛，艾玛大叫着："救命啊，救命！"张晓菁和田甜听到了艾玛的喊叫，她们转头看时，猫就在她们前面，张晓菁跑上前揪住猫的尾巴向后拉着。田甜惊恐到极点，她傻傻地看着眼前的一切。猫的尾巴一甩，张晓菁腾云驾雾般飞了起来，田甜又是一声尖叫，转身就跑。猫看到后，松开艾玛追了过去，田甜的腿一软倒在了地上。艾玛爬起来跑过去，猫已叼住田甜的衣裳向他这边过来，艾玛一边退一边喊："快放下她，放下她。"猫又是一爪子，艾玛倒在了地上。那猫叼起田甜跃上窗户出去了，艾玛来到张晓菁的身边，哭着说："张晓菁，你快醒醒，田甜被猫叼走了，叼走了。"张晓菁还在昏迷。艾玛忽然想起了扎亚，他喊着："扎亚，扎亚，你在哪里？"

任艾玛喊破喉咙，都没有回音。

就在这时，猫又跳了进来。当艾玛发现它时，它已叼起张晓菁跳上了窗台。艾玛跳起来去追那猫，可刚跑出两步，就被一只大手提起来，接着一个水杯到了他的眼前，一个声音说："能看到月亮吗？"艾玛这才发现自己是在扎亚的手里。

月亮就在窗外的天空中，但它没有刚才那么明亮了。扎亚说："快喝水！"艾玛咕咚一口喝下了小半杯水。看他喝完水，扎亚说："你一会儿就会变成原来的样子，我现在得跟着猫去找你的朋友。"

一声门响，扎亚出去了。

艾玛在短暂的昏迷后醒过来，周围的一切都变了，这好像是一个游乐室，里面充斥着各种玩具，地上有一个大大的沙盘，沙盘围墙的一处有一个洞，艾玛想：那是他们挖出来的。门吱呀一声开了，小魔王一蹦一跳地进来，他看到艾玛后，吃惊地张大了嘴巴。艾玛立刻追了过去，小魔王扭头跑了两步，拽出玉佩对着艾玛念叨着。艾玛知道他又在施法，转身想跑，却没有出路。小魔王嘟囔了半天，见艾玛没有变小，砰地关上门跑了。艾玛这时已明白小魔王的口诀对他起不了作用了，他跑过去开门，可门被反锁上了，他用力踹着门，那门却纹丝不动。

他想尽了所有的办法都无法从这个房间里走出去。太阳升了起来，艾玛不知自己的朋友怎么样了，他焦急地思索着如何出去时，门忽然开了，田甜和张晓菁走了进来。艾玛没看到扎亚，忙问："扎亚呢？"

一串笑声传过来，艾玛看时，扎亚提着一只愁眉苦脸的白猫从树后走了出来。

诡计多端

太阳升起，小岛四周各种水鸟的叫声渐渐响亮密集了。

艾玛他们几个挨个房间搜寻着小魔王。他们必须抓到他，只有抓到他后，才能够了解玩偶城堡，救出路天宇。与沙盘上的建筑相比较，小岛上的房子少得可怜。

只剩下最东边的一个房子，他们快到门前时，昨天的那个老头闪出来说："几位不要找了，我家小主人就在里面，他给你们备了早饭，请进吧。"艾玛他们几个互相看看，扎亚说："他的玉佩对我们已起不了作用，我们怕他什么，他不过是一个六七岁的孩子，随便我们中的哪个都能制服他。走！咱们大大方方地进去。"

四个人随老头进了房子。房子不大不小，地上放了两张桌子，一大一小，小魔王脖子上扎着一个白色的围嘴，坐在一张小桌子前吃饭。扎亚上前一步就要抓他，小魔王看了看扎亚说："就算你要抓我也用不着这么急，这个岛这么小，你就是让我跑我也跑不了，我看还是先吃饭吧。"大桌子上摆了四副碗筷，每个碗里都是颜色青绿的粥，碗筷的中间是四个红漆方盘，盘子上是两荤两素四样小菜。田甜早就饿了，她拉开一把椅子坐下来，端起了桌子上的碗。张晓菁想到艾玛昨天吃掉带红点馒头的情景，赶忙去阻挡。小魔王说："你们别怕我在饭菜上做手脚，如果能做手脚的话，你们也不可能从沙盘里出来。"

老头捧着一个方笸箩进来，他把笸箩放到桌子上说："几位还有什么需要请说话。"艾玛看到笸箩里是烤得焦黄的馒头片，伸手抓过一片喀吧喀吧地咬着，说："吃吧，我们喝了火龙珠泡的水，他的玉佩不灵了。"

张晓菁和扎亚见艾玛吃了没事，也都坐下来吃饭。吃了人家的饭再去抓人家，多少有点不得劲。小魔王也看出了他们的意思，他用围嘴擦了擦嘴说："我知道你们还想抓我，又有点不好意思。其实，如果我不是心甘情愿，你们就算抓到我也没用。再说，我虽然跑不了，可我很容易就能给我爸爸发出求救信号，用不了一刻钟，他的快船就能到这里，那你们还是跑不了。"

扎亚冷笑着说："就算你爸爸亲自来也没用，我们可以把你当人质，他敢动我们中的任何人，我就把你的脖子拧歪。"

小魔王的脸色变了。

田甜扑哧笑了。

小魔王说："你笑什么？"

田甜说："我想你的脖子被拧歪了肯定很难看的，我小时候常把我的玩具娃娃的脖子拧歪，很有趣。"

小魔王瘪着嘴说:"拧歪别人的脖子可能有趣,如果是自己的脖子,那……"

张晓菁说:"你编造的是一个最蹩脚的谎言,请我们吃饭是在拖延时间,你知道在这个岛上根本就逃不出我们的手,你又知道每天都有给你送东西的船只来,所以,你想先稳住我们,等待他们的到来。"

小魔王哈哈地笑着说:"既然你们知道得那么清楚,你们为什么还要吃饭?"

艾玛说:"因为我们饿了,也因为我们刚才没想到这些。"

小魔王说:"你们是大错特错,我这块玉佩虽说制服不了你们,但让我逃出这个小岛还是很容易的。我开始也准备逃走,但我后来有点舍不得你们了。你们想想,我来这个小岛是因为我不喜欢学习,而我逃走后能去哪里?好像只能回玩偶城堡,我回到玩偶城堡后,我爸爸就会知道你们在这里,然后会把你们抓回去变成一个个只知道服从的玩偶,那太没趣了。"

田甜好像有同感地说:"我小时候也是这样的,我爸爸让许多大人陪我玩,我让他们干什么他们就干什么,真的很没意思。"

他们说话时,张晓菁偶然发现小魔王不停地撩一眼墙上的钟,而旁边站立的老头似乎有些焦灼,她顿时有所醒悟,大喊一声:"他还在拖延时间,扎亚,快抓住他!"小魔王咯咯地笑着说:"晚了,你们没有机会了,城堡的船马上就到了。"

话音刚落,小魔王背后的墙忽然开了一扇门,他跳起来就跑了出去。艾玛、扎亚、张晓菁追过来时,那门又变成了墙。他们从门口绕出来,见小魔王站在不远处的树林里,张晓菁笑着说:"不用着急,他跑不了的。"艾玛说:"为什么?"扎亚说:"桥在我们的身后,他必须想办法绕过我们才能到桥边。"

三个人向小魔王靠拢,小魔王退到了树林里。只有几步远了,小魔王忽然噌噌地爬上了树,猴子一般从密密的树杈间跃来跃去,艾玛他们几个干着急就是没办法。田甜也跑了过来,她看着树上的小魔王说:"你别跳了,我知道你想什么呢。"小魔王说:"那你说说。"田甜说:"你想把我们都引到树林里,然后再从我们的头上跃过去对吗?"

小魔王愣了愣说:"你怎么猜到的?"

田甜说:"因为桥在我们的身后,而在平地上你又跑不过我们。"

艾玛说:"我们快退出树林。"

树上的小魔王说:"退出去也没用了,我已看到了城堡的船,如果船到了以后,他们看不到我,就会找我的,你们还是会被抓住的。"

田甜笑着说:"不会的,刚才那个老爷爷告诉我,说他到桥边去骗走船上的人,让我们务必把你抓住。"

小魔王说:"就算是你说的那样,你们还是抓不住我的,因为你们不会上树。"

张晓菁忽然指着树说:"看,看,毛毛虫爬到你的脖子里了。"

小魔王听到后,慌乱地用手乱拍着。

张晓菁:"你脚底下也有,快抬脚。"

小魔王一抬脚,由于重心失控,从树上掉了下来。扎亚抢上去抓住了他的双臂,四个人押着小魔王掩到树丛中,一艘两头翘起来的船来了。老头在桥上接过他们递来的东西,船又开走了。

四个人押着小魔王回到房间,老头端上了两盘水果又退了出去。田甜抓起一粒葡萄放到嘴里说:"跟朋友在一起真好。"小魔王叹了口气说:"你们都有朋友,我真羡慕你们,可我连一个朋友都没有。"田甜说:"那为什么呀?"小魔王说:"我爸爸对我说,这世上没有真正的朋友,有的只是谎言和自私,他不让我相信任何人。"

艾玛说:"你能给我们讲讲玩偶城堡的事吗?"

小魔王说:"我现在是你们的俘虏,你们问我什么,我都会回答。"艾玛说:"我的同学路天宇现在怎么样?"小魔王怔了怔说:"谁叫路天宇?"张晓菁说:"就是与她一起被抓来的那个男孩。"小魔王眼珠子叽里咕噜地转动着说:"哦,你们说的是他呀,他是不是会下象棋?""是的,是的,他何止是会呀,曾经还获得过全市少年组象棋冠军。"张晓菁急切地说。艾玛疑惑地说:"路天宇会下象棋?我怎么不知道,你又是怎么知道的?"张晓菁有些得意地说:"因为我是班长,我了解班里所有同学的情况。"小魔王说:"我说我爸爸对他咋那么好。"艾玛忽然像想起什么似的说:"你还没回答我的问题呢。"小魔王说:"在我来之前,他还不错,白天在棋盘上演习操练,晚上就被放到棋盒里。"张晓菁说:"那玩偶城堡究竟在哪里?"小魔王说:"在山里,只要你们跟着来送东西的船就能去了。"张晓菁说:"那你带我们去!"小魔王摇了摇头说:"去不了的。"艾玛说:"为什么?"小魔王说:"城堡的三面是绝壁,就连鸟都飞不过去,唯一能过去的一面有一条湍急的河挡住了去路,只有通过彩虹桥才能过去,而除了我爸爸以外,谁都不可能让彩虹桥出现。"田甜忽然说:"是天上的彩虹吗?"小魔王点了点头。张晓菁撇了撇嘴说:"你胡说,彩虹是雨后一种光的反射现象,怎么能过去人呢!"一直没有说话的扎亚说:"他说得没错,我听摩天长老说过,那个神秘的城堡平时根本就看不到,只有在下过雨后才能隐隐约约地出现。我有一次看到了城堡和那个七色彩虹桥,桥上真的有人在走。"

艾玛说:"那我们现在就去。"

小魔王嘿嘿地笑了。

田甜说:"你笑什么?"

小魔王说:"我想起了一个故事,故事说几个老鼠商量着如何对付猫。"张晓菁抢过话头说:"你不用说了,这么老掉牙的故事谁不知道,不就是商量着谁去给猫戴个铃铛嘛。"说到这里,张晓菁忽然停了下来,她想:可不,即便有船来,他们几个根本就对付不了船上的人,没船怎么能去玩偶城堡呢?那他们不就是那几只说空话的老鼠嘛。

说到老鼠,自然会联想到猫,张晓菁抬头,那只讨厌的白猫出现在门口,它阴鸷地瞟了他们一眼。小魔王搓着胸前的玉佩嘴里嘟囔着,艾玛哈哈笑着说:"你还想把我们变小,刚才你不是试过了嘛,不灵,别费力气了。"

小魔王的眉头紧皱,就像艾玛被老师提起来背课文的样子。艾玛的笑声还未落,小魔王跳起来说:"哈哈,我想起口诀了,我是不能把你们变小,但我能把它变大。"随着他的话音,门口的猫就地打了个滚儿,骤然变大了。

事情发生得太突然,还没容得几个人有所反应,那猫喵呜一声冲进了屋子,小魔王顺势跑出去砰地将门关上。屋子里稀里哗啦一阵乱响,艾玛和扎亚被猫逼到了一个角落,他们顺手操起板凳与猫对峙着。

张晓菁拉着田甜悄悄向门口溜去，快到门口时，两人猛然加速用力去推那门。窗外的小魔王说："省点劲儿吧，门被我从外锁住了，你们根本就出不来。"接着，小魔王大声说："小白，去咬那个戴眼镜的，我最讨厌她了。"得到命令的猫弓着腰摇着尾巴一步步走向门口。艾玛看到张晓菁她们危险，举起凳子扔向那猫。白猫灵巧一闪，凳子砸在对面的一个柜子上，哗啦，柜子的门开了，几个玩具掉了出来。见艾玛用凳子打猫，扎亚也把手中的凳子扔了出去。随后，他们把手边能拿到的东西全都扔向那猫。猫的鼻子被打出了血，看上去更加狰狞。它发出一声哀号纵身扑向张晓菁。就在紧急关头，门猛然开了，老头一把拽出张晓菁，挡住了猫的去路，喊："畜生，你还不停下来！"猫停顿了片刻，小魔王气急败坏地喊："反了，反了，变变变！"听到他的话音，老头转头边跑边喊："孩子们，你们快逃啊！"艾玛他们跑出屋子时，老头只有一拃高了。小魔王恨恨地说："吃了它！"白猫上前一步喀嚓一口把老头吞到了肚子里。

艾玛拉起张晓菁刚要往门外跑，扎亚大声喊："快回屋里！"艾玛立时醒悟，与张晓菁掉头又跑向屋里。到了门口，他的脚被绊了一下，低头看时，却是昏倒的田甜。两人拉住她的手刚把她拖到屋里，猫已经扑到了门前，艾玛来不及转身，用屁股一拱，门关上了。砰砰砰，猫在扑打着门，艾玛用力顶着门说："张晓菁快过来推柜子！"柜子太重了，张晓菁根本就推不动，艾玛见状，大声喊着："田甜，田甜，你快醒来呀！"地下的田甜没有一丝动静，艾玛用脚踢了她几下，田甜才醒来。

就在这时，门忽然不动了，张晓菁瞅着窗外说："猫走了。"艾玛与田甜、张晓菁合力推过柜子挡住门后，听到外面的惊叫声。他们趴到窗户上看时，扎亚正围着一棵大树转，她的后边是那只猫。田甜喊："扎亚，快上树！"听到田甜的声音，扎亚噌噌地爬了上去，她身后的猫也跟着她往上爬，可那猫实在太大了，没爬多高就掉了下来。看到这里，艾玛他们三个才长长地出了口气，张晓菁哽咽着说："那个老爷爷被猫吃了，他是为了救我们才被猫吃的，我们一定要杀死那只猫给老爷爷报仇！"

屋外藤条躺椅上的小魔王狂笑着说："给他报仇？先想想你们自己吧！你们以为躲在树上、藏在屋里就没事了，一会儿，我让你们看看我的本事。小白，你看着他们！"说完，一阵脚步声远去了。见他走远，田甜说："什么老爷爷？"张晓菁抹着泪道："就是那个给我们送饭的老爷爷，他刚才为了救咱们俩被猫吃了。"艾玛虽说也伤心，但他来不及流泪，因为他想得更多的是小魔王会用什么办法对付他们。他趴在窗户上向外看着，猫正晃着尾巴不怀好意地瞧着树上的扎亚。他想：如果小魔王要是能把所有的动物都变大，他们准完了。

张晓菁还在抽噎，田甜也跟着抹起泪来。艾玛说："你们先别哭，咱们得想想办法，他要是把岛上所有的动物都变大，我们就死定了。"田甜说："那……那怎么办呀？"树上的扎亚忽然说："我们必须夺下他手中的玉佩。艾玛，快把你的汽车变大，把你的小武士变活！"扎亚的话虽提醒了艾玛，但他的心里还是没有谱，他现在都不知道自己的玩具在什么地方，即便能找到，他也不知道自己能不能将它们变大。张晓菁也听到了扎亚的话，她蹲在地上寻找着。田甜见她找东西忙说："你找什么呢？"艾玛说："我的玩具战车和塑料小武士。"三个人正四下翻找着，屋外忽然传来扎亚的惨叫声。艾玛起身来到窗边向外看，几只鸽子一般大小的蜜蜂犹如战斗机一样在轮番攻击着树上的扎亚。与此同时，张晓菁发出一声惊喜的喊声："我找到战车了！"艾玛看时，张晓菁正捧着他的那辆玩具车，艾玛默默地念叨着："地灵，地灵，你快帮帮我，要不然我的朋友就完了。"

他的话音刚落，张晓菁手里的战车闪着光掉到了地上，瞬间变大。房子太小了，战车急速膨胀后吓傻了满脸灰尘的田甜。艾玛拉开车门说："快上！"三个人上了车才想起，这车根本就开不出去。扎亚一声接一声地惨叫着，艾玛心急如焚，他正不知如何是好时，骤然间觉得战车里的空间越来越大，他还没明白是怎么回事时，轰隆一声巨响，眼前亮了许多，扎亚就在眼前。田甜张大了嘴巴说："太神奇了，你的战车居然撑破了房子。"

院子里的猫早就躲得不知去向，只有几只大蜜蜂嗡嗡地盘旋着。艾玛喊："扎亚下来，快上车！"扎亚快速从树上滚下来，拉开车门上了车，跟着她上来的还有一只大蜜蜂。田甜和张晓菁四处躲着，艾玛脱下衣服抽打着那蜜蜂，没几下，蜜蜂被打了下来。扎亚上前一脚，蜜蜂被踩死了。

不断有成群的蜜蜂飞进院子，艾玛的战车再变小，过了一会儿，那车只有普通汽车那么大了。艾玛用遥控器启动车子，刚出了院子，见小魔王指挥着最后一批蜜蜂赶来了。艾玛指挥战车冲向小魔王，小魔王似被眼前的怪物吓傻了，停顿了片刻才回身向桥边跑去。桥的栏杆上落着许多水鸟，湖边的枯树桩上还站着两只灰鹤。小魔王已经没有退路，艾玛喊着："小魔王，你快交出你的玉佩投降！"小魔王嘴里又嘟囔了几句话，一只灰鹤飞到了他跟前，转眼间变大了。扎亚说了声："不好！"小魔王早已抬腿跨上灰鹤，随后，那鹤尖叫着飞起来，消失在远处的天空中。

会说话的猫

艾玛他们重新回到房子前，那里似乎什么都没有变，刚才撑破的房子完好如初，院子里连一只蜜蜂都没有，如果不是扎亚肿胀的脸和胳膊，他们根本就不相信刚才发生了如此可怕的事情。

四个人从战车里出来，走进屋子，里面一片狼藉。田甜说："真奇怪，房子明明破了，现在却是好的，而好的房子里又是这个样子。"张晓菁恨恨地说："一定要找到那只可恶的猫。"田甜连忙说："我可不敢去找它，它那么大，会把我们吃了的。"扎亚说："不会的。"张晓菁心有余悸地说："你怎么知道的？"扎亚说："你们看！"几个人顺着扎亚指的方向看去，那只白猫嘴里叼了一个东西跃上了窗台。

艾玛喊了声："是我的小武士！"

其他三个人听到他的喊声，都喊叫着去追赶那猫。白猫扭头瞧了瞧他们，从半掩的窗户里钻了出去。艾玛他们从房子里追出来后，那猫灵巧地跃上墙，又沿着墙跳到了房子上，满是不屑地瞅着他们。那意思好像在说："我看你们能把我怎么样？"张晓菁气恼地说："艾玛，你快上房抓住它呀！你看，它在讥笑我们呢。"艾玛看看墙又看看房顶，摇了摇头说："我上不去。"听到艾玛的话，那猫有恃无恐地坐了下来。田甜忽然从地上捡起一块石头丢上房顶说："我让你笑，我让你笑！"石头砰地落到了猫的近前，猫似乎被吓了一跳，转身顺着屋脊便跑。艾玛看到这个办法不错，低头也去找石头，他刚弯下腰，扎亚喊："艾玛，快躲开！"艾玛抬头的工夫，田甜丢上去的石头骨碌碌滚落下来，正中他的额头。

艾玛"哎呀"叫了声，一屁股坐到了地上，额头上便多出了一个大包。田甜有些内疚地看着艾玛说："艾玛，对不住。"还没等艾玛说话，张晓菁生气地说："什么也干不成，扔块石头还打到自己人的头上。"听她这么一抱怨，本已内疚的田甜眼泪溢出了眼眶。艾玛起来拍了拍田甜说："没事，没事！"田甜摸了摸他额头上的包说："我给你揉一揉，我小时候磕出了包，我妈妈总给我揉的。"看到他们很亲昵的样子，张晓菁不是个滋味，她气哼哼地说："你妈肯定没文化，电视上说了，磕出了包不能揉！"

这时，扎亚不见了。艾玛说："扎亚呢？"田甜和张晓菁你看看我，我看看你，都没有注意到扎亚去了哪里。他们跑出院子喊着："扎亚，扎亚……"扎亚的声音从东边传过来："我在这里。"三个人顺着声音跑过去，扎亚手里拿着一张弓，正目不转睛地盯着一棵巨大的树。张晓菁说："猫在树上？"扎亚点点头，围着那树转来转去。艾玛只在电视里见过用弓箭的人，他好奇地说："这东西究竟好使不好使？"扎亚说："我能在三十步内射中一只麻雀。"听到她的话，树上的叶子沙沙地响了几声。田甜大声喊："我看见那猫了，我看见了，扎亚你快过来射它呀！"树上的叶子又是一阵响，扎亚跑过来说："哪儿呢？哪儿呢？"田甜附在扎亚的耳边说了几句话，扎亚拉开了弓。

就在这时，一个尖细的声音从树上传出来："别射我，别射我。"张晓菁说："谁在说话？"田甜说："是那只猫。"艾玛说："那你立刻下来。"那声音说："我下来可以，你们不能杀我。"张晓菁说："你凭啥跟我们谈条件？先下来再说。"树上忽然没了动静。扎亚小声对张晓菁嘀咕："田甜根本就没看到猫在哪里，她在骗它呢。"听到扎亚的话，张晓菁对着树说："你下来，我们不杀你就是了。"那猫又说："你们让艾玛说不杀我。"艾玛奇怪地说："你是一只猫，怎么能说话呢？"猫说："我是一只猫，但我不是普通的猫，我的名字叫小白，本来在城堡里，这次到这里是奉主人的命令监督小主人的。"艾玛说："我不杀你可以，但你必须告诉我们如何去玩偶城堡。"猫不作声了，艾玛又说："其实，你没有资格跟我谈条件，扎亚就是不用弓箭射你，我也能抓到你。"猫嘿嘿地笑了，似乎不大相信。扎亚的弓箭也垂下来。艾玛说："你不信？"猫说："我不仅不信你的话，现在我连田甜的话都不信了。"张晓菁说："为什么？"猫说："我看到扎亚的眼神了，她还在找我的具体位置。"田甜说："那你总不能一直待在这棵树上吧，再说，你不下来，我们难道不能上去吗？"

猫说："你们中会爬树又会使用弓箭的只有扎亚一个，她要是上了树，就没有人能用弓箭对付我了，那我跑起来太容易了。"猫说到"太容易"几个字时，声音忽然小了，远了。艾玛觉得不对劲儿时，田甜猛然指着远处说："那猫跑了。"嗖的一声，扎亚射出了箭，但那猫毕竟跑得太远了，箭射在了一棵树的树干上，箭尾犹在颤巍巍地抖动着。

扎亚、张晓菁都追了过去，唯独艾玛依旧不紧不慢地站在那里。田甜见艾玛不动有些奇怪，她说："你怎么不追呀？"艾玛说："你是不是以为我刚才在跟那猫吹牛？"田甜说："你不是吹牛又是什么？"艾玛说："那猫如果叼得不是小丑武士，那我就真在吹牛了，我既然能把战车变大，当然就能把小丑武士变活了。"

扎亚、张晓菁两个人追了一气，猫蹿进了林子。无功而返的张晓菁见到艾玛和田甜根本就没有动，脸拉得很长。将要发作，艾玛盯着远处的林子说了声："小丑，把那猫抓回来。"张晓菁的手在艾玛的眼前晃了晃说："唉，你醒醒吧，太阳那么高，你怎么能做梦呢？"艾玛的话音刚落，林子那边出现了一个跛腿的武士，他倒提着猫走了过来。

看到这里，田甜兴奋地一把搂住艾玛说："艾玛，你真神了。"张晓菁黑着脸说："小丑，把它杀了。"小丑砰地将猫摔到艾玛的眼前垂手立在一边，白猫被摔得龇牙咧嘴的。见小丑不理自己，张晓菁更加生气，举起一块大石头砸向了那猫。艾玛来不及阻挡，石头落在了猫的脑袋上，那猫的四条腿抽了抽便不动了。

艾玛生气地责问："你怎么把它打死了！我还有话问它呢。"

扎亚也说："你太莽撞了。"

田甜说："你怎么能这样呢？"

看到猫真的死了，张晓菁也傻了，她平时连个虫子都不敢杀的，怎么一下子打死了一只猫。但听到他们三个都是埋怨责备的口气，她捂着脸跑向树林。艾玛他们几个刚要追，一只灰鹤盘旋着落下来，它的嘴里衔着一张黄表纸。灰鹤疾步走到艾玛的身前，抬起头把纸送过来。

艾玛取下纸看时，上面写着：正午有船来接你们，盼诸位能来堡一晤。落款是一张笑眯眯的脸。扎亚说："上面写的是什么？"艾玛说："玩偶城堡的主人邀请我们去城堡。"扎亚说："这里肯定有阴谋，我们不能听他的，现在应该先把张晓菁找回来。"

张晓菁如同空气一样消失了，他们几乎找遍了整个小岛也没发现她的行踪。正午，湖面忽然出现了八艘两头翘起的小船，每艘小船上都有六个披甲士兵，小船的中间是一艘华丽异常的画舫，画舫的甲板上有一把虎皮大椅，椅子上正是逃走不久的小魔王，他的身边是几个身披轻纱的侍女和六个手扶剑柄的武士。艾玛忙收起了战车和小丑武士说："我们快到湖边。"三个人弯着腰借着树木的遮挡溜到了湖边。

船很快靠到了桥边，小船上的士兵提着刀剑上了岸。艾玛小声说："我们快折一根芦苇管藏到水里。"三个人潜到水中后，几十个士兵在岛上翻腾着。艾玛折了一片大荷叶，又在荷叶上抠了两个小洞，向岸上看着。

忽然，几个士兵像发现什么似的一起跑起来。艾玛定睛看时，张晓菁被他们揪了出来。扎亚和田甜也看到了，她俩小声说："怎么办？张晓菁被他们抓了，我们得救她。"艾玛说："别急，我们如果贸然去救她，一定也会被抓住的。"扎亚说："现在不救就来不及了，城堡里的戒备肯定比这里严。"田甜自言自语道："这些士兵看着眼熟，在哪里见过呢？哦，对了，我想起来了，这些士兵都是用纸折的，他们平时都放在一个大房子里。"艾玛摸了摸田甜的头说："我的小公主，你是不是在发烧，那可都是实实在在的人呀！"扎亚说："田甜可能说得不错，那些士兵没准都是纸人，只不过被玩偶城堡的主人施了法术。"

士兵们把张晓菁押到了画舫上，小魔王好像在对她说什么，一会儿，一个士兵把刀架在了她的脖子上。扎亚说："他们在逼张晓菁说出我们的下落。"张晓菁好像在哭，又过了一阵儿，小魔王领着船上的人押解着张晓菁上了岸。艾玛灵机一动说："我们快到船那边。"三个人偷偷靠到了画舫边，艾玛四下看看，张晓菁领着那些人进了树林。

画舫上静悄悄的，艾玛拿出小武士说："你能上去吗？"小武士点了点头，瞬间变大后跃到了船上。片刻，他过来低声说："船上分两层，一共有十二个房间加一个储藏室，一个人都没有。"艾玛说："快把我们弄上去。"小武士从船上垂下一个大篮子，分别把他们三个拽了上去。上到船上，艾玛问小武士："哪儿能藏住人？"小武士把他们领到了储藏间。

储藏间很大，艾玛躲到了一堆杂物的后边。将将藏好，就听到了有人说话："你们立刻下水去找，他们肯定躲到了水下，先把这个戴眼镜的给我押到十二号房间。"又过了好长时间，杂沓的脚步声传过来，接着听到说话声："报告小堡主，没有发现那三个孩子的行踪。"小魔王不耐烦地说："都是废物，快去再找！"一个甜甜的声音说："小主人，我们必须在三个时辰内赶回去，要不然这些士兵都会变成纸人的，那样，我们即便是找到他们也对付不了。"小魔王气恼地说："我必须要得到艾玛手里的那辆战车，那辆车简直太神奇了。"那个甜甜的声音又说："小主人，你不要长别人的士气，咱们堡里什么样的战车没有？"小魔王不耐烦地说："咱们的战车跟他的战车比，都是古董，一堆垃圾。"那个声音说："那我们现在也得走，如果我们的士兵变成纸人，那被抓的也许是我们。你不是做过他们的俘虏吗？再说，有这个张晓菁在我们的手里，他们肯定会找来的，那时，我们对付起他们不就容易多了。"

一阵摔打东西的声音过后，小魔王说："开船！"

船开动那一刻，扎亚低声说："我们得拖住他们。"田甜说："怎么拖住呀？"扎亚说："艾玛，你的小武士能对付几个士兵？"艾玛拿眼睛去看小武士，小武士说："他们这些士兵有秦朝的，也有汉代的，如果我的腿不受伤的话，能够对付六个，现在最多能对付三个。"艾玛说："那这条船上有几个士兵呢？"田甜说："他们来的时候我看到了，一共六个武士，外加五个侍女。"

艾玛低头想了想说："擒贼先擒王，我们如果能够把小魔王抓住，其他问题就好解决了。"田甜说："怎么抓小魔王呢？"艾玛说："小武士对付六个士兵没有问题，可他如果只是对付小魔王就简单了。我先出去引开上边的士兵，之后，小武士趁机抓小魔王，你们两个去救张晓菁。"田甜说："办法倒是不错，可你太危险了。"艾玛说:"我们必须试一试。"

说完这话,艾玛和小武士一前一后从储藏间溜出来,沿着楼梯向上走。快到楼梯口时,一声惊呼响起。艾玛看时,却是一个捂着嘴的侍女。没等艾玛说话,身后的小武士拔剑跃了上去。艾玛喊:"别杀人。"小武士抬手一戳,那侍女张大嘴巴不动了。侍女的声音惊动了上面的人,一阵脚步声传过来。艾玛说:"你快下来,小魔王从来都没见过你,他们根本就想不到你的存在。"小武士下来后,艾玛快速上到了二层。

两个士兵看到他后,大声喊着:"有奸细!"然后拔出剑冲过来。看到寒光闪闪的宝剑,艾玛一阵慌,他拔腿便跑,早忘记了自己刚才的目的。船很大,艾玛跑得也快,不辨东南西北地跑了一气,前面豁然开朗。一阵笑声钻进了艾玛的耳朵,定睛看时,自己跑到了甲板上,小魔王用手指点着他说:"哈哈,踏破铁鞋无觅处,得来全然不费工夫。"艾玛转身,六柄长剑从三个方向指向了他。

小魔王笑着走过来说:"你的那两个朋友呢?他们怎么没有一起来呀?"艾玛没有说话,他的眼睛定定地看着小魔王身边的一个女孩。那女孩个子和艾玛差不多,肌肤雪白,金发碧眼,穿着一身白色纱裙,随着她的走动,一双蓝色水晶鞋闪着紫蓝的光。女孩走到艾玛身前好奇地说:"你就是那个让堡主都有点头痛的艾玛?"艾玛说:"你真像芭比娃娃。"女孩伸出白皙柔嫩的手触了触艾玛的额头说:"我没看出你有什么特别的。不过,你倒挺聪明的,一下子就猜出了我的名字。"

小魔王伸手说:"拿来!"艾玛还沉浸在芭比柔软的手指间,他愣了愣说:"拿什么?"小魔王说:"你那辆神奇的战车!"说到战车,艾玛灵机一动,顺手从背后的包里取出战车,心里默念着:快快变大,快快变大!那战车并没有如他想象的那样变大。小魔王一把夺过战车说:"别费力气了,我老爸怕你们用战车对付我,早就教了我怎么对付你的咒语了。"

就在这时,东边忽然发出一声惊呼,艾玛回头,扎亚已经冲了过来。小魔王摆弄着艾玛的战车对一个士兵说:"去,把这个蛮夷杀了,其他几个留活口!"艾玛喊:"扎亚,别管我,你快跑!"扎亚却如同没听到似的冲到了艾玛的跟前。两柄长剑从两个方向刺了过去,艾玛情急,上前一步扯过扎亚,用自己的身体挡住了那刺过来的剑。小魔王喊了声："别伤他！"士兵的剑硬生生地收住了，他们茫然地瞅着小魔王。小魔王说："你们几个笨蛋，快去把那个蛮夷杀了，愣在那里干什么！"几柄剑上下飞舞着，有两次险些刺中了扎亚，如果不是顾忌到艾玛，扎亚早已不知死过几回了。

艾玛挡着扎亚一步步退着，面前的四个士兵忽然都扔掉手中的剑从三面围过来。艾玛和扎亚已靠紧了墙根，再没有退路。那四个士兵抓住艾玛把他揪到一边，另外两个士兵的剑直指扎亚。

"别动，要不然我先杀了他！"艾玛看时，自己的小武士不知从哪里冒出来抓住了小魔王，他的剑就搭在小魔王的脖子上。小魔王脸色惨白，颤声喊："别，别杀她！"小武士说："把你们剑都扔到地上，站到一边。"几个士兵去看小魔王，小魔王说："快扔了，站到一边去。"

芭比满脸甜笑地靠到小武士身边嘟着嘴说："大人欺负孩子，羞不羞！"小武士并不理她，对小魔王说："让你的士兵都跳下去！"士兵们还在发愣，小魔王跺着脚喊："你们快跳呀！"扑通扑通一阵响，士兵们都跳了下去。芭比趁势拽过小魔王胸前一个黝黑的哨子吹起来。

一阵似哭非哭的音调响起，那声音听上去不大，但极具穿透力。画舫突然飞一样急驰起来。艾玛只觉得两耳生风，旁边的景物如同快速播放的DV，他慌忙闭上眼睛。田甜惊恐的叫声，张晓菁刺耳的哭喊声，扎亚惊呼声同时传到耳朵里，他跌跌撞撞地抓住了一个人的手。

瞬间，一切都平静下来，艾玛听到了轰隆隆的水声。他睁开双眼，发现自己坐在一堆烂泥里，旁边是浑身精湿的田甜。田甜的长睫毛颤了颤，睁开眼环视了一下四周说："这是什么地方？他们呢？"艾玛也瞧了瞧周围，发现他们处于一个勺子形的潭水中，从太阳的方向上判断，他们在潭水的南边。

这潭水的勺子柄处有三个大瀑布，水声是它们制造出来的。三个瀑布的水在勺子柄处汇聚在一起，流到一个更大的空间后，平缓了许多，之后，这水又向着西南方向流走了。艾玛拉起田甜沿着潭水边走着，他想看一看这附近都有些什么。

忽然，有说话声响起："别推我，我自己会走！"由于山谷的回声，那声音夹杂在轰隆隆的水声中若隐若现。艾玛和田甜抬起头四下看着，田甜忽然拉了他一把说："看，彩虹桥！"艾玛回头，见他们的西南方向出现了一座高耸入云的七色彩虹桥。桥的一端低垂到潭水的一边，另一端越过潭水直插绝壁，隐入缥缈的云间。桥上的几个士兵推搡一个女孩，看时，却是扎亚、张晓菁和小魔王等。还没容两人细看，几个人便消失在朦胧的云雾中。

彩虹桥

峡谷内树木以松树居多，这里的松树形态各异，叶子苍翠欲滴。靠近潭水的周围是一些艾玛也没见过的阔叶树，每一棵都很高大，枝繁叶茂的样子，间或，是一丛叶子肥大的芭蕉翘然独立，犹如一块绿色的屏风，遮挡了它背后的青石。野花、野草到处都是，那红的、黄的、紫的，各色的花朵铺满了整个峡谷底部。

田甜说："这里真美呀！比黄山的风景还要好。"艾玛没去过黄山，当然想不出黄山是个什么样的。他无暇欣赏这里的美景，只是不住气地想，自己和田甜为什么没有被小魔王他们一起抓走。就在这时，田甜忽然一声惊呼，艾玛回头，大吃一惊，他的身后出现了一座彩虹桥，桥的末端离他不足五米远。艾玛还在愣怔，那桥快速地向前移动着，等他回过味来，他和田甜已经在桥的中间了。田甜喊："艾玛，艾玛，我们在动，你看，你看，我们飞到天上了！"

艾玛也看到了就在眼前的云朵，他再向下看，差点一屁股坐在桥上。他们飞得太高了，底下的潭水在不断变小，看上去犹如一个吃饭的勺子。还没等他定下神，田甜摔倒在他的身边，她闭着眼睛喊："艾玛，快救救我，这桥断了！"此时的艾玛也看到一个令人毛骨悚然的现象，他们身后的桥在不断塌陷消失。

艾玛的眼前一阵发黑，两条腿不由自主地哆嗦着，身子也跟着软了下来。田甜紧紧搂住艾玛带着哭腔说："艾玛，快想想办法，我可不想摔下去。"艾玛也搂紧田甜，好像彼此都成了对方的救命绳。

地灵的声音传过来："艾玛快睁开眼睛，准备往下跳。"艾玛闭紧眼睛说："不行，我不敢，我不敢！"地灵急切地说："孩子，勇敢点，如果你不跳，你们四个都出不去了，你愿意一辈子做人家的玩偶？"艾玛说："不行，跳下去会摔死的，我怕死!"地灵说:"你先睁开眼睛看看,不会摔死的。"艾玛勉强睁开双眼,一朵盛开的莲花就在桥的下边。看到莲花很小,艾玛更不敢跳了。地灵说:"你必须相信我,我不会害你的,快!快!马上,没有时间了。"艾玛的思想在激烈地斗争着,想跳又不敢跳,他松开田甜,把头探到桥下看,那莲花忽然变大了。猛然,田甜那边的桥断裂了,艾玛觉得衣襟像被什么拉了一下,侧头看时,田甜的身子已经悬在半空中,他忙伸手拉住了田甜的另一只手。田甜的身子加上下坠的力量,艾玛已经快拽不住田甜了。田甜惊叫着:"艾玛,快救救我!"地灵说:"艾玛,快!你如果松开她的手,她只有死路一条,你身上有护身符,她的身上可没有。"艾玛闭紧眼睛纵身跳了下去。

当他再次睁开眼睛,发现自己落在一片柔软的粉红色莲花当中,脚下蜷缩着田甜。地灵长长地松了口气说:"艾玛,你是一个勇敢的孩子,其实,他们刚才使用的是障眼法,田甜即便是掉下去也不会有事的,她最多重新成为一个玩偶。"艾玛说:"那你为什么非让我跳下去?"地灵说:"你如果从这个桥上过去,他们很容易控制你的,也许你就永远成为这里的一个玩偶了;你如果跳到这朵莲花上,他们就无法控制你。他们让田甜掉下去是为了让你的心理产生更多的恐惧。他们错了,没想到你在自己朋友的生死关头肯往下跳,你这一跳,便跳出了他们给你设计好进入游戏的路线,也就是跳出了游戏以外。这样,你把主动权握在了自己的手里。"

田甜醒过来多时了,她说:"艾玛,你在对谁说话?我怎么没看到人呀?"艾玛说:"我在跟我的护身符说话,你当然看不到了。"田甜说:"那我们现在又在什么地方?"地灵说:"你在一朵莲花上,莲花就飘在天空中。"田甜好奇地说:"那我怎么什么都看不到呀?"地灵说:"你试着拨开旁边的云雾,就能看到周围的景物了。"

莲花很大,仅是花瓣就要高出他们的头。田甜站起来,走到两个花瓣交错的地方,从那里伸出手一拨,就如同拉开了一扇窗帘。她探头向下看去,哇地喊了一声:"艾玛,你看,我们好像到了南方?"艾玛挤到她的跟前也往下瞧,呵!真是一派江南风景,绿树成荫,鸟语花香,到处都是纵横交错的水道,水道上有许多古香古色的拱桥。靠近南边的地方是一处青砖黛瓦的大宅院,它依山而建,傍水而居，院落重重叠叠。再往东北方向看，是一个不大的古镇，镇子中间一条青石铺就的小路，一条幽深的水道呈垂直方向将小路截为两段，水道上是一座三孔拱桥，桥下有几个乌篷船，船艄上都有一个年轻船娘或撑船或摇橹。她们一边撑着船一边用一种软软的口音唱着歌，随着船儿远去，歌声也便淡了，犹如那河道上的薄雾，似有似无，与她们一起远去的还有散落在河里的白鹅。

正瞧着入神，地灵说："我们马上就要落地了，从现在起，又要靠你们自己的力量来解决你们自己的问题了。看到南边那个大院落了吗？那就是玩偶城堡的所在地，你的朋友和同学就在那里。只要不进入城堡，他们和我们都不允许使用法术，即便是想使用也不灵。"艾玛说："那为什么？"地灵说："这是一个神奇的地方，有很多神秘之处，但这里有个规矩，凡事都要讲理，绝不允许野蛮，哪怕你讲的是歪理，只要对方无法驳倒你，那就是你有理。玩偶城堡也遵守这里的规矩。"

说话间，艾玛忽然觉得身子一顿，眼前的景色都变了。原来，他和田甜都落在了那座三孔桥上。已是正午，太阳柔柔地照着，艾玛拉起田甜向桥下走去。走在这里的人当中，艾玛和田甜都觉得自己是个异类，就像古装电影里出现了两个现代人似的。

艾玛问田甜："你来过这里吗？"

田甜摇了摇头。

艾玛又说："书里是怎么写这里的？"

田甜说："你的护身符不是告诉你了嘛，我们现在在游戏之外，书里当然没有这里的章节了。"

桥的那边更热闹，好像是个小集市，小路两侧有挎着篮子叫卖水果的，也有挑着担子卖青菜的，还有各色的小吃。田甜把指头噙在嘴里，眼巴巴地看着眼前的一切，艾玛也很饿，但他看到这里人使用的是一种黄色带方孔的金属钱。

走到一处卖青丝软糕的担子前，田甜停下来，她从口袋里摸出一张一百元的钞票递给摊主说："老爷爷，我买一块。"摊主是个须发皆白的老头，他眯着眼睛看了看田甜的钱摇摇头，示意不卖。见他不卖，田甜急急地说："老爷爷，这钱在我们那里能买好多东西的。"老头还是微笑着不语，艾玛扯了扯田甜说："傻瓜，人家这里用的不是这种钱。"他们两个在街上转到下午，都没有人把东西卖给他们。

饥饿永远是最可怕的敌人。田甜说："艾玛，我们歇一歇吧，越走越饿。"艾玛也饿，他的两眼正盯着街角一个衣衫褴褛的小男孩。那男孩已经跪了很久，他的前面是一个残破的碗，碗里有几枚铜钱。田甜见他看那个男孩，撇了撇嘴说："你不是准备像他一样讨饭吧？"艾玛紧抿着嘴唇没说话，看那意思，他好像真要去学那男孩。

田甜急道："你要是去讨饭，我永远也不理你了，太丢人了。"

艾玛无奈地说："那总不能像三毛一样插根草标卖自己吧，我饿得快坚持不住了。"

两人坐在柳树下又看了一会儿，艾玛说："你坐在这里别动，我去想想办法。"说完，艾玛一溜烟走了。又过了一会儿，他手里拿着一个破碗回来了，这碗更破，但看上去很干净，好像刚刚在河里洗过。

田甜正准备过去，艾玛冲他摆了摆手，示意她不要过来。接着，艾玛用一块红泥在脚下的青石上写着什么。写完后，他把破碗放在地上，自己就低垂着头坐在那里。

行人一个接一个地走过，但谁也没有搭理他。田甜十二分地难为情，好像坐在那里的不是艾玛，而是她自己。她扭转身看着别处，看了好一阵儿，再转过脸时，大大地吃了一惊。艾玛的周围围了几个书生，他们对着地上的字戳点着，又有一些人围了过来，田甜已经看不到艾玛了。

叮叮当当一阵响后，人群散开了，田甜看到艾玛的破碗里有十几枚铜钱。等人彻底走远后，田甜左右瞧瞧，站起身跑过来。艾玛把破碗里的钱收拢在一起递给她说："你拿着快去买点吃的。"田甜说："那你呢？"艾玛说："我再讨一会儿。"田甜接了艾玛手中的钱，好奇地看了看艾玛写在地上的字，居然是仿照他们学过的课文写的：我来自另一个世界，现在太饿了，这里的夏天虽然来了，我却感受不到。田甜记得课文中原来的话是：春天来了，我什么都看不到。学那篇课文时，田甜就没弄懂，为什么诗人给那个盲人旁边的牌子上加了一句话，就有人给他钱了，没等细想，艾玛催促道："快走，有人来了。"

田甜拿着钱走远了。

她先来到一个做糯米糕的摊子前,恰好有一个刚出炉的梅花糕。那梅花糕形如梅花,加上红色、绿色的糖丝,看上去就让人流口水。旁边的好吃的还有许多,海棠糕、绿豆汤、凉拌面、豆腐花、麦芽糖……田甜一口气买了一大堆,钱已经花光了。她先咬了一口梅花糕,热乎乎的,甜甜糯糯的,太好吃了。逐个品尝一番,她的肚子已经饱了,这时,她才想起艾玛还没有吃东西,看着手里仅剩下的一块梅花糕,心里很是过意不去,举着那块梅花糕快走回来时,忽然看到了小魔王和芭比正站在艾玛的旁边,他们身边还有三四个随从。艾玛依旧低着头,他似乎还不知道旁边的人是谁。夕阳下,小魔王满脸坏笑着从口袋里摸出一块亮晶晶的东西,他把手举得很高,然后用力把手中的东西砸向艾玛的破碗。只听得喀嚓两声响,声音非常大、非常刺耳,艾玛被吓得一激灵,他忽然抬起头,看到小魔王后,噌地跳了起来,上前去揪他的脖领。小魔王倒退了几步说:"小要饭的,你想干什么?这里可是讲理的地方,小心公差抓你!"艾玛涨红着脸说:"你凭什么砸我的碗?"一个随从说:"我们小主人是在施舍你,你看看地上的是什么?"旁边的一个围观者说:"你还不快谢谢这个小公子,他给你是二两银子,我们就算不吃不喝地干一个月也挣不来。"

艾玛把头低了下来,然后弯下腰一枚一枚地去捡地上的铜钱。所有的铜钱都收好后,他扭身向田甜这边走来。小魔王见他没有捡地上的银子,有点意外,追着艾玛说:"嗨,艾玛,你怎么不捡银子?"艾玛不说话也不理他。

田甜走过来把手里的梅花糕递给艾玛说:"艾玛,快吃吧,还热着呢。"艾玛接过梅花糕大大地咬了一口说:"真好吃,从哪儿买的,我们再买几块。"田甜说:"就在那边,不远。"两人说着话,向那边走去。小魔王讨了个没趣,他对身边的随从嘀咕了几句,便尾随着艾玛而来。

艾玛他们走到摊子前,田甜说:"阿姨,我们再买几块。"还没等卖糕的女人说话,小魔王说:"你的点心我全买了。"卖点心的女人看到小魔王,忙笑着说:"小公子,你怎么也吃起我们这些野摊子上的东西了?"小魔王说:"那你别管。"卖点心的女人冷着脸对田甜说:"你们去别的地方买吧,我的点心都卖了。"田甜愤怒地说:"那怎么也有个先来后到吧?"卖点心的女人说:"我们这里只卖给熟客。"田甜说:"那你刚才不是卖给我了吗?"卖点心的女人不耐烦地说:"刚才是刚才,现在是现在,不卖,不卖,你们快走吧!"

连续走了几个摊子,艾玛和田甜什么都没有买到。田甜气急了,对着跟在他们身旁的小魔王喊:"你总跟着我们干什么?"小魔王旁边的芭比说:"谁跟着你们了,这路又不是光给你们修的。"

艾玛现在最大的愿望就是照着小魔王那张坏脸上打一拳,他的拳头不断地在握紧,他已经快要控制不住自己了。小魔王好像知道艾玛想什么,他依旧坏笑着说:"千万别冲动,这里不是那个小岛。"在艾玛愤怒到极点时,地灵的声音传了出来:"艾玛,千万别动手,动脑筋。"

艾玛看到前边有两个岔口,拉过田甜耳语道:"我把钱分成两部分,你拿着钱往那边跑,我往这边跑。"说着话,他把手里的钱塞到了田甜口袋里。"记着,我数到三的时候,就开始跑。"小魔王还得意地站在他俩旁边说:"急,急死你,有钱买不着东西;饿,饿死你,看着好东西吃不到嘴。"他的话音未落,艾玛和田甜犹如两个兔子,箭一般向两边跑去。

小魔王愣了一下,瞅瞅这个,瞧瞧那个,一时不知该追谁。芭比说:"我们也分成两路,分别追他们。"田甜一边跑一边向两边看,前边是个卖大饼的,她跑过去喊:"买一个大饼。"卖大饼的还没有接过钱,后边跟上来的小魔王远远地喊:"我是城堡的小主人,大饼我全要了。"卖大饼对田甜摊摊手,做出一个无奈的动作。连续跑了四个地方,田甜都没有买到东西。

这边的艾玛跑得比芭比快多了,他先买了两块桂花糕,又买了一块酱牛肉,再想买点别的,手里的钱却花光了。他气喘吁吁地停下来后,看到了前边的田甜和小魔王。芭比也赶了过来,艾玛晃着手里的吃的哈哈大笑,小魔王气恼地跺着脚。

他上前拉起田甜说:"走,我们去那边享受这美味。"两人向前走了几步,一个打谷场出现了,艾玛和田甜过去坐在一堆稻草上休息,小魔王气哼哼地走过来。看到小魔王的样子,艾玛太开心了,他撕下一条牛肉递给田甜说:"慢慢吃,气死这个小坏蛋!"小魔王暴跳如雷,又扯自己的头发又跺脚。田甜接过牛肉一点一点地吃着唱:"气,气,气狗油,气得跺脚上墙头;笨,笨,小笨蛋……"唱到这里,田甜想不起下面该唱什么了,艾玛接过来说:"小魔王,我给你出个智力急转弯,你知道老太太上鸡窝是什么意思吗?"听到话,小魔王歪头想了半晌说:"老太太上鸡窝,不就是捡鸡蛋吗?"田甜哈哈地笑着说:"错了,是笨蛋。"

小魔王一屁股坐在了地上干号着说:"气,真气死我了!去,去把他们的吃的抢过来。"艾玛吓了一跳,转身正要跑,听到芭比说:"小主人,不行,在这里绝对不行,你难道忘记堡主的话了吗?"

看到他们不敢抢,艾玛摇头晃脑地吃着手里的东西,他吃得太慢了,半天也没吃掉五分之一。芭比对一个随从说了句什么,那个随从转身便走了。那随从走后,艾玛又开始气小魔王,气了一阵儿,觉得够了,正准备大口地吃手里的东西,忽然,大把的沙子飞了过来,接着,四五个六七岁的孩子嬉笑着冒了出来。艾玛手里的东西沾满了沙子和泥土,他的头上、身上也都是沙土。

他一下子跳起来喊:"你们干什么?你们干什么?"几个孩子嘻嘻哈哈地说:"我们在做游戏,你管得着吗?"他们说着话,围着艾玛和田甜唱起了顺口溜:"气,气,气狗油,好好的东西吃不到嘴里头。"艾玛向他们冲了过去,几个孩子一哄而散,他们边跑边喊:"艾玛是个大笨蛋,田甜是个大蠢蛋,笨蛋加蠢蛋,叽里咕噜滚下山。"

看到这里,小魔王高兴得又是蹦又是跳。

误入玩偶城堡

晚霞绚丽无比,艾玛饥肠辘辘,小魔王得意洋洋,田甜垂头丧气。芭比说:"小主人,你难道忘了来这里的目的了吗?"小魔王说:"当然没有,父亲让我想办法把艾玛引到城堡里。"艾玛听到他们的对话,有些好笑,想骗人家,还说出来了,那能骗了谁。他不想搭理这个小坏蛋,所以漫步向前走着。芭比又说:"那你怎么不骗他呢?"田甜说:"就凭他还想骗我们,那不是开玩笑吗?不过,你倒是挺有意思的,就是衣服穿得太单调了,我的那个芭比娃娃有许多衣裳。"芭比听她这一说,脸拉长了说:"我也有的是衣裳,我就喜欢穿这一身。"田甜不相信地说:"你在吹牛,你有淑女装吗?你有法国最流行的时装吗?"芭比一时语塞，田甜的嘴犹如机关枪，她嘟嘟嘟地说："你有背包吗？你有几部车？你坐过宝马车吗？我们家的芭比娃娃是个公主，你却是个跟班，真丢人！"

芭比气得脸色铁青，蓝眼睛里泛出凶光。艾玛一点斗嘴的心思都没有，他的脑袋里只有一桌子的好吃的。一阵悠扬的钟声传了过来，芭比对小魔王说："小主人，城堡里催我们回去，快走吧。"小魔王对艾玛说："艾玛，跟我走，我请你吃饭。"艾玛哈哈地笑着说："你做梦吧，想把我骗到城堡，真幼稚。"小魔王诚恳地说："我不让你跟我回城堡，真的。如果你进了城堡那太没趣了，首先，我没有理由再从城堡里出来；其次，我爸爸又要让我读书了；再者，如果你进了城堡，就会变成一个只知道听话的玩偶，那有什么意思。"

田甜说："你又在骗人！"

小魔王没有理田甜，他仍然对艾玛说："你如果不愿意跟我走也行，我把这个牌子借你一晚上，有了这个牌子，你在这里想吃什么就有什么，想住哪里就住哪里，干什么都不用花钱。"说着话，小魔王把一个银牌递给艾玛。艾玛犹豫着接过牌子看了看，银牌的正面有"玩偶通用"的字样，背面则是一张笑眯眯的脸。

看到艾玛接了牌子，小魔王转身领着几个人走了。

见他们走远，田甜说："这个小坏蛋又不知道搞什么鬼？"艾玛说："管他搞什么鬼呢，我们先试试这个牌子到底灵不灵？"

两人说着话，挑了古镇上最大的一家客栈走了进去。一个肩搭毛巾的伙计冷冷地说："住店需要先付钱。"田甜把艾玛给她的铜钱摸出来，伙计瞟了眼她手中的钱，不屑地说："两位是自己走出去呢，还是让我找人把你们扔出去？这点钱在我们的店里还不够买壶茶。"看他恶狠狠的样子，田甜忙躲到了艾玛的身后。

艾玛也很心虚，他犹豫着举起小魔王的银牌晃了晃。伙计看到牌子，立刻眉开眼笑地说："得罪公子了，小的不知两位是城堡里的人，该死，该死！"说着话，他扇了自己两巴掌。艾玛见他如此，胆子便大了，他说："我现在很饿，赶紧给我们安排吃的，要最好的。"

伙计点头哈腰地说："是是是，小的马上安排，两位随我来。"

艾玛和田甜随着伙计穿过几个回廊，一个月亮门出现了。过了月亮门，是一个院落，院落的中央有一个鱼池，一座曲折的小桥就在上面，小桥的末端隐入到一座假山山洞。院落的正面有三间精致的屋子，每个房子的门楣上都有字，分别是"听雨小筑"，"雨打芭蕉"、"别有洞天"。伙计说："两位随便选，想住哪间就住哪间。"田甜说："我们是两个人，得住两间。"伙计说："随意，这个院落都归两位。"

艾玛和田甜在"别有洞天"大吃了一顿，这么多天来，这是他们最丰盛的一次晚餐。吃过饭，四个伙计抬来了两只大木桶，艾玛和田甜瞅着那桶发愣，伙计说："这是给两位准备沐浴的汤水。"

木桶里洗澡可是头一回。水不冷不热，还漂着些粉色的花瓣，热气散出，整间房子都飘荡着淡淡的花香。洗过澡，伙计将木桶抬了出去。艾玛刚跳到那个像房子似的床上，就听到咚咚的敲门声和田甜的喊声："艾玛，快开门！"艾玛不情愿地下地开了门，田甜挤进来说："艾玛，我有点怕，不敢自己睡。"艾玛摊了摊手无奈地说："那怎么办？这房子里只有一张床。"田甜说："你睡地上不就行了吗？"艾玛赌气地说："你怎么那么自私，为啥要我睡地上？"田甜小声说："我怕地上有虫子，求求你，艾玛。"艾玛最怕别人求他了，只好从田甜的房间里抱来被子铺在地上，违心地睡在了上面。

躺在地上的艾玛翻来覆去地睡不着，他现在想家了，更想他的妈妈。田甜好像也睡不着，她忽然说："艾玛，我想家了，咱们怎么回家呀？"艾玛说："你不是读过书又玩过游戏光碟嘛，游戏中是怎么过的全局？"田甜："现在好像跟书里不一样，书里没有介绍怎么进入玩偶城堡，也没有交代结果。我只记得书中最后一句话是这样写的：'没有人能够从这盘残棋中走出来，所有进去的人都杳无音信。'"

听到这句话，艾玛愣了半响，默默念叨着："没有人能够从这盘残棋中走出来，所有进去的人都杳无音信……"连着叨叨了几次，他莫名地心烦起来，连自己也控制不住这种情绪。他的心里不由得抱怨：如果不是她那本破书和那张游戏碟，他就不会进入到这里，更不会吃那么多的苦，现在倒好，连怎么出去都不清楚。尤其是书中最后的一句话，更让艾玛泄气。他沮丧地想，看来他们都回不去了，想到回不了家，艾玛不禁伤心地哽咽起来。

田甜的心里也不好受，听到艾玛的哽咽声，她从床里爬出来说："艾玛，都……都是我不好，是我把你们都害了。"艾玛顺口接过话茬说："就是你不好！要不是你，我们也不会是这样的。"

艾玛从来没有这样责备过田甜，话出口后，有些后悔，还没等自己想好怎么去补救，田甜哇的一声哭了出来，她边哭边说："是我不好，可我又没让你进游戏中来，要不是你家的电脑，我又怎么能进到游戏中呢？"她越哭越伤心，哭着，哭着，下地穿上鞋说："不用你去救他们了，我自己去，我自己去找路天宇，去找张晓菁，哪怕再次做了玩偶，我也心甘情愿！"

艾玛慌忙穿好衣服追了出去，他边跑边喊着："田甜，你回来，是我不对还不行吗？"客栈的大门只开了一条缝，看样子，田甜刚跑出去。艾玛从门缝里挤出去，一路跑着去找田甜，跑了一阵儿，根本没有田甜的踪影，而他自己也感觉迷路了。

月光虽然皎洁，但眼前的景色与白天大不一样，阴森森的，令人有些毛骨悚然。艾玛有些怕了，他左转右转想寻找回客栈的路，但怎么也找不到。当他从一条幽深的巷子里转出后，总觉得后边有人跟着他，连续回了几次头，都没有看到人影。艾玛的头皮发麻，他最渴望见到人了，即便是小魔王也好。因为害怕，他越走越快，后来干脆跑了起来，一路狂奔，直到筋疲力尽，艾玛才停下来。他呼哧呼哧地喘了半天，发现自己在一片竹林中。月光透过稀疏的竹叶，他看到一截白色的墙，墙不是很高，上面有青色的瓦。艾玛缓缓站起身，又往前挪了几步，一个月亮门出现了。门是虚掩的，里面好像有灯光。艾玛大着胆子走过去，轻轻一推，门便开了，进了月亮门，里面豁然开朗，好像是一个很大的花园。

艾玛蹑手蹑脚地向前走了几步，听到一阵脚步声。他刚隐到一丛巨大的芭蕉后面，三个红衣侍卫远远走过来，艾玛忙一步步地向后挪动着，挪了几步，忽然觉得自己的背部顶在了一个很硬的东西上。他转头看时，自己正在一座假山旁。红衣侍卫并没有向这边走过来，但艾玛还是怕被他们看到，他悄悄顺着假山向后移动着，又转过一个弯，一个一人多高的洞口出现在眼前。

艾玛认为这是一个很好的藏身之处，便从洞口溜了进去。原本以为是个很浅的洞，当他走进去后才发现这个洞很深，每到转弯处都有一盏红色的灯笼。又是一个转弯过后，空间骤然变大，暗红的光线下，艾玛看到对面坑坑洼洼的墙上是一张笑眯眯的脸的轮廓，艾玛大吃了一惊，难道自己误打误撞，居然进了玩偶城堡？他大着胆子靠近墙边，发现那脸的轮廓是由镶嵌在墙上的发光石头连成的。就这时，后边传出了说话的声音："好像有生人进来了。""不可能，生人怎么能进到这里呢？"艾玛听出是两个人在说话。

一个说："我们去查看一下吧。"

另一个说："有什么好看的，放着好好的觉不睡，折腾啥。"

一个说："最近主人不在，主管让我们留心家里，要防备那个叫艾玛的孩子。"

另一个说："一个普通孩子有什么可怕，最多一刀就解决了。"

一个说："主管说过不能掉以轻心，那孩子虽说是个普通的孩子，但他的身上有一个护身符相当厉害。"

另一个说："主人这些天去了哪里？"

一个说："听人说，咱们城堡因为艾玛和红衣教结了怨，主人正在处理这件事情。行了，行了，不跟你说了，还是过去看看吧。"

听到他们要过来，艾玛慌了，四下寻找藏身的地方。由于紧张，他的脚下被什么东西一拌，扑通摔倒了。"有人！真的有人进来了。"接着是嗵嗵的脚步声。倒在地上的艾玛忽然看到右侧的阴影里有一个很小的缝隙，他忙爬过去挤了进去。

缝隙里有风，好像能通向外边。这时，灯光大亮，整个洞里如同白天一样，两个身躯异常高大的汉子跑了进来。他们很快就发现了艾玛，狞笑着说："小崽子，本事倒是不小，居然能进到我们城堡的腹地。"艾玛吓坏了，拼命地往里挤。那两个汉子一步步逼了过来，手里的刀明晃晃的。前面的空隙更小，犹如一个狗洞，艾玛手足并用向前爬着。猛然，他的鞋被人拽住了，他用另一只脚狠狠地蹬着，两只手死死抠紧突起的山石。拉他脚的人的力气实在太大了，艾玛已经快抠不住那石头。他的手脚都很痛，意识也在模糊，就在他准备放弃的那一刻，被拉住的脚忽然解脱了，脚下冰凉。艾玛立刻醒悟，他的鞋被拽掉了。由于那人突然撒手，借着惯力，艾玛又前进了一点。可更要命的是，他被两侧的山石卡在了中间，胸腔受到挤压，他觉得快喘不上气来。

"拿刀捅他，快拿刀捅他，把他捅死！"听到这个声音，艾玛也不知哪里来的力气，用力向前一挤，呼吸顿时顺畅了。再往前爬，空间大了许多，艾玛听到身后的一个人说："这洞太小，我们进不去。"另一个说："这是一个废弃的死洞，我们用水淹死他！"一个说："还是报告总管吧。"另一个说："你是不是想找死，主人让我们守住这个洞口，片刻不允许离开，你非趁着主人不在拉着我去喝酒，惹下了这么大的麻烦。你知道擅离职守要受到什么惩罚吗？"那个不说话了。

艾玛听到他们要用水淹死自己，慌忙接着往前爬。

别有洞天

洞里蜿蜒曲折，有的地方很大，艾玛甚至能够站起来；有的地方很窄小，他只能趴着钻过去。起先，艾玛还能听到水的声音，后来便什么也听不到了。又往前爬了一段，艾玛忽然闻到了淡淡的烟味，回过头，看到烟是从自己爬过来的地方漫过来的。他立刻明白，那两个家伙是想用烟熏死自己。

洞里漆黑一片，艾玛也不知自己究竟爬了多久，又到了能站起身的地段，他摸着石壁慢慢向前走着，越过一个小坎，脚下突然一滑，来不及抓住任何东西，便叽里咕噜地滚了下去，还没等他反应过来，便扑通一声掉进了水中。

艾玛一时懵了，连续呛了两口水，脚才踩着地。他抹了一把脸上的水珠，看到了一个破碎的月亮，定了定神，才弄清自己是在一口很宽阔的井里，而那破碎的月亮只是一个映在水中的影子。井里的水微微有些热，居然跟自己平常洗澡时的水温差不多。艾玛抬头看了看，这井并不是很深，中间有根横梁，横梁上缠着一圈圈的绳子，他估计那可能是一个取水的辘轳。井壁的下部十分光滑，快到井口时，口径变大，有很多不规则的石头。艾玛想：只要能爬到那里，就很容易出去了。

月亮一点点消失了，艾玛尝试了几次，四处没有着力的地方，根本就爬不上去。他想：自己现在就像课文《井底之蛙》中的那个蛤蟆。幸好水不是很深，只能没到他的脖子。他眼睁睁地看着井口大小的天空，看了一会儿，困意袭来，头也耷拉下来，要不是又被水呛了几回，他很有可能早睡着了。就这样，他一会儿清醒，一会儿迷糊，不知过去了多久。

当他再一次清醒后，忽然听到了一个熟悉的声音："你不是说艾玛会来救我们的吗？都过了这么多天，他怎么还不来呀？"艾玛忽然清醒了，是路天宇。另一个声音说："我怎么知道他还不来呀，快提水吧，小心又被那个小妖精饿一顿。"这是张晓菁的声音。听到自己同学的声音，艾玛的眼泪止也止不住了，那些平时听上去耳朵都要起茧子的声音是那么亲切。他忽然觉得这是世界上最好听的声音，他也瞬间领悟到了什么是友情，什么是亲人。路天宇又在唠叨："我看他不会来了，没准儿早被这些人给杀了，就算没被杀掉，他也早跑了。"张晓菁大声说："艾玛不是那种人，他不会跑的，更不会被他们杀掉。"说到后来，张晓菁的声音里带出了哭腔。

艾玛正要大声喊，一个恶狠狠的声音传了进来："还不快提水，小心芭比公主不给你们饭吃。"路天宇讨好地说："秋菊姐姐，别生气，我们马上就提回去了。"声音过后，一个黑乎乎的东西从井口放了下来。艾玛躲到阴影的一边看到了一个木桶，接着是一个竿子顺下来，那竿子的头上有一个钩子，钩子搭住木桶的横梁来回一晃，一桶水便满了。

这可是一个机会，艾玛双手抓紧了桶的横梁。木桶离开了水面，路天宇的声音传过来："今天这桶怎么这么重！张晓菁，不许偷懒。"吱呀吱呀的一阵响声过后，艾玛缓慢地上升着。快到井沿时，艾玛忽然想：如果这样贸然上去，是不是也会和他们一样被抓住呢？想到这里，艾玛左右看看，一根腕子粗细的树根就在眼前。他立刻腾出一只手抓住了树根，接着，另一只手跟了过来。失去他的重量，水桶噌地窜出了井口。由于速度太快，水桶里的水洒了出来，溅了艾玛一身。

路天宇嘟嘟囔囔地说："今天这桶可真奇怪，一会儿重，一会儿轻的。"艾玛不知道上边的情况，他没敢说话。路天宇和张晓菁的脚步声远了，外面静了下来。艾玛悄悄爬上来探出半个脑袋，见外面没有一个人，他噌地跳了上来。

跳上来后，他才发现自己处在一个小小的角落里。他四下打量着，这里的建筑可真奇怪，就像是谁把一栋三层高的建筑弯成了一个圆，每层都分成若干个小格，每个格子上又独立着一个像盒子似的房间，每个房间的正面墙上都有一个一人高的大字，最底层的是兵和卒，房间也小；二层上的是马、炮、车；三层是象、士和将。左右两侧的三层各有一个突出看台，看台上有两把大椅。看台后面的房间非常漂亮，犹如小巧的宫殿，乍一看，就像是一个不伦不类的陈列馆。

艾玛没有过多思考，他现在必须先找到一个藏身的地方。于是，他猫着腰掩藏到了一个离他最近的房子的阴影里。刚刚藏好，就听到一阵号声，就像军队的起床号。各个房间的门瞬间都开了，一群和他一般大小的孩子都迅速跑向圆形场地中间。他们身着红黑衣裳，胸前背后都有字，有的写的是"马"，有的写的是"炮"，有的写的是"兵"。

这时，左右看台上各出现了两个丫鬟装束的女孩。一个喊："开始演练，列队！"场地中间立刻有了变化，红黑衣裳的孩子马上列成两队。红方的全部是女孩，黑方的都是男孩。他们围着圆形的场地开始跑步，约莫四十分钟后，看台上的一个丫鬟喊："全部归到自己的位置！"瞬间，红黑两方各自站好了位置。

天渐渐放亮了，场地中间的孩子还在演练，他们一会儿合在一起，一会儿又都回到自己的位置。太阳完全露出来后，艾玛从人群中找到了路天宇和张晓菁，两人和其他孩子一样都乖巧地听着看台上的指挥。艾玛忽然记起他在沙漠中看到的海市蜃楼景象，有这里的情景，但路天宇应该是"兵"，可现在路天宇的胸前上写着"马"，倒是张晓菁的胸前写着一个"卒"。

又是一阵号声响过，红黑双方各自收队，分两个方向各进入一个宽敞的门内。此时，艾玛已经明白了这里的格局，他想：路天宇应该在对面的二楼上居住，但那二楼有两个写着"马"字的房间，他究竟在哪一间房子里呢？管他呢，想办法先过去再说。这样想着，艾玛左右看看，猫着腰沿着回廊向对面跑去。四周很静，静得令人奇怪，整个建筑里没有丝毫声音，若不是刚才亲眼看到有这么多人操练，艾玛肯定不会相信这里有这么多的人。

很容易就上到了二楼，艾玛推了推左边写着"马"字房间的门，居然看到两张床，两张床的中间有两个小小的蒲团，蒲团上规规矩矩地坐着一个和他一般大的孩子。那男孩的眼帘微微地闭着，犹如老僧入定一般。艾玛走过去看时，那男孩依旧直直地坐着，连眼珠都不动，好像一个没有生命的雕塑。艾玛用手推了推他，那男孩应声倒地，还是原来的姿态。正在这时，外面又传来了号声，他悄悄将门打开一条缝，见刚刚消失的孩子们又出现在场地上。

太阳很毒，毒辣的太阳下，那群孩子还在操练。红方的一个"卒"忽然倒在了地上，艾玛猜测她可能是中暑了。两个红衣打扮的侍女提着一桶水跑过去，哗地泼在了地上那孩子的身上，接着，看台上有个声音说："拉下去，罚一顿饭！"看了一阵儿，艾玛回头，见那男孩还是刚才倒地的姿势，就上前用手探了探他的鼻息，有呼吸。艾玛想：既然有呼吸，说明他是一个活人，那他为什么不会动也不会说话呢？艾玛又用手摸了摸那男孩的脸，绝对是正常人的肌肤。就在艾玛百思不得其解的时候，奇怪的事情再次发生了，眼前那男孩好像在变，他刚刚触摸过的脸变成了青白色，只是一瞬间，那男孩就变成了一个很小的瓷娃娃。艾玛吓坏了，刚要向外跑，听到外面有说话的声音。他四下看看，哧溜一下钻到了床底。

床有帷幔，帷幔离地有一尺多高。床底下的艾玛只看到一双漂亮的红绣鞋一前一后地挪动着，蒲团上的那个歪倒的男孩不见了，只有一个巴掌大小的瓷娃娃倒在蒲团上。一声惊叫："奇怪，这个玩偶怎么无缘无故倒了呢？"接着，一双白嫩的小手捡起了地上的瓷娃娃，后来，房间里又静下来，红绣鞋也不见了，艾玛稍稍往前探了探头，忙又缩了回来，他看到了两只穿着红绣鞋的脚在床沿下荡来荡去。

床下的艾玛连大气都不敢出，他盼着那双红绣鞋赶紧出去。在他的盼望中，听到一阵轻柔的小曲："好宝宝，快睡觉……"听着，听着，艾玛便迷糊着了。不知睡了多久，艾玛被一阵刺鼻的臭味熏醒，他太熟悉这种味道了，他们班里能发出这种臭味的只有路天宇的脚。

房间里有淡淡的月光，艾玛判断现在是晚上。他侧着耳朵又仔细听了听，除去那一阵儿大一阵儿小的鼾声，好像再没有其他的声音，于是他悄悄爬了出来。床空着一张，他刚才藏身的那张床上睡着一个人，借着月光，艾玛看到那床上的人正是路天宇。艾玛上前摇着路天宇的胳膊小声喊："路天宇，路天宇，你快醒醒！"摇了半天，路天宇就是不醒，艾玛狠狠地掐了他一把，路天宇挺尸一样坐了起来。

他看到艾玛后，眼睛瞪得溜圆，之后，又用手使劲揉了揉眼睛才说："艾玛，是你吗？"艾玛点点头说："是的。"路天宇说："你怎么变得这么大？"艾玛上上下下看了看自己，没觉得自己有多大，还是原来的样子。他将信将疑地说："路天宇，你的眼睛是不是有毛病，我还是原来那么大呀！"路天宇说："不对，不对，你现在最少比我大十倍。"艾玛说："你是不是脑袋有问题，要是我比你大十倍，这房顶早被顶破了。"路天宇说："不对，不对，这个房间很神奇，它也会变大变小的。"艾玛不耐烦了，他说："先别说谁大谁小，有没有吃的？"路天宇愁眉苦脸地说："哪有吃的，有吃的我也不用睡那么早了。再说了，即使有点吃的还不够你塞牙缝，你现在太大了。"艾玛说："这里的守卫多不多？"路天宇苦笑着说："这里哪用得着守卫呀，那四个巨人使女随便一脚就能踩死我们，还有那个可恶的芭比公主，她能够把兵营里所有泥人变成活的士兵，太可怕了。"

艾玛现在最需要的是吃的，他说："哪里能找到吃的东西？"路天宇说："一楼的厨房里有好多，但我们在晚上根本就跨不出这个门槛。"艾玛说死都不相信路天宇居然跨不出那个只有一拃高的门槛，他拉起路天宇说："走，你快带我去！"两人到了门口，艾玛推开门便迈了出去，可路天宇走到门口便怎么也走不了，他的脚反复抬起落下，就是出不了门口。艾玛小声说："你捣什么鬼？快点出来呀！"路天宇说："我要是能出去还用你说吗？那个门槛会动，我走它也走。"艾玛见路天宇的神态不像是说谎，回身背起路天宇轻松地迈出了门槛。

夜色冷清，四周很静，所有的房间都黑着灯，唯独对面看台上的几个房间灯火辉煌。艾玛拉着路天宇猫着腰从二楼上下来，路过看台时，他们看到窗户上有几个影子在晃来晃去。路天宇小声说："你不用怕，这里到了晚上只有芭比公主和她的四个侍女能自由活动。"艾玛说："什么芭比公主？就是那个芭比娃娃呗。"路天宇说："你见过她？"艾玛说："怎么没见过，她差点就做了我的俘虏。"

厨房很大，只有一盏红红的蜡烛，路天宇领着艾玛三绕两绕便来到了一个橱柜。微微灯火下，艾玛看到好多吃的东西，有牛肉、板鸭，还有各种点心。艾玛抓起那些吃的胡乱往嘴里塞着，路天宇也丝毫不逊色于他。两人正吃得起劲，忽然有声音从外面传进来："真烦人，半夜还要吃东西，也不让人睡觉！"艾玛眼疾手快，拉起路天宇躲到了橱柜的后面。

门忽地开了，早上在看台上指挥路天宇他们的两个侍女提着灯笼走了进来。她们径直走到橱柜前，一个惊疑地说："这里的东西好像被人动过。"另一个说："别瞎说了，除了我们和小主人外，没有人能进到这个内城里，快点吧，省得叫人家骂！"两个侍女拿了些东西出去了。

他们刚走出去，艾玛和路天宇迫不及待地从橱柜后面出来，疯狂地吞食着橱柜里的吃的。吃饱喝足，艾玛说："你知道张晓菁住哪个房间吗？"路天宇说："知道，就在一楼靠左边的第一个房间。"艾玛说："我们也给她带点吃的。"路天宇说："你是怎么进来的？"艾玛一边拿着东西一边说："从井里，是你和张晓菁把我吊上来的。"路天宇不信，见他不相信，艾玛说："你早上不是说我早死了吗？"路天宇有些不好意思了。艾玛说到这里，脑海中忽然生出一个念头：既然自己能从井里进来，当然也能从井里出去，那样不是很容易就把自己的朋友救出去了吗？

这个念头刚生出来，胸前的地灵说话了："艾玛，你不能出去，你必须要从这里得到小魔王的玉佩，只有得到玉佩后才有机会回到你们的世界。"艾玛说："那你怎么不早说呢？我们现在连小魔王在什么地方都不知道。"路天宇说："你在跟谁说话？"艾玛说："你别打岔，我在跟我的护身符说话呢。"地灵说："这个内城还有一条地下通道，顺着那条道出去可以到达棋盘山，小魔王正在棋盘山下的一个叫明月庵的地方。"艾玛说："什么棋盘山呀？"地灵说："到了那个地方，你们就知道了。"艾玛又说："我们怎么才能找到地下通道？"路天宇说："我知道入口在哪里，听说那里非常危险。"地灵说："你们必须要快，明天上午，这里的城主要与红衣教进行一场决斗，地点就在棋盘山，他们比试的是一盘棋，你们必须想办法把我和小魔王的玉佩同时插进棋盘上楚河、汉界的孔洞中才能回到原来的世界。"艾玛说："那我们现在就去吧。"地灵说："别急，你们先去找到你们的同学张晓菁，然后我再给你们三种法器，你们才有机会。"

艾玛和路天宇趁着夜色悄悄潜入到张晓菁的房间，救出张晓菁，他们三个重新回到路天宇的房间。地灵说："艾玛，你从口袋里摸一摸。"艾玛摸了摸自己的口袋，居然有三个黄布小包，打开第一个，里面有十一个黄澄澄的东西，仔细看去，却是九个小牛，外加两个老虎的面点。艾玛疑惑间，地灵说："你把他们吃到肚子里，你就具有了九头牛的力量还有两只老虎的凶猛。"一旁的路天宇睁大眼睛说："这不公平，为什么不给我吃一个？"地灵说："你吃了也没用的，因为你没有缘分吃它们。"路天宇眼巴巴地看着艾玛吃掉了那些东西，急切地说："老佛爷，你也得给我点东西吧。"地灵笑了，他说："你天生胆小又好动，有时还很自私，所以我也有两样东西送给你。艾玛，你打开第二个小包。"艾玛打开小包，里面有一件小得可怜的黄色袍子，旁边是一片紫色的叶子。地灵说："你把那片叶子吃掉，你的胆量就变大了。那件袍子是件隐身衣，穿上它，就没有人能看到你了。"路天宇用两个指头捏起那袍子，满脸的不相信。地灵说："把那叶子吃掉才有用的。"路天宇将信将疑地把叶子刚放到嘴里，便呸呸地吐了起来说："哎呀！我的妈，简直太苦了！"地灵也不理他，他对张晓菁说："最后的一个小包是你的。"艾玛打开小包，里面只有一个小小的眉笔，张晓菁正在纳闷，地灵说："这个眉笔能让你们变成你们见过的任何人。你们记住了，艾玛和路天宇的东西只在今晚有效，你的眉笔可以一直用下去，能否成功全靠你们自己。"

明月庵

已是深夜，整个内城死一般的寂静，路天宇领着艾玛和张晓菁从看台左边的楼梯下去，进入到一条长长的巷道。巷道既深又暗，墙壁上那忽明忽暗的灯光犹如一双双闪烁的眼睛。张晓菁抓紧了艾玛的手，她的手心在出汗，艾玛甚至都能感觉到她剧烈的心跳。其实艾玛又何尝不害怕呢！

巷道的尽头是两扇巨大的石门，石门上锁着一把大锁。艾玛说："门是锁着的，我们怎么进去呀？"路天宇说："这里的门平时并不锁，谁知道今天怎么锁上了。"张晓菁说："我知道钥匙在哪里。"艾玛说："那你快说呀！"张晓菁说："那钥匙就挂在芭比公主房间里的墙上。"路天宇说："我去偷出来。"三个人从巷道里返出来，蹑手蹑脚地来到芭比房间的窗前，艾玛用舌头舔了舔窗纸，两个小洞出现了。房间里很明亮，对面是一张拉开帷幔的床，两个侍女用扇子给床上的人扇着风，一把很大的钥匙就挂在旁边的墙上。看了一阵儿，艾玛想不出什么好办法去取那钥匙，回头正要与路天宇商量，却听到门吱的一声响，他忙与张晓菁蹲在了窗沿下。

　　房间里有说话的声音："也没刮风，门怎么开了？"接着是一阵细碎的脚步声，又是吱的一声响，门被关上了。艾玛慢慢站起来，发现路天宇不见了，他小声对张晓菁说："路天宇呢？"张晓菁四下看看小声回答："刚才还在呢。"这时，房间里忽然发出一声惊叫："你掐我干什么？""谁掐你了？"艾玛顺着两个小眼看过去，床前的两个侍女正互相埋怨着。张晓菁用低低的声音说："是路天宇在捣鬼。"床上的人翻了个身子说："都去睡吧，明早有很多事情呢。"两个侍女答应着向门口走来。艾玛忙拉过张晓菁躲到一个柱子后，他们看着两个侍女进了另一个房间，正准备过去，一把大钥匙晃晃悠悠地从那边飘了过来，接着，是路天宇的声音："艾玛，你们在哪里？"艾玛和张晓菁闪了出来，钥匙晃到两个人的身前，路天宇的脑袋露了出来。张晓菁说："路天宇，你快把隐身衣脱掉，怪吓人的。"

　　三个人重新进了巷道来到石门前，路天宇比划着说："这锁的位置太高了，我们得叠个云梯才能打开锁。艾玛，你太胖了，还是你在下面吧。"艾玛说："那好吧，你踩着我的肩膀去开门。"说完，他蹲下身子，路天宇踩着艾玛的肩膀，艾玛非常轻松地站了起来，好像肩膀上根本就没什么东西似的。路天宇还是够不着锁，他不停地喊："再高点儿，再高点儿。"艾玛已经是跷着脚尖了，路天宇还是够不着锁。想到自己具有九牛二虎的力量，艾玛抓住路天宇的脚脖子，把他高高地举了起来。

　　咔嗒一声，锁被打开了。

　　路天宇说："好了，好了，你快放下我。"落了地的路天宇用力去推那门，可门纹丝不动，艾玛上前轻轻一推，门便嘎吱一声开了。路天宇抢前一步跨进了门里，艾玛和张晓菁刚跟着进来，身后的门砰地关上了。路天宇走得很快，但回来得更快，他大声喊："艾玛，你快上，看门的巨人来了。"他的话音未落，嗵嗵的脚步声传了过来，一个猩猩脸的巨人向他们走过来。那巨人太高了，艾玛仰起脸才勉强能看到他的下巴。回去的路已经被门封死，他们三个被巨人逼到了一个角落里。那巨人的手伸向了路天宇，可路天宇犹如空气一样消失了，艾玛知道他又用了隐身衣。没有抓着路天宇的巨人随手把张晓菁抓在了手里，张晓菁惊恐地尖叫着。也不知哪里来的勇气，艾玛猛地抱住了巨人的一条腿，他用力一掀，轰隆一声响，巨人倒在了地上。

倒在地上的巨人不相信地看着艾玛，他瓮声瓮气地说："是……是……是你推倒了我？"藏在隐身衣里的路天宇扯了扯巨人的耳朵说："傻大个，就是他推倒的你。"巨人傻里傻气地说："谁在跟我说话？"路天宇又扯了扯他的胡子说："是我，你的主人在跟你说话。"趁着巨人发愣，艾玛拉起张晓菁向前跑去。

又是一扇巨大的石门被推开了。艾玛和张晓菁出了石门，那石门又是砰的一声关上了。喘息未定的张晓菁说："路天宇呢？"艾玛四处看看，也没有看到路天宇，正着急，路天宇哈哈地笑着说："我在这里呢。"顺着声音看去，路天宇得意洋洋地坐在一棵大树下。他的话音刚落，那树的枝条如同被狂风卷动，一根根柔软的枝条搭在了他的身上。他愈是挣扎，那枝条勒得愈紧。张晓菁喊："路天宇，你千万别再挣扎了，如果再挣扎，那枝条会把你勒死的。"艾玛跳起来冲了过去，他奋力扯着路天宇身上的枝条，枝条太多了，没等艾玛扯断几根枝条，他也被枝条紧紧缠住了。路天宇喊："张晓菁，快用火烧，我听这里的人说，这棵吃人树最怕的就是火。"

听到他的话，张晓菁见那树干上隐隐现出了一张抽抽巴巴的脸，她大声说："你快放开我的同学，要不然我就点火了。"抽抽巴巴的脸消失了，路天宇和艾玛已经失去了挣扎的余地，他们就像是两个大大的粽子。张晓菁掏出打火机，四下找着能引火的东西。艾玛看到了一根枝条正探向一把大扫帚，他忙喊："张晓菁，快去抢那把扫帚。"张晓菁向前一扑，抓住了大扫帚的把子，又有两根枝条卷住了扫帚。枝条在收紧，张晓菁被一点点拽向大树。艾玛明白，只要再被拽得近一点，张晓菁也会被那些枝条缠住，那样，她的下场会和他们一样的。他喊道："张晓菁，你快松手，快松手！"谁知，张晓菁像傻了似的，不断地倒着手靠近了扫帚的头。两根枝条松开扫帚缠住了张晓菁的腿，又是一根枝条缠住她的腰，张晓菁被拖倒在地，慢慢地靠近了大树。艾玛和路天宇同时喊了声："完了！"

张晓菁离大树越来越近，更多的枝条缠住了她的腿和腰。就在这时，火光一闪，扫帚的头着了，大树的枝条好像蜗牛的触须急速缩了回来。张晓菁获得了自由，她扭过身子把火把一般的扫帚挥向大树。一个胆怯的声音从树干里发出："别烧我，千万别烧我，我放了你的同学就是了。"

所有的枝条都松开了，艾玛和路天宇脱身出来。艾玛扶起张晓菁，路天宇举着燃烧的扫帚说："你快说，怎么才能去明月庵？"大树说："一直向前走，转过一个长满桃树的山弯就能看到明月庵了。"

青灰色的月光下，路天宇像一只快乐的青蛙，唧唧呱呱地说个不停，张晓菁的眉头紧锁着，艾玛也闷声不响地向前走着。看到两个人都不搭理自己，路天宇说："你们两个怎么啦？我们有这么多的法宝在手，还怕那个小怪物？"张晓菁说："你懂啥？你又没见过小魔王的玉佩。"路天宇说："那你就见过了呗？"张晓菁说："我当然见过了，我和艾玛还领教过那东西的厉害！"路天宇看看艾玛，艾玛点点头说："我现在更担心的是田甜和扎亚，他们现在不知道在什么地方。"

路天宇说："快问问你的护身符。"艾玛说："它如果想说话，不用你问，他也会回答；他要是不想说话，问也没用。"路天宇说："那我们还是快往明月庵走吧。"

三个人转过一个山弯，看到了一座陡峭的山峰，山脚平缓的地带是一片错落有致的桃树林，站在高处，能够看到一幢寺院的屋脊。路天宇说："那可能就是明月庵了。"艾玛的心提到了嗓子眼，他说："我们要小心了。"路天宇满不在乎地说："怕什么，我有隐身衣，他们根本就看不到我，我去给你们侦察一下。"也不等艾玛他们说话，路天宇一溜烟跑了。艾玛拉过张晓菁紧随其后。

明月庵的门敞开着，门外有两株高大的玉兰树，艾玛和张晓菁隐藏在树的后面，路天宇早就没了踪影。月亮越过了当头，一点点向下沉去，艾玛和张晓菁心急地等待着，可路天宇自从进了那扇门就再没有动静了。又等了一阵儿，张晓菁沉不住气了，她小声嘀咕："路天宇是不是出事了？"艾玛也正在担心路天宇，他说:"你在这里等着,我绕到后面看一看有没有别的入口。"张晓菁说:"我也去。"艾玛说:"那路天宇出来就找不到我们了,我马上就回来。"张晓菁胆怯地说:"那你快点回来。"艾玛围着寺院的围墙转了一圈,看到寺院的后边还有一个门,门外是一条小路,直通山上。等他再绕回来,路天宇已经回来了。艾玛说:"看到小魔王了吗?"路天宇说:"我不仅看到了他,你们看,我还拿到了你们想要的东西。"艾玛接过路天宇手中的玉佩,仔细端详了半天,没有看出丝毫的破绽,但他的心里总不是那么踏实,觉得这东西来得好像太容易了些。他把玉佩递给张晓菁说:"你看看是这个吗?"张晓菁看了半晌,摇摇头说:"好像就是这个。"路天宇一把夺过她手中的玉佩说:"什么好像呀,本来就是的,我为了偷他这枚玉佩,整整等了快两个钟头。"三个人正议论着,猛然,寺院里传出了几声苍凉的钟声,随着钟声,一个苍老的声音传了过来:"红衣教主,你我相邻快百年了,这场比试好像是在所难免。"另一个苍老的声音说:"这可能是最好的一种结果,要不然会引发一场战争的,那样,这里的人们就要遭受刀兵之苦了,我们就成了千古的罪人。"

艾玛他们三个左看右看,连一个人影都瞧不到。

冲出城堡

天在放亮,东边两座山的空隙间有云,呈铅灰色。渐渐地,那薄薄的云厚重起来,铅灰色的底部泛出一抹淡青色。青色慢慢重了,重了,转眼间,云的下端犹如被一支神奇的画笔描上了一层淡淡的颜色。一个看上去很朦胧的小红球用力向上挣扎着,一窜一窜地浮出了云端。顿时,金光迸射,到处都是金灿灿的了。

艾玛他们呆呆地看着,此时的他们不再躲藏了,因为从南北两个方向各自出现了一支队伍,南边的身着红衣,领队的居然是扎合;北边的身穿黑衣,领队的是芭比。艾玛带着路天宇和张晓菁尾随着扎合的队伍穿过寺院向山上爬去。

山顶如同被什么东西削平了似的,异常光洁,东西两边各有一个凸起的平台,光洁的青石地面上是一个巨大的棋盘。扎合与芭比的队伍各自进入棋盘,艾玛他们自然站在了扎合的这一边。又是一阵钟声,一个红衣喇嘛翩然落到了东边凸起的平台，另一个笑眯眯的长者落座于西边的平台。

红衣喇嘛说："城主，这场比试跟孩子们没有关系，请你把那两个孩子先放了。"笑眯眯的长者一挥手，田甜与扎亚出现在棋盘的一边。艾玛大声喊着："田甜、扎亚，你们快过来。"那两人听到喊声，都跑向他们这边。那长者再一挥手，小魔王和几个武士模样的人出现在那边。红衣喇嘛说："玩偶城主，如果不是你抓了我们部落的扎亚，如果没有这群来自另一个世界的孩子，我们这场比试可能还会推迟到很久以后。"玩偶城主不急不缓地说："这是一个沉睡了千年的传说，如果没有来自那个世界的一位高僧，我到现在也参不透这座山的奥秘。"又有一个略显沙哑的声音发自艾玛的口中："就是现在你还是没有参透这座山的玄妙。"玩偶城主笑眯眯地说："地灵，既然你已经到了，就不要再附在一个孩子的身上说话了，堂堂正正地站出来吧。"艾玛的眼前一花，地灵出现了，他捻着一串佛珠说："其实，从我破土而出的那一瞬间，你已经感应到了我的存在，但你根本就进不到这几个孩子的世界，所以，你通过第三维空间操纵了一些事情，但这个叫艾玛的孩子让你意外了。如果不是他的坚强、勇敢、自信，事情可能不是这种结果的，而他对朋友的真诚，以及你与红衣教的渊源，又让红衣教过早地进入到这场游戏中来。"

玩偶城主说："太多的闲话毫无意义，太阳已经升起来了，我们现在开始比试吧。但规矩还得我来定，棋盘上的棋子就是这两队，不允许外人介入。"

红衣教主爽朗一笑说："好吧。"

随着两边凸起平台上的声音，棋盘上的两队人马开始厮杀。艾玛仔细地寻找着棋盘上的孔洞，有几次，他已经接近了棋盘，可一种巨大的力量又把他推回了原地。棋盘上的棋子越来越少，但凡被吃掉的棋子，犹如空气一样消失了。路天宇忽然小声说："不好，红方不妙。"艾玛看不懂棋，但他看到红衣喇嘛和地灵的脸色都很凝重。又过了一阵儿，他们两人的脸色缓和过来。路天宇的脸上露出了得意的笑容，没一刻，路天宇忽然大声喊："黑方要赖！吃掉的棋子又回到棋盘上了。"

玩偶城主哈哈地笑着说："你们也可以上来呀！再说，不是被吃掉的棋子又回到棋盘上了，是因为我手里的棋子原本就多。"

田甜扯了扯艾玛的衣服说:"你看,你看,小魔王身边的武士在变少,那里每少一个,棋盘上就多了一个。"

经田甜的提醒,大家都发现了这个问题,红方这边的棋子更少了。艾玛大声喊:"玩偶城主,你在耍赖!"玩偶城主说:"我没有耍赖,是你们带的棋子少。"艾玛说:"那我们也能充当黑方的棋子。"玩偶城主说:"开棋前我已经说过,外人不能参加的,所以,你们没有资格。"

张晓菁像想起什么似的,拽过路天宇小声说:"我有办法了,你把脸转过来。"路天宇转过脸说:"什么事?"张晓菁说:"你忘了我的画笔了吗?我可以把我们都变成棋盘上的人。"

艾玛听到了他俩的话,忙说:"快,快把我们变成棋子。"

红方的老帅已经被逼了出来,再有两步必输无疑。路天宇说:"快把我变成'车'"张晓菁画笔挥动,路天宇瞬间便变成了红方的一个棋子,走到了棋盘上。随后,张晓菁、田甜都向棋盘上走去。可轮到艾玛说什么也上不去,艾玛对玩偶城主喊:"凭什么不让我上去?"玩偶城主冷冷地说:"象棋中的一方能有三个'炮'吗?"艾玛看了看棋盘,又看了看自己身上的字,原来张晓菁把他变成了一个"炮",而棋盘上的黑方本身就有两个"炮"。

因为有新生力量的加入,棋盘上的局势有了新的变化,红方又扭转了被动的局面。艾玛非常着急,他如果不能上到棋盘上,根本就没机会把自己身上的护身符插到棋盘中的孔洞里,也就是说,他们根本就不可能冲出城堡。

就在这时,他发现小魔王与芭比同时走进了棋盘。由于他们的进入,局面立刻突转,红方再一次被逼到了绝地。恰在此时,红方的炮被吃掉了,艾玛立刻冲了上去。进到棋盘,艾玛才发现棋盘上远不是刚才看到的那样,眼前的景色全变了,他所能看到的都是真正的拼杀,路天宇与一个真正的兵在搏斗,田甜与芭比公主拼着。小魔王坐着战车冲过来,他挥舞着手中的长枪不断刺向艾玛,艾玛手中什么都没有,他左右躲闪着。眼前的景色又是一变,艾玛置身于一片荒凉的战场,如同电视里见过的那样,前边是山,左边是沼泽,右边是一片汪洋的水面。小魔王已冲到了他的右后方,银光闪闪的枪头扎向了他眼睛,他想都没想,跑进了沼泽。小魔王战车的速度在减缓,战车前的三匹马惊恐地嘶鸣着,小魔王大喊一声"不好",便从车上跳了下来,刚跑出几步,他的战车和马匹都陷在了沼泽中,平地上能看到三个马头和那六只悲壮的大眼睛,而战车只剩下一个顶子。

艾玛的脚也在向下陷着,他感觉到自己的危险。记得在一本探险书中有这样的话,遇到沼泽,最好寻找能长植物或树木的地方,一般情况下,那里是比较安全的。想到这里,艾玛左右看看,顺手揪住一丛灌木的枝条。枝条上有刺,艾玛的手钻心地疼,但他不敢松手,他知道只要一松手,就会陷下去被淹死。借着灌木枝条的力量,艾玛一步步踏出了沼泽。

刚刚上到岸,听到小魔王的喊声:"艾玛,快救救我,快呀!"艾玛回过头,发现小魔王的半截身子都陷到了沼泽中。他真不想去救他,这家伙太坏了。可看到他绝望的眼神,艾玛还是忍不住想去救他。他说:"你千万别动,我找绳子或者是木棍。"小魔王说:"等你找来东西,我早就被淹死了,你快点呀!"艾玛情急下解开自己的裤带,又急忙脱自己的上衣,把裤带和上衣系在一起,甩到了小魔王的身前。小魔王抓住裤带的另一头,艾玛用力将他拉了出来。

两人一身泥水地歇了一会儿,小魔王说:"艾玛,我是你的敌人,你为什么还救我?"艾玛摇了摇头说:"我也不知道,不过我不知道我们该怎么回到棋盘上。"小魔王说:"我知道,你看,那边的水里有条独木舟,我们只能坐上小舟回去。"艾玛说:"那我们还等什么?"小魔王说:"走,我们得快点走。"两个人起身上了木舟,那木舟便自动走起来。到了水面的中央,小魔王说:"艾玛,你看那边是什么?"艾玛回头的工夫,小魔王一把将他推下了水里,哈哈笑着说:"你个大傻瓜,回去的路只有一条,那就是杀掉对方。"艾玛后悔极了,他实在没有想到小魔王会这样害他,他在水里奋力地划着。小魔王见他会游泳,划着小舟向他撞了过来,连着几次,艾玛的肩膀被木舟蹭破了。小魔王见几次都没有撞死艾玛,他把小舟划得更快了,艾玛赶紧憋足气沉到水里向旁边游去,当他再次浮出水面,看到小木舟翻了,小魔王在水中乱扑腾着。

也不知道为什么,艾玛还是不忍心他被活活地淹死,他忙向小魔王游过去。刚到了他的身边,艾玛就被小魔王死死地抱住了。连续呛了两口水,艾玛的神志也有些恍惚,他用力掰开小魔王的一只手,用尽全身的力气向岸边游去。没游多远,小魔王又抱紧了艾玛,他带着艾玛一同向下沉去。随后,艾玛便什么都不知道了……

再次清醒过来，艾玛发现自己仍在棋盘上，刺眼的阳光让他有些睁不开眼睛。一个声音在喊："艾玛，快，快把你的护身符插到那个孔洞里。"是地灵的声音，艾玛缓缓睁开眼，看到自己正处在棋盘楚河的位置，小魔王倒在离他不远的汉界，路天宇正把小魔王的玉佩插向一个孔洞。艾玛一骨碌爬起来，掏出护身符插向了旁边的孔洞。

一阵疯狂的笑声传过来："哈哈哈哈，地灵，你失算了，我现在明白了这座山的玄机，这盘棋虽然没有分出胜负，但你们都得死！"随着他的话声，一阵飓风刮过，漫天的黄沙涌了过来。黄沙中有一个声音传出："儿子，快退！"不远处的小魔王站了起来，他犹豫着向路天宇那边走去。

玩偶城主的声音有些焦虑，他大声说："儿子，你要干什么去？"小魔王哑着嗓子说："爸爸，放了他们吧，求求你，放了他们吧。""不行，绝对不行！你快回来。"漫漫黄沙聚成了一个头像，那头像正是玩偶城主。玩偶城主张开巨大的嘴说："孩子，你快过来！"小魔王趔趄着走到路天宇的身边，从孔洞中拔出路天宇的玉佩，然后从胸前摸出另一个玉佩插进了孔洞。

喀嚓嚓的几声巨响后，整个山体摇晃起来，如同地震一般。不断的巨响让山体在崩裂着，艾玛、田甜、张晓菁、路天宇都向山顶的右边跑过来，他们紧紧抱在一起。山体一分为二，小魔王、扎和、扎亚以及红衣喇嘛都在这边的山体上，艾玛他们在山体的那边。被分为两半的山不断扩大着距离，艾玛他们脚下的山体又在轰隆隆地响着，脚下的青石不断裂开拱起，又是一阵轰鸣，一个闪闪发光的圆形的飞碟出现在眼前。地灵喊："孩子们，快上去，那飞碟会带你们回到自己的世界。"飞碟的门已自动打开，艾玛他们快步跑上了飞碟。飞碟冉冉升起，慢慢飘到了另一半山的上空，扎合、扎亚、小魔王都在向他们挥手。艾玛忽然看到自己的小武士与战车都在地上，他大声喊着："扎合，那两个玩具送给你了。"飞碟的自动窗无声地开了，艾玛、田甜、张晓菁、路天宇都齐声喊着："朋友们再见了！"小魔王也大声喊着："艾玛，你们能原谅我吗？"

四个声音同时响起："能……"

文学评论

巴特尔

获奖感言

  幅员辽阔的北方草原，涵养了灿烂辉煌且别具特色的灿烂文化，这就是与黄河文化、长江文化并重的草原文化。北方民族的文学艺术是草原文化的重要组成部分和重要内容，是草原文化的记录者、承载者和传播者。它记录和保存了草原文化的表现形式，延伸和丰富了草原文化的思想内涵，拓展和深化了草原文化的审美视角，为草原文化的研究提供了丰富的内容和广阔的空间。

  作为一个文艺工作者，在被灿烂辉煌的北方民族文艺震撼、感动的同时，有责任也有义务把北方少数民族文学艺术放在草原文化的大背景、大视野中进行研究，分析草原文化与文学艺术相互关联、相辅相成的渊源和关系，阐述文学艺术在草原文化形成、发展、传播进程中不可替代的地位和作用，以及其自身发展的需求和规律，探讨草原文化与文学艺术在新的历史时期的发展变化和时代趋势，以此作为我们对如此灿烂的文化和如此灿烂的文艺的景仰和传承。

草原文化与北方民族文学艺术

草原文化从本质上讲是一种民族文化,是北方诸多游牧民族在漫长的历史过程中共同创造、传承、发展的,以一种薪火传递的接力式的形式演化和递进。蒙古族是北方草原文化的集大成者和传承者之一。

文学艺术是草原文化的重要组成部分和重要内容,是草原文化的记录者、承载者和传播者。文学艺术以其独特而多样的表现形式、深邃的人生哲理、多彩的民风民俗,丰富了草原文化的表现形式,深化了草原文化的思想内涵,拓展了草原文化的审美视角,为草原文化的研究提供了丰富的内容和广阔的空间。同时,草原文化博大厚重的底蕴,为文学艺术提供了润泽的文化生态环境和丰厚的创作土壤,使之具有鲜明的地域特色和民族特色。

随着时间的推移和时代的发展,草原文化的内涵和形式都发生了很大变化,特别是进入现当代以来,传统的游牧文化和文化遗产受到前所未有的冲击和挑战,把文学艺术放在草原文化的大背景、大视野中进行研究,探讨文学艺术与草原文化在新的历史时期的发展变化和时代趋势,保护和抢救民族民间文化遗产,促进文艺的创新和发展,有着特别重要的意义。

北方民族创世神话、英雄史诗:草原文化的重要根基

作为文化的一种特殊表现形态,文学艺术始终是文化的组成部分和重要内容。北方民族文化的流布过程中,有相当一部分文化表现和传统来自于口头文学

和说唱艺术的形式，在这些经久流传的文艺形态中，镌刻并展现着那个时代的风貌和特性，同时又受那个时代特殊的自然环境和生产生活方式的影响，表现出它的独特性和原生性。如以民间口头说唱形式纵向传递，继而得以保存、延续下来的创世神话、传说和英雄史诗，更多地保存了原生文化的真情、真性、真趣。这些民族精神流传至今也影响至今，潜移默化地影响着一个民族的性情品格。从某种意义上说，草原文化中很重要的一部分，是由这些口口相传的文艺作品保留、传承下来的。

北方草原民族的创世神话内容神奇独特，大部分是先民口头创作的，展示原始社会时期草原先民对开天辟地、万物起源、日月水火生成等自然现象的感性认识和朴素解释。据专家研究，中国北方创世神话起源可以追溯至旧石器时代。在苏联西伯利亚的马莱亚瑟亚，曾出土三万四千年前雕有开天辟地创世神话内容的石雕。西伯利亚古代神话说，宇宙原是一片汪洋，猛犸肖利潜入大洋深处，用长牙把土挖出来堆成堆，但他的敌人把土推平，于是他创造的世界在水中消失了。马莱亚瑟亚出土的雕刻品中，便有一件展示了这一神话。雕刻描绘了猛犸肖利与海龟的一场恶斗，猛犸的前腿把海龟的脖子踩扁了，海龟正张着嘴发出痛苦的吼叫（张碧波、董国尧主编《中国古代北方民族文化史》）。

蒙古族神话传说《麦德尔娘娘开天辟地》是流传于新疆卫拉特蒙古人中的关于洪水和开天辟地的神话。传说很早以前，天将要形成，地将要生长，人将要投胎，马将要生驹，万物将要繁殖，整个天地经历了一次浩劫，洪水滔滔，铺天盖地。不知过了多少年，神女麦德尔娘娘骑着神马往来奔驰在蓝色的水面上，神马的四蹄踏动水面，放射出耀眼的火星。经过燃烧的尘土变成灰，撒落在水面上。灰越积越厚，渐渐形成了一块无边无际的大地，大地压着水面往下沉落，天与地慢慢地被分开，大地形成了，是一块大大的平板，因为浮在水面上，晃动不稳，就派一只大神龟下水，用龟背顶着大地，不能动弹，更不能离开。有时神龟太累了，舒展身体的时候，就会发生地震。麦德尔的马蹄燃起大火，烧得蓝色的大水不停地蒸发，这些水汽在天空飘动，形成了云彩。马蹄踏水溅起的火星，飞上高空成了星星。这则神话显示出蒙古族先民对于宇宙和人类诞生的解释，并开辟了神话传说的雄浑诡谲和博大壮观的奇特神采，也反映了古代蒙古人对万物生成的认识和宇宙观。

英雄史诗是描述英雄故事、歌颂英雄业绩的叙事诗。在汉族文学史中，目前还找不到真正称得上史诗的作品。中国南方少数民族史诗也多属创世史诗，英雄史诗较少。而在北方游牧民族的民间，至今还流传着数百部英雄史诗。蒙古族是世界上史诗遗产最丰富的民族之一，据专家统计，除举世闻名的长篇史诗《江格尔》、《格斯尔》之外，其他已被记录的中小型英雄史诗及异文（变体）多达五百五十部以上。

蒙古族英雄史诗从它产生以后，便成为蒙古族人民的精神财富，伴随着蒙古族人民前进的足迹发展、迁徙。民间的史诗说唱艺人，在英雄史诗的创作、保存、传播中发挥了重要作用。

草原文化的记录者、承载者和传播者

文学艺术产生于人类文化的土壤中，是构成草原文化的基本要素。在中外文艺史上，文艺最初并不是指今天的所谓"语言艺术"或"美的艺术"，而是指广义的文化的过程。著名学者考林乌德认为，"艺术是人类最原始和最基本的活动，其他所有的精神活动都得从它的土壤上生长起来。宗教、科学、哲学都不是最原始的形式，艺术比它们更为原始，构成它们的基础，使它们的发生成为可能"。艺术不仅记载着文化，而且是不同文化互相沟通的承载者和传播者。在人类历史的过程中，某一种文化也许会转变，某一种文明也许会消失，但只要有他那一个时期的具有文化传承意义的艺术作品存在，这种文化或文明就会被记录、被定格、被传递下来。

北方草原地区从七十万年前就有人类居住，在旧石器时代，大窑文化、萨拉乌苏文化、扎赉诺尔文化构成了远古文明。新石器时代，兴隆洼文化、赵宝沟文化、红山文化、夏家店文化、朱开沟文化为中华文明的起源奠定了坚实的基础。而这些文化的初始表现形式，不论是从岁月的尘土中出土的彩陶、青铜，还是经历史风云洗礼的岩画，都是以朴实幼拙的艺术手法和艺术表现力再现了原始的文明。也许我们的先人并没有意识到这就是艺术的诞生和艺术的流传，但我们后人却从陶体美丽的造型和勾画镂刻的富于动感的各种纹饰里，从虽然锈蚀却依然凝重精美的青铜器里，从模糊却依旧丰富浪漫的岩画里，看到和想象到了远古文明的灿烂和辉煌，这是艺术的功绩，是那些最初的没有留下姓名的民间艺人的具有历史意义的功绩。

龙是中华民族的传统图腾，又演化为华夏的象征、帝王的化身。而北方草原地区是最早发现龙的地方。距今八千年前的兴隆洼文化查海遗址的中心部位赫然发现一条长19.7米、宽1.82米的用石块堆塑的龙的形象，比距今六千年前的河南濮阳城西水坡发现的用蚌壳堆塑的龙早了一千多年。

最具代表性且闻名遐迩的"华夏第一龙"——红山文化三星他拉玉雕龙，就是那个呈弯钩状，类似英文字母"C"造型的玉龙。其造型之精美令后人惊叹。我们不从考古意义上说，只从艺术角度来说，可以把它看作是最早的艺术作品。透过它，我们隐约看到先民对美的追求和渴望，看到艺术的萌芽和发展。

一九八三年发现于北方草原红山文化西辽河流域的牛河梁女神庙则破解了我国有没有女神像的谜团。牛河梁女神庙是考古界发现的中国最早的神殿，女神庙里的女神像，是亿万炎黄子孙第一次看到五千年前由泥土塑造的祖先形象。试掘之时，女神庙出土了红陶彩绘的壁画和祭器残块，以及泥塑的熊爪、鹰爪和鸟翅。最令世人震惊的是女神像残件分属于六个个体，有大小不一的女神头像、手臂、腿部，以及鼻和耳。女神头像缺了半边耳朵，整个面部表情却依然生动。绿玉石的眼睛深深凹进眼窝里，使眉骨、颧骨显得很高。嘴巴有点特别，回缩微咧，好似略带笑意。以后北方草原的女神像陆续有所发现，如林西县白音长汉遗址出土的圆雕女石人像，克什克腾旗一处新石器时代遗址的女神像，等等。这些女神像真实地记录了我国史前社会女神崇拜的事实，为研究当时的社会经济形态、崇拜信仰、艺术水平等情况，提供了有力的实证。也正是有了女神像和玉龙等雕塑的存在，才使得中华文明的曙光提前了一千年。也许，那些没有留下任何信息的原始雕塑家，并没有意识到他的质朴的手艺于后世艺术的研究有何悠远的意义，但这无疑是草原艺术为人类文化做出的巨大贡献。从某种意义上讲，草原艺术是构成草原文化这座大厦的基本构件，我们很难想象离开了这些生动鲜活的草原艺术的支撑，草原文化的研究会是什么样子。

北方民族文艺拓展和丰富了草原文化

草原文化博大厚重的底蕴，为北方民族文艺提供了润泽的文化生态环境和丰厚的生活创作土壤。而北方民族文艺以其深邃的人生哲理、质朴阳刚的审美价值取向、独特多样的表现形式，深化了草原文化的思想内涵，拓展了草原文化的审美视角，丰富了草原文化的艺术形式，为草原文化的研究提供了丰富的内容和广阔的空间。

北方民族文艺与草原文化的发展与创新

文学艺术是草原社会生活的画卷，更是草原民族心灵的记录和展示。萨满教是北方民族长期以来信奉的宗教，是北方民族的哲学思想、道德观念、思想意识的重要来源之一。在原始渔猎时代及以后很长一段时间里，萨满教几乎独占了我国北方各民族的古老祭坛。而古代萨满教的内容往往是以祭词、神歌等文艺的形式表现出来的。

蒙古族萨满教的祭词、神歌，是蒙古族萨满教观念的一种表现形式。作为蒙古族萨满教基本要素的祭礼仪式，由礼仪的主持者、祭祀场所、祭祀器物、仪式活动和仪式活动中祀神的语言等因素构成，其中由仪式主持者"博"（男）或"依都干"（女）诵唱萨满教的祭词、神歌。按照祭祀的神祇对象分类，萨满教祭词、神歌可以基本分为五大类，即图腾崇拜以及"苏勒德"崇拜的祭词、神歌；天、日、月、星辰以及最高神"长生天"和二级神"九十九天"崇拜的祭词、神歌；大地、山、水以及敖包崇拜的祭词、神歌；火以及灶神崇拜的祭词、神歌；"翁衮"崇拜和祖先崇拜的祭词、神歌。据统计，到目前，国内外搜集、整理、出版的蒙古族萨满教祭词、神歌、祝赞词近千首。其中既有远古的遗存，也有中古、近代的烙印，展示了历史、哲学、宗教的深刻内涵，成为我们了解古代蒙古人深邃人生哲理的生动教材。从萨满教祭词、神歌转化而来的祝赞词、风俗礼仪歌，都具有萨满教的性质，反映了蒙古社会的思想观念、人生理念，对蒙古社会起着重要的作用。在蒙古族哲学史研究中,有人提出蒙古族哲学古代形式主要是以格言、谚语的形式存在的,后来又出现哲理诗、哲理散文等形式。在蒙古族英雄史诗中,由此可见草原文艺对草原文化意识形态的渗透作用。

北方民族文艺多属于原始艺术,具有文明社会艺术不曾有的简朴和纯真,作品里充满着勃勃生机和生命力,它是原始人类真实感情的自然流露。学者孟驰北说:"草原文化的最大特色就是表现幻觉世界的文化,从整体上显出强烈的文艺色彩。牧人就生活在幻觉世界中,耳濡目染,生就了众多的艺术细胞。所有的游牧民族都是能歌善舞的,肯定他们的歌舞只是接触到问题的一面,有高强的虚化能力才是草原民族的专长。当然这不是草原民族独有的,他们是承传了原始初民千万年积累起来的宝贵心理禀赋。而农业民族恰恰抛弃了这个文化遗产。"正是这种独特的虚化能力和心理禀赋,使草原文艺的审美价值有着独特的意味,拓展了草原文化的审美视角。

北方民族文艺形式多样,表现手法独特。从红山文化时期表现了中华文明第一道曙光的玉龙、女神像,到奇特的神话、萨满教祭词、神歌,再到充满民族和地区特色的音乐舞蹈、雕塑绘画,草原文艺以其丰富多样的形式和内容点点滴滴地记录了草原文化在这个漫长的历史进程中一路走来的印记,形象、生动地反映了远古北方民族的生产生活方式和思想内涵。蒙古族作为北方草原文化的继承者和集大成者,直接继承了蒙古高原的游牧文化传统,如祭祀天地、神灵、祖先的原始萨满教信仰,以演唱史诗为代表的叙事文学传统,摔跤、射箭、赛马等文体竞技活动,贵壮贱老、崇尚勇力等风俗习惯。据国内外的蒙古学者专家挖掘搜集,远古蒙古文学的两大文化宝库、七种主要体裁已经显露出其历史面貌。所谓两大文化宝库——萨满教文学和英雄史诗,七种主要体裁——神话、传说、民歌、祝赞词、箴言、英雄史诗、英雄故事,这些饱含了北方游牧民族社会生活全景的文艺形式,拓展了草原文化的内涵和空间,极大地丰富了草原文化。

北方民族文艺的内涵和特征

各个民族的文艺,是各民族文化精神的集中体现。作为文学艺术的文化是一种精神文化和符号文化，它用形象来反映社会生活，表情达意，是一种思想感情的文化符号。北方民族文艺形式丰富多彩，内涵深邃宏阔，是文化宝库中最灿烂的珍宝。那些反映狩猎生活、游牧生活、农耕生活的作品相映成趣，反映祭祀活动、战争场面的作品令人动容。不论是舞蹈、民歌还是历史典籍，从内容上看，多数作品具有应用性与娱乐性相结合、审美性与启蒙性相统一的品格。它们不仅带给历代草原人民以美的享受、心灵的陶冶，同时也担负了传授知识、沟通文化、启蒙思想的使命，是草原社会生活的画卷，是我们了解草原传统文化、草原历史进程、草原民族心路历程的最好窗口。

鲜明的民族特色和地域特色，是北方民族文艺的最大特点。北方民族文艺是狩猎人和游牧人的艺术，与农耕人的艺术和后世文明时代工业社会的艺术相比有很大的不同。它所描绘反映的内容是以游牧经济为基础、游牧文化为特征的社会生活和历史演进，是草原人类历史、社会人生、天地万物以及情趣追求、审美、崇拜、活动的最大载体和形象化的表现。如蒙古族长调民歌是一种古老的文化形式，早在蒙古族形成时期就已经存在了。蒙古族长调民歌旋律悠长舒缓，结构独具特色，歌词蕴含哲理，内容极为丰富，是蒙古族民族精神、情感、音乐和文化的重要传承方式。蒙古族长调民歌与草原和蒙古民族游牧生活方式息息相关，承载着蒙古民族的历史，是蒙古民族生产生活和精神性格的标志性展示。根据有关专家研究和民间歌手的经验与实践，蒙古族长调歌曲演唱艺术主要来源于马和驼的各种步态，马的步态有慢行、疾走、轻颠、小跑、狂奔等等数十种，每一种步态中又有各不相同的细微区别。这就造成蒙古族长调演唱艺术的丰富多彩和复杂多变。有的学者在研究哈扎布的演唱风格时发现，他在演唱长调歌曲心情激动进入高潮时，就会像斜跨在快马背上的青年一样前胸直挺，双肩微动，身体轻抖。进入这种状态，他的演唱就会非常完美。当问到他为何出现这种情况时，他曾解释："不管在哪里演唱长调歌曲，只要在情感意识中出现稳坐马背，眼睛和胸膛里看到和想到草原无限神奇的风光，那么，节奏、情绪、色彩等等全部都会调配得当，演唱也就会取得成功！"这也说明长调艺术产生于蒙古族这一马背民族特有的生产生活方式和环境，离开了这特定的生活环境，长调艺术就成了无源之水、无本之木。

草原独特、鲜明的地域特色为北方民族文艺增添了绚烂的色彩。如史诗《江格尔》对古代卫拉特部落的生活环境做了富有民族特色的渲染。蔚蓝的宝木巴海，高耸入云的阿尔泰山，翡翠般的千里草原，一望无际的银色沙漠，嘶鸣奔腾的马群，玛瑙般的牛羊，光芒四射的巍峨宫殿，构成一幅五光十色、绚丽多彩的草原特有风景画。在辽阔的草原上，牧马人拿着套马杆翻过高山，越过湖泊，追逐奔驰的烈马的精彩场面，嫩绿的牧场上举行着的"好汉的三种竞赛"的情景，令人神往。

连续获得三次全国短篇小说奖的鄂温克族作家乌热尔图的小说力求展示鄂温克人真实的生活，几乎每一篇小说都是对特有的原始森林风光的展示，也是民族部落生存环境和民族风情的图画。《琥珀色的篝火》中所写的那种雨中原始森林的生存情景，主人公尼库那种就地砍树而迅速制作桦皮锅的动作，那种迅猛猎取狍子而食其肚脏、取其鲜肉用木火烧熟而食的特有生存方式，使人们了解到鄂温克族特有的生活方式。《七叉犄角的公鹿》中那个年仅十三岁的"我"和"我"面对那群公鹿和狼群的奇特情形，只有在北方的原始森林中才会出现。作为鄂温克族的第一代作家，他将本民族的生活、本民族的历史与文化心理带进了当代文学创作领域，多方面地表现出这个民族的个性和风采。

强烈的抒情性和浓重的浪漫主义色彩，是北方民族文学艺术的另一个主要特征。马背民族生活在广阔无垠的北方草原，打马放牧，牧歌悠远的日子，造就了他们不羁的想象力和浪漫主义情怀；金戈铁马，与狼共舞的岁月，造就了他们勇敢顽强、气吞山河的气概。少数民族重感情，重情谊，形象思维丰富发达，甚至可以说是一种诗化思维；他们以诗歌代言，以歌舞传情，人们生活时时处处离不开歌舞，社会生活各方面都诗化了、艺术化了，少数民族被誉为"诗的民族"，民族地区被誉为"歌舞之乡"、"诗的海洋"。这些都是少数民族文学艺术的丰富性和抒情性的表现。

《蒙古秘史》是蒙古族文学史上第一部由文人创作的书面文字经典作品，它开创了运用塑造形象、抒发情感等文学表现手段来记述历史事实，以散体为主，韵体为辅，韵散结合，历史与文学相结合为特征的蒙古族历史文学体裁。《蒙古秘史》继承蒙古族古老的族谱世系、实录记事及口头文学传统（它是以前各类民间文学的集大成者,其中有很多神话、传说、萨满教祭词和神歌、祝赞词、民歌以及英雄史诗或者它们的片段和因子),以散韵结合的文体及形象描绘和历史编年相结合的手法,真实生动地记述了十二世纪末至十三世纪上半叶在蒙古高原发生的重大历史事件。《蒙古秘史》对历史事实的叙述,不像纯历史著作那样古板,而是非常生动、形象,其中描写的许多人和事,有情节、有细节、有人物对话、有心理描写,读起来不但具体可感,而且时时拨动人的情感心弦。《蒙古秘史》作者明显的思想倾向不仅通过它记述的形象性自然流露出来,而且常常以作者的口吻或作品人物的口吻将内心的思想感情直接抒发出来,达到以情感人、以情塑像、以情咏史的目的。《蒙古秘史》这种浓厚的抒情色彩,不但是一般史书所没有的,甚至也是一般的叙事文学作品所不及的。《蒙古秘史》的作者不但对历史事件进行了非常形象地叙述,而且还运用形象的、抒情的文学手法,塑造了一系列鲜明的人物形象。除突出地塑造统一北方各部、缔造蒙古帝国的封建君主成吉思汗的英雄形象外,还刻画了王罕、札木合、诃额仑夫人等一百多个个性鲜明、神态各异的人物形象。《蒙古秘史》所开创的这种历史文学的创作手法深刻地影响后世文人,激发他们创作出《黄金史》、《蒙古源流》等许多优秀的历史文学巨著,使历史文学成为一种很有民族特色的文学传统。

独特的语言表现方式和表现手法也增强了北方民族文艺的抒情性和浪漫色彩。如蒙古族英雄史诗融合穿插蒙古族古代民歌、祝词、赞词、格言、谚语,以及大量采用铺陈、夸张、比喻、拟人、头韵、尾韵、腹韵等,直到今天仍然能够给我们以艺术的享受,而且就某些方面说还是一种规范和不可企及的典范。

口承相传是北方民族文艺的另一个重要特征。缺乏文字记载是草原文化最大的缺陷,当初在欧亚大陆驰骋的游牧民族非常多,但是到后来都变得无声无息了,一个很重要的原因是没有文字。文字是保持文化储存和文化信息的重要手段,由于缺乏文字记载,关于北方民族先民们所在的那个年代的生活场景、生产生活方式的许多内容和情景,后人只能在流传下来的口头传说中进行合理想象和推测,来感受和体验先民们生活的环境、场景和心情。

北方草原民族很长时间没有文字,许多记载大多是通过口承文化遗存下来的。口承文化是一种集体的创作和传承活动,在我国各民族、各地区都有十分悠久的历史传统。文学发展史告诉我们,民间的口头创作是文学的源头和母体。据研究,关于远古时期蒙古族文学的内容和形式,历史文献中保留的篇章形式和民间口承文学的古代遗存是基本一致的。而且,北方草原民族口头文学与书面文学是经常进行转换的。如有关成吉思汗历史故事活动的传说《征服三百泰亦赤兀人的传说》、《孤儿传》、《箭筒士阿尔嘎聪的传说》等,原是民间传说或民间叙事诗,后来被写入《黄金史》、《蒙古源流》等历史文学。十八世纪喇嘛诗人莫日根葛根罗桑丹毕坚赞创作的许多诗歌流传民间,转化为民歌传唱;十九世纪中后期的书面文学"故事本子"经过民间艺人的说唱转化为书面文学"本子故事","本子故事"经过文人的记录加工又转化为书面文学"故事本子新作"。

草原文化的保护和民族文艺的创新

在全球化浪潮中,保护各民族的传统文化或者民族性较强的文化,对保护世界文化的多样性具有十分重要的意义。世界上任何民族,如果抛弃民族文化传统,没有任何特色,则会在世界民族之林中失去地位,同时也在国际政治中失去影响力。因此,保护草原文化意义深远。不过,应该正确处理好保护和利用的关系。

我认为,对草原文化的抢救保护要分两个方面进行。

一方面,从抢救保护的角度考虑,要加强对传承人的保护。草原文化有许多是传承的文化,代代相传、口传心授是其独特的传播延续方式。因此非物质文化遗产保护的关键在于广大民众,尤其是文化遗产传承人的积极参与。正因为有了这些传承人,这些珍贵的文化遗产才得以保存,得以流传至今。保护好这些传承人,是文化遗产保护的题中应有之义。关心他们的生活,让他们带徒弟,传技艺,使他们得以完成保护遗产的心愿,是政府部门以及有关领域的历史责任。这种关怀,不仅仅是单纯地改善传承人的生活条件,更重要的是如何使他们能够不脱离他们的坚实的现实基础和文化土壤。一旦脱离开这样的现实基础和文化土壤,他们所代表的文化遗产就会逐渐地褪色和干枯。有意识地创造优良的传承环境和真实而非虚构的文化空间,为遗产的传承营建良好的文化氛围,是一件需要精心思考而又十分重要的工作。

蒙古族长调民歌是一种历史遗留下来的口传文化，堪称蒙古音乐的"活化石"。也正是由于长调这种口传性特点，通过演唱者的歌喉得以传承，同样的作品不同人演唱可以风格迥异，长调常附着在传承人身上。现在著名的长调演唱艺人、流派代表人物有的年事已高，有的相继离世，一旦师承关系得不到延续，独特的演唱方式、方法不及时传承，就会危及长调保护与发展。内蒙古著名长调歌王哈扎布辞世对长调艺术造成的巨大损失，又一次说明了这一点。

另一方面，从继承发展的角度考虑，既要保持草原文化的原生态，又要注意它的活态传承和扩展。然而时代是飞速发展的，所有的文化形式都会随着时代发生变化，我们很难把历史的生活方式全部原样地保存下来。我们也不能以人类文化多样性发展的名义，来牺牲部分民众对现代化生活的追求。因而，保持活态传承和扩展，是对非物质文化遗产的保护与传承最理想的境界。

联合国教科文组织的保护公约指出，非物质文化遗产的各要素，有机地存活于共同的社区或群体之中，构成非物质的生命环链，并且它还在不断地生成、传承乃至创新。也就是说，非物质文化遗产并不是一个过去了的已经死去的东西，而是一个活态的不断传承、发展、创新的东西。因此，对非物质文化遗产的保护，就要让保护对象在当地传统生活和文化根基上原真性或原生性地沿袭传承。

近年来，乌力格尔的发展也受到了前所未有的挑战。随着牧区生产生活方式的变化和新的艺术形式的不断涌现，乌力格尔的听众和演唱者逐渐减少，乌力格尔正悄然退出人们的生活。

乌力格尔已被列入国家级非物质文化遗产名录。对于乌力格尔的保护，既要注意在舞台、电台、电视台等平台上的传播，因为这是现代社会有效的传播形式，有利于乌力格尔的发展；更要注意整体性的保护，把工作重点放在日常生活中，保持和恢复乌力格尔在群众的生活中传播、发展、创新的传统。

继承和创新是文艺创作中的一个重大问题，继承传统与改革创新不是相互对立，而是相辅相成的，继承中有创新，创新中有继承。重于师承前辈的传统谓之继承，而传统继承下转化为更新演进称之创新。这是因为，我们所说的传统文化不是僵化不变的，而是活态的。只有活态，才能流传保存下来，否则就成了化石。而要保持活态，就必须创新，新东西才能跟上时代发展的脚步。如果没有二十世纪四五十年代老一辈舞蹈艺术家对蒙古族舞和其他民族舞蹈的发展创新，那么后来蒙古族舞跳遍全中国，在国内外引起巨大影响的现象是不可能发生的。即使现在普遍看好的杨丽萍的《云南映象》也不是纯粹的原生态，而是经过变化了的。要跟着生活方式的改变而改变，禁变就会停滞。所以，继承发展优秀民族文化传统，必须进行创新。

解决这些问题的办法之一就是加强学习，向传统学习，向历史学习，向生活学习，向外来文化学习，从而全面提高艺术创作者的素质。艺术发展的规律告诉我们，真正的艺术精品是来自生活的，是需要民族历史文化去哺育，用自然和真诚去浇灌的。为了得奖去创作，为了应付晚会去创作，为了经济利益去创作，往往是出不来好作品的。静下心来，从优秀民族传统文化中汲取营养，深刻体会和理解草原文化博大的内涵，在继承的基础上大胆创新，才能创作出好的作品。这也是被成功的艺术实践反复证明了的。

阚小琴

获奖感言

选择了1978—2007年三十年间内蒙古中短篇小说为研究对象,就等于开始了一段非常愉快的心灵之旅。虽然其间找寻资料、梳理头绪、确定中心等诸多内容具有挑战意味,却因为发现内蒙古原来还有如此好的作品,带来的是惊奇、欣喜,而最终沉浸于心甘情愿的写作中。

在短短的篇幅中,容纳三十年的历史,也努力想把内蒙古的文学创作置于小小的地球村里,既有历史的纵深感,又有世界的全局性;既立足具体的作品,又穿越提升到理论的高度。现在看来,这只是努力的方向,有太多的遗憾,有待进一步的补足。

借此,对"索龙嘎"奖这样一个能够让评论得以尊严亮相的平台,表示深深的敬意;特别是对能够欣赏这个评论文章的同仁们,表示诚挚的谢意。

草原画卷的多彩描摹和审美超越
——对1978—2007年内蒙古中短篇小说的几点思考

[摘要] 1978—2007年三十年来的内蒙古中短篇小说,其描绘了丰富变化的草原生活内容,展现了绚丽多彩的草原小说美学风貌,成为中国中短篇小说创作史上值得书写的一页。其中,特别是表现了面对草原巨变的多种困惑与深入反省,在艺术视角和叙述策略上也有了与前不同的特点。当然小说表达方式上的变化,归根到底在于生活的日新月异以及创作者文学观念和审美理想的发展变化。而怎样使内蒙古中短篇小说更能吸引人、感染人并产生震撼人心的艺术魅力,这是在总结经验之后需要努力实现的审美超越。

[关键词] 内蒙古中短篇小说;困惑与反省;艺术视角和叙述策略;审美超越

1978—2007年的内蒙古中短篇小说创作,已成为新时期内蒙古文学艺术三十年以来辉煌成果中不可缺少的一个组成部分。从数量上来看,仅以《草原》做粗略统计,三十年间中短篇就有近两千多篇。并且,其中不少作品曾经被《小说月报》、《小说选刊》、《中篇小说选刊》、《新华文摘》、《小小说选刊》等选载过,同时,许多作品在内蒙古自治区"索龙嘎"等多项评奖中,或是在全国性文学评奖,如全国优秀短篇小说奖评奖,尤其是全国少数民族文学评奖,如"骏马奖"等等评奖中获奖。另外,整理出版的中短篇小说集近百部。因此可以说,新时期以来的内蒙古中短篇小说，不只是数量呈现旺盛的创作势态，而且以其独有的内涵和草原艺术风貌，也成为中国中短篇小说创作史上值得书写的厚重一笔。

三十年来的内蒙古中短篇小说，放在地球村的大环境中，三十年世界风云的变幻，人类历史的急剧演进，不能不成为内蒙古中短篇小说创作的宏观时空背景，产生蝴蝶效应的威力。而三十年新时期改革开放的中国历史进程，更对内蒙古中短篇小说创作产生潜在的影响和作用。然而，内蒙古中短篇小说创作立足在内蒙古草原，因而作品折射出的是草原天空的色彩，传送来的是草原大地的气息，唱响的是草原人民的心灵之歌，鼓荡起的是草原人民的精神之帆，呈现给世人的是草原作家们的艺术超越之程。

三十年来，内蒙古中短篇小说创作逐渐形成了自己的创作特色。作品描绘了万花筒般的生活内容，其中既有纵深的历史镜头，又有横展的现实画面，是真实的描摹，又是艺术的升华，同时作家们写作的笔触也由生活的表层深入到心灵深处，作品呈现五彩斑斓的创作风格。三十年中的话题可说的很多，一篇短文实在难为。本文只选择几个感触较深的方面，谈谈粗浅的看法。

描摹面对草原巨变的困惑与沉思

如果说1978—2007年的内蒙古长篇小说是艺术化了的长幅生活画卷，那么此间的内蒙古中短篇小说则以小幅的画轴描绘了草原生活的多彩多姿与发展变化。翻阅这一小幅一小幅组成的画轴，最让人感触的是，作者描写草原的巨变，从中传达出多重的困惑与深刻的反思，而其成为连接这画轴的一种执著、坚韧的精神链条。于是读者就是在与作品中人物进行一种心灵的沟通，或是在和作者袒露的灵魂面前持续的一种心灵对话。这应该是内蒙古中短篇小说的贡献之一。

可以说，从1978以来三十年的纵向来看，内蒙古中短篇小说的题材是丰富广泛的。这些年中，内蒙古的现实生活提供了什么内容，作品就描写了相应的内容。在内蒙古大地上，政治风云的激荡，人情世态的变化，人文历史的演进，都在内蒙古中短篇小说中有充分描绘，并且逐渐形成一种创作现象：以内容来说，有"森林小说"（乌热尔图）、"沙狐系列"（郭雪波）、"草原动物小说"（《金鹰》）等；以人物所属划分，有城镇小说、乡村小说、知青小说等；以其描写地域来看，有地域题材小说，如"科尔沁小说"、"鄂尔多斯小说"、"阿拉善西部小说"、"察哈尔草原小说"等；而以作者具体描写的所在地来讲，又有"朵伦系列"小说、"柳条坑系列"小说、"辘轳系列"、"驼道小说"、"煤矿小说"等；还有从社会文化发展的角度划分，如"草原生态文化小说"等等。总之，三十年来的内蒙古中短篇小说，以其丰富多彩的题材内容呈现给世人一道独特的风景。

题材内容的独特不足挂齿，因为一方水土养一方作家，最为关键的是渗透在其独特题材内容中的创作者的困惑与沉思，这才是让内蒙古中短篇小说令人刮目相看的地方。在三十年来的中短篇作品中，反映出的作者的困惑与思索是多方面的，择其要，是从内蒙古社会历史变革、内蒙古自然环境变化、生活在内蒙古的人们的精神情感蜕变等几个角度的心理内涵和发展过程所进行的形象展示。创作者以此丰富生动的画面，让我们一同感受世事的沧桑巨变，经受心灵的庄严洗礼。

人总是生活在社会中，也总是行进在历史的行列中。三十年来社会风云的流转，给人们拂之不去的关照。在历史的变迁和社会的变革中，人们怎样面对其中的前进与后退的斗争，保守与激进的碰撞，以及斗争和碰撞所带来的毁灭与新生，甚至是生与死的考验，内蒙古中短篇小说以其具体传神的画面，表达了作者对这一问题的沉重思考。如果说，1980年前后，当一批作家义愤填膺控诉刚刚过去的那个不堪回首的年代，尤其是在内蒙古制造"新内人党"血案罪行的时候，同时就有作品开始了对这段历史的思索："德木林的灾难史与余涛的英勇奋斗史构成了牧机厂的'文化大革命'的进程史。"[1]张志彤《同志呵，冲上去》中，大起大落的政治风暴通过个人起伏升降的命运描绘出来，"文化大革命"到底是个什么问题？是个人的恩怨，政治灾难，社会病症，民族的荒唐？都是，又不全都是。而对社会变革中的经济发展问题，也以艺术的画面，表明作者的认真态度。

---

[1] 丁茂.骏马集（上）[M].呼和浩特：内蒙古人民出版社，1999.6页

内蒙古自治区第十届文学创作"索龙嘎"奖获奖作品

《戈壁上的"白骆驼"》讲了一个很简单的故事："一个支撑了四十年的苏木供销社，最后在社会变革力量的冲击下，工作人员不得不做出艰难的抉择，各奔前程。"[1] 但其中的生活内涵却是丰厚的，当改革的洪流汹涌而来，人们虽痛苦但能比较理智、清醒地顺应和选择出路。总的来说，这一期间的作品主要是对当时社会现实生活的反映，在创作倾向上也主要集中于政治的反思和批判。但对改革进程中刚刚出现的一些问题的警觉和关注，成为内蒙古创作者觉醒并思考社会的先声。

对生活于其间的社会展开逐渐深入的倾情关注，同时，也开始把疑问的眼光投向生活在其间的自然环境——蒙古高原。内蒙古的人们一直都说，我们生活在美丽的草原上，可分明也不会忘记凛冽的高原寒风，也感受春季的漫天黄沙。三十年来的内蒙古中短篇小说，描绘了辽阔、绿色、神奇的蒙古大地，同时也讲述了随着社会生活的进程，人与环境关系种种变化的故事，让我们体味到创作者对这片令人神往的草原那种由骄傲、自豪、沉醉到凄迷甚至有点苦楚、无奈的心境转化。作家白雪林在他的散文《霍林河那里很美》最后说的一段话就很有代表性："我的叙述都是三十多年前的故事了，今天铁路从霍林河西岸北去，契丹小路上看不见勒勒车了。走马不见了，笨马也不见了，游牧民族的历史结束了，马背民族的历史结束了，纯正的蒙古草原文化已经是昨天的梦幻，现在内蒙古已经进入和谐的后草原文化时代，从文学的角度思索，后草原文化时代的霍林河有更多欢乐的故事，也有更多忧伤的故事，那些我只能用小说来讲了……"也就是说，山还是那座山，水还是那道水，但许多事物永远成为历史，新的事物正在向人们走来，最主要的是人们观念转变，使自然山水和人的关系发生了微妙的同时也是根本性的变化。被称为"森林小说"的乌热尔图的作品，是比较充分反映人与自然关系这种变化的最主要的作品。其作品描绘了猎区大森林色彩绚丽的自然风景，细致入微且有层次地描绘了人与自然关系的微妙变化，以及面对这种变化，心灵的复杂反应、表现。首先是要面对人与动物之间的无奈关系。为了生存，猎民要狩猎，但同时他们"又怜惜并护佑着这些动物，因为在猎人心目中，

---

[1] 丁茂.骏马集（上）[M].呼和浩特：内蒙古人民出版社，1999.501页

灵巧的公鹿，笨拙的狗熊，机灵的孢子全是大森林的精灵，美和善的化身与结晶。肆意破坏美好的事物是残忍的、不道德的"[1]。在这里，人的生存是有前提的，但人与动物之间的关系却是无奈的。其次，是必须面对的人与经济的难题。随着社会的发展，鄂温克族的狩猎经济正面临着解体。这是不以个人的意志为转移的经济发展趋向。这对于祖祖辈辈以狩猎为生的部落来说，其心灵和感情所遭受的冲击是无法估量的。因为"古老的生活方式，猎枪和骏马，简单的歌谣，这些美好的事物还会长期地埋藏在心灵深处，不时引起甜蜜的回忆和无法排遣的痛苦"[2]。再次，是不得不遭遇并陷入人与社会的困境。如果说生存的要求是浅表层面上的物质需求，经济方式变化引来的则是精神层面的心灵煎熬。本来就是社会正常的发展过程，也一定需要相应的观念变革，而观念的变革，是需要灵魂深处的彻底革命的，更何况是处在一个非常态的特殊历史阶段。这对于还在狩猎尾声阶段生活着的鄂温克族人民，无疑又多了一层不堪的痛苦。这在《森林的梦》（乌热尔图）中表达的尤为突出，其中鄂温克族古老而独特的森林狩猎生活和人民的历史命运扭结在一起，在茂密而神秘的大森林里，老猎人在做着愿春天早日到来的梦。在这里，大自然着染感情的色彩，融入了社会的因子，再也不是单纯的大自然。而当人类与自然的关系在《沙狐》（郭雪波）等作品中呈现时，就把进入到二十世纪末的人类所面对的触目惊心的自然生态问题切入前景。这样，人与自然的关系又从充满社会价值疑问的阶段推进到布满人类文化拷问的时期。

虽然有论者说"内蒙古文坛的思想和艺术的觉醒是迟缓的"[3]，这只是与同期中国文坛相比较而言，但只是时间问题，迟缓不等于没有。内蒙古文坛的思想和艺术的觉醒有自己的渊源背景和行进历程。纵观三十年来的内蒙古中短篇小说，其间勾画出的作家们对人的精神心灵蜕变方面的关注，可以说是不遗余力的。作家们在自己熟悉的生活领域里，在表达处在现代与传统、正统与先锋、物质与精神等等的统一和撕裂中的人们所经受的煎熬和挣扎，足以震撼读者的心灵。而对现实生活的困惑，走进今天必然的思考，不仅是作品中人物的苦楚和思考，也是

---

[1] 梁一孺.民族审美心理学概论[M].西宁：青海人民出版社，1994.142页

[2] 梁一孺.民族审美心理学概论[M].西宁：青海人民出版社，1994.142页

[3] 托娅，彩娜.内蒙古当代文学概观[M].呼和浩特市：内蒙古大学出版社，1997.245页

作者的痛苦和思考。这精神探寻的笔触不仅深及人的内心世界，而且触摸灵魂隐秘。同时，也让我们在经受灵魂被翻检、被解剖的强烈刺激的时刻，认清这是内蒙古草原上人们的心灵世界的袒露。也就是说，在内蒙古草原的地域文化背景上，作家们在深层次上也构建了独特的民族心理结构。

出现在1982年的《别了，蒺藜》（汪浙成、温小钰），是一出现代版的由门第观念而造成的爱情悲剧。作品的出众之处就在于把神圣的爱情置于变化了的人的政治地位和生活处境之中，通过人物的心理流程，挤榨出人骨子里的真相来。因此让读者领悟到这不仅仅是一个道德感情的故事，更是人的生命本相应该怎样呈现的人生问题。其实二十世纪八十年代以来的内蒙古中短篇小说，已经从惊天动地的草原先辈的讴歌赞颂中和对"文革"的痛切揭露和批判中走出来，把艺术的笔触探伸到人物的精神世界。随之进入到九十年代以后，改革大潮中的作家们，更是把现实生活中的人们经受的不安、奔突、撞击和重组，特别是人们所经历的情感彷徨、性格扭曲、行为变异，尤其是观念裂变的心理路程，给予相当的描绘。而"朵伦的故事"系列（季华），则把草原在改革中面临新旧观念的撞击后，人们的不安、恍惚、焦虑，描写得绘声绘色。淋漓尽致的倾诉中，读者会逐渐明白：过去永远成为过去，生活之河永远向前奔腾。但告别过去，却是那么艰难，不易。当价值意义破碎了，重生的又是什么？这犹如天问，但作家们执著地在问。《同路人》（肖亦农）是记者和公路工程总局的行政官员结伴而行的一个小插曲，然而，在正常的工作之中，不得不周旋于"酒海肉林"的官员，那一声动情的吟咏"在这偌大的世界里，我痛楚地寻找一个人——我自己"，让读者不能不思考一个问题：在忙忙碌碌之中，在前呼后拥之中，人，在哪里走丢了自己？这种追问，在逐渐繁华物质的城镇，就有了《影子》（黄薇）中当代草原青年的焦躁不安和愤世嫉俗；在遍地黑金的煤窑矿坑，就有了《狭长的窑谷》（荆永明）中当代草原农民在金钱面前困惑不堪的文化危机；而《虔诚者的遗嘱》（哈斯乌拉）则是在乌珠穆沁草原的葛根庙里，曾经那么虔诚的佛祖，在经历了"大炼钢"、"文革"、牧民致富一连串历史的锤炼后，"带着一个虔诚者寿终的祝福和信念的更替"升腾而去，"在他那执著的信念大树上，留下了一圈苍老而充实的年轮"[1]。在这里,灵魂的美好追求袒露世人,信仰的坚定执著扣人心弦。作品让我们扪心自问:我们心中的神是什么?

草原作者的中短篇小说叙述策略

描摹面对草原巨变的困惑与沉思,这是与先前对草原英雄的讴歌和对荒唐年代的批判不同的内涵以及由浅而深的不同层面,因此,表现在中短篇小说的艺术视角和叙述策略上也就有了与之前不同的特点。

首先是艺术视角的变化。从叙述角度来看,从全知全能的第三人称转向第一人称,这个第一人称"我",从隐在的后台来到前场,或并不是表达方式上的第一人称,而实质上就是第一人称的内涵。与此同时,在故事讲述中,又不拘泥于一种叙述角度,是多角度的穿插叙述。作品中的具体表达方式不一而足。当然这不是说之前的小说不用第一人称的叙述视角,而是这个第一人称表明了作者非常鲜明的主体意识,作品中人物的主体意识也在强烈地凸现。"我"的出场,自然把书写的领域引领至人的心灵世界,心灵层面顽强地浮出地表。当然绝大多数作品还是与传统的叙述相结合,如客观冷静的笔调,沿用的仍旧是中国人习惯的思维方式,比如像相对完整的情节内容或是事件链条。但"我"具有了充足的自身意义,可以作为叙述者,同时也可以是主人公,也可以是第三者了。因而,叙述便从相对客观的表层移至精神世界。

将新时期三十年的内蒙古中短篇小说与之前的内蒙古中短篇小说做对比,叙述视角的变化是非常显明的。之前的作品一般是以第三人称统领全篇,即使是第一人称"我"在场,故事也是在俯瞰的姿态下,在周全的讲述中完成的,"我"只是作品中的一个角色,一个部分,一个因素,有自己独立的空间,但没有自己独立的品格,是完全被笼罩在第三人称的怀抱中的。因而人物内心世界的描述,只能是居高临下的姿态,只能是一爪半鳞的构成,只能是浅尝辄止的进入。同时,客观冷静也就成为心理叙述的与生俱来的胎记。而新时期三十年的内蒙古中

---

[1] 丁茂.骏马集(上)[M].呼和浩特:内蒙古人民出版社,1999.113页

短篇小说的叙述视角逐渐有了自己不同于过去的性格。就以同出场于二十世纪八十年代前期的《活佛的故事》（玛拉沁夫）与《蓝幽幽的峡谷》（白雪林）来做比较，这两部作品分别获得了1980年和1984年的全国优秀短篇小说奖，但在叙述视角上却有了根本的不同。《活佛的故事》虽然是以"我"的口吻来讲一个幼时小伙伴怎样由人变成神又变回人的故事，但通篇的叙述就是不折不扣的第三人称。而到了《蓝幽幽的峡谷》，虽是用第三人称的形式在讲故事，却有了挥之不去的"我"的意味，简直分明就是"我的故事"，并且是用滴着血的心在讲述。作者的主体意识或是情感倾向，浸渍在字里行间，"我"成了一个时隐时现、若有若无但绝不可缺失的角色。

作为第一人称"我"的独立品格在《演出到此结束》、《影子》（黄薇）等作品中得到充分甚而可以说是一种极致表现。从作品反映的内容来看，这些作品"显现了现代青年的躁动不安的精神世界，他们以自讽自嘲、调侃不恭的态度，面对旧有的生活秩序和世俗的种种心态，其愤懑与不满足、理想和热望往往以消极的形式体现出来，试图在纷扰的世界中寻找和重建一种可以信赖和依赖的价值标准"[1]。而作者更是旗帜鲜明地宣称：其作品不是表现城市实际和具体生活的，而是强调和凸现已经进入并生活在城市的蒙古人，"对由于失去本民族显性标志而感到的惶惑和失落，以及对无以表现和证明自己民族身份的反省与忏悔"[2]。为了和其他小说以示有别，小说作者称这样内容的小说为"自省小说"，并把这种"自省小说"看作一种"寻根"意义上的小说，因为这样内容的作品，"始终在人魂灵和精神之中拷问自己血统、血脉的'根'，始终荧荧不息着关于'我是谁'的诘问和反省"[3]。所以，可以说"'自省小说'的暗含意义超过了文本意义。那些充满了感伤的结局，那些性格怪诞的人物，实际都有隐绰和潜在的昭示着'进城'后的另一种结果：城市带来文明、规范、安逸、富足，也给我们设置了无形的精神苦刑，这就是改变自己。哺育了父兄多少辈的草原，对城市蒙古人来说不过是一个遥远的旧梦，可人究竟不能靠梦生活，而'民族'、而'根'

---

[1] 托娅,彩娜.内蒙古当代文学概观[M].呼和浩特市：内蒙古大学出版社，1997.248页

[2] 托娅,彩娜.内蒙古当代文学概观[M].呼和浩特市：内蒙古大学出版社，1997.59页

[3] 黄薇.自省小说的反省意识：传统与现实的冲突[J].草原.1996，（8）：60

却又终是不能忘记的。这成了一道二难推理。因此，在繁华喧嚣的城市中的蒙古人便有了如此的焦虑、恐惧和绝望。那些死亡、出走等等结局，汇在一起构成了孤立的个人置于嘈杂而又凄凉的都市中的一道风景线"[1]。所以，要淋漓尽致地描写这种压抑却又逃脱不得的处境，小说的叙述视角就不可能采用传统的叙述视角，因而就有了"我"的出场，那样认真、执著几乎达到执拗程度的审视者。读这样的作品，你会有一种背有芒刺的痛楚，进而有时还会有一种飕飕的阴冷遍袭全身。这个"我"在作品中是举足轻重的："一方面，'我'作为叙述的切入点和整个故事的目击者、叙述者而存在，另一方面，'我'又积极地参与到故事之中，成为故事的另一个主角。"[2]作为叙述者，作者是理性的化身，明智而清醒地注视着故事的发展，抱着一腔热烈的同情又非常严峻地剖析着人物的灵魂，挖掘着他们心底的奥秘。而作为故事中人的"我"，作者又是感情的化身，与人物一同做着艰辛的追寻、激动甚至疯疯癫癫地在搜寻着连他自己都不知道的东西。"'我'的理性与情感是分裂的，这就造成了一种强烈的对比，从而增强了小说艺术的张力。"[3]

其次，艺术视角的变化自然引起叙述策略的改变。新时期三十年的内蒙古中短篇小说与之前的内蒙古中短篇小说比较而言，作品中作者的主观抒情意味变得越来越浓，故事情节淡化，表达情感升至第一位；或是即便还保留相对完整的故事情节，但叙述笔墨常常饱含情感的汁液，浓烈到几乎成为抒情散文。因此在这样的作品中，人物诗化，景致画面化，笔法散文化，审美效果上就是小说意境的生成。

由小说创作的实际情形来看，尤其是世界文学阵营中意识流小说的出现，让我们接受了一个发展中的文学观念，这就是小说不一定必得有人物形象。而如果作品中有人物形象，那这人物就一定要有血有肉，丰满厚重，有情有义，丰富变化，成为圆形人物，立体化的人物，比实际生活中的人们更复杂、更富有意义，同时也一定是典型环境中的典型人物。在新时期三十年的内蒙古中短篇小说作品

---

[1] 黄薇.自省小说的反省意识：传统与现实的冲突[J].草原.1996，（8）：60
[2] 托娅，彩娜.内蒙古当代文学概观[M].呼和浩特：内蒙古人学出版社，1997.318页
[3] 托娅，彩娜.内蒙古当代文学概观[M].呼和浩特：内蒙古大学出版社，1997.318页

中，严格意义上的丰满厚实的人物逐渐退隐，即使有板有眼的人物塑造，如《滴血的晨曦》（丁茂）中的人物形象，也由于作者对这些被压得喘不上气来然而却敢于寻觅灿烂阳光的农民的无限深情，而变得温情脉脉，诗意朦胧。这是一种人物的诗化描写，即人物外在的、表层的描写被移情，当被深挚的情感浸淫过的人物脱颖而出时，其所带来的艺术效应就是令人咀嚼不尽的回味体验。其实，这样一种人物的诗化描写，在二十世纪八十年代初的《一个猎人的恳求》、《七岔犄角的公鹿》、《琥珀色的篝火》（乌热尔图）这样的作品中就已见端倪，而在后来的作品中逐渐形成一种趋向和势头。如果说《滴血的晨曦》中的人物形象还勉强能够按照传统的人物理论进行解剖分析，就如我们把握哈姆莱特、安娜·卡列尼娜、阿Q那样，或如分析契诃夫、莫泊桑、欧·亨利的短篇小说中的人物形象那样，那么在欣赏《黄土高坡·坐在窗后的女人》（张秉毅）、《准格尔女人》（王建中）、《酒鬼》（谷丰登）等作品时，我们的小说人物观念就必须跟随具体作品，进行一番彻底地除旧布新了。本来，任何条理的创作经验总结，结果总是捉襟见肘，实在难以包揽所有作品。但面对创作，我们还是需要做出界定。如果说《黄土高坡·坐在窗后的女人》、《准格尔女人》的人物是诗性化的人物，那么《酒鬼》中的人物就是散文化的人物。诗性化人物刻画，不缺少灵动的细节，表述上只言片语，营造出一种具有生命张力的情感氛围，让你去慢慢品味。人物形象玲珑，其内涵纯净中却有一种说不尽的味道。散文化的人物出场，是作者提供了事件的片段，有时还会有比较详尽的笔墨，因而可以感受到比较清晰的人物形象，人物内涵相对复杂蕴藉，但人物不再单纯只是人物，其把读者的视线引向人物所处的背景。当然这只是相对于诗性化人物而言，在与传统经典人物的比照中，散文化的人物就显得朦胧，其内涵就不是那么三言两语说得清楚了。在这样的作品里，诗性化的人物成为一个内涵丰富的意象，散文化的人物则是浓烈情感的载体。总之，相比较而言，传统经典人物形象内涵虽诉说不尽但总体上是确定可把握的，诗化人物则由于意象化倾向，而主要在艺术效果上展现其魅力，真正要让读者用心去感受、品味后只可意会而不可言传了。

　　三十年来的内蒙古中短篇小说作品中的自然描写是极具特点的，也是最为突出地展现内蒙古草原特色的必有要素。如果说在传统文学作品中，自然描写往往是一种"景物—故事—景物"的模式,人为痕迹非常明显,那么在这三十年来内蒙古中短篇小说作品中,随着艺术视角向"我"的转变,自然描写就由过去把风景作为自然、民族特点的标识,而呈现出多样的表达方式,"或是人情的分享者,或是情感表达的一种间接方式,或是一种人与自然对应关系,或是一种大自然崇拜,或是作为民族的象征"[1]。如果只是看到自然描写方式由单一趋向多样,这仅仅是个数量的变化问题。需要看到的最为关键的应该是这数量变化之后的背景,以及促动这变化的根基。实质上这是创作者文学观念转变的具体表现之一,是他们审美理想追求的彰显。一个根本的变化和相近的趋向是,不管表达方式是哪一种,自然景致的描写都呈画面化。在《鼠群漫过草地》(路远)中,当欧力玛无比绝望地躺在地上,"他开始回想自己以往的行径,那些有可能触犯草原、破坏生态平衡的行为——他那杆双筒猎枪射杀过多少生灵呢?羚羊、狍子、狼、狐狸,甚至于鹰。那时,他并不认为那是对草原所犯下的罪过,是对草原的出卖与背叛。还有,他曾用汽车从草原上运走了数不清的东西,而那些东西正是草原的组成部分,是草原的皮毛血肉。运走那些东西时他竟没有听见草原痛苦的呻吟,也没想到那一切都是罪孽,还以为是给草原创造财富"[2]。然而痛心的反省于事无补,因为此时令人绝望的鼠灾肆意糟蹋着草原。因而作品中的老人要"干一件惊天动地的大事",用电子打火机点燃了草原。这惊心动魄的场面,在作者笔下,不再是传统意义上的场面描写——有景有人有情的细致铺排,是一幅幅含血带泪的精致的画儿——依然有景有情,但人退隐,而愈来愈鲜明的却是叙述者的存在,一个动了情感的叙述者的登临。这种叙述者感同身受的体验,这种阅读者与叙述者同在的感觉,则是先前的创作中没有过的感受。我们可以具体感受一下这画面:"火舌便从那小玩意儿里喷吐出来,点燃了干燥的芦苇。转眼间,火便蔓延开来形成一条火龙,又铺成一片火海。乌龙驹发出惊恐的嘶鸣。无数黑色的小精灵在烈焰中跳跃着消失了。山谷里,是一片通红的火焰的世界。"[3]第二幅:

---

[1] 黄薇.当代蒙古族小说概论[A].内蒙古师范大学汉文系.五十年文萃[C].呼和浩特:内蒙古大学出版社,2001.371页

[2] 路远.鼠群漫过草地[J].草原.1991,(11):18

[3] 路远.鼠群漫过草地[J].草原.1991,(11):20

"许多年后只有山谷里的野风拂来,晃动那些新生长出来的芦苇,向他们询问那对父子的消息。旺盛的无边无际的芦苇却在摇头。它们将永远不停地摇头。还有青草……"[1] 最后一幅:"不知又过了多少年之后,树林里总是有雾,或浓或淡,或薄或稀。一场暴雨过后,林子里的万物都在蠕动、歌唱……几缕温柔的光线照了进来,空气中揉进了泥土又腥又香的气味儿。太阳、白云、风、山峦和树林,还有广阔的草原,每天都在重复体现自己的生命、色彩、音响,每天都在歌咏着寂寞和永恒。"[2] 这是一幅幅以天以地、以人心做画框切割出来的画面,阔大、辽远、浓烈;这是一幅幅流动着的画卷,滞重、苦涩、沉痛。

三十年来的内蒙古中短篇小说作品,相随着叙述视角"我"的出场,笔法上散文化,而在阅读效应上就是小说作品有了一种诗歌意境生成的效果。笔法上散文化,是指小说语言运用方面的特点。其语言既不像诗歌语言的精致,也不像传统小说语言的精细,一如散文语言的随心所欲,实质上则是随着发展变化了的生活而来临的语言操作规则的改变。这样的语言,表面上好像是漫不经心的,很散漫,粗粗拉拉的,但骨子里是讲究的,因而带给读者的就是一种意想不到但也是必然出现的很少有语言障碍的轻松阅读之中的全身心的体验。比如《黄羊之殁》(邓九刚)中,说的是一九六〇年初冬——那个被饥饿扼住了咽喉的可怕年头里的故事,有这样一段场面描述:"大部分子弹都扑扑哧哧地钻入了黄羊们的肉体……没有仇恨与愤怒,也没有垂死的绝望号叫。大大小小的黄羊便一只挨一只地扑扑通通倒在了汽车的灯光里……一只大约半岁的黄羊羔傻乎乎地歪着脑袋朝汽车的大灯看,在它短暂的一生中大概从来也没有见过这种怪物,一双棕蓝色清澈眼睛中充满了迷惘和好奇。黄羊羔在倒下去之前,两条毛茸茸的腿放在胸前像祷告似的举了好一会儿,终于跌跪下去。小黄羊死得没有一点痛苦。在命悬一线的最后时刻,小黄羊似乎发现了我——尽管我明明知道这是不可能的,黄羊在强烈灯光照射下是什么也看不见的——它的目光与我对视了一会儿,好像是问我发生了什么事情。在它的棕蓝色的眼里直到最后也还只有诧异与迷惘。小黄羊就

---

[1] 路远.鼠群漫过草地[J].草原.1991,(11):20
[2] 路远.鼠群漫过草地[J].草原.1991,(11):20

在我的目光里倒下了。冒着袅袅热气的血将它身体周围的一片白雪染成了黑的颜色。"[1] 读者会在流畅的行文中一口气读下去，但结果会是冷汗湿背，口干舌燥，如叙述者一样苦痛、绝望，这时候铁铸的心也要颤栗吧！

草原中短篇小说的审美超越

其实，1978—2007三十年来内蒙古中短篇小说表达方式上的变化，归根到底在于这一阶段生活的日新月异以及创作者文学观念和审美理想的发展变化。

在三十年的生活发展过程里，在翻天覆地的生活巨变中，创作者的生活观念有很多同时也是很大的变化。可以说，感受生活—欣赏生活—享受生活，是身处地球村的人们尤其是中国人生活观念变化的三部曲。因为古老传统的中国人，一般在生活中切实地感受生活，进而也可以欣赏生活，但达到享受生活的境界却是很少中国人所能。改革开放三十年，中国人的物质生活水平极大提高，生活观念也与时俱进。内蒙古中短篇小说作者与中国其他所有小说作家一样，在二十世纪八十年代是充满激情的，但作家们是敏感的，同时也是敏锐的，因为心怀理想，必得感受到生活中的种种不惑。大致到了九十年代时就陷于迷惘，纠缠在千万个不解之中。而二十一世纪初以来，务实，直接，直入主题，直截了当，删繁就简，几乎就成了作家们的共同追求。然而作家之所以是作家，就在于心怀人生理想，要在创作中超越现实。放飞心灵之歌，是创作的最基本追求。然而，社会的前行，时代的变迁，读者群也处在不断变化之中。如果说，读者在二十世纪八十年代充满激情的作品那里得到的是振奋和鼓舞，在九十年代以来堕入沉思的作家作品里感受到的是鞭策和激发，而从二十一世纪开始，读图时代真正来临，"快餐消费"成为主要的精神接收方式已是不争的事实，这个时候的作品带给读者的是什么？这实在不是一两个词汇所能涵盖，读者再也不是一呼百应的读者了，他们有了自己的阅读选择权。这就是创作者实际面对的生活真面目和阅读的本来情形。

---

[1] 邓九刚.黄羊之殁[J].草原.1992，（04）：17

内蒙古自治区第十届文学创作"索龙嘎"奖获奖作品

三十年以来,内蒙古中短篇小说作者是在和所有中国小说作者一样的大环境中成长起来的。他们必须相随发展着的生活和变化多样的读者,同时还要坚守自己的艺术创作原则,保持自己文学创作的本真原色。三十年来,内蒙古中短篇小说取得了瞩目的成绩,无论是其深厚的内涵,还是愈来愈灵活多变的表述方式,都在中国中短篇小说方阵中占据其重要的位置。而与同期中国中短篇小说相比,最大的不同,也可以说是对中国中短篇小说的最大贡献,除了必然的内容差异,也许就是来自草原的作者在中短篇小说叙述策略的具体运用上,形成了带有草原气息的特点。

人不能生活在真空中,也总不会提了自己的脑袋离开地球。因此,当我们呼吸着空气,脚踏着土地时,这大地天空便给我们盖上这一时、这一地的印记。生活在草原的作家,带着草原的气息扑面而来,那么自然。草原的底色,这是不用刻意努力就已打好了的,自然而然带出来的本真基色。只举获得内蒙古自治区"索龙嘎"奖的部分作品的篇名就可见一斑。《蓝色的阿尔善河》(阿·敖德斯尔)、《夏营地,草原上的人们》(巴图孟和)、《草原名著》(王栋)、《在考察匈奴古墓的日子里》(江浩)、《绿色的岁月》(张作寒)、《白马金鞍的故事》(冯国仁)、《"巴拉根仓"下乡记》(朋斯克)、《大漠歌》(阿云嘎)、《在马贩子的宿营地》(路远)、《草原深处》(满都麦)、《乌珠尔湖的呼唤》(哈斯乌拉)、《驼道》(邓九刚)、《迷人的河套》(李廷舫)、《沼泽红柳》(布和特木勒)、《兴安河的云雀》(苏德那木旺吉拉)、《金掌》(季华)、《牧村》(孙全喜)、《云青马》(格日勒图)、《森林之叹》(巴布)、《密密的胡杨林》(阿尤尔扎纳)等等。除了作者有意或刻意为之,使其草原特色更为鲜明,其实,这是草原作者的草原基因所决定的。当然仅此而已不足论,值得说的是三十年来的内蒙古中短篇小说的语言表述和情感表达特点。第一点,语言表述自然。小说是实实在在的语言艺术。老舍曾说,好作品的语言仿佛来自从水中钻出透气的活泼泼的鱼儿,鲜活有无尽的表现力。欣赏三十年来的内蒙古中短篇小说的语言,应该是一种语言的享受。那语言,就像是草原的花是鲜艳的,草是清香的,天是蓝的,云是白的一样,不用刻意地去经营,活生生脱口而出;也还像骏马是在草原上奔驰的,雄鹰是在长空中翱翔的,那样充满生命的活力。当然，这不是说草原的作者不用锤炼语言，只是说与中国其他地区的作家一对比，草原作者这种语言特点格外醒目。实际情形是，生活语言转化成作品语言的过程，这是需要创作者的一份心血投入的，也是作者们努力筹划和追求的。第二点，情感表达素朴。广阔的草原让这里的创作者们心胸宽广，绿色的草原让创作者心中无暇。这样一种大自然的浸渍熏陶，使草原作者在表情达意时，是那么大气豪爽，无拘无束。所以有什么说什么，不遮遮掩掩，不用装饰修整，又是那么自然地发自内心，真诚纯洁。比如《达斡尔女人》（苏莉）的故事，这是一个在汉民族生活中简直无法想象的事情，违情悖理更不合法的举动。但在达斡尔女人这里，情感表达得直截了当，甚至是粗暴无理，却是一种生存的状态，一种自然的真实。这是一种让心灵惊悸的描写，一种让灵魂沐浴的震颤。这样的作品让沉睡的精神被重重撞醒，让人的灵魂开始深深地不安。它让人开始走上反省人之成为人的心理历程。这样一种冲击和震撼，就直接来自那纯真的语言表达。

把1978—2007年的内蒙古中短篇小说与此间三十年之前的内蒙古中短篇小说做纵向比较，又可以增强自信，持之以恒地坚守草原本色，同时又能确定往前走的目标，实现新的跨越，或说是实现一种审美超越，更好地展示草原创作者的艺术个性。

其中最主要的应该是坚定不移地创作出更多更好的作品来。三十年来的内蒙古作家在创作的同时，也有着执著的理论思考，如题材领域的扩展，创作手法的探索，更有草原文化背景下的前后草原小说之分以及后草原文化时代小说创作问题的探讨等等。1995年，《草原》创刊四十五周年之际，《编辑人语》就对草原创作的作者状态、题材领域和创作得失进行了深切地关注。在肯定成绩的前提下，指出："大多作者缺乏激情，选材平庸，写些没滋没味、不疼不痒的东西。"[1]在题材方面，工业题材、农村题材极少，编辑盼望有如当时中国文坛上高晓声、周克芹、路遥、张一弓、何士光、贾平凹等大家在农村题材小说创作中所倾注的那种艺术激情和思索深度的作品问世。"九四年我们没有编到一篇好的

---

[1] 白雪林.编辑人语[J].草原.1995，（01）：1

知识分子题材小说、城市市民小说、城市青年小说、大学校园小说和铭心刻骨的爱情小说，连普通一些的爱情小说也不见。"[1] "我区青年创作还有两个共同的缺点：一是故事的平俗，二是技巧的陈旧。"[2] 编辑最后说："我的谬论是编辑意见而非文艺批评，有些过于挑剔，但绝不是否定，草原是辽阔的，草更茂盛些，花儿更鲜艳些，巨树更多些不好吗？那么，挑剔也是一种信心。"[3] 时至今日，二十一世纪也快走过十个年头，这些当年的问题仍然有其值得思考的空间。不少作者已形成了自己的创作风格，但在现有的基础上，面临着的仍是不断地加强和推进。题材领域还需不断地扩大，给予广泛的现实生活艺术的表现，给今天的读者提供精神的食粮。而在创作手法的运用和出新探讨方面，不是没有，而是没有形成气候，而今天我们更需要适应新的生活内容，同时也能满足阅读者的新形式。其实，在1989年第一期的《草原》，就有两篇很独特的作品。一是《小镇上的汉子》（白雪林），那神秘的挥之不去的魂一般的东西，像死一样纠缠着主人公，最终也并没因主人公的死亡而消散，反而像雾一样笼罩了世界，让你感受到窒息。这是一篇好像在讲世俗人间故事，实际上讲的是人的精神世界的篇章，因而作品很有深意。另一篇是《到底该找谁》（伊德尔夫）是以荒诞的细节场面，讲述着真实的现实，但不是影射，而是象征。你会在流畅的情节推进中不间断地走下去，但到头来发觉自己在一张无形的网中；你会新奇惊讶地读完作品，但也一定会警觉世间人生竟是如此冷峻和沉重。而到了1992年，《没有盖板的排水沟》（肖亦农）以写实的笔法，讲述了一个让你忍俊不禁想嘲笑但又不得不低下头来细细琢磨的故事。主人公那一句说了无数次不断挂在嘴边的"我想说说那只羊"，让你感受到作者对契诃夫小说精髓的领悟高度。而"屈人哩"、"那我的皮脸呢"又是那么贴切、到位地把握住了中国人的精神穴位，从而使一篇很有可能成为贻笑大方的模仿之作有了自身的神魂，反倒成就了一位独特的创作者，显示出独特的表达才气。所以说，无论是向形而上的深入挺进，还是幻想无限的变形夸张，还是借鉴模仿等等写作手法的采用，总是由具体的内容所制约，以及

---

[1] 白雪林.编辑人语[J].草原.1995，（01）：1

[2] 白雪林.编辑人语[J].草原.1995，（01）：1

[3] 白雪林.编辑人语[J].草原.1995，（01）：1

创作者自身的性格气质和艺术趣味、审美理想所决定。有论者把三十年来内蒙古文学创作的叙述风格的发展概括为"阳光叙述、月光叙述、星光灿烂几个阶段"[1]，这种形象的说法，实质上就是依据生活的变化在创作上的投射而来。因此面对内蒙古中短篇创作的实际，有的论者认为："蒙古族文学，主要指青年小说创作，八十年代起开始进入'后草原文化'时代，'后草原文化'时代的蒙古族青年小说创作主要有以下几个特征：在哲学上，对自身文化传统的批评性和反省性；在情感上，对传统文化的怀旧性和陌生感相交织；在文学风格上愈发丰富而多元；人物选择上背景多放在城市，人物也是新一代的城市蒙古人儿女，表现出他们与先辈截然不同的人生态度，他们的惶惑、迷惘和痛苦，带着鲜明的城市蒙古人特点等等。"[2] 如果说当有的论者"把《蓝幽幽的峡谷》当作后草原小说的标志，依据主要还是在叙述的策略上"[3]，"后草原文化"的说法以及理念，这就是从大的文化角度来讨论这一时期的内蒙古文学创作了。

因此，怎样使内蒙古中短篇小说以自己的独特魅力，更能吸引人、感染人、震撼人，这是在总结经验之后继续努力的具体方向。吸引人，是说内蒙古中短篇小说的语言表述功力应该更进一筹。虽说语言表述自然，这只是草原基色给予的自然恩赐，真正要让欣赏者进入作品，根本的功夫还在语言。文学语言必须要与时俱进，如果创作者没有阅读相当数量的传统经典作品以及相应文化的浸染熏陶，那就会因缺失创作语言的根基而漂游轻浮。故事要讲得好而巧，文学语言的深厚内涵还得在经典传统中去汲取，也就是说创作者需要有经得起挖掘的国学功底。当然，作品只能吸引人远远不够，草原特色令人眼前一亮，耳目一新，但久而久之审美疲劳是必然的结局。所以作品还应该感染人，不只是短暂地吸引眼球，而是使读者的心能够被牵引、被打动。这就是作者的生活修炼了。虽说草原作者在情感表达时天生素朴，但这也只是说草原给作者打下的生活原始功底。要

---

[1] 巴特尔.草原文化与文学艺术论丛（第三辑）[M].呼和浩特：内蒙古人民出版社，2007.188页

[2] 白雪林.在"后草原文化"的边缘上[J].草原.1991，（06）：7

[3] 黄薇.当代蒙古族小说概论[A].内蒙古师范大学汉文系.五十年文萃[C].呼和浩特：内蒙古大学出版社，2001.308页

使读者真正喜欢作品,还需要来自作者心中的真情实意,来自生活的真实细节。而且不仅要情挚意真,还需要内涵的厚实,分量的厚重。一句话,来自生活,真诚表现。《草鞋》(刘欣声)贴近生活,因而把一个永远不再回来还带着他的手艺一起走了的人的形象,雕塑般镌刻在了读者的心上。《母牛莫库沁的故事》(苏华)写自己熟悉的生活,因而写得出色,写得多彩。所以有作家深有感触地说:"文学创作的源泉来自生活。生活是想象的源泉,也是艺术生命的源泉。只要有志者认识了它,真诚地拥抱了它,就会变得强大,变得聪明智慧。笔端将会生云吐雾,山重水复。"[1] 还有作家感慨万分地表明:"在内蒙古生活了三十年,是内蒙古的土地和人民哺育了我。我的处女作即是五十年代发表于《人民文学》的《大青山赞》,是大青山,而不是太行山、沂蒙山或别的什么山。我写森林、写草原、写沙漠、写钢城、写北方大自然和风土民俗的美。我的作品里有爬山调,有蒙古歌、有老百姓的口头语,有鄂温克、鄂伦春的猎民生活,也有真实的草原风光的描写,当然还有其他属于我自己的构成。这种种,不正应该感谢生活对我的恩赐么?"[2] 是的,丰厚的生活积累总是给好作品提供真实的生活细节,生活是创作的源泉。特别是要写出今天的生活,即使是历史题材,也应当画出当代的神魂来。正如果戈理所言:"不管出版什么样的艺术作品,如果里面没有今天社会围绕着转动的那些问题,如果里面不写出我们今天需要的人物来,它在今天就不会有任何影响。不做到这一点——那么,从大仲马工厂里出来的任何一部小说都能把它打倒。"[3]

如果说吸引人是语言魅力发挥的指标问题,感染人是作品情感的冲击力程度,那么震撼人就该是思想情操指数的高低标识。这应该是作品艺术魅力展现的三部曲:草原的直爽留住人,诚挚的感情动人心,高远的境界震神魂。所以,作品能达到震撼人的地步,就是作品能把读者的魂勾住、钉牢,让读者灵魂受到

---

[1] 《草原》编辑部.纪念毛泽东同志《在延安文艺座谈会上的讲话》发表五十周年笔谈[J].草原.1992,(05):6

[2] 《草原》编辑部.纪念毛泽东同志《在延安文艺座谈会上的讲话》发表五十周年笔谈[J].草原.1992,(05):7

[3] 巴特尔.民族文学断想[J].草原.1989,(05):77

冲击，心灵产生共鸣。黑格尔曾说，艺术的真正职责就在于帮助人认识到心灵的最高旨趣。而这就需要作者有深厚的思想功底，或是说不仅要有崇高的人格，健康的心态，也还要有宽广的胸怀、长远的眼界、发展的眼光和智性的头脑。而其中，人格境界的层次和格局是非常重要的因素。《论语·公长治》中有一个镜头画面：当年，孔子和他的学生谈论个人志向，子路说愿意把自己的车马、衣服和朋友共享，就是用坏了也无怨言；颜渊说不夸耀自己的好处，不表白自己的功劳；孔子说："老者安之，朋友信之，少者怀之。"可以看出，三人都有自己的志向，但层面和格局大有不同。子路只在物质的层面和物质范围，颜渊就上升到精神的层面和精神范围，到了孔子这里，让老人得到关怀，朋友间得到信任，少年人得到关怀，不只是物质的层面和物质范围，同时包括精神的层面和精神范围，推而广之，就是包括了所有的一切。我们的创作者们如果能够提升自己的精神层级，扩展自己的心灵格局，永葆艺术的生命力，就将不再是一种无聊的空谈和奢侈的想望。当然，达摩能一叶过江，罗汉能穿墙而过，这样的功夫是修炼来的。而功夫的修炼在人，在于投入，在于坚守文学这块天地。期待着内蒙古中短篇小说更为壮丽的明天。

[**参考文献**]

[1]耿瑞.凝眸文学内蒙古.文艺报，2006-11-7（8）

[2]宋生贵.塞上风景.北京：中国文联出版社，2005

[3]策·杰尔嘎拉.蒙古族文学五十年.呼和浩特：内蒙古人民出版社，1999

[4]梁一孺.文艺民族化论稿.呼和浩特：内蒙古人民出版社，1984

文学翻译

海 风

获奖感言

对我而言，文学是一块生命的绿洲，一轮寂寞之夜的皓月，一首抚慰心灵的神曲。如是说十余年的编辑工作让我领略了蒙古文学的蓝天碧海，文学翻译工作宛若竹窗前幽静的花径般赐予我一丝丝醉人的清香。所以，在这物欲横流的世界里，我依然要守护文学这一天真烂漫的绿草地，像忠实的蛐蛐一样欢快地鸣唱。

我的译著《四胡之神》（布仁巴雅尔著）有幸荣获内蒙古自治区第十届文学创作"索龙嘎"奖，这是对我十余年文学翻译辛勤劳动的肯定和鼓励。在今后，我将以此荣誉为契机和动力，笔耕不辍，勤奋翻译，将本民族经典文学作品介绍到全国文坛，为少数民族文学的繁荣发展努力奋斗，为我们的母语文学作品的推介工作增添光彩！

四胡之神

一

我不由扑哧一笑。

我确实苦苦寻找了他三七二十一天啊,但做梦都没想到他如此发话。

"告诉布仁巴雅尔,吴云龙近日还死不了!"

这是他传给我的消息。当好友将这一消息如实传达时,不仅是我,满屋子的人都哄堂大笑。

好也罢,一般也罢,我专门从事报告文学创作已有几年,采访过不少人,可这种不冷不热、不软不硬的人还是头一次见。

所谓龙生九子,各不相同。有些人说一为十,夸大其词,将所思圆说为所做,像一颗秋天的生蒺藜跟你死死粘在一起。可他呢?

我决定,无论如何还是要见他。去他的单位,却听说他被民间文学研究所请走了,说是在我们盟只有他知晓宫廷音乐。再听说,他下乡与巫师们一起蹦蹦跳跳,跳大神。又听说,他与瞎子、瘸子们,在一起亲密无间地欢腾,一起演奏、录音,只弄得夜不归宿,上厕所都带着跑。

真是百闻不如一见,如果我没有进行采访,打死我也不相信他竟这么忙。

我明白了,他是个勤奋做事的人,并非那种光说不做之辈。他的所想、所做和所忙、所钻研的东西,对于那些安分守己的人、油嘴滑舌的人、嫌重就轻的人、唯利是图的人、欺上媚上的人谈不上去做了,连想都未及。他们撇起嘴说"吴云龙发疯",伸出小指头损吴云龙"犯傻",但吴云龙依然自行其是。

他忙碌了五十年,却没得到什么特殊照顾,生活依然很困难,老婆也没有工作。孩子们都自食其力,上学的上学,参军的参军,丝毫没有沾到父亲的光。

谁愿落后于人?可看着世间的不平,谁不悲切呢!

"唉!我们的父亲!"有时候孩子们按捺不住,发发脾气。

"你呀你!"有时他老婆也气得暴跳如雷。

但吴云龙回一声"哦吗呔",便吹胡子瞪眼,摆手踢脚。谁与其较劲,他便拿起四胡拉一首感人至深的乐曲,不顾晓一切,管他天翻地覆。四胡让他犯了神经,得了职业病,可唯有四胡才能赋予他精神安慰,得到最纯洁的美之享受。

四胡、潮尔、三弦、笛子属蒙古族四大乐器。他随便拿起哪一种乐器,都向人们表达出自己独特的感受。他没想过向社会索要什么,而为国家和民族如何奉献而苦思冥想了整整半生,为此奋斗至今。

贤能者不只出自校园,"三十六行,行行出状元"实践证明了这一定理。

他演奏的四胡独奏曲传遍五大洲三十六个国家,让"中国"、"蒙古族"这两个伟大的名称与四胡曲一并响彻世界。

我必须要采写他,否则我有愧于在振兴国家和民族的火线上默默奋斗四十五年的这位无名英雄。如若我们都像吴云龙一样在各自的职业工作岗位上精益求精,我们民族的名誉将比十三世纪还要震撼世界。

二

一九八一年,科尔沁大地春天虽来得早,但天气还是冷风刺骨。

外面乌云密布,漆黑而静谧。天有不测风云。屋里尽职尽责的挂钟叮当叮当作响,向主人报以子夜的到来。

半夜十二点,正是世人酣眠的甜美时辰,可谁能料到此时正是术业者精力集中的最佳时辰呢!

吴云龙奋身而起,习惯性地在枕头上置起稿纸,要准备填写由中国音乐协会征集的艺术简历。可用母语写到"姓名"一词的第一字母时,喝一声"哦吗哒",便双手发抖,纵横乱划几下,捅破了稿纸。

无奈之余,他拿起了四胡。使人柔肠寸断的悲凉曲自四胡奏响,穿透浓密的乌云,回荡在远方。深夜里独坐拉四胡,让不知情的人看来,会觉得他是在发疯,但谁也不知晓这是他安抚那神态各异的神经病的唯一法门。

四胡曲愈奏愈烈,他的胸膛中苦海在翻腾,怒火在燃烧。生活——儿时的生活,是地狱,还是魔窟?

他放下了四胡,手脚已停止颤抖。显然四胡和愤慨是他病症的良药,兴奋和欢悦是他的病根。

他写起了简历,"姓名,吴云龙。小名,马莲。蒙古名,官布苏荣。虽其貌不扬,称呼甚多。职务,哲里木盟艺术学校音乐教师。年龄,四十八。鞠躬尽瘁近五十载,对党和人民未建奇功,但未犯下罪行。我这个人就是一位普通的演奏家。"

所谓艺术简历,无论有意无意,应从追求艺术的那年写起。童年的一切不能全当儿戏论处。童心无忌,他们的梦想亦无忌。儿时的吴云龙,有时攀上香蒲垛,登顶争锋;有时装作美猴王,玩大闹天宫游戏;也有时梦到双膀长翅,尽情翱翔世界。这是幻想,还是争强好胜的游戏?有幻想做基础,才能萌生真正的希望。唯有争强好胜,才能以主人的威仪笑傲红尘。

七岁,在吴云龙的纯真童心中拱架起希望之虹的那一年,亦是为实现这一夙愿而受尽煎熬的年代!

他不再用墨水,而是用泪水写起了艺术简历⋯⋯

三

明月当空,原野寂静。一九四二年夏末的一个夜晚。

从太平庄村西边的两间土房传出的四胡曲回荡在天穹,使来往的人们不禁倾听许久,连南飞的雁群都流连忘返。只见屋子里,有一位秃顶圆脸、眉毛稀长、留着金色胡须的老翁倚壁而坐,得心应手地演奏着苏州四胡。在一旁,脸上写尽苦难的瘦老太婆随音乐慢慢摇摆。正对着说书人坐着一个赤身裸体的小儿,只听得瞠目结舌。他自从娘胎里出来后，至今在身上一丝未挂，真够可怜。黑白相间的上半身像一幅地图证明了他的身世。

蒙古族谚语云："见其貌，莫问其名。"倾听他的四胡曲之后，人们便估摸到此人便是奈曼旗闻名遐迩的说书人梁深德。这位说书人吃完饭便坐在这里，直到深夜寸步未动。"说书人真好！世上还有超过说书人的贤者吗？"赤身小儿表露出这种神态，坐得稳若泰山，目不转睛地凝视着说书人的嘴和手。

梁深德十分惊奇，不由岔开了话题："南斯勒玛姐姐，你的孙子几岁了？"

"七岁。我可怜的孙儿还没到六周岁呢！"守寡多年的南斯勒玛老太太背过脸，用蒙古袍的袖子擦拭着眼泪。

"姐，快给孙子做个二胡吧！看你孙子的兴致、指节，日后定能奏响四胡这等乐器。"梁说书人十分赏识赤身小儿。

"孙儿！快拜说书人为师！"南斯勒玛老太太起身，从房梁上悬挂的破筐子里掏出三两酒和一条哈达，递给马莲。不知老太太何时从何地乞讨到那些东西。

一见外来客，胆怯地躲到屋外的马莲今日却不同以往，他的手颤抖着举起酒和哈达对梁说书人恭敬地说："梁老师，请收我为徒吧！"随即下跪。

虽然他说出的话语少，声音低，却使人鼻子发酸，催人泪下。梁深德不由站起身，抱起了马莲。刚才还面生的他们，此刻变得格外亲密。

师徒如此相认，南斯勒玛老太太的倾囊之举也终得如愿以偿。

但对饥肠辘辘的他们来说，制作二胡是一大难事。往日南斯勒老太太出去乞讨的是养家糊口的东西，可从此，开始乞讨起了马尾鬃、猪膀胱等物。

遇到好心肠的人，虽然自家没有，但为老人指出也许谁家会有。碰上黑心人，会遭到"大喇嘛的哈巴狗还迷上了大烟"这般谩骂。但出自祖母的慈爱，南斯勒玛不忍听到孙子哭着、闹着要二胡，接二连三地外出乞讨。

一九四二年十月二十二日，是吴云龙至死难忘的一天。这天，祖母终于请人为他制作出有榆木琴杆，柳木弓，马尾琴弦，蒙以猪膀胱的琴筒的二胡。

说来孩子也真够奇怪，他们惊喜、激怒之时，想大人未想之事，说大人未说之话。在南斯勒玛老人如秋天的蒺藜再三乞求之下，村里的木匠尼玛制作出二胡递给马莲时，七岁的他未经任何人指示，扑通下跪，说道："叔叔的大恩大德，他日再报！"便用两手接了二胡。唉，清贫如洗的他们家，还有什么可送人的呢。南斯勒玛老人由孙子的话语受到启发，赶紧让马莲认尼玛木匠为干爹，表示谢意。

马莲从那天起学拉二胡。他以往总是为饥饿哭泣，可今天他连奶奶给熬的高粱米汤都没吃，硬拉着二胡，拉得双手发麻，倒下便睡。

二胡这乐器说来也怪，在会者手里它能奏出走马般悦耳的音乐，但在不会者手里如烈马般猛烈。若倾听到能人拉的欢快曲子，使人心情浮动。聆听怀念家乡的悲鸣曲子，人们不由鼻子发酸。但听到愚钝者的胡拉硬奏，使人心如刀割般感到厌烦。

二胡与其职业一样，只能拉起来学，并无捷径可言。

马莲从拥有二胡的那天起，不分早晚昼夜，随想随拉，拉得让奶奶和邻居们的耳朵得不到安宁。但他们谁都没抱怨，还称赞道："以这黄小子的志气，将会随手拉动二胡！"

别人给指点什么，马莲就照着做，可他还是拉不出曲子。有人对他说："学二胡的人要清晨起来，坐在沙包上拉，不久会学会。"马莲信以为真，闻鸡起床，坐在苇莲苏沙包上试着拉起二胡。

有人劝他说："在十五的月光下，坐在水边拉二胡，几天内便学会。"马莲照就团坐在奈林河边，每天拉到深夜。

还有人对他献言："除夕之夜，坐在土灶角上，琴杆朝下地拉二胡，会有鬼来教你。"对此，马莲起初胆怯惧怕，但早日学得拉二胡，让奶奶早日摆脱乞讨的生活，这一想法完全左右了他，虽担惊受怕，还是坐上了土灶角。

屋子里漆黑一片，伸手不见五指。香蒲包门啪一声被甩开的一刹那，马莲都吓一大跳。是否鬼真的来了？听说鬼有多种。究竟哪一种鬼要来？砰，不知在外面何物作响。马莲惊得猛然跃下土灶。他的小心脏怦然跳动。外面继续砰砰砰响个不停，他才知晓那是富家子弟在放爆竹。

不知是着凉了还是受到惊吓，马莲浑身颤抖，可他依然琴杆朝下拿起二胡，坐上了土灶角……

现在忆起，那是农历五月初五的中午。马莲依然摇头晃脑地硬拉着二胡之时,名叫根锁的叔叔来到他家,看到马莲硬拉二胡,便叮嘱他说:"咳,小子,你拉得不对。拉二胡的人身子要挺直,琴筒要放在左大腿上,琴弓要拉得平,要用食指、中指、无名指的上节和小指尖摁住琴弦,手不能上下乱动,头不要随便摆动!"同时拿起马莲的二胡,边拉边唱起东部民歌《猪年之杏》:

猪年之杏哟,
结满了枝头,
嘎亥图村的媳妇们哟,
端着篮子在奔跑。

还是民歌有魅力,歌词中凸现着人物形象,曲子里荡漾着神奇,连孩童跟着唱几遍,便估摸出其中的奥妙。

马莲按照根锁叔的嘱托尽情地拉了二胡,得意而眠。说来奇怪,他这一睡,还做上了梦,梦见一位身高马大、黑须过胸的老翁拄拐而至,教他拉二胡,教的还是那一曲《猪年之杏》。老翁自己拉一遍后让马莲拉一次。没拉几遍,马莲流畅地拉起了《猪年之杏》的曲子。此刻,那位老翁捋着胡子,满意地说道:"呵,我的孙儿真行!爷爷以后给你再教教其他曲子!"说完后离他而去。"爷爷、爷爷!"马莲大声呼喊着惊醒。这可急坏了奶奶,她问:"马莲、马莲,怎么了?"

"奶奶,爷爷来教我拉二胡了!"

"别胡说,你爷爷都去世好几年了。佛祖啊,请保佑我的孙儿!"

"奶奶,是真的,他正如你说的一样,是身高马大、留着黑须、二胡拉得好的爷爷!"马莲随即拿起了二胡。

果真,那支《猪年之杏》的曲子由马莲的二胡奏响。

其实,那支曲子还没那么悲切,但南斯勒玛老人深陷的眼睛噙满泪水说:"马莲,拉出曲子了,果然拉出曲子了!"而后,她不停地亲着孙子。

对马莲学二胡的事,人们议论纷纷。

有的说:"日有所思,夜有所梦!"

有人说:"梦到了奶奶的话。"

也有人说:"古往今来,梦里学艺的人多的是。"

无论如何,马莲用粗细两弦能完美地奏出了八个音符。

四

> 针是铁做的,
>
> 哲德尔娜娜嘿,
>
> 心是肉长的,
>
> 哲德尔娜娜嘿,
>
> 想你到了心肝里,
>
> 时时在梦中惊醒,
>
> 哲德尔娜娜嘿。

这是梁深德再次来马莲家时,教给他的曲子。

梁说书人初次来时,便十分赏识马莲拉二胡的天赋。这次看到他坐在那里若无其事地拉二胡,更是惊奇。他羡慕地抚摸着马莲的黄发说:"南斯勒玛姐,你孙子挺机灵的!给他做个四胡吧!要用山羊肚丝弦做琴弦!拿几个碗来!"

喜出望外的南斯勒玛老人黯然失色,她说:"哎!还说几个碗,咱家才有这么几个碗!"她拿来两个碗。

梁说书人用竹筷子轮番敲击着两个碗。他口中哼唧一下,再敲一次碗,然后紧闭双眼,仔细一听,从两碗中选了一个,对马莲叮嘱道:"要敲着这个碗,调好四胡的外弦!"

南斯勒玛老人对孙儿技艺的突飞猛进高兴不已,但想到做四胡,不由心头一痛。山羊肠,对于贫苦家庭来说,别说做四胡弦,做药引子都寻不到。

老人挂念此事,苦苦思索。别无他法,只能春节时到富豪乡绅家门口乞讨。

为了孙子,南斯勒玛老人不惜上刀山,下火海。她给富人巴拉吉做了整整一个月苦工,才要到四条山羊肠。

马莲的四胡做成了。与其说是用山羊肠丝弦制作，说是用南斯勒玛老人的心血而做都不为过。

还是孤儿懂事早，小马莲拿到四胡的当天，抱住奶奶的脖子，眼里噙着泪水，对她说："奶奶，从此你不用讨饭了，我拉四胡来养你！"啊！听到此番话，南斯勒玛老人的心，如寒冰见火，完全被感化。

马莲果然背起四胡走家串户。起初，人们不敢相信没琴杆高的小家伙能拉四胡，但听到马莲默默奏响的几支曲子，都竖起大拇指称赞。

这一消息一传十，十传百。惊慕的言论飞快传到一位国民党军官耳中。有一天，他专门派人把马莲请到部队。起初，他听了曲子，后来瞪起眼睛，一脸凶相地让马莲拉着四胡唱歌。

马莲为他唱民歌，可那家伙拍起桌子喝令道："用汉语唱，用汉语唱！我们听不懂你的话！"

马莲出了一身冷汗。除夕之夜，独坐土灶角上也没如此紧张。他想着想着，想到前几天与村里的孩子们玩耍时学到的一首汉语歌：

八路军好，

八路军好，

八路军打仗，

是为了平民百姓！

"啊！他妈的，唱什么呢？"狂怒的国民党军官号声如狼，扇了马莲一个耳光，又将他踢倒在地。

可怜马莲大叫一声"奶奶"，从鼻子里飞溅出殷红的鲜血。他还是个孩子，不知道自己挨打的原因。

这使马莲早日学好四胡，让奶奶摆脱讨饭之苦的天真想法有了动摇。

他觉得，"学四胡不如学偷盗"这一俗话说得千真万确。如此，他不仅养不起奶奶，自身都难保。罢了，还是不拉四胡为妙。

不知，马莲出自悲哀还是憎恶，他童真的心里浮现了千头万绪的疑问，生活如此折磨着他。

他收起四胡，闲了几天。但看到奶奶日益消瘦，还是想出去碰碰运气。于是，他对奶奶说："奶奶，听说芒什庙有很多拉四胡的喇嘛。我想去看看他们怎么拉四胡！"

"孙儿，奶奶求你，别去了！人生地不熟的，如果出了事怎么办？"

"没关系的，奶奶！听说那庙里还有一位叫敖其尔扎布的喇嘛。他的三弦奏得好。我想学三弦。"

"马莲，用不着学那些。奶奶在世一日，会养你一日！"

"奶奶，我去，我一定要去！"马莲蹬着脚大哭起来。

经过前几次事，提心吊胆的南斯勒玛老人无奈之余说："马莲，别哭，奶奶领你过去。"他们俩向芒什庙赶去。

那天马莲走了好运。芒什庙的喇嘛们见矮小的马莲响亮地拉四胡，惊喜之余，不仅让他们俩饱餐了一顿，还给了几个钱。敖其尔扎布喇嘛也十分喜爱马莲，教他演奏三弦。

将近日落时，南斯勒玛老人带着孙子离开了芒什庙。不知是何原因，他们迷路了。仅有十里之遥的太平庄村，走到夕阳落下也不见踪影，珠日干白兴图的密林更让他们找不到回家的路。夜幕落下时，猫头鹰凄惨的叫声与野狼的号叫声夹杂在一起，真叫人胆战心惊。还有火球一样的东西在眼前随处跳动。马莲惊吓得用手指着问："奶奶，看那儿，那儿，那是什么？"他急得目瞪口呆。

"孙儿，那是鬼火。不许对它咳嗽，会得咳嗽病的！"

奶奶和孙儿俩晕头转向，如掉进深渊，眼前漆黑一片。南斯勒玛老人连连念着："佛祖，佛祖！"抱紧马莲，"孙儿，别怕，奶奶给你生火！"她从附近捡来草木，划火柴点火。

火，为秋凉中哆嗦的祖母、孙儿俩带来了热量和光明。马莲第一次碰见这种情况，眼睛像启明星一样闪烁着。他说："奶奶，奶奶，你看，一个绿绿的东西向我们走来。"

南斯勒玛擦了擦深陷的眼睛说："我的宝贝儿，别出声，那是狼！"她浑身打了冷战。

"奶奶,我怕!我怕狼!"马莲哭着、叫着抱紧奶奶。

"孙儿,不能说怕狼。没关系,狼这种动物怕火!"南斯勒玛虽装得像个男子汉,但显然也在惧怕。

"奶奶,那我们在哪儿过夜?"

"马莲,奶奶找不到方向了,只好在这儿过夜。马莲啊,别到处乱看,不要胡思乱想!奶奶给你讲故事,你听着睡吧!"

南斯勒玛老人讲起了故事:"从前,在蒙古祯旗的阿拉林塔木黑村,一对夫妻安然生活。不知是何原因,一天他们的两间房子着火了。主人贡古来冲进熊熊大火之中,只取出四胡和木匠器具。他准备了两个筐子,将儿子置在一个筐子里,另一个筐里装了四胡和木匠器具,担着筐子,向奈曼旗太平庄进发。哎,可如此千里挑来的儿子辜负了父亲的一片心意。他没学四胡和木匠活,只知道赌钱,还把父亲心爱的四胡、木匠器具都输掉了。他懒惰成性,从来不管家里的生计和妻儿,整天游荡在村子里。贡古来病逝时的遗嘱是,让孙子在四胡与木匠活之中学一样,将来可以维持生计。"

"奶奶,那德木德不是我父亲的名字吗?"

"是的,说的正是你父亲,贡古来是你爷爷。"

"啊!奶奶你哭了?别哭奶奶,我要拉好四胡!还要学木匠活!"马莲伸出右手,立即惊叫道,"奶奶,我头上有一个凉凉的、黏黏的东西!"

南斯勒玛老人说:"噢,孙儿,别怕,别怕!让奶奶看看!哦!蛇!"她一声惨叫,随手抓起蛇扔掉。可怜祖母之心何等慈祥,平时见蛇吓个半死的老人,此时却为了孙儿挺身而出!

南斯勒玛老人带着孙子讨饭时迷路,野外过夜的消息传到了梁深德的耳中。有一天他直接来到太平庄村,对南斯勒玛老人说:"姐,如果让马莲拉四胡讨饭,干脆让我带走吧!这样还可以继续学四胡,既能长见识,自身健康也有了保证,不是吗?"

南斯勒玛老太太琢磨片刻后说:"如果老师不嫌弃我的孙儿,哪有什么不行的!"她眼里噙着泪水。

马莲跟随梁老师走遍奈曼旗的协理庙、浩沁庙、黑图嘎庙、芒什庙等诸多寺庙。他虽然敲遍这些寺庙之门，昼夜不停地忙碌，但苦中酝酿着甜蜜，成为人生中的幸福时光。他利用此次机遇，不仅学到梁老师拉四胡的技艺和风格，也偷学了不少其他陌生说书人的技巧；他既学会了蒙汉民歌、民间舞、民乐，还学会了宫廷音乐；他学会了二胡、四胡、三弦，还学了马头琴、笛子、小提琴这类乐器。实践为他证明，在学艺方面，唯有学与否，而没有能与否。

马莲点太背了，或者是其他原因，梁说书人得重感冒倒下了。马莲本想服侍老师，在身边伺候他。可梁老师毫不应允，反而劝他说："你还是快回家，帮助老奶奶吧！"师有师之意，徒有徒之盼。师徒俩推托了几天，最后师命不可违，马莲只好背着四胡回家。

马莲望到村落时，心头一热，加快了脚步。到家门，马莲一进门便"奶奶，奶奶"地呼喊起来。平时一听到孙儿的脚步声便跑出来迎接的奶奶，今日却没有动静。马莲急得猛推门而入，两间屋子空荡荡的，十分阴冷。

他还是个十岁孩童，在外面奔波几月，念着奶奶回来，却不见奶奶和爸爸，如此饥肠辘辘地守着空荡荡的屋子，怎能忍得住呢？马莲横着倒在炕上柔肠寸断地叫着"奶奶，奶奶"。左邻家的叔叔进来对他说："你奶奶讨饭去了。你父亲没回家已有二十来天了。你还是到北村的大叔家等奶奶吧！"

过了半月，马莲才见到奶奶和父亲。奶奶讨了二十来天饭，却一无所获，眼睛越陷得深，背也更驼了。

一家三口人迫于生计，相互对视而叹息。马莲的父亲显得失魂落魄，可突然一咬牙，站了起来，"妈，把马莲卖了吧！"

托着脸腮，深深叹息的南斯勒玛老人一听便怒吼道："你这该死的乞丐，说什么呢？"她举起了手，欲要扇那德木德的耳光。

小马莲抱住奶奶可怜地喊着："奶奶，我不去别人家！我拉四胡，给父亲挣钱！"

南斯勒玛老人用颤抖的食指指着儿子破口大骂："那德木德，你呀你！天啊！"她突然惨叫一声昏倒。

马莲紧紧依偎在奶奶的怀里，痛心疾首地哭着说："奶奶，奶奶！请睁开眼睛！"

过了许久，南斯勒玛老人醒过来。她又骂一阵："那德木德，你哪样也不像你父亲！人心是朝下长的，你的心却向上翘了。滚出去！不要让我再看见你！"说完，老人又昏过去了。在她如此哀思痛苦之下，右眼也失明了。

生活，黑暗的生活，让乳齿未掉的马莲受尽万恶社会的磨难！

马莲目不转睛地望着为孙儿支离破碎的奶奶，突然拿起四胡向外跑去……

五

南斯勒玛老人最近痛哭不已。为了让孙儿学四胡，她连老命都豁出去了，可万万没想到，此事却给马莲带来了莫大的灾难。

几天前，说是什么日本的，还是哪儿的三个长着翘胡子的军人来到他们家，非要把马莲带到东京。南斯勒玛老人惊慌失措地说："不，他才十岁，怎能带他到话语不通的外国？"

可他们争辩着说："不是我们缺人手，才带走你的孙子，而是要让他成为世界著名的说书人。"

"长官，我求你们，我孙儿已不再拉什么四胡了。"南斯勒玛老人仇视着那歪歪的四胡说。

"老太婆，我们知道你为了孙儿已竭尽全力。为此，我们给你很多钱，作为抚养费。"

"啊！佛祖，那是什么话！我们蒙古人饿死也不会卖子女的。我求你们了，与其带走孙儿，不如取我老命吧！"

三个日本军人软硬兼施，与南斯勒玛老人对峙了许久，但老人坚决不答应。日本人终于翻脸，吼道："不要敬酒不吃吃罚酒，两个月之后，不管愿不愿意，都得带走！"并抽出佩剑，劈断了炕上的破桌子离去。

南斯勒玛和孙儿掐指算着日期，天天以血泪洗面，并琢磨着到时逃跑还是提前逃走。

两个月、三个月都已过去，杳无消息，又听说日本人完蛋了，南斯勒玛老人终于松了口气，心平气和地过一年。一天，有一位军人骑马来到他们家，让南斯勒玛老人不禁哀叹。她把马莲藏在门后，可还是不行，压在木柴之下，仿佛还略显暴露。她无可奈何之际，急得把马莲塞进了土灶里。

可这位军人不像以往来的军人，他一进门满脸微笑着说："妈，你好吗？"

南斯勒玛老人应了一声，不予理睬。

"哟，妈，不认识我了吗？"

南斯勒玛老人擦拭了几下深陷的眼睛，怔了一阵后说："哟，你不是尼玛吗？你什么时候当上兵了？佛祖啊，这把我吓的！马莲啊，快出来吧，你干爸来了！"

马莲黑乎乎地进来后，尼玛吓了一跳。

"妈，这是？"

南斯勒玛老人长叹了一气，为尼玛讲了日军来要带走马莲的事。

"哦，那好，我抢先一步了！"于是，尼玛说出来意，原来奈曼旗骑兵第十五团成立宣传队，他是特地来请马莲的。

南斯勒玛老人愁笑两难。别让他带走吧，如果日军一来，不知将会发生什么；让他带走吧，马莲还是个摸着奶子睡觉的小孩，长期离家不知如何。再说硝烟滚滚的战乱中，像他那样的孩童还行吗？但有干爸在，也许有个照应。孙儿到七岁，头一次穿一件像样的衣服，还是干爸给做的。唉，与其把孙儿送到国外，不如交给旗里的军队，那样可以隔三差五地去看他。南斯勒玛老人定下主意。

一九四六年初春，十一岁的马莲当上八路军。

可怜的他，晚上睡在宣传队队长海堂的被窝里。他拉四胡之时，还得让人举起来放到桌子上。观众见他虽小，却能拉出动人的曲子，予以热烈的掌声后，他急得跳下桌子，钻进桌底下，让人逗乐。

马莲来到骑兵第四团后简直成了活宝贝，但时局动荡，南斯勒玛老人的担心也不为过。

有一次，第十五团宣传队在高粱地边演出时，被国民党的军队包围。大炮小炮震地轰响，射来的子弹呼啸着划过耳边。马莲吓得屁滚尿流，虽然由干爸尼玛背着，还是吓得眼睛像寒星流转。

国民党反动派真是残忍至极，他们屠杀贫民，将他们的头颅、肠子挂在树上。见到那些血淋淋的肠子、心肝、獠牙狰狞的人头，别说是十几岁小孩，连成年人都不堪一睹。

从当晚开始，马莲阵阵发烧，反复惊醒。骑兵十五团的领导见此情况，只好把他送到家里医治。

怜悯、爱惜、忏悔、挂念的舆论在村子里传开。

"这么好的孩子，不知将来如何？"

六

喜、怒、哀、乐是人情感的旋律。人有旦夕祸福，可某种遭遇、羁绊、疾病更能体现出一个人的毅力。

马莲回到家后，病还是老样，可一直没停止拉四胡，吹笛子，奏三弦。最初，只在演出时奏乐，但现在整天演奏着乐曲。这不是一两个月抑或一两年之事。如果那样，一般人坚守信誓都可以挺过去。可那是十五年啊！一时的心血来潮怎能熬得过那些坚苦岁月，只有理想和毅力如绳索般盘结在一起，才使苦难变成幸福。

马莲因病回家的十年之后，以吴云龙这一吉利的名字进入奈曼旗文艺队，十五年之后进入哲里木盟歌舞团。但雪上加霜，在原有的神经病之上又得职业病。他自参加工作起，都按时完成组织上交给自己的任务。干起领导安排的工作，他从来不落后于人。

二胡、四胡、马头琴、小提琴、风琴、钢琴、三弦、笛子、长号……他均能演奏。独奏曲、双重奏曲、交响曲、民歌合奏曲、舞蹈、歌曲、曲艺、歌剧、舞剧曲，他均能创作谱曲。蒙古舞、藏族舞、维吾尔族舞、朝鲜舞、印度舞、查玛舞、跳大神，他均能善舞。

一个病人，尤其是患有神经病之人，能成为全能艺人，其中呕心沥血地付出，人们不言而喻。

领导交给吴云龙一项任务时，都怕苦了他。因为，他做起事来都竭尽全力，平常的生活都失去了规律。

一九六一年，盟歌舞团要派吴云龙去参加全区独唱、独舞、独奏曲会演。这可不得了！他连睡觉时枕下都垫有手电筒，身边放着四胡、纸和笔，随时起身拉四胡，做记录，再拉四胡，做记录。如此闹腾一夜，刚合上眼又哼唱起来，有时还像拉四胡一样摆动双手。

连续几天，都是如此闹腾，这可急坏了妻子苏玉莲。她有一天硬拉着吴云龙去盟医院。

穿一身白大褂的医生，脖子上挂着听诊器问这问那，询问吴云龙的病情。

对此，吴云龙呵一声"哦吗呔"，说自己没病，让医生惊呆。

厌倦的医生回一声："咳，那你干啥来了？"话说得挺横。苏玉莲怔住，她说："没有，最近他古里古怪的，大概不会是那种病吧？"

"那种病是什么病？"医生更加好奇，轮番凝视着他们夫妻。

"他原来有神经病，现在看来更加重了。医生啊，求你了，请仔细检查一下，住院治疗也行！如果病情严重了，有个三长两短……"苏玉莲的恐惧都蕴含在泪水里，柔声细语地乞求医生。

此刻，吴云龙才明白事情的缘由。他说道："哦吗呔！医生，事情是这样。领导要让我参加全区独唱、独舞、独奏曲会演，所以我为了写出四胡曲《白马》，几次在半夜起身。我爱人可能看到了，疑虑我发疯了。哦吗呔！怎么会疯呢？我那是在作曲。我不把想到的曲子随时记下，便会忘掉！"他顺便捶几下医生的桌子。

苏玉莲却说："不，医生，不仅如此，近几天，在他身上出现特殊情况。前天，他到粮站取粮食，收钱的姑娘向他要钱时，他却哼几声'哆来咪发'，把笔甩给了人家。你看，这成何体统？让人家姑娘给笑个半死。昨天我要挑水，可找不到水桶和扁担。到邻居家一借，听说井旁有水桶和扁担。我去一看，那正是咱家的，想来也是这活爹干得好事！"

医生听后，忍俊不禁地笑了。可吴云龙若无其事地哼着曲子，膝盖上划拉着，应几声"哦吗呔"。

吴云龙的笑话连篇。如他在作曲时出差，本应到保康的他会走到长春。哎，没办法，他无论做什么事，总是专心致志。因此，他的作品总是炫耀着主人的辛劳。他创作的作品《白马》在全区会演中获得优秀创作奖和优秀演奏奖两个奖项，也通过电波传播到国外。

吴云龙高兴了，高兴得把衣领都撕破！这是托了祖先的福呢，还是他二十年坚苦创作的回报？他像第一次做爸爸的人，欣喜激动！

吴云龙受到鼓舞了，鼓舞得把刚卷起的烟挑下。这是为快马加鞭，还是好钢用在刀刃上了？无论如何，他萌生不同凡响的想法！

吴云龙载誉归来后并未炫耀，反而再接再厉，为创作新的四胡独奏曲《青年牧马人》深入牧区采风。大多数人下乡时不到旗镇以下的地方，可吴云专门去偏僻的洼滩牧圃。因为他觉得那些地方的人常年看不到电影，听不到音乐。人生在世，谁不愿听乐。再说许多怀有精湛技艺的民间艺人都归隐于斯，如果与他们结交，就能学到更多书本上没有的民间艺术。

此次，吴云龙到了住牧圃的盲人老太太家里。这位大娘双目失明二十年以来，还没听过什么音乐。从小孤苦伶仃的吴云龙顿起怜悯，坐在她身旁，两天两夜地拉起四胡。大娘起初暗自哭泣，后来整一下嗓子唱起了歌。圈中舍弃小羔子的母羊都听得满眼流泪，为小羔喂乳。

"大娘，唱吧！草原如此辽阔，蒙古歌曲如此浩瀚！"

"好！大娘唱！二十年没唱的，今天都给唱！"

吴云龙的四胡愈奏愈烈，老太太的歌愈唱愈高亢。吴云龙更清楚地意识到自己的职业功德，艺术，能解散二十年的郁闷，能舒展二十年紧蹙的愁眉。

一个艺人，一个撩动人心、鼓舞志气的文艺工作者，不能只靠音乐，而要用文艺为人民服务的实际行动和心灵之美善，赋予人们美的享受，才能称得上人民的文艺工作者，否则将成为达官贵人的助兴者，或城市干部的视觉盛宴，不是吗？

"三人行，必有我师焉。"吴云龙十分欣赏《论语》里的这句话。他一直遵守此语，向民间艺人阿兴嘎学用反弓和弹弦，学马嘶鸣方法；向著名说书人孙良学正确演奏曲调、掌握优美的节奏、饱满有力的弓法；向内蒙古歌舞团的朝鲁学颤音抚弦法等；向哲里木盟广播电台的吉日嘎朗学连弓、分弓、上滑打、下滑打、上下滑打、重滑打等方法。因此，他演奏四胡独奏曲《青年牧马人》时，十分完美地使用了三十几种弓法。

皇天不负有心人。在一九六四年的全区文艺会演中，吴云龙创作的《青年牧马人》获得优秀奖，并由中央人民广播电台将此曲介绍到国外。北京电影制片厂专门邀请吴云龙演奏电影《红星》的插曲。

名不见经传的吴云龙，名誉与乐曲一并传扬世界。他正欲以更高的志向和技艺更上一层楼，震撼人心的"文化大革命"开始了。

一天，吴云龙拿着一尺长的沙柳条子，对同事那德木德怒气冲冲地说："哦吗呔！如今这势头是怎么了？不是不怕牺牲，就是不搞破坏，不能建立。批斗、打砸成为风气！"深谙他病症和脾性的那德木德立即提醒他："咳，我的活爹，全国都这样了，你我怄气有啥用？行了，你可别戳我的眼睛！"

"我戳！我就戳！戳！"吴云龙在气头上戳得那德木德的脸颊青一块，紫一块。

风暴在呼啸席卷。

吴云龙依然拉着四胡。

七

在芸芸众生中，不好权力的能有几人？

吴云龙刚担任团长时，曾马虎地想过这问题，如今他更深刻而认真地琢磨起来。

两年，是担任盟歌舞团副团长的两年。在这两年里，他文山会海，昼夜忙碌，可只读到了书，未能解决问题，得到的仅仅是献媚的目光，虚伪的哈腰。

在以权力级别来衡量一个人的进步、腾达、工作能力的当时，权力也确实该掌握。

这在吴云龙的身上体现得淋漓尽致。在他当领导之前，清淘厕所的临时工都蔑视他，连卖豆腐的老太太都最后卖给他豆腐。出差住宾馆时，同室的人用疑惑的眼光注视他，找服务员换房。可当团长以来，陌生人都叫他"吴团长"，笑逐颜开。饭店的厨师在他碗里故意加上两块肉，点头哈腰。这些都是实事，谁都不能否认。近水楼台先得月，只要权力存在，难以解除这不平之事。

这不由使吴云龙深思：我这个人啊，人家一提拔，跟着节节而上，竟把三十年的四胡之艺淡忘。别的不提，演奏起一九七三年获全区一等奖，传播到三十六国的《草原骑兵》，都由此离手。这才是几天之前的事。西哈努克亲王来吉林长春，省文化厅专门请我去演奏代表作——《草原骑兵》，竟没想到放弃两年的四胡变得如此僵硬。一个人的睿智在于选好自己的路。我不是当官的料，行了，还是拉我的四胡吧！

吴云龙奋起身，拿上四胡，他一鼓作气地拉下《草原骑兵》，待手脚稳定下来后，拿笔写起东西。

盟党委：

　　我由衷感谢组织对我的信任。但人最了解自己，我这个人拉四胡可以，可当不了领导。找个像我一样的团长比比皆是，可培养像我一样的演奏家最快也需要二十年光景。在我看来，权力落在能者手里如虎添翼，可落到庸人手里百无一用。所以，我真心申请辞去盟歌舞团副团长之职。如果可以，我去盟艺校执教，那样会培养更多民族音乐的继承者，也能总结出自己三十年拉四胡的经验。再说，我有改进马头琴的想法，需要充足的时间和安静的环境。

　　依据上述情况，望组织批准我真心的申请！

吴云龙
1936年8月20日

上级组织经过反复讨论后，批准了吴云龙的申请，并按照申请，把他调到盟艺术学校。

吴云龙是说到做到之人，内蒙古自治区成立三十周年之际，作为献礼之物，他献上新改进的马头琴。

行与否是人们对一个事物的肯定和否定。如果将本民族的某种文化遗产继承发展，必须对其进行改革，才能延长它的生命，这是吴云龙改进马头琴时的唯一念头。

新改进的马头琴二十把、三十把地在艺术舞台上陆续涌现。原来难以位列民间合奏曲的马头琴，经改进之后在交响乐中也占据了重要地位。可用不化之弦换了原来的尼龙弦之后，奏出的曲子不及以前洪亮，出现弊端。因此，他继续钻研着马头琴。

吴云龙属想到即做到之人。他利用四年的业余时间，写出《四胡基础知识》、《四胡基础技艺训练》、《四胡综合技艺训练》、《四胡精艺训练》等由四部四十二章节组成的《四胡演奏技艺》教学大纲。

他认为，要成功演奏一首曲子，关键在于理解好它。也就是说，喜悦时要欢呼雀跃，思念时要热泪盈眶，愤怒时要怒火冲天，憎恨时要恨之入骨。

是的，演奏民歌亦是如此。将民歌敬如父母，爱如子女，铭刻于心，渗透于听觉神经，用至高至善的技艺来演奏。唯有如此，才能使演奏的曲子展现风格，与自己的技艺融会贯通，将形象表现得栩栩如生，纯净明亮地表现出曲调的质色、旋律、曲折、放矢、升降。

吴云龙驰誉世界，吴云龙的四胡名震五大洲。他的桃李遍及自治区，功勋载入史册。可他依然斥一声"哦吗呔"，拉着四胡，钻研着马头琴……

一个人的价值不在于向社会大众索得什么，而在于为社会大众、为国家和民族奉献什么。吴云龙的曲子不可一观，不能一触，但它发挥着独特魅力，不断地赋予人们最圣洁的艺术之美的享受……

内蒙古自治区第十届文学创作『索龙嘎』奖

获奖作品 下

内蒙古作家协会 ◎ 主编

内蒙古出版集团
远方出版社

图书在版编目(CIP)数据

内蒙古自治区第十届文学创作"索龙嘎"奖获奖作品/内蒙古作家协会主编.—呼和浩特：远方出版社，2015.1
ISBN 978-7-5555-0339-2

Ⅰ.①内… Ⅱ.①内… Ⅲ.①中国文学－当代文学－作品综合集 Ⅳ.①I217.1

中国版本图书馆CIP数据核字(2014)第282145号

内蒙古自治区第十届文学创作"索龙嘎"奖获奖作品

主　　编	内蒙古作家协会
责任编辑	云高娃
封面设计	吉　雅
版式设计	韩　芳
出版发行	内蒙古出版集团　远方出版社
社　　址	呼和浩特市乌兰察布东路666号　邮编 010010
电　　话	（0471）2236471 总编室　2236460 发行部
经　　销	新华书店
印　　刷	内蒙古爱信达教育印务有限责任公司
开　　本	710×1000　1/16
字　　数	1000千
印　　张	66
版　　次	2015年1月第1版
印　　次	2015年5月第1次印刷
印　　数	1—1 000册
标准书号	ISBN 978-7-5555-0339-2
定　　价	98.00元（全二册）

如发现印装质量问题，请与出版社联系调换

contents **目　录**

长篇小说

| 任　建 | 005 | ················· | **辛弃疾** |
| 田　彬 | 119 | ················· | **青　诀** |

长篇小说

任 建

获奖感言　明星，永远耀眼——论长篇历史小说《辛弃疾》创作理念

辛弃疾（字稼轩）作为一代词人，一直是国人关注的焦点，而他在军事政治上的才能与贡献却鲜为人知。长篇小说《辛弃疾》的着眼点以辛弃疾青年时代"聚义抗金"为背景，系统地叙述了小说《辛弃疾》的创作理念，并从文学、政治、生活等方面，呈现给读者一个别样的辛弃疾。

我的创作集中在辛弃疾鲜为人知的军事智慧和领导才能上。创作开始，着眼点集中在对《美芹十论》的挖掘，以此作为每个章节的开篇。这就涉及一个怎么写、写什么的问题，尝试了一段时间，觉得不妥，又回到章回体的创作形式，于是就有了今天此书的模样。

十年磨一剑。从二〇〇三年动笔，二〇〇五年十月成书，二〇〇九年十一月出版，二〇一三年八月获奖，整整十年光阴。写辛弃疾，不能停留在简单的表象叙述中，而经由表及里，深入到他的内心世界做理性地阐释。在当时的南宋，辛弃疾南渡归来之后心情尴尬、苦闷、彷徨，在经历了痛苦地抉择之后，他伺机潜入金国侦察敌情，撰写出振聋发聩的《美芹十论》、《九议》等留传后世的军事论著。当代军事科学院的博士研究生，也未必能写出这样高瞻远瞩的论著。在中国文学评论界，从一九二四至一九九〇年，对辛弃疾的评论文章有四百零三篇之多，大都集中在爱国词、田园词、长短句、评论等方面的论述，而对于军事政治方面涉猎甚少。因此，我的创作着眼于叙述方式的改变，遵循了表象的深化、变异、联想、无意想象过程，进入到自觉的表象运动、联想和有意想象。

有关辛弃疾的个人传记在国内和台湾地区也有一些不同的版本，但多数以论述辛弃疾的诗词成就为主，而论及他的政绩尤其以文学形式加以表现的却有所欠缺，尽管如此，在这些著作中，有一点可谓众口一词、迥无异议，即"北苏南辛"名垂千古。

除了在诗词方面的成就，辛弃疾还是一位德高望重的封疆大吏，然而他做官的政绩往往被湮没于辛词的耀眼光芒之中。事实上，辛弃疾的仕宦命运充满了坎坷与传奇色彩。

"庆元党禁"风波中，朱熹去世，享年七十一岁，朝廷下令民间不得祭奠。于是，朱熹的门生故旧不敢送葬，闭门不出。辛弃疾闻讯，悲恸欲绝，当即提笔撰写祭文，"所不朽者，垂万世名。孰谓公死，凛凛犹生"，并亲自前往朱熹故居哭悼。

辛弃疾重感情，讲义气，爱憎分明。陈亮和朱熹相继去世，他失去了两个挚友，故人已逝，斗志消磨，"白发多时故人少"，凄楚之情油然而生。哭祭朱熹归来，他悲伤许久，染上了莫名其妙的疾病，病势既急且凶，继而转为缠绵痼疾，半个月后，人们看到他手拄竹杖，缓慢地徘徊于秋水堂和停云堂之间。七年后，即一二〇七年，辛弃疾在对朝廷的失望和怀念友人的孤独中告别人世，享年六十八岁。

北京大学历史系教授邓广铭先生曾经在《辛弃疾（稼轩）传》一书中提到，若有幸能看到济南和铅山两种辛氏族谱，"则关于稼轩父族及其本人的某些事历必可以得到更较圆满的解决"。然而，遗憾的是在老先生去世之前，也并未能看到这两部族谱。本人在创作《辛弃疾》的过程中，有幸得到了其中的一部——《铅山辛氏族谱》和辛弃疾画像，并力求在作品中得以呈现，也算是圆了老先生的一个遗愿。也希望通过《辛弃疾》这部作品，能够为读者塑造一个更为丰满的辛弃疾。

辛弃疾

第一卷

宋高宗绍兴十年至宋孝宗隆兴二年

金熙宗天眷三年至金世宗大定四年

（1140—1164年）

第一章　幼年坎坷

黄河顺流而下，经济南市郊的东北方向，过汉代以来名满天下的历城，便进入了青龙山。在青龙山的南麓，耸立着一座我国现存最早的石塔——四门塔。此塔建于隋朝大业七年（611年），历经一千四百余年岁月侵蚀，依然流光溢彩。

与四门塔密切相关的是它附近有一个叫作四风闸的小村落。四风闸的西北濒临黄河，在汉代时就是济南的城郊小村。村外是一望无际的鲁西北平原，平原上，小麦、玉米、高粱、谷子、甘薯、大豆等农作物随风摇摆。

五月的一天，一位年方二十岁的青年独自蹲在地头，不时发出郁闷的叹息。良久，青年从地头站起，望着四周正在劳作的人们，不觉微微皱起眉头，自言自语："可惜了这肥沃的土地，唉……"他没有说下去，只是摇着头，无可奈何地叹着气。

这位身材修长、眉清目秀、一派书生打扮的青年名叫辛文郁。两年前，文郁由父亲辛赞做主，迎娶了同村王氏为妻。婚后，夫妻二人你敬我爱，日子虽然艰难，却也过得和美。如今，王氏身怀六甲，分娩在即，辛文郁心中不免既喜且忧。喜则喜辛家终于有后，忧则忧在金人的横征暴敛下，他们的日常生活已经十分拮据，如果再添丁进口，今后的日子一定会更加艰难。

由于宋金两国连年交兵，兵燹之祸殃及百姓。女真贵族以"保境安民"为名，巧取豪夺，使得曾经富甲一方的山东平原到处是饿殍遍野，穷苦百姓流离失所，卖儿鬻女。就连辛家这样的大户人家也未能幸免于难，家族之中，十之八九逃往他乡。文郁虽然没有走，但家道中落，辛家大院早已不复往日的繁华。亏得父亲全力资助和王氏善于操持理家，才留下些许体面，身边还可以使唤着婢女、佃户十数人。

文郁一边想着心事，一边向家中走去，远远地，他看到自家的砖楼小院门前人影憧憧，似乎发生了什么事，他不觉加快了脚步。

大槐树下有一个石砌的平台，平台三丈见方，但见一名进义校尉正站在平台上声嘶力竭地叫骂，台下围站着十余名金兵，就近用枪杆捅戳击打着五六十位被绳子捆在一起的村民，一时间，泣哭惨叫声不绝于耳。看见文郁，围观的人群自动为他闪开了一条路。文郁走向平台，正欲问个究竟，却被两名金兵不容分说地捆绑起来。

"光天化日之下，你们要干什么！"文郁既惊且怒，一边奋力抵抗，一边大声抗议。

"干什么？"进义校尉轻蔑地斜了文郁一眼，丝毫没有放低音量，"奉济南总管府府判之令，四风闸签军五十二名，午时前满额，不然，全村连坐！"

金朝兵制，弊端比比皆是。每有征伐或边衅，自上而下下令签军，以致州县骚动。一家若有壮丁数人，也往往全部入征，民间无不以为忧苦。此次征兵，则由于金熙宗在以谋反罪名诛杀了作为金国主和派核心人物左副元帅完颜昌（本名挞懒）后，公然撕毁了1139年与南宋订立的和议，下诏收回许归南宋的河南、陕西等地。五月初，金兵以完颜宗弼（民间称之为金兀术）为都元帅，率兵分四路南下，如风卷残云，南宋军队望风披靡，节节败退。不久，河南、陕西之地尽失。宗弼率领得胜之师，快速向淮南推进，企图渡过长江，一举灭亡南宋。为保证兵员充足，金熙宗遂下令在全国签军百万。

文郁被推推搡搡带到大槐树下，村民们纷纷向他投以求助的目光。他看到邻居李贵兄弟三人被绑在一起，全都赤膊赤足。更不可理解的是，他们年过半百的老父亲也被一条麻绳拴在签军队列里。

"你们把人都抓光了，地谁种？麦子谁收？"文郁愤怒地质问。

"哟嗬，这里还跑出了个贼骨头！你是活腻了咋的？好，老子今天就磨磨你的皮肉，看看是你的骨头硬，还是老子的鞭子硬！"进义校尉生得五短三粗，操着一口浓重的上京（今哈尔滨东南阿城）口音。手随着说话而挥动，他举起鞭子雨点般地落在了文郁身上。

文郁紧咬着牙关不让自己发出喊声或者呻吟，然而他素昔体弱，终究还是两眼一黑跪在了地上。

李贵兄弟实在看不下去了，一起上前用身体护住了文郁，苦苦哀求道："别打了！别打了！他可是谯县县令辛赞大人的独生子啊，这若打坏了，只怕官爷你也担当不起啊！"

"呸！老子怕谁来！谯县县令算个什么犊子，还不是我们女真人豢养的一条看门狗！老子打的就是他这个县令的公子！滚开！你们再不滚开，老子连你们一起打！"进义校尉说着，手里的鞭子可没闲着，接下来的几鞭重重地落在了李贵兄弟的肩上背上。

李贵兄弟非但不闪不避，反而将脊背挺起，尽量遮护着文郁。其实文郁乃一介书生，平素与他们往来并不多，然而，他们知道文郁是好人，辛赞辛大人更是一位大大的好人，为了这样的好人，他们什么都能舍得出去。

进义校尉见此情形，越发气不打一处来。别看他官不过从九品，仗着自己是女真人，才敢这般张牙舞爪、为非作歹。他还想继续打，却见村民渐渐围了上来，脸上皆有不忿之色。进义校尉虽然蛮横，头脑倒是蛮灵，眼见众怒难犯，便收起鞭子，向手下人喝道："把这些个人统统带走！"

"慢着！"一声断喝使所有人回头望去，只见历城县县令赵祯带着一干衙役匆匆赶到。他一眼瞥见被打得皮开肉绽的文郁，不觉勃然大怒，"你是什么人？你有监军官的签军令吗？"

他跳下马，使了个眼色，两名衙役立刻抢步上前，一边一个用刀架住了进义校尉的脖子。

"别,别,别,别来真的,我也是奉命行事。大人,大人,你可别动怒,大人……"刀架在脖子上,进义校尉顿时没了英雄气概,一张脸吓得煞白,苦苦哀求起来。

赵祯蔑视地瞟了进义校尉一眼,做了个放人的手势,随后用鞭尾向外一指,进义校尉忙不迭地带着手下一干人抱头鼠窜。

赵祯上前扶起文郁,审视着文郁的伤势,又是心疼,又是愤怒,"师弟,我来晚了,让你受苦了。"

原来,赵祯昔日曾拜辛赞为师,金兵攻占济南后被掳至上京,熙宗天眷三年(1138年)参加南北选,最终以进士出身任历城县县令。

文郁艰难地摇摇头。赵祯查视文郁的伤口,眼眶不由微微泛红。他一面吩咐手下人去请大夫,一面亲自护送文郁回府。文郁的鞭伤虽然不算十分严重,但因文郁素性羸弱,尚须静心休养。赵祯因有公务在身,不便久留,遂留下二十纹银一锭,与文郁惜别而去。

三天后,文郁妻王氏产下一子。这天是宋高宗绍兴十年(1140年)农历五月十一。这个刚刚来到世间的婴儿,就是后来以不朽的词章和高尚的节操辉耀千古的辛弃疾。

辛赞上任后,曾寄来一封书信,现在,文郁和妻子正在浏览这封珍贵的家书。

文郁吾儿:

  为父只身赴任亳州县令,所牵挂者唯儿与贤德之媳。若他日贤媳身怀有孕,为父先为汝取名于此。

  古有"西施浣纱"、"昭君出塞"、"文姬归汉"等动人传说,这些女子,品行高洁,乃古来女子之冠,因此,若吾儿得女,吾意名漱玉,无非取其冰清玉洁之意。

  若幸为男丁,何妨仿照先人取一寓意深远之名。尝闻西汉司马相如小名犬子,因慕赵蔺相如英名,遂为自己取名相如。西汉名将霍去病曾有"匈奴未灭,何以为家"之豪愿,屡建奇功的本朝岳飞更有辞谢当今圣上为其在杭州营建豪宅,借以"金人未灭,何以为家"对之。异代同声,心愿依旧,先人之英名,正是吾孙他日效法之楷模,故吾为孙儿取名弃疾。弃自身之初，去朝政之疾，亦去吾儿身体之疾。

父名不具

绍兴九年正月初一

文郁按照父亲的要求，为新生的孩子起名弃疾。

当小弃疾一天天长大，开始显示出超乎寻常的聪慧时，更为夫妻俩带来无尽的欢乐。

孩子三岁那年，文郁在病床上将自己常背的诗词一首首教给他，每逢这时，小弃疾总是睁着一双圆溜溜的眼睛认真地听父亲讲解，他那严肃的神情让文郁心里不免惊奇万分，他发现，这孩子对诗词似乎有着非凡的理解力和悟性。正当文郁将全部精力和希望都倾注在儿子身上时，一场重病彻底击垮了他原本就不强健的身体，短短几天内，他便带着遗憾离开了人世，甚至连他深深思念的父亲都没能见上最后一面。

村民们帮助王氏在凄风苦雨中安葬了文郁。不久，王氏亦在伤心忧愁中一病不起。消息传到谯县，中年丧子的痛苦使辛赞久久不能释怀。他尤其放心不下小孙子，决定亲自将孙子抚养成人。由于他在任上不便离开，遂捎信委托弃疾的舅父王淦将孙子送往谯县。

王淦孤身一人，了无牵挂，当即修好了家中仅存的破牛车，买了一头瘦弱的老黄牛，锁了辛府大院，挥泪告别历城，南下亳州，与他同行的还有辛府旧邻李贵。

王淦少年时行侠仗义，好舞刀弄棒。三年前，王淦与李贵等人被金兵强征入伍，在押送军营途中，王淦利用雨夜掩护，与李贵一起逃入泰山拜师学艺。数月前，王淦得知姐夫、姐姐相继辞世的消息，急忙赶回四凤闸，将小弃疾接到身边抚养。此时的王淦，已然脱尽少时的鲁莽，颇有几分镖行掌柜的气派。接到辛赞的来信后，王淦也想赶快离开历城这块是非之地，就约上李贵，连夜起程。

这一日，一辆牛车停靠在浓荫匝地的官道旁，王淦持书求见，辛赞派辛洛将王淦三人引入县衙。

祖孙相见，悲喜之情难以尽诉。辛洛安排酒席毕，才来催请辛赞及客人入席。辛赞如梦初醒，急忙向王淦致歉："瞧我这老糊涂，见到孙儿，只顾悲喜，竟忘了孙舅旅途劳顿，也该早些用饭休息。这位是……"他问李贵。

王淦遂将他与李贵如何逃出军营、如何上泰山学艺以及这次如何商议同来投奔辛赞的经过一五一十讲给辛赞。辛赞大为赞赏："原来你就是我儿文郁在信中给老夫说过的李贵李相公！当年多亏李相公兄弟挺身相护，文郁才幸免于难。李相公侠肝义胆，老夫感佩万分！"

"辛老爷过奖。李贵只是一粗人，还望老爷莫怪李贵失礼之处。"

"哪里，哪里。李相公只身前来，你的两位兄弟……"

李贵的脸上倏然闪过一丝悲凄之色。

"他们和我同时都被金兵抓了丁，但是与我不在同一编队里。如果他们没能像我一样逃出来，只怕总有一天会成为金人炮灰。"

辛赞暗自嗟叹，片刻强颜欢笑道："吉人天相，李相公何必过分担忧！二位既然来了，不妨就留在县衙，容我给你们寻个差事，不知你们意下如何？"

"我二人正有此意，多谢辛老爷成全！"王淦、李贵感激不尽，一同向辛赞施礼相谢。

"老爷！"辛洛含笑提示。

"对，对，入席，入席！我们入席再谈！今天谈不够，还有明天，后天！"辛赞拍拍脑袋，朗声笑道，"诸位，请！"

第二章　书生意气

辛弃疾在祖父身边度过了幼年时代。他的天真无邪和聪明过人给祖父寂寞的生活带来了许多快乐。转眼四年过去，辛赞升任汴京（河南开封）知府，一天傍晚，一位客人出乎意料地拜访了辛赞。

来人正是辛赞旧日好友蔡松年。

蔡松年字伯坚，号萧闲老人，乃当世才俊，一代名儒。金天会五年（1127年），蔡松年进士及第，因与辛赞互慕风雅，志趣相投，不久成为莫逆之交。天会十五年（1137年），金废伪帝刘豫，置行台尚书省于汴，松年出任行台刑部郎中，后随都元帅金兀术征伐南宋，迁刑部员外郎，官至右丞相，封卫国公，卒谥文简。此为后话。

蔡松年的到来让辛赞欣喜万分，把酒言谈之际，辛赞恳求蔡松年将孙子幼安收为弟子。蔡松年见幼安小小年纪眉宇间若有一番英气，一双黑黑的眼睛时时闪射着聪慧的光芒，心中无限喜悦，遂慨然应允。这样，年方七岁的幼安便成了蔡松年门下年龄最小的一名弟子。

半年后，松年另有任用，遂将幼安托付于刘瞻。刘瞻乃当世名儒，门下弟子众多，其中尤以蔡松年之子蔡珪、郦权、党怀英、辛弃疾四人日后扬名宋金文坛，各领风骚。四人中，由于辛弃疾年龄最小，最为颖悟，故而最得刘瞻器重。

光阴荏苒。

辛弃疾自八岁师从刘瞻，转眼又一个八年将过。

草堂不知春，岁岁复年年。随着年龄的增长，辛弃疾开始更多地涉略经史百传，专意于诗词歌赋，但他的内心总有一种彷徨和失落之感，仿佛一只看不见的手在导引着他一遍遍思索自己的命运走向。

党怀英则不同。与辛弃疾相比，党怀英安于现状，最大的心愿就是早一天金榜题名，光宗耀祖，为此，辛弃疾经常与他发生争执，有时甚至争得疾言厉色、面红耳赤。

辛弃疾虽说有时看不惯党怀英热衷名利的性格品行，但对他的头脑、心机、才智还是充满敬佩的。许多年来，他与党怀英争争吵吵，毕竟以学术争论居多，因此，吵归吵，兄弟情谊依然如故。

一日，兄弟四人聚在一起小酌，蔡珪提起银箸，对辛弃疾说道："幼安，你起个话题，大家说点什么。"四人中，以蔡珪年龄最长，也最沉稳。辛弃疾师从刘瞻前，曾做过蔡珪父亲蔡松年的弟子，尽管只有短短半年，辛弃疾对蔡松年却极为崇敬，对蔡珪也十分敬重。

"是。"辛弃疾急忙应了一声，想了想，从容说道，"我们不妨以孙膑、庞涓齐楚相争为题，谈谈各自对未来的打算。孙、庞二人昔日同师鬼谷子，情同手足，不料后来一个事齐，一个奉楚，齐楚交兵，终至演出一场马陵道兄弟相残的千古悲剧。倘若有一天我们兄弟四人也各奔东西，沙场相见，哥哥们会如何？"

"这种设想说起来一定很沉闷，不过，既然作为话题，谈谈也无妨。"郦权率先表示赞同。

大家不约而同将目光落在蔡珪身上。

八年前，蔡珪的父亲蔡松年升任刑部员外郎，在金朝很受重用和信任，蔡松年对朝廷亦无二心。蔡珪自小在宋金交战的动乱环境中长大，他并无特别的正统观念，但这并不代表他没有自己的价值取向。他憎恨宋朝廷的腐败、懦弱和无能，与此同时却又对金国这个外族建立的政权能否担当起统一全国的重任不抱任何希望。

"兵戎相见，兄弟相残，绝非愚某所愿。倘果真如此，愚某宁愿遁入空山，落发为僧。"蔡珪心情沉重地说道，难掩一腔惆怅。

一时间，郦权、党怀英相顾无言，唯辛弃疾不以为然，"蔡兄纵以兄弟情谊为重，然这种处世之道终究太过颓丧。弟以为，两国交兵国为重，岂可为存小义而置国家利益不顾？"

蔡珪淡然一笑，无意争论。

郦权接过话头："古人曾言：'学会文武艺，货卖帝王家。'又说：'百无一用是书生。'我倒觉得后一种说法更适合我。别说我学无所用，就是老天垂顾，助我飞黄腾达，我也断不会头脑发热，投笔从戎。"

"那么，郦兄当如何？"辛弃疾笑问，不无讥讽之意。

"寻一安乐之地，拥娇妻美妾，岂不快哉！"

"兵燹所至，安乐之地焉在？"

"安乐在心。总之，我只要不上战场与幼安贤弟演什么马陵道就行。"

辛弃疾被郦权说得哭笑不得。

党怀英推杯起身，踱至荷花池边，将袖藏的一袋鱼食倒入池中，俯身观赏游鱼争食。

"怀兄，该你啦。"辛弃疾性急，冲着党怀英的背影大声催促。

党怀英连头也没回，"我与你见解不同，说出来又要争论不休，免了。"

"不行！一定要你说！"辛弃疾被惹起犟性子，上前一把将党怀英拽住，摆出了不依不饶的架势。

"好吧，非让我说，我就说。你可别听了不中听。"

"不中听，我自会与你辩论！你先请说。"

"我从来不赞同你的所谓正统观。金宋两国，兄弟之邦，语言相近，肤色相同，何来本国异国之分？况天下大势，分久必合，合久必分，南北统一，结束战争，民之所愿，只不过要看谁更有这个能力担当起这一重任。英窃以为，既然生逢乱世，就当良禽择木而栖，良臣择主而仕，岂可囿于种种狭隘念头，更兼执迷不悟！"

"我先不与你争论谁为中原正统，单说金人祖先原居于渤海，后一部分北上望见河，称生女真。那时，他们臣服于中原王朝。只是到了辽代后期，群雄并起，女真人才建立了政权，并乘势灭辽取而代之。女真人先为中原王朝臣子，后为辽国属民，却灭辽欺宋，其狼子野心昭然若揭，怀兄莫非还作他辩吗？"

"贤弟此言差矣，落后输于强大，古今亦然。远的不论，靖康之变后，康王赵构不也矢志北伐，叫嚷着恢复中原吗？不也出现过一呼百应、万众归心的大好局面吗？结果如何？康王一旦坐稳龙廷，立刻将所有的雄心壮志置之脑后，只知任用奸贼秦桧，糟蹋自己的半壁江山，这样的昏君保他何用？古人云：'君不正臣投外国。'怀英宁愿留在北国，尽我所能，为饱受战乱之苦的北国百姓尽一份绵薄之力。"

"为历朝历代甘作亡国奴者画像，当是怀兄这副嘴脸。"辛弃疾轻蔑地将杯中酒倾入荷花池中。

"你！你……"党怀英怒极，与辛弃疾冷冷对视。但不知为何，他的怒气又突然消失了。

"好吧，我现在可以回答你第一个问题。倘若有一天你我对敌于两军阵前，党某将奋力向前，或生或死，绝不退避！"

辛弃疾生平第一次对看似怯懦的党怀英产生了某种钦佩之情。

他什么也没再说。

第三章　燕京科考

金熙宗皇统九年（1149年）十二月，金朝都城上京会宁府发生一场宫廷政变，金帝熙宗饮刃身亡，而阴谋的策划者右丞相兼都元帅海陵（完颜亮）则在杀死熙宗的当天登上皇位，改元天德。

海陵的父亲辽王宗干是金朝著名的改革家。他曾辅佐金熙宗积极推行汉化政策，革除女真族落后习俗，功绩卓著。海陵自幼聪颖，博览群书，及长，风度端庄，神情闲逸，一咏一吟，冠绝当时。但是，海陵绝非他表面上做出的宽和谦逊、儒雅风流之人，事实上，他性情残忍，胸有城府，莫测高深。他的假相迷惑了不少人，包括他的父亲。宗干逝后，海陵大权在握，也曾呕心沥血、宵旰忧勤，以此为他日后弑主自立争取了必要的同盟者。一旦皇位巩固，海陵原形毕露……

天德四年（1153年），海陵做出一项重大决策：迁都燕京（今北京），改称中都。这时的海陵，不顾熙宗时期形成的南北议和的良好局面，已怀并吞江南之心。

正隆五年（1160年）二月初，辛弃疾与党怀英第二次由历城府举荐赴京参加科考取士。第一次是在正隆二年，辛弃疾、党怀英以乡试第一和第二名的成绩受荐科考未果，名落孙山。这回由历城府再次举荐，辛弃疾已然没有多少热情，党怀英却是踌躇满志。

金朝科考分南北选，考试时间定于每年三月初一。北选主要照顾女真人，所出考题往往比较简单；南选主要针对征服地区的汉人，考题偏难。

前来应考的举子们多数住在中都各大会馆，辛弃疾、党怀英则住在一位富商家中。富商姓李，名选，与辛赞之妻系同族姑侄，两家认了亲戚后，偶有来往。十年前，李选在中都开了一爿最大的绸缎庄，生意兴隆。此人为人精于算计，不过对辛弃疾倒很赏识关照，辛弃疾承情，每日与党怀英闭门苦读。

上旬将过，中都下起了鹅毛大雪，足下了两天两夜，偌大的京城霎时成了冰雪世界。辛弃疾憋了这许多时日，早就按捺不住，好不容易挨到雪停风止，兴冲冲地约党怀英同游燕山。党怀英见考期迫近，犹豫不决，辛弃疾却不容分说，请李选帮他雇了辆由两匹马拉的带篷马车，拽上党怀英，带着随身小书童直奔燕山。

李选府上的家仆、侍女最喜欢的就是辛弃疾的这位小书童，一来这孩子聪明乖巧，善解人意；二来面容俊俏，眉目如画，使人没法不喜欢。不过，他们偶然会纳闷，怎么这孩子细皮嫩肉，倒像个女孩儿家？一开始，甚至连党怀英也产生过同样的怀疑，直到住了一段时日，辛弃疾才告之其中原委。

当年，王淦和李贵护送三岁的幼安到达谯县后，辛赞为他俩在衙门各自安排了差事，并托人保媒，欲为王淦、李贵说亲。李贵婉拒了辛赞的好意，王淦则由辛赞做主，与当地士绅之女梅氏成婚。梅氏秀外慧中、知书达礼，就是有些先天不足之症，因此生下一女后，再未生育。孩子周岁时，王淦与梅氏请求辛赞为爱女起名，辛赞见小女孩双颊红润，笑靥可人，思索再三，起名红颜。

此次大比前夕，辛弃疾回济南府看望年前方致仕还乡的祖父，惊喜地发现表妹红颜已经长成了一个亭亭玉立的少女，恰似梨花初放，犹如海棠带雨。红颜一向崇拜幼安表哥，闻听表哥不久赴京赶考，闹着要去看看京城景观。父母不允，她就去磨祖父辛赞。红颜这些年不离辛赞膝下，祖孙感情亲睦，辛赞宠爱她不亚如孙子幼安。经不住红颜苦苦相求，辛赞终于同意她随辛弃疾进京，为了行路方便，辛弃疾出主意让红颜扮成了一名小书童。

半月后，辛弃疾偕红颜、李贵由济南府赴京，此前他已约好与党怀英在李选家中相见。刘瞻门下弟子虽多，最有建树者首推辛弃疾、党怀英二人，因二人才学并驾齐驱，时人并称"辛党"。这许多年来，辛弃疾与比他年长六岁的党怀英在政治信仰上差异日显，在学业上却能教学相长，相得益彰，后者成为他们友谊的坚实基础。

马车载着辛弃疾、党怀英、红颜三人一路往北而来。二月的瑞雪海海漫漫铺满整个平原和山冈，长城的轮廓隐约可见，党怀英兴之所至，跳下马车在道边的雪地上飞快地勾画了一幅"江山图"，右手的食指上挂了一圈细细的雪霰。辛弃疾观之良久，由衷赞道："寥寥数笔，形神毕肖，怀兄果然精于此道，弟不能及。"

"哪里，哪里。过奖，过奖。"党怀英暗暗瞟了红颜一眼，嘴里谦虚着，脸上却旋出一丝得意的微笑。

"对呀，对呀，我哥哥说得一点不错。你瞧这山、这水，还有这森林，不仅像真的一样，还错落有致，很有层次感呢。怀英大哥真了不起。"红颜接上辛弃疾的话头，真心诚意地夸赞起来。

乍听红颜这般推崇，党怀英蓦觉脸上微微一热，心里随之涌起别样的甜蜜和满足。

"看来红颜表妹对画也很在行。"为掩饰自己的尴尬心情，党怀英不自然地笑笑，将话题从眼前的雪画引开。

"我哪里懂！只不过爷爷作画的时候我常在旁边看，听爷爷讲得多了，就试着现学现卖了。"红颜天真地说，脸上露出甜甜的笑容。党怀英注视着她，一时竟有些忘情。

一袭红色的斗篷映着雪光越发红得耀眼，一副娇俏的笑脸却比天地间的任何风景都更为生动，更惹人遐思。

"从这里能看到居庸关吗?"红颜问。

"看不清的。我们现在所在的地方是八达岭,乃居庸关前哨。居庸关关城建在一条四十多里长的深谷中间,离我们这里尚有二十里远。自秦以来,长城沿途设有不少险关要隘,居庸关首当其冲。前人曾用过这样的文字描述居庸关的雄姿:'越坡沿石阶而登长城南端高峰顶上,居高望远,如见长龙踊跃于群山之间,首尾杳入天际,蔚为壮观。'"党怀英紧跟在红颜身边,耐心地做着解释。红颜连连点头,越发钦佩党怀英的知识渊博。原本红颜看党怀英总不似表哥玉树临风、身材挺拔、倜傥风流,那稍显肥胖的身材和一双小小的眼睛都过于拘谨和木讷,可是经过这短短一天的接触,党怀英在她心目中的形象已大为改观,甚至那双小眼睛也变得明亮起来,开始闪射出智慧之光。她暗想,难怪人们要将表哥和党怀英并称"辛党"……

"这么说,八达岭也很重要吧?"

"当然啦。八达岭是长城的高峰,山势险峻,军事意义和战略地位都十分重要。登关口西眺,山峦重叠,一望无尽,万山丛中,只一隘可通。其实幼安贤弟真要领略一夫当关、万夫莫开的气势,不必去居庸关,在这里一样领略得到。"

辛弃疾笑笑,不置可否。

红颜见表哥只笑不语,悄悄地向党怀英做了个鬼脸。

党怀英打消了尽快返回的念头。真的,有这样一位美丽天真的少女相伴,耽搁些时日又算得了什么呢?

中都悯忠寺。红墙碧瓦,古木参天。

当悯忠寺的钟声响起第二遍的时候,主考官陪同国子监官员视察考场,全体考生起立鞠躬,之后在主考官的率领下跪拜孔子像。一炷香燃过,试卷发下,内容无非诗、赋、策论、奏疏之类。辛弃疾自幼熟读经书史册,于诗、赋、策论、奏疏无所不精,因此,稍加思索,便洋洋洒洒在纸上指点起江山来。

在刘瞻的几位高足中,年方弱冠的辛弃疾向以家学渊博、才思敏捷著称。他的诗词意境深远、构思巧妙,赋俳句铺排、华丽中见精巧,策论纵横捭阖、立论严谨精确,奏疏旁征博引、语出惊人。

由于历代科考有明文规定:考生字迹潦草或写错字词都会影响分数,所以考生每答一题、每写一字都会斟酌再三,认为无误后方从草稿上誊写到试卷上。辛弃疾却不用草稿，诗、赋、策论一挥而就，答毕，最先交卷离开考场。

党怀英却与其他考生一样，在考场里度过了整整两天两夜，出来时脸色苍白、筋疲力尽。辛弃疾和红颜在考场外接住他，一个字没问他考试情况，只拉他回去吃饭、休息。

第二天一觉醒来，党怀英精神好了许多，邀辛弃疾往紫竹院赏竹。

"还要等段时间才能张榜，烦死人了！幼安，我见你笔走龙蛇，提前交卷离开，想必是胸有成竹。"党怀英的话题仍然离不开科考。

"上次我不也提前交卷，结果还不是名落孙山！我的策论，金国的皇上和国子监的那帮老爷不会看上眼。"

"你好像对考中与否并不在意。"

"我志不在此，怀兄从来清楚。"

"不过……"

"唉，怀兄不必相劝。倒是怀兄你，还望听弟一言，而今天下纷乱，豪杰四起，怀兄原是大宋子民，为何要留在金国助纣为虐，贻人耻笑？不如他日随我南归，胜似留作女真奴。"

党怀英冷笑一声，语带讥讽："宋室南逃，苟且江南一隅，哪管天下苍生！我就不信，宋帝赵构不知道长江以北多少百姓是他的子民，可是这些年来他做了什么？除了议和，他做的唯一一件惊天动地的事大概就是杀掉岳飞。"

辛弃疾惊异地望着党怀英，他从来不曾设想，党怀英对宋帝的憎恶如此根深蒂固。

"可是怀兄……"

"幼安，在这件事上我俩永远不可能取得一致。即使我真的如你一样忧国忧民，我也不可能回去。你知道我自幼失去双亲，是兄嫂将我一手带大，如今兄长在金朝为官，我一旦南归，必定会害了他和他的全家，这种不仁不义之事，你说我能做吗？"

辛弃疾明白了，不再相劝，唯苦笑而已。

两人正在默默无语，突听一人笑道："二位书生之气，妄论国事，难道不怕杀头吗？"

辛弃疾、党怀英循声望去，只见一位与党怀英年龄相仿的儒生模样的青年男子站在离他们不远的风亭之中,正向他们微笑。

党怀英心里有些慌乱,琢磨着该如何应对。辛弃疾却不动声色,上上下下将这位不速之客打量了一番,"听贤兄口音,莫非山东人氏?"

"正是。在下范如山,父讳邦彦,迁自山东东平。"青年男子自报家门,走下风亭。

"研经习义乃读书人天职,贤兄为何耸人听闻?"

"在下何尝耸人听闻!相识有缘,在下有一不情之请,我家离这里不远,二位相公可否屈尊到鄙舍一叙?敢问二位相公如何称呼?"

"我叫辛弃疾,他是我的好友党怀英。"

"原来是山东'辛党',失敬,失敬!"范如山显然久闻二人大名,当即深深一揖。

辛弃疾、党怀英慌忙还礼。

范如山的家离鼓楼不远。三人边走边谈,不多时来到一处中等铺面的酒馆,门首匾额上书"德聚斋",范如山推开店门,早有伙计迎了上来。

"少东家,你回来了?"

"嗯。通知下去,备一桌八仙宴,送到后堂来。我爹在吗?"

"东家外出会客,不在。"

"哦,好,你去准备吧。"

"是。"

范如山回头向辛弃疾、党怀英解释道:"这家饭馆乃家父所开,涓滴之利,权作糊口而已,二位不要见笑。"

"是人总要吃饭,有何见笑之处!"辛弃疾爽快地挽住范如山的手臂,举步穿过厅堂,向后院走去。

范家的后院有一株千年古槐,枝杈茂密,遮蔽着数间青砖瓦房。辛弃疾停在古槐树下,注目观瞧,忽听一阵琴声传来,时而如高山流水,时而如裂石穿云,令闻者千回百转,心神激荡。红颜自幼从名师习琴,感悟力与弹奏技巧都堪称上乘,但与这位演奏者相比仍然稍逊一筹。如果说红颜的琴声柔媚有余而力度不足,那么这位演奏者的技法则刚柔相济、炉火纯青。辛弃疾听得入神,直到曲终,方喃喃自语:"一串骊珠,不绝如缕……只为这琴声,也不枉此行。"

范如山将辛弃疾的神态完全看在眼里,心中不无得意。

"这是舍妹漱玉练琴,但愿不辱尊听。"

辛弃疾大为惊奇:"令妹?令妹果真叫漱玉吗?"

"是的。怎么……"

辛弃疾醒悟,自觉唐突,不由脸上泛起红潮。

"贤兄请别误会。当年,母亲怀我之时,在谯县出任县令的祖父托人带回一封书信,信中,祖父交代:生男名弃疾,生女名漱玉。因此,骤听令妹之名,竟与当年祖父所起之名巧合,故而不胜惊奇。"

范如山心中一动,注目端详辛弃疾,见他形貌英伟,容光焕发,绝无一丝半点书生文弱,却有无限磊落豪情,当下暗想,此人不但素有才名,而且品格超凡脱俗,若能与妹妹漱玉成就百年之好,可谓天作之合。如今妹妹年方及笄,才貌俱佳,父亲对妹妹婚事十分挑剔,只怕误嫁行为不端或徒有其表之人,白白辜负了花容月貌、蕙质兰心。倘若父亲见到辛弃疾,或会格外中意……如此巧合,确是奇事一桩。"想归想,范如山究竟不便立即袒露心曲,何况,他还不知辛弃疾有无婚配,情性若何,颇想更多交往了解一番。

第四章　铁马冰河

会试结果公布后,辛弃疾、党怀英再次名落孙山。

辛弃疾在聚德斋为党怀英饯行。遵照祖父安排,他将暂时留在中都谛观形势,伺机而动。行前,他特意托付党怀英将红颜送回济南,以稍解祖父晚年生活的寂寞。

两个朋友依依惜别,从此天各一方,终生未见。

从正隆五年(1162年)到正隆六年,辛弃疾游历了河朔(泛指长江以北)地区的所有重要城市和部分军事重镇,全面考察和了解了金国政治、军事、经济、人文现状,亲眼看见了在女真贵族的统治下各族百姓灾难深重的生活,这一切成为他日后坚持抗金的动力源泉。

凡在中都逗留,辛弃疾必到聚德斋与范如山小聚,两人无论相偕出游、吟诗作赋，还是纵议天下大势，都志趣相投，引为莫逆。范如山虽年长辛弃疾十岁，禀性豪侠、落拓不羁比幼安有过之而无不及。如山之父范邦彦乃一儒雅名士，琴棋书画无所不精，因屡试不第，接受朋友建议在中都开了个聚德斋，闲暇时自教一双儿女习学诗文，抚琴作画，倒也能自得其乐，别开洞天。最可喜的是爱女漱玉天资聪慧，琴画双绝，范邦彦深以为傲。

范邦彦与辛弃疾互慕风雅，二人亦以朋友相待。

在范家惯熟了，漱玉小姐不再回避辛弃疾，两人时常琴诗相酬，情愫暗生。辛弃疾有时奇怪，漱玉与红颜同年，红颜浑似璞玉一块，举手投足天真烂漫，漱玉却形容高贵，举止端庄，一颦一笑不失优雅妩媚。若非想到自己的使命，辛弃疾甚至觉得，倘能与漱玉这样厮守一生，于愿足矣。

正隆六年九月，海陵王分兵四路，大举南侵。金军号称百万，毡帐相望，鼓角相闻。十月，金军渡过淮河，长驱直入，饮马长江。海陵王踌躇满志，于江防要地和州（今安徽和县）筑坛祭天，亲自指挥渡江，打算一举攻占采石矶（今安徽马鞍山）。对岸宋军早有防备，严阵以待。当金军战舰接近南岸时，宋军杀声四起，双方在水面上展开激战。金军船速不及宋军，舰只多被宋军烧毁，金兵溺水，死伤无数。金兵大溃，海陵王率残兵败将移师瓜州（今江苏邗江）。金军将士早已厌战，此时更是士气低迷，众叛亲离。浙西兵马都统制完颜元宜与部分将领趁机率众发难，乘夜袭击海陵宫帐，海陵死于乱箭之下。完颜元宜遂与宋军议和，罢兵而还。

辛弃疾在河北大名府听闻金军兵败采石矶的消息，十分振奋，决定先到中都向范家父子兄妹告别，然后动身返回济南。数月前，祖父辛赞派辛洛送来消息，济南耿京起义，致书辛赞，希望与辛弃疾取得联系。辛弃疾这两年游历了金国的许多州府，对各地义军起义的情况了如指掌。

耿京出身陇亩，刚起义时追随者只有六七人，不久发展到几十人。后来耿京义军攻下莱芜、泰安等县城，队伍迅速壮大。这时莱州（今山东莱州市）人贾瑞带领几十人投奔耿京，耿京大喜，经与贾瑞谋划，采纳贾瑞的建议，竖起大旗，四处招兵买马，数月间，起义队伍发展到二十余万。贾瑞与王淦相识，从王淦口中了解到辛弃疾的许多事情，对辛弃疾为人十分仰慕，因此才有耿京致书辛赞希望与辛弃疾联系一事。

辛弃疾正欲动身，辛洛辗转找到辛弃疾，带给他一个令他十分震惊的消息：祖父辛赞病重，要他即刻返回。

辛弃疾闻讯，五内如摧，昼夜兼程策马济南，可惜他还是晚了一步，辛赞在他返回的前一天溘然长逝。

济南府九顶塔。辛赞的棺椁静卧在九顶塔塔基上，紫红色的漆底桐油泛着幽幽的冷光，棺体四周用金粉绘制着万字形图案。棺前放着一张崭新的供桌，桌上摆着辛赞的灵牌和一幅素描遗像。三炷青烟缭绕，似乎在为辛赞回归西天送行。义端和尚轻轻敲击着木鱼，为死者超度亡灵。

辛弃疾长跪不起，义端和尚念经完毕，俯身搀起辛弃疾，"幼安施主，请节哀顺变。时辰已到，还是让我们起棺送老大人到四风闸辛家祖坟安葬吧。"

辛弃疾强抑悲伤，点点头，亲自护棺，送上灵车。

辛赞安葬时，四风闸周围的男女老少，与辛家沾亲的或者不沾亲的几乎全来了，见祖父这样受人爱戴，辛弃疾悲伤之余，又有几分欣慰。

义端和尚一直陪伴在辛弃疾身边。辛赞定居济南府期间，常到九顶塔与年轻的义端和尚讲经论法，二人过往甚密，一来二去遂成忘年之交。

死者入土为安。辛弃疾在祖父坟前再次深深拜祭。一个村民匆匆走到王淦身边，俯耳低语，王淦一愣，顺着村民手指的方向望去，只见一位头戴毡笠、身着布棉袍的中年人正站在送葬人群外的一棵古柏树下，向他点头示意。

此人正是耿京义军中举足轻重的人物贾瑞。

王淦略一思索，悄无声息地向贾瑞迎去，"贾兄，你……"

贾瑞从怀中摸出一封书信，"这是我家大都督耿京致令甥的密信，大都督心意，尽在信中。"

王淦疑惑的目光扫在贾瑞的脸上。贾瑞微微颔首，神色坦然。

"贾兄稍待，我去去就来。"王淦没有接信，而是返身回到辛弃疾身边。不多时，辛弃疾随着王淦走出人群。

"这位就是我家公子辛幼安。"

"原来是辛公子，久仰大名，幸会！某乃贾瑞，辛公子可否借一步说话？"

"不必。这里没有两旁外人，贾相公有话请讲。"

贾瑞将耿京密信恭恭敬敬地奉上。

辛弃疾从信中抖出一张麻纸，先粗粗游览了一遍。

幼安吾弟见字：

　　金主亮无道，为行征伐，抓丁派款，劳民伤财。虽亲老丁少，亦不得留待，致号泣动于邻里，嗟怨盈于道路。所选军器皆赋于民，箭翎一尺至千钱，村落间，往往锥生牛以供筋革，至于鸡鹊狗彘无不被累。籍民马在东者给西军，在西者给东军，死者不绝于道。所至刍粟无给，有司以为请，海陵曰：民间储蓄尚多，今禾稼满野，可就牧田中。民无生路，不得不反。吾弟知书识礼，当以天下苍生为念，望共举义旗，驱逐夷狄，复我河山。

　　是荷，为盼。

辛弃疾反复读了两遍，目光在"耿京"二字上逡巡。显然，这封书信出自他人之手，只不过在姓名上有一个歪歪扭扭的签押。

辛弃疾一言不发，将信递给王浍。

"反了！反了！早该反了！今日不反，更待何时！"李贵就王浍的手上看了看信，先大叫大嚷起来。送葬的人们不知发生了什么事情，纷纷掉头看着李贵。

贾瑞诚恳地望着辛弃疾。

"完颜雍在辽阳称帝未久，金朝局势动荡，正是我们施展作为、洗雪国耻的最好时机。辛公子，你可不要优柔寡断、坐失良机啊。"

"我也觉得贾兄弟说得有理。我听说海陵兵败被杀之后，全部金军已退守淮北。在其他一些战场上，宋军乘胜收复了西部边境部分被金国占领的州县。如果我们选择这时起义，上可替天行道，下可争取民心。"王浍也插进话来，委婉地劝说辛弃疾。

送葬的人群渐渐明白了贾瑞、王浍的话意，在短暂的沉默之后，人群中爆发出海啸般的呐喊：

"对呀，反了吧！我们忍受不了啦！"

"杀尽金贼，雪我国耻！"

"这日子没法过了，早就该走这一步了。"

…………

辛弃疾的脸上稍稍露出振奋的神情，这正是他多年来等待的机会。他想起祖父事金多年，内心未尝一刻忘却国耻。想起父亲惨遭金兵毒打，落下致命的病根，以致刚刚二十三岁就病发身亡。他更想起在女真人的统治下，黎民百姓遭受欺凌，卖儿鬻女，演出了一幕幕人间惨剧。这一切的一切，他都不会忘记也不可能忘记，他只需要一个一个像今天一样的机会，可……

"少爷，你快说话呀！你到底犹豫些什么！"李贵催促着。

犹豫些什么？辛弃疾紧闭的情感大门仿佛被什么坚硬的东西狠狠地撞击了一下，在那短短的瞬间，辛弃疾的脑海里清晰地浮现出一张风致妩媚、浅笑雍容的脸庞和一头浓密的高高盘起的秀发。为什么过去那些可以朝夕相处的日子里，他从来不曾有过这种情难自已的感觉？他是否在担心从此后再也见不到他悄悄思恋的姑娘？

"少爷……"

辛弃疾急忙收住散乱的思绪，不由暗暗责备自己：近两千人还在眼巴巴地等着他的决定，他却为情所困，这是多么不该啊！

"义端和尚，你以为如何？"辛弃疾转身问义端。

义端简练地回答："反！"

"好！事已至此，不怕死的跟我来！"

这一天，是绍兴三十一年（1161年）冬立，年仅二十二岁的辛弃疾率领近两千人在历城起义，汇入滚滚的反金洪流中。

次日，义端和尚秘密返回济南。

义军在济南南部山区安营扎寨，打造兵器。在临时搭建的军帐中，辛弃疾分派王淦随贾瑞去见耿京，协商合并事宜；辛洛对兵丁登记造册，李贵协助辛洛安顿义军家属。

数日后，王淦带回消息：耿京欢迎辛弃疾到东平与他会合，并派副都督张安国作为正式代表前来迎接辛弃疾。

张安国年过三旬，中等身材，面白睛黄，颏下无须。他原在雁北地区、中原及江淮一带做金国严令禁止的骡马买卖，后被金国通缉，不得已带着手下数十个弟兄、伙计在泰州一带扯起义旗，以泰山为根据地，招兵买马，不久队伍发展壮大到近万人。张安国担心自己的势力不足以坚持太久，与心腹邵进商议后，聚众投奔了耿京。耿京大喜,对张安国委以副都督一职,职位尚在最先追随他的贾瑞之上。张安国为人精明,处事练达,识文断字,平素端方严正,令人莫测高深,在义军当中,威信仅次于耿京和贾瑞。辛弃疾对张安国的印象反不如对贾瑞,他觉得此人心机深沉,决不可等闲视之。

辛弃疾设宴款待张安国。两人席间谈些诸如军务政事、时局变幻,张安国很少发表个人见解,偶尔答一句,也无关痛痒。这使辛弃疾想起党怀英,他第一次意识到,原来有个思想深邃、词锋敏锐的谈话对手,哪怕彼此见解不同,仍会令人感到酣畅淋漓。

辛弃疾索然无味。

按照耿京信中要求,辛弃疾陪同张安国参观了营地。即使张安国这种对安营扎寨、演兵布阵的奥妙不甚了了的外行也能看出,辛弃疾的营地井然有序,章法严整,士兵经过一段时间的严格训练,不仅进退有度,而且士气如虹,绝非他当年在泰州拉起的乌合之众可比。

贾瑞说得没错,辛弃疾果然才兼文武,是个不可多得的将才。

他突然有些自惭形秽。

然而,他对一切都不置一词。

谈判在一种微妙的气氛中进行,辛弃疾做了最大程度地退让,一个月后,两支义军在东平会合。辛弃疾志在复国大业,对名位丝毫不予计较,义军尽归耿京辖制,辛弃疾只被委以掌书记一职。掌书记表面上是大都督的心腹幕僚,可以随时参与军政要务,为大都督出谋划策,事实上,辛弃疾这个掌书记名不副实,形同虚设。

显而易见,这又是张安国的主意。

军中事务繁忙,转眼一月已过。

当初辛弃疾在历城举义时,义端要求返回济南府,他说,如果做些筹划,他至少可以聚集千余名弟兄来投。这之后,义端一直积极行动,并与辛弃疾保持着密切的联系。后来听说辛弃疾要与耿京义军联合,义端虽未坚决反对,终究很不赞同。就在辛弃疾前往东平的同一天,义端在济南起事,只是他并未践约与辛弃疾会合,而是自立门户,带领义军转战于济南山区。

辛弃疾与义端接触时间虽短,通过祖父的介绍,对这位年轻和尚知兵善战的才能多有了解，一来出于惜才之心，二来虑及金朝廷一旦政局平稳，必然腾出手来对付义军，届时，义端孤军奋战，难免身陷重围，玉石俱焚，是以主动请缨，愿说服义端来降。

耿京正在扩大势力，自然来者不拒，经与贾瑞、张安国商议，命辛弃疾速去速归。

金朝廷在各个关卡画影图形，缉拿匪首，辛弃疾带着辛洛、贾瑞昼伏夜行，历经千辛万苦，终于进入义端营地。

义端闻报，顾不上更衣，趿鞋出迎。他将辛弃疾让于首位，四人依次分宾主坐定。

军士奉茶。义端直截了当地问："阿弥陀佛！听说我兄已率部投奔耿京，此次可从耿京处来？"义端小辛弃疾三岁，为示尊敬亲密，对弃疾一直呼以"我兄"。

"正是。"

义端脸上的表情霎时变得严肃起来，他注视着辛弃疾，慢吞吞地说："那么，不必！"

"为什么？当初义端师父不是与我约定：我在历城、你在济南共举义旗，到时兵合一处，共同抗金吗？"

"是的。但那是与你，不是与耿京。"

"我不懂师父之意，这有什么不同吗？"

"不同，完全不同。耿京出身陇亩，斗大字不识一筐，乃粗汉一个，这样的人，贫僧岂能信得过他？听说我兄到了那边，耿京竟只封你个掌书记？"

"职位高低愚兄并不挂怀，愚兄生平所愿唯有杀敌南归。"

"不然。以我兄之才，当作股肱之用，耿京不识人，难成大事。"

"唔……义端师父，可否容老朽插上一言？"辛洛担心幼安无法说服义端，审慎地接过话头。

"辛管家无须客气，请讲。"

"不知义端师父是否认真比对过熙宗、海陵与当今皇上完颜雍执政的诸多不同之处？"

"哦……请辛管家指教。"

"完颜雍不同熙宗和海陵,他是一位真正的人主之选。他一改海陵弊,皇位渐稳,下一步,他一定会全力镇压义军。义端师父,为了你自己的前程和你手下这支可贵的反金力量,你当三思而后行。"

义端沉默了,显然他正在被辛洛话中显而易见的道理说服。

"辛管家所言句句为义军将来着想,贫僧纵然愚顽,还不至于好赖不分。贫僧已经决定,择日随我兄投奔耿京大都督。"

辛弃疾大喜,"此话当真?"

"若有谎言,提头谢罪!"

"好!何日?"

"半月以后。待贫僧说服手下将领,同时做些准备。"

"既如此,愚兄在大都督府营静候佳音。"

"我兄放心,贫僧决不食言。"

辛弃疾至此终于放下了心中的一块巨石。但他哪里想到,人心叵测,世事难料,这一次说服义端来降,差点使他卷入一场致命的漩涡之中。

第五章　南渡归明

自辛弃疾说服义端来降,耿京对他的防范心理基本解除。随着时间的推移,耿京与辛弃疾之间开始建立起彼此信任的友情,此后,凡遇有难决之事,他常与辛弃疾议处。

辛弃疾从起义之初到与耿京会合,从未放弃过南渡的打算,现在,耿京也开始认真考虑这个问题,尽管他的内心深处对南渡后的政治前途疑虑重重,但终究不得不面对严酷的现实。这个严酷的现实就是:金国的国策已经发生了根本性的变化。

世宗称帝后第一件事就是进兵中都,牢牢扼住这个南北咽喉要道,第二件事则是遣使入宋,与宋朝恢复通好,维持"绍兴和议"。至于中原和华北地区,他从安定社会秩序入手,首先部分地方废除了海陵后期推行的苛暴政令,其次颁布大赦令,允许各地起义百姓还乡执业,借以缓和愈演愈烈的阶级斗争和民族矛盾。不久,大赦令收到了预期的效果,各地义军中大量农民纷纷要求回家种田,少数将领和首领也经不住诱惑，变节者有之，动摇者有之，观望者亦有之，而耿京的队伍亦散去部分。面对这股足以彻底瓦解义军的强劲力量，耿京内心十分彷徨，万般无奈下，他终于接受了辛弃疾的建议，决定回归宋廷。

不料这时，发生了一件令人震惊的事情：义端窃印潜逃。

张安国立刻将矛头指向辛弃疾："大都督是否还记得我曾提醒过你，义端乃方外之人，却胸有城府，心机难测。他投奔大都督原本出于无奈，绝非真心。不过，当初可是我们这里的人将他荐上山寨，现在出了这种事，大都督无论如何不可不问。"

"对呀！来人，先将辛弃疾、王浍、辛洛给我拿下！"

"且慢！大都督不可听信片面之词，或许此事别有隐情。倘若义端真的背信而去，请大都督容我三日，我将提义端头颅和大印来见大都督。"

"这……"

"辛弃疾，谁能保证这不是你的金蝉脱壳之计呢？"张安国见耿京犹豫，冷冷地接过话头。

"我能保证。请大都督以我为质，三日之后，如若幼安不归，王浍愿以死谢罪！"王浍挺身而出，语气斩钉截铁，不容置疑。

"还有我！我也愿以性命担保。"贾瑞跨前一步，与王浍并肩而立。

耿京被这份男子汉的义气打动了，怒颜稍霁，"好吧，既如此，我就容你三日。如果不能将义端的头颅和大印带回，你就提上自己的头颅来见我吧。"

"是！"辛弃疾答应一声，向王浍、贾瑞投去深深一瞥，转身阔步离去。

辛弃疾带领五十人星夜兼程，一路向东追去。次日凌晨，终于隐隐看到夜色未曾褪尽的天幕下，一队剪影般的人马在浮动的晨曦中晃来晃去。辛弃疾一马当先，穷追不舍，尽管朦胧的昏暗中他看不太清楚，但凭直觉他毫不犹豫地断定，义端就在这队人马当中。

他的判断没错。

义端听说有追兵赶到，不免有些惊慌，但是看到对方的人马不及自己一半，心里稍稍踏实了一些。他立马回戟，于队前迎住了辛弃疾。

"我兄这是要到哪里？"他的语气不徐不疾。

"这话好像更应该由我来问，义端师父为何不告而别？"

"去我该去的地方。"

"哪里?金营吗?"

"下山的人很多。"

"带着印下山的,据我所知只有你一个。"

义端语塞。

"义端师父,你是否还记得在我们共议举事时你说过什么?你说,要与我同甘苦共患难,同呼吸共命运,言犹在耳,你怎么就做了逃兵?"

"彼一时,此一时,完颜雍不是海陵。"

"但他是女真人,这一点永远无法改变。"

"那又怎么样?百姓需要过平静和稳定的生活,有人满足了他们的心愿,不管这个人是女真人还是别的什么人,一样会得到拥护。我兄饱读诗书,难道偏偏不能领会这其中道理吗?"

"我不与你论理。你将印留下,从此,我们各走各的路,两不相干。"

"这个印是我用一千多名兄弟换来的。我投奔耿京一场,罪没少受,苦没少吃,可我得到了什么!什么也没有,我实在不甘心,我必须得到应有的报偿!"

辛弃疾没想到义端这么厚颜无耻,一时怒极,"休要胡说八道!你要走,先得问问我手中的剑答不答应。"

义端睨视着辛弃疾手中的宝剑。在金色的霞光映照下,剑刃泛着冷幽幽的蓝光,寒气逼人,"姓辛的,你不要逼人太甚!你以为我怕你不成!"

辛弃疾一抖手中宝剑,催马上前,义端也不示弱,挥戟相迎。原来义端出身武僧,自幼练就一身好功夫,与辛弃疾虽未过过招,心中并不畏惧。他总觉得辛弃疾乃一介书生,即使习武也不过会些花拳绣腿,是以未动手前倒存几分轻视之心。然而一交手他便知道自己想错了,辛弃疾绝不是个普通的书生,他剑法精熟,且在义端之上。一时剑来戟往,义端渐觉力不能支,可是义端的优势在于己方人多,辛弃疾虽奋力拚杀,终难免顾此失彼,稍不留神,被义端长戟刺中坐骑,辛弃疾滚落马鞍。义端当即掉转长戟,恶狠狠地向辛弃疾胸口扎去。在这千钧一发的时刻,辛弃疾居然拧腰带胸,敏捷地躲过了戟尖,接着,他以头为支点,双腿飞起,准准地踹在了义端坐骑的后胯上。义端万万没想到辛弃疾有这一招,猝不及防,被受惊的战马甩在马下,昏了过去。

辛弃疾用剑挑下义端身上的包袱，打开一看，一枚青玉大印赫然映入眼帘。他急忙将大印收回包袱中，斜挂肩上，手中高高举起宝剑，喝道："住手！再不住手，小心我要了和尚的命！"

义端的手下人被震慑，不敢再战，上前护住义端，一时不知所措。辛弃疾拉过缰绳，正欲上马回营，忽然听到一个熟悉的声音叠声高喊着他的名字。他循声望去，只见一黑一红两匹骏马沿着西边的小路向他这个方向疾驰而至，马上人不住地向他挥着手，越来越近，越来越近……"幼安！幼安！公子！幼安！"

辛弃疾简直不敢相信自己的眼睛，直到来人迫近，他才高喊一声，与刚刚跳下马立足未稳的汉子紧紧拥抱在了一起。

"李贵叔，真的是你吗？"

"是我，公子。我回来了。"

"李贵叔，你一走四个月，杳无音信，一定是发生了什么事吧？你快告诉我，这些日子你到底去了哪里？"

李贵稍稍平静了一下情绪，握着辛弃疾的肩头笑道："是出了点事，不过不要紧，一切都过去了。公子来见见我的救命恩人。"

"救命恩人？你受伤了吗？"

"被狗娘养的追杀，受了伤，多亏遇到萧乾萧老弟，若不是他医术高明，我这一百多斤恐怕真要交代了。萧老弟，你——"

李贵话音尚未落地，忽听耳边传来当当两声尖锐的好像什么金属被磕飞的声音和一声惨叫。辛弃疾、李贵吃了一惊，定睛望去，只见义端被一杆长枪掷中脖颈，身体半跪，斜倾着支在长枪上，一双充满仇恨的眼睛瞪视着前方，人已经死了。原来辛弃疾、李贵久别重逢，只顾高兴，没有注意义端的动静。义端刚才只是摔昏了片刻，他一苏醒过来，即刻从身后皮囊中摸出两支煨过毒的三角镖，手腕一抖，迅疾地向辛弃疾、李贵甩出，显然欲置二人于死地。幸亏萧乾机敏过人，发现示警不及，闪电般用脚勾起一杆士兵们打斗中遗落的长枪，在磕飞毒镖的同时，身体跃起接住长枪，就势掷向义端，义端闪无可闪，当场毙命。义端的手下见主人死了，斗志全无，争相逃命，辛弃疾并不派人追赶，只吩咐李贵割下义端首级，连同大印一起带回山寨复命。

俟一切安排妥当，辛弃疾方有机会与萧乾相见。

四目相对，辛弃疾心中顿有一种莫名的亲切之感。萧乾虽是江湖郎中打扮，却风姿俊雅，骨骼清奇，一双凤目炯炯有神，举手投足间自有一派世家子弟的风范。

"请问萧兄贵庚几何？"

"在下痴长二十有八。"

"原来萧兄年长幼安四岁。幼安斗胆，如蒙萧兄不弃，今后我二人就以兄弟相称如何？"

"那么，萧某僭越了。"

耿京怎么也没想到给了辛弃疾三日期限，辛弃疾只用了不到两天便带回了义端首级和主帅大印，惊喜之余，对辛弃疾刮目相看。

腊月二十三日，耿京再次在长亭大摆宴席，为辛弃疾、贾瑞壮行。

绍兴三十二年（1162年）正月十八。陪都建康。

经过一番准备，宋高宗决定在行宫接见耿京派来的使者。

高宗自建炎元年（1127年）登基以来，历经颠沛流离，为巩固偏安一隅的宋室江山日夜操劳，不知不觉已至耄耋之年，渐次倦怠国事，颇想尽快还政于太子，自己做个太上皇颐养天年。因此，这次巡幸建康，作为还政的第一步，他特命太子监国。

赵昚原名伯琮，乃宋太祖之子秦康惠王赵德芳的六世孙。宋自太宗赵光义以来，皇位一直控制在太宗一系，而与太祖赵匡胤系无缘。建炎三年，高宗唯一的亲生儿子因病早夭，此后高宗再未生育，加上太宗一系亲支宗室在靖康二年（1127年）金军攻破汴京后悉数被虏北上，不得已高宗只好下诏在太祖一系选择接班人。这样，绍兴二年（1132年）五月，不满五岁的赵伯琮（赵构旁系侄儿）被接入皇宫，由张婕妤抚育。

赵昚虽非高宗亲生，但他性本纯孝，与高宗情若父子。赵昚心中明白，若非高宗亲自下诏，到各地访求宗室，将他接到宫中抚养成人，立为皇储，他绝对与皇位无缘，因此，他在高宗面前从来谨言慎行，循规蹈矩，他的勤勉恭孝赢得了高宗和吴后的由衷喜爱，高宗常常暗自庆幸自己选对了太子，自立赵昚为国之储君后，高宗从无更易之心。

这一年，是高宗决定还政的最后一年。耿京请归的消息被同时送抵临安府，太子赵昚与高宗持有的态度完全不同，不但为之欣喜异常，而且对如何接待耿京使者十分重视。他认为在金世宗登基后出现的这一态势，对宋室收复中原失土十分有利，不妨做出姿态，通过对耿京许以高官厚禄，促使更多的正活动于金国境内的义军反正。他致书高宗，请求父皇接见耿京使者，以便牢牢掌握住这支可贵的反金力量。

高宗接受了太子的建议。

贾瑞、辛弃疾凡十一人经楚州（今江苏淮安县）顺利抵达高宗行在。这是辛弃疾第一次真正踏上他梦寐以求的故国土地，面对六朝古都的繁华，他浮想联翩，许多他不愿时时忆起却时刻不曾忘怀的往事一幕幕涌上心头。

"皇上有旨：宣贾瑞、辛弃疾天宁殿觐见哪——"一名宦官拿腔捏调的唱喝声将辛弃疾的思路引回到现实中，他急忙敛衽屏息，和贾瑞一道随引路的宦官步入天宁殿，开始了准备已久的觐见仪式。

御宴结束后，辛弃疾急于返回东平，朝廷派王世隆护送。当晚，辛弃疾等宿于楚州驿馆。次日，忽报耿京军中有急使求见，贾瑞立命传入。

来者乃耿京贴身侍卫。见到贾瑞，侍卫仆跪在地，大放悲声，"都督……出事了……大都督他……"

"大都督怎么了？"辛弃疾、贾瑞异口同声地追问。

"大都督他……他被张安国设计杀害……忠义军也……"

"什么！"辛弃疾、王世隆大吃一惊。

贾瑞的脸由于意外和悲愤，刹那间变得惨白。

第六章　斜阳画角

辛弃疾一行日夜兼程，不几日返回东平，与萧乾、王淦、李贵和一些留下的义军将领会合。两下见面，萧乾简要汇报了一下他探知的洺州布防情况，建议擒贼先擒王，直入洺州，打张安国个措手不及。辛弃疾料到张安国必有防备，此去洺州不宜带过多人马，遂精选包括李贵、萧乾在内的五十名武艺高强的将士随行，伪装成投奔张安国的军马，进城后见机行事。临行，辛弃疾将大营交与贾瑞和舅父王淦守护。

守城小校不肯放辛弃疾一行入城，辛弃疾镇定地说："就我们三人进城如何？我们是来投奔张都督的。"辛弃疾指指王世隆和萧乾。

经过一番交涉，吊桥轰隆隆放了下来，城门徐徐打开。两队金兵小步跑到城门两侧站定，一个个强弩重甲，杀气腾腾。

辛弃疾吩咐李贵在城外接应，自己与王世隆、萧乾策马疾入。萧乾追上辛弃疾，沉稳地说道："我了解过，洛州城中设有五万金兵，张安国有恃无恐，防备肯定不及初时严密，现在我们只有三人进城，必须利用这个空当，以快制胜，否则后患无穷。"

"对，就依大哥之计。我们三人直入知州府衙，将张安国、邵进生擒活捉，只要得手，不怕金兵来追。"

知州府衙。张安国、邵进正在后厅设宴款待新近投奔他的义军将领，酒过三巡，张安国已有八分醉意，忽听一小隶通报，说有一个叫辛弃疾的来见张大帅，已至中厅。张安国尚未反应过来，邵进先惊出一身冷汗："什么？辛弃疾？他带了几个人？快派人堵住他，别让他进来！别——"然而，他的话音未落，辛弃疾、王世隆和萧乾犹如从天而降，已至近前。

"张都督有酒怕人喝么？来，我请张都督去喝酒。"辛弃疾抢步上前，一脚踢翻桌子，敏捷地伸出左手，用力反拧住张安国左臂，右手横剑，架在张安国的脖颈上。王世隆如法炮制，转眼间制住邵进。

张安国经此一吓，酒彻底醒了，"你……你……你要干什么？"

"你不告而别，怎么也该去向耿大都督辞个行吧。"辛弃疾轻描淡写地说，拖着张安国向门口移去。

"耿……耿大都督，他不是……"张安国刚才的酒全都变成了冷汗，脸色骤青骤白，体若筛糠。

"他在等你。"辛弃疾已至门口，向萧乾使了眼色。萧乾会意，横剑立于门口，喝道："这是我们自己兄弟的事情，与诸位无关，诸位休做无谓的牺牲。"

"不要听他胡说八道！弟兄们，快给我——"邵进好不容易说出话来，立刻声嘶力竭地喊道。不容他再多说一个字，王世隆手起刀落，一颗圆溜溜的脑袋顿时像皮球一样滚了下来，邵进肥胖的躯体沉重地倒在了一片狼藉中。

大厅中其他人被邵进的死和辛弃疾三人的气势所震慑，不敢轻举妄动，眼睁睁地看着张安国被辛弃疾挟持着出了州府。

张安国到了此时只能任由辛弃疾摆布。辛弃疾像提小鸡一样将张安国缚置马上，萧乾、王世隆断后，三人一前一后，打马飞奔城门。

张安国原本深知辛弃疾文武兼备、胆气过人，但他无论如何不曾料想辛弃疾只带两人便敢闯入五万人守备的洺州城。懊悔之余，自知必死，反而不做任何抵抗。

李贵带五十人在城门接住辛弃疾，这时城中金兵如梦方醒，派一支骑兵如潮水般追了出来。李贵早有准备，安排弓箭手向城门放箭，顿时，前面的金兵像麦稞般倒下，后边的金兵不及防备，自相践踏，摔伤无数。金兵一时摸不着虚实，追击速度明显减缓，辛弃疾等人带着张安国顺利撤回东平。

辛弃疾与王淦会合后，迅速做了安排：凡义军将士，愿留的一律发给饷银，自行散去；愿走的随他南归宋土。结果一半愿走，计有万余人，辛弃疾和王世隆当即率领这支反正义军渡过淮河，直至海州。

高宗在建康获知消息，诏令大理寺、御史台奉旨设诏狱，审理张安国、邵进二人变诈反复罪状，因其时邵进已死，遂判处张安国斩立决，即刻押赴刑场。同时，诏旨中对王世隆诸多褒奖，对辛弃疾却只委以江阴签书节度判官一职，并命令解散义军，其中部分人经过选拔由敦武郎阁门祗候贾瑞率领，充实到正规军。萧乾亦告别辛弃疾，重返金地。两人相约：辛弃疾签判任满，待时再会。

高宗颁布完这份诏书不久，便正式宣布禅位于养子赵昚（谥号孝宗），自己退而为太上皇。

终南宋一朝，孝宗虽未有大的建树，在执政之初，却还不失于一位励精图治的君主。他一方面积极进行政治改革，铨选人才，制定法令；另一方面立志抗金，锐意收复失地。

隆兴二年，就在主战派、主和派交替掌权的风风雨雨中，年方二十五岁的辛弃疾江阴签判任满去职。他悄然返回临安一年前，他曾与萧乾有约，待他江阴签判任满，即潜回江北和中原地区，全面窥察金朝政治、经济、军事虚实，以图兴师北伐……

江风如酒。江阴任上，李贵因主动请缨，参与擒拿官府通缉的几名江洋巨盗，导致旧伤复发，终于不治。此时，辛弃疾怀念李贵，心情沉重。

有人站在辛弃疾的身后，辛弃疾警觉地回过身，不觉愣住了，只见一身男儿装束的红颜正冲他调皮地微笑。辛弃疾向舅父、舅母辞行时，红颜曾再三央求与表哥同往，辛弃疾考虑到此行危险，坚决不允，没想到红颜竟偷偷跟着他一路来到海州。

"你！"辛弃疾说不上是气是急。

"哥……"红颜娇俏地笑着，使辛弃疾有火也发不出了。

"你……你也太……一会儿上了岸，你四下逛逛，然后给我回家去。"

"哥……"红颜似乎想争辩，心思一转，却笑了，"好吧，我听你的。"

红颜答应得这么痛快，辛弃疾反倒起了疑心。他盯看着红颜，红颜的眼睛忽闪忽闪的，看样子倒像觉得蛮好玩。

辛弃疾明白过来，不觉叹口气，"算了，我看我是撵不走你了。你跟着我可以，但一切必须听我的。"

"当然，你是我哥嘛，我不听你的听谁的！"红颜立刻做出一副严肃、正经的表情。

辛弃疾忍俊不禁，急忙背过脸去，藏起了自己的笑容。

辛弃疾带着红颜赶到蔡珪州新息县时，方听说范邦彦已举县举家南归。再次失之交臂，辛弃疾内心痛苦异常。想到与萧乾有约在先，辛弃疾决定先游历河朔、中原地区，访察民情，然后潜回沧州，与萧乾相会。

七月初九，辛弃疾与萧乾在阔别近一年半后，终于在沧州一家最大的客栈大道客栈重聚。

萧乾提供给辛弃疾许多极具价值的政治、军事情报，一对好友足足畅谈了三天三夜。因萧乾尚有一些私事缠身，还须回返中都一趟，临行，他与辛弃疾约好十天后相见。

送走萧乾，辛弃疾一宿未眠，一气呵成地写完《美芹十论》的前三论。在这三论中，辛弃疾从女真族侵略的本质和金国对各民族的压榨而引发的矛盾，系统论证了其外强中干的本质，希望借以唤起朝廷对抗金的信心。

十天后，萧乾如约从中都返回。

辛弃疾还在卧房中酣睡。萧乾进来时，正伏案奋笔，专心致志地为表哥誊写书稿的红颜并没有看见他。萧乾静静站在红颜身后，目光随着红颜的抄写一行行向下滑动着。

红颜甩了甩酸痛的手腕，萧乾悄无声息地退出了卧房，工夫不大，又提着一篮热气腾腾的饭菜回来了。他将饭菜摆放在桌子上时弄出了声响，红颜抬头看到他，顿时又惊又喜。

"萧大哥，你何时……"

"来，你也抄累了，歇会儿吧。"萧乾没有直接回答红颜的问题，而是含笑注视着她，目光中闪动着别样的温暖。

红颜感觉自己的脸颊一热，忙掩饰地走到桌边，"萧大哥，你刚到吗？我去叫醒哥哥。"

"让他再睡一会儿吧，写了这么多东西，他一定很累了。"

"是啊。这些天他每天睡不到两个时辰，一天到晚写啊写啊，茶不思，饭不想。难怪爷爷在世时常说，我哥哥生来是个拼命三郎。"红颜幽幽地说，语气中不无抱怨和疼怜。

"你也差不多啊。待会儿吃过饭，我先把这些书稿好好读一遍，然后帮你一起抄，好吗？"

"当然好。嗯……萧大哥，我们什么时候离开这里？"

"等幼安醒了，跟他商量后再定。"

"这么香的饭菜味直钻鼻孔，我就是想不醒，肚里的馋虫也不干哪。"辛弃疾的声音突兀地响起，倒让萧乾和红颜吃了一惊。只见辛弃疾掀开被子，长长地伸了个懒腰，坐了起来。

"哥，你怎么醒了？"

"我不醒，怕好吃的都让你和萧兄吃掉呢。"辛弃疾一边笑着回答，一边趿拉着拖鞋走到桌边，夹起一个炸丸子，顺势扔进嘴里。

"嗯，味道还不错。我就知道有萧兄在，我的肚子不会吃亏。"

"幼安，你真的歇过来了吗？红颜说，你足不出户整整写了十天，昨天晚上才睡个踏实觉，如果你觉得乏，我们再晚几天出发也行。"

"不用，我的身体再熬十天不成问题。我们明天就走，先回趟济南府和四风闸，然后去开封府。说真的，我做梦都想回故乡看看。"

内蒙古自治区第十届文学创作"索龙嘎"奖获奖作品

第二卷

宋孝宗乾道元年至淳熙八年

金世宗大定五年至二十一年

（1165—1181年）

第七章　初献国策

开封府。小桥流水，柳树成荫。

街肆人头攒动，商号林立。

辛弃疾、萧乾、红颜三人策马徐行。

辛弃疾与萧乾顺利取出了萧乾寄存在钱庄的珠宝盒，策马返回客栈。这个珠宝盒，绝非普通的珠宝盒，内中藏有萧乾任金军忠武校尉期间，根据山东、河北、河南等地军事设施及布防绘制的金国中原军事形势图，图中将各地军械、仓廪、兵马、营盘等一一标明，是一份弥足珍贵的军事情报。正因为如此，萧乾才十分谨慎地将它连同珠宝一同寄存于汴京最大也是信誉最好的一家钱庄中，以备来日送达宋廷。事实上，这也是辛弃疾与萧乾两年前的约定：辛弃疾先行南下，萧乾留在金国卧底。对于萧乾，辛弃疾始终坚信和看重他的过人才智，亦为自己结识了这样一位智勇双全、一身肝胆的好兄弟而欣慰。

辛弃疾、萧乾行至街口，辛弃疾突然勒住坐骑，拨马向北观瞧片刻，似乎犹豫不决。萧乾领悟了他的心意。

"从街口向北下去，就是开封府府衙了。贤弟莫非是想行前见一见新任知府党怀英？"

辛弃疾微笑着默认了。

"你觉得党怀英会见你吗？"

"恐怕不会。"

"为什么？"

"昔日好友，各为其主，怀兄这人又生性谨慎，我想他决不会轻易惹祸上身。"

"既如此，你又为何……"

"无非是证实一下。一别六载，我的确时常会想起我与他同在亳州求学的情景。过去，不知道他的消息倒也罢了，如今近在咫尺，无论如何我都想去看看他，哪怕他不会见我。"

"见不见本也无妨，我只担心万一……"

"萧兄放心，没有万一。我了解党怀英的为人，他虽与我政见相左，却还不是见利忘义的小人。"

萧乾略一沉吟，"好吧，就依你。我们到时不妨见机行事。"

二人催动坐骑，不多时过了古钟楼，就可以看到知府衙门的朱漆大门。大门两侧一对丈余高的石狮含珠弄子，雄视前方，颇有几分气派。四名衙役分两边持械肃立，目不斜视，令人望而生畏。看看到了近前，辛弃疾取出一把纸扇捏于手中，下马走上几步，向几位衙役略一施礼："几位差兄请了。烦请差兄通报一下，就说党大人布衣交，亦为他讲学之友求见大人。"

几位衙役上下打量着辛弃疾和萧乾，其中一人粗声问道："阁下可具名纸呈入？"

"不必！差兄只需将这把扇子交与大人即可。"

衙役接过扇子，翻来覆去看了几遍，仍然不去，只以眼中余光在辛弃疾脸上逡巡。萧乾心知肚明，急忙拿出二两碎银递在衙役手中，"差兄辛苦了，这点小意思，喝碗茶，润润喉咙。"

衙役掂了掂银子，脸上这才露出笑容，"好吧，两位等着，小的这就进去通报。"

衙役去了足有数盏茶的工夫，一个都头打扮的青年随衙役走出府门。

"小人见过相公。"青年向辛弃疾深施一礼，眼中随即闪现出熟识的、热情的光芒。

辛弃疾看着青年面熟，却一时想不起在哪里见过。

"相公不认识小人了吗？小人是党粒啊。"

"哦，原来是小沙粒！怪不得我看着你面熟！你给怀兄做书童那会儿，还是个小孩子，没想到几年不见已经长成个帅气的小伙子啦。看你这身打扮，想必是在怀兄手下做都头吧？"

"是。多亏当年相公不嫌党粒愚钝，教我武艺，党粒能有今日出身，全赖相公和我家老爷提携。"

"这都是你自己用心努力的结果，我可不敢居功。"辛弃疾笑道，"对了，请问怀兄他……"

党粒犹豫片刻，终于抬起头，坦然迎视着辛弃疾探询的目光，"对不起，相公。我家老爷让我将这个交给你。"

党粒双手呈上一把精致的牙骨真丝扇，辛弃疾接过展开，只见扇的正面画着一幅《雪地江山图》。辛弃疾立刻想起，这正是六年前他与党怀英赴京赶考，游历长城时党怀英在雪地上信手所画，只是与那时相比，画中多了几分刻意雕琢，少了几分峥嵘风骨。扇的后面龙飞凤舞地写着一行字：虎穴龙潭，非君久留之处。墨汁新香，显然是匆忙所书。辛弃疾原本预料到党怀英很可能拒绝与他相见，然而果真如此仍难免有些悲凉和失望。沉思良久，他默默收起象牙扇，向党粒笑道："你家大人的心意我已尽知，既然大人不肯相见，我也不便打扰。请转告你家大人：辛某就此别过，千万珍重！"

党粒难过地点着头，趁辛弃疾去收拾鞍鞯时，将一物悄悄塞入他的手中。

"这是……"

"相公有所不知，数日前皇帝已下旨加强边禁，党大人担心相公归途多有不便，特命我将这个錾金通关令牌交付相公，一旦遇到麻烦，可助相公一臂之力。"党粒压低声音做着解释。

辛弃疾心中顿时涌起一股热浪，他深深地向府衙大门望了最后一眼。

"代我谢过你家大人，小沙粒！告诉怀兄，来生有缘，辛某愿与他再叙兄弟情谊。"他高声喊了一句，与萧乾绝尘而去。

党粒一直目送着两匹坐骑消逝在街角，回过头来，却见党怀英正木然伫立在府门前，双目微赤，神情怅惘。

"老爷。"

党怀英恍若未闻。

"对不起,贤弟。对不起,对不起……"许久,他忏悔般喃喃自语,两行热泪潸然而下。

第八章　素水婵娟

乾道四年(1168年),辛弃疾出任建康府通判。

两年前,辛弃疾赴江北谛观形势,与党怀英失之交臂,内心深以为憾。此后不久,辛弃疾偕萧乾、红颜南归,呈上《美芹十论》,得到了时任左朝奉郎太府丞、左朝请郎尚书户部员外郎、总领淮西军马钱粮(从六品)的叶衡的赏识,并因之被委以建康府通判一职。

由于无所事事,辛弃疾每日只能寄情于词赋,渐渐地,他的天赋才华开始在周围的文人和士大夫中崭露头角,特别是他的洋溢着爱国热情和豪迈气概的诗词在茶楼酒肆、朱门华府、瓦舍勾栏广为传诵。他的词,气势恢宏,用典精妙,一改绮艳萎靡之风,得者无不引以为奇。

尽管如此,辛弃疾始终没有泯灭心中的复国大志,他一直在等待机会。

这一天,机会似乎来了,孝宗传旨在延和殿召见辛弃疾。

延和殿召对后,辛弃疾出任司农寺主簿。

九月,辛弃疾因公务来到建康府,与叶衡相会。公务闲暇,叶衡邀请辛弃疾登游栖霞山栖霞寺。

栖霞寺始建于南朝齐永明七年(489年),后唐高祖李渊将此寺改为功德寺,拨巨资增建庙宇、楼阁四十余所,气势更为壮观。宋金时,栖霞寺与山东灵岩寺、天台国清寺、江陵玉泉寺并称"域内四绝"、"丛林四景"。寺内的大寺堂、藏经楼、天王殿、毗卢殿等建筑造型各异,规模宏大。

礼拜过佛祖,二人来到寺后舍利塔时,叶衡已然气喘吁吁,汗水淋淋。再看辛弃疾,脸色如初,气息平和。叶衡羡慕不已,一边捶打着酸痛的腰膝,一边笑叹:"老了,老了,不服老不行啊。听闻塔这山中景点繁多、美不胜收,老夫却实在是走不动看不动了。依老夫之见不如这样，老夫就在这棵古槐下纳凉等你，幼安可自在游赏，傍晚时我们在这里会合，一同下山。"

辛弃疾尚未答话，忽听塔内传来一阵敞笑："阿弥陀佛，叶施主，轻易服老，可不是你的性格啊。既然走不动了，何不到老衲禅堂用过斋饭，再去游览不迟！"

叶衡、辛弃疾循声望去，只见一位鹤发童颜、慈眉善目的长老由几位小僧陪同，自塔中徐徐走出。叶衡有些意外，旋即笑道："幼安，来，我给你引见一下，这位就是金陵赫赫有名的惠真大师。大师，这位幼安老弟乃我至交，你可不要看他年轻就小瞧了他，他可是后生可畏，比我这个老朽强多了。"

辛弃疾虽未见过惠真，但听说过他的名号。惠真闻听叶衡介绍，果然十分认真地上下打量了辛弃疾几眼，"阿弥陀佛，善哉，善哉！莫非施主就是山东才子辛弃疾？"

"不敢，大师过奖。晚辈正是辛弃疾。大师精研佛法，道学高深，晚辈素有耳闻，今日相见，亦是佛缘，晚辈不胜荣幸之至。"

说话间，三人来到寺东功德殿，分宾主落座。早有两名小僧入殿侍候，其中一名小僧在每个人面前摆上了一个翠青色八方杯，另一名小僧手持热气腾腾的官窑精制的青釉贯耳穿带方壶斟茶，顿时，大殿中馨香四溢。

惠真以茶代酒，先敬两位贵客。叶衡、辛弃疾各自饮了杯中香茶，小僧又忙趋前添满。惠真的目光总在辛弃疾身上逡巡观察，辛弃疾生性不拘小节，丝毫不以为意。

茶过三巡，惠真缓缓问道："敢问辛施主二十有几？"

"惭愧！晚辈二十有八，转眼已近而立矣。"

"可曾婚娶？"

辛弃疾一愣，片刻，沉静地回道："不曾。"

"大师如此关怀幼安，莫非有意作伐？"叶衡放下茶杯，来了兴致。

"正是。"惠真坦然迎视着叶衡探询的目光，"老衲观辛施主气宇轩昂，仪表非凡，确实很想为施主保一门好亲事。"

"不妨说来听听。"

"老衲有一俗家好友，膝下有一女秀外慧中、温柔贤淑，至今尚未婚配。老衲觉得她与辛施主倒是天造地设的一对。"

"果真？哦，幼安老弟，你意下如何？"

辛弃疾的脑海里闪现出一张亲爱的、刻骨铭心的盈盈笑脸，这就是他多年来从不以儿女私情为意的真正原因。他与漱玉之间，即使天涯远隔，相会无期，依然不能冲淡他对她的恋慕，他很清楚，在他尚未得到她的确切消息前，他根本无法重新开始。

"怎么样，幼安老弟？大师的眼力，叶某可是信得过。既有这等好姻缘，你可不要轻易错过哦。"

辛弃疾在座位上合手施礼，"谢大师一番美意，只是晚辈已有婚约，不敢背弃，只能对大师的雅爱说声抱歉了。"

"辛施主果真有婚约吗？那是什么时候的事？"

辛弃疾略一沉吟，"当时晚辈在中都赶考，此时细细思来，竟有八年时光。"

"八年？辛施主竟一直没有那位姑娘的消息吗？"

"没有。晚辈多方打听，至今杳无音信。"

"八年的时间确乎不短，或许那位姑娘已然另嫁也未可知，辛老弟还要考虑大师的建议才对。"叶衡插上一句。

辛弃疾淡然一笑，未置一词。不过，无论叶衡还是惠真都看得出，他的心意坚如磐石，决无改变。

用过斋饭，叶衡也有了精神，想乘兴游览栖霞山西峰。惠真主动陪同，提议到了西峰再会一二老友，同游千佛崖，叶衡顺口问老友为谁，惠真笑而不答，颇有几分悬念。

栖霞寺西峰脚下房舍林立，由于寺中僧人用不了这许多，有些就赁于备考的举子或刚刚上任、临时找个地方将家眷安顿下来的官员。惠真引着叶衡、辛弃疾径直来到一处青瓦粉墙的独立院落前，见院门虚掩，便推门率先走了进去。

辛弃疾突然停住了脚步。

一阵悠扬的琴声和着风叶的沙沙声萦绕耳际，越来越清晰，又是那支《高山流水》，此时听起来却有说不尽的幽怨激昂。在那一瞬间，辛弃疾仿佛置身于中都的聚德斋，置身于久远的梦境之中。

一曲终了，惠真上前叩响门环。

"贫僧惠真。贫僧带了两位朋友特来看望足下。"

屋内传来了急促的脚步声，不多时，范如山出现在门前。他还是八年前的老样子，只是在脸上多了几分沧桑印记。

辛弃疾越发不敢相信自己的眼睛，一时间连呼吸都似停止了。

"不知大师大驾光临，有失远迎，恕罪！父亲请大师内室奉茶。大师带来的朋友……"范如山截断了话头，目光落在辛弃疾的脸上，惊呆了。

惠真似乎早就预料到这样的效果，他与叶衡四目相对，脸上露出欣慰的、不无得意的笑容。

许久，范如山激动地呼唤出声："幼安，真的是你吗？我不是在做梦吧？"

"范兄！"辛弃疾走上几步，张开双臂，与范如山紧紧拥抱在一起。

"范公，这回你一定如愿了吧？"惠真望着刚刚走到门前的范邦彦，笑眯眯地问。

辛弃疾松开范如山，百感交集地凝视着两鬓如霜的范邦彦。

"幼安……幼安你……"范邦彦喃喃着，老泪纵横。

辛弃疾上前大礼参拜，范邦彦双手相搀。

"我曾回到蔡珪州新息县找寻过您全家，方才得知您已举县南归。这些年来我一直都在打听您的消息，可是……"辛弃疾突然看到叶衡，急忙介绍道，"幼安疏忽，忘了给您介绍叶大人。这位就是建康府左朝奉郎太府丞、左朝请郎尚书户部员外郎、总领淮西军马钱粮叶衡叶大人。叶大人，范氏父子皆幼安在金都时故交，亦为幼安久寻不见的亲人。讳邦彦，讳如山。"

"原来是叶大人！下官久闻叶大人贤名，只可惜未识尊颜。今日在此相会，实乃下官荣幸。"

范邦彦又朝惠真施礼，"若非大师指引，还不知我全家与幼安何时才能相会。"

惠真双手合十，"阿弥陀佛，这都是辛施主与范公一家的缘分。那日范公与老衲闲谈提起过辛施主，偏老衲就牢牢记住了他的名字。想来世间万物皆有定数，非汝勿取，是汝勿求。我佛慈悲，至于指引之功，老衲就不贪占了。"

惠真的话引得大家都笑了。辛弃疾没想到惠真虽为得道高僧，却性情诙谐，别具一副古道热肠。

彼此介绍厮见完毕，辛弃疾向屋内望了一眼，想问什么，脸先红了，只是嗫嚅着,终究没好问出来。惠真早将辛弃疾的神态看在眼里,有意成全,略略思索,心生一计,"范公,老衲和叶施主、辛施主方才进院时,听闻琴声戛玉,有如天籁之音,令我等心醉神迷,想必是范公绝艺。依老衲之见,范公何不携琴与我等同游千佛崖,让我等一饱耳福?"

惠真边说边向范邦彦使了个眼色,范邦彦会意,摆手道:"非老夫不肯赏光,只是琴师另有其人。"

"是吗?莫非令爱?"

"正是小女。既蒙大师雅爱,这里又都是至交好友,如山,你不妨去叫妹妹出来,要她随我们一同游览千佛崖好了。"

"范公,我……"辛弃疾急于见到漱玉,脱口唤出。见众人都在望他,匆匆忙忙地接着说下去,"不如我去帮漱玉妹妹取琴。再说,我已见过范公和如山兄,还未见漱玉妹妹,于情于理我也该向她问声好。"辛弃疾的话说得冠冕堂皇,惜底气不足,一张脸涨得通红,全无平日无拘无束的模样。

范邦彦正中下怀,"也罢。幼安如老夫亲子,也非外人,你就进去接漱玉出来吧。"

"是。"

惠真、范邦彦父子、叶衡就在屋前凉厅中坐了下来,边聊边等待辛弃疾、漱玉二人。足足等了半个时辰,才见辛弃疾捧琴与漱玉并肩走出门外。此前从未见过漱玉的叶衡不觉怀着一种赞赏的心情注视着这位雾鬟风鬟、肤如凝脂、风姿袅娜的女子,暗想范邦彦有女若此,难怪视若掌上明珠,又想辛弃疾八年苦苦等待,确也值得。

漱玉嫣红的脸上尚且挂着些许泪痕,明净的秀目中却掩不住满怀娇羞和幸福。她在辛弃疾的引见下先行拜见叶衡,又见过惠真,惠真哈哈大笑:"如今已然深秋,在辛施主心中却是春意盎然。范公,依老衲之见,辛施主与漱玉小姐既有桑中之约,今日又是黄道吉日,不如就让老衲以无量寿佛为媒,成就他二人秦晋之好,范公以为如何?"

范邦彦看看爱女,又看看神采奕奕的辛弃疾,慨然应允。

辛弃疾喜从天降,牵着漱玉的手,双双跪倒在无量寿佛前,再次向佛祖,向父兄,向天地虔诚礼拜,礼拜……

新婚燕尔，辛弃疾在爱妻漱玉的鼓励和支持下，做《九议》，上呈右仆射同中书门下平章事兼枢密使虞允文。

范邦彦的告老奏折未获准许，只好依依不舍地告别女儿、女婿，携子、媳到通州赴任。

漱玉随辛弃疾回返临安。辛弃疾升任司农寺主簿后，通过叶衡的一再关照和帮忙寻找，在临安城离闹市稍远的地方为舅父母、表妹和家仆租到一处称心的大宅院。这所大宅院分东西两处厢房，后面有个景致不错的花园。辛弃疾将舅父一家安顿在屋舍较多、光线也较为充足的西厢房，自己则同萧乾一起住进了条件稍差一些的东厢房。这次成婚归来，萧乾和管家辛洛已事先安排家仆将腾出的新房重新进行了粉刷和装饰，并将整个宅院布置得焕然一新，着实让辛弃疾和漱玉惊喜了一番。

现在，漱玉终于见到辛弃疾的舅舅王淦、舅母梅氏以及表妹红颜、挚友萧乾了。红颜的清丽娇可，萧乾的落穆庄重都给漱玉留下深刻的印象，也使她萌生了撮合二人的念头。经过一段时间的观察，她郑重地对辛弃疾提起此事，辛弃疾不免暗自失悔于自己这许多年来只以仕途沉浮和复国大计之重，竟对眼前这样一桩好姻缘视若无睹。

辛弃疾从来都是个办事不喜欢拖泥带水的人，主意既定，立即与妻子前往舅舅王淦、舅母梅氏住处，与二老商议这桩婚事。其实，这许多年来，王淦始终看重萧乾的品行为人，而梅氏也相中萧乾气度高贵，一表非凡，夫妻二人当即欣然应允。只是由于不明萧乾心意，决定先由辛弃疾以言辞试探。

本来，辛弃疾与萧乾一向肝胆相照，无话不谈，但这次毕竟事关妹妹的终身大事，不好开门见山。他将萧乾请到后花园的览风亭，简单地聊了几句家常后，慢慢切入正题。

"我不在的这段日子，全凭萧兄打理府上事务，闲暇之余，不知是否有机会与红颜来一段琴箫和鸣？"

"你怎么……哦，红颜妹妹家传绝技，我岂敢班门弄斧。"

"萧兄何必自谦！我听说你的箫吹得非常好，听君一曲，犹如素练飞空，穿云裂石，胜似金波玉浪，雪碗冰瓯。"

"你听谁说的？太抬举萧某了。"

"红颜。"辛弃疾留意着萧乾的反应，希望查知他此刻的心意。

萧乾丝毫不觉意外，淡淡一笑，未置一词。

辛弃疾暗自思忖，萧乾素性沉稳端严，喜怒常不形于色，与其这样拐弯抹角地试探，莫如单刀直入更妥，"萧兄，你心里究竟如何看红颜？"

萧乾仍旧不去看他，平静地回道："红颜兰心蕙性，冰雪聪明，是个难得的好姑娘。"

"何止如此！不是我夸自己的妹妹，红颜自幼在祖父身边接受教诲，称得上琴棋书画样样皆精，更难得的是，她虽是女儿家，却凡事自有主见，这点上，她与萧兄倒真是天生一对。"话既已点明，辛弃疾也就不再遮掩。

萧乾默然。

"难道我们成为至亲骨肉这不好吗？"辛弃疾继续追问，声音里透着几分焦虑，也透着几分疑惑。

萧乾收回目光，笑视辛弃疾。良久，他一字一顿地说道："看来，你从来不曾了解过红颜。"

"萧兄，你这话是什么意思？"

"你不明白吗？也罢，我带你去个地方。"

萧乾引着辛弃疾径直来到位于觉风亭东北侧的海棠园，这里有一块形状奇特的巨石，状如一部半卷半开的竹简，辛弃疾为它取名"佛经石"。不过，萧乾要给辛弃疾看的不是这块奇石，而是奇石旁一个新起的小小的土堆。

"这是什么？"

"词冢。我叫它词冢。"

"什么？"辛弃疾没听懂。

"那天，得知了你和夫人在建康府成婚的消息后，红颜就在佛经石旁烧掉了你赠送给她的所有词稿，当时，每烧一篇，她都要反复吟诵。后来，所有的词稿都化作了灰烬，她将灰烬埋在这里，所以我叫它词冢。"

辛弃疾怔住。

"她让我陪她一起来的。其实我很早就知道，她真正喜欢的人是你。"

"不，不是的。我的心里一直都把她当作我的亲妹妹，我……要不我这就去向她解释？"

"不必了。"红颜的声音突兀地从他们身后响起,把萧乾和辛弃疾几乎吓了一跳。

萧乾难堪地垂下头望着地面。

辛弃疾勉强挤出一丝尴尬的笑容。

红颜慢慢走到萧乾面前。

"我看到你们走下览风亭,就悄悄跟上了你们。原想吓唬吓唬你们玩儿,可是……"

"对不起,红颜,你不要生气。"萧乾躲闪着红颜的逼视,向辛弃疾投去求助的一瞥。

"我怎么能不生气!你竟会完全误解了我的心意!"

萧乾浑身一震,蓦然抬起头。

艳丽的海棠衬着艳丽的人儿,长长的睫眉上分明悬着两颗晶莹的泪滴,明净的双眸里有疼亦有怨。

"烧掉表哥词稿的那一刻,我已经告别了过去的自己。风中飘舞的轻灰,仿佛一只只长着灰色翅膀的舞蝶,那一刻我的心也轻松得想飞。难道还有比这更好的结果吗?我再不需要去选择了,因为老天已经帮我做出了最好的选择。萧大哥,你为什么到现在还不明白!"

萧乾心绪复杂地凝视着红颜。

"萧大哥,你不愿意?"

"不是,当然不是!"

"然而,你仍旧不能娶我?"

萧乾狠狠心,痛苦地承认了。

"为什么?"不是红颜,而是辛弃疾惊讶地质问。

"我……"

"萧大哥,你不用道歉。我很清楚你不愿娶我,并非因为不喜欢我,只是顾虑我们身份的不同,对吗?"

辛弃疾越听越糊涂了,"身份不同?红颜,你这话到底什么意思?"

红颜苍白的脸上跃出一个浅浅的笑靥,"萧大哥,你仍旧不肯告诉我们吗?"

萧乾面对柔情似水的红颜，终于下定了决心，"我的先祖正是当年辽太后萧绰（小字燕燕）之父萧思温。当年，先祖因拥立景帝即位有功，被景宗擢为北院枢密使兼北府宰相，最宠爱的三女萧绰亦入宫为后。乾亨四年（982年），景宗病逝，太后亲子圣宗得立，从此辽朝在她的治理下由衰转盛，号称中兴。这段历史，幼安恐怕比任何人都要清楚。太后逝后，萧姓一族的某些支派随之日渐衰落，然而比起一个家族的荣辱兴衰，更令我的先人们刻骨铭心的是亡国的耻辱。我从生下来起，曾祖父、祖父、父亲就告诉我，女真人是我们的仇人，如果我还算个血性男儿，就一定要洗血国仇家恨。所以说，后来不论以我郎中的身份潜入金中都，还是投身于耿京义军，都只为了一个目标：推翻仇国统治。这么多年来，我一刻也不曾忘记自己的使命。或许我早该离去，按照父亲的要求回到辽阳，再图他举。可是，命运偏偏让我结识了幼安你，结识了红颜，只为了心中的那份不舍，我甚至背叛了亲情。幼安，现在你一切都明白了吧？"

"我明白了。可这又能说明什么呢？金是宋辽共同的敌人，在这一点上，我们永远都是一致的。"

"你真的不介意？在宋人的眼中，我应该算作异族。"

"在我的眼中，你永远是我最好的朋友。何况，辽与宋的恩怨，早已成为过去，红颜没有那么狭隘，我也没有那么狭隘，相信我的舅父、舅母同样不会那么狭隘。"

"可是，我终究要离开……"

"我愿随你到任何地方，任何地方。"红颜的声音虽低，却异常清晰。

"真的吗？"萧乾冲动地握住了红颜的双手。

红颜无语。在她羞涩的沉默里，萧乾看到的是义无反顾的坚定。

此时此刻，萧乾的周身上下都似乎被猝然而至的幸福填满了。

辛弃疾悄然离去了。他想，他得去通知舅父、舅母，还得去做些准备，毕竟婚礼前还有许多事情要办呢。

第九章　风鹏正举

莫愁湖与赵府的私家园林相连。

辛弃疾与岳父范邦彦、舅兄范如山、妻子漱玉应邀前来参加皇室宗亲赵彦端的寿宴。辛弃疾出任建康府通判期间，与赵彦端、叶衡等人过从甚密，现虽升任司农寺主簿，彼此仍有书信往来以及诗词酬答。这时的辛弃疾在南宋朝野广有才名，除了他的政治主张仍不为朝廷所接纳外，他已将自己完全融入了南宋士大夫的生活之中，他希望借此使更多的人成为他的同盟者。

与辛弃疾同桌的多为建康府名流。叶衡与辛弃疾对饮一杯，当年，叶衡对辛弃疾有援引之恩，这些年来，两人因志趣相投更加莫逆，但叶衡今日似乎谈兴不佳，脸色也有些灰暗，放下酒杯时，他不自觉地轻叹了一声。辛弃疾注意到了，关切地询问："大人为何今日闷闷不乐，莫非身体不适？"

叶衡摇摇头，瞟了正向他们这一桌走过来的赵彦端一眼，忍而无言。

范邦彦起身说道："适逢介庵公五十寿辰，子美想请幼安当场赋词一首，以志祝贺，不知介庵公肯否笑纳？"

"妙极！来人，速备笔墨纸砚！"赵彦端立刻吩咐下去。

赵府家人早有准备，不多时，大厅中央的方桌上笔墨纸砚摆放停当，辛弃疾挽起长袖，文不加点，提笔挥就一首贺寿词。

水调歌头·寿赵漕介庵

千里渥洼种，名动帝王家。金銮当时奏草，落笔万龙蛇。带得无边春下，等待江山都老，教看鬓方鸦。莫管钱流地，且拟醉黄花。

唤双成，歌弄玉，舞绿华。一觞为饮千岁，江海吸流霞。闻道清都帝所，要挽银河仙浪，西北洗胡沙。回首日边去，云里认飞车。

写完最后一笔，辛弃疾略一停顿，方将笔放回笔架之上。众人只顾看词，大厅之上鸦雀无声。

片刻，还是赵彦端率先打破了沉默，"幼安这首词可谓匠心独运，环瑾握瑜。要挽银河仙浪，西北洗胡沙，这正是全词的文眼和主旨所在。叶大人，你以为如何？"

叶衡的眼睛眯成一条缝，一刻也没有离开词稿，品味着词中深意。忽听赵彦端动问，连忙点头赞同，"介庵公所言不差。这首词虽为贺寿之词，却不落窠臼，通篇巧为比拟,迭用神话典故,奇思丽想,文笔飞动,极富浪漫色彩,而基调乐观昂扬,风格豪放明快,果真难得。"

"更难得的是,幼安在这首词里仍然不忘期勉友人风云际会,大展雄图。梦锡公,幼安的这般心志,比起你我可是强多了。"史正志和范如山不知何时也回到大厅之上。史正志一直站在叶衡的身后,这时听到叶衡的评价,别有深意地插进话来。

叶衡默然,原本枯静的内心竟掠过一阵悸动。

围绕着辛弃疾的新词,人们谈兴渐浓,早将主人勿论国事的吩咐置之脑后,直到月轮西沉,才一起向主人一家辞行。临别,赵彦端将一柄削铁如泥的吴钩赠与辛弃疾。所有勉励的话语都在慈爱的目光中传递了,赵彦端已经决定,明日一早他就上奏朝廷,全力举荐辛弃疾,让这位胸怀大志的青年可以专擅一方军政事务,在属于自己的天地里大展宏图。

烟笼寒水月笼沙,如烟似雾的月色,笼罩着雄伟壮丽的建康城,给这座六朝古都增添了几分神秘,几分沧桑。

月色如银,洒向大地一片清辉。

乾道八年,三十三岁的辛弃疾被派往抗敌前线滁州任知州。自南归以来,这是辛弃疾第一次可以专擅一方军政事务。

年前,辛弃疾在岳父范邦彦的资助下,暂时从信州购买了一处田产并二十余间房舍。舅父、舅母年事渐高,舅母又常年卧病,辛弃疾实在不忍心让他们无休止地随他宦游,他将二老安顿在新居,全权委托辛洛照顾二老,管理新宅。辛洛虽为辛府老家人,其实只比辛弃疾年长七八岁,幼年时就由辛弃疾的祖父辛赞收养。辛赞去世后,他一直跟随辛弃疾左右,精明强干,忠心耿耿,辛弃疾对他极端倚重。

王淦听说滁州一带民风强悍,常有打家劫舍的强盗出没,放心不下,坚持让萧乾、红颜随行,辛弃疾愉快地接受了舅父的好意。

辛弃疾的全部家当就是几车打装成箱的书籍。辛弃疾、萧乾、红颜并辔而行,谈起陈年往事,愈觉兴趣盎然。红颜婚后生下一子,因随表哥赴任,留在外祖父、外祖母身边,现在又身怀有孕,不过反应不似头次强烈,尚且瞒着众人。

滁州地处淮西军事重镇庐州和淮东军事重镇楚州、扬州之间,战略地位十分重要,却被朝廷列入"放弃"之地,满朝文武谁也不愿去啃这块"鸡肋"。只有辛弃疾全不在意，他倒很希望能在饱受过两次战乱之苦和数次水旱之灾的滁州有一番作为。

太阳在山峰间隐没了一角，晚霞变幻着，从亮灰到橙红的色彩，突然，一声脆利的哨声划破了山间的岑寂，两匹黑马如闪电般挡住了一行人的去路。辛弃疾心想果真遇到劫匪，注目观瞧，两个劫匪皆黑布蒙面，一人持刀，一人执斧，相貌无法辨认，唯双目冷厉，杀气逼人。

"你们什么人？光天化日之下竟敢打劫朝廷命官！"萧乾怒喝。

两个劫匪对视一眼，其中执斧子的一个闷声回道："劫的就是你们这些狗贪官。识相的，留下金银财物走路，爷爷或可饶了你们几条狗命。否则，休怪爷爷不客气。"

"我倒要看看你们怎么个不客气法！萧哥，你且退后，先让我的绣刀会会他劈柴的斧子。"红颜好胜心强，催马上前。

萧乾会心一笑，拨马让开。

持斧劫匪不由自主向后退了一步，"你个娘儿们逞什么强！我不跟娘儿们斗，兄弟你上！"

"少要张狂！你们俩不妨一起上！"红颜说着，挥刀逼向持刀劫匪，持刀劫匪开始还躲躲闪闪，后来见红颜一刀快似一刀，只得被迫应战。眼见两人真正战在一处，观战的劫匪才知道红颜刀法精奇，竟是个会家。他心里一阵忧虑，连个女人都对付不了，今天恐怕要栽了。

红颜战得顺手，对方渐显不敌之势。持斧劫匪正欲上前接应，哪知红颜一阵恶心袭来，刚刚拨开马头，便俯在马上呕吐起来。持刀劫匪一愣，停止了厮斗，眼中露出关切之意。

"夫人，不要再打了，你有身子，须小心为是。"

红颜闻言，微微一愣。萧乾、辛弃疾抢步上前从马上搀下红颜，辛弃疾让萧乾照料红颜，随即抽剑在手，对两名劫匪说道："听你方才一言，并非大恶之辈。这样吧，我们赌一赌如何？我一人敌你们两个，如果我输了，我带的东西随你们取多少；如果你们输了，就下山，再不要在此处为非作歹。敢吗？"

"好！就依你！"持斧劫匪大声应道。

辛弃疾以一敌二，毫无畏惧之色。持斧劫匪果然更胜过持刀劫匪，有一身好武艺，三人战了数十回合，彼此都生出惺惺相惜之意。自习武以来，辛弃疾还从未像今天这样将一柄剑使得酣畅淋漓，持刀劫匪稍稍露出破绽，辛弃疾便顺势挑下了他的面罩，一张尚且年轻的略带羞惭的面孔出现在辛弃疾的眼前。持斧劫匪立刻扔了斧头，跳下马背。

"我们输了！"他爽快地认了输，一把撕下自己的面罩。他比他的同伴要年长些，大约三十岁左右，一张黑脸，络腮胡子，倒有几分猛张飞的样子，很让辛弃疾喜欢。

"你们果真认输？"

"是。我们两个战你一个不过，当然认输！要杀要剐，任凭处置。"

"我也不杀你们，也不剐你们。你们下山去吧，找点正经活计，以后再不要在这里干这种营生。"

"是。请留下尊姓大名，也好让我们知道输在了谁的手中。"

"这是新任滁州知州辛弃疾辛大人。"萧乾平静地插进话来。

两名劫匪面面相觑。

"你们还不退下！"

两名劫匪稍稍退至一边，辛弃疾瞟了他们一眼，吩咐大家继续前行。走出好一段，仍见两个劫匪远远地跟在后面，辛弃疾向萧乾做了个手势，两人策马向劫匪迎去。

"你们要做什么？"萧乾厉声喝问。

两个劫匪对视一眼，双双跪倒在辛弃疾的马下。

"小人齐虎，小人魏涛，蒙老爷不杀之恩，愿弃暗投明，从此追随老爷鞍前马后，望老爷收留。"

辛弃疾显然并不意外，"你们不是说我是狗贪官吗？"

"刚才我们跟在老爷车后，正好山风吹起车上苫布一角，我们看到下面全是书。"

"你们以为是什么？财宝箱吗？"

"就算是财宝箱，老爷只装了这几车算得了什么！去年我们劫过一个卸任的狗官，他专门用来搬家的车子就有二十辆还多。箱子里面什么都有，金银细软、房产地契、珠宝首饰……就是没有书。"

魏涛天真地回答，辛弃疾不觉笑了。

"你们果真能改邪归正吗？"

"能！我们可以用我们兄弟的血发誓。"

"不必。你叫魏涛是吗？"他问年轻的一个。

"是，我是魏涛。这个是我大哥齐虎。"

"也罢，念你们也是误入歧途，又有一身好武艺，我就收下你们。"

齐虎、魏涛喜出望外，当即大礼参拜，萧乾上前一一扶起他们。

"既然跟了老爷，就都是自家兄弟，不必多礼。"

由于这一番争斗，天色已晚，齐虎、魏涛引着辛弃疾从小路下山，总算找了户人家借宿一宿。清晨，辛弃疾给主人家留下些银两，继续赶路。次日交午时，已经可以看到滁州的城墙了，辛弃疾并不急于上任，而是将家眷暂时安置在城外魏涛家中，嘱咐萧乾、红颜妥为照护，他自己则带着齐虎、魏涛微服私访，一路行来，始知滁州凋敝莫过于此：乡间田野，大片土地闲置荒芜；滁州城内，废墟林立，十室九空，每至夜晚，常有成群的野狗出没。民户家徒四壁，编茅织苇，寄居于瓦砾之场，整个街市，竟见不到几家像样的店铺。

辛弃疾暗暗忧虑，回问魏涛："路上听你说，你世居滁州，滁州昔日一向如此么？"

"回老爷，金军入侵前，滁州也算得上民和年丰。金军入侵后，许多富户和青壮劳力为躲避战乱、拉丁，都逃往其他州郡，这里的住户自然越来越少了。加上其后几年接连旱涝灾害，朝廷又将这里视为弃土，百姓们为了活命，陆续逃荒别郡，除了老弱病残不能动的，能走的全走了。"

"魏涛，本官见你颇懂医术，可是祖传？"

"是，小人略懂一二。小人父亲中风瘫痪前乃此间很有名气的大夫，时常兼作大堂作作。小人原本是想考取功名的，三位哥哥亡故后，父亲将毕生医术都传给了小人。"

"如此甚好。齐虎，你祖居赣州，为何会到滁州来？"

"不瞒老爷，小人因有命案在身，才逃来这里。"

"什么样的命案？"

"回老爷，小人自幼父母双亡，是叔婶将小人养大的。叔婶颇有些家资，见小人专好舞枪弄棒，对读书、种地、做买卖一概不感兴趣，便将小人送到了山上祥云观学习武艺。一天，小人邻居匆匆来找小人，说是本州王大户为霸占小人叔婶的几亩良田，勾结官府，以故意毒死王大户两条耕牛的罪名，将小人叔婶投入监狱。小人即刻下山欲找王大户理论，哪知叔婶不堪严刑逼供，双双死于重刑之下。小人悲恸欲绝，伺机杀了王大户亡命天涯。两年前来到滁州，见这里人烟稀少，就在这里落脚了。后来的事，老爷您都知道了。魏老弟和小人皆为昏官所害，家破人亡，可谓同病相怜。所以小人们才专劫贪官污吏，所劫银两财物尽散孤寡老幼，也算为乡里乡亲做些好事吧。"

辛弃疾注目打量着满面风尘却不失豪侠之气的齐虎、魏涛，鼻子蓦然有些酸了，他掩饰地回头眺望着田间低矮的房舍，喃喃自语："滁州已是艰难竭蹶，若想恢复元气，恐怕首先要轻徭薄赋才行。"

"老爷所言甚是。老爷，我们去衙门看看吧。"

滁州的州衙设在离市井繁华区稍远的西城区内，坐北朝南，雕梁飞檐，尚能看出昔日的庄重。州衙的大门紧闭，门口连个人都没有，辛弃疾还从来没有见过景象如此凄凉、冷落的衙门，偌大的院落内杂草丛生，除了公堂外，所有的房间都大门紧闭，唯一的区别就是有的上锁，有的没有上锁。辛弃疾缓步踱入公堂，见公堂之上倒还打扫得干净，一个老者倚坐在公案前的台阶上，睡得正香。齐虎急于找人问问情况，上前晃醒老者。老者睁开昏花的老眼，上下打量着三位不速之客，咕哝着："你们是要告状吗？老爷还没有上任呢，你们去别处告吧。"

"新任知州老爷在此，你还不快上前见过。"齐虎啼笑皆非地拍拍老者，使了个眼色。

"新任知州老爷？果真？哪位？是您吗？"他问辛弃疾。

"正是本官。你是这衙门的……"

"卑职陈祖训见过老爷。卑职原在这衙门里做过主簿，后来年纪大了，就帮着老爷做些杂事。三年前，前任老爷卸任时，交代卑职将大印、府库账目和钥匙交给新上任的老爷，谁知，这一等就是差不多三年。衙门三年没发过饷了，年轻些的早都到别处谋差使去了，只有卑职老了不中用了，再说还有一摊子家当不能离开，只好守在这里，盼着新的知州老爷早些上任。老爷，您能来太好了，大印、钥匙、账目卑职都好好收着呢，卑职这就拿给老爷。"

老者说着，颤巍巍地转入后堂，从里面拿出一个包袱和一串钥匙来，双手奉上。

辛弃疾接过，却不急于打开。

"这公堂是你打扫的吗？"

"是卑职。卑职二十岁就在这衙门里当差了，现在卑职已经快六十岁了，不忍心糟蹋了这公堂啊。"

"好，很好。现在你带本官去府库看看吧。"

"是，老爷。"

府库的情形同辛弃疾预想的一样，能拿走的都被席卷而空，账目形同虚设，只有搬不动的军械七零八落地堆在屋角，锈迹斑斑。齐虎骂道："狗贪官！"魏涛慌忙推了推他，目视辛弃疾。辛弃疾恍若未闻。

"走吧，我们先回公堂。齐虎，你去将府衙大门打开，然后回去通知萧乾，要他明天护送夫人入衙。陈祖训、魏涛，你们俩都是本地人，看能不能帮本官找些人手帮忙，先将府衙收拾出来，我这里有一锭银两，你们拿去买些酒肉款待帮忙的人，到时我也参加。我今晚要赶写一份奏折，就住在府衙了。"

"是。"齐虎、魏涛、陈祖训高兴地答应一声，迅速离去。

入夜，昏暗的烛光下，辛弃疾奋笔疾书《谢免上供钱启》，将滁州现状详细做了汇报，上奏朝廷为滁州百姓免去十余年来所欠租赋，同时请朝廷酌情拨给应急钱物若干，以帮助滁州百姓尽快恢复生产。

写完奏折和百余份榜文，天色已然大亮。魏涛、陈祖训早早来到衙门，正遇见萧乾和齐虎护送家眷进了府衙，魏涛、陈祖训按照辛弃疾的吩咐，帮着萧乾将夫人等人安排妥当，急忙来到书房。

辛弃疾的眼睛有些红肿，看见众人进来十分高兴。他要萧乾先到建康府面见叶衡，请叶衡协助将奏折尽快面呈皇上，如得批文，即返滁州。魏涛、齐虎速到城内和城外各处张贴榜文，陈祖训将本地乡绅、名流列一名单出来，随他逐户拜访。分派完毕，辛弃疾问萧乾："红颜这会儿好些了吗？"

"不要紧。昨天借宿魏涛家，魏老伯给看过了，无甚大碍。幼安，我们路上的干粮我带了些来,你要不要先垫垫肚子?"

"你不说我倒忘了,一宿没睡,我还真饿了。来,大家一起随便吃点,吃完后我们各自做事。萧乾,你走前去向红颜和夫人告个别。"

"好。"

陈祖训再一次领略了辛弃疾做事的雷厉风行,他觉察到,这位年轻的知州大人已在他心目中树立起非比寻常的威望。

根据陈祖训所列名册,辛弃疾逐家逐户登门拜访,经过数日不懈地说服,滁州城的大户和缙绅多数表示愿为滁州重建尽一份绵力,其中几位明确应允出资修缮城内几家废置的客栈和店铺。

半个月后,萧乾从京城返回,由于叶衡从中斡旋,朝廷特准了辛弃疾的奏陈。辛弃疾立刻用朝廷所拨款项购置了大量的农具、牲畜、种粮,贷给愿回来种地的农民,抓紧开垦农田,恢复生产。不久,突然有一大批客商涌入了滁州城,整个滁州城顿时热闹起来。原来辛弃疾命齐虎、魏涛张贴的榜文宣称:凡流落在外的本州民众,愿回乡种地者均分给土地、农具、牲畜、种粮;愿回城经营各种产业者,亦可依据情况贷得一定数量的钱物;凡到滁州经营买卖的商贾,只收取过去关税的百分之三十。榜文一出,一传十,十传百,百姓大批回返,商贾闻讯而来,络绎不绝,商税数目与日俱增,久违的繁忙景象开始代替了战乱后的荒陋和凋敝。

辛弃疾与陈祖训商议,招募了一批干练的听差,陈祖训仍被委以主簿一职,齐虎任总捕快,魏涛领班头兼府衙仵作。府衙大门大开,辛弃疾常在府衙门前审理案件。他口问眼看手批,许多积压的陈年旧案不出半日便断得清清楚楚,事主无不心服口服。众人皆以为凤雏(三国时庞统)转世,自此盗贼绝迹,街市之中夜不闭户。

至夏初,流亡的农户大量地返回,辛弃疾开始着手组建六千人的屯田民兵,一边种地,一边训练,以备战时之需。当年夏麦秋禾俱获丰收,百姓们敲锣打鼓自发地送来一块牌匾,上书:民之父母,国之栋梁。

萧乾依然不离辛弃疾左右,虽未被委派任何具体职务,事实上辛弃疾所有重要事情都要同萧乾商议后方才施行。待一切步入正轨,萧乾应红颜请求,向辛弃疾告假,偕爱妻尽情游览了与滁州相邻的庐州、楚州和扬州三地。回去后,萧乾将一路所见所闻整理成完整的情报呈给辛弃疾。辛弃疾在此基础上,对敌我形势详细分析,心中充满忧虑。

不久，全椒县僧人智淳以宋太祖赐王岩帖来献。辛弃疾如获至宝，当即以此帖并密奏呈上孝宗皇帝。

密奏云：

> 臣守滁之十月，全椒县僧智淳以王岩帖来献，且言尝刻石天庆观中。臣召道士王中勤问之，信然。臣又询诸州人，得岩之六世孙进士王大亨，言岩晋阳人，柴周之攻淮南，岩适隶太祖皇帝麾下。显德四年，太祖皇帝攻楚、泗，岩实被命来。此帖本藏其家，政和八年始取归禁中，后以石本赐天庆观，乃刻而龛之端命殿之壁。
>
> 臣以周史考之，世宗攻楚、泗岁月，与帖所载合。臣窃惟滁虽僻郡，而司马光尝谓太祖皇帝禽馘奸桀、肇开王迹者，实在此土。较其难易，与周之伐崇、唐之下霍邑等。当此之时，凡执羁绁奔走从命者皆一时之杰。岩行事虽不可考，然以其时侪辈推之，盖亦以材选者。臣惧其湮没，故备载于下方，且使岩得托以不朽云。
>
> 乾道壬辰，辛幼安告君相：仇虏六十年必亡，虏亡则中国之忧方大。

不知是历史的巧合，还是辛弃疾慧眼独具，六十年后，辛弃疾的预言变成了现实。1234年，金国在凄风苦雨中被蒙古所灭。又过四十多年，南宋亦被蒙古灭亡。

然而，辛弃疾的预言在当时并没有引起任何重视，宋之君臣也并未因知忧而发愤。难怪后人为幼安不平：惜乎斯人之不用于乱世也。诸君有义气如幼安者，百尺楼上岂不能分半席乎？

一切都是天意！

第十章　小试牛刀

新落成的滁州胜景奠枕楼上，辛弃疾宴请所有参与建楼的工匠、乡绅、商贾和平民代表，答谢滁州百姓对他的支持和信任。

欢洽的气氛中，人们频频举杯，畅所欲言。一阵急促的脚步声传来，只见齐虎两步一级满头大汗地上了楼。辛弃疾回头看到他，笑问："什么事这么急？"

"萧夫人平安生下一子，萧大哥命我来向老爷报喜。萧大哥和萧夫人还等着老爷给孩子取名。"

"今天是奠枕楼落成的好日子，胜景华灼，气象万千，我看就给孩子起名萧烨吧，小名就叫滁儿。他可是在滁州出生的，希望他长大后永远都能记得他出生的地方。"

"是。另外……"

"怎么？"

"这里有两封信函，一个时辰前一并送到。一封是吏部公文，一封是叶衡叶大人写给老爷的亲笔信，萧大哥让我带了来，老爷是否要看？"

"拿来吧。"

辛弃疾先展开吏部文书扫了几眼，便随手递给齐虎。叶衡的亲笔信他反复看了两遍，也一并交还齐虎。

"你拿回去，让萧乾看看。"

"是。老爷没有其他吩咐，我先走了。"

辛弃疾点头。俟齐虎离去，他神色如常地招呼众宾客："来，我们继续喝酒！今天是个好日子，奠枕楼落成，我又添了个小外甥，我敬大家一杯，希望大家今天都能尽欢而散。"

"恭喜老爷！"宾客们纷纷举杯道贺，情绪更加高涨。

直到月钩挑上树梢，辛弃疾才带着陈祖训回到府衙。萧乾、齐虎、魏涛一直在院中等他，看到他进来，他们默默地迎上了他。

"你们都知道了？"辛弃疾感受到气氛的异样，徐徐问。

"是。"魏涛回着，哽住了。

"先跟回房再说。"

陈祖训落在后面，悄悄拉住魏涛。

"怎么啦？出什么事了？"

魏涛努力抑制着痛楚的心潮，用一种空洞的声音回道："吏部来文，老爷调仓部郎官，限期赴任。"

陈祖训顿时愣住。

"老爷，你真的要走吗？"齐虎的眼睛红红的，嘎声问。

辛弃疾久久注视着齐虎、魏涛和垂头站在门边的陈祖训，心里难受异常。在近一年的共事中，他对他们，对滁州百姓，对他一手创建的事业都产生了一种难以割舍的感情。他原想再兴建几家学馆，聘请当地名儒授教，让滁州所有那些好学上进的孩子都有书可读；他想在奠枕楼设立一个聚言亭，每个月他至少两次在聚言亭办理公务，让滁州百姓上至士绅下至平民凡有好的建议都可以直接向他进言，畅谈如何发展生产，如何繁荣经济，如何健全民兵制度等等；他想将民兵现有的武器改进一下，如果财力允许，再将被金兵破坏殆尽的军事设施全部恢复加固；他还想……

"老爷，您能不能不走？"魏涛满怀希望地问。

辛弃疾的眼睛微微濡湿了，他难过地轻抚着魏涛消瘦了许多的双肩，这是魏涛长时间在外奔波劳累的结果，甚至连齐虎方方的下巴也变尖了。

陈祖训悄然拭去流在腮边的泪水，"老爷，我陈祖训在这个衙门听了四十年的差，还从未见过如您一样的父母官，滁州有了您，是滁州百姓的幸运，也是我陈祖训的幸运，虽然您就要离开这里，今生能跟您一场，祖训知足了。朝廷之命不可违，您……"他的声音越来越不稳定，终于说不下去。

"陈主簿，谢谢你。齐虎、魏涛，也谢谢你们。"一个"谢"字如何能够涵盖此刻的心情，可是除了这句话，辛弃疾实在不知道该用什么样的语言才能表达他对他们的留恋和感激。

"老爷，您还有什么要交代的？"

"三年前，我曾给朝廷上《议练民兵守淮疏》，惜未得到朝廷重视。其实，自古守城必以兵，养兵必以民，在每个州郡若能设立数千人甚或上万人的民兵组织，国家太平的时候让他们各居其土，各操其业；国家有事时，命他们赴本镇附近险要去处分据寨栅，在敌后与敌人展开游击战，互相出没，彼进我退，彼退我进，虽不正面与之交锋，却能配合大军整体作战，夺其心，耗其气。倘能如此，纵然敌人兵强马壮也不会是我们的对手。我在滁州按照原来的设想做了这方面的尝试，我本想能使之成为一个成功的模式，得到朝廷的重视、采纳和推广，现在看起来，只能寄希望于接任者了。陈主簿，如果可能，你要全力协助新的长官，将已经开始的事业进行下去。"

"我会的，老爷。我会尽力的。"

辛弃疾的目光在沉默中与萧乾的目光相接，那里面有着相同的忧虑和令人心寒的疑问。

陈祖训会，新任知州会吗？

接下来的两天，辛弃疾将需要交代的事项一一写明，请陈祖训届时交给新任知州。待一切处理完毕，辛弃疾独自来到奠枕楼，俯瞰着袅袅炊烟中滁州城那历经沧桑却依然傲立的轮廓，耳边似乎还在回响着奠枕楼落成时的欢声笑语，想不到那竟成了他的告别筵席。

要走了，就要走了。

萧乾早将一切打点妥当，他已吩咐下去卯时前离开滁州城，他不想在百姓惜别的话语中融化掉素日的冷静和坚强。此时此刻，他多么想去看看魏涛卧病在床的父母，想去看看陈祖训聪明伶俐的小孙儿，可是他不能，他受不了告别的场面，在这之前他从不知道，他，一个曾在万马军中生擒叛徒的硬汉子，竟也有这般柔软的情肠。

不知站了多久，滁州城内的灯光一盏盏熄灭了，直到最后，整个滁州城陷入一片幽暗之中，只有融融月色，温柔地注视着沉睡的城池。

萧乾匆匆来寻，辛弃疾步下阶梯，黯然回顾奠枕楼。

卯时，萧乾打开了府衙沉重的大门，却愣愣地站在门前。

府衙外，灯火通明，前来送行的百姓黑压压地在府门前站成一片。最前面的就是魏涛和他坐在软藤椅上的老父，就是陈祖训、齐虎，就是府衙差役，后面是滁州城内的百姓们，有的相识，有的面生。

"萧乾？"辛弃疾深沉的声音和吱吱嘎嘎作响的牛车一起转过了影壁。

萧乾无言地闪身让开。

辛弃疾的眼中不知不觉腾上一股潮潮的雾气，他走出门外，走向人群。

"老伯，"他握住魏父瘦骨嶙峋的双手，"您……"

"辛老爷。"

"您就叫我幼安吧。"

"幼安，我们来送送你。都是我这把老骨头拖累的，要么涛儿和齐虎就可以跟你一起走了。齐虎也是放心不下我，可他们实在舍不得你。你来了，滁州百姓何苦有幸，又何其无福，因为滁州留不住你。"

"老伯。"

"等我把这副老骨头埋在土下的时候，就让涛儿和齐虎跟着你吧，这样，我九泉之下也可以瞑目了。"

"老伯，我会的，我会的。"一滴泪珠悄然滚落在魏父的手上。

"老爷。"陈祖训走近辛弃疾，将一枚莹润无瑕的端砚双手奉上。

"这端砚是我祖父传下来的，一共两枚。这一枚请您收下，另一枚我会留给孙子们，他们长大了，如果哪一个最有出息，我就让他带着端砚去找您。老爷，我还是那句话，今生能追随您一场，是我陈祖训的福分。"

辛弃疾欣然领受了这番真挚情谊，接过端砚，嘱咐夫人好好收起。

"保重！老爷！"这一声参差不齐，却是此刻最发自内心的声音。

"谢谢，谢谢了，谢谢大家！"

人群自幼闪开了一条道路，在难舍难分的心境中，辛弃疾一次又一次向夹道相送的滁州百姓挥手致意。

淳熙二年（1175年）四月，湖北荆南地区爆发了以茶商赖文政为首的四百余贩私茶商人行帮的事件。近年，湖南匪祸不息，此起彼伏，朝廷接连讨捕，不胜其苦，许多官员都因讨捕不力被朝廷撤换。

江西提刑缺人，孝宗心急如焚，丞相叶衡向孝宗举荐了辛弃疾，孝宗欣然同意，诏辛弃疾节制诸军，讨捕茶寇。

秋七月，辛弃疾走马上任。

辛弃疾与萧乾商议，决定智取。

八月，行至江西赣州、吉州，湖南郴州、桂阳各军分派弓箭手，集中待命。又征调安福、永新诸县土豪分兵，由辛弃疾亲自指挥，往山中搜索清剿。辛弃疾采用卷毯战术，步步为营，徐徐推进，凡遇抵抗者格杀勿论，投降者则给予活命和妥善安置。赖文政不敌，被迫缩回山寨，据险而守。

一个月后，山寨粮食告罄，箭矢消耗殆尽。在萧乾的斡旋下，赖文政被迫出降。

赖文政暂时被关在衙署大牢，朝廷有旨，队伍解散，赖文政解往京城候审。义军将士不知朝廷要如何处置赖文政，部分人领到路费后依旧迁延不去。辛弃疾担心变生肘腋，夜长梦多，决定尽快押解赖文政上路。

萧乾瞒着辛弃疾，带着酒食到狱中看望赖文政，两人把酒长谈，赖文政流露出对死亡的一种平静的期待。

离开监狱，萧乾试图说服辛弃疾拟一份为赖文政脱罪的奏折，辛弃疾心绪复杂地拒绝了他的请求，"不可以。赖文政在茶寇中很有威信，昔日官军大举压境，他居然能够应付裕如，可见其才干非凡，此人留在世上，一遇风吹草动，只怕又会为害一方。为今之计，不如借机除之，永绝后患。"

萧乾惊讶地注视着辛弃疾。在如铁的意志和过人的胆识之后，他看到了辛弃疾的另一面，这一面，为了对国家的忠诚，可以抛弃一切私心杂念，甚至是曾经恪守的道义。

必要时，无爱无恨，无欲无想。

这或许就是他与辛弃疾最大的区别。

可惜，辛弃疾的国家永远不会成为他萧乾的国家。

萧乾欲退下，走到门口又回过头来，"赖文政之罪，有待朝廷来定，朝廷未必就要他死。就算你不肯对他施以援手，也大可不必贻人口实！"

辛弃疾明白萧乾话中隐含的深意，他产生了片刻的动摇，"萧乾……"

"不管怎么说，我真的希望赖文政可以活下去。"萧乾恳切地望着辛弃疾，语气近乎哀求。

"为什么？"

"你忘了耿京耿大帅了吗？赖文政让我回想起那段日子。"

"赖文政与耿京不同。"

萧乾的目光里突然多了一层倦怠，一层冷漠，"有什么不同？都是官逼民反。算了，我不想再多说什么了，其实，人终归难逃一死，早死与晚死又能相差多少。"他走出门外。

辛弃疾一动不动地坐在帅案之后，坐了很久。

赖文政次日被解往京城，经过江州时，赖文政和差役栖身的茅屋燃起大火，差役侥幸逃出，赖文政却丧生火海。当时，远近闻讯赶来救火的人都看到，赖文政在火起时一直盘腿端坐于土台之上，任火舌飞窜，任人们叫喊，一动不动。火灭后，人们在废墟中寻找赖文政，只见一具被烧焦的尸体保持着原有的坐姿，昂然不倒。

差役应附近百姓的要求，同意在江州安葬赖文政。茅草屋烧掉的地方将要建成火神庙，江州百姓将在这里世代祭拜为人间带来光明的火神。

辛弃疾根据差役的报告，将赖文政葬身火海的前后写成奏折呈上朝廷，不久，朝廷旨下：人死罪灭，妥善遣回安置余众。

至此，福建、江西境内迅速安定下来。

闰九月下旬，孝宗与宰辅大臣会商奖惩扑灭茶商军参战人员，孝宗特别提到辛弃疾出任江西提刑后，部署得当，一月内尽剿茶商军，其功非小。他嘱咐叶衡："辛弃疾捕寇有方，当优议以职名，以示激劝。"君臣议后，辛弃疾职晋秘阁修撰（从六品）。

淳熙四年（1177年）春，辛弃疾由京西漕改差知江陵府兼湖北安抚使。

湖北一带农民起义不断，盗贼更是趁火打劫，百姓哭诉于前，辛弃疾决心整顿治安，严惩盗贼。

一日，一个盗牛贼被捕获押送江陵府。辛弃疾升堂审讯，盗牛贼吞吞吐吐，答非所问。辛弃疾大怒，当即判以发配江州，并授意负责押解的差役，要他们在半路将盗贼沉入江中。

消息传到江陵骆知县耳中，骆知县闻讯大骇，谏阻辛弃疾不可如此严苛。辛弃疾原本杀鸡儆猴，既然骆知县求情，乐得顺水推舟，饶了盗牛贼一命，只发配了事。

自此，江陵盗贼销声匿迹。

辛弃疾在湖北政绩斐然，却突然接到朝廷诏命，改任大理少卿（正六品）。

第十一章　挑灯看剑

范如山从临安捎来家信，说近期将去看望妹妹、妹夫，届时希望能定下两家儿女的婚事。

乾道九年（1173年），辛弃疾的岳父范邦彦于任上病逝，辛弃疾偕妻子漱玉奔丧。范邦彦生前尤其钟爱孙子黄中和外孙女菡诗，曾有意将菡诗许与黄中，两家亲上加亲。辛弃疾既明白岳父的心愿，也喜爱黄中敏慧，遂在心中许可了这门亲事。但其时正值丧期，自然不便谈论嫁娶之事。后来，辛弃疾职务多次变动，居无定处，此事遂延宕下来。

不久前，范如山卖掉了在通州的房舍和地产，在京城临安购置了住宅，全家迁回京城。这些年，范如山一家和辛弃疾一家聚少离多，范如山十分想念妹妹和妹夫，很想借机与妹夫盘桓些时日。

这是一喜。

辛弃疾已经接到了朝廷的任命和孝宗的手谕。孝宗的手谕无异于一柄尚方宝剑，辛弃疾感到在为官多年之后，第一次可以放开手脚，在湖南打造出一片新天地。

这是二喜。

更让辛弃疾喜出望外的是，齐虎和魏涛来到湖南，重归麾下。

公务稍闲，辛弃疾带着萧乾、齐虎、魏涛等几名心腹视察湖南全境。

鉴于两湖匪盗和乡社为祸百姓，来到州衙，辛弃疾顾不得休息，赶写了两道奏章。在第一份奏章里，他再次阐明了《论盗贼札子》中的观点，希望朝廷以百姓社稷为重，休养生息，以固国本。

孝宗阅后认为可行，委以全权处理。

湘江西岸的岳麓山下，依山傍水，地势宽阔，许多民工和士兵正在搬运石块木材，人流涌动。

辛弃疾在一副卷轴的素绢潭州地图上仔细查看着，知潭州李椿眯起眼睛跟他一起看着地图，片刻，辛弃疾在图上拍了一下。

"就在这里，没错，五代时期楚王马殷在潭州的营垒故基，"他一脚踏在一块巨大的花岗岩上，指着前面的一处遗址，"我们利用此处有利的地貌，扩大地盘，营造新的军营寨栅，看来是选对地方了。"

"我已下令再征调五千民工，一千士兵投入兵营施工。"李椿望着工地上畚箕如飞、银锄起落的沸腾景象，难掩语气中的兴奋。

话虽这样说，李椿却不免有些担心。湖南地区已进入雨季，秋雨绵绵，鲜有晴时，只怕难免影响工期。

辛弃疾却是心中焦急。朝中有人送出密信，告诉他有人上奏皇上，欲阻挠飞虎军创建，这些人说，兵员已多，再建无益，认为创建飞虎军乃多此一举。辛弃疾得知此情，更加快了建军速度。

辛弃疾限时八月前必须建成飞虎营栅，李椿十分为难。

帅府大门突然被撞开了，魏涛披着蓑衣上气不接下气地闯了进来，"大人，不好了！出事啦！"

"别慌，慢点说。"

"是瓦坊。瓦坊被雨淋塌了，可惜了我们的瓦坯啊，二十万片瓦啊。"魏涛简直要哭出来了。

"伤着人没有？"

"人倒没事，可……"

"你不用说了。走！我们看看去！"辛弃疾顾不得穿蓑衣，率先冲入重重雨幕中，魏涛紧紧跟上他，边走边将身上的蓑衣脱下来披在他的身上。此时，辛弃疾的全身已被暴雨冲打得透湿，他却心急如火，浑然不觉。

瓦坊在暴雨的冲涤下显出一片狼藉。一排排松木搭建的透风棚被暴雨冲得东倒西歪，二十万块将要入炉的瓦坯横七竖八地坍塌成一堆堆泥浆。

"怎么办？这可怎么办？二十万……哪里……瓦片这……"李椿只觉得口干舌燥，说出话来都语无伦次了。

所有的人都将目光直直地落在辛弃疾的脸上，天公不作美啊，这还怎么提前完工？

辛弃疾苦思良久，当机立断，"命厢官自官舍、神祠取瓦，齐虎、魏涛，你俩挨家挨户说服百姓，每家献瓦二十片，皆以高出官价购买。"

"是。"齐虎、魏涛冒雨而出。

"石料呢？"萧乾提醒辛弃疾。

"所需石料调集当地除犯有死罪的囚徒到长沙城北的驼嘴山开凿，按照各人所犯罪情轻重，规定其所应供送石料的数量，作为赎罪代价。"

"是。"萧乾亦衔命离去。

"大家各就各位，不管遇到怎样情况，工期必须提前至八月以前。"

"是。"李椿和其他督办人员见辛弃疾处变不惊，一言九鼎，已生出几分敬畏之心。

不出辛弃疾所料,此令一出,短短两日,所需二十万瓦片备齐,石料亦在短期超额完成,督办人员无不叹服。一月期未至,飞虎军建成,雄镇一方,为江上诸军之冠。辛弃疾当即奏本始末,并以营寨图纸一并呈上,孝宗转怒为喜,诏奖辛弃疾及有功人员。

这时又发生书生投诉之事。原本他们要投诉主考官,滥取第十七名《春秋》卷,擢为第二名。

第二天,辛弃疾带着萧乾赶到贡院时,昨日告状的那几个考生都在大门外恭候他,辛弃疾请他们随他一同进去。

至公堂东西两侧为外帘,供管理人员居住,堂后为内帘,供考官居住。守门卫兵看到帅府官灯,不敢上前阻拦,唯肃立行注目礼。辛弃疾带着众书生直奔后堂内帘主考官府第。

主考官年逾古稀,正在灯下查核案卷,誊录明细,忽见辛弃疾进来,吃了一惊,定睛望去,急忙离席施礼:"下官曹一鸥不知安抚使大人驾到,有失迎迓,请恕罪。"

"曹主考不必多礼,去将解元试卷《春秋》、《礼记》卷一并呈来,本官要亲自核审。"

曹一鸥略一踌躇。

"曹主考难不成有什么异议?"

"非也。下官只是有些意外。"

曹一鸥回身从案头翻出厚厚的两大叠试卷,放在辛弃疾面前。辛弃疾一份一份仔细翻查,看到亚榜第二名果为赵鼎,不觉大怒,愤然将考卷掷在地上,"佐国元勋,忠简一人,何来又一赵鼎!"

赵鼎乃南宋初期中兴名相,因与秦桧意见相左,被秦桧罗织罪名排挤出宫廷,谪居岭南。赵鼎曾自题律己诗:"身骑箕尾归天上,气作山河壮本朝。"不久绝食而亡。孝宗即位后始得以平安昭雪,谥号忠简。

曹一鸥急忙从地上拾起考卷,放在桌案之上,低声对辛弃疾说:"启禀安抚使大人,此考生确与赵鼎同名,系广平郡王世孙举荐,大人详察。"曹一鸥老于世故,担心辛弃疾此举必然得罪权贵。

辛弃疾微然一笑，继续翻阅《礼记》卷，当阅到第十七份卷子时，辛弃疾见考生文章气势宏伟，议论精辟，观点鲜明，语言精炼，不觉暗暗称奇。他拆开弥封卷，仔细与誊录卷核对，方知考生名叫赵方。

"曹主考你来看，此卷观其议论，考生赵方必豪杰之士，与那赵鼎试卷有天壤之别。国家正是用人之时，人才不可失，我意将赵方擢为榜首，曹主考以为如何？"

"下官并非不知两卷差异，然赵鼎既为皇亲贵胄，岂可轻易得罪！"

"曹主考此言差矣！为国选才，才为重。身为主考官，若只为顶上乌纱，埋没人才，乃千古罪人！"

"是，下官承教。就依安抚使大人，将赵方擢为榜首罢。"曹一鸥汗颜，心中却想：你得罪权贵，与我无干。只怕你付出代价之时，那才是叫天天不应，叫地地不灵。

众告状考生的脸上却露出钦佩的神情。

辛弃疾不再理会曹一鸥，将赵方的试卷反复看了数遍，边看边啧啧赞叹，爱不释手。见此情形，还是那位叫鲁周的考生上前一步，躬身施礼："老爷，这位赵方与学生考前一直同室攻读。老爷若有意相见，学生可为老爷传唤。"

"是吗？本官果有此意。你只需带路，本官想亲自会会这位考生。"

"遵命，老爷。"

赵方仍在驿馆苦读诗书。辛弃疾不用引见，径直入室相见。

"鲁兄，你回来了？"赵方头也不抬地问。

"请问，你就是赵方吗？"

赵方惊讶地上下打量着辛弃疾和恭立其后的鲁周，慢慢站起身来。他的身材高大，一张国字形的脸上鼻峰秀挺，双目炯炯有神。

"赵兄，还不快见过安抚使辛老爷！这次多亏辛老爷主持公道，你已被擢为第一。辛老爷，学生告退，就不打扰您和赵兄了。"鲁周恭敬地退下。

赵方离座见礼，态度依然不卑不亢。他身着蓝布长衫，衣襟前还打着一块不太显眼的补丁。

"学生赵彦直见过恩师。"

辛弃疾双手相搀，短短数语，彼此间却一见如故。

"彦直家乡哪里？师从何人？"

"学生正是潭州衡山人，幼年师从张公讳栻。"

"张公系本朝著名理学家，难怪我见你的科考文章理学功底深厚，原来有此缘故。你可读朱熹公的著述？"

"朱公乃理学集大成者，也是学生最崇拜的大学问家。他的书和文章，学生不仅要读，还要学以致用。"

"好，好，后生可畏。你坐，咱们今天索性畅谈一番朱夫子的理论，本官还有些问题想向你讨教呢。"

"恩师过谦了，学生不敢。"

辛弃疾的确慧眼识人。赵方后来进士及第，历任蒲圻县县尉，知池州青阳县、主管江西安抚司机宜文字、提点京西刑狱、湖北转运判官兼知鄂州等职，成为南宋时期著名的抗金名将。其子赵葵，历任湖南安抚大使，又宣抚广西，改镇荆湖，任沿海制置使、沿江、江东宣抚使，两淮宣抚使、判扬州，进封鲁国公，乃南宋抗金、抗元名将。这是后话。

赵方已然听说辛弃疾为己得罪权贵，内心感激不尽。遵照辛弃疾先前的嘱咐，他谢领了礼物后便回转家乡。临行，他对萧乾说："大恩不言谢，他日我赵方若有出头之日，也算不负恩师一番栽培。"

萧乾一直将赵方送出城门，望着赵方渐渐远去的身影，他从袖中摸出一封家信，凝睇良久，脸上露出极为复杂的表情。

辛弃疾得罪了宗室后嗣，但因圣眷正隆，暂时还算平安无事。淳熙七年（1180年）冬，朝廷任以右文殿修撰，并知隆兴府兼江西安抚使，辛府上下又在忙于打点行装。

忽报，贾瑞与王淦已至帅府门前。

这些年，贾瑞一直投身军旅，镇守淮南，与辛弃疾相见很难，但彼此间一直书信不断。半月前，贾瑞请辞获准，遂绕道湖南任上看望辛弃疾、萧乾，不想在途中遇上王淦，老友邂逅，喜出望外，正好结伴而行。

辛弃疾闻报急忙与萧乾一起接出府外。

近十年没见，贾瑞明显苍老了，唯有脸上的憨厚依然如故，舅父王淦也比一年前清瘦了一些，四人彼此见面，自有无限感慨。

贾瑞小住数日，坚请辞归，辛弃疾挽留不住，备宴送行。

长江南岸，渔火闪闪。

辛弃疾、贾瑞、萧乾、王淦伫立江头，默然注视着来来往往的船只。

良久，贾瑞从肩头取下一个紫布包裹，慢慢打开来，一张用黄绸精心卷住的宣麻白纸和一条光灿灿的金带顿时映入辛弃疾的眼帘。

对于这金带和诏书，辛弃疾简直太熟悉了。刹那间，建康行宫中吏部官员宣麻唱喝的声音伴着涛声，重又回荡在清幽的夜空："……授京天平军节度使，瑞敦武郎阁门侯，皆赐金带；弃疾右儒林郎，改右承务郎……"

"贾兄，你……"

贾瑞将金带置于手中，只略略瞟了一眼，便连同诏书一同抛入滚滚长江中，只见诏书被浪头打了一下，迅速沉入水中，只有金带仍旧随波逐流，渐渐消逝得无影无踪。

"一切都结束了。"贾瑞的脸上浮现出一丝古怪的笑容。

"贾兄……"

"我没什么，这样很好。"贾瑞回视着辛弃疾、王淦和萧乾，目光中倏然闪过一丝留恋的伤感。

"贾兄弟，这是为何？"王淦不解地问。

"我该走了。从今以后，世间少一贾某人，深山多一苦行僧。"

"可是……"

王淦与辛弃疾面面相觑，只有萧乾丝毫不感到意外。

"贾兄，你真的决心已定？"

"是的。我与佛祖有缘，我不是说过，白佛山白佛寺注定就是我的归宿。我要回到那里去，为耿京大都督，为所有屈死的我的那些好兄弟祈福，这是我唯一能做的事了。"

"贾兄你听我……"辛弃疾仍试图相劝。

"幼安，你不必多说，你要说的我都清楚。转眼间你我南归已整整十八个年头了,十八年啊,人生有几个十八年!这十八年中,我无时无刻不在梦想着皇帝派我出征,收复中原,哪怕战死沙场,我也死得其所,死而无怨。可是,十八年之后这仍旧是我的一场梦,我已经很累了。近来,我常常想念耿大都督,想念当初和我一同起事的那些好兄弟,我的余生将伴他们一同度过,他们将使我远离尘嚣之苦,远离功名利禄,远离尔虞我诈,这才是我渴望的生活。幼安,我和你不同,你是一位意志坚定的人,为了实现自己的理想可以九死无悔,我愿佛祖保佑你,永远保佑你!"

辛弃疾不语,双目微微濡湿了。

贾瑞从怀中取出一沓银票,塞在王浍的手中。

"这些银票是我多年来积攒下来,留给你和幼安吧。你们都是有家室的人,不像我,孑然一身,无牵无挂。你们不要推辞,这是我的一点心意。我们从此别过,请你们保重。"

不容王浍、辛弃疾再说什么,贾瑞毅然转身离去。

一身布衣,一件布包,贾瑞的半生,犹如一个破碎的希望,人还活着,心已死去。

贾瑞乘坐的小船一点点消失在碧水云天中,萧乾的目光追逐着惊飞的水鸟,眉宇间游动着一丝细细的纹路。

"我们走吧。"辛弃疾从身后拍拍萧乾的胳膊。

萧乾掉头凝视着辛弃疾,那目光好似从未见过辛弃疾,又好似有许多话一时不知从何说起。

"怎么?"辛弃疾想开个玩笑,终究没有心情,他淡淡地问,语气里隐藏一种莫名的不安。

"幼安,我接到了家信。"

辛弃疾一怔,"是吗?什么时候?"

"很久了。我本来想早点告诉你,又不知该如何对你说起。幼安,我也要走啦,我得回家去。我已经二十年没有回过家乡,说起来,我这个不孝子真的愧对二老双亲。"

"可是,红颜知道吗?孩子们怎么办?"

"我给红颜看过信了,但没有谈到我的打算,我怕她会接受不了。为了安全起见，我想还是让她和孩子们留下来吧。"

"红颜不会留下来的。"王淦平静地插进话来。

辛弃疾与萧乾惊奇地注视着王淦，心情却不尽相同。

"接到信的第二天，红颜就悄悄跟我商量过了。她说，从她嫁给萧乾那一天起，她就已经决定，无论天涯海角都要与萧乾在一起，所以，如果萧乾这一次选择了离开，她一定会带着孩子们与他同往的。当然，她也舍不得幼安你，舍不得家乡，她很矛盾，很难过，这我看得出来。"

"您说红颜跟您商量过，这么说您也要一起走是吗？"

"幼安啊，舅父老了，你舅母已经去了，舅父活着唯一的乐趣就是看着孙子们绕膝嬉戏，舅父实在离不开他们啊。再说，舅父大概同贾瑞一样，心死了，死了心的人，这把老骨头埋在哪儿还不一样呢。幼安，这一次，你就成全萧乾吧。"

萧乾感激地注视着通情达理的老人，既有欣慰，也有负疚。

辛弃疾却仿佛落入冰窟一般，从头冷到了脚。他实在无法理解，这些人，他至亲至爱的朋友和亲人，为何要选择同一天来离弃他呢？

先是贾瑞，接着是萧乾，红颜，舅父。

究竟是他让他们失望了，还是现实让他们失望了？

"幼安，相信我，无论我身在何处，你都是我最难忘、最珍惜的朋友。我萧乾即使今生再无可能回来见你，也会让我的孩子回来的。不为别的，就为你这样的朋友值得。"萧乾突然转身握住了辛弃疾的双手，他与辛弃疾相知相交一场，此时此刻才真正意识到，这份友情早已成为他生命里最珍贵的组成。

对于这个病入膏肓的国家他无所留恋，他刻骨铭心难以割舍的只有一个人，一份情。

是啊，值得，为了值得，萧乾心甘情愿地做了二十年的游子。如今，他该回去了，回到属于他自己的天地。

辛弃疾稍稍有些释然。每个人都有自己的路，他辛弃疾要走的路，并不是别人一定要走和愿意走的，否则，贾瑞怎会将自己变作天际孤舟？舅父又怎会在晚年选择离乡背井？

怨憎会，爱别离。彼此憎恨的人注定聚首，相爱将忍受离别的痛苦，佛的胸怀充溢着无可奈何,悲悯着俗世的纷扰。

不如归去。

只是,什么也不可以让他改变,无论荣辱沉浮。

"你们这样走不安全,容我安排一下。等定下日子,我派齐虎、魏涛送你们过江。"舅父说得对,他是该成全萧乾,就像萧乾成全了他无数次一样。

萧乾的脸上勉强浮出一丝笑容。

王淦留恋地眺望着远去的点点白帆,老泪纵横。

第十二章　烟雨带湖

贾瑞走了,萧乾带着全家走了,辛弃疾调任隆兴府(今江西南昌)知府兼江西安抚使,也要赴隆兴上任了。

临行之时,部属挥泪相送,辛弃疾心中不忍,命随从侍候笔墨,写下了著名的七律《送别湖南部曲》。

送别湖南部曲

青山匹马万人呼,幕府当年急急符。
愧我明珠成薏苡,负君赤手缚于菟。
观书老眼明如镜,论事惊人胆满躯。
万里云霄送君去,不妨风雨破吾庐。

这是第三次出任江西方面大吏。

多年来,辛弃疾一直都是身膺一面之寄、独当一面之责,他的作风,勇往直前,果决立断,公正无私,绝不肯因无谓的顾虑而瞻前顾后,这一方面帮助他赢得了众多僚属和百姓的热爱、拥戴,另一方面也招致了某些当权者甚至权贵的深刻忌恨。

台臣王蔺向与辛弃疾不睦,采撷朝野中许多捕风捉影的不实之词,对辛弃疾提出了弹劾。在王蔺的弹劾奏章里,辛弃疾的果决立断变成了"奸贪凶暴,帅湖南日虐害田里";辛弃疾创建飞虎军且不顾枢密院的阻挠而停止修建飞虎营栅一事变成了

"用钱如泥沙，杀人如草芥，且夕望端坐'闽王殿'、'凭陵上司'"；辛弃疾和在朝为官或致仕还乡的旧友们的书信往来或财物馈赠，则变成"缔结同类"、"方广赂遗"。本来都是些无稽之谈，孝宗却统统信以为真，不仅立刻追回了任命辛弃疾为浙江西路提点刑狱职的圣旨，还将辛弃疾以前的贴职薪俸右文殿修撰一并削夺了。

江西东境的信州上饶郡，位于信江之滨，是沟通杭州和南昌东西的重要水、陆路通道。交通的便捷，使信州成为南宋士大夫们首选的寓舍之址。

辛弃疾回到信州后，开始全力经营新居。

辛府宅第和田产位于上饶城北一里许，其间包括一个纵一千二百三十尺、横八百三十尺的狭长湖泊，湖水清澈见底，湖滨旷土平坦，稻田泱泱，有十弓之地。举目北望，灵山胜景尽收眼底。辛弃疾对自己的这一隐居之地十分满意，他给寓所前的湖泊起了个好听的名字叫带湖，寓所建设则由他亲自规划，绘成图样，交付辛洛监工。在地势较高的地方建造房舍百楹，百楹占地约十分之四；低洼的地方辟为稻田和游赏之处，花亭柳榭，应有尽有。屋舍百余间，主体是集山楼和南临稻田的一排平房，其余则为家仆居住。

辛弃疾常言："人生在勤，当以力田为先。北方之人，养生之具不求于人，是以，无甚富甚贫之家；南方多末作以病农，而兼并之患兴，贫富斯不侔矣。"遂将稻田边的平房命名稼轩，自号稼轩居士。

王蔺的弹章使辛弃疾解脱了人在官场、身不由己的无奈，仕途的坎坷却造就了一位冠绝古今的伟大词人。此前，辛弃疾虽多有词作为世人传诵，终究公务繁忙，无暇将过多的精力投入到诗、词创作上，而以策论、奏章为主。隐居后，他有了更多的时间与心意相通的文友吟对唱和，创作了大量脍炙人口、风格豪放的诗词，始与前朝苏轼并称"苏辛"。

九月，朱熹如期而至，只带数名随从前往带湖新居拜会辛弃疾。辛弃疾不在宅中，正带儿子们在田间种地。

朱熹不令通报，在田边等了许久，正好韩元吉也来看望辛弃疾，老友相见，相拥泪下。

还是谷儿眼尖。

"父亲，那个不是韩伯伯吗？"

辛弃疾以手搭额，辨视片刻。

"是你韩伯伯，还有……"辛弃疾一下甩了锄犁，兴奋地高声喊起来，"晦庵公、无咎公，你们来了，也不令人通知在下一声，是不是有意要给在下一个惊喜！"

三人就在田间地头相见，喜极忘形。

"若不是亲眼得见，老夫无论如何不肯相信稼轩公居然会亲事稼穑。"朱熹赞赏地望着辛弃疾晒成黑红的脸庞，由衷地说。

"这个老夫倒不稀奇。晦庵公难得来我信州，今天就借稼轩公的宝地，由老夫做东，我们几人来个一醉方休，如何？"韩元吉一边拉着一个，慢慢向带湖方向走去。

三人中，以韩元吉年纪最长，大辛弃疾二十二岁，其次为朱熹，大辛弃疾十岁。

朱熹字元晦，号晦庵，别称紫阳，徽州婺源（今江西婺源）人，侨寓福建建阳，年长辛弃疾十岁。进士出身，曾任秘阁修撰、宝文阁待制等职。他广注典籍，对经学、史学、文学、乐律以至自然科学有不同程度贡献，是继孔孟之后的儒家大师、理学家。著作有《四书章句集注》、《诗集传》。

"好啊。可让辛洛到酒楼订好酒菜，送至兰舟之上，我们三人泛舟带湖，边吃边谈，岂不更具诗情画意？"

"老夫正有此意，就依稼轩公。"

辛洛做事一向利索，很快将一切安排停当，他不用别人，亲自执桨，为的是三位老友把酒欢会、畅谈尽兴。

兰舟稳稳地游弋在芦苇丛中。

雪楼临湖而立，花径竹扉，池塘茅亭，别具情趣。

"晦庵公为何突然辞去官职？"喝过一巡酒，韩元吉的脸已经红起来，他以手抚额，不无惋惜地问。

"并不突然，老夫久有此意。官场险恶，人心不古，非老夫所能应付。不如回返武夷山，著书立说，以遂老夫平生宏愿。"

"晦庵公为人正直，即令在下，至今想起也还心有余悸。您可还记得当年在下客舟被扣之事？"

"当然记得。那时你以客舟贩牛皮过南康军境，每船皆挂新江西安抚占牌，舡窗以帘幕遮蔽，老夫以为内载私货，当然要秉公查扣。"回想往事，朱熹不觉哑然失笑。

"船中乃制军甲的牛皮，如若被雨淋湿发霉，就成废物一堆，是以在下命军士以帘幕遮蔽，岂料反引起晦庵公误会！"

"稼轩公当年好大的气派！老夫派人上船检查，船上的兵丁说什么也不肯让南康军士上去，最后老夫火起，信至江西，告诉稼轩公如果再不让检查，老夫就要按贩卖私货秉公论处，稼轩公着了急，致书说明了原委，这才解除了老夫对你的怀疑。"

"在下算领教了晦庵公的鲠介，当时军中急需这批牛皮，在下真是怕晦庵公犯起犟来，不给在下这个面子呢。对于军士的无礼，在下今天一并向老夫子赔罪吧，请老夫子满饮此杯。"

"稼轩公才想起赔罪，是不是这口气喘得慢了点？"

朱熹打趣着，辛弃疾和韩元吉一起哈哈大笑起来。

"说到鲠介，老夫真不比上同甫公。当年稼轩公的这一船牛皮若撞到了同甫手上，军士还不让上船检查，只怕真个给你统统翻入江中喂鱼。"朱熹说的同甫公乃陈亮，陈亮向与辛弃疾、朱熹、韩元吉等名士交好。

"这个我同意，稼轩公爱憎分明，却还不似同甫公任事率性。"

"正是。我与同甫曾在永康方岩寿山石洞与龙窟等地讲学，有一次围绕'王道'与'霸道'、'义'与'利'、'天理'与'人欲'整整辩论了十天，结果谁也说服不了谁。同甫这人，平时狂妄，不乐闻儒生礼法之论，我担心他日后难免惹出祸端来。"

辛弃疾与朱熹相识于淳熙年间，每次相会，两人总是争论不休。做过太子侍读、在南宋一朝享有盛誉的朱熹，早年也曾怀有一片刚正忠烈的报国之心，中年之后渐渐对朝政失望，倾向于中庸之道，与世无争。这与为人精明、格调高扬而又锋芒毕露的辛弃疾可谓格格不入。辛弃疾无论为官为人，向有严厉果断、泱泱大气的风范，这又不合朱熹的"爱人"之说。奇怪的是，朱熹与辛弃疾尽管志不同却道合，两人互慕对方的高尚情操、惊世才学以及拳拳爱国之心，说到底，主战与主和的分歧不过是理念上的分歧，而并非人品道德的分歧，也正因为如此，他们所持有的分歧从未影响到他们之间的友谊。

"听说稼轩公与文人士大夫畅游名胜、玩赏风物时，亦不忘朝政时局、国计民生，对此，老夫倒是不敢恭维。不论花晨月夕，不论登高远眺，都会触动稼轩公的一腔报国情怀，稼轩公何苦自寻烦恼？"

"赋闲不可忘忧国。在下生于山东，故乡的一草一木常萦绕梦中，片刻不曾忘怀。所以，或则闲中书石，或则兴来写地，或在宾朋嬉笑之中，或在醉墨淋漓之际，少不了大放厥词。"老友久别重逢，辛弃疾实在不想他真心崇敬的友人做过多的争论，只轻描淡写地辩驳了几句。

"老夫的境遇与稼轩公有几分相似之处，老夫原本祖籍河南许昌，南徙后在朝为官。这许多年来，老夫无时无刻不在梦想着光复故国，然而，老夫见到的却是朝廷中文恬武嬉，百官醉生梦死，文人墨客寄情犬马声色。如此令人沮丧的现实，唯稼轩公敢于直面。"韩元吉有些激动地插了进来。

辛弃疾蓦然想起当年他与党怀英之间的一次次没有结果的争论。朱熹当然不是党怀英，可似乎又有一些共同之处，那就是同为他的挚友，却有着与他完全相反的人生目标。那一年与党怀英的失之交臂使他至今心存遗憾，他再不愿失去朱熹这位良师益友。平心而论，除了政见相左，朱熹在任何方面都值得他景仰和钦服。

"稼轩公为何不复一言？"韩元吉笑问。他知道往常辛弃疾与朱熹见面，总免不了唇枪舌剑、雄辩滔滔。

"唔，在下是想，难得今日秋高气爽，风和日丽，我们不能只在船上坐而论道，不若去城南十里寺走走。十里寺殿堂颇为宏丽壮观，寺后有泉，滴滴如珠，我们何不乘兴一游？"

"好，就依稼轩公。"朱熹首先表示赞同。

弃舟上岸，早有几顶轿子等在码头。三人结伴，径直穿过殿宇，来到寺后泉边石崖。朱熹掬一捧泉水，喝了几口，笑道："此地胜景，不来可惜。如若题字留念，更加不虚此行。"

辛洛闻言，忙去张罗四宝，不多时，寺僧端来笔砚，朱熹想了想，就在石壁上题写二字：南岩，乃搁笔。

"晦庵公想来是将后面的字留给无咎公和在下了，请无咎公先来。"

韩元吉稍作谦让，又写两字：一滴。

辛弃疾接笔在手，写下最后一字：泉。辛弃疾书法素有柳颜风骨，"南岩一滴泉"映入眼帘，竟是珠联璧合。

三人相顾而笑，更觉心意相通。

朱熹盘桓十数日，家中来信催归，辛弃疾恋恋不舍地送别朱熹，相约来他年再游带湖。

送走友人朱熹，一位二十出头的陌生青年突然登门造访。

第三卷

宋孝宗淳熙九年至宋宁宗开禧三年

金世宗大定二十二年至金章宗泰和七年

蒙古成吉思汗二年

（1182—1207年）

第十三章　我有嘉朋

辛弃疾疑惑的目光落在青年的身上、脸上，青年青布长衫，紫色幞头，虽有些许局促，却在局促中显出几分洒脱；虽有一些憨厚，却在憨厚中透出聪慧与精干。辛弃疾虽然不知来者何意，对这位文质彬彬、眉清目秀的陌生青年已先自有了几分好感。

"学生范开拜见恩师。"范开面对辛弃疾，跪行大礼。

"快快请起，老夫不敢当此大礼。小相公是……"

"恩师容禀，学生姓范名开，字廓之，祖籍河南洛阳，后流落江西南城。先祖乃前朝范公仲淹。"

"原来你竟是范公后裔！老夫失敬了。"

范仲淹乃北宋名相，子孙多贤能，后因徽宗朝蔡珪京迫害，家道中落，其后举迁至南城。辛弃疾一向崇敬范仲淹，今日得见范氏嫡后，喜不自胜。

"恩师三次入赣任职，威名远播，学生心仪已久，惜无缘得见。恩师长短句篇篇锦绣，字字珠玑，学生日夜诵记，爱而不释卷，恨不能立刻亲聆雅音。经多方打听，始知恩师退隐上饶带湖，学生乃辞亲远游，前来拜师，从恩师受学，切盼恩师收留不弃。"

辛弃疾双手搀起范开。

"也罢，范公子既是名臣之后，又如此谦逊好学，老夫何妨破例，收下你这位开门亦为关门弟子。"

"多谢恩师。"范开喜出望外，又欲大礼参拜，被辛弃疾托住。

"廓之无须多礼。洛叔，去请夫人来见，告诉她我收得佳徒，今日须准备好酒好菜以贺。"

"恩师不可。岂有师母来见学生之理，学生理应先去拜见师母。老人家，请前面引路，晚辈随你同去。"

辛洛看了辛弃疾一眼，见辛弃疾目露称许之色，引着范开径入后堂。

范开很快将自己融入恩师一家的生活节奏之中。范开生性好学，工于楚辞而精于古琴，师从辛弃疾后，学习之余，常与辛弃疾或歌咏唱和，或流连于山水田园之间，师生二人教学相长，相得益彰。范开认真研究了辛弃疾已经创作和正在创作的所有长短句，深为其博大精深折服，早存一段心愿。

不知不觉，范开在带湖度过了第一个和第二个新年。

清晨，范开正在书房抄录恩师旧词，玉雪儿推门走了进来。

辛弃疾的九子二女中，只有幼子名玉雪儿，其余八子名字皆以"禾"字做偏旁，都与农作物有关，加上稼轩的"稼"，共计九"禾"，所以范夫人曾高兴地说："天有九重，地有九禾，我们家一定会兴旺发达。"

辛弃疾并不强迫儿子们不以仕途为念，反而很鼓励他们专意于农事。只有三子谷儿自幼酷爱读书习经，稼穑之余，笔耕不辍。农闲时节，其他兄弟饮酒嬉戏时，他却闭门苦读，是以辛弃疾唯独对谷儿寄予厚望，当年宦游之时，常带谷儿相随身边。

幼子玉雪儿系庶出，年方四岁，生于淳熙六年（1181年），肤色洁白，聪明伶俐，辛弃疾夫妇和他的众位哥哥、姐姐包括范开在内无不对他宠爱若珍。玉雪儿对带湖鸥鸟、飞禽野兔情有独钟，只要父亲不忙，每天早晨他都会起个大早，牵着父亲的手去带湖边游玩。

近一段日子以来,玉雪儿一直生病,睡不安稳,稍有睡意,往往又被惊吓而醒。辛弃疾十分焦虑,请了许多江西境内有名的大夫前来诊治,都不见好转,反而有加重趋势。大夫都说,玉雪儿乃先天不足,恐难持久。

除了父亲,玉雪儿最喜欢缠着范开,范开也对他百依百顺。看到玉雪儿进来,范开急忙过去将孩子抱在膝上。

"你怎么不好好睡着,起来做什么?看着了凉又要发烧了。"

"师兄,我不想睡了,我想去带湖,我已经好久没去带湖玩了。"

"乖,听师兄的说,今天外面很冷,等你病好了我们再去好吗?"

"我就想今天去。我可以多穿点衣服。师兄,你带我去吧!"

"可是……"

"躺了好些时候了,我身上都躺软了。今天早晨,我觉得自己精神好多了,就想去看看带湖。"

"等师兄问问师母。"

"带他去吧。玉雪儿,父亲也陪你去,好吗?"范开和玉雪儿只顾说话,没有注意到辛弃疾正站在门前。

"太好啦!"玉雪儿一下蹦下范开的膝头,高兴地扑进父亲的怀里。

辛弃疾轻抚着儿子,玉雪儿的脸很凉。

"范开,带小师弟进去多穿件衣服,外头风很大。"

"是,恩师。"

玉雪儿很快穿着一件大红簇新的棉绒外套出来了,这是他的母亲整整夫人亲手为他缝制的。火红的袄领衬着苍白可爱的脸颊,别有一种说不出的让人心疼的感觉。

今天的风似乎大了一些,玉雪儿却全不在意,只顾在带湖边奔跑嬉戏着,范开着意护着他,玉雪儿却故意跟范开玩起了捉迷藏的游戏,童稚的笑声不时回荡在湖边,引得鸟儿也啾啾和鸣。

玉雪儿绕过父亲身边,指着雾中的雪楼,笑道:"父亲,你看,我们的雪楼变成粉红色的了,多美啊。"

辛弃疾和范开一起回头望去。玉雪儿静静地倒在了湖边,一袭红袄衬着雪一般洁净的面颊，仿佛火焰中盛开的海棠。幼小的孩子在欢笑中走完了他短暂的一生，留给他父亲的却是永远的痛。

辛弃疾将幼子的遗体抱回家中时，整整一下子昏了过去。

玉雪儿离去的那天，整个雪楼、整个带湖挂上了一层厚厚的霜，白得耀眼眩目，犹如玉雪儿精灵般的姿影凝成……

淳熙十五年（1188年）春天，陈亮托人捎来书信，说他择日将来带湖与辛弃疾聚首。辛弃疾读罢书信，高兴得手舞足蹈，碰翻了茶杯尚不知觉。正在专心整理辛弃疾历年旧作，为刊行《稼轩词甲集》作序的范开从未见过恩师如此兴奋，不由问道："恩师为何事欣悦？"

"是陈亮陈同甫。同甫公就要来了，这是同甫公的来信，你看看吧，他还是这么诙谐开朗。"

范开展开来信，书如其人，陈亮的字体亦率性任意：

> 亮空闲没可做时，每念临安相聚之适，而一别遽如许，云泥异路又如许。本不欲以书自通，非敢自外，亦其势然耳。前年陈咏秀才强使作书，既而一朋友又强作书，皆不知达否？不但久违无以慰相思也。去年，东阳一宗子来自玉山，具说辱见问甚详，且言欲幸临教之。孤陋日久，闻此不觉起立。虽未必真行，然此意亦非今之诸君子所能发也，感甚不可言。即日春事强半，伏惟燕处自适，天人交相，台候万福。

辛弃疾在临安任仓部郎官时始与陈亮相识。陈亮既是一位朴素唯物主义思想家，又是一位文学家和军事理论家。他坚持抗战，词风豪放，与辛弃疾本人有许多相似之处，因此一相见则成莫逆。

辛弃疾与陈亮、朱熹相见机会虽少，神交却久，加上心意相通，互慕风雅，很快便成为学中诤友。尽管三人性格各异，志趣不同，陈亮喜高谈阔论、锋芒毕露，辛弃疾老成持重、情义高雅，朱熹端居深念、俨然学者，却不妨碍三人以学论交，友情甚笃。

辛弃疾每日在家中盼望好友到来，陈亮却逾期不至。辛弃疾焦虑不安，派家人前去千里之外的婺州打听，方知陈亮受陷入狱。

原来，陈亮弟子吕约与乡人卢氏父子有隙，一次酒后，吕约乘兴假扮皇帝，被卢氏父子告到官府，幸为陈亮一力纾解，此事方不了了之。陈亮担心吕约与卢氏父子结怨太深，于是亲自设宴款待卢氏父子和吕约，岂料卢父回到家中后突然死亡，卢子以陈亮、吕约合谋杀害其父告官，县尉不问青红皂白，立刻将陈亮、吕约收监入狱。

辛弃疾得知陈亮蒙冤入狱，急忙派齐虎、魏涛二人携带银两往京城和婺州打点有司，经过详细查证，卢父确系心疾突发病故，与陈亮、吕约无关，陈亮、吕约方得以无罪开释。但陈亮因身陷囹圄，身心倍受摧残，原定到带湖一会的计划不得不向后推迟。

这一年的冬天似乎来得格外早，江西境内接连下了几场大雪，整个大地一片银白。雪霁初晴，辛弃疾走出雪楼，站在阳台上眺望着远处的雪景，突然发现一辆马车从植杖亭向雪楼方向驶来，马车在雪地中行得艰难，发出咯吱咯吱的声音，辛弃疾暗想，是谁在大雪地匆匆赶路，一定是有什么急事。

马车停在雪楼上，一位士绅模样的中年男子兴奋地跳下马车，"稼轩公！"他冲着楼上大喊。

辛弃疾听着耳熟，一时却没有辨识出来。

"客人何往？想必认识幼安？"

"若不认得你，我就不叫陈同甫了。"

"同甫兄，真的是你？哎呀，这可太意外了！你等着，我下去接你。"辛弃疾忙不迭跑下楼梯，迎接思念已久的朋友。本来这些日子辛弃疾正在患病休养，闻听陈亮到来，病体也似痊愈。

陈亮笑着与辛弃疾拥抱见礼。

"多年不见，你是不是把老朋友忘了？"

"同甫啊同甫，我是日思夜想，你就是不来。等我以为你来不了了，你却从天而降。来，让我好好看看你变了多少。"

辛弃疾松开陈亮，稍稍将他推开，上下打量起来。

"瘦了，也老了。"

"筋骨还很结实呢。"

"走,快跟我上楼。洛叔,你去请同甫公的车夫到楼后客房休息,把马也好好喂一喂。"

"是,老爷。"

辛弃疾挽起陈亮的手臂,往厅堂走去。

"一场无妄之灾,让同甫兄受苦了。"

"无妨。多亏幼安你出面搭救,同甫铭记于心。对了,我临来之前还写信邀正在建阳考亭闲居的晦庵同来相会,共商北伐大计。"

"晦庵公能来吗?"

"能吧。他答应我到福建、江西交界处的紫溪与我们会面。我出狱后,晦庵还给我写过一封信。"

"他怎么说?"

"他劝我……嗨,信不长,我索性原文背给你听。"陈亮夸张地学着朱熹的表情语气,摇着头眯着眼朗声念道,"以老兄高明俊杰,世间荣悴得失,本无足为动心者。而细读来书,惟未免有不平之气。区区窃独妄意,此殆平日才太高、气太锐、论太险、迹太露之过。是以以所长,忽于所短,虽复更历变故,颠沛至此,而犹未知反求之端也。"

辛弃疾忍俊不禁。

"同甫还是不改从前脾性,幽默狂放。"

"得改,得改,死前一定得改。"陈亮说着,哈哈大笑起来。

离与朱熹约定相会的日子尚有段时间,辛弃疾邀请陈亮同游位于带湖西南三十里的铅山县境内的鹅湖寺和瓢泉。鹅湖寺建在铅山东北的鹅湖山上,其山周广四十余里,诸峰联络,形态各异。有的似犀牛饮水,有的似狻猊奔突。山上有一湖泊,湖中长满荷花,故名荷湖。东晋时,有一位龚姓道士居山养鹅,遂更名鹅湖。山麓有寺,即鹅湖寺。此寺系唐大历中大义智孚禅师所建,原名仁寿院。鹅湖道中,千重云木鹧鸪叫,十里溪风稻花香。鹅湖南有一村子叫奇狮村,村里有一口泉叫周氏泉。泉水清澈,其状直规如瓢,周围皆石径,宽四尺左右。泉水从半山喷下,流入瓢中。辛弃疾闲居带湖时,常到鹅湖寺和瓢泉游赏,因爱这里的风景,遂买下一块地建了一间书堂和一间卧房,起名停云阁和秋水堂,以为与朋友聚会、游玩休憩之地。

其时，朋友二人，或酌瓢泉而饮，或至鹅湖寺中漫步。两个人几年来都有许多抑郁的心事，唯有此时此刻，知己重逢，才可以得到酣畅淋漓的抒发。

为赴朱熹之约，陈亮与辛弃疾匆匆赶往紫溪。一等数日，不见朱熹身影。辛弃疾知道朱熹素与陈亮政见相左，亦不同意抗金主张，所以朱熹未必肯赴陈亮之约，但见陈亮满怀期待，也就不好说什么打消他的一番热情。

陈亮和辛弃疾决定再等两日，陈亮家中尚有一些琐事，如果朱熹不能赴约，他必须尽快赶回婺州。

第十天，朱熹的家仆带来了朱熹一书信。

朱熹的信依然写得很短，却很直率。

同甫台鉴：

吾身居茅庐，只是诵说章句以应文备数而已，如何便担当许大事？更过五七日，便是六十岁人，近方措置种得几畦杞菊，若一脚出门，便不能得此物吃，不是小事。奉告老兄：且莫相撺掇，留取闲汉在山里咬菜根，与人无相干涉，了却几卷残书，与村秀才子寻行数墨，亦是一事。古往今来，多少圣贤豪杰，韫经纶事业不得做，只怎么死了底何限，顾此腐儒，又何足为轻重。

陈亮将信读了一遍，哭笑不得："这老夫子，还是那么冥顽不化。算了，他既不能来，我也不能再等下去，幼安，我先回婺州，我们后会有期。"

陈亮与辛弃疾盘桓十日，辞行东归。辛弃疾恋恋难舍，在陈亮离去的第二天，不顾病体，只身追赶，希望追到陈亮，最好能将陈亮牵挽回来。追至一处名叫鹭鹚林的地方，由于雪深路滑，再也前进不得，辛弃疾怅然停下来，独自就饮于路旁的村庄，投宿于泉湖四望楼。半夜听到邻近悲鸣的笛声，不能成寐，想念日来游处的嘉客，想到因政见不同不肯前来的朱熹，心中生起无限怅怨。

第十四章　壮志难酬

淳熙十四年（1187年），八十一岁的太上皇高宗溘然长逝。

高宗自建炎元年（1127年）登基以来，为巩固宋室江山，可谓殚精竭虑，不觉垂垂老矣。因他没有子嗣，遂于绍兴三十二年（1162年）将皇位禅让给他的旁系侄子太祖赵匡胤的七世孙赵昚，是为孝宗。他自己则退居德寿宫，做了太上皇。这些年来，孝宗每逢遇有难决之事，仍要与高宗商议，高宗的意见也总是被孝宗忠实地采纳，所以，高宗的影响并未因他的退位而消逝，事实上，高宗仍参与着孝宗朝一切大政方针的制定。

如果说即位之初的孝宗还有一股复国的锐气和豪情，"符离之败"后，这位皇帝的斗志便一点点消磨殆尽。高宗活着时，他已经开始厌倦政事，高宗逝后，他更加意冷心灰，颇想仿效高宗，禅位让政，但因宰辅苦谏，又孝服在身，禅让之事才暂时作罢。

说也奇怪，南宋自高宗立国以来，身为皇族的赵氏一脉，一直人丁不兴。高宗无子，收养了孝宗。孝宗虽生有三个儿子，其中两个又早早夭亡，只剩恭王一人。绍兴三十一年（1161年），由高宗做主，为恭王迎娶了庆远军节度使李道的二女儿李凤娘为妻，直到七年后，凤娘方于孝宗乾道四年（1168年）二十三岁时为恭王生下一子，取名扩，此后多年恭王无有其他子嗣。乾道七年，恭王被立为皇太子，凤娘被立为皇太子妃，而赵扩由于是太子唯一的儿子，孝宗唯一的孙男，经常被孝宗带在身边。

赵扩儒雅聪慧，深得孝宗的钟爱。平心而论，孝宗对儿媳凤娘是有许多不满的，凤娘之父李道原是相州一名打家劫舍的强盗，手下颇有一帮子人。金兵南下时，李道审时度势，毅然南归，后驻节湖北，成为手握重兵的一方将领。凤娘因容貌美丽，自幼受到目不识丁的父亲的宠爱，渐渐养成了唯我独尊、悍妒跋扈的性格，入宫后，她的这些缺点不但没有收敛，反而变本加厉。其实，若非当年高宗偏听误信，将凤娘聘为恭王之妃，这样的女子，孝宗无论如何不会让她成为自己的儿媳，只是看在凤娘有生育之功，赵扩又是自己唯一的爱孙的分儿上，孝宗才对凤娘容忍下来。

凤娘自己也很清楚这一点。为了巩固地位，她施以重金买通了德寿宫提举陈源，要他暗中监视孝宗的一举一动。

陈源可不是个普通的太监。高宗在世时，对他十分宠信，他本人又参与一路军政大权，手下自有一群狐朋狗党为他卖命。凤娘入宫后，他看准凤娘性格刚狠、无所顾忌，而太子性情懦弱、优柔寡断，一旦孝宗传位于太子，恐怕很难制约凤娘，为此，他亦有意结好凤娘，对凤娘的要求唯命是从。

一天，孝宗召孙儿赵扩下棋。政暇之余，孝宗很喜欢与赵扩一起谈谈诗，下下棋，借以放松疲累的身心。孝顺的赵扩为哄祖皇开心，常命人搜集一些民间流传的脍炙人口的诗词或书画作品，带进宫来与祖皇共同玩赏。

孝宗的寝宫有一张特制的棋桌，系千年古松取中段树干制作而成，外形很像凉亭中的石桌，底圆中细上方。底座和支撑顺自然纹路镂空，雕饰以四时花卉。盘面上的棋格、字样则用金银粉烧铸，式样古朴不失高雅，简洁不失美观，轻巧便于挪动。这原是陈源为讨好高宗亲自设计，亲自监造敬献高宗的，后被高宗当作珍品赐予孝宗。孝宗十分喜欢，自此凡与人对弈必用此棋桌。

赵扩很快应召而来，参见祖皇毕，他以年轻人特有的敏捷走到桌边坐下，孝宗看着他，羡慕地笑道："看见你走路风风火火的样子，真让朕羡慕啊。朕确实老了，等这两年的守丧期满，朕就将皇位禅于你父王。你是你父王唯一的血脉，将来一定要辅佐好他。朕啊，依靠了太皇几十年，现在他仙去了，朕真是想念他。"

"祖皇，您才不老呢。您看，您跟我下棋的时候还是那么老谋深算，孙儿怎么下功夫研究你的棋路，都赢不了您。"

"小鬼头，你骗得了别人，骗得了爷爷？朕知道，你一直在让着朕，为了让朕高兴，故意输棋的。不过，有你这份孝心，朕很知足了。唉，要是你父王有你的一半就好啦。当然，朕也知道他是身不由己，不怪他。"

孝宗不便明言的意思赵扩完全听得懂，但他不能做出任何评判。他很清楚，被孝宗真正指责的人其实是他的生身母亲。作为儿子，无论母亲怎样不守妇道，不守宫中规矩，他也不能评判母亲。何况，他同父亲一样，对母亲暴躁的性格颇有几分畏惧。母亲发火的样子那可真是吓人！

祖孙俩一时无话，开始专心走棋。

棋至中局，赵扩故意走了一步错棋，见祖皇已是稳操胜券，赵扩心里轻松起来，随口吟了一句："醉里挑灯看剑，梦回吹角连营。"

"你念的什么？"

"是孙儿刚刚得来的一首词，写得非常好，祖皇要听吗？"

"你念给朕听。"

"是。"

破阵子·为陈同甫赋壮词以寄之

醉里挑灯看剑，梦回吹角连营。八百里分麾下炙，五十弦翻塞外声。沙场秋点兵。

马作的卢飞快，弓如霹雳弦惊。了却君王天下事，赢得生前身后名。可怜白发生！

赵扩吟诵着，抑扬顿挫，孝宗听得十分专心。

"谁做的？"赵扩吟毕，孝宗问。

"辛弃疾。这首词最近在市井广为流传，意境深远，大气磅礴，实在难得，尽管透出些苦闷无奈的情绪，读来仍觉豪情满怀。孙儿还听说前些时候辛弃疾的弟子范开将他的词作编成《稼轩词甲集》刊行，孙儿正命人去多买几本回来，相信祖皇也一定喜欢。"

孝宗的脑海里清晰地浮现出一张年轻的、英锐的脸庞和龙案上一份万余言的奏章。想起来了，那一年，这个年轻人才二十六岁。二十六岁啊，就能写出这样一篇天机云锦、掷地有声的策论来，他的才华绝非常人可以企及……

"祖皇，您倒是告诉我您更喜欢哪一个？我想听听您的见解。"赵扩手里拿着棋子，笑着催问。

孝宗斟酌了一下字句，不动声色地回答："朕的意见嘛，恐怕要让你失望了。想来朕确实老了，越来越喜欢一些生活味浓、轻巧欢快的诗词文章，对于那些充满了怀旧情绪以致沉闷忧伤或格调高昂的东西反而不甚喜欢。"

"是这样啊……我知道了，祖皇所不喜欢的，只不过是辛弃疾的词风罢。不过，辛弃疾有许多词也写得很有生活情趣呢。您听这几首。"赵扩近来对辛弃疾的词产生了深厚的兴趣，他很希望他的见解能够得到爷爷的认可，往常，在许多方面，他和爷爷可是很有共同语言呢。

采桑子

少年不识愁滋味，爱上层楼。爱上层楼，为赋新诗强说愁。

内蒙古自治区第十届文学创作"索龙嘎"奖获奖作品

而今识尽愁滋味，欲说还休。欲说还休，却道天凉好个秋。

西江月·夜行黄沙道中

明月别枝惊鹊，清风半夜鸣蝉。稻花香里说丰年，听取蛙声一片。

七八个星天外，两三点雨山前。旧时茅店社林边，路转溪桥忽见。

赵扩一连念了几首，"您不觉得这几首就写得秀丽含蓄、清新脱俗吗？"孙子不依不饶的倔强劲儿倒把孝宗逗笑了。

"是不错，是不错。假如朕记得没错，扩儿你以前不是最欣赏前朝秦观秦少游的词吗？"

"那时孙儿年纪还小，自然喜欢一些温柔的离现实很远的东西。现在孙儿长大了，又正值国家多事之秋，少年天真的情怀早就消磨殆尽，反而觉得辛弃疾的词更符合孙儿此刻的心境。"

"少年天真的情怀早就消磨殆尽？是这样吗？朕想起来了，孙儿已是弱冠之年，算得上大人了。不过，在朕的眼中，你始终还是个小孩子啊。唉，将！将！孙儿你又输啦！"

"是我跟祖皇说话分了心，这盘不算，再来一盘！"

"好，不算就不算。来，摆上。从这一局开始，我们三局两胜定输赢，不许耍赖啊。"

"好，祖皇不累，孙儿奉陪。"

赵扩专心地下了一盘，祖孙和棋。新局开始，赵扩决定输掉这盘棋，遂一边盯着棋盘，装作认真思考的样子，一边漫不经心地问："祖皇，辛弃疾是因为什么原因被罢官的？"

孝宗略一思索。

"唔……时间久了，朕也想不起来了，好像是受到台臣弹劾吧。"

"那为什么这些年来一直没有再起用他呢？如果不是因为贪赃枉法，只是因为政见相左而遭到弹劾，这样被罢免而后复出的官员大有人在。孙儿约略了解过一些他过去的事迹，觉得他实实在在是个可用之材。祖皇常教育孙儿，国家以人为本，这样的人才让他流落民间岂不太过可惜？"

"孙儿，你还年轻，你不懂，有好些事不是想怎么做就可以怎么做的，有时你这样想，却必须那样做。"

"为什么？难道皇帝也不成吗？"

"当然。皇帝身系国家安危，天下最不能随心所欲的就是皇帝。"

"不过，辛弃疾他……"

"辛弃疾不可用！此人政治抱负太过激切，偏又与国策相悖离，这样的人，个性张扬，纵有过人胆识，纵有火样热情，起用他依然只会为国家带来许多不必要的麻烦。"

"孙儿不懂，忠君爱国何错之有！"

"在不具备条件的情况下操之过急，弄不好会让战火重新祸及皇室和百姓。孙儿，你要听祖皇的话，自先皇继承皇统，开基应天府（今河南商丘）以来，渡江御敌，国力损耗，民心不稳，尚无与虏人决战的资本，否则何至于有符离之败。为求国势安稳，辛弃疾，不用也罢。"

赵扩盯着棋盘，未做争辩，心下却是一片茫然。

孝宗不再多言，只顾专心下棋。

这一局，赵扩真的输了。

淳熙十六年（1189年），孝宗果然在守丧期满后禅位于太子，史称光宗。孝宗退居重华宫，被尊为寿圣皇帝。凤娘因是光宗原配，又为光宗生下儿子，被册立为皇后，黄氏为贵妃。登基之日，光宗还将儿子赵扩封为嘉王，并宣布大赦天下。

一年前，在范开的不懈努力下，《稼轩词甲集》终于刊行问世。《稼轩词甲集》刊行后的两年，范开的求学生涯发生了变化。

八年的时间里，范开从一个二十多岁的青年步入而立之年，这时，朝廷有意任用名相仲淹之后，范开因祖上荫泽承袭官职，将赴临安。临行，辛弃疾为心爱的弟子作词以赠。

一曰《醉翁操》，一曰《定风波》。

范开向恩师、师母辞行。

门生将别，辛弃疾、漱玉心中不无伤感和凄凉。

"廓之,你祖上冠冕蝉联,世载勋德,你又甚义而好修,将来必定前途无量。看到你有好的前程,我打心眼里高兴。希望你任何时候都不要改变初衷,始终恪守为人、为文之道。"

"学生谨遵恩师教诲。"

"八年师生,如今一别,汝师又要与那些有灵性的鸥鸟为伴了。"漱玉泪眼婆婆地牵着范开的手,在她的心中,范开早就是她的又一个儿子,儿行千里母担忧,她实在舍不得让范开离开她的身边。

"如果可能,学生何尝舍得恩师与师母,舍得朝夕相伴的师兄师弟们,还有这带湖的山山水水。"范开跪倒在漱玉脚下,深情地道出此刻的留恋。是啊,他一生中最可追忆的时光都在带湖度过,将来他或许只能在梦中与雪楼灵山为伴,还有他最喜欢的小玉雪儿……

"此去临安,前途未卜,你要格外小心。到了那里,别忘了常来封信,让我们也好知道你的讯息。请你一定不要忘了,这里还有你那曾经意气风发,而今只能暮裁青松、朝览白云的老师。"

"怎么会呢?学生走到天涯海角,也忘不了恩师对我的教诲,忘不了师母对我的疼爱。得暇时,我一定回来看望恩师、师母。"

漱玉搀起范开,"好孩子,师母知道你的心,师母只是放心不下你。"

范开的眼眶红了,万千话语却不知从何说起。

辛弃疾强作欢颜,将包袱递在范开的手中。八年来师生二人潜心学术,朝夕相处,早就结下了深厚的父子情分,是学生的前途要紧,辛弃疾真心希望范开此去能完成他继承祖志的心愿。

"范开哥哥,你要走了,我没有别的送你,这个玉笛就留给你做个纪念吧,别忘了我们在一起抚琴吹笛的日子。"天琴眼泪汪汪地将自己心爱的玉笛放在范开手上,玉笛上还缠着一根红丝绸。

此时,辛弃疾八子大都自立门户,长女菡诗亦于两年前出嫁,随夫婿黄中回到临安,只有天琴朝夕陪伴在辛弃疾、漱玉身边,稍慰天颜。天琴亦为整整夫人所生,整整自爱子玉雪儿猝亡之后,忧伤过度,一直缠绵病榻,所以天琴自幼便在漱玉身边长大。

年方十五的天琴像玉雪儿一样洁净可爱,聪慧过人,有时与范开讲说文法,即令范开也常常被她驳得哑口无言。范开常常遗憾天琴是个女儿家,否则一定又是一位文坛才子。

范开珍惜地接过玉笛,放入怀中,"小师妹,谢谢你。恩师和师母就拜托你了,如果可能,接到我的信后,就给我写封回信,我还想再听你与我辩论。"

"我答应你。"天琴与范开勾勾手。往常这个举动总带着孩子气,现在却平添了离别的无限悲怆。

"走吧,廓之,辛洛已经为你备好马车了。路上千万小心,到了临安后,无论顺与不顺,都要给为师来封信。"

"是。恩师,您还有什么要嘱咐学生的吗?"

辛弃疾想了想,拉过范开的手,写了八个字:动静有常,观目沉沉。范开知道这是恩师在嘱咐他仕途险恶,一定要做到遇事冷静,宠辱不惊,要懂得沉着观察微迹,把握好进退契机。

他再一次跪行大礼。

一步三回头,范开忍痛拜别恩师、师母和小师妹,走出很远,仍看到恩师、师母和小师妹三人站在楼前向他挥手,范开的泪水一下流了出来,一滴滴滚落在衣襟之上。

范开离去后,辛弃疾写了封信,荐举齐虎、魏涛前去投奔赵方。冬天他接到郑汝锴的来信,得知陈亮再度入狱。

这一次陈亮是因家童殴死人命而被陷入狱,辛弃疾闻讯,忧心如焚,昼夜兼程赶往临安,希望与郑汝锴商议出营救陈亮的法子。

郑汝锴通过缜密的明察暗访,搜集了几大摞足以推翻"竟用空言成罪"的冤狱,于是连夜赶写奏疏,第二天早朝,郑汝锴呈上奏疏,立刻引起轩然大波,朝臣们叽叽喳喳,议论不休,有人支持,有人反对,却是支持的人少反对的人多。对于陈亮一案,光宗心中自有尺寸。他在做太子时就对陈亮的才气、勇气、名气深为欣赏。两年前,陈亮的上书曾劝说当今太上皇仿唐肃宗命广平王之故事,让当时还是太子的光宗监国抚军,其实就是希望太上皇尽快内禅,把军政大权早日交付太子。这对时刻盼望登极的光宗来说当然会心生感念,因此光宗此时亦有意为陈亮开罪。

"朕以为，对于陈亮涉嫌命案一事，处理不可草率。此人力主抗战，在朝野影响深远，处理不当会徒招非议。郑卿搜集的证据，朕会命有司一一核实。此前，陈亮不可轻放，亦不可轻杀。"光宗采取了折中的方式，毕竟朝中反对陈亮的大臣太多，他不能不等待时机再为陈亮开罪。

有了光宗的圣谕，陈亮虽然没能立刻出狱，却暂时保住了性命。辛弃疾仍不甘心，冒着生命危险前往狱中探望陈亮，继续加紧奔走营救。绍熙三年（1192年）正月，郑汝锴再次上疏光宗，力保陈亮。奏疏有一句话对光宗触动很大，"陈亮乃天下奇才，国家若无罪而杀士，上干天和，下伤国脉！"考虑到释放陈亮的理由已经充分，光宗下令释放陈亮。

二月，闲居了近十一年的辛弃疾突然接到朝廷诏书，被委以福建提点刑狱一职。这次任命有赖嘉王和韩侂胄举荐之功。嘉王赵扩一直喜爱辛弃疾的词，韩侂胄明白嘉王心意，遂向光宗举荐了辛弃疾。

初春时节，五十三岁的辛弃疾来到福建就职视事。行前，他给建阳考亭的朱熹带去一封拜访信，朱熹回书，希望与他相会，并对他寄予厚望。

第十五章　吴钩残雪

一辆放下纱帘的双人马车不紧不慢地行驶在泥泞的路上。

辛弃疾闭目养神。天琴将身上的斗篷为父亲拉好，掀开穿纱，好奇地眺望着武夷山模糊的轮廓。她将呼吸放得很轻，生怕惊扰到父亲。

其实，辛弃疾根本没有睡着，他正回想着自己到福建后的一幕幕往事和与朱熹的交往，内心忧喜兼半。

因为着手整顿内务，对于贪赃枉法、欺压百姓的官吏坚决予以清退，使他上任伊始就结怨于同僚。

福清县主簿傅大声奉辛弃疾之命前往长溪县审理历年来的积案。傅大声在明察暗访和掌握了大量人证、物证的基础上，对县狱所押囚犯逐一详细审理，当场无罪开释五十余人，留在狱中的不足十余人。

长溪县令大为光火，认为傅大声擅放囚犯，分明是不将他这县令放在眼里，不仅将释放的囚犯重新收监,还剥夺了傅大声的俸禄。一家人无米下炊,傅大声只好典当衣服家具维持生活。辛弃疾闻知此事,对傅大声所判案件重新复审,结果发现傅大声所判无一错案,辛弃疾当即上奏朝廷,请求朝廷提拔使用傅大声,并对长溪县令予以降职。

朱熹从建阳写来书信,对辛弃疾此举倍加赞扬。

如果说过去辛弃疾对朱熹的理论还不能全盘接受,现在他却越来越钦佩朱熹理学的博大精深,所以,只要得便,他常向朱熹致书以问政,朱熹亦知无不言,言无不尽。

马车拐向一段砂石路。

辛弃疾睁开眼,爱宠地望着女儿。

"快到了。累吗?"

"不累。远远望去,武夷山有点像我们的灵山,就是缺了带湖。"

"琴儿,你是不是有点想家了?这次,也许父亲不该同意带你来福建。"

"才不呢。父亲在哪里,哪里就是天琴的家。"

"这怎么可能!我的宝贝女儿了,女大不中留啊。"

"我就是不离开父亲。我才不要像姐姐那样,几年也回不了一次家。父亲,等你有了空儿,我们去临安姐姐家住几天好不好?"

"好,父亲答应你。琴儿,你还记得你朱伯伯吗?"

"我只记得他是个不苟言笑的瘦老头,偃偃的,我真有点怕他。"

"是吗?你朱伯伯是这个样子的吗?"辛弃疾细思朱熹的形象,突然发现女儿形容得一点不差,不由哑然失笑。

过了砂石路,就到了朱熹在建阳城西的考亭寓所。辛弃疾来过这里,里面青砖瓦房数间,布局简陋,厅堂狭小,无论其规模还是讲究程度都与辛弃疾在带湖的寓所无法相比,更别提正在瓢泉兴建的新宅了,难怪朱熹和陈亮感叹:我辈人中,最懂得生活的无过于幼安。

听说辛弃疾来访,朱熹亲到大门迎接。

"晦庵公!"

"稼轩公!"

二人亲热地相见。天琴近前道了个万福:"天琴见过朱伯伯。"

朱熹端详着天琴,似乎连眼角的褶皱里都溢满了慈爱,"这就是那个丑丫头吗?长成大姑娘了。你是不是偷吃了月宫的仙药,才长出了嫦娥的模样?"

天琴调皮地皱了皱鼻子,"难怪朱伯伯那一年在带湖见了天琴从来不笑,原来是在为天琴发愁。"

朱熹和辛弃疾相视大笑。

"天琴丫头,伯伯这里比你们的带湖寓所差远了,是吗?"朱熹见天琴一直四下张望,笑眯眯地问。

"伯伯的房子有书卷气,带湖的房子有水草气,所以,伯伯的'半亩方塘'囊括日月星辰,足比得过带湖的'七八个星天外,两三点雨山前'了。"

朱熹捧腹大笑,"好个聪明的丫头!稼轩公,可惜天琴是个女儿身,否则老夫一定将天琴收为关门弟子,将毕生学业都传授给她。好啊,好啊。不瞒稼轩公你说,老夫好久都没有这么开怀大笑过了,这都是天琴丫头的功劳。"

辛弃疾不无得意地摆了摆手,"晦庵公,你就别再夸她了。这丫头自幼在带湖野惯了,少有拘束,不像个女孩子家,每每想起,我和你弟妹真有些头疼呢。"

"野点不怕,有了夫家,自然就收心了。"

天琴巧笑嫣然,毫无忸怩羞怯之态,一双圆圆的杏仁眼只顾盯着朱熹,那神情着实让朱熹喜爱。

"朱伯伯,听父亲说,您在武夷山有十数间精舍,气派得不得了,能不能带我去看看啊?"

"哪里是什么精舍,不过几间讲学授徒的草堂罢了。你若想去玩,一会儿汝玉回来,吃过饭伯伯带你去。"

"汝玉是谁?"辛弃疾问。

"他是老夫最得意的弟子,待会儿给稼轩公见见。听说稼轩公要来,老夫让汝玉到建阳最大的海鲜楼订了一桌饭菜,当年带湖稼轩公做东,老夫每日断不了带湖的鱼虾,今天来了考亭,也让老夫做回东,请稼轩公和天琴丫头尝尝我建阳的海鲜。"

朱熹话音刚落,一个青年出现在门前,恭恭敬敬地深施一礼:"先生,我回来了。"

"汝玉快进来。这二位就是为师今日的贵客，让为师给你引见引见。"

"是，先生。"

"稼轩公，这位就是我的弟子陈汝玉。汝玉，快来见过大名鼎鼎的稼轩公——辛弃疾。"

陈汝玉愣愣地望着辛弃疾，好似呆住一般。

辛弃疾也注目端详着这位眉清目秀、文质彬彬的青年，心中先自产生了几分好感。

"汝玉，你怎么了？还不快见过稼轩公！"朱熹奇怪地催促着陈汝玉。

陈汝玉醒悟过来，慢慢上前，跪倒施礼，"原来稼轩先生就是您，汝玉叩见先生。"

"快快请起，汝玉无须多礼。汝玉，你本建阳人吗？"

"学生祖籍滁州。在稼轩先生离开滁州后的第二年，祖父才将全家迁至福建建阳。"

辛弃疾有点听出了陈汝玉话中的深意。

"敢问汝玉祖父何人？"

"祖父讳祖训。"

陈祖训？辛弃疾脑袋里轰的一声，连声音也变了，"你祖父真的叫陈祖训？滁州的陈祖训么？"

"是。"

"那么……"

"祖父去世那一年，将端砚交给了学生，还讲起与先生的约定。可惜学生至今学无所成，无颜面见先生。"

"祖训他……是何时过世的？"

"去年，享年八十岁。"

"也算高寿之人。汝玉，你今年二十四岁了吧？老夫离开滁州那一年，你还不到三岁，调皮得很。老夫至今还可惜走前没能再抱你一抱。"

陈汝玉赧颜一笑，目光无意间落在天琴的脸上，见天琴正好奇地看着他，慌得急忙移开了视线。

"原来稼轩公与汝玉是旧相识?"朱熹既意外又高兴。

"是啊,我在滁州任知州时,祖训任州衙主簿,滁州百废待兴,我得祖训之力多矣。"

"妙极,这样大家更可多亲多近。汝玉,宴席安排好了?"

"好了。"

"我们走。对了,汝玉,你还没见天琴丫头吧?稼轩公,你看汝玉和天琴彼此如何称呼?"

"汝玉是老夫子的爱徒,亦是我老友之孙,和一家人没什么两样,他和天琴不如就以兄妹相称。"

"老夫也正是此意。"

"天琴,见过你汝玉哥哥。"

天琴与陈汝玉彼此见礼,汝玉臊得连耳朵根子都红了,天琴却还是一副顽皮可爱的模样。

辛弃疾眼望一对碧人,心中不免一动。

朱熹亦有同感,向辛弃疾笑道:"汝玉聪明好学,为人敦厚,稼轩公何不罗致宾席,掌握文书,也可助公一臂之力。"

"若果如此,幼安得谢谢晦庵公成全了。"辛弃疾对着朱熹躬身下拜。

朱熹双手相搀,四目相对,彼此心照不宣。

天琴兴高采烈地拍起手来,"太好了,太好了,这下又有人陪我读书陪我玩了。范开哥哥走了后,我连辩论都找不到人。"

范开自到临安,仕途并不顺利,辛弃疾为此一直挂虑于心,"小丫头家,干吗要找人辩论?再说,你汝玉哥哥是帮你父亲做事的,可不是陪你玩的。"朱熹佯作严肃责备,却掩不住眼窝里的浓浓笑意。

"朱伯伯,听说您年轻时候最喜与人辩论,我想您一定是辩论得多了,才成了这么个大学问家。天琴自然不敢与伯伯比。不过天琴也得了辩论的一样好处,所以还得坚持。"

"什么好处?"

"母亲说,天琴小时候五官都挤在一起,后来长大了,多亏爱说话,五官总活动,才一点点挪开了位置,成了现在这副模样。天琴还得继续努力。"

"好!好!好个伶牙俐齿的丫头!稼轩公,我算服了你这个宝贝女儿。"朱熹点着天琴,笑得连眼泪都流了出来。

陈汝玉也笑了,鼓起勇气,暗暗瞟了天琴一眼,见天琴正娇昵地偎在朱熹身边,想到今后就要与这个精灵一般聪慧机智的少女朝夕相伴,心里就好似灌了蜜一样甜美。

"不笑了,不笑了,不能再笑了,老夫笑得都饿了,稼轩公,走吧,我们吃饭去。吃了饭,就带你的宝贝女儿去游武夷山。"朱熹任由天琴搀扶着,率先走出厅堂。

武夷山是闽赣两省的界山,南北绵亘一千余里,山上云雾缭绕,成片的原始森林栖息着各种珍奇动物。朱熹的精舍,建在崇安县西南六十里的小武夷山上。传说曾有仙人武夷君降临此山。山上有三十六座峰,三十七处岩,周广一百二十里。下有溪流绕山为九曲,故称九曲溪。九曲溪下游与崇阳溪交汇处,即第一曲上溯,游人可乘竹筏、小舟探奇览胜,纵览武夷风光。到了二曲,西岸有一峰挺秀,如少女一般亭亭玉立。

天琴早就跑到前面去了,朱熹放心不下,要汝玉跟紧看好了,两个年轻人渐渐将朱熹和辛弃疾落到了后面。

辛弃疾见朱熹已经走得上气不接下气,便拉着他坐在一块大石头上。

说话间,天琴跑到近前,她的脸上、额上全是汗滴,粉红的脸颊上一双黑黑的眼睛闪现着玉石般的光泽。

"伯伯,父亲,看我采到了什么?灵芝!汝玉哥哥告诉我这是灵芝。伯伯,我把灵芝送给您,愿您像灵芝一样一活一万年。"

"那你伯伯不就成了这山里的万年老妖了。"朱熹欣悦地抚着天琴有些散乱的头发,放声大笑起来,笑声回荡在山谷,山谷传出嗡嗡地回声。

辛弃疾被朱熹的笑声感染,脸上旋出一片温暖的笑意。他回头看到刚刚跑回来的陈汝玉,陈汝玉站在一块状如伞盖的大石边,正痴痴地凝望着天琴,那一种心许目成的爱恋让辛弃疾刹那间做出了决定。

是的,他要汝玉和天琴留在身边,陪他度过一生中最后的几十年。

辛弃疾的奏章送达后，朝廷即以他人接替辛弃疾，召赴行在。

临行之时，朱熹置酒为辛弃疾一家送行。辛弃疾向朱熹请教为政之道，朱熹赠言：临民以宽，待士以礼，驭吏以严。辛弃疾牢记心头，以此当作为政为官的座右铭。

途经婺州，辛弃疾顺路到永康拜访陈亮，自带湖一别，转眼又是五年。这期间，陈亮又受到一次冤狱之苦，白发渐多。

辛弃疾问及陈亮的打算，陈亮只说，这次大难不死，他将另寻他途，以遂报国之志。

刚到临安，就接到圣旨，光宗皇帝次日要在便殿召见他。

辛弃疾稍稍准备了一下。他想借这次召见之机，重申他当年的主张，以期坚定光宗北伐的决心，然而不知为什么，他的心里总有一种隐隐的不安，让他无所适从。这并不是第一次为皇帝召见，紧张是完全谈不上的，那么，这奇怪的感觉究竟来自何处呢？

次日，辛弃疾早早来到便殿，陈源将他引了进去。

暗弱的光线下，光宗的脸呈现出一片寂静的死白，两颊塌陷，双目无神，令人不忍卒睹。若非亲眼所见，辛弃疾简直无法相信眼前这个穿着龙凤黄袍的人就是正值壮年的皇帝。

对于光宗即位以来的各种传闻，辛弃疾虽略有耳闻，终究难以尽信，如今见到光宗这般模样，却不能不信了。

光宗的视线始终游离于大殿之外，似乎那个让辛弃疾起身回话的声音是发自另一个人口中。辛弃疾静静等待着，光宗却保持着沉默。

陈源半晌不见光宗问话，忍不住，假意咳嗽了两声。

光宗稍稍有所醒悟。

"爱卿平身。"他机械地重复了一句。

"谢陛下。"辛弃疾哭笑不得地应着，依旧默立一旁。

光宗强打精神，端详着辛弃疾，"爱卿贵庚几何？"

"臣虚度五十有二。"

"是吗？不像。爱卿看起来比朕精神多了。"

"臣惶恐。陛下万金之躯，岂是愚臣可比！"

"什么万金之躯，皆血肉凝成……"光宗顿住，骇然瞪视空中。

辛弃疾不安地瞟了陈源一眼。

陈源不得已只好轻咳。

"爱卿……"光宗收回目光，却似乎再找不到话说。

陈源暗暗着急。

"皇上，要奴婢宣旨吗？"

"哦，哦，宣。"

"辛弃疾听旨！"

辛弃疾急忙整衣而跪。

陈源拿腔捏调的声音弃斥在整个大殿之上。

两道圣旨，一道圣旨嘉勉辛弃疾之功，另一道圣旨委任辛弃疾为集英殿修撰，知福州福建安抚使。

辛弃疾谢恩。

陈源将两道圣旨卷起，交给辛弃疾。辛弃疾伸出双手恭敬地接过，心底却滑过一丝失望。这并非他想要的结果，他渴望这样一次机会也并非为了获得官职上的升迁。此次复出，他形成了完整的守卫襄樊的方案，他本想借皇帝召见之机，直接向皇上建言，然而，当他面对这样一个神色恍惚、面容憔悴的皇上时，刹那间他内心所有的希望都化作了泡影。

这就是他深爱的国家的代表吗？

这就是他多年来苦苦期待的结果吗？

陈源示意辛弃疾可以退下了。

光宗重新陷入只属于自己的思绪中，忘却了周围的一切。

他的心中翻卷着几句话：千金纵买相如赋，脉脉此情谁诉？君莫舞，君不见、玉环飞燕皆尘土。闲愁最苦。休去倚危栏，斜阳正在、烟柳断肠处。这究竟是他自己的写照，还是眼前这位皇帝的写照？辛弃疾跪辞光宗，愀然退去。

多少年来，辛弃疾不管遭受过怎样不公正的对待，不管怎样感到英雄无用武之地，都从来不曾动摇过对偏安江南一隅的朝廷的忠诚和信心，然而，当他即将跨出便殿，向呆若泥塑的光宗投去最后一瞥时，他分明第一次感受到一种周身寒彻、心若死灰的绝望。

这样的皇帝！

这样的国家！

第十六章　千秋家国

福州紧临东海，经常有海盗出没，辛弃疾督帅福建期间，全盘筹划，开源节流，逐渐积储下足够数量的钱谷以备急用。正当辛弃疾紧锣密鼓开始实施他的各项计划时，临安传来消息，陈亮进士及第，高中状元，辛弃疾喜悦万分，立即致书向陈亮贺喜。

绍熙四年（1193年）四月，五十一岁的陈亮抱着伤残之躯，参加了礼部的进士考试。三场考试完毕，陈亮进士及第，奏名第三。久病方愈的光宗亲阅礼部统一誊录的试卷，对一篇立意高远而又章法井然的策论十分欣赏，亲擢为第一。开启弥封后方知是陈亮，光宗高兴地对群臣说："朕擢果不谬！"并赐策告词："尔蚤以艺文首贤能之书，旋以论奏动慈宸之听。亲阅大对，嘉其渊源，擢置举首，殆天留以贻朕也。"

状元陈亮上《廷对应制》诗，感谢皇恩浩荡，但他心心念念所思所想，还是他的抗金救国主张。他九死无悔、矢志不渝的抗战决心和爱国热情，不可避免地引起了许多一意主和的朝臣对他的深刻忌恨。就在接受了金书建康军判官厅公事的赴任途中，陈亮被人阴谋杀害，享年五十二岁。

辛弃疾闻讯，悲痛不已，含泪写下祭文，前往吊唁。

自便殿接见辛弃疾，光宗只在重阳节迫于百官压力去朝见了父皇一次，此后又是半年多不曾省亲。光宗原本与父皇感情很好，但因儿子赵扩立为储君一事遭到孝宗阻止，加上凤娘百般挑拨，光宗与父皇的感情便日渐疏离了。

风烛残年的孝宗，在宫中孤独寂寞，日夜思念儿子光宗和孙儿赵扩，然而，日复一日，年复一年，却总见不到儿孙踪影，遂郁郁不乐，少言寡欢，忧闷成疾。到了绍熙五年（1194年）四月，六十八岁的孝宗，病势日趋严重。赵扩虽有心探望爷爷，无奈母后以死相逼，只得作罢。群臣多次恳求光宗过宫探，以尽人子之孝，光宗却不予理睬，反而听任凤娘摆布，随凤娘到玉津园游山玩水去了。五月，经宰相留正，宗室赵汝愚，给事中谢深甫等大臣苦苦陈谏，光宗不得已派嘉王前往探病，爷孙相见，泪流满面，都有恍若隔世之感。

按照宋朝惯例，皇后不得干预朝政，李凤娘却违背祖训，不仅经常阻止光宗朝见父皇，还趁光宗有病之机，越俎代庖，替光宗批阅奏章，起草诏令，干权乱政，恣意妄为。特别是孝宗病重期间，她和光宗的所作所为激起了文武百官的极大愤慨，一时间，各地上书纷纷而至，堆满了延和殿的龙案。

光宗依然无法理政，凤娘不知为何突然出现这许多奏折，随手翻看了几份，多是劝说光宗以仁孝治天下，其中一份尤其直言不讳。

臣辛弃疾百拜顿首：

　　上皇之待高宗，极尽人子孝道；上皇之爱陛下，亦如陛下之爱嘉王，殷殷子孝。拳拳父爱，惟天地可鉴。父子天性，难以割舍，何故陛下为小人离间之语尽费圣人之训！今上皇只有陛下一人，上皇春秋已高，陛下经月不往，徒遭群臣非议，若此，上皇百年之后，陛下何颜以谢天下……

看到这里，凤娘大怒，将奏折掷于地上，"混账东西！哪里来的穷酸儒生，竟敢指桑骂槐！看我不拧下他的脑袋！陈源——"

陈源正端着一碗参汤走进大殿，忽听皇后怒气冲冲地传唤，急忙应了一声，趋前侍候。

"这个辛弃疾是做什么的？我怎么觉着他的名字有些耳熟？"

"娘娘不记得了么？有一年因为嘉王喜欢他的词，娘娘还想任用他做事，后来因为其他事才搁置下来了。"

"我想起来了。他不是落职赋闲了吗，什么时候又任集英殿修撰、知福州福建安抚使了？"

"听说韩侂胄举荐的，大概是嘉王的意思吧。"

"这个混账东西，想是活腻歪了！找个理由免了他的职还不容易吗？但这样太便宜了他，最好让他去死吧。"

内蒙古自治区第十届文学创作"索龙嘎"奖获奖作品

殿外传来了一阵慌慌张张的脚步声,一个小太监不及通报便闯了进来,"娘娘,娘娘!不好啦!"

"该死的,你慌什么!"

"娘娘请恕罪。是上皇那边来了消息,上皇病危,恐怕熬不过今夜了。皇上要娘娘赶紧过去商议一下后事。"

"死就死了,人要死谁能挡得住,有什么可商议的!我问你,皇上这会儿在哪里?"

"皇上在寝宫等着娘娘呢。"

凤娘冷哼一声:老东西!你等着吧,我决不会让皇上去见你最后一面的,我要你带着永远的遗憾离开这个世界,我要让你欠我的一并偿还!你不是总想废了我吗?我倒想知道你死到临头有没有后悔过没能早点废了我。

光宗换好衣服,正在寝宫焦急地等着李凤娘,听到太监通报"娘娘驾到"就亲自迎了出去,"皇后,你回来得正好。重华宫那边传来消息,说是父皇病危。你快换了衣服,我们一同去探望父皇。"

凤娘不紧不慢地将光宗拉回宫内,回身关上宫门,"官家,臣妾尝闻,临终之人室内不洁,恐生邪祟,官家一向身体羸弱,久病不愈,倘若过宫探视,只怕惹来不便。"

光宗呆住,"那你说怎么办?"

"依臣妾之见,这三五日内官家万万不可到重华宫成礼。"

"倘百官催促,如何应对?"

"官家只需口头答应,托病不往即可。"

光宗犹豫再三,"好吧,只得如此了。"

六月九日夜,孝宗于重华宫溘然长逝,死时身边竟无至亲之人举哀。次日,宰相留正奏知光宗,请光宗到重华宫成礼,光宗支支吾吾答应下来,却至晚不肯过宫。十三日乃大殓之期,金朝也派来使臣祭奠,光宗仍旧车驾不至。眼见群情汹汹,人心骚动,留正只好与赵汝愚商议请吴太后主丧。吴太后无奈,垂帘代行祭奠之礼。

孝宗棺木刚刚钉起,嘉王赵扩不顾母后凤娘阻拦,身着孝服赶来祭奠祖皇。他在孝宗棺前哀哀哭泣,情真意切,六神无主的百官似乎从他的身上看到了一线希望。赵汝愚对留正说:"皇上托疾不肯执丧,臣子何辞以谢天下?今嘉王素存孝义,何不奏请皇上请嘉王参与政事。"

留正点头称是,俟葬礼毕,当即率百官上疏光宗,言嘉王仁孝,大器早成,宜早日立为储君,以安人心。光宗批出"甚好"二字。次日,留正再奏,晚上即传出御札,留正一看,上书"历事岁久,念欲退闲"八个大字。留正见御札措辞含糊,一旦出了问题,自己干系非浅,遂与宗室赵汝愚商议。

赵汝愚将御札反复看了半晌,有所醒悟,"御札虽说措辞含糊,但陛下既有念欲退闲之意,我们何不请太皇太后下诏,使陛下禅位于嘉王。"

留正吓了一跳,"不可,万万不可。今上既未下诏建储,何以卒即皇位?此事从无先例,还须从长计议。"

赵汝愚不以为然,"嘉王即位,势在必行,国家安危,在此一举。如果留相不肯出面,不如由我去请韩侂胄面呈太皇太后,他乃太皇太后妹妹之子,皇亲国戚,又素与嘉王交厚,他若肯鼎力协助,大事可成。"

留正情知赵汝愚决心已定,思前想后,推说回去考虑考虑,却在当夜逃出京城,不知所踪。赵汝愚闻讯,暗想丞相若此,难怪朝纲不振,为求稳妥,径直去见韩侂胄。韩侂胄并不推辞,当即面见吴太皇太后,陈述赵汝愚立嘉王为帝之意,太皇太后深明大义,答应见机行事。

赵汝愚再奏:"册立之事关系重大,还须太皇太后下诏方可。"

吴太皇太后依然应允。赵汝愚立即取出事先拟好的诏书,请太皇太后过目。太皇太后立即宣读:"皇帝因疾至今未能执丧,曾有御笔,欲自退闲。皇子嘉王扩,可即皇帝位。尊皇帝为太上皇帝,皇后为太上皇后,移御泰安官。"

百官闻旨,欢欣鼓舞,立刻为嘉王除去素服,换上黄袍,接受百官朝贺。这就是宁宗。消息传到光宗、凤娘耳中,光宗早就厌倦政事,对于儿子突然即位一事倒也无可无不可,凤娘虽哭闹撒泼了一阵,发现于事无补,只好安心做她的太后了。

赵汝愚、韩侂胄、谢深甫等大臣因拥立宁宗有功,各自加官晋爵。留正逃离京城后,丞相位空缺,赵汝愚与周必大执掌了丞相权柄,韩侂胄因是外戚,只给了个防御使,谢深甫任御史中丞。赵汝愚功劳最大,但因是宗室皇亲,宁宗对他终究有几分防范之心。

辛弃疾等外放官吏初闻光宗禅位，嘉王继立，许多人都为之欢欣鼓舞。庆元元年（1195年），辛弃疾经过实地考察，起草了一份奏章，恳请朝廷允许他在已建立备安库和用备安钱籴米两万石的基础上，制作一万件铠甲，同时招募强壮青年男子，发给铠甲和军饷，严格训练，以备北伐之用。谁知奏折呈上，不久竟接到朝廷革职诏书。

辛弃疾接到诏书，虽说有些意外，却不询问任何缘由，只将公事交割清楚，便带着辛洛、汝玉、天琴回返带湖。

第二次落职，辛弃疾心静如水。

他却不知，这次免官，可谓成也萧何，败也萧何了。

原来，韩侂胄因援立宁宗之功，成为最受宁宗依赖的人物，进退大臣，更易言官，都可以任意而为，权力早已超乎丞相之上。即使如此，韩侂胄仍不满意，为了达到大权独揽的目的，决定先除去赵汝愚和周必大这两个绊脚石。方其时，朱熹理学正风行一时，但未得到朝廷认可，偏赵汝愚崇尚理学，身体力行，韩侂胄便在这件事上大做文章。他与幕僚商议，拟定了一个"伪学逆党"名单，其中就包括赵汝愚、周必大、朱熹、叶适等五十九人。叶适乃叶衡之子，也是朝廷重臣，在促成嘉王登极的事上发挥过重要作用，韩侂胄无非是想借清除"伪学逆党"之机将赵汝愚的力量一网打尽。韩侂胄听说辛弃疾与朱熹交谊甚厚，立刻上奏宁宗，宁宗不明真相，全权委托韩侂胄处理，于是，辛弃疾遭免，"庆元党禁"正式开始。

瓢泉新居正在兴建当中，辛弃疾决定，等到新居建好，他就让天琴和汝玉成亲。汝玉性情沉静、淡泊明志，正是他中意的女婿。

三子谷儿和汝玉共同负责新居的监工。新居规模虽不如带湖，但环境清幽、依山傍水，别有一番情趣。

新居上梁之日，一个青年突然来到带湖求见辛弃疾。

青年容态端肃，举止合度，让辛弃疾陡然生起似曾相识的亲切感。

"侄儿叩见舅父。"青年大礼参拜。

"快快请起。"辛弃疾扶起青年，目光里流露出些许疑惑，"你叫我什么？"

青年笑了，"舅父一定想不到吧，我是萧烨，滁儿啊。滁儿这个名字不是当年舅父在滁州时为我所取嘛。"

"你是滁儿？萧乾的儿子？"

"是，舅父。我代父母亲来看望您老人家和舅妈。"

"滁儿，真的是你滁儿？我这不是在做梦吧？"辛弃疾简直不敢相信自己的耳朵，只顾频频追问。

"舅父，我真的回来了。您还记得当年您与我父亲的约定吗？"

怎么可能忘记呢？临别时萧乾说，如果他此生再不可能回来，也一定要让他的儿子回来看望辛弃疾一家。萧乾从来都是个言必行、行必果的汉子，这一次要萧烨辗转来到江西，不知道冒了多少风险。

辛弃疾终于不再怀疑，"好啊，滁儿，你来得太好啦。洛叔，快去请夫人，要天琴也来见见她的滁儿哥哥，要汝玉也来，都来，大家都来，我今天一定要为滁儿好好接风。"辛弃疾喜极若狂地吩咐着，都有些语无伦次了。

萧烨搀着辛弃疾坐回到椅上，"对了，滁儿，你姥爷他身体还好吗？你父亲、你母亲他们都在做些什么？你母亲对那边的生活习惯吗？"

萧烨想想，沉静地回答："母亲习惯的。姥爷身体还很硬朗，就是时常念叨舅父。本来，孩儿这次临来南边前，父亲想写封书信让孩儿带上，后来考虑到万一路上遇有不测，恐给舅父带来诸多不便，就没有写。"

"我何尝不想念你父母和你的姥爷！尤其是你父亲，他曾一次又一次不惜牺牲生命来帮我助我，我却有负他之处。"

"舅父何出此言？"

辛弃疾的眼里闪动着一丝惆怅的光芒，"为了一个叫赖文政的叛军首领，我明知道萧乾一心想救他不死，可还是安排手下人在途中除掉了他。那时，我一心以为自己这是大忠之举，二十年后回过头来才发现，忠义之间，一个人即使选择了忠，仍难免时常为负义而内疚，假如可以重新做起，或许我会……"

"不会的。即使一切可以从头再来，您仍然不会有别的选择，这就是父亲所钦佩、所赞赏的您啊。父亲从来没有对我说过起那段事情，但他确实不止一次对我说过，为了您这样的朋友，无论做什么都值得。"

"是吗？他认真没有对我希望过吗？"

"没有，从来没有。"

他没有对您感到失望,他感到失望的是您的国家。萧烨默默地想着,脸上依然挂着平静的微笑。

"滁儿,滁儿真的是你来了吗?"漱玉由卿卿搀扶着出现在门前,萧烨急忙迎了上去。

"您就是舅妈吧?滁儿拜见舅妈。"

"滁儿快快请起,让舅妈好好看看你。"

萧烨挺挺地站在漱玉面前,他的个头比萧乾还要高还要魁梧,晒得黑黑的脸庞不失俊朗洒脱,眉宇间却自有一派无所畏惧的刚毅气质。

漱玉的手颤抖着抚过萧烨的肩头,泪水不断地滴落下来。这是思念和欣喜的泪。

"舅妈,您身体可好?母亲天天都要念叨您,若不是路途不方便,她早想来看望您了。她还有件礼物托我带给您。"

萧烨从怀中掏出一个精致的丝绒盒,漱玉打开来,眼睛立刻被闪烁的华光晃了一下,原来是一对名贵的钻石手镯。

"难为你母亲费心,这么贵重的礼物。"

"贵重的是您与母亲的姐妹情谊。"萧烨笑着接过舅妈的话。

门外传来了急促的脚步声,不多时,天琴带着一阵风卷进厅门。

"父亲,您说谁是滁儿哥……"天琴突然停了下来。她的目光与萧烨在瞬间相遇,顿时,她被一种从未有过的感觉击中了,似乎是冥冥中的什么力量启迪了迷惘的智慧,天真无邪的少女情怀竟一去不回。

"天琴,发什么愣,还不见过你的滁儿哥哥!"漱玉微嗔。

天琴与萧烨相互见礼。天琴只顾望着脚下。

三公子谷儿和陈汝玉随后赶到了,辛弃疾一一为他们做了引见。谷儿与萧烨亲热地拥抱了一下,汝玉的笑容却有些勉强。

辛弃疾特意将萧烨安排在他书房旁边的客房里,这样,每天晚上他都可以和萧烨谈谈家常或者了解一下金国目前的军政情况。萧烨博闻强记,却志不在文,辛弃疾常常奇怪,萧烨就有一种才能,在看似漫不经心中将一切事情都处理得井井有条,而这一点恰是他所钟爱的谷儿和汝玉都不具备的,难怪谷儿要对萧烨刮目相看,难怪汝玉……对了,汝玉,还有天琴,他已经越来越难听到天琴的笑声,这究竟是怎么一回事呢?

旁边萧烨的房间里没有一点动静,辛弃疾慢慢踱出了书房,却见萧烨正在楼前练剑。萧烨的剑术尤胜其父,舞来如冰飞玉溅、寒星穿梭。辛弃疾看了很久,萧烨方收剑入鞘,举步欲走。

"舅父?"萧烨看到了辛弃疾。

"滁儿,你这剑一路使来,不亚于你父亲啊。"

"还望舅父指教。听父亲说,舅父也惯使剑,你们当年常常在一起切磋剑术,舅父总在父亲之上。"

"哪里。我常常怀疑那是你父亲有意相让。对了,滁儿,你这次来到带湖,是否还有别的什么打算?"

"临来前,父亲特意交代孩儿凡事听从舅父安排。这一个月来,我与舅父朝夕相处,深知舅父志存收复,因而多年来一直都在物色合适人选进入金地,了解金国军事、政治、经济虚实,知己知彼,以图他举。如果舅父信得过孩儿,孩儿愿为舅父做这样的一双眼睛。"

辛弃疾讶然注视着萧烨,意外,感动,"你果真?"

"是,舅父。就是有点遗憾,不能再侍候您和舅母了,也等不到飘泉新居落成。说真的,好想亲眼看着天琴、汝玉成亲。"

辛弃疾疑惑的目光迅速地扫过萧烨的脸,萧烨始终坦然宁静。

"滁儿,难道你很快要走?"

"后天吧,这两天我需要准备一下,跟所有人道个别。"

"为什么这么急?"

"事不宜迟。舅父放心,我对那边比较熟悉,落脚很容易,到时,我自会与舅父联系。"

辛弃疾沉默着,终究有些难舍。

"舅父,我还会回来看望您和舅妈的。如果您没有其他的事情,我想去陪舅妈说会儿话。"

"好,你去吧。"

萧烨送给天琴和汝玉的结婚礼物是一对雕刻得栩栩如生的玉马,他本来想直接送给汝玉，汝玉不在，却在廊下碰到了天琴。

天琴的目光像一汪清幽的湖水，微波起伏，若诉若泣。萧烨唇角的肌肉牵动了一下，转瞬又恢复了素日的镇定，"天琴，这是我送你和汝玉的。你喜欢吗？"

天琴没有伸手去接玉马，"为什么？"

"天琴，不是你想象的……"

"给我个理由。"天琴执拗地坚持。

萧烨沉默了。为什么？因为我不属于这里，因为你已经属于汝玉，而汝玉必定会给你带来幸福。如果因为我的出现扰乱了你生活的平静，我只能说声抱歉。

"天琴，我给你讲个故事吧。"萧烨不顾天琴反对的眼神，自顾自说下去，"从前，有一个小岛叫作月亮岛，岛上有一位年轻的渔夫，每天早出晚归，捕鱼度日。一天，渔夫捕鱼归来，看到月亮很大很圆，就坐在一块礁石上望着月亮发呆。突然，他看到海滩上闪射出一片灼目的光芒，光芒退去后他发现了一条月白色的披巾，上面嵌满了珍珠和玉片，他心想一定是有谁不小心丢掉了这样贵重的披巾，就拾起来，重新坐在海滩上，等待有人来寻。月光静静地倾泻在海滩上，足足等了两个时辰，突然看见一个少女匆匆地向他坐着的方向跑来，他终其一生还从来没有见过这样的姑娘：她的眼波像星辰一样闪烁，她的脸容像珍珠一样洁净，她的腰身像垂柳一样多情。年轻的渔夫看得完全呆住了，这时少女向他跑来，少女看到了他手上的披巾，脸上立刻露出喜悦的笑容。'这是我的，'她说，'我差点丢了后羿送我的披巾。'少女将披巾披在肩上，脸上和双眸中立刻焕发出生动的光彩。她望着渔夫，渔夫几乎无法抬起眼睛。'你想要什么？我都会送给你。'渔夫轻轻摇着头，这时东方露出了一丝光亮，少女吃了一惊，举起双臂，向燕子一样轻盈地向天上飞去。'我会再来看你的，到时告诉我你想要什么。'她冲着渔夫喊着，渐渐消失在渔夫的视线之中。清晨，渔夫到处向人们打听后羿是谁，只有一个老人给他讲起了后羿的故事。渔夫怀着无可名状的心情回到了礁石上，等待着少女的到来，他等啊等啊，慢慢地，他的脚与礁石长在了一起；慢慢地，他的头发里长出了绿色的枝叶。少女一定忘了天上一日地下一年，当她想起答应过渔夫的诺言时，地上已经过了一百年。海滩上早没了渔夫的身影，礁石上却多了一棵郁郁葱葱的枝叶像玉石一样的树。依然美丽如初永远不会衰老的少女从树上折下一枝可爱的枝条，她要将它栽到月宫里。渔夫已经伸展在每个枝条中的意识都在顷刻焕发出无穷的活力，这就是他想要的，让少女看着他，少一点寂寞，少一点忧伤。天琴，看到月宫里的那棵月桂树了吗？所有用生命换来的答案都不问理由，只为值得。"

天琴挂满泪水的脸上倏忽闪过了一抹心酸的笑意，她接过玉马。她终于懂得了萧烨的心意，爱有时并不意味着一世相守，"谢谢你，滁儿哥。"

"做个开心的新娘子，嗯？"

"我会的，滁儿哥。"

第十七章　烈士暮年

瓢泉新居落成之际，带湖寓所燃起冲天大火，辛弃疾居住的雪楼顷刻间化为灰烬。就在这一年正月，赵汝愚在永州病逝，享年五十七岁。五月，辛弃疾的妻兄范如山卒，年六十七岁。

庆元四年（1198）年，朝廷一纸诏书，又恢复了辛弃疾集英殿修撰，主管建宁府武夷山冲佑观。这两件意外的差事使辛弃疾莫名其妙。

其时朝中，自赵汝愚、周必大、叶适、朱熹等人先后被排挤出政权中心后，派系之争愈演愈烈。以韩侂胄为首的掌握了朝廷军政大权的一派，时刻担心赵汝愚、周必大的余党还会东山再起，于是加紧了对理学派的疯狂迫害。

就是在这种情况下，辛弃疾依然与朱熹保持着深厚的友谊。朱熹认为辛弃疾是这个时代非常难得的人物，如果辛弃疾"早向里来有用心处，则其事业俊伟光明，岂但如今所就而已"，因而不论在晤谈和通信时，朱熹总是劝勉辛弃疾要"夙兴夜寐，克己复礼"，而辛弃疾对朱熹的学行也愈来愈推崇。

庆元六年，朱熹去世，享年七十一岁。朝廷下令禁止人们前往武夷山，于是许多门生故旧不敢送葬。辛弃疾只身前往朱熹灵堂，哭悼朱熹。

朱熹是辛弃疾此生最崇敬的师长，陈亮是他此生最相知的朋友，如今他们都已离他而去，这世上只剩他孑然一身。陈亮、朱熹去了，还有他这个朋友为之哭祭，有一天他离去了，又有谁会为他痛哭，为他写下告祭亡灵的祭文呢？

祭文写完了，泪水顷刻洇没了纸笺。他将祭文烧掉了，怀着落寞的心情重游武夷山，追思与朱熹在武夷山朝夕相处的日子。

陈亮与朱熹先后辞世，辛弃疾失去了两个最亲密的朋友。哭祭朱熹归来，他就病倒了。这次病来势凶猛，却诊断不出所患何疾，天琴、汝玉衣不解带伺候了半个来月，方见好转。不久之后，人们看到，一个巍巍的老者穿行于瓢泉新居的秋水堂和停云阁之间。

嘉泰三年（1203年），勤政殿。

宁宗刚刚阅毕辛弃疾的《美芹十论》，顾不上休息，又取过《九议》，认真研读起来。韩侂胄奉旨入见时，宁宗正读到《九议》中的最后一篇。

当宁宗思索着抬起头来时，发现韩侂胄还跪在地上，忙命他起身，赐座。他指着案的奏章说道："精辟，太精辟了。只可惜朕没能早些见到。朕平日所看的奏章，大都言之无物，或只知歌功颂德，朕……不瞒你说，朕时常都觉得自己快要厌烦透了。可是这篇不同，看得朕热血沸腾，似乎又回到了意气风发的少年时代。朕啊，真是好久没有这样的感觉啦。"

"稼轩公的《九议》么？是很催人奋进。"

"爱卿看过？"

"昨日，为臣翻阅旧奏章时发现了稼轩公的这篇《九议》，虽是三十多年前公三十岁时所作，今日读来仍大有裨益。另外还有一篇公二十六时所作《美芹十论》，亦称《御戎十论》，因书页发黄，字迹模糊，臣正在命人重新抄录，待抄录完毕，请陛下御览。"

"二十六岁？你是说稼轩公那时只有二十六岁么？昔日，朕多闻得稼轩公才名，他作的词，朕有许多至今耳熟能详。但朕无论如何没想到，稼轩公还是一位目光如炬的思想者。"

"正是如此。陛下圣明。"

"好，很好。朕恨不得马上就能看到。"

"臣一定会催促他们尽快完成。"

"爱卿啊，朕有一事百思不得其解。"

"请陛下垂赐。"

"公之所论，是为至理，为何竟置之三十余年无人问津？"他停下来，似问韩侂胄,又似问自己。对于这篇奏章,宁宗原本抱着无可无不可的态度信手翻翻,没想到竟一下子被吸引住了,越往下读越觉得作者三十多年前的主张竟有许多与他本人内心的看法不谋而合。

韩侂胄微微苦笑,"当年朝廷上下皆以和为固国根本,这种主战言论岂能得到认可?"

"唔……"宁宗略略沉吟了一下,由于不想评论先朝对金政策,他故作轻松地岔开了话题,"三十年后重读此文,爱卿有何感想?"

"稼轩公仗笔伐金,臣愿据地以实施。"

"爱卿可知稼轩公现在何处?"

"公身体不适,正在瓢泉静养。如果陛下希望召见他,臣可代为催请。"

"朕是想见见他本人。爱卿可替朕拟旨:辛弃疾知绍兴兼浙江东路安抚使,着即赴任。"

"臣遵旨!"

第十八章　英名不朽

宁宗召见辛弃疾后,委以知绍兴府兼浙江东路安抚使一职。

辛弃疾的这次复出,与朝廷决意北伐有关。

两年前,也就是庆元六年(1200年)八月,宁宗韩皇后病故,韩侂胄一下失去了最有力的靠山。其时,宁宗众妃中,杨氏与曹氏俱有宠。杨氏家学渊博,自幼涉略经史,聪明机智;曹氏性情柔顺温和,不预政事。韩侂胄担心立杨氏与己不利,主张立曹氏。参知政事谢深甫、礼部侍郎史弥远却主张立杨氏,与宁宗本人心愿相符,是以杨氏得立。杨氏既知韩侂胄阻挠自己正位中宫,当然怀恨在心,暂时隐忍不发而已。对于这一点,韩侂胄完全清楚,急于建立盖世之功来巩固自己的地位。

金自章宗以来,国势渐衰。漠北蒙古部落崛起后,金数次与之作战,却每一次都大败而归。与此同时,宋金对峙的格局也发生了变化。韩侂胄看到了这一变化,认为北伐的时机已经成熟,遂接受党羽建议,开始了北伐前的准备。作为政治策略的第一步,他宣布解除"庆元党禁",追复已死的赵汝愚、朱熹等人的官职,下令在镇江为高宗时坚决主张抗战的韩世忠立庙，追封岳飞为鄂王，同时追夺了秦桧的王爵。

第二步，北伐需要人才，需要主战派的支持，于是，韩侂胄自然想起了德高望重、威名赫赫的辛弃疾，由此才有辛弃疾的重新被起用。闻听辛弃疾即将赴任，朱熹的门生黄干当即致书表示祝贺："明公以果毅之资，刚大之气，真一世之雄也。而抑遏摧伏，不使得以尽其才。一旦有警，拔起于山谷之间，而委之以方面之寄，明公不以久闲为念，不以家事为怀，单车就道，风采凛然，已足以折冲于千里之外。"

然而，辛弃疾对这次复出已有了些许的淡漠。想到金国虽然内外交困，宋本身亦无孝宗初期的战斗力，不免暗暗忧心。一旦决战不成，只怕还要贻害百姓，他劝说韩侂胄一定要从长考虑，多做准备，不到条件成熟万万不可轻举妄动，怎奈韩侂胄置若罔闻，一意孤行。

即使在赋闲期间，萧烨的情报亦通过各种渠道源源不断地送回到辛弃疾的手中，通过对这些情报加以综合分析，辛弃疾对目前金国的政治困境和军事动向都有了相当透彻的了解。正因为如此，辛弃疾很清楚，他的这次被起用，很可能是他此生中最后一次实现理想的机会。

辛弃疾依然只带女儿天琴、女婿陈汝玉和老家人辛洛来到绍兴赴任。

嘉泰四年（1204年）正月，宁宗在垂拱殿专门召见辛弃疾，要他陈述对北伐的想法和建议。听说辛弃疾已到临安，宁宗传旨即刻入见。

"辛大帅，今淮北流民争愿归附，帅臣以闻，多有议论，皇上和韩某都想听听您的高见。"韩侂胄亲自在殿外接住辛弃疾，不无恭谨。

辛弃疾对韩侂胄不算了解很深，对他专权多年、威行宫省却也并无特别反感。韩侂胄年轻气盛，又有着一股子锐意进取的豪气，这一点恰恰是辛弃疾所认同和欣赏的，因此，他也很客气地回道："皇上但有所询，为臣者自当知无不言，言无不尽。"

殿堂之上，除了宁宗，就只有韩侂胄，看来这是宁宗与韩侂胄的有意安排，他们确实要辛弃疾在这里知无不言，言无不尽了。

辛弃疾跪行大礼。宁宗已是他见过的第四位皇上，每个皇上都在他心中留有不同的印象，但这个皇上却如此年轻，如此儒雅，辛弃疾简直不知道自己该对他的年轻寄予厚望，还是为他的儒雅多担几分心。

宁宗端居宝座之上，不免怀着一种特别的心情俯视着这位他从少年时代起就很喜爱其诗词而今已是满面风霜的老臣，直到辛弃疾见礼毕，他才急急忙忙地命他平身："辛爱卿不必多礼。大殿之上只有朕、韩爱卿与辛爱卿，我们君臣且放下一切虚礼，只要谈得尽兴就好。"

"是。"

"辛爱卿，朕自即位，矢志北伐，此心不渝。不久前，朕看到爱卿的《美芹十论》、《九议》，始知这也是爱卿多年夙愿。而今房内外交困，但不知爱卿对此有何高见？"

辛弃疾略一思索，从容回道："臣以为，金国必乱必亡，毋庸置疑！唯用兵之利，还需陛下三思，预为应变之计。"

韩侂胄立刻目露称许，"闻辛帅此言，韩某更坚定了北伐的决心。"

宁宗在龙椅上活动了一下身体，又重新坐直，"何为应变之计？请爱卿不妨细细道来。"

"陛下容禀，我朝士气于秦桧专权时被压制多年，这其间国中基本奉行以岁币换取和平的政策，因而在苟安的气氛中一度主和言论甚嚣尘上。但民间抗战情绪却不曾为之冷却，即令学子也有人疾呼，'国家以仁厚揉驯天下士大夫之气，秦氏和议又从而销靡之，士大夫自是奄奄然不复有生气矣。语文章者多虚浮，谈道德者多拘滞，求一人焉足以持一道之印，寄百里之命，已不复可得，况敢望其相与冒霜露，犯锋镝，以立不世之大功乎？'这种对苟安政策的不满正是抗战的民心所持。这是不可忽视的基础。"

"这很好啊。请爱卿接着说。"

"然军队久不经战事，自然无法甄别战斗力的优劣，如此，一旦上了战场，难免临战而慌，慌则生变，是以还须严格加以训练，这样的准备时间尚须一段时间，不可仓促开战。房于战中立国，虽则房之北方有蒙古虎视眈眈，消耗了房国不少兵力、物力、财力，但房之军队依然具备相当实力，不可等闲视之。我国军队安逸已久，不经训练而应战，无胜算。"

"辛帅之言，莫非是说我们还不能与金人开战？"

"正是。"

"辛帅刚才不是还说虏人必败吗?"

"虏人必败,非言我军必胜。虏人内外交困,外有西夏、蒙古虎视眈眈,内有辽人和宋之遗民伺机而反,这些都是对我国极端有利的天时,我们必须充分加以利用,加紧内修武备,一动而竟全功。"

"那么,辛帅预计的准备时间要多长?"

"以我国目前的财力和兵源素质来分析,如果从现在即着手增强军力,至少十年,方可对金开战。"

"十年?"韩侂胄与宁宗面面相觑。韩侂胄的脸上分明滑过一丝轻蔑。这个辛弃疾,想是赋闲得太久,已被安逸的生活磨平了往日的锐气,真是见面不如闻名。

宁宗却在考虑辛弃疾的建言。他觉得辛弃疾对金国和本国军队现状的分析都不无道理,只是这十年……

"在《美芹十论》和《九议》中,爱卿不都是坚决主张速战速决的吗?怎么现在反而……"

"今非昔比。那时我军军队士气旺盛,亦方从战争中来,积累许多宝贵的实战经验,而虏国由于海陵王篡位后的倒行逆施,埋下祸根,以至于许多年政权不稳,国内起义不断,加上人心思宋,那时我国如若果断出兵,纵没有十分把握,也有九分。"

"我想辛帅一定是多虑了。现在金国的状况似乎还不如那时,连年向北用兵却久战不胜,兵员和国力的消耗想必十分惊人,如果我国趁机用兵,速战速决,虏何挡其锋!"

"问题不在于虏内部,而在于我自身,是我们自身的军队已不复当年之勇,我们的将军已不复当年之能。"

"朕要好好考虑爱卿所言。爱卿暂且留在京城以备顾问,新职容议。"

"是。臣告退。"

宁宗和韩侂胄一直目送着辛弃疾离去。

"韩卿。"宁宗站起身,举步向殿外走去,韩侂胄紧随其后。

"你是否要考虑辛卿建议?"

韩侂胄冷笑一声,不置一词。

宁宗知道韩侂胄的决心丝毫不曾改变，停下来望了他片刻，摇摇头，无声地叹了口气。

辛弃疾暂时居于女婿黄中宅第，次日，朝廷有旨，辛弃疾改知镇江府。

辛弃疾不做停留，即刻赴任。

不久，镇江城北的北固山上，新增许多军事设施。这一切无不凝聚着辛弃疾的心血。

尽管有着种种的感慨和担忧，北伐的决心却不曾有丝毫改变，然而，辛弃疾在任知镇海刚满一年，筹划中的各个事项尚在按部就班地进行当中，朝廷即改派辛弃疾知隆兴府。辛弃疾未及赴任，又遭谏官弹劾，于是改授提举冲佑观的空衔，把知隆兴府的任命也撤回了。辛弃疾心力交瘁，请归故里。

开禧二年（1206年）五月，宋宁宗正式发布伐金诏，令军队由淮南东西路、襄阳、唐州、邓州全线出击。宋军久不经仗，在与金兵遭遇后，一触即溃。

同年腊月，金国乘胜对南宋施加军事压力，南宋被迫再次乞和。

开禧三年正月，宁宗和宰相韩侂胄先后召见辛弃疾，授以兵部侍郎。辛弃疾不肯依从韩侂胄的私心以取富贵，上章辞免，未获批准。

辛弃疾抱病赴任。在临安一月，病体每况愈下，一连两次请辞，韩侂胄亲临府邸探视，辛弃疾之请方获批准。

三子谷儿亲来临安接父亲回家，陪在身边的还有两个女儿和两个女婿。

辛弃疾回到了铅山瓢泉，让他高兴的是萧烨亦从金地返回。

萧烨瘦了许多，唯有双目依旧闪射着灼人的光辉，这足以令辛弃疾欣慰，他老了，但有长江后浪推前浪，他也就无所遗憾。

辛弃疾很希望萧烨进入军中发展，萧烨同意了。对于萧烨而言，这完全违背了他的初心，他是契丹人，他梦想的国家不是这个样子的，他梦想的国家像风一样可以摧枯拉朽，像海一样一泻千里、生生不息。但他还是答应了，他不忍心让一个老人在生命的最后日子里还有什么事不能如愿。

只有天琴最明白萧烨的牺牲。

"谢谢你。"这是她对萧烨说的唯一的一句话。

为了这一句话，萧烨知足了。

齐虎、魏涛在赵方的手下发展得很好。赵方一刻也没有忘记当年辛弃疾对他的援引之恩，但这还不是主要的，更主要的是，齐虎、魏涛以其忠厚、无私和干练赢得了赵方的信任。

辛弃疾给赵方写了第二封举荐信，这一次是为萧烨。

萧烨没说何时启程。数日后，他与汝玉上山采草药时不小心扭伤了脚，投军一事只得延后。

辛弃疾生命的最后几个月有忧有虑亦有喜。

忧则忧开禧兵败后金国得寸进尺，国家难有安宁之日。

虑则虑朝廷内权臣倾轧严重，杨皇后早对韩侂胄怀恨，更有史弥远这样的弄臣煽风点火，一场变乱恐怕为期不远。

喜则喜远离了官场的险恶，他第一次以一种平常的心态来享受生活。听天琴吹笛，汝玉吟诗，看萧烨舞剑，谷儿弄草，还有孙儿小同承欢膝下，这一切无不让他体会到久违的幸福。

萧烨的脚伤时好时坏，不过，他已决定，最晚等给小同过了生日就离开瓢泉远走四川，在赵方麾下效力。

近一段日子，萧烨一直忙于制作一种轮椅，汝玉为他打下手。辛弃疾衰弱的身体已经离不开病床，有了轮椅，大家就可以推着辛弃疾到外面呼吸呼吸新鲜的空气，看看外面的景致。

仲秋时节，金人以索要韩侂胄首级为谈和条件，韩侂胄大怒，发誓举全国之兵，耗全国之财，用全国之力对金用兵。

于是，他又想起了辛弃疾。

现在也只有这个人能够帮助他收拾残局了。

九月，朝廷有进枢密院都承旨的任命，要辛弃疾赴行在奏事，辛弃疾从病床上强挣起来，口授了他一生的最后一份奏章。在奏章里，他请求朝廷允许他辞仕，同时请求朝廷重用年轻将领赵方。

九月八日，小同的生日宴上，辛弃疾将伴随了他一生的吴钩剑赠给萧烨。萧烨默默接过，强忍着没有流露内心的痛苦。

九日，萧烨向辛弃疾辞行，辛弃疾却笑道："你为了留下来多陪我一段时日，故意将脚弄伤,如今我大限将至,你倒忍心离我而去吗?"

萧烨坐在辛弃疾身边,深情地握住了舅父瘦骨嶙峋的双手。曾经高昂挺拔、叱咤风云,而今病魔缠身,气若游丝,人的生命何其短暂,何其无奈,"原来舅父都知道。"

"实在说,舅父也舍不得你走啊。舅父膝下八子,多与世无争,胸无大志,这许是舅父贪杯误儿。唯有谷儿和两个女婿聪明颖悟,仍不似你有成府,智计过人。看到你,就让舅父想起你的父亲,想起年轻时的自己,所以舅父才想让你留在舅父的国家,去完成舅父未竟的事业。当然,这的确难为了你。舅父去后,如果这个国家依旧让你感到失望,你不妨去走自己的路吧,只要你有出息,舅父九泉有知,也会为你感到欣喜。"

萧烨深深地点头,他知道根本没有什么能够瞒过这双睿智的眼睛。

"舅父还想求你一件事。"

"您说。"

"我们现在就动身,舅父想回带湖,去看看我的玉雪儿。舅父已经有一年多不曾去看他了。"

萧烨立刻站起,"我去准备。"

辛弃疾的脸上露出一丝疲倦的笑容。唯有萧烨,永远不会提出诸如你行不行之类的毫无意义的问题;唯有他,会在你闭上双眼的刹那,用一种如山的稳恒让你放心离去。遗憾的是,萧烨不是他的儿子,但萧烨是红颜的儿子,他的外甥,萧烨的身上尚且流着他的血。

他该知足了。

玉雪儿的笑脸还是那样纯真,辛弃疾伸出手,将心爱的儿子紧紧抱在怀里,恬然睡去。

这一天是九月十日。

辛弃疾去世时,只有萧烨和汝玉在他的身边。他很安详,有天上飘下的雨丝为他送行,有终于破云而出的朝阳为他送行。

萧烨、汝玉肃立在轮椅两边,他们的眼里没有泪,却融入了天际的彩虹。

韩侂胄在京城得到了辛弃疾病逝的消息。在那一瞬间他恍然意识到,他失去自己在这世上最坚强的臂膀。

是悔,是恨,是痛?

韩侂胄不知道。

他生平第一次醉在了自己的孤独中。

田 彬

获奖感言

文学,不只是一个人的战争。

坐下来,静静写,对话作品中的人物,对抗时代的喧嚣与浮躁,对峙寂寞中自我心灵的挣扎。

当越来越多的作家渴望摆脱苦行僧般的笔耕生活,"索龙嘎"召唤我们回归文学的净土。它所倡导的那种回归——回归文字本身,回归自我心灵——正是这个时代的文学最迫切需要的。

尊敬的评委们,感谢你们把"索龙嘎"奖给了内蒙古文学,在她略显贫瘠的土地上欣然播下希望的种子;感谢你们把这份荣誉给了我和我的作品。岁月终将兀自前行,而我们终将老去,唯有熠熠的文学之火,灼烧并且照亮着我们的灵魂。

青　诀

一

　　阴山北麓的达尔罕草原，多么宽广，多么美丽啊！无边无际的草甸子，展开了一幅巨大的绿色地毯，被阳光一照，像是刷了一层金粉，随着阵阵的春风，掀起了碧波金浪。草滩上一群群骏马，枣红的、雪白的、乌黑的，驳杂地混在一起，有的安闲地啃着青草，有的无缘无故仰天嘶鸣，有的则来回飞奔，马鬃和马尾形成了直线，像一条条彩色流带在空中飞飘。这些马群和草原，都是百里闻名的大商人、大牧主杜逵老爷的财产。

　　马群不远处，有两面水湖。这两面水湖互相通着，远远望去像一副眼镜的两个镜片，所以叫眼镜湖。微风轻拂，湖面泛起阵阵涟漪，拖起了无数光带，恰似条条素绢在水面漂动。待风过后，平静的湖面又印上了朵朵彩云，还有湖畔绿树的倒影。

　　艳秋的倩影映在湖中。她长着一头乌黑柔软的秀发，但没有披肩，两条油亮的发辫沉重地垂在肩后。她那乌黑明亮的眼睛里，闪烁着深邃而又智慧的光泽。那红扑扑的脸色，证明她喜欢在野外活动——经常面迎着风霜雨雪。脸颊左右两个深深的酒窝里深藏着的丰富内涵和秘密，把她雕塑得绝色动人。

　　艳秋静坐在湖边的一块青石板上。这块青石板已经贮存了她许多体温。自打从省城回来，她就常常坐在上面，有时欣赏着湖中的景致，有时和水鸟游鱼嬉戏，有时驾着湖中的白云遐想，有时盯着水中的自己沉思。这时，她望着湖对面那个肚皮朝天，躺在草甸上沐浴日光的小伙子发痴。

这小伙子叫牛玉龙，家住阴山腹地的牛家村，距这儿至少有一百多里。他从山里来到这草原有一段有趣的插曲。

去年秋季，艳秋的爹——杜逵老爷到县城赶集，恰巧碰上范家镇的大商户范殿英。范老爷以销售日本货为主。杜老爷想购几十匹洋布给家丁做棉衣。两人坐在酒店拔毛讨价，你争我辩，脸红脖粗，难成交易。正争执得紧，不知什么时候，一个嬉皮笑脸的青年坐在了旁边。他拿起酒壶，给杜老爷和范老爷分别斟满，自己也斟了一杯，一饮而尽，又举起筷子，夹了几片大肉塞进嘴里，边嚼边说："两位老爷甭吵，和气才能生财，来来来，喝酒！"

杜老爷以为这青年是范老爷的随从，范老爷也以为这青年是杜老爷的伙计，都熄了火，举杯干了。这一缓冲，使两人都平静下来。这青年又乘机举起杯来，说："一个老爷想卖，一个老爷想买，这买卖实际上就算成了。价钱嘛，让人一步自己宽。我给出个点子，范老爷价格上让一点，杜老爷家大人多，多买上几匹，这不双方都好吗？"

两位老爷觉得有理，相互喝了几盅，更加融洽，买卖终于成交。两人只顾交割手续，桌上的饭菜已被这青年吃得杯盘狼藉。他站起来，擦把嘴，拍拍盛满饭食的肚皮笑笑，点头要走。这时，两位老爷才发现他是个蹭饭的家伙。

这青年就是牛玉龙。他进县城买东西，意外遇见一个郎中，专治咳嗽哮喘，他就为常年咳嗽的老爹买了几盒中药，结果占用了饭钱。饥肠辘辘之时，他发现两位老爷因价争执，趁机钻了这个空子，和了几把稀泥，就填饱了自己的肚皮。

所幸两位老爷都满意成交，心情高兴，没有恼怒。而杜老爷反觉得这家伙机智勇敢、诙谐幽默，像是块办大事的料。正巧杜老爷买了洋布需人帮着运回，就抓住玉龙的膀子说："小王八，跟我走吧，我不会亏待你的。"这样，牛玉龙就进了杜府。

玉龙这家伙心灵，当了家兵后，几天把枪械玩儿得烂熟。把枪拆开，一泡尿还没完就重新安装好了。打靶子更玄，没练半个月，就能把草人上的瓜壳帽子击在天上乱飞乱转掉不下来。每到吃饭，家兵们像饿狼一样扑上来，抢着把自己的饭碗盛满。玉龙却不这样，他先盛多半碗，提前吃光了，第二次才盛满满一大碗。当第一次盛满碗的人再去盛饭时，盆里的饭已经没有了，这样他就总比别人多吃半碗。

"斗不过这小子！"大家都这么说。

玉龙的班长不服气，常在排长那儿说玉龙的坏话，玉龙假装不知。一次酒后，玉龙把班长的枪栓摘下来，扔到了草料房里。班长丢了枪栓，被撤了职，还让扣了一个月军饷，情绪低落，十分沮丧。这天，玉龙请他喝酒，酒过三杯，玉龙才说："王八小子，明人不做暗事。今天，老弟告诉你，枪栓是我摘的，就是要整整你这张烂嘴，看你以后再说别人的坏话！"

玉龙的恶作传遍了杜府，自然也引起了这位刚从城里归来的杜小姐的注意。她暗中打量玉龙，身材不高不矮，不胖不瘦，宽阔的大脸上总带着一层笑容。眼睛大而黑，老流出弄不清楚的诡秘光泽。尤其是毛茸茸的睫毛，随着眼睛忽闪，足可以把女人的灵魂招走。

艳秋弯下腰来捡起一块小石，放在手心，用食指一弹，小石箭一般掠过湖面，不偏不正打在了玉龙的脚上。玉龙呀地叫了一声，猛地坐起来，直揉自己的脚，听见女主人笑出了一串银铃般的声音。

玉龙也捡了块小石，甩开膀子向艳秋扔去，可那块小石不到湖心便落了下去。他站起来，又捡一块扔过去，仍然没有扔到对岸。

"别扔了，过来！"艳秋冷冰冰地喊。

玉龙悻悻地绕着湖畔，走到艳秋面前。他步量着距离，和艳秋相隔至少有三十丈。他纳闷，她怎么能把那么一块小石弹到自己的身上？

"你每天躲我那么远，我是瘟神吗？"艳秋不满地问。

"杜小姐，对不起……"玉龙嘻嘻着要解释什么。

艳秋十分生气，打断了他的话："早和你说过了，不要叫我杜小姐，叫我杜艳秋！"

"好好好，杜……艳秋，把你的绝活教我几招行吗？"玉龙嬉皮笑脸坐在艳秋身旁，巴结着。

艳秋没有理他，望着两人倒映在湖面的影子凝思。她看见玉龙咧着又大又厚的嘴巴傻笑，几分憨厚，几分滑稽，也有几分可爱。头发锈得如一块黑牛毛毡片，有大襟的黑蓝布衫遮住了他宽阔有力的胸脯，大裆裤子的两条裤筒一长一短，一条裸露着他粗壮的小腿，另一条只露出了脏得像猪蹄似的脚梁面。望着这个典型的山老大，艳秋扑哧笑了。

玉龙也欣赏了一番自己的形象，和杜小姐相比，自觉相形见绌，是天鹅和蛤蟆相伴。他不想让杜小姐再瞅自己那模样，捡了块石头，嗵的一声，砸进了湖里，湖面立即出现了一个巨大的"酒窝"，把两个人影淹没了。一会儿，影子又不甘寂寞地出现，不断抖动晃荡，连艳秋姑娘也成了一个变形的女妖。艳秋伸出一只手，也没挪窝，抓住了玉龙的一条臂膀，就像轻而易举地举起了一包棉花，把这个一百多斤重的汉子扔进了湖里。扑通一声巨响，玉龙沉进了湖底。他不会游泳，两只手在空中乱抓，下去上来沉浮了几次，才靠近湖边站定，吐了几股清水，大张着厚嘴巴呼吸……

艳秋挥舞着一枝树梢吓唬着，不许他上岸，并命令他把衣裳脱掉，把浑身的泥垢洗个干净。玉龙上不得岸，只好在水浅处乱扑腾。北方的早春，湖水刺骨的冷。一会儿，他就上下牙齿作对儿地撕打，随即浑身颤抖，脸色铁青了。他求告道："不行了，我真的不行了，要冻死我呀！"

看他像筛糠一样乱抖，艳秋把身旁一个小布包袱打开，拿出了一套崭新的青年时装，放在了自己坐着的青石板上，说："快把湿衣裳脱了换上！"

这套衣裳的出现，让玉龙十分奇怪。这证明杜小姐是蓄意把自己推进湖里的。买这套衣裳时，她专门进了一趟县城，玉龙亲眼看见她花了两块大洋先从布衣货栈买了布料，而后又进了一家裁缝铺子赶做出来的。玉龙一直以为这套衣裳是杜小姐给什么高贵男人做的，没想到今天摆在了自己的面前，他有点纳闷。

艳秋不离开青石板，稳坐在上面，眼睛一直盯着玉龙。玉龙没法换衣裳，抱起那套新衣向远处的树林奔去。林木稀稀疏疏，树身也矮，什么也挡不住，好在离艳秋远了许多。他顾不得多想，脱了大裆裤，把那套新衣裳胡乱往身上套。艳秋远远望着他的大屁股，又咯咯咯咯地大笑起来。

换上了这套衣裳，玉龙从湖面上看见了自己的影子，觉得这家伙不像是自己，很像县城里那些逛窑子的公子和阔少。

玉龙来到艳秋身旁，把自己的脸对住她的脸，一句话不说，死盯着看。

"看什么？"艳秋被看得不好意思了，推了他一把。

"你不看我，咋知道我看你了？"玉龙耍赖，也推了她一把。他现在觉得艳秋并不像个小姐，也不可怕，突然产生了些非分之想，就顺势紧紧地挨她坐下。不曾想，屁股刚着在那块石板上，艳秋一指头捅过来，痛得他"妈呀"一声，倒栽了一个跟头，摔倒在青石板五尺之外。

玉龙出生在农村，砸石砍山，不算个大力士也是个壮实的男子汉，可如今在艳秋面前，简直不堪一击。他太佩服这个女子了。记得她刚从省城回来那天，杜老爷为给女儿接风，全府大宴。几个家兵过量，互相打起架来，越打越凶，十人五马拉劝不开。杜老爷急得喊破了嗓子，拐棍在地上乱戳，还是无济于事。杜小姐走出来，随手抓住一个家兵，像提了一只鸡扔出丈远，又飞起一脚，差点把另一个家兵踢到房顶上。小姐把打架的家兵每人赏了一记耳光，有的被打歪了嘴巴，有的应声倒下，个个不能动弹。

玉龙从地上爬起来，拍了拍沾在新衣裳上的土尘，又喜眉笑眼向杜小姐凑过去，说："杜艳秋，你这功夫到底是从哪儿学的呀？"

艳秋的脸色徒然变得冰冷，说道："牛玉龙，以后不许你再问我的身世！"说完，猛转身扑到了马背上，双脚一磕，那匹烈马就在草原上飞驰起来。

二

艳秋八岁时死了娘，杜老爷不久就续了弦。艳秋的舅舅住在省城，害怕外甥女受后娘的气，力主把艳秋接到省城居住。舅舅、舅母待艳秋如亲生女儿，照顾得无微不至。从小供她读书，念完小学念中学，后来又把她送到了省城女子师范就读。艳秋聪明伶俐，生性要强，不仅学业好，因舅舅开着镖局，她从小就跟着镖师操械习武，还学了一身武艺。一次镖局比武，艳秋大显神通，连连击败三个壮汉，因此，她的功夫在省城里也小有名气。

卢沟桥事变后不久，日军大规模进犯华北。省城所有学校的学生都罢课游行，请愿国民政府抗击日本侵略。艳秋是女子师范的学生领袖之一。她们成立了女子铁血连，艳秋负责这支学生部队的军事训练。

这一天，艳秋和同学们正练习拳击格斗，舅舅急匆匆跑到了学校，要艳秋回家。

"舅舅，你看我正在军训，哪能回家，有事你就在这儿说嘛！"

"艳秋，快走，帮舅舅办完一件事再回来军训。"

"什么事啊?"

原来,舅舅的镖局接了一支镖。一个日本商人要把一批日货运到阴山以北的范家镇,雇舅舅的镖局保镖押运。

艳秋视舅舅为亲生父亲,如果舅舅让她办别的事情,她会毫不含糊地答应,可一提起这事儿,艳秋就急了,"舅舅,你咋这么糊涂呀?日本人占了咱东三省,又大举进犯华北,到处杀人放火,全国人民都奋起抗日,你咋帮日本人押运货物?这不让人说咱们是汉奸吗?"

舅舅摇摇头,"不,日本商人和日本军队不一样,他们做买卖,不是侵略。"

艳秋据理力争,"舅舅,日本商人推销日货,挤兑中国商品,也是侵略。我们学校抗日纲领中有一条就是抵制日货。"

舅舅也急了,"艳秋,这些年兵荒马乱,土匪出没,咱们镖局不敢承揽保镖差事,但养了十几个镖夫整天死坐死吃,咱们总得挣几个钱呀!要不这光景咋能维持下去?"

艳秋看舅舅那窘急的样,有些怜悯,问:"舅舅,那你要我做什么?"

舅舅说:"这批日货数量很多,有五千匹洋布,三十驮杂货,我估摸得十五个镖夫。如果再雇镖师,没有功夫比你过硬的人选,另外还得先交定金。现在咱们家底空空,所以,舅舅想让你当镖师,第一你武艺高强,第二能省一笔镖银。"

艳秋听舅舅这么一说,眉头皱了几皱,立即换了笑脸,转了个大弯,果断地说:"行,舅舅,我答应你!"

"真的?太好了!"舅舅喜出望外,用感激的眼神看着外甥女。

艳秋说:"舅舅,不仅我一个人支持你,我还要带铁血连的战士一块儿去,给你做保镖,也省得你花钱雇保镖。"

"不行!"舅舅板着脸孔说,"这阵儿哪有开玩笑的心情。"

"不是开玩笑,"艳秋变得更严肃,"我知道,舅舅嫌我们都是女娃子。实话告诉舅舅,我们铁血连已经训练了两个多月,关键时刻都能拿出几招。"

舅舅还是摇头,"艳秋,两三个月能学什么功夫?"

"不,舅舅,我们铁血连有四五个同学,功夫不次于我。你不知,她们和我从小学到现在一直是同学,我小时学的功夫,都教给了她们。像金凤、玉竹,她们的轻功比我都强。"

"那也不成。保镖这种事危险大，一旦出点事，咋向她们大人交代，走，走，你一人就够了。"

舅舅这么固执，艳秋也没办法。她先打发舅舅回家，随后就和学校抗战指挥部联系。艳秋突然支持舅舅给日本人保镖，是她萌生了一个念头：眼前，学校成立的抗日部队正在想办法搞武器和服装，日本人有这么多物资送到门上，为什么不可以抢过来武装自己呢？她想让自己的同学去保镖，半路将日货转运到学校。

可是，艳秋万没想到，学校抗战指挥部部长仇金良坚决反对她的做法。他的理由居然与舅舅一样。他说，凡在华的外国商人，都是国民政府批准的合法商人，他们的利益受政府保护。他说一匹马引起了卢沟桥事变，如果公开抢劫日本商人物资，定会造成更大的民族灾难。

艳秋不服，去找铁血连的姑娘们臭骂仇金良是个日本狗。姑娘们联合起来围着仇金良讨理，指责他是右倾投降主义，是靠吃猪蹄子下奶的贫血产妇。那仇金良是个快三十岁的小白脸，看上去温文尔雅，其实是个软硬不吃的家伙。任你咋说，死不松口，最后拂袖而去，留下一句话：谁要乱动，立即开除学籍，取消抗日战士的资格。

姑娘们被炽热的革命热忱燃烧着，真想立即把那批洋布抢过来，每个战士都做一套漂亮的军装；把那批杂货也抢过来，每人换一支小勃朗宁手枪挂在腰上。她们想神气，想爽气，想显示新女性的霸气。她们私下决定，不听那个仇部长诈唬，制订了截获计划。

事过了两三天，计划就开始实施了。

运货除了骆驼就以驴马为主。这是八月，这些大牲畜，每到临近中午，受不得炎热折磨和蚊虫叮咬，伸长脖子号叫，又踢哒放屁尥蹶子。为了凉快，镖队在更夫打完二次更后便从省城出发了。

穿过了几盏零零星星的路灯，镖队就走出城郭钻进了带着浓重雾气的黑暗。铁蹄碰击路上的石头，发着清脆，闪着星烁。一路的星烁和脆响可微见镖队的阵容。出于鼓舞士气，艳秋在每只牲畜的脖子里拴上了沉重的铃铛，从头到尾的铃铛声连绵不断，悦耳动听，极大地鼓起了镖队的胆量和勇气。

艳秋并非第一次押镖，以前都是舅舅当镖师，她出来玩玩而已。舅舅年事已高，诸病都找上门来，这次便全权委托艳秋。艳秋心里有了沉甸甸的责任感。不过她非常兴奋，恨不得立即将货物押到范家镇，交割完押运手续，然后和姐妹们里应外合，将这批货夺走送给抗日队伍。如果半路让姐妹们劫走这批货，舅舅就没法向日本人交代，只要把货押到范家镇，被谁抢走，就与舅舅无关了。

艳秋想起了那张令人憎恨的仇部长的白净面孔。她不以为自己是在抢劫，更不是土匪的团伙抢劫。日本军队一路炮火打进中国，占我国土，杀我人民，抢劫财物，我们为什么不能反抗，不能以牙还牙？

一股股阴冷的风不断迎面吹来，有些寒骨，这意味着镖队进了一条深沟。艳秋从驼背上抬起头来向天际眺望，微曦中可见两边是耸入云端的锯齿狼牙一般的山屏，山屏下是一大片一大片黛青色的林莽，林莽被厉风吹动，发出轰轰烈烈波涛般的巨音，在山沟里荡漾回旋，令人毛骨悚然。

艳秋的心提了起来。这连绵数百里的阴山山脉之中，窝藏着几十伙土匪。最出名的是圪针坡的黑母猪，南天门的长舌狗，二道沟的干豌豆，还有胡子兵、光头汉、铁拐子等三五成群没有标牌的村匪路霸。他们打家劫舍，横道夺财，省城五六家镖局多数不敢进阴山深处执镖。

艳秋向她的镖队喊道："各位镖哥，喊道！"

于是，镖夫们前呼后应地喊起来："各位强人，同道无欺。有话好说，本镖有礼。"

镖夫一路喊道，喊声震荡山谷。

这是镖局执镖的规矩。路经响马匪夷盘踞之地，首先自报家门，喊道声明。如果未遇贼寇就顺利通过。如遇贼寇，留下路钱，不至于被杀被劫。大凡强人之伙，虽是劫害，倒也深明大义，一般很讲信用，只要自动留下路钱，不伤情感，各自相安。留多少路钱，自有行情。出方根据买卖大小，利润多少，自觉把钱留在路旁。收方也视对方实情和诚意酌情对待。出方留下路钱后只管前行，收方会自动到路上验收。若发现出方捉弄或应付，会立即拦截追杀，那就不知会发生什么惨景，那时也不能怪强人的残忍和无情了。

镖队在黑暗中浩浩荡荡前进。喝道声、铃铛声和林涛的轰鸣混在一起，被深沟的阴风送得很远很远。队伍穿过了道道深沟，人们预料的情况终于出现了。在黎明前的那阵黑暗中，突然出现了一排火把横列在前方的山崖之下。火光下，十几个影影绰绰的人影在不停地摆手，并发出了喊声："哪路的财神，可知道山规吗？"

艳秋纵身跳下驼背，立即让镖夫回应。一个镖夫喊道："我们是为日本商人……"话未喊出，艳秋一巴掌打在那镖夫嘴上，把半句话堵在嘴里。艳秋骂道："猪脑子！"

原来，无论哪窝土匪，他们都有点爱国之心，都对日本人恨之入骨。一旦知道给日本人运货，非把你抢个精光不可。所以，另一个镖夫补充喊道："我们是给十二旅送棉布的，天冷了，他们要做军装！"

十二旅是国民党杂牌军，奸淫掳掠，无恶不作，人们对他们恨之入骨，又闻风丧胆，各路土匪也自然惧让三分。只听见山崖下的匪帮喊道："通关啦！通关啦！"

通关并不意味着白白通过。艳秋命令镖夫们在路旁一棵树下垒火，熊熊大火照亮了深沟。他们从驴背上卸下三毛口袋莜麦，两毛口袋谷子，堆放在树下。又把一个红布袋挂在了树上，里边装着十块大洋，这也是早准备好"孝敬"匪帮的。之后，他们高喊着"开路啦"，便理直气壮地扬长而去了。

太阳冉冉升着，冉冉升着，爬上了山尖，越过了山顶，像一朵燃烧的火焰挂在中空。艳秋的镖队穿越过延绵弯曲的苍翠山峦，进了一条宽阔的河床里。这儿有十数个石头垒起的炉灶，看起来是过往行人休息打尖的地方。他们停歇了下来。已走了十几个时辰，镖夫们累极了，个个东倒西跌在河床边上。一片绿里泛白的河水从河床的浅滩流过，显得非常平静和悠闲。溯源望去，这条河是从不远处一个山涧流出的。山涧半腰，有一片白光闪烁，细看是一座琉璃瓦顶的庙宇。庙宇显得宁静高远，一种吉祥的氛围使镖夫们都肚皮朝天晒起太阳，有的人轻轻地打起了鼻鼾。

艳秋心里有事：金凤、玉竹和四名铁血连战士已经提前赶到了范家镇接应。她们离开学校时，仇部长再三盘问，幸好她们编了不少理由，以探家为名请了假。问题是原定明晚里应外合，在范家大院夺取货物，可现在的行程太慢了。

日本人的洋布和杂货咋那么重，好像钢锭一样把驮队压得四蹄弯曲，这就使行程速度大大减慢。如不能按计划行动，乱了阵脚咋办？还有一事，艳秋有些良心发现。在范家镇夺取货物固然与舅舅无关，可日本人肯定要向范老爷追赔。据一路上镖夫们议论，范老爷也是个开明人士，爱国爱民之心博大，自己的行动是否祸及好人啊！再说夺了货物，一时在哪儿存放？真不如就在半路把货物转移隐藏。

艳秋顺流而上，走到山涧出水处，望望半山腰那座庙宇，想上去问个凶吉。忽然，她听见一声动物的惨叫，蓦回首，一只狍子拖着一条腿艰难地沿山脚跛行。艳秋一个箭步上前，捉住了狍子的犄角，发现狍子的臀部有一道深深的刀伤，裂了一个很大的口子，口子里不断冒着鲜血。她顺手提起这只狍子，看看腿夹处，是一只当年公羔，正是肉嫩味鲜的时候。她喜出望外，吼喊起各位镖夫，开肠划肚。一会儿，可怜的小狍子就被剁成碎块放在一口铁锅里。一堆熊熊的干柴烈火点起来，锅里翻起了白浪……

一阵萧萧的秋风掠过，雨簌簌地下起来。艳秋睁开了眼，满天黑云如墨，只听得雨声凄凄，半枯的秋草和树叶伴随着凄雨飕飕作响。她浑身打着寒噤，巨大的恐惧向她袭来。她动了动身体，顿觉头部剧烈疼痛，脑袋像有百斤之重，她摇摇晃晃站起来。又起了大风，呼呼地吹着，头顶的悬崖像要倒塌下来。风势肃杀之际，又是一阵呜呜的悲切之声，这是河床里的水发出的悲歌。这时，猖獗的雨更加猛烈，像要把堆堆泥沙劈头盖脸向她袭去，她趔趄了一下，差点摔倒。

她清醒过来了。这个地方正是中午歇脚吃狍子肉的地方，她昏迷前的最后一点记忆是众镖夫围着铁锅津津有味地大嚼狍子肉，以后发生了什么事就全然不知了。镖夫哪儿去了？驮队哪儿去了？押运的货物哪儿去了？她什么也不知道了。眼前伸手不见五指，什么也看不到。她呼喊了几声，嗓子疼痛嘶哑，她绝望地号了一声，泪水和雨水混在了一起……

此时，东方的山顶上出现了一痕月钩，月钩被三缕黑云缠绕着。借着月光，她看见了眼前一片白熠熠的光亮，正是那条河流。她至此才发现自己是在河水里泡着。有几个黑点在旁边，她伸手去摸，不禁惊叫了一声，是几具已经僵硬了的不断被河水冲刷着的尸体。她从尸体的身上摸到了一把匕首，断定这正是与自己同行的镖夫。她挣扎着爬上了河岸。钟声隐隐传来。猛抬头，一盏孤灯吊在半山腰。噢，这不正是白天看到的那座庙宇吗？那儿有善良，那儿有慈悲，那儿有神灵呵护！她拼命向那半山腰爬去。东方那钩月牙摆脱了几缕黑云，给她照亮了路。雨停了，但风更硬，寒意带着山野的气息来袭，她更加清醒了。她爬到庙宇前，一只脑袋像长错了位的猫头鹰蹲在庙前的松树枝上，一动不动地注视着这个突如其来的不速之客，看她走到庙前，怪叫了一声便振翅飞起了。她被吓得毛骨悚然，向闪着光亮的庙宇里喊叫着，连跌带撞冲了进去。

庙堂并不大，一盏油灯被风吹得忽明忽暗，十几尊佛像在灯光下时隐时现地蹲在后墙，一阵微弱得快要断气的诵经声传到艳秋耳内，才使她发现在高大的佛脚下跪着一个老尼姑。她诵经很投入，听声音已年近六旬。尽管艳秋早站在她跟前，她一直双目紧闭，诵经不止，旁若无人。

不知为何，艳秋把眼前发生的悲剧和这个老尼姑联系了起来。她从腰间拔出匕首，绕着庙堂转了一圈，并未发现什么可疑之处。泥塑后有一扇月亮门半掩着，她跨了进去。里边有一条可睡一个人的短炕，炕头的盆子里正燃着一堆即将熄灭的木炭，屋子里很暖和。她拧了拧自己湿透了的衣裳，想取取暖。这时，那个诵经的老尼姑进来了。她弯曲着腰，一块灰蓝色的布从眼眶遮到下颌，只露出了两只枯黄的眼睛。布帘低垂，随着她的呼吸微微颤动，随着颤动能听到她喉管里发出的哮喘声。

"施主，为何夜半闯进山门？"

"老妈妈，请帮帮我！"艳秋恳求着。

"阿弥陀佛，"老尼姑双手合十在胸前晃道，"这是佛门净地，你手持凶器，满身杀气，已冲撞了佛祖，我无法帮你，你去吧！"

艳秋气愤至极，手指老尼姑骂道："你们佛家口口声声替天行道，行善积德，我们在你的门前惨遭劫难，你却闭目养神，视而不见，你们是什么佛门！"

老尼姑嘴里又在喃喃："阿弥陀佛，你看我孤身一人，怎能助你？施主息怒，善哉善哉！"

艳秋不管老尼姑持何态度，随手将一堆干柴加在火盆里，一会儿，火盆里的火苗一点一点伸出头来，很快把小屋子照得亮堂起来。她脱下湿衣，架在火盆上烘烤，顺手将挂在墙上的一件青灰色佛衣摘下来披在身上。暖和了许多，肚子又咕咕地叫起来，艳秋四处搜寻了一遍，发现门后有口大缸。揭开缸盖，大吃了一惊，缸里放着两个面袋，一个装着高粱面，一个装着谷米粉。这正是镖队带的粮食，怎么跑到了这口缸里？艳秋大喊了一声，冲出门去，要找那老尼姑问个究竟。可是，庙堂里的灯灭了，黑咕隆咚，老尼姑早已无影无踪。艳秋追出庙门，巡庙院转了几圈未见人影，一纵身像燕子一样轻巧地跃到了庙檐上，又一个后翻筋斗，立在了庙顶，借着东方渐露的鱼肚白四处搜寻了半天，仍未见老尼姑。一声咩咩的叫声把她的视线引到了庙后，一个狭小的院落出现在眼前，那里围着两只小狍子，正在仰起头低吟。艳秋突然想起昨天那只受了伤的狍子，大家正是吃了那只狍子以后才失去知觉的。天大亮了，艳秋又从老尼姑的住屋里找见了一包日本产的生烟，生烟用一张崭新的日式印刷品包着，打开印刷品又是一层精美的包装，包装上是用日文标注的商标和生产日期。艳秋不懂日文，但可以从阿拉伯数字上看出这包生烟仅仅出产二十多天。这不仅证明这座庙宇和日本人的关系，也说明这场抢劫案和日本人紧密关联。她断定这是一场精心策划的洗劫。

艳秋经受着剧烈的痛苦。她贴在一块岩石上一动不动，犹如生在岩石上的一块苔藓。她望着山下被河水浸泡着的镖夫们的尸体，心如刀剜。她觉得从头到脚都是空的，仿佛一具易碎的躯壳。忽然，她的脚慢慢软了，哧溜瘫滑在岩石下。稍停了一会儿，她发出了一声呻吟，两只手突然疯狂了起来，一只手抓住了自己的头发，另一只手捂住了自己的胸膛，她的整个心胸涌起了仇恨的怒涛：日本人，你们真残忍啊！

三

"玉龙——玉龙——"李管家边大声喊叫，边绕着杜府的大院东张西望。他路过了兵营房、长工房、草料房，又绕过了五百间马厩和能存放一千驮货物的库房，都没有找见玉龙，只好又跑到了杜老爷住的花园宅区乱喊，结果惊动了杜逵老爷。

杜老爷长袍马褂，挂个文明棍子，黑瓜壳帽子歪扣在脑壳左边，墨镜把他干瘦的头衬托得像一颗骷髅。他把文明棍举起来，大声责问："大喊大叫干什么？"

李管家嘴唇子哆嗦了几下，没敢吱声。

杜老爷问："是不是太太又找牛玉龙？"

李管家点点头。

杜老爷把拐棍嗵地戳在地上，地上扬起了一片尘土，愤愤然道："你要找到他，立即禀告我！"

杜老爷说完，口气虽硬，但显得无可奈何地走了。

这方圆几百公里的草原都是杜老爷的牧场，他以养马为主，兼搞牛羊皮毛交易。

家财万贯，财粗势大。一个排的家兵护家看院，长工短汉上百号，忙时上到几百。这么威风的杜老爷在太太面前却像只缩头的乌龟，毫无办法。

十年前，杜老爷的第一任太太也就是艳秋的妈妈死了。死后不到一个月，杜老爷就娶回了一位名叫白平鸽的太太。这白太太不仅姓白，皮肤也白洁光滑，爱穿洁白如雪的旗袍和短裙，短裙下露出的大腿，也白嫩得透明。杜老爷比白太太年长二十岁，加之太太骄横霸气，特别在房事问题上不在一个档次，所以倍加惧内。爱听房的长工们经常窥见杜老爷跪在白太太面前乞求："太太，我实在对不起你了，你饶了我吧！"

白太太常常伸出白嫩嫩的腿，用脚趾头点着杜老爷的脑门子骂："好啊，你娶回我来，每天就这么对付我，你让我守活寡呀？"

头些年，杜老爷还保持着尊严。随着他年事渐高，白太太却进入了如狼似虎的年龄。他让步了。杜家大院长工短汉上百，只要不为人知，默许太太选个意中情郎。白太太在此事上向来不讲客气，首选就是刚才那个李管家。李管家威猛过人，力大无比，是杜府的大拿。白太太本来指望他身体强壮，也好弥补杜老爷之不足，哪知这没福气的家伙不敢接近太太，怕杜老爷崩了他脑瓜。好不容易被太太鼓起了勇气，却被院外杜老爷一声咳嗽吓得从炕上跌到了地下，从此闪了身子，再怎么引诱、安抚、刺激、摆弄，那个家伙都麻木不仁，无动于衷。李管家成了没有阉割的太监。

李管家不能再干此事，便成了白太太一笔亏欠，愿为白太太物色情种，干起皮条勾当。自然，他的收入远远超过了当管家的进饷。

白太太尝了不少男人的滋味后，便又看中了到这儿打工的牛玉龙。李管家已暗示了玉龙几次，玉龙总是笑笑，说："知道了。"

玉龙知道白太太是一只常年发情的母狗，可杜老爷对自己一向器重，且有许多恩典，咋能办这种欺负老爷的损德事情。再说，白太太比自己大十多岁，浓施粉黛，描眉画唇，远看像狐，近看似妖，他压根儿反感。更主要的是，自从杜老爷的女儿艳秋从省城回来，抓着自己不放松，不是赛马，就是钓鱼，要不就缠着说些他听不懂的洋话，他开始爱上了这个城里长大的"洋妞"。不过，他不敢得罪这只母狗，自己的饭碗就在人家手里端着，一不高兴，自己就得饿着肚皮滚回牛家村去。

前一段，李管家对玉龙下了最后通牒："你别不识抬举！嫩鸡老鸡都是鸡，再说白太太也不是那种咬不动的鸡，你让人家三四次白等，真要寻倒霉？"

"今晚一定去。"玉龙总算答应了。

玉龙找见了一个叫小萝头的家兵，这是玉龙的好友。他拽着他到了一个僻静处，如此这般耳语了一番。

星星缀满了天的时候，玉龙按照约定走到白太太的窗前，冲地跺了一脚，白太太的门便吱地拉了个缝。他侧身挤了进去，屋里黑咕隆咚。还没定脚，就被两只胳膊挟住了脖子，一只热乎乎的舌头就在他脸上乱撩起来。

"哎呀，太太，放开我！"

小萝头在窗外听到了玉龙的声音，突然大声喊起来："玉龙——玉龙——排长查哨，到处找你！"

白太太被窗外喊叫吓了一跳，急忙松手，玉龙趁机脱身而逃，总算应付过了这一次。

对于太太和玉龙的绯闻，杜老爷已有耳风，他承认自己伺候不了太太，也理解她能接纳一两个壮汉的行为，可怎么能搞得沸沸扬扬，人人议论呢？一个自己从半路收留回来的下人，抢了自己的位置，自己的尊严、权威、脸面都往哪儿搁？麻雀夺了老鹰的窝巢，以后如何在下人面前露脸？他不能容忍。几次想要把玉龙脱光了衣裳，用水鞭抽打，然后逐出杜府。可这么做，不正证明外面的传言是事实了吗？这等于宣布了自己的家庭丑事。杜老爷这么一想就忍了，可他憎恨死了这小子。

刚才，李管家说太太又到处找玉龙，杜老爷回了上房，气得两腿一蹬，躺在了床上大喘。他狠下了决心：一定要把牛玉龙除掉。他所考虑的是用什么方式除掉他。如果把他逐出杜家，太太肯定不会答应。如今的白太太已不是以前的白太太了，她在杜家已掌握了半拉江山。一旦她翻了盘子，府内就不会平静。他真有点为难。

李管家迈进了上房，和杜老爷报告说："老爷，牛玉龙又和小姐骑马去了。"

杜老爷腾地坐起来，惊异地问："什么？莫非他们经常出去？"

李管家说："啊呀——老爷，自从小姐从省城回来，他们就经常相跟着出去。"

"这是真的？"杜老爷感到自己孤陋寡闻。

"老爷，我哪敢胡说！"李管家说，"您要不信，亲自去看看，现在，他俩正在眼镜湖呢。"

杜老爷重重地叹了口气，他的心绪又翻腾起来。

自打女儿从省城回来，整天不思学业，惆怅沮丧，有时还暴躁不安，脸上很少展过笑容。杜老爷几次打问情由，女儿都摇头不答，回避躲闪。杜老爷想：女儿大了，许是在省城里失恋了才这么伤感。这么久了，没见她有回省城读书的打算，不如给她寻个人家。

自从杜老爷和范家镇范老爷买卖往来后，觉得这正是一家门当户对的人家。范老爷有个儿子叫范君义，也在省城里念书，和女儿从身份上也能般配，所以他打发媒人去范家镇求婚。范老爷也觉得是门好亲，二话没说，立即拍板定亲，并当即给了一千块定亲大洋。

这件事杜老爷还没来得及和女儿说，本打算她心绪好转时再告诉她，不曾想又让这个牛玉龙先发制了人。他立即下了地，和李管家说："走，到眼镜湖去！"

李管家把气昏了头的老爷按在床上，说："您去干什么？您不看小姐每天愁眉苦脸，神魂不安，难得她能高兴一会儿，打扰她干什么呀？"

"李管家，你马上把这小子赶出杜家大院！"

李管家给杜老爷倒了杯热水，慢慢劝慰说："老爷，您先别动气，有些事咱再琢磨琢磨。您看，咱们的护院家兵又跑了三个，听说从山西过来一股八路军部队，是打日本人的，他们都投靠八路军去了。现在人手本来就少，加上日本商人那批货物，不论白天黑夜都得加岗把守，半月前，要不是把守严密，不让干豌豆抢了吗？这批货要是有个闪失，怕是咱杜家无法交代日本人的。您听说了吗？日本人已经打到省城了，正向大青山以北进发。再说咱们还收取人家一天二十块大洋的保管费呢！"

杜老爷又霍地坐起来，大声说："李管家，这事我说了算，没有家兵多花几个钱出去雇，决不能再让这个混蛋留在我杜家！"

李管家理解杜老爷心思。玉龙和白太太这事他最清楚，玉龙是冤枉的，但此话如何启口？他有心留下玉龙，是感到这家伙有胆子，是块料，杜家留住他，以后必有大用。还有，他在家兵中有威信，一旦他走了，家兵队伍就不好稳定。但杜老爷已将话说到这个份儿上，他只好唯唯诺诺地问："这个月官饷咋发？"

"还给他发官饷？明天扫地出门！"杜老爷还在发火。

此时白太太进来了。她见杜老爷火成这样，问李管家："什么事惹老爷生气了?"

杜老爷不知从何而来的勇气,此时也不惧怕太太生气,说:"明天我要让牛玉龙这小子滚出去!"

白太太忽然哈哈大笑,一拍大腿道:"啊呀——老爷,你早该如此了!这个人每天投机取巧,尽玩嘴皮子,留在杜家,迟早是一害!依我看不要等明天了,现在就把他赶出去!"

白太太说完,扬长而去了。她的态度倒使杜老爷意外。这说明玉龙并非与太太有染。他反倒冷静下来,思考了良久对李管家说:"官饷发了吧,三两天打发他就是了。"

四

这是一个早晨。雾气似一堆一堆巨大的棉团把牛家村絮在了里面,村子周围已经泛起了绿色的山峰,也变成了雾海中望不透的岛。偶尔一股东南风冲来,犹如有一只细密的喷雾器,把雾团里湿漉漉的水气喷在了人们的脸上、手上和已经敞开衣衫的胸怀里,使人感到一种薄荷般的清凉和柔情的浸润。随后,被风冲散了的雾团变成了马尾巴一样的细丝,飘飘逸逸,绕来绕去,挂在了树上,贴在了石头墙上,缠在了牛老栓扛着的犁头上……

牛老栓趔趔趄趄,气管里发出了凉气刺激后那种欲咳不快的怪声。他放下了犁头,靠在村口的一堵石头墙上,干脆把屁股冲天撅起来,又开始了痛痛快快、无休无止的咳嗽。随着咳嗽,手里的牛缰不断拽动,一头大黄牛走出雾团,贴近了他的身旁,用鼻子拱了拱不断咳嗽的老主人,把低垂的头扬起来,哞地叫了一声,音调有几分忧伤,表示了对老主人的担心和怜悯。牛老栓直起了腰,随着牛脖子上抬,踉踉跄跄走了两步,摸住了犁把,吃力地扛了起来。

"老栓,不想活了?"随着话音,一个高高的身躯移近了老栓。他穿件黑色长袍,胳肢窝里夹着一卷写仿的麻纸和线装的古书。他夺下了牛老栓肩膀上的犁头,扔到地上说,"满村子就听见你咳嗽!"

"不咋。青草顶芽,咳嗽几天就没事了。年年都是这样。"

"老栓啊,今年就显得不同了,你四儿一女都长成了,还用你耕地?"来者语重心长。

"唉,张老先生,儿女是多,可各有各的做向呀!"牛老栓挨着张老先生倚在石头墙上说,"你比我大十几岁,也得忙了地里又忙院里,还给村里办私塾,我哪能坐住啊!"

张老先生圪蹴下来,满把手拿住了鼻子,把一团清鼻涕甩在地上,把脏手在大腿上擦了擦说:"老栓啊,不怕你不高兴,你家金龙每天把头梳得贼亮贼亮,咋不能替你耕地?"

一说起二儿子金龙,牛老栓就羞得舌头秃了半截,遮遮掩掩地说:"他不是刚成家嘛!"

张老先生不客气,故意揭这块伤疤,"有了老婆更该好好做活。养不教,父之过。你呀,就这么将就他,怕他难成气候。"

"张老先生,甭说他了,养了人,养不了心呀!你千万得管教好路娃,可不能成了他二叔那样。"

"路娃灵洞,胆大随了他爹,心细随了他妈,没走种。"

牛老栓爱听孙娃子的好话,顿时来了神,"张老先生,我孙子是交给你了,你好好教他念书,八月十五和过大年我给你烧香摆供。"

两人唠唠叨叨着。忽然,被雾海填平了的阴灵沟那边滚过了一溜溜雷声似的响动,响动声持续了一阵后才隐隐约约消失。

"啊呀,张老先生,日本人又向八路军开炮了!"牛老栓有些惊慌。

"不像炮声,像是开雷了。听说日本人让八路军打得不敢露面,又调兵嘞!"

"八路军有这么厉害?"

"那是!听说是贺龙的队伍。"

"贺龙?"

"对,他是八路军的军长,听人说,他鼻底下长着一堆胡子,所以人们把八路军叫贺胡子。"

牛老栓若有所思道:"噢,我想起来了,那天油屁股说,贺龙手里拿着两把菜刀,见着谁砍谁!"

"胡说！"张老先生有些生气，"狗嘴里能吐出象牙？油屁股如今当了维持会长，专门舔日本人的屁眼。你回去告诉金龙不要跟着他游晃！"

牛老栓长长出着气，说："我对金龙真的没信心了，好坏由他吧，反正我已给他娶过了老婆。"

张老先生也替老栓伤感，"真是一娘生九子，个个不一般。姊妹五个，一个比一个强，就他反骨。"

两人把话题扯来扯去，牛老栓倒淡了耕地的心思。这时候雾气越来越大，鼻尖对鼻尖才能看清眉面。这么大的雾实属罕见。老者们说，这是仙女下凡和人间婚配，为了不让凡界抢婚，王母娘娘扯了条白纱挡住了人间，这白纱就是大雾。牛老栓想到仙女下凡，就又勾起了心思：大儿子大龙已有了美满的家庭，二儿子金龙虽不争气也娶回了媳妇，但三儿子玉龙和四儿子小龙还是筷子夹骨头——光棍碰光棍。这一直是牛老栓心里的两块硬伤，只有拼上命干活挣钱，两个儿子才能讨上老婆。想到这里，他顿时振奋起来，提起犁头就搁在了肩上，拉起牛缰就走。可是这牛死活不向前迈步，任凭牛老栓死拽，它仍岿然不动。牛老栓毛了，骂道："你个王八，也看我老了？"

这时，张老先生笑起来，说："玉龙，快甭逗你爹了。他哪有心情和你逗乐？"

原来，刚才是玉龙拽住了牛尾巴，牛才不能迈步。牛老栓一看是三儿子玉龙又在搞恶作，骂道："你什么时回来的，咋不好好伺候人家杜东家？"

玉龙嬉皮笑脸道："爹，我回家耕地。"

"谁用你耕地！快回去好好伺候杜东家！"

玉龙不管爹的脾气，伸出两只大手就把他抱起来，端在半空，又款款地放在了牛背上，随后冲着大黄牛的蛋泡子踢了一脚，大黄牛就嗷嗷地号了两声，飞快地向家奔去。牛老栓在牛背上颠来颠去，差点栽个嘴啃地。当牛老栓被大黄牛驮到村中央的大井台时，许多马匹和耕牛脖子里系着的铜铃声伴着沉重的蹄脚声，从被大雾蒙着的四面八方的小巷子里传出来。人们搭讪着，吆喝着牲口，驯良的耕牛们发出了绵绵冗长的呼唤，马匹不断咴咴地嘶鸣，呱啦啦的大井辘辘穿透浓雾更加脆响，朦胧一片的牛家村深藏着就要开始一天劳作的热闹。牛老栓觉得乡亲们也知道天上降下了仙女，生怕他们抢走似的，立即跳下牛背，喊了一串"的嘚嘚"后，大黄牛便停了脚步。牛老栓返头对赶上来的三儿子玉龙说："三猴，快回去伺候杜东家，你也要把我气死？"

玉龙不说一句话，使劲在牛大腿上拍了一掌，大黄牛的两条后腿猛地向后飞起，又哞地吼了一声，撅起尾巴飞奔回了牛家大院。这又是玉龙的恶作，他知道爹比这条老牛还犟，靠劝说他是白磨舌头，把牛打跑了，看他还拿什么去耕地。所以他把一只麦王钉子一掌拍进了牛腿的肌肉里，一贯温驯的大黄牛就发了疯。牛老栓气得跺了几脚，不得不跟着玉龙回了自家院。

牛家大院是一处四合庭院。一大溜正房横摆东西，从紧西头数，牛老栓两口子住一间半，女儿迎春已十七八，不便和爹妈挤在一条炕上，便在那半间里垒了个土仓，仓里存着七杂八乱，黑夜睡觉时在仓上盖块木板就是睡铺了。挨过来就是大儿子大龙、二儿子金龙每人半间，三儿子玉龙和四儿子小龙都未成家，共住一间。可具有远大理想的牛老栓想到两个儿子迟早要完婚，所以在设计时多盖了两间，至今空着。在大院的两侧，是一大溜棚圈，有马圈、牛圈、驴圈，还有用桦树围扎起来的羊圈。羊圈面积太大，除了占用西侧部分地方，又将大院南侧全部占了。因为牛发家，除了种地，全靠养羊。羊是半拉家当，能卖皮毛，能改善生活。在大院西南角，还有猪娃子睡觉的地方，这种家伙最不卫生，臭气熏天，每天还哼哼吱吱地乱叫，所以把它们的"宿舍"安排在了西南角落。牛家人不论老小都喜欢养狗，所以狗的待遇比较优厚，狗窝宽敞阔大，窗户上还安着一眼玻璃。当然，牛家精心护理、偏爱有加的还是那群黑黄草鸡和绿尾巴公鸡，它们的住所在狗窝的上头，高高在上，是"二层楼"的待遇。大院的东侧就全部是凉房了。凉房也是分类别的，有存放五谷杂粮的，有存放锄头、锹、镐、桩、杈、叉、耙等各种农具的，有存放皮袄、皮裤、水靴、毡袜、臭毛鞋的，还有存放棉花套子、牛毛毡子、狗皮褥子及烂羊皮、烂毡片、废铜烂铁、牛羊骨的。存放最多又无法分类的是不值一文的物品，如一只打成碎片的瓷碗也要存在这里，等待农活忙开，花轱辘车一转动起来，车轴上就有了脂油，用脂油把这些破碗片糊起来，风干一个月后便硬得卜棱棱，照常可用。

这个布局精密、结构严谨的四合院也是一个充满了生命活力的地方。一早，几只大公鸡就跳到房顶上，挺起胸脯，扬起脖子，你一声它一声地比嗓子，草鸡不甘示弱，拖着调情的嗓子呱呱地呼唤着公鸡，傲慢的公鸡们被叫唤得不耐烦了，凶猛地扑了过来，瞪起了血红的眼珠子，竖起了浑身毛发，歇斯底里地叫了几声，便跳到草鸡们的背上，兴奋得乱挣扎了几个回合，嗤地放了个臭屁，结束了它们的欢合，留下了一片乱飞的鸡毛。但它们并未安宁，偶有一只大狸猫戏逗着天上的飞蛾，鸡婆们又大惊小怪，大呼小叫，天上地下地乱飞起来，好不令人心烦。走俏的母猪也叫人讨厌，吱吱地不断声唤，急匆匆从这儿窜到那儿，又从那儿窜到这儿，不断地用嘴拱这个门，又去铲那堵墙，不难想象它是如何忍受着爱情的折磨。圈里的牛马驴骡更为热闹，除了不断地发出自己的呼叫，沉重有力的蹄脚还生硬地刨着大地，把牛老栓正房的窗户震得嗡嗡直响。平日里温顺绵善的山羊绵羊也常常捣蛋，它们动不动打起架来，双方不断用脑袋撞击，为了撞得轰轰烈烈，它们各后退几米，然后鼓足了劲，气壮山河地向对方撞去，有时一方脑袋错位，一下子撞在了桦树栅栏上，坚硬的桦尖就会刺穿它的颅骨，惨叫几声呜呼哀哉了……

牛老栓相跟着玉龙进了院，一条小狮子般的大狗迎了上来。玉龙伸出了双手，大狗便站立起来，两只前爪搭在了玉龙的手上，玉龙握着大狗的前爪，像久别重逢的老友握呀握，大狗兴奋得直摇尾巴，嘴里发出了撒娇的怪调。玉龙蹲下来，大狗便把两只前爪搭在他的肩上，伸出了宽大的舌头，在他的脸上、颈上乱舔。不知咋的，大狗喜欢舔玉龙的耳朵，舔了内耳又舔外耳，把玉龙痒痒得也怪叫起来。

"玉龙呀，你什么时能长大？和狗都要个没完？"牛老栓又哎哟了一声，狮毛大狗便从玉龙身上下来，咬住了牛老栓的衣襟使劲儿下拽，也想让这位牛家大院的老掌柜蹲下身子享受一下它的温情。牛老栓摸着它的头，指了指羊圈说："去，把它们撵起来。"

狮毛大狗接到老掌柜的指令，嗖地腾空而起，越过了栅栏门，跳进了羊圈，一边狂叫，一边乱咬。正在静静安睡的羊群立即混乱，满圈里乱跑。它撵起羊群完成了任务，跃出圈门，又跑到牛老栓面前摇摆着尾巴，向老掌柜夸耀自己的功劳。这正是牛老栓要达到的目的。因为羊们安睡了一夜，肠胃处于滞通状态，让大狗撵起来，经过一阵剧烈的运动，可以打通肠道，促进新陈代谢，还可以加快上膘，实在是羊们锻炼身体的好办法。

牛老栓十分满意。这条狗太聪明了，它不仅可以看守门户，跟着羊群进山护群，还可帮助主人做许多家务。最让人赏心的是，牛老栓的宝贝孙子路娃每次拉巴巴时，它总要守在旁边，待路娃把小屁股一撅，它便伸出舌头，把路娃的小屁股舔得干干净净，像刚才舔玉龙的脸蛋和耳朵那样认真和多情。全家人都酷爱它，牛老栓把它称为自己的第五个儿子，所以，老五就成了这条狮毛大狗的正式姓名。牛老栓心爱地摸摸老五的头，又把手指向了西南侧的猪圈，他还想把那些睡懒觉的猪闹醒，早些出窝拉屎送尿，锻炼身体。老五心领神会，箭一样向那儿射去了。

牛老栓没再管老五的事，直接进了自家。家里没人，牛老伴看她妹子去了。她妹子住在后山的草地畔村，那里进驻了许多日本兵，这些日本兵满村子追闺女媳妇，她妹子的女儿叫晶晶，没个躲处，一口气跑得没了影踪，急得她妈得了心慌病，动不动就闭了气。老伴要去看她妹妹，牛老栓不放心，就让四儿子小龙拉了头毛驴陪行，今儿走了五天不见人归，牛老栓的心总是乱跳，就怕兵荒马乱出了事情。他在地上立了半天，心里臭骂日本人不在本国好好劳动，来中国挨砍刀！

牛老栓更为大儿子大龙担心，他让摊了丁，听说是给日本人修公路。油屁股这个王八蛋，牛家给他送了一罐洋烟，又给他送了两块银元，到头来还是给牛家摊了一丁。听说大龙修路苦很重，还经常让日本兵抽鞭子，他那血性汉子，从来不受气，一旦来了火，还能不吃大亏？

牛老栓心事重重，坐卧不宁，但又觉得担心没用，还是想做点营生。今儿玉龙不让自己耕地，只能在家干些活计。平时，老栓作为一家之主，加上身子有病，家务事是不让他干的。特别是大儿媳小兰，把他当亲爹对待，吃饭高一碗低一碗地端，喝药一勺一勺地喂，一到咳嗽起来，轻轻地捶捣他的后背，天下的亲闺女都难以做到。自从小兰进了牛家，凡是家里院里的营生，都让她做得光光净净，想找点剩活干还真不容易。今儿一早小兰就进山找羊去了。自从大龙修路走后，她就替丈夫当起了羊倌，昨天在北沟放羊，一只大狼冲进了羊群，四只羊失踪。小兰担心得一夜没合眼，天边刚发白就进了山沟。牛老栓的女儿迎春担心嫂子出事，硬跟随着她做伴去了。小兰虽然出了门，但该干的活儿提前都干了，家里院里都扫得没有一根毛。水瓮里担满了水，明净明净的，快要溢出来。门首的头号大盆里装满了猪食，上面用高粱秆片片盖着，怕招惹来苍蝇。烧饭的羊粪已堆在灶口，连生火用的茅草也放进了炉膛，做饭时只需划一根火柴……牛老栓里外绕了几个来回仍没找见一点点营生。这时，天上的雾气淡了，太阳拼着命把一束光线投进牛家大院，光线下，一溜光闪光闪的物体出现在了牛老栓的视野中，那是牛家每个屋的尿盆。说起这一溜尿盆也算一件奇闻。山村里的人，夜晚憋尿不出家门，就在炕上放个盆子，日子长了，盆底会长出一层白色的尿碱，骚味熏得人头晕，许多人家用上一段时间，就把盆子扔了。可小兰天生会过光景，每天早晨倒光了尿，就用清水冲，然后用干布擦，把每个屋的尿盆都擦得明光灿烂，能照见人影。她就是这么热爱美，热爱生活，热爱这个家，热爱家里的每一件物品……

牛老栓想着这些事，真感谢小兰爹妈给牛家养了这么个好儿媳。他不由得把新过门的二儿媳巧巧和小兰做了比照，心里无限感慨：天知道，咋了一条蔓子上长出两种瓜来？都是一样的牛家祖德，咋会娶回两种媳妇呢？

五

玉龙进了二哥金龙屋里。

金龙的屋子还没摘窗帘，加上外边雾浓，屋里黑咕隆咚，一盏油灯上爬着一根细细的棉花灯芯，灯芯放出了幽幽光亮，大致照出了新婚不久的洞房景致：大红喜字堂堂正正贴在正墙壁，喜字下鹅蛋形的镜子里，映出了发着乌亮的梳头乌木匣，匣子上放着一对扣耳银环和一双细柳般的银手镯，这手镯精巧，能看出是精工打造。这是大嫂小兰为他们新婚送的礼物。这礼物是小兰进牛家时娘家的陪赠，小兰娘提着耳根安顿说："小兰，这是妈出嫁时你姥姥的陪赠，待你有了闺女出嫁再传给她们。"小兰没听妈的话，也没听大龙劝，忍着心疼给了今后就要在一个锅里搅稀稠的妯娌。小兰说："妯娌关系难处，我先带个好头。"

这时金龙刚从大红被里爬出，正往头发上抹油。他果然时尚，头顶正中一道明显的发缝，把头发和脑袋公公平平地分成了两瓣，这是模仿城里的汉奸头，真要用刀照着缝子去砍，保证是一半八两，一半半斤，所以村里人都说是"挨刀头"。金龙的相貌也不错，身材匀称，胖瘦适中，不过，脸色有些青绿，颧骨上略略出现了刀皱，年轻人娶了亲，不用说是什么原因了。他穿了件刚刚时兴起来的半袖子上衣，前开门的裤子尤为惹人注目。村里人都穿大裆裤，他的裤子却在裆前开了个口。许多人都伏下身子看着裤裆仔细研究，很担心那东西一旦激动从前门探出头来。

金龙的新婚妻子巧巧，还在被盖里钻着。两条洁白的小腿，露在红司令布做的被盖外面，颀长而同样洁白的胳膊伸出来。忽然，她双脚用力向下蹬去，双臂也猛地向上伸展，浑身展成一条硬棍，这个懒腰之后，又是一声长拖拖的哈欠，然后身体才像虫子一样蠕动起来。她正要爬出被窝，发现玉龙站在地下，尖叫了一声，顺手扯起被角，把自己连头带屁股蒙在被子里，骂道："三猴头，什么时候回来的？进门也不咳嗽一声！"

玉龙没理二嫂，冲着金龙开门见山问："二哥，爹那么大岁数，又有病，忍心让他去耕地？"

金龙有些火，反问："谁让他耕地来？他自愿！"

"自愿？就算他自愿，你也好意思睡到这时辰？"

"那你为什么不去耕地？"金龙又反问。

"我在外打长工，有契约，每年挣三十疙瘩银元哩。你娶老婆送财礼还是我挣的！"

"玉龙，你不要老拿这话对付我，花你的钱我会还的！"

玉龙压了压火，说："二哥，不管咋，眼下得赶快耕地。"

金龙把五根指头插进头发，把分头向后拢拢，依然火愤愤地说："日本人来了中国，种地还不是白种？"

玉龙倒像个兄长，显出了极大的耐心，"二哥，以后你少和油屁股唱一个调！日本人算什么东西，他们也是长的两颗蛋，中国这么大，一人一口唾沫就把狗日的淹死了！"

巧巧听见丈夫和小叔子抬杠，从被盖里传出了奶声奶气："你俩一见面总吵架，到外头吵去，让不让我起床了？"

玉龙不愿和二嫂生气，但对二嫂睡懒觉不满意。他想让她难堪，便故意把一条大腿搭在炕沿上，说："二嫂，睡吧，着什么急，还不到晌午呢！"

巧巧仍埋着头在被盖里乱滚，撒着娇喊："三猴头，滚开！再不滚我就光屁股站起来！"

"那你就站起来啊！"玉龙仍在半开着玩笑。

这时，太阳从东山顶跳出来，满世界大雾霎时间不知散到了哪里。屋子里马上豁亮了。玉龙下决心要耍一下二嫂，干脆脱鞋上炕，盘腿大坐，从腰间掏出了小烟袋，按了满满一锅小兰花，有滋有味地抽起来。

内蒙古自治区第十届文学创作"索龙嘎"奖获奖作品

金龙想要出门，油屁股又约他去赌博，可玉龙守着媳妇不走，他心里恼火。看见那只上了年岁的花狸猫正在锅渠子里热乎乎地酣睡，便飞出巴掌无端地摔了个耳光，可怜的老猫稀里糊涂跳上房顶，随后他粗鲁地骂道："不识眼色的东西！"

玉龙看出了二哥的心思，气得嘴唇子抖了两下。正在尴尬，巧巧把头从被盖里伸出来，怒视着丈夫，大声责问："你咋啦？发疯？"

"我揍你，王八蛋！"金龙骂了一句，就把屁股和脊背给了玉龙和巧巧。巧巧嗖地坐起，气愤使她忘了羞耻，两只大奶子像粉团一样裸露在胸前，细腻的屁股蛋子也露出了一半。她伸出了被海纳花染红的指头，点着丈夫的脊梁骂道："你才是王八，你和桃桃上嫖，姑奶奶都让了你，反倒欺负起姑奶奶了？"

"放你妈的狗屁！"金龙扭过脸，眼睛睁得玻璃弹那么圆。

玉龙实在无法忍受，双手托着炕板跳下地，怒不可遏地骂道："二哥，你真欺负桃桃了？"

"兄弟，你可说对了。"巧巧立即接过玉龙的话，从牛毛毡底下抽出一条白色裤头，摔在炕上，"玉龙，你看这上面糊的什么？"

玉龙瞟了一眼，白洋布裤头上的的确确糊了不少乱七八糟的东西。巧巧像麻雀吵架那么快地讲述了事情的经过。本来，农村人是不穿裤头的，但自从金龙穿了那件马裤后，巧巧便给他做了条裤头兜着前头。不曾想，早晨刚穿上，黑夜就发现糊了这么多脏物，经过仔细观察和分析，她想起金龙和下院二狗的老婆桃桃经常眉来眼去，认定是男女混合之物。

金龙对巧巧的说法不认账，他在地上跺着脚争辩说："那是我跑了马！"

巧巧哪里肯让，立即反驳："跑马？我嫁给你仨月了，你哪个黑夜轻饶了我？你还跑马，你倒跑牛！"

玉龙用鄙视的眼光盯着二哥，把半斤重的巴掌在空中掂了掂，真想摔在他的脸上，但使劲忍了，临出门丢下一句话："二哥，你要再欺负二狗媳妇，甭怪我对你手黑！"

玉龙怒气冲冲出了二哥的门，就去找下院的二狗。

二狗天性憨实，为人和气，但脑筋很灵洞，虽然没念过一天书，但是会写许多字，打猎没人能比得上，今天发明夹子，明天又发明套子，每次进山都是满载而归。

他还会做炸药，把自制的炸药包在肉里，放在狼窝或狐狸洞口，它们一吃就把脑袋炸个粉碎。二狗和玉龙同岁，打小耍尿泥长大，喝凉水一人一口，吃大豆一递一颗，关系亲如弟兄，所以玉龙听说二哥和二狗媳妇鬼混十分恼怒。不过他找二狗不为此事，老爹那身体再不可干重活了，大哥和四弟又不在家，耕地又是当务之急，他想让二狗帮耕几天。

二狗不在家，桃桃正用一块棉花往脸上打粉。桃桃长得比巧巧还漂亮，腰肢像细柳又软又柔，迈步同时腰颤动，十分诱人，皮肤很像富家闺女，白嫩细腻，还画着红嘴唇，像年画里的美人。她看见玉龙进院，立即跑到门槛迎接，笑嘻嘻地说："呀！玉龙，见你一面多难呀！"说完，动手去拉玉龙的手。

玉龙把手抽回去，对桃桃的轻薄不满意，冷冰冰地问："二狗呢？"

桃桃受了冷遇心里不悦，沉下脸说："还不是鼓捣他那些炸药！进北山做试验，两天没回来，怕是炸不死狐狸把他自己炸死！"

玉龙出了二狗院又去找他的小弟兄飞飞，想让飞飞为参帮耕几天。可飞飞也不在家，他爹领他相亲去了。飞飞妈正在和面做锅贴，用面手把玉龙推拉到炕沿边就说个没完："玉龙，听说来了些日本人，个子不高，都是些牲口，有闺女的人家都怕日本人糟蹋，赶紧找婆家。这不，后草地有一个姓胡的闺女长得喜人，还念过书，会唱戏，我让朱阴阳翻了古书，属相命相都不相克。玉龙，你比飞飞大一岁，也是张闹的时候了，听婶子说，男子汉大丈夫，迟早不得搂个闺女。兵荒马乱，快些逮一个娶回来吧……"

这一堆话勾起了玉龙的心烦事。说真的，他喜欢上又野又泼的艳秋了。他虽然非常理智，明白在他们之间横着不可逾越的重重障碍，但是内心对这个女人却是非常想念。这个女人的举止言谈、音容笑貌，一次又一次固执而顽强地在他脑中涌现，而且一次比一次强烈，这种欲望不断从种种畏惧中钻出来，攫住了他的灵魂。就是和艳秋在眼镜湖相聚那天晚上，他感到心中欲火在燃烧，他闭上了眼睛，体味着艳秋把自己推进湖里，给自己换了新装……他的每一个细胞都在激动地颤栗着，他把眼睛闭得很紧，不愿睁开，他怕看到现实，怕丢失了那个梦一般的情景，他幸福得麻木了。

可是没几天，这美梦就像肥皂泡一般被吹灭了。李管家给他手心里扣了三块大洋说："这是这个月的工钱，你就回家去吧！"玉龙正要张嘴问清原委，李管家摆摆手，示意他什么也别问了。事情来得如此之快，玉龙还未彻底转过弯儿来，五六个家丁就连推带搡把他轰了出来。

如此巨大的感情落差起初使他难以接受，当他一气之下疾步如飞地向家走了二十里路以后才明白，这是多荒诞的一场想入非非啊！人家是几十万贯家产，自己是几个瓦罐的家产；人家是念大书的洋学生，自己目不识丁。眼镜湖畔两人并坐，玉龙亲眼看见两个天壤之别的影子从湖面上漂出来，简直相形见绌，自愧不如。她仅仅是给自己换了身衣裳，那是因为一则她的钱太多，二则她可能对穷人有点怜悯之心，咋能把梦想当成现实呢？玉龙为自己的荒唐感到可笑。

这时天空已大亮，阳光把每一丝雾气都追得无影无踪，有点灼人的太阳已经沿着南山脊慢慢向正南移动。玉龙离开飞飞家，打算自己去耕地。他想带点干粮，老晌就不回来了，到天黑咋说也能耕个三四亩地。可妈妈出门子了，二嫂正在光屁股吵架，谁给做干粮？他想起奶妈来。

玉龙奶妈住在村北。当年，奶妈虽然怀抱着女儿玉荛，但仍然把玉龙收为了奶儿。奶了一年，奶妈就舍不得把玉龙还回去了，要把玉龙变成玉荛的奶女婿。为这事两家人争得不可开交。玉荛妈搬出了张老先生，那时玉荛妈和张老先生就暗中相好，想利用张老先生的威望说服牛家。但张老先生主持公道："玉龙是牛家的人，理应归还。但奶妈有恩，按干儿子认养。"从此玉龙就有了两个妈妈。

玉龙干妈如今已六十多岁，老眼昏花的，但听见院里脚步声熟悉，问："玉荛，是不是你奶哥回来了？"

正蹲在地下修犁头的玉荛站起来，果然见玉龙进来，嘴一撇把头扭向后墙。玉龙心里清楚，奶妹肯定是怪自己这么长时间不回来看她，于是憨憨地笑笑，和干妈请安道："干妈，腰腿挺好？"

"好，好。"干妈很高兴，下地要给玉龙倒水。玉龙拦住说："不用，我是来取点干粮，马上帮我爹耕地，你们知道，他一到春天就咳嗽气短。"

玉荛猛地转过身，对玉龙说："你就不管我们了？"

"玉荛，有事就说，哥咋能不管？"

玉荛眼里滚出了两颗珍珠似的泪蛋，哽咽了一声低下了头。

玉荛妈长长地叹了一口气说："死不了的日本人给咱们家摊上了丁，要让福来去修公路。你看他那样子，愣得连十个指头都数不清，打发出去能放心？没法子，我去找油屁股，不管咋他总是姓马，要他和日本人求个情。油屁股跑了好几遭，日本人才答应只要捐一条牛就能免丁。这不是，牛肉让日本人吃了，福来和玉茭就得代替牛拉犁，我快入土的人了还得从头学扶犁。娘母三个四五天了也没耕一亩地。"

"有这事？"玉龙心疼干妈，"干妈，甭哭了，我一会儿就帮你们耕！"

"你们家的地那么多，也得有人耕呀！"干妈摇头。

"甭管了，我们家总比你们有办法。玉茭，还生气？快弄点干粮，我先去地里，你把干粮送来。"玉龙说完就出了门。

六

玉龙走后，玉茭就赶快跑到了鸡窝前。两只黄草鸡正卧着下蛋，它们平平静静，心安理得，一点也不着急。鸡子下不出蛋玉茭心里急，好几年了，玉龙在外不回村子，好不容易回一次，又提出要点干粮，能给他把糠窝窝拿出来吗？本来家里存了不少鸡蛋，昨天正好来了个货郎，换了些零用品，又换了些五色锦线，她想给玉龙做件开心袄子，用五色锦线在袄爪上绣一对鸳鸯戏水。从她懂了男欢女爱那一天起，她的心就开始追恋着玉龙了。如今她已是二十岁的闺女，心里的这颗爱情种子不但根深而且叶茂了。玉龙那端正清秀的五官，滑稽可笑的性格和待人真诚宽厚的品质，像春天温暖的阳光，像润泽的雨露，催生着她的这颗爱情种子，而且什么力量也按捺不住。可是她又不好意思也没有机会向玉龙表白，因为她知道玉龙现在并没有了解自己的心，她也不清楚玉龙能不能接受她这颗每天激动的、滚烫的心。在她看来，玉龙就像晴朗的天空中一轮皎洁的明月，那样的明媚动人，她总想把他的光明全部收到自己的怀里，独自占有，可是他总像皎洁的月光一样普照着大地上不少的女人，不管是有意赏月的还是无意赏月的女人。特别是她每听到牛老栓要为玉龙物色对象，她的心就被折磨得昼夜不能安宁。

玉茭从锅里捞出鸡蛋，等不及用凉水泡一泡就扔进了饭篮子，拔腿就要出门。这时，一个邋遢的壮汉立在门前，他痴盯着篮里的鸡蛋，半拉舌头在嘴角来回舔。这就是玉茭的哥哥愣福来。玉茭说："哥哥，刚才不是说好了嘛，玉龙有牛，用不着人拉犁了,你就甭去了。"

"不行,我要去。你给玉龙吃鸡蛋,我也要吃。"福来踮着脚板,活像六七岁的娃子。

玉茭又耐心地说:"哥,你要吃鸡蛋我现在就给你,可你一定要和妈在家翻翻粪堆,拣拣种子,不要到地里去。"

福来接过两个鸡蛋,连皮也没认真剥就填进了嘴里,蠕动着两腮含糊不清地说:"我还要到地里,我要抓摇头老娘娘(一种正在发育的昆虫,人一喊就摇头晃脑)耍。"

玉茭发了脾气:"你多大了还耍摇头老娘娘!滚开!"

福来愣了愣,捂着脸哭起来,边哭边往家走,边喊他妈:"妈,玉茭骂我,不让我到地里。"

乘着这个机会,玉茭拔腿就跑。刚跑出大门,才想起自己没换件新衣裳,她想:如果换衣裳,这不太露骨了嘛,哪有下地干活换新衣裳的?这不明显是让玉龙看吗?可是不打扮一下,玉龙会喜欢我吗?心里七上八下一阵子,又觉得玉龙平时不像金龙和小龙一样注重打扮,本来去劳动,打扮得花朵似的多别扭,于是掉头向田里奔去。

玉龙进了地就套上牛具干活。他不论干什么活都是好把式,一犁下地又深又匀没有坷垃。玉茭站在地头欣赏着玉龙耕犁得像褥子一样平展的地,心里无比舒服。玉龙发现玉茭早站在地头,但没顾上打招呼,这又让玉茭心里好烦。她猜想自己是一头热,是一种荒唐的梦想和天真的愿望,她的心里酸苦酸苦,眼眶里就被泪水充满了。

玉龙一直把玉茭当亲妹妹看,对玉茭早已萌发的爱情和残酷的情爱折磨毫不知晓。玉茭坐在地头揉着泪眼,他以为黄风吹了眼睛。他现在心里不但不想玉茭,反倒想起了艳秋。这个名字也太好听了。她的确是一个十分令人爱慕的女子。二十岁的脸蛋上没有灿烂,总是沉静和坚毅,永远挺着头颅表现出她的高贵。她的双眸像两汪秋水,照出了她坚强的心灵。她的鼻子细长而端正,使人想到单纯。一个深深的酒窝生在了嘴唇底下,更增添了唇边的妩媚。每当她专心考虑什么,便不时用雪白的上牙咬着下唇,在柔嫩的嘴唇上留下一道细细的红印。她整个身躯都透着霸气和骄傲,加上她满身的武功,简直就是一位神圣不可侵犯的万人敬仰的女神。

对这样一位女人，有多少人敢去爱？虽然她被许配给了范家镇的范少爷，可这范少爷的脑顶上到底能不能顶住她？这位女神在玉龙脑子里侵扰了半天，玉龙就又感到自己无比可笑，爱上艳秋简直是绝顶荒唐。

玉龙只顾想着艳秋，忘记了地埂上坐着的痴情奶妹，也忘了"来来达达"地指挥老牛，竟然把土地耕得支离破碎。玉茭正要喊，又停住了，想：该喊什么？喊哥哥，还是喊玉龙？二十年一直喊哥哥，今天喊玉龙，玉龙会有什么反应？她忐忑了一阵，终于鼓足了勇气，认真而严肃地大喊了一声："玉龙！"

这是一声决裂兄妹关系的呐喊，是宣布"我要嫁给你"的声明。当她喊出这一声之后，心就像摇鼓一样跳起来，一股热浪不知从哪儿涌来，经过了脖子，涌上头顶，被太阳晒黑了的脸上显出了一层红晕。

玉龙也惊愕了，停住了犁牛，立在玉茭面前，认真审视着眼前的奶妹，像是盯看一位从不认识的女人。玉茭没有打扮，还是以前那个穿着又瘦又短的裤子，裸露着粗壮油黑的小腿腕和脚梁面的闺女，还是穿着那件起码有五年补了又补的有大襟已经看不出底色的夹袄，这是吮吸一个奶头、盖着一张小被长大的小妹妹。可是他居然不认识她了，看得她那样认真，觉得她那么陌生。

玉茭从膨胀的激动中清醒，提起鸡蛋篮子，走近了痴呆的玉龙，又清清楚楚地喊道："牛玉龙！"

玉龙大惑不解地问："玉茭，你咋这么喊哥？"

"你说为什么？"玉茭恨恨地冲玉龙胸前击了一拳，然后扔掉了放鸡蛋的篮子，扑了上去，搂住了玉龙的脖子，呜呜地哭了。

玉龙被这意外吓愣了，用力挣扎，可是，玉茭两条有力的胳膊犹如铁箍一样箍住了他的脖颈，他难以动弹。他愤怒地吼着："玉茭，你这是干什么？快点放开我！"

这无情的声音像皮鞭抽在她心上，玉茭无比伤心，两条胳膊软绵绵地松开了，她大放悲声。

玉龙现在已明白了，他从来不曾想到她这个心气强硬的奶妹会这么唐突。事情虽然瞬间爆发，但他已想见了奶妹长期以来的精神阵痛，不觉有一阵怜惜和懊悔从心头掠过。于是他慢慢伸出手，搭在了她的肩上，又向前迈了半步，一把搂住了她，让她的头贴在了自己的胸口，低声对她说："玉茭，不要哭，你咋不早和我说呀？"

玉茭听了这几句温暖心窝的话，心在突突突地大跳，犹若正月十五闹红火在擂鼓。她抬头仰望，看见玉龙眼里射出了一种不是哥哥而是情人的温火，顿时觉得浑身热麻过了电一般。她抓住玉龙的手，发觉手指像一排磨秃了的石钻，虎口间堆着重重叠叠的老皮，这只手让她知道了他受过的大苦，是和自己一样的手啊！这只手就是一种语言，是一种心灵共通的语言，是两颗心能融到一起的佐证。她的身体仿佛融化在了他的身体里，她的嘴唇更紧紧地贴在了他的脸上……经历了这一过程，玉龙觉得自己怀里的人已不是妹妹，她敦实短小的身体仿佛通过一种神奇的幻术变得那么性感和令人陶醉。玉龙的身体也不由得簌簌颤抖了一下，情不自禁地把她的嘴唇咬住了……

耕地的大黄牛卧在地里已小憩了一会儿，现在伸起脖子哞哞地叫唤，招呼他们赶快耕耘。两人冷静了下来。他们正要分手干活，突然发现身边站着一个人，这个人已站了很久，观赏了他俩的全部拥抱和接吻过程，玉茭的哥哥福来正在咧着嘴傻笑。

玉龙和玉茭羞得无地自容，都低下了头。不过，他们很快想起他是一个愣得不知三多二少的人，羞耻感才慢慢消退。

玉茭冲福来胸口捅了一拳，生气地问：“哥，你咋又来了？”

福来噘着嘴怪怨玉茭道：“妹妹，你咋不和我亲嘴？”

"啊呀呀——咱爹咋损了大德养了你这愣子，你给我滚回家去！"玉茭气得没了招，连推带骂把他推出了地埂……

七

牛老栓听见金龙和巧巧吵得好凶，赶紧推门劝架，却羞得马上倒退出来。原来，巧巧赤条光身，像一只白条鸡在炕上跳着高高和金龙叫骂。巧巧见了老公爹全然不羞，还把正面扭过来要和他老人家诉苦。牛老栓不光为这个损了大德的儿媳羞耻，更主要的是一大早看见女人那玩意是极其不祥的兆头。这兆头不由让他把当壮丁的大龙和探亲不归的老伴联系了起来，顿时惶惶不能安宁。他要去找朱阴阳，要他开卦占卜，冲一下刚才的晦气。朱阴阳是牛老栓心目中的一尊神。

朱阴阳正好在家。他用深沉的眼神望了望老栓灰白的脸色，随后掏出了四个明光灿灿的铜钱，向空中抛了三次，铜钱都稀里哗啦顺顺利利跌进了手心。他欣喜地说了声"顺当"，就扬了扬山羊胡子示意老栓净手。牛老栓经常占卜，知道占卜前必须洗手，于是像往常一样冲手心唾了一堆唾沫，用唾沫搓了手心和手背，接过了铜钱扣在手心，翻覆了许久，把铜钱撒在了朱阴阳面前。朱阴阳盯着铜钱研究了一番后又惊喜道："大龙的卦不要打了，一看钱面便知，不但无险，而且载福而归。"

"什么叫载福而归？"牛老栓睁着愚蠢的眼睛问。

"就是说他还会带回福气来！他是真龙下凡。"

听了朱阴阳的解释，牛老栓放下一条心来，眉骨上紧绷的皱纹松弛了两三条。

说起真龙下凡，还有一段故事。二十几年前一个夏天，正是夏锄大忙季节，牛老栓两口子抱着刚刚出了满月的大龙到了田间锄地，大龙妈为了防止潮湿，就把娃放在一个白柳条编的筐子里，吊在地垄旁的歪脖儿老树上。干活到了奶头肿胀，大龙妈就到树下从树枝上摘筐喂奶。刚伸出手，突然尖叫一声昏倒在地垄上。原来，一条锹把粗细的黑乌蛇盘在了树干上，两只眼睛像黑豆一样盯着挂在树上的大龙，嘴里的信子嗖嗖地不断伸缩。牛老栓看见老婆晕倒，自己也瘫软成一团，就喊叫起来。幸好朱阴阳也在附近锄地，马上奔过来，仰头看看大蛇，立即跪在树下，口中念念有词，求告道："仙家仙家，感谢您来点化娃子，娃子做您的化身，替您行天道，您不要吓坏凡下……"朱阴阳这么一祈祷，那条黑乌蛇果然把头扭了方向，但迟迟不走，还在左右窥视，朱阴阳立即从地垄上搂了一堆干枯了的茅草，划着火柴点燃起来，又对着大蛇磕头祈祷："仙家在上，凡下不知大仙莅临，以草木代香火，择日设坛摆供，大谢仙家恩典……"此话一落，随着烟火升腾，黑乌大蛇立即把头伸向树顶，那团缠在树干上的蛇体也像流水一样向树顶攀了上去。

大伙手忙脚乱摘下树上的筐子，大龙的小嘴还在不断吮吸，两腮笑出了深深的酒窝。老栓两口子扑倒在地，双膝跪拜，"朱哥，谢你救命之恩！没想到你有这么深的道行。"

朱阴阳也不回避，自认通神，对牛老栓抱拳祝贺道："恭喜恭喜，大福大贵就要降临在牛家了，刚才的大蛇是真龙现身，是给你家娃子传授天意，此娃以后必成大器。"

牛老栓两口子大喜过望，再三谢他救命之恩和口中吉言，并采纳了朱阴阳的建议，娃子的名字就叫成了大龙，以后连生三个儿子，跟着叫金龙、玉龙和小龙。

牛老栓想起了这段往事，彻底解除了对大龙的忧虑，就像一个人拔出了一颗痛了好久的牙齿一样轻松。但他又把两只虽然专注但没有神韵的眼珠盯在了朱阴阳的脸上。朱阴阳开始占卜牛老栓的老伴和四儿子小龙的命运。他接过了牛老栓手里摇过的铜钱，把自己的布衫脱下来铺在地上，把铜钱摆成了圆阵，点着铜钱左数一通，右数一通，嘴里轻轻地读念了一阵，脸上却没有表情。他又左右数了几遍之后，眉毛突然拧起来，面孔也严肃了，而且轻轻地摇起头。朱阴阳虽然没说出什么不祥，牛老栓的心却像奔马一样驰骋，惊恐使他不由得从地上圪蹴起来。在他撅屁股的同时咚地挤出个屁来，这个屁立即成了朱阴阳的救星。

朱阴阳把铜钱收起来说："这一卦让屁熏了，不灵！"说完就要收摊儿。

牛老栓急了，按住朱阴阳的膝盖央求道："屁熏了重算嘛，来，快坐下！"

朱阴阳摇摇头说："算卦都是头卦灵，改个时辰再算吧。"

牛老栓恐惧极了。一想起来朱阴阳那慌张的神色，脑子里尽是日本人用皮鞭抽打小龙的景象，还有老伴被吊在树上，日本人用刺刀戳开了她的胸腔……

几十年来，牛老栓有一条通灵的法则，只要觉得有不祥的兆头，就赶快跑进祖坟，烧香敬纸，以求先祖佑护。他从朱阴阳家出来，顺着村路向西走去。

一条赫然大沟气势磅礴地扬长而去。这是一条宽阔无比、乱石滚滚的河槽，满河槽的乱石延伸了四五里路后，便被一座天造地设的大石门截断了尽头。这座大石门里，是一条长而宽阔的丘谷，两岸山势非常平缓，草甸如茵，鲜花似锦，背可靠山，脚可蹬川，很有风水。于是，这条沟便成了牛家村祖祖辈辈埋死人的地方，俗称阴灵沟。据张老先生说，大清顺治年间，皇家发布了圈地令，满族八旗任意圈占汉族土地，并测出这条大沟内有无尽的金银宝藏，强令牛家村人平坟迁骨。牛家村人不屈不挠，誓死捍卫祖宗冥地。清军派四十余人屠村，此时，牛家站出一人，名叫牛德，年近三十，青头愣脑，在村里大喊了一声道："为了先祖在阴曹安宁，为了村寨永远太平，我们要和清兵决一死战！不愿死在贼兵刀下，就得死在我牛家的板斧之下！"随后，牛德在这条大沟中为自己和抗清兵的百十名壮士每人掘了墓坑，全村上下同仇敌忾，英勇杀敌，大败清兵。康熙亲政后，痛恨元老旧臣任意圈地，诏令天下，永停圈地。于是，这个名不见经传的深山小寨便因圈地运动名扬朝野。朝廷钦赐"土复归牛，牛为土主"八字，立碑于阴灵沟之中，虽经数百年风雨剥蚀，字迹犹存，是牛家村人捍卫自己的领地永远值得骄傲的一块丰碑。

牛老栓有阵子没进老坟了，近日老从那儿传来些不明不白的轰鸣声，是不是阴曹的先祖冒犯了天宫？今儿一准看个究竟。他穿过大沟，进了石门，坐在一块卧牛石上，手搭凉棚向远方眺望。只见大沟两边的山坡上，墓堆一片连着一片，从山根伸展到半山，从石门口延续到沟掌子的深处。老栓看见了自家的坟园，几百年前康熙爷给牛家先祖勒刻的石碑骄傲地挺立着，坟园中心那棵三个人都搂不住的大神树正在甩摆着巨大的树冠，像一头发了怒的狮子乱甩鬃毛。牛老栓正要给先祖烧纸叩头，忽然听见了一声人喊。循声望去，在自家坟园对面的山上，有一个人手举一面红色三角旗，不知和谁摇摆呼喊。再向远看，又有三四人，手里也都拿着不同色彩的小旗不断摇摆呼喊。这些人都背着包包，不是此地人的打扮。牛老栓一辈子活在山沟，很少见着生人，更不知他们在干什么。他怀着极大的好奇向他们靠拢，也喊了一嗓子向他们招呼。可也奇怪，随着他向他们靠近，那些人不断向山顶爬去，越爬越高，越离越远，最后变成些拳头大的小人蹲在了山顶上。牛老栓仰起脖子，望洋兴叹，爪子抓了半天头皮，满脑子仍然是问号。

牛老栓疑疑惑惑回了村。村子里空空荡荡，该下地的都下地了。他扑通坐在自家大门口，又喘气又丧气。

这时，下院二狗媳妇桃桃扭着柳腰走出，努着红嘴唇问："牛叔，管管你们玉龙，他一进村就又找我家二狗，是不是又让二狗给他弄炸药？迟早要炸烂脑袋。"

牛老栓气愤桃桃咒儿子，马上闭了眼，冲桃桃方向呸呸呸连唾了一顿口水，心里破咒道：桃桃放大屁！神灵保佑我儿安然……完毕，冲西边叩了一个响头，因为他听朱阴阳说神灵都在西天。

桃桃咯咯笑了一串，像母鸡呱蛋，说："牛叔，我也是好意，就担心他们出事。"

"呸呸呸！"牛老栓又是一阵乱唾。

此时，巧巧披头赤脚从屋里奔出来，冲着牛老栓喊叫："爹，你不管金龙了？他又和油屁股赌博去了。"

内蒙古自治区第十届文学创作"索龙嘎"奖获奖作品

八

  油屁股名叫马得草。他从小游手好闲,给马家丢尽了人。马家为了维护家族尊严,把他逐出了马门,不许他姓马。马得草为此仇恨家族,也表现出了傲骨,发誓再不姓马。一旦人们问他姓什么,他就说:"不让我姓马,我就姓驴。"问他叫什么,他就说:"我叫驴毬。"尽管这名新奇但并没喊出去,因为他自己糟蹋自己无话可说,而人们牙碜喊不出口。不过此事不久,他终于获得了一个响亮到今天的名字——油屁股。

  那年冬天,他老婆让他去油坊打油。一出门他就进了宝摊,押了两宝就把油钱输尽。交不了老婆账,咋办?再说一家人家,一年四季总不能没有一点油呀!他抓耳挠腮终于想出了一个法子,就大摇大摆去了油坊。坊主拦住问他干什么,他理直气壮地说:"你真是有眼不识泰山,范家镇油号要夺根买你的油,让我来看看色香味。"

  坊主看他两手空空没带任何器具,就把他放了进去。

  他来到了油瓮旁,拿起舀子就喝起油来。连着喝了十几舀子,把肚子变成了油坛。他拍拍肚皮,估计灌进二十来斤,就赶紧出门往家跑去。这家伙有个绝招,平时喝酒多了,只要把鸡毛伸进嗓眼里一搅,肚里的酒就会哇地吐出来。他今天就是想用此招把油吐在罐子里以备全年食用。没想到他喝得太多,而且酒和油进了肚全然不同,跑了几步就恶心头晕,没用鸡毛乱搅就上潮呕吐。他赶快用双手捂住嘴巴以防损失,油却从两个鼻孔里射出来。意想不到的是,素油像一条光溜溜的蛇从他的屁眼里钻了出去,金黄色的素油流满了他的裤裆……从此,油屁股这个外号就正式诞生了。

  油屁股也讲点良心。他的弟弟马得水比他强得多。可每次给他提亲,女方总是说:"噢——油屁股的弟弟,能好吗?"所以,二十五岁那年还是光棍一条。油屁股深感内疚,和弟弟说:"兄弟,是我不争气,害得你没老婆,这样吧,你嫂子也挺喜欢你,咱弟兄俩就一块过吧。吃饭时一个锅里,睡觉时先紧我。不过,我这个人你知道,不定哪天游逛到哪里,有时几天十几天不归,你就替我陪你嫂子。不过这事千万不能让外人知道。"

  其实,油屁股的话已属多余,他老婆早就和小叔子暗地里私通了。油屁股这么一说，他们就更加随心所欲。本来还"借锅吃饭"，一年后弟弟把"锅"也夺走了——挎着嫂子出走，至今已五年不知落地。对这件事，油屁股起初生气，后来想通了，他说："都是自家的地，弟兄俩谁种也一样。"后来他对这事有了更深的理解，说："人活在世上不能只吃一盘菜，隔几天换一盘那才有味。"所以，只要有几个钱他就鬼混了女人，弄得家境一贫如洗。

就是这么个人，如今却红了起来。

那是去年深秋季节，油屁股偷鸡摸狗又弄了几个钱，就游逛到了范家镇逛窑子。为了体面，他从当铺里租了一套阔少们的穿戴——长袍马褂、高底靴子、瓜皮帽子。范家镇里最出名的窑姐叫冠冠，但价位很高，亲一口要收一个铜板，如果想搂抱一下，那就得先把五个铜板放在枕头旁边，如果还想干那事，就必须把袁世凯的肉脑袋放在耳旁嗖喽嗖一吹，听到悦耳的金属回音后她才肯脱去衣裳。这么高的价格，油屁股哪敢消费。可那天逛窑子的都是些穷鬼，低价位的窑姐腾不出身子，冠冠那儿却消闲着。红唇老婊拍着油屁股的肩说："多阔的面头啊，像你这穿戴还不尝尝冠冠的味道？可不要一辈子后悔啊！"老婊这么一说，油屁股就动了心：对呀，人活一回图个什么，虽说口袋里头的铜板不多，搂一搂冠冠也不枉活一世了。于是他就大胆地跨进了冠冠的屋。

真是名不虚传，冠冠美若天仙。油屁股一见便神魂颠倒骨软了三分。冠冠因价位高昂客源稀少，待油屁股也十分热情，解带宽衣之后也未让他拿出袁大头来。油屁股早就丧失了理智，如饿虎逮住了一只肥鹿，疯狂贪婪销魂了一顿饭工夫，彻底解了馋。当肚皮朝天躺在床上喘息之时，他才惊慌起来：自己所带的几个铜板咋能交代过冠冠？他正双手捂着突突乱跳的心想招，突然四合院的大门被人擂得山响。窑姐和嫖客们都被惊出了院。三个黑皮警察手持警棍，把嫖客们都赶出了屋，喊道："走走走！"随后，就把油屁股和嫖客们赶上了大街。

原来，今天日本人开进了范家镇。为了讨日本人欢心，镇公所命令各铺店老板、作坊主和财主阔爷都要穿着整齐夹道欢迎。镇公所认为凡是嫖客，肯定穿得阔气，于是把他们赶到了大街上。

油屁股糊里糊涂进了人堆，不知谁给了一面小旗，就一边摆动，一边嬉皮笑脸点头哈腰地迎接。

日本兵都是小短汉，脸蛋子都像屁股蛋那么圆，人中上都栽着一撮黑毛。他们都穿着黄军衣，帽子后头有块布像屁帘子一样不断呼扇。他们都扛着枪，枪上还插着二尺长的刺刀，刺刀在太阳下放着血光。油屁股大开了眼界，这下子，回了村又有夸耀自己见识的资本了。他非常感谢日本人，要不是他们进镇，冠冠不抓破自己的脸、打断自己的腿吗？所以他迎接日本人格外卖劲，不仅拼命地摇旗，还热烈地高喊："日本大爷，欢迎你们！日本大爷，欢迎你们……"

日本兵雄赳赳走过大街。一个挎王八盒子的军官发现了油屁股的突出表现，他在油屁股面前站定，拍着油屁股的瘦脖子，咧开长满黑毛的嘴唇，露出了一排大板牙笑道："你的大大的良民，皇军大大的重用你！你的什么村的干活？"

油屁股大体听懂了日本人的话，立即受宠若惊，扑通跪在日本人脚下感恩："日本大爷，我油屁股一定效忠皇军！"

"什么屁股？"一位戴眼镜的翻译官走过来，哈哈大笑道，"好，你这名字好记，太君看上你了，以后，你就是皇军的维持会长了。"

正在这个时候，冠冠嚷叫着跑过来，抓住了油屁股的衣领拖着就走。她是来讨钱的。那个军官一看到这个美人，眼睛里立即流出了一束淫光。他啊地感叹着，以为是油屁股的老婆，又伸出了大拇指夸奖道："你太太大大的漂亮！"说完一挥手，几个日本兵扑了上来，架着冠冠进了军营……

油屁股真是走了大运，白白地玩了一流窑姐，又从日本人那里捞了个人情。日本太君果然没亏待他，没几天就让他当了牛家村的维持会长。

牛老栓气喘吁吁直奔进了油屁股的院。

油屁股的院里，既无棚圈，也无禽舍，牛羊马驴猪鸡猫狗什么也不养，没一点活气，院落像座坟墓一样荒凉，几只松鼠正蹲在屋檐下用爪子洗脸。

因为他穷，从来没有买过锁，门半掩着。牛老栓伸进半拉脑袋，尿臊气顶的他换不上气来。油屁股拉尿拉屎都在家里，既是茅坑也是住所。后炕放着一卷铺盖，听见里头吱吱直叫，几只耗子在打架。可是就在这个屋子的大柁上却挂着两面国旗。一面是国民党的青天白日旗，一面是日本人的白底红陀旗。这两面旗帜就是他的招牌。隔几天他扛出了青天白日旗，敲着一片破锣喊道："巩固国防，国军收粮！"没几天又打出了白底红陀旗，又喊道："皇军有令，牛羊纳贡！"油屁股靠这两面旗还摊壮丁、要洋烟、诈唬老百姓，让大龙修公路也是靠这两面旗。牛老栓恨死了这两面旗，一伸手从柁上扯下来，用力踩了好几脚才出了门。

牛老栓想起来了，自从油屁股当了维持会长，办公地就设在原来的村公所。村公所在牛家村的大北头，和私塾房挨得很近，或许他在那里赌博。牛老栓进了村公所大门，果然就听见一个公鸡嗓子在干喊道："金龙，上注！"

一股怒火从胸中涌上了牛老栓头顶。他一脚踹开门，屋里有十几个人，油屁股当头正面押宝，其他人都各怀鬼胎掏宝。金龙气急败坏地挽起了袖头，把小兰送给巧巧的银手镯下了注。牛老栓见儿子赌红了眼，立即扑到宝摊上，一把抢回了银手镯，脱下一只大鞋就盖在了金龙的天灵盖上，金龙护着脑袋，撅起屁股就跑，牛老栓没有追他，又把大鞋盖在了押宝的八仙桌上，桌子上的银元、铜板还有首饰耳环一齐蹦起来，又稀里哗啦落在桌上和炕上。人们一拥而上，哄抢这些赌物。油屁股怕牛老栓的大鞋底子飞上自己的脸，一边躲闪一边大喊："牛老栓，你反天呀？敢来村公所造反！"

牛老栓愤怒地跳了几跳，企图跳到炕上和油屁股撕扯，被众人死死抱住。他声嘶力竭地骂起来："油屁股，你是村里的头人，每天不务正业，勾引众人赌博，今天我修整你！"

油屁股在炕上站着不敢坐下，不论牛老栓骂什么都不回嘴。实实在在说，他没有多大胆气。自己不得人心，自从当了维持会长，又摊丁又纳粮，许多人都想敲断他的骨头。还有，牛家是村里最大的户族，他对牛家胆怯。牛老栓骂了一阵，圪蹴在地下大喘，油屁股才坐下来，心平气和地说："牛老哥，不要气了，每次掏宝都是金龙自己来的，我没叫他。"

牛老栓站起来，猛不防把手里握着的敲山大鞋摔在了油屁股脸上。油屁股立马鼻口喷血。他捂住了嘴，血依然从鼻孔和嘴里往外流。油屁股这回恼了，跳到地下就和牛老栓撕打。牛老栓到底上了年岁，再加上有病，没有两个回合就面朝天倒在地上。油屁股怕闹出大事，骂咧几句，就悄悄从房后溜走了。

九

小兰丢了羊，一晚上没合眼。四只羊对一个农家是一笔不小的财产，为了节省灯油常常摸着黑吃饭的小兰不能不痛惜。小兰是一个极其自尊的女人，在别人的眼里，她始终是一个干什么事都令人敬佩和放心的人。她一生的准则也是干什么事都不能让人笑话。而今天丢了这么多羊，好像做了件见不得人的事。她在炕上翻过来转过去"烙大饼"，不断唉声叹气。

自从大龙去修公路，小姑子迎春就和她睡觉做伴，她知道嫂子要强，安慰说："大嫂，甭这么难过，明早我帮你进山找，一旦找不着，少吃一口肉，少卖几个钱，有什么了不得的？"

小兰笑笑说："迎春，没事的，我琢磨能找回来。不过，明早我一个人去找就行了。爹这几天又气短，我昨天放羊时又采了点中草药，你在家给爹熬药。还有，你大哥修路好久了，听说在野外搭了个棚子睡觉，怕腰板受潮闹病，我给缝了块羊毛褥子，就差码边了，你明儿帮大嫂干干。"

迎春和小兰关系亲如姐妹，努着嘴不依不饶地说："这些活我都干，可你一个人进山找羊我不放心。"

天蒙蒙亮两人就进了北大沟。天上起了大雾，白纱般的雾霭袅袅飘移着，把沟沟岔岔填得满满当当。两个人在雾海里穿行，深一脚浅一脚进了一个小村，仔细一辨是甸子村。甸子村离牛家村八里路，二十来户人家。小兰未嫁给大龙之前，她爹曾经把她许配给了这个村的张三娃，小兰死活不允，听说张三娃过分老实，三脚板踢不出个响屁，而他的老子张老八自私自利，爱占便宜，闹活了半年才把婚事退了。

小兰和迎春正好路过张老八的院子，小兰便悄悄把眼光瞟去。院子虽没有牛家大，在这个小村也够谱气。她知道张三娃已经娶了亲，内心里想看看他媳妇是什么模样。但天色还黑着，他们没有起来。

无意中小兰咳嗽了一声，却引起了几声羊叫。先是一只叫，接着数只羊争先恐后叫起来。她觉得这声音好熟。大龙在时，不但能听出哪只羊叫，还能分出每只羊的脚印，而每只羊也都熟悉主人的动作和声音。刚才叫唤的羊是不是听到了自己的咳嗽声而与自己打招呼呢？小兰拉着迎春悄悄溜到了羊圈门口，果然有几只羊叫唤得更欢了，而且跑动着挤到了羊圈门口，把头仰起来像要和小兰、迎春说话，声音里明显地流露出离群后的孤独和见了主人之后的激动。小兰一眼认出这几只羊正是自家丢失的。她本想立即敲开张老八的门领羊，又想起以前那段婚事，怕人家不给，急得直挠自己的头皮。

卧在房檐下的一条老狗大概老眼昏花了，现在才发现院里有了生人，懒洋洋不负责任地叫了几声，把张老八惊动了。张老八撩起了窗帘，一张猪腰子大脸在玻璃窗上出现，随后操起太监那样的嗓音问："谁？"

说话功夫，张老八披件夹袄出了门，问："大早起，哪儿的人？干什么的？"

小兰使劲乩乩迎春后腰，迎春便上前说："大爷，我们是牛家村的，昨天丢了羊，来你们村找羊。"

"找羊？没有！走走走！"张老八摆手撵人。

"大爷，我们的羊就在你圈里。"

"哈哈，你们的羊咋跑到我圈里？去去去！"

迎春平时泼辣，今儿也不客气，说："大爷，物见本主会说话，我们的羊都有耳记，咱们邻村前后，山不转路转，不定哪阵谁用着谁呢，你给了我们羊，我们哪能忘了你老人家？"

张老八秃了理，改口说："好好好，我老汉不瞒你们了，羊是我在深沟里拾住的，不是偷也不是抢来的。不过往家赶羊时扭了我的腰，正要去看郎中，这医药费你们得出，还有草料费、人工费也得出，便宜点，三块大洋把羊赶走！"

"三块大洋？"迎春一听就毛了，"我三哥伺候杜老爷，一年才挣十几块大洋，你太过了吧？"

"你三哥是谁？"张老八睁大眼想了想，忽然大悟，立时变得十分凶狠道，"噢，我想起来了，你三哥是牛玉龙，这么说羊是牛老栓的？哼！他牛老栓的羊，没有十块大洋来也甭想要！"张老八说完，背操着手，两大步就跨回了屋，把风门摔得忽踏踏地响。

"呸！"迎春冲屋门唾了一口，骂道，"老杂毛，不讲理！大嫂，咱们回村找人，抢羊！"

小兰沉思片刻，说："迎春，两个村打起架不好，咱们再和他磨磨。"

两人正在院里打主意，见张老八的菜园子里有两头猪拱地。菜园里已长出了嫩绿的小白菜，两头猪把长长的嘴巴插进土里，一畦挨一畦地乱拱。小兰很着急，喊了声就向菜园里奔去，迎春也跟在后头去撵猪。猪见来了人，晃着脑壳颠跑到东边，一会儿又向西边跑去，累得两人上气不接下气。撵猪时小兰又在浇过水的菜地跌成个泥人，两人都十分丧气。

张老八和老伴听见动静都出了屋，看见小兰和迎春正为自家菜园撵猪，张老八有些不自在，转身回了屋。老伴迎上去说："多谢两位闺女了，我老头说话就是那种德行，不要记怪。"

小兰和迎春并不觉得撵猪是一种义举。庄稼人知道种地的辛苦，最心疼被牲畜糟害，尽管知道被糟害的是刚才还难为过自己的张老八的菜园，但她俩并不因此不去撵猪。两人不以为然出了菜园，笑着用柴棍从身上拨泥。

此时，张老八隔壁的门吱地开了，一个像小兰一样小巧的女人走了出来。小兰估摸这就是那位顶替自己的女人。果然，张老八的老伴和她说："三娃家，你让这两闺女进屋洗洗。"

三人进了屋。屋子不大却干净温馨，炕上一块金黄的席子上只有一床被褥和一个孤零零的枕头。三娃家主动介绍说："你们甭客气，屋里只有我一人。"

"你家掌柜呢？"小兰问。

"三娃给日本人修公路去了。前天他偷跑回来，住了一夜又不知道跑到了哪儿。"

小兰和迎春一听张三娃也修路，显出了激奋和焦急，争着问道："他什么时回来，认识不认识牛大龙？"

三娃家看见小兰、迎春挺关心这事，有些警觉。三娃再三告诉她不许泄露他回来的消息，不能再走嘴，马上转了话题说："你们快洗洗，我给你们烧水。"话毕，就揭开了水瓮盖，用红铜舀水瓢往锅里填水。

小兰不断打量着这个精致的女人，很有些面熟，盘问了半天，知道她叫香香。香香把热气腾腾的水舀到一个黑瓷大盆里，就端到小兰面前。小兰洗了脸上的泥巴，立即现出了她那张招人喜爱的苹果脸蛋。她那双乌黑迷人的眼睛，微微张开的嘴唇，最能体现出她的灵巧、机警、多情和刚强。当她脱去了那身泥衣，一件黄底子兰花的衬衣紧紧裹在她身上，显示出了她小巧玲珑的身材、丰腴诱人的臀部和高高隆起的乳房。她比城里精心化妆打扮出来的太太们漂亮多了。她扭过身子，正好和香香面对面。香香愣怔了许久，突然惊叫了一声"大姐"，就扑上去紧紧地搂住了她的脖子，

"大姐你不认的我了？七八年前在范家镇赶庙会……"

小兰也猛地想起来了。那次庙会上，人山人海，非常热闹。小兰是陪爹到镇上去看腿疼。小兰爹在药铺里抓药时短两个铜钱，好说歹说店主不给抓药。这时突然当啷一声，一块大铜板掉在柜台上。一个高大清瘦的年轻人轻蔑地问了声店主"够不够"，就掉头走了。小兰爹想喊住他问个地址姓名，他没有回头，很快就消失在人群之中。那时小兰刚和张家退婚，心中的白马王子还很模糊。这个年轻人的出现，使她的心突然不安起来，热血不断上涌。虽是短暂的一面，他的形象像刀刻在了她的脑海。她表面领着爹游逛，眼睛却四处搜寻着这个高个子年轻人。中午时分，小兰忽然听见一阵喊声，循声望去，几个二流子拦住一个十五六岁的小闺女，抢了她的包袱，还拽着她那根粗辫子污辱调情，小闺女又哭又喊，但街市上那么多人谁也不敢去管。

小兰和爹说："爹，咱得帮帮她呀！"

小兰爹连连摇头摆手说："小兰，世上有多少不平之事，你能管完？出门人不要管闲事，快走快走！"

小兰听见那小闺女的哀叫揪心，难受。她突然看见了那个高大的年轻后生。他正低头坐在一家店铺前沉思什么，她不知哪来的勇气，跑到他面前，急切地说："这位大哥，求求你了，那边灰人欺负一个小闺女，你帮帮忙吧！"

那高大的年轻人顺着小兰的指头，大步流星奔过去，像打雷般喊了一嗓。几个二流子先是一愣，接着就一齐扑上去和他撕打。他虽然高大威猛但寡不敌众，几个人在地上滚来滚去，谁也制服不了谁。小兰无比着急，不管爹什么脸色，扑了上去，帮那年轻人撕打起来。小兰爹看女儿参了战，也不得不动手。小兰爹一脚出去，正着一个小子的裤裆，那小子弯下了腰。乘这机会，那年轻人得了手，左右开弓，把几个小子打得鼻青脸肿，跪地求饶……

小兰的那个小闺女正是眼前顶替了自己角色的三娃媳妇香香，而那个一见钟情的大个子年轻人后来成了自己的丈夫，他正是牛家村牛老栓的大儿子牛大龙。

这一段缘分一下把两个女人的距离拉近了。满屋子笑声欢语，香香不再遮遮掩掩了，她说出了许多更令小兰和迎春关心的消息……

原来，张三娃和大龙正好在一块儿修路。他们那个路段有六十多人，领头的叫班大，这家伙是日本人的一条狗，每天拿皮鞭给日本人监工，不是抽这个就是抽那个，人们都恨死了他。一次，大龙坏了肚子，不时拉稀，班大说他讨懒，拉一次肚子抽一顿鞭子。大龙屁股上皮开肉绽，流血化脓，仍不让歇工。大龙不爱说话，忍住疼不吭一声。他坚持上工，因为鞭伤化脓，发高烧昏倒在工地，班大又说他装病，把他吊在树上灌辣椒水，大龙仍然不吭一声。

工友们忍不住了，多次吵闹着要惩治班大为大龙出气报仇。大龙却摇摇头，总是简单说几个字："甭着急。"

一次，班大又去监工，大龙指了指路基下一个土崖头说："班老总，土崖下挖出了一个古墓，里边都是财宝，你取走后我肯定不告诉别人，只要你以后不打我就成。"

班大一听信以为真，马上跳到土崖下取宝，大龙早在上面备了一堆石头，班大一到崖下，一块大石就砸了下去，那家伙惨叫一声倒下了，接着又是一阵石雨落下崖头。大龙不慌不忙，又把一根镐把插在了土崖头的裂缝里，用力一撬，一座土崖便陷了下去，连墓坑都没挖，班大就被土葬了。

日本人追查了几天，无处查访他的下落，也便不了了之。以后，大龙和工友们用这法子除灭了两个日本鬼子。日本人虽然没查清下落，但再不敢随便打骂民工。现在大龙和工友们已经抱成了团，准备联合八路军里应外合消灭日本鬼子，所以他们把张三娃派回来寻找八路军……

听了香香的话，小兰的心里像打烂了五味瓶，是忧、是乐、是愁、是喜难以说清。她想念大龙，自从他修路走后，她的心里就像缺了一样东西，任凭劳动生活多么充实都无法弥补这困惑和空虚。现在，她的这种情绪不仅更加浓稠，而且心里又平添了许多痛楚和惆怅。想起大龙屁股蛋上的鞭痕和脓血，她心疼得乱抖；想到他要和日本人血战，到底是胜利还是死亡让人惴惴不安。她恨死了这些日本鬼子，因为她知道大龙是多么善良，忍耐力多么强，连他都要拿起刀子反抗拼命，可想日本人是咋欺负中国人的。小兰有些心烦意乱，后悔刚才不该听那么多消息。

迎春虽比小兰缺少做妻子的那份情感，但心情同样忧烦。她对小兰说："大嫂，回村和油屁股求求情，快让大哥回来吧！"

小兰果断地摇摇头，说："迎春，咱们是什么人家，能和这种无赖求情？再说，只要日本人在，就算放回你大哥，他们还要抓别的乡亲，都是咱们中国人的灾难。要平安就得和日本鬼子干。你大哥已扛起了旗杆,不能放下。你大哥的脾气你该知道,要不就不干,下了决心的事谁能扭转?再说人人都怕死,全中国不都完了?"

这话说到了香香心上,她抓着小兰的肩膀兴奋地捏着说:"小兰大姐,实话告诉你们吧,我也想打日本人。咱们参加八路军吧,都穿着军服,戴着红领章,每人都站岗,还能学文化,唱歌子,要比我们现在活得有意思多了。"

香香这么一鼓动,小兰和迎春又兴奋起来了。她们也常听说八路军好,但从来没见过。现在她们多希望穿上军装、挎上手枪啊!

三个女人你争我抢各抒己见,热烈的话语把这间不算大的房子塞满了。这是一间从始至终寂寞的房子,今天被一种保卫家乡的热忱洗礼了。小兰她们忘了自己是来找羊的。张老八听见了她们打日本人的谈话,再也没提医药费和劳务费的事,就把牛家的羊用绳子串起来,和老伴说:"交给牛家吧,日本人不死,养多少羊还不是他们的干粮!"当香香的婆婆把羊拉到院子,小兰和迎春才发现阳婆已有三四丈高了。

十

牛老栓和油屁股打闹完毕,正好赶着孙儿路娃下了学堂。路娃看见爷爷脸色灰白,面孔绷得没一点笑颜,又见浑身灰土麻尘,古铜色的毡帽上还挂着几根草秸,就问:"爷爷,你和人打架了?你不是常说让人一步自己宽嘛。"

牛老栓弯下腰,抱起路娃,亲完左脸蛋又亲右脸蛋。他高兴孙娃子也懂事了,想起自己刚才是有些冲动,便道:"路娃,你比爷爷懂事啊!可是,油屁股拉你二叔学坏哩!"

"爷爷,油屁股是汉奸,张老先生说,汉奸没有好下场。"路娃骂道。

牛老栓见孙娃子懂了这么多事,心里好不快活,就要背着孙娃子回家,路娃又学着大人的话说:"以后不用爷爷背了,看你喉咙像拉风箱哩!"

牛老栓无限感慨,在这个三百来号人的村子里,牛老栓最崇信的两个人,一个是朱阴阳,一个就是张老先生了。他感谢张老先生几天工夫就教了路娃这么多知识。他不由得向庙院里看去,张老先生正弯着瘦长高大的身躯打扫庙院。

牛老栓回了自己的院,院里的羊圈已经空了,老五也没有摇着尾巴出来迎接,他就知道小兰又赶着羊群出坡了。他急不可待地在外面喊道："迎春，迎春，羊找到了没有？"

迎春正生火做饭，从门探出头，说："去哪找，到狼肚里掏啊？"

迎春骗爹，是想让爹更高兴。她知道爹心里搁不下事，一听找不到羊，心里准伤心，等他伤心一会儿再告诉他真相，他一定会更加高兴。果然爹一听没找到羊，一下子急得大咳起来，一咳挨着一咳，一咳比一咳激烈。迎春本来好意却让爹受了这罪，赶快蹲下给爹捣背，说："爹，别咳了，羊一只没丢，全找回来了。还有，我大哥也有了消息，他修路挺好，什么事也没有。"

一阵清脆悦耳的铃铛声从大门外传进了院。路娃突然惊喜地跳起来，撒开腿向门外跑去，边跑边喊："奶奶回来了！奶奶回来了！"

迎春也向门外奔去。她终于听见了这熟悉的铃铛声。牛家村只有自家的那头黑叫驴戴着铃铛。这些日子，她梦里都梦见妈妈骑着它回来了。果然，黑驴驮着一个精瘦的老婆娘进了院。她穿着一件肥大的有大襟的紫色夹袄，左肩头上打着一块墨黑的三角补丁。有点花白的头发，不知有多长时间没有梳理，乱蓬蓬地垂散在她那微驼的背上。不过脑后的"一点红"簪子和两耳垂上吊着的两片铜钱大小不断晃动的耳环证明她有很强的活力。黑驴进院后，她一撩腿自个儿跳下来，咬牙切齿地亲着孙娃子的脸蛋，像要一口把他吃掉，然后她径直向屋里走去。尽管迎春妈长妈短喊她，她像没有听见，牛老栓停止了咳嗽，病歪歪站在门首，她也没有理睬。她三步并两步奔回屋，就不能自禁地哭起来。

"进门就哭，这是咋了？"迎春把妈拉到炕边坐下，才发现她这一程子瘦得就像一只饿坏了的母鸡，手背上和脖子里筋络暴突出来，薄而软的皮肤沉重地垂掉下来，迎春心疼道，"妈妈甭哭了，你咋瘦成这样？"

牛老伴哽咽着骂道："日本人都是些王八蛋呀！"

原来，二姨的女儿晶晶逃跑后，日本人就把二姨抓了去。二姨虽然是半老徐娘，但仍然身材细软，风韵犹存。一个太君脱光了她的衣裳，把她放在浴缸里，洗了又洗，洗得更加洁白好看，一连几天玩弄她，玩腻了，就把她交给了工兵小队。工兵小队尽是壮实的小短汉，虽然面对着一个近似母亲年龄的女人，但他们久耐干渴，不放过这块老肉，个个如狼似虎，在二姨的肚皮上大显神通。几天以后，二姨疯了，她不用别人去强迫，常常主动把自己剥得精光，像一只白条鸡一样四处乱跑，到处游逛……这一次牛老伴去看望她，见她无法料理自己，就把她接到牛家村来了。

一会儿，小龙赶着一辆扣着熟铁瓦的花轱辘马车稀里哗啦进了院。他把二姨从车上搀下来。迎春、巧巧和牛老栓围上来看她。一看她就像个小城镇的女人似的，那稀薄顺溜的头发在脑后梳了个髻，显得很精干。年轻时想必是端丽的圆脸，现在虽然瘦了，但仍有秀丽圆润之感。二姨笑容可掬，俨然一副温文尔雅的大家闺秀模样。可是马上她就露丑了，一下车就解开了裤子，不在乎旁边有那么多人，就把雪白的屁股蛋撅在了天上，嘭嘭连着放了几个大屁，就唰拉拉地尿起来。迎春怕人笑话，一边挡着众人的视线一边喊道："她有病，都把脸掉过去，不许看！"其实大家哪有心思看她，个个很心酸，你一言我一语臭骂起日本人来，他们把多少好人折磨成这个模样啊！

小龙卸了车，把一匹光泽溜溜的枣红马从车辕里拉出来。马打着响鼻，在院里四顾，似乎对这里感到生疏，就焦躁地用蹄子刨起地来，平展展的院子被几蹄子刨得像一块烂褥子一样，随后把两条后腿慢慢蜷缩，倒卧在地上打起滚儿来。它像表演节目一样，左打三滚，右打三滚，枣红的毛皮上滚满了泥土，然后浑身肌肉紧缩，像蜜蜂振翅一般剧烈地抖动了一阵，浑身的泥土便扑簌簌地抖落下来。小龙个子不高，敦实，和日本人一样，也属于那种短汉，但一看他的脸就觉得憨厚善良，爱眨巴的两只大眼里稍微藏着点诡秘。他平时办事有章有法，按部就班，而且沉静稳重，不慌不忙。他又要去拉自家的黑驴打滚时，路娃双手叉腰，两腿八叉挡在他面前，学着大人的口吻说："这事你甭管了，我已经办完了！"

小龙蹲下来，摸着侄子的头顶，亲了亲流着两股鼻涕的小鼻头，说："路娃长大了！"

路娃理直气壮地问："四叔，你走时咋答应我的？给我买的核桃小风车呢？"说着，伸出了小巴掌。

小龙难为情地笑了。路娃很生气，故意把自己的脸在四叔的脸上一擦，他的大鼻涕就擦了四叔一脸，生气道："四叔，张老先生说过，人无信不立，说话不算数，不好做人了！"

小龙哈哈大笑道："你个小东西，四叔才走几天你就学会训人了？"

"笑什么？你这样没信用，甭怪我不讲情义。"路娃认真地威胁着他的四叔。

原来，小龙有一个秘密始终被路娃包藏着。前些日子，小龙听说距牛家村三十里外的井儿沟驻着一支八路军部队，每个人都穿钢蓝色的军装，腰间扎着皮带，腿上打着绑腿，人人挎着二八盒子，又漂亮又威风。他梦寐以求，想进队伍里干干。可一提起当兵的事，牛老栓就毛了，他说自古以来兵匪一家，牛家人有祖训，世世代代不许当兵。牛老伴更反对，手里提个笤帚疙瘩，一跳丈二高威胁："小龙，你要当兵，我拿铁链子把你拴死！"小龙不敢违背父母之命，但心里老想见见这部队到底是什么样子。他就想了个鬼点子，让路娃去磨爷爷和奶奶，说他非常想念姥姥，让爷爷和奶奶批准小龙送他到姥姥家。路娃是全家的宝贝疙瘩，在爷爷奶奶面前有至高无上的号召力，牛老栓就批准小龙带着路娃去看望路娃的姥姥。小龙兴奋极了，拉出了黑毛驴就要备垫，这时路娃拿了一把，和小龙要起了代价，他歪着小脑袋说："四叔，我不想去姥姥家了。"

"为什么？"小龙急了，央求侄子，"路娃，你只跟叔叔走这一回，你要叔叔做什么，叔叔就给你做什么！"

"真的？"路娃不相信。

"保证！四叔和你拉钩！"说着他伸出了自己粗壮的中指和路娃白嫩的中指勾起来，摇晃着说，"拉钩上吊，一百年不许变！"

路娃当时就提出要四叔给他进山里捉一只麻猴子。

小龙说："路娃，麻猴子太难捉，这种东西藏在深山老林，它敢骑在老虎背上拔虎头上的毛，一爪子能把人两只眼珠子抓出来，就算四叔给你捉来，你往哪儿圈呀？万一不小心，把你小鸡鸡抓下来一口吃了咋办？"

路娃果然被麻猴子吓住了，就说："四叔，那你进镇子里给我买一个核桃小风车。"

小龙满口答应，叔侄俩就骑着毛驴进了山。路娃哪知道，四叔根本就没去姥姥那个村，一奔子就趟到了井儿沟，可是哪里也没找见一个兵。小龙大失所望，悻悻地回了村。路娃是个知趣的小精灵，见四叔不高兴，也不敢提看姥姥的事。回了家，牛老栓问起老亲家的事，路娃照四叔教给的话说："我姥姥上了城，没见着。"当小兰拧着路娃的耳根问询姥姥的情况时，路娃才扒在妈妈的耳朵上悄悄说："妈妈，我四叔是找八路军，谁也不能告诉，要不爷爷会脱下大鞋盖四叔。"这件事就从这儿压住了。可路娃没有忘记四叔的承诺。这次四叔又没兑现诺言，他真的生气了，眼睛里掉出了两颗泪蛋蛋。

　　小龙知道自己失信，又急中生智想出了一招。他拉着路娃蹲在窗台下，悄悄说："路娃，不哭！这次四叔到后草地看见日本人的汽车了，就像咱们住的房子那么大，前头两只眼睛像咱家二号盆又明又亮，走起路来就像牛吼，边吼边跑，你说多快？你知道老家巴（麻雀）飞多快吧，它比老家巴都快，就像射箭，嗖一下就没影儿了。你爹给日本人修公路就是往咱们牛家村修，公路一通，汽车就来咱们村了。到时候四叔把开车那个日本小胡子捆起来，圈在咱们山药窖里，四叔把他的车开上，你坐在四叔旁边，四叔一转那个圆盘，咱们就嗖地飞得没有踪影了。"

　　路娃到底是小娃子，听了四叔活灵活现的讲述，顿时呆了，问道："什么时候能修通公路呀？"

　　小龙的确不是编的。他还听说日本人在牛家村附近发现了一座金山，他们修公路就是要把这座金山拉走。听说日本人为了快些通路，又在各村摊丁和抓丁，传下令来，半年内必须通车。小龙把这些消息都告诉了路娃，路娃就破涕为笑了。

　　牛老栓这阵儿来了些精神，使他日久担心的老伴和四儿子总算顺利平安回来了，丢失的羊也找回来了，还知道了大龙的消息，几条心都忽嗵掉进了肚里。

　　小龙正和路娃商量如何把开汽车的日本小胡子用烧酒灌醉，然后把他的汽车抢过来，两人争先恐后发言。

　　路娃说："四叔，日本小胡子不喝咱们的酒咋办？"

　　小龙说："喝，鬼子爱喝酒，到时弄个漂亮些的媳妇一勾引，日本人保证喝。哎，路娃，你说你二婶干不干这事？"

　　路娃慎重地思索了一下，摇晃着月亮头说："不行，我二婶这人太凶，还是让桃桃去勾引。只要那小胡子一进家，我就拿擀面杖打昏他。"

　　小龙不同意一进门就打昏，说："千万不能打昏，四叔不会开车，先哄他高兴，让他教四叔几把再把他打昏……"

　　牛老栓不顾小龙和路娃的热烈情绪，对小龙说："小龙，再歇一袋烟，快去担水浇浇菜园。"

迎春有些愤愤不平，道："爹，我四哥赶了这么远的车，回家还水米没打牙呢，咋能不让他歇一歇？再说，我大嫂因为丢羊，昨夜熬煎得没合一眼，一早就进山寻羊，晌午回家连饭都没吃一口就又出坡放羊，让四哥歇一歇，咋也得先给我大嫂送饭。爹什么时候也是鞭打快牛，你看我二哥每天什么都不干，就知道和油屁股赌钱，你咋不去指拨他？"

老栓无言以对，长叹一声自语道："说他两口子干什么，都损大德了！我看都不想看他们。"

老栓和迎春对话，没经意巧巧就在门口。她破门而入，矛头直指牛老栓道："爹，你刚才说什么来着？你养下的什么狗儿子你不知道？你骂他凭什么带上我？"

牛老栓又是无言以对，但他们牛家祖祖辈辈的治家纲领是不可侵犯的。刚进家门三个多月的儿媳妇竟手指着公爹的脑门子指责，他顿然感到门风在败坏，族规在动摇，简直是大逆不道，不可饶恕。他怒不可遏地挺起胸脯，大喊道："出去，你个丧门星，给我滚出去！"他吼叫完就气得又咳嗽起来。众人把他扶在炕上窝在墙角，不断说着打劝的话。

巧巧哪肯罢休，又腰站在地下责问公爹为什么骂她。她那嘴皮子像割脚刀子那么快，"三乡五里，打听打听，我李巧巧是不是受人欺负的人？我哪点配不上你那卖屁股儿子？你们凭什么骂人？呜呜呜……"她哭起来了。

小龙推拉着巧巧回她那屋，路娃也用头顶着巧巧快点出去。迎春用雪白的牙齿咬着鲜红的嘴唇表现出了极大的忍耐。牛老伴在老头身旁，前头搓胸，后头捶背，突然跳起来骂道："巧巧，你以为你是个好东西？自从进了牛家门，你干过什么活计？整天就记着描眉打粉，要不就打天骂地，你哪一点能和小兰比？你说你不受气，我们牛家人更不受气。把你的那个干头男人叫过来，马上就写婚书，休了你！"

牛老伴这么一说，巧巧立马软下来，不再叫骂，但还是哭个不休。牛老伴立起脖子向外喊："金龙——金龙——过来写休书！"

金龙早听到爹妈这屋吵闹，根本不敢过来。他既害怕父母，又管不了媳妇。听到妈让他写休书，他就更不愿意出面，趁着隔壁吵闹混乱，拉开门溜出了院。

牛老伴见金龙不过来，便对小龙说："快去把张老先生请来，拿上麻纸和毛笔，去！"

小龙站在地上迟迟没有反应，迎春却插了嘴："妈，你这是干什么呀？哪家人家还不吵闹一下，我二嫂的毛病会改的，再说好多事都怪我二哥！"

牛老伴立即发怒，冲着女儿立起了眼睛，"听我的！我牛家休了她，不出三月又娶一个黄花大闺女，我让她这个二茬韭菜再去奔哒，看哪个会娶她！"

全家人知道，牛家真正的主事人不是牛老栓，而是他的老伴。她下了的决定，全家人都得执行。在她严厉的目光下，小龙慢吞吞跨出了门槛。随着小龙出门，巧巧放开了嗓子大号起来，因为她心里明白，婆婆是说一不二的人，一个女人一旦被休，就很难找到像样的婆家了。

也许巧巧的哭声打动了疯二姨，她突然指着她姐姐大骂起来："你们全家人欺负我晶晶，日本人追赶她，你们又要休了她，以后她咋见人？你们要休她，我就和你们拼命！"说着就扑上去，拽住了姐姐一缕青丝使劲儿往下薅，痛得姐姐用干哑的嗓子喊道："迎春，快拉住她，她又疯了！"

迎春和牛老栓一起上去撕拨，疯二姨不松手，一口下去咬住了迎春的胳膊，迎春痛叫一声松了手，一看，上下两排黑青牙印深深嵌在了肉里。巧巧见打起架来，也不再哭，扑上去抱住了疯二姨，牛老伴才腾出一只巴掌，照准妹妹的脸打去。啪的一声，像摔破了一只盆子，疯二姨的两个鼻孔立即淌出鲜血，她愣了愣神，清醒过来了，问："姐姐，晶晶呢？"

"哪有晶晶！"牛老伴撩起大衣襟，揩着妹妹嘴上的血，后悔自己用力过重了，可每次犯病非猛打一下不可。她把妹妹强行按在枕头上睡觉，又把脸扭过来，毫不感谢巧巧刚才的义举，冷冰冰地说："巧巧，你快给我走，我们家容不下你！"

巧巧扭头向门外冲出去，恰时和匆匆进门的另一个人撞在一起。一副宽壮的胸脯挺立在门槛前，这个人揉着被巧巧撞得直冒金星的眼睛，用厚厚的嘴唇发着含糊不清的音，急急匆匆地说："出事了，出事了，你家玉龙和我家玉茭抱住亲嘴哩！他们亲了可长可长时间，还互相啃咬……"

大家的意识里，玉龙在达尔罕给杜老爷打工，都误听为金龙和玉茭亲嘴。迎春怒不可遏地说："愣福来，你胡嚼，我二哥刚才还在屋里，咋能一下跑到玉茭那里？"众人连推带骂让愣福来出去。巧巧乘机得理，哭骂道："你们里里外外欺负我们两口子，什么污水也往头上泼，我们可咋活呀……呜呜呜……"

愣福来被这阵势吓呆了，只顾抹着脸上被抓破的伤痕，恰逢金龙从大门外进来，闻知愣福来毁坏自己的名声，好一顿拳脚相加。愣福来被打得鼻青脸肿，坐在地上两脚乱蹬哭起来。你听他咋叙述："妈妈呀，咋办呀，我屁股被打成两瓣儿啦！"

这时疯二姨不甘心寂寞，从枕上爬起，看到这么热闹的场面兴奋不已，先是咯咯地笑，后来就站在炕上手舞足蹈叫起来，"打得好，打得好，打那日本灰毛驴……"

一个疯子一个愣子把牛家大院闹得乌烟瘴气。时值村民田间午归，聚了好多人在院里。听愣福来反复哭诉，是牛家冤枉了他，他本来就说的是玉龙亲玉荄，这时人们才知道玉龙从杜老爷那儿回了村，牛老栓才知道玉龙是给他干妈耕地去了。

牛家出了这等丑事，全家感到奇耻大辱。今天牛家人的舌头伸到了别人的嘴里，以后如何说人道人？这真是牛家一场败戏，如果再把休巧巧的事宣扬出去，牛家在全村的威望会更加降低，所以，休巧巧的事就没再提起。

十一

愣福来挨打，引起了一场全村的风波。

愣福来躺在炕上，滚来滚去，像一头被捅了一刀没断气的猪一样号叫。两只脚乱蹬，把过年时刚换的新芦席蹬成了一堆烂草，硬得像马蹄子、黑得像猪蹄子一样的双脚被芦席的尖刺划得鲜血淋淋。他的鼻梁骨被打断了，两只鼻孔像两洞枪眼，不断向外喷着血。他干号着，哭着，骂着："牛金龙，你凭什么打爷？你赔爷的蛋泡子！"

福来妈干枯的脸上布满了斜七倒八的皱纹，泪水顺着皱纹曲里拐弯流淌。她双手按着儿子说："福来，你什么时候给妈省点心啊！早就说过，不要乱跑，不要瞎说，这不，给自己遭罪呀！"她喃喃了一阵，用袖头擦把泪脸，睁起了布满血丝的眼，又骂起金龙来："金龙！你个没头的灰人，迟早不得好死，对个愣子也能下这黑手呀！"

福来又号起来，双手捂着裤裆说："妈呀，金龙踢烂我的蛋泡子了，好疼呀！"福来妈惊骇地颤抖着双手，问："福来，和妈说，真的踢伤了？"

"妈呀，脱了裤子看呀！疼死我了呀！"福来痛得龇牙咧嘴，翻滚不断。福来妈噌地拉开儿子裤裆，吓呆了，两颗睾丸肿得像吹起来的猪尿泡，青黑青黑放着光泽。

她老人家尖吼了一声,双手捂上脸也号起来。

看热闹的人越聚越多,许多男女进了屋,说长的,道短的,叽叽喳喳,像麻雀吵窝,愤愤然斥责牛家人欺负一个愣子。

这时,一位老婆婆站出来,她一张像锈烂了的犁头似的脸,干枯,瘦黑,找不出两眼的位置,尖嘴,棱鼻,披着一头枯草似的头发。这老婆婆是杨大户的一根旗杆。那年,她儿子杨来喜因调戏牛老栓女儿迎春,让牛家弟兄打瘸了腿,为此引起牛杨两家半个月的大战。两家从祖宗到现在,势不两立,从不过话。今天她来到了福来家,气得嘴唇子直打哆嗦,拍着炕皮和福来妈说:"老姐姐,这牛家仗着儿多,欺人也太过了。这事不能让过!"

"老妹子,不看佛面看爷面呀,要没有玉龙的面子,我去和他们拼命!"福来妈也用干瘦的巴掌拍打着炕皮。

"面子算个什么呀,把那东西踢坏,是断根绝户的事!"杨来喜的妈继续煽风点火。

福来妈摇着头说:"那倒淡事,像我们福来,去哪再找老婆?就算有了老婆,再生一群愣子,还不如不生。唉,说到底是上辈子损了大德,呜……"她伤心地哭了。

"大婶子,不要哭了!"又一个杨家女人虚张声势,尖叫起来,"快救人啊,福来不行了!"

这女人的话把人们惊呆了。福来也趁机装成死相,把人们吓得挤出了屋,不一会儿,满村子都知道了福来要死的消息。福来家院子里的人越聚越多了,多数是杨家人,满院是臭骂牛家的声音。

金龙打坏了福来,急坏了牛老栓,他去找朱阴阳给福来看伤。朱阴阳着实有些为难,他摊开双手无奈地说:"牛大哥,招个神驱个鬼我成,算算命相也凑合,看病的事我可干不了。"

牛老栓却不依不饶,求告道:"朱老弟,求你了,你平时不也常给乡亲看病吗?"

朱阴阳推不过,只好实话实说了:"牛老哥呀,不是我不帮忙。福来虽说是个愣子,但毕竟是马家的人。马家在村里的轻重你也知道,牛马两家原本就不合,今天福来被牛家打成这样,马家人会善罢甘休吗?还有,杨家和牛家也是世仇,杨家又和马家亲套亲，杨马两家利用这事合起来和牛家干，我能吃倒人家？现在我跟你去给福来看伤，该咋说话？说福来伤重了不利你们牛家，说伤轻了，马家和杨家能让过我吗？"

牛老栓用粗糙的大手拍打着自己的眉骨，心里想也是这么回事。从打自己记事起，村里的牛杨马朱几大姓总是磕磕绊绊，虽然大几十年过来了，总有解不开的疙瘩。尤其近几年，各家族之间越来越少了信任和往来，矛盾越来越深了，明显形成了两个阵营，一是牛朱两家的阵营，一是杨马两家的阵营。虽说从人数和势力上牛朱两家占绝对优势，但杨家没什么文化教养，野蛮粗暴，马家又出了油屁股维持会长，折腾起来也常常叫人挠心。牛朱两家一向友好，朱家为帮牛家也吃过不少苦头，今天就别再麻烦朱阴阳了。牛老栓一边往院外走，一边赶快回家。大儿媳小兰还在山里放羊，得让小龙马上找回来。小兰前几年陪她爹去范家镇看病，认识了一个出名的老中医，让小兰出面去请请。他刚跨出朱阴阳的大门，朱阴阳从屁股后头又追上来，说："朱大哥，我又想了，那我就去看看福来吧。"

牛老栓不胜感激，连连说："那就好，那就好，再谢谢朱老弟了！"

玉龙、小龙和玉茭大步流星往村里赶。

玉龙心里好乱。在牛家村，没经过明媒正娶在野外偷情是大逆不道之事。全村长嘴的都会发出议论和耻笑，臭名声顷刻便会在全村乃至周围村落像瘟疫一般传播开来。自己是个男人，咋都好说，可玉茭怎能忍受那种疾风暴雨似的谴责？他对福来，真是哀其不幸，怒其不争，无论咋说，他是个愣子，金龙不该出手打他，而且打得那么重，听小龙说还有生命危险，万一有个三长两短，马家人会不会善罢甘休？杨家人会不会从中挑唆？原本纵横全村的各种家族矛盾都会为此恶化。若是这样，我玉龙可就成全村的罪人了。

玉茭使劲拉着牛缰，想让慢悠悠的老牛把步子加快，可老牛并不随心，故意扬着头，哞哞地叫着往后退。

"小龙，我和玉茭先走，你在后面拉老牛，要不什么时候能回了村？"玉龙把肩上的犁头递在了小龙的肩上。

小龙扛上犁，说："三哥，玉茭院里挤满了人，都是杨家和马家的人，一齐骂咱们牛家，你一个人去，非把你活吃了不可。"

玉龙沉静地说："二哥把福来打成那样，谁看了也不公。骂就让人家骂吧，谁让二哥打人家!"

玉茭也说:"不怕,打着我们家的人,与他们有什么相干?"

玉龙摇摇头,说:"玉茭,不是那么个事。他们为你哥出气不是心疼你哥,是想借这个由子为他们马家和杨家出气!你还不知道村里这些恩恩怨怨?"

玉龙和玉茭撒开腿向村里飞跑,把小龙和老牛远远抛在后头。

忽然,玉茭从后拉住了玉龙,然后倚靠在了他怀里说:"玉龙,你怕吗?"

"怕什么!"玉龙反问。

"不怕村里的人笑话?"玉茭的大眼睛盯着玉龙。

"不怕,我是担心你!"玉龙说了真话。

"我更不怕!我哥把咱们的事办砸了,弄大了,其实也不算个坏事,干脆咱们就那样了,谁想说什么就说去!"

玉龙说:"玉茭,自古以来,婚姻大事要父母之命,媒妁之言,咱们都没这些条件,我爹妈这一关就难通过,还得慢慢说服老人。"

两人进了村口,便听到熙熙攘攘的吵声,抬头望望,玉茭家院里的人群如一堆蚂蚁。玉龙放慢了脚步,想让玉茭先进院,自己随后。玉茭却扑上来,拉住了玉龙的手,大声说:"怕什么?咱们就故意让他们看看。"

玉龙也鼓起了勇气,步履更加坚定。他们的行动,明显是做好准备,要和预期而至的流言蜚语挑战和抗争。他俩手拉手,走进了人群扎堆的院子。

院子里,突然发出了一个女人的尖叫声,接着许多女人都惊叫起来。她们边呼叫,边用双手捂住了脸,有的脸背向了墙壁。玉龙和玉茭的行为竟使她们感到如此不堪入目。她们似乎看见魔鬼进了院子,在她们感到惊异的同时,院子里的人们就嗷嗷地齐声叫起来,这是嘲笑,是抗议,也是愤怒和起哄。玉茭脸涨得像落山的太阳那么红,一扭头,两根辫子拨浪鼓似的摆了几下,道:"号你妈的丧!你们不知男女的事情,是从狗屁股里生出来的?"

"呀——呀,玉茭可长本事啦!办下这见不得人的丑事,还张嘴骂人啦!"杨来喜的妈用手指指点着自己那张锈犁头似的脸说,"还懂个羞吗?你把马家的脸丢尽了!"

"我丢了马家的脸,与你杨家有什么相干?我还顶不住你们杨家?死皮赖脸缠人家迎春，腿都让人家打拐啦，那就不羞啦？"

玉茭话音未落，杨来喜拐着一条腿冲过来，巴掌在空中掂了又掂，试着要打玉茭的脸："你个卖大蒜的婊子，今儿爷爷一个耳光扇上你西天！"

玉茭一步跨在了杨来喜面前，把脸横在他举起的巴掌前激着他说："打呀，打呀，你不打就是毛驴养的！"

"打这只母狗子！"杨家一个干头小子冲上来，替杨家助威，并首当其冲打了玉茭一拳。玉茭正要往上扑，玉龙一把拉住了她，把她推到后头，说："打架的事还轮不着你哩！"他说话的当儿，眼疾手快，两只手同时掳住了杨干头和杨来喜的两根大辫，把两颗脑袋拽到了一块，两只手绕了几绕，两条辫子就被挽成了死结。两人背对着背，被连在一起，干号叫骂，但谁也不能动弹。玉龙对杨来喜讥讽地笑了笑，又转过身用手摸了摸杨干头的脸蛋，说："打架的事，你还没领教够？"

杨来喜的妈像一只不叫的母狗猛地扑了过来，想用头把玉龙撞翻。玉龙把身子一闪，她的头不偏不正撞在了儿子杨来喜的裤裆心，儿子痛叫了一声，骂："你往哪儿撞？"

玉龙仰头大笑之际，杨来喜飞起一脚，向他裤裆踢去。玉龙早有准备，一只手抓住了杨来喜的妈，顺势搂在自己眼前，挡住了杨来喜的飞脚，那一脚落在了他妈的小肚子上，那婆娘双手一捂肚子，就势坐在地上，妈呀老子地喊着痛，然后就把双手扬上了天，哭喊："杨家的人死光了，就让牛家人这么欺负呀？"

杨家的人都聚过来，把玉龙和玉茭团团围住。杨家的女人们在后头喊着、叫着、骂着。马家的一些人也凑在一起，手指雨点般落在玉龙和玉茭的额头上，恶言污语像暴雨一样落下来。

这时玉茭妈双膝跪行着，从人们的腿林中钻进了人围中，披散着银丝乱发，转着圈儿向围攻女儿和玉龙的马家杨家求告："侄儿男女们，乡里乡亲们，我求你们了，你们可怜可怜我吧，千万不要动手啊……"

一声大喊把人们震惊了，二狗、飞飞和二木匠一伙后生冲进了院里。他们手里都拿着木棒和粪叉，拨开了人群，把玉龙护在中间，和围攻的人对峙起来。

玉茭妈看见打架的阵势越来越玄，里一头外一头地乱磕，用近乎绝望的语调向上苍喊着："老天爷，你治治他们啊！"

张老先生在村里德高望重，他不仅年岁高，也是村里文化最高的长者。自从玉茭爹死后，他和玉茭妈就成那种事了，村里人也习以为常，他也常以玉茭和福来的家长自居，出面解决一些家长里短的事情，他就自然成了马家的一员。可他又和牛家朱家关系不错，是个八方都能兼容的人物。加上他给全村娃子当私塾先生，家长都靠他培养出个龙呀虎呀的，都很尊重他。平时他说话很有分量，也能站住地方，家乱也好，村波也好，他一出面就能平息。此时如果他在，事态不至于会发展到如此地步。

　　张老先生哪能闲住啊！他从私塾房出来，路过牛老栓家，牛家大院里也在打架。

　　事情是二狗的媳妇桃桃引起的。桃桃在村里听说马家杨家联合起来和牛家打架。她和金龙有染，害怕金龙吃亏，就到了牛家大院。金龙正在羊圈旮旯撒尿，还没拉住裤裆，她就凑上去，扒在金龙耳朵上咬话。偏让巧巧从窗口上看见，她从屋里扑出来骂："你个卖大蒜，没等黑就等不得了？"

　　桃桃毫不犹豫迎了上去。双方没有任何解释，互相抓住了对方的肩膀，拧过来，扭过去，互相唾骂。巧巧照准桃桃的大奶子用头撞去，桃桃以头相抵，嘣的一声，两人眉头上各起了一个疙瘩。

　　金龙怕拉了偏架。这两个女人，他谁都不敢招惹，随着两人扭动和撕拨，他转过来又转过去看。巧巧从后飞起一脚，踢在了他的肚上，骂："你个王八，也不晓得帮忙？"

　　金龙捂着肚子向屋里大喊："迎春，迎春，拉架——拉架——"迎春从屋里跑出来，金龙趁机跑了。

　　迎春架在两人中间，想从中分开，可两人抓得死紧，谁也打不着谁就互相唾起来，迎春的两个脸蛋上沾满了黏稠的带着血的唾沫。

　　牛老伴提了一只鸡毛掸子，照着巧巧和桃桃的两颗脑袋打起来，东一掸子，西一掸子，你一掸子，她一掸子，立马，鸡毛满天飞舞，掸子马上秃了头。老太太累得上气不接下气，坐在地上大喘，疯二姨拍着大腿咯咯咯地大笑，好像正月十五看红火那么快活。

　　这当口，张老先生进了牛家大院。他喊骂着，跨上来正要动手拉架，疯二姨一直快活的脸，不知为什么顿时变得愤怒，她指着张老先生骂道："你这个日本判官，奶奶今天把你干头打烂！"她十分凶恶地奔过来，操起墙上放着的扫帚就向张老先生劈头打下。张老先生赶紧躲开，脚下一闪，把腰扭了，随即跌趴在地上，嘴啃了地，原先嘴里统共有五只前门牙，这回又碰掉了两只，满口鲜血涌出。他趴在地上痛苦地呻吟着……

小龙拉着老黄牛进了院，见迎春搀着张老先生，妈妈坐在地上乱骂，二嫂和桃桃还在不分胜败地互相揪扯着头发，小龙骂着："爷让你们好好地打！"随后从牛头上扯下牛缰，拦腰把两个女人紧紧地捆绑在一起，谁也不能动弹，他一推，两人倒在地上，四条腿在空中乱蹬，又是号叫又是哭骂，院里一群鸡子早被吓得飞到了屋顶，只留那个走俏的母猪吱吱吱地叫着，在院里乱窜……

太阳歪过正中，两处院子的战事才算结束。福来院里，先是福来爬起来出了院，刚才要死要活，现在没事儿了，看见院里这么多人，很热闹，他还咧开黄牙憨笑。他没了事，马家和杨家想借机发挥也就没驴劲儿了。接着是牛老栓和朱阴阳进了院，老栓见双方对阵，冲到阵前，脱下大鞋照着玉龙头上盖去，玉龙趁机拔腿跑了，跑了就了啦，老栓又给乡亲们说了下情的话，加上田地里耕作的乡亲们都逐步回村，打帮的，劝说的，人们也就各自散去。

老栓回了自家的时候，院里的战事也已停息。只听见了二儿媳妇在屋里哭，老伴在门口骂，疯二姨哈哈地笑。张老先生满脸血迹，嘴巴肿得像猪嘴一样，光摇头摆手叹气，显得无奈。二狗的媳妇桃桃骑在自家的墙头上，又拍大腿又蹙高高，仍在牲口八道臭骂。

牛老栓用力地在院里跺了两腿，再也坚持不住了，手扶墙头，撅起屁股又大咳起来。

十二

这是一个安静的夜晚。艳秋心乱如麻，情绪黯然，望着窗上微弱的月光，眼睁睁煎熬着时光。各种稀奇古怪的场面又在脑际重演。她又有点恐惧不安。

那天深夜，她离开了那座吃人的庙宇，离开了浸泡在河水里的镖夫们的尸体，茫然地在深沟里跌撞。

该去哪儿？

回省城找舅舅吗？怎么向舅舅交代？舅舅怎么能承受这灭顶之灾的打击？回学校吗？五六个姐妹按照原来的计划，已经赶到了范家镇去劫夺这批货物，学校的仇部长不仅不会同情，肯定会施以开除甚至报官的惩罚。回家乡找父亲吗？闯下这么大的祸，谁来收场？

她决定寻找她的姐妹。

她在漆黑的深沟里瞎撞，身边像有无数鬼怪向她猥亵地点着脑壳。一阵阴风刮过，像鬼怪们围了上来，她极度恐惧，每根神经都绷得像铁棍。她顺着水沟不停地向前蹭摸，既没路，也没有方向，走着走着，隐隐约约看见几十个巨大的怪兽在眼前横卧着。她停住了脚步，身体像凝固了，不敢睁眼看。忽然眼皮前又闪过了一巴掌亮光，她微微睁开眼，仔细看，好多微弱的光到处闪烁。那些怪兽竟是一幢幢低矮的房子。主人们起床了，都点上油灯，她才慢慢看清这是个村落。

这个时候，她犹如从汪洋中登上了一艘救命的船。她大步飞奔，冲撞进了一个院子。一间孤单的房子开着门，门里闪出一片灯光，一个孤影在灯光下忙碌，从灯影下可知是个梳着发髻的老婆婆。艳秋走到门首，轻轻喊了声"大娘"，立即被一张干瘦的脸迎回了屋。

屋子里弥漫着一股股骚臭味，密密麻麻的苍蝇落满了墙壁。山沟里各种长着飞翅的小飞蛾扑闪扑闪地从这儿落到那儿，在跳晃的油灯附近，不停息地移换着地方。她突然觉得炕上有一根牛缰似的粗绳立起身来，把头向自己徐徐伸来，她尖叫了一声向后退去。

那个老婆婆说话了："不要怕，闺女！这条蛇和我一个屋住几十年了，它不伤害好人。"

艳秋把脚步移到门首，恳求道："大妈，有点吃的吗？"

老婆婆伸出胳膊，从屋檐的架杆上取下一串干肉，说："这是上个月晒干的狍子肉，你先吃！"

艳秋谈虎色变。昨天中午就是吃了狍子肉才引出了这个天大的祸端。她再三审视这个老婆婆，不像有什么陷阱，她也饿极了，就摘下一块大嚼起来。

"闺女你去哪儿？咋这么早就进了这大沟里，你不害怕？"老婆婆问了一连串的话。

"大娘，"艳秋不知咋回答，转了话题反问，"昨天下午，这个村有什么人来过吗？"

"有！"老婆婆把艳秋让上炕，自己伸出手，把那条大蛇抓住，放在门外，"说起来怕人哪，还得感谢我这条大蛇！"

老婆婆把昨天下午村里发生的事说了一遍。

昨天太阳偏过正中的时候，村里突然闯进了七八个穿着黑衣蒙着眉面的壮汉。他们都拿着手枪，一句话不说，把全村的三十多人都逼到了村外的一条小沟里，并把乡亲的上衣脱下，捂在了他们的头上，不许他们动弹。乡亲们什么也看不见，什么也听不见，动也不敢动。过了两个时辰，全村变得静悄悄了，他们才把头露出来。那伙蒙面人已经不见了，他们什么也没偷，什么也没抢，全村人不知道这些人是为了什么。

这伙蒙面人进村时，这位老婆婆正在收拾饭摊。听到杂乱的脚步，她心中疑窦丛生。忽然，一个蒙面人闯进了院子，她嘴里嘘了一声，盘在炕后的大蛇便倏地窜到门前，扑到了刚跨进门槛的那个蒙面人的身上，那人大叫了一声，扭头就跑，嘴里不知嘟囔了些什么，老婆婆没有听懂。

老婆婆没有惊慌，也没有逃避。多少年来，这条大蛇就是她的守护神，给她看家护院，每遇风险，总能帮她化险为夷。有这条守护大蛇，老婆婆从来没怕过什么。她坐在门前，观看事态。不多时，一个长长的驮队就从村子里穿了过去。驮队有马有驴，还有骆驼，全是白帆布的驮子。队伍过了一大阵，足足有几十匹马驴经过。老婆婆估计，他们把乡亲赶到沟里，就是怕人看到这支驮队。

艳秋心里明白了，这正是自己给日本人押运的驮队。她急切地问："大妈，你告诉我，他们像是什么人？"

"肯定不是好人。好人光明正大的，咋会怕老乡看见？可也不是土匪，土匪都用大刀片子，顶多是一两支火枪，有的在笤帚疙瘩上裹块红布，假装盒子吓人。再说，土匪常常来，只要打发点就走了，许多人能认识，不蒙面！"老婆婆说。

"那到底是什么人？"艳秋急于要从老婆婆嘴里掏出个答案，近乎乞求地说，"大娘，你一定要告诉我，他们到哪儿去了？"

老婆婆看艳秋如此情急，又这么执著，问："你问这干什么呀？"

艳秋不得不简单地把事情叙述了一遍，老婆婆被吓呆了。许久，她才恍然大悟道:"噢,要是这样,这伙子肯定是日本人。"

老婆婆说,他们村有个叫武三厚的人,从小家穷没娶过老婆,就和离这里十里路的那座寺院的老尼姑常来常往。前半个月,武三厚又去了寺院里,老尼姑却挡住他不准进去,悄悄告诉他寺庙里住进了几个日本人,他们都带着枪,不许任何人入寺。武三厚半信半疑,夜半时,悄悄越过寺院的高墙要看个究竟,结果在寺庙院里看见了三四个穿着黑衣的壮汉。他们正在饮酒,说些听不懂的话,老尼姑双膝跪地伺候他们。武三厚跑回村把这件事说了,他说这几个人霸占了老尼姑,他要去报复。次日他就离开了村子,可是他一去就没有回头,到今天已经有十几天了,也没有一点消息。

"日本人!"艳秋咬牙切齿从口腔里迸出这几个仇恨的字。她立刻要动身去追赶,却被老婆婆拦住了。老婆婆说:"闺女,人家人多,又都是大男人,手里有枪,你就算追着又能咋的?"

艳秋也知道寡不敌众,她想尾追这批货物,看看他们到底会把它运到哪里。老婆婆告诉艳秋说,他们不会走远,他们有个人已被大蛇咬伤,行不到二十里,蛇毒就会进入血液,受伤的人就会浑身浮肿,不能行动,甚至要进入昏迷状态,这必然要拖住他们前进的速度。老婆婆还告诉艳秋,这个村叫三岔沟,往西走是走不尽的深山大沟,很少有人家,往北走十几里就进入了茫茫草原,那儿交通方便,村镇稠密,她分析,这伙强盗肯定向草原方向去了。

天色已经大亮,其实太阳早已跃出了地平线,只是群山挡着,山那边一片火红映上了天空。艳秋根据时辰估摸,这伙强盗最多刚刚走出大沟。她心急如焚,马上要走。老婆婆从驴圈里牵出一头黑驴,把缰绳交给艳秋说:"闺女,你骑上它,出了山沟,把缰绳盘在它的脖子上,它就会自动回来。"

艳秋感激不尽,骑在驴背上,甩开了缰头,在驴屁股上抽了一下,黑驴马上小跑起来。清脆的蹄声很快从村中消失,它驮着艳秋进了一条很深的大沟。这儿没有岔路,驮队那么多牲口留下的粪便是最好的向导。黑驴似乎理解艳秋的心情,不用催促,灵巧的四蹄在弯弯曲曲、高低不平的石径间飞奔。

太阳把白色的光体洒在山顶的时候,石径开始向北扭去。果然不出老婆婆的预料,驮队留下的粪便证明他们的确是向草原方向去了。艳秋正要扬起缰绳催促黑驴时,黑驴突然停住了脚步,两只耳朵立正正地竖了起来,然后发出了一声号叫,四只蹄子就在原地乱踏起来。艳秋生在草原,知道毛驴的脾性,这肯定是发现了它害怕的动物或者什么它所奇怪的东西。艳秋仔细一瞧,果然也被吓了一跳:在石径路十几米外的一块巨石下,扔着一具人体。人体面朝天躺着,几只老鹰在周围站立着凝视,偶尔拍拍翅膀但不敢接近。艳秋知道,那人大概还没有死,要不,老鹰早就上去撕碎了他的身体。艳秋从小胆大,又有高强的武艺,突然联想到了被毒蛇咬伤的那个日本鬼子,于是跳下驴背,慢慢靠近那具人体。走到近前,只见那人脸色黑青,脑袋肿得比猪头都大。她断定这就是那个被毒蛇咬伤的鬼子。她把手伸到他鼻下,从鼻孔里还微微吹出点气息。她把他扶起来,这家伙还微微动了动。这伙强盗看到自己的同伴快要死了,竟然活活地把他扔到半路。艳秋心里骂着,脑子里第一反应却是必须救活这个家伙,只要救活他,就可以知道事情的真相。

  艳秋喊叫半天,他没有反应,艳秋摇着他的脑袋,他仍然昏迷不醒。她扒开了他的双眼,瞳仁还没有散尽,只要及时抢救还有希望救活。要救活一个中了蛇毒的人自己是毫无办法,老婆婆常年和毒蛇共处,肯定有解毒的妙招。她试了试这个家伙,死沉死沉,背他肯定不行,让他骑驴又人事不省,咋办?她便把他的黑上衣脱下来,搭在了驴脖子上,然后又把两只衣袖挽了个死结,一拍驴屁股,黑驴就飞也似的向原路返了回去……艳秋相信,只要见到这件黑衣,老婆婆就会知道艳秋是要她来救助这个被蛇咬伤的人,她就会知道咋办了。

  现在她想做的是在老婆婆没来之前,能让他尽快地苏醒。一条小溪在大石后悄悄地流动着。她把鬼子的上衣撕了一块,要去浸沾泉水,给他润润干裂的嘴唇。这时发现,他的内衣里缝着一块四方白布,白布上印着"AUI"的字样。这几个字母是黄金的代号,也可能是日本侵华的一个部队的番号,番号后是这个人的姓名,姓名一半汉字,一半日文,大约是山本四郎。艳秋估计,这是一场日本商人和日本侵略部队共谋的卑鄙恶作。艳秋蓄填在胸膛的仇恨,犹如那炽热而又沸腾的岩浆般汹涌起伏。她真想一掌结束了眼前这个家伙的狗命,但她用理智控制了情绪。她要从他身上搜集更多的证据。她很快就从他的身上搜出了一个非常精致的笔记本。本子的扉页上,贴着一张四口之家的全家福,看年龄,眼前这个胖得看不清模样的年轻人至多十八岁,照片上还有一个非常调皮的小姑娘,那大概是他的妹妹。他的笔记本里,夹着许多花草和各种类别的树叶,文字里有许多化学元素的字母。看起来这个男人非常热爱自然,而且懂得矿产和金属。联系起"AUI"这几个字母，可能他们是掏黄金的部队。艳秋把这些一律收藏起来，开始给这个即将死亡的人喝水。她仔细地端详着，如果没有遭毒蛇攻击，他应该是一个非常标致的小伙子，从照片和浮肿的脸部能看出他透着一点善良。他的左耳上有三颗米粒大的黑痣，其中一颗黑痣上还长着一根已经发育成熟了的奶毛。

太阳已经越过了摩天的山脊，阳光从片片云彩中伸出了巨大的手臂，像一把把金色的扫帚驱赶着山沟里的阴冷和雾岚。根据各种迹象推断，强盗们已经跨进了草原。

艳秋死盯着三岔沟那边，一秒钟一秒钟地盼望着那边闪出老婆婆的身影来，可是，那儿却叽里呱啦飞过了一群觅食的石鸡。她觉得浑身燥热，渐渐不安起来。万一那头黑驴没有回去，或者老婆婆没领会自己的意思，即使领会了意思而没有解毒之药咋办呢？自己不能陪着这个半死的人等到天黑。到头来，既救不活他，又不知强盗跑到了哪儿。

已快到中午，天气更加燥热。艳秋像火烧砖头上的蚯蚓一样片刻不宁。她舍去了救山本四郎的打算，顺着强盗的足迹，尾追而去。

一道曲折的闪电像蓝色的火焰在远远的天边闪了两闪，接着，一串雷声从遥远的地方慢慢滚过来，在辽阔的草原上天崩地裂般炸响了。很快是一阵狂风，狂风后大片大片的雨点开始击打在艳秋的玻璃窗户上。艳秋的回忆被打断了。她拧大了带着玻璃罩的煤油灯，靠着床头坐起来，眼睛盯着漆黑的夜晚。

几只忽明忽暗的灯笼在窗外远远的地方晃荡，那儿是杜府最被关注的地方。除了马厩里上千匹烈马和上千头牛羊之外，杜家所有的财产物资都在那儿存放。玉龙告诉过艳秋，大仓库内存放着上万张牛羊皮张，这些皮张多向天津、上海销售，一出手，就是几十万个响当当的银元。玉龙还神秘地说，那些大仓库里，还存放着鲜为人知的货物，但他始终没透露是什么。所以，杜家家兵几十个，昼夜守巡着大仓库，每到天气变故的夜晚，防范更加严格。艳秋为没有追到那伙强盗心中郁闷，便开始注意起仓库里的各种财产。她想着怎样能得到这些财产。她想利用这些财产建立一支武装，消灭日本鬼子，为自己的同胞和亲人报仇。万恶的日本军队杀害了镖夫，将洋布和杂货劫夺，然后让舅舅赔偿他们的损失，又将此事作为侵害日本国利益的重大事件，强令国民政府追缉凶犯。自己和五六个女同学都在追捕之列。舅舅全部家产被国民政府没收，赔付了日本商人，死去的镖夫家属也找舅舅安排后事，抚养家眷，舅舅气绝身亡，舅母悬梁自尽……

这种难以言状的痛苦和仇恨折磨着她，像毒蛇撕咬着她的神经，她的心像被一把笨刀子割来割去，疼得难以忍受。此时，她再也睡不着了，她从枕下摸出了那把随身不离的匕首，恨恨地掷在了炕桌上，那匕首不断颤动，发出了嗡嗡的响声。

又是一道道闪电，一串串雷声。雨点子变小了，但雨下得更密了，刹那间，屋檐上的无数条小瀑布挂在窗前，雨声淹没了一切。

艳秋墙上挂着的自鸣钟响过了十二下，院子里响起了尖利的女人声。杜府虽说偌大无比，但只有两个女人，一个是白太太，再就是艳秋本人了。白太太正在喊骂着李管家："老爷去了范家镇，现在还不回来，李管家你死了还是活着，老爷出了事你还想好活？"

杜老爷去范家镇和范老爷会面去了。他已把女儿许配给了范老爷的儿子范君义，可这范公子不从这门亲事，出走五六天了没有消息。范老爷把杜老爷邀到镇上，两个老点瓜商量对策。按道理，杜老爷该回来了，因为明儿杜老爷要去省城会见商客，定好今天必须回来的。

是不是酒喝多了，住在范府了？艳秋心里也急起来。她还是心疼父亲的。自己虽说是舅父舅母养大的，但毕竟他是自己的亲生父亲。近二十年，父亲对自己的关怀是无微不至的，吃不尽的好东西，穿不完的好衣裳，都是父亲供给。父亲只有她一个女儿，所有的希望都寄托在她身上，父亲给她陪嫁的珠宝就有几十箱子，但父亲说只有出嫁时才肯交给她。为了得到这些财产，她没有拒绝父亲给自己定亲。因为只要同意这门亲事，父亲还答应给她更多的财产，所以她不能让父亲有任何不高兴的地方。她当然不可能把自己的复仇心思告诉父亲，因为父亲是个胆小的人，一旦知道自己要钱的目的，他会彻底改变自己的主张。艳秋对范公子这门亲事也是满意的。她和姐妹们约好在范家镇劫夺日本商人那笔财产后，几个姐妹不知她中途遇难，按原计划潜进了范家大院，结果被范家家兵全部俘虏。范老爷要把她们送到县城警备队处置，他的儿子范君义听说她们是来抢日本人的，硬把她们放了，还给四五个姐妹拿了十几块银元做盘缠。姐妹们一说起范公子来，无不感动至极。嫁给这么一个志同道合的男人，艳秋也是踏破铁鞋难寻觅的。所以父亲告诉她这件事时，她就满口应诺了。她真希望这件喜事能够快一点临门，因为她急需这些财产，姐妹们还在等待着她搞到武器成立队伍打日本鬼子。她还有打算，如果和范公子结合，他家是大户，他又是个爱国青年，队伍就会迅速扩大和发展。

阵阵雷声又脆又响，条条龙凤起舞般的闪电断断续续地亮着，脱了缰的雨，驰骋纵横，恣意肆虐着宇宙。艳秋十分担心父亲，她打开了门，厉风疾雨立即闯进了屋内。她不顾一切冲进了雨夜，向灯笼闪烁的李管家那儿奔去。

李管家并不着急。他见杜小姐被雨浇成了落汤鸡，赶紧把自己身上的雨毡披在她身上，附在耳边悄悄说："小姐放心，你爹没事，他和范老爷都被日本人请到了县城，他们这阵儿也许正在喝酒划拳呢！"

"什么？日本人？"艳秋脑子里炸了个闷雷，一时惊呆……

十三

玉龙和玉荌亲嘴在村里掀起的那场风波虽然平息了，牛老栓总觉得这是件奇耻大辱之事，必须得认认真真地修整一下自己的儿子。儿子和玉荌的这桩婚事他从来就不赞成，朱阴阳早就算过，一个水命一个火命，水火不容，这已是不容改变的事实。最主要的是她家有愣福来这个宝贝，倒贴十万也不能娶玉荌做儿媳。他逼着玉龙说个二三，要他歇了这个灰心，可玉龙的嘴像蚂蟥叮了一样，就是不吭声。那一天，父子俩又为此事抬起杠来，牛老栓一气，又脱下大鞋，冲着儿子就打。玉龙一急跳上炕，从窗户上钻了出去。牛老栓从门上出去，截住儿子的去路，玉龙想夺路而去，一下把老子撞了个仰面朝天。他赶快去扶老爹，老爹原来是诈倒，趁机抱住了儿子的一条大腿，挑肉大的地方狠狠咬了一口，玉龙痛得像狗一样号叫了一声，只顾挣扎，大鞋底上的铁钉就把两只手背打得红青黑伤。他喊着求饶："爹，甭打了，我不娶玉荌了！哎哟哟，你饶了我吧！"

牛老栓才不饶他呢！一定把他彻底打熊才行！所以，手上更来了劲儿，两大鞋底下去，玉龙就头昏眼花，天旋地转，头上也被鞋钉打出了血，晕了过去。牛老栓这才停手，要看看儿子是不是在诈死闹妖，一往起站，把自己的腰也扭了，当时就直不起来，软软地倒在儿子身上，接着就一口接一口大咳起来。

就这样父子两个同时负了伤。

这时节春忙，又是耕地，又是拌种，数不清的营生都需要人手去做。牛老栓和玉龙负伤，劳动力更加紧张。小兰本是替丈夫放羊，今天也把鞭子挂在了墙头上，放羊的任务就只能由老五去完成。这条狮毛大狗打从生下一直帮着主人牧羊，主人在前头领羊，有的羊趁主人不注意跑到庄稼地里糟害，老五就跑上去，汪汪两声，把羊赶到群里去了。老五不仅维持羊群秩序，也肩负着恶狼袭击羊群的保卫工作。快要回坡时，它还会把分散的羊群追赶得集中起来，赶着回到村子。

小兰把羊群交给老五，就开始选切山药籽种了。玉龙被老爹咬伤的大腿化了脓，肿得青黑青黑的，走路都挪着，他只能帮嫂子切山药片子。老栓把耕地的任务交给了二儿子金龙，金龙还没睡醒，惺忪着眼睛不情愿，摔天刷地地说："我不会耕地，这谁不知道啊！"

牛老栓从窗户上探出头骂道："金龙，你连那条狗都不如，你就不会学吗？"

俗话说："亲小小，惯赖赖。"金龙虽不争气，牛老伴总是偏袒他，骂老头说："你骂他干什么，谁让你损了德，下种时也不挑一挑种子！"

牛老栓嘴笨，也有点惧内，平时骂不过老伴，今天这么多活儿没人手去做，心中着急，顺手抓起炕头的笤帚疙瘩，点着老伴骂："你这个老妖精，娃们全让你惯坏了！"

这一骂，骂出一场哭笑不得的喜剧。疯二姨出来替她姐姐助阵，她把老栓手里的笤帚夺过来，啪地照着牛老栓的眉头打了下去，牛老栓龇牙咧嘴挪到了后炕，疯二姨又把笤帚扔出去，牛老栓的古铜色毡帽就被打飞到了炕头上。疯二姨乐得咯咯咯地笑了一阵，脸上突然又阴云密布，开始咬牙切齿道："你这个日本老王八，你还想欺负我姐姐？"

在地下拉风箱的迎春忍不下了，可面对一个疯子能把她怎么样。她瞅了妈妈一眼，嘟囔说："咱们家就够乱了，又领回个疯子！你为红火，是不？"

疯二姨把脸扭向迎春，仔细端详一阵，突然扑过来，抱住了她的头，大哭起来，边哭边说："我的闺女呀，你可想死妈了！你让日本人追到哪里去了？你什么时候回来的呀！你快和妈说，你没让日本兵欺负吧？"

迎春使劲拨开疯二姨的手说："二姨，甭瞎说，我不是晶晶，我是迎春！"正在这时候，轰隆隆一声巨响，把窗子门板和房顶震得忽踏踏地响。疯二姨松开了迎春，奔出了屋子，大声喊着："日本人来了，快跑哇！"迎春和妈妈一齐追出去，已不见了她的踪影。

两个月前，疯二姨的村子里就是先响了一阵子炮，然后冲进了日本人的。迎春立在大门口，向炮声处望去，在村西的阴灵沟上空，升起了一团淡淡的蓝烟，蓝烟慢慢升腾，渐渐变得更淡，就要彻底消失的时刻，又是一阵轰隆隆的巨响，响声如滚动的雷声，从这座山滚动到了另一座山，慢慢回荡了一阵才消失，接着，一团蓝烟又升腾起来……

迎春也搞不清这是什么声音。这些日子老是这么响，也没日本人冲进村来。不过，听人说阴灵沟确有日本人，还在沟里搭着棚子驻扎，她有点好奇，想去那里看个究竟。此时妈妈大呼小叫要她赶快追疯子。她心想：跑得没影踪才好呢！她没听妈的话，就跑到大嫂切山药籽种的羊盘上。

这儿笑声不绝，小兰抱着肚子，笑得换不上气来。小龙两只眼里也笑出了泪，咯咕咯咕像咽气。唯有玉龙双手捂着裤裆尖叫。原来，玉龙被爹咬伤的大腿疼痛难忍，不能坐，更不能站，只好趴在地上选切山药。小兰好心把一颗山药切成片，给他贴在了伤口上，玉龙顿感凉丝丝的舒服。可这家伙恩将仇报，悄悄地放了一个扭丝屁，这个屁不声不响，却臭气熏天，势不可挡，小龙和小兰被熏得不敢呼吸，都把嘴和鼻子捂起来。玉龙却若无其事，假装正经，把眼光盯在小兰脸上，好像这个屁是小兰放出来的，同时还嫁祸道："啊呀，这个屁是全村最臭的屁啊！"憨厚老实的小龙被三哥的眼光迷惑，也以为是嫂子干了这件不当之事，歪着头取笑小兰。小兰羞得满脸通红，用牙齿咬了下嘴唇，表示气愤。但她并没有着急，把脸转过去，刚才小龙倒山药时从山药堆里蹦出的那只蛤蟆还蹲在那里眺望远处。她顺手抓起来，趁玉龙不注意，把蛤蟆顺裤管送了进去，蛤蟆三两下就钻进了玉龙的裤裆，玉龙只觉又冰又凉，蛤蟆在裆里乱撞，他以为钻进了一只老鼠，双手捂着裤裆，摁住蛤蟆，不敢乱动，只管尖叫，才把小兰和小龙笑成那样。

迎春虽不知咋回事，但知道玉龙是盏不省油的灯，经常搞些恶作剧，就说："三哥，你又出什么贼相？"

玉龙求迎春说："迎春，你和大嫂都闭上眼，我要脱下裤子啦！"

小兰笑着制止说："迎春，不要听他的！就让金鸡蛤蟆斗一会儿再说！"

小龙和迎春也支持大嫂的意见。迎春幸灾乐祸地说:"三哥,这回遇上人物了吧!你以为欺负我和四哥呢!"

那蛤蟆在裤裆里虽被搵着,并不老实,蹄蹄爪爪乱动着。玉龙痒痒得龇牙咧嘴,又把大家逗得东倒西跌,笑成一堆。恰好路娃下了书房,兴冲冲向妈妈跑过来,才救了玉龙的驾。

路娃抱住小兰的脖子,撒娇说:"妈妈,刚才阴灵沟放大炮,我想去看。"

"看什么,不许去!"小兰摸着儿子的舅舅毛辫子说。

"我就去!"路娃又跺脚又摇脖子。

"我打你!"小兰故意沉下脸。

路娃嘴一咧哭了。小龙一把将路娃揽在怀里,替他擦了擦泪说:"路娃,听四叔说,过几天四叔领你去,你不看多忙呀!"

路娃挣脱小龙的手,根本不信任他,用小指头指着小龙的眉头说:"你说话不算数,你不给我买核桃小风车,你偷偷去八路军那里,我告诉爷爷和奶奶去,让爷爷也把你的大腿咬烂!"路娃说着又哭了。

迎春正想去阴灵沟看看,见路娃磨着人也要去,就把路娃抱在怀里,说:"路娃,不要哭,你快去告诉奶奶,就说我去追疯二姨,做饭的事就不管了。你和奶奶请好假,姑姑领你去阴灵沟!"

路娃一连蹦了几个高高,高兴地向家里跑去。

十四

迎春领着路娃,一路小颠出了村西口,要到阴灵沟看个究竟。将要向南拐,迎春突然停住了脚步,用手捂了捂肚子,把已经跑在前头的路娃喊住:"路娃,不能去了。"

"咋啦?"路娃扭回头,小手抓着舅舅毛问。

"不咋。"迎春说,"这几天山里的蛇都出洞了,到处乱窜,正是咬人的季节!"

"不怕,我不怕蛇!我爹就不怕蛇!"路娃在地上乱跺,摇头摆身不返回。

"你爹什么也不怕,阎王过来也敢抽两鞭子!咱要碰了蛇,咬着咋办?"

"你吓唬人!你们大人全说了不算!不行,不行,就要去!"

迎春见路娃哭了,走了过去,给他擦泪,说:"听姑姑的话,过几天姑姑一定领你去!"

"今儿个就去!今儿个就去!"路娃坚决不妥协。

迎春为难了。她刚才觉得肚子疼了一阵,担心身上来了东西,刚出村,果然下部就湿淋淋的了。女人来了身上的,是严禁进神庙、进祖坟的,这是全村最严厉的规矩,原因是怕冲撞了先祖和神灵,一旦冲撞,不仅自家倒霉,全村人都会得到报应。她听说西沟村一个女人,清明节去上坟,正好身上的来了,她就在坟地下的水沟里洗了洗,结果冲坏了先祖,这个女人从头到脚开始溃烂,一直烂到五脏,最后烂死了。当然,迎春对这类事似信非信,但父母亲一旦知道自己带着身子进坟,那就是犯了不可饶恕的罪行,村里人知道更不得了,一人一口唾沫就会把你淹死。平时人们进了祖坟,连咳嗽声都不许发出,除了可以哭号,不许有一点笑声……

迎春要返回村子,路娃坐在地上两脚乱蹬,死拖着不走。迎春去拉他,他撅起屁股向前跑了,越追跑得越快。迎春气得坐在了地上,路娃也停了脚步,坐在地上,两人怄着气,对峙着。

一只喜鹊一个俯冲落在了迎春和路娃之间,它翘了翅尾巴,对着他俩叽叽喳喳叫了几遍,然后嗖地蹿上天空,向阴灵沟那边飞去了。

这真是个上好的兆头。迎春知道,喜鹊朝着人或家门吵叫,是报喜讯的。它又展翅向阴灵沟飞去,是给自己领路的,说不定在那儿真能碰上什么喜事。迎春犹豫不决时,路娃站起来,指着远去的喜鹊,对姑姑喊:"姑姑,快走哇,喜鹊子都报喜了,蛇不会咬我们的。"

迎春站起来,慢吞吞向前移步。路娃两条小腿跑得贼快,他还担心姑姑把自己一把拉住拖回村子,所以始终保持着一段距离。

姑侄俩走了二里多路,已到了阴灵沟口。这儿是一条宽阔无比、乱石滚滚的河槽。迎春担心路娃被绊倒碰伤,就把他背在背上进沟,走得气喘吁吁,满头大汗。路娃感激姑姑,就冲姑姑脖子里狠狠地亲了几口。

迎春打着路娃屁股,"不要亲脖子,姑姑痒痒。"

"我爹就亲我妈的脖子哩！"路娃说。

迎春咯咯地笑着，问："你看见了？"

"嗯，我经常看见。别看我爹每天黑个脸，那么狠，一到黑夜，可亲我妈哩！"

迎春仰起脖子大笑，差些把路娃摔在地上，忙拍了把侄子的屁股说："你是个愣子，这些话不许跟外人说！"

路娃说："这不就是跟你说说嘛！"

迎春又是咯咯地笑了一阵。

两人刚进了沟口，就望见不远处有一座绿色的帐篷。帐篷的门口飘着一面旗帜，白布中间有个红陀子，正是维持会长油屁股手里常常摇的日本旗，在旗帜下站着一个人。两人奔过去，那个人端着枪，远远地喊："不许向前！"这声音并不生硬粗野，也并不叫人畏惧害怕。

迎春和路娃放慢了脚步，蹭着过去。这个兵个头和迎春差不多，看上去像是个小娃子，也就是十七八岁，长着一副单纯、老实、忠厚、坦白的面孔，大花眼睛，短而粗的眉毛，圆鼻子下有张厚实的嘴唇。这张面孔给迎春的第一印象是不可能办出凶恶的事情或施展出阴谋诡计来。迎春已被这张面孔和他那轻松悦耳的声音迷惑住了。她像着了魔似的望着他，她看他很仔细，甚至看清了他面颊的细嫩皮肤上长出的那层浅色的柔毛，像奶毛一样。这就使得这个和自己年龄相差无几的男娃子很像自己的四哥小龙一样亲切。

那小日本兵看见了迎春，也似曾相识般打量着她，眼光里流着温暖和善良。他把枪靠在了帐篷的门口，从里面搬出了两个马扎，躬身展开放在迎春和路娃的面前，打着手势让座，并说："不害怕，来，给你们擦擦汗。"

迎春接住了小日本兵递过来的一块丝绸手绢，想擦汗，又舍不得，在手中握了握，说："用这么好的东西擦汗，太可惜了！"

"没关系，这也是你们中国的丝绸。"小日本兵说，"你要喜欢，就送给你了！"

迎春真的喜欢这块手绢，也显出了大大方方，说："那我就收了！"她把手绢整整齐齐叠好，装进了兜衩，"你会说中国话？"

小日本兵点点头说："我从小学汉语，因为我们的文字也有你们汉语的一半，学起来也不困难。"

"你们来我们这儿干什么来了？"迎春闪着毛茸茸的大眼睛问。

小日本兵也许被她这双眼睛勾住了魂，认真地盯着迎春的脸，笑了笑说："我们来中国，是为了让你们富强繁荣，为你们的幸福！"

迎春听不懂这些词汇，但能听出这是一些好话。她此时望见山沟西侧还有不少人，他们背着包，手里拿着小锤，在岩石上敲打。漫山遍坡还插着不少三角旗，红色的、绿色的、蓝色的，还有黄色的，把山坡打扮得很是漂亮。她问那个小日本兵说："你们这是要干什么？"

小日本兵用狡黠的眼光看看迎春说："这儿有大型金矿，我们正在勘探。"

"金矿？金矿是什么？"

"就是黄金。"小日本兵在迎春脸上左右瞧瞧，想找个金耳环或金戒指说明一下，可迎春只戴了一双银白色的手镯，他就失望地说，"可惜你身上没有黄金啊！"

远处一个粗犷的声音传来，小日本兵有点慌张，他不好意思地对迎春说："姑娘，我们这儿有纪律，不许生人接近，你们回去吧！"

迎春迟疑不动，说："喂，你叫个什么名字？"

"我叫山本四郎。"小日本兵掏出了一个本子，撕下一页纸，写了他的名字，递给了迎春，"你在哪个村，以后我会找你的。"

"你找我干什么呀！我和你说啊，这道沟是我们村的祖坟地，你们悄悄跑进沟来，我们村的人不会答应你们的！"

小日本兵叹了口气无奈地摊开了双手，说："这是军令，由不得我啊！"

山上的人又喊起来。山本四郎拿起了枪，说："姑娘，快走吧，我们的人要回来了。"

迎春要走，路娃却盯着看小日本兵的大枪。小日本兵弯下腰来，亲了亲他的眉头，钻进了帐篷，抱出了五六个铁皮罐头，塞进了迎春的怀里，说："这是马肉罐头，我们日本人爱吃马肉，不知你们中国人爱吃不爱吃。"

路娃抱了两个说："爱吃！"

"以后想吃，我给你送去，你们哪个村的？"

迎春指了指方向说："牛家村的！"

"你叫什么名字？"

"我叫迎春。"

山本四郎随手从草丛中摘了一朵金黄色的迎春花，在迎春眼前晃动，说："是这个吗？春天的花，哦，太美了！"山本四郎说完，望了望山腰上的几个日本人，"你们快走吧，我们长官又要发火了！"

迎春和路娃用眼睛谢过了山本四郎，扭头要走。山本四郎说："姑娘，这里毒蛇太多，小心小心！"他说着挽起了自己的裤管，"我被毒蛇咬过，是一个老大妈救了我的命。你们千万小心哪！"

迎春的心情十分兴奋。这个小日本兵的形象，像一张色彩浓重的画深深印进了她的脑海。她向村里走去，不时返回头望他，宛如在漫长的冬季里地下埋藏的小草一般，有一种生命力在她心中骤然发芽。眼前的一切都变得那么甜美，她仿佛乘坐了一匹神骏的马驹，驰骋在春天的原野上，金黄的迎春花在阳光下熠熠生辉，干涸的河床也如一条湍湍流动的大河。她神魂摇荡着，回了村子才醒悟过来。当她发现那个叫作山本四郎的小日本把自己的魂儿勾去之后，她像一只受惊的耗子逃回洞穴一样，立即把自己的这个欲望缩了回去。她用一种威胁的口吻对路娃说："路娃，千万记住，咱们见日本人的事，不能告诉任何人！要不，姑姑就再也不亲你了！"

路娃有了圆坨子罐头，十分爽快地答应了姑姑的要求。迎春怕家人发现进过阴灵沟，就把罐头悄悄藏在了羊圈后的山药窖里。

十五

爱情像怀孕的女人一样是瞒不过人的。迎春这五六天来，心猿意马，丢东忘西，办什么也不在心上。她妈让她给路娃补补袜子，连着走神把自己扎了几针。她妈让她烧水，锅里早就咕嘟咕嘟翻起了白浪，她还在吧嗒吧嗒继续拉着风箱。牛老伴发现她有心思了，对牛老栓说："老头子，你的腰伤不是好了嘛，找找朱阴阳，他不是要给咱们迎春提亲嘛！"

牛老栓正给路娃钉鞋，不耐烦地说："朱阴阳算过了，后草地那后生和迎春猫鼠不合。再说咱迎春又不是嫁不出去，你着得哪门子急！"

牛老栓给孙子钉鞋是认真的。孙子已经大了，不停歇地乱跑，鞋袜烂得快，为了结实，牛老栓在鞋底上钉了一块厚厚的牛皮掌子，又在鞋头上打了皮头。钉鞋的麻绳子皱了，他怕孙子的小脚趾被麻绳磨痛，用那两颗老响牙咬着绳头使命地往外拽，一不小心，一颗老牙就被连根拔断了，满嘴的血流了出来。老伴端出一瓢冷水让他漱口，一不小心，把那颗牙吐在地上咋也找不见了。按讲究，老人的牙掉了要扣在碗里，埋在门槛下，随便扔了对子孙不吉利。他正撅着屁股找那颗老牙，老母猪把嘴伸过来，在牛老栓吐过血污的地方拱了几拱，牛老栓飞起一脚踢跑猪，可是那颗牙还是没有找见。这件事对牛老栓来说可称得上是重大事件，他断定是老母猪把自己的牙吃掉了，就用一根绳把猪绑起来，又在猪嘴里撬了一根木棍，他用刚才给孙子钉鞋的大扳锥子使劲扎猪的屁股，猪就不断地号叫，他想通过猪的号叫，把吞在肚里那颗牙喷出来。老母猪屁股挨了十几锥子，号了半个时辰，渐渐没劲了，牛老栓也累得上气不接下气，像面团一样瘫在地上，和那头猪一样奄奄一息。

　　牛老栓和老母猪共同喘了一会儿，才缓过气来。牛老栓就喊路娃快去叫他的三叔回来杀猪，要把那颗牙从猪肚子里找出来。这时玉龙的伤也好了，已到地里去耕地。牛老栓喊了半天，路娃不在，就让老伴到地里喊玉龙。老伴皱着眉头说："你个老糊涂，猪子把牙吃了，迟早会从屁股拉出来，你杀了猪，你给生猪娃子呀？"

　　牛老栓拍拍自己的脑门，确实是这么个道理，连连说自己脑子不中用了，他就马上实施第二方案：他给老母猪做了一顿美餐，在糠皮麦麸里又加了许多粮食，为了吸引猪的食欲，又在表层撒了一层白白的莜面。他无非是让猪吃得饱饱的，把那颗牙从肠道里顶出来。刚喘过气的老母猪看见给自己改善了生活，也不计较刚才受刑的折磨，不取心思地摇摇摆摆走过来，把头探进食盆，就嗵嗵地大吞起来。

　　牛老栓两只老眼死盯盯地瞅着老母猪的屁股。这家伙平时动不动就拉屎拉尿，可今天吃了那么多，尾巴始终没有撅起来。看起来，他对猪还得采取点手段，它要是跑到什么地方拉了屎，那颗牙可就没地方找了。于是，他就又把猪的四只蹄子捆起来，拴在羊圈门的那根粗木桩上。老母猪没有反抗，反正它吃饱了，正想躺一阵儿，一会儿，它竟睡着了，还呼呼地打着鼻鼾。牛老栓坐在猪屁股旁，拿出烟袋杆子，挖了一锅旱烟，吱吱地吸着，两只眼睛始终没离开老母猪的屁股。

　　两袋烟功夫，老母猪还在心安理得地酣睡，焦急等待它拉屎的牛老栓恍然大悟，心想：它把牙吞进肚里，起码要经过肚子和肠道才能顶到屁眼，一时半会儿怎能拉出来。他又拿起了小孙子没钉完的小鞋，一锥一针地钉起来。只有当了爷爷的人才知道亲孙子是个什么感受。他给路娃钉鞋，针脚均匀、扎实，每个针脚里都饱含着对孙子的爱。他修好了鞋，左看看，右瞅瞅，很满意，就冲那新钉上的皮头亲了又亲，就像亲着孙子的脸蛋。他心里乐滋滋地想：宝贝孙子，你穿着这双鞋，好好给爷爷跑哇，越跑你就长得越快！牛老栓心里念叨完了这番话，就喊起来："路娃，路娃，快来试鞋！"

路娃没有回应。他这时才觉得路娃有一阵子不见了，就扬起脖子向老伴喊："喂，快去喊喊孙子，哪儿去了？"

"我看着疯子，你用力喊几声不就行了。"

牛老栓又用力喊了几声，嗓子眼儿痒痒的，又想咳，他怕咳起来没完没了，就挣扎着往起站，一不小心闪了腰，疼得像插进了一把刀子，他只得龇牙咧嘴重新坐下。

这当儿，大门口进来了朱阴阳。他今天身着一件齐脚面的黑袍子。他平时求神拜佛是穿件黄袍子，埋葬死人、下阴间活动，总之和鬼打交道时才穿这件黑袍子。牛老栓看见这件黑袍子，心里咯噔了一下，立即想起阴灵沟的日本人来了。他已知道日本人要在阴灵沟开矿，而且有时听见那儿传来放炮声，担心先祖阴灵受到惊扰，不能安静地生活，就打发朱阴阳下阴间调查调查，看看先祖们是否真的受到了惊扰。朱阴阳这副打扮，想必是刚从阴间回来。他用双手欢迎朱阴阳进院，拉在自己身旁坐下，急切地问："咋说，列祖列宗可好？"

"我还没下去呢！狼黄昏鬼半夜嘛！下阴间只能在深更半夜才能通行，鸡子叫以前必须回来。因为先访问牛家先祖，所以你得告诉我你们先祖的尊姓大名。"

牛老栓对自己的先祖心里有谱，从清朝牛家出了皇恩赐碑之后已有十八代先灵，每代先灵的姓名、生卒年辰都烂熟于心。别说主支，边次支都可八九不离十地背下来。他就扳着手指一辈一辈地数起来："第十八代先祖弟兄三人，均以'仁'字打头，老大仁志，老二仁义，老三仁平。第十七代先祖弟兄七人，均以'寿'字打头，老大寿忠，老二寿辰，老三寿宗，老四寿……"

朱阴阳哪能记住这十八代祖宗的姓名，用手制止住牛老栓说："不要攀那么远了，过了五伏就是远亲了，就把你太祖曾祖的名字告诉我就行了。"

牛老栓如数家珍，把五辈子以下先祖的字号一口气背述出来。朱阴阳拿出根火柴，蘸了点朱砂，把这些名、字、号记在一块麻纸上，当场烧焚后说："这就通知他们了，太阳一落我就到阴灵沟睡觉，我怕狼把我吃了，你派一个儿子守在我身边，到鸡叫时必须把我喊醒。"

牛老栓面有难色。大龙给日本人修路；金龙被油屁股勾走，说是到各村为日本人催粮去了，如果不答应去，牛家还得出一丁去为日本人修路，虽说他又和油屁股混在了一起，但也是没法子的事情；玉龙的伤刚愈，上午耕地，下午种麦，全家就数他忙；至于小龙，出川底换籽种已走了三天还没回来。眼下实在调不出儿子去帮朱阴阳下阴，不过牛老栓说："朱老弟，听说阴灵沟已被日本人占了，不让人进去，还拿枪守着，这日本人你知道，动不动就杀人哩，你进沟里睡，怕是日本人不让的！"

"那是咱们的地方，他凭什么？"朱阴阳不满。

"他们还想把全中国都占了哩，还讲什么道理？"牛老栓说。

"那我就只能从磨道里下去了。"朱阴阳说。

碾房是村人加工粮食的地方。据说每到深夜，阴间的饿鬼们常到那儿舔碾盘，因为碾盘上有许多粮食和面渣。朱阴阳在那儿和鬼们接头见面，让这些饿鬼们领着到阴间去。

牛老栓同意了朱阴阳的方案，喊出老伴，从凉房拿出了一块牛毛毡子，供朱阴阳晚间在碾房里铺用，又挖了两碗白面交给朱阴阳，以便吸引饿鬼们"莅临"。

送走朱阴阳，路娃还没有露面。牛老栓有点急了，手里捏着两只小鞋进了大龙的屋，屋里的炕上放着一张小桌，小桌上放着两张大仿，是张老先生给路娃布置的作业。路娃写作业十分用功，字写得点如桃，捺如刀。牛老栓一看见孙子的字迹，就想起了孙子那双肉乎乎的小手和写字时眉毛皱在一起的天真神态。牛老栓见大仿墨迹已干，想必孙子离开屋子的时间已不短了。他估计孙子没走多远，因为他是光脚丫子，或许又和爷爷捉迷藏。他知道爷爷奶奶一炷香工夫见不到他就会大惊小怪的。他常常躲在一个旮旯，故意逗爷爷奶奶到处找他，一旦找见他，爷爷奶奶就会乐出泪花，抱着金疙瘩银疙瘩地亲着。牛老栓挪着身子把头扎进每间房门看一遍，都没有孙子，又进了凉房，还是没个影子，他就真的有些急了，号着嗓子骂起老伴："快寻孙子！我说孙子紧要，还是疯子紧要！你个恶婆！"

牛老伴奔出来，疯劲不比她妹妹差，吱溜在院里转了几圈就跑到大门外喊："宝疙瘩，宝疙瘩，快给奶奶回来！"路娃还没回音，牛老伴就又把唯一在家闲着的二儿媳喊出来："金龙家，你耳朵里长毛了？咋不晓得出来找找路娃？"

金龙的门开了，巧巧捻着一颗肚子出来。按月算她才怀孕三个月，只是为了娇气，逃避干活，故意把肚子垫了起来。牛老伴养了一辈子娃还不知肚子该有多大，她骂道："又不是怀毛驴驹子了，快出去找娃啊！"

巧巧害怕婆婆再次休她，急匆匆出了院。

在大街中心的井台上，迎春正在洗衣裳。全家人的脏衣裳几大堆，她洗涮完毕，就把衣裳放在捶布石上，举个棒子嘭嘭地擂着。她见巧巧过来，忙喊："二嫂，不要过来，把娃子捶得掉了咋办？"

巧巧远远地喊："路娃有好一阵不见了，快找啊！"

迎春不以为然，这么大的娃子了，真能像钥匙一样随身带着？她不紧不慢收拾了衣裳，放在柳条筐里，抱着回了家。牛老栓和老伴还在院子里乱转。迎春琢磨，是不是这小东西跑到山药窖里偷吃日本人给的马肉罐头去了？他已经偷吃好几次了，里边还有两个。她来到窖口，大喊了十几声，里边没一点应答，她就断定这小东西到玉茭那儿去了。玉茭和玉龙亲嘴的事，全村闹了那场风波，说甜的道咸的，一个闺女人家，真有点抬不起头来，一直在家"病"着。玉龙想去探望，怕爹的大鞋又在自己头上开花。他悄悄把一块银元交给了路娃，要路娃保密，悄悄交给玉茭。路娃肯定是办这件事去了。

迎春也想顺便看看玉茭，一个村长大的闺女，总是有些情谊。另外，迎春的情窦大开，非常能理解玉茭那种炽热的爱情烈火。如果村里人知道自己爱上那个小日本人，也许会用更加严厉的语言谴责自己的。她对玉茭十分同情，所以顺便给她带了一根红头绳，这是上次货郎进村时买的，先给玉茭，也算是一个安慰。

事情很让迎春失望。玉茭早出地干活去了，这大忙季节不能耽误了土地。玉茭妈说："到底还是姓马一家，马家一齐出动帮我们耕种完了，没有你们牛家，马家人照样能活。马家也不许玉茭嫁给牛家。"

迎春心里不悦，心想不嫁拉倒，我们牛家还不想娶哩。她心急任儿子的下落，想不出他到底跑到了哪儿。她突然想起了山本四郎，路娃是不是一个人又跑到阴灵沟了?这个馋嘴小猫,一定是把那些罐头吃完了还想吃,又向山本四郎讨要去了。她的脚步就不由自主地向村外移去。眺望着阴灵沟,她的心就跳得更快了,是为侄儿子着急,还是担心见了山本四郎该咋说,她说不出来,只觉得脸蛋子热得像着了火一样。她掏出了那块丝绸手绢,擦了擦发烫的脸,脸上并没汗,就把它捂在了嘴上,轻轻地吻着。

迎春走着,猛地停住了。山本四郎静悄悄地立在了她面前,他肩上扛着一个木头箱子,看样子很重,他累得微微喘气,脸红得如同牛老栓的大红被子,他咧嘴微笑着,把箱子放在地上,问:"迎春,你到哪儿去?"

"你呢?"迎春反问着。

"嘿嘿,我去看你的,不,我很喜欢你领的那个小男孩,我给他送罐头去!"他指了指那个木头箱子。

"不不不!"迎春头摇得拨浪鼓似的,两只小辫子在两个脸蛋上不断摔打,"你不能进我们村,我会被人唾骂的!"

"这……怎么办?"山本四郎指着木箱问。

"你扛回去吧!你们的长官会枪崩你的!"迎春嘴很硬,可并没有转身离开他,眼光却死瞧着他。他的圆脸结结实实的,颜色像是两颗海棠果子,形状又像两颗圆圆的山药。粗粗的眉毛,黑黑的眼睛,厚厚的嘴唇,就像一只没出窝的小老虎那么可爱。他的表情能说明他对迎春的理解。虽然他懂中国话,但中国的文化背景他并不能全部了解。他毫不吝啬地把目光投向了她。他发现了迎春是那么憨气又那么纯洁,那么单纯又那么聪慧,那么直率又那么活泼。这么一个水葱似的姑娘,咋能不揪动他的心呢?他把木箱重新扛在肩上,动手拉迎春的手,迎春一摆躲过去了,她不同意他进村子,所以也没有移动脚步。可他自顾自地走了,走得很快,义无反顾,看起来他对进村的路早已经打听过了。迎春不得不跟在后面。

两人向村里走着,忽然又是一阵沉闷的轰隆隆声从阴灵沟传出来,犹如春雷滚过,在四周的群山中回荡。

"站住,不许你进我们村子!"迎春厉声喊道。

"为什么?"山本四郎停止了脚步。

"阴灵沟是全村人先祖住的地方,你们日本人动不动在那里放炮,扰得我们先祖都不能安生，我们村里人见了你，肯定会把你活活打死的！"迎春诈唬着。

山本四郎犹豫了一下，指指肩上的木箱说："这么重，你扛不动，我帮你扛到村边。"

迎春觉得是，于是加紧了脚步。路娃没进阴灵沟，到底去了哪儿，她心里这才着急起来。

他俩刚刚走到村口，忽然一阵阵惨绝人寰的哭号声撕人心肝地传来，一听这声音，肯定是出了天大的灾难。迎春快跑几步，看见村里不少人向牛家大院飞跑而去，她忘记了山本四郎，一口气飞奔回家，啊呀，果真是天塌下来了。

牛家大院里挤了许许多多的人。

牛老伴像咽气一样咯咯咕咕地哭着，眼里流着泪，鼻孔流着清涕，嘴里淌出口水，整个脸就像一块被挤压的海绵，皱皱巴巴，泪水横流。

牛老栓的脸色像尸首一样苍白，干瘪的嘴唇颤抖着，可发不出一点声音，舌头已经僵硬了，只能发出阵阵沙哑的响声，像摁着一头老母猪发出的那种喘息。

巧巧像一只被火围住的蜈蚣，弯曲着身子到处打转。她也在哭，她也在喊，把全院的气氛搞得更加紧张和悲惨。

疯二姨却显得格外平静。她的怀里躺着一个孩子，这孩子脸色蜡黄，像睡着了一样，纹丝不动，他的身上沾满了血迹，他的嘴角上露出了一丝痛苦表情，这表情已经凝固，没有任何变化。他就是牛家人的宝贝疙瘩——路娃。

"这是咋了啊？"迎春哭号了一声，扑向了路娃。她用脸贴着他的脸蛋，脸蛋已经冰凉。她喊着"路娃、路娃"，他不搭腔。她拨开了他的双眼，眼里也没一点活色。她哇的一声哭倒在路娃的身旁。

围观者有的哀叹，有的哭泣，有的在惊问："咋了，这是咋了呀？"

路娃正是跑到山药窖里偷吃那几个铁坨马肉罐头才造成这场恶剧的。他遵照姑姑的嘱咐，不敢暴露罐头的来历，就几次悄悄跳进窖里偷吃。罐头的铁皮是用斧头砸开的，尖利的铁皮像刀子一样锋利，他每次吃完罐头，就把这些空铁壳留在窖里。今天下了书房，写完了大仿，他肚里的馋虫又活跃起来，趁着爷爷给他钉鞋，就摸到山药窖口。窖身很宽，有一丈五六尺深浅，平时他下窖拽着绳子溜下去，今儿窖口拴绳子的木橛松了，他一抓绳，木橛就被拔出来，可怜的路娃就从窖口重重地跌在了窖底。

窖底尽是尖利的铁皮，铁皮尖刀似的刺进了他的屁股蛋和大腿，顿时鲜血像泉涌一样。他想大声吼，想起姑姑的话来，就忍着疼痛，用小手捂着，把地上的泥土抓起来堵着流血的伤口。他看堵不住血涌，才开始吼喊。可是他那弱小的呼救声，远不能喊应正到处寻找他的亲人。渐渐地，他喊不动了，他的血越流越多，一会儿，他就失去了知觉。

在全家人到处寻找路娃的时候，阴灵沟的炮声又响起来。疯二姨一听到炮声，一边高喊："日本人来了！"一边从屋里冲出了门外。上次她听到炮声就是藏在山药窖的，今天她又跑到了山药窖口，屁股一溜就跳了进去，这才发现了昏迷不醒的路娃。

山本四郎扔掉了肩上的箱子，扑过去抓住了路娃的胳膊，他感觉到还有点脉搏，又摸摸身上，并未全凉，他大声对迎春说："别哭，快点止住流血，我马上去请医生！"说完，飞也似的奔出了院子，向阴灵沟飞奔而去。

十六

一匹白骏马如长了翅膀，从达尔罕草原向阴山方向飞翔着。一卷黑云随着白骏马飞翔在马背上，飘飘然然，随起随伏。这个黑衣老头正是杜艳秋。白马四蹄腾空踏地的快速节奏敲打在干硬的阡陌小路上，像戏剧里的梆子。急速的气流同时从白马的鼻腔和张着的大口中喷出，口沫随风在空气中飞播。艳秋仍然不断挥舞右手，短粗的牛皮筋编织的马鞭仍不断在马屁股上打响……

她要赶到阴山深处的牛家村，要立即找到牛玉龙。

那天深夜，杜老爷带回个坏消息，范公子不从这门亲事离家出走，五六天没消息了。

第二天，杜府就进驻了日本AUI部队的司令长官，这儿也同时成了AUI部队的指挥机关。父亲被日本人任命为达尔罕草原维持会的荣誉会长，范老爷被任命为范家镇的荣誉会长。他们的胸前都挂着日本人发给的金光闪闪的胸章。一个父亲，一个公爹，都成了自己的死敌——日本人的座上客，她感到这是自己最大的耻辱。她和父亲吵架、绝食罢饭，都不能改变父亲的主张。父亲怕日本人，他觉得以后的天下是日本人的。艳秋无法说服父亲，已不打算再和他保持父女关系了。还有，范老爷的儿子范君义为了逃婚,至今不知下落,她借助父亲的陪嫁和公爹的经济实力成立队伍打击日寇的梦想全部破灭。她打算去寻找曾经在省城一起读书的同学和姐妹,她们因涉嫌抢劫日本商人,被国民政府追捕通缉,据说在阴山腹地的飞鹰山上落脚。

她寻找着脱身的机会。因为父亲已发现她和自己离心离德,担心她出走或发生其他事端,专门派几个家兵明监暗察。

那一天发生了一桩怪事。

AUI部队长官命令将达尔罕草原的所有农牧民召集在了杜府大院。他虔诚地向牧民们鞠了三个中国式的躬身礼后,就用半生不熟的中国话说:"今天召集各位,就是要告诉你们,我们大日本皇军是仁义之师,是为了中国的强大,为了东亚的共荣,才不远万里来到这里。今天,我们要让中国的朋友们亲眼看看,这是一个大日本皇军的士兵,他抢劫了中国老百姓的粮食,我们当场示众正法!"

这长官一挥手,几个日本兵就把一个人拖到了人群面前。这个人穿着一身日本军服,看军衔还是曹长一类的小官。军帽掩着上半张脸,脑袋被绳子捆绑得向下耷拉着,嘴里塞着一块白毛巾,毛巾上沾着鲜血,看样子已被打得半昏半醒。他像死狗一样被拖在人群面前,微微动了动,几个士兵就同时开了枪,他哼都没哼一声就蹬腿咽气了。

艳秋光听说日本鬼子凶恶残暴,没想到还有一点人性。就在质疑之时,杜家一个家兵认出了那个被打死的人。那个家兵负责埋葬,在拖拉尸体时发现死者哪里是日本士兵,分明是草原上到处流浪讨饭的那个名叫六指的乞丐。因为他的左手长着六个指头。

卑鄙,凶残!他们杀人放火,又移花接木。艳秋恨得牙齿咬得咯咯响,可惜自己孤身一人,一身本领无法施展。

又出了新的怪事。日本长官为了把这场戏演得逼真,又要厚葬这位"士兵"。他们从杜家的大仓库里抬出了一卷洋布,每个士兵身上披挂一卷,在对天鸣枪的同时,焚烧了这个乞丐的尸首。

艳秋见到了这些洋布,立即想到了自己为日本人押运的那批货物。她仔细寻找蛛丝马迹,果然发现了重要的线索,在那几座巨大的平时被人严密巡逻把守的十分神秘的仓库门口,她发现了包装这卷洋布的包皮,这包皮是块白帆布,和当初自己押运的洋布包皮一模一样。难道那批被劫的货物就在父亲的仓库里吗？难道这桩鲜血淋淋的抢劫事件与杜家有关吗？

她追问父亲，父亲含含糊糊搪塞着。她要进仓库里看个究竟，哪里能进去，自从日本人来到杜府，那儿已被日本人严密把守，连杜家的家兵都难以接近。艳秋终于从一个家兵嘴里知道，这批货是去年深秋时，杜老爷派牛玉龙从县城里接回来的。到底是从谁手中接回，只有牛玉龙清楚。

这就是艳秋风驰电掣向牛家村飞奔的原因。

白骏马进入了阴山山脉，道路随着沟谷崎岖蜿蜒。前面是一条小壕，飞驰的白骏马猛地后腿直立，前蹄腾空而起，把毫无防备的艳秋摔到马下。艳秋脚跟一着地，立即把自己的身子踮起来才没有被尖利的乱石碰伤。她发现一只兔子嗖地从小壕里射出，箭一般蹿出好几丈。艳秋随手从腰间掏枪，砰的一声，兔子打了个滚，倒在了乱石里不动了。艳秋跑过去，把兔子提起来，掏出匕首，三两下剥了皮子，掏了肚肠，用卵石垒个灶口，架上兔子熏烤起来。

出发前，艳秋已经做好了适应各种艰苦环境的准备，随身带着刀火碗筷，盐巴和佐料都应有尽有。她饿了，吃得有滋有味。太阳焦热起来，她有些乏困，便把马缰拴在一块石头上，自己靠着石头稍事休息。

这使她想起了那件事。

玉龙离开杜府的头天，艳秋又要他陪自己去草原上骑马。到了眼镜湖旁，玉龙就肚皮朝天躺在地上，唱起了凄凉的小调：

> 阳婆出来红彤彤，
> 没媳妇的后生好伤心，
> 今儿搂个妹妹睡，
> 明天死了也甘心。

艳秋照他屁股踢了一脚，喊道："唱什么呢！"

玉龙翻了个身又唱：

内蒙古自治区第十届文学创作"索龙嘎"奖获奖作品

> 有个妹妹不讲理,
> 你躲她来她追你,
> 你爱她来她躲你,
> 不知她是个啥东西!

艳秋蹲下来,揪住了玉龙的耳朵拽起来,"你骂谁,说!"

玉龙咧着嘴求饶:"哎哟,好痛哟!我不是骂你,你马上就成了范家的媳妇,你知道我多难受呀!"

"我出嫁,与你有屁事,你凭什么难受?"艳秋轻蔑地问。

"你凭什么不让我难受?难受不难受是我的事,与你也没屁事!"

艳秋被他逗笑了,说:"好,这么说你想娶我?那你起来,今天我给你个机会,咱俩赛赛马,你赢了我,我就嫁给你这个野货!"

"真的?"玉龙睁大了眼,用目光盯着她的脸追问。

"本姑娘我什么时候说过假话?"艳秋扬头,把马鞭在胳膊上绕了两圈,傲慢地笑着。她学艺十几年,可以从这匹马背跳到那匹马背上飞奔,对面前这个土头土脑的愣小子,根本不看在眼里。

玉龙伸出了手指,说:"不许反悔!"

艳秋也伸出了手响应。两人拉钩发了誓,喊来了湖边的马倌,让他选一匹马作为赛骑。

玉龙备了马鞍,首先说:"我先骑,上马后一口气跑到草甸边,再返回来,谁赢谁输,马倌是判官。"

艳秋神气地点头同意。

玉龙跨上了马背,扬扬马鞭,赛骑箭一样射了出去,一会儿就变成了一个小小的黑点,那小黑点又渐渐变大,眨眼工夫回到了原地。玉龙从马背上跳下,整理了一下马鞍,把马缰交给了艳秋。

艳秋连马镫都没踏,嗖地飞身上马,屁股刚着马鞍,烈马突然鬃毛竖立,前蹄腾空,嘶叫一声就把艳秋摔到了草甸上。

艳秋站起来,神气傲慢顿时扫地。她揪住马缰,又一次飞上马背,马又一次腾空而起,连后蹄都跃上了天空,艳秋被重重地摔在了草甸上。

玉龙奔过来,扶她起来。艳秋羞愧难言,又要向马扑去,被玉龙拦住。玉龙得意忘形地说:"哈哈,这是能夸口的吗?实话告诉你吧,马是通人性的,我过去和它商量商量,下一次,它肯定不会再尥蹶了。"话毕,他走到马跟前,用手摸摸马脸,又顺脖子到脊梁慢慢抚摸,乘机从马鞍下取出一块尖石扔在地上。他对马说:"你呀,发什么脾气?你不看是谁骑你呀?她是杜家的千金,文武双全,才貌盖世,你真是有眼不识金镶玉呀,这回可不许发脾气了,行不行?啊?"

烈马喷了一个响鼻,玉龙就又接上了茬:"好,你答应了!"

他和马说完,对艳秋笑了笑,说:"上马吧,我和它商量了,这回它心顺了,你就大胆骑吧。"

艳秋没动弹,她真有些羞愧。

玉龙翻身上了马,烈马纹丝不动地站着。他说:"你看,它多听话!"艳秋感到玉龙有些神了,用怀疑的目光瞧他。

"你瞅我干什么,快上马呀!"玉龙催促她。

艳秋犹豫片刻,跳骑在了玉龙的前面。玉龙乘机搂住了她,双腿磕马,烈马在草原上飞驰起来。

就是那天晚上,月色溶溶,空气清凉,艳秋又把玉龙约在了一条小河的旁边。河水哗哗地流动着,月光被河水的波纹切成了碎片。艳秋坐在河边,把脚伸进了河水里,怪叫着:"哟,多凉快呀!"

玉龙站在河畔,面向远远的前方眺望着,问:"你想说什么快说。"

"你坐下,我是只老虎吗?离那么远,怕把你吃了?"艳秋撩了一把冰凉的河水,泼在了他的脸上。玉龙也怪叫了一声,边擦脸边蹲在河畔,情绪没有一点快活。

"赛马我输了,你说咋办?"艳秋直截了当地问。

"噢,你找我是这件事,那还用问,不能变卦啊!"

"我虽然是个女人,但从来是说一不二。我输了,我应该嫁给你,可是,有件事你也清楚,我爹已把我许配给了范君义,我没有见过他,我当时之所以同意了这门婚事,是为了早些得到我爹的一笔陪嫁,也想利用范家的钱财为我办一件大事。如今,我输了,我可以嫁给你,可是,你必须帮助我办成这件大事。"

玉龙听不懂艳秋的话，问："什么大事这么玄乎？"

"日本鬼子侵略咱们中国，杀人、放火、掠夺，无恶不作。我想利用陪嫁和范家的钱财购买武器，成立武装，消灭日本鬼子。如果我嫁给你，你就得帮助我搞到一批武器。"

"啊？你的胆天大！"玉龙特别惊讶，对这话语有些害怕，他毫不犹豫，立即回答，"我的小姐，我去哪儿给你搞武器呀？这不是天大的笑话。"

"你既要娶我，就得帮我！"艳秋也没犹豫。

玉龙连忙退堂，说："原本我也是和你耍耍的，实话说，我哪点能配你，我吃了虎胆也不敢娶你！"

"可是我输了！"

"赛马是个玩笑话，可千万不要当回事。"

"我也不一定非想嫁你，可失信是我的耻辱！"

"不不不，一句玩笑话，范君义念大书出身，和你般配，你可不能瞎想。你嫁给他，再好不过。"

"那你可不能说我不讲信用！"

"不不不，我保证不说。实话告诉你，下午赛马是我做了鬼，我想耍笑你一下，你上骑时，我在马鞍下放了块尖石。"玉龙解释着。

艳秋霍地站立起来，恼了。玉龙赶快抱着脑袋，撒腿就跑……

艳秋回忆这些事情，不觉入了梦乡。在梦乡里，她仍然和玉龙共骑着那匹烈马，腾云驾雾，刹那间飞回了杜府，他们杀死了把守仓库的日本鬼子，冲进了偌大无比的仓库……天哪，里边全是长枪短炮和一箱箱的子弹，还有一套套崭新的军服。艳秋兴奋极了，她和玉龙挎了许多大小枪支，每人搬了箱子弹，正要走出仓库，突然，一阵哈哈哈的大笑声从门外传来。他们躲闪不及，许多日本鬼子已将他们团团围住。艳秋觉得一个日本鬼子掐住了她的咽喉，她喊了一声，醒了过来，艳秋的眼前，果然是几个日本鬼子，还有一群伪军。一个叫张小三的伪军中尉扶起她的下颌，把头仰起仔细端详着，说："这老头儿睡得真香。"

众伪军也围着化装成老头的艳秋，一双双贼滴溜的眼睛都盯在她身上，像一群饥汉围着一块蛋糕，想从她身上发现些财宝或银两。艳秋霍地站起来，伸手向着人头一拨拉，好几个伪军就踉踉跄跄向后倒去，差些给个蓝眼瞪蓝天。

"哎呀，这老头还有两下！"那个叫张小三的中尉军官二次围上来，伸出两条胳膊要擒拿艳秋，艳秋单腿扫去，张小三没到跟前，就倒在地上，龇牙喊疼，大骂，"弟兄们，上，捆住这个家伙！"

一把明晃晃的三八大盖刺刀横在了伪军和艳秋中间，一个日本军官瞪着圆眼向伪军们喊："统统的滚蛋！"

伪军们互相瞅瞅，胆怯地退后了，那鬼子向艳秋笑了笑，露出了和笑容不相称的白牙，彬彬有礼地说："对不起，请问到阴灵沟怎么走啊？"

艳秋生硬地摇着头，不敢露出自己的女儿腔。艳秋发现，这支队伍的水壶上写着AUI，再细看，他们的马褡和挎包上也写着AUI。AUI是黄金元素的代号，他们去阴灵沟肯定是开发黄金矿。

艳秋同时想起来了，自己在三岔沟碰到的那个奄奄一息的日本鬼子，他的衬衣上也写着AUI，难道劫夺驮队的日本鬼子和这个阴灵沟金矿有关？

艳秋不知阴灵沟在哪里，但她已牢牢记住了这个地方。

为了不惹出是非，艳秋拉马离开。日本军官同时向他的部队挥了挥手，也上了路。

十七

山本四郎心急如焚，一口气跑出村，进了阴灵沟，奔进一座帐篷，一个穿白大褂子的日本军医正在给病人看病，他扑了上去，急促地说："鸠山，快救人！"说着，拉住了军医，把他拖出了门外，脚步像闪电一样，向牛家村奔去，路两侧的田野、地埂、山包、树木匆匆从他们身边掠过。刚进村口，山本四郎眼睛发晕了，整个村庄像一个巨大的陀螺飞速地旋转，村周围的山也倒立在了地上，他昏倒了，前额撞在了一块石头上，鲜血慢慢地流了出来……

牛老栓的院子里尽是人，男人们都下地了，多是扁嘴老婆娘和不懂事的娃子。她们只知路娃出了大事，弄不清具体事因，你问她，她问你，都在瞎猜瞎问。

牛老栓跪在靠西墙摆着的大柜下，像捣蒜似的不断磕头，祈祷的声音阴森且带着哭腔，让人浑身起鸡皮疙瘩，"菩萨奶奶呀，救救我娃子吧！"

其实，大柜上也没有菩萨，但朱阴阳说菩萨都在西天，因为唐僧就是去那儿取经。

朱阴阳在牛老栓两口子前头跪着，他把一块黄线毯子披在身上，表示对菩萨的尊敬，双手举个婚丧事宴用的条盘，条盘里放着一碗小米，小米里插着黄香，香烟冉冉缭绕。他也在大声地祈祷："我是本土佛家代事，恳求菩萨奶奶拯救路娃生命，以后逢节给菩萨奶奶敬香摆供，救救路娃啊！"

在小兰那间屋里，路娃双目微闭，脸色蜡黄，纹丝不动地躺着。那个叫鸠山的日本军医，手里握着根玻璃管子，正给路娃在胳膊上输血，输完一管子，就又从山本四郎胳膊上抽一管子。原来，山本四郎的血型正好和路娃一样。小鬼子头上流了许多血，额头上缠了两圈白纱布，现在又抽了许多血，脸色十分难看。他身上的鲜血一点一点滴进了路娃的血管，已经快有两碗了。他看军医手里的管子又要空了，又把胳膊伸过来。军医侧头看看他，见他身体摇摇晃晃，已经不能站稳，摇头拒绝了。

这时，迎春赶快扶住了小鬼子，让他顺势躺在炕沿边，把后炕放着的一堆衣裳垫在他头下，他眼睛一闭就昏昏沉沉睡着了。迎春看见小鬼子缠着纱布的伤口又渗出了血，拿起一块布子想轻轻擦掉，发现那块布子太脏了，趁着军医不注意，把脸悄悄扭过去，用自己的舌头把那些血迹悄悄舔净了。

军医已把这一细节看在了眼里，但他来不及考虑什么，就把自己的胳膊伸了出来，活生生把一根长针扎进了血管，血一会儿就充满了玻璃管子。

小兰双目痴呆，屏气止息，一动不动地呆立在地上。军医不让她哭喊，更不让她近前，所以她一动不动，就像一块石头。其实，她已说不出话来，干涸呆滞的眼睛也流不出泪水。她看着自己欢蹦乱跳的宝贝儿子一下子在生死线上挣扎，心里犹如蛇咬了一样发痛。眼下，她还是恨日本人把丈夫摊去修路，要不自己不会进山放羊，娃儿也不会无人照料以致发生眼前的灾祸。她又恨山本四郎不该给这些铁坨子罐头，可又想人家并无恶意，谁也不会想到能发生这样的事情。

看着眼前两个日本人把自己的鲜血输进了儿子的血管，小兰感动万分，又感到自己刚才的想法没有一点良心，特别是看见山本四郎憨憨的，也是个毛头大娃儿，为路娃吃了那么多苦，就不知道该咋对待日本人了。

激动得最厉害的是牛老栓。他的老泪一汪一汪往外盈着,看着孙子蜡黄的脸色渐渐浮上了一层红晕,他跪在了地上,抱住了日本军医的腿,连着磕头感恩。日本军医像受了惊似的慌忙揪起他,用半生不熟的中国话说:"不,不,不可以。"

迎春把一块红糖放了一个大碗里,用开水冲了一碗红糖水,双手端在小鬼子面前,轻轻唤着他,要他喝下去。小鬼子摇头拒绝,她就发起了脾气:"你喝呀,红糖补血,补血,你没血了,你想死呀!"迎春一会儿又从隔壁端了一碗面片,放在炕上,先对日本军医说:"辛苦了,吃碗面疙瘩。"然后又给山本四郎端了一碗,迎春用威胁的口气说:"吃了!"

山本四郎接过了碗,拘束的感觉渐渐没有了。他不能违背迎春的一片真诚,他对鸠山用日语说了句什么后,那军医也端起了碗。他们用筷子翻动着碗,忽然,山本四郎从碗底搅出了一颗荷包鸡蛋,他瞧见鸠山的碗里什么也没有,这显然是迎春偏心眼儿给自己的优惠。他心里一热,有一股热泉从心底冲向喉咙,感到这颗光滑的鸡蛋像迎春那颗赤心一样生动灵活。

饭后,鸠山又给路娃听了胸脯,量了血压,一直紧绷的嘴角上终于颤动起了一丝笑纹,他对抱着路娃垂泪的小兰点点头,说:"关系的没有了,你们的放心了。"

全家人像看到救星降临似的高兴。牛老栓老两口把血压计、听诊器、注射器这些抢救孙子的医疗器械翻过来瞅瞅、转过去看看,像孙猴子欣赏他从东海龙王那儿得到的那件定海神针的宝器,满脸笑得像开了菊花。

小兰泣不成声了。她刚进屋看到儿子在生死线上挣扎时被吓愣了,这阵儿好像才清醒过来,在经历了极度恐惧而得到了解脱之后,就不知是一种什么心情了。按说儿子得救应该笑出声来,她却哽咽了,难以抑制。

迎春说:"大嫂,你就痛痛快快哭出来吧,哭比笑好受!大嫂,哭吧!"

小兰就大号着哭起来了……

十八

老黄牛以坚韧不拔的精神摇着犁铧,迈着坚实沉重的脚步,慢吞吞地行进着。扶犁的玉龙心情像老牛的步履一样沉重。玉茭和自己的事,让福来搅得一塌糊涂。村里冷言冷语和无休止的耻笑像鞭子一样抽着他的灵魂。玉龙觉得自己像做了什么见不得人的事，有些不敢抬头见人。他相信玉茭更承受不了这种无形的精神上的鞭挞。他想找个机会安慰一下玉茭，可父亲和村人的眼睛像钉子一样盯着自己。下午，他犁完了二亩地，把牛拴在地埂上啃着刚露土的青草，自己就穿过一道沟去玉茭的地里看她。结果，那愣福来又在场，气人的是玉茭竟连脸面都没给，既没跟他说话，也没抬头看他一眼。玉龙找茬子和她说话，她愤怒地把撒肥的柳筐摔在地上，离开他很远。玉龙根本不知道她为什么生自己的气，想起奶妈捎过的话，"再不要招惹我们玉茭"，他才知道玉茭和自己这档事已经彻底没戏了。

他跑回自己的地边，躺在地埂上，一股悲凉的气愤袭上了他的心头，他差些哭出来。他心里想：玉茭你变卦了，是你先烧起了我的火焰，你现在又这么无情。这可不关我的事！他手拿鼻子，嗤地把两股鼻涕擤在地上，又把沾着鼻涕的手指冲地上甩了甩，表示出了他的气愤。

这些年玉龙在外打工，见过了许多女人，有的肌肤白皙，招人喜欢；有的面颊圆润，白腻透红；有的蜂腰纤细，婀娜苗条，但他从没有认真动过情。他最喜欢的是喜形于色、黑不溜秋的女儿们。在这一点上，玉茭和艳秋都是他所喜欢的。可是，艳秋和自己差距太大，文化的差距，家庭门第的差距，攀附人家根本是痴心妄想。他选择了玉茭，没想到玉茭竟然如此绝情绝意！

他胸中的血液涌上了头顶，昏昏沉沉。他以前长年在外跑，回村后本来就孤独，现在显得更加孤独。他对玉茭已经失望，不知咋的就又想起既美丽又勇猛的艳秋来。明知她是个感情奔放的人，爱她是绝顶荒唐的念头，他们之间横着不可逾越的重重障碍，但是，此时，对于这个女人的思念是如此执著而顽强。她的举止言谈、音容笑貌和鲜明的性格始终不离开他的脑际，不断敲击他的心灵。

嘭的一声，像是放了一个大麻炮，玉龙把视线转向了北边，那儿腾起了一片黄尘，黄尘在阳光下金灿灿的。老人们常说，牛家村是块宝地，腾起的尘土都有金片闪光。其实是牛家村矿产太丰富了，黄金、石棉、云母等矿产，经过风化成为细粉，风刮起来，金属粉末就闪闪发光。玉龙想起日本人在阴灵沟开采金矿，奇怪他们咋会知道这儿有黄金。

那尘土飞扬之处，原来是一彪人马，都穿着米黄色的军装，正向阴灵沟进发。山沟路乱石钻天，没有宽阔的大道，只有一条羊肠小路歪歪扭扭地通向深沟。这队二十余人的骑兵在狭窄的小路上排着长长的队，沿着弯道飞速前进，像一条洪水河在湍急地流动。这些军人，边飞奔，边呼叫着，像是起哄或者前后照应。

玉龙想：日本人又进了这么多部队，说明阴灵沟里的黄金肯定是很多很多。可是，这是我们牛家村的地盘，从清朝起，这一带都归牛家村，羊皮地图至今在张老先生那儿保管着。到底谁让日本人来这儿的？他们凭什么没经过牛家村同意就进来了？阴灵沟是牛家村先祖阴灵居住的地方，他们又开山又放炮，惊动得鬼魂也不安了。村里人现在还蒙着，是该和乡亲们说道说道了，不能让日本人这么胡干！

太阳向西半拉倾斜了。他想自家的土地还有两天才能耕完，一耕完地，他就打算再去达尔罕草原找杜艳秋，妈的，我比福来都愣了，这回要认真问问她，她嫁给我，到底是真话假话。真后悔，当时就不该拒绝，抱住她亲一阵子，按倒干了那事，生米做成粥了，想分也分不开了。我他妈扭扭捏捏，闹哪门子幺蛾子！

他把牛鞭扬起来，用干咳的嗓子喊了声"哒"，牛就蠕蠕地前进了。可就在这时候，两只汗津津的手从背后伸了过来，把玉龙的双眼捂得严严实实。他撒开犁把，想掰开来者的双手，谈何容易。他想反过身来，可是整个身体像被铁钳夹住了一样不能动弹。他喊："谁？放手！"

来人仍不吱声。玉龙两只手向后乱抓，突然触到了对方腰间的两把手枪。他想抢一把，刚一伸手，来人腾出了一只手，照他胳膊磕了一下，他的胳膊顿时麻得不能动弹，同时，一把手枪冰凉地顶在玉龙的脑门子上。

玉龙立即反应过来，大声说："杜小姐，你干什么？"

来人正是艳秋。她进村打听玉龙，村人告诉她玉龙正在地里耕作，艳秋便寻了来。她轻盈的功夫竟使玉龙毫无觉察。她已经由小老头变回了水灵灵的姑娘。

玉龙揉着眼睛，歪头问："你咋来这儿了？"

艳秋满脸冰冷，握着手枪直截了当地问："你说，我家仓库里的洋布是不是你运回来的？"

"是呀，咋啦？"

"从哪儿运来的？"艳秋继续问。

玉龙眼皮子眨了几眨，"你问这干什么呀？"

"说!"艳秋虽把枪口对准了他,但能看出没有恶意。

"噢,说说说,我说。"玉龙眼睛眨巴着,迟迟疑疑地说,"杜老爷不许我告诉任何人!"

"我是他女儿,他说过不告诉他的女儿吗?"

"那倒没有,不过……"

"别啰嗦,不说,我打死你!"艳秋威逼。

玉龙扑哧笑了,厚着脸皮说:"好,我说!我说了,你得让我亲一口。"

哗啦一声,艳秋把手枪的机头打开了,直指玉龙的眉额。

"不要这样嘛,"玉龙推开她的手,也带着威胁说,"说就说,不过,你已许配给了范家镇的范君义,对他家可没有好处啊!"

"少废话!范家和我没关系了。说!"

"真的没关系了?"玉龙觉得这是一个值得兴奋的消息,眼睛里闪出了贼亮的光泽。

啪,艳秋把食指按在了扳机上,脸上没有了玩笑的意思。玉龙心里有点害怕,连连说:"好好好,我说。去年秋天,我从范老爷手里接过一批货,是杜老爷让我去接收的。杜老爷再三告诉我不许外传,给了我十块大洋,是封口钱。杜老爷怪罪下来,这十块大洋你可得替我出啊!"

"五百匹洋布,三十驮杂货,是不是?"

"对对对,没错!"

"这货从哪儿来的?"艳秋想从玉龙嘴里掏出一切。

"那我就不知道了!反正这货是从县城的观音庙里提的!"

"观音庙?不是范家镇?"艳秋追问。

"的的确确。"玉龙保证。

"这批货卖了多少钱?"

"哎呀,"玉龙拍拍脑门,想了想,"好像不是卖,是让杜老爷保管,每保管一天二十块大洋,说是日本人的货,日本人什么时候取货,什么时候交保管金!"

艳秋把枪插进了腰间,说:"你能不能和我去趟范家镇?"

"干什么去?"

"找范老爷。"

"不行，我忙着耕地，我爹病了，我大哥给日本人修路，我二哥是个二流子，家里就靠我劳动！"玉龙放着连珠炮。

"走不走？"艳秋又要掏枪诈唬。

"姑奶奶，我走！"玉龙举手投降。

这时，艳秋脸上泛出了一点笑容。她从腰间拔出了一把枪，连同一盒子弹递给了玉龙，"拿着，送你了！"

玉龙蹦了起来，兴奋至极，拿起枪，翻来覆去打量半天问："哪儿来的？"

"你走后，我们家就住了日本鬼子，我杀了两个鬼子军官，抢来的。"

"日本人不追你？"玉龙问。

"咋不追，要不就找你来了？"

"你找我，我有什么办法？"

"听我的，跟我干，杀日本人，救中国！"

"行！打日本人，我干！妈的，你看，"玉龙用手指指阴灵沟，"他们把我们牛家村的祖坟占了，要掏金子！妈的！"

艳秋脸上彻底绽出了笑容，她把一只手伸给了玉龙。玉龙不解其意。艳秋瞪了他一眼，说："你刚才说什么了？给你，亲吧！"

玉龙乐得眉开眼笑，但马上得寸进尺："我想亲你嘴！"

"嘴？你一辈子不刷牙也想亲我的嘴？给，亲脸蛋吧！"

玉龙就要扑上来，艳秋用手挡住，说："只许你亲一下！"

"好！"玉龙扑了上去，搂住了艳秋的脖子，厚厚的嘴唇就捂在了艳秋的嘴上。何止是亲一下，他差些把艳秋的嘴唇咬下来。艳秋也没有反抗，反而用铁钳一般的双臂把玉龙搂得更紧了，她也用尖利的牙齿在玉龙的脸蛋狠狠地咬了一口，玉龙像一条狗被打了一棒，嗷嗷地号叫着……

十九

在牛老栓祖田的地埂下，玉龙和艳秋办了那些可想而知的事后，他们的身上滚满了去年留在地里的枯草秸梢。艳秋的发辫松开了，头发乱得像沙蓬。她没感到羞怯或不好意思，只淡淡地笑笑，对躺在地埂上喘息的玉龙说："咋，高兴不？"

玉龙坐起来，他可不如艳秋那么大方，显得拘谨和不知所措。

"咋了？没一点阳刚之气！"艳秋指责他。

玉龙内心无比感激她。人家是富家小姐，又在省城念过大书，满肚子都是学问，浑身都是武艺，能把最宝贵的东西献给自己这个目不识丁的村夫，真是蛤蟆吃了天鹅肉。他内心里无比满足，发誓要报答她，要一辈子为她活着。他激动地说："艳秋，你说吧，你要我死，我就去死。你说咋的我就咋的！"

艳秋也激动了，说道："好，咱们马上就去范家镇找范老爷，一定要弄清这批货是从谁手里接收的，一定要找到这个灭了我舅舅一家人的仇敌。"

玉龙说："报仇的事要好好计议，就咱俩能报个什么仇，还得先找八路军。"

"找八路军也行，只要能报仇就成。"

玉龙难为了一阵，说："当兵打鬼子，我爹肯定不让走。"

"那咱们偷跑！"

"不行，那不急死我爹妈了？再说，我得送回牛，出远门还得搞匹马。"

艳秋有点气愤，说："这就是你要为我献身？快送牛拉马去，走啊！"

玉龙看看艳秋又说："我领个闺女进村，不让人笑话死了？"

"这好说，我化装一下！"说着，艳秋把乱糟糟的头发一拢，从包袱里取出了一块陈旧的白羊肚手巾罩住了头发，又用一副宽腿带把两只脚脖子缠住，不知从哪儿变戏法似的弄出了一撮浓黑的小胡子，贴在鼻下，她故意弯弯腰，咳嗽了几声，一个洒脱漂亮的大姑娘顿时变成了一个病怏怏的小老头。

玉龙看傻了眼，惊喜道："不知道你还有这么一手！"

"我杀了日本人，他们肯定会抓我，不化装行吗？"

西山的阴凉已把地埂遮住了，太阳正跃跃欲试地要从西山顶上往下跳。两人要回村里去，艳秋骑惯了烈马，没尝过牛背上的滋味，她让玉龙骑马，自己在牛背上晃悠着，不由得咯咯地笑。

玉龙马上警告她："不许笑，你现在是老汉，小心露出鬼相！"

玉龙骑的马匹远远走在前头。可老牛沉着老练，任你吓唬，仍然不紧不慢。艳秋无意识地在牛屁股上拍了一把。这一把拍的并不重，老牛却犹如被扎了一刀，嗷地叫了一声，尾巴硬成了直棍，后蹄不断向天空乱抛，艳秋就像个皮球在牛背上蹦起来跌下去。老牛双抱蹄子向前冲去，竟然超过了玉龙。艳秋担心从牛背上摔下，趁着身体被颠向天空，顺势跳下地，一块石头正磕在了她腿上，痛得她龇牙坐在地上。

这时，突然有两个人弯下腰来，四只手同时去搀她。艳秋抬头看，一个身穿着白大褂子，看上去像城市里的大夫；另一个是个小伙子，憨憨厚厚，他俩就是鸠山大夫和山本四郎。山本四郎笑笑问："老大爷，没事吧？"

艳秋想说声谢谢，突然想起自己是女的，没敢出声，忙点点头。

鸠山和山本四郎见这位"老大爷"站不起来，就都蹲在地上。鸠山打开了药箱，山本四郎忙去撸艳秋的裤腿，要给她腿上上药。艳秋连忙制止，一个劲儿摇头拒绝。

玉龙赶了过来，跳下马，问："咋样，没事吧？"

艳秋在他大腿上捏了一把，他咧咧嘴，对两个日本人说："谢谢你们了，他没事，他是哑巴。"

山本四郎低下头，还是想看看艳秋伤着了哪儿。艳秋突然一惊，她发现他的耳朵背上有三颗米粒大小的黑痣，黑痣上还长着一根微黄的奶毛。她想起了那个中了蛇毒倒在山沟里奄奄一息的日本人。艳秋迅速地打开了自己的包袱，取出了一个小本子。这个本子就是那次艳秋从中了蛇毒的日本人身上搜出的，她作为一种证据和线索一直带在身上。当她把这个本子递在山本四郎面前时，他也吃惊地大叫了一声，一把抢过那本子，贴在自己的胸口，如获至宝地说："这是我的，怎么回事啊？"

艳秋呼地半跪起来，嗖地从腰间拔出了手枪，对准了这两人，大声问："你们是日本人？"

两个人同时点头，并大为茫然，连连说："是是是，不要开枪啊！"

艳秋对玉龙说："快点，这是两个日本鬼子，把他们捆起来！"

玉龙解下了牛缰和马缰，把两个日本人捆了个结实。

艳秋用枪口磕敲着那个山本四郎说："说，你们是怎么杀害镖夫抢夺货物的？"

山本四郎无言，低头耷脑。

"说！不说我崩了你！"艳秋打开了机头。

"不要开枪，我说……"于是，山本四郎磕磕巴巴地说起来。

山本四郎是日本帝国大学汉学二年级学生。战争的需要，他被招募到日本AUI特种部队服役。这支部队是开采黄金的专业部队。日本侵华需要大量黄金储备，他们就沿阴山山脉开采金矿，阴灵沟金矿是开采的目标之一。

去年深秋，AUI部队开始向阴山运送提炼黄金的设备和必备的剧毒氰化钾。为了防止国民政府和八路军扣押、截获这批绝对禁运的设备和剧毒品，他们把提炼黄金的设备零件和毒品包在洋布卷里，以日本商人合法经营洋布的名义运到了省城。日军知道，把这批设备和毒品从省城运入阴山，沿路盗匪如毛，危险依然很大，于是就从省城雇用了镖局保镖。艳秋的舅舅便揽了这笔业务，押镖的正是杜艳秋。日军的用心是一旦遭到匪徒抢劫，不但日军人员不会受到伤害，镖局还要赔偿损失。更为险恶的是，他们派了七个士兵守候在一座庙宇内。因为这座庙宇是押镖的必经之地，货物一旦运到这里，就基本躲过了匪区。他们准备在这儿杀害镖夫，劫夺货物，他们要贼喊捉贼，既可以赖过保镖费用，还可以让镖局赔偿他们的巨大损失。他们还会宣扬中国人抢劫了日本商人的货物，为他们侵略中国创造更多的口实。于是，他们把一只狍羔致残，在狍羔的体内注射了大量的蒙汗药，并以狍羔为诱饵等待着押运货物的镖队。果然，杜艳秋的镖队走到这儿，镖夫个个饥肠辘辘，发现了这只狍羔，立即剥皮开膛，大饱饥肠。就这样，他们全部倒地昏迷了。日军为了解除后患，把被迷倒的镖夫全部拖进了湍急的河水，要把昏迷的他们淹死。正是这个山本四郎发现了一位年轻女性，便动了恻隐之心，趁着日军不注意，把她从河心拖到了水浅的地方，并把头支在了一块大石上，使她不至于被河水呛死了。所以，镖队里唯有艳秋一人得以逃生……

穷凶极恶的日本鬼子截获了这批货物后继续前行，为了遮人耳目，每过一个村子，都要强制村民离开村子，不许他们看到这批货物。在驱赶村民时，山本四郎不幸被老婆婆的毒蛇咬伤，很快浑身浮肿，渐渐处于昏迷，鬼子们不顾同胞之情，无情地将他抛弃在深谷之中。

世界上的事情虽说离奇古怪，但都是因果相报。没有山本四郎相救杜艳秋，也就没有杜艳秋相救山本四郎的事了。杜艳秋脱险后骑了老婆婆的黑驴追赶鬼子，半路遇见了昏迷不醒的山本四郎，为了搞清凶手和强盗的去向，她让黑驴向老婆婆报信。老婆婆赶到后，给山本四郎喂了蛇毒解药，才把这个即将死亡的日本青年抢救过来。

山本四郎清醒后，老婆婆把他驮回了村子。他躺在老婆婆的炕上，那条咬伤他的大蛇倒挂在屋顶上，平瘪的脑袋还在向他吐着信子。他惊恐地嗷嗷叫着。老婆婆嗤了一声，那蛇便把头缩了回去，沿着木檩窜到了窗前，又像流水般流到了窗台，从窗台上钻出了屋子，窜到院子里去了。

老婆婆和山本四郎说："不要怕，它不会再咬你了，再恶的生灵也会学仁义的。"老婆婆信奉这句话，也相信眼前这个小伙子会像这毒蛇一样变得善良。在她的家里，山本四郎住了整整半个月，老婆婆为了给他补身体，把自家的鸡子都杀光，还到山里用马尾套了许多只野鸡。她以真诚的母爱温暖着这个远离自己国家和亲人，处于绝境的日本侵华士兵。在离开时，山本四郎跪在老婆婆的面前，呜呜咽咽地喊着妈妈，他做了她的儿子。

他要找自己的部队去。他知道那批设备是要运到一个叫范家镇的地方，有一个老财叫范殿英。范殿英为了让自己的儿子和日本人经商，答应代替日本人保管这批货物。可当他到了范家镇之后，并未见到这批货物，也未见到押送货物的其他日本军人。他从范家下人嘴里知道，范老爷的儿子叫范君义，是个不听教化的逆子。他不仅不和日本人做买卖，还坚决反对父亲和日本人来往。父子俩闹得不可开交，儿子要进山里找八路军，范老爷就派家兵把他看管了起来。

范老爷担心儿子发现这批货物闹出是非，就暗暗出钱找到了杜老爷，要他严格保管这批货物。当时，日本军队还没开到这儿，黄金勘探工作还未开始，所以这批设备和毒品就只能静静地躺在杜老爷的仓库里。

山本四郎没找到部队，就来到省城的日本AUI总部，以蛇毒致大脑呆痴为由申请回了国。他回日本只是为了拿到一笔钱，用这笔钱来把拯救自己生命的老妈妈接到日本享几年清福。可是战争毁了他的家园，他的父亲被征集到了中国东北当侵略军的文化参谋。他的母亲在欢送日军赴华的集会上被汽车撞死了。当时的战争形势非常紧张，十六岁以上的男子必须充军。于是，他二次被征来到了中国的大北方。当他再去寻找自己的救命恩人时，不仅没找见，连老人住的村庄都被日军烧成了一片废墟……

听着山本四郎的供述，艳秋手里的枪口慢慢从两个日兵的脑门上离开了。玉龙对这两个日本人也有好感，倒是觉得艳秋的行为有些过火。他看看艳秋的眼色，把捆绑两人的缰绳松了松，从路旁搬了两块石头，给他们垫在屁股底下，让他们坐下来歇息歇息。

艳秋不满了，瞪了玉龙一眼，"干什么对他们这么客气？"

她是这么说，却并没有去阻拦。她听出山本四郎的话多半可信。镖夫们被蒙倒后，确实都被拖到河中水深浪急的地方，唯有自己被搁浅在河床的边缘，事后她琢磨不透其中的原因，现在明白了，拯救自己生命的正是这个在自己枪口下的俘虏。即使这是一个罪恶滔天的家伙，没有他的相救，自己早已变成冥冥之鬼了。还有，这个小鬼子所说的都和自己所了解的相吻合。她事后也去找过那个养毒蛇的老婆婆，她们村确实被烧得一片瓦砾，她碰到了几个当地老乡，说有一个被老婆婆相救的日本人确实很多次寻找恩人。但老婆婆去了哪儿，是死是活谁也不清楚。凭这一点，这个日本人还有点良心和人心。所以，艳秋最终把枪插在了腰间，有了点温和的意思，问："你们现在干什么呢？"

山本四郎指指阴灵沟，说："那儿是AUI部队的矿点，我在那儿做警卫。"他又指指那位大夫，"他是我们的随军医生鸠山。"

"你们干什么去了？"玉龙问。

"去牛家村，那儿有个孩子受伤了，我们去抢救。"

"谁家的娃儿？"

鸠山摇摇头，看看山本四郎。

山本四郎耸耸肩，犹豫地说："路娃，对，他叫路娃！"

"啊？"玉龙用有力的大手抓住了鸠山的双肩，鸠山痛得哇哇大叫，玉龙问，"咋受的伤？咋的了？"

"脱险了，"山本四郎看玉龙如此着急，忙说，"没关系，路娃没事了！"山本四郎又讲述着路娃受伤及抢救的情况。此时，从牛家村那边飞奔过来一头黑驴，黑驴边扬头号叫，边四蹄腾空飞跃，骑驴的竟是玉龙的妹妹迎春。她跳下驴，看见山本四郎和救侄子的医生被反绑着，责问哥哥："咋了？谁绑的？"

艳秋拐着腿站起来，用手指指自己的鼻子，示意是自己所为。

"你是哪来的拐老汉？"迎春埋怨着，瞪了艳秋一眼，扑过去，三两下解开两个日本人背上的绳索，对玉龙说，"三哥，没这两个日本人，咱们路娃就没命了！你们咋绑了人家？"

玉龙说："迎春，你知道个什么！去，快回村看路娃！"

迎春从身上掏出两块银元，给每个日本人手里摁了一块，说："这是我大嫂给你们的救命钱！"

两个日本人同时摇头，要退还银元。迎春不满，借着推让，用指头把山本四郎的手心狠狠掐了一下。在心上人面前，眼神有时比舌头表达得更生动准确。她的眼光顿时跨越了国家的界线，把两个人的情丝紧紧地连了起来。鸠山用怪异的神情看着山本四郎，很难知道他是羡慕还是不解。这一细节，当然也被玉龙和艳秋看在了眼里，玉龙用力拉了一把艳秋，"走，快回村！"

这时候，从阴灵沟那边奔出一队人马，马上的人不断朝天鸣枪。马队说话间就到了眼前。这是一伙日本鬼子。一个叫大岛的长脖子军官跳下马，嘴里叽里咕噜嚼着什么，扑上去就扇了鸠山两个嘴巴。山本四郎立即上前，也叽里咕噜争辩着什么，大岛就转过头来，又照他的嘴巴抽了两下。立马，山本四郎鼻口出血。他抬起头，用仇恨的眼光盯着大岛，突然呸的一声，将满嘴血沫喷向了他的胖脸，然后又叽里咕噜骂了起来。大岛抹了抹脸上的血，拔出了腰间的东洋大刀，高高举在了天上，可大刀迟迟没有落下，他的嘴角抽动了几下，喊了一声什么，众鬼子就扑了上去，连踢带打，连拖带拉，把山本四郎和鸠山向阴灵沟拖去……

迎春吓得闭上了眼，背过身子，悄悄地哭了。

二十

上灯了，牛老栓的屋里陆陆续续进来些乡亲。一个村子，一旦出了件新闻，人们总要聚在一起谈论。哪家出个大事小情，左邻右舍、亲戚朋友也要去家看看。虽说村里有家族区别，但没有重大利益的冲突，家长里短和互相关照也是常事。所以，牛老栓的屋里，除了底亲和牛朱几家乡亲，也有杨家马家的人。在这种不幸事情发生后，来人总是带些礼物。牛老栓褪了漆皮的红柜上，已放了几个纸包，那里包着饼干、黑糖，黑糖是补血的，这些包有三两的、二两的不等，都是表达个心意。那筐柳条篮子里，也放了二十多颗鸡蛋，这也是来人你三颗他两颗给路娃的慰问品。张老先生也来了，他知道路娃受伤，一时半会儿不能上学堂，给他买了三张大麻纸，让他在家养病时不要忘了临摹和写仿。牛老伴和乡亲们讲述着孙娃子这次所经历的惊险故事，同时不断夸着两个日本人是多么仁义和善良。因为牛老栓断气似的咳嗽，使她的话头不断被打断，她就骂起老头子："你咋不滚出门外咳嗽？"

疯二姨这时主持了正义，她在墙角落里坐着，喊道："不要吃烟了，熏塌脑子了！"

人们都怕疯子，都磕掉了烟火，不敢吱声。

牛老伴哄着疯子说："妹妹呀，你靠着被垛睡吧！"

"睡？你再夸日本人，我杀了你！"疯二姨站了起来。

牛老伴硬把妹妹按坐在炕上，像哄小孩一样悄悄说了些顺她心的话，她嘿嘿地笑了，问："姐姐，日本人也有好人？"

"对，日本人也有好人！"牛老伴把柜上的糖包拿起来，掰了一块塞进她嘴里，她甜得又傻笑起来。

牛老伴又要夸奖日本人时，张老先生慢吞吞地打断了她的话："不要夸他们了！他们侵略咱们的国家，是侵略者！"

"什么叫侵略？不知道！"牛老伴不懂，但口气里藏着不服。

"侵略就是占咱的地盘欺负咱中国人。"张老先生说，"就像你妹妹，受日本人的害还浅吗？"

"噢，那是后草地的日本人，和咱阴灵沟的日本人不一样！"牛老伴平时就是个硬僵僵不服输的人，她硬说这个地方的日本人和那个地方的日本人不一样，她还说，"牛家村有好人，也有灰人，日本人有好人，也有灰人！"

"他们占咱的地方，掏咱的金子，是强盗。救路娃的命，是收买咱中国人的心！"张老先生说。

"收买心？把自己的血抽上给了咱娃，那叫收买？你甭说了，我们不能做那种没良心的人！"

张老先生被牛老伴呛得没换上话来，就从怀里掏出一张柔软而皱巴巴的老羊皮，拿在灯下。羊皮上画的圈圈点点，沟沟道道。张老先生说："这是清朝时皇帝给咱们画的地图，这方圆几十里的山和沟都是咱们牛家村的，可他们凭什么占领？还开山放炮的，还不让我们走近？"

说到这儿，刚刚缓过气的牛老栓振奋了一下，说："对，阴灵沟是咱们先祖住的地方。朱阴阳刚下阴曹去了，调查一下咱们先祖受惊了没有，如果先祖受了惊扰，可不能让日本人在里边乱放炮啊！"

在座的老汉们都七言八语插上话来，都说惊动了先祖是大事情。但朱阴阳还没从阴间回来，下一步咋办都没个主意。朱阴阳下阴曹地府，鸡叫前必须回来。因鸡子一叫，天就明了，天一明，阴间就停止活动了。

正是春忙，明儿各有各的事，等不上朱阴阳下阴回来，人们就各自回家了。隔壁，小兰俯在路娃的脸上仔细观察着，对儿子每一个细微的动作、表情和呼吸的节奏她都密切地关注。滚烫的泪蛋子一颗比一颗大，一颗接一颗滴在儿子的脸上，她顺便把儿子脏兮兮的脸蛋用泪水揩洗了个干净。儿子虽然脱险了，但做母亲的真是后怕极了。如果大龙不去修路，自己哪会去放羊，儿子哪能无人照管？她想念起丈夫来，走了三个月了，没回家一次。她想去看，既不得空，又听说日本人都是畜生，怕惹出是非。月经左一次来，右一次走，她都用极大的忍耐力度过了那种难以形容的生理折磨。她是个坚强的女人，现在她落泪了。她想让大龙快点回来，可让他回家，必须让维持会长油屁股出面，这个人办事，得钱、洋烟，要不就得把身子给他。她知道金龙和油屁股不错，悄悄给了金龙三块大洋，让他和油屁股走个门子，结果他都赌输了。手头积攒的几个袁大头，今儿又给了日本人两个。这个钱不给于心不忍，人家身上的一管子、一管子的鲜血也值几个钱呀。她再拿钱赎丈夫，就心疼起来了。虽说箱底还有几十块大洋，公爹常年咳嗽，该买棺木了，还有，玉龙和小龙还没对象，得给人家留下彩礼钱。她打算路娃好一点，去娘家张一嘴，借几个钱去赎丈夫。她宁可让娘家人说自己没出息，也不愿让婆家人说出不然来。

自从大龙修路走后，迎春就一直和小兰做伴。现在，迎春的内心也受着煎熬，青春对她也是不可抗拒地来临了。她黄毛丫头的稚气已经退去，脸上露出了成熟红润的光泽，天真的大眼睛变得水汪汪的了，她的乳房开始发胀，肩背渐渐丰满，去年做的那件衬衫已经紧得难受了。她常常偷偷地在二嫂的穿衣镜里和妈妈的梳头鹅蛋镜里打量自己，甚至担水时也要在水桶里照照自己的倩影。自从认识了这个山本四郎，一种令她销魂的肉感不断从她脚尖伸到头顶。这阵儿，她躺在后炕，借着灯影，掩饰着脸上的不安。她想着那个小日本，浑身燥热酥麻。

迎春发现了小兰在掉泪，她心疼。小兰是她的嫂子，也像她的姐姐，她平时亲她，爱她，尊敬她，这都是小兰自己所为的结果。小兰进了牛家，是最忠实的家庭成员，吃苦受罪最多，挑剔麻烦最少，她是牛家的中流砥柱，也是全家做人做事的楷模。迎春知道大嫂最爱大哥，大哥洗脸不洗脖子，大嫂常常把他的头摁在水盆里给他洗脖子，还给大哥剪脚趾甲。大嫂常常失眠，翻来覆去地想着大哥。迎春说："大嫂，我思谋大哥快回来了。"

"哪会呀！修不通路，日本人哪能放人？"

"二哥说他和油屁股一起找过日本人，让大哥回家住几天，日本人答应了，可二哥说大哥自己不愿回来。"迎春说。

"迎春，你二哥的话也能信呀！他每天和油屁股鬼混，能学个正经？他把跑门子的钱都输了，回来哄咱们。你想，你大哥咋会不想回家呢？"

"唉，二哥算完了。"迎春生气地说，"不过，我四哥去换籽种，走时爹妈再三安顿要去看看大哥，他回来就知道大哥的事了。"

小兰苦笑了一下坐起来，扒在墙头上看了看。墙头上已划了五个道子，小龙走一天她在墙上划一道，她多想早一天知道丈夫的情况啊！可五天了，小龙还没回来，小兰琢磨他又找八路军去了，就问："迎春，小龙走时，带了几碗面？"

"三碗面，十五个山药。早该吃完了，可咋还不回来呀？"

小兰没再说什么。因为小龙怕爹妈打骂他，不许泄露找八路的事，小兰答应过给他保密，于是就转了话题说："迎春，日本人救了咱娃的命，咱们已经报答了。可日本人来中国杀人放火，欺负女人，中国人都恨他们，咱们也每天骂油屁股是汉奸，咱们以后不能再招惹他们了。"

这几句话说得很平缓，可却像钢针扎了迎春的心。如果说小兰进牛家后伤了迎春的心，这就算是第一次了。迎春想掩饰内心的秘密，气愤地回敬小兰说："日本人救的是你的娃，与我有什么相干？"

小兰笑笑说："迎春，大嫂是怕咱牛家担了汉奸的名声。"

迎春无语，脸上明显不悦。她呼地坐起来，下炕围门。她铲了炉灰，在门口围了三个弧圈，这意味着是三道火墙；又舀了一瓢冷水，也在门口洒了三个弧圈，这意味着是三条冰河。农村里不满十二岁的娃子得了重病或遇到灾难，防止妖邪乘虚而入，晚上睡觉前要用火墙河水把门围起来。围门后，迎春就拉个被子，把头盖起来，谁也不理了。

小兰揭开捂在迎春头上的被角，扒在她的耳朵上悄悄问："咋啦，跟大嫂说，是不是看上那个小日本兵了？"

迎春被揭了伤疤，羞得又用被子捂上了头，被子里头传出了瓮声瓮气的骂声："死嫂子，你胡说。"

"哟，看迎春多会哄人。你以为大嫂是愣子？你那点小心眼儿，就甭瞒我了。"小兰不经心拉开了被子，也要睡觉。

迎春把头露出来，像俘虏似的投降了，喃喃地问："大嫂，我知道瞒不过你，可你咋知道的？"

"你侄子早告诉我了。再说你和那小日本眉来眼去，我一眼就看出来了。"

"大嫂，你说我该咋办？"迎春坐起来，蹭到大嫂面前，求告着。

"你爱人家，人家爱你不？"

迎春拨浪鼓似的摇头，说："不知道，不过，他总是先找我。"

"这事呀，先得做通爹妈的脑子。村里人肯定会说三道四，嫁个日本人，汉奸什么的名声都会加在头上。"

小兰把她的心思说了出来，使迎春的心里沉甸甸的，像压了块大石，她咬了咬嘴唇说："不走时气遇了这个日本人，把我心都搅乱了。"

"甭急，就走就看。"小兰安慰说，"人爱人是不由人的事，大嫂嫁给你大哥就是拼上命嫁的。你要真爱人家，咱们慢慢想法子吧。"

迎春高兴了，搂住了小兰的脖子，嘴像蜜钵子似的叫着嫂嫂，撒娇说："那你得管我，你说话最灵，不但爹和妈，村里人也给你留面子哩！"

风门忽踏了一下，玉龙的声音传进来："大嫂，睡了？"

迎春还在为三哥下午捆绑小鬼子的事生气，凶巴巴地说："围门了，不能进来。"

"大嫂，有事情，你过我这屋来。"玉龙恳求。

"甭过去，我还得重新围门呐！"迎春嘴噘起来。

"大嫂一会儿就回来，我围吧！"小兰说着出了门，过了玉龙屋。炕后坐着一个老汉，缩着脖子，看样子像是个背锅子，留两撇八字胡儿，十足村里那种二财神模样。他手里拿着烟袋，正腾云驾雾抽着烟。玉龙指着这个生人，主动向小兰说："大嫂，这是我在杜家时认下的朋友，他来咱家，专门给我提亲来了。"

小兰一听很高兴，忙笑着说："哎哟，这可是好事呀！属相是什么？"

"蛇。"玉龙说。

"出生时辰呢？"小兰又问。

"大嫂，你咋也问这些事情？"玉龙直给小兰使眼色。

小兰笑笑说："玉龙，你不知咱爹妈，娶媳妇首先得问属相，还要打八卦，这些闹不清楚，爹妈能答应你？"

玉龙说："大嫂，正是怕爹妈拦挡，才请出你来帮我。"

小兰摇摇头，"婚姻大事，父母之命，媒妁之言，把爹妈叫过来一并商量嘛。"

这时，聚在牛老栓屋里的乡亲们出来了，你一声他一声地咳嗽着走向院外。牛老伴也尖着嗓子咳了两咳，擤了把鼻涕，就问："小兰，路娃咋样了？"

小兰跑出院，"妈，路娃睡了，有人给玉龙提亲，过玉龙这屋来吧，把爹也叫上。"

老两口先后进来。看见这位二财神似的小老汉，又听玉龙絮叨了半晌，牛老伴转向小老汉说："谢你啦，你提的亲事和玉龙命相不搁，再说，现在春忙，玉龙实在走不开。"

牛老栓也说："我们玉龙属兔，蛇盘兔，大相不合！没商量！"牛老栓说完就背抄手出了门，和老伴一起过了孙子那屋。

玉龙无奈地在地上转了一圈，对小兰说："大嫂，那我就把实话说了吧。"他指了指化装成老头的艳秋说："她是我的相好。我们已经有了生死婚约。明天我陪她到城里办事，走好长时间，家里的事全托给大嫂你了。"话音未落，艳秋已抹掉了头上的白羊肚手巾，一团乌发流水似的泻在了肩上，她扯掉了胡子，一个水灵灵的、高贵的女儿立即端坐在炕上。她和小兰笑笑，笑得十分迷人和可爱。

小兰又是惊又是喜，咋突然出了这么个相好？

她为玉龙有这么好看的媳妇高兴，便问："玉龙，你咋突然出了这么个相好？"

"大嫂，一时半会儿哪能说明白。我们明天一早就走，家里的事都苦了你了，有一天兄弟会报答你的。"玉龙心情十分沉重。

"你说哪里去了,只要你出去走正路,大嫂为你承担什么都愿意,可不许你像金龙一样。"

正说着,大门口篱笆门上的铃铛响了几下,接着,金龙的脚步就踏进了院,喊着:"玉龙,玉龙!"

玉龙赶紧扛住了门,艳秋马上贴了胡子,把头发罩在白羊肚手巾里。金龙就挤进了家。他还梳着一劈两瓣的汉奸头,眼球子随着脑袋四处滴溜溜地搜索了一遍后,望着炕上坐着的陌生老汉问:"这是哪儿来的?"

玉龙没回答,反问:"二哥,这两天你干什么去了?家里忙得底朝天了!"金龙神气活现地把腿跨在炕沿边,掏出了一盒洋旱烟,抽出三根,大大方方给玉龙和陌生老汉各递了一根,说:"二哥这几天忙着给日本人收粮哩。咱阴灵沟里进了兵,各村要供粮。今儿突然接住日本人命令,说有一个姓杜的女人杀了两个日本人,十有八九逃到咱们村了,说你和这个女人很熟悉。二哥赶紧回来告诉你,她一旦跑来,千万捉住,日本人的赏钱大哩,干这一单子,就等于咱们种十来年地!"

玉龙的心咚咚地跳,表面上却满不在乎,"二哥,日本人活该杀,可这与我有什么关系!你也少和那些日本人勾搭!"

"我是怕你吃亏!日本人把整个中国都快占了,你小腿能撬过大腿?你也少和日本人作对!"金龙看起来还挺讲些兄弟之情,末了说,"只要捉住那个女人,赏钱二哥一个也不要。二哥娶老婆你帮了不少,这回二哥也得帮你!"

说完,金龙就回他那屋去了。

二十一

太阳一落山,山村里就黑沉沉的了。朱阴阳穿了那件黑色长袍,走进了村中心的碾房。他打开面口袋子,把白面从门口撒到了碾盘上。这是诱引那些饿鬼们来舔碾盘。他把那块僵硬的牛毛毡子铺在了箩面架上,又在毡子上加了一块皮褥,能看出他要在这儿睡好长时间。关了门,碾房里就墨黑一片了,他像是睡在一个深不见底的冰冷黑暗的古井里。尽管没有一个人能看到他(下阴是不许人在旁边的),他还是很尽职地把自己的睡姿调整了一下:四肢笔直,仰面静卧。俗话说,狼黄昏鬼半夜,他要在这里静卧三四个时辰才能等到半夜，直到自己的灵魂融化在黑暗中才能与前来舔碾盘的饿鬼们会面。这是一段很漫长的时间，他是有烟瘾的，烟瘾来了最能折磨人，但这儿不能见光，不能有火，鬼是最怕光怕火的，他以一种高度的责任感和毅力控制着自己的烟瘾。

他对神鬼命运深信不疑，他敬神也敬鬼。他认为人的命运都是由神鬼决定的，只要做好事就有神仙保佑，做坏事就会受到魔鬼的惩罚，所以他从不敢做坏事。但神鬼之事他根本说不明白，只能借神鬼的威力去解释人间的善恶。有人求他算命，如果该人不良，断定他下场也不会好，他就向坏的方面去解释；如果是好人，断定他日后会有好报，他就向好的方面去解释，是好是坏都按他的善恶观去判定。根据这个法则，他算命的准确率高得令人叹服。

值得一提的是他家有件宝物。这是一根传了十二辈子的拴马石头桩子。这桩子由于年久，光滑无比，摸上去如绒如棉。这根石桩上常常出现水珠，像眼泪一样一排一排不断掉落又不断涌现，每当这种情况出现，必然天降大雨。朱阴阳靠着这根石桩，竟成了百分之百准确的气象预报员。农耕短不了气象，他成了全村人安排农活的指挥官。这根石桩的秘密，朱阴阳保守了几十年，所以，他头顶上那层神秘的光环更加神秘，方圆百里，他的名声如雷贯耳。

下阴曹地府，朱阴阳试过两次。下阴前他先喝一种用返魂草熬成的汤，喝过后，很快就迷迷糊糊失去了知觉，眼前的确看见过许多龇牙咧嘴的厉鬼，也看见过拖着长舌的吊死鬼。这些鬼和他喝酒，和他一块赌牌，后来张开大口要吃他，他被惊醒过来后，刚才发生的事是个梦，还是自己的灵魂真的到了阴间，他真有些说不清楚。后来他发现，这种返魂草有毒，牛羊吃了也会抽风，谁吃了都会昏昏然然，心里想什么，脑子里就出了什么图像，所以今天他没有服用这种草药。

他极力想把自己的灵魂驱到阴间，但心里像开了扇窗，亮堂堂的，咋也合不上。好不容易进入迷迷糊糊、似睡非睡的状态，门缝里飕飕地钻进了一股凉风，直吹他的脑门，他的心里又亮堂了。

越是不能入睡，心里越是着急。这次下阴是有明确任务的，不仅是牛老栓一个人的情面，也是全村人都共同关注的大事。眼下日本人在阴灵沟开山放炮，是不是惊扰了全村人先祖的安宁？包括自己的先祖也在那里住着。如果下不了阴间，该咋向乡亲们汇报?

门缝里钻进了一丝微弱的月光,这该是丑时了。他心想:今天是不能下阴间了,不管下去下不去,日本人从东洋跑到我们这儿就是强盗,掏我们金子不说,惊扰我们的先祖,全村人决不答应。到时该编点说法也得编了。他准备这样编:我下去见到了先祖,日本人整天地动山摇使他们不能安心睡觉,房倒屋塌,流离失所……

他不认为这样编是说瞎话,因为他绝对相信,地下先祖的阴灵已不能容忍,日本人是没好下场的,应该引导乡亲和他们干个你死我活!

这么一想,他竟安然了,不知不觉迷糊起来。

首先映入他眼帘的是在一座城池的街上,人流不息,熙熙攘攘。他看见一群瘦弱的小娃子正围着一个臃肿肥胖的富翁,你一爪他一爪地乱抓着。富翁的肌肉一块一块被抓了下来,血淋淋的,被这群瘦娃一块块吞食在了肚子里。他们皱瘦的面孔十分凶恶,他们吃掉了这个人后,又去围上了另一个人,一会儿,街上就鲜血横流起来。血河里漂流着裸体和无首的、耸着肥大乳房的各种尸体。忽然,天上响起了爆炸声,这群瘦弱的娃子顿时变成了残尸断臂,血肉横飞,同时发出了惨绝人寰的哀鸣……

他的眼前又换了一幅图景。这是牛家村先祖们居住的地方,这儿的建筑十分漂亮,但每间房子底下有许多牛头马面的鬼怪,房子在不断地被什么东西撼动,青色的过河砖墙大多裂了缝,这些牛头马面们正在扶助着房子不让倒塌。可是,突然天崩地裂的巨响,牛家村先祖们大片大片的房屋就齐根倒下来了!黄尘直冲高空,断砖碎瓦,折檩断椽,还带着金黄色的泥土,都乱迸乱溅泻散向四周,平铺了满地。破败的废墟上袅袅升起了一道青烟,这青烟渐渐弥漫,最后遮住了天,盖住了地,只见青烟之中隐隐现出许多沾满了鲜血的头颅。这些头颅渐渐清晰,显现出了一张张朱阴阳所熟悉的面孔。他首先看见了牛老栓的爷爷,他像活着时一样戴顶黑瓜壳帽子,冲天吐了一口鲜血,倒地而亡。朱阴阳想看看自己的父亲和先祖,可这儿废墟一片,已无从辨认,更没有人能告诉他他的先祖住在哪里。他还看见和自己同岁,但二十年前死去的姑舅妹子,兄妹俩重逢,相抱而哭。妹妹边哭边诉,大骂日本人毁了他们的家园。说话间,牛家村所有的先祖阴魂都飞舞到了半空,拼命向高处升腾。他们不是挣扎奔逃,他们是斗争反抗。他们要冲出阴间,和日本人去搏斗……

就在朱阴阳经历着阴间这场血雨腥风之时,牛老栓突然睁开了眼。窗前已一片亮光，屋顶的椽檩一根是一根，十分清晰地映进了他的眼帘。他哎呀一声叫，赶紧坐起来，急速地穿着衣裳，赶快往院里跑去。

朱阴阳下阴之前，反反复复告诉牛老栓，鸡子叫头遍必须把他喊醒。鸡子一叫意味着天亮了，这时辰，跑到外头的游魂饿鬼必须赶回阴间，朱阴阳的灵魂如果在鸡叫前不能附身，他就被留在阴间，再不能还阳了。牛老栓深知问题的严重，吓得一晚上不敢入眠，眼睁睁地等着公鸡打鸣。可是，因为白天路娃出了事，他连惊带累，一不小心就睡着了，鸡叫了两遍都没吵醒他。如果朱阴阳下阴回不来，这不是害了人家的性命。

朱阴阳和鬼打了一黑夜的交道，正从碾房出来。他的脸色惨白中透着青绿，胡子一夜间长得像十五岁娃的鸡巴毛一样。牛老栓扑过去，抓住他的胳膊，大骂自己是王八，差些让老朋友留在阴间。朱阴阳苦笑了一下，神情暗淡无欢。牛老栓的心咯噔一下，估计阴间的情况不好，就一句赶一句地问起来："朱先生，咱们的先祖咋说？你说呀，你快说呀？你咋不吱声？"

朱阴阳一直没有回答这个问题。一早，油屁股进了碾房里，带着威胁对朱阴阳说："我听说你煽阴风点鬼火，发动乡亲进阴灵沟和大日本皇军作对，你是不是活得难受？告诉你，我是大日本皇军的维持会会长，专管聚众闹事，小心你饭罐子搬家。"

朱阴阳是个胆小的人，一听油屁股诈唬，心跳得咚咚响。他想：是呀，这真的不是件简单事，一旦把自己在阴间"见到"的事情传出去，全村人就会把阴灵沟闹翻。日本人进了那么多队伍，都是荷枪实弹，吃亏倒霉的是乡亲。一旦闹出人命来，我朱阴阳该咋收场？再说，日本人知道是自己煽动，还不割了自己的脑袋？所以，朱阴阳暂时把嘴封了。他对牛老栓说："牛大哥，天机不能泄露，等个时辰我会告诉你！"说完急匆匆回了自己的家。

牛老栓满脸问号回了院子，小兰迎面出来，笑盈盈地说："爹，我们昨天黑夜重新推算了，给玉龙相的这门亲，阳历属蛇，阴历是属龙的。玉兔金龙相配，再好不过。"

"真的？"牛老栓喜出望外。

"爹，真的。我想快些让玉龙去相亲，省得错过了一门好亲事。"

牛老栓平时最信任大儿媳，顿时眉开眼笑道："小兰，怪爹昨天说错了话，伤了人家媒人,我给人家道个歉去!"说完,进了玉龙的屋。

小兰和玉龙悄悄掩嘴笑笑,就开始准备出门的衣裳。牛老栓一奔子出了院,又去马圈里拉马……

二十二

油屁股手里提着一面破锣,在大街上晃荡,走一步,喤一锤。他看上去有三个毛驴的岁数,个子不高也很清瘦,歪戴着帽子,是皇军发给的那个短舌紧头黄帽,脖子后头插着一面太阳旗,这面旗像引魂的幡子一样在他头顶上飘扬。

他敲着锣喊:"各位乡亲,大日本皇军有令,谁家窝藏女人,格杀勿论!"

许多人从巷子里窜出来看热闹。一个后生问:"油屁股,你妈不是女人?"

油屁股没恼,笑笑说:"不包括老娘娘,皇军追捕的是一个闺女!"

"什么叫闺女呀?"有人问。

"就是没挨过毬的女人!"油屁股牲口八道地说。

村人一片哄笑,都骂他是个毛驴。

油屁股一路敲锣呐喊,从村北到了村南,屁股后头跟随了一大溜人。走到二狗门前,桃桃正好从屋里扭着腰出来,嘴里嗑着瓜子,"噗",把皮吐向天空,问:"呀,破锣烂嗓子,号什么呢?"

"噢,是桃桃呀,二狗不在?"油屁股嘴角四周堆上了一摊狗屎一样的笑容。

"咋?你问这干什么?"

"我是问你,炕板子热了没有,要是二狗不在,我去烫烫腰。"油屁股没皮没脸地说。

"哟,你咋不先尿一道照照你的头脸?"桃桃也戏逗他。

"嗨,桃桃,你甭这么说,日本人占了中国,还不知谁的世道,你可不能小瞧你马大爷。"油屁股说着就伸出爪子摸了摸桃桃的脸蛋。

桃桃吹口气,把嘴角的瓜子皮喷在了油屁股的脸上,嬉笑道:"油屁股,你不要拿日本人吓唬老娘!你想打老娘主意,让你妈重养你一次,看你现在这模样,头干得像驴鞭子,那两撮黄胡子,像我家二狗的毬毛一样!"

围观的人哄然大笑。

"好你个桃桃,哪天看马大爷咋收拾你。"油屁股气得跺了一脚,转过了头,又是喤的一锤,锣声过后就喊,"各位乡亲,谁家窝藏闺女,格杀勿论!"

油屁股喊到牛老栓门前,正值玉龙和媒人要走出大门,他就越来了劲儿地喊:"谁家窝藏闺女,格杀勿论!这闺女是个洋学生,只要抓着,洋钱大大的赏……"

玉龙迎了上去,双手叉腰,拦住了油屁股的去路,半开玩笑道:"嘿,你这嗓子是吃上鸡毛了,咋这么哑?"

油屁股嘿嘿笑了两声,把锣挎在手腕上,"哟,玉龙,你什么时回来的?"

"你管毬爷嘞!"玉龙骂了这句,背抄着手,围着油屁股转了一圈,然后指着他的屁股说,"油会长,你屁股上少东西了?"

"少什么了?什么还不少嘞!"油屁股伸出手摸着屁股。

"你的尾巴呢?"

"你倒长尾巴!"油屁股立起了眉。

"我听说,给日本人办事的都长一条狗尾巴,摇起来比花还好看,你的尾巴呢?"

油屁股无可奈何地说:"玉龙,你家人多势大,我惹不起,不过,你可不要连日本人也骂啊!"

玉龙瞪起了眼,手指着油屁股的前崩颅骂:"日本人算个毬!告诉你,不要每天勾引爷二哥,你当狗腿子还要拉个垫背的?"

"谁勾引他了?他自己想给日本人办事!"油屁股辩驳着。

金龙这时从屋里出来,冲油屁股骂:"拍你妈的大板溜子!你让爷给日本人催几天粮,就免爷的赌债,爷才给日本人跑的!"

"你胡说,你的赌债什么时能免完?你把巧巧都输给我好几次了,我马某是好人才没把她领回家!"

金龙被捅了底,扑上去戳了油屁股一拳,又飞起一脚,把油屁股手提的铜锣踢到地上。铜锣在地上转了几圈,顺下坡滚了去。这时牛老栓听见院外吵闹,跑了出来。他怕把事情闹大,赶快去追锣。那锣却顺着坡越滚越快,他追赶不上,弯腰捡起一块石头向铜锣击去。他的本意是把锣打倒,没想到,喳啷一声,铜锣是倒了,却被打了个四分五裂。牛老栓捡起破锣，敲了几下，沙沙的，像敲了个筛底。油屁股这下得了理，一屁股坐在院墙上，说："赔锣！这是日本人的锣，你们看着办！"

牛老栓有些怕了，操起了院里大扫帚，连扫带打把金龙赶回家，又去打玉龙："你还不快点滚蛋！"

玉龙拉了媒人一把，掉头要走。这时，油屁股却横在眼前，上下打量着装扮成老头的艳秋，问："你是哪儿来的？"

艳秋把嘴歪了歪，嘴上的胡子也随着来回抽动，她挽起了袖头，像要出拳打架的意思。油屁股一看这货色也不是那种省油的灯，向后退了退，说："以后来村，得向本会长报告，大日本皇军有令，八路军多得很，都像你一样的留八字胡子。你敢情不是吧？"

"他要是个八路，你的脑瓜早成了豆腐！"玉龙说完，拉着艳秋，立即离去。油屁股疑疑惑惑看看背影，又想起那面铜锣，就和牛老栓说："上次你用大鞋盖我，今天又打烂铜锣，你就这么和日本人过不去是不是？"

牛老栓自知没理，从家里取出了一个黄铜脸盆，用拳头击了击盆底，声音挺大，但是不脆，递给了油屁股说："会长，这就算赔你了。我这盆论分量，比你那锣沉多了，就这么凑合着敲吧！"

油屁股接过盆，说："这咋个提法，不能扣在头顶上敲吧？"

牛老栓有办法，找了根大铁钉子，在铜盆边上砸了两个眼，又穿了根牛皮绳子，他提着皮绳用锤一敲，嘿，声音挺洪亮，说："听听这声音，敲一声后草地都能听见！"

铜锣的事情刚刚敲定，小兰出了大院门，见了油屁股，迎头就问："噢，马会长，我还是以前说的那事，我们大龙去三四个月了，修路该换换人了吧。"

油屁股就耐心给小兰解释："各村出苦力修公路是日本人的命令，按人口三出一，六出二，九就出三。你家九口人，该抽三丁，可只抽了大龙一丁，我马某还对不起你们牛家？你看看你们这家人，这个打我，那个骂我，要不是日本人给我撑腰，你们牛家人还不把我活吃了！"

"哎呀，马会长，一个村多少年，谁还不知谁的脾气。以前你给我们的好处，我们哪能忘了，眼下，你还是想点招法，快让我们大龙回来吧！"小兰接茬道。

"咋啦，想得厉害啦？"油屁股用色迷迷的眼睛盯着小兰。

"那还用说，我的男人我能不想！"小兰理直气壮地说，脸上显出了不可侵犯的不满。

油屁股看见气色不对，改口说："小兰，我真不骗你，我和日本人说了三四回了，日本人也同意大龙回来，可大龙说死说活不回来，你说我有什么法子？"

"胡说，大龙哪能不想回来，肯定是日本人不让回来嘛！"

"我要骗你是这个！"油屁股伸出了小指头。

"不信！"小兰干脆利落地摇头。

油屁股想了半天，不知该咋表示，就说："我要是骗你，是你养下的！"小兰的脸羞得通红，骂："我可养不下你这么大的牲口！"

油屁股笑道："骂我什么都行，只要我能从你那里走一趟，我死也值！我现在就想钻进去！"

小兰沉下了脸，说："你敢！不怕大龙把你的脖子拧断？"

"不怕！"油屁股说，"只要我看见你那东西，我现在就死。"

小兰忍住气，暗暗咬了咬牙，大声向院里喊道："迎春，快点过来！"

迎春正在熬糊糊，准备吃早饭，听见大嫂呼喊，拎着勺头奔了过来。小兰指着色迷迷贴近自己的油屁股说："迎春，你看他要干什么？"

迎春嗖地举起勺头，跨上一步，就要挖油屁股的脑子。油屁股也十分灵敏，马上把当锣敲的那个铜盆扣在了头上。铁勺子击在了铜盆上，发出了咚咚的巨响。这当儿，牛老栓两口子一齐跑过来，一看这阵势，就知道了二三分。牛老伴跑过隔壁，拿了一把钉鞋用的大铁锥，冲着油屁股肉大的地方乱扎。迎春把勺头子打飞了，光剩铁把子，就把铁把子对准了油屁股的肛门，使劲用锤子往里锭。油屁股像一头被杀的猪，声嘶力竭地号叫。牛老栓怕出人命，才拉拨开老伴和迎春。油屁股脱了身，连滚带爬地到了门前，又被小兰拦住。小兰说："马会长，你要不把我男人快点放回来，小心把你的脑袋拧下来扔进粪坑！"

油屁股拨开围观的村民刚想逃走，又想起了日本人的太阳旗还留在牛家的院门口，返头去取，迎春举起了那个黄铜脸盆，照准油屁股的脑袋砸了下去。这脸盆底子早被迎春的勺头子打塌，盆圈子正好套在油屁股的脖子上，取不下来，也扶不上去。

小兰把那面日本旗插在了盆边上,他就像一条毛驴戴了个套缨子逃出了牛家大院。

二十三

眼前,又是横七竖八的岔沟。八路军的部队在哪里,该进哪条沟,玉龙和艳秋迷茫地望着。从牛家村出来两三天了,每穿过一条沟,面前总是又摆着好几条沟让你选择。老乡们的传说真不假,八路军住得僻,打得远,跑得快。

眼前,一条大沟里布满了奇形异状的怪石,如狮、如虎、似龙、似象……一个个张牙舞爪。一块房大的岩石,横在眼前。这块岩石像一个巨大的鲤鱼头,顶上扔着一只破鞋。艳秋拿起来瞧半天,黑斜纹的帮子,底子已经磨塌了。这鞋不是日军的,不是伪军的,也不是土匪的,他们穿的鞋是皮鞋和胶鞋,都要比这鞋好得多。也不是当地山民的,当地人都穿牛鼻子大鞋,结实得很。这鞋分明是八路军穿过的。艳秋断定八路军就在这条沟里住着。

艳秋又在旁边发现了一只马掌,她从小习武骑射,对马熟悉。这只马掌磨薄了,形状很小。当地都是蒙古马,高头健腿,蹄瓣粗壮,所用马掌都比这只大,进一步断定是八路军进驻阴山时所骑用的中原马种。

一阵铜铃声隐隐传来,渐渐清晰沉重。继而,一声长长的驴叫声在沟谷里回荡。很快,嗒嗒的蹄声像点梆一样敲打着石林中的小路,一条黑毛驴从沟里穿了出来。玉龙立即认出,这是自己家里的那头黑驴,弟弟小龙骑在背上,一晃三闪地迎面过来。他和弟弟像不认识一样面对面相看。

"你咋来这儿了?"玉龙问。

"你呢?"小龙反问。

小龙满脸凄惶,一看就知受了许多委屈。

八天前,他受命于老爹牛老栓,驮一毛口袋上好的荞麦籽种去后草地换麦种。那儿的麦子粒大饱满,又适应山区的十年九旱。根据朱阴阳推断,今年牛家村一带雨水欠缺,只有换种才可确保丰产。出发前,小龙就知道后草地都让日本人占了。果然,每个村子都有像油屁股一样的人,每天敲个破锣,满村子喊着为日本人纳粮。他绕过了五六个村子都没戏唱,担心换不成种子反被日本人抢了,就想找个地方裹了荞麦换几个钱。他来到了范家镇,路过一个中药铺子,一个闺女从铺里跑出来。她个子不高,也不胖,是那种小不溜溜的村姑,梳一根粗不浪辫子,两个脸蛋红红的、圆圆的,像苹果一样好看。她眼睛笑着对小龙说:"喂,你去哪呀?驮的是粮食?换几副中药吧!"小龙想也是个法子,爹常年病,干脆抓几副中药算了。没经小龙表态,那闺女就把毛驴拉到铺子前,把驴背上的毛口袋掀下来,提着口袋屁股把荞麦倒进了一个细柳筐里。小龙结结巴巴地问:"哎哎哎,价儿都没说成,你就自己做主了?"

"亏不了你!"闺女像抬她自己的粮食一样,把柳筐搬进了后院,又用眼睛和小龙笑着说,"你想抓什么药?"

"我爹常年咳嗽气短,还腰腿疼。"小龙说。

闺女拿起了毛笔,一块方麻纸一会儿就被写得麻麻密密。她喊了声"爹",一个戴石头眼镜和瓜壳帽子的老中医出来,"什么事?"他一听女儿念的方子,就说,"药都打捆了,抓不成了!"

闺女领小龙进了后院,后院真有不少驮子已经装满了药材,还有些已钉好了的木板箱子。闺女有点急,忙把小龙的手抓住,拉在了墙角。小龙从没让大闺女摸过,这一来浑身麻酥酥的,心也蹦得十分欢实。这闺女说:"你哪村的?是这样,咱们东山里住着一股队伍,是八路军,专打日本人,是为咱们中国人报仇的!知道吗?我妈就是让日本人杀的,我姐姐让日本人抢走现在也没下落。八路军这阵儿挺困难,既没吃的,也没穿的,更没医药。我们悄悄备了点粮食和药材,今儿黑就送进沟里,你爹这几副药,我改日给你送到村里,行不?"

"不行!我不认识你们!"小龙摇着头,嘟嘟囔囔。

闺女愣了一神,突然将右耳上的小银坠子摘下来,递给了小龙说:"我叫臭蛋,给你,这就是证物,到时你拿这东西我保证认账!"

小龙难为了一阵,又摇头说:"我们村离你这儿七八十里,我哪有工夫找你,再说你跑了咋办?"

"我往哪跑啊?"闺女无奈地跺跺脚说,"那你亲我一口,你该相信了吧。"

小龙羞得不会说话了。

闺女等了一会儿,见小龙没有动作,就勇敢地扑了上去,抱住小龙的头就在他脸蛋上亲了一口,亲完脸蛋,她说:"这回行了吗?我都亲过你了,还不相信我是真话？"

小龙被弄得没一点办法，一毛口袋荞麦就这样牺牲了。

小龙处理了荞麦就去找大哥大龙。这是小龙走时大嫂提住耳朵再三布置的任务。大嫂真的想大哥了，流着泪蛋求小龙，一定要他把大哥弄回村。大哥在达尔罕草原附近修路，这条路正是修往牛家村阴灵沟的。小龙一到草原边儿就找见了大哥，他和民工们正在帆布搭的棚子里午休。

大哥瘦多了，高高的个子有些佝偻，显得很老。但他大大的眼睛里挺有神韵，原本不爱多言的他，眼睛里蕴藏了更多的思想。他成了修路民工里的核心人物，日本人给他封了个官叫鞭长。鞭长是用皮鞭抽人的，抽打人们好好修公路。大哥手里确实有一根皮鞭，有时也的确抽人哩。小龙要他回村，他摇头，亮了亮手里的鞭子，离不开它。小龙要他回村看看大嫂后再来也行，他也摇头。看起来，油屁股说的是真话，大哥的确变了，变得忘了家乡，忘了父母，忘了老婆娃子。小龙气得手发抖，指着大哥的脑瓜问："大哥，你咋变成这样？你甘愿给日本人卖命吗？"

大龙冰冷的脸色仍然冰冷，说了一句话："回去吧，我心里清楚！"

小龙愤然离去，大龙纹丝不动，没有挽留。小龙走出门，追出一个后生，就是张老八的儿子张三娃。他和小龙说："不要怪你大哥，这都是纪律。"

原来，大龙已经参加了八路军，他没穿军衣，也没戴枪械，隐藏在修路队伍里给八路军做工作。起初他们消极怠工，破坏公路，后来，八路军在修路大军中成立了一个组织，不仅不许破坏公路，还要加快修建速度。八路军说，路修在咱们的土地上，日本人背不走，抢不走，对咱中国人有利。日本人要通过公路拉矿石，炼黄金，就让他们尽管开矿，尽管炼金子，等他们炼好金子，咱们就去夺回来，要把大力气用在夺金子上。大哥把修公路当作自己的事去做，所以，他就把家忘了。

小龙误解了大哥，心里过不去，返回了工棚。大龙把他拉在门后，悄悄问："小龙，能不能帮大哥送个信。"

"往哪儿送？"

"去东南的深山里，找八路军司令部的李干事。"

"行！"小龙很高兴。他正想参加八路军，可总也找不见，这回可有了地点。他解下了裤带，把大哥交给的一张大宝香烟皮子装进了裤裆里的一个暗兜里。因为小龙知道，这个情报肯定很重要，必须存放得又牢又好。

　　小龙骑着黑毛驴，按着大哥的指点，颠颠簸簸向深山进发。一路，黑驴不断伸长脖子号叫，尾巴来回打着两边屁股，偶尔嘣嘣放几个响屁，表示出它非常愉快和兴奋。小龙更是心情激动，他好像已经穿上了漂亮的军装，钢蓝的上衣中间扎着皮带，皮带上插着玲珑的手枪，威风凛凛的。想到这儿，他就不由自主地唱了一首又一首的山歌。

　　　　　　　　前半夜我想八路我就扇不熄个灯，
　　　　　　　　后半夜我想八路我就翻不了个身，
　　　　　　　　骑上小黑驴快点跑哇，
　　　　　　　　什么时能看见八路军。
　　　　　　　　满眼桃杏花瓣瓣飘，
　　　　　　　　想八路想得心尖子烧，
　　　　　　　　骑上小黑驴快点跑哇，
　　　　　　　　寻见八路军就不走了。

　　小龙想起那个叫臭蛋的闺女，说不定这次找八路军还能碰见。一口亲的自个儿没了主意，一口袋荞麦就平白无故丢了，他觉得自己可笑，更觉得闺女可爱，心里头的秘密就又冲口而出了。

　　　　　　　　大黑牛耕地犁翻土，
　　　　　　　　哥哥我双手抓住个犁把手，
　　　　　　　　白天里抓住个犁把手，
　　　　　　　　到黑夜我摸一摸妹妹你那，
　　　　　　　　绵圪屯屯，白圪生生，细圪嫩嫩，
　　　　　　　　让我心抖的小手手呀亲亲！

　　小龙高兴地奔跑了两天，可心里大失所望。他没碰见那个苹果脸蛋的闺女。八路军是找见了，沟沟岔岔到处是八路军，不是个团部，就是个营部，好不容易才在一个只有三户人家的小山沟找见了司令部的李干事。这真的是一份十分重要的军事情报。原来，日本人在山里建了个军火库，通往军火库的路就是大龙他们修的。这份情报，就是提供这个军火库有多少兵力保护，又有多少汽车、武器等等。李干事浓眉大眼，口齿伶俐，夸小龙立了大功。他热心极了，打来开水，先给小龙洗脸、烫脚，又给饱饱地吃了一顿山药和莜面和起来的芋芋。小龙心思不在这上，就直截了当说："李干事，不用客气，我是来参军的。"

没想到，李干事笑了笑，摇头说："小老乡，我们只管作战，不管招新兵。"

"那我白给你们送情报了？"小龙要讹人。

李干事笑道："八路军刚刚站住脚，住的地方和粮食都很难解决，所以不能扩充正规军，主要是发动民兵斗争，回村里当个民兵吧！"

"民兵有什么意思！我就当八路军。"小龙把嘴噘起来。

李干事又劝了半天，小龙不依不饶，没办法，就把皮球踢了个老远说："我这儿不管征兵，到动员部吧！"

小龙满肚子不乐，赖着不走。李干事只得答应帮他到动员部说情。第二天天麻麻亮，两人就进了另一条沟。动员部就在这里，也是三四户人家的小村，动员部在村边的一座小庙里办公，有四五个人。

部长是个南方人，个子和日本人差不多，军衣穿得笔直挺拔，浑身上下连个皱褶都没有，头发不多，稀里八拉的，但梳刷得一根是一根，很齐。握手时小龙感到他的手绵绵的，一看就没受过重苦，后来一问，他原是省城一个学校的教书先生，姓名也难听，什么也不姓，姓仇（毬），小龙羞得不敢喊这个字，就叫人家白部长，因为他皮肤长得很白。

小龙为了抢占主动，先把送情报和贡献荞麦的事摆在前头说了一遍。可那仇部长听不懂他的话。李干事把意思告诉了仇部长，仇部长听明白了，但他说："小伙子呀，八路今羞兴兵要醒茶的，前天啦，柳一过吕孩鸡和一过兰孩鸡就系要参今啦，不几道他们畜生呀，不能差呀！这过吕孩鸡就是闹呀……"

小龙哪能听懂这些话，李干事又翻译过来说："八路军收新兵要审查的，前几天有一个男孩和一个女孩子就是要参军，不知道他们是什么出身，不能收呀！这个女孩子就是闹呀！"

小龙来时兴冲冲，两处碰了壁，心灰意冷。国民党抓兵都抓不到，咋了八路军送上门都要审查？他越想越气，掉头就走，没想到在这乱岔的大沟里碰见了三哥玉龙。

小龙叙述了这一段过程，艳秋也大失所望。看来这趟辛苦是白瞎了。她面孔严肃，假胡子气得上下直抖。她从小龙口里得知，那个动员部部长肯定是自己学校里的那个仇部长，他进了八路军队伍，别说八路不扩编，就算扩编，只要这个仇部长在，怕是抬上轿子迎接她也不会参军。她向后一挥手，做出打道回府的决定，心里恨恨地说："去哪儿不能打日本人！妈那个臭×！"

就在这时候，沟里有一个喊声在回荡。接着，一个八路军骑着马从沟里冲出来，边跑边喊："小老乡，站住。"

原来，小龙走时，一时气怒，把装荞麦的毛口袋撂在了动员部。追赶他的正是李干事。他跳下马，把毛口袋交给了小龙说："快拿着，别再丢了。"

玉龙一看见李干事，愣了一愣。这个人咋这么眼熟！他问："你是哪个村的？"

李干事怯怯地说："不远，就在附近。"

"说准点儿，我看见你眼熟。"玉龙说。

李干事摇头说："我从小在省城念书，不常回来，你认错人了。"

玉龙想了想，咋也没想起来，可能是认错了人。

李干事上马前，和小龙说："你是牛大龙的弟弟，我记住了。过几天部队要到各村发动抗日斗争，我一定去牛家村找你！"说完，返身上了马。

玉龙望着李干事的背影，回味着刚才的话，觉得他的声音也有点耳熟。自己常年在外打工，见的人是多些，但也无非从县城到范家镇，要不就在杜府里厮混，这个人肯定是在这些地方出现过，看他那不自然的样儿，玉龙心里越发感到疑惑。

小龙好像这时才发现了艳秋，问玉龙："三哥，这是谁？"

"是我在杜老爷家时认识的朋友！"

"你们来这儿干什么来了？"

"和你一样！"玉龙说，"甭问了，反正咱们参军的事谁也不能告诉爹妈。咱弟兄顶如没碰见！"

小龙点点头，悄悄对玉龙说："三哥，这沟里住八路的事可不能乱跟人说，怕让日本人知道。你这个朋友可靠吗？"

"放心，三哥交的都是好人！"玉龙转了话题，"走吧，咱们各走各的路，你赶紧回村种地，三哥有别的事，过几天回去。"

要返程了，艳秋却痴呆呆地立着。这个骑马的八路军的背影已经消失在大沟里，她还凝固了似的向那个方向张望。玉龙喊了一声，她没有听见，喊了第二声，她才从痴迷中醒过来。玉龙发现，她的表情是那么的呆滞，像经历了一场风霜。

"你咋了？"玉龙悄悄问她。

她摇摇头，低声说："没咋！走吧！"

世界上的事情真是无巧不成书。刚才这个李干事，正是艳秋曾经崇拜过，而且日夜想念过的白马王子。

那是去年的深秋。

省城的大马路上，从早晨开始就汇聚了大批大批的民众。他们大多是学校的学生，也有许多市民。人群像海潮似的向前涌动，每个男女青年手中都拿着各种颜色的小旗，小旗上写着各种抗日标语，"打倒日本帝国主义"、"打倒汉奸卖国贼"、"中国人民起来救中国"的口号声此起彼伏、山崩海裂地响彻云霄。人群的四周布满了军警，他们举着明晃晃的刺刀，还有粗大的木棒，威胁着游行的群众："站住，不许前进！"他们的声音和示威的口号声抗衡着，但无法阻止前进的人潮。

"突突突！"机关枪扫射起来。一会儿，一片蓝色的烟雾和呛人的火药味弥漫开来。刺刀开始戳在人们的肩上，一排排的人惨叫着倒下，人们停止了前进！

这时，正是刚才这个战士，他高昂着头，手举着旗，愤怒的头发根根直立，他高呼："前进呀！前进！不许鬼子侵占我们的国土！"示威群众又争先恐后站立起来，继续往前冲，跟着喊："不许鬼子侵占我们的国土！"

游行队伍在前进，军警在不断后退。

一根大棒突然抡在了这个青年的头上，顿时鲜血直流。他倒在了地上，被群众扶起，继续前进。这个青年看见一个军警又举起大棒要击打游行的队伍，猛地冲了上去，抱住了军警，大喊："同志们，宁可拼死，不能等死！"

人群顿时爆炸开来，他们夺过了刺刀，抢过了大棒，开始和军警搏斗。人群像潮水般一批一批涌上来，军警们的棒子像雨点一样在空中乱飞，这青年依然冲在前头，高喊着:"不当亡国奴,前进呀!我们的队伍永远前进!"

游行的群众越来越多,军警也越来越多。马路上人山人海,愤怒的口号声和着感人肺腑的救亡歌曲声。军警制止无效,游行队伍继续前进。那个脸孔白净的青年学生,一直冲在队伍的最前头……

艳秋想起这段往事,突然勒住了马头。她想追上这个李干事,和他重温当年那种战斗的激情,忽然想起自己已是有了男人的婆娘,这才依依不舍地磕了磕马肚,马匹又嗒嗒地跑起来。

二十四

这是一个繁华的小镇。大街上,车水马龙,人头攒动,叫卖声、吵闹声和马车铁环碰撞声混杂在一起,不绝于耳。

艳秋和玉龙骑马在街上驰行。穿黑衣的警察在街上隔三差五地巡逻,不断拦住人仔细盘问。鬼子兵穿着皮鞋,一队一队从街上开过,叩击人心的皮鞋声显示着他们的威风。

街中心一家店铺木板上贴着两张大麻纸通缉令,围观的人们发着各种议论。艳秋跳下马来,把头插进人缝一瞅,心猛然一怔。

一张通缉令写着:捉拿女匪杜艳秋,悬赏大洋一百块。

另一张通缉令写着:捉拿男匪范君义,悬赏大洋一百块。

艳秋心里想:范君义?这不是范老爷的儿子吗?不是自己许配的郎君吗?他的悬赏金比自己还多,可想他犯的事是多么大!艳秋正暗自惊诧,肩膀被一只手抓住了,她猛地回头,一个黑衣警察歪着脑袋端量她,许久才把眼光移开。玉龙被吓得心咚咚乱跳。艳秋却歪过了脑袋,用不满的眼光瞪着警察,她想和警察挑衅。玉龙大喊了一声马匹,才把警察的注意力引开。

没找到八路军,艳秋急于到范家镇找到范老爷,弄清那批日货是从何人手中接过。偏巧,玉龙从马上摔下来,踝骨被摔伤,肿得厉害。两人便来到范家镇顺便看医生。玉龙想起了范家镇的中医铺子欠小龙荞麦的事,打算先找那位老中医诊治一下踝骨,然后再去找范老爷。

中医铺子在大街的北边。两匹马刚停在门前,那个苹果脸蛋的闺女就迎出来。她制止住两人下马,说:"要看病就甭下马了,我爹不在!"

玉龙和艳秋没理她,把马拴在院内的石桩上,进了屋。屋里,几个病病怏怏的人挨排坐在一条长板凳上,等着医生诊病。

那闺女说:"早说了,我爹给范老爷看病去了,前晌不一定能回来,要看病,后晌再来嘛!"

"范老爷什么病?"玉龙问。

苹果脸蛋的闺女气恨恨地说:"让日本鬼子打的!"

"为什么?"玉龙继续问。

闺女看见玉龙要认真问出个名堂,警觉地四处看看,说:"谁知道啊!"

玉龙谈了小龙那一毛口袋荞麦的事情,这闺女毫不含糊,满口认账,但马上问道:"你们什么关系?"

玉龙学着闺女的口吻说:"那还用问?不看看我们的长相?"

闺女一下变得热情起来,撒着娇,挽住了玉龙的胳膊,拉到一边说:"街上贴的告示看了吗?范老爷就是因为他儿子,差些让日本人打死!"

原来,范君义坚决反对父亲和日本人往来,也为了逃避父亲包办的那场和杜艳秋的婚事,偷偷参加了八路军。他领着八路军部队悄悄潜入范家镇,袭击了日本人设在范家镇的军营,日本人死伤好几十人,粮囤也被烧了。日本人到处抓他,抓不着,就逼着范老爷找人。范老爷没找见,昨天,日本人就把他过了堂,打得红青黑紫。

"活该!"玉龙骂。

"哎,你咋这么说话?"闺女满脸不平,用气愤的眼睛盯着玉龙责问。

"谁让他为日本人当维持会长。"玉龙幸灾乐祸。

闺女说:"那你就不知了,范家老爷其实是个好人,当维持会长是日本人逼的。他在范家镇几十年,没害过穷人!真的,你不信问问别人!"

玉龙听不耐烦,说:"我没工夫听你叨叨。快把你爹叫回来,给我看看脚。"

"脚?那好说,哪只脚?咋啦?伸出来!"这闺女把长凳上的人撵起来,让玉龙坐上,自己蹲下,给玉龙脱鞋,一脱鞋,哇地叫了一声。玉龙穿的胶鞋,脚汗和脚泥和在了一起,像从臭泥堆里拉出来的,呛得人换不上气来。这闺女把鞋嗖地扔到了门槛外，说："你没老婆啊？这臭脚，谁敢和你睡一个被窝！"

玉龙自己也觉得这脚太臭，瞅瞅艳秋，她也乐了，于是哭笑两难地说："你真是个淘气疙蛋！"

"差不多，我叫臭蛋！"

臭蛋捏着玉龙那只伤脚，使劲搓了搓，把不满都泄在了手指上。她手劲真大，搓得玉龙痛叫不止，流出两眼生泪。

"这叫什么男人！"臭蛋更加用劲搓。

"哟，轻点！轻点！"玉龙央求着。

臭蛋啪一拍，已将一块膏药贴在了踝骨上，然后把那只臭脚扔远，说："没事了！要不是那口袋荞麦，这么臭的脚，我先剁了！"

玉龙喜欢臭蛋了，为了逗她，问："咱荞麦的事咋办呀？"

"还说荞麦呀？那好！"臭蛋进了里屋，把手伸到屋顶，从椽旮旯里掏出了一个干猪尿泡，打开来，里头是三张欠条。欠条是八路军军需部给打的，一张是党参、柴胡、黄芪等药材，另一张是莜麦、荞麦、小麦、谷米，还有一张欠条这么写着：今欠吴氏中药铺草鸡五只、小兔一窝。

臭蛋把这些条子放在玉龙手心，说："你的荞麦在这儿，八路军打完日本鬼子，保证还你！这是条子，你真小气！"

玉龙看见臭蛋那么认真严肃，越叫人喜爱。为改善八路军生活，把下蛋草鸡和刚出窝的小兔都捉去了，简直叫他敬佩。他不再好意思开玩笑，说："臭蛋，和你开开心，我们走了！"

"等一等。"臭蛋又进了里屋，拿出了一大包早已经包好的草药，说，"正说过几天给牛家村送去，这是治老人咳嗽气短和腰疼的草药，见了效再来。"

"我们眼下不回牛家村，先放着，过几天再来取。"玉龙把药包放下，正要出门，有一个人慌慌张张进来，问臭蛋："我家老爷呢？"

臭蛋四处看了一下，悄悄说："在里院，咋，又……"那人急匆匆进了里院。

玉龙认识这人，他是范老爷的管家。从门缝里，瞧见他们进了后院最西边的一间看上去像库房一样的房子。听得出来，范老爷就在这里。这正中了艳秋下怀，于是，两人也溜了进去，摸到了那间房子的窗前。

屋子里家具摆设齐全，炕上铺着一块精致的毛毯。果然，范老爷像一只褪了毛的肥猪，白嫩白嫩地趴在地毯上。一个瘦大个子郎中，正在一盏带罩的油灯上烤着一根光滑的桃木，给范老爷刮痧疗伤，刮一下，范老爷就啊呀叫一声，骂道："好狗日本人，心黑啊！"

"老爷，咋办？"刚进屋的管家低声问。

"还问什么？就那么办！把君义烧了的粮都给人家补上！这个逆子，你就把老子气死了啊！"范老爷气急败坏。

"老爷，咱们的粮食不够了，还有五十户佃户欠咱们粮食，是不是再催收一次？"管家问。

"收什么！这些佃农早就揭不开锅了，加上日本人遭害，去哪儿还你粮食？哎呀呀，慢点刮，日你奶奶日本人，痛死爷爷了！"范老爷一边叫痛一边说，"花三百块大洋到县城商号买粮，快点打发日本狗，要不我这脑袋就长不牢了！"

郎中说："叫我说，不如把那么多粮食给了八路军，好让他们打这帮豺狼！"

"吴先生，这可使不得！"范老爷侧过身来，对郎中认真说，"日本人野心大，谁能打走他？他在东北建了满洲国，北部又建蒙疆政权，下一步要在陕甘宁建立回民政权，他们有汪精卫的伪军，有德王的蒙古军，国民党除了五路军有骨头，连王建功的自卫军也投降了日本人。咱们哪能吃倒人家啊？"

"咱们有八路军……"吴郎中说。

"哎，快甭说八路军，几千号人，东一股、西一股，武器也差，闹不成个气候！"范老爷断然否认八路军，"吴先生，以前我给八路军支援粮食的事，可千万不要传出去啊！这要是让日本人知道，我这颗脑袋就得真的搬家了！"

管家说："老爷，刚才差人回来，他在八路军队伍里打问了好几天，没打听出少爷来！"

"啊呀呀，你们真混账！我早就告诉你们，他不在八路军那里。他倒是可乐意参加八路哩，人家不收他！起先说我是大老财，革命不可靠，后来我又成了日本人的维持会长，都骂我是大汉奸，八路军恨不得捉住我崩了，哪会收君义入伍？君义为这事和我闹得一丈五尺，说我影响了他的前程。听我说，袭击日本人军营，火烧日本人粮库，肯定是他领着国民党五路军所为。你就在五路军里找他吧！"

管家摇头否定,"老爷,少爷保证不在五路军里,咱们搬了五路军师长亲自盘查,没有他的影踪!"

"那就赶快派人进省城,一旦找见他,让他滚到天边去,再不要回范家镇!日本人捉住他要一刀一刀割他哩!"范老爷说到这儿,又呀呀地喊痛,其实他是心疼儿子。

管家出来,玉龙和艳秋迎了上去,他一眼认出玉龙,抓住玉龙手,着急地问:"呀,是你?你家杜老爷咋样哩?"

"我早不在杜家干活了,你问的什么事?"玉龙反问。

管家十分沮丧,"唉,他和我们家老爷一样,都跟上儿女吃香东西啦!杜小姐杀了两个日本军官,还抢了人家枪,没看布告?日本人到处通缉!这不是日本人还每天拧着两位老爷找儿女,可是去哪儿找啊?这些从城里念书回来的人,眼宽着呢!再要找不着,老爷们的吃饭罐子就保不住了!"

"是啊,去哪找呢!"玉龙说。

"不过,听人说杜小姐认识一个长工,住在阴山的深沟里,杜小姐可能藏到那里了。日本人正在山里找她!"管家说。

玉龙的心咚咚地跳起来,问:"真的?"

"是,不过这个女人是个丧门星。没有她,我们公子就不会逃婚,也不会领上人袭击日本人,我们范家也不会倒霉。捉住她,也给范家解解气!"管家说了原委。

艳秋呼地站在了管家的面前,冲他牙叉骨上虺了一指头,管家的嘴立即歪在一边,呀呀地叫着不能说话。艳秋又要给他扇嘴巴,被玉龙拦住。"你胡说什么!你家少爷出事咋能骂杜小姐?活该!"玉龙对管家说,又转过脸对艳秋说,"你想惹事呀?快把他嘴弄过来!"

艳秋不情愿地又用指头虺了一下,管家的嘴正了过来。他摸摸下巴,吱溜跑了。

臭蛋看见了这一幕,忙上前冲艳秋说:"哎,你这老汉,咋动手打人?"

艳秋没理她,返身进了屋,啪一声,把一支手枪放在了炕桌上,桌上的油灯晃了几晃才恢复了平静。吴郎中停了手中的活儿,呆站在地上不敢动。范老爷爬起半个身子,艳秋大大地喊了一声:"不许动!"他便老老实实地把自己的动作凝固在了原位。

臭蛋看见势头不对，拉住玉龙的手说："哎哟，大哥，有话说，咋掏出了枪？你们是干什么的？"

"大家不要怕，我这位哥脾气不好！但他不会伤害你们！"玉龙先对臭蛋父女说，随后又对范老爷说，"范老爷，你也别怕，问你点事情。"

范老爷不敢抬头，但听见了玉龙的声音，立即像见了救星，说："噢，你原来是杜老爷的下人，有话好说，有话好说。"

玉龙把范老爷扶起来，安慰了一阵，屋里的空气平和起来。玉龙就问起范老爷那批白洋布买卖的来龙去脉来。范老爷没有支支吾吾，把事情的前后经过讲述了一遍。

去年秋天，关帝庙的王道士给范老爷领来了一位女僧人。这人穿蓝袍，戴礼帽，两片黑眼镜衬得她十分高贵和神秘。她是省政府管辖佛教的高官，她掏出的证件证明了这一点。她说日本商人为了普济众生，给佛教协会捐了一批洋布。省政府考虑阴山以北的边民衣着无助，准备先在范家镇存放。因范老爷是远近出名的巨商，第一有宽敞的仓库，第二有家兵看守。省政府给范老爷许诺，每存放一天给二十块大洋，并先付二百块，以后按月结算。范老爷一听，此等好事天下难觅。虽然现在全国都在抵制日货，但这是省政府出面，又是慈善捐物，便满口答应。

范老爷收了定金不几天，他的公子范君义从省城回来了。他在省城里带头闹学潮，警察到处抓他，他是回来躲风的。他听说父亲接收了一批日货，就和父亲大闹三天，不许父亲和日本人勾结。范老爷就这么一个儿子，从小娇惯，信马由缰，根本无法管束，又突然发现儿子暗中准备了许多煤油，要烧毁这批货物。范老爷一看大事不妙，就取消了在自家仓库存放日货的打算。他知道杜老爷也有宽裕的仓库和众多的家兵，就把定金的一半给了杜老爷，杜老爷就把这批货运到了自己的大仓库里保管。此事过后一个月，日本部队就开进来了，范老爷和杜老爷害怕日本人的势力，虽然没收到保管费，但货物依然原封不动地保存到现在。

艳秋听了这段叙述，想起了河神庙里神秘失踪的尼姑，进一步证实了这个披着佛教外衣的女人是勾结日军，制造这桩血案的罪魁之一。这个神秘的女人到底去了哪儿，艳秋一时半会儿无法弄清。她的心里十分麻乱。她现在最着急的是，父亲到底怎么样了？日本人会不会把他杀了？她也担心日本人追到牛家村，牵连到玉龙一家人。

玉龙和艳秋担心的事情相同。他们打算先回达尔罕草原探探杜府的情况，再回牛家村。

两人走出门，又被臭蛋拦住，臭蛋问："两位大哥，你们到底是什么人，哪来的手枪？"

"我们是八路军！专打日本人！"玉龙认真地说。

"你们是谁的部队？"臭蛋十分天真，又十分认真。

玉龙还想和臭蛋逗逗，艳秋揪了他一把。他伸伸舌头，给臭蛋留下个鬼脸。两人跨上了马背，一抖缰绳，飞出了范家镇。

二十五

出了范家镇，玉龙和艳秋的心轻松了许多。

草原上的天很可爱，清新、明朗，不断泛起的小丘，像一个大饼受热后起来的绿色燎泡，一撮一撮的羊群在小丘间恋移，很是平安和吉祥，不像城里和村里那样，到处传着战争、杀人、强奸……

在一条很隐蔽的小沟里，玉龙和艳秋下了马。马儿喷着响鼻，低下头，贪婪地揽吃着地上的青草。两个年轻人的嘴巴又吻在一起，贪婪地啃咬。兵荒马乱，找这么一个安静舒适的地方真不容易，他们尽情地销魂了一阵。

马儿咴咴咴地小叫了几声，抬起头来，两耳并立，阔大的马眼盯住了远方。

两人警觉地坐起。远方有些拳头大小的黑点在移动。艳秋打开了包袱，拿出一个小型望远镜，这是她从日本人手里缴获的。立即，一副画面从很远的地方拉到她的眼前：三个伪军押着一群女人，正在向西北方移动。这个方向，正是去杜府的方向。

近来，日本鬼子像发情期的驴，到处抓女人。先抓闺女，闺女不够，就抓媳妇，为了抓媳妇，把吊在奶头上的孩子活活摔死。媳妇不够用，也抓些松了口的老女人供他们的士兵享用。一想起这些，艳秋就义愤填膺，怒发冲冠。

艳秋打开包袱，取出了两套日本鬼子的军装，扔给了玉龙一套，说："快穿！"

两人打扮成了鬼子，每个人的人中下安了一撮小胡。他们想在接近慰安妇的队伍时突然袭击，打死伪军，拯救慰安妇。

八只马蹄子像八个圆圆的刻刀,把鲜嫩的青草连同土壤剜起来,又向天上和后面抛去。眨眼间,他们接近了伪军押送的慰安妇队伍。三个伪军押着的七个中国女人,年龄都在十八九岁,她们骑在马上,手臂被反捆着。

玉龙把手伸进了腰间,要拔枪射击,艳秋说:"不要误伤,迂回前进!"

两人绕开马队,正要找到适当的方位,突然,三个伪军同时向玉龙和艳秋发起了攻击。玉龙和艳秋没有想到他们会开枪,掏枪还击时,玉龙的马头已被击中,马后蹄立了起来,长嘶一声,重重地倒在了地上。艳秋一边回击,一边去救玉龙,伪军的马队就趁机飞逃而去……

马躺在地上,一动不动,鼻孔已经锁闭,没有了呼吸。

两人骑着一匹马向西北的达尔罕草原继续飞驰。他们百思不得其解:以日本人的身份出现,为什么伪军还敢开枪?

艳秋断定:他们不是伪军!

杜府的轮廓,在金黄色的夕阳照耀下,像一座黄金堆成的城池。一个高矗起来的岗楼是日本人新近修筑的哨所。这哨所居高临下,足可扫视十里方圆。岗楼上的哨兵只要用望远镜瞭望,完全可以辨别清楚远处有两个日本军人。于是,他俩换了装,装成路人缓行,磨蹭着时间,等待着天黑……

太阳落下去了,傍晚的阴影像一张大大的黑幕盖住了达尔罕草原。玉龙和艳秋已经摸到了杜府高高的围墙之外。

杜府围墙方圆十几里,这儿离岗哨最远,离杜老爷的住宅区域最近。玉龙拿出了早备好的一把尖锐钢钎,三五下,围墙就被撬开了个豁口。两人轻盈地钻了进去,隐藏在杜老爷住宅区的建筑后面。他们躲在一个墙角,能看见杜府院围里的一切,但不易被人发现。

岗楼下,挂起了五六盏煤气大灯,灯泡子贼亮,把四周照得如同白昼。略显裸露的大院里,有一群马匹在啃着青草,其中有两匹白马、五匹红马,还有三匹黑马,这正是艳秋和玉龙下午所碰到的马队。在马队不远处并排放着五个很大很大的木头浴桶。十几个鬼子光着身子在浴桶里洗浴,边洗浴边唱着日本情歌。偶尔把自己桶里的水泼向其他洗浴的同伴,水花像银子一样不断在灯光下洒落。他们戏耍一会儿,一齐从浴桶里跳出来,搭上了木屐,排成了队,围着浴桶转,边转边唱,还用木屐踏着节拍，节拍声音很大，和他们拍手的节拍和应着，和他们唱着的歌曲和应着，显得古怪而协调。他们左转几圈，右转几圈，忽然有一个粗犷的嗓子喊了一声，然后，从营房里走出了七个赤条条的女人。看不清她们的面孔，但光洁的皮肤在灯光下显得细嫩诱人。她们没梳什么发型，都把头发披在肩上，夜色下的朦胧美感，使她们看上去就像七仙女下凡。这些女人们立即被裸体的鬼子瓜分了，他们每人搂着一个，把她们抱在了浴桶旁，轻轻地放了进去，然后他们也都分别跳了进去。木桶里不时溅起了水花，和着女人们的尖叫，这尖叫声里没有恐怖，没有痛苦，没有反抗，充满嬉戏和快活。这时候，一群身着日本军装的士兵，三个一群，五个一伙，每个浴桶都被他们围住了。他们围着浴桶转，拍着手，唱着歌，不时把头扎在水里，像是去吻水中的女人……

　　这几个女人正是下午被押送的中国慰安妇。怎么她们没有反抗，没有愤怒，和日本人嬉戏配合还很默契？想起下午伪军开枪的事，玉龙和艳秋更有点丈二和尚摸不见头脑。

　　大院里的娱乐还在进行着，根本没有人注意到玉龙和艳秋的潜入。玉龙先进了住宅区找杜老爷，看看他是否受到了日本人的欺辱，另外，想从府里拿点消炎和止血的药物。下午，伪军开枪，子弹穿过了艳秋的锁骨，流血不止，艳秋一直不哼一声，现在伤口发炎，脖子已经肿了起来，她顶不住了，才把实情告诉了玉龙。

　　艳秋慢慢摸近杜家的仓库，仓库的四周都立着一个一个木头似的岗哨，这些岗哨身体笔直，目视前方，尽管院内的欢叫声不绝，他们的姿势不变，可想而知保卫这座大仓库的责任是多么重大。艳秋想进仓库看看到底有没有自己押送的那批货物，可又觉得一个人下手太危险，伤口也疼起来。她只得就地隐藏，等待着玉龙出来。

　　高矗的岗楼上，日本士兵已经取代了杜府家兵的职能。杜老爷的家兵都穿上了伪军的服装，保护着杜府的住宅区域。阴影下，玉龙看见了和自己最亲近的家兵小萝头。小萝头今年十八岁，人老实，常常受年长的家兵欺负。玉龙常常为他出气做主。有一次，玉龙把一颗三脚鞋钉扔进了一个家兵的鞋钵里，一走路，钉头扎进了脚心，害得那小子半个月拐着腿走路。因为他欺负过小萝头。

　　小萝头挎着枪在住宅区来回走动。玉龙悄悄喊了一声，小萝头机警地回过头，一看是玉龙，赶快把他拉到墙后，着急地问："哎哟，你咋来了？"

"我找杜老爷。"

"不在，走了三四天了，日本人逼着他到处抓他女儿。他女儿杀了日本人，怀疑逃到你们村里了。"小萝头说完，警告玉龙，"你快走吧，日本人正找你呢！"

玉龙说："我要见白太太！"

"见她干什么？快走吧！"小萝头拦住了玉龙的脚步。

"艳秋负了伤，我找她要点药物和纱布。"玉龙说。

"她会出卖你的！"小萝头还是拦着玉龙不让迈步。

两人正在争执，玉龙的脸上突然扑菜菜挨了个耳光，两只眼睛金星直闪，还没反应过来，又挨了火辣辣的一掌，眼前就全成黄金了。打他的正是原来的家兵班长张三，张三喊来了三四个人，不由分说把玉龙捆了个紧巴，骂道："找还找不着，自个儿送货上门了！王八蛋，交给日本人！"

玉龙挣扎着，冲张三唾了一口骂道："你个小人，连狗都不如！你忘了爷爷咋帮你啦？"

"可是我也记着你是咋害我的！"张三毫不掩饰自己。原来，玉龙为了惩罚他横行，曾经摘了他的枪栓扔进草房，害他被杜老爷撤了职。

张三押着玉龙往日本人的军营走去。那儿还是一片欢乐嬉笑，隐隐约约，看见那些女人们也走出了浴桶，正和裸体的日本人混在一起跳舞、歌咏……张三害怕扫了日本人的兴致，把玉龙先绑在了拴马桩上，等着日本人销魂。

艳秋在外等着玉龙，忽然发现大仓库右侧的岗哨把枪立在墙根，拉开裤子，屁股里就冒出一串炮声，那哨兵在拉肚子。这真是难得的机会！艳秋一个箭步蹿上去，举起匕首，那哨兵就咕咚一声倒下了。她迅速用钢钎掏通了库房的墙壁，几分钟后，就钻进了黑洞洞的大库房里。

这库房无边无际。艳秋划了根火柴，穿过黑洞洞的空间，好大一会儿，才发现远处有几垛白色的东西，近前一看，正是自己去年押送的那批货物。白洋布的表皮上，还贴着舅舅镖局的封印。艳秋心如刀绞，泪如雨下。可怜的舅舅为了这批货物家破人亡，同学们为了这批货物被当局追捕，自己目前又成了如此光景。她用匕首一层层挑破了白洋布，洋布里露出了各种形状的木箱，木箱的封皮上写着"剧毒"字样。其中有氰化钾，是专门分解、提炼黄金必不可少的化学药物。还有许多器皿、设备……她恨透了可恶的日本鬼子，他们以洋布为掩护，包裹着掠夺中国黄金的罪恶，制造了桩桩血案。她想一把火烧掉这批罪恶的货物，可紧裹的洋布没有燃火的可能。

此时，杜家大院突然枪声大作，枪声是从日本军营里传出来的。艳秋跑出了大库，看到从军营里冲出几个披头散发的女人，她们端着机枪步枪不断扫射，岗楼上的两个鬼子从高空栽到了地上。从营房里冲出的几十个鬼子，都被这些女人击倒在地。看得出，这些女人是有备而来。她们呼喊着向鬼子严守着的大仓库冲去，哨兵扔下枪支便四处逃散。这些女人把茅草堆在了大仓库门前，浇上了汽油。大火冲天而起，烧着了大库房的椽檩，一大溜仓库顿时成了一片火海。

杜老爷的家兵们吓得四处逃命，小萝头乘机解开了玉龙的绳索。外面已经烈火冲天，火光照亮了半拉子草原。火光下，这些女人都争着飞上了马背，像一群疯癫了的女魔，冲出了杜府辽阔的大院，又很快冲出光亮圈，被远方的黑暗吞噬了。

玉龙到处寻找艳秋，没有找见。他大声呼喊，没有人回应。他向吞天的大火冲了过去……

二十六

油屁股一天两次领着日本人和伪军在牛家村里绕来绕去。今天又有十几个日本人进了村。

他现在没锣敲了，敲了一只耕地耕秃了的旧犁铧，这声音比锣声清脆好听，但刺耳朵钻脑子。他敲一会儿就喊："各位老乡，朋亲底亲，现捉拿一个女人，还有一个男人，他们杀了日本太君。这个女人还没有男人，这个男人也没娶女人，谁交出来赏洋钱大大的。太君还说，知情不报，割毬骟蛋！"喊了一阵子，倒个地方又敲击犁铧，像耍猴的召集观众，等人围住了，就又发布新闻："阴灵沟增加了日本皇军，他们爱吃精米洋面，爱吃牛羊马肉，鸡肉也凑合，每户按人口摊派。大日本皇军说，为了不惊扰百姓，村民要自动上贡！"

全村人恨死了油屁股，每逢过大年，村里人才能吃上顿饺子，他号着给日本人送精米洋面，还有牛羊马肉，村人哪有不骂的。

"号你妈个丧！迟早不得好死！"

"日本人的屁股上抹蜜,你好好舔吧!"

油屁股脸皮厚,任谁骂都不在乎。他有日本人支持,走路仍一晃两挺。今天,他领着十几个日本鬼子,进了牛老栓的大院,敲着那面破犁铧喊道:"家里有出气的没有?"

牛老栓的门砰地闪开,牛老伴端一盆泔水冲油屁股泼去。油屁股抱头转身,泔水浇了满满一背。牛老伴骂:"阴道里放屁,你出错气了!"

十几个日本人看了油屁股的狼狈样,不但没为他出气,反而哈哈大笑。

油屁股走到那个长脖子大岛面前,奴颜婢膝,十分委屈地说:"太君,这就是牛玉龙的家,你们不是说重点搜查吗?"

大岛挥挥手,十几个日本兵就在牛老栓的大院里搜翻起来。他们手里端着明晃晃的刺刀,搜了这屋又搜那屋。

玉龙的屋子里,四面墙壁都挂满了色彩缤纷的剪纸,这是迎春给玉龙装饰的洞房。油屁股捡起地上的火棍在墙上乱戳,霎时,精美的图案就变成了一堆碎屑。迎春扑了上去,抱住了油屁股的胳膊狠狠地咬了一口。油屁股大叫,举棍向迎春头上击去。突然,一把明晃晃的刺刀架住了木棍,是一个长着娃娃脸的小日本鬼子。迎春立即认出来,这就是救过路娃的山本四郎。山本四郎给迎春递了个眼神,迎春马上就明白:好汉不吃眼前亏。她没再和油屁股纠缠,扭头去收拾被捣毁的剪纸,鬼子们出了屋。

这些日子,牲口跑青,羊群难管,小兰一早就出坡了。她的屋里坐着三个人,一个是村里最有文化的张老先生,一个是朱阴阳,还有一个是牛老栓。张老先生这几日忙乱得很,他一家一家走动,走到哪里,就拿出那张清朝政府颁发的羊皮地图,强调自古以来,这图上的沟沟岔岔都是牛家村的地盘。现在,日本人平白无故占领,要掏金子,还要牛家村人供他们牛羊马肉,用脸蛋子给他们擦屁股,这真是骑在脖子上拉屎。张老先生没什么好法子,牛家村人不团结,他满村转转就是想说合村人面对大敌不要七股八岔,要齐心合力对付日本人。眼前,日本人给各户都摊了粮,摊了肉,这就得全村人一起扛。村里人不管姓什么的,都支持张老先生这个主张。张老先生今天来牛老栓家,就是要牛家带个好头,团结全村人和日本人斗。

朱阴阳那天下阴所见的情景始终没敢透露。他心里明白,如果让村里人知道先祖的阴灵让日本人折腾得不得安宁，一定会把日本人的脑袋打成豆腐。一旦日本人知道是自己暴露了阴间情况，全家老小都得搭上性命。今天，他看日本人在阴灵沟驻的部队越来越多，放炮声越响越凶，不得不忧心忡忡了。

张老先生是有学问的人。他压根就不信世界上有什么阳气阴气，神仙鬼魂。可他也清楚，除了自己，村里人没有不信神鬼的。几百年了都这样，谁也没法改变。他倒是发现了一个新的契机，利用日本人惊扰先祖阴灵，让全村人反对日本人，不失为一个高招。自己虽然拿张烂羊皮图纸游说了这么长时间，但人们都不疼不痒，真要让朱阴阳把阴间所见告诉村民，保证两天，全村人都能反了天。所以，他对朱阴阳说："你得把这些话告诉村民，我们活人好说，先祖不能受辱。"

"你也信这个了？"朱阴阳为张老先生信了自己的话感到十分高兴。

张老先生说："看这来头，日本人永远赖在咱们这儿了，不说别的，光这吃喝咱们就供不起他们。不供他们，他们就要抢，你看看，每天拿着枪来吓唬人，从长远说，得把他们赶走！"

朱阴阳又眨巴了阵眼睛，仍没有狠下决心，说："今儿后响有大雨，告诉乡亲不要下地了，瞅个闲，好好商议商议。"

"今天要下雨了？"张老先生十分惊喜。

"保证！"朱阴阳傲慢的神情证明了他的自信。

朱阴阳之所以威望高，离不开下雨问题上简直赛过神仙似的预测。昨儿黑夜他院里那根丈二高的拴马石桩上无缘无故爬满了水珠。水珠细密，肯定要下蒙蒙箩面雨；水珠上了黄豆大，是中到大雨；水珠要是比蚕豆都大，肯定是疾风暴雨。他观察雨情，还要结合自己喂养的家禽牲口。下雨前，草鸡都要拍翅向上飞，毛驴用蹄子发力刨地，乳牛的大奶头往回紧缩，老母猪是嘴含茅草去垫窝……朱阴阳还有一招，自己的脚后跟一发痒，肯定要变天气。他根据这么多因素结合分析，就会准确地搞清变化的天气。朱阴阳预测今天是中到大雨，最少得下到黑夜二更天气。

张老先生十分兴奋。他服气朱阴阳预测天气，虽然解释不了，已经是久经考验，用不着怀疑。若把这消息尽快传给全村，朱阴阳的威望会再提升一步。当他宣布阴间先祖受灾受难的情况时，就会增强说服力，全村人就会拧在一起反抗鬼子。

张老先生和朱阴阳正要各行其是迈出门槛之时，就听见了油屁股引着鬼子进了院。很快，几个鬼子就冲进了屋，一人头上架了一把明晃晃的刺刀，把趴在方桌上写大仿的路娃吓得大哭起来。

"啊呀，你们不要吓着娃儿！"牛老栓跪下了。

张老先生一把提起他来，"你凭什么给他下跪，牛家人，没出息！"

大岛啪地给了张老先生一记耳光，张老先生顿时鼻口流血，他眼睛里喷出了愤怒。

大岛的目光对准了朱阴阳，他的手一挥，说："这个人大大的可疑！"几个鬼子就扑上来，抓住了朱阴阳的头发向后扯去，朱阴阳低着的头就仰上了天空，顿时痛得喊起来："你们凭什么欺人？"

"你叫什么？"大岛问。

"我叫朱……朱……"朱阴阳结结巴巴。

"不，你像范君义！"大岛仔细端量着。

朱阴阳年已五十大几，平时不太参加田里活计，所以不显老气。正巧他前晌刮了胡子，面皮白白净净，看上去也只有三十大几。倒霉的是他穿了件长袍，很有点少爷的气息。所以鬼子端量半天，还觉得不能排除嫌疑。大岛用刺刀尖顶着朱阴阳的额头，顿时，鲜血顺着皱纹一道一道流了下来，这一道道血纹才证实了他的年龄，才排除了他的嫌疑。

日本鬼子一出门，油屁股就像条狗一样迎上来，附在大岛的耳边悄悄地咬了一顿，大岛立即又返回，把将要出门的朱阴阳和张老先生用刺刀逼了回去，他突然怒吼一声："跪下，统统跪下！"

牛老栓偷眼看看张老先生，他扬着头，紧闭着嘴。朱阴阳低着头，长袍的前摆不断地抖动。

"跪下！"又一声怒吼，三把刺刀分别架在了朱阴阳、张老先生和牛老栓的脖子上。刺刀如有千斤，压得朱阴阳双腿发软，扑通跪下来，刚跪下，忽然感到这是对自己最大的污辱，牛老栓和张老先生都站着，我算什么狗种？想到这儿，他又参着发抖的双腿站立起来。

"哈哈！不跪？"大岛干笑，笑声犹如毛驴吃了鸡毛在咳嗽。他伸出一只手，一个士兵将一把刺刀枪放在了他的手心。他将刺刀对准了朱阴阳的大腿，用狰狞的面孔盯着朱阴阳的脸部，这是无声的命令，这是冷酷的威胁。谁都能够看出，如果大岛手困了，或者等得有点难耐，那刺刀就肯定会深深地刺进朱阴阳的大腿。

牛老伴从门外拼命往屋里冲，被两个日本兵死死拦住，她大声喊着："你们就跪下吧，好汉不吃眼前亏啊！"

路娃哭着恳求牛老栓："爷爷，跪下他们就不杀你了，呜……"

牛老栓回过头来，搂搂孙子的头，在脸蛋上亲了亲，扑通跪在了地上，头像茄子般耷拉下来。

朱阴阳也跪下了，他仰头看看高大的张老先生，只见他脸色铁青，仍然傲骨凛凛。他跪对着张老先生说："张先生，你也跪下吧，跪下还能站起来，要让他们用刀捅了，就站也站不起来了啊！"

张老先生默默地点了点头，用和煦的眼光看了看朱阴阳。这眼光是一种赞许，意思是：朱阴阳，你说得对！为了保住生命，我们只能暂时屈辱！

可是，张老先生没有下跪，双眼微闭，昂头挺胸……大岛的刺刀从朱阴阳的大腿移到了张老先生的大腿上。

仍然是无声的等待。每过一秒钟，都加重对张老先生的考验。

"跪下吧，张先生！"牛老栓眼里饱含着老泪。

朱阴阳把手伸了过去，想拉拉张老先生的长袍，让他下跪，大岛的刺刀马上向他示威，他把手缩了回去。

张老先生彻底闭上了眼睛，等待着刺刀刺进他的肉里。

大岛又干笑了一次，他用足了气力，就要把明晃晃的刺刀刺向张老先生的大腿时，山本四郎扑了上来，掐住了张老先生的脖子，使劲按了下去，并用脚狠狠踢他的小腿，张老先生被击跪在地。山本四郎换手之时，暗暗地捏了捏张老先生的胳膊，然后喊："不许乱动！"

这个动作谁也没有发现，只有张老先生感知到了。这是一个会说话的动作，他告诉张老先生的，依然是好汉不能吃眼前亏。

张老先生低下了高贵的头。

大岛狂笑道："好，算你们懂事！告诉你们，我们大日本皇军是全世界不可战胜的，谁敢与皇军对抗，统统杀了杀了的！你们是村里的旗杆，村里出了八路，统统拿你们问罪！"

他一挥手，皇军像蝗虫一样出去了……

二十七

牛家村南有四条大沟。紧西南那条是阴灵沟，紧东南那条是魔掌沟，两沟之间还有两条大沟。这条条大沟里又有数不清的沟谷。大沟套小沟，浅沟通深沟，每道沟通到什么地方，这道沟又支出多少深沟，沟里景象如何，怕是把神仙请来也说不清楚。

单说这魔掌沟确是千峰排肩，万仞开屏。阳光照不进沟里，盛夏也寒气逼人。这儿奇花异草，翠鸟啼鸣。枯藤老树缠在一起，像千年树精调情。无数条瀑布白雾般飘逸，深谷里涌动着不断的轰鸣。可惜这一仙境般的地方，祖祖辈辈无人敢接近。相传沟里有七十二狐仙洞、七十二虎狼洞、七十二蟒蛇洞，无论人畜，有进无归。祖祖辈辈人都谈沟色变。也是相传，清朝初期，八旗圈地。一族旗人狂妄，非要进此沟探险划界。一进此沟，突然无数仙女从天上飘然而降，将队伍团团围住。每个仙女抢一位兵卒，进了一座漂亮楼阁，遂各自交合欢欲。次日，旗人不见队伍回归，打发人去窥探，只见满沟白骨，所去队伍都变成了骷髅。自此，此沟无人敢进。

朱阴阳的天气预测，神灵般应验了。太阳过了中天，突然风驰云涌，霎时黑云就盖过了头顶。暴雨是和狂风一起来的，当全村的大树像疯子一样乱晃头发之时，闪电也像弯弯曲曲的赤练在空中舞动着。随着一阵轰鸣的雷声，瓢泼大雨就从天上倒了下来。

幸而村人都知道了下午有雨的信息，都在家里没有出工。望着茫茫雨雾，叹服着朱阴阳的神机妙算。前晌，太阳还火烈烈的，谁能猜到要下大雨？这朱阴阳不是神仙是什么？

小兰大半前晌就出坡了。这些日子，青草拼命从地下往上冒，整个世界绿成一片。吃了一冬春枯草的羊群看见了鲜草，竞相奔走，争抢着吃草，所以这阵子的羊很难管束。村周围坡梁上的耕地，有的已经种了作物，有的作物伸出了脑尖和天空招着小手，一不小心，羊群就会糟蹋了青苗。所以，小兰更是顾了这头，护不了那头。这几天，护羊群的老五突然就不听话了，跟着羊群出山，一转眼就找不见了。这是老五从未有过的失职。

突如其来的暴风雨使小兰成了一只落汤鸡。她这时正在魔掌沟的沟口上放牧。长上了青苗的耕地,像一块块绿色的补丁,缀在乱石滚滚的河床两边。小兰担心洪水袭击,就把羊群赶到了河床边上,没想到,不听话的羊群竟然闯进了大田。她的吼喊被风雨声淹没,她的鞋底沾满了泥浆,一只脚刚从深深的泥泞中拔出,另一只脚又陷了进去。她举步维艰。这个讨厌的老五,去哪儿了?要是平时,老五一看到哪只羊不听话,嗖地射过去,边咬边叫就把它制服了。可是,现在却没了踪影。

暴风雨打得小兰睁不开双眼,她倒退着前进。为了迈步省力,她干脆脱了鞋,光着脚在泥泞里跋涉。双脚突然热乎乎的,仔细一看,满是石尖和草枝刺破的口子,尽管大雨滂沱,鲜血仍从脚心涌出,把雨水也染红了。她用沙泥抹住了伤口,继续去撵赶糟蹋麦苗的羊群。

羊群糟蹋的是杨家的大田。内心里,小兰对杨家有深深的积怨。可是,她没停步,继续在泥水里滚爬着赶羊。她心里想:恩怨归恩怨,地都是用汗水种出来的,农民一年的希望都在这些土地里,葬良心的事可不能做。虽说羊糟蹋麦田没人抓住把柄,可不该做的事不论别人知不知道都是不能做的。

她滚爬到了地里,把羊群赶出了大田。羊群又向河床跑去了。此时,大雨还是不停息,四面八方的积水流向河床,河床里的洪水掀了几尺高的浪花。她怕洪水冲走羊只,一着急,被泥沙滑倒了,展展地跌在了一条壕沟里。壕沟里聚满了洪水,洪水推着她往大河床里流着,她既站不住脚,也抓不住什么救命的东西,霎时被冲出了五六丈远。眼看就要汇入汹涌的洪涛里,老五突然出现了,它浑身的毛被水淋湿了,紧紧贴在了身体上,显得非常瘦弱。它猛地扑过去,咬住小兰的衣袖,四蹄拼命向后,硬把小兰拽出了河沟……

有了老五,小兰和羊群都脱险了。在一个石崖下的避风处,小兰蜷缩成一团,冷风冷雨使她浑身哆嗦。她把老五紧紧抱在了怀里,用它的体温温暖着自己。忽然,小兰发现老五的脖子里挂着一个红红的东西,细一看是一个用红布缝的三角袋子。小兰打开三角袋,里边装着两个空弹壳,她顿时大惊。这个红布三角袋是小兰给玉龙缝的。玉龙出发前,朱阴阳给他写了一道护身符,护身符是用黄表纸蘸着朱砂写的,保佑玉龙一路顺风平安。小兰用红布缝了这个三角袋,把护身符装在里面,就不会被损坏了。

　　小兰摸着这两个光溜溜的空弹壳，一时蒙了脑袋。细一想，老五肯定见过了玉龙，要不这红三角咋能戴在它的脖子里？怪不得老五这几天动不动就没影踪了，难道是和玉龙在一起？可玉龙现在在哪里？他到底闯下了什么祸？

　　小兰问："老五，玉龙在哪里呀？"

　　老五冲天汪汪叫了两声。

　　小兰想，玉龙为什么让老五传送这个小红包？无非是想让自己知道他已经回来了。这两个子弹壳，是个凶兆，说明他们搭上了人命。小兰分析，玉龙就藏在附近的山沟里，到底藏在哪里，只有老五知道。

　　这时雨停了，太阳从厚云里钻出来，一下把世界照得一片通红。羊群又开始蠢蠢欲动。羊群一动，突然从灌木丛里惊起了一只青白色的野兔。兔子跳起丈二高，落了地，它想判断一下方向，老五已经从石崖上蹿了下去，一爪子把兔子打得翻了两个滚儿，然后一口下去，咬在了兔子的中腰，兔子前后爪乱蹬。平时，老五缴获了野味，从来是要交给主人的，主人吃了肉，留点下水或头蹄才给它慰劳，老五从不感到委屈。今天，老五一反常态，叼着兔子，头也没回，义无反顾地向魔掌沟里飞奔而去。

　　小兰突然明白：老五叼着这只兔子，肯定是给玉龙送去了，他肯定在魔掌沟里。玉龙进了这祖祖辈辈谁也不敢闯的魔掌沟，更使小兰感到了事情的凶险。小兰平时对玉龙、小龙比亲弟弟还亲，此时，不由得为他担起心来。

　　洪水已经退去，只有些小洪流还唱着歌儿在河床里拐弯抹角流着。小兰想顺着老五飞奔的方向追去，又怕羊群糟蹋了庄稼，干脆把羊群也赶进了魔掌沟里。

　　一进沟口，一股阴风刮来，渗骨头的寒冷。小兰想起了老人们传说的那些狐仙狼妖的故事，心怦怦乱跳。碰上些蛇精虎怪的可咋办呀？小兰停住了脚。

　　小兰想了一阵，忽然来了胆量。老古人说，天上有神，地下有灵，神灵是保护好人的。我小兰一辈子没做过一点葬良心的事，神灵为什么不保护我？再说，玉龙在沟里，不知遭了什么难，能不进去看看？管他死活呢！她暗下了决心，赶着羊往沟里闯。

　　越往里走，阴风越大，越加黑暗，两山之间也越来越窄，两旁的石壁像刀切过一样齐，一直伸到仰起脖子也看不到顶的地方。石壁上，到处是石孔，孔口大的如牛马，小的如猪羊，石孔里大多住着老鹰等鸟类，哗啦啦，一群群鸟从石孔里飞出来，发出了七高八低的各种怪叫，这可怕的沟谷里显得十分热闹。

这么一个女人，就这样闯进了这个祖祖辈辈谁也不敢进的恐怖世界。她用手不断抹着眉额，老年人说，只要用手不断地向上抹额头，人就会长出胆量来，她果然是越走越胆大……

走了五六里路，突然豁亮了，眼前出现了五六条大沟，每条大沟里，阴面长着茂密的白桦林和黑松林，阳坡上是黄黄绿绿、密密麻麻的灌木丛，这里掩藏成千上万人马保证一点看不出来。

该往哪条沟里走，小兰望望蓝天，太阳已经西斜，各个峰顶都涂上了最后一抹阳光，像戴了红顶帽一样。小兰正在犹豫之时，忽然听见一声可怜的惨叫，五六只红狐狸正在围剿着一只野青羊。野青羊已经受了伤，但还没有死。小兰喊了一声，狐狸们把头扭过来。这些家伙从没见过人类，所以不知人厉害还是不厉害，一齐向小兰迂回着走过来。小兰拾起了几块石头，向狐狸扔去，它们仍然不屑一顾。狐狸们走到了小兰附近就散开了，从各个方向向小兰围过来。小兰被吓坏了，急中生智，就噢哟噢哟地喊起老五来。果然，老五听到了小兰的呼喊，汪汪汪地狂叫着，不知从哪儿蹿出来，拼命向红狐狸扑过去。这几只红狐狸仗着势众，没有慌张。但由于老五的勇猛，它们终于恋恋不舍地走开了。老五也没追赶，站在了小兰身旁，守卫着小兰。看得出，一旦哪个敌人上来，它肯定要出击和拼命。

"大嫂！"突然，玉龙在对面的一个山崖上出现了，他双手卷着筒，激动得声音里带着哭腔，"大嫂，快上来呀！"

"玉龙，你咋在这儿呀？"小兰也激动得快要哭出来了，和老五向那座山崖爬去。

她顺着一条刚踏出的小径盘旋而上，忽听泉水哗哗，一条瀑布顺着石壁潺潺流下，声音不大，但带着一股清新的寒气。瀑布旁边有一个洞，多半人高，人进要弯腰。玉龙站在洞口，拦住了小兰，学着大戏里的腔调道："你是何人？"

小兰冲他肩膀戳了一拳，骂："你还有心思开玩笑！"

小兰个儿不高，低低头就能进洞。老五很积极，像个顽皮的娃子，哼哼地叫着，走在紧前头，给小兰领路。洞里很宽阔，进洞几丈深后，忽然看见一团光，近看，火光下，躺着如仙似玉的艳秋，她挣扎着要站起来，玉龙按住她，说："艳秋，大嫂来看咱们了。"

艳秋很有礼貌，喊了声"大嫂"，就拉她坐下。小兰如入云雾山中，一时搞不清情况。玉龙说："大嫂，你坐下歇歇，我慢慢细说。"

小兰急切地问："玉龙，你们咋钻在这里？是不是日本人在抓你们？到底是咋回事呀？"

玉龙笑笑没答，从石洞角落里取出了一个红包，打开来，是一支小巧玲珑的手枪。这是玉龙这次从杜府抢过来的。他把手枪递给了小兰，"大嫂，给你啦！"

"啊，玉龙，真的？"小兰惊喜到了极点。她摸一摸，光溜溜，掂了掂，沉甸甸，心里好快活，好厚实。平时，她心里老羡慕那些拿枪的人，多威风，多神气，多叫人佩服。现在自己也有了一支，比别人的还小巧精致。这回，一旦有了坏人，一旦放羊碰见了恶狼凶狐，一枪就把它崩倒了。她兴奋得像只小鸟，快活地笑着。

玉龙神秘地从洞深处绕了一圈，又拿出一把大些的手枪，说："大嫂，这是给小龙的，这把枪能装二十发子弹。这回咱们全家人都能打日本鬼子了。"

小兰也为小龙高兴，可她说："咱们家弄回这么多枪，全打日本人，不种地了，不放羊了？"

玉龙说："大嫂，打不走日本鬼子，咱们干什么也白搭。"

小兰摇头，"那不行！咱们不种地吃什么？不放羊花什么？再说啦，日本人里也有好人，不能全打。阴灵沟那个小日本人和郎中就救过咱路娃的命！"

"大嫂，这些事以后再说。眼下，鬼子的确到处抓我们，我们暂时在这里躲一躲。艳秋负了伤，需要养一段日子。你千万千万保密，连爹妈也不能透露。还有，把咱们家里的米面给我们拿点，肉食不缺，一出门不是飞禽就是走兽，喝水和烧柴也不成问题，这儿真是个好地方。"

艳秋把小兰拉坐在旁边，玉龙点了堆干柴，烤着小兰湿漉漉的衣裳。他们讲述着最近几天发生的事。

那天夜晚，杜府院里大火冲天，火光照亮了半拉草原。玉龙到处奔走呼喊，仍未见艳秋的踪影。玉龙分析她在大仓库里，便从已经破落的大门扑进了火海。仓库里浓烟滚滚，热浪灼人，他趴在地上，匍匐前进。很快，手臂触到了一个人。什么也看不清，他推了推，那人不动，他断定是艳秋了。他把她背起来，弯着腰，冲出了大门，觉得已远离火海，才重重地跌倒在地上。

玉龙背出的这个人，头发被烧焦，面孔被烟熏得墨黑，已无法辨认。那只瘦小的胳膊证明她是个女人。可玉龙觉得艳秋的胳膊似乎要粗壮一些。细看，她腰间的手枪不是日本盒子，是德国的勃朗宁。他解开了衣领，内衣是粉红色的，艳秋从不爱穿带色彩的衣裳。她不是艳秋！玉龙的心里咯噔紧张了。他抛开这个女人，又要向大仓库奔去时，听到这个女人痛苦地呻吟着，身子也微微动了动。玉龙停下步来，把这女人扶起，喊："喂，喂，醒醒！醒醒！"

那女人又动了动，忽然脖子里涌出了一股鲜血。原来，她的右颈处受了枪伤，子弹的屁股还露在外面。玉龙用手抠出了子弹，伤口里就流出了更多的血。玉龙撕了块衣襟塞住了弹孔，但血还在不断往外渗。

"谢……谢……"那女人微弱的声音，使玉龙感到好熟。

"你们是什么人？告诉我，你们来这儿干什么？"玉龙扒开这女人的眼睛，大声地问。

那女人断断续续，语言含糊不清，但听出了她的大概意思：她们是飞鹰山的道姑，师傅派她们来这儿烧毁日本人的仓库，她们装扮成慰安妇混进了军营，以色相诱惑，杀了日本鬼子……

玉龙这下才明白押送慰安妇的伪军为什么向自己和艳秋开枪。玉龙也明白了，她们这支队伍，正是艳秋要投奔的队伍。

玉龙把那女子扶起来，要给她包扎脖子上的伤口，忽然发现这女子脖子后有一块黑痣。他顿时惊讶地叫起来，这不是疯二姨的女儿晶晶吗？

晶晶是玉龙的两姨妹妹，八九岁的时候，他们随着各自母亲的不断来往，也常常在一起居住玩耍。妹妹脖子后的那块黑痣，玉龙记忆犹新。妈妈还让朱阴阳看过，朱阴阳说这是阎王爷点的标记。阴曹地府里也搞贿赂，把一些本来打入十八层地狱永远不能转生的鬼魂都转了生，同时在这些不转生的鬼魂身上随便用墨点个标记。到了十六七岁，晶晶懂了事，总怕人发现脖子后的黑痣，不论冬夏，脖子里总是围一块头巾。前一段，日本人追赶她，原来她跑到了飞鹰山。

玉龙扶着妹妹的头大声地喊："晶晶，晶晶，你睁睁眼，我是你哥哥，我是玉龙啊!"

晶晶睁开个眼缝,似乎也认出了玉龙,微微点点头。忽然她嘴角动了动,发出了一声微弱但得意的笑声。接着,她吃力地抬抬手臂,玉龙注意到,她手里握着一团血糊糊的东西。他展开她僵硬的手指,是一个用匕首连根儿割下来的日本人的生殖器!玉龙想起了晶晶的遭遇,想起了疯二姨的遭遇,立刻理解了妹妹的心情。他把头捂在了妹妹的胸前,哽哽咽咽哭起来。

仓库的大火渐渐熄了,但浓烟仍在翻滚。可惜仓库的屋顶陷了下来,压住了火焰,那批洋布和货物没有被烧毁。玉龙还担心着艳秋,他估计她还在仓库里,便又向仓库靠近,刚到仓库附近,小萝头又从暗中闪了出来,胆战心惊地说:"玉龙大哥,你还不逃呀!杜小姐让白太太抓住了!"

原来,艳秋正在仓库里识别着货物,忽然枪声大作,刚才和日本人洗浴的那伙女人从日本军营里冲出来,有的消灭鬼子,有的奔向仓库放起大火来……她看见仓库的鬼子撒腿跑了,就举枪射击。三个鬼子倒了两个,其中一个家伙返过头来,向她开了一枪,打在了她的腿上,她扑通倒下了。这时杜家的家兵扑上来,不由分说,把她捆起来。因为艳秋化装成一个老头,谁也没有认出她来。

艳秋被绑到了白太太面前。白太太正为仓库失火气怒,挥挥手要家兵把艳秋拉出去崩了。艳秋被推拉之时,头发黑浪似的散落在了背后,白太太立即认出她正是日本人每天追捕的后女儿杜艳秋。她扯掉了艳秋的假胡,冷酷地笑道:"你好胆大,杀了日本人,又放火烧仓库,日本人不把你剁成肉酱!"

白太太早想除掉艳秋,因为她是杜老爷唯一的财产继承人。今儿亲自抓在手里,第一能在日本人那儿领功,第二能根除后患。杜老爷一死,家产就全部唾手可得。

白太太无比兴奋,命令家兵把艳秋锁在后院的地窖里。地窖的盖上锁着一把四个爪的将军大锁,上面加了两块大磨盘,她又责令四个家兵坐在磨盘上看守。

玉龙知道了艳秋的下落,一颗心才落了地。白太太自以为把艳秋锁在了地窖就万无一失,哪知却正中玉龙的下怀。这个地窖是杜家贮藏新鲜蔬菜、肉食的冷库。修筑这个地窖时,玉龙在窖底偷偷向外开了个洞。窖顶都用木柱顶棚,洞口那几根木柱都是活动的。他经常从这个洞里钻进去偷些蔬菜肉食,还偷人家的好酒喝,偷走后,把那几根柱子一摆弄,窖里就什么也看不出来了。

洞口就在院墙外的一条小沟里。玉龙像只惯偷老百姓的黄鼠狼，吱溜就钻进去了。地窖里，艳秋仍被捆得紧紧的，因为她腿上和肩上都受了枪伤，无法挣脱绳索。她一见玉龙钻进来，惊喜地问："玉龙，你咋进来的？"

玉龙为艳秋松了绳索，说："这地窖我常来，里面好东西多着呢！"他们点着了洞里的蜡烛，洞里却空空如也，没什么东西，只放着几瓮素油和几盆羊肉。玉龙贼心不死，顺洞壁转了一圈，果然，在一个小岔洞里发现了许多箱子，打开箱子，全是治疗枪伤和止血消炎的药品。这些药品，正好派上用场。

两人钻出地窖，只听见又是枪声大作。日本鬼子已知道杜府被突袭，增援部队正向杜府奔来。玉龙跑到大院去找晶晶时，奇怪，她已没有了影子。

日本鬼子的子弹已开始在头上呼啸。玉龙估计妹妹不知被谁救走了，先把艳秋扶上马背，自己嗖地跃了上去，烈马顶着子弹，冲出了杜家大院，黑茫茫的草原马上把他们吞噬了。

二十八

小兰每天去魔掌沟口放羊，顺便给艳秋和玉龙送粮食和蔬菜，也为艳秋煎熬中药，洗换纱布，漏空子就把那支勃朗宁小手枪拿出来，让艳秋教她打枪。小兰心灵手巧，加上用心，没几天就把枪耍得麻溜了。

今儿她回来得很晚，天黑得摸不着鞭梢才把羊赶进村子。她背回二三十只野鸡和兔子。魔掌沟真是一条出宝的沟，数也数不清的鸟兽，铺天盖地的。起先玉龙用枪打，为了节省子弹，就用石头砸。鸟兽们变精了，一看玉龙挥胳膊就跑的跑，飞的飞了。玉龙有法子，鸟们多在灌木丛和石孔里居住，一到天黑，玉龙就学着鸟叫，鸟们互相一呼应，他就知道哪儿有窝了。他用块大布子，把那灌木丛一蒙，鸟们就被活捉了。这种战利品堆了满满一洞口，艳秋他们是吃不完的，小兰背回来了。

玉龙也趁着夜色和小兰先后回了村子。他和艳秋合计，光靠一两个人打日本人不行。艳秋让他把村里头最相好的弟兄发动起来，一人给他们弄一支枪，慢慢扩大队伍。玉龙回来，就是找二狗、飞飞、二木匠他们商量的。

小兰拣了一只最肥大的野鸡提到了二狗家。

桃桃刚吃了晚饭，正用席片掏牙。二狗肚朝天在炕上躺着。

小兰说："桃桃，我今天走时运，套了几只野鸡，给你们送来尝尝。二狗平时一打回野味总给我们，我们真不好意思了。"

"那你多心了，大嫂！牛家数你心眼儿好！"桃桃说。

"牛家尽好人！"二狗坐起来，不同意桃桃的说法。

小兰笑笑，对二狗说："二狗，我放羊碰见了中沟村的王五娃，他说你舅舅有病，捎话让你现在就去看他！"她说这话时，顺手捏了捏二狗的大脚。二狗明白了，屁股一溜就下了地。

玉龙的五六个磕头小弟兄，一个一个偷偷溜进了小兰的家。小兰把他们都让进了里间，把窗帘子拉了个严严密密，从外把门锁上，他们就开始叽叽喳喳密谋起队伍的事来了。

牛家大院里，就剩下小兰和疯二姨了。今儿太阳一落山，牛老栓就领着一家子进了阴灵沟口。因朱阴阳透露了他下阴间的一些见闻，村人一片哗然。他们都为先祖因日本人造孽流离失所而惊得魂不守舍。这些日子，乡亲们都请纸扎匠人做了厅房院落，去阴灵沟口焚烧，供先祖们居住。这件事牛家前天就办了，忽然想起先祖们房屋倒塌，估计衣裳也很短缺，就重做了一批纸衣裳，今天是给先祖送衣裳去了。

小兰对这鬼神之事，原本是信一会儿不信一会儿，可最近就信起来了。朱阴阳给疯二姨算卦，说她的女儿晶晶遭了大难，这是玉龙亲眼所见，没神没鬼能算得那么准确？所以小兰把野味褪了毛，洗了又洗，选了两只，等待迎春回来给爹妈送到阴灵沟，让先祖们也改善一下生活。

小兰又挑出三只野味。一只给张老先生，听说那天，他老人家在日本人面前傲骨凛凛，给村人大长了志气，谁说起来都赞他是条汉子。另一只给朱阴阳，那天让日本人吓得在大炕上病了三天，送点野味也补补身体。第三只准备送给玉芙。自从愣福来挑起那场风波，玉芙性格变了，大门不出，二门不迈，像做了什么见不得人的事。这些日子听说玉龙相亲去了，也在炕上躺下了，茶不思，饭不想，动不动就流眼泪。她对玉龙是有感情的，可惜玉龙和她命相不搁。她的命真不好啊！

路娃坐在锅边上，手里咬着指头，盼着妈妈快点把野味煮熟。路娃的伤口都定了硬疤，能慢慢走路了。

"路娃，你能走路了，给妈送点东西。"小兰说。

"妈妈，我怕爷爷奶奶骂！他们不让我出门。"路娃说。

"不怕，你是男人，从小要坚强。学你爹的骨头，学张老先生的胆量，受点伤怕什么！"小兰鼓励着，把三只野味放在一个细柳条编织的篮子里，就去扶儿子下地。

正在这时，迎春进了门，一把把路娃抱在炕上，埋怨小兰说："大嫂，你疯啦？"

小兰也埋怨迎春："你在哪儿疯？快把这两只野鸡给阴灵沟送去！"

"大嫂！爹妈杀了两只鸡，已给先祖供上了。你去阴灵沟看看，那儿尽是供品。鸡呀羊呀，有的人家把下蛋鸡都杀了，人都舍不得吃，都让鬼吃了！"迎春有些可惜。

"不该瞎说！"小兰警告迎春，"乡亲在鬼子眼皮子底下折腾，他们没打枪？"

迎春说："没有，乡亲们人多势众，挺着脖子喊着骂，日本人和伪军还在沟口看红火。"

"他们闹到什么时候呀？"小兰问。

"朱阴阳又下阴了，鸡叫才能回来，回来才能知道。"

"哟，那爹妈一夜不回来了？"

"全村人都跪一黑夜。"

小兰心里倒高兴。因为玉龙他们商量建立队伍的事，正好能把爹妈避开。小兰知道，凡是秘密，多一个人知道，就多一个漏风的口子，迎春又憨又实，一旦不注意，怕是出事情，所以小兰一直往外支她，让她到阴灵沟陪爹妈。迎春的脑子到底差点，虽不情愿，总算答应了。

阴灵沟口的鼓声填满了大沟，高音唢呐声像锥子一样钻进了人们的耳朵里。全村百十来户人家，每一户举行烧纸敬贡仪式都吹一阵子鼓匠。农村没什么红火，除了过年响炮，就是娶媳妇、埋死人时的鼓匠班子。这种难见的热闹，差不多把全村人都吸引去了。

野味煮熟了，小兰先给路娃吃饱，就打发他睡觉。她用两个枕头挡在了儿子脸前，又把一床大被轻轻罩在儿子的头上，小兰怕他听见或看见玉龙他们出进。

看来，玉龙他们谈得挺热乎，里边说什么，听不清，低声压气的，小兰把头探出门外，向天上看看，天上的参已经越过了羊圈的桦梢。参一过桦梢，就该是半夜了。小兰一天真累，坐在灶口就睡着了。睡梦中，突然被一个尖利的女人声惊醒了，仔细辨别，是下院二狗媳妇桃桃不知在骂谁。

　　小兰给桃桃送去那只野鸡后，桃桃就放在外间。她听说丈夫二狗去中滩村看舅舅，至少也得半夜回来，要不就是明天的事了，心里就又痒痒起来。她自从那次和巧巧打了架，没瞅上便宜，一直窝着一口气，她决心要把金龙的心从巧巧那儿拽过来，好好让这只狐狸精抱着罐子喝醋。她已和金龙相约，如果一有机会，桃桃就在院子的那棵背锅子树上挂件红色衬衫，金龙就可以放心地进屋。刚才天已黑了，挂上什么金龙也不会看到，就采取了第二方案。只要往金龙房顶扔块石头，房顶上咚的一响，金龙就知道是咋回事了。她顺手捡了块石头扔了上去，效果十分灵验。桃桃和金龙已好久没红火了，一见面就抱在一块，在炕上滚过来滚过去，滚得满头大汗，气喘吁吁，两个人就开始干那种勾当。巧巧平时就怕金龙外边淫乱，几乎每天不许他得闲，阴囊里早就空如瘪袋，一时半会儿不能收工。而桃桃正好来劲，四肢抽筋，叫炕声一阵比一阵亢奋。就在接近高潮之时，她就不顾一切地噢哟噢哟地叫起炕来。村里人给狗喂食时，就是这样噢哟噢哟地喊，狗一听到喊声，就会立即跑来。桃桃这么一喊，正好惊动了牛家的老五。老五从上院跑下来，进了桃桃的外间，看见了那只又肥又大的野鸡，一口叼着跑到了远处，慢慢享用去了。

　　桃桃干完了那事，送走了金龙。金龙怕巧巧回去追问，就进阴灵沟看热闹去了。桃桃打算给那只野鸡褪毛，才发现刚才只顾红火，被狗叼了。她就跑出了院，大骂谁家偷了她的野鸡，吃了以后保证是从肚里烂到皮外，从嘴上烂到屁眼……

　　小兰听见桃桃的骂声，开门出去看个究竟，一出门，在玉龙开会的那间屋的窗户外，扒着三个人在偷听。小兰大喊了一声："谁？"

　　这一喊，那三个人向小兰逼过来，威胁说："不许声张，里边什么人？""你们三个是什么人？"小兰故意提高了声音，而且说明是三个人。

　　玉龙他们被小兰的喊叫惊动了。他们里头有八个大后生，知道外边只有三个人，就兵分两路。四个人出了外间，四个人从窗户奔出，两边夹围就把这三个人活擒了。一审问，是三个伪军。

　　日本人派他们来侦探杜艳秋和牛玉龙是否回了村。

这三个人低头站在小兰外间的墙跟前,那德行一个比一个好笑。中间这个叫张小三,脸廓像牛老栓经常脱下来打人的大鞋底子,一对灰色的小眼睛上面是乱草一样的头发。他那军帽扣在头上,比脑袋大了两圈,如果不是帽子上的两根带子,二级微风就会把帽子吹到天上。这个家伙很灵活,说一句话,弯一下腰,点一下头说:"小哥们儿,我们是来应应差事的!"大家不理他,他又向小兰讨好,"大姑姑,你相信我们,都是穷人家出身!"

另一个伪军,是个瘦猴,手里拿着军帽,左袖子挽在大胳膊上,右袖子挽在小胳膊上,一看就是二流子、乞丐加流氓的种。张小三点一下头,他就点两下;张小三叫大姑姑,他就跟着叫大奶奶。

只有一个伪军顺眼点,他是个很漂亮的小伙子,不超过二十岁,有一张红润的圆脸,长长的头发被汗水贴在他的前额上。他的眼睛圆而黑,明亮,敏锐,胆怯又腼腆,像个闺女一样,不论谁看,他都让人有点喜欢,咋看也不像是个坏人模样。他的名字叫李冬。

玉龙他们刚才开会就反复强调要勇敢,要大胆,要齐心,会还没散,就俘虏敌人了,第一次感到团结起来的力量,第一次尝到了活捉敌人的味道。特别是缴获了三支日本三八大盖步枪,个个心花怒放。几个人抚弄着枪,争着往自己怀里搂,谁也没想这几个俘虏到底该咋办。

玉龙义不容辞地承担起了领导者的责任。他平时不论处理什么事,总要带点与众不同的手法和喜剧效果。他大喊了一声:"立正!"

三个伪军就歪七扭八地立正了。

玉龙照那张小三屁股踢了一脚,他像患了软骨症似的顺势跪倒在大家面前。这一行动,立即鼓舞了大伙儿的心劲儿,原来外表凶狠的伪军,竟然是这么些狗熊。

玉龙腆着肚,叉着腰,显示着一种威风,显然是给弟兄们鼓劲儿,厉声喝道:"你叫什么名字!"

"兄弟,我们是好人呐!"张小三替自己和同伴辩护,"我外号叫冻豆腐,因为我长得满脸皱褶。"

"问你的真名。"玉龙面孔严峻,"你站起来说。"

"没有,兄弟!"他茫然地站起来,打了个噎气,"从小没爹没妈,吃百家饭长大。我当兵时连长姓张,我也跟上他姓了。人们叫我张小三。"

大家哄地都笑了。

玉龙没笑,问:"你咋入了汉奸队伍?"

"日本占了我们东北,看见女人就糟蹋,看见男人就抓,不跟着走就打、就砍,要枪毙呀!当时,村里连口凉水都喝不上了,就跟着伪军跑到这儿来了。"他说着,就擤了一把鼻涕,一弯腰抹在鞋尖上。这时大伙发现他穿着一双半新旧的黑布鞋,鞋尖和鞋后跟都涂抹着一层厚厚的已干涸的鼻涕,微微地发亮。

那个瘦猴和叫李冬的也都垂下了头,眼泪蛋子噼里啪啦地从脸上滚下来。谁看了都有点可怜。

"你们当汉奸,还有脸哭?"玉龙骂。

"我们当兵都是为了填饱肚子,我们也恨死了日本人,他们动不动打我们,你看我们身上,哪个人没有十处八处鞭伤?"张小三一边哽咽,愤怒地咬着牙齿,一连用恐惧的眼光看着玉龙。

玉龙开始说:"你们马上滚回阴灵沟,报告日本人,就说油屁股勾结土匪抢了你们的枪,如果谁泄露是牛家村人夺了你们的枪,老子把你们蛋泡子全骟了,听见没有?"

"是,是,是!"三个人同时点头应诺。

"大声说!"玉龙命令着。

"是!是!是!"三个人的声音高了八度。

"那好!"玉龙转过了头,对小兰说,"大嫂,你把咱们的斧头拿来,再把那块剁骨头的木墩子也搬来。"

"干什么呀?"小兰忽闪着大眼。

"他们临走前,总得留点纪念。每人剁他们一根指头,就是抠枪子儿的那根。快去拿呀!"

三个伪军一听,扑通跪下了,又是磕头,又是乞求。

玉龙说:"没用!这是最轻的了,要不你们又拿枪打我们老百姓啦!"

张小三看见小兰心软,跪在她面前,说:"大姑姑呀,求求你啦……"

"起来,不要这样!我有那么老吗?"小兰拉起张小三说,她转脸对玉龙说,

"玉龙，做人不能太黑心嘞！让他们发个誓，不害人就行了嘛！"

玉龙摇头，"大嫂，这种灰皮，狗能改了吃屎？"

小兰没搬木墩，也没去拿斧头，她把玉龙拉到门后，悄悄嘀咕着，想让玉龙手软点。玉龙刚当了领导，做了这么个决定被大嫂否了，脸上下不来，还是不依不饶地说："大嫂，你就甭劝了，斧头在哪儿？"

李冬看是争执不下，就把手伸出来，对玉龙说："小叔叔，你就剁吧！我们也活该让剁的，可是，我们也是没办法才当兵啊！"

二狗是个憨实人，看这娃也挺可怜，对玉龙说："玉龙，让他们剁油屁股一根指头行不行？就剁他那只给日本人敲锣的手！"

大伙一听，都齐声说是个好招。小兰摸了摸李冬的头，说："不剁你们了，不过，听大姑姑的话，以后可不许糟害百姓啊！"

三个伪军又捣蒜似的磕了半天头，就被释放了。留下的三支步枪，大伙就开始争起来。你要夺，他要抢，把玉龙吓出一身冷汗，一不小心，走火遭人命呀！他把枪全搂在自己怀里，说："这枪谁也不发，都存在魔掌沟，你们每天天一亮进沟练打靶，半个月内，我保证每人给你们发一支，但必须要保密，妈老子也不许说！"

大伙都等不上天明，跟着玉龙连夜进魔掌沟里去了。

送走玉龙，已近半夜。往日，小兰这时就睡了，因为第二天麻亮就得起来，把园子里的小白菜浇了，把每个屋的尿盆倒了，接着给猪、羊、驴、鸡开过早点，紧赶着就小晌午了，有时连饭也顾不上吃就得进山放羊。

今天晚上，小兰多情给了桃桃一只野鸡，有了这么大的收获，缴了三支枪，还救了三个人，她一辈子没干过这么大的事，所以她太激动了，太兴奋了。她拉开被子，把窗户用块布帘子挡得严严实实，就卧在枕头上，悄悄掏出那支勃朗宁手枪瞄准地下的瓦罐盖子，不断扣着扳机，那啪啪的响声，清脆响亮，悦耳动听，震得她心怦怦地跳着，她的两只脚从后立起来，不断神气地对磕着，像小丫头片子那么天真可爱。

她说不清为什么这样爱这支枪。这支枪玲珑漂亮，使她一下子踏实了。这个天生善良的女儿身，平时就怕惹出事来，方方面面想得周全，对外来的侵犯或进攻，她只持预防的心理，实在躲不过，她只能妥协让步。现在有了枪，她可以理直气壮地说话办事了，这枪壮了她的胆，给她大长了生活的勇气。现在她看出来了，日本人一时半会儿不会走的，不走就要和老百姓长期摩擦，按现在这状况看，交战是不可避免的，手里没有武器，就根本没法活下去。虽然山本四郎和日本大夫救过儿子的命，但整个日本国的人隔山隔海地跑到中国来胡折腾，这就是太不地道了。中国人该消灭他们就得消灭他们。但她相信，日本人也有好人，就像牛家村一样，有好人，也有灰人，油屁股就是灰人。不管中国还是日本，有恩报恩，有仇报仇。这种意识，在她的脑子里越来越清晰了，所以她对这支枪的分量就看得比什么都重。

迎春悄悄溜回来了。村里人还跪在那儿，给先人们烧纸上供磕头。鼓匠班子一户一户给他们吹打。迎春这两天心里有些疑惑，大嫂总是把自己往外支，有些鬼鬼祟祟的样子，所以，趁混乱回了村子。她远远就看见大嫂那屋窗上挡得黑洞洞的，几条缝隙透出的光亮恰恰暴露了她的屋里有鬼。她用舌头舔开了一户麻纸窗眼，往里一望，呀，小兰握着一把手枪正卧在枕头上，向地下瞄着。

她是个沉不住气的闺女，一膀子就把门拴扛开了。小兰已将手枪藏在了枕头下，责怪迎春鲁莽。迎春噘个嘴，大声嚷："大嫂，我什么时候对不起你了，你却对我埋埋藏藏，你……"

"什么事呀？"小兰想装一下。迎春猛地把手插在枕下，抽出了那支手枪，对准大嫂问："这是什么？哪来的？为什么瞒我？"

这时，院里有了杂乱的脚步声，小兰噗一口吹灭了灯，抱着迎春说："别急，我慢慢和你说，外面有人，可千万别让听见啊！"

两人就在黑暗中窃窃私语起来。

二十九

范老爷的儿子范君义领着八路军消灭了鬼子没几天，因为小龙传送了情报，又把日本人的军火库炸了个一马平川，紧接着仓库被烧了，提炼黄金的设备虽然没有全部被毁，但AUI部队总部的长官们中了美人计，被飞鹰山的一伙女强人全部消灭。这对日本人来说，简直是奇耻大辱。华北战区长官怒不可遏，发出了最强硬命令：必须活捉肇事暴民，极刑处置，以镇暴乱。同时增派一个纵队约六百人的武装部队，全面维持AUI计划的实施。

鬼子一天三次进村搜查牛玉龙和杜艳秋。牛家村鸡飞狗跳，人心惶惶，全村人都为牛家担心着。

一大早，阴灵沟那个长脖子军官大岛又带着十几个鬼子兵进了村，油屁股领着挨门逐户地搜查。搜遍了全村，鬼子们又进了牛家大院，每间凉房、牛马羊圈、猪棚鸡舍都看了个遍。一个鬼子搜进了西南角的茅坑里，巧巧本是躲日本人的，故意露出白花花的屁股蛋拉屎，鬼子用巴掌捂住了鼻子和嘴，冲茅坑方向放了一枪。巧巧一惊，失脚掉进了茅坑，又是叫又是哭地爬出来。日本人看见她浑身屎尿，臭气熏天，一挥手全都出了院。这算是巧巧为牛家救了一驾。

日本人走后，迎春开始往二嫂身上泼水，半瓮水都泼完，依然臭气熏天。巧巧骂道："这个没头玉龙，你要害死我了！"

迎春让二哥担水，要继续泼洗。金龙平时很少拾柴担水，歪着膀子扭扭捏捏担回两半桶水来，像牛老栓一样上气不接下气地咳了一阵，也骂开了玉龙："好好的日子不过，拨开火寻灰！全是爹妈惯的！"

牛老伴骂起二儿子："惯谁还顶得住惯你？到了这份儿上，还顾上怨天怨地？"

牛老栓穿了个红袄子，坐在炕上，大概是虱子咬得厉害，上身子靠着后墙来回摩擦。牛老伴又开骂道："紧得磨什么，不怕磨破了脊梁？你这种男人，关键时刻连个屁都不放，你给拿个主意呀！"

"去哪儿拿主意？"牛老栓呛回话来，"这都是命！号叫个什么！"

牛老伴有气无处出，又骂起小兰来："大龙家哪去了？每天起得比公鸡还早，一转眼又没影儿了？"

迎春不满地说："妈，你咋疯骂人呀？全家就数我大嫂苦重，一大早就出去浇菜园子，喂完鸡猪就进大地看苗去了。"

"看苗子？刚种上籽种看个什么？"牛老栓说。

迎春心里明白，大嫂是进山给三哥和艳秋送山药和小白菜去了。那天，迎春逼得小兰没法子，小兰就把玉龙和艳秋的事全说了，提住耳根强调，不许迎春泄密。迎春也只能撒谎。

小兰虽然聪明至极，可这几天的行踪的确引起全家的怀疑。牛老伴对迎春说："迎春，你好好盯着你大嫂，她这几天和往常不一样。"

"有什么不一样，依你说，我大嫂还能干出不好的勾当？"迎春翻白了妈妈一眼。

牛老伴又要说话，坐在怀里的路娃伸出了小手，把奶奶胸前挂着的擦鼻涕布子捂在了奶奶的嘴上，说："奶奶，不许你说我妈坏话！"

金龙和妈妈意见一样，冲迎春说："你那点脑筋能斗过大嫂？我也怀疑大嫂这些日子不正常。那天，去大井台洗衣裳，有一件白绸长袍子，上面有点血，这衣裳保证不是咱家的，我怀疑大嫂和那个女凶有关。迎春，今儿咱们进魔掌沟看看，大嫂这些日子老进那条沟，听人说，那儿有许多山洞，说不定那个女凶就躲在里边，只要捉住她，咱们能得一百块大洋。一百块大洋哪，咱们全家人一辈子都挣不下！"

迎春呼地站在金龙面前，用指头捅着他的眉头说："二哥，你什么钱也敢挣啊！不管咋，三哥和那女凶有关，你捉女凶，不等于捉三哥？"

牛老伴又插上话，把牙齿咬得咯吱咯吱响，"那个枪打的杜家烂女人，把我玉龙害得有家不能归，一捉住我就撕了她！"她骂艳秋时，正挠头发，一狠劲，把自己的头发还拽下一撮。

牛老栓愤愤然地喊道："甭吵了，甭吵了。一张嘴就像树上的家巴，吵个没完。金龙，日本人还要找麻烦，快领上你媳妇到外父家躲躲。迎春，你把你这个惹事的妈领到你姥姥家住几天。小龙，你到省城里转转，无论如何找到你三哥，让他千万不要回村，死也死在外头。要不，你就告诉他，快点找找八路军，他们是打日本人的，或许会有活头！"

"我不走！全中国到处是日本人，去哪都一样！"牛老伴第一个否决了老头的决定。迎春也反对爹的意见。唯有老实的小龙嗯了一声就要出门，迎春赶快追出了门外，拉住小龙后襟说："四哥，甭听爹的话！三哥不在省城。"

"在哪儿？"小龙眨巴着眼问。

"你可要保密，三哥在魔掌沟里！"迎春说。

"啊？真的！那你早不告诉我？"

"这就迟了？告诉你，三哥还给你留着一把手枪哩！"没等迎春说完，小龙掉过头就跑，又被迎春拽住了后襟，大声问，"你跑什么？"

"我找三哥，我看手枪！"小龙激动得出气都呼呼的。

"哎呀，看你连点气都沉不住！"迎春责备完，把手伸给小龙，像讨要什么东西。小龙不解。

"拉钩！"迎春说，"保证不许告诉任何人！特别是别让二哥知道！"

迎春真是个傻闺女，她心里想要保密，可说话声音却像喊山，她和小龙的对话早被贼眉鼠眼的金龙听见了。金龙心里哼了一声，就回了他自己那屋。

巧巧刚才被冷水浇了一回，浑身打摆子，钻在被子里，露出头说："你们这家人，每天惹是生非，今天日本人来了，明儿伪军来了，惊死婆婆，吓死公公的，我受不了啦，我要回娘家！"

"好好好！我送你！我爹刚才也这么说。"金龙心里好欢喜，巧巧走了就少一个管的，他和桃桃就能多鬼混几次。

"我告诉你，我走了，不能把家里的东西倒腾给那个破罐子！"巧巧严重警告着。

"你放心走吧，再说，以后咱可要发大财哩！"金龙自信十足。

"你能发了财？哼，等着你妈重养你一次吧！"

金龙喜扑扑地说："巧巧，这回咱们发财机会真的到了。我知道那个女凶的下落了，藏在魔掌沟，只要一报告，一百块大洋就哗啦啦进了咱们大红柜里了。"

"那你咋不报告？"巧巧从被里钻出来，露出了一条白白的大腿，脚趾甲盖上涂着红漆，像狐仙一样窈窕。

金龙有点难为地说："一捉那女凶就连上咱玉龙了，他俩在一块！"

"管毬他呢！捉了这个三贼猴也好，省得每天让日本人折腾！"巧巧飞速把两腿伸进了裤管，像是马上去捉玉龙。

金龙虽说有这个心思，可毕竟和玉龙是从娘肚里头顶屁股下来的弟兄，马上拦住巧巧说："你们女人知个毬，着急什么，让我想想咋办！"

牛老栓咳嗽两声进来。农村有规矩，公公进儿媳的门，大伯子进小婶子的门，都是要咳嗽的。咳嗽声就意味着敲门。农村人还有规矩，如果你上茅房，进茅房门时必须要咳嗽两声，如果茅坑已蹲上人，那人也得咳嗽两声，意思是有人占着茅坑，你别进来。特别是蹲着异性，那就更不得进来。当然，进茅坑的人咳嗽后里头没反应，说明茅坑里没有人，他就可以放心进去了。

牛老栓进屋后,还在咳嗽。他这是一咳两用。他说:"金龙,去玉茭家一趟。"

"什么事?"

"她家借走咱黑驴拉碾了,不知用完了没有,爹要骑驴出门。"

"去哪儿?"

"还去哪儿,去咱那些亲戚家转转,看玉龙是不是躲在那里。唉,爹的病正好些了,又让这三灰猴气犯了!"

金龙明知玉龙在魔掌沟,但心想:快让这老汉出去走几天吧,每天叨叨得耳根都疼哩。

金龙去玉茭家要毛驴,一路想:如果真把玉龙送给日本人,爹妈肯定会被气死。他决定暂不把女凶和玉龙的事报告日本人。

玉茭正拉着黑驴在院里打滚。驴刚下了碾道,浑身湿漉漉的,打滚的意思是防止伤风感冒。打了三个滚儿,玉茭还在滚儿滚儿地喊,驴一直滚儿了十几个滚儿,站起来,吐噜噜喷了一声鼻子,又仰起头长叫了一声,好像说:啊呀,好累呀,总算能歇息了。

玉茭又用笤帚在驴身上扫了一遍,就要拉到村外遛圪塄。

金龙说:"甭遛了,我爹还急用。"

"干什么去?"

"唉,找玉龙!"金龙去接缰子,玉茭却痴立在地上不动,她的脸顿时阴沉下来,眼眶里水汪汪的,泪蛋子在眶里转来转去,终于,扑溜溜掉到地上,她哽咽着问:"二哥,日本人每天抓他,到底是咋了?"

"嗨,你还替他流泪?他让那个女凶缠住了,早把你忘了!"

"你瞎说!"玉茭不信。

"哈哈,我能瞎说?实话告诉你,至今还陪那个女凶在魔掌沟里,你就死了心吧!"

玉茭还在地上痴立着,金龙拉走了毛驴,走了很远,她才猛地回过神来。她用牙齿狠狠咬了咬嘴唇,在地上跺了一脚,就向村公所跑去。她要找油屁股,要把那个女凶犯抓起来,把这个勾引玉龙从心中夺走自己白马王子的狐狸精让日本人杀了,崩了,砍了!

这是第二天的中午。

小兰拼命向魔掌沟飞奔。

天空下着蒙蒙细雨，轻轻扬扬，飘飘洒洒，像是灰色的烟雾四处弥漫。雨水和汗水像一条条毛虫在小兰的脸上和发缝里爬动，一会儿就钻进了她的脊背和乳心。她的衣裳和肉皮紧紧地贴在了一起，小辫随着她在河床里跑动而不断地跃动。

早上起来，小兰在院里捡到了一圈桦皮，桦皮燃火最好。半前响，下起雨来，她把桦皮剥开，准备点火，忽然发现鲜红的桦皮里子上写着黑字，这字是用烧焦了的木炭所写。小兰不识字，不知这桦皮从何而来，就去了金龙那屋。巧巧说，金龙被油屁股叫走了，神神秘秘的，不知干什么去了。小兰心里咯噔一下，油屁股叫金龙哪有什么好事。她想：既然在桦皮里写字，又扔到牛家院子，这一定有点名堂。她就飞快地跑到了私塾房。张老先生正给村娃们上课，拉长调子领文："鸟飞返故乡兮，狐死必首丘……""人情怀旧乡，客鸟思故林……"这些古诗都是教人要热爱家乡和国家，小兰哪能听懂，闯进学堂就把桦皮交给了张老先生。张老先生一看，惊得张大了瘪嘴，把她拉到学堂外，说："日本人要进魔掌沟，莫非沟里有事？"

小兰一听，顾不上解释，扭头就跑，没顾做饭就赶着羊群向魔掌沟赶路。这些天，二木匠和十几个青年人都在魔掌沟里练枪，日本鬼子一旦进去，就全端窝了，一定要赶在鬼子前把消息传进去。

小兰心急如火，羊群却故意作难，因为下雨，羊们互相把自己的头伸到同伴的肚皮下避雨，咋吼喊抽打，都没有一点用处。小兰后悔，如果一发现这张桦皮就让张老先生看，或许现在就进了沟里。她估计这桦皮昨天黑夜就送来了，可这到底是谁送来的？这是什么意思？日本人为什么要进魔掌沟，难道他们知道玉龙和艳秋藏在那里了？如果知道，是通过什么渠道知道的呢？

中午时分，好不容易才把羊群赶到魔掌沟口。几声如罐子摔破的枪声传来，猛回首，朦胧的雨帘后，有一队人马追来。她不敢再向前跑了，那样就是给敌人做了向导。她靠一块大石站住，捂着突突跳动的心脏，等着追来的人马。

人马近了。几匹高头大马上骑着挎洋刀的日本鬼子。鬼子后面，是伪军的队伍，大约有二三十人。伪军用枪口顶着两个人的背心走向前来。小兰吓了一跳，这两个人，一个是玉茭，一个是金龙。他俩一见小兰，都低下了头。

那个日本军官大岛先跳下马来，用手扶起了小兰的下巴说："哈哈，漂亮的小娘子，哪里的干活？"

"放羊！"小兰后退了一步。

"放羊？"一个伪军跨到小兰面前，"羊在沟口，你跑进沟里干什么？"

"一只羊跑进了沟里，我来找羊！"小兰很镇静，用刚才想好的话对付着。

"胡说，你是进魔掌沟！"大岛挥挥手，几个伪军就冲上来。小兰一看，又吃了一惊，冲上来的这个伪军，正是前几天晚上那个被自己相救的张小三，憨里吧唧的李冬和瘦猴也在后面。张小三凶恶地扑到小兰面前，用干公鸡一样的嗓子喊道："你老实和皇军说话！"他在怒吼的同时，抓住了小兰的膀子，来回晃着，暗中用指头使劲儿捏了又捏，给了小兰几个很温暖的眼色，之后又喊："老实说，这道沟能不能进去？"

小兰从张小三的手指和眼光里理解了一种语言。她也大声说："我没进过，祖祖辈辈的人谁也不敢进去，你们敢进就进吧！"

这时，雨下得更大了。天空像一个大筛子，筷子粗的雨水一股劲儿朝大地上倾泻，整个世界被蒙上了一层白布。洪水从两面山上倾泻下来，流在了河槽里，和原来的河水汇在一起，像一条凶猛的黄龙，打着漩涡，翻着大浪，卷着枯枝败叶从神秘的沟里奔腾出来，从脚边冲过，发出了震耳欲聋、令人心悸的声音。抬头看，魔掌沟的山峰像刀切过一样齐刷刷、黑森森地矗立在眼前，面目狰狞，形状古怪，像一座座巨大的吃人怪物，谁看了都觉得阴冷打颤。

张小三扭回了头，捉住了玉荭的衣领，响响亮亮打了个耳光，骂道："你个婊子，一个女犯，怎么敢进这么可怕的大沟？你敢欺骗皇军。"

玉荭哭着喊："不是我说的，是他说的！"玉荭指着金龙。

金龙知道要挨耳光，只顾把头后仰，张小三冲他腿板踢了一脚，接着，李冬和瘦猴也扑上去，揪头发的，拽衣裳的，拳打脚踢，三两下就把他打倒在地，他捂着肚子哭喊："大嫂，救命！大嫂，救命啊！"

小兰现在才明白是他俩告的密。她仰着头，蔑视着这两人，纹丝不动。玉荭走上来，和小兰说："大嫂……"

小兰打断了玉荭的话，十分气愤又十分痛心，"你把灭牛家的事都做出来了，还有脸叫我大嫂？你玉茭咋能办出这种事来啊！"

玉茭呜呜哭起来。

小兰走近了金龙，他还捂着肚子喊疼。小兰借着雨雾，也趁机捏了捏张小三，悄悄说："狠狠揍他！"

张小三立即像老鹰抓小鸡一样将金龙提起来，照屁股拼命踢，自然，李冬和瘦猴也上来助战，越打越凶。张小三问："你听谁说女犯躲在这沟里？"

金龙直到这时才想明白，如果说了真情，他出卖的不仅是玉龙，还有小龙、迎春、父亲、母亲，还有大嫂，等于在毁灭自己全部的家庭。他咋敢说出来，只能哑巴吃黄连，苦在心里。他苦苦地哀求："老总啊，饶了我吧，是我瞎猜的！"

"妈的！瞎猜？你大雨天把大日本皇军骗到这儿，该当何罪？"一顿暴打之后，张小三把他扯到大岛面前，威胁说，"你和太君说清，为什么要胡说八道？"

"为了挣一百块大洋！"金龙像狗一样承认道。

"杀了杀了的！"瘦大个子军官抽出了战刀，举到了头顶，正要往下砍去，突然嘎菜菜一声巨雷，把人震得差点摔倒。鬼子定了定神，慢慢放下了刀，他感到这个雷声是上帝的旨意，牛金龙命不该绝。他挥挥手，队伍就踏着泥水，稀里哗啦返回去了。

大雨里，浸泡着三个人。许久许久，他们谁也无话。因为他们谁也不知道该说什么。小兰起初是生气，细一想，也就理解了他们。一个只是出于爱情的嫉妒，她还是一个没经过多少世事的闺女；一个只是为了一百块洋钱，他还没明白这一百块钱和这么多人命的比价。好在他们走在这生死隘口上能幡然悔悟，自己也不能不依不饶地纠缠计较。想到这儿，小兰把蹲在地上的金龙扶起来，说："你是个男人，站起来啊！"

金龙的确被打得够呛，站起来后踉踉跄跄。小兰搀住他一条胳膊，又让玉茭搀住了另外一条，就向魔掌沟里走去。玉茭和金龙同时发现走错了方向，停住了步，扭回头来。

"没错，走哇！"小兰又扭过方向说，"既然你们已知道他们藏在沟里，既然已经走到了这个地方，咱们就进去看看吧！"

两人迟迟不敢迈开步子。

"有什么不好意思的呀？大嫂不说就是了嘛。不过，你们必须进沟看看，村里有十几个后生在里头练兵哪！他们这么多条人的命重要，还是那一百块赏钱重要？是吃那口醋呀，还是要这么多人的命呀？你们两个，一个是想要钱，一个是想出气。如果按你们的意思办了，有多少人头落地，多少家庭毁灭？你们要落几十辈子的骂名？你们觉得合算吗？"

小兰的话，像如注的雨点，一字一字地敲击着两个人的心。玉茭抱住了小兰的胳膊，又呜呜哭起来。金龙也蹲在地上，双手捂上脸，长一声短一声地叹息。

三十

天上没有月亮。傍晚时，月亮就被很厚很厚的黑云盖住了。此时的村子像被扣在了一个大黑锅里，黑暗，闷热。村周围的山坳里传来了山鸡和野鸡的叫声，它们像时钟一样守时，每当老乡们吹灭灯钻进被窝睡觉的时候，它们就出来鸣叫。

这个时辰，小兰屋里的灯光还亮着。这一夜，她和迎春都没有合眼。两人并排趴在炕上，胸前垫着荞麦皮枕头，轮流用勃朗宁练瞄准和射击。这几天，她俩把这支小枪玩溜了，闭着眼拆卸，再闭着眼安装，可惜这枪只有五颗子弹，只能空瞄过瘾。

啪啪的扳机声又把路娃惊醒了。当然，路娃要抢过枪来玩玩。他的伤大体好了，枪学得也快，只是人小力弱，在拆卸枪时费点劲，但安装起来还是蛮熟练的。路娃要玩起来，小兰和迎春就只能干看着着急。

"哎，大嫂！我再见到山本四郎，非让他给我搞一把，你说他给我搞吗？"迎春搂着大嫂的脖子问。

"谁知你们亲热到了什么回合？"小兰笑问。

"没什么回合。这几天我们悄悄见了几面，他亲我脸了！"

"咕……"小兰笑笑，"咋就亲脸，想是把嘴也亲了吧！"

迎春把头摇得拨浪鼓似的，"真的没有，他想亲，我闪开了！"

"要是这样，那就差不离了。不过，以后不要躲闪，人家想亲哪儿就亲呗，亲了脸和嘴不是一回事吗？"

迎春捣了小兰一拳，也咯咯地笑了。

小麻油灯快干了，灯芯扑扑跳了两下，把屋子照得分外亮。她们刚把脖子挨上了枕头，忽然院里有几步大脚的声音。这时候，油灯正好灭了，屋里黑得什么也看不见，两颗心都跳得咚咚直响，互相都能听见。

叮叮叮，是用指甲盖弹门板的声音。

小兰呼地坐起来，嗤地从炕沿上划着了火柴，说："迎春，是你大哥！"小兰太了解自己的丈夫了，从敲门的方式、用力的轻重便知是自己渴望已久的丈夫回来了。她光脚跳下地，没顾趿鞋，边开门边问："大龙？"

没回答，一个高大的身影进了屋。小兰照准来人的胸脯，两只小拳头像捣鼓一样击着，激动得带着哭腔说："你这狼吃的倒运鬼，回来挨刀来了？"

大龙嘿嘿地笑着，靠近了炕沿，向屋里扫了一眼，好像什么也没看见。儿子正在玩一把短枪，他也没搭理一下。他说："小兰，先熬口水吧！我天亮就走！"

"什么？你把我休了吧！"小兰生气了，坐在炕沿边不动了。

迎春也开始责备大哥不顾老婆孩子。路娃也噘个嘴，黑着脸不理爹。小兰甩手背直擦泪，呜呜地哭个没完。

大龙还嘿嘿地笑。其实，她们咋能不知大龙，天生就这种性格，不爱多说句话。迎春提着耳根问长问短，总算从他嘴里掏出些事情来。

大龙说，修路的人有二百多，都是各村的民工。表面上，出工、吃饭、睡觉都是日本人管着，其实民工中有许多是八路军战士，他们暗中指挥着民工的行动。八路军也不主张消极怠工，因为路修在咱中国，日本人背不走，抢不走，对咱中国人有利。日本人想通过公路运输金矿石，到时咱打他的汽车就行了。所以，民工们闹事少，和日本人冲突也少，修路挺顺当，大龙一直也回不了村子。

最近，日本人要把修路的民工都集中在阴灵沟里修矿石厂和发电厂。阴灵沟要增加许多部队，有日本一个大队，还有皇协军两个营。因为大龙是牛家村的，对这一带地形非常熟悉，八路军要他帮助绘制阴灵沟的地形图。任务很紧急，所以他喝口水就要出发。

话说到这儿，小兰的气就消了。她给丈夫用海碗盛满了开水，里边加了点黑糖。这黑糖是乡亲送给路娃补血的，小兰打省下一点给丈夫补补身子。时间过得真快，住在猪窝顶上的大红公鸡放开嗓子叫起来。小兰恨不得一刀把公鸡头砍下来，她多么想让丈夫多待一会儿，自己已有半年没和丈夫温温被子了。

迎春本来没有了睡意,可觉得大哥马上要走,和大嫂连个亲热的时间都没了,于是把被子和毡子卷起来,搬出了外屋。她又看见路娃坐在大龙怀里不动弹,就喊:"路娃,和姑姑到外间睡觉!"

"不!"路娃撒娇说。

"听话,你爹累了,要睡一会儿觉的!"迎春哄劝着路娃。

"不,我要和爹睡觉!"路娃搂住了大龙的脖子不撒手。

小兰和颜悦色地说:"路娃,你咋不听话了?你快睡觉去,明天你姑姑领你进山,摘花,捉蚂蚱,还逮蝈蝈。"

"不,你不是只要我学打枪,不让我玩花花草草嘛!"

"我是说你长大以后的事。"小兰还在劝。

路娃哪知妈妈的心思,一直把小脑袋摇得拨浪鼓一样。迎春干急不知该咋劝说,咬着牙用指头捅了路娃的眉骨,骂了声:"你真是个愣子!"随后就出了外间。

小兰悄悄给大龙使个眼色,要大龙把路娃抱出外间。大龙正要下地,路娃就把他的脖子抱得更紧了。

大红公鸡像咽气一样不断地叫,窗户上已经一片亮色了。大龙无奈地苦笑说:"小兰,唉,我一两天就从八路军那儿回来了。"

大龙说完下了地,硬把儿子两只小手掰开,路娃哭起来了。小兰生气地喊:"迎春,你大哥走呀,我送送,你把路娃看好!"

迎春奔回里间,抱着路娃哄着。大龙已跨出了门,小兰紧紧地跟在了后头。大龙将要跨出大门时,小兰拉住了他,扑在了他的怀里,泪蛋子把大龙的两张脸打湿了。

小兰说:"天大地大,没我们一个好地方!"

大龙说:"都是日本人造的孽!"

两个人又恋恋不舍地依偎了一会儿,一个美好幸福的机会就被东方的一道强光杀戮了。

这倒是省事了,送走了大龙,也省得穿衣起床了,接下来就是那堆天天重复永远也做不完的营生。这两天增加了新活儿,金龙被日本人打得腰腿疼痛,牛老栓寻朱阴阳抓了几副中药,小兰每早给他熬药。巧巧躲事走了娘家,这个全村人叫"老受星"的小兰就无声无息地揽起了这个活儿。小兰内心有点自责,金龙也是把话说脱了嘴才让玉莶利用了。当初只想让张小三教训教训他,没想到手脚过重了。要不是那声闷雷,日本人的大洋刀就砍下了他的脑袋。

小兰在药汤里也加了点黑糖,反正都是从路娃嘴里打省下的。金龙人虚,一喝汤药,龇牙咧嘴直叫苦,加点糖顺点口。小兰把汤药端到金龙那屋时,却没有一个人,炕上的被子叠得整整齐齐,一看便知他没在家里睡觉。她心里忽然想起来了,这几天二狗每天在山里练枪,和玉龙他们策划成立护村队的事,他是不是又瞅这个空儿和桃桃鬼混去了?她内心里不断苦苦自语着:金龙呀,二狗那么老实,你能忍心欺负他?二狗整天二哥长二哥短地喊你,你忍心戳人家心尖子?再说啦,院上院下,兔子还不吃窝边的草呀!

小兰心里这么想,就不时探过头向下院瞭望,果然,一会儿,金龙鬼眉溜眼从桃桃的门缝里钻出来。小兰顿时气得一股血液涌上头来,奔回了屋,把刚熬好的汤药泼在了院子,心里骂道:你个没良心的狼子!

泼出去那碗汤药,迎进了全村人崇敬的朱阴阳。

朱阴阳一贯是个整齐干净的人,他皮肤白嫩,生着一双精明智慧的眼睛。今天,他愁眉不展。他走路曲拐着,是那天日本鬼子要他下跪时,一只膝盖被干柴刺伤了。他手里提着两包中药,垂头丧气地进了屋。看他那样子,前些日子受过的惊吓还没有完全恢复过来。他把药包放在小兰的锅渠里,问:"金龙的伤咋样?我又给他抓了几副中药!"

"朱大叔!甭管他了!唉,他这个人!"小兰没说出金龙的丑事,她总觉得家丑不能外扬。

朱阴阳说:"听油屁股透露维持会长要让金龙当,油屁股已经不受日本人待见了,前天让日本人痛打一顿,浑身尽是红青黑伤,一个指头都让日本人剁了。如果金龙当会长,牛家村兴许会好些。"

小兰想起来了。那天领日本人进沟,油屁股没露面。揍油屁股和剁指头的事,肯定是张小三他们干的,小兰心里好快活。她庆幸那天没剁张小三的指头,躲过多少灾难,又给牛家村办了多少好事。她心里更强化了自己那条"但行好事莫问前程"的信条。不过,对金龙当维持会长的事,她不大相信。因为玉龙是日本人追捕的对象,日本人咋会让他的二哥当会长呢?再说,他当这个汉奸的差事,牛家人绝不会同意。

朱阴阳一大早来，是给金龙送药的。他想抢个原告，一旦金龙当了维持会长，以后好搭照搭照自己，听小兰一说，又麻烦得唉声叹气。他天生胆小，上次让日本人整了一次，连做噩梦三天，至今一想起来，豆大的汗珠就掉下来了。他和小兰说："小兰，你说以后的日子该咋过？"

小兰轻盈地笑笑，觉得朱阴阳提的问题并不是什么问题，胸有成竹地说："朱大叔，这还用犯愁吗？火来水挡，水来土掩。日本人不让我们活，我们就不活了？"小兰为了让朱阴阳宽心，就把玉龙正在村里组织队伍的事和俘虏了张小三的事说了一遍，又把小龙的话重复着，"啊呀，整个山里尽是八路军啦，东沟西岔的，都是穿蓝军装的队伍，日本人迟早完蛋！"最叫朱阴阳兴奋的是，八路军炸了日本人的军火库，女强人烧了日本人的大仓库，还有范君义偷袭日本军营，放火烧了粮库……这些事一下子就使朱阴阳的两条腿硬起来。他感觉到了一种看不见的但非常强大厚实的力量正在给自己做主撑腰。他十分佩服小兰，一个女人家，懂得这么多，心眼儿这么活，胆量这么大。没想到，今儿给金龙送药，自己倒吃了小兰一副壮胆药。

他要走，小兰给他端上了一碗白滚水，把最后一块黑糖放进了碗里，说："朱大叔，你咋能把老天爷下雨的事算得那么准？还有，你说疯二姨的闺女遭了大难，这是咋算出来的？我咋也想不透这些道理。"

朱阴阳支支吾吾地说："唉，天知，地知，我知，什么也不能说啊！"

小兰说："朱大叔，神鬼的事我不打听了。我是想，只要咱全村人团结起来，杨家呀马家呀不要你斗我我斗你的，咱们一齐斗日本人，日本人一准垮。可现在，村里多少辈子的隔阂，一时半时也难以抹平，谁也不听谁的，联合起来打日本人的事，只有你能办！"

"我？"朱阴阳很兴奋，刚进门那阵的低迷和消沉全然没有了。

"是哩，现在全村人都把你当神仙，你说一句话，没有不听的！"

朱阴阳是个很聪明的人，已经听出了小兰的话意。他说："小兰，不是朱大叔夸口，我去阴间走过一趟，唉，咱们的先祖让日本人糟蹋苦了，房倒屋塌，四处流浪。前几天，全村人虽然给先祖上了贡品，送了房屋，但日本人一放炮，房屋又都塌了。我要把这事公布出去，全村人肯定和日本人干，可是，我原来怕啊！怕什么？一怕日本人说我煽动乡亲闹事，他们会用刺刀开我的膛；二怕乡亲和日本人争斗，一旦有个伤害，乡亲们也怪我煽风点火。现在我也看出来了，不和他们干也没个出路。我回去好好算一卦，择一个好日子，全村人举个事，和狗们干。"

小兰激动地哽咽了一下，眼泪像明珠一般地从她美丽的大眼睛里滚下来。这是几颗珍贵的眼泪。她是一个从不喜欢落泪的女人，没有人让她去为村里人、去为牛家想这么多的事情，没有人要她去关心中国人和日本人的事情，没有人让她为这些事去流泪。你问她什么是国家，她不仅不懂公民教科书上印好的那些定义，怕是连国家有多大，什么内涵都不清楚，可是她感知到，国家不是个死板的定义，而是个有血有肉、有色彩、有声音的巨大的活东西。这些活东西，其中包括牛家大院、牛家村、阴灵沟、魔掌沟、亲人、乡亲、八路军……

善良和正义把这两个不同辈分、不同年龄、不同性别的人沟通了，他们谈了许久，形势的发展，可能出现的问题，乡亲们该咋办……

两人正谈着，一个人鬼鬼祟祟进了院，四处窥视了一番，就直奔了小兰屋。小兰一看，正是张小三。他化了装，穿了件黑色的有大襟夹袄，下身是一条补丁压补丁的蓝裤，一进门，冲小兰喊："大姑姑，正在呀。"

"你这是干什么来了？"

"日本人让我们化装成老乡，在各村侦察牛玉龙和杜艳秋的下落。"

"你坐下，我给你倒口水喝！"小兰去找碗。

"大姑姑，不用忙。"张小三说。

"以后不许叫我大姑姑了，叫得我多难受，折寿！"小兰舀上了水，见他又擤了一把鼻涕抹在了鞋帮子上。

小兰揭起了大红柜，把头扎了进去，拿出了一双新鞋递给张小三说："换上，这是我给我男人做的，你先穿上。以后不许把鼻涕抹在鞋上。还有，按年龄，你比我大，我叫你张大哥，以后你叫我小兰就行了！"

张小三死活不敢接收礼物，小兰急了，硬把他脚上的脏鞋脱下，嗖地扔出了门外。老五嗖地跳出来，从空中接住了鞋，含在嘴里，从大门外跑了。

张小三激动地喊了声"大姑"，知道又滚了嘴，马上打住，又要跪在地上磕头。小兰提着衣领把他拽起来，这回真的生气了，大声说："以后不许这样，我们可受不起这种礼节！大男人，没出息！"

张小三用非常低的声音叫道:"小兰!"随即又有点羞涩地像个顽皮的小孩子一样笑了。

小兰也笑了,说:"这就对了,你来这儿有事?"

张小三从怀里掏出了一块桦皮,说:"原来想用这块桦皮告诉你们,三天后鬼子要大规模搜索牛玉龙和杜艳秋,很可能还要进山,后来怕桦皮传不到,所以我专门来告诉你们。"

小兰明白了,上次那块桦皮也是张小三送来的。她问:"张大哥,油屁股的指头真的剁了?"

"那还用说!你们不说,我们也要剁他。这家伙不地道,输了牌不掏钱,就会溜日本人的钩子!"张小三鼻涕真多,这回他把鼻涕抹在了大腿上,抹得不匀,又用手心搓了一把。小兰恶心得咧着嘴巴,有些哭笑不得。

张小三讲述了惩罚油屁股的经过。

就是那一天,大岛领着队伍进魔掌沟捉拿凶犯,被大雨淋成了落汤鸡,回了阴灵沟就发起高烧来。军医鸠山给他又是打针又是吃药,两天没降下烧来。张小三知道些土办法,伤风感冒嘛,他用针点扎指头,又把随时携带的酒盅子拿出来当火罐,拔了胸前又拔胸后,最后把三四块军用毛毯重叠起来,捂在了大岛身上和头上,他从上到下出了一身臭汗,第二天,病就神奇地好了。

大岛非常感激张小三,当时就宣布提升他为伪军副连长。张小三又给大岛献起殷勤来,把大岛的臭脚抱在怀里,从脚趾捏到脚跟,把大岛痒痒得直乐。张小三乘机说:"太君,您这次生病,完全是牛家村油屁股一手造成的。他为挣赏钱,把太君骗到魔掌沟,太君才受了这场灾难!"

大岛一听,立即派人把油屁股叫到了阴灵沟,一进营房,就把他头朝下挂在房顶的铁架上,骨瘦如柴的油屁股,被皮鞭子抽得皮开肉绽,一会儿死过去,一会儿活过来。不过这个家伙嘴硬,硬说情报是从金龙那儿来的,日本人认为牛金龙有大义灭亲的行为,确实说过维持会长要让金龙去当。

油屁股受刑之后,张小三把他搀回了军营,假装同情地说:"马会长,真把兄弟心疼死啦!来,我给你消消毒!"

张小三剥光了油屁股的衣裳,到处是血肉模糊的伤疤。他抓了一把咸盐,又抓了把辣椒,用白酒拌起来,他知道这些东西抹在伤口上,比刀子刺还要疼痛。他本意是想把他治一治,可疼完之后,这些东西把细菌都杀光了,居然没有一处发炎溃烂。

张小三有些后悔,最主要的是答应玉龙要剁掉油屁股指头的事还没完成。所以,他又出了个新点子。

"今天就凭你了。你唱黑脸,我还唱红脸,指头一定剁了!"张小三把一副骨牌稀里哗啦倒在桌上,然后对李冬说,"记住,伸拇指,一四七,伸食指二五八,伸中指三六九。筒条万用这只手表示。咱俩一齐供瘦猴,他一和就收钱,没钱就剁指头。"

李冬点头答应着。说话间,油屁股七拐八趔进来。他十分感谢张小三帮他疗伤,所以今儿一听说张小三找他玩几圈,就兴冲冲来了。他把自己积攒的准备逛窑子的两块大洋拿了出来。

四个人很快摸起牌来。一出手,瘦猴就停口一四万,李冬随手打出,瘦猴就和了。瘦猴是庄家,又加注一块银元,加上庄家,每人三块。李冬帮张小三如数交割,油屁股第一把就清了库。此时,瘦猴罢牌不干,张小三故作劝解说:"瘦猴,你借给他五块,马会长还能欠下你的?"

"好,我借给,还不了我可要剁指头的!"瘦猴用眼光征求油屁股意见。油屁股摆出了大家风范,说:"行,男人,话是一句嘛!"

四人重新洗牌,互相打点。这一把李冬拉了庄,每人倒抽回两块大洋。李冬坐庄后又被张小三和了。这样,油屁股就把借瘦猴的五块大洋也输了个一干二净。这时,轮着油屁股坐庄,他想一次把输掉的全部捞回,加注了两块大洋。可这家伙打骰子,一出手打了两点,心里就犯了嘀咕,二卖锅嘛!搬起牌一看,满手风头加一九。刚刚打出四圈,被瘦猴门清自摸一条龙,每人给他十块大洋。而油屁股是庄家,抹了四次,再加瘦猴拉他一块大洋,总计十五块大洋,加上借瘦猴的,就得掏二十块大洋。

二十块大洋,这不是小数字,油屁股顿时傻了眼,掉头要走,瘦猴喊道:"哎,干什么去呀?钱!"

"没有!"油屁股可怜巴巴地说。

瘦猴端起了枪,对着油屁股说:"要走?没门!这是搞好的,有钱掏钱,没钱留下指头。二十块大洋留五个指头,不算贵吧!"

"哎呀,我的妈呀,真这样吗?"油屁股跪下了。

瘦猴从枪上拔下了刺刀，抓住了油屁股的一条胳膊。这时，张小三说话了："哎，我说，给我留个面子吧！按道理，五只指头不过分，可马会长平时对我们不错，以后人家还要为我们伪军打个场子什么的，我看剁一只算了！"

"好，既然连副说了，那就少剁两只，剁三只！"

"剁一只吧！"张小三态度很坚决。

"两只！"瘦猴降下了价码。

"一只！"张小三拍了桌子，显出了恼怒。

瘦猴这才不情愿地接受了，把油屁股的手往小桌上一放，手起刀落，就把最长的中指砍下了一节，那个带着指甲盖的指头在桌子上乱蹦了几下，又跳到了土坑上，不动了。油屁股哇地哭了，半天没换过气，血像水一样从毛细血管射出来。李冬赶紧拽下了油屁股一只臭袜子，包住了伤口……

小兰和朱阴阳听张小三有声有色地叙述，那滑稽的劲儿真叫人开心。他讲完，看看太阳已经从山那边探出了头，说："不行了，弟兄们还等着我！"刚出门，他又嗤地擤了把鼻涕，这只擤鼻涕的手正要习惯性地往鞋帮上抹，忽然在空中停住，愣怔了半天，才把鼻涕摔在地上。小兰和朱阴阳都被逗乐了。小兰说："人要改毛病可真难呀！"

三十一

阴灵沟已不是迎春领着路娃去要罐头那阵的景象了。一道八九里长的大沟里住满了人。沟口，住着伪军一个连，张小三他们就住在这里，是看守门户的排头兵。往里走一里，驻着日本鬼子的一个小队，山本四郎也在这里驻扎。大岛是这里的长官。日本人和伪军保持这个距离当然有其用意。鬼子的生活待遇远远超过伪军，在一起驻扎必起纷争。再则，一旦有情况，先由伪军顶着，鬼子会有充分的时间应战或逃跑。鬼子部队再往里走一里路，驻着勘探矿山的技术人员，他们虽不配备武器，也没有打仗任务，但都是部队建制，连同工程部队共有三十多人。再往里走，就是牛家村先祖们的坟盘了，这儿已经插满了小旗。粉碎矿石和提炼黄金都要用电，这儿是发电厂的地址。大沟最里边，是要建立生产黄金的厂房。鬼子的AUI部队在阴山中有三个黄金矿点,那儿的矿石都要运到这里加工,所以,阴灵沟就成了AUI部队最核心的区域。

太阳一跳过西山,夜色就降落下来,渐渐地,黑暗似一把蘸满黑墨的刷子,从天空一直涂到沟底。漆黑的天空,漆黑的山谷,漆黑的世界,一切都是这么漆黑,像一只看不见摸不着的无限大的黑怪兽,把阴灵沟的一切都吞了下去。沟里还没有电,微弱的烛光,闪闪烁烁,像无数个魔鬼的眼睛,加上四季不停的满沟阴风,更使人感到寒气逼人,恐怖心悸。

在一座四面漏风的帐篷里,山本四郎披着被子坐在灯前,焦急地等待着自己最好的朋友——鸠山医生。鸠山又被大岛押走了。

大岛对鸠山早有成见。去年秋天,大岛领着七个日本士兵,在河神庙前截获艳秋押运的货物,鸠山就坚决反对用麻醉药物,更反对将昏迷的镖夫拉到河心溺死。大岛居然举起东洋刀,要砍下鸠山的脑袋,是山本四郎和众士兵求情才免了鸠山一死。路途中,山本四郎遭遇毒蛇,在昏迷不醒时,大岛要将他抛在沟谷之中,又是鸠山不忍心留下这个年纪不满十八岁的小兵,要求留在沟谷中为他治疗。大岛一声令下,把鸠山捆绑起来,装进了军用睡袋,驮在马背上。当时,大岛中了山风,眼斜嘴歪,担心路上无人给他治疗,才没把鸠山砍了。为了躲开这个魔鬼,鸠山和山本四郎主动要求来到阴灵沟。没想到,不久这家伙也被派到了这儿当小队长。到阴灵沟不久,他就把鸠山和山本四郎禁闭了一天,说他们违反军规,随便走出军营,去牛家村抢救路娃。山本四郎和鸠山都恨透了大岛这个魔鬼。

那天,大岛去魔掌沟抓牛玉龙和杜艳秋,倾盆大雨使他重度感冒,鸠山虽对他恨之入骨,但作为随军医生,仍坚守职责和医德,辛辛苦苦给他治疗,但因药物紧缺,条件又差,效果不佳。大岛以居心不良又圈了他三天,并让他面对东洋方向,跪地向天皇忏悔。鸠山天生性格内向,不喜讲话。那天,他跪了一个下午,实在无法坚持,愤然站立起来,大骂大岛说:"我要把你的长脖子折断!"谁知,看守他的士兵竟然向大岛告发。刚才鸠山又被士兵押走了。

鸠山的床头旁,放着一个圆木大墩子。这个墩子就是他的办公桌。木墩上放着一卷绷带,还有点消炎粉剂。被押走之前,鸠山正准备去给一位老工程师包扎伤口。工程师叫角荣,他在探矿时从山崖滑下,踝骨和膝部受了挫伤。角荣和山本四郎的父亲曾经在一起工作,都是提炼黄金的专家,所以,角荣和山本四郎在这远离国土、陌生艰苦的大沟里比父子还亲热。他焦急地等着鸠山回来，一同去看望这位令人尊敬的父辈。

这儿没有时钟。凭着山本四郎在沟里生活四个多月的经验，每当一种鸟开始咕咕地叫唤时，那正是他们就寝的时间。当一群沙鸡哗啦啦地飞上天空，他们的起床号也就吹响了。

咕咕鸟开始叫起来。山本四郎听见了帐外的脚步声，他跳下床去迎接鸠山。软布门掀了起来，一股阴冷的风推进来一个人。这个人白沙蓬一样乱的头发，古铜色的脸膛，拐着一条伤腿，他就是角荣先生。

"大伯，你受伤了？"山本四郎扶他坐下。从鸠山的办公桌上取下了绷带和药物，帮助他消毒包扎。老人已经六十岁，本该是退休回家安度晚年的时候，战争把他赶到了这儿。他的伤挺重，肉皮已溃烂，可看见白骨。

山本四郎心疼地说："大伯，申请回国吧！"

角荣摇摇白花花的头发，说："不，我是自愿来中国的。这种工作，不是队伍里哪个人就能干了的！"

"大伯，可你知道，这是中国的山，中国的黄金，咱们是侵略啊！"

"侵略不侵略是国家和国家的事。我是一个科学工作者，科学成果是世界共有的。临死前，我要完成《世界矿产分布》这本大书，这本书不论对哪个国家都是有用的。"

他疼痛得厉害，山本四郎把他扶在床上躺下，顺便吹灭了蜡烛，不然流动哨过来会呵斥不按时就寝的。山本四郎对角荣的态度不能苟同，他在黑暗中争辩着："大伯！咱们来中国是不对的。没吃的，抢中国老百姓；没女人，就欺凌中国的姑娘和媳妇，又要拿走人家的矿藏，这不是强盗吗？中国人起来反对，我们又烧人家房子，砍人家头颅，如果我们的民族遭到这样的命运，我们会怎么想？"

"别说了，战争和打架一样，我不管谁是谁非，谁胜谁负，我只想搞清世界矿产资源状况。"角荣固执地反驳山本四郎的说法，挣扎着坐起来，要回他的营房。

这样的争执发生在山本四郎和角荣之间已不是一次两次，每次都不欢而散，但并不影响父子的关系。角荣的营地离这儿还有一里多路，尽是石头林立的河床，山本四郎要扶他回去。

此时，鸠山回来了，他轻轻地咳嗽了一声，证明他站在了软帘的门口，又一股阴凉的风进了帐篷，说明他进了屋。

山本四郎点亮了蜡烛，昏暗的灯光下，看不清鸠山的表情，但他疲惫的身子和跌跌撞撞的脚步，可见他情绪极坏，而且有点累不可支的样子。他看见了角荣工程师，非常抱歉地说："对不起，让您自己来了。"他打开了医疗木箱，从里边搜寻着什么，一会儿从里边拿出了许多药瓶，对角荣说："您需要好好休息。这是止疼的药，可以吃半个月。这是消炎的，也是咱们部队最后的一点消炎药了，您都拿着。纱布两天一换，换纱布时要用盐水洗刷伤口，这是盐水瓶……"

鸠山像盘点药品一样，一宗一宗交代着，最后撩起了角荣的裤管，把刚才山本四郎包扎的纱布绕开，在伤口上消了毒，重新进行了包扎。他包扎得很认真，不让有一点松弛的地方，最后用胶布横竖左右交叉地封了口子，才放下了裤管，好像包扎完这一次就一劳永逸，再也不需要包扎了。

鸠山对病人向来认真负责，谁也没想到以后会发生什么。知他心情不好，角荣老人说了声"谢谢"就走了，山本四郎护送他出了门。

天黑得伸手不见五指，阴风满沟乱窜，把山两边的树梢和灌木丛扫得乱吹号子。爷儿俩搀扶着走出营区，隐隐约约一条白练一般的水道把他们引进了一条大河床里，他们小心地伸出脚，试探着走。忽然，觉得眼前闪动着一些动物，接着听见呵呵的声音，这声音像许多条狗面对着一堆肥肉，谁也不敢近前，又谁也不肯放弃而发出的互相威胁的声音。他俩收住步，屏住呼吸。那些动物也发现了他们，把头转过来，五六双绿色灯笼一样的眼睛在他俩面前闪烁。接着是群体呼叫的威胁声。山本四郎和角荣同时反应过来，这是一群恶狼。前三四天，一群恶狼把一匹战马活活地吞吃了。一只狼还差些咬伤哨兵。顿时，两人毛竖骨寒。其时一只狼嗷嗷地叫着，两只绿眼睛开始向他们移动。山本四郎拉着角荣哆哆嗦嗦向后退去。此时，众狼也随着那只狼，呈包围状小心翼翼地向他们围过来，四面都有绿色的灯笼在闪烁。

"危险！"两人同时喊。

"还不如拼了！大伯，我先向狼冲，你赶快跑，狼只顾吃我，你或许能脱身。"山本四郎说着，站起来。

"别动！"角荣突然掏出了鸠山给他的消毒黄酒，倒在了纱布上点燃，轰地燃起了一团火焰，顿时把山沟照得豁亮。围上来的狼群见了火光，立刻四处逃散。趁此机，两人齐声呐喊，并将那纱布拉成火条，堆在河床里的干树枝把火连起来了。这时，流动的哨兵发现了火光，冲天开枪鸣警，枪声在沟谷里回荡着，恶狼们才叫着，遗憾地离开了这条河床……

这一老一小都被吓得灵魂出窍，站也站不起来。枪声惊醒了已经入睡的士兵，大岛立即紧急集合部队，在河床里寻找狼的踪迹。可是，狼早已逃得无影无踪，他们发现的是一具已经残缺不全的尸体，大腿东一条西一条，一只胳膊只剩下一根白骨，另一只手被狼咬掉了，尸体的肉大部分被狼撕掉，脖子和身体只连着一串锁骨，脸上所有的肉都没有了，连浓黑的头发都被撕在地上，鲜血染红了河床里的白沙和石头，正从烂尸里汩汩流出……

很快就知道，这个被狼群撕碎了的人，正是角荣的助手，他叫恒路，今年才二十四岁。他入伍前是帝国大学地球物理系的研读生，学业优良。他本来还有一年的时间便可取得硕士学位，因为角荣当他的客座教授，认为他是唯一能够胜任自己助手的人选，所以点名要他来到中国。他的父母是帝国大学的教授，和角荣是莫逆之交，就把唯一的儿子托付给了角荣。在工作上，他们堪称黄金搭档，在生活上也和山本四郎一样，和角荣是父子之交。角荣负了伤，没等到鸠山，就主动到警卫区来找鸠山医治，恒路十分担心他的安全，尾追而来，不曾想，竟被狼群活活吞吃了。

角荣老人悲痛欲绝，他抱着这具残缺不全的血淋淋的尸骨声嘶力竭地喊着："恒路——恒路——"他喊着，但枯竭的老眼里流不出泪来，周围是他的同事们牛一样的悲哭声，整个山谷被寒冷的悲情笼罩着。

山本四郎像在噩梦里的魔鬼城行走，跌跌打打回了自己的营房，要把这一悲剧告诉鸠山，要鸠山去救救角荣老人，老人的心脏和身体是很糟的，过度的惊恐和悲伤，他会发生危险。可是，当山本四郎掀起了布帘，喊着鸠山，鸠山没有回答，推了几把，他仍没有动弹，山本四郎点着了蜡烛，天哪，一张可怕的脸呈现在他面前，他惊愕地大叫了一声，重重地跌倒在鸠山的床边……

鸠山原本黄白的脸现在变成了猪肝色，两只鼻孔里，流出了两道细细长长的黑血，黑血一直流经他的两腮，流到了脖子，又钻进了胸脯。他的眼睛怒睁着，瞳仁里放着逼人的仇光。他平时和蔼善良的脸孔，此时没有一点笑容，没有一点温和，僵硬的肌肉表露出了不平和抗争。

山本四郎跪在他的床前,想把他怒视的眼睛抚合,可是,他不肯合上,摸摸他的脸,冰凉冰凉。鸠山在角荣老人走后就服毒自杀了。这儿有的是氰化钾,是化验和提炼黄金必不可少的剧毒药品。

山本四郎双手捶着鸠山的胸脯,大声问着:"你为什么要这样?为什么要这样?你说呀!你说呀!"

鸠山紧闭着嘴唇。他平时无论高兴还是痛苦,这嘴唇从来是紧闭的。他的心里装着许多忧虑、苦恼、悲切、痛切……当然也曾装过许多愉快和欢乐,他今天走上了这条路,一定是遭受了大岛的什么欺凌或侮辱。他有漂亮的妻子,有可爱的儿子,他如不经受那种无法承受的痛苦,他怎么会忍心离开他们呢?

山本四郎肃立在鸠山的面前,庄严地给他敬了三个军礼,开始祈祷他的亡灵升天:"我的兄长啊!从此你用不着胆小谨慎地做人了,从此你也不用给那个大岛野兽去敬礼了。你解脱了,你安息吧!"

祈祷完毕,山本四郎走出了帐篷。天上有几颗灰白的小星星,带着从凶险的黑夜里过来的困倦和胆怯,像快要死的病人,喘息了两下忽然消失了。

太阳快要出来了。喧闹了一夜的阴灵沟,现在平静了。除了伪军在沟口警戒外,日本士兵全部进入了梦乡。大岛安排了几个工程兵对两具尸体进行埋葬,他也回了他的帐篷。昨天,鬼子又抓回慰安妇,大岛正在苟欢时,被狼群吃人和鸠山的自杀破坏了心情。此刻,他又心安理得地搂着女人睡觉去了。他把死人的事只当作死了两条狗,或者是两匹马。

在河床边的一个小坡上,几截枯黑的树干像古化石一样单调、寂寞地矗立在那里,树干下,新添了两堆黄沙。黄沙下,挖了两个连人身都掩不住的沙坑,两具尸体,就被扔进去了。没有哀乐,没有哭声,没有人给他们扎上一朵白花。沟风吹过来,卷起一阵尘土,在沙堆旁旋转了几圈,急速而去,沙堆显得更加凄苦和悲凉。

角荣老人披着沙蓬似的白发,痴呆地坐在沙堆旁边。山本四郎从山上摘了几把雪白的干枝梅放在了坟前,也面对着两座坟盘痴想。他们都没有泪了,眼睛充满了血丝。愤怒像大风一样吹过他们的心间,他们的心像被狼咬了一样痛伤。是啊,两个风华正茂的学者,不远万里渡过了重洋,现在只落了两堆黄沙。他们的队长正在和女人发泄着兽性，他们的战友都安然睡去了。在这卑鄙的战争里，死人就像喝水一样平常，死就死了，每个人都不知自己何时阵亡，所以没有人去为他们悲伤。祖国，更不会知道在异国的深谷中有荒凉的墓堆，和他们做伴的只有终年不绝的阴风。祖国，有他们年迈的父母，有他们可爱的妻子，还有天真的儿子，他们每天望眼欲穿，企盼着早日重逢，可是，他们的期待很快将接受最残酷的泯灭。有多少日本老人、日本女子、日本儿童都要承受着同样的打击啊！

山本四郎望着角荣老人，他那张骨骼宽大的脸纹丝不动地板着，真正是一块冰冷的生铁。他是一个固执的老头，像他的面孔一样固执。他一贯不关心政治，可政治在关心着他。山本四郎掏出了两张纸来，递给了角荣，"大伯，这是鸠山医生留下的遗作。"

角荣用颤抖的手接了过去，但眼前一片白茫茫，什么也看不清楚。他大声命令山本四郎："念！"

于是，如子弹一般的词句从山本四郎干枯发哑的嗓子里射了出来：

英雄的日本士兵，
咱们都血气方刚。
可咱们知道吗？
死亡的恐怖、灭亡的威胁，
笼罩着、扼制着的不仅是中国，
更主要的是我们自己。
我们不能自由呼吸，
我们没有一天愉快地度过。
因为为天皇而战，
我们干尽了自己厌烦的恶作。
天皇，
竟然是一个恶毒的魔鬼。
他用谎言欺骗了我们，
他用强权驱逐我们走出了国界，

要我们去强占别国的领土，

去淘尽他们宝贵的矿藏，

去屠杀几千年一衣带水的朋族，

还要使漂亮的中国女人都怀上侵略者的种子。

于是，他们的乐土变成了硝烟弥漫的战场，

他们的田园变成了埋葬他们的墓地，

轰隆隆的枪炮声声，

使他们冤死的鬼魂片刻不安。

亲爱的日本士兵，

如果我们活着，

就让枪声和大炮震碎我们的灵魂吧，

我们要重新铸造新的人格。

否则，我们祖国的脊背肯定会书写上"卑鄙"的字样，

日本人民的精神将永远会戴上脱不掉的脚镣和手铐，

直到没有呼吸！

听着山本四郎的朗读，角荣老人觉得浑身燥热，仿佛每条血管都被炉火烤化。他从空虚和昏眩中发现了自己还存在，而且心里像点上了一支蜡烛，亮堂堂的，不仅看清了以前的路，也照亮了以后的路。他夺过了山本四郎手里的纸，方方正正地叠起来，如收藏宝贝般塞进了自己的内衣。

山本四郎不解，"大伯，烧了吧，这诗要让别人看见，是要掉脑袋的！"角荣站了起来，一句话也没说，朝着自己的营地走去了。

三十二

山洞里漆黑一片，最难忍受的是冰冷和潮湿。艳秋的伤本该早就好的，可在这里已经快二十天了，还没有彻底利落。洞底光滑也不平整，玉龙将山上最软的柳条铺了

一层，小兰又把家里的牛毛毡子垫了两块，睡久了，仍然硌得肉疼。

艳秋翻来覆去睡不着，想起了杜府的那种舒适环境，也勾起了父亲疼爱自己的许多往事。八岁的时候，艳秋妈妈去世，当时她像一只又瘦又弱的小猫，光是哭着闹夜，要找妈妈，杜老爷揪心又焦心。他抱起女儿，一会儿地上转，一会儿不断晃摇，哭急了，解开怀，让女儿的小手捏住自己米粒大的小奶子，要不让女儿抓住自己的耳朵。每天女儿枕着他的胳膊睡觉，一年之后，他的大胳膊肌肉全部萎缩了。睡觉前，他怕女儿寂寞，坐在枕头旁边，用软绵绵的爱手抚摸着她的秀发，讲许多故事给她听。每当女儿从梦中哭醒，他总在她头前安慰她。后来，杜老爷续了白太太，舅舅怕外甥女受气，接她到省城里去了。以后，杜老爷常常去看女儿。因为年岁的悬殊，杜老爷十分惧内，只能背着白太太给女儿送些钱物。白太太为此常常大发脾气，一次扔开一只碗，把杜老爷头皮铲破，现在那地方还留着一块没有再长出头发的伤疤。

这些往事，本来早就沉积在脑底了。可最近，日本人每天逼着父亲到处寻找自己，便又勾想起来。自己闯了这么大的祸，受过的当然是父亲了。也不知父亲挨打了没有，即使没挨打，日本人趁这个机会一定会在钱财上讹诈他……父亲生性怯懦，一定更消瘦了。

艳秋扭头看看玉龙，他正呼噜噜地酣睡着。这些日子，他也累坏了。说到底，他也是受了自己的牵连，闹得有家不能归。日本人不仅每天抓他，把牛家村也搅得鸡飞狗跳。他唯一的路就是打日本鬼子了。他正和村里的弟兄们成立队伍，可成立队伍多难呀！别看他们玩枪时兴致勃勃的，一到真正要成立队伍，问题就都出来了。

二木匠嘴噘得像老耗子一样和玉龙说："我爹病又犯了，我要到外地揽点木匠活，挣几个钱给我爹买副棺材，入队伍的事就干不成了。"

玉龙指着二木匠眉头骂道："笨猪，满山的树林，几围的都有，锯两根不就够了？"

玉龙领着他进了山，选了两棵破了肚的红松，十几分钟就砍倒了。可这么粗的圆木，咋能运出沟去？玉龙辛辛苦苦地把木头运到山下，累得连腰都直不起来了。多亏他长着一颗猴头，眉头一皱计上心来。他把木头推进河里，利用河水的浮力，把木头运到了魔掌沟口。二木匠入队伍的事才无话可说。

又冒出一个人来，比二木匠还老实。他是朱阴阳的远房侄子，叫二虎。他家也有百十亩土地，但弟妹小，父母都有疼病。这几天正值夏锄，他参加了队伍，地就没人管了。玉龙知道这是实情，不解决也确实不行。"唉！"他咬了咬牙，一拍脑门子，"二虎，队伍要参加，我帮你锄地！"

玉龙起早贪黑为二虎干了三天，仅锄了五六亩地。这么下去，入队伍的事就瞎了。玉龙悄悄对二木匠和飞飞他们许了愿："只要你们帮二虎锄地，就每人发一支日本大盖！"这个愿一许，这几个人就像吸上了洋烟，兴奋得白天黑夜不睡觉，三四天，就把二虎的地锄了个一干二净。

玉龙的好朋友山山也找来了。他说他的未婚妻不让他参加队伍，担心没过门就当了寡妇。玉龙一听就毛了，和山山翻了脸，臭骂道："山山，没想到你是这样的人，满村子里挑挑，二狗和你跟我最好，你也给我出条子！哼，算了，以后咱们不是弟兄了！"

"哎呀，玉龙！你咋能这么说话。不是我不想参加队伍，真的，是外父家的事。"山山很感冤枉。

山山的未婚妻在老虎沟里住着，只知她的名字叫豆芽，也从未见过面。玉龙听说，豆芽他爹和牛家不知哪根筋连着，有点八竿子打不上的亲戚关系。

半前晌，玉龙就进了老虎沟。名叫老虎沟，没有老虎影子，一进村却迎来了一群村狗。俗话说，村小狗势大。这些狗们围着玉龙汪汪汪乱咬，打跑这只，那只又扑来。玉龙脱下了袄，转着圈子吓唬狗群。村子里有许多人驻足观看，却没有一个帮助玉龙解围。玉龙发现地上有根木棍，捡起来乱抡，才把狗吓跑。

玉龙擦着大汗，心里愤愤然。走到街上，五六个人看他那狼狈样发笑，玉龙更加气愤。他冲一位二十多岁的后生问："嗨，你们村有个姓正的没有？"

"姓郑？叫什么？"那后生问。

"叫经人。"玉龙回答。

村人相视许久，都摇头说："没有这么个人。"

玉龙拖着调子说："噢，原来你们村没有个正经人啊！"

"没有！"村人们前后相随着回答。

"噢，怪不得狗咬客人无人理呀！"玉龙手扳脚脖子坐在大井台的围墙上，掏出一支香烟，在石头上磕了磕烟屁股，叼在了嘴上。他想在村人面前抖抖威风，心想：你们见过这是什么烟吗？是日本鬼子那儿缴获的，是洋烟！正得意之时，一个村民扑过来，一记小耳光打飞了他嘴上的烟，抓住了他的衣领问："你咋骂我们村没有正经人？"

"去你妈的！"玉龙一把推开抓他的村民，顺手揽起刚才那根打狗棍，向围上来的几个乡亲示威，双方就要展开一场手脚格斗，突然一个熟悉的声音喊起来："是不是玉龙哥？不要打了，他是我的结拜。"

玉龙抬头一看，原来是杜府的家兵小萝头，那天，没有他的帮助，玉龙和艳秋哪能逃脱白太太的手心？玉龙扑过去抱住了他的头，脸贴着脸，激动得不断用拳头捣着他的后心。自从杜家大院失火，小萝头就回了村里。两人亲热一阵，小萝头才问玉龙来村干什么，玉龙说了情由。原来，豆芽正是小萝头的妹妹，这真是大水冲了龙王庙，一家人不认一家人了。

事情竟然办得非常完美。豆芽长得真像豆芽，又白又嫩的，漂亮聪明还开通。她一听玉龙来意，说："狼跑进羊圈，不打咋呀？山山参加队伍，我给队伍纳鞋做衣，他死了，我给他哭坟烧纸。"

玉龙自然高兴，可他怕女人们没主意，容易变卦，再说回去和山山也得有个说法，便说："豆芽，你既这么说，就画个押吧！"

"画什么押？我不会写字。"豆芽不同意。

"没关系，不会写字你就画根豆芽，再按个手印。"玉龙坚持着，同时把刚才那盒日本洋旱烟掏出来，给大家一人一支，自己嘴里叼了一支，剩一支就架在了耳背上，然后把空烟盒展开，翻过里子，放了豆芽面前。

豆芽不会写字，但她是村里的巧闺女，要说画个窗花、绣朵鲜花什么的，没人能和她相比。她在烟盒上，画了一根又粗又壮的豆芽，自己看看也笑了，说："这就是我自己呀！咯……"

这不行，玉龙又让她用一根绣花针扎破了手指头，真真切切按了一个鲜红的血印子。

玉龙从老虎沟回到魔掌沟，已经黑洞洞的了，这些日子他的确累得够呛，所以睡得像死猪一样香甜。

艳秋数着洞顶上叮叮的滴水声，滴一点子大约是两秒钟，她数过了一千多滴后，有些心烦意乱，就爬到了洞口。洞口旁的瀑布像一条凶猛的大蟒，头朝下栽进沟里，发出了不间断的轰隆隆的巨响。沟里还黑洞洞的，加上阴冷的山风刮着山上树梢，真令人胆寒恐惧。艳秋自幼胆大，又习惯了这里的生活，手里还有武器，就无顾忌地走出洞口，大声地清了一嗓子，却惊起了一群灌木丛中居住的石鸡，石鸡扑棱棱地飞出灌木丛，又惊动了另一处鸟类，一处惊一处，鸟们就吱哇乱叫成一团，几百只上千只鸟就都陆续冲到即将黎明的天际里。

艳秋埋怨自己的冒失，不该扰乱它们宁静的生活，不该惊动它们香甜的梦乡。她产生了一些联想，日本鬼子就是这样闯进中国的大门，破坏了善良的中国人的生活秩序，使他们流离失所，家破人亡……

她正在自责，忽然听见一个娃娃的声音，声音越来越清晰了，是小兰领着路娃来了，正沿着那条隐隐约约发着灰色的羊肠小道向山上爬着。艳秋喊了一声"大嫂"，冲了下去，抓着大嫂的手责怪说："啊呀呀，大嫂，你一个妇道人家，还领个孩子，怎么胆子这么大呀？"

小兰不以为然，说："没事，我领着老五哩，它给我娘俩保镖没事的，再说，我有这个！"她用小手枪乿乿艳秋的胳膊。

"那也危险呀，这儿的狼成群结伙，狐狸也龇牙咧嘴咬人哪！"艳秋真担心小兰和路娃。

"艳秋，人嘛，该做什么就得做什么，怕狼又怕狐的就什么也做不成了。到时狼真要吃你，该吃也得让人家吃呀！咯……"小兰的大无畏精神和乐观态度大大地感动了艳秋，她说："大嫂呀，我真佩服你的肚量和胆量，我有你这么个大嫂，真幸运！"

她们上了洞口，小兰没喘完气就从篮子里拿出了一个罐子，里边盛满了党参熬的汤。长时间住在冰冷潮湿的山洞里，必须常喝热药汤来补身驱寒。差不多隔几天，小兰就给他们熬一罐子送来。艳秋激动得搂着小兰的脖子说："大嫂，你咋这么好呀！"

小兰把手伸进艳秋脖子摸了摸伤口，说："好了，好了，不过还有点肿，疤也没好尽，好好对付着。哎，警告你，可不许做房事呀！"

艳秋在小兰胳肢窝下使劲挠，把小兰痒得直乐。她抓住了艳秋的手说："我可不是唬你，做这事伤口老不长。"

"大嫂，没有啊，你瞎说什么！"

"哪是瞎说，干柴见了火还能不着？大嫂是过来的人，知道女人难熬，男人也难忍啊！"小兰的话很认真，态度很负责。

"大嫂，真的没有。我受伤后疼痛难忍，哪有心思。玉龙也不忍心干这种事情，要不我的伤能好得这么快？"艳秋的态度也是认真的。

"那就好，过了门有你们高兴的日子。"小兰说完，就把头转向路娃，"快，去挠你三叔脚心，让他快些起来，人们都快到了。"

路娃钻进洞挠玉龙脚心。一会儿，玉龙和路娃的戏逗笑骂声就从洞里传出来。这时，山沟底陆陆续续有了说话声，声音越来越大。

今天，牛家村所有参加队伍的后生们都来这里集会。他们要开一个会，要签字画押，压指头印子，还要搞些成立队伍的仪式。

太阳出来那阵子，魔掌沟像一个蒸熟馒头的大蒸笼刚刚揭开一样，山上山下到处升腾起饱含着树叶花草香味的白茫茫的雾气。在山洞纵深处，有一座很怪的山势，层层叠叠的山峰围成一圈，每一座山峰又宛如初绽梅花的一瓣，使中间形成了一块阔大的盆地，盆地上的绿草像一个厚墩墩的垫子，踏上去软绵绵的，能把人弹起来。

这草甸上，围坐着十几个牛家村的后生，有的抽旱烟，有的抠着脚后跟。玉龙坐在人群对面，这个位子自然和大家有所区别，不用选举，不用宣布，这自然是一个领头人的位子。坐在这里他当然是骄傲的，但也有些不自在，两只脚不知盘好还是伸好，两只手也不知往哪儿搁，干脆也抠起了脚后跟。

艳秋也坐在人堆边儿上。这些天，她已经和牛家村这伙人认识了。他们嫂子一会儿，小婶子一会儿地乱喊。喊嫂子的人常常搞些恶作，不是给她脖子里放进一条小虫，就是把她的衣裳扯开摸奶子。他们一搞恶作，艳秋便用两根指头一戳，就把他们点住了穴位，哎哟哎哟痛叫半天才能动弹。后来他们不敢动手动脚了，就用俏皮话刺激。这些艳秋都不习惯，更无法接受。她从小生活在城市，受了多年文化教育，总觉得农民太愚昧、落后、散漫，甚至有些下流，但也没有什么办法能改变。玉龙成立这支队伍，她打心眼里赞同，但眼前这种状况，她很担心能不能干成个事情。她看见玉龙上阵前那窘劲儿，大声说："玉龙，开会吧！"

"好，好，好，那就开吧！"玉龙正襟危坐，手脚还是无法处理，干脆圪蹴起来，把双手搭在两膝上，这样手脚都有了分工，果然奏效，他就开讲了，"啊，这个，乡亲们，不对，哎，该叫什么好啊！"

他场子都开不了，把求助的眼光投向了艳秋。艳秋站起来，把长长的头发向后甩去，说："今天成立部队，是个严肃事情，你要喊战士们！战士，就是战斗的勇士！"

玉龙也站了起来，挺着胸，挥了挥手，说道："战士们，咱们牛家村今天就正式成立队伍了。我们这个队伍，专门打日本人和伪军，不许他们欺负咱们牛家村的老百姓，也不许他们掏走咱们的黄金。我们这个队伍名字叫护村队，我当队长，杜艳秋是我老婆，不，还没过门，她当我的指挥。从明天开始，咱们就和鬼子他们抢武器，抢上武器，咱们就明展大亮地回村里住，鬼子要进村，咱们就打出去。现在，咱们就画押，还要压手印子，这一压上手印子，到公堂也是铁案了。咱们不用印色，我这儿有个三棱子针，扎自个儿的肉，流自个儿的血，压血手印子。"

大家左顾右盼，互相看着对方动静，但谁也没什么反应。

艳秋急了，大声喊："你们能干成什么呀？这几天不都商量好了吗？"

大家还是鬼眉溜眼互相看。

"看什么哩？谁先报名，伸出爪子来！"玉龙骂起来，把眼光盯在了山山的脸上，山山低下头，"山山，你是咋了？我把你老婆的心思也做好了，你咋不放屁！"

"女人们的舌头，说翻就翻了，我要入了队伍，她不过门咋办？"

玉龙生气了，从身上掏出了那张洋旱烟盒子，亮在山山面前，说："你睁开狗眼看看，这是你老婆画的豆芽，还有手印子！好，信不信由你，入不入队伍也由你。哼，我要是不把豆芽搅得和你退了婚，就不姓牛！"玉龙说完，把洋旱烟盒装进了兜，就圪蹴在那里喘起了粗气。

"哎哟玉龙哥，那你咋早不说呀，她压了血印子，我也压！"山山立时着了慌，扳着玉龙的胳膊求饶。

玉龙没理他，又把目光聚向大伙，问："谁还不想入？说话！"

狗臭子伸起一只手来要发言。这是唯一的一个规矩行为，玉龙换了脸色，说："臭子，说吧！"

狗臭说："你们都知道，日本人占了阴灵沟，沟里的地都种不成了，我家年底就没粮吃，我爹让我去县城给当铺当伙计，年底挣一石五莜麦，我过几天就得走！"

玉龙问："那就是说，顾不上入护村队啦？"

"就是。"狗臭低下了头，"我可想入护村队了，可……"

玉龙说："狗臭，和你爹说，年底我给你一石五莜麦，粒大饱满的。"

"那还不是说说罢了，到时弄不上，我们挨饿。"

"狗臭，我告诉你，我可是放出屁也有响声的人。你要不信，我给你压个手印子。"

"真的？"

"骗你是驴下的！"玉龙说着，把路娃写字的大麻纸一折，伸出舌头舔着折处，小心地撕下了一条纸来，随后拿起了三棱子针，把自己的食指头挑破，顿时，一颗鲜红的血珠在指头肚儿上出现了。玉龙蘸着鲜血在纸条上给狗臭压了个鲜红的手印。

狗臭收好了条子，珍藏在了红兜袄子里，眼里流动着兴奋。

玉龙又冲二虎说："咋？你也想让我压个印子？"二虎马上解释说："玉龙弟，玉龙弟，我可没说不参加，我保证参加，我咋能不参加呢？"

大家哄的一声笑了。这表示着全体战士一致通过了。玉龙把一张大麻纸铺在草甸子上，二虎第一个画了字，印了手印子。二虎不会写名字，就在麻纸上画了两只小老虎。接着是二木匠，他也不会写名字，他画了两把斧头，上面盖了血手印。大家一个一个这么做了。轮到二狗，二狗看了半天，说："这都是私造的字呀！"

玉龙说："字就是个记号，记住是谁就行了。"

二狗说："我这个就不用画了，两条狗多麻烦，我用脚指头压个印子，又宽又大，一看就是我的。"

玉龙说："也行。"

二狗的脚太黑了，二狗冲脚指头连吐了几口唾沫，用手指使劲搓了半天才露出了些肉纹。他用三棱针在指腹上划了长长一道子，用力一摁，血就流了出来，差不多把一张大麻纸全染红了，又把全场人痛痛快快笑了一番。

牛老栓不知什么时候钻进了人堆里。他这时站起来，对玉龙说："玉龙呀，你惹的事还不够呀！护村队的事不能闹，你能不能给爹省点心呀！"

"爹，你咋跑这儿来了。"玉龙好不容易把人心拢住点，又突然跑出个爹来捣乱，急忙跑过去，抱起爹就往远处跑，跑了几十米，把爹放下，求告说，"爹，爹，爹呀！你甭管这事，谁让你来这儿的？"

"你甭管我，我就是要管！"牛老栓一丈五尺地蹦着高大叫。

玉龙知道，要治住爹，除了妈以外，只有路娃奏效。他就喊："路娃，快来，把你爷爷拽住，三叔给你那个！"玉龙用指头表示了个手枪的姿势。路娃跑过来，抱住了爷爷的胳膊，死也不放松，把小脸蛋涨得通红。牛老栓心疼孙子，又担心他的伤刚好，只得长吁短叹地说："唉，玉龙呀！你什么时能让人省个心啊！"

三十三

鸡子一叫，小兰就领着路娃进了山。她的那一堆营生就全部由小龙揽在了手上。小龙心里大不高兴，牛家的地里家里，营生多得像牛毛一样，可大哥常年不在；二哥每天搂着老婆睡觉，太阳照在屁股门上才张牙舞爪爬出被窝，然后又是洗牙，又是刷鞋，洗刷完就游晃出院子，不定什么时候回来；三哥藏在魔掌沟，陪个女人疗伤，鬼眉溜眼成立队伍也不和自己商量；迎春也是人大了，心大了，每天丢魂忘事，眼睛老往大门外看，动不动就跑到阴灵沟口看那个小日本鬼子去了。全家里外的营生就全得小兰和小龙去干。如果不干，牛家这么大个家谁来支撑呀？

小龙刚把羊赶到羊盘上，拿起扫帚去扫羊圈，油屁股就进了院，贼似的转圈扫了一眼，喊："金龙，金龙。"

小龙从羊圈出来，拦住油屁股说："早告诉你了，不许来我们牛家，你记性让狗吃了？"

油屁股嬉皮笑脸地点头哈腰。

这些日子，村里人不给油屁股好脸色，日本人因为抓不到牛玉龙和杜艳秋，也对他毒打咒骂，油屁股感到给日本人干活是风箱里的耗子——两头受气，开始猛溜村里的乡亲了。他把头掉过来讨好着说："小龙，我是好心来告诉你，日本人一个村挨一个村地搜查你三哥,昨天在中沟,听说今天来咱牛家村,要提个防啊!"

"我三哥不在,爱咋搜咋搜!"小龙没好头脸。

"不,听说如果找不见,要捉个顶替的人质,要不交出玉龙来,就不放人质,你还是躲躲好!"

油屁股的语气实实在在,没一点假意。这使小龙犯了嘀咕,也许油屁股的话是真的。他正琢磨着,金龙一边伸着胳膊穿袄,一边出了门,看见了油屁股,说:"谁的裤子破了,咋又跌出你来了?"

"嘻……"油屁股又把刚才的话重复了一遍。

金龙张大嘴打了个呵欠,说:"谁犯事抓谁,我躲什么?油屁股,少你妈没事寻事!"

油屁股没趣地走了,小龙把油屁股送出门外,看见自己百十多只羊都安详地卧在羊盘上,享受着阳光的沐浴。他想:日本人什么事都能办出来,万一抓不着三哥,把羊抢走咋办?他揽起了羊鞭,把羊撑起来,迅速向南山沟里赶去……

油屁股的话果真应验了。小龙刚走,一阵摇鼓似的马蹄声传进了村,一会儿,十几匹骑高头大马的日本鬼子耀武扬威、杀气腾腾冲进了村子。为首的还是那个长脖子大岛队长。队伍的前头,拥簇着一个瘦小的穿着中式长褂的老头,戴顶瓜壳子,架副圆坨子眼镜,这正是艳秋的父亲杜老爷。他们没用人指点,径直奔进了牛家。霎时,牲口和人就挤满了牛家大院。

大岛冲天喊了声:"牛玉龙,出来的干活!"

杜老爷这时也伸长脖子,用太监一样的嗓子喊:"牛玉龙,你出来,还我的女儿!"

这时,牛老伴慢慢颤颤从屋里出来,半条裹腿带拖在脚后,她拢了拢蓬乱的头发,说:"老总呀,你们搜的人我们也找不到呀!"

牛老栓的房门又开了,疯二姨笑盈盈出来,走到大岛面前说:"你们找我女儿?她早跑到八路军那儿了,我和你们睡觉就是了。"

牛老伴拉住妹妹,推回了屋子,返出屋和日本人说:"她是个疯子,疯子,不懂人事的。"

"你们家的人呢?"大岛问。

"都干活去了!"牛老伴说。

"搜!"大岛用洋刀横挥了一下,鬼子们就窜进了每间房子、每所棚圈和每个角落搜索起来。在花池的旮旯里,放着一个大篓子,头朝下扣着。一个日本兵飞起一脚,篓子被踢翻了,金龙连翻了两个跟头,从篓子里钻了出来,两条腿像筛花子一样乱抖。

"捆起来!"大岛命令着。

"哎,太君,我不是玉龙,我是金龙,我还给你们办过事。太君您忘了,我在中沟、万家沟给您收过粮食,饶了我吧……"

大岛认识金龙,没再追究,继续搜查。后来,巧巧也挺个大肚披头散发被赶出院。金龙又凑到大岛面前结结巴巴做着手势,"太君,这个是我的老婆,你看她的肚子,圆圆的,大大的……"

大岛一甩手,给了金龙一个嘴巴,顿时满口鲜血。大岛又挥着手势,士兵们就用枪托砸东西,玻璃碎了,门板破了,水瓮被砸烂,水流了满院。

牛老伴泼骂道:"你们是毛驴,搜人便搜人,为什么砸东西?"

鬼子虽听不懂她的话,但绝对知道她在骂人。一个士兵拽着牛老伴的发髻,把她拉到大岛面前,冲她的干腿上踢了一脚,"胆子大大的,你竟敢辱骂皇军!"

牛老伴被踢倒了,爬了起来,骂得更泼:"你们这群牲口,你们不得好死!"

大岛举起了洋刀要砍,咬牙切齿地喊:"死了死了的!"

这时,鬼子中间闪出了山本四郎,他一把将牛老伴推远,用日语对大岛说:"长官,她是个老人,不必一般见识。"

大岛掉过头,赏了山本四郎一记响亮的耳光。山本四郎鼻子里也出了血。他没有去抹血,嘎一个立正,嗨了一声,立在原地不动了。

杜老爷走到了牛老伴的面前,手指雨点一般点着牛老伴的脑壳,"你这个坏老婆子,你儿子骗走了我女儿,你怎么能不知道?你给我把人交出来!"

"呸!"牛老伴一辈子没让人用手点过脑壳,气愤地骂道,"姓杜的老王八,我还向你要儿子呢,你把我儿子还给我!"

"刁婆,竟敢骂人!"杜老爷凑了上去。牛老伴毫不示弱,两人就撕打在了一起。牛老伴抱住了杜老爷的大腿,在肉大处左一口右一口乱咬,杜老爷抓着牛老伴的头发，拽过来扯过去，还腾出一只手在老婆子头上乱打。

迎春的确又去了阴灵沟口。她知道，沟口有伪军守着，不清楚那个小日本会不会从沟里出来，就算是有万分之一的希望，她也愿意在这里等候。今天一早她就以锄地为名来到了沟口。她毫无相约，毫无根据地等着他。

她果然等到了，一支马队从沟口闯出来，那个心中的白马王子骑着一匹红马，他个子小，比起别的日本人来显得格外渺小。看到这支马队，迎春从地垄里立起了身，赶到地埂旁，想让山本四郎看到自己，但马队风驰电掣从地埂旁奔过去了。她望着闪着金点子的尘土向自己的村子卷去，也拔腿向村里追去。

呈现在迎春眼前的却是妈妈和杜老爷的恶战。她扑了上去，抱住了杜老爷的两条胳膊，把他从后掀翻。牛老伴还咬着杜老爷的腿肚子，杜老爷痛得面朝天乱喊。几个鬼子上来，拽住了牛老伴的头发，牛老伴舍弃了杜老爷，又抱住了鬼子的腿。鬼子拼命用枪托戳着牛老伴的脊背，牛老伴拼命咬住鬼子的腿。迎春护着妈妈，骂着躲在人后发抖的金龙："二哥，你也是个男子汉，杵在那儿死了？你救妈呀！"

金龙哆哆嗦嗦走上前来，看见了凶神恶煞的大岛，看见了他手里的洋刀，又抱着头跑进了屋子。

杜老爷已脱开了身子，拐着腿喊："把这个刁婆抓了！"

原来，杜老爷还带了几个家兵，众家兵一起上来撕拉牛老伴，把她生拉活剥地从日本人身上拽下来。老太太咬人用力过大，牙齿掉了好几个，满嘴血污，她冲着杜老爷脸上喷了一口血沫又扑向他。杜老爷用力一推，老太太踉踉跄跄向后跌去，后脑正好摔在了给牲口喂料的石槽上，发出一声西瓜在地上跌碎了的那种声音。她的鼻子里、嘴里立时冒出了几股血，双腿蹬了蹬就不动了，接着，耳朵里、眼睛里也都淌出了血……

"妈呀！"一声撕心裂肺的哭号，迎春扑在妈妈的身上，她摇着妈妈的头，想唤醒她，可是她已经断气了。她趴在妈妈身上号啕大哭着。

长脖子大岛一挥手，"花姑娘，带回去！用牛玉龙来交换！"众日军把迎春拉起来，强架着出了院。

被突降的暴雨冲刷得血流成河的院子里，只留下了两具尸体。一具是牛老伴的，一具是疯二姨的。疯二姨在姐姐和杜老爷搏斗时，用菜刀砍伤了一个日本士兵，被日兵几刺刀就破了胸膛，割断了脖子。两具血尸相反方向倒着，两人的鲜血流在了院子里，汇合在了一起，又凝结在了一起。

…………

在魔掌沟里，成立护村队的会议还在进行着。现在，刚入队伍的后生们都把臭脚丫子伸了出来，小兰一个个给他们量着尺寸。成立队伍总得有个一致性，比如穿着一样的服装，系一样的腰带等，现在立马配备没有那么多钱，会议决定在近期内进阴灵沟抢一次，把伪军和日本人的衣裳剥下来武装自己。鞋的问题，小兰主动承担了下来，她要和村里的闺女媳妇给护村队的队员一人做一双好鞋，不仅耐磨舒服，主要是强调一致性。不要牛鼻子，不要槽板子，就要平底圆口黑布鞋。小兰量完了尺寸，就到处找艳秋。艳秋也是队伍里的人了，刚才任了她个军事训练指导员。小兰喜欢艳秋，也想给她做一双结结实实、舒舒服服的布鞋。可是没经意，不知她跑到了哪里。

路娃悄悄扒在妈妈的耳边说："妈妈，我爷爷骂三婶了，三婶正在那个小沟里哭哩！"

原来，牛老栓劝不住玉龙成立队伍，就领着路娃要回村，不小心被一个草蓬掩盖的土坑闪了一跤，艳秋奔过去扶他，他才发现这队伍里还有一个不认识的女人。他问道："你是哪的闺女？"

"我？"艳秋笑笑说，"大爷，我叫杜艳秋，我……"

"啊？你就是日本人追的那个女贼人？原来你真的和我们玉龙在一起！啊呀呀，你可把我们牛家害苦了，因为你，日本人每天找我们麻烦，闹得我们全家灶神爷也不安了，你赶快走，哪来哪去，要不，我找油屁股……"

劈头盖脸一顿臭骂，艳秋又羞又气，跑到一个小沟里哭起来。

小兰循着低鸣声找到了艳秋，给她擦着泪，安慰说："艳秋，你是念书人，有文化懂道理，能和一个老年人一般见识吗？"

艳秋擦了擦红红的眼睛，把耷拉在脸前的头发拢在了耳际，说："大嫂，有你，我还能计较什么！他们会开得咋样？"

"他们正商量抢武器、抢衣裳的事。"小兰说。

"不能瞎干，队伍刚成立，没一点打仗经验，要训练一阵才能行动！"艳秋说完，拉着小兰要去劝大家冷静。

她俩刚爬上山沟，忽然传来一声声牛号似的哭喊，开会的队伍顿时乱了营。小兰和艳秋赶快奔过去。金龙来到队伍里，哭得眼球成了血球，一见艳秋，马上扑过来，手指着她大骂道："就是这个女妖，就是她的老子杀了我妈，还有我二姨，迎春也让抓走了……"

艳秋脑子里嗡的一声，如被当头击了一棒，但她很快反应过来，说："不，不，不可能！我爹天生软弱，不会杀人！"

"你还替你老子狡辩！回村去看！"金龙要扑上来打艳秋，小兰从中拦住，她的心也被震颤了，说，"不要动手，咋的事，慢慢说呀！"

牛老栓坐在地上，拍着草甸哭诉着，见了艳秋，也站起来，手指像雨点般指着艳秋骂："全是这个女贼引来的祸呀……"

玉龙圪蹴在地上，头顶膝盖痛号，看见二哥和老爹把矛头都指向了艳秋，站起来大声说："你们都疯啦？这和艳秋有什么关系？"

牛老栓一头撞过来，正撞在玉龙怀中，玉龙仰面朝天跌去。艳秋赶快去扶，玉龙才立住了脚。他的气怒一时不知向谁发，一巴掌飞了出去，艳秋的脸上就被玉龙打下了五个红印。她抹了抹脸，猛回头嗷地大号了一声，就向坡下飞跑而去……

"艳秋——艳秋——"小兰喊着。

艳秋一直没有回头，义无反顾地向沟口飞奔而去，边奔边哭叫着："爹呀，你为什么要这样啊？"

不知谁喊道："快，快回村呀！"

众人这才向村里跑去。路娃跟着妈妈，边跑边哭喊着："妈妈，我要奶奶，我要大姑！"

三十四

牛家村家家户户的大门外，都点起了火堆。火堆冒着浓浓的黑烟，烟雾飘上了天空，汇聚在了一起，融合在了一起，连在了一起，整个村庄上空如铺了层厚厚的乌云。村人有规矩，恶死者的灵魂不能入冥，更不能升天，在四处游荡，不一定冲撞到谁家，所以，都要点起火堆，驱逐鬼邪。

牛家的大院里围满了人。大院里放着两只门扇，一只门扇上停着牛老伴，另一只门扇上停着疯二姨。旁边却放着三口未入殓的棺木。

杜老爷打死了玉龙的妈妈，对玉荧来说是一种悲伤，可也不能不说是她的一次机会。这件事意味着玉龙和艳秋的婚姻将要走向破裂，这正是自己极其期望的结果。这个机会，将使她和玉龙的婚事成为可能。所以，她力主把妈妈的棺木先捐出来发丧。自然，她妈极不情愿，可看着玉荧眼泪涟涟，也就不得不忍痛割爱。

当众人把棺木抬进了牛家大院，朱阴阳和张老先生已早一步把自己的棺木捐出来了。

玉龙要把玉荧妈的棺木退回去。

大龙却果断地摇摇头，说："不要退！"

"为什么？"小兰用惊异的眼光看着丈夫。

大龙反问："妈的仇不报了？迎春不救了？这口棺木给我留下！"

"大龙，你胡说什么？"小兰哭了，狠狠在大龙背上捣了一拳。

玉龙、小龙也揉起眼泪。

入殓死人是不能见太阳的。太阳落山时，入殓的仪式才开始了。牛老栓颤巍巍从屋里出来，揭起老伴脸上的麻纸，先用蘸酒的棉团擦了脸颊，又用梳子给老伴梳了梳散乱的头发，说："老伴，再睁开眼看看吧，娃们都在你跟前，大龙也回来了，你不是早就想他了吗？"

牛老栓的四个儿子一排溜跪在老人尸前，哭声悲天动地，震惊了全村。围观的人眼睛红抠抠的，有的也发出了小声的呜咽。

路娃站在奶奶头旁，用小手摸着奶奶的脸，轻轻拨开奶奶的嘴唇，把一块银元塞进了嘴里。这是给奶奶的路费，奶奶去阴曹地府要经过许多关口，牛头马面和各种鬼怪都要搜身抢夺财产，把钱放在嘴里就不会被抢走了。

小兰哭诉了一阵，和儿子说："路娃，给奶奶下跪，你奶奶最亲你！"说完，让儿子跪在自己旁边。

巧巧也哭得痛楚，她像唱歌一样哭诉着："妈呀，你死得好苦呀，你走了，我们咋活呀，你夜来还欢旦旦的呀，妈呀——妈呀——"

金龙也表示出了孝子的风范，哭得脖子不断抽搐。他带有总结经验性地哭诉道:"妈,你咋能和人家硬干呀,你一辈子就这赖脾气,是你这赖脾气才要了你的命啊……"

哭了一阵,开始点纸了,先给牛老伴点,又给疯二姨点。然后,朱阴阳手提个大铃铛,丁零当啷摇起来。他一边摇铃,一边抓着五谷杂粮在地上乱撒,嘴里念念有词。他念了许多,人们只能听懂如下:天灵灵,地灵灵,我是四方太阴公,一颗豆子两颗米,谁要作怪剎死你。该走你就走,走了甭回头,阴阳都有界,清明再相见……

朱阴阳做完法事,众人就将两具尸体放进棺木。按讲究,盖棺不能钉楔,要五到七天后把她们的灵魂送到阴曹,四五道鬼蜮通关后,才可把棺楔钉死。可大龙揭开棺盖,看了妈最后一眼,举起了斧头,猛力下去,把棺木的楔子钉进去了。这是大龙不报仇誓不回归的决定。他丢了斧头,把跪着哭诉的小兰拉起来,用手摸摸她的泪脸,说:"爹和路娃都交给你了,今儿黑夜不回来,你就给我们弟兄一人准备一口棺材。"

小兰扑到他怀里,两只拳头又击打他的胸脯,更大声地哭号起来:"你胡说!"

大龙使劲儿推开妻子,大声喊:"金龙、玉龙、小龙,走!"

金龙手里拿了把菜刀,明晃晃的,大有拼命的架势。玉龙和小龙腰间突了出来,明显是插着短枪。玉龙的身后,是二狗、飞飞、山山和六七个弟兄,他们提着好几条步枪,也有的拿着铁棒。

大龙从屋里端出了一海碗烧酒,把自己的手腕在二狗的刺刀上一擦,血珠子就一串串流进了酒碗。金龙、小龙、玉龙也都学他割破了手腕,弟兄四个的血就融合在一起。他们仰起脖子,轮流着把一大碗酒喝完,大踏步跨出了院子。

这时,正是天黑尽的时候,家家户户开始上灯了。

不甚饱满的月亮划破了黑色的云幕,把皎柔的光泽洒在了阴灵沟的半山上,半山下依然是黑沉沉的。星星点点不规则的灯光像鬼火般忽明忽暗,这正是伪军驻扎的营房。

迎春被抢在了鬼子的军营,要进去必须经过伪军的营地。大龙弟兄在阴灵沟口的阴影下隐蔽着。

沟口两边的山峦上,有两个岗哨。岗哨非常懒散,一会儿站站,一会儿坐坐,偶尔隔沟打打招呼,互问些闲话,然后就哼唱起下流小调。

玉龙用手枪瞄了瞄山上的哨兵，只要指头一动，哨兵就会应声倒下，滚到沟底，但这肯定会惊动敌人，只能耐心地等待着他们换岗。

四炷香工夫，山上的哨兵冲沟下喊了两次，沟里只有应声，没人去换岗。山上的岗哨又喊道："不上来，爷就下去了！"

"号丧！还有一圈牌呢！"沟底一间房子的门开了，一个人探出脑壳回答，而后，门板马上把光亮关进了屋。

山上的哨兵骂骂咧咧往山下溜着。一圈牌，起码又得两炷香，显然，他们是不等接岗的人了。

玉龙让二狗和小龙各自向东西山根摸去，只要岗哨一下沟，就突然袭击，用铁棒打昏。

大龙是牛家响当当的掌门人。牛老栓虽然活着，但因他懦弱，大事小事都由大龙定夺。牛家出了此难，大龙自然承负起了拯救全家的重担。可是，玉龙以护村队长的名义，剥夺了大哥在家庭的领导权。

大龙在修路时已和八路军接触，懂得组织和纪律。可是，玉龙不给他分配任务，他实在不能忍受。他一把拉住二狗，说："报仇是牛家的事，先轮我去！"

大龙和小龙从不同方向去阻拦两个从山上下来的岗哨，玉龙就领着护村队的弟兄们向伪军的营房摸去。

这儿驻着伪军两个排的兵力。七八间帆布帐篷都已灭灯，只有当官的正在赌博。站岗的瘦猴也驾着西风，李冬则在地下给连长和连副倒水。张小三有意让李冬和瘦猴今晚值岗自有想法。因为他分析，牛家姑娘被抢，牛家人必然要进沟营救。他们值岗，是为了防止其他人伤害牛家弟兄。如果让别的士兵站岗，会给营救带来不便。

张小三心不在焉，输了个一塌糊涂，第三圈一起头，就掏不出钱来。这时，他可以码牌不玩，又觉得营救牛家姑娘的人还没来，就硬着头皮撑下去，连玩两把，又让连长得手。连长是个爱财如命的家伙，非要张小三借钱付债，张小三嬉皮笑脸，答应四圈一了，如果捞不回来，愿意欠一还三，当时立字为据，于是他们继续打骰摸牌。

玉龙和护村队员悄悄接近了营房。营房的豁口，几点星火在闪烁。两个哨兵各拿一个小烟袋，烟锅扣着烟锅对火。其中一人跪了起来，把烟锅子扣在了另一个人的烟锅上，一个嗤嗤地吹，一个吱吱地吸，夜空中不断闪起火花。

这时，两人中间又伸过了一杆长长的烟袋，烟锅子扣在那个刚吸着烟的烟锅上，吧嗒吧嗒吸了两下，这个人就挨着这两个兵坐下了。两个伪军以为军营里跑出了瘾君子，借着烟锅发出的星光，把脸凑上去看，齐声问："谁？"

玉龙圪蹴了起来，说："我，牛家村的！"

两个伪军立即要站起来，玉龙按了按说："坐下。我和你们一样，都是受苦人，甭怕。"

两个伪军这时才发现，三四支枪口早就对准了自己的脑瓜，马上吓得浑身抖嗒，连连求饶："兄弟饶命，我们可没干丧良心的事！"

玉龙转换为严正的声调说："你们赶快跑吧，不要给日本人卖命了，我是牛家村的牛玉龙！"

两个伪军趔趔趄趄站起来，用颤抖的声音问："我们真的跑？"

玉龙挥了挥手，两个人扭头要走。

"回来！"玉龙喊了一声，"放下枪！"

两个人把枪放下，撅起屁股就向沟外跑去。

这时，大龙和小龙打昏了两个哨兵，各拎一支枪归了队。他们已经有了七支三八大盖，差不多每个人都有了武器，只有金龙不会用枪，手里还拿根铁棒。

玩牌的张小三一直没手气，欠的外债更多了。

连长当场逼债，张小三只能耍赖。两人一来一往，打起架来。连长冲张小三腿板踢了一脚，张小三顿时疼得直不起腰来。瘦猴和李冬上前去扶，又各自挨了连长两个耳光。张小三急了，一头撞了连长的蛋泡子，连长哇哇地喊着，痛得也把屁眼撅上了天。

这时，玉龙和护村队员已经站了满地，黑洞洞的枪口对住了他们。

玉龙一眼就认出了张小三和瘦猴、李冬，也知道他们为牛家村帮了不少忙，今天压根也不是找他们的麻烦。正要和他们交代政策，大龙突然弯下腰，抓住了张小三的肩膀，提溜起来，惊异地说："小三子，你咋来这儿了？"

"啊？牛大哥？你咋也来这儿了？"张小三也显得惊异。

两人紧紧地抱在了一起。

原来，张小三来阴灵沟之前，一直和牛大龙在一起。他是伪军的护路队长，专管公路的进度和质量。这个家伙，爱喝点酒，爱嫖个女人，但从不欺负修路的受苦人。他混上了路工王玉的老婆花花，一漏空子就去偷情。王玉是老实人，睁一眼闭一眼的，任其自然。张小三也感激王玉，对王玉特别好。王玉又和大龙是好友，所以张小三待大龙也特别好。后来大龙和八路军有了联系，大龙都按八路军的意图办，张小三也一百个支持，可以说虽然张小三给日本人办事，大家都不恨他。

有一天，张小三又想去王玉家解馋，一进院子听得花花大喊大叫。他赶快进屋，只见一个日本鬼子脱得精光，把花花死死地压在了身下。张小三又气又恨，想把他干掉，又一想人家是日本人，惹不得，就拽住鬼子的两只脚，从花花的身上拖下来。鬼子一看是他，顺手抽了个嘴巴，又把花花压在身下。张小三在屋里瞅瞅，发现灶门里火焰烈烈，一根干柴正烧成红棒，他抽出柴棒，顺着鬼子的屁眼戳了进去，鬼子号叫着滚在地上，满屁股尽是燎泡，趴在地上不能动弹，趁这个机会，张小三和花花仓惶出逃，从此，大龙就再也没有见到他。

突然传来两声枪响，声音在半夜格外清脆。枪声之后，满沟里是呻吟似的回音。这枪声是从日本人的军营里传出来的。大家愣住了。

大龙拽住了连长军衔的人，说："今儿不杀你是小三的面子。你要愧对他，活剥你皮，听见了？"

"是是！"连长跪下直磕头。

大龙提着他的领子说："我们今儿是救人，不许你们为日本人助战。日本人要怪罪下来，就说我们是从沟那边翻过来的，与你们没有责任，记住！"

"谢大哥救命！谢大哥救命！"

连长和张小三一起跪下，谢恩不绝。大龙一挥手，玉龙、小龙和护村队员就向沟里摸去。

山本四郎目睹了牛家大院发生的惨剧，又亲自押着自己心爱的姑娘进了阴灵沟，内心无比愤怒。他抢先把迎春押在一间用石头垒起来的四面不透风的房子里，眼眶里转了半天的泪珠终于流淌在了脸上。他把一束已经变得衰老但仍然绽开的迎春花递给了迎春，使迎春想起他们初次见面时的那一幕情景，也理解了山本四郎的心情寄托。迎春也含着泪，向他点点头表示都明白了。这时，山本四郎拉开了他的枪栓，枪膛里是墨黑的闪着光亮的油垢，他用指头把油垢刮出来，在迎春脸上抹了又抹，迎春的脸立时变成了一张肮脏的花脸。山本四郎又抓了些去年残冬留下的草秸，撒在了迎春的头上，迎春显得更加残花败柳。山本四郎知道战争已经把日军变成了野兽，只要看到艳丽点的女人，他们会变成一群恶狼。山本四郎把迎春打扮了一番，无非是为了防止自己的同伴兽性发作。

傍晚，沟风吹起，满沟的烟雾随着沟风滚滚地涌向沟外。军营开始晚炊了。今儿的烟雾格外浓，大岛命令士兵给那个大木桶浴缸里加添热水。这意味着他要给迎春浑身上下洗个干净，要品尝这个水灵灵的姑娘了。日军军营里的干柴堆上，早被人浇上了水，两个士兵折腾了一个时辰，眼睛被熏得像猴屁股似的也没有把水加热，这是山本四郎的恶作。大岛既想从女人身上取乐，又怕染上病毒，所以取乐之前必定要把女人洗浴一番。山本四郎在干柴堆上浇了几桶河水，就是想把洗浴的时间拖到天黑。他想，迎春有那么多亲人，晚上肯定会来搭救她的。

咕咕鸟开始叫的时候，大岛屋里那个大木桶才加满了热水。迎春一直被反绑着，蜷缩在墙角里。大岛满脸笑容走过去，扶起了她，解开了她的绳索，亲切无比地说："姑娘，你的受苦啦，洗个热水澡吧！"

迎春的眼前，一个巨大的木桶里清水荡漾。木桶旁，是一张铺着雪白褥单的行军铁床。她用恐惧的目光望着大岛，胆怯地不断向后退缩。

大岛笑容可掬，"你的大大的放心，你的洗澡，洗澡大大的漂亮。"

山本四郎目不转睛地盯着大岛亮着灯光的窗户，聚精会神地听着屋里的动静，自己心爱的姑娘眼看要被上司污辱，一股仇恨涌上了他的心头，恨不得一刀捅了这个家伙。

屋里突然传出了迎春的哭叫。门缝里看见，大岛正在强行剥着迎春的衣裳。迎春结实粗壮的胳膊使劲拧着他的双手，使他动弹不得。大岛发挥了长脖子优势，伸过头去吻迎春的嘴巴。迎春一张嘴，咬住了他的鼻子，他像狗一样尖叫了一声。

大岛挣脱了迎春的双手，摘下了墙上挂着的东洋大刀，抽出来又合上，又抽出，又合上，刀把和刀鞘不断地碰撞，发出了令人心悸的威胁，迎春浑身发抖。

"姑娘，我的不会强迫，你的自己脱衣！"大岛仍然表示着耐心。

迎春不吱声，也不动弹。

大岛把东洋大刀抽出来，伸到了迎春的胸前。迎春仍然不动。

大岛用刀尖划破了迎春的衣裳，迎春哇地哭了。

"哭，大大的不可以！"大岛收回了洋刀，走近了迎春，把手伸了出去，要给迎春解扣脱衣，迎春又用双手抓住了他的胳膊。

大岛不再让步，猛地把迎春的手臂反扣过来，迎春痛得大骂："毛驴，牲口！"

大岛一件一件剥她的衣裳。

山本四郎用力地敲起了门板，"长官，长官，发现狼群！"

大岛开门，照山本四郎脸上给了一记耳光，骂道："饭桶，死了死了的。"

大岛开门之时，迎春趁机抓起了立在床边的洋刀，双手举过了头顶，望着大岛狰狞的面孔，喊："不要过来！"

"姑娘，你的不要胡来？你能制服我吗？"大岛停住了脚步，阴冷地笑笑，从腰间掏出了手枪，指着迎春说，"放下，放下，你的知道，只要我指头一动，你就大大的死了！"

手枪逼近了迎春的眉额，随着大岛那魔鬼的脸孔越来越凶恶，迎春的双手不断抖动。猛地，大岛扑了过去，夺下洋刀，扔在一边，顺势抱起迎春，扑通扔进了木头浴桶，迎春又是一阵尖叫，然后就大号大骂。大岛快速脱去了自己的衣裳，也要跳进浴桶的时候，啪啪两声枪响划破了夜里的寂静，不仅惊扰了大岛的好事，也惊醒了刚刚入睡的日本士兵。士兵们从军营里奔出来，询问发生了什么军情，山本四郎大喊着："我发现了狼群，我开枪吓跑了它们！"

狼群出没这已不是稀罕事，士兵们骂咧了一顿又回去睡觉。大岛气得抓住山本四郎的衣领，使劲推了个趔趄，一摔门又进了他的屋里。随之，屋里又传出了迎春和大岛的搏斗声。山本四郎再也无法忍受，他要冲进去，刺死大岛，救出迎春，突然脖子被谁勒住了，换不上气，更喊不出话，接着传来一个威严的声音："不许喊，喊就勒死你！"

山本四郎听声音是玉龙，立即用手指着大岛的房子，用嘶哑的声音说："快，快救迎春。"

玉龙知道这个小日本正是妹妹的相好，松了手。

山本四郎结结巴巴地说："别打枪，前边还有哨兵。"

大岛的屋里传出迎春的哭喊。玉龙一脚踹开门，大龙、小龙和二狗们一齐冲了进去。大岛和迎春正在木桶里搏斗。玉龙一刺刀刺在了大岛的肩上,鲜血顿时把木桶染红。大岛惨叫一声,刺刀又刺进了他的大腿。

牛家弟兄没有恋战,冲出军营,被山本四郎拦住,他恳求说:"快把我捆上,要不我就没命了!"

金龙冲山本四郎踢了一脚,骂:"滚你妈!"

迎春扑上来,"二哥,你咋踢他?他是好人,没有他,我早让那个王八蛋欺负了!"

玉龙把山本四郎绑了个结实。山本四郎又求告说:"把我的嘴巴也塞上!"玉龙找半天没有一块布子,拽下自己一只袜子,塞进了他的嘴里。

三十五

蓝不蓝黑不黑的夜空上贴着一盘清冷透明的圆月,圆月像一位饱经风霜的老人,不紧不慢地梳理着白花花的光泽,牛家村的房顶街心巷口都铺了一层粉霜。

牛老栓院子的正中搭起了灵棚。两口棺木并排摆着,棺木前放着白麻纸糊的纸灯,两只大钵碗里盛满了素油,棉花灯芯把灵棚照得通亮。棺头摆着许多点着蓝点儿的白面点心,还有一盘老腌咸菜。五黄六月青黄不接,这就是最好的供品。供品前立着丧牌,一面丧牌上写着"故妣牛门宋氏之灵位",另一面丧牌无字。因疯二姨男人被日本人杀了,女儿至今没有音讯,丧门无人不可立牌。不过,她和她的姐姐享受着同样的香火和供品。缭绕的粗香烟气腾腾,把缚在棺木顶上的两只红公鸡熏得咽气似的干咳。

小兰、巧巧和迎春,全身大孝,腰间披着白麻,一摆溜在棺前跪灵送棺。跪在她们背后的是刚刚伤好了的路娃,他也是全身大孝,孝帽上还钉着个红十字。按规矩,他是下一辈人,必须跪在妈妈的身后,他已跪了五六个时辰,跪着跪着就打起了瞌睡。小兰侧过头来,摇醒儿子,说:"路娃,你是牛家唯一的后人,你爹和你几个叔叔都不在,孝敬奶奶的事就得你担了,坚持住。"

路娃答应了,点点头,可是,没过一阵,又打起瞌睡来。

小兰用巴掌轻轻打着儿子的脸蛋,严厉地说:"路娃,以后你要承担起祖宗的家业，要学做真正的男人，像你爹和叔叔们一样顶天立地！来，直起腰精神精神！"小兰怕儿子继续打瞌睡，从腰间解下白麻，拴在灵棚顶上，又把路娃脑后的舅舅毛拴上，这样路娃一打瞌睡就被麻绳拽醒了。

月亮越过了中空，月光扫了灵棚顶一遍，就像一块失去光泽的鹅卵石一样跌进了西山沟里。守灵的一只公鸡突然伸长脖子，咳嗽了一声就打起鸣来，把四个跪灵的人吓了一跳，她们这时才知道，天色就要亮了。

巧巧伸着腰问小兰："大嫂，你说他们能回来吗？"

"把迎春都从虎口里救出来了，他们一定能回来。"

"大哥走时让我们准备四口棺材，万一他们回不来咋办？"巧巧很担心。

小兰也忧心忡忡地说："是啊，杜老爷有日本人保护，他的女儿又有武功，我也担心他们吃亏啊！"

"大嫂，万一他们回不来，咱们家的财产该咋分？"

巧巧问出了这句话，小兰感到惊愕，她扭头看看巧巧，带着讥讽说："咱们全家有几十块大洋，如果人回不来要多少钱都没用。除了给爹留下看病养老钱，那就都给牛家的血脉留下。路娃，还有你肚里的娃娃，他们都是牛家后代，都是平等的。"

巧巧不管大嫂是否高兴，继续问："那房子呢？"

"你只要守寡，正房你住，我住凉房。"小兰说。

迎春耐不住了，冲着巧巧泼骂起来："二嫂，你这臭嘴张得也太早了！"

巧巧不冷不热地说："男人们真的回不来，不分财产咋呀？"

牛老栓病歪歪从屋里出来，走到灵堂前，对儿媳和女儿说："娃们，人已经死了，不能把你们也弄出病来，快回屋睡一会儿吧，整整跪一夜了。"

小兰说："爹，让巧巧回去睡吧，她身子重，又跪了这么长时间。"说着扶起了巧巧。巧巧连伸几个懒腰，跌跌撞撞回了屋。小兰又对迎春说："妹妹，你也回去睡一阵就赶紧逃吧，鬼子肯定要来找麻烦。我守灵就够了。"

"不，大嫂，你跪十几个时辰了，你也是人哪！"迎春哭了。

"哭什么？老人走了，不能没有跪灵的呀！你快去，把路娃也抱回去睡一阵，太阳一出就赶快走。我把毛驴都备好了，你和路娃先去我妈家躲躲！"

"不，我要打发妈妈！"迎春不动弹。

"哎呀，迎春妹妹，你咋不听话呀？日本人让你打发妈妈吗？"

"那你就不怕了？"

"我能和他们周旋。"小兰不再和迎春争执，逼着她回了屋，自己继续在棺前跪灵。

被雾淹没了的牛家村，渐渐露出了星星点点的房脊，房脊上升腾起炊烟的时候，这个几百号人的村子，顿时热闹起来。

小兰从灵棚移到大门口，又面朝院外跪下来。村子里的人开始来牛家大院烧纸和搭礼。搭礼的人端着柳条编织的盘子，盘子里放着白面蒸的点心。这点心一斤面捏一个，有的二斤面捏一个，大小都是根据亲近程度而定。因为点心太大，肯定不会蒸熟，这样可以防止人们偷吃，鬼就可以全部享用，实际是活人对死人尽忠。搭礼者端着点心一进大门，小兰就得迎着他们磕头感谢，口里还要称呼叔叔大爷姑姑婶婶……牛家人门大，威信也高，搭礼的人摩肩接踵，络绎不绝，小兰一头接一头，紧着在地上磕。太阳一出宫，就迎进了满院人。一会儿，哭声从四面八方传进村来，这是牛家在邻村的亲朋，他们陆陆续续闻噩而来哭丧吊唁。农村妇人哭丧像唱歌子一样，有板有眼，还有旋律，而且咬字清晰、字正腔圆。像这种远道而来的吊唁者，小兰除了磕头迎接，还要扶下毛驴，陪着哭号，一直到棺前烧完纸扎才算结束。熬了一夜的小兰早就头重脚轻，天旋地转了，可家里的人都走了，迎春领着路娃走了，巧巧回娘家去了，公爹牛老栓咳嗽得连腰都难以直立，只有小兰一个人支撑着牛家的大天。

突然，二狗手里提着三八大盖跑进了院，扯开嗓子喊："别哭了，日本人进村了！快跑啊！"

二狗他们救回了迎春也没合眼。他们估计鬼子要进村报复，轮流在村头望哨。玉龙临走时告诉他们，鬼子一旦进村，先用火力把他们挡在村外，然后组织乡亲向魔掌沟转移。可他们从没打过仗，远远望见鬼子从阴灵沟出来就慌得炸了营子，十几个后生都不知躲在了哪里，只有二狗跑来通知乡亲转移。他乱喊半天哭声吵声依旧，就举起枪来，当一声冲天冒了股青烟，人们才惊惧地向大门外逃去。眨眼间，院子里就空荡荡只剩小兰一人，她还在灵前哭泣。二狗拉着她奔出大门，急急匆匆地说："快，快走啊！日本人报仇来了。"

小兰跟着跑到了大街，忽然停了脚。她想起家里还有公爹，谁来照管？她挣脱二狗，拔腿跑回院子。这时，牛老栓已把一根绳子搭在了灵棚的檩上。小兰扑了过去，拉住公爹的手，哭喊着："爹，天黑了有明的时候，你老咋这么糊涂呀！"

小兰连拉带扯想让公爹到村外躲躲，可老人家浑身软成一团，站都站不稳了，只好把他背进了凉房。她把一堆麦糠拨开，让爹坐进去，上面盖了个大箩筐。她刚要出门，眼前一黑，感觉到天旋地转，紧扶着墙，就重重地跌在了凉房的门槛上。

小兰迷迷糊糊醒过来时，发现自己好像在一个黑咕隆咚的山洞里。她觉得自己像躺在冰坡上一样透凉，猛觉得自己被脱光了衣裳。她出不上气来，原来，自己的胸脯上压着一个瘦骨嶙峋的肉体，一个硕大坚硬的东西在自己的身下不断出入。她立即反应了过来，自己正在被一个男人污辱着。她奋力地挣扎着，喊道："谁？滚下去！"

那男人喘着粗气，更加有力地运动着。小兰用尽浑身力气挣扎了几次，都被他有力的双手和钢筋似的双腿钳住了身子。她要喊，一张臭嘴捂在了她的嘴上，即使喊出来，又有谁能听见？

"你是谁？你不怕大龙把你的脖子扭断？"小兰挣扎着喊。

那男人急促地喘着粗气，四肢仍然牢牢地控制着小兰的身体。

小兰求告说："你饶了我，你饶了我！我会感谢你……"

男人却更加疯狂，如一头野兽从高山峻岭上冲下来，那力量对身小力薄快要累垮的小兰简直是无法抵抗。小兰绝望地呜咽着，四肢无力地痉挛着。

那野兽般的男人终于使尽了兽力，从高潮中跌落下来，随着呼吸慢慢地平缓，四肢也似乎松软，接着他开始离开她的身体。小兰猛地鼓足劲，伸出双手抓住了他的脸颊，想把他的脸蛋撕破，也好在下一步能辨认出他是谁来。可是对方已经发现了她的动机，双手捏住了她的脖子，使劲地掐着。她顿时两眼直冒金星，双耳呼呼风响，心脏马上就像爆炸。她脑子里闪电般意识到完了，这个痛苦的念头只在她脑子里闪了一下就什么也不清楚了……

三十六

艳秋的飞骑越过了青山，驰骋在草原上，烈马浑身冒着汗，口里淌着白沫，急促的呼吸像拉着一口巨大的风箱。

艳秋口腔里喷吐着巨大的愤怒和烈火。她无法克制那种对自己的蔑视,那种蔑视吞噬着她的自尊和人格。

牛老栓灰白头发下那张被激怒的脸不断闪现在艳秋面前,那双火炭般的眼睛灼灼逼人地燃烧着她的心。她仿佛又听到了那威严的指责和诅咒,那雨点般的指头更令她无法忍受。艳秋从小娇生惯养,自尊自强,从未受过这般污辱。她的怒气和羞愧全部集中在手臂上,不断挥舞马鞭,马鞭生硬地抽打着烈马的臀部,像是烈马招惹了她如此发疯发狂。

深夜,艳秋的烈马射进了杜府的大院。日本人在院中修筑的岗楼还在月光下矗立着。算是艳秋命好,日本AUI部队的另外一个金矿点上发生了骚乱,当地百姓打死了开矿的十几名日本士兵,驻在杜老爷府上的部队都去增援,所以艳秋才得以横冲直撞。只有几个家兵过来拦截,被她里外皮鞭抽打一阵都闪身让开了道。她一直冲到杜老爷的寓所。杜老爷正坐在太师椅上抽烟,见女儿闯入,大惊大喜,猛地站起,"艳秋,我的女儿!"

艳秋使劲儿把马鞭摔在杜老爷面前的八仙桌上,大声说:"我回来了,你们不是到处抓我吗?抓啊,快把我送到日本人那儿领赏啊!"

杜老爷急忙说:"女儿,听爹说,爹咋会把你交给日本人呢!"

艳秋逼近父亲,"你抓啊,快抓啊!"

杜老爷后退着,连连摆手,急得说不出话。

艳秋扑了上去,抓住了父亲的衣领,咬着牙齿说:"你不抓我,好,我抓你!我问你,你为什么杀死牛家老母,为什么又把迎春抓走?"

"牛家老母是她自己碰死的,迎春是日本人抓走的!"杜老爷推卸着责任,但他的语气结结巴巴。

"咋?没勇气承认?"艳秋变成了一只母虎,简直在咆哮,"日本鬼子占我们的土地,杀我们的同胞,抢我们的资源,你在他们面前像一条狗一样摇尾乞怜,可对我们的同胞却大开杀戒,你还是什么开明人士?"

白太太气愤地横在了艳秋面前,说:"艳秋,你不要不知好歹,你爹好不容易和日本人说通了,把责任都推到那个穷小子身上,你还这样折腾他,你有点良心没啦？"

"呸！"艳秋冲白太太脸上吐口唾沫，"你这条毒蛇，日本人是我杀的，你凭什么推到别人身上？要杀要剐冲我来，为什么陷害他们？"

杜老爷把气得歪了嘴的白太太推到一边，向女儿乞求着："艳秋，为了你，爹把一辈子的积攒都给了日本人，你得知好呀。"

"卑鄙！可耻！告诉我，迎春在哪里？"艳秋用刀子般的双眼盯着父亲。

"她被日本人抓进了阴灵沟，与爹无关。"

艳秋捡起了鞭子，向门外冲去。

"拦住她，不能让她跑了！"白太太和杜老爷齐声喊叫。

一群家兵堵在门口和艳秋动起了拳脚。他们哪是艳秋的对手，艳秋一伸手，两三个家兵就惨叫着倒下。可怎奈杜老爷手下还有几十号家兵，生死撕拔了好大一会儿，终于把艳秋捆绑起来。

杜老爷生怕女儿跑了，又盼咐道："再捆紧些！"

艳秋被关进了她平时住的闺房。门口和窗口各站了两个家兵看守着。窗户也被铁丝绑上。艳秋在里边又叫又闹，足足半个时辰，终于被疲倦征服了。她未愈的伤口有些发炎，剧烈地疼痛着，她软弱地躺在了床上，不再哭也不再说话，眼睛茫然地望着窗外黎明前的黑暗，内心如沸水般翻腾着。

现在，她不再怨恨那个恶毒地咒骂自己的犟老头牛老栓了。一个老人失去了老伴，女儿又被抓走，他会冷静和蔼吗？她开始憎恨自己的父亲，更憎恨凶恶的日本鬼子。没有鬼子的威逼，父亲也不会跑到牛家村去和玉龙家作对。她也悔恨自己，如果自己不去找玉龙，深山老林的农家人咋能惨遭这样的不幸？她又想起了小兰的聪慧善良，迎春的憨厚天真，路娃的天真可爱……连贯不连贯的画面从眼前掠过，都那么鲜活。当然，她更想念的是玉龙，她不仅已委身于他，而且从内心爱上了他。她在自己的床上辗转时，不知不觉进入了一个甜蜜的梦乡。她蓦地觉得玉龙来到了她的身边，紧紧地搂住了她，她的胸膛贴住了玉龙的胸膛，两张热烈的嘴巴又一次吻在了一起，无比强烈的欲念在身体里蠕动起来，她的每一根神经都在颤栗着……

这个美梦做得真长。艳秋醒来时，一轮盆大的夕阳只留下一半搁在了眼镜湖以西的地平线上，就像一块刚切下来的鲜红的西瓜。艳秋明白，自己整整睡了十几个小时了。她身上的绳索早已解去,小地桌上已摆了许多好吃的东西。父亲像一个做错了事的小孩,胆怯地站在门旁,见她醒了,微驼着背走过来说:"艳秋,爹有错,可全是日本人逼的啊!不过,你们的祸头也捅得过大了,杀了日本人,差些烧光了仓库。你知道仓库里是什么东西吗?是日本人用来冶炼黄金的仪器和药物,你说他们能饶过你们吗?现在,他们不得已又从日本国往这儿运输这些仪器和药物。日本人说,他们损失两个师的兵力也未必能把这些东西运来。"

"你当初为什么替他们保管这些东西?"艳秋不依不饶地问。

"爹哪知道真情啊,爹只是为了挣人家的保管费,爹哪是心甘情愿当汉奸啊?"杜老爷流出了两眼老泪。艳秋这时才发现,自从离开父亲这些日子,他变得那么苍老,走路都摇晃,站立也不稳当了,眼眶深深地陷了下去,头发梢蒙上了一层浓浓的白霜。艳秋心里觉得父亲可怜,她示意父亲坐下,说:"爹,牛家老母死了,咋办?迎春被抓了,咋办?"

杜老爷伸出了干瘦的手,揩了揩老泪,说:"我想派人给牛家送二百块大洋,先打发死人,就怕人家不会要。救人的事,要从长计议。"

"不,我现在就去牛家村,一定要尽快救出迎春。"艳秋做出了马上要走的架势。

"不行,不行!女儿呀,你可不能再入日本人的虎穴啊!爹把所有的钱都给了日本人,好不容易才免了你的事,再不能惹事了啊!"

艳秋轻轻摇摇头,不同意父亲的求告。

杜老爷突然扑通一声跪在地上,老泪在爬满皱纹的脸上横流,像是乞讨着老天爷的宽恕,"女儿,你能不能答应爹,再不要去惹日本人,爹给你跪下了!"

艳秋急忙扶起父亲,怜悯之情油然而生。真是可怜天下父母心啊!父亲以前的一切过错,她似乎一下忘光。她把头依在父亲肩上,也流起泪来。

艳秋心疼父亲,感激父亲,可她恨死了日本人,绝不能看着日本人继续在中国横行,想起舅舅一家之死,她内心更是不能平静,发誓要和日本人血战一生。可是,她眼前不忍心让父亲再为自己担心,转了话题说:"爹,我听你的,再不惹是非,不过,我必须马上去牛家村,替你去为牛家老母送行。"

杜老爷觉得女儿言之有理,微微点头,可他不同意女儿马上就走,他摸摸女儿肩上发炎红肿的伤疤,要她休息一天。再说,为了避过白太太,杜老爷在五十里外的一个远亲家里存着一千块大洋,要为牛家老母送行,总得取回银元才行。艳秋只得答应次日天明启程。

月亮像一个袅袅婷婷的少女,羞怯地一点一点扯开了蒙在眼上的纱云,把温柔恬静的光洒在了达尔罕草原上,洒在了杜老爷的大院里。谁也没有想到,几声狗叫,把这祥和的夜空撕碎了。杜老爷的大院里跳进了牛家四条汉子。玉龙对杜家大院了如指掌,从哪越墙,从哪绕行,都是轻车熟路。两条凶狠的看门狗,听见玉龙轻轻一咳,也摇着尾巴恭迎着他们进了杜老爷的宅邸。

宅寓门口有一间平房,是家兵就寝的地方。此时,家兵们刚刚睡下,听到有人冲进门来,都光着身子爬起来摸枪,玉龙早就抢先一步,把十几支枪搂在了怀里,大声喊:"不许动,我就是日本人追捕的牛玉龙,谁想活命赶快打呼噜。"

家兵们一听是牛玉龙,差些吓破了苦胆。这个赫赫有名的人把日本人都弄得屁滚尿流,他们哪敢动弹。再说,牛玉龙在他们眼里是一条值得敬佩的硬汉,所以都用被子蒙住脑袋打起了呼噜。玉龙不放心,让小龙把在门口,说:"这是两颗手榴弹,只要一拉,全屋的人都会飞上天空。"满屋的家兵听了这话,更吓得连气都不敢出。

玉龙领着大龙和金龙摸进了杜老爷的寝屋。杜老爷睡得如猪一样沉,嘴里还说着梦话。

玉龙慢吞吞划了根火柴,点上了床头前的蜡烛,轻轻推了推杜老爷,说:"杜老爷,醒一醒,我是牛玉龙,你不是到处抓我吗?我自首来了。"

杜老爷吧唧了几下嘴,翻个身又睡了。

金龙没耐性,大骂道:"王八蛋,杀了人还睡得这么安稳,起来!"

杜老爷和白太太猛地坐起,看见了三张可怕的复仇面孔,立刻浑身颤栗。

"穿衣裳,快!"玉龙手里提着二十响手枪,命令着。

杜老爷和白太太哆哆嗦嗦穿着衣裳。突然,白太太从枕头底下抽出了一支手枪,正要举起,啪的一声,手枪落在了被子上,她白嫩的小胳膊上立即泛起了两道黑青圪塄。这是大龙的鞭子出了手。白太太痛叫一声又去抢手枪,金龙一个猛扑,刺刀就穿进了她的胸膛,一股鲜血射向了墙壁,她惨叫着倒在了被热血染透了的被褥上,一分钟后就断了气。

巨大的响动，惊动了艳秋，她披散着头发赶到了父亲的寝屋，眼前是三张恶神一样的面孔。艳秋从未见过大龙，在明亮的烛光下，可见他双拳攥得像铁锤，眉毛拧得像一条坚硬的黑绳，嘴角不断抽动，上下牙根在咬着，看得出他要下一个十分狠毒的决心。果然，他扬起了手里的鞭子，对着杜老爷喊道："起来，你这驴日的东西！"

"是是是！"杜老爷惊惊颤颤地答应着，手抖得穿不上裤子。艳秋本能地握紧了双拳，可是马上又把双拳放松。她能理解复仇者的心情，她以为，杀死白太太已解了牛家之恨，对父亲也只是出出气而已，尽管看出了大龙的杀机，但她听小兰讲过大龙的品格和脾气，总觉得他非常理性。艳秋也看见了玉龙，一年四季咧着笑的大嘴巴紧紧闭着，眼皮耷拉着，看不见眼睛里的任何内容。不过，他的眼神一直退避着，既不敢看大哥和二哥，也不敢看自己的恋人和眼前这位杀死母亲的凶手，他麻木迟疑的态度使艳秋明白了他内心的矛盾。她深信玉龙对父亲也不会下毒手。

玉龙的确为难到了极点，一边是爱得死去活来的恋人，一边是骨肉兄弟，无论采取什么态度，都会引起一方的认同，一方的决裂。他微微地扫了众人一眼，艳秋期望的眼光使他触电一般颤栗了一下。接着，他又看到了大哥对杜老爷不可饶恕的神情，他又一次触电似的颤栗了一下。

这时，小龙闯进了屋子。他浓粗而黑黑的眉毛像艾草一样绞在一起，平滑圆润的脸颊痉挛得像三叉神经点过穴，平时微笑的嘴唇这会儿也抿成了一字形，今天这一字形却成了火山口，只要稍稍一松口，满腔的怒火也会立即喷发出来。

不用照镜子，玉龙完全可以想见自己的脸色是多么矛盾和无能。正在这时，金龙的劈柴嗓眼里发出了声音："咋？全不吱声了？妈的仇不报了？"

"报！给妈报仇！"小龙一字形的嘴唇里终于冲出了震撼人心的咆哮。

杜老爷穿好了衣裳，被大龙拽到了地上。大龙喊："跪下，面向我们牛家村跪下！"

"跪下！"金龙和小龙同时怒喝。

杜老爷跪下了，冲着女儿喊："艳秋，救救爹。"

艳秋喊了声"玉龙"，就呜地哭了。

玉龙没有接受艳秋的求告，把脸扭向了后墙。

艳秋绝望地喊了声"爹"，就插在了大龙面前，想求告大龙开个恩。就在这一刹那，金龙的刺刀刺进了杜老爷的胸膛，杜老爷只轻轻地哼了一声，就倒在了地上，脚一蹬就结束了生命。

大龙、玉龙和小龙好像三棵没长枝叶的秃树桩子呆立在了地上。艳秋也像中了定身法，木呆呆地立在父亲的眼前。忽然她惊悟过来，照着玉龙的脸摔了一记响亮的耳光，就趴在父亲的尸体上大哭起来。

她哭得月亮都流泪了，月亮赶紧拽了块黑云把自己捂了个严严实实，天地间顿时一片黑暗。院里的狗狂叫了几声，送走了牛家的四个弟兄。杜家大院就被艳秋的哭声统治了。

三十七

小兰又一次清醒过来。她发现自己躺在自家潮湿、黑暗充满了腐败山药味道的土窖里。她伸出手，熟悉地摸到了窖壁旁钉着的木橛，这是储存山药数量的标记。这口土窖和掩藏公爹的凉房挨着，当她把公爹藏起来走出凉房昏倒时，这个至今不知名姓的贼人顺势将她抱进了这口山药窖里。

她慢慢摸到了窖口，一片阳光洒了进来。她看着自己的胴体，非常羞愧，浑身如冰水浸了一样发木。她的下部，麻麻酥酥还在向外排流着一些积存的污浊。她几乎不敢去看眼前的现实，只觉得心在抖，呼吸紧促。她小声地、痛切地哀哼着和呻吟着，显露出了无比的可怜和卑怯。无论怎样努力，想把刚才的那些回忆完全压下去却全然无效。这种可耻的记忆使她产生了对自己无法克服的鄙视。这种鄙视感像浪潮般淹没了她的心头，尽管这不是她的过错，是意想不到发生的丑事，但她以后将无法抬起惭愧的脸去正视每一个人的面孔。她像一个精神错乱的人站在窖口，茫然不知所措。

贼人把她脱得一丝不挂，她竟然没有任何一点感觉和记忆。她内心在呐喊，为刚才的自愧伸张着正义：这不是我的过错，我什么也不知道，我没有错，我为什么羞啊！我为什么鄙视自己？我是一个好女人，是别人污辱了我，我还是一个心安理得的体面女人，我还要气气派派、理直气壮地活下去。

她穿好了衣裳，抬头看看窖口，直射下的阳光刺得她睁不开眼睛。她搞不清自己昏迷了多久，现在看阳光已是正午了。她要出去看看，日本人进村了没有，院子里村子里到底发生了什么事。她更想早些知道，今天污辱自己的这个男人到底是谁。她的腿又软又酥，刚刚踏上土窖的蹬口，就滑落下来，随着脚落地，一块银元也从蹬口掉下来，跌到她眼前。

银元？这难道是那个贼人丢落的？不是，若是丢落的，银元不可能进了蹬口，肯定是有意留下的。难道这是贼人对自己的补偿和安慰吗？

小兰捏着这块银元打量，惊异使她叫出了声。这块银元正面是袁世凯的大头，头像正中被锐器深深地刻了一道，把她的脑瓜像切西瓜一样切成了两块。这是一块记忆深刻充满了故事的银元啊！

路娃过满月那天，牛家大办了一场喜宴。搭礼贺喜的人出出进进，络绎不绝。村人给幼童搭礼，多数用白面蒸些寿桃之类，以贺长命百岁，有的也买些做小衣裳的布料和玩具。可是那一天，世代和牛家不和的杨家老祖宗亲自来为路娃贺岁，把一块银元当啷一声放进了栽花人的礼盘，创造了本次喜宴最厚重的贺礼。

杨家给路娃搭这么重的礼自有原委。小兰刚嫁到牛家不久，到井台去打水，刚到井口，听到井底有个娃子在哭喊。原来是杨家的娃子在井沿掏雀掉进了井底。井水很深，娃子一挺一挺的，一会儿冒上水面，一会儿又沉进水底。这娃他爹和大龙前不久狠狠打了一架，当然是杨家人不讲道理，他们占着村里的碾房不用，也不许别人用，大龙就和他们理论，结果让杨家人打得鼻口喷血。小兰虽怨恨杨家，可如今杨家娃子落水，能因为这些怨恨不管吗？他毕竟是个毛头娃，懂个什么。自己也已经怀了孕，过些日子也成了娃的母亲，一个母亲见娃子有难有什么可说的。再说，仇用恩解，这也是个正理，于是，她不顾自己身怀重孕，扑通跳进了井底，硬把那个快要淹死的娃子救了上来。

这块银元是小兰的一笔重要财产，是小兰用命挣来的，所以她倍加珍爱。她把银元翻过来转过去看了个够，当时就发现袁世凯的肉头被切成了两块。究其原因，才知是袁世凯复辟帝制，罪恶深重，人们故意污辱他刻画的伤痕。

此事不久，杨家和牛家又闹了一场风波。牛家孵出了一窝小鸡，被杨家的大花狸猫三天之间叼了个精光。牛老栓去找杨家，杨家白着眼耍赖说："四条腿的东西，谁能管了！"

牛老栓人品善良，没有招数，只好叹口气忍了。谁知，玉龙不忍，他去找二狗，二狗会做炸药，他便要了一丸。玉龙用块肉把炸药包上，放在了鸡窝口专等杨家的馋猫。果然，大花狸猫吃惯了甜头，当天又来了，一咬那块包着炸药的肉，啪的一声响，脑袋就被炸得粉碎，光剩了个血脖子乱蹦乱窜。也就怪了，这没脑袋的猫竟然蹦回了自家的院子，又蹦进了大门口的茅房里。这时，杨家的小脚老太太正撅起屁股拉屎，一看这个没头没脑浑身鲜血的怪物蹦进来，顿时吓得灵魂出窍，掉进了粪坑里，灌了满嘴屎尿。这下可惹出了麻烦，杨家拉着浑身屎尿的老太太进了牛家院，两家又差些动刀动斧。小兰心想：不管咋，这事牛家该负责。于是两头调解，给杨家赔了三块大洋让老太太医药。这样，那块划了道的银元就重新回到了杨家。

这块带着伤痕的银元，几易其手，竟然在牛家村漫游了一周。起初是一伙土匪半夜冲进牛家村捉财神，看见杨家的房舍气派，前后围了个严实，连唬带诈逼出了三块银元，这块带伤的银元就到了土匪手里。土匪还要出行抢人，不知凶吉，让朱阴阳给他们算卦，于是，这块银元便以卦卜的报酬进了朱阴阳的口袋。小兰再次见到这块银元时已到了二狗手里。二狗会做炸药，常常卖给乡亲进山捕猎，朱阴阳买了二十丸炸药，这块银元又到了二狗手里。

今天，这块银元又神奇地出现在了小兰的面前。她不在乎这块银元的价值，引起她关注的是谁把这块银元扔到了这里。只要知道银元的来路，就会知道糟蹋自己的那个贼人。她把银元紧紧攥在手心，心里自问：二狗老实巴交，咋会办出这事？

小兰挣扎着爬出了土窖。浓重的烧糊气味到处弥漫，呛得人难以呼吸，整个村子的上空浓烟滚滚看不见天日，隐隐约约的哭喊声从四面八方传进了耳朵。

小兰爬上院墙向村里望去，东南西北到处是着火的房屋和草垛，杨家的房舍烈火熊熊，火苗像活动的魔鬼，在墙壁上乱爬，在房顶上乱窜，像道道血流在空中攒动，又像令人目眩的火雨向四处迸发，飞向左邻右舍的草垛房屋和牛棚马圈……

小兰跑到了街上，人们都灰头土脸，低头耷脑，他们不再哭号，已经变得沉默。他们麻木地站着，看着火焰吞噬着村庄，毫无办法，心头的惶恐无法表达。虽然所有的人心里都发出了惊骇的呼号，但在大火野性和疯狂的肆虐下，在椽檩倒塌的轰鸣声中全然听不到了。

小兰回了自家大院，一溜大正房安静地排列在大院正中，两具棺木仍躺在灵棚里安息。她的心里嘀咕：全村遭了如此大殃全是牛家惹起的祸端，为什么牛家的大院却安然无恙？

"大嫂！"一个悲切的声音从身后传来，转过身，二狗表情沮丧地站在面前。

"二狗，咋了？"小兰问。

"日本鬼子把桃桃欺负了。"二狗眼里头流出了泪蛋。

"什么时候？"小兰又问。

"刚才的事，大嫂，这口气咋出？"二狗愤怒。

小兰根据时间判断，糟蹋自己绝不是二狗所为。她摸出了那块银元，问："二狗，这块银元你认识吗？"

二狗看看，反问："咋到了你手？"

"我问你，这块银元你咋出手的？"小兰捉住葫芦要把子。

二狗想了想，说："三个月前，杨拐子借走的，他说三天还，现在都不还，见了我都躲着走。"

杨拐子？小兰心里咯噔了一下。是的，这家伙平时就贼眉色眼，那年想娶迎春，迎春死活不愿，为此杨牛两家闹了场事端，以后，只要见了小兰，眼里总是射出色光，行为举止都是下流样。他身材干瘦，小兰回忆当时的情景，十分相像。又一股巨大的羞耻袭上了她的心头，她脸色变得疾白，牙齿咬得发响，拳头无意中攥得像两个小铁锤一样。

"大嫂，你说咋办？"二狗又问。

小兰只顾想那块银元的事，没注意二狗说的话。这时桃桃也站在了她面前，眼睛哭得又红又肿，脸上的粉层被泪水冲刷成褐色。她的嘴忽张着还想哭，眼睛直瞪瞪的没一点面部表情。桃桃哭泣着叙述了日本人糟蹋自己的经过。

桃桃被一个鬼子按在了炕上，扯开了她的衣襟。二狗拽着鬼子的脚脖子把他拉到地下。鬼子举起洋刀砍向二狗，二狗闪身躲过，鬼子又扑上炕，把桃桃按在了身下。二狗再次拖住了鬼子的后腿，鬼子火了，恶狠狠地号了一声，又抡起了洋刀。就在这时，冲进来三个伪军，把二狗拖到了门外。就这样，二狗眼睁睁看着鬼子把自己的媳妇奸污了。

鬼子泄了兽欲，扬长而去。三个伪军如狗一样跟着出了院。"我要杀了狗日的！"二狗发疯般喊了一声，喊完就蹲在地上哭了。

小兰不仅自己忍受着痛苦，还得为桃桃受辱承担着感情的责任。望着全村烟火冲天，受苦受难的何止是桃桃一人。她意识到，村人除了痛恨日本鬼子，也会同时怨恨牛家给他们带来的灾难。她内心里也觉得牛家人应该义不容辞地对此承担起责任。现在让小兰没法向乡亲交代的是，牛家惹出了全村的灾难，可牛家的房舍都没烧起一颗火星，乡亲们心里怎么会平衡啊！

过了一个时辰，村里的大火渐渐熄灭了，村民们都乌眉黑眼汇聚进了牛家大院。不出小兰所料，牛家院里到处是责难和埋怨声，喊得最凶的当然是杨家人。也就奇怪了，这次全村受灾最重的也是杨家，杨家好几代人，几十间房子都着了火，其他的村民家有的是被点着了凉房，有的是被点着了草垛，住房几乎没受什么损失。

"牛家人，有活人没了，出来！"

"你们疯了惹鬼子？给我们盖房！"

辱骂声不绝于耳。牛家的男人都不在家，牛老栓弯着腰咳嗽个没完，小兰一个人顶着恶水一般的辱骂，这是她平生以来第一次受到的鄙视和打击。牛家祖祖辈辈人多势大，从没受过如此屈辱。小兰此时感到又孤独又凄凉，她伤心地哭着。突然，她两只美丽的大眼瞪得像铜铃，惊恐万状地靠在了婆婆的棺木上。她看见了那个杨拐子，正凶神恶煞地吼着："牛家的王八蛋，给爷盖新房！"小兰像看见了一只怪兽，发出了一声恐惧的尖叫，但又立即用手捂住了嘴巴，想抑制住自己的叫声。她看见杨拐子那一双色迷迷的眼睛又盯向了自己，终于再也按捺不住内心的愤怒，发出了一声凄厉的叫声，像发了疯一样，猛地向杨拐子冲去，照着他的脸给了记响亮的耳光，并把那块银元狠狠砸在了他的身上。银元发出了当的响声，跌落在杨拐子脚下。杨拐子捡起银元，莫名其妙地看了半天，惊异地望着小兰那愤怒和凶恶的脸，他被这张脸震慑了，摸摸自己火辣辣的脸，踮了一大脚说："好男不和女斗！"就大拐着走了。

牛老栓拄着根棍子走在院中，扑通一声跪在了众乡亲面前，抹了把横流出来的老泪，一边磕头，一边哽咽说："各位乡亲，我牛家给大家惹了祸，我对不起你们，我给你们磕头了。"

"爹，牛家还没到了这个份儿上，你快回家躺着。"小兰一把拽起了公爹，她转身面对乡亲们说，"各位大叔大爷、兄弟哥哥们，牛家还有四个弟兄，他们不会死绝，就是死绝了，还有我王小兰，我是牛家的媳妇，今天我顶起牛家的天来，有什么话和我说。"

杨家人还在吵骂着要牛家为他们盖房子，也有的乡亲说日本人抢走了他们的牲口，总而言之，祸是牛家招惹的，要牛家全部负责。

小兰捋了捋纷乱的头发，慢慢站在了院中喂牲畜的大石槽上，气宇轩昂、铿锵有力地说："天塌下来地接着。烧了谁的房，牛家帮你们盖；拉走谁家牛，牛家给你们赔。我王小兰虽是个女人，说了话从不打折扣。还有谁受了难，你们尽管说。"

这时愣福来跑进了院，手里拿着两块石头，张牙舞爪，不知要和谁拼命，喊着："我家房子着火了。我妈又老又丑，还被日本人打了两颗门牙！"

早就站在人群前的张老先生夺过了愣福来手里的石头，骂道："滚，你也来起哄！"张老先生把愣福来推出院，也蹭到人群中心，面对众位道："乡亲们，我的房也被鬼子烧了。可是，这能怪牛家吗？你们说牛家招惹了日本人，日本人从东洋打过来，也是牛家招惹的？不是这么回事嘛。日本人侵略咱们国家，杀害咱们百姓，牛家人反抗日本人，消灭日本人，是好汉，是英雄，我们每个中国人都应该做这样的英雄，做这样的好汉，为什么把牛家人当成了罪人？乡亲们，日本人杀人放火是狗改不了吃屎，就算牛家这次赔了你们，不消灭日本人，大伙还是不能安宁！"

这时，四骐骑马冲进牛家大院，院里围观的人都惊慌地闪在了一边。大龙、金龙、玉龙和小龙像不可阻挡的猛虎跳下马来，一起跪在棺木前磕头放悲。这哭声把人心震得乱了，许多人也跟着流起泪来。

哭毕，大龙对着棺木说："妈，儿子们给您报仇了。您就闭上眼吧！"弟兄四人同时站起来，都举起枪咣咣地冲天打起来，蓝色的烟雾弥漫在院子里，散发着刺鼻的火药味，枪声在村子里荡来荡去，久久没有散去。这一愤怒的举动，把吵吵嚷嚷的人群压得鸦雀无声。杨家人被牛家的这种气势镇住了，有的悄悄离开了院子，有的脸上改成了和悦，和四位弟兄点头哈腰表示着亲善。

二狗眼圈红红的，把玉龙拉到一边说："玉龙哥，日本人把桃桃欺负了。"

玉龙没有惊讶，咬着牙根说："二狗，我给你报仇。刚才我们回村，看到受害的人家不少，许多人的房子都烧光了。你赶快集合护村队，先帮助乡亲修房！"

二狗没动，"玉龙哥，桃桃让日本人欺负时，那个张小三还帮忙，咱们杀了那狗日的！"

"真的？"

"嗯。"

"妈那个×的，这伙兵痞就是不可靠！"玉龙骂道，"别急，哥捉住他，活剥了他的皮。你去通知护村队。"

二狗走后，玉龙就在院里喊道："乡亲们，聚在院里干什么呀？咱们赶快修房子！"

"先给我修！"

"先给我修！"

…………

人们争先恐后请求。

玉龙说："刚才一回村，看到杨家那片住房烧得最惨，先给杨家修！"

杨家的人喊："这算是牛家说了一句人话！"

张老先生也伸起了脖子，喊道："乡亲们，如今日本鬼子是我们共同的死敌，再不要杨家呀牛家呀闹腾了。先给杨家修，然后一家一户挨着来。以后，我们村有护村队了，这次盖好房，鬼子就不敢再来烧了。"

大龙拉了小龙，走到马厩后边，那儿堆着上百条桦椽，说："给杨拐子送去，他家烧得最惨。"

小兰扑了上去，把头撞在大龙怀里，胡桃似的眼里涌着泪水说："咱们不能给杨拐子，他是畜生！"

大龙摸着小兰的头说："过去的事就不记了。刚才张老先生说了，咱们还是团结起来对付鬼子。"

"呜！"小兰哭出了声，两只小手使劲抓着大龙的胸脯，大龙疼得哎哟哎哟直叫。他抓住小兰的手，擦着她的泪水，说："哭什么，妈的仇也报了。"

"你不管我了，你还有我这个老婆？"小兰哭得更悲切，两只小拳头又像鼓槌一样击着丈夫的胸膛。

大龙抚摸着妻子毛茸茸的头发，为自己很少照顾她，内心深深地愧疚着。可他是个从不爱表露内心的汉子，他拨开妻子的手，轻轻地说："甭哭了，打发了老人，咱们就一个心眼儿打鬼子。"

人们开始各自忙乱，时光也显得非常匆忙。太阳很快就要落山，小兰的心里仍无比凄凉。以前，只要大龙外出走上十天八天，对她来说都是度日如年，她夜复一夜地忍受着失眠的痛苦，每一夜都是那么难熬，有时她的心情如巨浪激荡，又像羊犄角撞痛了她的灵魂，她无法忍受这空寂，便站在院里布满星辰的天空下，听着躲藏在墙缝里的蟋蟀有节奏地歌唱，听着院内各种动物的喘息声和树叶发出的簌簌声，只有这样才能填补她内心的孤独和寂寞。今天，她却害怕黑夜的临近。山药窖里那一幕还在脑子里充塞着，她的脑子发涨，全身毛孔都像往外冒火，无情的羞恨使她心底不断发出呼喊：我多么丢人啊，我该死啊！我一向以为自己把任何事都做得无懈可击，可是今天却走到了这种该死的地步！

小兰和大龙已阔别将近半年，小兰如一捆干透了的柴火，多么渴望大龙这把火焰把自己燃烧啊！可她这捆干柴被冷酷的暴雨浇湿了。她觉得自己的身体里像注进了一股毒液，一旦大龙接近了自己的身体，毒液就会浸透大龙的全身，大龙就会受到伤害。所以，她觉得把自己这个已经不干净的身子交给大龙，是良心上的愧疚。

深沉的夜终于使愤怒悲痛的牛家村平静下来。小兰躺在了后炕，把脊背交给了大龙。大龙身上那种强悍尊贵的大老爷气质从始至终在任何人面前都保持着，他和小兰被窝里的生活，也从来是由小兰主动请缨的。今天，他看见自己心爱的妻子脸色青白，面孔忧郁，情绪沮丧，以为是这些日子受了惊吓或因自己很少关心她而生气了，或是她里外操磨过分劳累了，所以他良心上产生了怜悯，他伸出了那只宽大的手，轻轻摸摸小兰的肩膀，试图把她的身子扳过来，可小兰纹丝没动。这种冰冷使大龙的自尊受到了严重刺痛。当他感到自己的大手并没打动妻子时，他觉得自己受了极大侮辱。他咳嗽了一声，这声音是那么生硬，声带里流出了明显的气愤。他也扭过了头，把宽大的脊背交给了小兰。

这对恩爱夫妻自从结婚以来第一次如此无言地对立。这种对立的时间并不长，小兰许是不忍心惹丈夫生气，扭过了身，攥紧了两只小拳头，在丈夫宽大的脊背上捣起来，又用牙狠狠咬啃着丈夫的肩膀，泪水像股开水浇湿了大龙的脊梁。

这是一种无声的语言，大龙没再生气，翻回了头，把自己小巧的妻子牢牢地搂在了怀中，生怕她飞走一样，双臂把小兰钳得呼吸都很急促。

两个人的血管都膨胀起来，两颗心贴在一起像比赛着擂鼓。小兰原来那种凛然不可侵犯的决心，在大龙用强壮的身体把她包容了时就被摧毁了。双方的脸颊、嘴唇、舌苔都受到对方麻热的蜜吻。大龙的手抚摸到了她的乳房胸口，她的乳峰像过了电一般震颤着。大龙猛虎一般的力量和旋风一样敏捷的动作使她变成了无任何抵抗力的羔羊，在闷热的迷眩中她被压着揉着，并且就要昏晕了。

忽然，小兰感到自己的下身像流出了一股毒液，下意识地把双腿拼命夹紧了，上气不接下气地惊叫起来："大龙，今天不行，妈妈的棺木还在窗前，妈妈的灵魂还在院子里游动，我们是大不孝啊！"

大龙猛地从疯狂的欲火中惊醒。他像个侦察兵一样伏在了妻子的身上，一动不动。小兰感到丈夫狂跳的心快要奔出喉咙，那种摧毁一切的欲火还在熊熊燃烧着，可是他在孝道和欲火的激烈交锋中慢慢地冷却下来。数分钟后，他像个做错了事的孩子，慢慢从妻子的胸脯上退缩下来，坐在了被褥里沉思着，沉思着。良久，他穿起了衣裳，出了院门，三两步跨到妈妈的棺头，双膝跪地，热泪长流。他这样一直跪到了雄鸡大鸣，正要起身时，才发现小兰也和他一样跪了一夜的灵棚。

三十八

太阳还没出来，牛家大院就挤满了男男女女。朱阴阳忙成一堆，里里外外指挥着院里的一切丧事活动。他经验老到，安排得井井有条，合情合理。院子里摆了十几张方形祭桌，人们都把点心、油糕、白条鸡放在祭桌上，以飨死人。棺材旁摆满了纸人纸马纸车纸房和纸扎的金银珠宝。整个院花红柳绿，五彩缤纷。村子里每年春节大显身手的鼓匠班子，有眼的没眼的，都云集到这里。唢呐对着唢呐拼命吹，吹得人揪心的痛悲。锣鼓大钱更是震耳欲聋。

村亲们都来搭礼，搭完礼在棺前向死者叩头。孝子们都跪在棺前，谁给死者叩头，孝子们就给谁叩头，算是还礼。小兰拄着丧棒，守在棺前的银盘前，亲朋所搭之礼都扔到了木头做的银盘里。有现洋，也有铜子儿。突然，银盘里当啷一声响，小兰抬头，是二狗把一块银元扔进了银盘里。那块银元转了两圈后落定，还是那块把袁大头切割成两半的银元。小兰拽了拽二狗问："这块银元咋又到了你手？"

"杨拐子还我了。他说牛家惹来日本人烧了他家房，是你赔了他的钱。"二狗说。

小兰反问道:"二狗,你没问他这块银元咋到了我手的?"

"问了,他只说这块银元三月前赌输给了油屁股。咋到了你手里,他就不知道了。"

"油屁股?"小兰毛胡桃似的眼睛闪巴了几下,眼神就凝固了。

二狗忙问:"大嫂,你咋了?"

小兰摇摇头,没说话。

搭礼的人络绎不绝,小兰又开始不断给他们叩头还礼。

玉茭哭得非常悲伤,挂着重孝。按理说,她不该挂重孝,就算玉龙和她是奶兄妹也是为理不顺。大家心里清楚,她一直爱玉龙,这下,那个妖女的父亲杀了玉龙的母亲,玉龙弟兄又杀了妖女的父亲,他们这门亲事肯定崩了,这真是上天给她赐了个良机。玉茭哭得很痛,但哭不出眼泪来,吐口唾沫,用脏手往脸上一抹,看上去是满脸的泪迹。但这些细小的动作,早被聪明的玉龙看在了眼里。现在,玉龙知道自己和艳秋的婚事是决裂了,可一想起艳秋,就撕心裂肺地痛苦。他本想冷静处理报仇这件事,可几个弟兄报仇心切,三下五除二把杜老爷杀了。他担心弟兄和村人们说自己为一个女人不报杀母之仇,所以什么话也说不出来。他非常明白,艳秋这种烈女,是不会原谅自己和牛家的。尽管这样,他的脑子里除了护村队的事,就是艳秋的影子不断地闪现。至于对玉茭,他真的还没有把她放在心里。

玉茭搭完了礼,给玉龙妈妈烧过纸,叩了头。大龙、玉龙弟兄和小兰、迎春该给她叩头还礼,这是规矩,可是,当他们还礼时,玉茭又摇头又摆手,不仅拒绝了他们叩头还礼,自己又主动跪在了孝子群里,这就宣布自己是玉龙的妻子,是牛家的孝子了。

大龙、小兰和众人都有些惊愕,玉龙也有点猝不及防,心里却产生了些反感。可乱哄哄的丧事,把这个情节很快淹没了。

此时,一位不速之客走进了牛家大院。他瘦瘦的脸颊,胡子密集,戴着一顶已经不合时宜的古铜色毡帽,穿着一双平底布鞋,肥大的单裤腿上扎着黑色的腿带,看打扮像是大集镇上那种做买卖的人。他走到棺木旁,从身上掏出了三块大洋,悄无声息地放在了银盘里,跪下来,点了张纸,磕三个响头后,站起来就走。大龙弟兄们不知这是哪来的客人，从来没听说过有如此大方和富裕的亲朋，于是拦住他，询问尊姓大名，家住何方。可来者一直摇头，不予回答，夺路而走。大家十分惊奇，大眼瞪小眼互看了半天。小兰怀疑这个人是张小三。他跪下磕头时，小兰看见他的左手腕上有块刀疤，张小三的左手腕上就有块刀疤。

玉龙皱起眉头想想来人的举止相貌，"对，大嫂说得对！"他赶快命令二狗，"快，通知护村队，封锁出村的各个路口，把人抓回来。"

二狗领命而去。

牛家弟兄回村，护村队立即有了底气。一呼喊，十几个护村队员英勇出击，没几分钟，就把这个不速之客抓住了，撕掉了脸上的假胡子，正是张小三。

二狗抓住了这个帮助日本人奸污自己老婆的仇人，真想几拳砸烂他的脑壳，又怕人知道自己老婆被日本人糟蹋的丑事，所以把众队员打发走，一个人押着他进了自己的家里，和桃桃夫妻两个，你一拳我一脚，不容对方分说，几下子就把张小三打得鼻青脸肿。不解恨，桃桃拿起了铜舀子，当啷一声照着他的脑袋砸了下去，张小三应声倒下，昏了过去。玉龙、小兰赶来后，切人中的，扒眼皮的，吼喊半天，他才微微睁开眼睛，一见是玉龙和小兰，就哭喊道："兄弟，大嫂，我冤枉啊！"

"你冤枉什么？你是不是帮助日本人欺负桃桃？"小兰生气地问。

"帮助过啊，可是你们不知道，如果我们不拉走二狗，二狗绝不让桃桃眼睁睁被日本人欺负，肯定要和日本人撕拨，日本人早就用洋刀砍死他了，他还能活到今天？我们不敢惹日本人，可又怕二狗让日本人砍死，所以拉走了二狗，就算桃桃让欺负了，总比二狗丢了性命强啊……"

张小三挨了这一顿暴打，的确有点冤枉，哭得非常可怜。

"你还哭？你放火烧村子，难道不是罪恶？"玉龙用手拽着他的头发，让他站起来，坐在炕沿上，"你为什么欺负牛家村？"

张小三说起这来，更冤得痛心，他说："我就是怕牛家村的老乡受害，才要求来牛家村的。如果让别人来牛家村，整个村子都会被烧光。我是虚张声势，边喊叫边点火，实际烧的全是破烂的小凉房和干草堆，咋也得让日本人看见烟火呀！"

"胡说，杨家的住人房都让烧了！"玉龙喝道。

张小三低下了头，眼皮眨巴了几下，嘟嘟囔囔道："这倒是有意的，总得烧几间住房，让日本人看看呀。不过，说心里话，我听说杨家人老欺负牛家人，这次顺便为牛家人出出气，所以我就……"

"混蛋！有仇没仇是我们村里的事，与你有什么相干？"玉龙虽然这么骂着，但马上亲自上手把绑松了，看着他那狼狈相哭笑不得，又问道，"你进村可以烧房子，今天咋化起装了？"

"我咋也得给老太太送送行啊，如果不化装，让日本人知道了我还能活吗？我昨黑夜赌博下黑手，才打闹了三块银元，今儿是专门送来的！"

小兰和玉龙听明白了事情的真相，给他端了盆水，洗了洗脸上的血迹，又命令二狗领着到厨棚吃点东西。二狗为自己刚才的过火行为感到不安，连连和张小三道歉说："老哥，你咋早不说清楚呀！"

这时，桃桃又跳起来，大骂二狗是泥头王八，她哭诉着："你们什么护村队，谁也不给我做主，好，我反正是个破罐子了，以后我想咋破就咋破，谁也甭管我！呜——"

桃桃这一哭，勾起了小兰的心病，也跟着哭起来。玉龙不耐烦地说："大嫂，你咋也跟着瞎哭！啊呀，还嫌事情不乱？"

二狗要领张小三吃东西，张小三坚决拒绝，他不敢暴露自己来奔丧，要赶快回部队去。临走时，他又喃喃地说："日本人三两天要到各村抢粮食，我还来牛家村，你们让我抢点粮食，我交代了日本人就行。还是那句话，如果我不来，日本人再派别的队伍，那就是真抢，抢不上会烧房子。我是真心实意为牛家村想啊！"

玉龙看看小兰说："大嫂，张小三说得也有道理。眼下，咱们护村队军事素质太差，人少武器也少，暂时还挡不住日本人进村，就算挡住，也肯定会有很大牺牲，惹着日本人，日本人会更厉害地报复，不如先按张小三说得办，我们进魔掌沟抓紧训练护村队，等以后队伍扛硬了，再和日本人硬干，你说行不？"

小兰擦了泪。玉龙这样和她征求意见，她才突然觉得自己的身份不仅是牛家的媳妇，已是个为村里人着想的主事人了。她一下子认识到了自己的责任，为这几天受了污辱就抬不起头、直不起腰来深感愧疚。她挺起了胸说："玉龙，牛家村的命运都在我们牛家人手里掌着，我们以后做什么都得从全村考虑，牛家杨家不能分得那么清了，仇拿恩解啊。有些道理，要和村里人讲明白，村里人只要知道多少大小和好坏，多数人还是通情达理的。"

　　玉龙不像以前那么信口开河了，他嚼着大嫂的话，轻轻地点头赞许。不过，他不忍心让日本人把村里的粮食抢走，牛家村这也让折腾得够呛，他命令张小三搞清楚日本人何时抢粮，在哪儿集中，他想把日本人从各村抢的粮食再抢回来，绝不能自己饿肚子，让日本人好活。

　　嗵嗵嗵嗵……起灵的炮声响了，震得人心发颤。随着起灵炮声，鼓匠奏起了喧天的哀乐。孝子们一齐来到了棺木周围，你拽我，他扶你，腰软得像蛇身，个个号啕大哭起来，好一派催人泪下的场面。猛然间，只听得杠夫一声喊，沉重的棺木就要离开地面了，意味着这个在牛家村打闹了五六十年的活灵灵的女人就要离开村子了，人人动悲情，哀号动天。

　　扛大头的居然是杨拐子。

　　按照村里的俗规，扛大头的都是死者的挚友和近亲，作为世代宿敌的杨家人，曾经想做牛家女婿而因此被打断腿的这个性格凶悍的人，竟然主动请缨担当扛大头这个角色，这真是一件全村人意想不到的事情。其实世间有个道理，存在就是合理。烧房子本是日本人所为，当时杨家以牛家惹了日本人为由和牛家闹活了一阵，不曾想，牛家人姿态一个比一个高。小兰虽说打了他个耳光，却给他一块大洋的补偿，总算是讲情理。然后，大龙把家里的木料都给杨家盖房。当时人力缺少，玉龙又发动了护村队员，平素不论有恩有怨，都去他们杨家帮忙。更叫杨家感动的是，大龙报仇发丧两昼夜没合眼，又骑马去搬兵，搬来了四五十号八路军战士，这些战士一律穿钢蓝色军装，进村连口水都不喝，就赶到杨家，一干就是一个昼夜，把杨家被烧的房子全部恢复原样，又修好了凉房，垒好了院墙，临走还把院子里外打扫得精光，真比原来都干净漂亮。杨家人对牛家的姿态感激，更看到牛家弟兄一个比一个出息，大龙什么本事，一出马就搬来这么多兵马，玉龙也当了十几号人的护村队长，看起来牛家村是人家牛家的天下了。所以，杨拐子才自告奋勇、甘心情愿来扛棺木大头。

　　杨拐子骨瘦如柴，走路又七高八低，闪深踏浅，其他七个杠夫都和他不能步调一致，嚷嚷着换个大头。总指挥朱阴阳不同意，他对杨家横行霸道素来不满，今天能给牛家扛大头正好是羞辱杨门的一个机会。杠夫喊叫他装作全然没有听见，手里拿个铃铛子闭着眼不断瞎念："天铃铛，地铃铛，牛头马面闪路旁……"棺木出了大门，后面的杠夫因为个儿小，棺木的重量就都加在了他们身上，他们就像杀猪般喊起来："快换人，快换人啊！"

朱阴阳睁开眼，停止了念叨，正琢磨换人，张老先生出现在面前。张老先生本不信神鬼一说，但他深知杨拐子今天扛大头的深刻意义，这是牛杨两家和好的标志，让全村人都看到这个好迹象，有利于全村团结一心打鬼子，于是他言不由衷地说："大头哪能瞎换，灵魂跟大头走，大头换了，灵魂该跟谁？"

朱阴阳连连称赞说："张先生说得对，大头不能换。"他让杠夫放下棺木，为防止抬棺的绳索向下滑，用细油丝绑住了绳索，棺木继续前行了。

送灵的队伍浩浩荡荡地穿过了牛家村，向西山的阴灵沟方向进发。紧前头是路娃，他扛着一根细长的柳条，柳条上拖着长长的白幡，白幡顶上挂着条红布。路娃一路小跑，白幡和红布条在天空中飞舞，和路娃脑后的舅舅毛戏弄挑逗着。路娃后头，是一大群孝子贤孙，他们穿着七长八短的白色孝衣，拄着哭丧棒，深深地弯下腰走着，挺伤心地哭号着，像一群寻找小仔的白鹅在哇哇乱叫。孝子后头是灵柩，灵柩后头是带着铁锹、供品、香火和纸人纸马的殡葬办事的人群，他们明显不如孝子贤孙们那么沉痛悲切。再后头，就是一群接一群不疼不痒的送葬人了，他们不拘礼仪，甚至还在不严肃地说笑。按照乡俗，谁家死人，村人都有送葬的礼节，给死者捧个场面。不过，今天捧场的人特别多，这是朱阴阳事先安排的。朱阴阳说，阴灵沟让日本人占了，谁也进不去，居住在阴曹地府的先祖享受不到活人的香火和钱财接济，生活十分紧困。今天，牛老伴下阴间，村人必须去送行。埋葬后，各家各户一齐在牛老伴坟上烧纸敬香，意思是让牛老伴把各户孝敬先祖的钱财捎到阴曹地府，分送给各户先祖。所以，今天送葬的人格外多，人流排了将近二里路。朱阴阳这么做，一方面固然是为牛家丧事捧场，最主要的是想告诉人们，日本人霸占阴灵沟，开山放炮采金矿，先祖们在阴曹地府无法生存，以凝聚起乡亲，激起乡亲对日本人的仇恨。

牛老栓家的狮毛大狗老五一直卧在棺木旁不吃不喝不动。棺木前摆着煮熟的鸡肉、蒸好的点心，它从来不动一口，它好像知道那不是给自己吃的，是供给主人享用的。小兰怕饿坏它，专给它熬了盆面糊糊，它才摇摇尾巴勉强吃几口。起灵后，棺木被抬起来，它明白自己的老主人就要离开这里了，嗷嗷地、十分悲惨地叫了几声，然后就用爪子挠起了棺木。人们想把它轰走，可是棺木抬到哪里，它跟到哪里，杠夫们脚下不利索，狠踢几脚，它委屈地叫几声，又钻进了杠夫的腿林之中。

送灵队伍到了阴灵沟口停住了。牛老伴和她妹妹的墓穴就在这里。这里本不是她们安息的地方，可阴灵沟进不去，朱阴阳就择坟于阴灵沟口。自然，朱阴阳也是想让鬼魂来威吓日本人。棺木落地后，杠夫们满身大汗，东倒西跌半躺在地上歇息。两只引魂的大红公鸡被解开了绊脚，连飞带跑离远了人群，向阴灵沟方向去了。有人要追，朱阴阳止住说："别追它们，死人的灵魂是跟鸡跑的，让她们的鬼魂进阴灵沟作怪日本人去吧！"

准备安葬事宜时，哭灵的队伍稍事休息，鼓匠也停息了。孝子们撩起了脸上的遮羞布，每个人都是泪迹满脸。小兰的胳膊被人碰了一下，扭过头，看见了一张嬉皮无赖的脸。他向小兰点点头，把一块货郎常卖的新手帕递给了小兰，示意她擦擦脸上的污迹。小兰心中突然涌上了一股仇恨，差些骂出"油屁股你这个王八"，可她灵洞的脑子转了转，抑住了自己的情绪，她原先怀疑杨拐子奸污自己，得知那块银元落到油屁股手里后就把怀疑的视线移到了这个无赖身上。油屁股早对自己不怀好意，认定是他干了这种事，可她毕竟没有有力的证据。小兰擦了擦眼睛，说："谢谢会长了！你干了缺德事，还敢来见我？"

"嘿嘿，小兰，对不起你，我真心爱你。"油屁股瞅瞅周围，压低声说。

小兰一听油屁股已经认账，进一步探究说："你这畜生，糟蹋我那么久，只给我一块大洋？"

"不不不，我当时只带一块，一两天多多地给你！只要你跟我好，我把命也给你！"

小兰压住了内心的愤怒，说："好，你说了可算数，一两天你把钱送来。"

油屁股极其兴奋，他像见了日本鬼子那样，又是弯腰，又是点头，小兰把脸扭过去。

这时，一件奇怪的事情发生了。在墓穴里测试棺木放置方位的朱阴阳忽然喊起来。几个人同时跳进了墓穴，随即也惊然地探出了头，喊道："墓穴里出宝了！墓穴里出宝了！"

原来，刚打好的墓穴里竟然发现了一个钱袋，里边装着白花花的二百块银元，朱阴阳以为见了鬼钱，吓了一跳，摸摸这硬朗朗的银元，才确信这是真真实实的袁大头。

人人为之惊诧，觉得不可思议。人们确信，这绝非人为，是神鬼之意。就连张老先生这位从不信神鬼的老学究也直摸脖子找不出答案。

　　大家的目光都聚在了二木匠身上。他是打墓人，是昨天晚上最后一个离开墓穴的人。他这阵儿面色像土墙一样难看，听说了这包银元，吓得浑身不断哆嗦。他和人们结结巴巴叙述了昨天晚上他所见到的一幕。

　　昨天黑夜，皎洁的月光把山谷映得一片苍白，阴灵沟的山峰把巨大的黑影置在了牛老伴的墓穴附近，阴森恐怖。夜幕将近拉开时，二木匠将墓穴弄得平平整整，就要回村时，隐约发现一个白色的身影钻进了山冈上的小树林中。常听人们说厉鬼穿着白衣、戴着高帽、拉着长舌在黑夜出来吃人。他的心咚咚直跳。

　　突然，嗖的一声，一只狐狸从背后蹿过来。二木匠猛回头，看见那个白色的身影正向新掘的墓穴奔去，这只狐狸就是被白色的身影惊动而逃。那个白色的身影奔到墓穴旁，忽然又消失了，好像是跳进了墓穴之中。二木匠失魂落魄地跑回了村子，双腿软得像面条无法直立，回了家昏头昏脑地钻进了被子，嘴里开始胡言乱语。爹说他跟了鬼，又是围门，又是驱鬼，折腾到半夜，二木匠才稍稍清醒。

　　今天早晨，二木匠想了想昨天的事，怀疑自己眼花了，没当回事又参加了送灵。没想到，墓穴里竟出了如此奇事，他这才确信昨天真的看见了鬼，所以被吓成了这副模样。

　　当黄土填满了墓坑，又堆起一个大坟堆的时候，放炮的声音噼噼啪啪地响起来。这位被日本人杀害的第一个牛家村女人就这样离开了阳世。

　　按照朱阴阳的安排，全村送葬的几百号人都跪在了牛老伴的墓前烧纸敬香，每个人嘴里都控诉起日本人不许他们进阴灵沟烧纸尽孝，虔诚地恳求牛老伴把活人的心愿带给阴曹地府的每位先祖和亲人。无疑，这么多人聚在阴灵沟口，同仇敌忾，自然是对日本鬼子的一种藐视和挑战。日伪军上百人也聚在了阴灵沟口，静观牛家村人的行动，没敢走近一步。

三十九

　　牛老伴墓坑里出现的二百块大洋，成了全村上下、老老少少议论和惊讶的头号新闻。二百块大洋哪！牛家村百十来户人家的钱加起来都没这么多，是鬼送来的，神送来的，还是人送来的？谁会把这么多钱送给牛家？更奇的是为什么要把这钱放在墓坑？每个人都睁大眼珠子猜测、疑惑、惊奇、感叹，每个人的脸上都画着个大大的问号。

当把那二百块大洋稀里哗啦倒在炕上，块块银元射出了刺眼的光芒时，牛家人才切切实实感到，这不是梦，不是错觉，是千真万确的事实。不是牛家人不信神鬼，神鬼来无踪，去无影，是虚虚幻幻的东西，咋能和眼前这堆白花花的银元扯在一起呢？

小兰认为这银元是艳秋送来的！

大龙摇摇头，他认为牛家杀了她爹，她和牛家是血海深仇。

小兰说："艳秋和玉龙情深，再说她爹也杀了咱妈，艳秋是个很讲道理的女人。"

大龙不想讨论这些问题，因为都是猜测，他要把牛家弟兄叫在一起，商量这笔钱该咋处理。大龙心里有个打算，要把这钱先借给八路军使用，于是喊儿子："路娃，快把你叔叔和姑姑都叫过来。"

"甭叫了。"小兰说。

玉龙睡着了，这几十天他没睡过一个安稳觉。小龙到坟地了。安葬牛老伴后，狮毛大狗卧在坟头儿儿地叫，又用双蹄刨着坟头的土，众人硬把它拉回村，一不小心又跑到坟地去了，小龙又去坟地找它。迎春正伺候着爹，爹经不住折腾，几天工夫身子就倒了，迎春正给爹熬药。

小兰说："这笔钱是朱大叔捡的，应该给人家分一点。"

"他不会要，不明不白的钱他不会花。"大龙说。

小兰说："朱大叔是好人。他要把这笔钱藏起来，谁也不会知道，这么多的钱，不动心，真是少有啊！"

大龙点头称是，说："这笔钱，咱们牛家也不能花，交给八路吧！"

"什么？交八路？"小兰毛茸茸的大眼睛忽闪忽闪，不解丈夫的心思。

"八路军队伍是咱们庄户人的队伍，是打日本人的，打不走日本人，什么都白搭，八路军缺钱。"

小兰和大龙十几年夫妇，知道丈夫一贯心里做事，很少言表，刚才这些话大概是他一生中所说的最长的一段话。既然丈夫如此说，肯定是经过深思熟虑的，她不会有异议。不过，她总觉得这笔钱是艳秋送来的，应该征得玉龙同意，于是和儿子说："路娃，要不看看你三叔睡醒没有，喊他醒来。"

路娃吼喊三叔，却把二叔和二婶喊过来了。金龙和巧巧进了大龙屋，一眼看见炕上摆的银元，四只眼睛就牢牢地盯在了炕上，眼睛里闪烁着喜悦。金龙上了炕，用手搅银元，哗啦哗啦，悦耳动听，一个一个拿起来，吹一吹，放在耳根听半响，又用牙咬一咬，连连说："真货！真货！"

小兰的两只眼睛分秒不离金龙的双手。金龙这个人，见了钱像见了命，一不小心揣几块就走了。小兰机警地笑笑，把银元包了起来说："这钱来得不明不白，弄不明白不能瞎花。"

"咋就不明不白？丢在咱牛家的墓坑，就是咱牛家的。"金龙反驳。

"是呀，牛家弟兄四个平分，每人五十块，谁也甭管谁做什么。"巧巧也附和着说。

"不行！"大龙瞪了巧巧一眼。

大龙性格严冷，又是老大，全家人都惧怕他，但巧巧和金龙都不满，嘴里还在嘟囔。

玉龙被路娃挠得脚心痒痒，呼地坐起来。

这一觉睡得真舒服。这么长时间了，只有这一觉睡得最为满意。他梦见他和艳秋重归于好了。他俩还在那个山洞里头，铺着厚厚的草铺，软绵绵的青草发着芳香，他们在草铺上做爱了。两人的感情都像泄了的洪水，泥浆迸溅，咆哮翻滚，势不可挡。多么好一个梦，他多想把这个梦紧紧地搂着，永不放开，可是，淘气的侄子扰了他的美梦。他揉开眼睛，看到了院里屋里是发丧时造成的乱局，和刚才的梦境形成了截然的反差，心里顿然簇起一把皱纹。他垂头丧气地下了地，狠狠地清了清嗓子，进了大哥的屋。

金龙和巧巧两口子还在不甘示弱地争辩。

"不行，这笔钱马上平分，谁也不能独占！"巧巧拍着自己的肚子，很是理直气壮，意思她将要为牛家增添后代，要立大功了。

金龙把那包钱从小兰手里夺过，放在了自己怀中，说："我们不多分，就分五十块大洋！"

玉龙听了这话，一股气从脚底下冲到了脑门子，无名的怒火在心里焰腾腾地按捺不住。他牙齿咬着嘴唇，声音慢低狠，吐出的字像扔出的石头一样，"你们凭什么要拿五十块大洋？"

"凭我们是牛家的一员！"金龙立起了眼。

"这钱是杜家的，谁也不能动一块。"玉龙说。

"杜家的？杜家凭什么给你钱？就算他杜家的，放在妈的墓坑就是牛家的！"金龙和媳妇一齐愤愤然。

玉龙紧紧攥着两只油锤般的拳头，怒目横眉，咬牙切齿，浑身都带着杀气，像一尊铁打的金刚立在金龙面前。金龙被这威严所震，没了刚才的勇气，抱着银元向后炕挪去。玉龙跨前一步，将包抢在手里，说："艳秋早就说过，她要弄一笔钱武装护村队，这钱就是她的。"

巧巧看见玉龙抢走了钱，愤恨的烈焰在她空虚的心里燃烧起来，泪膜底下的眼珠闪着狐狸似的光芒，抱着肚子拼命向地下冲来。她要用头去撞玉龙，肚子也要同归于尽。金龙也仗着老婆的劲头从炕上扑下来。小兰拼命去拦，被两人撞着向后趔趄。大龙不得不立在小兰面前，大喊了一声，拦住了金龙和巧巧。这时候，门外冲进一股风来，在隔壁伺候老爹的迎春跑过来拉架。小龙领着老五也进了屋。老五见了各位争执对峙，立即立起后腿，爬到大龙身上舔舔，又扭过身去舔金龙和巧巧，它边舔边嗷嗷地叫着，像求告大家团结友好。这个动物缓冲了争斗的升级，虽然互相还在歪头咧脑地对骂，毕竟是声音越来越低了。

院门外，传进了一阵杂吵声音，老五敏捷地冲出屋迎向了大门。牛家村的护村队员们簇拥着一个被五花大绑的人进了院。看不清这个人的眉面，他耷歪着头，被连推带打跌撞进大龙的屋。二狗冲那人屁股蛋上踢了一脚，那人顺势倒在地上。二狗向玉龙报告说："抓了个可疑分子。"

玉龙提着那人一条胳膊将他拉起。他被打得鼻青脸肿，满脸是血，看不清面孔。玉龙问："什么人？"

那人嘴里吐了口带血的唾沫，倒换着出气，说："你们什么队伍，怎么打好人哪！"

一听这声音，大龙立即喊："李干事！"

"牛大龙？"那人嗓眼里干得像冒火，连几个字儿都挤不出来。

"快松绑！这是八路军李干事，你们咋六亲不认？"大龙狠狠扫了护村队员们一眼，亲自上前去解绳。

原来，护村队员们为了牛气一下，把上次搭救迎春时缴获的伪军军服穿在身上。他们埋伏在村口放哨，看见一个骑马人向村里跑来，就从背处闪出，横在了路旁拦截盘查。谁知骑马人一看是群伪军，掉头就跑。几名护村队员便从小路上拦截，把骑马人掀在了地上。这人爬起来就和护村队员搏斗，差点把二狗掐死。队员们发了毛，才把他打成这样。

大龙边给李干事松绑，边责备玉龙说："玉龙，谁让你们护村队乱穿衣裳！那是坏人穿的衣裳，这不是败坏护村队的名声吗？"

玉龙没吱声。论本意，作为一支队伍，应该是穿得整齐划一，可没钱做军服，看见伪军这衣裳也不错，他也没在意，就让他们穿了，没想到弄了这场误会，差点酿成大祸。他扬扬头，示意护村队员们快把衣裳脱了，他自己也帮着李干事看伤。小兰已经端来了一盆水，把李干事脸上的血迹洗了一遍。李干事哭笑不得地坐在炕沿上说："不要批评了，队伍刚成立，难免有不足。不过，他们还是非常勇敢负责的。"

护村队员们一个个直伸舌头。李干事又说："别不好意思，咱们以后是战友了。"

李干事的说话声玉龙越听越觉得耳熟，正在仔细回忆，小龙突然叫起来："三哥，你知道他是谁？我去投八路军时，八路军不收，是他出来送的我，你忘了？"

"噢，"玉龙也想起来了，可惜他被打得眉面都分不清了，一颗前门牙都被打掉了，玉龙连忙道歉，"李干事，实在对不起，大水冲了龙王庙，这成什么事情了！"

大龙说："玉龙，你们是护村队还是土匪？你得管好队伍啊！"

李干事插话说："大龙哥，不能怪护村队。八路军总部早就决定，凡是对自发成立的抗日队伍都要进行整顿和训练，可是由于八路军一直抵抗向西犯进的日本鬼子，没腾出时间来。我这次回去就向总部申请，尽快派部队干部来牛家村，一定把护村队训练成一支素质高的正规队伍。"

玉龙一听顿时高兴起来，他正发愁护村队咋能变得有点规矩，现在枪支并不少，一见鬼子进村，护村队就像没头苍蝇似的乱跑，要不就瞎放枪，没一点章法。他怕李干事变卦，就说："李干事，你们说话可算数，那我可就不再请教头了。"

"没问题，我申请给你来当教头。眼下，我和你哥正领导民工修公路，你哥在那儿很得力，基本能独立干了，我就申请来你们村子！"

"真的？"玉龙、小龙一齐问。

"我想总部会批准的！"李干事平易近人，胸怀豁达，一会儿就和大伙儿搞熟了，他对玉龙说，"到时候，咱们这个队伍不叫护村队，统一编在八路军的连队里，起码要成立一个排，你当排长，我当指导员，咱们一律穿八路军军装，戴臂章，还要扎红牛皮腰带，那多神气！不过，以后谁也不许穿伪军军装！"

李干事这一说，大伙儿个个心花怒放，每个人的眼里都冒出了兴奋的火花。刚才殴打李干事的几个护村队员生怕李干事记恨，就悄悄和玉龙挤眼睛。

玉龙向李干事解释道："李干事，不要记怪，他们也是怕坏人进了村子。"

李干事仰天笑了笑，露出了刚才被打掉的豁牙，说："你们还解释什么？我难道连这点都不懂吗？"

玉龙向护村队的弟兄们兴奋地喊道："听见了吗？放心吧！人家是从省城念大书来这儿的，在省城还领导过抗日的大游行呢！"

李干事一听玉龙的话，大大地吃了一惊，他摆了摆手，问："玉龙，你怎么知道我的经历？"

"嗨，你小看我们山里人了，哼，我还知道好多事呢！"玉龙顺便卖了个关子。

其实，这些情况是艳秋告诉他的。就是那次，八路军不收小龙入伍，李干事送出来告别安慰，艳秋一眼就认出他是省城念过书的学生，而且领导过抗日的罢工和游行，但艳秋不知他姓甚名谁。当时艳秋女扮男装，也没有攀扯这层关系。

李干事追问玉龙是谁告诉他的。玉龙没办法了，只好说："是艳秋，杜艳秋告诉我的。"

"杜艳秋？啊？是她？你咋认识她的？"李干事把熊猫黑眼睁得老大。

"我？哈哈！我咋能不认识她？莫非你也认识她？"玉龙反问。

李干事猛地感到自己唐突了，立即摇了摇头说："不认识，我不认识她，不，不认识。"

李干事这一串不自然不协调的动作、表情和口吻，给所有的人都留下了深深的悬念。大伙儿虽不知道缘故，但认定这里一定有些名堂。连大龙也看看这个，又看看那个，想从大伙儿的脸上找出答案。

李干事有些尴尬，但很快平静了。他转了话题，对满地的护村队员说："对不起了，我找牛大哥商量事情，你们先干自己的事吧。"

屋里就剩了大龙，玉龙和小兰也回避了，李干事反复强调要坚持保密原则。日本鬼子侵略中国，资金严重不足，他们就指望在中国开金矿炼黄金，以保证他们的军费开支。八路军打鬼子也没有钱，就想了一招：支持日本鬼子，利用他们的技术设备和人才尽快生产黄金，等他们生产出来，严密部署，一举缴获。这就是借日本鬼子这只老母鸡为八路军下蛋，也是八路军的基本策略。所以，八路军发动民工加快修筑公路，只有公路通了，白云、陶林的金矿石才会运到阴灵沟来加工冶炼。当前，修路民工逃跑问题严重，尽管鬼子每天抓丁补员，可抓来的人都消极怠工，甚至破坏公路进展。所以，八路军在修路队伍中派了许多干部，专门给日本人当维持会长，想尽法子让民工好好干活。可是眼下，许多民工家境困难，长期在公路干活，家中老小无人养活，所以八路军就得筹集资金，帮助民工解决困难，好使他们安下心来修筑公路。这次大龙回家，一方面是为母亲发丧，更主要的是帮助八路军总部绘制阴灵沟地图，完全是为以后缴获黄金做准备；还有一个任务是想法筹集资金，解决修路民工的家庭困难。

这就是他们的秘密。

大龙从小生长在牛家村，牛家村周围的山山水水、沟沟岔岔如手上掌纹。他已帮总部把阴灵沟的详细地形全部画到了纸上。意外的是，他在营救迎春时还了解到了敌人的驻扎情况。更使他高兴的是，他听说迎春和一个小鬼子恋爱上了，又相遇了老朋友张小三。他明白，以后劫夺日本鬼子黄金时少不了有内线里应外合，这样事情会顺利得多。所以，他已经和玉龙、小兰说了他的想法，一定促使迎春和那个小日本鬼子把感情拉近，同时要把张小三作为教育和争取利用的对象。大龙现在担心的事是筹集资金的事，虽说有人送了这二百块大洋，但玉龙的工作还得做。玉龙的话是有道理的，但大龙相信玉龙是个开通人，只要自己出面，面子还是给点的。所以他非常乐观地和李干事说："李干事，我一两天后回工地，保证把资金带去。"

李干事一听，有点急，"啊呀，一两天可不行。大龙，工地上的人只有你能管住，这几天你不在，都快要乱了。我今天急匆匆来找你，就是让你马上回去。"

"马上？"大龙的脸立即沉下来，摇摇头轻轻地说，"不行！"

"为什么？"李干事着急万分。

大龙嘴唇动了好几回，难以启齿，把头低下来，长叹了一口气。

"你到底是为什么呀？"李干事还是不解，最后也没让步，就说，"那就这样，我先走一步，你快点赶上来。"

李干事走了，大龙把小兰喊回屋，问："小兰，玉龙呢？"

"他领着护村队去瞄靶子了。"

"喊喊他回来。"大龙说。

"做什么呀？是钱的事吧？"小兰自信猜中了，"玉龙把钱交给我了。他是怕钱落在金龙手里，不是赌博就是串门子，不当正用。再说，咱们杀了杜老爷，可花人家的钱心里难受，所以谁也不让动一块银元。"

"那咋办呢？八路军急需要钱呀！"大龙为难。

"你还不知玉龙，你要张嘴，他能顶了？他说了，给八路军用是正经事，先用着，以后凑起来还给艳秋。"小兰说着，变戏法似的把钱包从门后一个旯儿里提出来，数下五十块说，"护村队也是为了打鬼子，他们也得花钱。"

大龙接过钱包，撩起衣襟塞在裤腰带上，两只眼直直地盯着小兰。

"盯我干什么？"小兰莫名其妙。

大龙呼地扑了过来，抱住了小兰，把自己宽大的脸贴在了小兰的小圆脸上，疯子似的吻起来。

小兰又想了那段可耻的往事，热辣辣的泪蛋子滚出来，粘住了两人的脸。小兰把大龙搂得更紧，说："大龙，要不咱们把那规矩破了吧？"

大龙又沉默了一会儿，把小兰的手慢慢拨开，轻轻地吻吻手背，把手推回了小兰的胸前，身体向后退了一步，说："规矩不能破！"

"破了吧！"小兰哭了，像呼唤。

"不，不能破！"大龙毅然摇了摇头，"小兰，三个月后，公路就修到咱村了，我就不再离开你了。我走后，记着迎春的婚事，也记着团结小三子。"

小兰不断点头,她望着丈夫大步跨出了门外,也不知是一种什么情绪,禁不住又呜地哭了起来,可她马上用双手捂住了自己的嘴巴,那哭声就从喉咙里钻进了心底。

四十

这天中午,迎春还是不想吃饭,一个人脸朝墙壁躺下。她哪里能睡得着,两只手摁着乱蹦的心,闭着双眼想安宁自己。可她一合上眼,山本四郎的身影就立在了眼前,一页一页甜蜜的回忆在脑际里乱演,她的心跳得更欢。尽管妈妈刚刚埋葬了二十多天,她应该还在怀念她,可是,这种怀念,在她的感情领地几乎没有了地盘。

迎春真感谢小兰。小兰已经明白了迎春和山本四郎这场恋爱的政治意义和军事意义。为了和山本四郎搭上关系,小兰狠心把自己六岁的儿子路娃打发进了阴灵沟。路娃剃个光葫芦头,天灵盖上留着小月牙。他光着屁股蛋子,挺着个小鸡,居然也毫无畏惧地进了阴灵沟。鬼子兵们都围着他戏逗,每个鬼子都用指头戏他的小鸡,他沉着应付,故意露出了淘气。其实,他心中有数,瞅了个空子,找见了山本四郎,并给他传递了一个重要的信息,他悄悄说:"我姑姑想见你,黑夜在阴灵沟口……"

迎春和山本四郎在一块早就物色好的厚厚的草甸子上约会了。

那天,夜空轻柔得像湖水,隐约得像烟雾,又像一条巨大的被子,盖住了两个羞羞答答的人。于是,山本四郎这个在迎春看来有点小孩子气的日本人终于热烈地甚至有些粗野地拥抱住了她,长吻了她。他半通半不通的中国话里浸透着浓厚的感情。异性间的狂热更上一层楼。山本四郎急促地呼吸,用发烫的手拥摸着她的胸部和乳峰。一阵阵电流传遍迎春全身,她在颤抖,腾云驾雾般昏沉沉、飘飘然,她用湿润的嘴唇羞怯地却是深情地配合着他的疯狂行动。她真的全身心地爱上了他。后来,她披着长发,蜷着身体静静地躺在了他的怀中,任凭他去抚摸。她轻轻地、一下一下地梳理玩弄着自己的头发,然后把头发一圈一圈绕在了山本四郎的指头上和手腕上,山本四郎就又用双手把她的脸颊捧住,狂吻着……

那天冷静下来后,山本四郎提出了一个奇妙的想法,他要迎春跟着他,逃到老远老远的地方,选择一个安安静静的没有人压迫人、人杀戮人的地方去过那种安宁闲逸的生活。迎春始料不及,没能答应他。迎春不愿离开牛家村,主要是小兰已经明确告诉她，要她说服这个小鬼子帮助八路军把日本人生产黄金的技术资料和图纸搞到手。那天，趁着那股热劲儿，迎春把这想法和山本四郎说了，不曾想，山本四郎一听，立即丢开了迎春，连连摆手摇头，结结巴巴地说："不，不，不可以的。"说完，就失魂落魄地拔腿跑了。迎春这阵儿闹心思，就是担心山本四郎因此和自己的关系冷落。

此时，路娃悄悄进来，又悄悄爬在了迎春脑后，冲着她的耳朵吹了口热气，把迎春吓了一跳。她坐起来，举手要打路娃，路娃咧嘴笑着，豁牙处长出了雪白的小嫩牙。他说："姑姑，我妈哭嘞！"

"咋了？"迎春问。

路娃头摇得像拨浪鼓，表示不知。

迎春赶到了大嫂那屋，见小兰眼里噙着几颗肥大的泪蛋子。她面孔憔悴，脸色蜡黄，比前几天明显又瘦了一圈。她正在地上洗衣裳，见了迎春，赶快擦了泪，换成笑脸，"迎春，这几天你咋走魂忘神的，又想那小日本了？"

"还有心思逗笑！"迎春关切地问道，"你是咋了流泪？看你瘦成什么样，是不是有病了？"

小兰摇摇头。

迎春硬要追问个究竟。

小兰只好说："我太劳累了，下身流血不止，有点血不归巢。"

"咋？你是不是小月了？啊呀呀，妈要是在世，不气得抓破门板？你咋弄得小月了？"

小兰脸上掠过了一层冷淡悲凉的神色，摇了摇头，不承认是小产。迎春把她强行扶到炕上，硬把脑袋摁在枕上说："还洗什么衣裳，快睡下！"

迎春要帮小兰洗衣，这时才发现，满地都是沾满泥垢的衣裳，就问："大嫂，哪来这么多衣裳？"

"护村队的。他们每天训练，一滚一身泥，不管咋算个部队，总该干干净净。他们大多没媳妇，都是点邋遢鬼！我不洗，谁给洗。"小兰接着说，"迎春，快去看看爹，有一阵不见了。"

"爷爷在大门外烧火！"路娃说。

"快叫回来，本来就咳嗽气短，不让烟熏死啦！"小兰催迎春去大门外搀爹，自己挣扎着下了炕。迎春出了门，满院子满村还是混混沌沌，烟雾弥漫。二木匠和他爹都跟上了鬼，每天胡话连篇，一阵儿是屈死鬼拉他，一会儿是饿死鬼吃他，全村人吓得魂不守舍，都怕鬼闯进自家，都在自家门外堆火熏鬼。这二十多天了，烟熏得把绿树叶都变成了黑色一片，每个人咳出的痰都墨黑墨黑。牛老栓坐在火堆旁，一边用一根木棍翻搅着火堆，以使它不致熄灭，一边揉搓眼不断大咳。迎春二话没说，抱起老爹的后腰，连拖带拉弄进屋，扶上炕上让他休息。

迎春又过了大嫂那屋，还是坚持帮大嫂洗衣裳。小兰用湿手向迎春弹了一脸水点，说："你三哥走时咋安顿你的？让你把村里的闺女和小媳妇串联一下，打日本人是长期的事，光靠男人不行，女人也得上阵。如果你三哥能把艳秋找回来，咱们女人也要成立娘子军了。你快去联络联络她们！"

迎春不情愿。自从她被鬼子抓过以后，村里闺女们见了她都嗤之以鼻，背后里议论她被日本人这了那了。她和山本四郎的事，村里也嚷嚷开了，许多人歧视她，她见了她们也别别扭扭。

"迎春，去吧！村里人说点闲话是小事，打日本鬼子是大事！你去串一趟，到黑将来，大嫂让你看一场好戏。"小兰说。

"什么好戏？"迎春奇怪。

"你先联系闺女们入队伍的事，回来就知道了。"

迎春不知大嫂葫芦里卖的什么药，只得疑疑惑惑出了门，还没出大院，忽然有个人慌慌张张进了院，差点和她撞个满怀，迎春定睛一看，正是自己日夜想念的那个小鬼子。他嘴唇上贴了一圈细胡子，穿着老百姓的衣裳，一见迎春，就把她拉在一个角落，撕掉胡子，急急忙忙地告诉迎春："明天日本部队要进村消灭护村队。油屁股已把护村队的名单告诉了日本人。日本人要一个一个抓，抓不住就抓家里的亲人，要不就烧房子。"

迎春扭头奔向屋里，小兰一听大惊，出门要问个仔细，山本四郎已经走了。小兰说："迎春，赶快告诉二狗，还有张老先生、朱阴阳，让他们赶快来咱们家商议。"

小兰没心思洗衣了，她急忙奔到山药窖前，听听里头，听见咚咚地挖土声，她伫立在了那里。

小兰四十多天没来身上的东西了，已经意识到自己怀上了娃。大龙从正月出去修路，夫妻俩至今没得一个机会，不是那狗的种是谁的，小兰又急又气又恨。这要是生下来，大龙不打断自己的双腿。更主要的是，她厌恶透了油屁股这个畜生，即使别人不知是谁的种，她都不想把这个恶瘤一样的东西留在自己腹中。她从灶膛里掏了半碗烧焦的红土，研成细末，用凉水拌成糊状，咬着牙喝进了肚里。果然十分灵验，经过一阵打滚挣扎后的疼痛，她的下部马上血流成溪，那个孽种就被消灭在了萌芽之中。几天来，小兰身体软弱如泥，今儿上午依旧没进山放羊。小龙已经替她去顶工三天了。

上午，油屁股突然喜冲冲进了小兰的屋。小兰没有迁怒于他，她心里早就想好了整治这个畜生的主意。小兰带着一点礼貌说："大会长，你咋又有了时间？"

油屁股心里更加乐滋滋。他上次做了那事，小兰没有揭露，也没有憎恨的意思，今天又如此客气，心里想：这女人都是这样，谁干她，她就亲谁！于是更加得寸进尺。他耀武扬威地从腰间掏出一个红色的布袋，啪地扔到了炕上，袋子里发出了咣当咣当的银元碰击声。他说："小兰，这大洋都归你！我真的爱死你啦，你要随我，我还会弄来很多！"

"哟，你哪来这么多洋钱呀，你真有本事。"小兰故意套他。

油屁股的神态和表情更加傲慢，一边往小兰身边挪蹭，一边说："小兰，你怕哥缺什么？放心吧，只要你随哥，还缺你钱花？"

小兰推开了他那双干瘦得像鸡爪似的手，说："不要动手动脚！"

"我实在是爱你呀！"油屁股又把手伸开，扑向小兰。

小兰躲开他，说："会长，我最近身体不好，你不看我脸色？"

"我实在是忍不得啊！"油屁股不由分说，又一次扑向了小兰，把小兰死死地抱住，一只比狗舌头都长的东西在小兰脸上乱舔。

小兰拼力挣开，大声说："油屁股，放开我！你听我说，在家里不能干这种事，一会儿迎春听见，不要了咱俩的命？再说，路娃也在隔壁，一会儿跑一趟，让他看见了还了得？"

"去什么地方？"油屁股松开了手。

小兰指指院外说："还在老地方。"

油屁股兴奋极了，拉着小兰要出院。小兰说："咱俩咋能相跟着出去，让人看着咋办？你先下窨，把里边的脏东西清理清理，我马上就下去。"

油屁股鬼鬼溜溜出了门，绕着羊圈后的小旮旯，摸到了山药窨，一蹲屁股，扑通跳了进去。那窨也太深了，把腿差些闪断，他提着一条腿想喊痛，又怕人听着，就龇牙咧嘴地长呼吸。

这时，窨顶有簌簌的声音，油屁股知道小兰来了，赶快进了窨窑里，开始清理里面的脏物，以便一会儿大弄神通。

小兰的确来到了窨口。她把四根早准备好的短棍架在了窨口上，在棍与棍的间隙，放了五六块几十斤重的大石头，把油屁股像圈猪一样圈在了窨里。只要油屁股动动棍子，那些大石头会立即掉下去，油屁股就会被砸成肉泥。当她完成了这项工作后，油屁股已把窨窑里打扫得一干二净了，在窨里喊："小亲亲，你下来吧！"

小兰没吱声，从缝隙处扔下了一把短锹，说："油屁股，你抬起狗头看看，上面老娘给你架好了镇物（平常指镇邪之物），你想从这儿出去，除非你长着八十颗脑袋。你的出路只有一条，用这把锹向南掏个洞，掏到一丈五之后，正好通到我家的茅坑里。让你吃饱了屎，喝饱了尿，老娘再把你从屎坑捞出来。从此以后，你立即滚出牛家村，不要让我看见你。你如果不滚出这个村子，我要把你的恶事告诉牛家兄弟，把你的狗皮剥两层，把你的脑袋割下来扔进这个茅坑里！"

小兰说完，又在窨口上加了几块大石，确信油屁股不会逃出来，才回到了屋里。小兰并不想将此事张扬出去，她只想让油屁股受一次污辱，受一次惩罚，出出内心的恶气，也让他不敢再在自己身上下蛆。可是刚才她听说油屁股将护村队的名单报告给了日本人，而且从中挣了一笔洋钱。她确信这消息是真实的，因为油屁股扔在炕上的钱袋子里装了不少银元，如果不是出卖护村队，他哪会来这么多洋钱。一股股仇恨不断从胸中喷涌出来，小兰想把这个出卖护村队员的汉奸用石头砸死在粪坑里。

小兰静静听了一阵窨里的动静，知道油屁股还在向茅坑方向挖洞。茅坑有丈许深，四壁都是光滑的胶泥，纵然他掏通了洞，没有人搭救，也只能在屎尿坑里扑腾。小兰听到大门外有杂吵声和急促的脚步声，赶紧回屋。脚前脚后，二狗领着十几个护村队员进了院。张老先生熟悉的咳嗽声也传进了院子，屁股后紧跟的是朱阴阳。

人们挤进了屋子，立即吵得像要掀起屋顶。护村队员们个个咬牙切齿，跺脚捶胸，嚷嚷着去抓油屁股，要把他的筋一根一根抽出来，要把他一刀一刀割死。小兰不敢说出油屁股就在窖里，当然是害怕那件丑事被张扬出去。

张老先生把抽完的一锅烟磕在了炕沿上，挥着干瘦的双手制止着乱吵的人群。人们立即安静下来。

张老先生说："油屁股出卖乡亲，肯定不敢在村里待下去。咱们当务之急是咋应付这一场灾难。依我说，咱们的护村队打不过日本人，还得去找八路军保护咱们。二狗赶快派几个护村队员进山找八路军，八路军是保护老百姓的队伍，他们不能不管。剩下的护村队员，赶快进魔掌沟，多寻几个山洞，把洞里都垫上干草和羊粪，今儿半夜，乡亲们就全部转移进沟里，先把人保住，其他事情再说。"

张老先生在村上德高望重，加上玉龙不在，只有他说了算数。

朱阴阳却提出了异议，说："日本人一来，我们就逃跑，逃到什么年头？我们成立护村队，为了什么？"

张老先生耐心地说："护村队从武器、人数和打仗经验都不如日本人，硬拼只能吃亏。等玉龙回来，把队伍训练好，再让八路军帮助一下，咱就不怕他们了。"

根据张老先生的意见，护村队就一分为三了。二狗领着一部分队员进魔掌沟为乡亲避难打前站，又派三个队员去找大龙和八路军的李干事。剩下七八个队员，由金龙带领守护村庄，严密监视敌人进村。

小兰和迎春的任务是通知各家各户，尽快做好进山的准备。

日本人进村的消息如长了翅膀，一下子飞遍了全村。各家各户大呼小叫，进进出出，收拾东西，惊慌失措，忙头失乱。小兰转了几家，觉得心慌头晕，浑身酥软，下身又湿乎乎的，流出许多东西。她回了家，清洗一番，心里恨透了油屁股，村里的这一切都是这个畜生造成的，他死有余辜。小兰估计油屁股现在已经把洞挖进了茅坑，她在院里又捡了五六块碗大的石头，要用这些石头把油屁股砸死在茅坑。

果然，油屁股站在茅坑里向上仰头。他浑身沾满了粪尿，看得出来，他曾竭尽全力想向坑口爬去，可光滑的胶泥墙几度把他滑落下来，浓稠的粪尿溅满了他的浑身，一股股恶臭不断从坑里冲上来，熏得小兰作呕。

油屁股看见了小兰，立即求告起来："小兰啊，我真对不住你，我是头毛驴，你饶了我吧，我再也不敢欺负你了！"

小兰奋力向坑里扔进了一块石头，石头溅起了一片稀粪，油屁股满脸满头都得到了照顾。

"小兰，你饶了我这条狗命吧，我再也不敢干坏事了！"坑底又传上了阵阵哀婉凄凉的求告声。

小兰双手死死握着石头没有动，心眼里却又动起来：虽然这畜生欺侮了自己，何至于砸死他呢？他真死在这茅坑里，自己该向牛家做何解释？牛家又该向村人做何解释？自己的名声又咋能保住？他是出卖了护村队，好在村人还没有真的被日本人抓走。再说，村人自有村人的法度。俗话说："让人一步自己宽。"或许，这畜生经过这一次真能变个好人。

小兰想了这些，握石头的双手慢慢松了，两块石头重重地落在了地上。她向坑底的油屁股骂道："油屁股，姑奶奶今天给你留条狗命，可是我告诉你，你还要这么坏下去，迟早会被别人砸死的！"

"奶奶，我真的发誓，再也不敢干坏事了！"油屁股扑通一声跪在了粪尿中，直向小兰磕头。

小兰把一根绳头拴在了坑口的扶杆上，另一头扔下粪坑，说："快逃狗命去吧！你出卖了护村队，他们到处抓你，他们要挖你的双眼，叫你再也看不见世界；他们要割你的舌头，再不让你出卖村民；他们要剁断你的双腿，让你再不能走路！"

小兰骂毕，扭头回了屋。她插上了门，手里握紧了玉龙给她的那支手枪，她怕这个无赖从坑里爬出后又冲进屋来。可是，许久许久，院里没有动静。

油屁股爬上粪坑，早跳墙逃得无影无踪了。

太阳逐步向西山靠拢了，光焰却显得更加明媚。鬼子比鬼更厉害，村人们听说鬼子进村，顾不得在门外堆火熏鬼了，纷纷准备逃难，所以村子上空的烟雾渐渐淡薄，露出了湛蓝的天，阳光也显得明媚耀眼。小兰知道牛家已是日本人的眼中钉，他们进了村，会首当其冲对准牛家。在这个年代，一切都豁出来了，房子背不走，抱不走，是烧是毁，听天由命了，她担心的是老爹一步一点头的咳嗽，能不能进魔掌沟，纵然进了沟，阴潮冰冷，身体能否扛住。自己的身子也虚脱了，一折腾，怕是命也不能保住。

突然间，几声尖利的划破天空的令人心悸的猪叫声响彻了全村。小兰的心和全村人的心就开始擂鼓般蹦跳起来。

这是玉龙发明的信号猪。

护村队成立后,便在牛家村最高处盖了个草棚,护村队员们轮流在草棚里瞭哨,一旦望见敌人来村,就赶快转移群众,组织护村队员抵抗来犯的敌人。可草棚离村太远,把敌人进村的消息告诉村民,要耽误许多时间,弄不好敌人也就进了村。玉龙弄出了这么一招:把自家的大猪抬到了山顶的草棚,一望见敌人的烟尘,立即用大锥子刺扎被拴起来的猪大腿,猪就拼命号叫起来。这猪号叫起来,声音高亢尖利,叫声穿山越岭,在山谷里也得回荡半响。可护村队有明确规定,非是敌人进村,否则决不可让猪乱号。

小兰听到满街是人喊马叫,前院后屋尽是乱跑的脚步声,全村乱作一团。小兰想:山本四郎说得清清楚楚,日本鬼子明天上午来村,咋提前来了呢?

迎春从大门外闯进来,喊:"大嫂、二嫂,快跑吧,日本人进村了!"

牛老栓和巧巧都出了门,小兰让迎春扶着爹,自己扶着已经怀孕六个月的巧巧,急匆匆出了大门,汇进了逃难的人群,向着魔掌沟方向奔跑。人群跑出了村子,很快拉开了距离,七老八十的干脆坐在地上不走了,反正活了这么大岁数,打下了该咋就咋的主意。牛老栓一家跑出村不久,也个个跑不动了。小兰改变了逃跑的方向,领着家人拐进了一条不显眼的土沟。前一阵小兰来这儿放羊,在这沟口拾住了一个玉咀,像是老古人抽烟的烟嘴,这是不久前那场洪水从上游冲下来的。她溯沟而上,百步之后,发现土沟里被洪水冲出一个窑洞,洞口很小,里边黑洞洞的,也不知有多深。当时,一个女人家没敢探个究竟。今天逃难如此紧急,不如钻进那个洞口躲躲,想他日本人也不会找见。于是,一家人进了土沟,很快看见了那个洞口。众人把洞口的虚土清理了一阵,洞口就豁然开朗了,光线照了进去,里边大得很。他们不敢往最深处摸,因为不知道里头有什么蛇虫或怪物。但这个所在,的确是个藏身的好去处。

金龙今天总算捞住了一个大出风头的机会。平素,玉龙在,他插不上手;二狗在,也没他出头露面的事儿。今儿他算有了兵权,领了七八个护村队员,命令他们猫着小腰向村北的山坡上冲。山顶上并没有敌人,直起腰杆有何不可,可他非要按练兵时那种架子走。他们冲上了山顶,远远望见一片尘土,一队人马,看上去二十有余正冲进村来。他又一个命令,大家就卧倒成一片,一卧倒,就什么也看不着了,站起暴露了目标，怕敌人打着。这可咋办？他就又命令队员坐在山顶上。

这倒能看到敌人了，可坐着拉不开枪栓。金龙把枪递给了旁边的山山说："帮我拉开栓！"

山山没好气，把枪扔给金龙说："把那个铁疙蛋往后拉，再往前推，子弹就上去了。"

金龙照着山山的说法，前后一拉一推，啪的一枪，子弹从山山头上掠过，把山山那个烂毡帽打得飞上了天，转了十来个圈才跌在地上，被一股风顺山坡刮下了村底。山山妈呀一声尖叫，吓得趴在地上，浑身抖成一团。他骂："操你妈，你不打鬼子，咋向我开枪？"

"什么枪，连烧火棍都不如！"金龙边骂边扔了枪，过去摸了一下山山的头顶，没伤一根头发，又骂道，"操你妈，子弹还给长个眼睛？"

由于刚才那一声枪响，敌人发现了山顶上的护村队员，子弹啾啾地向山顶上飞来。

金龙命令道："拉栓，咱们也打狗日的！"

众人都拉开栓，每人向山下的敌人放了一枪。不曾想，敌人顺着进村的山路已经爬到了半坡，一排排子弹不断射向山顶。虽然子弹离队员们很远，金龙着了大怕，向大伙喊道："敌人进村了，咱们打不过狗们，快跑啊！"喊完，首当其冲沿山向南沟那边跑去。其他队员也撒腿逃跑。

七八个队员瞎跑一阵，山山腿下被什么绊了一跤，仔细看是一支三八大盖步枪，再细看，金龙脑袋钻进了一个枯墓坑里，屁股蛋还露在外面，瑟瑟发抖。山山用枪杆子捅了一下金龙的屁股，金龙以为敌人追了上来，连喊着："爷爷饶命！"七八个护村队员哭笑不得，拽着腿把他拉出枯墓，他灰土盖脸，像犯了墓虎的二鬼。

这时，骑着高头大马的一群人已经冲进了牛家村。

四十一

进了牛家村的部队，竟然是张小三率领的伪军。

这些天，阴灵沟里又开进了三个小队的日本兵。一个小队开始征召民工，在阴灵沟里修筑冶炼黄金的工厂和车间；一个小队加强警戒保卫阴灵沟的建设工程。另一个小队专门清剿八路军和各村抗日武装力量。负责清剿的小队有三十多人，武器精良，昨天进驻阴灵沟后，当即决定第二天一早就清剿牛家村的护村队，并要伪军做先导打头阵。

张小三现在是伪军的连长了。上次玉龙和护村队进沟救迎春，日本人把罪名加在伪军渎职上，把连长开膛划肚处决了，张小三被迫当了连长。他得知明天要清剿牛家村，而且要让伪军打头阵，这就是要自己亲自去杀害牛家村的父老乡亲，这件事他想都不敢想。可是，如果不听日本人的摆布，自己的下场肯定会比连长更惨。他已经看清了，自己这个角色越来越难演，日本人和老百姓的仇恨越来越大，自己向左不敢，偏右也不行，真是水萝卜做凿子——里顶不住，外也扛不住。他准备逃跑，离开这个鬼也不能待的地方。伪军这伙人，一多半他能指挥动，他打算带着部队集体逃阵。但是，临阵脱逃之前，他决定要把日本人清剿牛家村这个消息告诉玉龙。他正想着招数，看到日本人拉出几匹马来，要杀掉为新来的兵士享用。张小三立即计上心来，去找日本长官，说军马在山区打仗非常有用，不可随便屠杀，他申请自己带领部队，到各村去抢牛抢羊，为皇军改善生活。日本长官大喜，当即批准他带领一个排，开出了阴灵沟。

出发前，张小三让李冬和瘦猴这两个贴心的兄弟打开了军械库，把三千多发子弹全部卷包。他本来挎着二八盒子，又顺手提了一支三八大盖。

一个弟兄不解，问："还用你拉大栓？"

"少管闲事！"张小三骂道，心里想：知你妈个×，一支枪就能换五块大洋，五块大洋就是五条牛，够弟兄们大吃半个月。

一出阴灵沟，张小三就宣布了他的脱逃计划。大伙因为都受够了日本人的气，个个拥护，可就是不知往哪儿走，都把目光聚在了张小三脸上。

张小三早就想好了路，他说："今天，咱先去牛家村，不许打人也不许骂人，更不准抢老百姓的东西。咱们买十几只鸡，买一头猪，饱饱吃一顿。想回家的，每人发一杆枪，一百发子弹，算是盘缠路费；不想回家的，跟我走，咱们进深山里找个窝，请个财神，拦个商贾，保证比现在活得好！"

大伙没有单奔的，都要跟着张小三走。

张小三说:"那好,既然这样,以后就得听我指挥,谁不听话,爷崩了谁!"

张小三的队伍到了村北口,正遇上金龙领着护村队瞎打冷枪,真是瞎猫碰上了死耗子,一颗枪子不偏不正打中了张小三的坐骑。马向后跌倒,把张小三摔了个狗吃屎,腿也有点拐了。众位士兵纷纷向山顶开枪,张小三喝骂道:"别开枪,老子咋告诉你们的?"

伪军进了牛家村,村里已经家空巷空,一片安静,忽然看见大街上站着个人,手里握根大棒,怒目而立。张小三走近前,原来是愣福来。

"我妈又老又丑,不许你们抓走!"愣福来听说日本人见女人就抓,害怕把他妈抓走。

张小三笑笑,一看就知他是个愣子,说:"兄弟,抓你妈干什么,抓你妹妹还差不多。"

"我妹妹跑了,跑进魔掌沟了。全村人都跑那儿了!"愣福来一听不抓他妈,立即咧开嘴,露出了满嘴又黄又臭的大牙,给张小三提供着他妹妹和村人的情况,还用手比划着方位。

众伪军笑得前仰后合,张小三心里却着急日本人清剿牛家村的事该咋传递,于是又问愣福来:"嗨,你告诉我,牛玉龙在哪儿?"

"牛玉龙?"愣福来想了想,摇头说,"他不在村十几天了,他亲了我妹妹,又亲那个女匪,他见女人就亲,他是个王八蛋!"

张小三问不出究竟,无心取乐,就直接进了牛家大院。大院里鸡猪都很悠闲,三头猪躺在东墙根,享受着快要落山的太阳,鸡婆们咕咕地叫唤着觅食,一只公鸡正想调戏鸡婆,看见进来一伙人,抬起了一只爪子,在空中悬着,犹豫许久,始终没敢向鸡婆动手动脚。

张小三吼喊了半天,里外没有应声,便领着队伍出了大门。他知道下院就是二狗家。他对二狗两口子余怒未息。日本人奸污桃桃,和二狗撕打,如果不拉开二狗,他的小命早就没了,结果为此挨了两口子一顿暴打,好心做了喂猫之食。他一挥手,众伪军一齐进了院,满院的鸡子被惊得四处乱飞。张小三说:"弟兄们,今天就在这小妹子家吃饭。逮鸡的,煺毛的,烧火的,和面的,上!"

张小三分配完任务,又喊来了李冬和瘦猴,命令他俩快马加鞭,赶快把逃跑的乡亲找回村,告诉乡亲,张小三不欺负中国人,特别强调把日本人清剿护村队的消息告诉乡亲。他安排完毕,就面朝天躺在了桃桃的炕上,架起了二郎腿,哼起了东北二人转:"正月里那个是新年那,一队秧歌到门前那……"

众伪军像一群没头的苍蝇,乱动乱撞。有的抱柴烧水,有的找来米面。最热闹的是满院逮鸡,鸡子飞天落地,鸡毛像大雪片在上空飞旋。一个士兵抓鸡被猪食盆绊倒,吃了满嘴猪食,众兵的笑声像炸了一堆鞭炮,惊得张小三把头探出了窗外,看见弟兄们乱哄哄地逮鸡,个个满头大汗。他跳下了地,揭起了笼盖,里边正有剩下的莜面芋芋,抓了一把,把酒倒在上面,到院里喊:"别闹了,看老子的!"说完,把一大团被酒浸泡了的莜面芋芋抛到了院子里,然后命令士兵们不要乱动,赶快在墙角站立。一会儿,鸡婆们见士兵们不再骚扰,小心翼翼地提起爪子,又鬼鬼祟祟地慢慢放下,渐渐逼近莜面芋芋。当第一只鸡勇敢地叨起了一团莜面芋芋时,其他的鸡婆便忘记了惧怕,一拥而上,互相抢叨食物。莜面芋芋互相粘着,一只鸡叨着跑了,几只鸡在后头拼命追啄。它们激烈地争夺了一会儿之后,忽然拍拍翅膀,个个屁股后坐,一会儿便一只接一只地开始摇晃,有的醉倒在了地上……

士兵们一齐惊赞连长有法。张小三趁机骄傲地说:"你们笑个屁!嫩着呢,好好学吧!"

众士兵捉住了那些摇晃和倒下的鸡,开始宰杀,烧水煺毛……

两个士兵蹲在灶口前点炉火,点着灭了,又点着,又灭了,浓黑的烟弥漫了屋子,士兵的眼睛被熏得像猴屁股似的。张小三哼小调的嗓子被呛得干咳个没完,坐起臭骂:"我说,你妈咋养你了,笨得连个屁股都掰不开!"

士兵又捣鼓半天,火还是没点着。张小三跳下地,端起锅来,看看送风的口子,又阔又宽咋就不吸烟了?他挽起了袖头,伸胳膊往风口子一摸,骂了一声,从里边拽出一团东西,就是这团东西把顺风道堵得严严实实,咋能生着火呢!一块破布包着一个黑漆的梳头匣子,里边尽是些描眉画唇的化妆品,什么唇红纸、黑眉膏、涂脸粉……这对桃桃来说比命都重要,她逃跑时没处藏,认为炕道里最安全。张小三把这些东西狠狠地摔在地上骂道:"真是个妖婆!"张小三脸上突然乐出了三四道皱纹,他发现了两只银耳环,一只玛瑙耳环,还有一个翡翠戒指。他乐哈哈地欣赏了半刻,顺手给点火的士兵一人分了一只银耳环,说:"拿去,窑子里逛一趟够了。"他把其余的东西装进了自己的内衣。

乡亲们逃难并没进了魔掌沟,都聚在沟口向村里张望,好大一阵不见村里放火冒烟,心里慢慢平静下来。恰好李冬和瘦猴赶到,把事情说了个明白,乡亲们才半信半疑,都磨磨蹭蹭向村里走回来。

桃桃从村外回来,一进院,鸡毛乱飞,血迹斑斑,立即坐在院中,两只脚乱蹬地,哭骂道:"枪打了脑袋的日本人,把奶奶的鸡都杀光了。你们不得好死,吃了奶奶的鸡,从喉咙烂到屁股。"

屋里冲出几个伪军,端着枪喊:"号丧?起来!"

桃桃站起来,掉过头向院外跑。

张小三挎着盒子枪,喊:"回来!不回来枪子儿就钻你屁眼了!"

桃桃站住,返回头。

张小三淫笑着说:"小媳妇,认识我吗?我好心救你两口子,差些让你们打死,你今儿咋补偿?"

桃桃挺胸走过来,对着张小三的盒子枪,说:"你说咋补偿?大不过再糟蹋老娘一次,来吧,几个人上?"她拍着自己的下部。

张小三变得笑容可掬道:"我们可不是日本人,从不糟害百姓。"

"还不糟害?鸡都让你们杀光了!"桃桃逼近。

"哟,这小嘴儿还挺硬的!不杀人、不放火、不欺负女人这就算好人了。老子当兵还不让吃点东西?回来,回来,给老子炖鸡!"

桃桃进了屋,一看自己的化妆品都被乱脚践踏,扑上去就咬住了张小三的胳膊,张小三痛得啊呀啊呀乱喊,几个士兵扑上来,照准桃桃屁股踢了几脚,连拉带拽她才松口。桃桃又坐在地上哭起来,喊叫着要她的耳环戒指。张小三碰了这茬头,也没什么好法,下了个软蛋说:"小媳妇,别哭,给大爷好好炖鸡肉,大爷一会儿还你那些东西。"

桃桃站起来,抹了泪,打了个定顿,就要出门。

"干什么去?"张小三问。

"没有调料,我咋炖鸡?我得出去借调料。"桃桃说。

"好,不回来,老子烧了你房子!"张小三吓唬。

桃桃出了门，顺手把自己的红布衫脱下来搭在了院子的树枝上。红衫随风飘动，在夕阳下十分显眼。

"你干什么？"门外站岗的伪军问。

"你不看小白菜刚出土就让家雀咬了头，吓家雀！"桃桃说完头也不回，傲慢地出了院。她望望村北的山头，那儿是护村队的哨棚，心想：这些护村队员连条狗都不如，咋不来杀这帮坏东西？那件红布衫本是她和金龙的联络暗号，他俩已经如胶似漆，只要把那件红衫挂在院，就说明二狗不在，金龙就可以放心地来鬼混。今天，挂出红衫，是让金龙领着护村队快来消灭这些坏蛋。

桃桃径直进了牛家大院。

牛家逃难却又经历了一次奇遇。

小兰领着公爹和巧巧逃进了洪水冲开的窑洞之后，巧巧就嚷嚷着腰痛得厉害。小兰让她躺下来，她望着窑洞里黑咕隆咚，不敢伸腿。小兰就摸黑给她清理平整洞底。她的手被一个锐角的硬物划破了，拿到亮处，是一件像凤冠一样的东西，表面长满了黑锈。小兰在石头上磨磨，竟露出了金黄色的光泽，原来是黄金做成的，这凤冠足有几两，可值几十块大洋。小兰擦了又擦，磨了又磨，黄金的面目更加显露。她正爱不释手地观赏，巧巧扑过来把凤冠抢了去，装进了她的内兜，说："这个该归我。"

小兰愣了愣，心里虽不满意，可没有动弹。她不愿意为这件事伤了妯娌感情，苦笑了一下说："你要爱，就归了你！"

迎春却看不惯，说："二嫂，这是大嫂捡住的，你咋抢了？"

"如果我不躺，大嫂能捡住？"巧巧强词夺理。

"那也得每人一半，不能你一个人独吞！"迎春还在打抱不平。

小兰说："迎春，你二嫂喜欢，就拿去吧，反正也是白来的，谁收起都一样。我看这是一座老古时贵人的墓穴，肯定还有别的葬品。迎春，你从外搂点干草，咱在洞里点着火，不一定还能找出什么贵重东西。"

迎春从外搂了一抱沙蓬，堆到黑洞里，划了一根火柴点燃，照得洞里雪亮。这洞穴有三丈深，果然是座古墓，有两颗骷髅紧挨着滚在地上。小兰借着火光，在骷髅周围刨了一阵，真是天助好人，她竟又刨出了十几根长满了污秽的棍状东西，掂了掂分量，比铁重得多，估摸肯定是金条。小兰心中暗喜，她这次没敢声张，悄悄递给了在洞边乱刨的迎春。她们又刨出些玛瑙玉器之类的东西，都收在了囊中。这意外的逃难，竟使牛家发了这么大一笔横财，牛老栓一家向西天边磕了三十几个响头。

桃桃进了牛家时，小兰和迎春刚进了家。

桃桃一见面就冲小兰泼骂开来："大嫂，你们安的什么心，你和玉龙硬说张小三是好人，你去看看，把我家的鸡都杀光了，还抢了我的金银首饰。呜——哇——"小兰内心有愧。她一回村便看见鸡毛满天飞，张小三的兵到处抓狗逮鸡。这些个兵痞，明明保证要改邪归正，咋又来糟害百姓。她也泼骂起来："桃桃，不要哭，你损失了什么东西，大嫂赔你，谁让我瞎了眼睛的。这些该枪崩的，迟早没好死。"

桃桃擦了泪问："大嫂，你家有砒霜没有？"

小兰说："没有，有一点沤羊皮时用光了。你要砒霜干什么？"

"张小三炖了我的鸡，让我找调料，我想下点砒霜，毒死那伙王八蛋！"

小兰虽对张小三有了看法，一听要毒死他，不知怎的又产生了怜悯之心，忙说："桃桃，想周全点，这可是人命关天！"

"我就知道你们牛家会这样，哼！"桃桃气冲冲掉头走了。

小兰要到下院去找张小三，问他为什么还做坏事。迎春拉住她死活不放，迎春说："大嫂，不能去，没一个好人，长短等护村队回来再说。"

姑嫂俩正拉拽之时，院里进来了一个伪军。小兰一眼认出是李冬。李冬刚踏进门槛，小兰就指着鼻子骂："李冬，你们是狗改不了吃屎，咋又来作践百姓？"

李冬忽闪着眼睛，委屈地说："大嫂，没有啊！"

"没有？满村鸡飞狗跳，你们不是抢人是干什么？"

"哎哟，大嫂，我们是杀了百姓的鸡，连长都让付了钱的。"

"胡说，二狗家……"小兰不依不饶，李冬一一解释，并把张小三拉出部队，来牛家村通风报信等事说了一遍，小兰这才明白了事情的真相。

张小三一直守在锅边，看着锅里白浪翻滚，鸡肉差不多脱了骨，香得他涎水一口一口往肚里咽。他有点等不得，提起一条鸡腿就大嚼起来。

这时桃桃手里拿着个大麻纸包，伸在张小三面前说："调料来了，还我的玛瑙和首饰。"

张小三十分守信，从衣兜里掏出那些玛瑙和首饰，递给桃桃说："快，快，快下调料，把老子馋死了！"

桃桃打开纸包，将一堆黑色的东西倾倒在锅里，用勺头子乱搅一顿，掉头要走。

"干什么去？"张小三喊住她，"小媳妇，不要走，也该吃几块。刚才都是玩笑，我吃了你鸡，是要给你钱的，这是我请你吃鸡肉。"

桃桃也现出了笑脸，说："老总，你先吃，我给你打闹一坛酒去，一会儿我陪你喝！"

桃桃脱了身，就拼上命地向魔掌沟跑去。她知道今天要出人命，伪军不会饶她，她要去找丈夫二狗。

小兰听了李冬的述说，就去二狗家找张小三。一出大门，王皮匠急急慌慌迎上来，问："小兰，你要砒霜干什么呀？"

"什么？"小兰吃惊。

"桃桃说你要砒霜，我就给了她二两，后来见她慌慌张张不对劲，才来问问你咋回事情。"

"天呀——"小兰尖叫了一声，拉着王皮匠冲进二狗院，看门的伪军拦住不让进，小兰就喊，"张连长，张连长！"

这时，一个伪军正把炖好的鸡肉往盆里舀。张小三圪蹴在大锅旁，眼盯着鸡肉，乐滋滋地说："管他呢，今天又能解解馋。"没等盆端到炕上，张小三就抓了块胸脯，肉太烫，他啊哟叫了一声，肉掉到了炕上，手在空中乱抖。这时，他听得小兰在院里喊自己，马上回应道："是大嫂，快进来，快进来。"

小兰进了屋，张小三双手让座说："大嫂真有口福，鸡肉刚出锅！快吃，快吃！"

张小三把油花花的手在大腿上一抹，又要伸手去抓肉。小兰大声喊："不能吃，不能吃！"

张小三停住了手，问："为什么不能吃？"

小兰急中生智，撒谎说："这鸡是瘟鸡，不能吃！"

"嘿嘿嘿！"张小三笑道，"大嫂，这是好鸡，我亲自宰的！"

"不骗你，千万不能吃！"小兰抢上前，把放鸡肉的盆子抱在怀里。那个捞肉的伪军过去夺盆子，骂道："臭娘儿们你敢抢肉？"

小兰用力一摔，盆子在地上碎了，鸡肉撒了一地。

那个伪军冲上来就打了小兰一记耳光，张小三紧喊慢喊，院里的一个伪军也冲进来，冲着小兰肚子乱踢。王皮匠赶紧阻拦，伪军的刺刀就捅进了他的大腿，王皮匠应声倒下，鲜血直流，满地打滚。

张小三跳下地，把两个伪军一人揍了十几个耳光，打得看天不蓝。张小三赶快扶起小兰，见小兰脸色煞白，小腿上流着一股鲜血，不断问："大嫂，你咋了？你咋了？"

"咋你妈的×！"金龙领着六七个护村队员突然冲进了屋，冲天开了四五枪，问，"谁把王皮匠扎了一刀？"

张小三看见自己的两个士兵吓得浑身打抖，振声说道："是我扎的！"

金龙骂道："好，爷爷还你一刀！"说话同时，刺刀扎在了张小三的屁股上，张小三尖叫了一声，也在地上打滚。

就在这时，院子里枪声大作，喊声如雷："缴枪不杀！"众人向院外一瞧，二十多名伪军把屋子死死包围了。他们在别的院里杀鸡炖肉，听到枪声，一齐跑来了。

金龙双腿一软，差点跌倒。他是二狗家的常客，知道屋里的情况，趁混乱跳进了二狗家的米仓里。

伪军们冲进了屋，缴了护村队员的枪，一个一个要绑起来。这时，张小三龇牙咧嘴爬起来，捂着屁股喝道："弟兄们，不能绑，快放了他们。谁要欺负他们，老子崩了谁！"

"连长，他们把你刺成这样，你咋这么熊包？"

"不能放，给连长报仇！"

"连长，我们当兵什么时受过这气？"

众伪军吵骂成一团，又动手开打护村队员。张小三突然掏出了盒子，冲屋顶放了三枪，怒吼道："谁再动手，爷就崩了谁！"

众人安静了下来。张小三又骂道："滚回去吃肉，吃饱一齐滚蛋！"

伪军们低头耷脑，悻悻地出了门。也就在这个时候，大门外又是一片"缴枪不杀"的呐喊声。接着，几十个穿着钢蓝色军装的战士一摆溜儿站在了院墙的四周，黑洞洞的枪口对准了院子里的伪军。伪军们个个把枪举过了头顶，他们被一支八路军队伍俘虏了。

四十二

　　傍晚，全村老百姓都聚在了街上，人群形成了一个厚厚的圆圈。人群中，在护村队员的枪口下跪着二十个多个伪军俘虏。他们被剥光了外衣，只穿内衣，像罪人一样低头耷脑。人们一齐喊："打死狗日的！汉奸！狗腿子！王八蛋……"

　　金龙把张小三的盒子枪挎在了身上，神气活现，双手叉着腰，陡然间增添了当官的谱气。他向乡亲们喊："有仇的报仇，有冤的报冤，打狗日的这些王八！"

　　王皮匠的两个儿子，还有他的妹妹，一齐扑进人群，抓着俘虏的头发，一个一个撕打。桃桃也跑进人群，一阵泼骂，一阵乱抓，几十个俘虏的脸都被她的指甲抓出了血。俘虏们顿时双眼乱冒金花，鲜血从鼻孔和嘴角流了出来。"弟兄们，对不起啊！是我害了你们！"张小三屁股被刺伤，躺在街上，他看不下去了，含泪向士兵们喊，又向殴打俘虏的乡亲喊，"不要打他们，全是你爷爷我一个人造的孽，你们要打，就打你爷爷吧！"

　　张小三这么一喊，桃桃就逼近了他，照着张小三的伤口踢了一脚，又把他的头发抓住，像拽起一条狗，冲他面孔唾了几团浓痰，骂："你倒英雄，好！奶奶这就打你！"

　　"住手！"忽然一声大喊，小兰从人群外挤进来，她的脸色如同白泥刷的墙壁，略带青肿的大眼睛里含着泪蛋，"行了，你们打上没完了？他们也是人啊！"

　　小兰推开了桃桃，扶着痛苦不堪的张小三慢慢躺下，面对乡亲们说："他们是来给咱们报信的，为什么要这么待他们？"

　　"你们牛家咋和土匪穿一个裤裆！"有人大声说。

　　"是啊，和日本人还有勾结呢！"有人附和。

　　"谁和日本人勾结了？"小兰气得颤着嗓子反驳，"日本人也有好人，日本人咋的了？"

　　"嗷——嗷——"一伙年轻村民起哄乱叫。

　　小兰顿感自己受到了极大的污辱和鄙视。这个天生善良的少妇，平时一言一行、一枝一节都严律自己，把自己当作一块泥，任意地捏来捏去，有时捏成这样，有时捏成那样，无非是不想伤害任何人，即使自己再痛苦难受，也要让别人满意和高兴。但他们完全不和自己同心同德，她感到羞愧和伤心，心头升起一股无名的怒火，干脆面对乱哄哄的人群，扶起了张小三，向人群外挪蹭，说："他就是一条毒蛇，我也得把他的伤养好！"

桃桃在人圈中喊："啊呀呀，看见了吧，这就是他们牛家人，平时堂堂正正的，他们勾结土匪！"

"呸！"小兰冲桃桃唾了一口。

"呸！"桃桃也喷一口唾沫，扑上来，拦住了小兰的去路。小兰奋力前行，两人就冲突起来。张小三倒在地上，双手在天空乱招，吼喊着拉架。众人并不拉架，看着热闹，并嗷嗷起哄。此时，张老先生和朱阴阳走近撕打着的两个少妇，连喊带拉才把两人分开。小兰这一辈子是第一次打架，但打得十分勇敢，把桃桃的衣裳撕破了。桃桃破了的衣袋里掉出了一块银元和一对扣耳银环，小兰一眼认出这是自己的东西，是金龙结婚时，自己作为礼品送给巧巧的。她抢过来，怒目注视着桃桃，问："这是我的东西，咋到了你手里？"

"咋？你问金龙去！他骑我，还不给我点东西？"桃桃勇敢地面对了这个现实，揭开了他和金龙的关系。她并不感到羞耻。

可是，小兰却感到了羞耻，她觉得自己是牛家的人，牛家出了这事，牛家人都应脸红和羞耻。她怕把这事闹大，让二狗知道，影响二狗和牛家人的关系，忍了忍，没再吱声。

这时候，迎春领着李干事气喘吁吁从村头跑过来。

张小三的伪军队伍就是被李干事领的八路军俘虏的。这支八路军是来援助牛家村护村队的。八路军总部已闻知，日本人为给他们生产黄金铺平道路，在阴灵沟增了兵，要消灭牛家村及周围村庄的护村队和抗日武装。恰巧他们进村时碰到了伪军，就把他们俘虏了。油屁股从牛家的茅坑爬出之后，忽然望见伪军进了村，然后看到了八路军俘虏他们的过程，他飞快跑进了阴灵沟，把这一消息报告了日本人。日本总部立即派出了部队，从西北方包围了牛家村。李干事领着八路军占领了村西北的山头，和鬼子对峙，俘虏交给了护村队看护，才发生了群众围观和殴打俘虏的这一幕。

李干事扶起了跪在地上的俘虏，又让小兰把受了伤的张小三搀回家中。他站在了饮牛的大石槽上，面对围观的群众，挥着胳膊扯着嗓子说道："乡亲们，我们八路军是讲仁义和宽容的，不虐待俘虏是八路军的一项硬政策。乡亲们，俘虏之中，有许多人出身很苦，他们当了敌伪军，也是为了混一口饭吃，这些人是我们团结的对象。现在，日本帝国主义全面入侵中国，我们共产党领导的八路军，必须广泛动员群众参加抗日斗争，特别要扩大抗日阵营，建立统一战线，团结一切可以团结的力量去打击日本帝国主义。所以，从今以后，我们要善待这些俘虏，要把他们当人看，用我们的真情感动他们，让他们掉转枪口，对准日本帝国主义……"

李干事讲完了话，群众没掌声。山沟里的老百姓不会鼓掌，如果他们赞同哪一个人的话，或支持哪一个人的行动，不是用掌声，而是嗷嗷地集体吼叫，表面看起来有点起哄，其实是发自内心的支持。李干事的讲话，未产生此种效果。人们就地转过身，一边拿着烟袋指画，一边和身边的人议论起来，人群开起了"小堆会议"。

"啊哟，这八路军是贺龙的吗？"

"贺龙的八路军是打灰人，咋这八路军包庇灰人？"

"毛主席是贺龙的叔叔，一家子人。"

乡亲们正发着愚蠢的议论，突然天上传来日儿日儿的尖利哨音，大家抬头看，一枚老鹰大小的东西从村外飞过来，落在了村子中心的大街上，炸起了一片尘土和石块。接着又是日儿日儿的响，乡亲们没回过神，那东西就又在街上炸了个大坑，紧接着就是一连串的爆炸声。乡亲们抱着脑袋瓜子到处乱跑。李干事大喊道："大家赶快进南山里躲躲，日本鬼子打山炮！"李干事奔向烟火弥漫的村北，接着，村里的八路军就在村头上和日本鬼子接上了火……

乡亲们四处逃散。张小三因负重伤，不能远逃，小兰只能把他搀回牛家。小兰又让李冬和瘦猴一同进牛家搭照张小三。

李冬和瘦猴像杀猪一样把张小三摁在炕上，小兰从他屁股蛋上的刀眼抠出了一块黑血，又将一把咸盐洒在了刀口上。张小三哭爹喊娘地痛喊了许久，才安静下来。

日本人的山炮在村里断断续续东一声西一声地响着。村北仍有枪声像炒大豆那么响着，说明鬼子还被挡在村外。小兰开始烧火做饭，同时喊过迎春，说："迎春，快找找村里的女人，八路军打仗吃饭，伪军也得吃饭，每家配十个人吃饭。"

"大嫂，这么多人吃饭，谁能供得起？"迎春说，"怕是没人听咱的话！"

小兰说："迎春，咱后响得了那么多宝贝，还不够这些人吃一年两年？去，明儿我亲自给他们付饭钱。"

迎春走了。张小三、李冬和瘦猴激动得六只眼睛都泪花花的。李冬和瘦猴动手帮小兰干起杂活。小兰挺喜欢李冬和瘦猴，对歪戴帽子的李冬说："以前，你们在赖队伍里混，歪戴帽子，双手叉腰，说话爷爷老子，这都不好，让人一看就知你们是赖人！以后，你们要学正点，听李干事的意思，只要你们表现好，还和你们合起来一起打鬼子呢。"

张小三说："唉，我们这些人名声不好，人家八路军看不上！"

"谁说的？你们会打仗，咋说还不如护村队？关键是你们要往好学。"小兰对他们的前途十分看好，鼓励他们往好里走。

张小三说："弟妹你是好人，可牛家村的人太欺负人了！特别是那条母狗。"

小兰沉下脸，说："牛家村好人多。你们给日本人办事，还不让他们恨你们？桃桃也是个有嘴无心的辣椒人，你们欺负了她，她报复一下也是情有可原。你们男人家，待个女人更要大肚大量。"

拉话之时，突然连串的炮弹在牛家大门口炸裂，那响声像是一座高山倾倒了似的，裹挟着一股凶猛的龙卷风呼啸而过，麻纸糊的窗户被碎石击破了十几个小洞，带着浓烈火药味儿的热风冲进屋，熏得人们咳嗽起来。接着又是雷鸣似的山炮伴着火光闪电，在牛家大院里的羊圈内爆炸了，几声山羊的惨叫后，一切归于平静。

小兰奔进了羊圈，黑乎乎倒下一地的羊，脚下是热乎乎的血流。小兰痛不欲生，这是她的生命啊！自从大龙修路走后，她一直和它们朝夕相处，它们就像自己的孩子。有一只小羊还在挣扎，她抱回家想抢救，鲜血染红了她的双手、胸脯和脸颊，可是小羊蹬了蹬蹄子就断气了。小兰抱着羊羔，呜呜地哭了。

张小三、李冬和瘦猴许是爱屋及乌，看着这只羊羔也流下了眼泪。

炮声停止了，密集的枪声还在响着，像一阵疾风骤雨。

小龙满脸汗渍、污眼青脸地冲进屋，上气不接下气说："大嫂，鬼子攻得很猛，八路军子弹快打完了，怕是顶不住。李干事让你赶快搀着伤员出村藏身。"

小兰慌着喊道："李冬，快背着你们连长进山药窖里！"

张小三说："不用慌,日本人是虚张声势,黑天半夜不敢轻易进村。李冬,快,把咱们的那三千发子弹搬出来,交给八路军。"

原来,张小三从阴灵沟出逃时带了三千发子弹,进村后就藏在了村边的一个土坑里,打算离村时带走,没想到被俘虏了。

这可真是雪中送炭。刚从魔掌沟回来的二狗和几个队员,赶快把子弹送到了村头的阵地上,枪声顿时像炒豆子一样,噼噼啪啪响得好热烈,鬼子那边的枪声也很热烈,估计炮弹打光了,只听见机枪嗒嗒嗒吼个不停。听枪声,八路军和日本人是对峙抗衡,谁也不敢向前移动。

张小三和小兰说:"弟妹,你和八路军说说,把我的弟兄放出来,把武器还给他们,让他们一起打日本人,保证半个时辰赶走他们!"

小兰拔腿而去。

暮黑中,李干事和战士们一溜儿趴在村口顶的土埂上,向不断喷出火星的地方射击,日本人的子弹也不断嗖嗖地钻进了八路军伏卧的土埂里。小兰找见了李干事,说了张小三的请求,李干事却断然拒绝了。

"大嫂,这些人没经过考验,不能上战场!"

"哎哟,人家把三千发子弹都拿出来了,还考验什么?"小兰争辩着。

"大嫂!现在还用不着他们。我看敌人也没劲儿了,我们能顶住!"

小兰回了家,怕伤了张小三的自尊和热情,没有说实情,只说:"李干事说谢谢你们。他们能顶住,怕是日本人顶不住了。"

张小三那张骨骼宽大的脸纹丝不动地板着,皱纹像干裂了的核桃皮一样,颜色像玉米面做的干粮。他心里明白,日本人训练有素,武器有山炮、机枪,这比八路军的装备优良,人数也比八路军多,即使今天攻不进来,明天一定会对牛家村进行更大规模的报复。看起来,光凭硬拼,八路军和牛家村肯定会吃亏的。

一阵沉默过后,张小三脸上僵死的核桃纹开始舒展。他又对小兰说:"好弟妹,你找李干事再请示一下,光靠硬拼是打不过日本人的。我有一个计策,能让日本人退兵,而且暂时不敢再来牛家村进犯。"

张小三想派瘦猴连夜赶回阴灵沟,向日本人虚张声势,假说牛家村进驻了两个连的八路军,武器精良,弹药充足,而且准备长期驻扎,在村四周已开始构筑战壕,埋设地雷，同时要从阴灵沟东侧和后沟偷袭日本人。这样一来，日本人为了防止八路军抄后路，必然要把实力用在阴灵沟左右防御上，他们就没能力进攻牛家村了。

这真是一条好计。小兰虽不懂军事，也觉得合情在理。她又赶快做饭，要给李冬和瘦猴吃饱，好回阴灵沟报信。

张小三说："弟妹，这事得请示李干事。"

小兰早有担心，此事要请示李干事，肯定不会被批准。所以，小兰摇摇头，说："对牛家村有利的事，牛家村的人也能做主。李干事刚进村，不了解你们，我做主，吃完饭就动身。"

瘦猴有点不悦，挠着脑后的大板筋嘟囔说："日本人问起你们，我咋说？让狗们看破，我的脑瓜能长住？"

张小三说："你就说我和伪军一多半人被八路军打死了，其余的做了俘虏，你是趁八路军不注意偷跑出来的！"

"给日本人报了信，我咋办？"瘦猴还不悦。

"你就留在阴灵沟，随时把日本人的消息传给牛家村。我在村里养伤，看起来八路军也不会错待我们，我们就留在牛家村和八路军一起打日本人。"

瘦猴抬头看看李冬，说："咋不让李冬和我一块儿走？"

"妈那个×，冬子走了，爷的伤谁伺候？你他妈咋和爷顶个没完？"张小三立起了眼。

小兰忙打劝道："张小三，你的伤我伺候。你就让两人去吧，有个搭伙说话的。再说，有一个人还得两个人才能除掉他。油屁股出卖了牛家村的乡亲，在村里绝不敢露头，肯定会跑到阴灵沟投奔日本人。这个人了解牛家村，不定哪天把村里的实情告诉日本人，不除掉他怕以后生祸乱。"

小兰张了口，张小三没的说，何况小兰说得在理。李冬和瘦猴匆匆吃了几口饭，张罗着要走。这时，迎春羞羞答答地从灶口站起来，捅了捅李冬的后腰，用眼神示意他到门外一趟。李冬看不懂她的眼神，憨里吧唧地问："你要干什么？"

迎春窘得脸一下变成了两块红布，红布像在灯光下燃烧着。

小兰早就看出了她的心思，笑笑说："迎春，你和那个小鬼子的事，全村人都知道了，还能瞒谁呀？"

迎春瞪了大嫂一眼，从左胳膊上摘下了一只银光闪闪的手镯，又跑过自己那屋，拿过一个红布小包，把两样东西交给了李冬说："捎给他，不许下了黑叉。"

小兰说："红布里包的什么？不能看看？"说着，从李冬手里抢过，展开来一看，是一双精心细纳的鞋垫。鞋垫上，拔着黄澄澄的小花，一朵一朵，一团一团，一簇一簇，疏密有致，布局合理。每个细小的针眼都能看出拔花人付出的真情和心血，逼真的花朵和枝叶中流溢着掩不住的奔放，能让人闻到阵阵醉人的幽香。迎春绣的是迎春花，她第一次和山本四郎接触时，山本四郎曾对遍地的迎春花表示出了喜欢，并摘了一枝在鼻前嗅了许久，这花代表着自己，她的用意自然是让山本四郎不要把自己遗忘。

小兰把鞋垫包好，交给了李冬，又说："告诉那个愣货，如果日本人哪天打牛家村，在我娘坟头上插根棍子，不用他来村子里送命冒险。"

送走了李冬和瘦猴，星星已经布满了天空。战斗的枪声已经停了，日本人终于没有进了村子。八路军的战士不能不令乡亲佩服，他们一进村就打仗，到现在水米没打牙，不叫苦，不喊累，更不抢老百姓吃喝。虽然鬼子早退回阴灵沟，但他们还在村口的土埂上趴着，仍严密地注视着敌人的动向。"八路就是不赖！"全村人都这么同声议论。

这次战斗，八路军一名战士阵亡了，三名战士负了重伤。李干事把伤员都集中在了牛家，立即请了朱阴阳看伤。朱阴阳推命算卦，略知些中医土方，对流血昏迷的战士却无计可施，摇头推了手。李干事正急得抓耳挠腮，小龙出了个主意。小龙想起了那个常使他寝食难安的臭蛋。她为了参加八路军，曾经把牛家的那一毛口袋荞麦拿去给八路军。可因为她是女的，八路军没有接收她。她的医术不赖，手脚也麻利，会打针，会看病，今天八路军伤员正好需要她，既是她加入八路军的一个好机遇，也为自己和她相识相交提供了一个好平台。小龙已下定决心，只要她来了牛家村，就把她搂到自己怀里。

小龙的主意对李干事来说无疑是雪中送炭，李干事不但同意，而且让小龙连夜出发，尽快把她接来，并同意她做八路军和护村队的军医。

看着战士血淋淋的伤口，听着他们不堪忍受的呻吟，李干事的心里在滴血。首长把队伍交给自己，第一仗就打成这个熊样。他自责之际，一股无名的怒火在胸腔燃起。在战斗最激烈那阵子，李干事把护村队也调上了阵地。他命令五名八路军战士和金龙等三名护村队员悄悄摸到敌人右侧，找准目标后猛烈开火，给敌人突然袭击。部队刚刚行动，突然一只兔子从脚下嗖地飞过去，金龙大叫一声，跌倒又爬起，心一急，手里的盒子枪就走了火，枪口的火舌把敌人的机枪子弹引到了自己的队伍，一名战士当场阵亡，三名战士负了重伤……

眼下的伤员必须有人照护，李干事到处喊小兰。小兰在凉房里伺候张小三，听到李干事呼喊，赶忙到了八路军伤员那屋。

"大嫂，伤员的事，还得麻烦你全部管起来。"李干事说。

"行，等我给张小三熬完药，马上就过来料理他们。"小兰回答。

"大嫂，张小三不是有两个护兵照看吗？"

"护兵嘛，我放走他们了。"小兰觉得没必要隐瞒。谁知，李干事一听吃了一惊，眉毛拧在一处，大声问："什么？你放了他们？"

"让他们回去给日本人送信的！"小兰解释。

"啊呀，我的大嫂，谁让你这么干的呀？他们是八路军的俘房，咋发落应该由八路军决定，就是我放走，也得请示上级，你哪有这个权利呀？"李干事简直有些气愤，语气很是激烈。

小兰心里受了委屈，从娘家进了牛家还没人这样跟自己瞪眼说话。小兰据理力争地说："等你们请示完，怕是牛家村人的脑袋都掉到地下了！"

"那你也得报告一下呀！"李干事拍了一下身旁的柜盖，骤使屋内的气氛僵冷。

小兰也放下了头脸，说："报告？我们不懂那么多规矩！"说完，生气地走出了门槛。

恰这时，金龙梳着挨刀头，脖子里挎着张小三的盒子枪，歪七咧八，摇头晃脑进了屋，一进屋冲伺候伤员的迎春嚷嚷着做饭。

李干事看金龙那二流子的做派，严肃地说："牛金龙同志，你看看你是什么形象？"

"形象？什么叫形象？"金龙立起了三角眼。

李干事无奈地按下火，带着善意说："牛金龙同志，以后护村队要编入八路军队伍，你这流里流气，可不行啊！"

"咋？你是哪的神仙来管我们牛家村的事？我牛金龙可不买你的账！你靠边发财去！"金龙把枪从脖子上摘下来，提在手里，十分傲慢。

"牛金龙同志，这不是谁管谁的事，我们八路军是仁义之师，不允许你这样自由散漫，不守纪律。你看，由于你不守纪律，暴露了目标，才使我们战士的宝贵生命被敌人夺去，炕上的三个同志还在死亡线上挣扎，你难道不觉得这是罪过吗？"

"什么？罪过？这是日本人开的枪，又不是我牛金龙打的！你想咬爷一截？"金龙越说越野蛮，把枪端在了手里，向李干事示威。

"牛金龙同志，你敢如此放肆？放下你的武器！"李干事命令。

"凭什么放下武器？"

"武器是八路军缴获的，你不配带！放下！"李干事又大声命令。

"爷就不放，你咬毬呀？"金龙对抗。

"一班长，下枪！"李干事命令一发，早就气得攥拳的三个八路军战士扑了上去，要去夺枪。金龙早有了准备，一扣扳机，放了一枪，子弹从李干事耳朵旁飞过，钻在了墙壁里。

李干事也扑了上去，抓住了金龙的手臂，四人一齐下手，终于把枪夺下。金龙又是臭骂又是挣扎，唾沫喷了李干事满脸。李干事再也忍不住了，命令战士把他捆了起来，牢牢地绑在了院子里的大树上。

迎春目睹了刚才的一切，她没责怪八路军，二哥太不像话了。她听着二哥在院里不断骂脏话，捡起了一块苦布，递给一个八路军战士说："把他那张脏嘴堵上！"

院子里又聚了些看热闹的乡亲。人们围着金龙，没一个人替他说话。金龙的为人，在村里臭塌天，人们心里都在暗乐，有的还拍着大腿叫好。

牛老栓弯着腰驼着背走到金龙身旁，围着大树转了一圈，脸对脸骂儿子说："金龙，你活该尝尝这种味道！呸！你个王八！"

"你们谁都容不得我，我不活了！"金龙声嘶力竭地喊。

小兰一直没出来，她躲在了自己的屋子里，悄悄地流泪哭泣。听到金龙无休止地乱喊乱骂，她出了院，给金龙松绳子，说："金龙，你是快做老子的人了，什么时候能省了心啊！"

"不要给这个畜生松绑！"突然，巧巧捻着肚子，拉开了小兰，她照着金龙的脸蛋吐了口唾沫后，就大哭起来。

原来，桃桃在街上说的那些话让巧巧知道了。

金龙又大声骂道："你们全是王八，从今往后，爷爷和你们一个个一刀两断！"

四十三

夜深了，牛家村死一般寂静。

小兰的家里，小油灯伸着笔直的灯头，把三四条人影映照在墙壁上。这几条影子像木刻般一动不动，从黑影中似乎也能看出每个人不悦的表情。屋里的空气很沉闷，大家都在思索什么，几乎听不到呼吸声。

小兰是个自尊心极强的女人，一辈子就怕别人说出自己半个不字。而今天下午，让桃桃那一阵泼骂和撕打，已使她脆弱的心灵受到了严重伤害，结果晚上又被新来的李干事脸不是脸、鼻子不是鼻子地批评了一顿。她平时吃大苦、耐大劳、受大罪都能经得住，唯有人格上的屈辱无法忍受。她在黑影下悄悄地淌着泪水，心里突然感到丈夫和玉龙不在自己是多么孤独无助，感到这个家、这个村没有了顶梁柱。她掐算着玉龙已经走了多日，能不能找到艳秋也是该回来的时候了，她不由得把眼光向墨黑的院外投去。

二狗背对李干事坐着，始终不愿回过头来。金龙不争气，打仗不听命令，造成了八路军的伤亡，但李干事一进村就把他捆在大树上，二狗认为不近情理。二狗和玉龙是生死之交，平时待玉龙的兄妹如自己的亲兄妹，今天见金龙被捆，就和李干事争吵起来，争得面红耳赤，一个拍炕皮，一个拍大柜，张老先生进了屋，把二狗臭骂一顿，事情才被摆平。

隔壁又传过了伤员喊痛的声音，这声音撕心裂肺，李干事和张老先生赶紧奔过去。屋里剩下了小龙、二狗和小兰。二狗不知道桃桃和小兰下午撕扯，更不知桃桃和金龙干那种给自己戴绿帽子的事情，还在嘟囔着李干事不应该捆金龙。

小龙说："二狗哥，我二哥也不是个争气的货，不要怪李干事了！要不是他惊动了敌人，八路军战士哪能受伤和牺牲，捆他一绳也活该！"

小兰也说："二狗，也要理解李干事，人家后响带着活蛋蛋的兵，黑夜就死的死,伤的伤,能不难过吗?小龙说了,金龙也不是个省油的灯,活该有个教训!"

二狗没再吱声,站起来要走。

小兰说:"二狗,金龙不在,护村队你是领头人。你听那屋,三个战士伤势挺重,还有张小三也发起了高烧,没个好郎中怕是要出人命。小龙说他在范家镇认识一个女郎中,让他连夜去请,八路军的性命当紧啊!"

二狗气愤地说:"李干事这么对待咱,让他自己去想办法。"

小兰苦笑道:"二狗,不管李干事做得对不对,救命是天下最大的事情,你看行不行?"

二狗不情愿地说:"大嫂,咋不行!那就去吧,我不给小龙派岗就是了。"

小龙高兴得跳了起来,马上要走。

小兰说:"你还没吃点东西。"

小龙说:"不饿。"

小兰说:"大黄马肚里有了驹,你可得一路小心。"

小龙应答着已风风火火出了门。

二狗喊:"小龙,小心踏上地雷啊!"

"知道!"黑暗中传回了小龙的声音。

自从上次在范家镇见了臭蛋,小龙心里就像跟上了鬼,时不时,臭蛋那个调皮的影子就蹦到了他脑子里。小龙老早就想以那一毛口袋荞麦为借口去找臭蛋调侃调侃,怎奈家里的事一件接一件脱不开身。今天天赐良机,咋能不乐?凭感觉,他认为肯定能把臭蛋请到村里。因为臭蛋要死要活参加八路军,让她来给八路军看病,她哪有不来之理。只要她到了村子,把她捞到手里的机会就多了。小龙这么一想,身上的每个细胞就兴奋起来,两脚跟一磕马肚,大黄马就蹿出了村子,在一条隐约可见的灰白色的小径上蹦颠起来……

可以想见小龙的心切,太阳刚刚出宫,他已经站在了范家镇村头的中医铺子前。大黄马抖了抖身子,一大片汗珠四处飞溅。小龙没顾上让马打滚,就叩响了中医铺子的大门。

"谁?"一个瘦大个子老郎中从门缝探出了一撮山羊胡子,他是臭蛋的父亲吴郎中。

"我!"小龙说,"我是请臭蛋郎中给八路军看病的!"

吴郎中打开门,一把将小龙拉进屋,压低声说:"呀,你这后生不要命,满世界都是日本人,你敢提八路军?"

小龙说:"我知道你们热爱八路军,所以没在意。臭蛋呢?"

"她去了飞鹰山。"

"飞鹰山?干什么去了?"

吴郎中说:"飞鹰山有一支女侠客,也是打日本人的,她们的首领负了伤,臭蛋上山看伤。"

小龙大失所望,急得跺脚说:"牛家村八路军伤员的伤势很严重,急需要郎中。"

吴郎中说:"要不我去吧?"

小龙摇头说:"不不不,您这么大岁数,会累坏的,我还是等臭蛋!"

小龙躺在炕板上,焦急地等待着臭蛋,心想:飞鹰山在哪儿?女侠客是谁?不会是杜艳秋吧?三哥这么久不回来,找见杜艳秋了吗?

自从父亲死后,艳秋怀着悲凉,向杜府望了最后一眼,毅然离开了家园。她为已故父亲悲痛,也为牛家招致不幸内愧。她想给牛家一些资助,以弥补自己内心的愧疚,可她担心牛家不接受,就把二百块大洋放进了牛家老母的墓穴以祭丧灵。这就是二木匠看见了鬼的那个场景。随后,她就走进了一条大沟。听人说,这条大沟通着八路军的总部。她现在已经非常清楚,自己和玉龙的婚事已经走到了尽头。父亲虽把自己许配给了范君义,但范君义杀了那么多日本人,现在逃到何处都毫无音讯,也许早被日本人杀害,寄希望于范君义的念头也彻底破灭了,所以她决定投奔八路军。她投奔八路军还有另一原因,前一段和玉龙巧遇了自己在省城读书时心目中的白马王子——那个学生运动的领袖,他现在是八路军的干事,而且知道他姓李。尽管仇金良掌管着入伍的大权,但只要找到李干事,或许加入八路军的事情会好办些。

凭着上次的一些记忆,她终于找见了那条与小龙和李干事相遇的十字大沟。可是,李干事是哪个团、哪个营、在哪条沟里她全然不知。正在运神选择道路,一个女人从对面沟里出来。她走得很慢,渐渐看清了眉目,皮肤白净,脸蛋子也漂亮。遗憾的是,她是个歪脖儿女人。这女人也看见了艳秋,大胆近前,问:"你是哪儿的?咋跑进了深山老林？"

艳秋反问道："你是哪儿的，来这儿干什么？"

歪脖儿女人一屁股坐在了巨石上，艳秋看到，她的脖子后有一块明显的黑痣。听玉龙说，他的表妹晶晶脖子上就有一块黑痣。上次她化装成慰安妇混进杜府，点着了存放日本货物的大仓库，她当时负了重伤，后来就不见了。莫非眼前的女人就是晶晶？她大胆猜想着，嘴里不由得喊出了"晶晶"两个字。

那歪脖儿女人听到艳秋的喊声，立即转过脸来，奇怪地问："你是谁，咋知道我的名字？"

艳秋抓住了她的手，说："晶晶，你怎么跑到了这里？上次你在杜府负伤，怎么逃出去的？"

晶晶如大海上漂泊的遇难者碰见了沙滩和大陆，惊喜地问："你告诉我，你是谁？你怎么知道的这么清楚？"

"我就是日本人到处抓捕的杜艳秋！"

"哦，我们都是苦命的人啊！"晶晶紧紧地抓住了艳秋的手，大颗的泪蛋子掉下来，泣诉着她的悲惨境遇。

一个残阳如血的傍晚。日本鬼子占领了后草地。晶晶和三个黄花闺女被鬼子分别关进了村学堂的三间书房。鬼子们在门口排着长队，依次要从三个闺女身上取乐销魂。晶晶听得隔壁的闺女惨叫，心跳得很猛。她把目光盯在了后墙的小门上。那小门通着后院，后院是一座庙宇，庙宇的大殿后也有一个小门，从小门出去，就是一片树林。忽然，书房门被打开，进来了一个满脸胡茬的老鬼子，嘴里全是黄色的大板牙。他一下子扑上去抱住了晶晶，粪坑一样的大嘴就吻在了晶晶的嘴上。晶晶奋力反抗，用力一咬，老鬼子又厚又大的嘴唇就被晶晶咬下来半截。老鬼子痛不欲生，捂着嘴巴乱号，门外的鬼子发出了哈哈的讥笑声。晶晶乘机从后门逃了出去。鬼子在黄昏的树林里乱放了一顿冷枪，她终于幸运地逃生。

晶晶想在村附近躲藏几天，待鬼子走后回村，哪知鬼子长期扎在了那里，而且得知妈妈被鬼子抓去，整排鬼子兵轮流蹂躏。她想杀鬼子，可单枪匹马，一个女儿身咋能报仇？她听说大青山里有八路军，是专门打鬼子的，就决定去投奔，没想到大青山里有这么多大沟小沟大山小山！她历尽艰险，千百次叩门问路，终于找到了八路军的一个营地。又经几番辗转,才找到了八路军的动员部,只有这个机关才决定能不能参军。动员部长是个南方人,说十句话,十句听不懂,但能看出他坚决拒收新兵。任你再三解释,他都不相信你是贫苦人出身。泡了几天无望,晶晶只得回了村。这时,妈妈已经不知去向,村人大部分流离奔走。日本人虽然撤走,但多数房屋已被烧成灰烬。她想去牛家村找大姨及表弟妹,又听说牛家村早就住满了日本人,她只好上了飞鹰山。

飞鹰山方圆百里闻名,山峰险峻,顶穿云层。山顶有一座庙宇,百年香火不绝。住持是一位中年尼姑,僧名颜贞,武艺高强,据说是少林寺女弟子。颜贞从善如流,疾恶如仇。鬼子侵入华北后,落难人流蜂拥到飞鹰山,有的求助佛灵保佑,有的到此避难求生,颜贞住持收容了大批落难女子,习枪弄棒,很快便形成了一支女子抗日武装队伍。

一日,颜贞把众队员叫到大殿面前,面孔严肃,说:"日本鬼子在达尔罕草原的杜府内存放着一批剧毒药品和提炼黄金的设备。你们立即出动,赶到达尔罕草原,想尽一切办法把这批货物毁掉,粉碎鬼子掠夺中国黄金的阴谋。"

众姐妹奉命下山,假扮慰安妇混进了杜府大院,放火烧了杜老爷存放剧毒药品和设备的仓库。这就是玉龙和艳秋目睹的那场战斗。在那一次战斗中,晶晶颈部负了重伤,姐妹们把她放在了范家镇一个中医铺子疗伤。虽保住了性命,她却落下了今天歪脖子的残疾。

可是,当姐妹们回到了飞鹰山,意外的事情发生了。山寨已被洗劫一空,颜贞住持死在了血泊里,五六名守山的姐妹也战死在大雄宝殿的石阶下。颜贞手里攥着一张黄表纸,上写九个朱砂大字:师姐颜洁灭我飞鹰山。

众姐妹正在惊诧之际,忽听四面枪声骤起,埋伏在山峰后的几十个鬼子和伪军向大殿围来,姐妹们浴血奋战,又有三名姐妹牺牲,其余人凭借对山路熟悉,才落荒逃命。

晶晶看好了病就没再回飞鹰山,又走投无路,只能二次进山投奔八路军。可是八路军动员部的仇金良以不了解阶级成分为理由,二次拒绝了晶晶参军的要求。没想到她刚从动员部出来,竟碰上了也来参加八路军的杜艳秋。

艳秋听了晶晶的泣诉,泪水潸然而下。她为晶晶和自己的共同命运而伤心,也意味着自己入伍梦的彻底毁灭。好在从晶晶口中得知,自己在省城读书时的同学金凤、玉竹也曾上了飞鹰山,并在飞鹰山劫难时已经脱险。艳秋决心要寻找到她的这两位知心姐妹。她和晶晶也顿生姐妹之情,两人擦了眼泪,离开了八路军驻扎的山沟,漫无目的地走着。

艳秋的脑子里一直想着事:颜贞住持怎么会知道杜府大院保存着提炼黄金的设备?她的那位师姐又是谁?是佛门的师姐吗?是那个曾经帮日本人杀死镖夫,在庙里诵经的老尼姑吗?对,如果她的师姐不是那个老尼姑,她怎么知道那批包着白洋布的货物?由此看来,颜贞所以遇害,正是因为她泄露了这个秘密,而且指挥和策划烧掉了这批货物,她的师姐——老尼姑才对她下了毒手。看起来,这个老尼姑绝非一条普普通通的日本狗,她一定在日本掠夺黄金的整个阴谋中扮演着重要的角色。

太阳就要跳下山顶,微露的一点像仙鹤的丹顶。疲倦了的马匹不情愿迈步了,不断把头倾下来贪吃着路边刚冒出头的草芽。艳秋和晶晶下了马,这儿是一片稀疏的树木,林里搭着一个草棚,是农家人放夜畜时寝歇的地方。在这孤野之地,有了这个去处,自然是她们理想的所在。拴上马,两人进了草棚,开始清扫着里边的粪便和垃圾。这儿居然有一个土灶,捡几块干牛粪燃着,既可以取暖,又可以烧饭,真是天助苦难人。

忽然,拴在树干上的马长嘶一声,蹄子开始乱刨。拐弯处闪出了一彪骑着高头大马的人,有的挂刀,有的拿剑。队伍里,有两个女人被黑布蒙着头,驮在马上。这彪人马急驰到小树林旁,把艳秋和晶晶团团围住了。

为首的是个彪形大汉,他哈哈大笑道:"今儿时运,又碰了两个水货,这回老三、老四都有夫人了!"

一个镶着大金牙的胖蛋上前道:"大哥,我不要那个歪脖,要这个漂亮的。"彪形大汉道:"先拿下,回去抓阄!"

大金牙立即跳下马来,走到艳秋面前,垂涎三尺,仰起厚脖子大笑道:"看样儿还没开苞呢,新鲜水货,哈哈……"

艳秋飞起一脚,踢中大金牙的下巴,大金牙朝后跌去,手里的大刀落在地上,艳秋捡了起来。

众匪哈哈大笑,纷纷挖苦说:"老三可是馋猫碰了硬翅鱼?"

"看看金牙在不在嘴里了？"

大金牙爬起来，又羞又气，挽起了袖头，冲向艳秋，艳秋闪身躲开，大金牙又冲过去，艳秋二次躲开。

"啊哈！"大金牙怪叫了一声，第三次猛扑过去，艳秋神速倒卧。大金牙闪空，马趴在地。艳秋腾空跃起，一只脚踩住大金牙的脑袋，把刀片架在他脖子上，轻蔑地说："就这两下，也敢当土匪？"

此时彪形大汉跳下马来，扔掉马鞭，"来，我和你过几招！"

众匪徒也围了上来，彪形大汉怒喝道："以众欺寡，成何好汉？"说罢，逼到艳秋面前，两人摆了顿架势，开始交手，数个回合，不分上下。

彪形大汉道："啊哈，经过师傅啊！我就喜欢有些功夫的女子。"话毕，傲气十足，不经意抬脚撩戏艳秋。艳秋乘他轻视之际，抓住他的脚尖，用力向后，大汉随势来了个后翻，站立后，一个饿虎扑食想把艳秋扑倒。艳秋一看这架套，纯属小儿科的玩术，她稍稍曲身，就势把大汉扛在了肩上，转了两圈，重重地摔在地上。大汉惨叫一声，嘴里喷出一股鲜血，眼睛怒睁着就蹬腿咽气了。

土匪大喊："大哥被摔死了！"一起向艳秋围上来。

艳秋大喊一声："不要命的上来！"她手握大刀，不断三百六十度飞旋，刀片生风，嗖嗖直响，众匪无人敢近。

突然，被蒙着头的两个女人从马上跳下，喊："艳秋姐姐，快给我们挑掉蒙套！"

艳秋一听这熟悉的声音，惊喜地喊道："金凤、玉竹？"

艳秋手持刀片飞翻了一番，杀出重围，掀掉了金凤、玉竹头上的蒙套，割断了捆绑的绳索，三人背对背招架着十几个土匪。此时，艳秋喊道："晶晶，快去马褡里取武器！"

被吓愣了的晶晶不知所措，听到艳秋喊声，才奔到马旁，从马褡里取出了手枪，一扣扳机，一个土匪就倒在了地上。艳秋四人同时向土匪攻击，没几个回合，土匪四处逃散了……

四人相遇，悲喜交集，回忆各自的生死境遇，头抱在一起大哭起来，哭声惊天地，泣鬼神，把晚归的林中鸟惊吓得扑扑翅膀逃向了远方。哭号了一阵，四个女人又哈哈大笑起来，为她们活着而庆幸。

金球似的月亮滚出了东山，清澈的银辉洒满了山沟，她们才抹去了悲喜的泪水，决定大庆一番。土匪们逃跑时留下了好几匹马，还有几牛皮袋子烧酒。艳秋不容分说，走到了彪形大汉的乘骑旁，一伸胳膊，夹住了马脖子，用力一扳，烈马竟然轻易地被扳倒在地，蹄子在天空拼命乱划之际，一把匕首已经插进了它的咽喉，几股鲜血像射箭一样喷上天空，又像下雨般落在了地上。烈马挣扎着，肚子已被划开了，热气腾腾的五脏里冲出了一股鲜草的芳香……

生铁一般冷而且白的月亮已经到了中天，几牛皮袋子烧酒下了肚，四个女人便开始轰轰烈烈地胡闹。这个是哭，那个是笑，本不牢靠的草棚早被她们掀翻了，她们又在草堆上乱滚乱跳。不知从哪跑来一条野狗，正在偷吃被屠马匹的下水，这四个女人把狗稳在地上，掰开了嘴巴，灌进了半口袋烧酒，野狗被麻醉了，躺在地上一动不动，四个女人便开始残忍地拔狗毛。毛一撮撮被拔去，野狗浑身血淋淋直哆嗦，她们发现这是一条公狗，无名怒火顿时烧上了头顶，说它是日本毛驴，活生生将它的睾丸割了下来，抛向了天空，她们如野兽般哈哈大笑，这是她们的第一次野蛮发泄，也是第一次表现出了她们的匪气。

鲜红的太阳一跳便上了东山顶上，像一个圆圆的火球，把飘浮在山谷旷野间的腾腾雾气一扫而光。山下的小树林里，四个女人还在横七竖八地躺着，睡得酣畅淋漓。她们的周围，跪着一圈子人马，正是昨天那伙土匪。他们跪在这里已经许久了，他们看出来了，这不是几个平凡的女人，作为一伙群龙无首以后生活毫无着落的土匪，自然想选一个好的头人，仔细商量后，他们铁了心要跟着艳秋干。

姑娘们不醒来，他们不敢惊扰，就这么跪了三四个时辰。

其实，艳秋早已经醒来了，她从眼缝里看到了这一伙土匪的虔诚。她憎恨土匪，但也知道他们大多是被逼的。还有，敢当土匪，多数是敢把性命搭上的人，艳秋喜欢不怕死的勇士，她想把他们招安驯化。于是，她坐了起来，伸个懒腰，打了个呵欠，迎着强烈的太阳光，眯缝着眼睛问："你们跪多久了？"

"不瞒大侠，昨天晚上你们喝酒那阵，我们就跪在这里了。"大金牙怯怯地说。

艳秋捡起一块砖头，本想用手掌砍断，以显示自己的功力，震震土匪们的威风，一听大金牙的话，心里十分感动，便不再难为他们，说："都起来吧，以后我们就是一家人了，不过，不许你们抢老百姓的东西，更不许欺负姑娘媳妇！你们要跟我走，就必须一齐打日本鬼子！干不干？"

众匪齐声道："只要大侠收留我们，我们肝脑涂地！"话毕，又不断磕头谢恩。

艳秋道："以后不许磕头，都要称姐道弟。只要服从命令，听我指挥，我不会难为你们！"

此时，金凤、玉竹和晶晶都醒来了。迷迷糊糊就和土匪成了一家，金凤、玉竹大惑不解，正要跃起身开打，艳秋止住了，说："他们很有诚意，不可无礼！"

众土匪为了表达诚意，又一齐跪倒在地。艳秋愤怒极了，一脚踢去，一个土匪倒翻了两个筋斗，满嘴鲜血倒在地上。她骂道："刚才没听着？谁让你们跪了？听着，以后谁不听话，本姑娘一脚踢你上西天！"

艳秋一行昼夜向飞鹰山奔去，路过了大大小小尖耸的群峰，猛抬头看见飞鹰山周围铺满了白云，犹如千万担棉花簇拥着。在众山峰的衬托下，飞鹰山又像一柄鬼矛神戟，矗天而立。一条羊肠石阶路，弯弯曲曲向山顶伸展而去。

一座庙宇坐落在峰肩，缥缈的雾霭为这庙宇增添了几分神奇的色彩。那翁翁郁郁的松柏、色泽耀眼的白桦林和刚长出翠绿嫩叶的落叶乔木，使古庙显得更加幽静深邃。古庙的墙壁斑驳，瓦楞上也长了许多苔藓和蒿草，一座座屋顶上的琉璃瓦闪着冷寒正气的光。

艳秋他们来到了庙前，庙门前有一堵照壁，照壁上用釉砖拼成九条游龙，腾空欲出，犹如活的一般。钉着大铜钉的红漆庙门虚掩着，一进门，左右两边又高又大张牙舞爪的哼哈二将，似乎要向人扑过来，夜晚胆小的人是不敢在这里停留的。迎门盘腿坐着笑容可掬的弥勒佛，圆滚的肚皮放着黄色的光泽，周围是说不出名字的色彩斑斓的各种泥塑。

艳秋在弥勒佛前停下，对大金牙说："肥贼，你把这个老爷子搬出去！"大金牙惊愕地看看她，迟疑不敢。

"艳秋姐，搬出去干什么呀？"金凤问。

艳秋说："他下来，我上去。"

"你坐？"大伙惊然。

"咋？我不能坐？"

金凤说："哎呀，姐姐，那是神啊！"

玉竹也说："姐姐，不能搬！"

艳秋眉毛翘起来，"金凤、玉竹，你们还信这些骗子？他们既然是神，我们姐妹苦难时他们哪儿去了？他们不是普度众生吗？他们不是济世救民吗？我们几死几生，他还在这里笑眯眯假装正经！搬！"

晶晶说："姐姐，这里香火不断，人们经常把各种供品带到山上。我们既要在山上长期扎寨，就少不了吃用这些供品。你搬了神像，就没有人上供了！"

艳秋有些生气，说："大家既让我当头，那就得听我的！我们住在山上不是为了吃供品，我们也不能坐在山上等供品，我们是依托山势险要消灭日本鬼子！"

话说到这儿，大家不再争执，大金牙和众位小匪一齐动手，把弥勒佛请下了台。但因泥塑太沉，滑落掉地，肥大的屁股摔成了两半，这老爷子还是笑容可掬。

"你看他不是愣子吗？人们供奉他，他麻木不仁；欺负他，他也不恼不气，要他有什么用？"艳秋骂道，随后，便命令众人把台上所有的泥塑都请出了门，一排溜放在了大殿的屋檐下，又道："以后，这就是我们的家了。金凤，快去外边搂些茅草，铺在泥台上，咱们就在这里睡觉！肥贼，你去把偏殿打扫开来，你们男人就规规矩矩在那里睡觉，要发现哪个撩猫逗狗的，小心姑奶奶把你们连根剜了。"

大金牙应诺着去了。

艳秋把大殿的红绸慢慢拽下一块，让玉竹绣了"飞鹰队"三个大字，插在了旗杆上。于是，那面鲜艳的旗帜就在翠绿的群山顶上飘扬起来，格外鲜艳夺目。

四十四

自从牛家弟兄杀死了杜逵老爷，玉龙就始终处于一种自愧不安和惆怅不已的心绪中。尽管他每天忙头忙脚，但在夜晚，常常睡不着，披衣痴坐，望着深邃的夜空发呆。夜空是那么高远，使他想起了在辽阔的达尔罕草原上度过的日日夜夜。杜老爷、白太太、小萝头各种人物像动画般在眼前闪动。特别是艳秋，忽而燃起他的希望，忽而又勾起他的忧愁，她像个会使妖法的女人，随心所欲地摆布着他的感情，他也一味地心甘情愿任她摆布。她那充满活力而美丽动人的身躯，仿佛有一种特殊的魅力，将狡黠与豁达，娴静与暴躁融为一体。她的一举一动，无不显得优雅洒脱，她的一切都蕴含着一种与众不同的力量。她的面孔也喜怒无常，令人迷惘。她可以在同一个时间内既显露出稳重和内敛，又显露出暴烈和激情。

今晚，玉龙又睡不着了。几件不快的事，使他又想起了艳秋。迎春不守纪律，不听命令，自己作为护村队队长，不能讲私情，把她开除出队了。妹妹和他较真，跳着高高和他打架，回了家不给他吃饭……护村队队员素质太低，擒拿格斗的训练没有好的教练。这些，如果有艳秋在，都会管得很好。他手指哆嗦地划亮了一根火柴，审视着这忽明忽暗的小屋。那卷薄薄的铺盖还静静地躺在北墙根下，难忘在这卷铺盖里，自己和艳秋那绵润的肌肤接触所燃烧的强烈的感情火焰。靠墙立在柜面上的那面没了水银的镜子已罩了一层厚厚的灰尘，在艳秋和自己去找八路时，艳秋照着这面镜子，看着镜里留着小胡子的老头，扑哧笑出了声，那个幽默滑稽的笑脸在玉龙脑子里记忆犹新。玉龙用他粗糙的手掌不断抚摸着镜面，艳秋的影子不断在他眼前闪现，他的热血又在飞速奔流……

突然，一声尖利恐惧的猪号声划破了夜空，这是牛家村的信号猪在报警。信号猪一叫，村里的公狗母狗就一起随着叫起来。玉龙提着手枪跳下了地，冲出门外，家家户户已经亮了灯，隐约传出了熙熙攘攘的声音。

金龙和飞飞气喘吁吁进了院。金龙说："玉龙，村口发现一匹骑马！"

"人呢？"玉龙问。

"在后头！"金龙说。

玉龙说："只发现一匹骑马，咋让信号猪号叫，惊得满村人不能睡觉。"

金龙振振有词道："你说有情况就让猪号嘛！"

玉龙知道金龙是为了显功，哭笑不得，说："二哥，我求你，以后办事动动脑筋！"

金龙气呼呼地回了屋，飞飞才凑近玉龙耳根说："我不让他提猪，他说，把狗日的全村人都吓一跳，让狗日的知道是我们给他们站岗放哨！"

玉龙气得跺了一脚，要冲进屋里揍金龙，被飞飞拉住。这时，三四个护村队员押着一个人进了院。被押的人是个女的，灯光下，玉龙一眼认出是晶晶，惊喜无比地喊："晶晶，你咋来了这儿？"

"三哥!"晶晶也喊了一声,扑到了玉龙胸前。

兄妹见面,自然悲喜交集。晶晶顾不得述说自己的苦难经历,急匆匆地说:"三哥,快去救艳秋!"

"咋了?艳秋咋了?"玉龙十分着急,等待着晶晶的叙述。

艳秋虽在飞鹰山落脚,武器也有了,但缺少粮食,无法长期安营扎寨消灭鬼子。她们决定袭击离牛家村最近的一个伪军连部。这个伪军连驻在万家沟,是专门给阴灵沟的日本黄金部队运送粮食和物品的队伍。袭击这个连,不但可以抢到武器,还可以抢到粮食。艳秋还有一个没说出来的心思,想借此机会给玉龙和护村队解解围,帮帮忙。可是,艳秋知道,自己队伍太小,把收编的土匪加上不足二十人,总共十几条枪,要袭击一个连的伪军,怕是力不从心。苦思许久,她终于从镖队吃了蒙汗药的悲剧中得到了启示。

这一天,艳秋买了一头肥猪,猪肉上洒满了毒药。她推了一辆独轮小车吱呀呀进了万家沟。路过了军营的大门,她故意磨磨蹭蹭,东瞧西瞅。不出预料,进出的伪军看见了鲜嫩的猪肉,立即拦住了她的去路。抢都抢不到的东西居然送到了门口,三下五除二,猪肉便被抢回了连部的大厨房。

艳秋故意哭喊求告,说这猪肉是办喜事用的,死死守着猪肉不走。司务长要她滚开,她仍不依不饶。厨师举起砍刀,一阵工夫,一口大猪就被剁成了小块,大锅里咕嘟咕嘟翻起了白浪。

艳秋估计等猪肉炖熟后,第一个吃肉的肯定是厨师,厨师一倒下,别人就会识破肉里有毒。她不敢离开厨房,就是害怕那个馋嘴厨师尝肉。锅里渐渐地飘出肉香,厨师用大勺头在锅里搅了搅,顺便搭出了几块肥肉,正要用舌头勾进嘴里,艳秋一巴掌将勺头打翻,狠狠地说道:"不许吃我的猪肉!"

厨师十分愤怒,一看艳秋楚楚动人,好漂亮的一个闺女,就没忍心动手。艳秋乘机给厨师赔不是,并说这肉一路尘土很不干净,打翻勺头全是好心。厨师是个上了岁数的人,也理解艳秋被抢的心情,没再责怪她,还和她拉起了家常,并答应等长官征粮回营,帮着她说情要回肉钱。

艳秋的估计不错,太阳还没落,士兵们就挤进了厨房,你抢我夺,像一群狼,一会儿就把两大盆猪肉抢食一空。突然,许多士兵大喊肚疼,有的扔了饭碗在地上打滚，有的呕吐不绝，有的腿一蹬上了西天。大厨才发现猪肉里下了毒，可是艳秋的手枪已逼在了他的头上，说："大叔，我是飞鹰队的，好好配合，我不杀你！你赶快跑吧！"

厨师扭头就跑。艳秋把埋伏好的队伍开进了军营，装满了两大车粮食，缴获了几十支长枪短枪。艳秋命令车辆立即回山，自己留了下来，她要把没拉走的粮食全部烧掉，绝不能运到阴灵沟，让日本人吃饱后掠夺财富。

放火烧仓之际，艳秋突然听到有微弱的求救声，循声而去，在军营的一间房子里，关着十几个农民。他们是被抓来的壮丁，都被反绑着，明天要把他们送到阴灵沟。艳秋对鬼子掠夺黄金的罪恶行径恨到了骨头，立即解开了绳索，说："你们快跑！"随后，又放火烧起了营房。艳秋胸中的仇恨，一直像一座火山，今天终于喷发了。望着熊熊燃烧的大火，从未有过的快感使她哈哈大笑起来。就在此时，外出征粮的伪军连长回来了。他带着一个排的兵力，把艳秋包围了……

玉龙听了晶晶的叙述，身上像着了火，焦灼万分。他的心痛苦不堪，像毒蛇咬住了神经。他十分明白：凭着一个自己爱慕不已又献身于自己的女人不能不救，凭着两个人共同的仇敌目标不能不救，凭着艳秋为了救别人而自己身陷魔穴不能不救。他不得不扔下自己一手创建起来但还十分稚嫩的护村队去救这个女人。他怕影响护村队员的情绪，又怕人说他为了一个女人而不顾大局，所以他悄悄出发了。

…………

这座历史悠久的古老县城镶嵌在大青山北麓。自古以来，这里就是群雄割据、兵家相争的地方。一条十字大街，像串糖葫芦一样把一个个饭馆、菜馆、赌馆、烟馆、当铺和商铺串了起来。各种奇形怪状的人：捋手乱窜的闲帮，遛洋犬的汉奸，背大枪的民团，还有穿长衫的财主，抹红嘴唇的妖女……更多的是一群群伪军、保安团和日本兵。不断有装着军人的日本大卡车疯狂地从当街穿过，留下一片蓝烟、惊叫和躲闪车辆造成的混乱……

玉龙身着一套伪军连级服装，在街上游逛。县保安团的服装和伪军服装一样，但保安团的士兵大半歪戴帽子、嘴叼香烟，军风不正。玉龙看见五六个走路歪七咧八的士兵进了一个酒馆，断定是保安团士兵，便跟了进去。

酒馆的老板躬身出来迎接，又擦桌子又摆凳子，热情看座。几个保安团士兵入了座，玉龙随之进门。堂倌以为是一伙儿，又在一旁加了一张板凳。保安团的军人看见玉龙是中尉连级军衔，个个站起来立正敬礼，不敢坐下。

玉龙还了礼，和蔼地说："大家都坐，坐坐坐，是保安团的吧？"

"是！"众士兵回答。

"啊，那更是一家人嘛！别客气，我也是保安团的，我姓张，叫张小三，虽然算个连级军官，没什么实权，只是每天给团长和营长们安排安排衣食和女人。咱们既然碰到一起就甭客气了，今儿我请客，咱们喝个竖着进来，横着出去，哈……"玉龙落落大方地说了一套。

众保安团士兵消除了紧张，慢慢坐下。玉龙又和大家笑嘻嘻点头，提起壶给大家倒酒，几个当兵的受宠若惊。

许多菜摆到了桌子上，花色、品种、亮色着实叫人垂涎三尺，众士兵眼睛贼亮，死盯着桌面。

"来，动筷子吧，千万别客气，放开吃喝。"玉龙端起杯逐一碰杯，一饮而尽，又逐一斟了酒，"我们以后就是弟兄了，来，再干一杯！"

众士兵贪婪地喝酒吃菜，玉龙仍然不断斟酒夹菜。

一老兵有些晕，伸出拇指一个劲儿夸奖："好好好，咱一辈子没这么痛痛快快吃喝过一顿，看人家张连长多够义气，咱们要有这么个长官就不会偷跑了。"

另一个士兵也说："咱们警卫连每天站岗，一站半天，连个姿势都不让换，今儿总算轻松了。"

玉龙又端起酒来，激动地说："你们警卫连就是辛苦，一会儿把你们的尊姓大名给我，我找营长们说说，调换调换你们的工作。"

众士兵一齐站了起来，兴奋地碰杯道："谢谢张连长，太谢谢了，喝，张连长，好人哪！"

玉龙露出了醉态，把众士兵的名单看了一遍，对号入座，说："你是排长张亮小，你是班长吴全贵，还有王狗子、李六子，这名字好，喝！以后都是朋友了……"

又吃喝一阵，玉龙摇摇晃晃站起来，扑通跌倒在地上。众士兵扶他起来，出了酒馆门，搀扶着回保安团军营去了。

保安团军营大门口立着几个门岗，见是自己的排长扶着个军官，看也没看，打了个军礼就放进了军营大门。玉龙进了军营深处,脱开众士兵的搀扶,说:"我就在后边,你们回去吧,太谢谢你们了!"

众士兵见玉龙站立稳当,摆手离开了他。玉龙背脸偷笑了一下,眼睛便贼溜溜四处瞧,想抓个舌头问问艳秋究竟关在哪栋房子哪个房间。

这时,一阵轻松的小调从背后传来,一个上士提着一块新鲜猪肉向后院走来。他看见玉龙是连级军衔,礼貌地向他点头,示意占着手,说:"不能敬礼了!"

玉龙也以军官的谱气向他打了个手势。

提肉的士兵迎面走来一人,是个少尉军官,背着手,牛气得很。

提肉士兵迎上去,说:"司务长,您好啊!新来的厨子炒的几个菜还可以吧?"

司务长点头赞许道:"还行,行行行!"

提肉的士兵说:"您看,不是我吹牛吧!他可是腮忽洞周围几十里都出名的厨子,是大小事宴都露面的人!"

司务长问:"他叫什么来?"

提肉士兵回答:"他叫王牛牛,王八蛋的王!"

司务长立即大怒,"什么,你才是王八蛋!"

提肉士兵忙改口说:"不对,和您一样,是天王爷的王!"

司务长没计较这个混蛋小子,说:"晚上给慰安妇多吃点好的,真可怜,每天让人糟蹋!"

正说着,一个穿白大褂的胖厨从军营的伙房出来,提肉士兵立即迎了上去,说:"哎哟,王师傅,刚才司务长还表扬您菜炒得好。您上哪儿去?"

王牛牛说:"我能上哪儿?我这个活儿,除了在厨房吃,就是在茅坑拉,哪有闲逛的工夫!"

玉龙心中大喜。他得知王牛牛是腮忽洞人,离牛家村十几里路,凭这个关系,一定能打问出艳秋的下落。他也做出了悠闲状,背抄着手,尾随着王牛牛进了茅坑。

王牛牛一进茅坑,就蹲在坑上拉屎。

"啊呀呀,你是王牛牛大叔?你不认识我啦?"玉龙扑了上去,紧紧抓住了王牛牛的手握呀握,大惊小怪的热情把王牛牛吓了一跳。

王牛牛大眼瞪小眼,表示不认识。

玉龙说:"王牛牛大叔,你是方圆百里的名厨师,当然不认识我,我是牛家村的,离你们村十几里路。"

王牛牛一听表扬自己,高兴得直点头,"看这成了什么事,大水冲了龙王庙,一家人不识一家人了!"

玉龙进一步套近乎说:"我是牛家村牛家的本家,知道不?"

王牛牛也奉承玉龙说:"牛家,大户人家,威风,我们全村人对牛家人很敬佩。咋,你也在保安团?"

玉龙说:"刚调来不久,这下有王大叔把厨,我可以解馋了。"

王牛牛说:"我还托你以后关照哩,看你这服装,官不小呢!"

玉龙还握着王牛牛的手热情地说:"没问题,互相关照!"

王牛牛已拉完了屎,不好意思地说:"行行行,老乡见老乡,两眼泪汪汪。哎,你放开我的手,等我擦了屁股,咱们好好拉话。"

这时玉龙才哈哈大笑着松开了手。

…………

艳秋的囚室正在厨房后的一排房子里。此时的艳秋已失去了丰华美貌,像一朵凋谢了的睡莲花一样,静悄悄地躺在一张铺着干草的木头床上。从她头发缝里流下来的血,已经变成紫黑色的硬疤,两条眉毛尖上的血珠,像挂着两个红色的胆囊,脸上满是皮鞭抽打凝固了的血条,像一道道暴了皮的油漆。她的手和脚都被铁链拴着。她完全处在了昏迷的状态。

王牛牛大叔很帮忙,想法子支开了把在囚室门前的哨兵,又以送饭的名义让玉龙见到了艳秋。玉龙抱着她的胸脯,吼喊半天,艳秋才慢慢睁开眼,滚落两行泪蛋,又把眼睛合上了。

玉龙混出了军营,和埋伏在保安团周围的飞鹰队接上了头。

这天下午,玉龙又混进了保安团。军营的厨房大而简陋,墙上是黄黄的泥巴,屋顶刚压椽,泥点不时乱滴。王牛牛正在做饭,他满头大汗,操着一把丈二长的大铲在大锅里挥舞着。大锅里烩着土豆、白菜和肉片。王牛牛咳出了一口黑痰,吐在了锅里,又捏住了鼻子嗤出了两桶鼻涕,统统烩在了大菜里。

玉龙看在了眼里,笑吟吟走近他身边。王牛牛有些慌张,玉龙马上说:"王牛牛大叔，我什么也没看见，我不会说！"

王牛牛放下心来，说："我真不想伺候这群畜生！"

"为什么？"玉龙问。

王牛牛气愤地说："你知道，这里关着三四十个中国闺女，鬼子整夜排着队糟蹋她们。为了不让闺女们反抗，他们在饭菜里加上了蒙汗药，一加上药，闺女们就昏昏欲睡，无力反抗了。昨天，我没给她们加药，差些被他们打死，你看我背上的伤！"

王牛牛撩起衣裳，皮开肉绽。

玉龙咬牙骂道："真是一群牲口！王牛牛大叔，今晚我救艳秋，就怕机枪扫射。你把慰安妇的药给机枪连的饭桶里加进去，让狗们好好睡觉。还有，你给我准备几盘冷肉小菜，再备几瓶烧酒，我有用场。"

王牛牛一一答应照办。

保安团四周是两丈多高的围墙，围墙里是一千多军人的营房。围墙的四角都设有岗亭，亭里站着哨兵，刺刀在残阳下闪着血光。

玉龙扛着一把锹头，沿着军营的西墙慢慢走着，每走几步，挖个坑，在坑里像在点什么种子，然后把坑埋上。他路过一个岗亭，正好那个李六子在站岗，端着枪，挺着胸，望着远方，非常尽职。

"哟，李六子，抽支烟吧！"玉龙仰起脖子招呼着。

"噢，是张连长。谢了，站岗不许抽烟！"

"妈那个×，鬼子晚上又来这里过女人瘾，我们还得给他们站岗，连口烟都不让抽啊！"玉龙骂起来。

"唉，有看法，没办法呀！"李六子也表示出了不满。

玉龙加紧攻势说："不让抽烟，喝瓶酒吧！"话毕，把一瓶烧酒扔了上去。李六子打开了酒瓶，仰起脖子，咕嘟嘟灌进了半瓶，抹了嘴，只说出了两个字"好酒"，就扑通倒在了岗亭下。接着，一个黑影飞上了岗亭，顶替了他的岗位。

太阳已经跳下了山冈，营房大院黑乎乎的，玉龙又游晃到了西南角的岗亭下。一个壮年岗哨大声问："谁？干什么的？"

玉龙漫不经心地说："你们排长在哪儿？"

岗哨问："找我们排长干什么？"

玉龙说："我是他朋友，他烟瘾大，我给他送几包烟。"

岗哨立即换成了巴结的口吻，说："排长在西北角的岗亭上，哎，能不能给我几根香烟过过瘾啊？"

玉龙故作难为了一阵，"哎哟，给了你就没法给排长了。要不这样，先给你抽，我一会再给排长弄几包吧！"说完把一包香烟扔了上去。岗哨乐不可支，赶快蹲了下来。黄昏中，岗亭里闪烁了几下火光，他抽着了烟。可是，没看见他再站立起来。一会儿，又一个笔立的哨兵就顶替上去了。

夜彻底降临了。保安团西边两丈多高的大墙上已掏了个大洞，二十多名飞鹰队员从墙外钻进了军营，潜伏在了军营大墙里的黑影之下。

四十五

一阵轻轻的叩门声把小龙惊醒。他一骨碌爬起来，墙上的自鸣钟短脚已经迈在了"三"字上。他揉了揉眼，那老郎中已将门打开，一个温文尔雅的青衣老尼姑双手合十，笑容可掬地进了屋。这老尼姑虽然像一株枯干的老树，但走路却非常轻盈。她步入房中，对老郎中说："阿弥陀佛，麻烦郎中，可给我抓几味中药吗？"

"当然！当然！"老郎中戴上了圆坨子眼镜，接过了老尼姑递过的方子，仔细看了一遍，又撩起了圆坨子眼镜审视着老尼姑，摇了摇头，说，"对不起，我这小小的铺店，没有你要的草药，请另择他处吧。"

老尼姑收了方子，并不走开，冲小龙问："小施主，你是郎中贵子？"

小龙摇头说："我是牛家村的人，请郎中的！"

老尼姑忽然激奋道："阿弥陀佛，这牛家村可是远近闻名的村庄，日本鬼子听了都闻风丧胆。"

小龙也得意地说："是哩，日本鬼子在我们村的阴灵沟开金矿，我们牛家村人坚决不让！"

老郎中轻轻咳嗽了一声，把圆坨子眼镜扶在了眉骨上，用干枯了的白眼看了看小龙。小龙从眼色中看不出什么内容，但知道自己的话已经多余了，小心地看看老尼姑，没再吱声。

老尼姑走后，老郎中扳过小龙的脸来，说："后生，这尼姑不是寻常之人，年迈耳顺，健步如风。还有，她所要的中药，都是断魂伤经之味，非佛家人所为。"

小龙大眼瞪小眼瞅着老郎中，听不明白什么意思。

老郎中又说："她配制的中药，服用者头三天精神爽悦，后三天脑痴经疲，再过三天形神混乱，体骨如泥！"

小龙听明白了，骂道："这老尼枉披一张佛皮！"

"个中要秘不清，不可论断，但此老尼要倍加提防！"

小龙突发奇想，问："你能把这方子告诉我吗？"

"你要这方子干什么？"老郎中很好奇。

"我把这药让阴灵沟的日本人喝了，让他们掏不成黄金，霸占不了我们的祖坟！"

老郎中哈哈大笑道："你咋能把毒药灌进人家肚子里？再说作为郎中，只能救死扶伤，不可损阴丧德。后生，我看你纯真无邪，是个正派人，那就实话告诉你吧，我们臭蛋就在家里，我安排一下，让她连夜和你赶到牛家村给八路军看病。"

小龙略略有些不乐，说："您老为什么骗我们年轻人？"

"唉，哪是骗你啊！"老郎中领着小龙，进了后院一间小凉房里，取掉了一堆破棉絮，揭起了一块木板子，底下是一个地洞口。人下了地洞，里边黑洞洞的，怪可怕，摸着黑走了一段，一股油灯味扑面而来，接着一束灯光照亮了洞壁。地洞里有三个人，一个是处于半昏迷状态的艳秋，她静静地躺在铺着木板的潮地上，臭蛋正在认真观察艳秋的表情变化，还有一双焦急的眼睛也聚精会神盯着艳秋，他正是三哥玉龙。

"三哥，你也在这儿啊！"小龙惊喜地喊。

玉龙也惊喜地问："小龙，你……"

原来，玉龙和飞鹰队员救出艳秋后，敌人严加追捕。为转移视线，玉龙情急中想起了臭蛋的中医铺子，没想到那一毛口袋荞麦的情谊却在这时派上了大用。臭蛋父女毫无推卸，竟然把艳秋藏在了自家世人不知的秘洞里精心治疗，令玉龙和艳秋感激涕零。

臭蛋看见了小龙，问："你来干什么？又要那口袋荞麦？"

小龙耸耸肩，有些不好意思，但他马上抓住了臭蛋那根热爱八路军的软骨，说:"我是给八路军请郎中,让你去给八路军的伤员看伤!"

小龙详细谈了牛家村最近发生的那场战斗,原来打算马上回村的玉龙却打消了这个主意。他还想陪艳秋几天,因为村里有了李干事带领的八路军,他就放心了。臭蛋听说八路军请她,自然也高兴,马上出洞去做准备。玉龙提着耳根反反复复叮咛说:"小龙,回去告诉大嫂和二狗,千万不要和李干事顶牛。八路军比我们懂得多,李干事又是省城里学生运动的领袖,他的主张一定有道理,千万千万要和八路军搞好关系啊!"

残阳如血,小龙和臭蛋离开了范家镇。飞鹰队员抢武器烧粮库,又从军营救出了艳秋,惊动了整个敌伪军总部。镇子内外,一队队荷枪实弹的日伪军正在搜查过往行人,防止八路再混进镇子袭击军营,但对出镇的人比较松,盘查了几句,他们就被放行了。

小龙拉着大黄马,亮出了一只手,对臭蛋说:"郎中,快上马吧!"

臭蛋摇头说:"不,你骑上,我拉马。"

小龙说:"世上哪有这种道理,男人骑马,女人拽镫。再说,你是我们请的郎中啊!"

臭蛋低头说:"我骑你拉,那多不好意思。"

"那咱俩伙骑,我在前头,你在后头。"小龙说着跨上了马背,要臭蛋上马,臭蛋张罗几次,怎么也上不去,小龙只得下了马,"要不我先扶你上马,我骑在你后头。"

臭蛋同意了,小龙扶着臭蛋上了马,自己也跃上马背,紧紧搂住了臭蛋的后腰。臭蛋呀地叫了一声,从后撞了小龙一肘子,"你干什么呀?"

小龙哄笑道:"两人骑马就得这样,不搂紧就摔下去了。"

臭蛋挣脱小龙,跳下了马背,脸上有些羞涩的红晕。

小龙又下了马,说:"郎中,要不你在后头,我在前头。"

臭蛋说:"那还不一样,咱俩都甭骑了。"

两人只好拉马步走。此时,太阳已经沉下了深沟,满眼是苍黑的群山,沟里的阴风也骤然刮起。小龙着急起来,"郎中,你看咱俩有马不骑,不是自己和自己过不去?再说,村里的伤员还等着,就这么走,什么时候能到?救命当紧呀!"

臭蛋说："我想了，还是你在前头，我在后头，我怕你搂我。"

"好的，我在前头。"小龙先把臭蛋扶上马，自己斜身坐骑在了臭蛋前头。臭蛋不敢搂小龙的腰，小龙双脚一磕马肚，马就小跑起来，臭蛋惊慌地叫了起来，双手不由得搂住了小龙的后腰。

小龙这回得了理，说："郎中，不许搂我！"说着，又暗中更使劲儿地磕着马肚，马跑得更快了，臭蛋搂得更紧了。小龙说："郎中，这可是你硬要搂我！"

臭蛋抽出一只手，在小龙肩头上乱捶。小龙一扭头，乘机又亲了臭蛋眉头。臭蛋笑着叫着，用拳头更猛地击着小龙的肩头。小龙喊："别打了，你再亲我一口不就扯平了吗？"

臭蛋没亲他，从后头咬住了他的耳朵，小龙像挨了刀的猪一样大叫起来……

山乡初夏夜，轻柔得像湖水，像田园诗般的美妙！牛家村山顶上的哨棚里，二狗和金龙在朦胧的月光下坐着，所有绷着的神经都松弛下来，他们似乎不是在值岗放哨，像在悠闲地促膝谈心。

自从小兰批准李冬和瘦猴重返阴灵沟后，鬼子真的相信了这两个俘虏编造的假情报，以为八路军部队真的住满了牛家村，也认为八路军真的要从东侧进攻阴灵沟。所以，他们不但不敢再进攻牛家村，而且把一大半兵力都部署在了阴灵沟的左右，趁着这个机会，二狗又在进村的路口都埋上了自造的地雷，所以牛家村白天黑夜一片平安吉祥。

"大嫂的眼里就是有水，上次为放走两个俘虏进阴灵沟，和李干事争得面红耳赤。咋的，还不是大嫂做对了？唉，虽然是个女人，料事有准气。"二狗感慨着说。

金龙骂道："李干事，妈的，什么东西！不是你和大嫂，我不定让那王八蛋捆到什么时候！"

二狗忙挡住金龙的话："二哥，那天大嫂不是说你了嘛，李干事一进村就捆人是不对，可要不是你暴露目标，死伤了八路军战士，李干事也不会发那么大火。二哥，不是我说你，你以后也得各方面注意点！"

金龙嘟囔道："反正你们谁都讨厌我。"

二狗生气了，道："二哥，你这不是瞎说吗？那天战斗，要不是我把你按倒，你脑袋早开花了，结果，我肩膀上挨了一枪。幸亏是擦了个皮，再靠里点，我的脑瓜子也搬家了！至于大嫂待你，那更不用说。你被捆得两条胳膊青肿青肿，大嫂整整一夜用桃木棒给你舒筋活血。小龙请回了女郎中，大嫂又求人家给你媳妇看胎气。那天，黑老五去你家要赌债，一跳丈二高地吵骂，大嫂怕巧巧和你闹矛盾，跳到房后取了一块大洋才把人打发了。"

"房后？"金龙问，"房后哪来的钱？"

"大嫂说，鬼子不定哪天烧房，钱放在家里怕火烧掉，就放在房后的土洞里。"

金龙的心里一下乐开了花。他这阵子在外赌博，债务累累，正愁没钱还债，二狗正好给他提了个线索，如果能偷几块大洋，也好松宽松宽！他心里的狗算盘一打，突然就捂着肚子说："二狗，我肚子着了凉，好疼！这些日子村里也挺太平，咱俩在山头上白熬时光。今天我回去吃点药，明天我替你值岗，行不行？"

二狗一贯老实厚道，也觉得这几天太平，就说："那你回去吃点药，早些休息。"

金龙一溜烟跑进了村子，直奔自家房后。牛家的房后是一个很大的土崖，崖下有一个很深的土洞，传说是古代人打仗藏兵的地方。洞很深，洞里尽是死人脑瓜，平时没有人敢进洞里。牛家之所以把房建在这里，一是靠崖头居住冬暖夏凉，二是朱阴阳断言，此处乃福地洞天。怎奈洞口紧贴大龙家后墙，金龙拼命钻了几次都被卡住。金龙心里想，怪不得大嫂把钱藏在这里，只有她的小身体才能挤进去。金龙脱了内外衣裳，用力吸气，使肚皮收缩，好不容易才挤进了洞里。洞里黑咕隆咚，什么也看不见，黑摸半天一无所获。金龙只得出了洞，把一堆麻秆扔进洞里，点着麻秆照路行走，阔大的洞身不断向前伸延。几十米处，忽然出现了一个能睡百十人的大厅，大厅四处，又有许多洞口通往不同方向。钱藏在哪里，金龙觉得有些大海捞针。他定神观察，大厅一角有几个模糊的脚印，奔过去，脚印上方有一个石头夹缝，他把手伸进了夹缝，哗啦一声，拽出了一个布口袋子，口袋里装满了银元……

二狗的家里，桃桃在炕上辗转不能入睡，一伸胳膊，二狗的枕头孤零零地放在头旁，她自语道："护村队，护村队，每天让姑奶奶抱个冷枕头！"

突然，急促的敲门声响起来，她猛地坐起，问："谁？"

"我，是你二哥。"金龙压低声音说。

"你又想摘姑奶奶的果子？今儿不要你！"

"桃桃，快开门吧！"

"姑奶奶心里不快活！"

"桃桃，你开门，有好事情。"金龙还在死缠。

"你个没良心的东西，想来就来，想走就走。你什么时候休了你家那只母老虎再来找我！"桃桃骂完，吹灭了灯，把头埋在被子里。

金龙没再求她，从口袋里夹出了一块银元，顺门缝里塞了进去。当啷一声，大洋脆响，跌进了屋子的地上。

桃桃露出了头，寻找着响声。

又是当啷一声，一块白花花的银元在黑暗的地上滚动。桃桃还在生气说："你有多少，紧着往里扔吧！"

果然，又是一块大洋掉在了地上。接着，当啷当啷响个没完，金龙一直从门缝向屋里塞银元。

桃桃经不住诱惑，终于跳下了地，捡起了地上的银元，又钻进了被窝，对外喊："进来吧！"

"你不开门我咋进？"金龙问。

"从窗户上爬进来吧！"

其实，农村的窗户都在大炕前安着。每年夏天，窗户一半挂在房檐上，从窗户爬进来直接就到了炕上。金龙从窗户爬进来，方便了不少，一不溜就钻进了桃桃的被窝，桃桃一脚踹他出去，骂："咋不脱衣裳？"

"心一急就忘了！"金龙脱着衣裳说。

"你不怕二狗半夜回来？"

"我俩说好了，他今天值岗，我明天值，二狗老实负责，不会中间脱岗回来。"

"你家母狗咋办？"

"她知道我今晚值岗！"金龙已搂住桃桃，被桃桃一把推开。

桃桃问："你哪来这么多银元？"

"还有呢？"金龙夸耀着，从头旁提起一袋子银元晃荡。

"哪来的，告诉我。"

"甭问哪来的，你先放起来，这钱，有你一半，有我一半。"

"你来头不正，我不给你保管！"桃桃又把他推出了被窝。

金龙只好说："那我就告诉你，是我大嫂的，我偷狗日的了！"

桃桃一听，意外地高兴，说："这个女人，早该整治一下，张小三他们欺负我，她却把他们当宝贝对待！她把我们二狗指挥得像兔子一样忙。有几个钱，她动不动借给二狗买炸药、造地雷，迟早把脑瓜子炸烂，还不如偷了她！"

金龙已等不及，正要和桃桃大战几个回合，忽然一群狗在院门口狂叫不止。金龙嗖的一个鹞子翻身跳到了地上，揭起了高粱秆做的盖板，跳进了一只空瓮里，浑身哆嗦。

桃桃骂起来："王八蛋，就这点鼠胆也敢上嫖！你的衣裳不是证物？"金龙哆嗦着出来，仔细听，原来是几条儿狗争着一条母狗！

四十六

这个晚上，李干事也是没合一眼。

那天，小兰私自批准李冬和瘦猴两个伪军俘虏回了阴灵沟，李干事认为是目无军纪的重大事件，为此大发了脾气，也大伤了小兰的自尊。李干事始终认为小兰是山村妇女，思想觉悟低，准备和她谈谈心，帮助她提高认识。可是，没想到，小兰放走的两个俘虏机智勇敢，竟把日本人骗得昏了头脑，不仅大大缓解了牛家村的军事压力，而且迫使敌人到处调兵遣将。

两个俘虏的作用，使敌人军力分散，军情混乱，节省了八路军多少兵力？减少了多少战士牺牲的可能？李干事心悦诚服，不能不承认小兰的决断正确。可是，他又反复思考，自己也没错呀？对俘虏，必须经过反复改造和考验才能使用，这也是八路军的规矩呀！可是如果按照这个规矩，今天的牛家村恐怕仍然是战火连天，尸横遍野。

李干事进而又想：艳秋在万家沟抢夺了鬼子的武器和粮库，除了靠几个贫民女子，还不是靠一伙刚刚走上正路的土匪吗？这十几个土匪，居然又随玉龙闯进了伪军的军营，救出了艳秋，还打死了上百名伪军。如果对这些人不相信，不放心，怎么会创造出这样的抗日奇迹呢？

李干事想到了这里，心中豁亮了起来。平心而论，自己一心一意想拯救国家和民族，就因为自己的父亲范殿英是大商人、大地主，八路军队伍坚决不收，才不得不把范君义这个名字从自己身上抠下来，叫了一个不属于自己的名——李革命。自己曾经轰轰烈烈地搞过游行，领导过上万名学生和反动军警斗争，曾勇敢地烧了日本人的仓库，杀了日本鬼子几十人，遭到鬼子四处搜捕……这些他都无所畏惧，可为了参加他心目中神圣的八路军，竟然偷偷摸摸，像做贼一样，把大名鼎鼎的范君义改成了时尚的名字李革命。虽然是为了革命，但改名换姓，辱没祖宗不说，弄虚作假也是很不光彩的行为，如果八路军里没有这个"出身决定革命不革命"的规矩，自己怎么会改名换姓呢？李干事真不知道自己的真实姓名会不会重见天日。

他现在隐隐约约感到，在八路军队伍里有一种不可捉摸的东西与现实矛盾，在不断地磕磕碰碰着。他说不清这是一种什么东西，但这种东西自己也感到别扭和不舒服。

他开始悔恨。当初，杜逵老爷把杜艳秋许配给了自己，在没有任何了解的情况下，就断定人家是富家小姐，难走革命的道路，结果以婚姻自主的名义断然拒绝了，可人家竟然是如此正义和勇敢，自己难道不是发昏吗？

天已经亮了，小窗上流进了清泉一般的晨光。失眠了一夜的李干事心里也像晨光一样更加豁亮，他睡不着了，一骨碌坐起来，趿鞋就向牛家大院走去，他要找小兰认错道歉。

鸡叫三遍，小兰就起来了。春夏秋冬，公鸡就是她的时钟。牛家大院是个生命繁华的地方，牛马驴羊猪狗鸡鸭，每天早晨，四五百张嘴巴都等着她，嗷嗷待哺。她有指挥各种动物的语言，喊猪"唠唠唠"，喊羊"太奇"，喊狗"噢哟"，喊鸡"咕咕咕"……她一族一族喊叫着给它们吃完了早点，天就麻亮了。她清扫了院，提着一箩头垃圾向门外倒去，突然发现下院二狗的院里蹿出了金龙的身影。金龙也发现了小兰，赶紧把身子藏在了二狗的猪窝里。小兰有了个主意，就立在大门口等着，看他到底能在猪窝里藏多久。此时，小龙夹着大腿紧跑着去茅房，问小兰站在大门口干什么，小兰说："我看咱家那条狗咋钻进了二狗猪窝里。"

金龙看见躲不过，灰溜溜从猪窝钻出来，低头向小兰走来。小兰气得手指在他脑瓜上乱点，又怕小龙和屋里的巧巧听着，压低嗓子骂道："金龙，你还算个人吗？二狗对咱们牛家当家人，你忍心欺负他的媳妇？兔子还不吃窝边草，你看你灰得有头没啦？"

"她要勾引我！"金龙满不在乎，硬着头皮从小兰面前走过，进了自己的家。进家一口水烟工夫，就听见和巧巧吵起来，越吵越烈，接着就打起来。金龙抓着巧巧的头发乱扯，巧巧咬着金龙的大腿不放，金龙像挨刀的猪一样号叫。

蹲茅房的小龙一边系裤带，一边向二哥屋奔去拉架。

小兰身体虚弱，刚才过于气愤，有点心慌头晕，扶着院墙歇息。此时，二狗从村顶值岗回来，听得金龙家吵打，问："大嫂，二哥又咋了？"

小兰嘴忽张了几下不知该咋回答，顿时生出个说法："这个金龙不争气，昨黑夜又赌博去了。巧巧问他干什么，不敢承认，说是值岗去了！"

二狗没吱声，急步奔向金龙家。

巧巧大哭着数落："牛金龙，你个王八蛋，你说不清昨黑夜干什么，我和你拼了！"

"我和二狗在村顶值岗！真的，真的……"金龙拼命解释。

二狗进了屋，金龙脸色立刻大变。巧巧一下看出男人在撒谎，披头散发扑过来，扯着二狗问："二狗，你说，牛金龙昨晚是不是和你在一起值岗？"

二狗说："二嫂，二哥就是和我在村头值岗，快别吵闹了！"这时巧巧的大气才算放了，金龙钻到柜角直揉大腿，他的大腿被巧巧咬得流出了鲜血。

小兰对金龙真的失去了希望，没再理他，进了牛家的另外一间屋子。这儿住着八路军伤员，她又开始给他们烧水洗脸。臭蛋自从进了牛家村，昼夜医治伤员，累坏了，现在正和衣蜷缩在墙角酣钵子似的睡着。她性格直率活泼，吃苦耐劳，医术又高，伤员的伤情都大见了效果，小兰心里真喜欢她。小兰小心地扶起臭蛋的头，给她脖子下垫了枕头，又在身上搭了件单衣，悄悄说："好好睡上一觉吧！"

李干事进来了，先声夺人："大嫂，辛苦了！你还记怪我吗？今天我来给大嫂赔个不是！"

小兰连忙说："李干事，哪里的话，我正是要给你赔不是！金龙这个人太不争气！"

"大嫂，我不是说他，我是说这些俘虏的事，证明你是对的！"

小兰说:"谁对谁错有什么重要,牛家村有好人有灰人,我们牛家也有好人有灰人,伪军里就没好人?日本人灰,那个山本四郎就不赖,还给我们送情报。好人灰人,不能按人群分,看心哩!"

李干事嚼着这些话,朴素、真实里蕴涵着深刻的哲学道理,心里更加尊敬眼前这位没读过书也不比自己大多少的农村少妇。他说:"大嫂,张小三的伤咋样?咱们去看看!"

小兰十分高兴,前嫌尽弃,边领李干事向隔壁走边说:"范家镇来的那闺女,病治得不赖,小三能下地走动了。"

因张小三是俘虏,待遇略低,住在凉房的小土炕上。两人一推门,都不由得惊叫了一声,小凉房的地上站着一个日本军官,戴着圆坨子眼镜,长着仁丹胡子,蹬着发亮的黑马靴,挂着带穗的东洋刀。这鬼子见小兰和李干事进来,立即抽出了马刀,高高举在头顶。小兰和李干事惊慌地向门外退缩,坐在小炕上的张小二忽然哈哈大笑起来。这日本军官收了洋刀,拽掉了鼻翼下的仁丹胡子,也哈哈大笑起来。原来,他是玉龙!

小兰气哭了,冲进去就打玉龙,"这个没头鬼,吓死人了,哎哟,好心慌,我腿肚子还抖呢!"

李干事面孔严肃,说:"玉龙,什么时候回来的?以后可不能这么开玩笑!"

玉龙凌晨就回来了,他想给大家个惊喜,谁也没惊动。他说:"我这次救艳秋,是那一身衣裳帮了忙。衣裳用好了,可真能创奇迹。看起来,打仗不仅要练兵,还得练脑筋!"

玉龙胡闹了一阵,脱掉了日本军官服,说:"迟早有一天,我得过一把日本军官瘾。"

李干事向来面孔沉静,现在更为严肃,他掏出一张纸,慢慢打开道:"玉龙,你已经是八路军三五八旅二团三营四连连长了。"

"什么?"玉龙扒上去看那张纸,上面几行字,底下压着萝卜底子那么大一个红坨子大印。可惜他不识字,把眼光盯在了李干事脸上。

"给你,这是半月前二团政治部下的任命书。你不在村子,我一直替你保存着。"李干事把任命书交给了玉龙,"以后,咱哥儿俩是搭档了,我是指导员,你是连长，咱们好好打鬼子！"

玉龙把那张纸举到了头顶，原地跳起来欢呼："我当连长了，我真的当连长了！连长管排长，排长管班长，我是爷爷辈儿了！"

小兰也替玉龙高兴，但埋怨李干事嘴牢，把这么好的消息沤在肚里半个月，不怕发馊，随后对玉龙开玩笑说："报告玉龙爷爷，你大嫂给你跪下磕头吧？"

全屋人笑了一阵子，都冷静下来。玉龙问："李干事，排长谁当呀？"

李干事皱皱眉头，说："咱们先给团部报个名单，团部批准才算数！"

"团部知道个什么，还不是咱俩说了算。"玉龙说。

"不一定，最近动员部的仇金良部长当了团政治部主任，他对干部审查十分严格，首先是出身贫苦，政治可靠，有高度的政治觉悟。再说，一个连三个排，一百多人，咱们的队伍不够数，这些都得考虑。"

"考虑什么？张小三带过来一个排的兵力，加上你带过来的部队和护村队，正好一个连，让张小三当副连长。"

李干事瞅瞅张小三，说："这得向上报，咱俩没权决定！"

"报告什么？就这么定了！"玉龙不赞成李干事的话。

"不行！"李干事沉下了脸。

"我连长说了不算，当连长干什么？"玉龙不悦。

"玉龙，这是八路军的规矩，我们当兵人的天职就是服从命令！"

"好，那咱就报上去。"玉龙不再谈此话题，从小炕上提起一个布包子，对小兰说，"大嫂，这是一包药，快让臭蛋给伤员用上。"

"哎呀，这真是雪中送炭！"小兰问，"哪儿来的？"

"臭蛋爹给送的。还得感谢范家镇的范殿英，这个老家伙想帮八路军，又怕日本人知道，悄悄给咱们搞了些消炎的中药！"

李干事的脸上立即显出了不安。

"不过迟早得收拾范殿英这个老狗一下，日本人要什么他给什么，八路军一张口，他就吓得躲躲闪闪！"玉龙骂道。

李干事再也沉不住气了，说："玉龙，你别骂他了，他是我父亲！"

"什么？你说胡话？"玉龙吃惊地把两个眼珠子盯在李干事的脸上。

李干事长长叹了口气,说:"就是我的父亲,唉,话长了……"

此时,臭蛋疯疯癫癫,人没进门,尖嗓子就进了小凉房,"张小三,把屁股撅起来,打针!"

臭蛋一进门,忽然止住了脚,惊愕得差些把手里的药盘跌在地上,她盯着李干事喊:"范君义,你咋来了这儿?"

李干事磕磕巴巴转了话题,说:"臭蛋,这几天我只顾训练部队,听说请来个好郎中,原来是你呀!"

玉龙看不懂眼前发生的事,使劲摇了摇头,使劲眨巴着眼睛,以为自己过度劳累昏了头脑,问道:"这到底是出什么戏呀?"

小兰也丈二和尚摸不着头脑,不断问着端底。李干事才叙述了他参军时的那段复杂经历。玉龙听毕,竟然骂起来:"你算个什么人,咋能把祖宗都卖了?"

李干事不知是羞怯还是难过,喃喃地说:"以后你们还得叫我李干事,如果让组织知道我弄虚作假参军,我会受到严厉处分的!"

玉龙反对说:"男子汉,立不更名,坐不改姓,出身老财就不让打鬼子了?这是什么理呀!"

小兰也生气地说:"以后就叫你范指导了。"

范君义沉思了良久,终于显出了男子汉的勇气,"对,以后你们就叫我范君义,我明天就向团部写交代材料。"

"你带领学生游行示威,又杀了那么多日本人,应该记功,犯了什么罪要交代呀?上次艳秋见了你,敬佩得快趴下了,原来你这么没骨头!"玉龙还在鸣不平。

说起艳秋来,范君义说:"我对不起她,我当初认为她富家出身,不会走革命道路,没想到……唉,我真不该拒婚!"

小兰十分关心艳秋的事,好不容易把话题扯到艳秋身上,就一口气地追问她的情况。玉龙说:"她的伤基本好了。本来想和牛家村的队伍合并打鬼子,听说鬼子要把那批生产黄金的设备运到阴灵沟,她就改了主意,一定要毁了那批货才肯罢休,因为正是那批设备让她和舅舅家惨遭不幸!"

哪知道,范君义一听艳秋要毁掉那批设备,一下子着急起来,伸直了脖子喊:"玉龙,这可不行!设备不能毁!"

"为什么？"

"啊呀呀，这可是咱八路军的一盘大棋。八路军是想借鸡下蛋，让日本人修好公路，把黄金厂建起来，然后咱们再抢占阴灵沟，把工厂夺过来，为咱们自己生产黄金。如果现在毁了设备，等于把咱们八路军的钱串子给炸了啊！"

玉龙也想起来了，大哥为何在外一直不归，表面看是给日本人修公路，实际是为了咱们八路军干。玉龙也认为这是一盘大棋，也是一盘高棋。他敬佩八路军里有大胆量、大脑筋看得远的人，后悔自己当初没有劝住艳秋，所以有点着急，说："范指导，我看这事得你出马，我讲道理不能和你比，她这个人犟牛，不听我的话。"

范君义在这个关乎到八路军重大利益的问题上毫不含糊，当机立断，要立即上飞鹰山劝阻艳秋，同时想按八路军的要求整顿整顿飞鹰山的队伍。

四十七

范君义去飞鹰山，玉龙送出了村。

护村队员已经换上了八路军军装，个个意气风发，三五成群在通往牛家村的大小路口上埋设地雷。范君义千叮万嘱说："玉龙啊，只限在村口埋雷，只限阻止敌人进攻我们的村庄，千万不要用地雷封锁阴灵沟口。让敌人顺顺利利给咱们建设黄金基地，这可是咱八路军的一条大计啊！"

玉龙点头说："范指导，话是一句，咱听明白了！你放心走吧！"

范君义又说："我带来的一排八路军战士也都交给你了。他们受过正规教育，除了帮助护村队员提高军事素质外，要一对一地给俘虏做思想政治工作，要给他们换脑筋！"

玉龙不大信服思想政治工作，认为只要不欺负俘虏，给他们吃得好比什么都奏效。他送走范指导，把埋地雷的二狗喊在眼前说："二狗，进山里炸几只狍子，捎带几只兔子，咱们和俘虏好好吃一顿野味，尽快和他们混成弟兄，快去！"

二狗摸着后脖子难为道："玉龙，一点炸药都没了。咱们还需要许多地雷，正犯愁哪儿弄钱买炸药。"

玉龙也摸了一阵后脖子说："再和大嫂借吧！"

二狗说:"上几次造地雷的钱都是大嫂垫的,再不能张嘴了。"

玉龙说:"走,咱们再去试试。"

八路军还在一块空地上整训张小三的俘虏队伍,滚打摸爬拼刺刀,这阵子正在跑步。俘虏们累得够呛,咳嗽的,大喘的,许多兵掉了队。玉龙和二狗走近了跟前,几个八路军战士纷纷上前敬礼,二狗是代理排长,也享受了好几个军礼,激动得脸成了一块红布。玉龙摆出了连长的架势,对八路军战士说:"太累了,让大家休息休息。"

俘虏们都坐在地上喘息。玉龙挤进了俘虏堆,盘腿坐下,掏出烟袋,一边和俘虏搭讪,一边抽起旱烟。烟雾飘散开来,香味四溢。俘虏们皱起鼻子,使劲往里吸,瘾君子的各种丑态令人可笑可怜。玉龙脱下了鞋,翻扣在地上,把烟袋头往鞋底上磕了磕,一颗带着火星冒着浓烟的烟球在鞋底上燃烧起来。玉龙说:"来,大家凑上来吸!"

话音一落,十几颗俘虏脑袋都凑在玉龙的大鞋旁,趴在地上争着吸溜烟球冒出来的烟香。又有一颗头挤进人缝,因用力过猛,一头撞翻了鞋底,烟球灭了。

众人一人一拳打那个俘虏,玉龙拉架滚得浑身尽土,他火了,大喝了一声:"给爷立正!"众俘虏才不再放肆。

玉龙拍打了身上的土,脸上又撕开了笑纹,说:"大家不要抢了,来,我保证大家都能过瘾。"

大家围住了玉龙。

玉龙就地挖了个小坑,在坑边又挖了七八条小通道,把烟口袋里的烟叶全部倒在小坑内,用火点着,然后上面用块薄石头盖住,浓浓的烟香就从各条小通道里流出来。玉龙又捡了十几根莜麦秸秆,分给众俘虏说:"你们把秸秆伸进小通道里,拼命吸吧,保证两口就过瘾!"

十几个俘虏趴在了小坑四周吸烟,围成了一个花轱辘车轮一样的圆形。玉龙看着他们吸得起劲,边吸边咳嗽,眼睛被熏成了猴屁股,不由捂肚大笑了一阵。

"三叔——三叔——"忽然,路娃哭喊着向玉龙跑过来,两眼窝被又黑又脏的小手揉成了熊猫眼,他扑在玉龙身上,说,"三叔,我妈打我。"

玉龙弯下腰给小侄子擦泪,问:"你妈咋了打你?"

"货郎来了，我要买糖蛋蛋，我妈就打我！"

"这还行？"玉龙哄着路娃，"不哭，你去找姑姑，咱家有羊皮，和货郎换糖蛋蛋吃！"

"我妈把羊皮抢了，说这些羊皮要给八路军叔叔做皮手套。"

"你妈真是个小气鬼！"玉龙从身上掏出了一把铜子弹壳，倒在路娃手心说，"去，找货郎换糖吃，如果他不换给你，你就说三叔是连长，连长有八缨子！"

小兰挎个白柳条篮子快步走到俘房群里，掀开篮子上的白麻布，露出了黄澄澄的谷米饼子，饼子里和着鲜嫩的榆钱，说："快吃吧，今天路娃淘气，送晚了！"

众俘房拥上来，篮子空了，正好每人得到一个饼子。

玉龙和二狗点了个眼色，二狗上前满脸堆笑和小兰说："大嫂，还得麻烦你。"

"什么事呀？说！"小兰挎起篮子要走。

"咱们又没炸药了，你……"

"又借钱呀？"小兰已猜出了二狗的话意，"大嫂能生钱下钱？"

二狗回头看玉龙，玉龙又使眼色。

小兰说："玉龙，你鬼丑什么？走吧，跟我拿钱去！"

玉龙、二狗好不高兴，跟在小兰后头偷笑。小兰："笑什么！咱们村，又是八路军，又是俘房，每天吃一道巷子哩。你们到县城买炸药，顺便买车谷米回来。"

"行行行！"玉龙和二狗俩像鸡啄米一样点着头。

"看看你俩，一个连长，一个排长，有脑子没啦？"

"大嫂真好，想得真周到！"玉龙使劲儿表扬着大嫂。

小兰说："你这张嘴就会哄你大嫂，一有事就让你大嫂办，可那么多兵，一见你们都打敬礼，咋不给我打一个？"

"大嫂，那好办，我俩给你打敬礼！"玉龙说着，板着面孔给小兰打了个敬礼。二狗也学着玉龙的样，不过，他不如玉龙装得像，把小兰笑弯了腰，她边笑边去房后取钱。

玉龙、二狗刚进小兰屋，路娃从街上跑了回来，一把子弹壳换了两把黄豆大小五颜六色的糖蛋，他挑了一颗塞进了玉龙嘴里。

二狗问:"路娃,咋不给我一颗?"

路娃舍不得再给人,犹豫了一下,挑了一颗,在自己的鼻涕上擦了擦,递给了二狗。二狗龇龇嘴,说:"啊,好恶心!不想给我,故意沾了鼻涕,啊呀,比你妈都小气!"

在屋里的张小三、迎春、臭蛋笑成了一堆。

突然,老五在院里汪汪汪叫个不停。玉龙探头向院里望去,看见小兰倒在了院里。大家急忙奔出去,扶起稀泥一样瘫软的小兰,只见她面色惨白,呼吸急促,脑袋向后一扬就哇地哭号起来。

"大嫂!大嫂!你咋了?"众人围着小兰齐声喊叫。路娃抱着妈妈号啕不止。臭蛋切着小兰的人中,问:"大嫂,大嫂,刚才还好好的,你咋了?"

小兰睁开眼,极其痛苦地哽咽着。

"你到底是咋了呀?"玉龙急得直跺脚。

小兰又发出了一声凄惨而痛不欲生的哭号……

众人把小兰扶回家里,小兰眼泪涟涟,痛心地叙述着事情的原委:"这是我进牛家十年的心血啊!为了存一块大洋,把粮食卖了,全家人吃野菜和粗糠。为了存一块大洋,路娃流了多少颗泪蛋,至今娃娃连颗黑枣都没有尝过。十几年存了几十块大洋,每一块我都熟悉,大洋边上都扎个锥眼,我怕鬼子烧房,藏在了房后的土洞里,不知谁一下子偷光了啊……"

二狗突然愣怔了。他想起前天晚上和金龙值岗,自己失口和金龙透露小兰存钱的地方,莫不是金龙听到后起了贼心?他用目光寻找金龙,刚才还在,现在溜了。他拉了拉跺脚大骂的玉龙说:"甭急,这钱能找着!"

"这钱我知道谁偷的!"张小三也悄悄说。

众人把目光投向了张小三,可他瞅了二狗一眼,不敢吱声了。

二狗把枪拿了起来,哗啦啦地拉起了枪栓,"张小三,谁干的,我崩了那个王八!"

小兰坐起来,用手制止二狗说:"二狗,不用动刀动枪的。这个贼我有约莫,迟早能弄明白的。我只是怕误了买炸药和粮食的事!"

张小三捅了捅迎春,迎春跟着他出了门。到了一个僻静处,张小三说:"这钱是你二哥偷的。"

前天晚上，张小三伤痛得厉害，后半夜了也没睡着，忽然听见后墙根有噌噌噌的脚步声。他想：谁这么晚了不睡觉？房后是一个小旮旯，除了有人在那里撒尿，很少有人去。半夜五更，咋脚步一直不停？半炷香工夫，院子里又噌噌噌地响了一阵。张小三从窗户向外望去，朦胧的月光下，金龙从后墙根跳进了院子，可他没有进家，直接出了大门。张小三爬了起来，尾随出去，金龙已进了下院二狗的院门，不一会儿就从窗户爬进了二狗的家里。

"张小三，走，咱们去二狗家。"迎春十分气愤。张小三犹豫着。

"不要怕，有我在。"迎春鼓着劲儿。

张小三说："我去刺探一下，农家人存钱，不在席子底，就在椽旮旯，要不就在坛坛罐罐里。"

二狗的院里挂起了一件红布衫，桃桃在红布衫下洗衣裳。金龙慌慌张张进了院，问："大白天，二狗还在我家，你敢挂红布衫？"

桃桃说："我让你来，是快些把那些银元拿走，我心蹦跳得没处放，越想越害怕！"

金龙脸色煞白，声音哆嗦着，"啊呀，现在，我家正吵闹着这件事，你先放着！"没等说完话，金龙就跨出了院。

桃桃喊："金龙，站住！"

金龙头也没回，大步而去。

桃桃骂道："王八蛋，以后甭想再见姑奶奶！"

正值此时，门外进来了张小三、迎春。张小三拐着腿，点头哈腰，非常恭谦，问："桃桃，你洗衣裳？"

桃桃有些慌张，问："你们来干什么？"

张小三说："桃桃，二狗当了排长，想祝贺祝贺，没地方做饭，借借你的锅灶。"

桃桃没好气地说："张小三，你不怕吃了毒药？"

张小三说："嘿嘿，我要怕还敢来？桃桃，我那时当赖兵，你给下毒也是对的，现在咱不是一家人了嘛！"

桃桃说:"谁和你一家?连二狗都不和我一家,每天在山里做地雷,回了村,不是站岗就是放哨,每天让他姑奶奶守空房。你们想庆贺,到别人家去!"

张小三不愠不火,抱了一捆柴火就要进屋,桃桃站起来拦住道:"咋呀?你是个俘虏,想进家就进呀!"

张小三还是嬉皮笑脸,说:"桃桃,说话不要那么难听,我现在正学好呢!迎春,快帮你嫂子洗衣裳,让她进屋做饭。"

桃桃没法,只得跟张小三进了屋。

张小三端起了铁锅开始掏灰,眼珠子却不停地四处搜索。可是,桃桃在眼前,又怕她发现自己的秘密,便想了一个法子。他生着火,故意在柴火上加了瓢冷水,柴火开始冒起浓烟,一会儿,屋子就被浓烟吞没,伸手不见五指,呛得人咳嗽不止。桃桃一边人骂"熏狐子",一边跑出门外。趁这个机会,张小三开始翻箱倒柜。柜子里空空的,米面罐子里也没发现银元。席子下、椽缝子都没有找见,他把手伸进了被垛里,一下子就摸出了那个装着银元的口袋子。张小三以打开窗户放烟为由,把钱袋子扔给了在窗外洗衣的迎春。此时,桃桃心里有鬼,又返回了屋里,张小三已经跳在了地上,装着咳嗽。

烟雾慢慢散去了。张小三的眼睛被熏得通红通红,桃桃不由得扑哧笑了。

张小三说:"桃桃,我问你件事。"

"问吧!"

"问错了可不许骂我。"

"问错了我还要打你!"

张小三面孔很认真,"桃桃,你出嫁时娘家赔了多少?"

"娘家穷得驴蹄蹬炕板咚咚响,哪来的陪嫁?你什么意思?"

张小三冷冷地笑道:"桃桃,你甭装相了,你那么多钱是哪来的?"

桃桃一听事情败露,扑到被垛乱抓一顿,扑通一声跪在了地上,抱着张小三的腿说:"张连长,我的钱袋呢?那里也有我的东西啊!那现洋是金龙让我保管的,我知道他是偷了小兰的,这和我一点关系都没有。张连长,我说的都是真话,不骗你,张连长……"

张小三扶起了桃桃说:"桃桃,我也知道不是你偷的,你放心,我不会给你乱说，只是把大嫂急坏了。"

桃桃哭诉着："我让牛金龙这个王八蛋害苦了。张连长，谢谢你了，这事千万不要让二狗知道，我再不能做对不起他的事了！呜——"

正在这时，院里传来众多人的脚步声和吵嚷声。二狗手端着枪，喊骂着，拼命向自己院里冲，许多八路军战士抱腰的、拉腿的，他拼死拼活不能迈进一步。

"桃桃，你个王八蛋，又偷又卖，我今天非杀了你！"二狗喊骂着，挣扎着继续向屋里冲。

围观的人像潮水般流进了院子。桃桃捂着脸哭号，向大门外跑去，被众人拦住。她向人群哭诉道："那钱不是我偷的，是牛金龙让我保管的！"

"你个卖大蒜的，你为什么给他保管？老子今天崩了你！"二狗喊着，扳动了扳机，砰的一枪，一颗子弹向天上射了出去。

这时，金龙被玉龙一把拽到院中，跌了个马趴又被拖起。玉龙厉声道："说，谁偷的？"

金龙拍拍身上的泥土站起来，理直气壮地问："桃桃，你这不是瞎说八道吗？我什么时候让你保管钱了？你这个破东西，为什么把屎盆子扣在我头上？"

桃桃像个疯子扑向金龙，众人抱住了她。趁着这个机会，金龙竟然连给桃桃三个嘴巴。桃桃鼻口流血，一屁股坐在地上，双手拍击着地皮大号："天呀，枪打你个牛金龙，你咋是这么个牲口？天呀，我冤枉呀……"

二狗又挣脱人群，冲金龙过来，金龙抱头就跑，一颗子弹从他耳根下穿过，他像只兔子，连蹦带跳蹿出大院，奔向了村外。

二狗被缴了枪，蹲在地上埋头大哭。

桃桃站了起来，披头散发，冲出了院子。迎春去拦，胳膊被咬了一口。小兰去拦，脸上被抓出了血印。她冲破了众人的阻拦，冲出了大院，冲过了大街，也飞奔向了村外。

四十八

货郎放下担子，还没摇响拨浪鼓，就被村民们围了个水泄不通。三天后就是清明节，这是村民们年年最隆重的祭祖节日。今年，鬼子在阴灵沟开山放炮，惊扰得先祖不得安宁，村人不约而同加重了祭祖的情绪。所以，半炷香工夫，货郎担里的香火纸扎就一售而空。许多人没买着，责怪货郎不多带货物。朱阴阳对围着货郎不停吵嚷的众乡亲说："甭吵了，没买到香火纸扎的，杀猪杀羊摆贡，也能弥补。"村民们才纷纷散去。

两天了，牛家村的猪号声此起彼伏，幸亏玉龙跑得快，要不那两头信号猪也让宰杀了。张老先生是这个村里唯一的无神论者，也给他的先祖做了一对金童玉女。

牛老栓家里，祭祖的气氛更浓。牛老栓坐在炕中捏糕，小兰在锅边油炸，她喊道："迎春，趁着热，喊你三哥吃糕。"

"不！"迎春干巴利脆拒绝了大嫂。

迎春和玉龙闹别扭有些日子了。第一次，迎春训练时不守规矩，被玉龙开除出了护村队。昨天，玉龙担心全村人进阴灵沟祭祖会和日本人发生冲突，吃亏暂且不谈，最主要会影响八路军那盘大棋，所以要求全村人只能在阴灵沟沟口祭祖。全村人都不同意，迎春也跟着众人反对，玉龙生气了，"迎春，你瞎吵什么？不就想进沟里看你那个小日本鬼子？"一句话，呛得迎春哭了半天，现在还在生气。

此时，玉龙的声音传进来："油糕炸好了吗？"迎春跑到了门首，用身子扛住了门扇。

"迎春，不让三哥进，三哥走了！"玉龙推不开门，便离开门口，脚步声渐渐远去。

迎春以为三哥真的走了就离开门，谁知道，玉龙竟顺势挤进了屋，喜眉乐眼地说："迎春，领教了吧？你的鬼多，三哥我的鬼大，你一斤面捏十个鬼，是小鬼，三哥一斤面只捏一个，是大鬼！哈……"

迎春哭笑不得，在三哥背上擂死猪一样捶打。

路娃抓了一块糕，在案板上揉捏，手上的污脏都沾在了糕上。小兰拿起笤帚疙瘩在炕沿上磕打，"路娃，干什么呢？"

路娃说："妈妈，我要捏日本人。"

"捏什么也得洗手呀！"

牛老栓转过头亲了亲孙子的眉头，为孙子辩护说："不用洗手了，捏日本人，爷爷一口一个把他们吃了！"

玉龙也把一条腿跨在炕上，抓了一块糕，耍了个鬼脸，悄悄扒在路娃耳边说："三叔也捏一个人。"

迎春骂道："又没安什么好心！"

迎春说着，扭头看见路娃真的捏了许多日本小人人，还挎着枪。他还从毛毡上拔了几根牛毛当胡子安上，把全家人笑得东倒西歪。牛老栓抱着孙子不放开，拼命亲，差些把脸蛋子咬下来。

玉龙也捏好了人，用大手捂着，悄悄让路娃看，问："你看像不像你姑姑？"

路娃咧嘴大笑，喊："姑姑，三叔捏你了，看！"

玉龙捏的糕人，冲天长根辫子，头大身小，把嘴故意捏歪，丑得要命。他把糕人放在案板上让大家欣赏，说："你们看，咱家这丑闺女能嫁出去吗？"

迎春拿起了笤帚疙瘩，没头没脑打着玉龙。玉龙顾了头顾不了身子，趴在炕上直号："不敢了，不敢了！母老虎，别打了！"

全家又是一片欢笑。

忽然，轰隆隆的炮声，像夏天密云布雨时的闷雷，从西南山滚动过来。接着，轰隆声接连不断，像一座高山倾倒似的，树木大呼大啸，整个村子都在晃动。全家人奔出了院子，只见阴灵沟那边浓烟滚滚，笼罩了半个天空，像飓风卷着云朵急速向村里弥漫过来。

朱阴阳灰土脸色，跌跌撞撞进了牛家大院，大呼小叫："牛大哥，不好了，日本人把咱们村的坟盘炸平了！"

牛老栓掏了掏耳朵，睁着两只老眼问："你说什么？"

"咱们的先祖都让炸得分尸扬灰了！"朱阴阳还在上气不接下气。

牛老栓啊了一声，身体向后趔趄，被玉龙和小龙扶住，他随后大哭起来："老天爷呀，挖祖坟了，挖祖坟了，这可咋办呀……"

玉龙预感到事情的严重，大踏步向院外走去。牛老栓哭喊着："玉龙，走，咱们到祖坟去。"随后追玉龙。玉龙返回头说："爹，听我说，不能去！"

"你说什么？"牛老栓睁圆眼问，说话同时，照玉龙脸上打了个响亮的耳光，又返回头喊，"小龙，快进祖坟！"

巧巧说:"爹,我身子重,不能去!"

"不行!"牛老栓歇斯底里地喊道,对自己的心尖子宝贝路娃都不放过,喊道,"路娃,骑上毛驴,快走!"

"爹,他个小娃,你让他进坟干什么?"小龙反对。

"啊呀呀,他是牛家最小的根!祖宗呀,这可咋活呀?"

小兰扶着路娃屁股骑上了毛驴。

玉龙没听爹的话,出了大门。

小龙也要走,见爹跑了两步就跌倒在大门口,只好蹲下来背起爹向阴灵沟跑去……

没有任何人号召,全村的男男女女、老老少少,大呼小叫一起奔向了阴灵沟。

阴灵沟口,山本四郎和另一个日本士兵荷枪实弹正在把守。牛家人带头吼着骂着渐渐接近。山本四郎一眼看见了迎春,马上迎过来,大声喊:"站住!站住!不可以前进,不可以!"

牛老栓哪管这一套,"你们为什么挖祖坟?"扑上去就抓山本四郎的脸,山本四郎赶紧后退。另一个鬼子冲上前来,又被牛老栓一头撞得连连后跌。那鬼子拉动了枪栓,被山本四郎拦住,"不可以开枪!"

全村的人跟了上来,人流像洪水,两个日本士兵向后撤去。

阴灵沟里冲出一队骑马,为首的是日本大岛队长,眨眼飞驰到牛家村老少面前。大岛抽出了东洋大刀,逼近了牛老栓,呵呵呵地冷笑。

"笑你妈的脚!"牛老栓像一条疯牛,又一头向大岛撞去。大岛躲过,牛老栓被闪得展展趴到地上。小龙赶快去扶爹,大岛又横刀拦住。小龙怒目圆睁责问道:"你们为什么炸我们的祖坟?"

众乡亲拿着铁锹镐把、锄头菜刀一齐上来,把大岛团团围住。大岛举起了洋刀,怒吼道:"牛家村,大大死了死了的!"

山本四郎立即走到大岛面前,"报告队长,上级命令,不可以和山民冲突!"大岛正待要放下洋刀,愣福来忽然出现,他问大岛:"隔胞,炸了祖坟,我爹去你家住呀?"他说着就照着大岛的裤裆踢去。

大岛嘴嗨了嗨弯下腰,又猛地扬起头,把大洋刀举过了头顶。张老先生赶快架住了他的双手，众乡亲也齐声怒吼："不许杀人，滚出阴灵沟！"大岛才停了手。

这时，突然出现了一个人物，穿着日本军装，也留了一撮仁丹胡子。人们没认出他来，一张嘴才知道是油屁股。油屁股笑嘻嘻地和大家挥了挥手，说："请大家不要骚动，大日本皇军是仁义之师，毁了你们的祖坟，会给你们赔偿。迁坟、补偿大洋都是可以的。但是，这个地方必须腾出来，大日本皇军要在这里给我们造福……"

"放你妈狗屁，你的先祖也在这里！油屁股，你个卖国贼！"

"打死这个汉奸。"

辱骂声如污水一般向油屁股泼去。不知谁扔了块石头，打在了油屁股天灵盖上，油屁股一抹，满脸都是鲜血。

"死了死了的！"大岛又声嘶力竭地吼喊着。鬼子们开始冲天鸣枪，接着，把张老先生和牛老栓抓了起来。

路娃看见爷爷被抓，扑上去咬住了一个鬼子的大腿，鬼子用刺刀向路娃刺去，牛老栓猛扑过去，用身体挡住了刺刀，可是，刺刀却扎进了牛老栓的大腿，他惨叫一声，倒在地上。

正在这时，枪声大作。玉龙领着八路军和张小三的伪军俘虏，从东西两边迂回过来，把鬼子截在了阴灵沟之外。子弹像雨点一样，五六个鬼子立即倒下。油屁股满头鲜血倒在了死人堆里，一动不动。村民们勇气大增，举着各种武器向鬼子扑来。张老先生虽然年近六十，却筋骨强壮，猛地抱住了大岛的脖子，喊："擒贼先擒王！"十几个村民也扑了上去，扳腿抱胳膊，不知谁把刀砍在了大岛的头顶，顿时血流如水，大岛成了个血人。其他鬼子也被八路军和上百号村民团团围住，都被活生生擒拿了。

全村娃子围着十几个日本俘虏，有的踢屁股，有的用长棍子戳脸蛋，还有的把稀牛粪摔在他们身上，同时喊着："日本狗，滚你妈蛋！"

日本俘虏们翻着白眼，眼光里充满了仇视。

玉龙一边开路，一边掉过头喊："不许虐待俘虏！不许虐待俘虏！"

山本四郎低个头夹在俘虏中间，他的手被路娃拉住了，他胆怯地缩了回去。几个小娃子看他岁数小，也和他逗玩。其实，他后头有个保护神，迎春一直跟在他后面，喊叫着不许人欺负他。

鬼子们被赶进了牛家大院的羊圈里，一个挤一个靠着桦树栅栏休息。大岛头上挨了刀，流血多，脸色寡白，有点昏迷，闭眼半躺着。其他鬼子都虎视眈眈，四处看着这陌生的环境。山本四郎掏出了一个小本，低头记着什么，一个日本兵夺过了小本，扔得老远，山本四郎跳起来去取，看守鬼子的八路军大喊："不许乱动！"

迎春不满了，大声说："路娃，快去帮他捡回来！"

路娃把小本交给了山本四郎，他无比激动，用僵硬的汉语说："谢谢你，小孩！"

迎春还是把侄子请了出来，让他给渴得嘴巴干裂的山本四郎端去一碗开水。哪知，又让那个日本兵一巴掌把水碗打翻了，还抽了山本四郎一记耳光。路娃双手掬起羊粪，连三赶四向那鬼子的头上扬去。迎春也操了根木棍，从桦树栅栏里伸进去，冲那个欺负山本四郎的家伙后腰戳了几棍。那家伙痛得哇哇喊叫，来回滚翻。

鬼子们都站立起来，把山本四郎团团围住，推过来推过去，有几个鬼子重重地击他的胸膛，山本四郎不断痛叫着。看守的战士一边拉，一边大声警告："不许打人，不许打人！"可鬼子们听不懂，也根本不听，继续殴打。

迎春和小龙都跑进了羊圈拉架。迎春拿根棍子，照着鬼子的脑袋挨个乱打，小龙冲着鬼子的胸膛一个一个黑虎掏心，好不容易才把山本四郎拯救出来，拉到了另外一个角落。

鬼子们说了许多听不懂的话，忽然胳膊挎胳膊在羊圈里唱起了日本歌，跳起了圆圈舞，边跳边狂笑。人们惊诧之际，他们突然以惊人的速度扑到桦树栏旁，每人折断一根桦杆，露出了锐利的木尖，一齐向自己的胸脯捅去。

山本四郎也折断了一根桦杆，高高地举过了头顶，向自己的胸脯刺下来。迎春尖叫了一声，猛扑过去，架住了山本四郎的桦杆。他免了灾，尖锐的桦杆却深深地刺进了迎春的肩膀，她惨叫一声跌倒在地，昏了过去……其余的鬼子，有的倒在血泊中死去，有几个在痛苦地挣扎，山本四郎抱住了流血不止的迎春，用日语喊道："塔此开台苦来（救命）！塔此开台苦来！（救命）"

张小三拐着腿跑进了羊圈，撕破了鬼子的衣裳，从他们身上取出了急救包。臭蛋也跑进来，赶快给迎春包扎……

十几天过去了，大岛和鬼子们的伤情有了好转，他们又开始捣乱，一会儿喊，一会儿叫，要不就齐声唱歌。玉龙本来每天让他们到羊圈里放放风，现在怕他们折断桦杆自杀，干脆圈在牛家大院的一间凉房里。鬼子不甘心，又用日语骂着听不懂的脏话。

山山端着刺刀，在窗外站岗看守，大岛又把小土块从窗框扔出来挑衅。山山正要进去收拾这家伙，看见路娃走过来，问："路娃，你干什么呀？"

路娃学着大人的腔调说："我来看看这几个俘虏，他们号什么呢？"

山山笑笑，"指甲盖大个东西，你装什么样？"

路娃立着脚尖伏在山山耳边说："那个大个子是他们的队长，他一出幺蛾子，别的鬼子就捣乱，看我来教训他！"说着，从腰里掏出弹弓，蹬了一块石头，把小脑袋伸到窗框前，照着大岛那颗大板牙射出了一颗石子。大岛双手捂上嘴，血从手缝里流了出来。

路娃笑笑问："你看咋的？"

山山高兴得直拍手，说："好，就这个家伙带头捣乱！再射！"

路娃说："我姑姑说，上次她让抓进兵营，就是这个家伙欺负她的。我姑姑让我把他的牙都打掉，让狗日的不能吃饭！"

大岛又乱挥着手，喷着血沫子不知骂什么。

山山说："你看他又喊，快射！"

"等他张开嘴射！"路娃沉得很稳。

山山等着机会，喊："一二三，射！"

又一颗石子打在了大岛的门牙上，他双手捂上了嘴，再不敢张开了。路娃认真地说："你看，这回他不敢喊了吧？"

山山哈哈大笑。

路娃又射了几颗石子，不承想闹出了麻烦，一颗石子打在了大岛的眼睛上，眼睛上吊了个大黑瘤子，像是眼珠子出来了。山山有些后怕，说："路娃，不要射了，你三叔知道要脱我衣裳了！"

路娃满不在乎地说："甭怕，好汉做事好汉当，这事和你没相干！"说完，他边向自己的家里跑，边喊："臭蛋姑姑，我把日本人眼睛打瞎了，快去看看！"

臭蛋这一阵子累坏了。八路军、伪军、日本人的伤员几十个，又添了牛老栓、迎春负伤，她面对这么多伤病员，又当医生，又当护士，昼夜忙碌，圆圆的小脸蛋瘦了一大圈。苦累她并不计较，关键是心里不痛快。她来牛家村就是想当八路军，看好了这么多病人，没大功也有小功，为什么八路军总不收自己入伍？

小龙真的爱上了臭蛋，找个理由就凑在了她跟前。这阵臭蛋没心情，没好气地和他说："你每天缠我干什么？快去找你三哥，再不批准我入伍，我就回范家镇！"

小龙赶紧出来，迎头碰了路娃，问："路娃，你三叔呢？"

路娃说："还用问，又和你妹夫学日本话去了！"

小龙失声笑出，指着路娃眉头说："小东西，懂个屁，我告你姑姑去！"

玉龙确实在学日本话。自从俘虏了山本四郎，他就每天把他弄到八路军连部，一句一句跟着学习日本话。他记不住，走着坐着反复背，很像个得了疯病的人在自言自语。当小龙找到他时，他还在闭着眼睛胡嚼。

"三哥，你紧得学日本话干什么呀！"

玉龙说："没用我学他干什么？不单我学，明天开始，咱开一个班学习日本话！"

"三哥，臭蛋入伍的事到底咋办？"

"我说多少次了，八路军团部批准才行啊！那个仇主任真难说话，非得把三五辈子的出身弄清才能批准。"

"能不能催一催这个仇主任？"小龙恳求。

"过几天他还要来咱村检查工作，那时范君义也该回来了，咱俩一起说。"玉龙说完，又闭上眼胡嚼起来。

四十九

一条粗糙的公路从草原那边钻进山来，躲沟避山，弯弯曲曲向牛家村阴灵沟那边伸延，不几天就可以进入阴灵沟的腹地。这正是大龙他们修的那条黄金大道。按照日本人的计划，在阴灵沟生产黄金的设备和物资都要通过这条大道输入，从阴灵沟生产出的黄金，也都要通过这条大道运走。

三天前，艳秋领着队伍下了飞鹰山。她们得知确切消息：公路一修通，鬼子就要将存放在杜府的未被完全烧毁的那批生产黄金的设备和化学药品运进阴灵沟，就要对中国进行罪恶的宝藏侵略。一想到这批令她心碎的货物，她的悲情和仇恨像黄河的惊涛，奔腾咆哮，不可遏制。她发现了一处天堑，一座木桥把两座山连接起来，桥下是万丈深渊，桥六丈长，用一根根粗壮的圆木排列架成，只要把木料锯断或砍断，汽车一上去就会堕入深渊，那批货物就会彻底毁灭。

破坏必须秘密进行，一旦被敌人发现，他们的汽车就不会通过。艳秋她们下山后，就潜藏在桥下的沟里，待修路民工和护路的鬼子收工，才敢蹿到桥上。要砍断架桥木料极其困难，把人吊到桥底，无法依托，人在桥底不断晃动，动斧动锯无法着力，三天过去，只砍断两根圆木。

一团胭脂似的夕阳渐渐西沉，艳秋和十几个队员的身影开始在桥上活动。今天，她们改变了方案，先把桥面上的土层挖开，要从上面砍断搭在桥上的圆木，然后再用土掩埋伪装，果然顺利多了，进度提高很快，她们十分高兴。可她们太大意了，三个晚归的日本护路兵押着二十几个民工正从桥上经过，悄悄地包围了她们。当她们放下手里的锹铲和斧头拿取枪支时，明晃晃的刺刀已经架在了她们的脖子上。

怪兽似的狂笑声令人恐怖。一个女飞鹰队员微微动了动，想夺下敌人的枪，鬼子举起了枪，她倒在了桥上。鬼子又要射击另一个反抗的飞鹰队员时，民工的队伍里突然闪出了一个高大的男人，他一拳出去，举枪射击的鬼子便趔趄着从桥面上栽进了万丈深沟。剩下的鬼子还未反应过来，就被民工们同时推到了桥下，哀惨的叫声在渊谷里回荡。

晶晶一眼认了出来，那高大的男人，正是自己的表哥牛大龙。她扑了上去，抓住了大龙的手，喊："大龙哥，是你！"

大龙也十分惊异，问："晶晶，你们咋来到这儿毁路？"

艳秋也想起来了，那天晚上，牛家弟兄闯进杜府，杀了她的父亲，大龙就是这个表情。艳秋早已不计较这事，也走过去喊："牛大哥，我是杜艳秋！"

大龙哦了一声，也认出了艳秋，可他面孔仍然那么铁青严峻，说："不许你们毁坏公路！"

艳秋的眉毛像剑一样挑起来，问："为什么？"

"不许就是不许！"大龙从不啰嗦，生硬地说完，摆着手要艳秋她们离去。艳秋从未体验过一个人对自己如此粗野，气得嗓子眼儿里像噎着一团冒烟的棉花，大声道："你们帮日本人修路，又为日本人护路，你们是在干什么？"

大龙没哼一声，一挥手说："把这个女人抓起来！"

一群民工扑了上来。

晶晶和大龙争辩："大哥，她是好人，你不能抓她！"

"正因为她是好人，我才抓她！"大龙话音未落，一群民工已围上来要捆绑艳秋。艳秋拳头紧攥着，像面对一群冤头债主。众民工不知她的厉害，刚近她身子，就被一拳一个打翻在地。几十个民工又一齐围过来，艳秋拳打脚踢，四面出击，像在中间刮着旋风。飞鹰山的队员因为大龙把鬼子推进山沟，始终没有动武，但不断对天鸣枪警告，给艳秋解围。民工虽然人多势众，哪能敌过多年习武的艳秋，民工渐渐退却了。

大龙始终被晶晶抱住不得脱身。

艳秋发出了严厉的命令："不许放掉一个，全部押回飞鹰山！"

晶晶又把目光转向艳秋，向她求情，"司令，我大哥是好人！"

艳秋说："我要放走他们，他们就会重新修桥补路，我们的计划就彻底落空了！"

民工们在飞鹰队的武装押解下，钻进了夜幕掩盖着的大沟。

这是一个清晨，大团大团的浓雾把飞鹰山的沟谷填得满满当当。范君义撕拨着湿漉漉的雾团，辨认着方向，跌跌撞撞闯进了飞鹰山的沟口，透过白色的雾霭，隐隐约约看见几件红衫在闪动。接着，几声清脆的银铃声传出："谁？举起手来！"

范君义的左右脸上，分别是两只冰冷的枪口，两个飞鹰女队员站在他的两旁。

"不要误会，我是八路军！"范君义大声说。

金凤和玉竹伸手下了范君义的手枪，说："蹲下，举起手来！"

范君义蹲下身，把双手举在头顶，说："我真是八路军，我找你们司令杜艳秋。"

"杜司令有令，任何人不得上山！"金凤生硬地说。

"姑娘，我有重要事情！"范君义还在耐心请求。

"有什么事快说，我们向司令汇报。"

范君义觉得对几个哨兵不便暴露军事机密，说："姑娘，快告诉你们司令，我叫范君义，一说我的名字她就清楚了。"

"不行！除非你是她的丈夫！"

"是啊！我们确实有过婚约。"范君义为了见到艳秋，只得投其所好。

"真的？"金凤、玉竹把他拉起来，凑近脸蛋仔细瞅端。忽然她们想起来了：大半年前，她们潜入范殿英的府中劫夺日本人那批货物，被范家家兵抓住，就是这个小白脸少爷放了她们，不但放了她们，还给带上了路费。金凤、玉竹对他的印象极好。她们把范君义推着走了十来步远，玉竹喊道："姐妹们，快来打郎啊！"

话音未落，七八个穿着艳服的姑娘不知从哪儿钻出来，把范君义团团围住。她们个个嬉皮笑脸，开始四面出拳打他。范君义惊慌又迷茫，边伸手招架边问："你们要干什么？"

众姑娘嗷嗷地叫着，围着他急速转圈，一边转圈，一边更用力地去打他。

范君义首尾不能相顾，四处招架，哎哟哎哟叫痛。

众姑娘开始剥他的上衣，接着脱下了他的裤子，又围着他狂笑转圈。

范君义羞得不敢站立。姑娘们就把他掀翻在地，抓住了四肢，把他一次次抛向天空，又一次次夯在地上，他哇哇痛叫："放开我，你们干什么？"

众姑娘笑问："你还不说？"

"你们让我说什么？"

金凤说："司令没教你，我教你。你要说：'杜艳秋是我娘！'"

范君义气愤了，"你们这是干什么？我不说！"

玉竹说："好，不说继续夯！"

众姑娘又嗷嗷地叫着，把范君义扔上了天，向地下夯！

"我说，我说，杜艳秋是我娘！"范君义不得不投降。众姑娘哗地笑了一片，把他扔在了地上。

这场打郎游戏是飞鹰山的山规，不论谁的男人或情人上山，都要打掉他的威风，让他们服服帖帖善待女人。不过，范君义措手不及，被整得有点过分。五六个女人扶着他上了山，他像泥一样瘫在地上。艳秋难得高兴，哈哈哈哈笑个不停，还取笑道："什么大英雄，豆腐一块！"

艳秋见到范君义，真的太兴奋了。当年心中那个白马王子，竟然和杀死那么多日本人并与自己同时被通缉的大英雄是一个人，竟然还和自己有过父母之命，这真是一件奇巧幸运的事情。他长得又比当年粗壮动人了，艳秋心中的敬意、爱慕油然而生。她把他从地上扶起来，搀进了庙宇的大殿，像平时欣赏大殿前的那棵青松一样专注和动情地欣赏着他。她从他身上嗅到了一种革命的气息和知识分子的单纯。这些元素和自己本身的元素，在一瞬间就融合在了一起，如磁石见了铁一样。艳秋竟忘了一切，借着搀扶他走路，有意将自己的脸颊贴近了他的耳廓。可是，范君义很神经质地颤抖一下，远远地离开了她。这一个油丝般微小的动作，却大伤了艳秋的自尊。她松了手，坐在了庙宇的石头台阶上，冰凉的感觉一直从下身传递到头顶。一股风吹来，带着浓烈的青草味，还裹着一种味道，像玉龙的汗渍和脚臭味一样，但艳秋并没感到难闻，她已经闻惯了这种味道，这味道里蕴藏着吃苦忙碌、憨厚诚实。随即，玉龙那滑稽幽默、调皮捣蛋、聪明勇敢、正直善良的形象不断在她脑海中闪现，她忽然清醒地认识到，自己刚才灵魂里对玉龙的叛变是多么可耻。

　　范君义见着了艳秋，也是思绪万千，单纯的心田里掀起了层层波澜。在理智上，他曾经下过决心要斩断一切情爱，特别是男欢女爱，要全身心投入革命战争的大风大浪中，去尽一个革命青年对国家的责任。他从来没有动摇过这个决心。可是并不是天姿国色的杜艳秋，使他的心旌摇荡起来。这个开朗爽直、豪气傲骨的女子，猛然袭进了他的心，并一下子挤占了他的整个灵魂，他真悔恨当初不该拒婚甚至于逃婚。他真的爱上了她，当然，他并不知道玉龙和艳秋发生的一切事情。他贪婪地看着她，希望这一瞬间能变成停留不动的永恒。他的整个身心都希望把她的形象深深地融化进去，可是他再没有看见艳秋直视自己的眼神，也再没有看见她直面自己的笑容。

　　"艳秋，我上山找你，有一件重要事情和你商量！"范君义终于开了口。

　　"什么事？"

　　"我知道你对这件事已经下了决心，而且我也知道你性格固执顽强，不会轻易改变自己的决定，但是，这件事你必须听我说清。"

　　"说吧，不要兜圈子。"艳秋一贯性急且直率。

　　"听说你要毁掉日本人存放在你们杜府里的那批货物？"

　　"不错！"

"那可不行！"范君义坚决果断。

"你凭什么管我？"艳秋生气道。

"这是八路军的主张！"范君义当仁不让。

"八路军？难道八路军主张什么就要我主张什么吗？"

"是！"

"岂有此理！"艳秋有些怒不可遏，"当初，我们许多人都要参加八路军，可八路军说这个不可行，那个不放心，坚决不收我们，现在又来管我们？再说，我们毁的是日本人的货，这批货是侵略中国的罪恶武器，你们凭什么反对？你们不是口口声声革命吗？你们不是口口声声抗日吗？你们到底安的什么心？"

范君义冷静了下来，降下了调子，耐心地说："艳秋，听我说，目前，咱们国家还没有技术力量生产黄金，八路军让鬼子顺顺利利把金矿建起来，然后全部夺过来为我们自己生产黄金，是利用鬼子的技术给我们国家创造财富，懂吗？"

艳秋哈哈大笑道："可笑，鬼子会让你夺去吗？"

"我们不会让他们得逞。"范君义信心十分坚定。

"哼，你们还不想让鬼子来侵略中国呢，你们挡住了吗？"艳秋轻蔑地说完，站起来，要离开范君义。

范君义一把拉住了她，说："艳秋，你怎么这么固执？这批货坚决不能毁！"

"希望你不要再说这件事！这批罪恶的货物已经伤透了我的心，不亲自毁掉它，我将无颜面对我死去的亲人和朋友！"艳秋离开了他，气冲冲进了大庙里。那里是飞鹰队员休息的地方。

范君义没再追她，迈开了步，向庙院外走去。

"你干什么去？"艳秋返回头问。

"我去保护那批货物！"范君义大步跨出。

"混蛋！"艳秋几个健子大步跨到了范君义面前，掏出了枪，逼住了他的眉头，"你再敢迈一步，我就毙了你！"

范君义愣住了。

艳秋喊："来人，把他关起来！"

大金牙和几个粗壮的男人不知从什么地方闯出来，扭着范君义的胳膊，推进了大殿后一间黑洞洞的房子里,把门咔吧上了锁。

银铃般的笑声洒满了飞鹰山的山坡。姑娘们有的洗野菜,有的和面做饭。她们的身影在轻飘的炊烟中萦绕,像仙女在云端曼舞。四周密密匝匝的白桦树上、灌木丛顶都挂满了红色的布条和衣裳,红绿相衬,又是一副夺目的好景。姑娘们杀了一头野猪,鲜血喷了出来,她们手沾鲜血,互相在脸上抹,同声说:"大喜日子,见红有喜!"

玉竹喊金凤:"今儿咱们放开嗓子唱几声,不看司令有多高兴!到底是见了男人,谁都高兴。"

金凤先唱道:"大青山的石头抢盘河的水,袭人人找了个龇牙鬼。"

玉竹马上警告:"金凤姐,你把范君义说成龇牙鬼,司令不骂你?"

"那就改一改!"金凤又唱道,"玉荽荽开花毛朝上,司令找了个蔫和尚。"

"这不是一样嘛,要改成这样好。"玉竹唱,"飞鹰山的凤凰红腿腿,天配姻缘无改悔。"

金凤说:"玉竹,什么时学会了溜须拍马?"

玉竹正色道:"不是溜须,艳秋姐从来是冷面待人,内心的秘密从不告诉别人,你看她今天难得这么高兴,咱们让她多留一会儿笑脸。"

金凤说:"快把晶晶叫来,她比咱们唱得好!"

晶晶在人群里忙乱,她心情不好。自从牛大龙被抓回飞鹰山,她就像被放在了一口热锅里烘烤。大龙踢门抓墙,闹死闹活要出去,要修筑被艳秋破坏的桥梁,以保证日本人的设备顺利运进阴灵沟。艳秋却要求严加看守,硬等着日本人这批物资坠入深谷才肯放他们出去。晶晶偏了这边,对不起自己的表哥大龙;偏了大龙,又对不起和自己共患难的艳秋,当金凤喊她去唱歌时,她情不自禁唱出了自己的心声:"大红公鸡冲天吼,可怜表哥没法走。大红公鸡咕咕叫,可怜表哥没法闹……"

众姑娘又把笑声洒了一坡。

这时,艳秋从庙宇大殿出来,见姑娘们一片笑闹,生气地将树上和灌木丛上的红布条扯下来扔在地上,又看到姑娘们脸上鲜红的血迹,气愤地命令道:"全部给我洗掉!"

金凤她们还在唱,艳秋更加发火:"唱唱唱,有什么高兴的?"整个山坡上的气氛顿时变得冰冷。

"艳秋,你怎么了?"金凤和玉竹一齐问。

"没怎么,我心里不快!"艳秋说完,红红的眼圈里闪着亮晶晶的泪花,她扭头走了,又留下了一句话,"千万不能让牛大龙他们逃跑。"

范君义被推进了一间黑暗潮湿的屋子,定睛一看,屋里围着二十几个修路的民工。大龙一眼认出了他,站起身惊喜地喊道:"李干事!"

"大龙!"范君义也迎上去,握住了大龙的手,"你咋也来了这儿?"

"李干事,你咋到了这儿?"大龙反问。

"大龙,甭叫我李干事了,从今往后,就喊我范君义吧!"

"为什么?"大龙和众人十分惊异。

"大龙,这事不急,咱们慢慢说,当下最紧急的事是我们尽快逃出去,保住公路畅通。"

"是啊,我们正想法子!"大龙指指后墙,那儿已掏了一个外逃的洞口,因范君义进来,一堆人挤在那里挡着洞口掩护,大龙说,"洞口再扩大一点,咱们就能钻出去了。"

范君义十分高兴,但警惕地说:"杜艳秋下了决心,看守很严,咱们在晚上才能出去,行动一定要迅速。"

残阳缓缓地从山顶上下沉,转瞬间掉到了山后。

夜幕降临了。范君义和牛大龙带着民工队伍,从山后笔立的峭壁滑到了沟底,足用了两三个时辰。这时,一轮明月从群山里钻出来,才使他们从黑洞洞的大沟里摸到了飞鹰山的沟口。他们正要喘口气,忽然听得一声女人的哭泣,前方隐隐约约有个人影在晃动,渐渐地哭声更大,人影更清晰。

"鬼!"几个民工吓得气都不敢出。

范君义说:"是谁?为什么哭?"

那女人停止了哭泣,站着不动了。

"哪有什么鬼!肯定是个遭难的女人。"他迎了上去喊,"你不要怕,我们是好人!"范君义和气地说着,向那女人走近。

那女人突然叫了一声,也向范君义跑过来,"你是李干事?"

一听声音,范君义愣住了,她正是前不久逃出村子的王桃桃。

桃桃逃出了牛家村,自知做了愧对二狗,愧对小兰,也愧对乡亲的事,自感无颜再回村里,就漫无目的地向北边方向走去。夜深了,她望见了一片灯光,奔了过去,却落到了一个日本人的军营。她倒是被大吃大喝招待了一顿,可是,鬼子排着队像野兽般折腾了她一夜。她睁开眼的时候,自己光着身子,被扔在了一个草滩。她羞辱难忍,想自行了断,又想起亲疼了自己一辈子的二老爹娘,死以前想长短见见他们。当她深一脚浅一脚跌撞回家时,村子已变成了一片焦黑的坟场,弟弟被鬼子抓走修工事,老爹让鬼子杀了,可怜的妈妈也悬梁自尽了。她在已成灰烬的院子里痛哭了一整天后,反而打消了自杀的念头,她要报仇雪恨。她听说飞鹰山有一支受苦受难的女人队伍,才跑来投奔。

听了桃桃的哭诉,众人潸然泪下。范君义和大龙担心她上了飞鹰山会暴露民工逃跑,劝她马上回牛家村。正在讨论之际,突然一片稀里哗啦的枪栓声,接着是一片"不许动"的喊声。飞鹰山的队员像神兵天降,又把他们团团包围了。

五十

在阴灵沟口的那场战斗中,全村几百号人和护村队改编成的八路军包围了大岛的队伍,油屁股随着几个鬼子中弹倒地,诈死在鬼子身边。他把鬼子脑袋上的血污抹了自己满头满脸,闭上眼,连大气也不敢出。部队和乡亲只顾围剿大岛队伍,他一骨碌滚进了干涸的河槽里。那儿正好有一个洪水冲刷的洞穴,帮助他逃了狗命。

顺着牛家村东沟那条千回百折的小河一直走五十里,有一座庙宇叫河神庙,走投无路的油屁股只能去投奔庙宇的住持——他的远房舅舅。

油屁股来到这里,只见这座庙宇已经破败得不成模样:山门上的匾额字迹模糊,大殿两侧几个小屋窗棂凋落,正殿里的神像金身脱落,不过神像完整,没有残缺。观音老母脚下,跪着一位青衣老尼,双手合十,二目紧闭,嘴里喃喃地念着听不懂的经文。为了掩盖自己的面目,油屁股爆炒了半斤黄豆,使劲儿捂在自己脸上,他的脸皮像落了天花,已经变得坑坑钵钵,面目全非了。为了表示投佛心诚,油屁股在中途把脑袋剃得青光。他对正在全神贯注诵经的老尼姑躬身抱拳,轻声说:"佛姑,我给您行礼了。"

老尼姑抬起头来，睑皱珠黄，已有五六旬光景，问："从哪里来？"

"从达尔罕草原过来，那儿让日本人占领，生灵涂炭，特来投奔本寺主持海贞，他是我的舅舅。"

"阿弥陀佛，他半年前已圆寂西升了。"

"啊？"油屁股意外惊愕，转为可怜道，"佛姑，我已家破人亡，无地落脚，请求您高抬贵手，收留我在寺庙里敬佛吧。"

老尼姑道："阿弥陀佛，既然有缘，你就留下吧。不过，本住持年事已高，许多事还需你代劳，出家人要操守本分。"

"当然！当然！"油屁股千恩万谢，当即拜了师傅，居留在了河神庙里。师傅也赐了他一个法号——山静。

几日后，老尼姑把山静唤至殿前，说："山静，师傅有件事拜托你办，你可诚心？"

"师傅，山静哪有不诚心之理，有话尽管吩咐。"

老尼姑说："你向西走七十里路，有一个牛家村，那儿驻着八路军队伍。这支队伍，把日本鬼子的黄金部队打得落花流水，给咱们国家和民族立下了汗马功劳。佛祖恩赐了八路军一批珍贵药品，这药品是如来佛传下的秘方研制而成，服用一包后，当日内即可筋骨强劲，脑醒神清。这是佛祖的真意，万不可掉以轻心。"

油屁股的心扑扑扑地乱跳。他哪里敢回牛家村，可也不敢暴露自己的真实身份，便胡乱答应道："师傅放心，我遵命。"

"山静，我观察了你这几日，你六根未绝。"老尼姑继续说，"这批药一定都送给八路军，决不许另图他用，更不许自己服用。你若自己服用，我一把脉搏就会知道。"

"师傅尽管放心。"

油屁股领命后，老尼姑将一个写着"佛"字的黄色布袋交给了他，里面装着"如来佛"配方的药剂。油屁股离开了河神庙，心里骂道：这个老尼姑，八路军给了你什么好处，这么孝敬他们？这么好的药，能卖一笔大钱，够我几年享用。他打下了坏主意，决定到范家镇或县城里的药铺卖掉这批药物，然后另改门庭。

金龙抱着脑袋逃出了村子，拼命奔跑了半个时辰，进了一条山清水秀、植被繁茂的大沟才停了步。他辨认了许久，没搞清自己跑到了哪里。他疲倦极了，仰面朝天，躺在一个草甸子上，立即就进了梦乡。

突然他惊叫着坐起，摸着自己的脚。原来，刚才跑得激烈，把一双新新的胶鞋扯了个口子，一条蛇狮子钻进了脚底，乱窜乱撞，把他吓出了一身冷汗。他脱了鞋，蛇狮子钻出了鞋钵，他拾起鞋去拍打蛇狮子，不曾想鞋底和鞋帮竟然利利落落分了家，他愤怒地把鞋底扔了老远老远。

现在，唯一能慰藉他的，就是身边躺着的这支长枪。他庆幸自己看出了事情的不妙，把枪随身挎在了身上。居然还有不知死活的来访者——一只青白色的兔子从灌木丛中跳出来，站在金龙对面，屁股蹲在地上，用两只前爪洗完了脸，又夸耀着它的大耳朵。金龙扳动了扳机，兔子扑腾栽倒了。他欣喜若狂，点燃了野火，开始熏烤着他的成果。他自语着："真是瞎猫碰上了死耗子！"

吃完了烤兔，抹抹油渍渍的嘴巴，感到一阵干渴。他找见了一处水源，清泉涓涓地流着。他顾不了卫生和体面，就用另一只鞋舀水解渴。鞋子四处漏水，他只能仰起脖子吮吸从鞋里掉下的水滴。他望望西下的夕阳，光着一只脚，用枪托拄着地，毫无目的地向前走去。他理想的宿营地是找一棵树干粗壮又不太高的大树，树干可以当床睡觉，以防被狼群吃掉，掉到地上也不至于摔死……

金龙经历了从未有过的艰苦的生活考验。他在走不尽的山沟里，吃野菜，吃昆虫，吃鸟蛋……最使他痛苦不堪的是那只没有鞋的脚打满了血泡，树枝和尖石把脚心划得鲜血淋淋。

他举步维艰，鞋成了他眼前最急需解决的大事。终于在一条石径小路上，远远地一头毛驴驮着一个人进入了他的眼帘。他伏在一丛灌木后，正要瞄准射击，发现驴背上驮着的竟是一个清末年代出生的裹着三寸金莲的老太婆，她的小鞋只能套进他的脚拇指里。

一个夜晚，金龙窜进了一个车马大店。客房里的大炕上，横七竖八睡满了车倌，大大小小的破鞋在地上乱扔着，臭气熏天。他在地上乱摸，竟没有一双合脚。恰有一人要出外撒尿，一脚踏下地，正踩在金龙头上。那人滚回了大炕，大呼有鬼。人们都被惊醒，金龙持枪威胁才免了一顿狠揍。

又是一个夜晚，金龙来到了范家镇。他跳进了一个深宅大院。这儿，一排排砖瓦房屋十分气派。一间大正房的灯亮着，窗纸上映出了两个黑影，同时传出了一男一女的戏逗声。他捅开窗纸，一个老头和一个小女人正在玩弄戏耍。

金龙把枪刺吱啦戳进了窗户，大声喊："把鞋钵子从窗户递出来！"

里边看见了白光闪闪的刺刀，抖成了一团。

"快点，要不开枪了！"金龙警告。

小女人哆哆嗦嗦地把自己的小鞋递了出去，金龙用力拨了回去，喊道："要男人的大鞋！"

里边又递出了一双男人的大鞋，新底新帮，还有绣着蝴蝶的鞋垫。金龙立即穿在脚上，非常合适，正要走开，觉得这是一家老财，于是，又大声命令："再递五十块大洋！"

里边的老头鬼声压气地求告："好汉，没有啊！"

金龙哗啦拉动了枪栓，"给不给，不给开枪了！"

老头魂飞魄散，像头刚燀了毛的肥猪，爬到了炕角的柜前，一阵稀里哗啦的响动，一个钱袋递了出来，金龙一把夺过，逃出了大院。

金龙有了钱，一逃出大院，眼珠子就四处张望。两盏鲜红的灯笼吸引着他走进一座小青楼里，门开了，一个女子像一朵莲花，轻盈地飘过来。他顿时筋骨酥软，神魂飘飞。窑女挽着金龙进屋，给金龙脱了鞋袜，把双脚放进水盆，弯下腰给他洗脚。她看见脚上血肉模糊，心疼地叫道："呀，少爷，你这是咋了，把脚伤成这样？"

"没事，你叫什么名字？这么晓得心疼人。"金龙反问。

"我叫冠冠，你打听去，我在范家镇是第一眼打不尽的泉水。"

"噢，你就是冠冠，一等美人！"金龙听油屁股说过。

"你是哪里的人？"冠冠问。

"我是牛家村的！"金龙回答。

"牛家村？"冠冠停止了洗脚，立起眼看金龙，"你们牛家村有个油屁股，王八蛋，他一分不花玩了我，又把我交给了日本人，差点儿让老娘丢了命！"

金龙解释道："冠冠，油屁股是汉奸！这个王八蛋投降日本人了。"

看冠冠仍不相信自己，金龙从屁股后摘下刚才抢的钱袋，摇了摇，哗啦啦响，说："放心，我和油屁股不一样。"

冠冠立即变得更加热情，她的眼睛一直盯着那个令她惊喜的钱袋。洗完脚，金龙像个宝贝似的被扶上了棋盘小炕，冠冠又温柔地给他解开衣裳，说："今晚，我不让你走了。"

"我也没想走。"金龙说，"这阵子累死了，我得好好搂着大美人睡一觉。"

金龙如愿以偿后，软软倒在枕上，眼皮觉得像磨扇，嘴巴一张，呼噜就山响起来。枕下露出了半拉钱袋，这是冠冠最关注的。她小心翼翼从枕下抽出钱袋，紧紧贴在自己心口上。她的心跳得很猛，她想把这袋钱全部归自己所有。

冠冠真是走了大运，她忽然发现了地下卧着的那双大鞋。这双鞋，是张大户的鞋呀，他穿着这双鞋，常来这儿采花，那双五彩锦线绣的鞋垫工艺曾经令冠冠羡慕不已，今天这鞋怎么到了他的脚下？她望着金龙死猪似的睡态，悄悄出了门，向张大户的大院跑去。

张大户的大门敞开着，院子里吵吵嚷嚷聚满了人。

"张老爷，张老爷！"冠冠一惊一乍地进了院。

"是你？你来干什么？"张大户问。

"你的鞋呢？"冠冠把那双鞋扔在了地上。

张大户喜出望外，"你咋知我被抢了？"

冠冠道："我告诉你，可得给赏钱！"

张大户急着说："你快告诉我，赏钱没问题！"

五十一

阴灵沟的爆炸声频仍不绝。大岛被俘虏后，日本鬼子又派驻了一个中队。他们为了躲开牛家村埋设的地雷，竟然绕一百公里山路从大青山以南进了阴灵沟。他们建设金矿的速度明显地加快了，天崩地裂的放炮声一阵紧似一阵，浓浓的烟尘布满阴灵沟上空，十几里外都能闻到刺鼻的火药气味。

牛家村又连连爆出了新闻。二木匠父子俩上次跟了鬼，至今形神不宁。二木匠他爹已卧病多日，今日更重，他的脸上已没有肉，罩着一层饥饿的青绿色的薄皮，身体又瘦又佝偻，本身就是一个可怕的鬼形。他睁着布满血丝的眼睛，瞪着窗外胡喊:"你们看,都来了,阴灵沟的先祖都在院子里,快看,三尺长的红舌头,舔窗户纸哩,啊呀呀,快救命啊,他们眼睛里、耳朵里都流着血,头上长着干草……"

满屋子的乡亲胆怯地望望窗外,太阳明晃晃的,但都不敢出一口大气,他们确信先祖们的阴灵都聚在院里,只是鬼魂没附在自己身上才看不见,所以一个劲儿往后墙里挤。

二木匠他爹胡喊之际,一块痰卡在了喉咙里,搞得上气不接下气。二木匠瘦得像一个饿鬼,头发像蒿草一样杂乱,灰白的脸上像涂着一层油彩,他扑到了父亲头前,双拳在头顶拼命乱舞,不断喊道:"快救救我爹,五六个鬼正掐他的脖子。"随着他的喊叫,满屋子人也一齐跟着惊恐地尖叫。玉龙举起手枪,冲屋顶砰砰砰连发三枪,人们才停止了惊恐。二木匠立即抱住了玉龙,像找见了救命恩人,钻进了他的怀里,说:"玉龙兄弟,再放枪,你看,鬼都吓跑了!"

"跑了?你看着了?"玉龙半信半疑问。

"没跑远,还在院里,你看,他们又向屋里冲,玉龙,救命啊!"二木匠又把玉龙抱得紧紧的。

说真话,玉龙的心也怦怦直跳,可他知道自己是村里的领头人,手里又有枪,不能孬种。他大声和众人说:"大家不要怕,神鬼怕恶人!"随后把头扭向朱阴阳,"朱大叔,你说是不是啊?"

朱阴阳身着黑袍,手举桃木,口含朱砂,正在念咒,同时拿一张黄表纸在二木匠爹的身上来回拂动。二木匠的爹略显出平静,均匀地呼吸着,慢慢地进入了睡态。朱阴阳才得了空,他和乡亲正经地说:"看来,咱们的先祖们再不能在阴灵沟待下去了。不把鬼子赶出阴灵沟,全村人都会遭受大灾难!"

玉龙咳嗽了一声,又眨巴着眼,警告朱阴阳不要说下去。大哥和范指导临走前再三叮嘱,不许和日本人冲突,让他们安安心心为八路军建设金矿,八路军的话不能不听。他乩乩朱阴阳,朱阴阳跟着他出了门外。他本想让朱阴阳想个办法,把乡亲们仇恨的矛头从阴灵沟引向别处,可是,屋里的人见他俩出门,都吓得不敢继续待在屋,像狼赶着一样也跑了出来。

朱阴阳说:"你们都回去吧,临走前每人冲阴灵沟吐三口唾沫,回家后大门外围三道火墙,挖三道水沟,不要随便出门。"

人们冲天唾了一阵唾沫，个个落荒而逃。

…………

臭蛋自从来了牛家村，就像一股活蹦乱跳的山泉，给村庄带来了欢腾的浪花，带来了欢声笑语。伤病员在她手上一个个见好，三个八路军伤员已经能上操练兵了，张小三也能帮着小兰抬水扫院了。迎春的肩伤痊愈得更意外，一毛口袋粮食扛在肩上走得佳佳的。只是上次阴灵沟战斗，牛老栓让扎了一刀，张老先生和鬼子搏斗，腰部的老伤又错了位，痛得爬不起来。到底是年老了，和他们一起负伤的大岛和几个鬼子伤口洒点盐都好了，两位老人的伤痛却迟迟不能见好，臭蛋十分着急。

小兰在她的屋里大动起了土石，她在后墙上掏了个大洞，这个大洞正好通在了土崖下的古洞里。她是个有心眼的人，她想：牛家村人多次打击鬼子，鬼子肯定不会善罢甘休，不定哪时会突然冲进村子杀人放火。村里的伤员和老人很多，一旦打起仗来，往哪里躲藏？只要掏通这个洞，人们就会及时藏进去，把大柜挡在洞口，神仙也不会发现。还有，上次俘虏的伪军，经过这阵子改造仁义多了，玉龙已把他们编在了八路军第三排里。可至今他们都在破凉房和大碾房住着，一下雨，大家都成了落汤鸡。有了这个洞，能改善一下他们的住宿条件，所以她一大早就动工了。

本就消瘦的小兰，这阵子更加憔悴了。她挥动镢头的背影显得特别纤弱，颤颤巍巍的，像风雨中一棵脆嫩的青苗。路娃拿块手巾，不断去揩妈妈脖子里的汗水。小兰扭过头，亲了亲儿子流着大鼻涕的鼻头说："路娃，甭管妈，快往门外抬土！"

路娃说："妈妈，掏好洞，不许愣福来他们藏。那次他骂咱们牛家人，还讹了咱们三块大洋。"

小兰看了儿子一眼，笑笑说："巴掌大个人晓得什么？是咱们牛家惹了日本人，日本人烧了他们的房，咱们牛家理应赔人家嘛！"

路娃又把头摇得拨浪鼓似的，"妈妈，王家姥姥也不许藏进来。二黄毛踏了她家豆苗，她凭什么用头撞我三叔？你去拉架，还撞了你一头。"

小兰想笑，又沉下了脸，瞪着儿子说："谁让你尽收留些大人的事情！二黄毛是你三叔的兵，他犯了错，你三叔当然也得负责呀！去，倒土去！"

路娃不情愿，躺在土堆上乱蹬。小兰举起巴掌，像拍苍蝇似的拍打了一下他的眉头，儿子就呀呀地哭了。

迎春进来了，责备小兰说："大嫂，你咋打路娃？这么大点娃哪是干活的时候，你倒狠心！"

小兰说："你每天疯着找女婿，也不来帮大嫂，这得逼着娃娃往大长啊！"

迎春不让小兰，说："大嫂，你可说过，和小鬼子找对象是任务，你咋又怪我？"

小兰笑笑说："大嫂和你开玩笑。任务不说，这小日本人也怪乖巧的，挺讨人喜欢，你要找了他，等抗战胜利了，还能去日本逛逛，开开眼哩！"

迎春快活地笑着，转了话题说："大嫂，我和臭蛋去山里采药，我想让四哥也去。你知道，四哥爱上臭蛋了，今儿正好给他们个接近的机会。"

"我也看出小龙了，总盯着人家脸瞧，幸亏臭蛋大大咧咧，要不然人家羞得没处躲了。"

"那你得和三哥请假。四哥是部队人，每天训练，又埋地雷，怕三哥不请给假！"迎春说。

小兰说："就怕请不下假，听说出怪事了。"

"什么怪事？"迎春睁圆眼睛问。

小兰说："鬼子要进驻咱们阴灵沟，怕进了咱们村的地雷阵，就派了个什么工兵队伍来排雷。不承想，这支队伍快到咱们村子时，忽然个个筋骨酥软，像泥一样倒在地上不能行走，个个就像愣福来一样，眼睛直勾勾的，天地不懂了。有人说工兵队伍吃了一个满脸黄豆疤的和尚的壮药才造下了这个结果。你四哥听了这个消息，立即想起了他去范家镇请郎中时，碰见那个老尼姑的经过，认为工兵筋骨酥软、大脑迟钝，和这个老尼姑有关。刚才，他去玉龙那里汇报这件事去了。"

迎春伸着舌头，表示吃惊。

此时，小龙正好进了院，嘴噘得像鸡屁股。本来，他是抱着好奇去向玉龙汇报，玉龙却认真了。玉龙想起艳秋多次说过一个老尼姑勾结日本人，害死了她的镖夫，断定和眼前这件事也有关系，就要小龙想尽一切法子找见这个尼姑。小龙这些日子一阵也不想离开臭蛋，所以不高兴。

小兰说："小龙，快帮嫂子掏几镢子，一会儿我和你三哥说，让你陪臭蛋采中药去。"

"真的？"小龙兴奋得冲小兰脸蛋子亲了一口，接过镢子就猛刨起来。

迎春讥讽小兰说："还是大嫂聪明，这点子是我想出来的，你倒领了人情。"

小兰瞪了迎春一眼，笑道："迎春，大嫂也给你说说，让你三哥批准那个小鬼子也陪你去，满意了吧？"

迎春嘻嘻地笑着，假骂："大嫂，你真灰！"

饭后，迎春、臭蛋、小龙和山本四郎一行四人，快快活活进了南山。大山像一块五颜六色的花布，哪个人都看了眼馋，真想用大剪子裁一块下来做件新布衫。迎春和山本四郎自然是一对，一个挥镢子挖药根，一个去土整根须。迎春为了让四哥和臭蛋方便，拽着小鬼子离开了他们好远好远。可臭蛋也是一盏不省油的灯，边挖药材，边追着迎春不放松。她一边整理药材，一边喊迎春："迎春，我给你唱支歌。"

迎春应着："好啊，你唱，我听着呢！"

臭蛋出口唱道："迎春迎春你细听，为什么爱了日本人？日本人不讲理，一把将奴家按在了高粱地……"

迎春笑着扔出了一块土坷垃骂："你才让按在高粱地了！"

山本四郎愣愣地问："高粱地是什么东西？"

"真你妈愣货！"迎春对小鬼子说，随后对臭蛋喊，"哎，我也给你来一首！"

臭蛋说："唱啊！"

迎春唱："臭蛋是蝴蝶四哥逮，臭蛋是花朵四哥采。臭蛋你不要装，每天把我四哥想。"

臭蛋面朝天躺在半坡，喊道："谁想他来？我没想！"

小龙咧嘴笑道："追你是爱你，牛什么气！"

臭蛋喊："牛什么气？无赖！"

迎春那边又喊道："臭蛋，我四哥长得不赖，能配上你，你装什么怪？"

"你不装怪，就抱住小日本亲上几口。"臭蛋将着军。

迎春大大方方道："亲就亲，我亲了小日本，你可得亲我四哥！"

"我先看你们咋亲，亲呀！"臭蛋要看迎春的笑话。

迎春毫不含糊，和山本四郎招招手，"过来，我亲你几口！"

山本四郎莫名其妙地问："什么？你亲我？"

迎春催促道："快过来，愣货！"

山本四郎高兴地跑了过去，迎春抱着他的脑袋就亲了几口。他抹抹自己沾着唇湿的脸，像愣福来一样傻笑。迎春又在他脸上扭了扭，就向臭蛋喊："看见了吧，现在可轮你了！"

臭蛋乐得在山坡上打了几个滚，站起来又说："你让小鬼子再亲亲你，我再看看。"

"行，小鬼子亲了我，你咋办？"

"你说咋办就咋办？"

"说了可得算数啊！"

"算数！"

"好，你要说了不算，回了村我给你挠痒，让你变成一个笑疯婆！"迎春说着，又喊山本四郎，"愣子，快来亲我！"

山本四郎没听懂她的话，使劲刨了一镢，抓起一根药材递给了迎春。迎春凑到他眼前，用指头指着自己的脸，说："你呀，越说你越愣，来，亲我这儿！"

山本四郎明白了，抱住了迎春的头，亲个没完。

迎春喊："行了！"

山本四郎仍不放手，不但亲脸蛋，把嘴唇子都吻得出不上气来，迎春用力挣扎，两人一齐滑倒，跌在了地上，山本四郎又抱着迎春在地上打滚。

这回臭蛋没的说了，花言巧语开始耍赖。迎春不断扔去土块威胁，臭蛋只得说："让他亲我！"

迎春喊道："四哥，快上呀！"

小龙跃跃欲试，可马上被臭蛋严厉的眼光逼住了，他又委屈地返回去。迎春急了，骂道："四哥，看你那德行，真是个狗熊！"

小龙终于有了勇气，像一只小虎一样扑了上去，不管臭蛋如何招架，抱住她脖子就使劲啃起了脸蛋。臭蛋吱哇笑着喊着，看外表一只拳头捣着小龙的脊背，另一只手却死死地搂着小龙的脖子。

小龙也坚决不肯放手，渐渐地，臭蛋筋疲力尽，也和小龙双双跌倒在地，使劲打滚。

山本四郎笑得跌倒在地，面朝蓝天，还在大笑。山里充满了欢快的回音。

真是乐极生悲！忽然，一声惊叫，山本四郎坐在地上，抱着右脚痛叫："我的脚，我的脚……"

一条青黑色的毒蛇咬住了山本四郎的脚脖子，脚脖子上留下了两个流着黑血的小洞。

迎春扑过去，抓住了蛇尾，在地上狠摔了几摔，冲天上抛去，毒蛇跌在了一块岩石上不动了。

臭蛋和小龙奔过去。臭蛋两手掐着山本四郎的脚脖子喊："迎春，快找根绳子扎住，要不毒液就渗到全身了！"

山本四郎经历过一次毒蛇的伤害，抱着迎春的脖子，两眼充满了恐惧，说："迎春，我要死了，我要死了！哇——"他哭了。

迎春说："不会，你不会死！我们救你！"情急中，迎春顾不了羞耻，脱了上衣，一下撕断了乳兜上的两根带子，把山本四郎的脚脖子扎了起来。

臭蛋松了口气，用征询的眼神看看迎春说："现在，毒液都聚在脚腕上，必须马上吸出来，要不会慢慢渗进大血管里，那就危险了。"

没有这个眼神，迎春也会这样做的。她毫不犹豫地趴在了地上，把嘴吻在山本四郎的脚面上，使劲吮吸起来，每吸一次，吐出血沫和毒液，再吸……再吐……一会儿，她满头大汗，满嘴血污。

臭蛋看看山本四郎伤口处的青瘀渐散，说："甭吸了，他不会有事了。"

迎春没有停止，继续吮吸。她用嘴巴不断在臭脚上吮吸着毒液，表示着她对山本四郎的忠贞爱情。可是，她的嘴唇却渐渐肿胖，接着，两张圆圆的脸蛋，也像灼火烙面饼一样鼓胀起来。

她忽然头一歪，晕了过去。

山本四郎像条发疯的狗在迎春周围嗷嗷地叫着，乱转。

小龙和臭蛋喊着："迎春，迎春！"

毒液进入迎春口中的毛细血管，山本四郎脱险，她却中毒了。

五十二

日本黄金部队的最高长官寿男大佐就住在县城的一座工事里。四面是厚厚的围墙,有两人多高。围墙四周是上下两排枪眼。前院有门楼,墙壁厚,两道门,门楼顶上环绕安置着机枪射点。这是一个可攻可守、居高临下的军事阵地。

寿男大佐把自己包藏在这里,白天办公,夜晚休息,不越雷池一步。这固然表现了他心存疑虑、惧怕八路军袭击的心理,也反映了他孤僻的性格。他是在天津日本租界区遭受民众重创后,被日军华北总司令班本中将贬职到阴山北麓统领大日本皇军黄金旅的。这次军事上的重新安置,是对他军旅生涯的最后一次考验,所以他未上任前就忧心忡忡,生怕苦心经营了四十年的军旅前景变为南柯之梦。哪知道,生不逢时,他上任的第一天,在杜府储存的那批物资就差点被大火烧毁。接着,保卫阴灵沟的伪军排和大岛部队连连被些土豹子庄户人吃掉。对这些防不胜防的灾难,他一直向上司扣压着消息。可他每时都担心:一旦上司知道了这些情况,不仅仅要责怪自己领导无能,还会追查隐瞒军情欺上瞒下的罪过。寿男大佐的命运竟然更加坏!本周内,又发生了两起怪事。为了保证阴灵沟畅通,去牛家村排雷的一支工兵队伍行在途中竟全部失语失聪,骨软如泥,至今不知何故,也不知何人所为。还有,一座跨越两沟的大桥,被飞鹰山一股女匪破坏。他的心情万分沉重,各种娱乐活动都勾不起他的兴趣,婀娜多姿的二八朱丽在他面前翩翩起舞,他的眼光迷惘忧郁,甚至不抬眼皮。他所恐惧的不是飞鹰山几个女匪,也并非牛家村的护村队。他拥有四个大队的兵力,将近三千人,又有伪军两个团,县保安团也属自己调遣。他所恐惧的是无法对付的神勇八路军。自己的两个大队被八路军困厄在陶林一带不得前进。已经进入草原的另两个大队又被八路军分割成东西两部分,使其兵力不能相顾。现在只有少部分机动兵力可以投入黄金公路和阴灵沟的建设,而这些兵力又人地两生,在中国这块陌生的土地上,找不到生存和立脚的方式。

此时已近三更,天下着小雨,雨点滴在坚硬的水泥顶上,叮叮叮响个没完,就像滴在了寿男大佐的心上,那单调的声音快使他发狂了。他的心不知道要安放在什么地方才能安宁。他不能忍耐这种烦躁,破例走出了这个牢狱般的所在,顺着城边的山坡爬去。雨点不知从哪儿得到的反光,居然映出了一块隐约可见的巨大磐石。不管石上多凉,他颓然坐下,脑子清醒了许多,但心里仍如乱麻一样。

眼下,日军为了加强对陕甘宁的攻势,又调拨了三个机械化大队向阴山以北进攻。八路军的全部力量都用于阻击和抵抗日军的这次进攻,这正是一个消灭飞鹰山和牛家村这两股力量的大好机会。他决定以两个营的伪军、一个小队的日本部队加一个迫击炮排参加围剿飞鹰山的战斗。为了防止牛家村一带武装对飞鹰山的支援,他又在飞鹰山沟口布置了一个营的伪军兵力进行阻击,同时打算让县城和大镇的富豪人家出动家兵组成民团作为后补部队。这次战斗结束后,他打算再集中兵力对付牛家村的武装部队。

一股冷风吹来,大颗的雨点像刷子沾着水扑向了他,他浑身被雨浇透,不禁打了几个冷战。他站起来,迎着风雨,挑战性地自语道:"就这么决定!"

…………

小兰的右眼皮跳个不停,心里立即蒙了层阴影。老人们说,左跳福,右跳灾,莫不是又要有什么不祥的事发生?迎春最近气色不对,据臭蛋推断,像是怀了孕。这消息要是传出去,在村里不定要弄出多难听的名声,迎春的名节就很难保住了。

小兰进了迎春那屋,迎春正和山本四郎抱在一块热吻。小兰的心咚咚直跳,红着脸退出门。

迎春喊道:"大嫂,回来!"

小兰不好意思地返回来。

迎春说:"大嫂,平时你懂的道理比我多。我和小鬼子这事,全村都知道了,也不瞒了,说实话,我肚里已有了东西!"

"哎呀,迎春,这可不是瞎说的事!"小兰有点惊慌。

"说不说也生米做成粥了,别人想说什么就说去!"迎春满不在乎。

小兰不知该支持还是该反对,说:"迎春,大嫂给你吃点偏方,打了吧!"迎春摇着头。

山本四郎更是十分着急地说:"大嫂,不可以,这是我们感情的结晶!"

小兰心里明白,这事万万不可公开,这不仅关乎着迎春一个人的名节,也关乎着牛家人在村子里的威望。眼下,牛家人挑着全村人命运的担子,前一阵子已有玉龙和玉茭的事,现在再把这件事吵明,乡亲咋看牛家?牛家咋能再指挥别人?日本人打不打了?出于种种顾虑,小兰说:"迎春,这不是你个人的事,关系全村人打鬼子的大事,听大嫂,千万把好嘴头子啊!"

喜鹊站在羊圈的桦树梢上喳喳喳叫起来。路娃飞奔进屋,"妈妈,听,喜鹊朝咱门口直叫,我爹肯定回来呀!"

小兰失望地摇摇头,说:"哎,喜鹊子叫多次了,你爹修路有瘾了,把家忘了。"

"妈妈,咱们到村外一边砍桃木,一边瞭爹回来。"

小兰想,过几天阴灵沟的先祖都要迁到大南沟里,朱阴阳已在那里选好了新坟址,迁坟时人们害怕鬼魂附身都要手拿桃木棍,路娃提醒了她,她说:"好,路娃,跟妈走!"

在村外一个土岗的脊梁背上,长着几棵老桃树,它们又粗又壮,树身子弯弯曲曲,好像一个个驼背的老人,佝偻着身子。路娃和小兰说:"妈妈,你看这桃树多像爷爷,弯着腰,风一刮,头一点一点,像爷爷在咳嗽。"

小兰扑哧笑了,弯腰亲亲儿子脸蛋,"路娃,你说得真像。"

路娃又说:"妈妈,不要砍这些桃树了,砍它们像砍我爷爷!"

小兰也很有同感,说:"好,不砍了。再说,鬼呀神呀,妈真有点半信半疑。"

"妈妈,你见过鬼吗?"

小兰摇摇头。

"爷爷见过吗?"

小兰继续摇头。

"那为什么全村人都怕鬼?"路娃打烂砂锅问到底。

小兰真有点回答不了,就说:"路娃,有些事妈也不懂,以后时间长了,才会慢慢懂的。不过,依妈看,神鬼的事不能信,张老先生和你三叔就不信,可全村人都相信,咱们就只能随大溜。"

路娃忽然用小手指向前面的一棵桃树,"妈妈,这棵桃树长得像我二叔,树干干瘦,树枝像二叔的头发一样光滑。"

小兰很佩服儿子丰富的想象力,仔细看,真有那么点像处,不住地赞扬说:"路娃,你这小脑袋,像那只家雀一样,又小又灵。"

"妈妈,就砍这棵桃树!"路娃催妈妈下斧子。

小兰举起了斧子,又停下了,有些舍不得。路娃急了,"妈妈,为什么不砍?大家都说二叔是灰人。"

小兰放了斧子说:"路娃,我可怜这桃树,还太年轻,舍不得下手。"

这时,远远山下有一个人躲躲闪闪向牛家村走来。小兰问:"路娃,你看那个人像谁?"

路娃两只小手攥成圆圈,当望远镜放在两只眼上,瞭了瞭说:"妈妈,走路像个二流子,很像我二叔。"

人近了,果然是金龙,只见他穿着黑缎坎肩,露出了白色布衫,脚底蹬着一双崭新的布鞋,还穿着雪白的布袜。

金龙看出小兰,老远喊:"大嫂,你在村口干什么呢?"

"呀,是金龙,你咋穿得这么飘?这是哪红火了些日子?"

金龙说:"大嫂,兄弟做下见不得人的事,不在外边混出个模样来不能见家乡父老。"

小兰说:"你混出什么模样了?"

金龙找了个土埂坐下,说:"大嫂,以前兄弟什么事不懂,做下那些猫猫狗狗不三不四的事,你就多原谅啊!"他掏着好几个口袋,里边都哗啦哗啦响,"大嫂,上次借你的钱都还你,十块大洋又加两块利息。"

小兰接过钱说:"你和大嫂说,这钱哪来的?不义之财大嫂可不能收!"

金龙说:"你放心吧,哪有不义之财!"

小兰:"好,那就回家吧,看看你媳妇,自从你跑了,她急疯了,刚好了一两天,身子还软着。你呀,这次可不能发灰了,好好过光景,把那些坏毛病全改了。"

金龙说:"大嫂,一定!你还得给我包揽包揽脸面,咱们家和村里人都听你的。只要你给大伙儿解释解释,我就好过多了。"

小兰说:"说真的,全村人都对你没指望了,这都是你自个儿造的孽。有决心改过,就不要怕别人骂你。尤其是你几个兄弟,不打断你的腿就够你面子了!"

金龙站住,不敢进村,又从身上掏了一盒香粉,递给小兰,"大嫂,这是城里人脸上搽的香粉,我给你和巧巧一人买了一盒,你可得长长短短护着兄弟点儿。"

小兰看见金龙掏香粉时,裤带上还挂着一个哗啦啦响的钱袋,问:"金龙,你哪来的这么多钱?"

金龙说:"大嫂,走吧,回家说!"

小兰疑疑惑惑和他往家走。

…………

艳秋破坏的桥梁并没有毁灭那批罪恶的货物,却使一辆满载着支援阴灵沟的日本兵的军车坠入了深渊,总算出了她的一口仇气。她把范君义请到了大殿的议事堂里,像一个高傲的女神高高坐在观音老母那个位置上。范君义气宇轩昂,仍像当年带领学生搞大游行一样凛然不可侵犯,背操着手,昂首仰视着眼前一长列泥塑神像。

"范君义,对不起,你们可以走了!"艳秋说。

范君义气愤地说:"杜艳秋,你知道不知道,你差些坏了八路军的大事啊!"

"废话少说!"艳秋从身上掏出了两页纸来,严正地说,"你给我的两封信我都看了。你要我飞鹰山整体加入八路军部队,不可能!我这里有土匪,有强盗,八路军会接纳我们吗?还有,只要那个仇金良在八路军里当官,我决不会和他为伍。第二,你提到咱俩的婚姻,对不起,我们是有姻无缘。再说,至今,你的老子还和日本人勾勾搭搭,我怎么会当一个狗汉奸的儿媳?"

"艳秋,你……"范君义还要说什么,艳秋摆摆手阻拦说:"范君义,你曾经是我心中的白马王子,我也佩服你杀死那么多日本鬼子,可是今天,我们只能在打鬼子时成为亲密的战友,不要再谈什么婚姻爱情了。"

"艳秋,听我说,我父亲的立场问题,我很快会做工作!"

"那好吧,那就看你父亲的表现了!"

艳秋的话里,充满了范殿英不可救药的口气。她不再和范君义说什么,大步跨出了庙宇的大门。几十个飞鹰队员正在做饭,两口大锅煮了两头毛驴,干柴烈火舔着锅底,巨大的锅里白浪滚滚,热气腾腾,一股股肉香随着白雾般的热气飘散在山坡上。艳秋命令战士搬来一桶酸酒,这是她们自己把麦子发酵做成的醋酒,醇香甘甜,营养丰富,每次有了高兴事就搬出来喝一桶,直喝得酩酊大醉,方肯罢休。

大金牙现在当了飞鹰山的大厨师,这家伙做饭是把好手,少盐没肉也能使饭菜可口。这人其实也不错,就是有点贪色,艳秋怕他惹事,专留了一个被鬼子杀了男人的寡妇给他做老婆,同时每天给他帮厨。大金牙有时也出去打仗,还立了几次小功,所以大家都不计较他以前当土匪的过错,还喊他"金牙叔叔"。金牙叔叔一张开笑口,满嘴金光闪闪,大家就取笑说:"你要死了,先把牙拔下来,能换一口好棺材。"他成了人们的开心果。

开饭了，大金牙炖的驴肉香气四溢。被关了五六天的范君义和修路民工们并不取心，贪婪地大嚼大喝起来。

大龙离开众人，孤单地坐在一块石头上，面对饭食低头无语。艳秋又给他端过了一碗驴肉，十分礼貌地说："大哥，你吃饭啊！"

大龙不吱声，没表情。

"大哥，关了你这么久，真对不起，不过请理解我，那批货毁不了，是我一辈子的心病啊！"

大龙抬起眼皮，冷冷地说："不要叫我大哥！"

艳秋娇生惯养，清高孤傲，大龙这硬邦邦的话又一次大大损伤了她的自尊。她的嘴角掠过一道气愤无奈的伤心皱纹，看得出她在极力地控制着自己的情绪。她把一个小布包放在了大龙面前说："称呼什么无关紧要，麻烦你把这个小包给大嫂捎去。"

"不要。"大龙的语气十分干脆。

"不是给你的！"艳秋还在忍耐，"大嫂对我有救命之恩，我上次抢了几块绸缎，给大嫂捎去！"

"我家不要抢来的东西！"大龙还在固执。

艳秋愤然作色道："鬼子用来掠夺我们黄金的设备你们都想着夺回来使用，今天为什么连块绸缎都不敢收？"

大龙无言以对，低头沉思。

艳秋继续说："我答应过要给路娃买核桃小风车，可没有买到。我用野核桃打造了一架小风车，这是我对一颗童心的关爱。你可以给路娃捎回去吗？"

大龙严肃的面孔开始舒缓，但仍无话语。

"还有，我给玉龙捎去一枚戒指，这是我对他的心意。他几次救我性命，我早已决定嫁给他，你能不能把我的心意捎去？"

大龙惊愕地望望艳秋，说："艳秋，这可不行，范君义和我说你们已有父母之命，媒妁之言，他对你也情真意切……"

"大哥，我的父亲和他的父亲都是日本人的狗，还谈什么父母之命！"

大龙还要争论什么，艳秋早已掉身离去。

那儿正在热热闹闹喝酒。

…………

就在路娃和小兰砍桃木刚出门的时候，大龙真的回来了。飞鹰山的队伍破坏了桥梁，寿男大佐愤怒至极，下令要血洗飞鹰山，已经开始调兵遣将，情况十分紧急。范君义赶回了范家镇，要和他父亲做最后一次谈判，决心让范殿英派遣家兵增援飞鹰山，所以，只有大龙一人回了牛家村。

玉龙和爹还有张老先生、朱阴阳正在商量迁坟之事。先祖不能安宁，牛家村就不能安宁，迁坟已成不争之事。玉龙更赞成，只要迁了坟，牛家村人就不会和阴灵沟的鬼子发生冲突，就能让鬼子尽快建设金矿，给八路军留一笔宝贵的资产，可他拗不过老爹这根老牛筋。牛老栓主张进阴灵沟起了尸骨才能迁坟，如若这样必然又会和鬼子发生冲突，玉龙坚决反对。父子俩争得唾沫星子乱溅，像两只公鸡斗架一样脸蛋子血红。大龙进了门，不消说，给玉龙解了围。坚持起了尸骨再迁坟的朱阴阳也让了步说："那就甭起尸骨了，我再下一趟阴间，和阎王爷好好说说，把牛家村先祖的地址变更一下也行。"

牛老栓一听这事能变通，也就没再争论，不过，他反复强调朱阴阳一定要负责任，不能说大话，必须把先祖们的"户口"迁到新坟。

大龙进屋后，一直没落座，连肩上挎的小背包也没放下来，他的确是进家绕一遭就要马上走的。公路已经修通，日本人又让民工统统都开进阴灵沟，开始建设矿山和厂房，他马上得进阴灵沟报到。他知道，建矿和修路是一个道理，都是给八路军干，所以他没有二话。他把艳秋那个小包袱给了玉龙，说："我走了，事情都在这个包袱里包着。"

牛老栓从坑上跳起来，指着大龙的鼻尖子就骂："大龙，你现在是翅膀硬了？回来连老婆娃子都不见一面！不能走！住上几天再说！"

"爹，我去阴灵沟，离村这么近，不愁回家了。"大龙还站在地下。

这时，小兰和路娃早就站在了门前。小兰眼里泪汪汪地站了一会儿，就扑过去拉着大龙的胳膊，扭了又扭，双手推着大龙宽厚的脊背拼命向门外推，"你走，你快走，你不要回这个家！"

小兰大哭了。

路娃扑到了爹跟前，抱住了他粗壮的大腿，也泪人似的说："爹，你不能走！"

大龙在门槛间站住了，脑子里两个念头不断地斗争，一个是留下来，和老婆孩子温馨地过几天日子，一个是尽快进阴灵沟建设矿区。两个念头一秒钟斗了几十个回合，终于，他迈出了沉重的一步，而且坚定不移地继续前进，义无反顾地出了牛家大院，一拐弯，向阴灵沟走去了。可谁也不会想到，这竟然是他和老婆娃子、父亲弟妹及所有乡亲的最后诀别。

五十三

范君义让大龙给玉龙捎了一封信。从来不知忧愁，整天哄打嬉闹的玉龙突然像霜打的茄子一样蔫了下来。信中说他已经深深地爱上了艳秋，同时，恳求玉龙帮助他成全此事。玉龙一听这信，一股热血从脚心蠕蠕地直往脑门子上涌。他闭上眼，用双手拼命摁着快要蹦出腔外的心脏，排排冷汗不断从额头上流淌下来。接着，一股绝望的情绪袭上了他的心头。他想：我所求的爱大约是求不到了，我爱的人就要成为别人的人了，没有爱情的生涯，岂不和死了一样吗？想到这儿，他的恨泪就连连续续地滴下来，原来红润的大脸，一下子变得灰白，和死人没什么区别了。他怕人发现自己的情绪，竟一个人躲在屋里插上了门。

小兰愤愤不平，她生硬地把门敲开，没站稳就气冲冲地说："范君义是个什么人？咋能夺别人的老婆？"

玉龙连忙摆手道："不不不，大嫂，范指导不知我和艳秋的关系，才写了这信。再说，人家原来的确是订过婚的。"

"可艳秋爱的明明是你，刚刚捎来的戒指是最好的证明。"

玉龙无奈地说："唉，以后不要提这件事了。"

"不成！"小兰拿出了家长和主事人的架子，"你这次帮艳秋打完仗，就马上和她成亲，你看爹的身体不行了，怕老以前见不到你成亲。"

玉龙又摆手摇头说："人家是富家女子，又有文化，我配不上人家。"

"身价再高的女人，在男人怀里都是一只绵羊。"

"大嫂，艳秋那么厉害，每天脸孔冷冰冰的，又野又难调教，我和她就算了吧……"

"你说什么？玉龙，你男子大汉一条，驾驭不了一个女人？女人是一匹马，男人是骑马的，只要骑马的有本事，不论多难骑的马，到后来都会服服帖帖。艳秋是个表面冷的女人，可她心里热乎，这种女人一旦爱上一个男人，心是铁的！你们这些男人，总是想让女人温温顺顺，真给你们找个老实巴交的女人，你们又会骂人家废物饭桶……"

看起来，玉龙已经深思熟虑，尽管小兰面孔严厉，咄咄逼人的话语一串接着一串，但他依然想着说法拒绝："大嫂，你听我说，从内心里，我真爱艳秋，可是我绝对不能和她成亲。她老子杀了咱妈，咱牛家人又杀了她老子，我们把她娶回来，这成了什么事情？最主要的是范指导爱上了她，而且人家的确有婚约，我娶了她，对不起范指导，实际是对不起八路军呀。"

小兰不由分说，掏出一颗金光闪闪的戒指，强按在了玉龙手心，"娶老婆和八路军没关系！你见了艳秋，亲自给她戴上，人家给你信物，你也得还个心愿！玉龙，你要不听话，大嫂生气了！"

玉龙像吃了秤砣，又说："大嫂，求求你，一个女人两个男人爱，总得有一个让步呀？再说，我和范君义一个连长，一个指导员，争风吃醋，不让人笑话？"

"不行，这事不由你！玉龙，你太伤大嫂心了！"小兰呜呜哭起来。

此刻，山山急急忙忙跑进院喊："玉龙，快，八路军一个长官找你。"

玉龙迎回了山山，问："谁？"

"听说姓仇！"山山鹦鹉学舌。

玉龙立即反应过来，这就是艳秋每天诅咒的那个南方人，光听过，没见过，今天倒可以见识见识。他大步流星奔到了路娃上学的私塾房里。在两个卫兵的护卫下，一个矮矮小小的人像一片竹叶坐在讲学台上。玉龙忘了军队的礼仪，胆怯地绕过仇主任，像一只大狗熊似的坐在了小娃们的矮桌上，两人形成了鲜明对比。

"今人见了首将不几倒敬礼吗？"仇主任站起来，轻轻拍拍桌子，很严肃。

玉龙听不懂他的话，反问："咋不去家里坐坐，喝口水嘛！"

门口一个卫兵笑道："牛连长，仇主任问你，军人见了首长为什么不敬礼？"

"噢噢噢！忘了！"玉龙立即站起来，给仇主任补了个礼，可是没经允许又坐下了。

仇主任轻轻地冷笑了一声，又问："李鸡到员气哪里了（李指导员去哪里了）？"

"李指导？"玉龙猛地想起来，李干事就是范君义，就说，"仇主任，他去了范家镇。鬼子肯定会血洗飞鹰山，他去搬兵。"

"细马叫搬兵（什么叫搬兵）？"

玉龙摇摇头，回答："他没有骑马。我们范指导从来不骑马，他说步行可以练腿脚。"

"范鸡到细谁（范指导是谁）？"

"他就是李干事嘛！"玉龙话一出口马上感到失口，打住了话题。可仇主任却抓住了把子，非要个水瓢。玉龙只得将范君义几次参加八路军未被批准而改名换姓的事说了一遍。仇主任面孔越来越严肃，且有些凶恶可怕。他站在那里，气喘得呼呼地说："尖机义机分子！不经批整，善鸡离呆，目无组鸡！"

玉龙听不懂什么意思，但知道仇主任在批判范君义。那卫兵又解释道："牛连长，仇主任说，李指导员是混在革命队伍里的阶级异己分子，不经过部队批准，擅自离开队伍，是严重的目无组织纪律行为。"

这些新名词，玉龙更加不懂，不过总体内容都明白，这不是夸奖和好评。他的心激烈地跳动，为范君义捏了一把汗，听说仇主任是个软硬不吃、油盐不进的怪家伙，不要因为自己失口给范君义找下麻烦才好。

仇主任忽然变得笑容可掬了，手舞足蹈地讲演了一顿，一句比一句难懂。玉龙急出了一身大汗，依然云里雾里，不知所云。那卫兵大体翻译了一下，是让玉龙好好干，听从命令服从指挥，不能随便指挥部队行动等等。

送走了仇主任，玉龙像干了一场重活那么累，心里又压上了两块沉甸甸的石头，听仇主任口气，对范君义很不感冒。都怪自己，说话欠考虑，把一层纸捅破了，假如范指导受了处分，自己的良心咋交代？其二，飞鹰山急需增援，仇主任又不让随便动用部队，这可咋办？

他悻悻地回了家。小兰抱着两块色彩艳丽的红缎锦龙被面进了屋，说："玉龙，你看，刚才货郎来，大嫂给你和艳秋买了两块新被面，多好看呀！"

玉龙用一种哭腔说:"我的大嫂,我哪儿有心思娶老婆,刚才仇主任还说不许动用部队,我不一定不能上飞鹰山。"

"你说什么?八路军养上部队干什么用?阴灵沟的鬼子作翻了天,不许干扰。飞鹰山的姐妹受了危难,也不许增援。养部队是摆着看的?"小兰既不理解又不满意。

玉龙也懵了头,转不过向来,委屈地说:"我也弄不懂嘛!"

这时,臭蛋像一只家雀飞进了屋,拉住玉龙说:"连长,你这次上飞鹰山,一定先俘虏几个大官,官儿越大,手枪越小。这回呀,一定给我弄一支最小最小的手枪。"

"哎呀,我还不一定能去成飞鹰山!"玉龙说。

臭蛋的小嘴噘成了两颗大红豆,头摇得像拨浪鼓似的,赌着气说:"连长,你要不给我弄小枪,我明天就离开牛家村!"

玉龙知道臭蛋耍起赖来没完没了,只好说:"好了,好了,别闹了,知道了!"

二狗领着几个班长吵吵嚷嚷进来了。战士们听说部队要开到飞鹰山援助杜艳秋,个个兴奋得摩拳擦掌。好些战士入伍后还没打过仗,都想过过瘾,试个稀罕。整个打仗的氛围把玉龙包围了,刚才仇主任的那些话在玉龙脑子里渐渐被冲淡,他终于做出了决定:明天一早部队就出发!

羊群挤在了圈门口,争着抢着向外挤。小兰挽起了袖子,露出了均匀短小的胳膊,一只一只地乩臕成。明天晚上就要迁坟了,家家户户都要宰猪杀羊供奉先祖。小兰乩住的五只羊被拴在了桦树栅栏上,凄惨地叫着,好像预测到了今天要挨刀一样。

小兰摆出了一副刽子手的姿态,一只手扭住了一只羊头,用腿膝稳住了羊的肚子,手里举着明晃晃一把屠刀,尖尖地清了一嗓子,屠刀就捅进了羊脖子里,刀把一转,羊喉头就被割断,羊挣扎着四蹄"划拳"。小兰展展腰,对旁边观看的金龙命令道:"剥皮!"

小兰一向温柔,是个天性善良的人,一辈子连只鸡也没有杀过,今天表现得如此凶狠,固然是有用心的。玉龙出发前,反反复复和小兰说:"大嫂,我走后,最不放心的是我二哥。这次回来,别看他见人笑脸相迎,说话小心谨慎,这越发使人不敢相信。他一下哪来那么多钱?肯定让日本人收买了,这次回村不定打什么主意。我走后,一定多留心。一旦他做出对不起村人的事,马上找张老先生,该除灭就得除灭。"小兰今天第一次举起了屠刀,她是故意让金龙看到,自己并非是个软弱的女人,是敢举起刀的英雄,以警示金龙不要轻举妄动。

金龙蹲下来帮着剥皮,他果然被震惊了,说:"大嫂什么时候变得这么胆大?"

小兰不冷不热地说:"世道逼人,不能总像这只羊一样任人宰杀了!"

金龙显得特别殷勤,说:"大嫂,这些脏活我来做,你歇歇。"

小兰没接他的话茬,依然冷冰冰地说:"金龙,大嫂问你,你得说实话。"

"问吧,大嫂,你尽管问。"

"你说实话,你那么多钱到底是哪来的,是不是和鬼子通上了?"

"大嫂,你可别误会啊,你听我说。"金龙显出受了冤枉的样子,开始叙述他这次发财的经过,"我跑出村后,在石门沟乱窜了两三天,身无分文,没有吃喝,也没脸回家,真想从石崖上跳下去了断自己。突然,我听到一声枪响,只见一匹骑马在前头飞跑,后头一匹骑马紧紧追赶,一边追一边喊,一边开枪射击。前头的那匹骑马被枪击中倒下,马背上的人栽进一条壕沟里,脑袋撞在一块石头上,但他没有死,向后头追赶的人开了两枪,后头的那个人也从马上栽了下来……我跑过去一看,后头那个人死了,前头那个人脑袋碰了半截,流血不止,一会儿也死了。我从他们身上搜出许多洋钱,我估计他们是土匪,分赃不均打起来了,正好让我碰上……"

小兰听毕,嘿嘿地冷笑着。这笑声使金龙皮肤发寒,他立即做出了积极的反应,说:"大嫂,金龙向你保证,我要胡说,五雷轰顶!"

小兰把屠刀抓起来,在羊皮上擦擦血迹,又使劲戳进了羊肚子里,这个动作的潜台词是:金龙,如果你再为非作歹,这刀子就是这样插进肚子的!

小龙把凉房门打开,大岛和几个日本俘虏耷拉着脑袋懒洋洋地走出来。今天,小龙要帮大嫂杀羊,一边杀羊,一边看着他们在羊圈里放风。可他们个个捂着嘴,讨厌羊粪的臭味。

小龙骂道:"不识好歹,让你们锻炼身体!给爷跑步!"

鬼子们扬眉瞪眼,不听小龙指挥。

小龙对撅着屁股玩耍的路娃喊:"路娃,拿鞭子赶他们跑!"

路娃站起来,噢哟叫了一声,牛家老五就从大门外射箭般跑进来,随着路娃的小指头一指,汪汪叫着,跃进了羊圈扑向了俘虏。俘虏们吓得魂飞魄散,立即在羊圈里乱跑起来。

小龙捻肚大笑，命令老五继续追扑俘虏，俘虏个个满头大汗，气喘吁吁。大岛脚下一滑，像一头散了骨架的骆驼倒在了地上。

小兰站起了身，对小龙说："小龙，你干什么呀？他们也是人，再说八路军有俘虏政策。"

小龙连连说："对对对，大嫂，我们也是为了让他们活动活动筋骨。"

小兰在儿子头顶拍了一巴掌，生气地说："路娃，谁让你动不动就喊狗咬人？"

"妈妈，我……呜……"路娃委屈地哭了。

小龙走上前来，拉住小兰说："大嫂，这都怪我。"

"谁也不怪，就怪这几个日本王八蛋！"这时，金龙也进了羊圈，忽然咬牙切齿地扑到俘虏面前，在每个人的脸上扇了两记耳光，"操你妈的，为了你们，让我的侄子还受了冤枉！"他在殴打大岛时，突然给他使了个眼色，将一个纸团乘机塞进了他的脖子，又故意抓住他的衣领，里外扇起了耳光。

小兰喊："金龙，你是干什么呀？谁让你打人？"

金龙停了手，又补了大岛一脚，才骂骂咧咧走到路娃身旁，擦了擦路娃的泪，说："不要哭了，二叔给你报仇了！"

小兰说："金龙，你连自己都管不好，咋又管起娃子？我刚修整他，你又全掰过来，你呀！"

金龙怀有十分歉意，"大嫂，我一见这帮狗操的鬼子，就气得血气翻天！你可别多想，我哪能让娃子学坏！"

小兰对儿子说："路娃，篮子我给你修好了，快挑苦菜去吧，一定要再挑满满一篮子回来。你看咱们家的粮食，只够几顿了。"

路娃点点头，去屋里取出了挎篮和挑苦菜的铲子。

金龙说："大嫂，我回村时，路过好多长苦菜的地方，我和路娃一块儿去。"

小兰不同意，"你陪巧巧说说话，不用你！"

金龙没听小兰的话，喊住了走在大门口的路娃："路娃，等等二叔，二叔知道哪儿苦菜最嫩最多。"

路娃不情愿地看看二叔，两人出了大院门。

五十四

范殿英不愧是范家镇的首富，一进镇子，人们就会望见那个高大的狮子楼门庭。近前，可见楼顶雕梁画栋，飞檐斗拱。门楼后，是一个方正阔大的宅院，全是砖木瓦房，一色簇新，油漆灿烂。上了正殿台阶，有三间屋，正中摆着一张大供案，案上摆放着一座雕刻细致的大神龛，龛里安着一座座佛像，挨着大供案左右，八字儿安放着两张小案，案上同样摆着各种小神像。正中地又设一张八仙桌，上面铺着猩红毡子，桌下铺着一溜地毯拜垫。再往里去，是三过边三进深，后面带小花园。这些建筑虽然陈旧，但都是水磨青砖高墙，黑漆大门，红木雕花矮门，白石门框台阶。一面精致的照壁上，画着二十四孝图，图案前挂着灯笼铁马，十分气派……

在宅深处的后殿里，范殿英坐在太师椅上大喘。他的整个面颜就像是阴暗的天气一般苍黑软弱，眼睛凹陷，四梢无色。脊梁也大驼着，活像一头饱经风霜即将断命的大骆驼。他摆摆手，管家躬身近前，"老爷，您不要嘱咐了，已经把所有的窗户都钉死了，少爷他插翅也难飞了。"

范殿英问："他还不吃饭？"

管家摇摇头，"不吃。"

范殿英生气地说："得让他吃呀！快，再去劝。"

管家说："现在还劝着呢，少爷说，如果老爷不和日本人断了关系，他就绝食到底！"

范殿英颤声说道："逆子，逆子啊！我难道愿意和日本人来往吗？"

"这都说几十遍了，他都不听啊！"

范殿英狠下决心说："好，我看看他到底有多硬的骨头！"

管家胆怯地说："老爷，少爷从小就宁折不弯，他什么时屈服过？我看他最终不会回头，您还是让他一步吧！"

"我该咋让步？每天在日本人眼皮下活着，连蒋委员长都不敢惹日本人，我敢去惹？他要我扭过头来打日本人，头能扭过来，可是敢打人家吗？"范殿英气急败坏地说完，又扶着太师椅大喘起来。

一个家丁跑进来报告说："镇子里又开进了一支日本队伍。"管家要家丁打听打听开进这么多队伍干什么，范老爷连忙摆手说："别打听这些，惹是非啊！你们的任务是必须看好君义，不能让他往老虎嘴里跑！"

家丁一开门，范君义的嘶喊叫骂声又传进来："放我出去！放我出去！"

管家胆战心惊地说："老爷，少爷这么喊，怕是把日本人喊来的。"

"快！换个地方，把他锁在祠堂里，把嘴堵上！"范殿英命令着。

"老爷，那里从来没人住过，又潮又脏……"管家话还未完，范殿英就歇斯底里道："甭管这些，去，去，快去！"

范君义被四个家兵强行扭进了祠堂里。这几天，他那张充满勃勃英气的男子汉脸，就像霜雪打了的苦菜那样，变得萎了，变得没了一点鲜活。可他还像发了疯，拼命踢门，喊："放我出去！放我出去！"

门外又传来管家的声音："少爷，由不得我呀，由不得我呀！"

范君义扭回了头，看到列祖列宗的牌位，他举起了供桌上的香炉，砸向了牌位，又站到了供桌上，把牌位一个一个举过头顶，砸在地上。他哈哈大笑："祖先爷们，你们的眼睛哪去了？你们看着我爸在鬼子面前的奴才相了吗？你们为什么不伸张正义啊？"他砸完，精疲力竭地躺在地上，大喘着气，不再动弹了。

外边传来管家的声音："少爷！少爷！"

范君义闭上眼，不吱声，急促地呼吸。

管家破门而入，见范君义疲惫不堪，有气无力，嘴角流血，赶紧扶起他唤道："少爷，少爷，你这是何苦呀！"

范君义舔着嘴唇上的血，极其郑重地说："管家，你告诉我爸，如果他不答应我的条件，明年的今天就是我的祭日，让他来收尸吧。"

范殿英被几个家丁连扶带架进来，见祠堂被抄，大哭了一声，跪在龛位下，"列祖列宗，不肖之孙范殿英教子无方，冲撞祖灵，罪该万死！"他赎罪完毕，转过了头，见儿子闭着眼，脸色死灰，又扑通跪在儿子面前，"逆子呀，你老子给你跪下了！我是哪辈子损了德啊！"

范君义睁开眼，从管家怀里挣扎起来，也跪在父亲面前，"爸爸，您是让我活，还是让我死？您要让我活，很简单，把粮库打开，拿出一半支援八路军。第二，派二十个家兵支援飞鹰山，否则，我现在就死在您面前。您说吧！"

范殿英说："儿子啊，哪还有粮食，早就颗粒没有了。"

范君义惊诧地看着父亲问："那么多的粮食哪里去了？"

范殿英哭起来，"你自己看去吧，都让日本人逼走了啊！"

范君义双手抓住父亲的胳膊，"爸爸，您看到了吧，我是您儿子，您不相信我，国保不住怎么能保住家呢？"

范殿英低垂头，老泪纵横。

范君义说："爸爸，我不是不孝啊！对不起国家民族才是大不孝啊！爸爸，我绝对是您的好儿子，我既不娇生惯养，也不奢侈浪费，更不伤天害理，我就是不想看见外国人欺负我们中国人，您的儿子难道做得不对吗？爸爸！"

范殿英抱着儿子又一声长号大哭，房梁上的灰尘被震得纷纷落下。

…………

范殿英和范君义面孔沉静严肃，面对面坐在地桌旁。许久，范殿英才低沉地说："儿子，爸这一辈子根本就不是为自己活着，一切全是为你而活。爸爸从小供你念书，把你送到省城，精心聚力给你积攒财产，如今，在日本人面前奴颜婢膝，也是为了给你保住这份家产，可你怎么也不能理解我这份做父亲的真诚。既然一切都是为了你，爸爸为什么偏要让你痛苦呢？爸爸想通了，只要你高兴，爸爸就高兴了。你说咋办，爸爸就咋办！"

范君义眼里也流出了泪，"爸爸，儿子感谢您的苦心了！"

范殿英把桌上两包蜡封的元宝和金条推给了儿子，"这是咱家几代人苦心经营的积蓄，本来还应该比现在多一些，可日本人三天两头折腾威逼，现在就剩这些了。按照你的意思，爸爸全交给你。你想怎么花高兴，就怎么花吧。"他说到此处，又揩起泪来，衣袖湿了一片。

范君义站起来，把财宝推了回去，"爸爸，留一点儿维持家业。"

范殿英摇摇头，"唉，用不着了。儿子，我想通了，就算留下，也会被日本人慢慢逼走。再说，没有这点财产，要家兵干什么？没有家兵，也用不着消耗银钱了。你都拿去吧，这财宝，天命定下不是范家的，给了谁就算谁的了。"

范君义果断地喊："管家，你立即派快马骑兵把这些财宝送给八路军总部，他们会给你打收条的！"

管家看范殿英脸色，范殿英扬扬手，"去吧，路上要格外小心。"

范殿英目送人收拾财宝出门后，又对管家说："管家，你把祠堂祖宗的牌位都给我请到这儿来。还有，请木匠也给我做一个牌位，越快越好！"

"老爷，这可做不得！"

"不许顶嘴，牌位上这样写：家道中落者范殿英卑跪！"

"老爷……"

范殿英摆摆手，"去，快去！"

"爸爸，您不能胡想！"

"儿子，不是我胡想，日本鬼子已逼了我十几天，要我拨出一个排的兵力帮助皇军打仗，我一直拖呀拖呀。前天，介川少佐亲自来府，又要我派援军清剿飞鹰山。我如今不但不援助他们，反而又把家兵支援了飞鹰山，你说，日本人会饶过我吗？"

范君义大声说："不，我们现在还可以跑，绝不能落在日本人手里。"

范殿英摇摇头，"跑，往哪跑？今天，又开到镇上一支日本军队，他们的眼睛都在盯着咱。儿子，我如果跑了，咱们的家兵可就没法支援飞鹰山了。一会儿，我就得去找日本人，和他们假谈支援他们军队的条件，你趁我稳住他们的机会，赶紧让家兵分散撤出镇子，然后按约定地点集合。这些家兵跟随我多年，只要你善待他们，他们会英勇作战的。听话，快去准备吧！"

范君义扑通跪在了父亲的面前，抱住了老人家软弱已无力支撑的双腿说："爸爸，您是我的好爸爸啊，爸爸，我一定会救您出去的，我一定会孝顺您老人家。"

范殿英搂着儿子的头，用下颌抚摸着儿子的头发，"儿子，只要爸爸的死能给你带来幸福，爸爸也就高兴了。爸爸真的很高兴，很高兴啊！"老人说着，就笑了，接着就哭了……

范殿英和儿子正在忙碌。厅内后墙处有一口地窖，范殿英将一些贵重东西递在了窖中。范君义把墙上的几幅名画摘下来，卷成轴形说："爸爸，这些名画都是清代真迹，值钱！"

范殿英说："啊呀，哪还有心思顾这些。你快把咱们祖宗的牌位一个个包好，快，快！"

"爸爸，这都是些木头牌位，只要记住咱们祖宗的名字，随时可以让木匠制作。"

范殿英严肃地说："不行，这些牌位已经受过十几代人上百年的香火，有了灵气，你随便制作几个木牌能替代吗？快，快！"

范君义慢慢吞吞，继续摆弄名画。

此时，一个家兵破门而入，由于惊慌，被门槛绊倒，顺势跪在范殿英面前，颤着嗓音喊："老爷，不好了，不好了！"

范家父子惊愕地呆立在地上，同声问："怎么了？说！"

"增援飞鹰山的两个家兵出镇时被鬼子抓住了！"

"其他的家兵呢？"范君义十分关切地问。

"多半已经出了镇子，向飞鹰山奔去了，有的还没出发，少爷你不是让零零星星出镇吗？"家兵说。

范殿英一屁股坐在地上，"完了，完了！这两个家兵如果招了，我这脑袋就长不住了。"他又抱着祖宗的牌位大哭起来。

范君义急了，对父亲吼道："爸，还顾下哭，快逃啊！"

范殿英收了眼泪，赶快将牌位包裹起来，藏在了地窖。

范君义从腰间拔出了手枪，扶着父亲向门外冲去，可是为时已晚，叭叭叭三声枪响传进来，随即听见鬼子叽里呱啦乱喊成一片。

范殿英惊慌地喊道："走不了啦，快！快下地窖！"他将儿子强行推下地窖，刚伪装好窖口，一群鬼子就冲进屋，刺刀明晃晃横在他面前。

鬼子问："你的儿子呢？"

范殿英说："没……没有回来！"

鬼子把手枪氐到了范殿英的下颌，威胁道："你的不要撒谎，皇军什么都明白，交出范君义来！他是八路军的长官！"

范殿英跪下磕头："老总，真的没有回来！"

鬼子说："范老爷，你援助皇军的部队呢？"

范殿英说："他们……他们……"

众鬼子大声呵斥着范殿英："说！统统的说！"

范殿英说:"他们听说给你们打仗,都逃跑了。"

众鬼子不耐烦了,齐声吼道:"走!走!见介川少佐!"他们簇拥着,将范殿英押出了大门。

薄暮时分,通红的落日有气无力地沉到了地平线下。

范殿英的管家急急忙忙进了厅堂,跑到后墙处,搬开一张方桌,用力推开地窖的口子喊:"少爷,少爷!"

范君义探出了头,"鬼子走了?我爸爸怎样?"边问边出了窖口。

管家急切地说:"老爷让鬼子抓走了。看在平时老爷对日本人友善的分儿上,总算没吃皮肉之苦。不过,不答应鬼子的条件,老爷是很难活命的!"

范君义问:"什么条件,说!"

管家说:"第一,要老爷把你交给鬼子,让你放弃武装,彻底投降……"

范君义说:"痴心妄想!"

管家说:"是呀,老爷就死咬住你出去快半年没音讯,没答应。后来鬼子又提出第二个条件。"

范君义催促:"说,快说!"

管家说:"少爷,你现在还有多少块银元?"

范君义说:"没有一块,都给八路军总部送去了。"

管家又摇头又叹气,说:"急死人呀!"

范君义问:"要银元干什么?"

管家说:"鬼子的目的是要老爷出兵攻打飞鹰山。我倒有个主意,北山有一支独立队,是土匪队伍,有六七十人,只要给钱,就能雇。正好独立队的压寨夫人和我连着点儿亲戚,我估摸,花五百块大洋能雇一半个月。"

范君义一听,急忙恳求着:"管家大叔,此路千万不能走啊!你想过没有,这是花上钱,雇上人,去帮助日本人打老百姓,打八路军啊,万万不能做!"

管家带着谴责说:"可老爷的生死就在眼前,救命当紧啊!他一辈子勤勤恳恳,辛辛苦苦,一辈子谨慎处事,真诚待人,还不全是为了你?今天走到这个地步,也是为了你,你不能见死不救啊!"

范君义无奈地解释道:"大叔,我怎么能不救我的爸爸呢?可是不能为了我的爸爸，去帮助日本人杀害中国人啊！"

"这事我不听你的，谁问起来与你无关。我做主我一个人担。老爷的命，你不救，我救！我不能辜负他几十年对我们全家人的恩典呀！呜……"管家说着哭了。

范君义既着急又无法，只好央求着管家："大叔，你的心情我能理解，我感谢你，但你不能这么做。我爸爸受难只是一个人，雇部队去杀人就不知道多少好人要遭殃哪！"

"少爷，你甭管我，钱的事我也有办法，你快进地窖里，把咱家的房契拿出来，我去当铺里先典当五百块大洋，待缓过劲儿再赎回来。"

范君义摇头摆手，"大叔，千万不可啊！"

管家不由分说跳进了地窖，从地窖里拿出房契，怕范君义抢去，装进袄子最里头，掉头要走。范君义拉住管家，反被管家推倒，管家夺门而跑。范君义追出了大门，管家已消失得无影无踪。

天已完全黑下来，范家已没有昔日热火朝天的气象，现在空空荡荡，只有一个家奴正在外头挂灯，范君义奔了过去。

家奴老远压低嗓子喊道："少爷，快躲起来呀！日本人到处抓你！"

范君义走近家奴，"伙计，不要挂灯了，赶快帮我从后院抱干柴，每栋房子窗户和门前放一堆，然后放火烧房！"

家奴哆哆嗦嗦道："少爷，做不得！"

范君义喊道："你听我的，还是我听你的？快！你要不帮这个忙，这房子就变成杀人武器了！"

家奴茫然不知所措，自语道："好好的房子，舍不得呀！"

范君义催促着："别说了，快，快，快烧房！"

家奴连忙去后院抱干柴，范君义也和他一起抱柴……

不知不觉，范家的大宅子起火了，起初是微光下股股龙卷风似的黑烟滚进了夜幕中，接着火苗此起彼伏，火舌互相调戏。不断蔓延的火焰和浓烟就像疯子，到处肆虐起来。屋顶连连坍塌，血红色的灰尘和令人目眩的火雨又向上迸发，飞向左右建筑。整个宅区里浓烟滚滚，火焰冲腾。一群群血红的妖怪互相追逐，最后连成了一片火红的大海……

大火把全镇的人都吸引到了范府周围，他们毫无办法，个个犯傻，心头的惶恐无法言表。范君义已奔出了镇子，远远望见自家的宅子把天和地烧得通红，一种无名的情感侵袭了他的心头：烧掉的毕竟是范家十几代人创建的家业啊！毕竟是他们勤俭持家的精神标志啊！凄婉之际，他又感到了一丝安慰，大火毕竟吞噬了一场杀害百姓的惨剧。他没有遗憾，没有更多可惜，毅然消失在了显得更加黑暗的地方……

五十五

太阳升高了，飞腾翻滚的大雾渐渐不情愿地散去，孤耸的飞鹰山半羞半愧现出了真容。挺拔险峻的山顶上，有许多红男绿女。男队前面是一位英姿勃勃的女人，她就是杜艳秋。她的背后，是她的那支女队伍，和男队面对面站着。

艳秋面对男队说："谢谢你们辛辛苦苦来飞鹰山支援我们，也谢谢范老爷的一片爱国之心。不过，来投奔我们飞鹰山的弟兄，得有个标准，我今天考考你们。"艳秋用脚踢踢地上的一块二百多斤重的大石头，"你们一个个都来试试，搬起来再稳稳放在地上的人站在这边，搬不起来的站在那边。来，搬！"

众人相视，谁也没动手。

"需要做个样子吗？来，我先来搬。"艳秋说着，低头弯腰，十分轻松地把石头搬了起来，又稳稳地放在地上。

众人喝彩，但无人应战。

艳秋愠怒："怎么，范老爷就养了这么一群软蛋？搬不搬？不搬，你们就自动回去，我这儿不留饭桶。"

一个壮男子站出来说："来，我搬。"

这男子咬紧了牙关，奋力搬石，青筋突暴，涨红了头脸，总算搬起来了，比起艳秋很逊色，掌声稀稀拉拉。

艳秋微微笑了一下，没有为难他，喊："过关。"

范家家兵一个一个开始搬石，有的过关，有的不过关，按照艳秋的判决分别站在队伍的两旁。过关的一头显然人多，不过关的仅仅几个。

艳秋忽然向女队发出了命令："香瓜，出列！"

队伍里，闪出了一位少妇，清新俏丽，娇艳欲滴，明媚的太阳下活泼动人。

她手持长枪，啪一个立正，很有职业军人的英武和灵活。她不是别人，正是牛家村二狗的老婆桃桃。她逃出村子，上了飞鹰山，决心重新做人。二十来天的刻苦训练，军事素质竟然达到了令人咋舌的水平。因为她长得漂亮，脸蛋像香瓜一样圆，所以大伙给她起了个"香瓜"的绰号。

艳秋指着二百米外一个画着日本鬼子的枪靶，对范家家兵们说："现在，我让刚上山不久的香瓜来射靶！"

桃桃几乎没有瞄准，举枪即射，一枪打在了鬼子的眉心上。

"好，大家就这样打，凡打着鬼子脑瓜的过关！"

范家家兵一个个瞄准射击，有几个人又没有过关。艳秋对过了两关的范家家兵说："好，从现在开始，你们就是我们飞鹰山的战士了。你们望望，鬼子和伪军已开始向飞鹰山集结，沟口已经被封锁，我们的生死就在这座山上。不过，不要害怕，敌人的兵力和武器虽然远远超过了我们，可是我们居高临下，易守难攻，我们山上有滚不完的巨石，一块石头滚下去，几十个敌人就会丧命，只要我们坚持，八路军的队伍肯定会来支援我们。我们这次的战斗，主要是石头战，你们从现在开始，就在山头四周搬石垒坝，可阻挡敌人的枪弹，也可推倒石坝迎击冲上山的敌人……"

众位家兵信心十足，立即在山顶周围搬石垒坝。

艳秋又把不过关的家兵集中起来，大声命令："你们搬运子弹，抢救伤员，送水送饭，战斗未打响之前，在那片松树林中挖六十二个墓穴，因为，参加这次反击战的兄弟姊妹共有六十二个。"

这庄重的命令，立时使山头的空气变得冰冷凝结。

…………

玉龙带领的八路军队伍昼伏夜出，爬山绕沟，赶到了飞鹰山的沟口。为了避免和敌人的遭遇，部队悄悄潜伏在了一个土坳里。玉龙带着二狗、张小三和山本四郎钻进了刚刚拉开的夜色大幕，向飞鹰山靠近。他们已经知道，飞鹰山的沟口已全部被敌人封锁，怎么开展这次增援战斗，必须先进行一番侦察。

夜黑风高。山沟路上，马蹄下星火闪烁，石头和蹄爪碰击发出的脆悦声音和马鼻不时打的喷嚏组合成了有节奏的小夜曲。他们走得很小心，连咳嗽声都不敢发出，企盼着在墨黑的前方能发现些新的动向。

忽然，一股香喷喷的燎毛味道夹着肉香味扑面而来，大家勒住了马缰。远远的地方，有几朵微弱的火星在闪烁，像天上的星星在眨眼，火星闪光时，隐约可见两个人正围着火堆烧烤着什么。大概是火烧不起来，两个黑影不断晃动，像是在煽火。

玉龙悄悄跳下马，二狗、张小三、山本四郎紧跟在后面。渐渐近了，能看出这两人穿着伪军的服装，因为烟熏，两个人不断咳嗽，不断骂着难听的话。

玉龙用手止住了大家，独自匍匐着前进，很快就到了火堆旁。一个伪军趴在地下吹火，另一个脱下上衣煽火。玉龙没站起来，也把头凑在了火堆下，和那个伪军头对头一起吹火。两个嘴巴吹了一阵，火苗慢慢跳跃起来，把周围照得忽明忽暗，这时伪军才发现多了个不速之客。一个伪军大叫一声跳出丈远，喊："谁？鬼？"另一个伪军扔了上衣，也跑出了老远。

玉龙坐起来，他早就把火堆旁的两支枪搂揽在了怀里，不慌不忙地说："弟兄们，别怕，过来，过来，我是好人，你看，我也是部队的人！"

那两伪军一看玉龙身着伪军服，问："你是哪部分的，怎么突然来了这儿？"

玉龙把火堆上的两只兔子举起来，放在火苗上烤着说："过来吧，咱们边烤边说。"

两个伪军慢慢凑到了火堆前，张小三他们的枪口已经捅在了他们的脑后，他们吓得啊哟啊哟乱叫，连连说："长官饶命！"

玉龙挥挥手，对张小三他们说："把枪放下，都是弟兄！"

大家围住了火堆，也怪，火一下旺得压不住了，周围好几十米都一片豁亮，都能互相看清了眉脸。玉龙和气地对两个惊恐的伪军说："你们是什么部队，半夜跑到这儿干什么？"

一个伪军抖抖颤颤地说："我俩是逃出来的。班长总打我们，不给我们吃饭，我俩杀了狗日的就逃出来了！"

玉龙引导着伪军说："你们的部队是哪部分的，有多少人，驻在哪里？把围剿飞鹰山的情况说说。"

原来，他们是二旅五十六团一营。全营三百多人，已在飞鹰山下驻扎四五天了。正像艳秋所说，他们根本攻不上山去。几次进攻，飞鹰队借着山陡坡高，居高临下，不用一枪一弹，滚几块石头下来，就把他们砸得屁滚尿流，不敢再攻了。

玉龙抑制着内心的兴奋，继续问："不攻怎么消灭女匪？"

伪军说："明摆着不能强攻，强攻就是自取灭亡嘛！所以部队就在山下围困女匪，断粮断水，要活活把她们饿死在山上。"

"还有什么情况？"玉龙发问，不断思索着行动的方案。

一伪军说："噢，还有明天将增援一个迫击炮排，用炮轰女匪的营地！"

玉龙捡起火堆上烧烤糊了的兔子，拍打拍打灰尘，分别递给两个伪军，用日语说："吃吧，吃吧。"

两个伪军发现玉龙会说日本话，连忙磕头致谢："谢谢太君，谢谢太君！"

玉龙为了试试自己的日语，又用日语问："你们打算怎么办？"

两个伪军争着说："我们打算回家，家有老母，回家尽孝，谢太君不杀！"

玉龙哈哈大笑："不要怕，我会说日本话，但我不是日本鬼子。如果你们愿意回家乡，我不勉强，但不要再干对不起中国人的事了。不过，我还是想让你们跟我走，咱们一起去飞鹰山。"

两个伪军同声道："不不不，回了飞鹰山不也是打中国人吗？"

玉龙说："不，你们听我的指挥就行。"

两个伪军还是不解，直摇头。

玉龙从身上摸出两块银元，说："你们一定要走，我也不强迫你们。来，我一人给你们一块银元做路费，把枪给我们留下。"

两个伪军拿了银元，连连磕头，然后一人提只兔子，仓惶溜进黑暗之中。

二狗望着伪军的背影，埋怨道："玉龙，咱们都饿得眼睛发蓝，咋把两只兔子都给他们吃了？"

"二狗，这本来是人家的嘛！"玉龙说。

"那你为什么给他们两块大洋？"

"人家告诉咱那么多情报，还不值两块大洋？"玉龙从马褡里掏出几颗鸡蛋，一人扔了一颗，说，"先吃点，咱也想法弄几只兔子烤烤！"

大家正吃着，那两个伪军悄悄密密又回到了他们身边，压低声音说："长官，我看见你们是好人，还有些情况和你们说说。"

原来，飞鹰山沟口还驻着一个伪军营，是专门对付援助飞鹰山的八路军队伍的，进了飞鹰山沟口，才是围剿飞鹰山的部队。他们还透露了要在飞鹰队员的吃水处投毒的情报。

大伙都十分感激两个伪军，赞扬玉龙两块大洋给得值当，玉龙却沉默了下来。刚才的情报，很明显地给增援飞鹰山带来了更大困难，他的脑子里正在酝酿着一个出人意料的战斗方案。

飞鹰山沟口，已驻扎满了敌伪军，密密匝匝的宿营帐篷从沟底扎在了山根，岗哨林立，哨兵的刺刀在残阳下闪着血光。

玉龙骑着高头大马，二狗、张小三和山本四郎围护左右，后头跟着化装成伪军的牛家村八路军队伍。队伍刺刀林立，列着长队，理直气壮地走近了飞鹰山的沟口。五六个伪军流动哨兵立即上前，横着刺刀拦住了玉龙的马头。

玉龙趾高气扬，用生硬的日语说："让你们长官来说话！"

哨兵向后喊，一个歪着脖子走路的人手提二十响匣子枪过来，他脑袋秃得像个瓢葫芦，在夕阳下也闪着金光。他正是驻守沟口，阻击八路军增援的伪军营长。

"爷听不懂日本屁话，哪的队伍？"光头营长骂骂咧咧。

"我们是寿男大佐派来的督察队伍。"玉龙还是横刀立马，气壮如牛。

"日本督察队都是宪兵，你们是哪的鸡巴？"

二狗掏出了枪，对准了那颗光头喝道："说话不要这么难听，不看看老子都是干什么的？"

玉龙用手势制止了二狗，他听出这个光头营长对日本人并不感冒，说不定也是个性情中人，转为笑脸道："营长大哥，我们执行任务，天这么晚了，想和弟兄们分口饭吃。"

光头营长背手提着枪，吊儿郎当地绕着部队转了一圈，没看出什么疑点，把枪插在了腰间，正要转身和玉龙搭话，竟和张小三的目光对撞在了一起。两人互相盯着盯着，突然齐声惊叫起来："啊呀，是你！"惊叫之际，紧紧拥抱在一起，那个亲热劲儿无法形容。原来他们俩是名副其实的东北老乡，一个村长大，还沾点亲戚。日本人进了东北，两人各奔东西逃难，不曾想今天在这个地方会面，两人都热泪盈眶了。

张小三是最好的通行证了。这个光头营长叫胡八，他把自己的战士都从军帐里轰出来，让玉龙的队伍住了进去。随后，又把二狗、张小三和山本四郎让进了一个体面的帐篷，连命令带骂咧，一会儿，桌子上就摆满了酒席。玉龙抢先伸手，抓了只猪手塞进了嘴里，悄悄说："谢谢张小三！"张小三也耍了个鬼脸，偷笑着把猪脚的一只小皮鞋塞进了嘴里。

胡营长的确是个性情中人，他从外头抱回一大坛子日本清酒，说："你们穿过洋布，吃过洋糖，今天让你们喝喝日本洋酒。"

大家围上来，瞧见个用草绳捆着的大坛子，足有五六斤重。

"胡营长，有本事，咋来这么好的酒？"玉龙奉承着。

"上次我们部队给鬼子卸军需，打劫下狗日的两箱，给日本狗娘卖命，也得享受享受嘛！"胡营长说话总是摇头晃脑，满不在乎。

众人围着胡八喝起来，一大口下去，他就激动得屁股不断向天上颠，摸摸这个的肩，拍拍那个的腿，把大伙亲热得没法子形容。他不断劝酒，骂人，狂笑，简直一个天真无邪的愣货，没有半个小时，一大坛洋酒没剩一滴。他仰面朝天，无忧无虑地呼呼睡大觉了。

第二天早晨，天空晴朗，飞鹰山沟口沐浴在和煦的阳光下。玉龙的队伍，已经全部荷枪实弹上了岗。岗哨封锁了沟口，没一点紧张和混乱。胡营长的队伍全部被俘虏了，被集中在一个看不着的石崖下，有五六个战士像钉子一样扎在他们的周围看守着。

胡营长翻了个身，还要睡。

玉龙推推他，喊："伙计，睁开眼看看，风景不一样了。"

胡营长揉了揉眼，慢慢坐起来，迷迷糊糊地说："昨夜喝得真高兴呀！啊呀，我真佩服你们的酒量。"

玉龙给他递过了衣裳，说："胡哥，怪兄弟对不起你了，穿上衣裳，到外面看看。"

胡营长穿了衣裳，系皮带时发现手枪套空了，问："谁开玩笑啊？"

玉龙恳切地说："胡哥，不开玩笑。枪，老弟替你保管了。我说了实话吧，我是八路。"

胡营长满不在乎道："嘿嘿，尽是胡逗！八路咋的，八路也是弟兄……"

玉龙说："对，胡哥，咱们就是弟兄啦，不过，我真的是八路！"

胡营长张大了嘴巴，惊奇且紧张。

玉龙和蔼可亲地说："胡哥，你别害怕，我们八路军更讲信用和友谊，看你确实是个好大哥，对鬼子恨，不欺负士兵，为了混饭吃才当了这种灰兵。今天起，你就别干这个了，我也不让你的士兵再干了。所以，武器我都收了，但是我绝不伤害老哥和你任何一个弟兄。"

胡营长大梦初醒，扑通软在地上。

玉龙扶他起来，让他坐在床边，倒了杯清冷的泉水递给他，"喝点泉水，解酒的。胡哥，你别紧张，昨晚咱们不是喝了结拜酒嘛。你看，咱们还扎过血，发过誓啊！"

胡营长看看自己的指头上确实还有血迹，低下了头。

玉龙又说："胡哥，眼下军情紧张，我们八路军还不能扩编你们，本打算放你们回去，但几百人散去，怕给鬼子露出风声。我已安排了，你和你的弟兄就住在这里，会有人很好地招待你们，保证你们吃好喝好休息好。"

胡营长摸着自己光秃秃的脑袋出了帐篷，见自己的弟兄们已被解除了武装，对玉龙说："兄弟，你们真够意思啊！"

玉龙笑笑说："胡大哥，别怪我，以后，你会知道我们是好人。你先去吧。"

几个战士把胡营长也押到俘虏营去了。

五十六

牛家村南的一道大坡上，一座一座的新坟堆满了山坡。坟盘的下面是巨大的火堆，火堆把墨黑的山谷照得通亮。全村的父老乡亲都在坟堆前长跪不起。火堆前，放着五六张长条桌子，桌上摆满了猪头羊头、白面点心和杀死未煺毛的大红公鸡。香炉里插满了用松脂和马粪自制的粗香，烟火缭绕，人们被呛得揉眼睛，打喷嚏不断。

朱阴阳穿着一身黑袍，头顶尖锥红帽，背后插着一把木制但上了金粉的闪闪发光的宝剑。他长长地喊了一声，这一声在黑暗的山谷里不断回旋，像鬼魂飘荡，然后就拖着声调，念念有词："牛家村的阴灵活魂，你们听着，向东南走噢！这儿左为青龙，右为白虎，前为朱雀，后为玄武。此处水左来，山右转，砂左转，抢内水，插外水，天下难觅之风水宝宅。向东南走噢——"

朱阴阳一边挥剑，一边举起五条纸带做尾的引魂大幡不断挥舞。随后，预先安排好的几十个人抬着各家给先祖制作的四合院、金童玉女、纸牛纸马和长街曲巷，从原坟地方向走过来，安放在各家坟堆面前，然后所有的人都在自家坟前跪倒，秉烛焚香。此时，朱阴阳又挥动起宝剑和魂幡，同时腾出一只手开始敲击法器，口中又念起招魂之词，其词不可而知，只能隐约听到："日米吗米，胡哈拉鸡……"

这些阴曹地府之语，虽然只有鬼魂能够听懂，那音调却凄厉悠长，富有一种悲怆的情味。和着这凄哀的冥语，跪在半坡上的上百名村民，哭爹喊娘，叫爷爷呼奶奶，整个夜半的山谷一片阴冷恐惧和凄凉的气氛。

朱阴阳突然又喊："看，外游四方的魂魄都呼应着朝牛家村阴宅区来了……看，飘来了……你们不要停留，快请进你们各自的院落吧……"

朱阴阳又进入一种平静的状态，吟诵道："这儿是你们最好的家园，快快活活地来吧，说说笑笑地来吧……这儿是最快乐的地方……"

他念叨完毕，一挥剑，跪在地上的乡民又一浪高似一浪地呼喊着自己的先祖，并把自家做的纸扎住宅和车马纷纷点燃。此时，群山和天空被纸火照得通红……

迎春的伤情未愈，留在家里，顺便看守关在凉房里的日本俘虏。臭蛋是外村人，没有祖宗关系，没进坟地。两人在一盏油灯下，头对头做着活计。两人平时亲密无间，此时也无话不说，笑语不断。迎春正在给山本四郎做着一双鞋垫。

臭蛋问："迎春，你到底爱上小鬼子什么了？"

迎春说："我爱他老实、善良，还爱他会说中国话，会画画。"

"还爱什么？"

"还爱他日本人长着中国心。"

"还有呢？"

"没了！"迎春不耐烦地问，"你爱我四哥什么？"

"我没爱他。"臭蛋嘴硬。

"胡说，我四哥说，你亲他时，差些把耳朵咬了，好几天痛得嚷嚷！"迎春笑得仰后了头。

臭蛋不羞，说："是他先亲我！"

迎春又反驳："不对，你在范家镇就先亲了他！"

臭蛋正在制作中药，将一把草药摔在了筐子里，故作生气地骂："这个死小龙，咋能什么话都说，愣子！"

两人倒在炕上，脚丫子朝天地大笑着……

牛家狮毛大狗老五忽然叫起来，叫声越来越大，而且扒到门板上用爪子不断抓门。两人跑出去，老五就跑到了关日本鬼子的凉房门前，仔细看，门锁得铁牢。为了防止鬼子从小窗口爬出，她们专门挡了一个响声很大的破铜盆子，只要他们碰碰窗子，盆子就会摔到地上，立即会发出惊人的响动，现在盆子仍然挡在窗口上。

迎春问："臭蛋，咱们这老五胡叫什么？"

"开门看看！"臭蛋说着打开了铁锁。麻秆的火焰下，大岛和几个鬼子像一堆死人正挤在墙角睡觉。她们锁上了门，又把挂在门上的铃铛检查了一遍，清脆的铃声在夜里格外悦耳。她们怕老五乱跑，就用一根铁链把它拴在了凉房门口，然后放心回了屋。

被关在凉房里的鬼子，听见迎春和臭蛋回了屋，又慢慢苏醒过来，一个个噌噌地站起来。这时，可见他们身后的墙壁上已经出现了一个小洞。他们向窗外窥视了一会儿，又开始小心地用匕首挠挖洞口的土坯，洞口不断扩大。

老五又汪汪汪地叫起来。

大岛用日语骂道："小声点，讨厌的狗！"

鬼子蹑手蹑脚，动作更加小心。

被拴在门口的老五，洞察了里面的一切，拼命地扑动着身子，铁链发出了哗啦啦地响，它还不停地儿儿求叫。迎春和臭蛋又开门出院，问："老五，你是咋了，总是叫？"

老五像一个懂事的孩子，又立在凉房门前，不断用爪抓着门板。臭蛋举高了麻秆火把，凉房门前安然如故，大铃铛子依然平静地吊在门框上。迎春说："没事，老五不习惯让人拴着。"

她们又回了屋。

鬼子又开洞掘墙。

洞口一点点扩大了，弦月的一丝光亮射进了凉房。一个鬼子把头扎向洞外，里边的人推着他的屁股，那个鬼子很快钻出了凉房。接着，另一个又钻了出去。

老五又凶猛地向凉房后扑去，叫声更加疯狂，铁链哗啦哗啦地响着，听这声音是在拼命地挣扎。

…………

新坟祭场，朱阴阳继续挥舞着宝剑，摇头晃脑，嘴里胡嚼，众乡亲仍旧呼喊着先祖快回家的口号，热闹非凡。

小龙心不在焉，不断向村里望去。他和臭蛋已经如胶似漆，早想快点回村，度过那甜蜜无比的分分秒秒。他和跪地祈祷的小兰说："大嫂，路娃睡着了，要不我先背他回去？"

"爹骂咱们不孝咋办？"小兰胆怯地瞧瞧牛老栓。

小龙又编话对付嫂子说："我担心村子空了，会出什么事！"

小兰说："你和爹说说，这么大个村留下两个闺女，还要看守日本俘房，就是不放心。"

小龙找见了牛老栓，说："爹，我想回村照料一下，心里总放不下。"

牛老栓愤怒地喊道："你走了咋呀？列祖列宗生气咋办？跪灵！"

小龙又乖乖跪下了。

此时，仪式接近了尾声，各家各户的户主都将自家先祖的牌位插到新坟上。牛老栓家的坟盘墓堆上也都插上了牌位。牛老栓领着全家人——小兰、金龙、巧巧和小龙按顺序一个墓堆一个墓堆地敬纸磕头，念叨着老祖爷老祖奶和祖爷祖奶收钱之类的话。此时的金龙显得格外孝顺，搀着牛老栓，还抱着打瞌睡的路娃，从这儿磕完头又跑到那儿。这种从未有过的虔诚和孝敬之举，令人感到不实。小兰更是那么忠诚，每一头磕下去眉骨上就沾一层土沙，但她的眼神一直瞅着金龙。玉龙走时一再安顿，必须对他时刻监督，就怕他拉开空再办恶作。

小龙又捅大嫂："大嫂，咱们收场吧！"

小兰说："那你就趁乱偷跑吧！"

小龙得到了许可，飞一样地溜下了坡，向村里跑去。

…………

老五还不断挣着铁链，不断叫。

迎春向外喊："老五，不要乱叫！"

"要不出去看看吧，老五咋叫得这么厉害？"臭蛋说着，把炕沿下立着的步枪拿起来，出了家门。

迎春手里拿着未绣完的鞋垫，也跟着出了门。

老五见她俩出来，像受了委屈似的叫着，拼命挣着向凉房后边扑。迎春和臭蛋见房门锁着，窗户也牢靠，奇怪极了，二次打开了锁头。一推门，她们惊呆了，凉房里空无一人，一个黑洞口照进了月光，鬼子从洞口逃走了。

臭蛋惊叫着："天呀，日本人跑了！"

迎春喊道："追，快追！"

迎春返出了门，鬼子刚刚钻出洞口，最后一个正爬在院墙上向外挣爬。她扑上去拽住了鬼子的一条腿，鬼子被拽到墙下，重重砸在迎春身上。迎春死死抱着鬼子的那条腿，鬼子响了一枪，迎春应声倒下了，但双手仍紧紧抱着鬼子的腿，不断喊："臭蛋，快追，快追——"声音渐弱。

这时老五扑了上去，咬住了鬼子。

臭蛋拉动枪栓，向鬼子头部打去，鬼子惨叫一声倒了下去。

臭蛋扑上去，不知鬼子是计，反让鬼子扑倒在地，鬼子手里的枪被老五用嘴叼着跑远，鬼子就夺过了臭蛋的步枪，举起枪托，照臭蛋头上砸去……

雾气把千支万岔的山谷填充得满满当当，范君义如同驾着一叶小舟在虚无缥缈中划行。他安排家兵离开范家镇，就直奔八路军二团的团部，他一直走着这样的路。在这石林如刀、荆棘丛生的路上，因不能骑马，只能步行，他已磨破了两双胶鞋。父亲支援八路军那么多财宝，不知道八路军收到没有。自己长时间改名换姓，需要赶快和组织说清。还有，寿男大佐已发令血洗飞鹰山，必须尽快让八路军去援助……这些都是他迫切去团部的直接原因。艳秋性格倔强，奔放不羁，像一匹烈性的马驹，范君义从她身上感到了一种正义和力量。虽斗争策略不同，但她的行为充满了单纯可爱、真诚无私的品格。他悔恨当初不该反对父亲和杜老爷两位老人的主张，现在有些追悔莫及。他已知范家家兵上了飞鹰山，但能否顶得住那么多敌人的围剿，心里忐忑不安。牛家村的队伍会不会去支援，心里不托底。按道理，阴灵沟的敌人只顾建矿，没精力攻打牛家村，牛家村的队伍为了八路军的长远计划，也不会再和阴灵沟的敌人去摩擦，玉龙肯定会去支援飞鹰山的。可又想到动用部队，要请示团部，不知团部会不会批准，范君义心急火燎昼夜兼程，走得那么匆忙。

　　在一条深沟大谷里，坐落着一个三四户人家的小村。这是三间低矮的土房，石头砌的院墙里充满了棚圈的牛羊粪味，破落的豁口旁立着一块方形木牌，木牌上用墨汁书写的"二团团部"字迹已被风雨剥蚀，依稀可辨。屋子的窗户是大麻纸糊的，光靠横七竖八的门缝透进的光线，就使屋里非常亮堂。虽说土炕无席，好在是一进两开，这可说是农户最上乘的房屋，所以八路军团部安在这里，是相当不错的待遇了。几个穿着钢蓝军服，屁股上和膝盖上都补了许多补丁的团领导干部，膝盖对膝盖坐成一圈，吵得像家雀炸了窝，有的激动得脸色通红，也有的气得面色寡白。从一早到中午了，紧张的气氛一直没有松弛下来。原来，团政治部仇主任写了个提案，说范君义隐瞒罪恶的家庭，改名换姓混进了八路军队伍，是个典型的阶级异己分子，根据八路军有关条例和其情节应当立即开除军籍。

　　姚参谋长大发其火，他说范君义在参军前，是学生运动的领袖，回范家镇后，又杀了十几个日本鬼子，证明他有坚强的革命品质，他又支援了八路军一千多块大洋，全团战士冬夏都可换装，又可购买几十匹骑马。他之所以改名换姓，是担心因自己的家庭成分会被八路军拒绝参军，不但不能开除军籍，而且应当重用提拔。

　　仇主任振振有词，把马克思和列宁两位大胡子搬了出来，说范君义支援八路军大洋，是资产阶级惯用的糖衣炮弹，这种炮弹进攻起无产阶级来比真枪实弹还要可怕。

　　姚参谋长有副大骨架，一气之下圪蹴起来，脑袋顶到半墙高。他说话瓮声瓮气，既不悦耳，又没有时髦的词汇，说出来的话像根椽，直戳戳的，不会打弯。他说："老子西瓜大的字只识两毛口袋，只知道多杀几个鬼子就是英雄，开除军籍，不同意！"

　　其他军官也站在了姚参谋长一边，都以团政委去延安参加整风，雷团长去总医院疗伤不在为由，建议把此事搁下再议。

　　仇主任的革命立场非常坚定，他认定的东西，非要坚持到底不可。会议第二个议题，团部获悉寿男大佐已调动大批军力要血洗飞鹰山，姚参谋长准备抽调一个连的兵力去援助飞鹰山。仇主任又扮起了小白脸，说飞鹰山的头目出身大牧主、大地主、大土豪，她爹也是日本人的维持会长，她的队伍多数是黑风岭投诚的土匪，是一股四处流汇在一起的出身不明、身世不清的杂牌队伍。仇主任又从军事战略的高度，说八路军在阴山驻扎，主要是为了阻止日军西犯，保卫延安，保卫国际通道，不可以为支援一支土匪队伍而随便调动军力。

姚参谋急得一步跨下地，怒气冲冲地说："你兜子里挎着好几支钢笔，我能说过你？可我是参谋长，有权指挥打仗，调一个连，带机枪班，下午就出发！"

会议不欢而散了。

…………

飞鹰山沟口，玉龙虽然智俘了胡八的一个营伪军，心里却十分紧张。自己一个连的兵力，还需派两个班去看守三四百名俘虏，仅剩下七八十人。而围攻飞鹰山的有五六百伪军，还有鬼子一个小队大约三四十人，如强行攻击，力量悬殊太大。何况在沟口，还要抵抗敌人的援军。日军炮兵部队正在向飞鹰山进发，也必须坚决挡在沟外。玉龙爬在沟口的高山顶上向飞鹰山望去，山顶上，旌旗林立，飞鹰队员一律穿着白色孝衣，准备决一死战；山顶的周围，是两三层高大的石头工事，一方面可以挡防敌人枪弹，一方面，敌人冲上来，就把石头向山下滚，敌人要夺取山头，怕是困难重重。如果没有炮击，敌人是不敢贸然冲锋的，只能在山底封锁飞鹰队员下山，把他们渴死或饿死。

玉龙守在了沟口，暂不打算进攻围剿飞鹰山的敌人。他打算先解决炮兵部队后，再酌定行动计划。

玉龙、二狗、张小三和山本四郎都在胡八的军用帐篷里议事。玉龙对张小三说："小三，要不把胡营长叫回来吧，我总觉得咱们不够哥们义气，人家真心诚意待咱们，咱们却这样对待人家。"

张小三说："这个人对日本人不感冒。"

"你敢打保票他会和我们一同打日本人吗？"玉龙问。

张小三摇摇头，不敢担责任。

"如果就靠我们这点队伍，打败眼前的敌人肯定是不可能。你能不能和他做做工作？你们既是老乡，又都参加过靖安军，摸摸他的底子。"玉龙说。

张小三说："摸摸底可以，不过，要打垮这么多敌人，不要硬打，智取最好。"

张小三似乎胸有成竹。

"快说说你的主意！"玉龙追问。

"听我说，咱们冒充日本人的宪兵执法队，混进敌营，命令敌人向山上冲锋，山顶居高临下，又有那么多石头，敌人一旦冲上去，十有八九死于非命，这样比硬打好得多，我们的队伍也不会伤亡！"

"太好了！"玉龙兴奋地跳了起来，抱住了张小三的脑袋，亲热地把他咬得呀呀直叫，"二狗，你赶快杀一匹马，咱们全连战士饱吃一顿。小三，你赶快进沟里去，把鬼子的那个小队骗出来，让他们出来吃马肉，趁机杀了狗的，要不咱们装成执法队，让他们识破咋办？"

"人家不来咋办？"张小三眨巴着眼问。

"肯定来，日本人爱吃马肉，又有他们最爱喝的清酒。"玉龙分析完，又吩咐张小三顺便向鬼子借点佐料和盐巴。玉龙这小子鬼头鬼脑，早在胡八床底下侦察到日本清酒六瓶子，藏到自己的被窝里头了。

张小三真是个人物，凭着他在伪军里混了这几年的经验，巧嘴利舌，果真从鬼子那里借了许多佐料和盐巴，更重要的是，他又打手势又点头，硬把几十个鬼子兵骗到了沟口。

鬼子全副武装，肩膀上交叉挂着手枪和水壶，手里还端着四面都是花眼儿的冲锋枪，头上的钢盔闪闪发光。他们听说吃马肉，喝清酒，像闻见了血腥的狼群，嗷嗷地叫着，踩着皮鞋咯噔咯噔向沟口跑去。一个穿着少尉服装的鬼子就是这支队伍的小队长，他肚子很大，看起来很像一个会走路的泡菜坛子，他先走进了玉龙的帐篷里。五六个武装的日本兵，像短而宽的狗熊，列成两排面对面守在了门外。可是他们根本没有想到，鬼子少尉刚刚迈进帐内，就被玉龙和二狗的铁爪拧断了脖子。接着，山本四郎穿着中尉的日本军服，从容地走出门，全体日本士兵立即敬礼，山本四郎用日语训斥道："作为日本军人，谁让你们擅自离开队伍？都把枪交出来，统统禁备！"

在众日本士兵向山本四郎交出枪支时，埋伏在帐篷后的队伍一齐出来，没用费多少事，就把他们全部俘虏了。

正在这时，战士来报，远处一长溜车马载着迫击炮在日本军人的护卫下走近了沟口。玉龙穿着日本上尉军服，旁边站着山本四郎。张小三和二狗都穿着上士服装，跟在玉龙后头。玉龙手持洋刀，洋刀在强烈的阳光下，远远就闪着白光。近前的炮排少尉小队长立即向玉龙敬礼，用日语说："报告长官，奉命前来炮击飞鹰山！"

玉龙用尽了浑身力气，狠狠扇了小队长一记耳光，响声像素糕摔在了案板上，用这些日子和山本四郎学会的日语责问道："贻误军机，该当何罪？"

那鬼子鼻口鲜血直流，嗨了一声，说接到命令就急行军赶来，并无贻误军机。玉龙听不懂他说什么，又给了那鬼子一记耳光。这时山本四郎走上前解围说："大队长着急了，快，集合队伍，到军帐里休息一会儿，我们帮你往沟里运炮。"

鬼子又嗨一声，让随来的炮兵们向一个大帐篷里集合。鬼子们刚集合起来，埋伏好的战士就向他们形成了包围，一个鬼子发现情况不对，边喊边掏出枪来。突然他们的队伍里闪出了两个伪军，掐住了他的脖子，夺下了手里的枪，把他的头戳在了地上……

这两个伪军正是那晚玉龙释放的伪军俘虏，他们半路又让炮排抓住推车，一路挨打……

玉龙立即命令大车掉转马头，把炮架和炮弹拉进一条小沟隐蔽。

马车队伍稀里哗啦颠簸而去……

五十七

范君义跋山涉水，历尽艰辛赶到了二团团部，正值团部会议结束，每个人脸上都挂着不悦的色彩。仇主任的小白脸变得菊青，嘴噘得快要高过鼻头，一见范君义如见瘟疫，扭身进了西房，其他几个团领导点点头也进了东屋。姚参谋长跳下了地，趿了鞋握了握范君义的手，见他疲惫不堪，问："咋来的？没骑马？"

"我从范家镇来！"

范君义正要说明来意，姚参谋长举手挡住，说："你来得正好，吃点东西，立即出发，带一个连去飞鹰山援助那支自发的抗日队伍。"

"真的？"范君义立即身体笔直，给姚参谋长敬了个军礼，眼里透着兴奋的亮色，"首长，我来团部就是为了搬援兵的！"

姚参谋长面孔严肃，语调冰冷，说："不要给我丢脸，一定要把那支抗日队伍解救出来。现在，敌人派了三个伪军营，一个日本小队，还有炮兵部队，把飞鹰山围得水泄不通，光靠咱这点队伍，不能硬打，只能巧打。另外，你马上通知牛家村的连队也立即向飞鹰山进发，两个连队联合行动。如果失败，我可保不住你了！"

"是！"范君义领命。他心里品着姚参谋长的话，觉得话里有话，也不能直问其因。这时，一个被烟火熏得脸色焦黑的伙夫端进一个柳筐，里边放着些山药和莜面杂拌的丸子，说："吃吧，这是咱们团部最好的伙食。"

范君义饿极了，一手抓了一个，塞进嘴里就大嚼。

出征的战士已站在门前报告姚参谋长。范君义把山药丸子装进了兜里，急速跑步出去。一个连的战士已直直地立在团部的门外，范君义一挥手，队伍就铿锵有力地出发了。

玉龙的队伍把敌人的迫击炮排劫持在飞鹰山沟口后，心里还是犯愁。光这几群俘虏就需要大量兵员昼夜看守，能打仗的战士和敌人的兵力无法相比。他想利用缴获的迫击炮轰击围剿飞鹰山的敌人，可是，自己的人没一个会摆弄这种武器。山本四郎给日本俘虏做工作，想让他们教教怎么打炮。没想到，这几个鬼子宁死不屈，不但不教，还把山本四郎团团围起，骂他是民族的败类，天皇的叛徒，人人出拳，山本四郎被打得护了头护不了身体。张小三提供线索，正在阴灵沟卧底的李冬和瘦猴曾在靖安军的炮团当过兵。玉龙立即命令张小三快马加鞭赶赴阴灵沟。如果李冬和瘦猴真能把迫击炮利用起来，几十炮就能把敌人的军营炸成乱坟。

太阳蹲在了飞鹰山顶，迟迟不肯跳下山沟，好像也想看看接下来的战斗怎么进行。飞鹰山的沟口，几十处石头垒起的锅灶上都已冒起了浓浓的烟云，连同俘虏几百号人的肚子都在等着晚饭。

突然一个战士来报："二里地外，有一支日伪混合队伍向飞鹰山移动。"玉龙穿着日本上尉军服，举起望远镜，果见一片扬尘卷着一支队伍急速奔来。为首的是骑着高头大马的日本人，后面是百十个伪军。玉龙心里疑惑：几十个飞鹰队员，怎么又派了这么多队伍来围剿？他命令山本四郎应付前来的日伪军，又命令部队迅速埋伏在沟口两侧，不许开枪，等敌人进了沟口，再关住门打狗。

敌人渐渐逼近，山本四郎出现在显眼处，用日语大声喊道："你们是哪部分？"

对方部队充耳不闻，视而不见，继续向前推进。等看清了鬼子土黄色的军装上闪闪发光的军衔，山本四郎又大声命令："停止前行，哪一部分？"

对方的队伍中，闪出了一个戴着日本军帽，穿着黑绸上衣，像汉奸，又像个翻译打扮的人，用流利的中国话说："我们是寿男大佐派来的督战队，是自己人。"

玉龙顿生怀疑：日本人明知飞鹰山山势险峻，部队只围不攻，怎么又会派来督战队？再说，鬼子为什么不用日语回应？思索之际，又见对面的队伍继续大胆向沟口前进。

山本四郎冲天鸣了一枪，用日语大声命令："停止前进！"随后，他背后十几个全副武装的战士就地卧倒，枪口对准了敌人，做好了战斗的准备。

玉龙大声喊道："不许开枪！"

可就在这同时，对方骑马的首领举起了东洋大刀，奋力喊道："冲啊！"随之，子弹像雨点般射过来。玉龙的两个战士同时惨叫，倒在了血泊之中。这时，埋伏在沟口两旁的战士不能再等敌人进沟，掉转了方向，一齐向对方射击。

双方都伏卧在地上对打起来。尽管玉龙大声命令不许开枪，可双方的枪声像疾风暴雨，把他的命令卷得无影无踪。玉龙现在已经彻底明白了，如果对方真的是日伪军，明知眼前的部队也都穿着日伪军的服装，为什么还会开枪？这说明他们和自己的部队一样，是冒充日伪军的八路军。可双方的子弹如冰雹般密集，靠命令已经无济于事了，他情急之中，嗖地跳到一块巨石之上，迅速扔掉了头上的日本军帽，扯掉了日本小胡，像雷鸣似的喊道："别打了，别打了，我是八路军！"

闪眼间，对方也有一个人站在了一块巨石上，脱掉了日本军服，也同时喊道："别打了，是自己人！"说话的不是别人，正是范君义！

双方的部队立即停止了射击，都从地上爬了起来，都看清了对方的面孔。玉龙气急败坏，冲山本四郎摔了两个耳光，大骂："谁让你开枪？"

山本四郎嗨了一声，一个立正，表示服从。

范君义带领的八路军队伍一齐向沟口赶来。玉龙迎了上去，扯住了范君义的衣领，照脸打了两个耳光，骂："操你娘，狗日瞎了你的眼睛？你看看打伤咱们多少弟兄啊！"玉龙失声哭了。

范君义不顾一切地扑到了阵地上，摇着一个个伤员，喊着他们的名字，也失声哭起来。

这是一场伤心的战斗,幸好十几名伤员中无一人牺牲。可是,玉龙和范君义都感到丢人现眼,无地自容。范君义没有想到,昨天下午姚参谋长才通知玉龙援救飞鹰山,他怎么会这么早就来到这里?他本来想以日本督战队的名义混进敌人军营,然后见机行事,可哪知山本四郎一直用日语逼问,已不好再装下去,就采取了强行进攻。这种自相残杀的丑闻岂不让全世界人笑断牙根。他走到玉龙面前,像一个罪人一样低着头,说:"玉龙,你打得对!战斗结束后,我请求上级给我处分。"

军情不许再互相埋怨,玉龙拍了他肩膀一把,说:"唉,甭说了,快研究下一步的军事行动吧!"

众人都进了一座帐篷……

艳秋身着白绸,被众队员簇拥在飞鹰山尖顶处,像一位披着轻纱的仙女从宫中降下。她极目鸟瞰,群山像海浪一般起起伏伏,无边无际,她感到自己在大自然中是如此显眼。山根下,山沟口,是如蚁的敌人,他们在自己的脚下显得那么渺小,而自己是多么伟岸和有气度。为了消灭他们这几十个人,敌人竟然动用上千号军队,他们就算是死了,也值得高兴和幸福。她已看出,死已经摆在了面前,敌人围得水泄不通,怕是连苍鹰都难以飞出。敌人要用炮弹炸平他们的阵地,他们将不堪一击。即使敌人不采取任何进攻,很快山上将水断粮尽,他们会被活活饿死渴死。他们这伙现在活着的姐妹和弟兄,能看见这个世界,只有为期不多的天数。既如此,他们何不快快乐乐度过每分钟。

想到这里,艳秋慢慢走下山尖,把严守在石头掩体后的姐妹和弟兄们召集在了一起,大家仰望着艳秋,猜测着她要发布什么命令。不想,她却仰起头颅咯咯咯地大笑起来,笑得大家莫名其妙。笑毕,她说:"你们也笑啊,为什么不笑?"

金凤问:"艳秋姐姐,你是疯了?"

艳秋说:"没有啊!你们应该笑啊!人死之前,要高兴,要大笑啊!"

众人笑不出来,心情显得更加沉重。

艳秋一收笑容,脸色徒然严肃,说:"笑也是死,哭也是死!笑着死,别人会敬你,哭着死,别人会笑你!你们说,笑好还是哭好?"

众人明白过来,回答:"哭笑都是死,笑着死当然比哭着死好!"

艳秋说："好，那我们就大笑吧，高兴地大笑吧！我们大声地唱歌吧，什么高兴快乐就唱什么。金凤、玉竹快去找铜盆铁勺，敲打起来，咱们好好热闹一番。"

战士们很快动起来，敲盆的，击锅的，还有碗筷交响曲，山上的气氛马上激活起来。桃桃原来有副好嗓子，只知以前尖着嗓子骂人，现在的嗓子却唱出了好听的歌：

大黑牛耕地慢吞吞，
想起二狗哥心里疼。
二狗哥哥是好人，
可恨我做了负心人。
二狗哥哥你别生气，
来世我还要嫁给你。
…………

桃桃的曲调虽有些凄婉，毕竟唱出了心里的情意。

不过，艳秋有些不满意，她说："桃桃，再唱，唱高兴的，红火的，能让大家笑破肚的。"

桃桃清了清嗓子，说："好！"就又唱起来：

过大年来，响呀嘛响大炮，
我的男人架着我撒尿，
我尿呀尿得沙沙沙，
男人笑得哈哈哈，
那是咿哟嗨，
男人笑得哈呀嘛哈哈哈，
我尿呀尿得沙呀嘛沙沙沙，
那是咿哟嗨。
…………

桃桃这一段唱，可真把大家笑得弯腰捂肚，起来跌倒，大家又是笑，又是叫，又是起哄，加上不断敲击铁器、铜器、瓮器、石器，满山头热闹成了一锅粥，令人捧腹大笑的歌谣一首接一首唱起来。

…………

范君义和玉龙两支队伍汇合后，部分士兵看守俘虏，伤病员又需人护理，仍是兵力不足。如果和围剿飞鹰山的敌人面对面交锋，又怕被敌人的援军堵在沟里腹背受敌，所以，还是决定智取。

玉龙又安上了仁丹胡子，挂上了东洋大刀，跨上了高头大马，左边是二狗，右边是山本四郎，后边簇拥着十几个穿着日本军装的八路军战士。他们神气活现，趾高气扬向飞鹰山下闯来。

四个伪军在军营外站岗，挡住了玉龙的马头。玉龙嗖地抽出了洋刀，用日语厉声骂道："死了死了的！"

哨兵愣在了那里不动。山本四郎用汉语说："赶快通知你们长官，皇军宪兵督战队玉龙大尉前来督战！"

哨兵笔立让开路，玉龙的队伍扬长而进。

飞鹰山气势磅礴，耸入云霄。山顶四周是一道道石头垒成的掩体和一堆堆准备随时向山下滚动的石头。绿色的背衬中，白衣裹身的战士们的身影在不断地闪动。

飞鹰山下，驻扎下了许多绿色的帐篷，周围除了哨兵，伪军们都无所事事，从帐篷里悠闲地出进。伪军的营连长们看到督战队进来，列着队出来迎接他们。玉龙下了马，仰视着山顶，怒气冲冲地问道："为什么不进攻？"

伪军营长啪的一个立正，"报告太君，匪徒居高临下，强攻伤亡太重，我们的战术是围而不攻，断水断粮，把他们困死在山顶。"

玉龙大怒，把洋刀搁在了营长的肩上，掺拌着日本话骂道："巴嘎，堂堂大日本皇军的队伍，居然拿不下个小小的山头，死了死了的！"

营长吓得面如土色，浑身筛糠。

玉龙从山本四郎手里接过了望远镜，看到山顶上的飞鹰队员正严阵以待，马上挥舞着东洋大刀，"我命令你，立即向山顶发动猛攻，尽快拿下山头！"

营长犹豫说："报告长官，这样进攻，肯定伤亡巨大。等炮兵队伍轰平他们的阵地，我们进攻最好！"

玉龙双手举起了东洋大刀，奋力向营长砍去，营长后退两步，立即跪地求饶："太君饶命，我服从命令！"

营长如丧家之犬，连跑带颠命令各连连长，以连为单位，分三路从三个侧面向山顶进攻。可士兵们面对陡立的山峰，望着山顶上致人性命的一堆堆鬼怪似的巨石，心里颤抖，蠕蠕地挪动着脚步。连长们喊骂着："给老子上，小心督战队搬了你们的脑瓜！"可部队还是桃虫赛跑，微微挪动。

一连长在后头挨个儿踢着士兵的屁股向上冲锋。二连长带头冲在前，返回头用枪点着士兵的脑壳往上冲。三连长把他的四个排长叫在跟前，每人赏了一记耳光，让排长们一级逼一级前进。四连长有方，冲在全营最前头，不想，一个士兵蹬落了一块石头，人和石头同时滚下山来，爬上去的士兵以为山上又开始滚石，个个惊呼大叫，连滚带溜下到山底，四连长也被士兵卷着滚到山底，又被石头绊倒，仰面朝天倒在地上，脑袋磕在了一块尖石上，脑浆和血浆喷满了地，就地毙命了。

玉龙又把洋刀搁在了营长的脖子上，用日汉混合语言大骂道："你们什么队伍？统统死了死了的。"

营长忽然醒悟，对玉龙喊："你不是日本太君，你是假太君！"

说时迟，那时快，山本四郎举起了战刀，砍下了营长的半个脑袋。

此时，玉龙看到四个连分别冲锋会分散飞鹰队员的兵力，如果把全营集中在一个侧面向山上冲锋，人头密集，一颗子弹能穿透几个敌人，一块石头滚下来，也会砸死许多敌人，只要把他们赶上山，石头就会把他们一半兵力砸死。他立即带着督战队把几个连的伪军全部逼到了正面坡上，向上冲锋。只要一个不积极，督战队就从后开枪要他的狗命。

飞鹰山顶，飞鹰队员和范家家兵沿山周围排成反击阵容。忽然，艳秋发现敌人由三路变成了一路进攻，心里疑惑纳闷：这是什么战术？都集中在一面坡上，死伤不是更惨重吗？她不认为敌人连这点道理都不懂，猜测里边必定有原因，但她没有想到的是玉龙控制了敌人的指挥权。她也灵活对应，把全体队员都集中在了一面坡上。此时，敌人已经爬上了半坡，她一声呐喊，几十支枪口喷出了火舌，敌人一排排倒下。后头的敌人继续向上冲锋，她们一边开枪射击，一边滚动巨石，巨石一块接一块，一排接一排，蹦着跳着，像洪水猛兽滚下山去，摧枯拉朽，发出了巨大的轰鸣。敌人被石头砸得人仰马翻，哭爹喊娘，有的被砸死，有的被砸伤，像山洪一样朝山下退去。此时，玉龙的督战队，子弹像雨点射击不断退下来的敌人。敌人不得不撅起屁股，又拼命向山上爬去……

张小三突然出现了，他溜回了阴灵沟，已将瘦猴和李冬带到了阵地。十五门迫击炮已经运到了山下，炮弹已经上膛，正在等待炮击命令。玉龙大喜，立即命令二狗从北侧爬上山去，通知艳秋，尽快撤到山顶最高处，并坚决把敌人压在半山腰，他要用炮弹消灭这批被夹在半山的伪军。

二狗沿着北坡的小沟向山上爬去。战斗这么紧张，二狗来不及多想什么，但他知道桃桃在山上参加战斗，毕竟是夫妻一场，好久也没有见到她了，心里难免要关注，所以他冒着头顶子弹呼啸，拼命攀登。

山顶上的人瞭见一个穿着日军服装的人爬上山来，桃桃刚要举枪射击，枪杆被艳秋有力地压在地上。艳秋说："不许开枪，鬼子决不会自己冲锋陷阵，看看上来这个人是不是鬼子！"说话的同时，二狗惨叫了一声，倒在了小沟里。原来，一个飞鹰队员发现有鬼子从小沟冲上来，一枪击中了他的左腿。

二狗一边继续向山上爬，一边向山上不断挥手。

艳秋大声喊："金凤，桃桃，赶快看看那个人是什么人！"

金凤和桃桃从北边溜了下去，一看是二狗，惊喜万分。她俩轮番背他上了山顶。二狗叙述了山下的情况，艳秋才明白了玉龙已经控制了敌人。众人正要撤向山顶最高点，敌人又一伙一伙蜂拥而上。飞鹰队员一排排的枪开始向敌人射击，一排排巨石又向山下滚去。敌人已经变得狡猾，左闪右躲避过了石头，插着缝子还在向上冲锋。他们发现飞鹰队员都逐步向山顶撤去，便开始卧倒射击。

二狗的背后连中数弹，子弹穿透了他的身体，又穿进了背着他向山顶艰难攀越的桃桃的胸膛，两个人同时倒了下来……

说话间，突然地动山摇，如同滚过了阵阵惊雷。飞鹰山中腰——在伪军密集的地方，像从地下喷出了几十个口子，一支支黑色的烟柱升腾起来，随之石头土块也被喷向了天空，天空顿时乌云翻滚，土石如雨倾盆而下。日本人的迫击炮开始发言了，伪军们被炸得血肉横飞，尸体纵横。在墨黑的战斗烟尘中，飞鹰山的队员和玉龙的队伍会师了。

两支队伍都肃穆低头,围着两具尸体。一个是飞鹰山的女队员桃桃,一个是她的丈夫二狗。他们两个,在活着的时候时笑时啼,今天,却紧紧抱在了一起。飞鹰山战斗结束了,夫妻二人的战斗也结束了。战争洗礼了他们的灵魂,他们终于变成了一对恩爱的夫妻。

玉龙说:"这两口子是我们牛家村的人,我们一定要把他们背回村里去。我要给他们每人凿一座石像,让每一辈子的牛家村人都知道,他们是为打日本鬼子而死的!"

艳秋蹲下来,摸摸桃桃的脸,泪流满面,说:"桃桃,本想战斗后让你和二狗重归于好,没想到,今天是这个结局……"

众女哭泣不止。

玉龙向两具尸体庄严地行了个军礼,慢慢弯下腰,用手指摸着两个人蓬乱的头发和血迹斑斑的脸颊,泪水盈满了眼眶。许久,他站起来,和战士背护着两具尸体,向山下走去。

五十八

刚刚参加完迁坟祭奠的牛家村人,又都在自家的院里燃起了冲天的大火。避邪的火光渐渐扩大,全村连成了一片焰海,把数里外黝黑的山沟照得通亮。与此同时,悲怆的呼声、喊声、叫声和哭声如突然暴发的海啸,在山谷中滚动回荡。

全村人都聚在了牛家大院。院子里的草席上,仰卧着两具血淋淋的尸体,小龙面目全非,脸上被匕首刺得血肉模糊,两只眼眶黑洞洞的,像磨盘上的窟窿,他是怀着热恋的激情赶回村里,急于想见到自己的恋人,可迎面撞上的却是正要逃跑的三个日本鬼子,他还未做出任何反应,鬼子就开始向他进攻。他死得很惨烈,浑身的衣裳没一处囫囵,锋利的匕首在他的身上留下了千疮百孔,可见他是怎样用肉体和敌人去相拼。迎春大张着嘴,好像还在大声地吼喊。鬼子的子弹正从她的头顶射入,又从她的下颌钻出,她只挣扎了很短的时间,一个豆蔻年华的生命就走到了尽头。

全村人几百条喉咙里发出了呜咽、咆哮和怒吼,每个人的心都像被气管子吹胀了一样膨胀而疯狂。小兰扑在小叔小姑身上,抱抱这个,抓抓那个,就像雨打芭蕉,长短句,四六体,鼓点似的边哭边诉。许多老奶奶蹒跚着,或被人扶着肩头,纷纷进了院,掩着脸,哭声像胡琴一样颤抖着,有的不断哽咽,如无人捣背,非背气不可。如果谁听到过一条狗被生生折断后腿那一刹那的惨号,才能想象到金龙声声哀号是怎么刺激人的神经和引起人们的心痛和感动。金龙几次悲痛欲绝,是好几个人掐着人中抢救过来的。除了小兰心中有数,不少乡亲真的被他的骨肉亲情深深打动。至于牛老栓,他狂号着,声带已经完全嘶哑了,可他还在呼喊,从胸腔内发出的撕肝裂胆的声音,像是对正在咽气的人呼灵唤魂一样凄惨。他又像一只陷阱里受了伤的老虎,两只脚后跟把炕上的席子蹬成了烂草一堆,几个人按不住他不断奋力上跃的身子,很难理解他本是一个走路佝偻、行动气粗的人。

飞来的横祸,已无可避免。大龙和玉龙不在,谁来顶起牛家这根大柁,后事咋处理,大伙的目光都投向了小兰。小兰没有推脱,事实上,不管大龙和玉龙在不在家,她已是牛家的主心骨。她一边开始张罗着棺木和葬衣,一边暗中调查着事情的端倪,金龙那过分的悲痛已让小兰感到不实,小兰已从凉房里找到了证据。为了防止鬼子逃走,他们的裤腰带都在看守人员手里,他们不可能手提裤子逃走。而在凉房的门口,小兰发现了一截麻绳,这本是一根很长的捆草绳,恰好路娃看见金龙从草捆上抽出了这根绳,现在却只剩下了一截,小兰断定鬼子是用麻绳系着裤腰逃走的,必定和金龙密切相关。无法解释的是鬼子哪儿来的手枪和匕首。自从他们被俘,没有一个生人进过村里,只有金龙从外游逛了多日回了村,而且又带回了那么多不明不白的钱财,给鬼子提供枪支和匕首的可疑人不会再有别人。小兰虽说是个农村女子,可对这事不随便断定,事情还有待于继续弄清。她不动声色,对继续悲悲怆怆哭丧的金龙关切地说:"金龙,甭哭了,伤心过度怕弄坏了身子。你快去搭照搭照爹的身体,大嫂给他们准备葬衣。"

金龙眼睛红红的,用感激的眼光看看大嫂,点头去了。

凭着牛家在村里的威望,凭着小兰善良的为人,并没费多大工夫,后事的安排都已开始有条不紊地进行了。小兰心中的主要任务就是一定要搞清制造这桩血案的元凶。

小兰想起金龙刚回村时只带着许多银元,并没有枪支和匕首,他一定是先把这些东西藏在了野外，又瞅空子带回了家里，转交给了日本鬼子的。小兰仔细回顾金龙那天殴打鬼子的细节，很不自然，是不是那天他就给他们传送了信息？对了，打完鬼子后，金龙又坚持和路娃去挖苦菜，这也太反常了，他一辈子也没主动关心过家里的活计。小兰把路娃拉到了僻静处，问："和妈妈说，那天你二叔和你挖苦菜，一直和你在一起吗？"

路娃点点头，说："是，一直在一起，没有离开过。"

"你仔细想想，他有没有从野外带回枪支和匕首？"

路娃摇着头说："没见着。我只见他蹲在河沟里拉屎，我嫌臭，躲开了他一会儿。"

"还能找见你二叔拉屎的地方吗？"

"能！"路娃很有把握地说，"我在一块大青石上坐着，他在大青石西边的河沟里拉屎。"

"走，领妈去那个地方看看。"小兰觉得这是一条线索，她虽不知道破案是何事，但事情只能从枪支匕首的来源查起。娘儿俩悄悄来到了金龙拉屎的地方。果然，在河槽的泥沙上，留着金龙清晰的鞋印，可是并没有什么粪便的痕迹。小兰像一个职业的侦察员，连一点蛛丝马迹都不肯放过，眼睛排查着一株株青草，一块块石头。忽然她发现，在一片马莲花中，一块大石头有移动过的痕迹，她掀起了石头，石头下是潮湿的泥土，泥土上有一个深深的印子，明显是被硬物挤压而成。她拨开了马莲花，又发现那里散落着几颗金光闪闪的手枪子弹，小兰拿起子弹一瞧，和打死迎春的弹壳一模一样。到现在，小兰心里大白了，她把子弹装进了衣兜，拉着路娃向村里跑去。

牛老栓双腿乱蹬炕皮，痛苦得死去活来，他的脸变形扭曲，奋力地想从金龙的怀抱里挣脱出去，被金龙死死地箍住。

牛老栓啪啪地打着金龙的耳光，金龙默默承受。牛老栓打累了，筛糠似的吼，声音却是虚弱的，"金龙，放开我，放开我，我要去杀小日本，我要去杀小日本啊！"

小兰进来，紧紧搂着牛老栓，"爹，杀日本鬼子，有儿子替你杀，你不用急。"

牛老栓异常悲愤地控诉着："列祖列宗，列祖列宗，你们都看到了吧！你们都看到了吧！我牛老栓一辈子本本分分，连鸡都不敢杀一只啊，可是我连自己的子女都保不住。列祖列宗，你们睁开眼睛看看，你们咋连你们的子孙都不保护啊！你们白白享受了我们几辈子的香火！列祖列宗啊！鬼子炸你们的坟，你们咋不出来惩治啊？我真糊涂，为什么要祭你们呢？为什么要把你们没用的骨头捡起来，还要找地方造新坟？要不咋能送了我两个娃的命啊！"

小兰也呜呜咽咽地说："爹，神鬼的事以后不能信了，就是为祭这些鬼魂才丢了小龙和迎春的命啊！"

牛老栓泪水顺脸淌，"是我害死了我娃，我要不去祭祖，我娃还欢蹦的呢。是我害死了娃！是我害死了娃！是我害死了娃！娃都死了，我还活个什么劲啊！"

金龙攥着拳头，对牛老栓说："爹，你的儿子不把小鬼子杀光，誓不为人！"

小兰也顺着金龙说："爹，你看金龙也懂事了，等大龙、玉龙回来，他们弟兄几个一定会给弟妹们报仇！"

牛老栓仍然不断喊叫，企图挣脱人们的阻拦去撞墙头。恰这时张老先生进了屋，他老人家正满村周借棺材木料，见牛老栓这等情形，不由怒发冲冠，说："老哥，满村人说你是个明白人，鬼子杀了你家几口人了，你就这么死呀？你死以前杀上一两个鬼子，也算你是条好汉。你自己寻无常，你不在全村臭死？村人会咋指着你的脊梁骨骂你？你的儿女会咋去尊敬你？这么做，你难道能对起你死去的儿女？"

一席话，把牛老栓镇住了。牛老栓幡然醒悟，扑到了张老先生的怀里说："张老先生，我不死了，你说得对，我杀几个鬼子死也不迟，我的儿女不能白死！"

众人不再阻拦牛老栓，牛老栓奔下地，反而显得比原来更精神，说："张老先生，你替我搞搞明白，日本鬼子的枪到底从哪儿来的？"

张老先生说："先打发娃们吧。这事等玉龙和大龙回来才能查个明白。"

小兰也打了岔："爹，这枪或许是俘虏鬼子时没搜干净。"说着，她给张老先生使了个眼色出了门。

棺木很快备好了，兄妹俩就要入棺。小兰端了盆清水，跪在了小龙和迎春面前，把两人又上上下下洗了一遍，每人换了套八路军的服装。小兰不会行八路军的军礼，连着给两人叩了三个头。朱阴阳开始摇动铜铃。这时，臭蛋声嘶力竭，吼叫声从屋里传出。她头部受了伤，这几天一直处在半昏迷状态，刚才听说迎春和小龙要入棺，一定要出来看看这兄妹俩的遗容。

小兰喊道："不许出来，活着的人再不能出事了！"

臭蛋再没有反应，她不是听小兰的话，而是由于激动又昏迷过去了。

小龙第一个被放进了棺木。小兰对棺而哭，她从腰间拔出了那支心爱的小手枪，手把手放在了小龙的手里，说："小龙，你为了参加八路军，为了得到这么一支小枪，你捣了多少鬼？你讨好了你三哥多少回？不是你三哥失信，八路军有规矩，你是小兵一个，还不够资格配小枪哩。小龙，你这次走了，再也不回来了，大嫂代表你三哥把这支枪给你，你好好带着它，在阴曹里也狠狠地打日本鬼子！呜，小龙啊，大嫂咋想你啊！"小兰再也抑不住，又放开了声痛哭起来。

迎春也要被放入棺里了。小兰心里更是无比惭愧。迎春也和小龙一样啊，她爱八路军这身衣裳，更想有一支小小的手枪，她想起迎春和自己爬在被窝里，一整夜一整夜地用小枪瞄准练习。为了一把小枪，她和玉龙闹意见，不给玉龙吃饭，扛着门板不准玉龙进屋，她要尽了小脾气，最后还是玉龙没有对起他的妹妹。小兰见朱阴阳就要在迎春的棺木上钉上楔子，忙说："朱大叔，先不要把棺盖钉死，我要给她搞一支小枪，成全她的心愿，也让她拿着枪到阴间狠狠地打日本鬼子。"

一切都准备就绪了，明天就要发丧送葬了。现在，小兰心里已经明白金龙就是真正的杀人元凶，突发奇想，要用金龙的狗命去为两个弟妹祭奠，她已经做好了安排。抬头看看太阳，正要向西山坠去，她进了金龙的屋里。金龙正在打盹，他的媳妇巧巧自从事发，也不断地流泪，见了小兰，又哭着说："大嫂，我的肚子越来越大，只能由你一个人操劳了。"

"巧巧，自家人，你说什么呢？我莫非还不知事理？"小兰态度十分温和，温和得连感情一向冷漠的巧巧都受了感动，说："大嫂，牛家没有你，真的是撑不起来了。"

小兰说："金龙，你看太阳马上要落了。朱大叔说，明天小龙和迎春出殡，今天晚上必须把妈的灵魂招回来。现在大龙、玉龙不在，牛家孝子只有你了，咱们提只鸡，到阴灵沟口妈的坟地走一遭，妈的灵魂就跟着鸡回来了。"

金龙听大嫂这么一说，无法推卸，当时就跳下了地。小兰把已经绊住腿的大红公鸡抱在怀里，出了院，向村外走去。金龙紧紧跟在了后面。

出了村口不远，一棵歪脖子老树出现在了眼前。人们把这棵歪脖子老树叫作鬼树。因为村里曾有许多想不开世道的人在这棵树上上吊自杀，寻了无常。这棵鬼树主干粗大，但驼着腰，人上吊时能自己挂上去。这棵树长在一条大沟的边上，人一旦挂了上去，身体就会悬空在沟里，再想活命就不容易了。金龙看见了这棵树，脚步迟缓，眼珠子不断转动。小兰为了稳住金龙说："金龙，你看，牛家遭了这么多灾难，你大哥和玉龙常常不在，你得好好撑起这个家呀！"

金龙被小兰语重心长的话感动了，疑心皆消，继续前行。走到了树下，小兰突然用尽了全力，猛地把金龙撞在了深沟里。深沟里，张老先生和五六个壮汉早就等着他。

金龙又被扭到了歪脖树下。

小兰说："金龙，你是想死想活？"

"大嫂，你咋一下就翻了脸？"金龙跪在了小兰和众人面前。

"说，日本鬼子的枪支和匕首，你是咋弄来的？"

"我没有，我不知道！大嫂，我真的不知道！"金龙苦苦辩解。

张老先生说："金龙，说吧，你不说也骗不过人。"

金龙贼眼珠又急速转起来，吞吞吐吐装着说什么，突然从腰间掏出了手枪。可是，小兰早有了安排，说时迟，那时快，愣福来的大棒摔了出去，他的手枪被击到了远处。

小兰不再问他，把一根绳子搭在了那棵驼背的鬼树上，上边结了个环，大声说："金龙，如果早把你勒死，牛家就不会有今天的灾难。你大嫂心软，一直盼你学成个好人，结果给牛家、给村人制造了这么多灾难。今天，是你该死的时候了。本来想在家里把你一枪打死，又怕惊着了巧巧和她肚子里的娃。你是自己上吊，还是让我们勒你呀？"

金龙浑身软作一团，站起来又瘫软在地了。

"福来，"小兰以不可饶恕的口气说，"你的力气大，给牛家村除了这个大害。"

愣福来平时恨透了金龙，那次又被金龙打得差点丧命，早想处置他。愣福来一把将金龙的头发抓住，像老鹰抓小鸡一样提起来，顺手拉过已挂在树上的吊环，套在了金龙的脖子上，然后向沟里用力一推，金龙就被悬挂在了树上，下肢正好悬在沟边，两只脚在沟上空拼命乱蹬着……

小兰回了村里，打开了迎春的棺盖，把刚才从金龙手里打掉的那支手枪放在了迎春的手里，轻轻地说："迎春，拿好！"

棺盖被木楔钉牢了。路娃抱住了妈妈的腿，苦着脸说："妈妈，小枪都给了四叔和姑姑，咱们以后拿什么打鬼子呀？"

小兰说："路娃，你的妈妈不是以前那个软弱的妈妈了，妈妈相信自己还会从鬼子手里夺过更多的武器！"

小兰料理完丧事，问朱阴阳："朱大叔，你看金龙的尸体咋办？"

朱阴阳说："这要看看让不让他进你们牛家的坟园。"

小兰说："我已经说了，大龙和玉龙不在，牛家主事的人就是我。他死得不光彩，牛家的坟园里不能收留他这种灰人。"

"问题是怕你爹想不通！"朱阴阳说。

"不怕，我爹是开通人，只要知道是他杀了他的亲弟弟和亲妹妹，我爹不会怪我！"

朱阴阳说："他的尸体应该让狼群啃干，扔到山沟吧！"

小兰却摇了摇头，说："如果真有鬼，他的野魂再害人咋办？"

朱阴阳说："把他扔进西壕的大枯井里，他的鬼魂就出不来了！"

奇怪的事情发生了，当人们去了歪脖树下，金龙却神奇地消失了。

五十九

阴灵沟已面目全非，早先七高八低数也数不清的坟堆，现在都夷为平地了，取而代之的是一排排用石头砌起来的厂房和营房。日本鬼子十分聪明，把矿脉四周的岩石炸掉，既露出了矿体，又把石头用来建筑厂房和军营，可算是综合利用，一举几得。石头建筑十分牢固，又十分好看。为了防止上百号开山放炮的民工逃跑，鬼子和伪军依然住在帐篷内，把上等的石头房让给了民工们"享受"。厂房内，生产黄金的设备已经安装，台台粉碎机矗立着，像一只只怪兽正张着大嘴要吞噬坚硬的矿石。另一个厂房内则是许多薄皮合金罐子，一个比一个高大，用来沉淀被粉碎成粉末的矿石，黄金就是通过一种化学药品从这里分解出来的。这些设备和药品，正是艳秋给日本人押镖,后来存放在杜府仓库的那批令艳秋一想起来便血气翻滚的货物。

阴灵沟东侧开出了一个山洞,洞口像一个巨大魔鬼的嘴巴,一会儿把施工的民工们吸进了嘴里,一会儿又把他们吐了出来。一行一行推着小车的民工在这条洞里流水般来往穿梭,不断把洞里的金矿石推到粉碎矿石的厂房里……

民工们个个佝偻着腰,艰难奋力地推车,步履疲惫,喘着粗气,一步一步向写着"逃跑者杀"的山坡挪去。他们每个人的脸瘦得同枯萎了的草叶子一样。甸子村的张三娃更不成模样,他把堆满矿石的车推出洞口就再也坚持不住了,一松手,矿石小车翻了,矿石滚了满路口,他顺势倒在地上,吐了两口带血的痰,脸色黄得像蜡渣。大龙立即扶起他,关切地问:"没事吧?"

张三娃摇摇头,想挣扎起来,但几次都失败了。大龙从身上掏出一个山药丸子,塞进张三娃嘴里,"吃,吃点就有劲儿了。"

好几个民工也都停歇在这里,面朝天躺下大喘。

"狗操的鬼子,不给吃饭,咋能受这么重的苦啊!"民工们叫苦。

其实大家都知道,牛家村人把鬼子打得不敢露头,又把通往阴灵沟的道路用地雷封了,给阴灵沟运送的粮食又被飞鹰山抢夺,鬼子吃的粮只得从大青山以南的土默川进山,绕过上百里的高山大沟运送过来。整个阴灵沟已有五六天断粮了,鬼子和伪军饿得都不敢跑步训练。为了维持矿山,他们吃得甚至比民工都要坏。所以,大家发了顿牢骚,不再有人责怪。

"大龙哥,趁着敌人饿得不能动弹,咱们跑吧!"又有人提议。

逃跑并不难。大龙对沟里的一草一木,一山一石再熟悉不过,只要拐个弯,鬼子就难以找见。大龙想逃跑,几十回都逃了。可大龙心里明白,这是给咱们中国人自己干啊!再说,事情坚持到如今,快要见分晓了,咋能经不住最后的考验。

但大龙不爱言表,对大家多次的逃跑提议,总是低声说两个字:"不能!"大家已经习惯了他的这种领导方法,看他的意图,只要看脸色就能知道。

张三娃挣扎着起来,努力把车推上了平台。他把矿石卸下,撩起车底板,把一团导火线悄悄交给了大龙,说:"大龙哥,差不多够了。"

"让鬼子住的营房一齐爆炸,还得搞十几丈。"大龙说完,把导火线藏在了公共厕所的后墙内。这儿,鬼子和伪军从不进来,平时一闻着臭味就像兔子似的跑远了。

这里还存着平时开山放炮偷偷藏下的几百斤炸药。大龙等着那一天，只要黄金一开始生产，就和八路军里应外合，把守卫阴灵沟的鬼子和伪军统统炸死，把生产黄金的基地变成八路军的摇钱树。

大龙想到这里，心里由衷高兴，嘴角上爬出了一丝丝欢乐。自从小龙和迎春遇害，他的脸上就没有过一丝的笑容。这个铁硬的汉子，竟像疯牛一样哭号了一天。他内心里不时地忏悔：小龙、迎春，大哥没回村送你们上路，大哥对不住你们了。大哥在这儿做件大事，把鬼子彻底埋葬，这才真正能给你们报仇啊！

…………

飞鹰山战斗结束后，比打仗更难的事摆在了玉龙的面前，各路伪军俘虏四百多人，还有鬼子一个小队和炮兵排，把这么多俘虏释放，万一再回到敌营去打八路军怎么办？如果杀了他们，又不合八路军的政策。八路军眼前正在全力抵抗日本鬼子向西犯进，粉碎他们占领中国大西北和夺取延安的阴谋，根本没精力看管和整训俘虏。而且八路军粮食紧张，常常吃野菜草根坚持战斗，他们拿什么去供养这么多俘虏？玉龙像抓了一颗刚从炉坑烤出来的山药，从这只手倒在那只手，怎么弄也是烫手。

最后决定，只能把这些俘虏带回牛家村，一边改造，一边让他们参加农田劳动。想想看，张小三不也是俘虏，他现在成了自己的左膀右臂。瘦猴和李东在阴灵沟立了多大功劳！这次又用敌人的炮弹轰平了敌人的阵地。就连山本四郎这个日本人，对八路军都是忠心耿耿。胡八这个敌伪营长，现在正指挥他的部队收拾战场，再做做工作，估摸转过弯来也不成问题。玉龙对改造俘虏有信心，最担心的是粮食，俘虏加上自己的队伍七八百张嘴，每天吃一道巷子哩！这是实打实的困难，一顿不吃也不行，去哪儿找这么多粮食啊！

打小在村里，玉龙心里苦闷麻烦时，常常把二狗、山山、二木匠几个一起耍大的小兄弟叫到一起，偷鸡摸狗弄几个钱，换几斤烧酒浇浇愁气和怨气，喝醉醒来，顿觉天空湛蓝，又感到生活有了希望和兴趣。他弯下腰，从床底掏出一坛青酒，仰起脖子一咕噜，二三两就灌进了肚。想起自己最好的朋友二狗不能再和自己共饮了，心里又一阵酸楚，泪水像加了温，把眼圈烧得发烫，他不断用袖头擦泪水，泪水还不断从眶里涌出。

范君义弯腰进了帐篷，走到床前，把酒坛子盖子塞上，责备说："心里不痛快，还喝什么酒！"

玉龙说："范指导，你把部队交回团部就往牛家村赶，这么多人和这么多事，我真的顶不下来。"

"玉龙，你放心，我尽量早点赶回来，不过，我回部队，有两件事必须做。"

"什么事？"

"第一件事，我必须给你请功，敌众我寡，能取得这么大的战绩，你是八路军里难得的指挥员！"

"哎，甭甭甭！"玉龙急忙堵嘴，"范指导，我这个人天生就怕表扬，一受表扬就不知道云里雾里。每天挨点打，受点气，正是能搬砖溜瓦干点事。你要给我请功，我立马和你闹翻！"

"这不是给你个人的荣誉，是咱们整个连队的荣誉——"

玉龙又打断范君义的话："我不想听这些花花哨哨的话，你说第二件事吧！"

"第二件事是我向团部请求处分。"范君义依然是那么认真。

"请求处分？为什么？"

"我作为指导员，打仗时不动脑子，结果我们之间误打了一顿，让十几个战士受伤！"范君义十分难受。

"哈哈，我说范指导，你不会是脑子里有病吧？人家仇金良鸡蛋里挑骨头，抓不着你把柄急得跳井，你还要自投罗网？"

"不行，我们对组织必须忠诚，我应该受到处分！"

玉龙大怒，叉着腰骂起了娘："范指导，你给我闭上嘴，你他妈受了处分，留下那么多俘虏咋办？你不是想逼我一个人上吊？"

范君义还要争辩，玉龙不愿再听，说："我心里烦透了，没心思和你斗嘴。我不许你回团部，部队长眼睛长腿，让他们自己回去。你今天带俘虏先回村里，我绕道去抢粮食，要不这么多人吃什么呀？"

范君义追出了帐篷，拽住了玉龙的衣裳，耐心地说："玉龙，你怎么一句话都不听我的？我必须回部队。部队出发时，姚参谋长说打完仗要和我谈许多事情，首长的命令我能不听吗？"

"那你回部队后不许胡说。"玉龙让了步。

"我不说就是了。"范君义无奈地应诺后,又认真地问,"玉龙,我求你办的事,你和艳秋说了吗?"

"啊呀,你还不知道这几天的忙乱,这个事,我马上就去找她!"

范君义说:"玉龙,我知道你的办法多,她也很听你的话!"

玉龙嘴上答应着,心里却又为难起来。

刚才,艳秋和玉龙闹了个不亦乐乎。

金凤肩膀负了伤,说是一个戴眼镜的伪军向她射击的。金凤和艳秋不仅是同学,又是生死相交的姐妹。艳秋非要为金凤报这一箭之仇。她们到处寻找这个戴眼镜的伪军,战场上没找见,就进了胡八那个俘虏营里。这个营有三个戴眼镜的士兵,艳秋让金凤辨认。金凤不敢肯定是哪个,艳秋一挥手,就把三个眼镜兵赶出俘虏营,拔出了枪,每人腿上给了一枪,金凤紧拦慢拦,三个人已经倒在地上。这事恰让玉龙碰上,他冲过去要夺她的枪,艳秋脚尖一扫,把玉龙绊倒在地,连打了两个滚翻。玉龙满身灰尘,狼狈不堪,大声喊道:"杜艳秋,你疯了?"

"没疯!"艳秋不以为然。

"八路军不许虐待俘虏!"玉龙气急败坏。

"我不是八路军。"

"杜小姐,你害了我的大事,这是胡八营长的人啊!"

"胡八是个什么东西?胡九也不怕!"

玉龙气得脸蛋子发青,他用大脚狠狠地在地上咚咚咚跺了三下,掉头回了军营。

艳秋向眼镜兵开枪,也是向玉龙撒气。战斗结束后,艳秋明显感到玉龙在疏远自己。要在平时,一有空子,他会闪电式地吻吻自己,或者死皮赖脸地对自己说几句流氓话。而现在,心事重重,面孔也冰冷,好像艳秋惹着他一样。艳秋和他说话,也待理不理,像躲瘟神一样逃开。她一心一意爱他,他居然摆起架子,艳秋不由得气愤难平。金凤负了伤,她当然心疼,本想找见眼镜兵狠揍一顿,正好碰见玉龙和俘虏嬉皮笑脸开玩笑,仍没把自己放在心里,愤怒之下,三个眼镜兵成了她撒气的对象。

艳秋冷静下来,觉得自己的确过分,一个脚绊摔得够狠,自己不该这么任性。设身处地想想,玉龙够麻烦了,不说别的,几百个俘虏个个像狼一样贪婪,他去哪儿搞那么多粮食？也许正是这些压力使他没心思理会自己。其实，她也考虑到了粮食问题。一大早她就命令大金牙做好了出发准备，她要用美人计到日本人的石门子粮库去抢粮，真心想给玉龙分担些忧愁。此时，她想主动找找他，可长期以来的清高孤傲，又使她停止了脚步。她驻足在玉龙的帐篷前沉思着。

　　玉龙和艳秋几次生死境遇，就已把他们的情感融成了一体。可是，玉龙万没想到范君义突然要主张他和艳秋的夫妻关系。玉龙出生在牛家这样的家庭，认为婚姻的法律就是父母之命，总觉得人家的婚姻是名正言顺，而自己则龌龊可鄙。这件事如果放在别人身上，玉龙或许会和他拼命，恰恰自己的对手是八路军的干部，又和自己共同担负着牛家村人的命运。如果为一个女人争下去，让人耻笑事小，误了全村人的利益是大事。玉龙只能忍痛割爱，可这个痛怎么忍！一想起这事，玉龙心里就像吃了烟油又苦又辣。范君义并不知道玉龙和艳秋的关系，他把所有希望寄托在了玉龙的身上，这几乎是用毒刑拷打玉龙，他到底该怎么办呢？

　　玉龙心事重重走出了帐篷，低头沉思。艳秋轻轻乱了乱他，他才噢了一声回过神来。他并不生艳秋的气，咧嘴笑笑说："艳秋，我正找你。"

　　玉龙领着艳秋到了一个没人的帐篷，坐在艳秋对面。艳秋挨他坐下，他又傻笑着挪远了位置，然后，从上衣里捏摸半天，掏出了临走时小兰给艳秋带的戒指，递给了艳秋说："艳秋，这是范指导给你的信物。"

　　玉龙常常撒谎捣蛋捉弄人，现在说是范指导的信物，艳秋以为他又在起哄，冷笑一声，伸出一只巴掌说："给我戴上。"

　　玉龙弯下腰，认认真真给艳秋把戒指戴在无名指上，说："大嫂买了两块绣着锦龙的缎被面，我已经给了晶晶，她会转给你的，这是给你们的新婚贺礼。"

　　艳秋问："给我们？除了我，那个人还活着吗？"

　　"啊，活着，活着！就是范指导嘛！"玉龙说。

　　"还有什么，都拿出来吧，给什么我要什么。"艳秋又伸出了手。

　　玉龙果然把手伸进内衣，掏摸半天，拿出一张折成方块的纸来，递给了艳秋说："事情都在这里写着。"

　　艳秋展开了纸，是范君义给她的一封信。

艳秋我心中的最爱：

自从见了你，我就恨自己。一个伟大的女神走过我的面前，我却用恶语伤害了她！我怎么做才能挽回这一生的悔恨？

不要问我爱你有多深，我真的说不出来。这些日子，你的身影时时刻刻在我脑子里跃动，我每一分钟都在想念你，我会爱你终生。

你说过，只要我的父亲站在人民的立场上你就嫁给我，我已经做到了。我父亲已经把所有财产交给了八路军，把所有家兵交给了抗日的武装队伍……

艳秋的脸骤然变色，她把信纸揉成一团，扔在地上，大声责问："原来你真的是来保大媒的。"

玉龙把信纸捡起来展开，惋惜地说："这可是范指导的心血，为写这封信，他耗了一马灯油！"

"玉龙，你太让我失望了，你今天能不能说句正经话？你是不是真的要我嫁给范君义？"

"你们本来就是夫妻嘛！只怪我……"玉龙难以说下去。

"滚滚滚！"艳秋怒不可遏，呼地站起，冲出帐篷，又转过头说，"好，既然你亲手把范君义的信物给我戴上，那我就嫁他了！我从此再不想看见你！"她一步就跨出了帐篷外。

玉龙赶到门口，艳秋已经没了踪影。玉龙木然呆立。

六十

喧闹的飞鹰山顿时变得寂静了。这几天打仗，山狍野鹿早被吓得逃之夭夭，地缝里的爬虫毒蛇也被浓浓的火药味熏得不敢出窝，长翅膀的各种飞鸟，平时数也数不清，叫声千奇百怪，如今连根羽毛也难以看见。山上山下，沟里沟外，到处都是横七竖八的伪军尸体。嗅觉灵敏的秃鹰突然成群结队地飞来，几乎把飞鹰山的整个天空遮掩，它们在尸体上空怪叫着、盘旋着，准备美餐一顿。

范君义的部队，没伤一兵一卒，还缴获了许多武器。更值得高兴的是，范君义从玉龙那里得知，艳秋已经表态要做他的老婆。他情不自禁地带头高唱起《三大纪律，八项注意》的歌曲，迈着雄壮的步伐离开了飞鹰山。

艳秋没有和任何人打招呼，带着飞鹰山的队伍冲出了沟口。当玉龙追出沟口时，她已经拐上了大路。玉龙知道，她还在和自己怄气。

晶晶没有走，她找到了玉龙问："哥，你咋惹着我们司令了？"

玉龙说："没有呀，你们司令就是这种毛鬼神脾气嘛！"

晶晶告诉玉龙："艳秋要抢劫日本人的石门粮库，她们打前战已经出发，留下我们在附近搞几辆大车，尽快赶到石门去拉运粮食。"

玉龙大吃一惊。艳秋的想法怎么和自己不谋而合？自己就是打算回牛家村时，多绕八十里路到石门去抢鬼子的粮库。但玉龙明白，粮食意味着士兵的生命，关乎着战争的胜败，鬼子的粮库多次被八路军烧毁和破坏，把守非常严密，附近还驻着许多部队。他担心艳秋寡不敌众，吃亏失利，立即命令部队紧紧追赶，绝不允许她们单独行动。

一天一夜之后，玉龙的队伍行进在大青山北麓的石门峡谷之中，面前出现了耸拔而起的两堵对峙的石壁，石壁就像刀削似的挺直，不长树木，不长藤蔓，也没长羊齿类的小草，只有黑森森的看去是浑成的大岩石巍然兀立，就像一座没有顶的巨大门框，进了这个大门框子，就是日本人存放粮食的仓库。大门框的两侧，站着许多伪军的岗哨。

两辆花轱辘马车从西边的一条支沟里窜出，车上坐满了花枝招展的姑娘。她们都被绳索捆绑着。四个伪军骑着高头大马，为这两辆花轱辘车护驾。车辆在大石门框前停下，四个伪军没有下马。为首一个对前来拦截的哨兵说："我们是县保安团的，为慰劳看护粮仓的大日本皇军，送来慰安妇十二名，请放行。"

伪军岗哨歪着脑袋，围着女人们转了两圈，迟迟不肯放行，问："又是美人计吧？我们这儿一共十个太君，送来这么多慰安妇，不会是来抢粮食的吧？"

护驾的伪军说："你们要怀疑，我们就把慰安妇送到别的兵营去了，可别说我们保安团不关照你们。"

哨兵仍在疑疑惑惑，车辆就装作掉头离开。一个伪军冲天开了一枪，大声命令:"不能让他们逃走!"

枪声惊动出十几个鬼子和二十几个伪军,都端着枪冲到了石门前。一个穿着少尉军服的鬼子大声命令道:"八路的狡猾,统统拿下!"

伪军们拥上来,刺刀像树林一样围住了姑娘,护驾的四个伪军也都被下了枪,他们被赶进了石门里。

鬼子少尉命令道:"先把花姑娘关起来,立即派人到县保安团联系,是不是他们送来的花姑娘。"

一个鬼子嗨地行了个礼,飞身上马去了。其余的敌人赶着姑娘们向营房走去。

此时,玉龙、山本四郎和张小三骑着三匹快马,后头还跟着一色日本军服的瘦猴和李冬,急驰到石门前。山本四郎首当其冲,用日语诈唬说:"你们乱哄哄的,干什么?"

鬼子少尉一看来者的军衔都高过自己,啪的一个立正,用日语报告说:"报告长官,县保安团送来慰安妇,卑职怕中了美人计,正在盘查!"

山本四郎指着玉龙和张小三对鬼子少尉说:"这是玉龙上尉,这是小三中尉,前来检查你们的粮食防范工作。"

鬼子少尉立即给来者敬了礼,立在那里不动了。

玉龙慢吞吞地跳下马,摘掉了雪白的手套,咬着牙,非常狠毒地照准鬼子少尉的脸蛋,啪啪啪抽了一顿耳光,用日语骂道:"不务军职,死了死了的!"

鬼子少尉嗨嗨地喊着,喊一声身子挺一下。

山本四郎用日语命令道:"长官生气了,你们不务军职,大白天玩弄花姑娘,立即集合!"

"嗨!"鬼子少尉立即吹起了哨子,鬼子和伪军分两队集合起来,个个像木桩一样立在地上,准备接受长官的训斥。

玉龙向山本四郎扬扬手,山本四郎走到了鬼子队伍的前面,命令道:"打开所有仓库,接受长官检查!"

鬼子和伪军的队伍,开向了一栋粮仓,玉龙一行紧紧跟在了后头。张小三趁机溜到最后,向立在角落的飞鹰队员使了个眼色,姑娘们早就脱开了假捆的绳索,等待着下一步的行动命令。

鬼子队伍走到了一大溜石头垒筑的巨大粮库前，打开了沉重的防火水泥大门，里边是堆积如山的粮食。

山本四郎挥挥手，"统统进去，把底部的粮食搬出来，长官要检查有没有潮湿发霉！"

鬼子和伪军把武器挨个立在了大门两旁，进了粮库，开始七手八脚搬动粮食。在这一刹那，姑娘们已将所有的武器抢在了手里，一支支枪口对准了黑洞洞的粮库。

"不许开枪，开枪会惊动鬼子，快把粮库的大门关上。"玉龙命令说。

鬼子和伪军还在认真搬动粮食，姑娘们合力推动着沉重的水泥大门，咚的一声大门关上了，接着，一把大锁挂在了上边，隐约听到里边大嚷，可是库房太严密，他们的声音像蚊子叫一样微弱。

打开了别的粮仓，姑娘们开始拉运粮食，张小三玩笑说："好好拉吧，够你拉两年！"

"拉不完就烧了！"艳秋终于从人群里闪出。她打扮成了一个调皮漂亮的小姑娘，两条羊角辫子冲天耸着，随着走路还不老实地跃动。她的浑身都显示着引人注目的动感，这种动感更容易使敌人动心，这正是她的目的，因为把敌人引到自己身上，她有更多的对付办法，可惜今天没有派上用场。

玉龙嬉皮笑脸走过来，想和艳秋搭讪，艳秋头也没抬。玉龙忽然拿出了戏剧里的娘娘腔说："杜小姐，奴才这厢有礼了……"这声音不男不女，是农村里说的那种二姨子调，把众人都逗得大笑，艳秋也不由扑哧笑了。

突然，急促的跑步声传来，众人望去，清一色的光屁股人群潮水般从石门外冲进来。所有的俘虏只穿着裤衩，远远看去，像一条条数不清的白鲨鱼。玉龙命令他们把裤子和上衣脱下，扎上裤腿和袖子装粮。装满裤腿和衣袖，大约是八十斤左右，够一个人吃两个半月，谁背回去谁不挨饿，不背的就地枪决。玉龙估摸，这批粮食抢回去，正好也接上了秋收，部队就能接上新粮。那时，这些俘虏大概也有个出落了。

一间间粮库打开了，光屁股的俘虏们开始围着粮堆装粮，飞鹰山的姑娘们羞得不敢抬头。张小三急得跳起来："你们快点装啊，附近有许多部队，一旦发现，我们就来不及跑了！"

这时，又有许多山民陆陆续续跑进了石门。他们都拿着毛口袋、布口袋，接着，骡子、马子、毛驴还有手推车、马车、牛车都向粮库而来。原来，玉龙早已通知了附近山民。山民们看见队伍脱了裤子装粮是个好法，也学着样子去做。可山民大半不穿裤衩，就把山沟里的野芭蕉叶子捂在下身，又用枯藤缠住，人们只顾抢粮，谁也顾不上害臊。

俘虏队伍很快装满了粮食，在八路军的押解下离开了粮库。可老百姓的大车小车还在排着长队，驴喊马叫，十分热闹。玉龙和艳秋没有撤退，还在指挥着抢粮的山民。

一个农民赶着驴，驴背上只驮了一袋子粮食，玉龙问："伙计，你咋只驮一袋？"

农民说："路程子远，驮多了驴子走不回去！"

玉龙说："笨蛋，你多驮点，就近找个地方把粮食藏起来，有空子时再往你们村里运。"

农民恍然大悟，说："对对对，真是的，谢你了。"

许多农民得了经验，每头驴驮两三袋，跑到就近沟岔一藏，马上又返回来……

突然，枪声炒豆子一样爆响起来。战士来报，敌人从石门口以北的两条小沟向粮库打过来。原来，去保安团了解慰安妇的日本士兵报告了情况，敌人知道有诈，赶来救援粮库。

"坚决顶住！"玉龙一声令下，掩护群众运粮的战士立即出动，艳秋也带着飞鹰山的队员冲向石门口堵击敌人……

六十一

炊烟像雾霭一般笼罩了岱青色的山村。夕阳像一腔殷红的鲜血，把炊烟染得姹紫嫣红。一支庞大的队伍，像一条延绵不绝的长龙，一直向牛家村延伸。他们光滑的身体涂着晚霞的光彩，胸前摆动着装满粮食的裤腿和衣袖。

经历了一天一夜的艰苦行军，玉龙押回的俘虏队伍，给村里运回了五千多斤粮谷，玉龙好高兴，三四个月的军饷不用担心了。

俘虏们把粮食堆放在大街上，累得东倒西跌，八路军的战士刺刀林立，还在看守着几百个赤条条的俘虏。他们历尽艰险把粮食背回了村子,双脚鲜血淋淋,双肩被勒压得又红又肿,浑身也被树枝划破,还有蚊虫叮咬的脓包血肿。玉龙十分感动,他一挥手,让哨兵们收起了枪,说:"以后不许再把刺刀对准他们。"

乡亲们从四面八方堵在大街上,唯独没见牛家大院走出人来。玉龙从人们的面部表情和低沉的情绪中闻出了些不对劲的味道,但他的注意力很快被张老先生引到了别处。他让玉龙招呼全村乡亲把粮食搬到私塾房,他说那儿地势高,通风好,粮食不会受潮,八路军回了村都在庙堂和书房里住,安全又可靠。

几百号俘虏的住宿问题,又让玉龙忙乱了一阵。他知道,自家房后那个洞里能容纳几百号人。他和张老先生动员乡亲,各家都支援一捆莜麦秸子,抱在洞里,不仅防潮,而且发热。这次为了多背粮食,俘虏的行囊都抛到了山沟,玉龙又让乡亲支援牛毛毡子、狗皮褥子、羊皮盖窝……从心眼儿里,他想让这些俘虏尽量舒服。不过,还有二十多个鬼子俘虏令玉龙头疼。这帮王八蛋,一路上尽找麻烦,见石崖就跳,见石头就撞,想尽一切法子要自杀,还谋杀押解战士,不想前进就绝食,把八路军战士整得叫苦不迭。玉龙几次想把狗日的枪决,人道主义和八路军的政策使他强忍了。若把他们和伪军关在一起,肯定还会聚众闹事,就把他们关在了山山家的一溜马棚里。

眼看太阳落尽,该给这么多困倦不堪的战士和俘虏吃饭了,玉龙自然又想到了小兰和迎春,做饭的事一贯是她俩负责。玉龙想,伺候这么多战士和俘虏,迎春肯定不干,妹妹早想要一支小手枪,这次,一见面首先把缴获的小手枪在她眼前晃晃,趁机和她讲条件,让她好好伺候俘虏,她一定会像一只快乐小猪崽,欢溜溜地跑着忙乱去……

昔日人丁兴旺的牛家大院,如今却灰清灶冷。日本鬼子先后杀害了牛家三条人命。小兰清理门户那天,鬼灵精的巧巧也预感到金龙末日已到,悄悄尾随小兰,果然看到金龙被挂在了歪脖树上。她等小兰和村人离开后,立即奔过去,把金龙从树上救下来。金龙也精灵透顶,在他被挂在树上之前用一只手抓住了绳套,才没被绳子勒断气管。可他并没有感谢巧巧相救,连个谢字都没说,扭过头狼狈而逃了。巧巧看他无情无义,自觉在牛家无法立脚,也落荒而去,不知方向。现在,家里只留下了牛老栓,痴痴呆呆,不哭不笑,脸孔像木头一样死板,见了谁都不认识,人问他什么事情，都摇头不知道。打发了小龙和迎春，小兰就大病不起，路娃承担起了全家的重担，每天给妈妈爷爷烧水、做饭、洗脸、烫脚，还给臭蛋熬药敷伤。臭蛋这几日下了地，才使路娃略微轻松了一口气。

玉龙一进自家院子，清冷的氛围使他感到一种不祥，他喊："大嫂，大嫂！"

小兰屋的门开了，出来了路娃。玉龙吓了一跳，这是路娃吗？咋瘦成了这个样子，圆圆的脸，现在变成了小窄条，脸色也灰黄灰黄，像是饿了几天没吃饭。他扑在了玉龙怀里，泪水顿时浸湿了玉龙的大腿，可他什么话也没说，也没有哭出声来。

"路娃，告诉三叔，你咋了？"玉龙蹲下身，双手夹住路娃的脸蛋，不断问。

"路娃，快给你三叔烧水。"小兰在屋里听见了玉龙的声音，一边挣扎着下地，一边用眼神威胁儿子不要乱说。她知道，玉龙回来，一旦知道弟妹惨遭不幸，定会气疯的。这件事，明知道遮拦不住，可遮拦一会儿是一会儿。臭蛋也从炕上挣扎着下了地，迎回了玉龙，两人假作笑脸，掩饰着内心的悲痛。

"迎春呢？"玉龙敏感地问。

"噢，是这样，这几天我不舒服，她去我妈家，请我妈来伺候几天。"小兰撒了谎，虽说是有过心理准备，表情难免有不自然之处。

玉龙不相信。他知道，大嫂是个坚强无比的人，根本不会因为一时身体不适去惊动自己的母亲。再说，为什么让迎春去请老人伺候，迎春伺候不更方便吗？但他也无法拆穿小兰的谎言，继续问："小龙呢？"

"小龙去县城给爹买药去了。"这次，小兰显得理直气壮，没有表现出虚假。

玉龙的眼光绕屋子扫了一遍，仍怀疑着问道："我二哥呢？"

小兰害怕露了馅，做出生气状说："他这个人鬼鬼溜溜，已有几天不见了。玉龙，你打胜仗了吧？艳秋和你的事咋说？"小兰想岔开话题。这时，一个战士慌忙跑来，"报告连长，鬼子俘虏又在捣乱，把山山家的马棚也推倒了！"

玉龙怒不可遏，掏出手枪冲出门外。到了山山的院子，几个鬼子俘虏挺着脖子号叫什么，脑门子上青筋突暴，愤怒万分。他们讨厌棚圈里的马粪味道，嚷闹着抗议，同时又要推倒另一堵土墙。值勤的愣福来扑了上去，和鬼子揪扯起来，几个鬼子拳脚相加，把福来打倒在地。他从脚下爬起，走到玉龙面前，哭诉着说："玉龙，你看他们打我。玉龙，鬼子还杀了迎春和小龙，为什么不杀了这伙王八小子？"

"啊？你说什么？"玉龙不相信自己的耳朵，扑上去，抓住了愣福来的衣领，大声问，"你说日本人杀了迎春和小龙？"

愣福来知道说漏了嘴，赶快摇头摆手说："没……没有！"

玉龙啪一记耳光，把愣福来打得更愣了，他捂着腮帮子，说："玉龙，甭打我！大嫂不让我说，我不敢说啊！"

玉龙像五雷轰了顶，顿觉耳旁飞沙走石，眼前金花四射，脑子里像山崩海啸。他趔趄着用双手扶住了鬼子正要推倒的墙壁。此时，鬼子还在怒目圆睁，吱哇吼叫，玉龙定了定神，仇恨和愤怒如同不可遏制的岩浆从胸中喷出。他怒吼了一声，如同猛虎从山涧出来望见了猎物，夺过了山山手里带着花孔的转盘机枪，哗啦啦就是一梭子，五六个鬼子伸伸胳膊应声倒下。他插了子弹夹，又是一梭子，鬼子有的真倒下，有的诈死在人堆里。他们趴在地上，闭上了眼，连大气也不敢出。玉龙夺过了刺刀，冲着他们的胸膛和脖子乱戳，不断大骂着："你们再逞凶啊！王八蛋们，你们为什么装死了？你们是狗熊啊！"鬼子的惨叫一声连着一声。他乱戳了一阵，自己成了个血人，摇摇晃晃，站不稳脚跟，晃悠了两下，也跌在死人堆里晕过去了。

玉龙杀了鬼子，几天昏昏沉沉、迷迷糊糊，不知是过白天，也不知是活黑夜，像牛老栓一样痴呆木愣，村里真有些群龙无首了。范指导去了团部，不知为何不归。抢粮战斗中，艳秋和张小三他们被鬼子打散了队伍，下落不明。可怜二狗死在飞鹰山上，玉龙又成了这个样子。扛大梁的自然是虚弱多病的小兰和张老先生几个村人了。

乱中添乱的是山本四郎失踪了。这个不爱多言的小鬼子，一回牛家村就忙乎村里的事，心里却恨不得马上能见到自己热恋的情人。玉龙杀死日本俘虏的枪声才告诉他迎春遇难了，他立即像一只母狼发现丢失了幼崽一样，嗷嗷地满村子疯跑号叫，人们只顾搬运鬼子的尸体，不留神，他就无影无踪了。牛家村人上上下下整整找了一夜，没找见他。

第二天清晨，一个黑点慢慢从牛家村南的沟口出来，渐渐走近了村子。人们看清了，天呀，山本四郎歪歪扭扭，趔趔趄趄，跌跌撞撞，抱着迎春的尸体进了村子，他头发蓬乱，浑身沾满了泥土，他是从墓坑里把迎春刨出来的。乡亲们齐声喊道："小鬼子，快放下尸体！快放下尸体！"

"不！不！"山本四郎固执地继续向村里移动着脚步。顿时，全村人聚满了牛家村的大街。突然，朱阴阳从人群中闯出来，手里提了个大铜铃铛，摇铃开道，口中念念有词，向山本四郎逼近。他的后头，跟着五六个后生，每个后生手里都握着闪着白光的耕地犁铧。他们挡住了山本四郎的脚步。

山本四郎喊道："我要和迎春举行婚礼，她的肚里有我的骨肉！"

朱阴阳根本不理，继续摇铃念咒，旋风似的围着山本四郎转了一圈，对他说："快快放下尸体！"

山本四郎放下尸体，呆立着。朱阴阳喝口血红的朱砂水，喷了山本四郎满脸，然后又不断向迎春的尸体乱喷，喷毕，大声命令道："插桦！"

原来，人死后把棺木用木楔钉死，就意味着把鬼魂锁在了棺里。山本四郎打开了棺木，放出了鬼魂，鬼魂就会飘到四方去害人。尤其是女人怀胎后更有讲究，必须把镇物的六只犁铧分别插进四肢、头颅和胸部，使其鬼魂不能脱身。不然，死者和腹中胎儿就会犯墓虎。墓虎鬼丈二长的红舌头，眼睛像红灯笼，四肢如钢钎，浑身长着绿毛。母子二鬼走到哪里就会把哪里的人畜吃得一干二净，先吃亲人，后吃乡亲，最后吃牛羊鸡禽，这个村吃完，又会蹿到另一个村。所以，历来对死了的怀胎女人刑法特别严酷。当朱阴阳命令对迎春尸体下镇物之时，山本四郎立即像一头疯牛，四处出击，拳打脚踢，不许乡亲把这些尖锐粗壮的铁器刺进迎春的身体。可山本四郎寡不敌众，又被乡亲愤怒的声浪所震，他双手捂上脸，长号着向村外奔去……

朱阴阳顾不得那许多，一挥手，六只犁铧活生生戳进了迎春的四肢、头部和胸膛，朱阴阳围着迎春用朱砂水喷了个圆圈，正要搬柴焚烧尸体，玉龙光着脚板冲到了大街上，他看到了妹妹浑身插进了那么多铁器，暴怒得像只疯狼，扑上去抓住了朱阴阳的头发，里里外外不停打着嘴巴。众人拼上命把他拉开，掀翻在地上。玉龙大号着，诉述着："鬼子杀了我的妹妹，你们还这样欺负她，你们是人还是畜生……"

众乡亲不断劝说："玉龙，朱阴阳没错，擒墓虎就得下镇物！"

"玉龙，不烧掉尸体，墓虎鬼会祸害全村人！"

"胡说，你们每天给神鬼敬纸烧香，哪个神鬼出来保护过你们？谁要再动我妹妹，我和谁拼了……"玉龙声嘶力竭地哭号了一阵，把迎春尸体上的犁铧拔了出来，扔了老远，抱着迎春的尸体向墓地走去……

六十二

　　化名为山静的油屁股，药物被日本工兵队伍抢走，担心不好向老尼姑交代，想一逃了之，但出发时匆忙，近时偷窃施主的零碎银两和财物都藏在庙宇的地宫之中，虽然不是一笔大财，维持几个月生计不是问题，他硬着头皮回了河神庙。

　　已近黄昏，庙里的油灯还未点亮，大殿里黑洞洞的，老尼姑住着的耳房里散出昏晕的光亮。她的房门平时总是虚掩，今天却紧紧关闭。油屁股轻手轻脚过去，耳朵贴在窗户上，一阵蚊子一样的呻吟传出来。他立起脚尖，从透风口处，看见了一个令人销魂的场景：老尼姑的青藏蓝袍撩在了胸前，露出了两条洁白的大腿，一个粗壮的黑影伏在她的身上，正在龙腾虎跃……

　　油屁股差点叫出声，心想：这无耻的老尼，自称六根已绝，居然办出如此肮脏之事，又在大雄宝殿施淫，简直是对佛祖的污辱。他好高兴，心想：以后你这老妖也甭想再随便指责老子这长那短了。与此同时，这惊心动魄的场面，也使他心旌摇荡，浑身麻酥酥的。他像一只饿极了的馋猫碰到了一块肉，虽然是块老肉，欲望也极其冲动。他想：这老尼看起来也是一头骚猪，不定哪阵发情，也许能给自己一个泄欲的机会，想到这儿，喜不自胜，不留神，咳嗽了一声，老尼姑屋里的响动停止了……

　　屋里闪出了一个粗壮的男人，大步跨出了山门，老尼姑随后跟出，看到门首呆立的油屁股，冷冰冰地问："山静，你回来了？"

　　"回来了。"油屁股理直气壮得很。

　　"任务完成得不错吧！"老尼姑讥讽地说。听这话音，老尼姑已知道药物被抢的事情了。

　　油屁股硬着头皮说："他们要抢，我有什么法子。"

　　"我让你把药送到牛家村，你到县城的路上干什么去了？"老尼姑揭破了油屁股的谎话，厉声责问。

　　油屁股借助刚才抓住的把柄，语气仍然强硬，"你想咋办？"

　　"我想杀了你！"老尼姑凶恶地喊道。

　　"你？哈哈，就你这个干瘪的老婆娘，你想杀我？看我咋收拾你！"油屁股说着，挽起了袖头。

"你要干什么？"老尼姑问道。

"干什么？干刚才那个男人干的事！你虽然老点，但今天大爷心情好，和大爷玩玩！"

话音未落，一记耳光闪电般飞来，油屁股顿觉天旋地转，又一记耳光打过来，他就昏倒在地上了。老尼姑像老鹰抓小鸡一般拎起他，走进大殿，揭开了一块木头盖子，把他扔进了阴潮黑暗的地宫……

油屁股万没想到，这老尼姑竟如此厉害。在地宫里被圈了三天三夜后，老尼姑把他拖出来，当着他的面，一巴掌把一棵碗口粗的树活生生折断了。她警告油屁股，如果以后不好好伺候她，他的命就是这棵树的下场。油屁股不敢再造次，任由老尼姑使唤，扫院、浇地、迎客、诵经……这天，老尼姑突然要他从附近村落拉运莜麦秸秆，铺垫在地宫里，说是一支八路军队伍要在这里埋伏，一定不能让部队受阴受潮。为了搞到这些秸秆，油屁股差点累出屎来，还让老尼姑罚跪三个时辰。油屁股恨死了老尼姑，也恨死了八路军。

果然，在一个暴风雨即将到来的傍晚，一支八路军队伍开进了河神庙，这支队伍有二百来人，武器十分精良，有歪把子机关枪，还有好几个人抬着的重机枪。队伍刚进院，倾盆大雨就下起来。士兵们用东北话操着老娘，拥进了大雄宝殿，有的坐在了佛台上，有的把衣裳搭在了泥塑上晾着。接着，士兵们开始吃压缩饼干，开马肉罐头，各种包装把大殿搞成了垃圾场所。看模样他们不像八路军，倒像是伪军和土匪的做派。老尼姑命令油屁股在地宫里点燃了蜡烛，地宫里顿时一片豁亮。士兵们吃饱喝足，都下了地宫，挨排睡在厚厚的麦秸上。老尼姑又命令油屁股挪开了大殿里的五六座泥塑佛像，佛像下，是地宫的通风口子，老尼姑还让油屁股不断向地宫里运送开水……

油屁股心中忽生一条毒计：只要把大殿里的泥塑像移回去，挡住通风口，地宫里的二百多八路军都会窒息而死，然后马上去县城找寿男大佐报功，不但可以得到一官半职，还能得到一大笔赏钱，这要比蹲在河神庙里逆来顺受好得多。他越想越觉得是个改变命运的好机会。可是，要想做成这件事，首先得除灭老尼姑这个祸害。他一边饲喂院里的马匹，一边苦苦用着心事。

一阵狂风把暴雨卷到了远方，并把天上的黑云吹开了一条大缝，月亮从缝里钻出头来，地上的积水成了一面面镜子。一个哨兵在庙宇的山门口像一根柱子立着。油屁股捡起一根大棒，顺墙根悄悄溜了过去，趁哨兵不备，啪的一声，哨兵的脑袋就开了花。油屁股捡起了哨兵的枪支，又溜回了院子，朝着老尼姑居住的耳房摸了过去。蜡烛的光晕一片鲜红，老尼姑正在蹲着练功，灯光下她显得青春焕发。油屁股把枪架在了窗棂上，对着老尼姑的脑壳，当的一声，老尼姑一声没吭就栽倒在了地上……

艳秋带着金凤、玉竹和晶晶，还有十几个范家家兵在大山沟里毫无目的地行进着。

那天在石门抢粮，突遭敌人援军袭击，艳秋和姐妹们奋勇阻击敌人的进攻。敌人像数不清的蚂蚁，一拨一拨蜂拥而来，武器也精良先进，飞鹰队员根本不是对手。她们且打且退，拼着命给玉龙他们抢粮争取时间。敌人追击了十几里路程，艳秋她们拐进了向南伸延的一条大沟才脱离了险境。她的队伍大部分失散，仅剩下眼前这几个队员。

她们在大沟里行走了一天一夜，饥饿疲劳到了顶点。可惜石门里那么多粮食，她们没来得及带走一粒。好在盛夏季节，青山绿水，有吃不完的苦菜和野果。山沟里的阴影越来越大，太阳又要从西山跳下去了，她们想野炊完，顺便找个石崖或有洞穴的地方宿营。

晶晶内急，远离大家几百步，拐进了一条不被人看见的小沟。她正要蹲下，忽见不远处有一个壮汉，坐在一块巨石上画着什么。他见了晶晶，跳下巨石，向晶晶逼来，晶晶掉头要跑，他在后头紧紧追赶，晶晶大喊起来："艳秋姐，快救命，有敌人啦！"

艳秋她们听到了喊声，马上接应，双方声音在山沟里回鸣。那壮汉听见人声才知道不是晶晶一人，扭头就跑。晶晶和赶上来的队伍紧紧追赶，一边追赶一边鸣枪警告。可那壮汉大步如飞，眨眼间翻过山梁不见了。众人仍紧追不放，过了山梁，忽见一头黑驴，它竖着耳朵盯着前方，看见艳秋她们这么多人，又是放枪又是喊叫，嗖的一蹶子，就向大沟深处疾跑起来。艳秋感到这头黑驴好眼熟，不禁想起初春三岔路口那个养大蟒的老婆婆来。她曾经把一头小黑驴让自己骑乘过，那头黑驴很像眼前所见的黑驴。

内蒙古自治区第十届文学创作"索龙嘎"奖获奖作品

她们又追过了一个拐弯,前方出现了一间用石头垒成的房屋,房屋顶上已冒起了一股单调的青烟。小黑驴跑进了石头垒成的院墙里停着不动了,可并不曾看见刚才那个壮汉。

她们走进了这座孤零零的石头院落,奇迹发生了:一位飘动着银丝的老妪站在门前的石头台阶上,用老眼瞅端着这群不速之客。艳秋一眼认出了这个熟悉的身影,正是三岔沟那位养蛇的老人。她想扑上去喊声大妈,可那条巨蟒立起了半个身子,嘴里不断闪吐着一尺长的信子。她停住了步,远远地喊:"大妈,你不认识我了?我在你家住过,骑过你的小黑驴。"艳秋指指院里那头黑驴。

"噢,是你啊!"老人用手拍拍伸到半空的蛇头,蟒蛇刷刷地如流水一般远远而去了。她迎回了众人,热情地推上了炕,不断说着世界上的巧事真多,真是缘分难解之类的话题。

艳秋感到惊喜,但她关心的是刚才那个壮汉,她问:"大妈,刚才有一个壮汉,你见着没有?"

"噢,他早先和我都是三岔沟的人,他叫武三厚,和庙里一个老尼姑多年有私情,那尼姑后来跑到了河神庙,他也就追到了那里。毕竟是出家人嘛,明展大亮不能住在一起,武三厚就在河神庙附近一个村子里居住。他每天进山打野味,采中药。三岔沟让日本人烧了后,我就搬到了这条沟里,前些日子正好又碰上了他。"

艳秋一听老尼姑,热血顿时沸腾,踏破铁鞋无觅处,今天居然在此得到了信息。她恨不得把那家伙一把抓着宰了,可她克制住自己的情绪,问:"老妈妈,能不能告诉我,这个武三厚现在在哪里?"

"他就在旁边的草房里藏着。"老婆婆说着,仰起脖子朝外喊道,"三厚,不要怕,她们是好人……"

武三厚从草房里出来,艳秋已拔出了手枪,枪口堵住了他的脑门道:"武三厚,老实交代,你刚才画什么?"

"没有,没有啊!"武三厚结结巴巴,表现出了底虚。

"金凤、玉竹,搜!"艳秋大声命令。

武三厚嗖地把手伸进腰间,早有准备的艳秋一掌磕在他的胳膊上,他的手顿时不能动弹。金凤撩起他的衣襟,只见一把驳壳枪插在他腰里,金凤从他的衣袋里掏出了一沓纸，每张纸上都画着沟沟岔岔和各种路标。

"这是什么？"艳秋大声喝问。

武三厚低下了头。

老婆婆这时猛省悟过来，上前指着武三厚的脑壳说："三厚，你也当灰人了？你不是采中药吗，哪来的手枪啊？"

艳秋怕老妈妈受惊，连忙安慰说："老妈妈，那个老尼姑是日本狗特务，和日本人勾结，残害咱们中国人。武三厚长期和尼姑勾结，也是日本人的一条狗。"

老婆婆顿时义愤填膺，嘴里咝了一声，院里的大蟒连忙向屋里游动。艳秋赶快抱住了老婆婆说："老妈妈，不能伤害他，留着他还有用处！"

老婆婆又咝了一声，那大蟒就又把头扭向院外，越游越远……

艳秋一行押着武三厚连夜向河神庙进发了。武三厚已经全部交代：老尼姑的确是日本人一条忠实的狗，她配合日本人杀了艳秋的镖夫，劫夺了那批货物，运送到范家镇和杜府，后来勾结鬼子杀害了她的师妹——飞鹰山的住持颜贞……

可以说，艳秋舅舅的血案中，她参与了全部的罪恶活动。现在，她披着佛教的外衣，为日本鬼子搜集八路军的军事情报。她指使武三厚进了这深山大沟，就是以采药的名义，为日本人绘制八路军各部队的驻扎地形图。艳秋一行本来人困马乏，为了及早抓住这个日夜寻找的仇人，她们连夜急速行军。

黑云压在了山顶上，满世界一片墨黑，闷雷沿着山脊不断滚动，只有闪电照着道路。她们艰难地爬山过沟，暴雨下个不停，每个人都被浇成了落汤鸡，脚下泥泞，行走更加艰难。忽然，武三厚趁着黑暗跳下了一个悬崖，肯定是粉身碎骨了。她们失去了向导，只好凭着大体方向摸摸索索前进。

黎明像一把利剑，劈开了黑暗的夜幕，山川地貌清晰地进入了她们的视野。艳秋惊喜地发现，眼前，一条大河正像巨蟒一样奔腾前进，浪花从西岸岩石激起，不断发出巨大轰鸣。河神庙正是以这条河命名。庙宇位于大河的上游，就建在大片黑松林里。令艳秋她们兴奋的是不远处正好是那片黑松林，虽然摸黑瞎走，她们并没有绕路。

她们摸到了河神庙的山门，打算采取奇袭的办法将老尼姑擒拿。忽然，一具尸体横倒在山门口，艳秋奔了过去，惊叫道："是八路军！"

范家家兵扶起了尸体，没有僵硬，说："刚死，还没领尸。"

山门从外锁着，透过山门的缝隙，看到庙院内拴着十几匹战马，战马不断打着鼻喷，刨着蹄子，偶尔扬头嘶鸣。新的情况，使她们不敢轻举妄动。艳秋脑子急速地转动着，她肯定庙院里有许多人，是好人还是坏人很难断定。

这时，一个围着尸体观看的范家家兵说："这个人面熟。"

"是，我也看见面熟。"另一个范家家兵说。

"真的？你们好好想想，什么时候和八路军打过交道？"艳秋也蹲下来，认真瞧着尸体。

一个家兵说："他不是八路军，好像是伪军。我们在范老爷家当家兵时，他经常去范家替日本人催粮，稍微慢待点，就用枪托子戳人！"

"对，我也想起来了！这家伙姓张，人们叫张芋头，头长得像山芋。不过，他长着一颗獠牙，可惜现在闭着嘴。"另一个家兵也证实了他是伪军。

艳秋用刺刀拨开了尸体的嘴巴，果然，一颗獠牙突出出来，两个家兵齐声说："没错，他就是张芋头！"

艳秋从尸体的衣兜里摸出了一个猴头，还有一板烟土。她站起来，踢了尸体一脚，说："你们看，他抽大烟，可以断定不是八路军！"

"他为什么要穿八路军衣裳？"大家的眉头都划了问号。

院子里除了马嘶和蹄声，没有听到任何人的声音。

艳秋挥挥手，一个鹞子翻身，轻盈地跳进了庙宇的院子，金凤、玉竹也随后落地。家兵们撬开了门锁，也先后进了院。大雄宝殿的门半开着，一眼看见一座挨一座的巨大泥塑有序排列着，大殿里并无一人，而且狼藉不堪，到处扔着标注日文的空罐头盒和日产的绿宝香烟盒。看起来，有许多人在大殿里休息过，可现在连根鬼毛也没有。艳秋的目光注意到了那间耳房，门虚掩着，她闪身藏在门后探视，一具尸体卧在血泊之中，定睛一看，正是那个万恶不赦的老尼姑。地上的鲜血已经凝固，老尼姑的身体僵硬地趴卧在地上，艳秋遗憾不是自己亲手杀死她，掏出了手枪，照着她的脑袋连开了三枪，枪声把院里的马群惊得拼命挣着缰绳，可是，仍然没有出现一个人的身影。艳秋开始搜查老尼姑的房子，在一个精制的木盒里，找出了一张大日本皇军的任命文书，文书上写着：任命颜洁高僧为大日本皇军西蒙谍报处中佐级谍报员。落款是：大日本皇军华北战区谍报局。看着这张任命书，艳秋又想起了舅舅一家的惨死和自己的悲伤经历，又掏出了手枪，照着老尼的头上身上不停地射击。老尼姑的僵尸骨肉横飞，脑瓜盖子被揭起来，飞上了屋顶，又跌在了地上……

艳秋的枪声刚停，忽然爆豆似的枪声从墙外传进来，枪声越来越近，子弹越来越密，接着听到人的喊声，庙宇不知被什么人包围了……

六十三

坐落在县城的日军总指挥部死一般的寂静。厚重的水泥大门紧闭着，门旁立着的日本卫兵像四根木头柱子，毫无表情，看不出是生命。院子里的高树上，有几只麻雀单调地喳喳着，如同找不见妈妈那么着急。

在这座建筑里，寿男大佐像一只得了病的懒狗熊躺在床上，闭着眼睛唉声叹气。他已经这样躺了三天，卫兵几次小心地提醒他吃点东西，他都没好气地呵斥："不吃，不吃！"当卫兵再一次提醒他时，他几乎是咆哮着喊："滚滚滚！再让我吃就毙了你！"这位一贯文雅的将军，如此野蛮地发火，自有他的难言之苦。

他本来已是悬崖上的一匹马，稍有不慎便会坠入万丈深渊。哪知道他到任后部署的第二次军事行动，比第一次还失败得惨痛。围剿飞鹰山，损兵三个营，连女匪一根头发都没有抓着，这大概是日本征服史上最丢人的一幕。处心积虑搞到的军粮，又让八路军抢了一半，如不及时抢救，部队怕是一个月都支撑不下去了。尤其是三天前发生的那件事，是对他摇摇欲坠的精神支柱的又一次猛烈撞击。他从四个团的伪军队伍中，挑选了两个连的精英士兵，又经过了二十多天的特殊训练，配备了精良的武器，潜入了河神庙内，伺机对牛家村突然袭击，以实现在阴灵沟顺利生产黄金的目的。为了不让这支部队在行军中受老百姓和游击队袭击，他命令部队一律穿八路军服装。为了让这支部队顺利潜入八路军防区，他采取了声东击西、调虎离山之计，让一个日本大队和一个伪军团做出了西进的假相，把八路军的主力引到了西部，好不容易才使这支部队埋伏在了河神庙内。没想到，呕心沥血的一场好戏，竟坏在了油屁股的手里。

油屁股杀死了老尼姑，把地宫的通风口全部堵死，担心地宫里的八路军从入口出来，又将两座泥塑移到地宫的入口，确信地宫内不会逃出一人时，便跨上了一匹烈骑，拼命向县城奔驰而去。他飞奔着，脑海里闪现着一幕幕美好的图景：因为杀了这么多八路军，大日本皇军给他胸前挂上了金光闪闪的勋章，又把大堆的银元堆在了他的面前，他神气地穿上了日本军服，和裙带飘飘的妓女们嬉戏玩耍……

一片灯光把他引到了县城，他径直到了指挥部的大门。戴着钢盔的鬼子用刺刀拦住了他。他理直气壮地说："我要找寿男大佐！"

鬼子大声问："你的什么的干活，滚开！"

"我有重要军情禀报！"油屁股语气逼人。

"你的死了死了的！"鬼子把刺刀指向了他的胸膛。油屁股急了，从身上掏出了一张纸，递了过去，打连炮似的说："我有委任状，我是大日本皇军任命的牛家村维持会长。我给你们皇军立了大功，我消灭了二百多个八路军，你们快放我进去，我要亲自向大佐汇报！"

哨兵看了委任状，收回了刺刀。油屁股终于进了大院，他看见一间屋内，有几个人影在晃动，就奔在窗外惊喜地大叫道："报告太君，我给你们立大功啦！"

此时，寿男大佐正和他的部属研究已潜入河神庙的部队下一步如何行动。油屁股跌跌撞撞闯了进来，欣喜若狂地喊道："太君，我给大日本皇军消灭了二百多个八路军！"

"什么？你的说明白！"寿男大佐虽一时没听明白油屁股的话，但似乎感到一种不祥，他把东洋大刀横握在了手里，拉出了刀鞘。

油屁股还在兴奋不已，手舞足蹈，"太君，有两个连的八路军住进了河神庙，我把他们骗进了地宫，统统闷死了……"

寿男浑身抖起来，长长的脸一下抽搐在一起，变成了一个通红的圆饼。他怪兽似的惨叫了一声，奋力举起东洋大刀，向油屁股的脑袋砍下。油屁股急忙躲闪，一刀砍下了他的一条臂膀，油屁股倒在地上，还在大喊："太君，我没骗你！"

寿男又怪叫一声，重新举起大刀，油屁股的脑袋被砍成了两瓣，鲜血和脑浆四处飞溅。寿男抹了抹溅在自己脸上的血污，又是几刀下去，油屁股的肠肠肚肚全部流在了地上……

如果仅此而已，寿男大佐还不至于三天不起床不吃饭。油屁股杀死了老尼姑，损失了他的一员大将。他正想依靠老尼姑摸清八路军的军事实力和驻防地点，以便一举消灭，这个可恶的油屁股使这一目的也变成了泡影。

寿男的厨师走进来，端着个瓮盆，瓮盆里放着一条光滑肥壮的大鱼。大鱼离开了水，不断地挣扎，尾巴抽打着盆底，发出了啪啪的响声，溅起了许多水花，鱼的嘴巴急促地呼吸着，令人感到一种窒息的痛苦。这条鱼是专为大佐从河里打的。可寿男大佐突然感到自己的命运和这条鱼的命运何等相似，不禁产生了恻隐之心，他对厨师说："不要杀害它，把它放到河水里去吧！"

那厨师发现寿男大佐的脸庞几天之内消瘦了许多，两只眼睛深深地陷在了空空的眼眶里，整个人差不多苍老了五六岁，他说："大佐，您看您的身体，吃点鱼肉补一补吧！"

寿男坚决地摇头，生硬地说："拿走！"

厨师走后，他的眼睛里忽然流下了一串伤感的泪水。

街上，隐隐约约传来了阵阵哭声。寿男撩起了窗帘，看到了大门外有不少人撒着纸钱哭丧。他悟过来了，今天是中国传统鬼节七月十五，是活人给死去的亲人上坟祭祀的日子。哀婉的哭声勾起了他思念已故父母的情绪，他挣扎着站起来，面对着日本方向深深地鞠了几躬，心里默默地祈祷：亲爱的父母，祝你们的灵魂安宁！不定哪一天，儿子就会去陪伴你们，看来，我们的团圆不会太远。

卫兵报告说，增援部队两位中佐军官求见，寿男无动于衷。华北战区的增援部队并没有给他带来兴奋，更给他增加了压力。尽管增援部队会大大缓解他的兵力不足，但一旦再次失利，那就用不着上司来严厉处罚，自己也该饮刃自裁了。这是他最后的战机，也是在生死关口上最后的一次搏击。最让寿男大佐头疼的是粮食问题，他心里明白，目前库存粮食仅够全军一个半月食用还仅仅是一个理论数字。他伫立了一会儿，终于说："让他们进来吧！让作战参谋也来会见！"

两位中佐军官进了寿男大佐的房间，行日本军礼后立于大佐两旁。寿男脸上露出了一丝苦笑，伸出一只巴掌说："请坐！"

作战参谋官同时进来，四人围坐在一张方桌前。寿男向作战参谋仰仰下巴，有气无力地说："请你把新的作战计划谈谈。"

作战参谋官站立起来，精神也并不振作，说："我们下一步的战术从军事术语上讲十分简单，就是中国那句古话：'明修栈道，暗度陈仓。'表面上，我们的部队必须做出西挺的明显动作，八路军最害怕我们西挺捣毁延安，他们必然会调动主力部队阻击我们西挺。而我们的部队在八路军主力西进时，趁机从东边进入大青山腹地，消灭牛家村的武装力量，全面占领和控制阴灵沟一带的地域，保证大日本皇军AUI计划的实现。"

寿男嘿嘿地冷笑着，他显然对作战参谋官的这个作战计划大为不满，他连连问："参谋官先生，这就是你的作战计划？八路军是小孩子吗？会轻易让我们摆布吗？何况'明修栈道，暗度陈仓'是中国人的老把戏，前一段我们用了这个战术，这次我们还能蒙过他们吗？"

"报告大佐，中国还有句古话叫'兵不厌诈'。许多战术和计谋反复使用都很奏效。我只是说了这个战术的简单构想，在具体部署战斗时，已有非常严密和周全的措施。关键是把假戏演真，把西挺的假相做得既隆重明显又真实可信。请大佐相信，我的计划一定会使八路军确信无疑！"

寿男的心情轻松了一点，点点头说："如果这样，当然很好。每个细节都要慎之又慎，特别要注意军事行动的保密性，我们再没有犯错误的理由了。这次行动是对我们最后的考验，也是我们生死存亡的关键一战，大家都听清了吗？"

增援部队的两位中佐呼地起立，挺胸昂首，齐声喊："报告大佐，誓死为天皇作战效力！"

卫兵又进来报告说："日本华北战区军事战报记者广布一郎求见。"

寿男立即紧张起来，一边命令"请进"，一边奔到门首去迎接。

前四五天，大日本皇军华北战区司令部就来电告知，记者广布一郎将亲临前线采访。寿男生怕记者将自己的屡败战况公布于军界，早已布置人员要热情接待，并封闭不利消息。他并无恶意掩饰自己的失败，他只想做最后的努力，把以前的失误挽回。向记者遮掩丑陋，就是想争取眼前立功的机会，因为最后的成败才决定军人的成败。

进来的是一位矮个子记者，一副墨镜给人以肃穆逼人的感觉。可是仔细看，那撮浓浓的仁丹胡和他稚嫩的面孔极不相符。墨镜后的两只眼角也没有一丝皱纹，全然是个奶毛未褪的毛头小伙子，好在他矜持的神情才让人感到他是一个成熟了的大人。他进了门，并不在意地握了握大佐热情有力的手，然后从上衣兜里掏出了一个证件，目空一切地亮了亮就装进了兜里，没用人请让就坐在了桌旁。

"广布一郎先生,"寿男大佐彬彬有礼道,"一路辛苦!"

广布一郎点点头。作为记者,在日军里享受着无冕之王的荣誉,但广布一郎的做派,远远超越了部队等级森严的规矩和礼节。他似乎觉察自己有点过分,站了起来,笑了笑,和大佐说:"大佐先生,今天我只来报个到,我沿路采访了大量的消息,需要回去整理一下,请您审查后传回报社发表。"

"好好好!"大佐心里咚咚直跳,生怕这位记者挑到自己的软骨,立即命令作战参谋官将记者安排在自己办公室旁边居住,并再三传递眼神,要各方面照顾好这位上帝般的客人。

六十四

无法形容玉龙的伤心、痛苦和孤独,妈妈、弟弟、妹妹几个亲人先后走了,大哥在阴灵沟没有回来,二狗两口子死了,范君义回了部队这么久也没有消息,张小三和艳秋阻击敌人凶吉未卜,山本四郎从墓坑中挖出了迎春的尸体后,一逃不知去向……玉龙的身边,只有佝偻着身子不断咳嗽的老爹和面黄肌瘦已经不堪重负的大嫂小兰,还有十几个不断呻吟的八路军伤员,比大青山还要沉重的压力和忧虑使他无法透过气来。

臭蛋和张老先生进山采药去了。天气这么炎热,伤员的伤口不断溃烂,一点西药都没有,全靠中草药解毒消炎。玉龙望望天上,太阳已近中午,伤员痛苦的呻吟声让人心焦,他琢磨采药的该回来了。

小兰兴冲冲进了玉龙的屋说:"玉龙,刚才路娃打回一箩头猪草,我把荠草和苦苣捡出来,嚼碎敷在伤口上,伤员说凉凉的,伤口一点不疼了。"

"真的?过去看看。"

那两间准备给玉龙、小龙娶媳妇的屋子,现在成了临时医院,里面住满了伤员。一进屋,伤口发炎的溃臭味冲鼻而来,令人作呕。路娃在大口大口嚼着荠草和苦苣,满嘴绿白色的泡沫,边嚼边皱着眉头,很明显是苦涩难忍。他把嚼好的粥状草末用小手敷在了一个伤员的肩膀上,那伤员连连说凉快凉快。玉龙也从箩头里抓了把草药大嚼起来,没嚼几下,嘴唇子就咧到了鼻子那头,泪水也出来了,又苦又涩的味道,立即使牙床和舌头全部失去了知觉。只要能为伤员减轻点痛苦，怎么干都成，玉龙这么想着、嚼着，不断给伤员敷伤。

忽然，一个大屁跟着一串小屁响过，一股恶臭弥漫了全屋，一个伤员拉在了裤子里。玉龙怕羞坏大嫂，奔了过去，和小兰说："大嫂，快出去，我给伤员擦屎。"

小兰不以为然地说："你们大老爷儿们哪能干这种活！"

"大嫂，你是女人！"玉龙推小兰出门。

小兰感到玉龙有点不可思议，就说："我们早已经习惯了这种活儿，你快过那边躲躲，等我清理完再过来。"

玉龙看看大嫂焦黄的面孔，不忍心再让她干这种活计。他推开小兰，把伤员的裤子脱下来，屁股蛋子糊满了金黄色的大便，他无从下手。这年头，找块废纸都困难，更没有纱布，就从篓头里抓把青草和野菜，开始擦抹伤员屁股上的脏物……

一支骑马的八路军队伍开进了村庄，径直进了牛家大院。为首的是个二十八九岁的人，看样子也是个军官，走路很威风。他下了马，手里提着枪，后头跟着十几号人，走进了伤病员的屋，臭气熏得他们停在了门首，用手捂住了鼻子。

"咋？嫌臭？这可是咱八路军拉的屎！"玉龙讥讽着门前的军官。那军官硬着头皮进了屋，掏出了一张纸，递给了玉龙说："牛玉龙同志，这是八路军三五八旅二团政治部的命令。"

"我不识字，你念吧！"玉龙似乎预感到了什么，冷冰冰地说。

"用不着念了，是撤销你连长的命令。"那军官说。

"为什么撤销他当连长了？"小兰走到那军人面前，接了那张纸，疲劳的眼睛里射出愤怒的光泽，大声问道。

"牛玉龙目无组织，擅自调动兵力援助飞鹰山，打乱了八路军的作战计划，造成八路军内部误战，致使十几名战士受伤。其二，残酷杀害俘虏，违反八路军军规。撤销其连长职务是最低处罚。"那个军人滔滔不绝地控诉着玉龙的罪行。

不知什么时候，张老先生和臭蛋进了屋。张老先生把刚采回的一筐药材摔在了地上，对面前的八路军军官说："我不明白，为什么今天的八路军不和以前的一样了？以前，八路军把老百姓当亲人，谁打鬼子，八路军就当兄弟对待，可你们……你们……谁打鬼子狠，你们就整谁，你们不像是八路军！"

军官说:"军人以服从命令为天职,我们是执行命令!"

"这是谁的命令?"小兰和张老先生的脖子挺在了那军官面前。

"我们奉仇政委的命令!"军官答道。

"仇政委?哈哈,怪不得八路军成了这样,原来有这样的政委!"张老先生愤愤地说,"我明天就进山找你们旅长!我不信八路军会整打鬼子的好人!我告你们这个仇政委!"

玉龙显得格外平静,他从小兰手里接过了那张命令,说:"张老先生,甭管他们!他们撤我的职,还撤了我打日本鬼子的权利?"说着,把那张命令捂在了八路军的屁股蛋上,继续擦洗着恶臭的粪便……

"牛玉龙同志,我们这次奉命来牛家村,要收缴所有武器,包括护村队的武器,还要收缴从敌人那里夺回的粮食。"那位八路军军官说。

"什么?"玉龙嗖地跳起来,眼珠子暴得快要从眶子里挤出来,怒吼道,"不行!这是我们用生命换来的,你们为什么收缴?"

"这是命令!"十几个八路军战士端起了枪,枪口对准了玉龙。

玉龙也从腰间拔出了手枪,对准了那个八路军军官喊道:"来,有种的上来!老子今天豁出去了!"

八路军战士哗啦一起拉动了枪栓,玉龙也打开了手枪的机头。

小兰扑了上来,用胸膛挡住了八路军战士的枪口,责问:"你们要干什么?我们牛家村为了打鬼子,死了多少人?你们咋把枪口对准打鬼子的人了?"

"我们是执行命令!"那军官说。

小兰返回了头,哭着夺下了玉龙手里的枪,"玉龙,把枪给了他们吧,咱们牛家可再不能出事了啊!呜……"

张老先生也愤怒地喊道:"玉龙,先让他们一把,我一会儿就去旅部告他们!他们不是八路军!"

小兰也冲那八路军军官说:"行了吧?你们该走了吧?你们回去和那个仇政委领赏吧!你告诉那个姓仇的,他不会有好下场!"

八路军战士们一起扭过了头,走向门外。

这时,臭蛋突然尖声喊道:"等一等!"

八路军战士们扭回了头，只见臭蛋连撕带扯脱下了自己身上的八路军军装，扔在了那个军官的头上，道："都拿走！我不参加你们这样的八路军！滚蛋！"

八路军战士们出了门，臭蛋呜呜哭起来，小兰也跟着哭起来。玉龙像牛吼似的喊道："甭哭了！牛家人死光了，也不能输这口气，今儿个豁命也要和他们论个高低！"说着就向门外冲去。张老先生、小兰一齐扑过来，死死地抱住了他。他挣扎许久未得脱身，就声嘶力竭地大号起来。

…………

范家祠堂的地殿里，阴冷潮湿黑暗，几点香头的微光映出了一个佝偻的人影，长跪在香炉前范殿英的牌位下哽咽抽泣，他就是刚被八路军开除了军籍的范君义。

范君义带着队伍兴致勃勃地从飞鹰山赶回部队后，等待他的并不是首长的热情欢迎，更不是对立功将士的隆重奖赏，几张冷冰冰的面孔把他引到了一间低矮的草房，他被推了进去，门口蹲了两个岗，他被禁闭了。三天后，宣布他隐瞒家庭出身，欺骗组织，是混进革命队伍里的阶级异己分子，并开除了他的八路军军籍。

一个满怀热望的孤儿想投入亲人的怀抱，而亲人却一脚将他踹出了家门，他如遭晴天霹雳，痛不欲生。他找姚参谋长评理，可是姚参谋长因阻击敌人西犯受了重伤，转移到了西北野战医院疗伤。正是因为姚参谋长和团长都负伤，团政委在延安学习，旅部才临时任命仇金良代理团政委职务，才导致了范君义今天的下场。范君义同时获悉玉龙也被撤了职，而且解除了牛家村的武装力量，俘虏全部被遣散了，他更加伤心绝望。他赶到了牛家村，想和玉龙一起去找旅部的领导，得知张老先生已经找了曹旅长，曹旅长甚为震惊，一边命令查清仇金良取消民众武装的事实，一边让张老先生赶快回村，尽快把遣散了的队伍重新组织起来。玉龙已不在村里，他去追赶被遣散了的投诚伪军。

范君义得知范家的十几号家兵也被遣散。这支队伍是父亲花几十年心血培养出来的，每个人都知根知底。既然旅领导要重新组织队伍，那就得趁热打铁，赶快把他们追回来。于是，他风风火火赶回了范家镇，可是一进镇，听说父亲范殿英被日本人处决了。

两支亡命牌的尖端，活生生地插进了老人的两个肩膀，老人几次昏过去，又被凉水泼过来。鬼子架着他，绕范家镇大街示众了两圈，大街两旁贴满了"这就是投靠八路军的下场"和"赤党必亡"等大麻纸标语。随后，鬼子把他拉到了镇外一条臭水沟里枪决了。那儿，早有几十条贪婪的野狗和专吃腐肉的老鹰在等着他。据说，尸体一抛进沟里，没有半个时辰，就只剩下了一堆白骨。

范君义的胸中，像黄河的惊涛奔腾咆哮着，蓄填在胸腔里的仇恨，犹如那炽热的岩浆溶液，在地壳内急剧地翻滚着，胸腔又像一个气压太大马上要爆炸的锅炉。他抓住了父亲的灵牌，拼命地摇晃着，哭号着，像一头发了狂的狮子。

许久许久，他慢慢地冷静下来。他把父亲的灵牌恭恭敬敬地安放好，连着磕了无数个响头，站了起来，奔到那个十分隐蔽的窖口，从里边取出了一大卷古代的名人字画，揩去了浮尘，抹去了眼泪，爬出了地殿。

这是一间不算太大的古字画店，但装饰古朴典雅，墨重色凝，范君义抱着古字画走进来。掌柜的立即给一个戴着圆坨子眼镜的鉴画师使了个眼色，鉴画师便把范君义领进了店铺的后屋。范君义主动打开书画卷，鉴画师却不屑一顾地翻翻，说："这些字画，看上去古老，都是赝品，不值几个钱！"

范君义卷着画，不服道："你不懂，这是经过省城书画院顶级大师鉴定的，有三幅是乾隆真迹。"

鉴画师又轻描淡写地说："是有几件真品，但品相不行了，价格上不去。"

范君义说："我急需用钱，你提个价，大体合理就行。"

鉴画师出了后屋，又到店铺柜台前找掌柜商量。范君义悄悄尾随出去，躲在门后偷听他们的给价。只听见那鉴画师低着嗓子，极其兴奋地说："今儿可碰上宝贝了！真迹！真迹，稀世之宝！"

掌柜兴奋地问："值多少？"

"无价，是乾隆和康熙的真迹。"

"啊哈，这下可好了！寿男大佐有话，只要是古代名人真迹，一件值五十架机枪，十万发子弹，那值多少钱啊！"掌柜急切地说道，"快，快给他一百块大洋，痛痛快快接货！"

鉴画师进了后屋，范君义正在打包自己的书画，鉴画师阻拦道："你不是要卖嘛，咋打包起来了？"

范君义义正词严道："不卖了！"

鉴画师说:"哎哎哎,我的价开得不低哪,一百块大洋哪!"

范君义没回答,出了门也没回头,径直走了。

鉴画师又喊:"哎,站住,二百块大洋怎样?"

范君义仍未回头,扬长而去,他直奔到范家镇的车马大店。一间客房的大铺上,躺着十几个汉子,这都是范家家兵。范君义好不容易把他们又搜罗在一起了,他打算卖了字画,购买武器,重新成立武装。他们看见范君义夹着字画回来,个个都很失望,一齐问:"少爷,字画没卖了?"

范君义点点头,说:"字画不能卖了,这些字画都是咱们国家的珍宝,不能落在日本鬼子手里。"

一个相貌苍老,是个叔爷辈的家兵说:"少爷呀,那我们咋活呀?你看,咱们现在连口饭都吃不上,咋能成立武装?"

范君义想了一阵说:"大家不要急,千万不能散了伙。眼下我的确没有办法养兵打仗,但我一定会想出办法,实在不行,我就到国民党二十七军找郭军长借武器去。"

"那咱们也得先吃饭呀!现在肚子都咕咕叫着呢!"几个家兵拍着肚皮叫嚷。的确,他们已经一天没吃东西了。范君义十分难为,从上衣兜里掏出了一枚银簪,这是艳秋给他的信物,他悲怆地说:"各位大叔,各位兄长,你们拿去,当几个钱,吃顿午饭吧!"

那个叔辈的家兵把银簪还给了范君义,说:"少爷,你拿着吧,你也有难处啊!我们出去先找点零工做做,先混口饭吃。"

"去哪里找零工啊?"范君义问。

"听说城门口日本鬼子正在运粮,扛麻袋先混顿饭吃。"

众家兵出了大店,范君义依依不舍。当年威震全县的范家,如今一贫如洗,竟连个肠肚都无法交代了,范君义又流出了几颗伤心的泪蛋。

范君义何尝不是饥肠辘辘啊!他拖着疲惫不堪的步子,无意间跌撞进了一家茶点铺子,在一个僻静处自找地方坐下。一个歪戴着长筒帽子,胸前和背后绣着"茶"字的大约三十多岁的小二过来,正要把五尺长的壶嘴对着茶碗加茶,忽然发现眼前的人是范君义。范君义心不在焉,没有理会小二,小二也没露声色,给范君义倒了杯红醑酽的茶水。

范君义把手伸进了内衣，掏出了那只银簪，捻了捻，终于下了决心，说："老哥，给我一碟干枣，有糕点吗? 来三块。"

小二很快把东西端上来，范君义偷眼四顾，拿起一块点心就狼吞虎咽，一看便知饥饿了很久。小二脸上掠过了一层苦楚，把头扭过去了。

范君义三五口吃光了点心，又掏出了那根银簪说："老哥，我囊中羞涩，只能先把这根银簪给你，我有钱就来赎，行吗?"

小二接过银簪，发红了的眼圈亮晶晶的，旋着一窝泪水。他把银簪还给了范君义，掉过了头，大步进了茶馆一间内屋，一会儿，手里提了个白色的袋子，走到范君义面前，把袋子重重地按在他的手里说："走，快点走!"

范君义掂了掂袋子，里边哗啦啦响着，足有十几块银元。他莫名其妙，正要问个究竟，被小二连推带揉赶出了门外。

有了这些银元，范君义心里踏实了许多，可以把范家这十几个家兵稳住了，再想法搞到武器，这支打鬼子的队伍就能保住了。可他怎么也想不起给钱这个人是谁，他为什么对自己这么慷慨。他打算先把家兵安顿一下，再去茶点铺子弄个明白。

城门口人流如潮，日本兵和保安团三步一岗，五步一哨，进镇的男女都要接受检查。一批一批的民工，肩上扛着装满粮食的牛毛口袋，排着长队从镇外进来，两旁是全副武装的保安团押解。范君义一眼认见，十几个范家家兵也夹在了运粮的队伍里，那个叔爷辈的老家兵正好经过他眼前，他惊喜地喊："大叔，你们果然找到了活?"

老家兵低声说："日本人怕八路军抢了粮食，把分散保存的粮食全部运到了这里。"他说着指了指镇边新建起的几座粮库，范君义顺指望去，粮库规模很大，四边高墙围栏，围墙上密植着蜘蛛网一般的电网，固定岗、流动哨遍布粮库附近。

范君义把钱袋交给了老家兵，悄悄说："你们先干着，队伍千万不能散，我马上想法去搞武器。"

老家兵却说："少爷，你糊涂了，眼下正是个整日本人的好机会，我们不如买通哨兵，想法烧了粮库，这和杀日本人不是一个理吗?"

"啊，对了! 大叔，你这主意真好!"范君义茅塞顿开，眼睛里透出了兴奋的光泽，"大叔，那该咋办?"

"我在里头先买通民工和看守,你在外边准备几袋子炸药,想办法运进粮库,一把火烧了狗日的!"

"大叔,太好了,就这么办!"范君义无比激动,"我马上去准备。"

老家兵点了点头,后面押粮的保安团骂娘了,他们分了手。

六十五

范君义和家兵们仔细商量了烧毁鬼子粮库的计划后出了车马大店。他望望那家茶点铺子,屋檐下,两盏紫色灯笼还在亮着,白色的麻纸窗户上映出了影影绰绰的人头,他又向那儿走去。在极度困难的时候,那个茶店小二解囊相助,怎么也得去道个谢意,并问清人家尊姓大名,以图日后报答。他推开了门,茶客们三五成群,坐得满满当当,但扛长嘴茶壶的已不是上午那个小二。他问道:"请问小哥,你们上午那个小二在哪里?"

新的小二抬头审视着范君义,说:"他跑了!"

"跑了?为什么?"

"他偷了掌柜十五块大洋,被掌柜发现后逃跑了。"

听了小二的话,范君义心里咚咚直跳。是啊,上午,就是他给了自己十五块大洋,这莫非是偷了掌柜的钱?他到底是谁呀?为什么这样做呢?他正在疑惑,忽然从里屋冲出几个人来,不由分说,抓衣领的、薅头发的,对他开了打。他们边打边骂:"就是他上午来过茶店,他和那个贼小子一定通着。"

范君义连忙喊:"你们不要打,我不会撒谎,上午你们小二的确给了我十五块大洋,我保证还你们,可我真不知他是谁,也不知道他是偷掌柜的。"

掌柜子身穿黑袍,摆了摆手,打手们停止了殴打。掌柜说:"好,你既然说了实话,快把钱拿出来,也免受皮肉之苦。"

范君义低着头,无奈地说:"我已经花了,可是我保证几天内还你!我有名人字画,价值连城,我不会欠下你的!"

掌柜冷笑两声,又挥挥手,那几个打手拳脚相加,几下子把范君义打趴在地上。这时,一个戴着黑色瓜壳帽的大个子老人拨开了围观的茶客,对掌柜说:"王掌柜,你不要打他了,他拿你的十五个银元,我还给你就是了。"

"啊,好好好,既然吴郎中说了,那就别打了!"掌柜很开通,但对吴郎中有点不放心,说,"吴郎中,我知道你的为人,说话从来丁是丁,卯是卯的,那我以后可就和你说话了。"

吴郎中说:"尽管放心,我一两天凑足亲自给你送来!"说完,扶起了范君义,"走,我给你看看伤。"

范君义从小在省城读书,对范家镇的老小认识很少,但一听吴郎中的名字,心里就明白了。吴郎中和家父自幼交好,可自己并未见过他,他怎么会认出自己来?茶店里的掌柜也觉得有些奇怪,问道:"吴郎中,他是谁?你为什么替他收场?"

"他是我的远方侄子!"吴郎中草草应付了掌柜,扶着范君义急匆匆离开了茶店……

那个偷掌柜银元的人,正是张小三。

在那次石门抢粮之时,鬼子派来了援兵,张小三和李东、瘦猴奉命抵抗阻击。战斗打得十分激烈,一直坚持到天黑。张小三几个弟兄被打散了,黑洞洞的山沟里谁也找不着谁。张小三钻进了一片白桦林,等到第二天拂晓,才穿出了森林,逃出了大山,顺着一条大道跑到了范家镇。那天,他饥渴难耐,路过了这个茶店,两条腿就本能地拐了进去,一双贪婪的眼睛,直瞄着大盘里的茶点,喉咙里立即像伸出了几只小手。他和柜台里的掌柜求情说:"掌柜的,只要给我三块点心,一碗茶水,我保证给你干三天重活。"掌柜一听,很合算。恰好有个茶童给茶客倒水时打碎了一只茶碗,掌柜毒打了他一顿,就把他解雇了。张小三就充当了这个茶童的角色。

张小三干了三天,很会招待客人,滑稽的性格常使茶客爆笑不止,掌柜就把他留住了。可张小三发现掌柜豢养着一群地痞流氓,常常欺男霸女,和鬼子伪军也往来密切,正打算要离开茶店,去寻找失散的李冬和瘦猴,范君义居然闯进了茶店。范君义知道张小三这个名字,却没多见过他的模样,再加张小三一直粘着假胡子,范君义没有认出他来。但张小三对他印象很深,他不信任俘虏,使张小三他们愤恨,可玉龙对范君义十分尊重,他们也就忍气吞声了。张小三逃到范家镇第二天,日本鬼子枪决了范殿英。范老爷虽是个富人,但他口碑很好,全镇人都很敬重他,这唤起了张小三对范老爷的同情,又想起范君义是八路军的指导员,和自己现在走的是同一条道,所以才偷了掌柜的钱给他。

张小三逃出范家镇，一口气跑进了县城里。他这个人走到哪儿，总是先安慰肚子。他进了一家饭馆，烹调的香味，又使他的馋虫不断从喉咙里往嘴边爬。他现在穿着黑绸布有大襟上衣，是个小商人的打扮，在饭馆里应该是个受人尊敬的体面客人，可是他身无分文，又不愿意让人下看，就傲慢地坐在一张小桌旁，东张西望，像是在等人，其实，他是看哪个桌上有剩汤剩菜，趁着人们不注意，填充辘辘饥肠。他看见了一对男女离座，桌上留下半碗面条，赶紧奔了过去，可惜迟了半步，座位被一个衣衫破烂的叫花子抢占了，那叫花子端起面条，仰起脖子往肚里拨拉，他扫兴地回了原位。

机会终于来了，一个日本鬼子进了饭馆。他中尉军衔，戴着墨镜，很是威风。他四顾一看，就在张小三对面坐下。张小三发现这鬼子的上衣袋里鼓鼓囊囊，悄悄从身上掏出一把小镊子夹在指头之间，就开始向鬼子点头哈腰，倒水填茶。这鬼子也很礼貌，一会儿站起，一会儿坐下，不断给张小三行礼感谢。趁着这个机会，张小三神速地从鬼子的上衣袋夹出了一叠金圆券（当时流通的国民政府票子），迅速塞进了自己的裤裆。他正要脱身逃走，鬼子摘下了墨镜，把他吓了一跳。

这个鬼子竟然是山本四郎。

张小三差点失声喊起来，他稳了稳情绪，压低声音问："小鬼子，你升官了？"

山本四郎一听声音，也吓了一跳，愣怔了好大一会儿，才疑疑惑惑地问："你……张连长？"

张小三把嘴角的胡子撕下来，又立即安上，用鬼子的口气问："你的，为什么到了这里？"

山本四郎四处瞧瞧，没有回答，随后，向堂倌喊道："好吃的，大大的上来！"

堂倌端上了许多饭菜，张小三低头大吞了一顿，才想起来应该喝口烧酒，山本四郎又要了半瓷坛子老烧，两人对饮起来。

山本四郎抱着迎春的尸体进了牛家村，被村人赶出村后，就直奔县城而来。他的全部仇恨都集中在了大岛身上。他回忆起大岛这个魔鬼，从杀害镖夫到把自己抛弃在深山老林之中，从折磨殴打鸠山直到把他逼死，从欺负迎春到把她枪杀……新仇旧恨在他胸腔内沸腾着。他估计大岛逃回了县城，他要找到他，要杀死他，要把他的长脖子扭断，把他的脑袋扔进茅坑，他要为自己心爱的迎春和最忠实的朋友鸠山报仇。

山本四郎在深山里穿行着，他走到了一处仙境般的所在。四面石壁耸立，石壁之上，到处倒挂着苍松翠柏。石壁的每道裂缝里都会涌出晶莹的泉水，仿佛给奇石翠峦挂上了一串串乳白色的项圈。这道道清泉，又似条条琴弦，弹拨着优雅轻快的乐曲。清泉又绕山回旋，落进了一个蓝得发黑的深潭，黑幽幽的潭水好像凝冻了的透明冰块，又像一块美丽的碧玉。

山本四郎看着这美景美色，心中感慨，怪不得天皇要派兵占领中国，中国确实是一块宝地啊！不过，他今天无心观赏这一切，大岛那个魔鬼的形象一直在他脑子里萦绕着。突然，一阵嗡嗡嗡的声音由远而近，他赶快把身子藏进了一丛茂密的灌木丛中。一辆军用挎斗摩托车从石径小路上颠颠簸簸开了进来。驾驶摩托车的是一个瘦高个子日本军人。摩托从山本四郎眼前过去，他看见，开摩托车的正是自己要寻找的仇敌大岛。他胸中的仇恨又疯狂地燃烧起来。大岛在那个深水潭前停下了，大概也被眼前的美景所陶醉，便从车斗里取出了一架相机，开始不断地拍摄着四周的景色。山本四郎掏出了手枪，瞄准了这个仇恨的影子。恰好此时大岛把脸转过来，仰着脖子拍摄石壁顶上倒挂的松柏，山本四郎扣动了扳机，大岛惨叫了一声，长长的身影仰面倒下。山本四郎奔了过去，抱起了一块大石，正要把这个魔鬼的脑袋砸烂，突然他惊呆了，他发现自己错杀了人。这个远处看去和大岛一模一样的人，却是大日本皇军华北战报的记者。他的记者证件上写着广布一郎。从他的身上，还搜出了华北战区司令官岗村宁次给寿男大佐的亲笔信，这说明这个广布一郎刚刚从省城赶到这儿，还没有见过寿男大佐。

山本四郎虽然铸成大错，但也只能将错就错。他决定自己干脆冒充广布一郎，以记者的身份更容易出没于军事首脑机关，更有机会杀死自己的仇敌。

山本四郎换了广布一郎的军衔，又贴了仁丹胡子，戴上了墨镜，进了县城，见到了寿男大佐。他本是内心恐惧空虚，生怕身份败露，没想到，寿男对他毫无戒心，而且生怕记者揭了他的伤疤，对山本四郎热情到了极点，特别是看到了总指挥长的信件，简直把山本四郎尊为上宾，亲自安排他的食宿，并在驻地加哨添岗。一时，山本四郎成了寿男核心圈里的重要人物……

山本四郎向张小三简单地叙述了他这一程子的经历，特别着急地说："张连长，你来得正好，我正着急情报送不出去。你赶快回牛家村去，告诉玉龙哥，日军从华北战区增兵两个大队，最近要对牛家村进行军事占领，这次日军下决心要彻底控制阴灵沟的黄金基地和那一带的广大地盘。"

张小三已吃饱喝足，精神头也来了，问："不对吧，日军每天向西边增兵，说是要过黄河，进攻延安嘛！"

"那是寿男大佐的策略。他白天让部队向西挺进，一到晚上部队又开回县城来，这是让八路军侦察兵看的。八路军最担心日军西进捣毁延安，看到日军不断向西开去，肯定会调兵遣将，阻止西进，这样，日军趁机从东边进攻牛家村，占领和控制那一带的地盘。"

张小三恍然大悟，他作为老兵，知道这个情报的重要价值。如果八路军真的上了当，把部队开到西部阻击，那牛家村就彻底完了。他本想找到李冬和瘦猴一并回牛家村，但感到现在情况危急，不能等闲了。他们结束了谈话，就要告别。山本四郎要结账买单，忽然拍着自己空空如也的上衣口袋，慌张地说："我的钱，我的钱呢？"

张小三笑了笑，把手伸进裤裆，掏出了那叠金圆卷，说："小鬼子，今天我来买单吧！"

山本四郎看见了张小三手里的钱，惊异地问："这是我的，怎么到了你的手里？"

张小三说："咱们弟兄，谁花都一样。你没钱可以向寿男要，我现在是穷光蛋，这钱我花吧！"说完，他理直气壮走出了饭馆。

六十六

艳秋一行进了河神庙内，只见两具尸体，不见任何人迹，正在困惑，忽听庙外枪声大作。她们攀上大殿的阁楼，只见一队日本鬼子包围了庙宇。鬼子们是骑着挎斗子摩托来的，摩托车一溜儿摆在庙宇山门外，二十几个鬼子边胡乱开枪射击，边冲进了河神庙的大殿，翻箱倒柜，四处搜索。艳秋他们屏着气呼吸，手握枪支，紧盯着敌人的动向。

一个鬼子从大殿后钻出来，喊道："报告，里面发现了洞口，在泥塑下面。"

一个鬼子小军官命令:"立即进洞,抢救部队!"

艳秋听不懂日语,但见那小军官领着一伙人快步进了大雄宝殿,挪开了一座泥塑像,泥塑下立即出现了一个黑黑的洞口。鬼子一个接一个跳进了洞里,只剩下小军官和两个鬼子。艳秋立即挥挥手,金凤、玉竹和范家十几个家兵都滑下了阁楼,挨排散开,包围了大雄宝殿。洞口的两个鬼子发现了艳秋,一着急都扑通扑通跳进了洞里。鬼子小军官正要开枪,艳秋几个人同时扣动了扳机,小军官惨叫一声栽进了洞里。

艳秋他们围住了洞口,里面一片漆黑,什么也看不见,寂静无声。

"怎么没有声音?"金凤把耳朵侧过来听着洞里的动静。

艳秋说:"别管他,他们不着急,咱们着急什么?"随即盘腿坐在洞口,"来,咱们坐下歇一歇,看他们在里边能待多久。"

果然,一会儿,洞里头就传出了吵嚷声。

艳秋说:"看,鬼子着急了吧,再等一会儿,就更待不住了!"

金凤说:"咱们把洞口盖上,把他们全闷死算了!"

艳秋说:"不行,怎么也得让他们上来十个八个。"

"留下他们麻烦,不如闷死狗日的!"几个家兵意见一样。

艳秋说:"你们看,大门外那么多摩托车,你们谁会开呀?不弄几个师傅教一教,咱们能扛回去?再说,他们进地宫里干什么去了,咱们得弄清楚呀!"

....

玉龙躺在炕上,脸色苍白,干裂的嘴唇鼓起了一层层白色的老皮。他半睁着眼,因为眼皮子也肿胖得只留了一条缝。

臭蛋从他胳肢窝里拿出温度计,一看,"呀,三十九度了。"

小兰让这一场接一场的灾难操磨得弱不禁风了。她的模样和玉龙差不多,但硬拿骨头扛着。她守在玉龙头前,着急万分,"玉龙呀,你睁开眼,你可得挺住呀,你挺不住,全村人就完了!"她喃喃地说着,端了盆凉水,用毛巾沾沾,轻轻给玉龙擦洗。

玉龙领着队伍支援飞鹰山,肩膀被流弹擦破,发炎化脓了,回村后,弟弟妹妹全没了,操磨得三天没睡觉,而后根据八路军旅部的指示,他又四处追寻被遣散的俘虏,想把失散的队伍重新组织起来,可是洒了的水哪能收起来?还差些让鬼子把他抓了。他昨天连夜赶回村子，几十个时辰水米没打牙，铁人也受不了啊！

玉龙镇定地说："大嫂，不要紧，让臭蛋把肩上的脓疮割了，我很快就会好的！"

臭蛋剥开了玉龙的上衣，露出了肩膀，才发现肩上的伤口大面积溃烂，碗底大小的伤口流着脓和血，脓血散发着刺鼻的臭味，她惊叫着："啊呀，你咋不早说，这要不做手术，怕是要命哪！"

小兰十分着急，催促臭蛋说："那就快点做手术啊！"

臭蛋说："一点麻药都没有了，有点止疼药，前些天都给八路军伤员用了。"

小兰急得在地上转了一圈，没有好招。

玉龙说："大嫂，不用止疼药，就这么割。我们得佩服日本鬼子，能用刀子和棍子把自己活活戳死，我连这点疼都忍不了，不让鬼子笑掉大牙？"

"那就忍吧！"小兰说着去按玉龙的手臂，她怕玉龙疼痛难忍，影响臭蛋手术。

玉龙摇摇头，说："不要按我，你们也看看我到底算不算个男子汉！"说完，咬紧了牙关。

手术开始了，臭蛋的刀子在玉龙的肩膀上嗖嗖嗖嗖地割着肉。玉龙上下牙齿紧咬着，每个牙缝里都挤出了血，他的两条腿蹬得像硬棍铁棒，脚趾头像钢筋一样凝固成了钩子，两只拳头攥得关节啪啪直响，汗珠像黄豆颗粒，一颗紧挨一颗不断地从额头流下……

臭蛋替他疼痛，拿刀子的手不断哆嗦。小兰更是心跳如雷，白汪汪的泪水充满了她的眼眶。可玉龙仍旧不吭一声……

一阵嗡嗡嗡的声音隐约传来，由远而近，渐渐地把窗纸震得响起来。路娃跑了进来，上气不接下气地说："妈妈，日本鬼子又进村了，快跑啊！"

小兰赶快挪开了地上的大柜，墙后的洞口露了出来，她说："快，臭蛋，快把玉龙扶进洞里。"

路娃已通知了隔壁的爷爷，牛老栓也扶着窗墙过来。他们先后进了洞里，小兰挡上了洞口，跑出了院子，想照料照料左邻右舍，招呼他们也赶快进洞里躲藏，没想到，一出大门，听见一个女人大声喊道："大嫂！大嫂！"

小兰使劲揉揉眼睛，三四个女人已经奔到她面前。她细一看，呀，原来是艳秋领着金凤、玉竹,还有晶晶,后头跟着一群大老爷们。小兰惊喜地扑过去,抱住了艳秋的头,热泪像开水一般烫着艳秋的脸,她忍不住,失声哭了……

艳秋她们在河神庙里俘虏了地宫里的日本鬼子,才知道地宫里被油屁股闷死了二百多名全副武装的伪军队伍。她们收缴了大批武器,强迫鬼子开着摩托,给牛家村送来了。

艳秋的到来,简直是从天而降的一颗救星,特别是运来这么多武器,全村人都来观看。张老先生像个小娃子,高兴得直蹦跳,到处说:"我说是吉人自有天相嘛!玉龙果然能困龙得水!"此时,玉龙的伤口像被神仙摸了一把顿然轻松了。他又拿出当连长那阵子的锐气,叉着腰板,神气地喊:"乡亲们,天无绝人之路!今天咱们又有武器了,凡能拿动枪的,一人一支!来,领吧!"

小兰也如注射了兴奋剂,欢实得像只风葫芦满院跑,一会儿招呼村人,一会儿给客人安排吃住,漏个空儿,还指点领到枪支的乡亲如何打枪。过去,她一有事就抓两个短工,如今,迎春和小龙走了,只能抓住路娃不放。路娃刚从山里赶回羊群,还没擦擦满脸的汗迹,又被小兰差去喊愣福来杀羊。今儿是亲人相聚的日子,又是村里重组武装的日子,小兰虬了三只肥羊的臀部,要给大伙好好解个馋,要痛痛快快庆贺一把。

臭蛋看见玉龙忙里忙外,虚弱的身体摇摇晃晃,蜡黄的脸上不断淌着汗珠。作为郎中,加上相处了这么久的战斗情谊,心疼极了。她嗔怪着搀住了玉龙的胳膊,将他强行拉到房里,脱下了外衣,观察他刚动了刀子的肩膀,伤口又红又肿,从棉纱下不断淌着血水,她硬把他摁倒在炕上,让他睡觉静养。

这一幕,艳秋全部看在了眼里,她的心咯噔一下,刚才兴奋的神色一扫而光。她徒然变了脸色,气得呼呼直喘。不是艳秋心小吃醋,回想起前些日子玉龙硬把自己往范君义那边推,硬说自己和范君义的婚姻是父母之命,媒妁之言,原来他心中另有所爱了。她冲进了玉龙的屋子,臭蛋还在给玉龙的伤口消毒,她本想给臭蛋个难堪,又想起自己负伤时,臭蛋为自己精心治疗的好处,忍住了,但她的脸涨得通红,能看出她难以抑制的愤怒。

臭蛋愣住了,问:"艳秋姐,你怎么了?"

"没怎么!"艳秋冷冷地回答。

玉龙虽然聪明，但不知道艳秋犯了哪根神经。臭蛋在他心中只是一个小妹，迎春走了，臭蛋似乎逐步在代替着迎春的位置，他对臭蛋在男女方面，连个闪念都没有过。生活中，沉重的打击一次接着一次，他也没有过多的精力去考虑爱情。他对艳秋依然爱得死去活来，但他一直用一种顽强的道德观念压迫着自己，感到自己爱艳秋是一种违背道德的罪过。特别是范君义如今成为这个样子，被开除了军籍，家破人亡，自己再侵占了他的所爱，简直是天地所不容。所以，当艳秋再度出现在他面前，而且对自己是雪中送炭的关键时刻，他仍表现出一种矜持沉静的神态，这对艳秋的心灵，当然也是一种严重刺激。艳秋的不冷静情态，玉龙却没有理解，于是问："艳秋，谁又把你惹了，咋又下了头脸？"

"你装什么相？"艳秋冷冷地讽刺。

臭蛋看见气氛不对，识趣地出了门，惹得玉龙很生气，说："艳秋，你对我咋发脾气都行，可你这样不冷不热待臭蛋，人家能受得了？你看，她生气了！"

"我管得着她生气不生气，咋，你心疼她了？"

"你这是什么话？"玉龙坐起来，虚汗流下了脸颊，"艳秋，你看我现在的处境，哪有心思贪欢作乐，你饶了我吧！"玉龙说着，眼泪和着一排虚汗潸然而下。

艳秋不知道迎春和小龙遇难，也不知八路军已经撤销了玉龙和范君义的职务，对玉龙的眼泪很不理解，骂了声"孬种"就掉头出了门。

又一辆三轮摩托车驶进了牛家村，停在了牛家大门口。张小三和山本四郎风风火火跑步进了牛家大院，一进院，张小三就大声喊："牛连长！牛连长！"

玉龙迎出门，张小三顾不得寒暄，着急万分地说："快进屋，有紧急情况商量！"

"什么事？"玉龙着急地问。

"快叫大嫂过来，还有张老先生。"张小三说。

军情的确非常紧急，山本四郎以记者的身份，从寿男大佐那里得到了准确的情报：明天一早，鬼子就调动两个大队的兵力进攻牛家村。从县城到牛家村是两天的路程，估计大后天一早鬼子就要赶到，并要控制这一带。为了及时送到这个情报，山本四郎不得不以记者采访的名义，才混过了种种关卡。他担心寿男大佐怀疑，一放下张小三，又骑着摩托回县城去了。

张老先生来了。现在，杨家、马家、牛家都没精力怄怨斗气了，在这关乎全村人生死命运的时刻，各大家族的老者和主事人都聚在了玉龙家中。朱阴阳那天为迎春的死尸受了玉龙气，也不再计较，悄不声圪蹴在地下的角落里。这时，金凤、玉竹和晶晶同时进来，惊叫着到处找不到艳秋。玉龙顾不了艳秋，赶紧说："咱们先商量对付鬼子！"

情况十分明白，鬼子两个大队的兵力，六七百人，武器精良，训练有素，村里就这么几十个老老少少，简直是以卵击石。由于鬼子采取了暗度陈仓的策略，牛家村以东的八路军部队都被骗到西线阻击鬼子去了，东边成了鬼子占领牛家村一带的突破口。如果不及时通知八路军队伍，牛家村一带肯定会沦陷，敌人的AUI计划就有可能实现。

其实用不着讨论什么，没有八路军，村子肯定是保不住了。玉龙立即做出了决定，马上派人向八路军旅部报告，打破敌人声东击西的阴谋，赶快反戈一击，阻击敌人占领牛家村。

八路军旅部离牛家村也是一天半的路程，旅部接到报告立即调兵，也不会赶在敌人进攻牛家村之前。自然，玉龙想到了大门外停着的日本摩托车队，他们把每辆摩托车的汽油集中了起来，赶到旅部绰绰有余。金凤、玉竹承担了送情报的任务，她俩用枪逼着鬼子驾车，一个坐在挎斗里，一个坐在鬼子后头，一道蓝烟冒过，摩托车就突突地奔出了村子。

玉龙深信八路军肯定会来拯救牛家村的，保卫牛家村和阴灵沟，一直是八路军的一盘大棋。可是，万一有意外情况，八路军部队不能及时赶到该咋办？牛家村应当做最坏的打算，决不能让敌人心安理得，大摇大摆占领了村子。

敌人占领牛家村，有两条沟可以进来，一条沟叫宽沟，无论行人和部队，通常都走这条沟；另一条沟叫石硖沟，山陡沟深，十分狭窄，终年不见阳光，很少有人行走。如果敌人从宽沟进来，那就真的无法阻拦。如果想法子把他们引诱到石硖沟里，堵住进出两个沟口，学着飞鹰山的战法，从山顶滚落石头，无论有多少敌人，都会死无葬身之地。可是这仅仅是一个设想，敌人放着宽阔的大路不走，怎么肯轻易钻进石硖沟呢？

没想到，玉龙的这个设想，竟使张小三兴奋得跳了起来，他圪蹴在锅渠上，挽起了袖头，以稳操胜券的口吻说："好主意！好主意！"

玉龙越来越喜欢和信任张小三了，问："咋？你能把敌人引诱进石硖沟？"

"能！"张小三胸有成竹。

玉龙兴奋极了，"快快快，什么招？"

"把宽沟用地雷封了，逼得敌人走石硖沟。"

玉龙大失所望，说："这叫什么高招！那得多少地雷？二狗死了，没人造雷了。"

张小三笑了笑，仍然十分轻松自信地说："在宽沟沟口，打幌子埋上几十颗地雷，弄点假相，让敌人不敢走进这条沟。"

"敌人又不是愣子！"玉龙摇头，表示不可行。

"你就放心吧，我有办法，保证让敌人走进石硖沟，你就组织乡亲在石硖沟两山堆石头吧，敌人一进沟，就冲沟下拼命滚石头，保证砸得狗日的鬼哭狼嚎。"

"到底有什么高招，你说呀！"

张小三却卖起了关子，说："别问了，到时你就清楚了！"

六十七

山本四郎骑着摩托车驶出了牛家村，在弯弯曲曲、高低不平的羊肠小道上蹦蹦跳跳地前进着，很快追上了一个女人，山本四郎一眼认出是艳秋，他吱地刹住了车，喊："你干什么去？牛连长到处找你！"

艳秋也认出了小鬼子，不说话就理直气壮跳进了摩托车的挎斗，说："走！"

"去哪里？"山本四郎茫然地问。

"找范君义。他在哪儿，就拉我去哪儿！"艳秋气冲冲地说。

山本四郎听张小三说过，他在范家镇见过范君义，还偷了茶庄的钱资助他。可范君义是长腿的人，谁知现在跑到了哪里，便说："杜小姐，我真的不知他在哪里。"

"到范家镇，他在那儿组织队伍！"艳秋挥挥手，以不可抗拒的口吻发出了命令。山本四郎打着马达，摩托车屁股后冒了股蓝烟，向范家镇驶去。

山野的晚风吹来了草原上一阵浓似一阵的花草香气，炊烟和雾霭掩遮着房舍和建筑，使范家镇充满了神秘。一辆装满了粮食的大卡车，也许是车重，也许是道路坎坷，不断痛苦地呻吟着从镇子里驶出来，和山本四郎相对而行，越来越近。忽然，卡车嗵的一声停住了。山本四郎驶到了车前，看见前轮跌进了一个大坑，上边掩着伪装，显然是人为破坏了公路。两个日本士兵从车上跳下来，看到山本四郎是日本军官，立即敬礼，说："报告，八路的破坏！"

这时，远处出现了十几个衣衫破烂的农民，他们每人背着一捆青草，像是刚从田间劳作要收工回家的农民。两个士兵迎上去，虽然语言不通，但指着车辆打着手势要求帮助，农民们马上就过来了。司机打着了马达，马达轰轰，后边的农民嗷嗷地喊着推车，山本四郎和另一个士兵也在人群中奋力，卡车依然纹丝不动。

艳秋也穿着日本军服，她没有动手。她心中疑惑：这路障明明是人为破坏的，既然破坏，肯定有目的，车刚刚陷进坑里就出现了这么多农民，一定是来者不善。她仔细打量每个农民，只是喊叫并不用力。思忖之际，那十几个农民就放弃了推车，一齐扑向了正在推车的日本士兵和山本四郎。几乎是同时，自己的脖子里也被套上了一根绳子。艳秋抓住了绳环，用力一拽，一个人跟跟跄跄被拽倒在地，她一脚踏在这个人的身上，这个人痛苦地叫了一声哎呀，声音好熟，俯身一看，原来是范君义。

这时，农民们已把山本四郎和两个日本士兵都捆了起来，艳秋摘了日本军帽，拉起范君义说："起来，你看看我是谁？"

"啊？"范君义又惊又喜喊道，"艳秋？是你？"

"快给小鬼子松绑！"艳秋说着，亲自给山本四郎松绑。山本四郎也惊喜地喊："范指导，是你？"

鬼子的粮食屡遭八路军和游击队的抢劫和烧毁，所以把全县分散的粮食都集中在了范家镇保存，粮食存在范家镇，既有利于部队西进运输方便，更为这次全面占领和控制牛家村一带提供了军需。如烧毁了这座粮库，日本人的AUI计划和西进的阴谋就会彻底失败。可偌大的粮库，燃火非常不易。前几天，范君义他们以搬粮食的名义，已将易燃的两口袋炸药运进了粮库，但要彻底烧毁这么多粮食，还需以汽油助燃。这些粮食是鬼子维持生存的救命稻草，防守十分严密，要把汽油运进粮库不是一件容易的事。他们今天把汽车陷在坑里，就是想趁机从车上劫夺汽油。他们真的如愿以偿了，从这辆卡车上，他们缴获了两大桶备用油料，真是老天相助。

范君义十分兴奋，他不仅见到了艳秋，而且得到了这次烧毁粮库计划的有力助手。他说："艳秋，我们原打算抢了敌人的汽油，夜半人静，杀了鬼子和伪军的哨兵，然后打开粮库纵火烧粮，这个计划显然是冒险，你们来了，我可就有救了。"

是的，这些粮食是鬼子唯一维持生存的救命稻草，防守十分严密，要把汽油运进粮库不是一件容易的事，硬拼的胜算怕是没有。艳秋转向山本四郎问："小鬼子，你说怎么办？"

山本四郎用日语询问了两个日本士兵，得知这车粮食刚从范家镇的粮库里拉出来，是供进攻牛家村部队食用的，准备运到离牛家村二十公里的部队营地。他们立即认识到了截获这辆运粮车的意义，不仅截获了助燃汽油，也断了敌人进攻牛家村的粮草，拖住了敌人的后腿，会为牛家村争取到更多反击敌人的时间。他们商量了一阵，一齐动手，把汽车拖出了大坑，艳秋和范君义用枪逼着鬼子的脑袋，卡车又向范家镇粮库开去。

为了防止八路纵火，鬼子的粮库全部是用石头筑成的，远远看去，像是一座巨大的石头城堡。粮库的石门，用钢筋水泥浇铸，厚笨而沉重。门前守卫着全副武装的日本兵，石堡周围，是不断游晃的流动哨兵。汽车接近了粮库，被横在道口的日本兵拦住，他们咿里哇啦地喊叫着，把头探进了司机窗口，问道："为什么把粮食拉了回来？"

山本四郎用日语回答："前面道路被八路破坏，天黑怕中了八路埋伏，明天出发。"

山本四郎一路与鬼子招呼，汽车一直开到了粮库的石门前，鬼子司机趁山本四郎和把门的哨兵交涉，鬼眉溜眼想跳下车去，早被艳秋和范君义发现，一把明晃晃的匕首架在了他的下颌。可是，当汽车开进了粮库，范君义和艳秋搬运汽油时，那鬼子司机突然跳下车，飞快向大门口冲去，大喊道："他们是八路军！他们是八路军！"

艳秋手枪一点，那鬼子应声倒下，立即惊动了大门外的鬼子，接着，子弹雨点般从大门口射进来，同时听见鬼子们声嘶力竭的呐喊声。艳秋和范君义指挥着范家家兵和敌人对打起来，但被敌人的子弹封锁在了石门里不能冲出，有两三个家兵先后牺牲了。

情况万分紧急，如果再拖延下去，驻扎在范家镇的敌人会迅速赶到，一切计划就全部落空了。范君义马上做出了决定，立即放火烧粮。他命令范家家兵继续阻挡敌人，转身和艳秋说："快快快，快把汽油泼洒在粮堆上！"他自己把早存放在粮库里的两口袋炸药扛了出来。这时，粮库外的敌人越来越多，子弹更加密集，阻挡敌人的家兵们大部分都战死了。接着，轰隆隆一阵巨响，粮库沉重的大门被关死了，他们都被关在了阴森森的黑暗中。

山本四郎哭出了声，悲哀地喊起了他的妈妈："妈妈，儿子要去见您了！"范君义摸着黑搂住了山本四郎的脖子，安慰说："山本，别哭！我都侦察好了，你和艳秋赶快爬上粮堆的最高处，那儿有两个通风口，勉强能钻出去，兴许能逃个活命。"

艳秋搂住了范君义，问："你怎么办？"

"你们一钻出去，我就放火！"范君义坚定地说。

"不行，要死我们死在一起。"艳秋死死抱住了范君义。

范君义一股热流从心中涌出，一直涌到了两只眼眶，泪水热辣辣地流在了艳秋的脸上，他也失声痛哭，"艳秋，一个人死就够了，为什么要一起死呢？"

山本四郎不哭了，他想起了迎春，忽然狂笑起来，"迎春，我能见到你了，我们很快就会相见。"

艳秋紧紧抱着范君义，依依不舍，大门外敌人的呐喊声越来越激烈。范君义用尽浑身力气推开了艳秋和山本四郎，大声命令："艳秋，服从命令！你必须活着回去，和首长报告，我范君义是真心实意拥护八路军的，把我的冤屈洗清，我就含笑九泉了！"

艳秋一声呜咽，拉着山本四郎爬上了粮食堆的顶端。

…………

一场恶战就要来临，牛家村人都进入了紧张状态，不用动员，男女老少都奔到了石碛沟的两座山头。他们沿着山脊，把石头集中起来，一旦敌人被骗到沟里，石头就像洪水一样滚下山去，敌人就会被砸得屁滚尿流。乡亲们把石头当作子弹和炮弹，半天工夫，两面山上就堆满了石头。玉龙肩伤未好，疼痛难忍，但这种场合哪能少得了他。为了防止伤口发炎化脓，引起高烧，他喝了半锅黄连水，苦得他两眼直流生泪。张老先生又出了个点子，到河沟里抓了半箩头蛤蟆，蛤蟆的肚皮吸毒消炎，打凉下火，玉龙把蛤蟆肚皮对着肩伤放好，用布子蒙住，然后用麻绳固定在肩上，果然是清凉舒服。可这蛤蟆是活物，蹄蹄爪爪乱动，痒得他龇牙咧嘴。一两个时辰，蛤蟆就被肩伤的火毒攻死，他就再换几只"享受"。玉龙肩上捆着蛤蟆，也不停地搬运石头，他知道榜样的力量是无穷的。

张小三的任务是把进攻牛家村的敌人骗进石砍沟，要达到此目的，那就必须以假相蒙骗敌人，让敌人感到进攻牛家村的宽沟埋满了地雷，迫使他们择道石砍沟。

在石砍沟和宽沟的分岔路口前，有一个石坝村，敌人要进攻牛家村，这个村是必经之地。

张小三早有一个鬼点子在心中酝酿成熟。

此时正值烈日炎炎，太阳把大地烤得干裂。由于久旱，虽是接近夏末，但地里的庄稼懒洋洋，没一点生气。张小三向石坝村疾步走去。石坝村的村民在田野里进行最后一次夏锄，许是看见庄稼不景气，一个个也懒洋洋地磨蹭。张小三走进了一块麦田，三个农民正围坐着歇息抽烟。

"唷，伙计们，你们可是石坝村的？"张小三老远问。

"是啊，你是哪村的？"

"我是牛家村的！"张小三应诺着，已走到他们眼前，一弯腰和他们圪膝对圪膝坐下，没取心思夺过了一支烟袋，就含在自己嘴里，喷了股烟，说，"日本人马上又进攻了，还锄什么田？"

一个农民说："碰命打彩，收几颗算几颗！"

张小三单刀直入地说："老弟兄们，我是来求你们帮个忙。为了防止鬼子进攻，进牛家村的宽沟埋满了地雷，一不小心，踩着了地雷，十几个乡亲被炸死了，你们快去帮着打打墓，宽沟和石砍沟岔路口有人等你们。不白用你们，每人一块大洋，给！"他说着，从衣袋里掏出三块白花花的大洋，每人扔了一块。

三个农民捡起了大洋，左瞧右看，然后贴在了胸口，爱不释手。在这深山沟里，他们很少见过这么大的银钱，甭说有多么高兴了，一齐站起来说："走，我们现在就去！"

张小三问："你们叫什么名字？"

"我叫李二喜。"

"我叫李来平。"

"我叫李东升。"

他们自报了家门。张小三说:"你们快去打墓,明天就要发丧,今天得连夜干,晚上不要回村,我现在去你们村通知你们老婆娃子,让他们放心。"

三个农民拔腿就走,张小三和他们相背而行,到了石坝村。

石坝村有十五六户人家,一条大道把一个村子割成了两半。大道旁是一个高高的井台,辘辘哗啦啦地响着,清水一斗一斗从深井绞上来,倒进了石槽里,十几个妇女围着石槽洗衣裳,笑声叽叽咯咯。还有十几个老人,都含着烟锅围着井台谈天说地,悠闲自得,偶尔也调侃些笑话。无意间,人们发现了一张陌生而哭丧的脸。这张脸,顿时给这个快乐的氛围增添了些惊异和慌张。

"你是哪村的?"人们问。

"我是牛家村的,"张小三显得十分悲伤,"有件事不能不告诉你们,你们村的三个弟兄,在去牛家村的宽沟踩着了地雷,都让炸死了!"

"什么?"满大井台的人都惊叫起来,老人们都立竖竖站起来,围住了张小三,赶着气儿问,"谁?谁?谁?"

张小三推推逶逶,欲说不说,急得一群洗衣女人用湿手抓着他的肩膀不断摇晃。张小三才吞吞吐吐地说:"有个李二喜。"

一声尖叫,一个洗衣女人昏倒在石槽旁边,她正是李二喜的妻子。人们赶快扶起她,切人中的,扒眼皮的,呼喊成一片,其余的人还是紧问着另外两个炸死的人名。张小三一看这阵势,觉得自己把事情做得过火了,真把人吓坏咋办,忙改口说:"不要着急,那两个没死,只是炸伤了。"

大家虽然得知李东升和李来平没有死,但都担心他们的伤势。他们的亲人都来到了大井台旁,像要把张小三活吃,要张小三领着到出事地点。张小三怕事情败露,立即怒火冲天,喝骂道:"什么?你们要到牛家村?哈哈,满村都是日本人,见人就抓,找死去?"

人们被吓住了,但哭喊声笼罩了全村。张小三继续吓唬他们说:"你们赶快准备棺木,我马上回牛家村去,尽快把死人活人一齐给你们送回村。可你们千万不能去牛家村,宽沟子到处是地雷,一不小心就要了命,再说日本人到处抓人,不能往虎口里奔。"

这是第二天，太阳快要升上中空，突然，日本鬼子的马队黄尘滚滚从东沟里冲过来，冲向了石坝村。队伍很长，从头望不到尾，足有三四百人，领头的是从牛家村逃走的大岛队长，旁边是戴着日本军帽挎着二十响盒子枪的金龙。大岛指着石坝村问："前面什么的地方？"

金龙汗流满面，奴颜婢膝地回报道："报告太君，这是石坝村，距牛家村还有十里路。"

大岛问："石坝村？什么人在大哭？"

"不知道！进村看看。"金龙在马屁股上抽了一鞭，马匹走到了队伍前头，只见村口摆着棺木，一群穿白孝衣的人出出进进，号丧的声音此起彼伏，金龙打听一阵，立即向大岛报告，"太君，通往牛家村的宽沟都让八路军埋满了地雷，石坝村几个村民不小心踩了地雷被炸死，你看，现在全村人正在发丧。"

大岛一挥长胳膊，命令部队停止前进。他下了马，走到棺木前，李二喜的妻子扶着棺头悲痛欲绝，他确信无疑，返头问金龙："还有什么路可以进牛家村？"

"从石硖沟也能进攻牛家村！"牛金龙小心翼翼道，"不过，石硖沟山大沟深，遍地石头林，道路很难行走，还要绕路五六里。"

"你的赶快侦察，部队就地休息！"大岛发出了命令。

在石硖沟的一面山坡上，一股蓝烟从山顶伸向了天际，这是小兰发出的信号。小兰承担了放哨的任务，她把羊群打在山坡上，在山顶上严密注视着东边敌人的动静。她远远眺望见鬼子大队人马向石坝村逼近，立即在山顶点着了一堆预备好的干牛粪。青烟袅袅上升，她领着路娃跑下山来，并收留着恋吃的羊群，羊群被赶到了石硖沟口，静等着敌人来进攻。一旦敌人逼近，她就把羊群赶向石硖沟深处，目的是证明沟里没有地雷，引诱敌人也放心地跟着进沟。此时的小兰，穿着一件男人的黑袄，腰里系根蓝布带，又把黄土抹了满脸，腰一躬，完全像一个饱经风霜的老头。

石硖沟和宽沟分岔之地，已经堆起了十几座新坟，坟顶上插着引魂幡，白色的幡条随着习习的夏风在天空飞飘着，用麻纸剪成的圆坨子鬼钱铺满了路口。张小三又给了石坝村那三个村民三块银元，让他们腰系白麻，全身大孝，装成孝子贤孙在坟堆旁敬纸烧香，号啕痛哭，专等鬼子前来，谎称宽沟埋了地雷，炸死了他们的亲人，然后请君入瓮。张小三真像一个戏剧大师，把这场戏编排得十分逼真生动。他看到小兰赶着羊群来到了沟口，大喜道："大嫂，来得正好，杀你几只羊，有大用。"

小兰一脸不解，张小三已将一只羊按倒在地，拔出了匕首，捅进了羊脖子。羊惨叫一声，鲜血四处飞溅，张小三拖着四蹄乱蹬的羊尸，在宽沟沟口转了一圈，羊血滴滴答答，洒了一路，看上去，更像地雷炸死了许多人命。

玉龙佩服张小三的聪明和智慧，虽对张小三欺骗石坝村村民给他们造成极大的精神痛苦于心不忍，但在非常时期也无可奈何，因为只有石坝村人这种真实的表演，才会把鬼子诱进埋伏圈里。

玉龙对进攻敌人已做了全面部署。一个山里的农民，战争自然而然把他锤炼成了一个出色的指挥员。他命令范家家兵在石硖沟中部埋伏，等待鬼子进了石硖沟后封锁前进道路；又命令晶晶等飞鹰山战士，待敌人进了石硖沟后，封锁后路。前后封锁的位置都选择了最佳地形，真可谓一夫当关，万夫莫开。虽然兵力不足，但凭借这有利地形，足可使敌人既不能前进又不可回逃，像困兽一样夹在沟里，然后"享受"两面山上滚下来的巨石的"慰劳"。

一场矛盾却在心底发生了。玉龙担心，如果大嫂赶着羊群引鬼子进了石硖沟，一旦战斗打响，咋脱身？两面山上的巨石既不长眼睛，又六亲不认，出了危险咋办？后头跟着那么多鬼子，发现上了当也决不会饶过她的性命。大嫂在村里并非是可有可无的人物，一旦出事，影响整个村的命运。再说，咋能交代了大哥？路娃又让谁来抚养？玉龙不让大嫂担当这么危险的角色，让她帮着护理伤员，或者为战士们送水送饭，可小兰死活不听，不断坚定地摇头。为了让敌人百分之百进入埋伏圈，她一定要冒这个风险。

玉龙望着石坝村那边烟尘滚滚冲过来的敌人，心急如焚，立即对张小三大声命令道："张小三，采取行动！"

张小三的确聪明过人，不假思索，伸出一根指头，只在小兰鬓角处轻轻一捅，小兰便软软地瘫在地上。谁也不知，张小三竟有这种点穴之功。他迅速背起了小兰，离开了羊群，送到了乡亲们集中的地方去了。

大岛率领的部队飞快地向牛家村扑过来，他命令金龙前往宽沟侦察道路，金龙压根就没敢前去，他担心牛家村人看见他后又把他勒死。他只在远处眺望了一阵，的确也看到了岔路口处有十几座新坟，新坟顶上的引魂幡穗不断飘荡，他马上返回，添油加醋和大岛汇报说："报告太君，通往牛家村的宽沟的确埋满了地雷，炸死了不少人，那儿有许多人正在发丧，我们只能取道石硖沟。"

大岛看了看手表，已是下午两点多钟，他饿得有些头晕眼花了。他率领的队伍，只是进攻牛家村的先头部队，大批的后续部队紧随其后，供应粮食的军需部队也在后头。可是已经两天了，不但没给先头部队供应一粒粮食，连后续部队的粮食供给也中断了。这当然是艳秋和范君义他们截获了开往前线的运粮汽车，接着烧毁了日本鬼子唯一赖以生存的粮库造成的。大岛虽不知发生的这些情况，但已预料到靠军需部队吃饭已是望梅止渴。他本想在石坝村抢些粮食，又怕牛家村的抗日力量争取到更大的阻击时机，更担心已被骗到西部的八路军反戈一击，所以忍着饥渴急匆匆向牛家村扑来。

部队开到了岔路口，果然是鲜血淋淋的现场，张小三把羊肉撕成了碎块，扔到显眼处，一看便是一幅被地雷炸碎的尸骨的景象。大岛毫不犹豫，一挥大刀，指向了石硖沟口，那儿，张小三赶着羊群向沟的深处奔跑，鬼子的队伍也跟随着进了石硖沟里。

六十八

玉龙的口袋战打得如愿以偿。鬼子跟着张小三赶着的羊群开进了石硖沟纵深，忽然，前面的沟谷变得狭窄起来，两山是陡峭的石壁。张小三神不知鬼不觉地消失在了山谷之中，羊群也停止了前进，仰起脖子看着这陌生的环境不断叫唤。鬼子生怕前头踏着地雷，赶着羊群继续前行，鬼子以为即使踏响了地雷，也有替罪羊在先。可是没走几步，他们迎来了一阵密集的子弹。埋伏在石壁后的战士一齐开了火，使敌人意想不到的是，这儿竟有猛烈的机枪在扫射。这是艳秋从河神庙里缴获的武器。别说人想冲过去，怕是连鸟都难以飞过。

大岛怒吼了一声"我们中计了"，便掉转马头向后撤退，没走几步，后退的道路也被封锁了。而且，听着达达达的枪声，这儿最少有五挺歪把子机枪在扫射。十几匹烈马被打倒，鬼子扬着双手不断从马身上栽下来，脑袋撞在石林中，顿时脑浆崩裂。腹背受敌的鬼子还没缓过神来，只听两山顶上的呐喊如雷声滚滚，接着，巨大的石头一块接一块，一批接一批，大石带小石，小石带泥土，轰轰烈烈、波澜壮阔地从山顶上滚下了深沟。只听得鬼子鬼哭狼嚎，一个一个人仰马翻，有的被砸成了肉饼，有的拐腿断了胳膊，他们前进不能后退不得，都挤在一个石崖下瑟瑟发抖。

一会儿，两山上停止了滚石，大岛从一条石缝里钻了出来，满目是鬼子横七竖八的尸体和倒在沟里的战马，百名士兵，死伤过半。他怒发冲冠，举起了东洋大刀，就向正在浑身打抖的金龙砍去，同时怒吼："你的大大的死了死了的！"

金龙扑通跪在地上，连连哀求："太君，别杀我！我能找着小路。"

大岛慢慢把洋刀放下，"你的快说！"

金龙毕竟是土生土长，他对石硖沟的地形有所了解，他指着一条小沟说："从这条小沟进去，翻过一座山，就能占领牛家村。"

"山顶上大大的石头？"大岛还怕石头滚下。

"太君，放心，山上的石头已经滚完了，再说，那儿坡势缓慢，石头滚不下来！"金龙十分有把握，并带头向那小沟蹿去，敌人像一群蚂蚁跟在了后面。

砰砰两声枪响，正在前头领路的金龙忽然歪歪扭扭趔趄了几下，倒在了小沟的一块磐石上。接着，他的身上又扑扑中了两枪，鲜血就染满了磐石，他蹬了蹬腿就咽气了。

这几枪是张小三射的。他正好掩藏在这条小沟里，看到金龙给鬼子领路，气得五内俱裂。他知道，牛家村的兵力都布置在石硖沟的两头阻击敌人，山顶上的人大多是滚石的乡亲，一旦敌人攻上山，牛家村就很难保住了。他想打死金龙，或许能把敌人吓住，可是没想到把自己暴露了，大岛扬起了瘦长的胳膊，高高地举起了东洋大刀，敌人所有的枪口都对准了张小三射击。大岛又动用了迫击炮，炮弹不断在张小三打枪的附近爆炸，一阵狂轰滥炸后，再也没有听到张小三回击的枪声……

一群乌鸦被枪炮声震得满天盘旋，发出了哀伤恐惧和不吉祥的怪叫。大岛的队伍几天未吃到粮食，加上行军打仗，已经疲惫不堪，遂将乱石砸死的羊尸拖上来，来不及烹烤便生吞了一餐，顿时精神大振，开始攻山了。为防止再遭石头攻击，每个鬼子之间拉大了距离，显得漫山遍野都是敌人。攻到半山，没见山上动静，大岛停了下来，用望远镜望望山冈，可见山顶上稀稀拉拉趴着几个乡民，枪口对着山下，大岛冷笑道："八路军的，没有几个的干活，不费吹灰之力！"

大岛的副官也用望远镜望了望，说："大岛君所言极是，占领牛家村没有问题，关键是咱们的后续部队到现在仍无消息，即使我们占领了牛家村，八路军如果反戈一击，我们就无路可走了。"

大岛不假思索地说："寿男大佐精心策划，不会有闪失，先尽快占领牛家村。如果八路军真的反戈一击，我们就在阴灵沟死守，等待后续部队！"

玉龙领着四十多名滚石的乡亲和护村队员在山梁一线散开了。他望望敌人像一群群蚂蚁，从山腰中间攻上来，想：敌人的兵力超过我们十来倍，还有山炮，虽然我们居高临下，又有艳秋从河神庙缴获的许多武器弹药，但身边多是没经过战斗的乡亲。山山、二虎这些平时不起眼的护村队员今天也成了这场战斗的主力和骨干。看来，牺牲和失守就在眼前。他传令守在石碛沟口的战士赶快上山增援，可到现在没有消息，他的伤口还在剧烈地疼痛，已顾不及再用蛤蟆来消炎和止疼了。他也爬在了一块石头后面，手里架着一挺歪把子机枪，他和山山说："山山，好好打仗，打完仗，我帮你娶回豆芽。"

山山眼圈红红的，说："玉龙哥，现在命都难保，还说这些。"

"不要气馁，我们顶着打，送消息的人走了两三天了，八路军肯定会很快赶到，实在打不过他们，咱们就跑，只要把命保住，我们有的是打鬼子的机会。"玉龙在安慰。

说话间，枪声大作，子弹在山顶上打起了一片片烟尘，烟尘在阳光下像一团团彩色的雾。敌人加快了速度向山上爬行，边爬行边打枪呐喊。接着，山炮呼啸着落在了山顶上，炮弹不断腾起了冲天烟雾，五六个乡亲被炸飞在半空，又重重地跌在了地下。护村队员和乡亲被烟尘遮盖得什么也看不见，阵地乱作一团。正在此时，守在沟口两端的战士们从不同方向赶到了，一溜儿匍匐在山顶上，步枪机枪一齐扫射，敌人倒下了不少，但仍然不断向山上爬行着……

愣福来不知什么时候上了山顶，坐在了一个刚被炮弹炸开的土坑里，捡了一支枪就向山下乱打，居然有一个敌人被他打倒了，像个肉球一样滚下了山底，他高兴得仰起脖子，咧开了黄牙大笑着。

"福来，趴下！"玉龙大声喊的同时，一溜子弹打在了土坑旁，福来还在傻笑……

山山用步枪射击，老是脱靶，他扔了颗手雷，在敌人中间爆炸了，敌人从他的侧面迂回过来，他又扔了几颗手雷，几个敌人又被抛上了天空，滚下了沟谷。这时，一声巨响，敌人的一颗炮弹落在了他的身旁，烟雾后，山山不见了，阵地上只留下了一条血糊糊的大腿。

玉龙哭喊着爬了过去，这时，又一批敌人过来，二虎把着的机枪也哑巴了，他脸上满是鲜血，脑袋耷拉在机枪把上。玉龙爬到了二虎身旁，揽过了机枪，喷出了一串串子弹，已近眼前的五六个鬼子摇摇晃晃栽下了山沟，可是又有五六个鬼子从一座巨大的灌木丛中露出了头，向玉龙扔过了一颗手雷，玉龙抓住手雷迅速扔了出去，手雷在空中爆炸了。

山坡上的敌人依然一群一群向顶上冲锋，山顶上能作战的人越来越少。范家家兵只剩三四个在零零星星打着冷枪，其余的都阵亡了。突然一声怒吼，山顶上跳下一个人来，他厚厚墩墩，粗壮结实，他手举刺刀，冲下山头，刺刀的惯性穿透了两个日本鬼子。他咬牙怒目，手里的刺刀刀刀见血，居高临下和鬼子展开了肉搏，他正是愣福来。山顶上的其他战士也跃下了山顶和敌人展开了殊死搏斗。

山头的这边，满是乡亲。他们多是老人、女人和小孩，有的往山上送子弹，有的从山上往下抬伤员，有的给伤员包伤喂水。小兰给伤员喂水，路娃端个盆子时不时给空了的碗里倒水。炮火隆隆，一股一股烟雾弥漫了整个山头，山上的战士越来越少，伤员不断撤下山头。眼看守不住了，小兰大声喊道："臭蛋，快上山顶把玉龙拉下来！"臭蛋放下了手里的伤员，赶快奔向了山顶。小兰命令乡亲扶着伤员尽快向村里转移，她想让乡亲和伤员都躲进自己屋后的地洞里。

玉龙醒过来，只觉周围一片漆黑，身下是坚硬潮湿的岩石，用手一摸，才知自己在一个岩洞里。他的身边还躺着几个人，他们发出了轻微的呻吟。

玉龙低声问："这是在什么地方？"

臭蛋听见玉龙的声音，惊喜地喊："你醒了？"

"这是咋回事？"玉龙问。

"我们的阵地守不住了，几个战士负了伤，你也昏迷在阵地上，我就背着你和战士们向山脊那边撤退，正好碰了一个岩洞，就钻了进来。没想到，敌人追了上来，见我们进了洞，他们不敢进来，乱放了一顿枪，就把洞口用巨石堵死了，我们现在出不去了。"

这时，几个战士都蠕动起来，玉龙听出了声音，这是几个范家家兵。他们都负了伤，但神志都清楚，他们见玉龙醒了，像有了救星。

"牛连长，你可醒了，咱们咋出去呀？"

玉龙想动一动，浑身无力，肩上的伤口剧烈地疼痛，挣扎了一下，顿觉天旋地转。他掩饰着痛苦，说："我们得出去啊！"他用力爬到了洞口，碗口粗的空隙里射进了几柱强烈的光线，看这光线已是下半晌，他和战士们推动洞口的巨石，巨石牢牢地卡在了洞口，纹丝不动，别说这几个精疲力竭又受了伤的人，就是大力士也难以推动。玉龙又用枪托击着洞壁，是坚硬的岩石，不禁暗暗想：看来，这里就是大家的坟墓了。他摸索出了小烟锅子，多想抽口小兰花，可惜身上没有火，他扔了烟袋，对众人说："弟兄们，咱们聊聊天吧，死以前也得高兴高兴嘛！"

"你还有心思高兴吗？"臭蛋责怪他。

玉龙说："臭蛋，我倒不怕死，只可惜了你们。不过，我也和你们差不了几岁，要我说，人迟早要死的，咱们只是早死几年嘛。要说可惜，只是可惜有些事情还没有办完就死了。可是又想，咱们一生的事情有多少，什么时能办完，死就死了吧，等于睡了一觉没醒过来。"

听了玉龙的话，几个战士悄悄抽泣起来。

"甭哭嘛，大丈夫长着两颗蛋泡子哩，长蛋的人是不能哭的！你们看，臭蛋是女人都不哭！"玉龙半开着玩笑。

玉龙的话勾起了一个战士的心酸，那战士哭了，说："牛连长，我妈今年给我娶亲，我要是死了，真对不起我妈啊！"

玉龙说："唉，我也有几句心里话想告诉一个人，她很爱我，我也爱她，可是，有一个人比我更需要她，而且人家是双方老人名正言顺定下的亲事，可她对我不理解，以为我不喜欢她，我想在死以前告诉她，我是爱她的，可是我不能娶她。你们说，我咋能把这个心思让她知道呢？小兄弟，甭哭了。听说人不吃饭能坚持七天七夜，咱们还能活几天。就这么几天，咱们要活得高高兴兴，不许再哭了。走，咱们都进洞深处耍耍去，看看这洞到底有多深，里边有没有蛇呀虫呀的，还不一定碰上哪个朝代藏着的金银财宝呢！"

战士说:"黑咕隆咚,什么也看不着。"

玉龙捡起了刺刀,在洞壁上用力划了划,划出了一溜米粒大的小火星,笑道:"看,咱们边走边划,能照见路子。"

他们深一脚浅一脚往洞深处摸去,越走越黑,越走越阴森,大家浑身都起了鸡皮疙瘩,走着走着,忽然觉得有股冷风从哪儿吹了进来,大家都无比惊喜,玉龙叫道:"前面好像有通风口子!"

他们继续向前,洞风越来越大,果然,前面出现了一层微亮的光晕。随着他们不断向前,光晕越来越强烈,最后看到了一个圆圆的洞口,眼前,一片豁亮了。可惜,洞口不大,只能一个人爬着出去。玉龙首当其冲爬到洞口,往外望去,天哪,对面是刀削般的巨大石壁,洞下是万丈深渊,洞口铺着一层厚厚的鸟粪,散发着浓烈的臭气,原来这是一个老鹰的窝巢。玉龙把脖子探出向沟底俯视,有不少蚂蚁大小的人在活动,这些人群在这傍晚的光色中有些朦胧,但看出来都穿着八路军的服装。玉龙估计这是八路军反戈一击回了村,肯定在寻找着自己呢。

"来,咱们一起喊!"玉龙和洞里的人都把脖子凑向洞口,哎哎地大喊起来。可沟底的人根本听不见,也没有回音。

"枪,快打枪!"玉龙想用枪声惊动沟底的八路军。于是,凡是洞里带进来的武器,都从洞口吐着火色,子弹一颗颗打光了,但仍没有引起沟底人的注意。

大家绝望了,挤在一起,低头叹气,又有几个抹起眼泪来。

玉龙沉默了许久,又望望几百丈深的沟底,太阳已经落尽,沟底开始黑乎乎的了,如果再拖下去,八路军回了营,那就更没法联系了。他说:"大家不要发愁,我马上跳下去,八路军见了我的尸体,就知道上面还有人,他们打开洞口,你们就得救了。"

"不行,"臭蛋生怕玉龙跳下去,拉住了他的衣裳说,"你就算跳下去,谁知道从哪儿跳下去的!八路军怎么会知道鹰窝里有人。"

玉龙似乎早有准备,连忙脱下自己的衣衫,坦然地说:"你用刺刀刺我肩膀,用我的血在衣裳上写清楚这个洞的位置,这样我用一条命能救你们大家的命!"

"不行!"臭蛋呜地哭了,"你只要跳下去,就粉身碎骨了,牛家村不能没有你!"

玉龙的眼泪夺眶而出，但他绝不能哭出声音，他要鼓舞大家生存的勇气，不能让大家伤心。他像劝小孩似的对臭蛋说："臭蛋，听我的话。这里只有你有文化，来，快刺破我的肩膀，蘸着血把我们的地方写清楚！"

"不！"臭蛋边哭边咬破了自己的指头，鲜血顺着她的指头，在玉龙白色的衣衫上留下了如下的字：八人困在鹰窝中，洞口在山脊处。

臭蛋写完了字，用尽全身力气，把玉龙死死抱住，说："玉龙，跳下去就成肉饼了。"

"知道。"玉龙说，"可不跳下去，咋传递消息，难道大家一起死就好吗？"

臭蛋说："牛家村不能没有你，我来跳！"

一个战士也争着说："牛连长，我来跳。"

玉龙说："这是哪儿的道理，我比你们都大，在人间也比你们多混了几年，我先死是公平的。"

另一个战士用微弱的声音说："牛连长，我的血差不多流尽了，即使我得了救，恐怕也不会活下来，让我跳吧！"

玉龙忽然愤怒了，说："你们这么做，还不如把我捅了！我命令你们，谁也不许再说别的！"说着，把血衣卷了起来，捆在腹部上，一脚把抱着自己的臭蛋蹬进了洞里，自己霸占了洞口，一寸一寸不断向洞外爬去。

…………

敌人占领了石碛沟的阵地之后，开始到处追赶失散的队伍，他们发现有一股人钻进了石洞，对着洞口乱射一顿，就将洞口用巨石堵住，接着就把助战的男女老少赶在了一起。不少人负了伤，互相搀扶着走进了牛家村。

小兰悄悄蹭到了张老先生身旁，说："咱们领着人进我们大院，或许漏个空子人们能钻进地洞。"

敌人像赶牛羊一样赶着人群，小兰和张先老生在前头领着路。刚进了牛家大院，忽然村外传来了密集的枪声，接着，乡亲背后的鬼子立即向村口反扑而去，押解人群的仅剩下二十几个鬼子。小兰估计这可能是八路军的援军已到，她更加镇静，一个一个和乡亲们咬着耳朵说："进了我们院，一切听我指挥。"

果然是八路军的援军到了。八路军接到金凤、玉竹的情报，立即挥师东回，可他们晚了一步,敌人已经占领了牛家村。他们和敌人在村口接上了火,双方打得热火朝天,难解难分。

大岛站在村中央的大井台上,一边声嘶力竭指挥部队顶住八路,一边命令部下将村民赶进屋里,防止他们逃跑。

八路军越攻越猛,鬼子渐渐向大井台退缩。大岛向八路军发出了通牒:"立即停止进攻,否则将村人全部处死!"

八路军的火力渐渐减弱了下来。他们担心敌人真的孤注一掷,拿乡亲解气,便派人进村和鬼子交涉。可是狡猾的大岛一边应付八路军,一边命令部队杀死集中在牛家大院的全体乡亲,然后向阴灵沟撤退。

牛家大院站满了荷枪实弹的鬼子,不断用枪托戳着乡亲,把他们赶进了小兰的屋。大院四周的墙上,也架起了机关枪,旁边放满了子弹,枪口一律朝着小兰的窗口。看得明白,鬼子要进行一次血腥的屠杀。

小兰和张老先生早就移开了后墙的大柜,紧张地往洞里运送着伤员,小兰边扶着伤员进洞,边向前边喊:"快点进,鬼子马上要扫射了。"

村民们一拨一拨进了小兰的屋,都争着要进洞。一时,洞口堵得满满的,连一个人也进不去了。这时,一个鬼子也挤进来,来回窥视什么,把小兰大大吓了一跳,正好洞口被阻塞的人群堵住了,鬼子才没有发现。这倒是提醒了小兰,如果把村民都藏进了洞里,鬼子一看屋里没人,发现了洞口,即使藏进洞里也活不成啊!洞外,必须留下人做掩护,才能保护洞里藏着的生命。一个关乎生与死的问题立即横在了小兰的面前。谁进洞?谁在屋里掩护?该如何决定和选择?进了洞当然会保住生命,留在屋里,就只能当敌人的靶子,小兰立即成了生死判官。

张老先生在这生死关头,大声喊道:"谁也不许挤,先让年轻人和娃子们进洞,老年人都留在洞外!"

这简直和小兰的心思不谋而合,是的,应该让年轻人留下打日本鬼子,让娃们都给大人们留个种子。

可是,人们已不顾张老先生和小兰的指挥,仍然拼命向洞里拥挤,劝告已经没有任何力量。张老先生和小兰挤在了洞口,一边把着一个,一个当黑脸阎王,一个当铁面判官,见了年轻人推进去,见了老年人就无情地拦在了洞外。两个人的脸都被抓出了道道鲜血。在这生死关头，每个人都暴露得十分真实，卡在洞外意味着什么他们清楚，所以他们都失去了平时的耐心和礼节，张先生和小兰立即成了一些人的仇敌。

玉荄扶着妈妈被人堵在了洞口，张老先生一只长长的胳膊架住了玉荄妈说："不要进洞了，和我一起走吧！"

"好，福来走了，我们一起追他！"这位善良的老人哭着，抱住了张老先生。玉荄也失声哭道："妈，我陪您！"

小兰拦住了王奶奶，眼泪汪汪地求告说："王奶奶，不要进去了，都挤进洞里，鬼子发现，谁也活不成啊！"

王奶奶捋了捋额边的白发，说："小兰，我知道，我是看我的孙子和儿子进去了没有。"

"王奶奶，他们早进去了，您放心吧！一会儿我陪您上路！"小兰恳切地说。

"不行，洞是你们家的，你应该进去！"王奶奶硬要把小兰和身边的路娃推进洞里。小兰身体虚弱，一闪身就随着人流进了洞。可是很快，她又沿着洞壁的空隙挤了出来，重新和张老先生维持着秩序。

牛老栓隔着人群喊："小兰，快领着路娃进洞，爹给你们做遮拦！"

村子里的枪声更加密集，鬼子不断在窗外号叫呐喊，把最后几个人赶进了小兰的屋子。鬼子想挤进去看看，张老先生和牛老栓一齐扛住了门板，生怕鬼子进屋发现地洞，同时挨排站在窗前，挡住了鬼子的视线。

哗啦啦一梭子弹射进了屋子，牛老栓倒了下去，小兰喊了声"爹"就扑到了窗口，继续用身体去遮拦鬼子的视线。此时，院外四周架着的十几挺机关枪像发了疯一般喷起了火舌，子弹打破了所有的窗户，打塌了窗台土墙，屋子里的人纷纷倒在了血泊之中。子弹射来的刹那间，张老先生高大的身躯晃了几晃，随即倒在了小兰身边。很快，尸体横七竖八倒下了一片，压在了小兰身上，把洞口严严实实遮住了。接着，牛家大院成了一片火海。

尾　声

县城，寿男那座堡垒式的办公室上空，太阳旗耷拉着脑袋，像行将咽气的老人，纹丝不动。两个哨兵在黄昏的光晕下，也像两具木乃伊笔直站立着。寿男在那座四面钢筋水泥的办公室里冷冰冰地坐着，正全神贯注地凝视着自己的全家福照片，汪汪的眼泪充满了两眶，照片上的父母双亲，娇艳美丽的妻子和生动活泼的一双儿女渐渐在视野中模糊了……

电话铃响起来，他没有去接，这个时候还能有什么好消息！这几天的电话，每次都是报丧的消息，电话铃每响一次，都使他的心猛烈地跳动和颤抖。石门粮库被劫，石硖沟上当受骗，河神庙的奇耻，飞鹰山的大辱……这些噩耗般的消息已使他的灵魂崩溃，唯一能使他的军队苟延残喘、赖以度命的范家镇粮库，也突遭范君义和杜艳秋的火焚，使他的残梦变为一堆灰烬。令他感到无比耻辱的是，在参与这场火烧粮库活动中，竟有自己民族的战士，而这个年仅十八岁的山本四郎，蒙骗了自己这个大日本帝国的高级将领，这不仅是他自己的耻辱，也是整个大和民族的耻辱，是天皇的耻辱，凭这一点，他将无颜再见江东父老。

电话铃还在响个不停，寿男抓起话筒扔到了桌上，话筒里还是毫不客气地给他传送了最后几条促使他结束生命的消息："报告大佐，报告大佐，八路军反戈一击，我军进攻牛家村的部队，阴灵沟的驻军军营，被一个叫牛大龙的人炸毁，我军一百多名官兵全部丧生。我军支援阴灵沟和牛家村的几百名官兵由于断了粮食，在深沟中被八路军主力左右夹击，全部俘虏……"

寿男慢慢站了起来，走到一面镜子前，整理了一下军容，然后拿起了电话，阴沉地命令道："留守部队，全部集合！"

二百多名留守士兵，整齐地集合在了军事操场上。

寿男大步来到队伍面前，恭恭敬敬地给他的部队鞠了个躬，声音悲壮而低沉地说："你们是大日本皇军最优秀的士兵，我们的粮食没有了，战线崩溃了，阵地丢失了，让我们为祖国的尊严捐躯吧！日本天皇和日本国民将永远记着你们的名字。现在我命令：面向东方，全部跪下！"

队伍整齐地全部面向东方跪下了。寿男向身后一排全副武装的宪兵们挥了挥手，十几挺机关枪鸣叫着，操场上的士兵纷纷倒下。鲜血从每个士兵身上冒了出来，在夕阳下像条条红练。望着被鲜血淹没了的那片士兵，寿男提起一挺机枪，又命令宪兵们站成一行，面向东方跪倒，他用同样的方式扫射了他们。

....

战后的牛家村,太阳又爬上了东山顶,艳丽的朝霞染红了刚刚血染过的牛家村大地,八路军官兵在牛家村为牺牲的烈士们举行隆重的追悼仪式。接替了仇金良政委职务的姚参谋长,面孔刚毅威严,以土著人的祭祀方式,和战士一起跪倒在松柏苍青的烈士坟前,为死难的烈士和乡亲们烧香磕头。藏在地洞里逃生的村民们,也跪在了小兰的墓前哭号成一片,一张张白纸在他们的面前变成了灰烬,灰烬缓慢地在山坡上飘飞着,村民们哭喊着:"小兰啊,你升天吧!小兰啊,你升天吧!"

小兰墓堆旁是她的丈夫牛大龙。这个一辈子沉默寡言不爱张扬的英雄铁汉,终于以他顽强的心劲和沉默的力量炸毁了敌人的军营,把日本鬼子费尽心机建成的黄金基地交给了八路军。他临走前,没留任何一句遗言,没顾上看一眼自己心爱的妻儿。在他的墓堆下,只埋着他的一条大腿和几块被炸碎的衣片,因为他和敌人同归于尽了。

按照玉龙的意见,范君义和杜艳秋合葬在了一起。他们在烈火中完成了自己的婚礼,他们终于没有逃出敌人的重围,当烈火冲腾时,他们已经没有可能逃出仓库。他们的牺牲,才最终使寿男演出了那场集体自裁的悲剧。

小龙和迎春的尸骨,也迁进了这座烈士的坟园。迎春和山本四郎的尸骨也合葬在了一起。还有二狗和桃桃,也永远厮守在了这青山之下……他们都是烈士,都曾为牛家村人,为了全中国人民取得抗日战争的胜利努力拼搏过。

一阵山风吹来,林涛呜咽,和人们的哭泣声揉成了一曲寒彻入骨的哀曲,雄伟的大青山也低头哀悼。

全体官兵一齐鸣枪,为亡灵升天开路,他们一次次低下了头,为亡灵升天送行。

追悼会结束了,人们缓缓离开了烈士坟园,只有两个人还默默地低头站着。这是牛家仅存的两个人,一个是牛玉龙,一个是小兰的儿子牛路娃。

玉龙匍匐在老鹰洞口,即将要跳下深谷之时,晚归的老鹰钻进了窝巢。他急中生智,拼命地捉住了老鹰铁棍似的双腿,老鹰受惊,冲出了洞口,在沟谷中惊叫着盘旋,它像一把降落伞,带着玉龙缓缓地向地面下沉着。老鹰竭尽了全力,终于筋疲力尽,重重地掉在地上,缓缓抽搐了一阵翅膀,它毙命了,却救下了这位革命的功臣。人们深埋了它,在小小的土堆旁立了一块石碑。

在疾风暴雨中成长起来的路娃,已经脱掉了奶毛,他给父母和所有的牛家亲人磕完了头就没再流泪，他拉着玉龙的手问："三叔，我能参军吗？"

玉龙摇摇头，说："路娃，三叔还有一件事没办完。"

"是杀仇金良吗？"路娃问。

玉龙点点头说："路娃，记住，如果没有那个姓仇的家伙，你的妈妈和那么多乡亲就不会死，或许，你的艳秋姑姑和范指导也不会牺牲，我想杀了他！"

不知何时，姚政委站在他的背后，把一只大手搭在了他的肩上，说："玉龙，你说得对，这个'左倾'机会主义分子给我们造成的损失比敌人给我们造成的损失都要大。但是，你要相信共产党会给他应有的惩罚！"

玉龙握住了姚政委的手说："姚政委，那我就代表范指导、艳秋和死难的人感谢您了！"

华夏大地，日军侵略的战火继续弥漫，抗战史上最为艰苦的斗争全面展开了。中华大地的优秀儿女，前仆后继，奔赴了战场。八路军队伍浩浩荡荡离开了牛家村，玉龙走在最前面，队伍里一个身穿不合体军服的小孩兵也走在了前头，他就是路娃，他的步伐像八路军一样，雄赳赳，气昂昂……